# 心灵的历程(上)

刘白羽 ◎ 著

中国言实出版社

图书在版编目(CIP)数据

心灵的历程 / 刘白羽著. -- 北京 : 中国言实出版
社, 2021.1
　　ISBN 978-7-5171-3701-6

　　Ⅰ.①心… Ⅱ.①刘… Ⅲ.①散文集—中国—当代
Ⅳ.①I267

中国版本图书馆CIP数据核字（2021）第006772号


出 版 人　王昕朋
责任编辑　朱艳华
责任校对　史会美


出版发行　中国言实出版社
　　　　　地　址：北京市朝阳区北苑路 180 号加利大厦 5 号楼 105 室
　　　　　邮　编：100101
　　　　　编辑部：北京市海淀区花园路 6 号院 B 座 6 层
　　　　　邮　编：100088
　　　　　电　话：64924853（总编室）　64924716（发行部）
　　　　　网　址：www.zgyscbs.cn
　　　　　E-mail：zgyscbs@263.net
经　　销　新华书店
印　　刷　徐州绪权印刷有限公司
版　　次　2021 年 4 月第 1 版　　2021 年 4 月第 1 次印刷
规　　格　710 毫米 × 1000 毫米　1/16　58.75 印张
字　　数　958 千字
定　　价　180.00 元（全两册）　　ISBN 978-7-5171-3701-6

刘白羽(1916—2005),山东青州人,当代著名作家。
1936年毕业于北平民国大学中文系,同年开始发表文
学作品,1938年加入中国共产党。新中国成立后曾任

中国作协党组书记、原文化部副部长、《人民文学》主编，系政协第一届全国委员会代表，第一、二、三、五、六届全国人大代表，政协第七届全国委员会委员，中共八大代表。著有长篇小说《风风雨雨太平洋》《第二个太阳》，散文集《红玛瑙集》《海天集》《秋阳集》《腊叶集》，短篇小说集《草原上》《兰河上》《五台山下》《太阳》《幸福》《扬着灰尘的道路上》，报告文学集《刘白羽东北通讯集》《环行东北》等，其中长篇小说《第二个太阳》获第三届茅盾文学奖。

# 目录

第一章　黎明的门槛　　　　　　　　/ 1

第二章　生活的冲激　　　　　　　　/ 43

第三章　精神的冲激　　　　　　　　/ 86

第四章　民族的冲激　　　　　　　　/ 132

第五章　神圣之门　　　　　　　　　/ 176

第六章　路漫漫其修远兮（一）　　　/ 205

第七章　路漫漫其修远兮（二）　　　/ 254

第八章　不尽长江滚滚来　　　　　　/ 319

第九章　魂兮归来　　　　　　　　　/ 386

第十章　远方传来隐隐雷声　　　　　/ 471

第十一章　暴风雪　　　　　　　　　/ 510

第十二章　电闪雷鸣　　　　　　　　/ 572

第十三章　黑土地的转折　　　　　　/ 622

红
色
岁
月

红
色
历
程

红
色
史
诗

红
色
经
典

第十四章　我们的脚步声震响世界　　/ 682

第十五章　创世纪　　　　　　　　　/ 752

第十六章　永恒的大海　　　　　　　/ 833

跋　阳光从苍穹而下　　　　　　　　/ 927

# 第一章

---

## 黎明的门槛

### 一 我的人生的第一个行动

我跟别的孩子一样，也有一颗童心，像水晶一样透明的童心。不过，在这个水晶一般的心中，有着灼亮的阳光；但更多的是灰色的泪水。

我不希望从一开始，就让人们跟我奏一首悲怆的乐曲。不过，我不能不诉说实际上是一个孤儿的那种深忧，那种隐痛。因为从我诞生以来，我就没有看到过父亲。这就不能不使我的生活从一开始就是畸人之旅。因为父亲讨了一个妓女作为第二房老婆，在外面贪欢享乐。真正留在家中的就是我和母亲，一个弃妇和一个遗子，孤寂相处，默默无言。在我那个封建腐朽而又阴暗诡诈的大家庭里，像我们这一类人的命运是十分可悲的。而我就从这像燃烧的木柴上升起、蒸腾的黑烟里，开始了我的蹒跚的步履。对于一颗幼小而纯洁的心来说，他过早地承担了他不能够承担的苦难。正像刀割、针刺、锥扎，我的心头从一开始就难免百孔千疮，血渍斑斑。可是，大概出于那样一种逆反心理——压力愈大，抗力愈强。我现在记起来，作为我的人生的第一个行动，就是一次叛逆的行动。因为我母亲的悲哀的泪水，培养了我对那个陌生人的仇恨。正是他，践踏了我们母子，是他，抛弃了我们母子，造成这样一个悲惨的局面，使我们母子实际上变成了寡母孤子。然而，在我大概三岁的那一年，这个陌生人却大模大样地回来了。我的母亲受着"三从四德"的约束，还不得不笑脸侍应他。而在我们住的那间东厢房里，他实在完完全全是一个陌生人。我望着这个生疏的人，从我当时的年龄来说，我只有感觉，不能有思考。我不知道什么是邪恶，什么是正义。我从母亲在孤寂生活中时时婆娑的泪眼，懂得了她是一个受难者。而谁让她受苦的，毫无疑问，就是这个陌生人——当时母亲却让我叫他爸爸。我一下憋红了脸孔，我觉得我实在无法忍受这种耻辱。于是，一腔怒火冲天而起，我一步冲到门后，抱起一根木头门闩就猛举起来，朝那个人砸去。

这一举动，一下把母亲吓得满脸煞白。

母亲连忙一手拦住门闩。

这种忤逆行径实在罪该万死。母亲把我拉过去，按在炕沿上，让我父亲打我。而这个陌生人也公然举起手来，在我的屁股上打了几下。

这一来把我气昏了头，既不哭也不叫，只一头冲出去，撒腿就跑，两条小腿像一阵风一样冲到大伯父那里去。我一见大伯父大伯母就呜的一声哭了起来，委屈而又冤枉地申诉：

"他们两人打我……"

谁知这一状却告下来了。过一会儿，当那个父亲走来领我时，我得到了大伯父的袒护。大伯父是一个很严厉的人。我的父亲受到了他的申斥。他说："你多年不顾家，回来一趟还要动手就打，你良心上过得去吗？"父亲也只有毕恭毕敬，唯唯诺诺。这时，我小小的心灵第一次受到剧烈的震颤，哭得更伤心，更厉害了。

后来，母亲多次在人面前说：

"说也怪，这么小的一个人，怎么会知道你管我，还有人管你这个理儿呢！"

在母亲那枯井一般孤寂的心中，这件事，是一滴泉水，一点滋润，一种安慰。

如果要讲最早的记忆，这就是我最早的记忆……至今我还记得我们母子所住的东厢房那午照的红光，以及我奔跑时气喘吁吁，哽不成声。当时我实在是悲愤已极，痛不欲生。不过，这第一个叛逆的行动也并没带来什么好处，而是受到更多的奚落，更大的嘲讽。而且随着这个封建大家庭的日趋没落，家庭里展开了你死我活的厮斗。夹在石头缝里生长的草，最后的命运只是霜落黄枯。对于我们这样一双母与子，无情的、无涯的冷言冷语，像冬天的冻雨一样淋在我的心头。

我的童心就是这样一颗破碎的童心。

在这残破之中，也有一泓清清泉水，那就是人间最伟大的母爱。

不过，母爱是伴随着无限的惊骇与悲苦而浸透我的心灵的。

## 二　春祭

我童年的生活尽管是灰暗的，但太阳光也曾照到我家院落。因而，也照亮我的心间。的确，我的童年还是有着闪光的东西，而且恍如夏夜给露水淋湿的星辰一样，闪闪烁烁，带着温馨的梦幻，深深地镌刻于我的记忆之门。

春天，人们送了几十尾黄花鱼来，母亲和伯母们就忙碌起来了。挽起衣袖，露出雪白的手臂，在盆里剖膛破肚，洗涮净洁，然后用刀刮去白花花、亮晶晶的鱼鳞。那些鲜鱼串在一根绳子上，给风吹得微微飘荡。这时，一股淡淡的腥味吹到我的小鼻孔里，惹得我分外高兴。我特别喜欢鱼眼睛，而且认为，那就是珍珠。吃鱼时，我从人们那里把鱼眼睛搜集来，剥去外面一层胶膜，便是一颗一颗小小的圆珠子，虽说黯淡无光，却也玲珑可爱。我把它们像龙宫里盗来的珍珠一样，缜密地珍藏在一个小小的香囊里。这个香囊是我的表姐给母亲精心制作的，豆青缎子面上绣了一朵牡丹花，里面不知装了些什么黄色芳香的花梗草叶。母亲十分聪慧，刺绣剪裁，样样出色。但她却常常夸奖表姐说："大姑娘手多巧啊，这牡丹就鲜灵得像活的一样。"我想，既然我的珍珠是宝贝，也就值得藏在这美丽的香囊之中，然后暗暗放回母亲的梳妆匣里。

还有夏天，扁豆架上开满了紫艳艳的繁密的花朵。我常独自向天空仰视，觉得天是那样高，那样深，那样蓝。渐渐我发现日光里闪着一根根发亮的细丝，袅袅娜娜地飘来，久久摇曳不去。而后，向天的极深处极深处消失不见了。我常想举起手来抓住一根，却怎么也没能实现。倒是一颗小小的心随它飘然而去，颇有神奇奥妙之感。后来，读戏本——大概是《牡丹亭》吧——读到"袅晴丝吹来闲庭院"，我才感到童稚的美感十分有趣。炎热的季节一来，太阳像火一样灼人。我从一个小贩手上买来一只蝈蝈，那人还送给一只巧手编的篾笼，十分玲珑可爱。关于蝈蝈笼，还有一个颇为风趣的传说。故宫四角上有四座一模一样的阁楼，结构精巧奇特，简直令人无法猜出人心怎么能想出这么多的巧妙，人手怎么能造出这么多的巧妙。据说，当年的建筑师就是根据蝈蝈笼设计的。

皇帝知道了，大街小巷到处找那做蝈蝈笼的人，但那人却总也寻不到了。我每天要摘一朵带露水的南瓜花插到笼子里去喂蝈蝈，鲜黄的花朵衬映着翡翠般的蝈蝈，煞是好看。太阳晒得越暴烈，蝈蝈叫得越聒噪。这时候，我巴望着送西瓜的人快来。果然有一天，就有几副担子挑来黑皮的大西瓜。那是市上上好的西瓜，皮都是酥脆的，刀刃一搁上去，瓜就裂开了，露出鲜红的瓤儿，流出甜蜜的汁液。我的乐趣又来了，就是搜捡西瓜籽。一颗颗又大又黑或者又大又红，洗干净了，晒在窗台上，等到冬天由母亲在小煤球炉子上用铁勺炒熟剥着吃。

但是，在我的小小童心上真正展现着一片繁华梦的，还是度腊八，过除夕。在中国这个农业国家里，这是一年收成后的享乐的日子。不过加上一股子迷信传说，欢乐中间就夹杂着无限庄严而又隆重的气氛了。

最早，是我们厨房那口水缸里，有了一条鲜活的鲤鱼。我一天不知趴到缸沿上看几次。母亲却不准，还说谁家谁家一个孩子就因为这样一头栽到水缸里死了。哎呀，这水缸的确很大很深，那里面的水是从街上一家水局子那儿一担一担挑来的。大人越下禁令，就越引起孩子的好奇心。我有好几次站在小凳子上看，什么也没看见。有一回突然看见水中鱼鳞一闪，我就乐得拍起手心。一般鱼买来就炖着吃了，唯独这条鱼却养活起来，哥哥就悄悄议论说这是一条神鱼，将给一家人带来富贵。一到腊月初八，一家人就纷纷忙碌起来。这一天照例煮了腊八粥。最令人心驰神往的是这天的夜晚，在院里燃起一炉香，由作为一家之主的大伯母把我家厨房正中墙上一个佛龛里供的灶王（其实，这只是一张给烟熏火燎早已模糊不清的纸）请来，将南糖（就是一种麦芽糖）烧化、烧黏，涂抹在灶王的嘴上。这真是很有意思的事，人们膜拜神，可是又愚弄神。原来这灶王是玉皇大帝派到每一家来做监督的，其实人们早已不敬它了，在那龛上贴了"上天言好事，回宫降吉祥"，对灶王已几近威胁，还要把灶王的嘴巴封牢，实为恶作剧。于是，在小儿家嘻嘻哈哈的笑声中，这张布满灰尘和污垢的纸张，就在炉火上烧成灰，这些细碎的灰片向空中冉冉而上，我们好像也真的跟着上天去了。直到大年初一才又在原地贴了一张木刻水印的、红红绿绿的新的灶王爷了。从腊八开始，母亲就进入了大忙时节，天天做不完的菜，包不完的饺子。因为过大年后那十五天内，绝对不准动烟火，只能将事先做好的饭菜热热吃，其实怕是为了得一段清闲吧。那时没有冰箱，采用原始的冰冻方法，在院内背阴凉处放了两口大缸，许多盛满鱼肉的盆盆盏盏一层一层地摆放在缸里，让它自己冻结。为了防止猫鼠，每一口缸上都盖了很沉重的青石板缸盖，上面还要压几块大石头。

我最高兴的莫过于母亲们摇元宵的情景。那是正月十五的事，我在这提前讲一下。大人们这时都乐呵呵的，胸前扎了围裙，盘膝坐在厨房里间屋炕上，一时之间，炕上炕下都是人。把熬成小棋盘格形的糖馅沾了雪白的江米粉，然后在大箩筐里摇呀摇呀，摇一阵，沾上水，又沾上新江米粉，又摇将起来。一边干着活，妯娌之间就嘻嘻哈哈，有说有笑，好不热闹。一进腊月门，人们之间都变得和颜悦色，喜笑颜开，因为只准说吉利话才能降福。谁要偶然说一句不甚如意的话，便赶紧补上一句"菩萨保佑，大吉大利"。从腊月尾到正月中，常常落几场大雪，雪花填满瓦垄，洒满庭院，这就更增加了过大年的气氛。

在长达一月之久的节日礼仪中，最活跃的是我的三伯母。她是农民的女儿，性格明朗爽快，力大手勤。挓着两只手，一下忙到屋头，一下忙到院里。她在各种礼仪的关节上，能说出一串串逗乐的语言，唱出一阵阵带冲气的喜歌。她也喜爱孩子们，可是她是我们家中最命苦的一个。这事我在后面专门讲述。我们小孩子在那隆冬冷地里伸着两只小手放鞭放炮，也常是由三伯母带头的。我的小手指冻得姜芽一样发紫，但我的兴致甚浓。年纪大的哥哥被允许放二踢脚，香火头一点，那红纸裹的炮仗就冲天而上，"噼——啪"两声爆响，在天空上散出一片细碎的金星，闪闪烁烁，十分好看。我最小，母亲约束很严，我也的确害怕，只能放大鞭穗上摘下来的小鞭。拿手捏了一个小鞭，香火刚颤颤巍巍地点着，赶紧就撒手扔开，咝咝冒一点儿火花，清脆地响一声，就完了，可是我的童心却得到十二分的惬意、满足。其实，我只是在那吱吱嘎嘎的雪地上，朦朦胧胧的黑夜里，跟在哥哥们后面，跑、跳、喊、笑、凑份子。隆重的大年夜降临了。这一天，一家人都穿上了新衣服，母亲们身上是五颜六色的绸缎，黑油油的发髻上插着大红绒花，绒花上贴着金箔喜字。我家东厢房中间屋是供祖宗的佛堂，我和母亲就住北头隔壁那间房里，所以这个太平盛景我能够一一看在眼内。这时，大门口窗户头都贴了红挂钱，这是刻有"吉祥如意"的剪纸。它们像无数面小旗子，给风吹得沙沙作响。佛堂正面供的是佛，一溜乌木雕刻的佛龛，侧堂壁下供的是祖宗牌位。每个牌位由于死去的时间长短不一，有的发红，有的乌黑，有的浅黄，上面写着死者的名字。明明没有官职，也勉强写上一行官衔。一入夜佛堂里就红烛高烧，香烟缭绕。除夕之夜，最引起我好奇心的，莫过于那条活鲤鱼。我母亲为了从水缸里捉住这条活蹦乱跳的鱼，她的两臂冻得鲜红鲜红的，费了很大力气终于把这条鱼从缸中取出。她的两只巧手早就剪好了两个圆形的小红纸片，紧紧贴在两只鱼眼睛上，然后把鱼横放在一只蓝花瓷盘里，于是这条鱼就老老实实，在整个烧香礼拜过程中纹丝不动，只是圆圆的嘴巴一张一合地呼吸着空气，从而这条鱼便果真奇迹般成了神鱼。一直到礼仪完毕，又把它放回水缸，它竟又漫游起来。这个夜晚，是个充满了欢乐喜悦的夜晚。最使我高兴的莫过于"踩岁"。原来，从街上买来许多担芝麻秸，撒在满院人行必经之处，人脚一踩上去，那干脆的芝麻荚和秸梗就响出一片细脆动听的声音。人们把"岁"与"碎"字谐音。大家在烧香礼拜之后，奔腾而出，就在这一片声音里说着"岁岁平安"的吉利话儿，无疑又是我三伯母带头嚷出来的。她一面用手牵着两个最小的孩子，一面念叨着："岁岁平安，岁岁平安。"我们于是踩着小脚丫拼命踩起来。至今，那一片神奇诡秘的"咔吧咔吧"的声响还在我记忆中，像一场优美的梦境，仿佛我一生一世也没再听过那么好听的音乐了。午夜降临，欢乐的庆典达到高潮。整个北京千家万户一齐燃放鞭炮，天空上一片红闪闪、金黄黄的亮光，就像夏天的闪电在恍惚的烟雾之中那样迷离闪烁，格外好看。午夜一过，还要一一到我伯父、伯母那里磕头、辞岁。这种团团圆圆、喜气洋洋的气氛现在想起来还很动人。头自然不能白磕，长辈要给压岁钱。口袋里沉甸甸的，那银元磕碰着发出清脆的音响，使我喜悦。我和哥哥都有一个扑满，母亲高兴地让我们用小手把这些银元都通过洞孔塞进罐内，作为我们个人的款项储存起来。此外，我和哥哥都各有一个瓷坛。我那一个是白底蓝花，分了饽饽、点心就装在里边。我从小到大从来不爱吃甜点心，于是咸馅的归我所有，甜馅的归哥哥。也许由于这个缘故，我哥哥到晚年早已满口假牙，可我七十五岁还长着一口好牙。这一夜不能睡觉，叫作"守岁"，我困得实在张不开眼，上半身伏在炕上，下半身坐在地上就睡着了，母亲还得一次一次把我哄醒，给我杂拌吃。我家那时用的杂拌是很考究的上等货，除了瓜子、榛仁、葡萄干、蜜饯、瓜条，特别引诱我的是大颗的金丝蜜枣。不过我终于还是睡着了，手里还捏着半个蜜枣，嘴里和梦里都是甜滋滋的。

## 三 废园

忆数以往岁月，使我产生无限童心憧憬的首推我家的后园。那是我欢乐的世界，也是我悲惨的世界。

为了记述后园，我得先描画一下我的家庭环境。我的家在古老的北京东城一条街道上的一个弯曲的小巷里。这条街道上就有那么多吸引人的声音、气味和景象。在我们小胡同口对面，总摆着一列吃食摊子，炸油鬼（油条、油圈）的，卖豆腐脑的，我特别惊奇地看着那位烙大饼的师傅，他实在具有魔术师的禀赋，他把烙得发烫的雪白的有大锅盖那样大的大饼，弄得在空中翻腾，散发出香喷喷的、诱人的味道。他把烙熟的大饼一下甩到案板上，雪亮的刀子几闪几闪，把饼切成一牙儿一牙儿的，然后笑呵呵地送到人们手里，人们也总是笑呵呵地接过就吃起来。吃的大半是拉洋车的（现在人们看着脚踏三轮车，也许不知道它的祖先曾是两轮人拉的，当时叫洋车，显然也是外来文化吧），他们捧着大饼，喝着豆汁，嚼着辣咸菜，他们都是最贫穷的底层人物，拼着血汗挣钱。这时看他们流着大颗汗珠，露出一副笑脸，这众生相是十分动人的。除了吃食摊子，我们小胡同把口上还有一家惹人注目的"杠房"，就是专门替人家送葬、抬棺材的。老年成，葬事也是喜事，这店铺一色大红门脸，红栅栏里陈列着涂着红漆的抬棺材的杠子，显出一副庄严气派。但这些终归引不起我的兴趣。我总一跑而过，因为北边有一家"果床子"吸引着我。那儿摆满了干鲜果品、饽饽、馃子，最令人迷恋的是一到炎炎夏日，那儿临街一桌陈列着瓷盆、瓷缸、玻璃器皿，一大块冰冒着冷气，一个穿了冷布坎肩、赤裸双臂的汉子一只手敲打着两只金光闪闪的铜盏，铜盏在两只手指之间，一上一下亮出一阵动听的嗒嗒声，就像唱歌一样吆喝着："果子干儿呀——玫瑰枣……"那透明的冰的闪光、透明的玻璃的闪光构成了炎天盛暑中的一派清凉气息，甚是迷人。如果说，在烙饼摊那一堆人里，我只是一个看客，在果床子这儿，我却滴溜儿着小眼珠，带着贪馋的眼光，丢下几个磨光的铜板。

不过，这街道上并不总是太平盛世。到伏天，常常总是下暴雨，乌云压顶，电光四射，雷声隆隆，大雨瓢泼而下，于是，一场灾难就降临在这条街上。那时，北京城全都是土路，天燥时，尘土飞扬，一下雨，街道就变成了黑色的泥塘。在我幼小的眼睛里，那简直就是深不可测的河流和大海。等到一摇一晃走来几只肥猪，竟在泥塘里打起滚儿来，一股土腥气便扑鼻而来。每当这个时节，家里人是不准我到那里去的，说那儿是穷孩子玩儿的地方。我记得也确有那么一群儿童，赤裸着小身躯在泥塘里踩水取乐，跳着脚儿捉蜻蜓。等到一辆马车走过，那马蹄蹬起泥浆，溅得孩子们一身一脸的污泥浊水，像个小泥猴儿，可是他们还在拍着手乐呢。我不能加入到他们那里去，但我却从他们那里得到一种欢乐，我从心底里羡慕他们是多么自在如意呀！既然有穷孩子，当然就有富孩子，这个界限从很早就在我幼小的心灵里烙下很清楚的烙印。正由于这条界限紧紧地束缚着我，其实我倒觉得他们比我欢快。

在这儿，我稍微谈谈我的家世。我的原籍是山东青州。不知道什么年代，那儿发生了一场大灾荒，烈日炎炎，赤地千里，禾苗枯死，土地旱裂。我祖父无以为生，就挥泪告别了生养的故土，用一辆独轮车推着我的祖母和唯一的女儿，风餐露宿，忍饥受冻，沿着运河崎岖的道路，来到通州。祖父虽然受尽磨难，但倔强精干，终于在通州东门里开了一爿卖羊肉的小店铺。从此在这儿安家立业，生养了我大伯父以下四个男孩，一个女孩。我父亲是最小的。后来由大伯父开始到北京经商，终于在北京成就了一个富有的商人家庭。但我们不能算真正的北京人。我们家的人不但保持住山东人的秉性，言语，就是日常生活也还是山东习惯，每年山东老家都捎一些腌鱼、红枣等乡土食物。到现在，我还乐于承认自己是山东人，我的体形、我的性格都是山东的。据说，我家最阔绰的时候，在整个北京城开了九家店铺。等我长大了，懂事了，那些店铺早已纷纷倒闭。我才从母亲那儿悄悄听来，原来，那些店铺名义上是钱店，实际上是卖"洋药"的。所谓"洋药"者，即鸦片烟是也。既名之曰"洋药"，足以说明是外国来的，事实说明如此。我家发达，也发达在这"洋药"上，败也败在这"洋药"上。我的二伯父和我父亲就因为抽鸦片烟而贫穷、破落。特别使我触目惊心的是我的一位嫡亲姑母。丧偶，守寡，跟前只有一儿一女，她唯一的希望就是望子成龙。我的表姐模样很俊，人品端庄，在我们偌大的家族之中，上上下下，莫不怜爱，莫不称道。她一来，我母亲就高兴得满脸是笑，大姑娘长大姑娘短的，叫个不停。还说："我们大姑娘出落得像朵水灵灵的鲜花儿呵。"可是，她那一个哥哥却很不成材，吸鸦片，抽白面，弄得家境一贫如洗。提起他来，人人莫不摇头叹气。他人也灰灰的，很久很久都不登我们家门，最后终于活活中毒而死。其实他不就是给我们家毒死的吗？我们家卖过鸦片。后来日本人从鸦片中提炼出海洛因，造就了一大批"白面客"，不知荼毒了多少中华生灵！长大之后，促使我弃家出走，就是因为这个家是吸人血的。

我们家卖鸦片发了财，就广置房产，我们家所住的小巷里，半边胡同一片房子，许多院落全是我们家的。幼小时，在各个院里跑来跑去。中间正房是一套大四合院。但引起我无限遐思与兴趣的，该属我家后院。我跟着哥哥们常到那里去。后院居中有一个大葡萄架，碧绿浓荫的葡萄叶里，垂下一嘟噜一嘟噜的紫葡萄，靠西墙，有两棵枣树，红枣熟时，树上挂了千千万万的小红灯笼，我们就用竹竿敲打，爬到墙头上去摘，家里都说是郎家园移来的好品种。我始终也没弄清楚郎家园在哪儿，不过枣儿的确是又脆又甜。靠东墙，有一棵高高的香椿树，每到初春，我们小孩子就天天盼望，看看树枝头上有没有长出一簇簇黄绿色的嫩芽。大人对此也饶有兴味，搬梯子上树，把一个空鸡蛋壳套在树梢头，等到香椿芽放香时取下来，那蛋壳里就长着圆圆一团绿莹莹的嫩香椿。把香椿芽剁碎，用开水闷了，然后揭碗盖，就浓香扑鼻，拿来吃了，其味无穷。除了葡萄、枣、香椿之外，最惹人心醉的，是南墙底下那几株丁香，有紫的，有白的，三月一来，密密匝匝的花朵开得就像一片紫色的云霞或白色的云霞。一阵阵浓香，甜蜜得沁人心脾。我常常折些小枝，插在母亲梳妆匣旁一个蓝花笔筒里，看着那雪白的、紫艳的无数无数小十字花瓣，甚是好看。不过后园里真正的童话世界不在树上，而在地下的草丛。这里有着各种各样的小虫，金钟儿，油葫芦，还有那红色甲壳上布满黑点儿的"花姑娘"。雨后缓缓飞翔的蜻蜓"老琉璃"那草绿色的大眼睛，甚是逗人。可是我更爱一种小的，叫"红马儿"，全身赤红，像一点火焰。到了秋天，我们就趁夜晚到后园里去，在草丛里，蟋蟀的鸣声像一片沙沙雨响，我一手拿了铁丝编的罩笼，在那儿寻觅，捉蛐蛐，那真是无穷的乐趣。不过夜间到后园里去，我真是有些害怕，总是蹑手蹑脚地走去。因为，关于这个后园有着各种神奇鬼怪的传说，我的一个哥哥就言之凿凿地说，他曾经看见过一个狐狸，而且是黑色的，眼睛还闪着电光。特别是到后园去，得通过一个长长的夹道，那夹道旁是一座堆放杂物的大铁棚子，据说狐狸的洞穴就在这个棚子里。关于狐狸，家里大人不但默认，而且重视，比方过年时，就特地杀一只鸡来供狐仙。据说这个狐仙只要蹲在房顶上一念咒语，这屋子里的人——不管是妇人还是小孩就都给迷住，一边哭，一边笑，一边唱……对于男人来说，这狐仙却是欺软怕硬。每当狐仙作祟的夜晚，你就会听见我家院落里"噼噼啪啪"把一把长鞭子抽得山响，那就是驱赶狐仙的。因此，走过那个夹道，我的心就"怦怦"直跳。因为铁棚顶破旧了，有些铁皮给风一吹，就发出"吱扭吱扭"挺凄凉的呜咽。这样一来，就更增加了几分阴森。

小孩子心里越是恐惧，兴味越浓。有一回，我几乎真的看到狐狸了。我穿过夹道，走到后园，一眼看到两盏灯笼似的绿闪闪发光的眼睛，我吓得头发根都竖了起来，于是失声喊叫，那东西遭到恫吓，"哧"地爬上枣树，"喵呜"一声，原来是一只老猫。直到回到母亲身边，我的心还在怦怦地跳，我却感到十二分的失望、懊恼，我觉得要真是狐狸就好了。谁知以后却真的没有再见过狐狸，而渐渐地，我们也都不到那后园去了。因为后园已经颓败得不成样子了。

原来我大伯父这个仪表堂堂的一家之主很想把中间祖居的四合院翻盖一新，可是盖了南北房却不肯再盖东西房。据说，因为兄弟们一个个沾染了鸦片烟的恶习，唯独他这个靠"洋药"发财的人却至死一尘不染，他见家人如此不争气，一怒之下，就半途而废，不再兴工。原来葡萄藤下那个和石灰的大池子也就干涸废弃在那儿了。从此，后园变成了废园，已经是荒草没膝、蛇鼠出没的所在。再加上哥哥们一个个长大成人，都离开家了，我一个人也就兴味索然。除了清秋到那儿去打几个枣儿，全家人也没谁去到那儿行走了。其实，家道日益衰落，这个后园由花园变成废园的经历，就正是我家庭的一个缩影。特别使我害怕的，是一棵枣树不知何年何月给暴雷炸断，树一半活着，一半枯死，枯死的部分黑得像黑铁一样，而且残破不堪，树身上露出大的洞穴，据母亲说，狐狸和蛇就栖身在那里边。这些我不曾见到，却看到许多黑蜈蚣从那里爬出来，这时我已经从混混沌沌的童年过来了，心中渐渐充满了生的忧郁和生的悲痛。有两次我望着这炸断了的老枣树，不知怎么，我感到我们的家世、我们母子悲苦的命运就像这断了的枣树一般，似乎失去了生机。

## 四 生死之间

人在幼年时可以这样说：母亲的命运就是孩子的命运。

我这棵稚弱的嫩树苗就是以母亲的眼泪为甘霖而浇灌长大的。为了理解母亲这一个伟大而痛苦的灵魂，在这囚牢一般的大家庭里，还得培育出另一个伟大而痛苦的灵魂。

在我们这个偌大的家庭里，公正地说，真正善良、慈爱、可亲的人，不是母亲，而是三伯母。三伯母没有亲生的孩子，但她喜欢每一个孩子，每一个孩子也都喜欢她。当我童稚时，她常攥着我两只手，拉过来推过去，拉过来推过去，一面唱歌般念道：

拉大锯，扯大锯，

姥姥门口唱大戏。

这也吃，那也吃，

吃颗蚕豆放个屁。

于是我跟三伯母乐得抱作一团，笑得流出眼泪。

三伯母在这个罪恶的家庭里，是个真正六根清净的人。她是一个苦行的圣者，又是一个快活的善人。其实她的命运是极其悲苦的。在我童年时代，我当然不理解这一点。可是从我那明镜一般无忧无虑的生活消逝之后，我却隐隐感到种种诧异，而这便是从三伯母身上开始的。三伯母过门不上一年，三伯父就病死了。由于他死了，他成为一个完人。连母亲也说过，我们家最有出息的是三伯父。可是他抛弃了刚过门不久的妻子，似乎就在妻子身上加重了一种罪责。虽然谁也没当面说过她"命硬"、"克夫"，但隐隐中总有着那么一种眼色，甚至连她自己也觉得是自己给这个家庭带来了不小的灾祸。因此，她总是唯恭唯谨，战战兢兢，由此得到了贤惠的好名声，受到了人们的尊敬。实际上不是那么回事，她成为引起家庭纠纷的祸根，因此惹得一生折磨。原因是三伯父死了以后，开了一个家庭会议，当时各房都无子嗣。身为一家之主的大伯父就说："无论哪一房生下第一个孩子，都要归在三伯母的膝下。"

这里我得表白一下，祖父沿着运河用小独轮车推来的那个小女儿，就是我的大姑母。祖父祖母死了，我的大姑母成为一家之长。她在这个富有的大家庭里，是唯一吃过大苦、受过大难的人。她自然成为我们家里至高无上的权威。她守寡居家。我至今还依稀记得，她是一个颇具男子汉气质的女人。高高的身量，长长的面孔，为人正直、秉公，铁面无私，连一家之主的大伯父对她也畏惧三分。

我们与山东的因缘，除大姑母外，还有一个表姑母，模样跟大姑母一样，是个典型的山东妇女，为人刚果决断、精明干练，在前门大街开了一家骡马店，我小时常到那儿去。前面套院里是停放大车的，马棚里拴着牲口。第二套院里一排房屋租给赶马车的人住宿。谁知就在这儿发生过一件十分恐怖可怕的事，这是表姑母的儿子亲口跟我说的。说一个深夜，忽然听到店房里有异常声音，就过去探看，那里竟出了一桩谋杀案。表姑母的儿子说他看见一个汉子举起一块石磨盘向一个睡着的人头上猛然砸下，立刻鲜血横飞，脑浆迸溅。我听了又可怕、又好奇，好几次问："是你看见的？"表姑母的儿子说："怎么不是，我从一个窗户洞里看见的，就是这样……"表姑母家跟青州老家联系更紧，因为常有远途跋涉从山东赶车来的人，就投宿在这家骡马店里。

现在我想到这个"家庭会议"能够做出如此人道的裁决，很可能与我的大姑母当堂坐镇有关。谁知生第一个孩子的不是别人，正是我的母亲。这个全家的长子当然得由三伯母抚养了。这一来，三伯母心房上也得到了一点熨帖，她把自己全部的爱（也就是一个寡妇的希望、信念、生存的价值）都寄托在这个孩子的身上。谁知等这个孩子长大成人，就是当年在家庭会议上口中信誓旦旦的大伯父，忽然又以"长门长桃"为由，把这孩子过继到他的门下去了。我想这很可能因为能够约束我大伯父的大姑母早已不在人间了。这样一来，就等于夺走了三伯母的整个生命，只剩下一个人清寒孤寂，苦苦熬煎，唯一的一点儿盼头就这样黯然熄灭了。在这种黑暗的封建大家庭里，强权就是公理。一个弱女子受尽欺凌，还得守着三从四德的家训，不能做出一点儿违抗。从此三伯母只剩得形单影只，顾影自怜。我的母亲是富有同情心的人。为了安慰这个寡嫂，就叫我搬到三伯母房里去陪伴，三伯母又把她的一片慈心放到我的身上。三伯母是从农村来的，她知道很多对我来说十分新鲜、十分有趣的事。使我不胜神往的莫过于她讲农村的野趣，比如秋收季节，在打麦场上笼一把火，把田里刚熟透的黄豆荚在火上烤了剥着吃，新鲜的豆子又嫩又香，我睁着两只小眼睛听着，就仿佛闻到了喷香的香味，这使我小小的心灵向往那美好的田园世界。同时，她也讲些吓人的故事。其中有一个故事，到我上了年纪，一想起，还有些毛发悚然。三伯母说，那是发生在她小时候的一件事。一天深夜，一家人从梦中惊醒，仿佛听到院里发出毛毛瑟瑟的声音，而且这声响离房子越来越近。她母亲就怕是祸事临头，十分震惊，于是，悄悄掀起窗帘去看，谁知她吓得"呀"的一声，立刻昏厥过去。原来当她把脸凑到窗玻璃上，隔着一层玻璃，正有一个又圆又大的脸也在那儿向里看，好像还听到"扑哧扑哧"喘气的声音。经这一喊，外面才一切杳然。这大饼一样的脸是人是鬼，谁也不晓。你只要想一想，鼻子对鼻子、眼睛对眼睛的那一刹那是多么可怕啊！但是当我住到三伯母房里去陪伴她的时候，她却很少再讲故事了。每当操劳一天之后，安顿我睡下，她就面对一盏青灯，手中握着一挂念珠，一面掐着珠子，一面念经，这大概就是她失去人生之爱后唯一的一种寄托了吧。可是有一回，我深更半夜醒来，从枕头上仰头看她，只见她木然盘膝而坐，还在数念珠，诵佛经。使我吃惊的是，她那纯朴憨厚的面颊上，竟亮着一条长长的泪水……

正是"长门长祧"这一决定，竟在我们家引起轩然大波。因为母亲连生三子，原来二伯母也生一子，在全家排行第二，她一心指望，我的大哥既然过继给三伯母，由于长房不生子女，就应该把她的儿子送入长房，继承家业。谁知大伯父执意不肯，以"长门长祧"为由，让我母亲的亲生骨肉占了首位。一家四房里有三房的继承权落在母亲身上。大伯父手里掌握着全家的财产，这个继承权势在必夺，这么一来，就促使矛盾白热化了。在这样的家庭里，到处都是冷眼，人们之间，挑拨离间，拉帮结伙，搞串联，弄诬陷，以至拿刀弄杖，无所不用其极。于是，污泥浊水就像大雨一样，对着母亲倾盆而下。她从一开始就成为这场悲剧的主角，她命苦，可是她抗争。这还因为母亲和三伯母是不一样的人。她精明干练，能说善道，做得一手好针线，做得一手好饭菜，在全家都称得上是一个能人。她一身衣衫总是整整齐齐，把孩子也收拾得干干净净，加上她相貌出众，她的头发很浓很长，盘起来的髻子总是乌黑发亮。夏天，还采一朵雪白的玉簪花，插在头上。总之，她决不甘心处于弃妇的地位，她不像三伯母处处忍让，处处低头，她对一切横来之祸从来据理力争，寸步不让，以牙还牙，以眼还眼，斗个不休。一个被遗弃的弱女子本来是十分悲苦的，她又不肯忍气吞声，这就决定了她的悲哀的命运。这命运带来一个恶果，就是由于冤愁怨恨积累太深，她终于病得奄奄一息了。

她先是腿脚麻木，痛彻心肺，每夜躺在炕上，疼得睡不着，总是由我攥起两个小拳头为妈妈捶腿。她迷信神鬼，怕是住处不吉利，就由东厢房北面一间屋搬到南面一间屋。可南面一间屋本来是堆放破烂儿的空房，一个积满灰尘的书架上搁着无人染指的线装书，蛀虫神头鬼脑，出入其间。炕上一领破芦席特别长，有三分之一就竖在墙壁头。地上坐着一只发黑发朽了的大躺箱，里面装的都是破棉絮，烂被褥。窗上棉纸枯黄，屋角布满蛛网。我们母子二人原来住的北面那间房装潢得还像一个样子，后墙下有一排立柜，勤快的母亲把柜上的铜钉锦儿擦得又明又亮。我记得儿时的一夜，母子正守着一个白泥炉子烤火，忽然响起一阵叮叮当当的声音，那些铜钉锦儿都在发出细碎的音响，我听得很有意思，母亲却告诉我这是地震。可是现在由于迷信风水说，宁愿抛下那温暖明净的房子，搬到冷落破败的这间房。谁知这一招并未显出什么神佛的灵验，母亲整个身子渐渐瘫痪起来，只能整天整夜躺在炕上，动弹不得。我从此也跟着进入乌烟一样黑色的悲惨日子里。

我睡到深更半夜，常常给母亲凄惨的呻吟所惊醒。她举不起手臂再来梳头了。早晨，我用生铁铸的脸盆打了水放在炕上，用手巾给母亲擦一把脸，她的脸像蜡渣子一样，白里泛青，毫无血色，头发蓬松散乱，一直披到脸上、身上。她非常恨自己的病，不甘心自己的病，她常常背过身去，暗暗饮泣，不让小儿子看到。可是小儿子童稚的心灵里这时刻充满了痛苦，充满了仇恨。很长一段时间内，我的性格变得非常孤僻，仇恨一切人，一切事。尽管我还不懂得人压迫人的道理，但我跟周围所有的人都不讲话了，只伶仃孤苦，守着母亲。

母亲不能起来干活烧饭，又不愿吃现成饭。

那得换来多少凌辱，多少咒骂呀！

在病得最厉害、最凄惨时，她走上了不吃、不喝、奄奄待毙的道路。

这时，只有三伯母到我们这个破瓦寒窑里来。她劝我母亲说：

"为了四子（我在家行四），你要活下去！……"

说着，两人手拉着手，然后哀哀痛哭起来。

她们哭她们的命苦，她们哭她们在这个黑暗腐朽的家庭里都是清白无辜的人。可是，如果说，三伯母落得心如枯井，母亲就落得要活活不成、要死死不了的地步。两个苦命人自有心灵相通之处，她们为自己的悲哀、又为对方的悲哀痛哭不已。经三伯母苦苦劝说，母亲才强打精神，吃了几口稀饭……

平时，吃饭都是由我到厨房里去打来的。谁知那儿给我准备了一个沉重的打击——一生一世我也无法忘却的屈辱与苦难的打击。

那是一个北风刺骨的冰冷的日子，我去厨房打饭，在厨房门口，我忽然猛地停住了脚。

原来，二伯母正在暖暖和和的厨房里，用最恶毒的心肠、最冷酷的语言在挖苦这时正在死亡线上挣扎的母亲，说母亲是吃闲饭的，是富贵命根子，还得让人伺候……

我的心一下像一块木头一样僵硬起来，一把利斧狠狠一下劈在上面，鲜血沿着那破裂的、颤抖的、惊悸着的心房，涔涔滚下，我顿时感到如五雷轰顶，手足失措。

"啪"……

手上端的瓷碗一下落在地上，摔得粉碎。

我扭头就跑。这绝不是由于犯了过失的畏惧，而是不愿见，那可憎的嘴脸。

可是，我又不能跑到妈妈那里去。妈妈问起来，会很伤心的。我就一口气跑到那个荒凉的废园里去。面对枯蓬冻雪、古树寒鸦站下来。我觉得我浑身从里到外都在剧烈的颤抖、燃烧，一颗被遗弃的童心在这个被遗弃的地方，我感到极度的孤寂、凄凉。巨大的仇恨紧紧扼住了我的心脏，我狠狠咬住嘴唇，无论怎样，不让眼泪流出。但实际上，我还是哭了，而且哭得很厉害。流尽眼泪，无限疲惫，最后，我才走回母亲那里。

还是热心肠的三伯母给母亲端来一碗小米粥，一碟咸菜。

母亲见我来了，她当然敏感地知道出了什么事情，可是装作什么也不知道。尽管我从地上抓了两把雪，擦去泪痕，擦去污垢，可是小小童心哪里能擦拭干净，又怎能瞒过母亲的慧眼呢？

三伯母走后，母亲白菜叶子一般的脸上，露出一丝凄苦的微笑。

母亲拉着我的小手，一看，小手已经冻得像红萝卜一样。

我望着母亲。

母亲望着我。

母亲深深叹了口气，伸手抚摸着我身上那件从夏天穿上就没换过的月白布大褂。

母亲平时再艰难、再困苦，总是把儿子收拾得挺体面、挺干净的。她觉得儿子的体面就是母亲的体面。

可是现在，现在她做不到了。

夏天穿的月白竹布褂一直到冬天还穿在我的身上，上面印满了黑的污渍，还有破旧和撕裂的地方。因为我小小年纪，要劈木柴，弄煤球，生炉子，整天弄得两手乌黑。为了让母亲暖和一些，我清早倒了炉灰，还要从中挑呀拣呀，拾出没烧尽的煤核儿，夜里放在生起的炉子里再烧。我还得给妈妈刷碗、洗衣服，而自己到了隆冬腊月，只好穿着夏天穿的竹布褂子。

母亲明知道我受了委屈，可是她知道我是不会跟她诉说的。

她把忧伤的、无神的两道眼光落在我的脸上，眼光中无限怜爱。她呜呜地哭了。

我知道母亲在自己责怪自己不争气，使儿子落到这种可怜的地步。

于是，母子二人相对而泣。恨天天不言，恨地地无声。在这生灵涂炭的吃人的旧礼教的地狱中，有苦能向谁说？有恨又向谁诉呢？剩下的只有母子二人一倾心酸的热泪。

由于外来的种种刺激，加上内心的煎熬，使得母亲的病日益加重了。我迈着两只小腿，每天给母亲煎汤煮药，守着坐在白泥小火炉上的一只黑砂锅，常常打开锅盖，吹开蒸气，瞧瞧药汁炖到了什么火候。真是事在人为，平时什么也不会干的一个孩子，在母亲重病之中，却什么都能干了，那确实是一个悲哀的冬天，一个痛苦的冬天。在这些日子里，我不但觉得自己的家庭在崩溃，而且整个世界都一点儿一点儿地在崩溃了。

我的一颗撕裂的童心无处安放。

我不知道我该把这颗童心放在哪里。

但是人生总是要有所寄托的。

在一盏昏黄的孤灯之下，我把全部心神都倾注在《红楼梦》这部书中。

我非常厌恶薛宝钗。

我非常同情林黛玉。

我不是女性，更不懂得恋情，但有一种辛酸悲苦的命运相通。每当读到"林黛玉焚稿断痴情""苦绛珠魂归离恨天"，就不能不泪流满面，凄然掩卷。在这个从富贵走向衰落的大家庭里，在母子被遗弃的处境之中，在亲自遭到多少白眼、蒙受无限冤屈的环境里，在我寂如止水的心里，林黛玉很自然成为我心中最崇高、最理想、最使我同情的人物。在全书里，许多描述时时使我触景生情。比如第一百零一回，通过凤姐夜走大观园而透露出那股破落气氛，真是阴森入骨。一盏青灯，夜深人静，我坐在母亲身旁，不觉悚然憬然，因而想起自己在后园看到黑猫的那件事。从此，我就再也不到那废园里去了。母亲又疼痛得呻吟起来，我连忙过去给母亲捶腿。由于夜深人困，不知不觉闭起双眼，蒙眬睡去。忽然，给一种不知道是什么的非常凄厉的声音唤醒。我仰起头来，只听得窗外北风在呜呜地狂吼，原来是老槐树的断枝一下扫落屋顶。母亲这时昏昏睡去，屋中只剩我一人醒着，忽然，从旋转的北风里传来喊叫声。我仔细听时，原来是乞讨者拉着若断若续的声音，在乞求着："……老爷……太太……给点儿吃的吧！……"这声音是那样凄凉，那样悲痛，那样绝望。那时，北京城一个冬天就有成百上千人流落街头，冻饿而死。难道这就是一个垂死者向人间发出的最后的呼救的嘶喊吗？我一时之间，觉得这人间地狱一切都已凝冻、死灭，而这人世间的凄凉不正和我的撕裂的童心相呼相应吗——整个心、整个天空和地面都在沉落，沉落……

## 五　童年的绝唱

为了维护这个炼狱般的家庭，不知有多少人为之苦苦地活着，暗暗地死去。

据说，在早年间，有个丫头自尽了。但是，在大人之间却避讳，谁也不提此事。我只从母亲的言谈中暗暗感到，就在生我养我的这个家庭中，曾经发生过这样恐怖的事。当然，我不知道那个女孩是什么样的人，在我心中，只觉得她是一个又可爱又可怜的人。在我的稚幼的心灵上，她是一滴苦涩的泪水。但是，有一件关于死人的事是全家众所周知的。我想，大概由于第一次世界大战，中国民族资本主义曾得到了一点儿发展的机缘，整个时代潮流已经径自不同了。我家的封建式的经商已经日趋没落，于是，就想把剩余资产拿来，投去办"实业"，做最后的拼搏。于是，在京西开了煤窑。谁知煤窑一下轰了顶，压死十几号人。为了了此公案，打了多年官司，不但实业没办成，还落得整个倾家荡产。因此就断绝了发洋财的那条路径。只见我家老房上那荒凉的黄草越来越多，我们家境便随着旧时代而破败灭亡了。

但我的童心悲剧并未结束。最使我恸绝的是我家用人老王的死。

不知哪年哪月，我家里来了一个男用人。这人五十上下，长得慈眉善目，为人礼仪周全。他每天清早要一一走到每一房窗外，隔着窗子，请安问好。特别是我母亲病重时，他也曾站在窗户外面，问病请安。他说话的声音总是很柔和，很动听。他说：

"四奶奶，身子骨儿见好吧？难得四哥儿伺候您呀！"

妈妈说：

"老王，吃了这几服药，身子也觉得清爽多了。"

老王在外面又站了一小会儿，而后我听见他喟然叹了口气，慢慢地趿着脚步走了。

就是这样一个人，对我们家来说，他是用人；可是对于我来说，我应该公允地称道，他是我的第一个师傅。

　　我关于稗官野史的众多知识大半是从他那得来的。他给我讲了很多书，而且，他不是在背书。他有一个绝妙的方法，就是把京戏段子串起来说。比方讲《说唐》，他说到秦琼秦二爷，就微微合上两眼，在架起来的二郎腿的膝盖头上，用一只手敲着板眼，轻轻摇晃着脑袋，唱起《秦琼卖马》那一段。最后，还把手轻轻一拍，唱道："摆一摆手儿牵去了吧，……"比如讲《杨家将》，那就更有兴头了，从"碰碑"一直唱到"辕门斩子"。《三国演义》《水浒》经他一说一唱，真是活了。有一天，我问他："老王，你怎么会这么多戏？"他说："我是听的呀。"谈到谭鑫培，他总不称他的名字，也不叫谭老板，而是叫他"谭贝勒"。据他说，这是当年慈禧太后听了他的戏封给他的爵位。我从他这儿不但知道了很多世事，还学会了许多京戏。他这人真穷，要不穷当然也不会来伺候人了。可是他人虽然穷，却穷得很有身份，很有分量，很有礼貌，从来没有看到他在人面前穿着个短衫短褂，他总是一领青衫，两条长袖，两手总搁在袖筒里，不露在外面。当然，这里也有一点儿秘密，就是他常常从外面回来，袖管里藏着一只锡制的小酒壶。他不瞒我，我也不告诉人。他每说得得意起来，就仰头就着小酒壶品上一口。后来我才知道，原来他还是出身于诗书礼义之家。在清朝，他家历代世袭着皇家王朝的瓷库总管，也算得上是一个大臣。据他讲，当年各州、省经过运河向皇上进贡瓷器，有时往往在路上打破，为了补救，都一色送两套，以备万一碎了好补上，可是这一套也往往完好无缺。于是就孝敬了瓷库总管。因此，凡是朝廷上有的，他家里都有，可见其家是何等豪富。怪不得他能把谭老板进宫给太后老佛爷演戏的事儿讲得头头是道，栩栩如生。对我这样一个孩子来说，他简直是一个百宝箱。说吃说穿，他可以把北京城的上自燕窝鱼翅、绫罗绸缎，下至王致和的臭豆腐说得五光十色，各色俱全。他对我从来不说他为何落到这等地步。日子久了，渐渐我发现，他原来也吸鸦片烟，吸了个倾家荡产。他为人十分和蔼可亲，总无半点愠色。大人吩咐他做什么，他一面说着"喳，喳，喳……"，一面往后退着脚步。每天到了晚饭以后，我就奔到他那里去了。他就住在我家作厨房用的西厢房的里间屋，就是前面讲过我们全家人炕上炕下一齐摇元宵的那间房子。这时，他轻轻从外面归来。我想他是烟瘾过足了，精气神儿十足。他跟我海阔天空地聊了起来。久而久之，我发现他不是为了自个儿解闷儿，确实是喜爱我这个孩子。他每天谈完了，看看天色不早，就劝我回去。我却兀自不肯，他便幽默地说："这一灯油可点得够多的了，明儿个奶奶们不给灯油，咱们可只有唱《三岔口》了。"于是，做了个舞台上的动作，就糊弄着我回到母亲那儿去。我心里总是觉得甜滋滋的，睡梦里也还想着他唱的戏、说的话。

就这样一个好人，谁知有一天从炕上卷起一捆单薄的行李向我告别。他说："四少爷，我要走了！"这对我真是轰然一个霹雷。我家尽管日趋衰败，但总还不至于养不起一个用人吧。我想，只是因为他老了，老是咳嗽、痰喘，呵欠流星，就无情无义，把他从我家赶出去了。对此，我感到莫大气愤。

我发现老王跟我说完话，泪眼婆娑地低着头，就悄悄地走了。

他带走了我的梦幻；

他带走了我的欢乐；

谁知，他也就带走了我的童年。

后来，我还见过老王几次，那是在街上。他可不像在我们家那样干净、洒脱了。变成一个灰灰的人，还是一领长衫，不过破了旧了，而且揉得像破烂了的白菜叶子一样。我想，他大概也打不起精神再脱下来洗了。恐怕为了活下去，连换洗的衣衫也都送进当铺了吧？我见了还是缠住他。

他那顿然衰老的满脸皱纹，也对我闪现了一些苦涩的笑意。

我问他住在哪里。

他告诉我，就住在离我们家不远的一处人力车夫们群居的窝铺里。

又隔了一段时间，给我们家挑水的水夫避开大人，悄悄告诉我说，老王病了，病得很重，一心只想再看我一眼。原来，我们吃、用的水就是老王每天每天弓着脊背，蹒跚着脚步，流着汗水，一担一担从水局子挑来的。现在，他却跟我们家毫不相干了，只留下一线情怀。我听了心里十分难受，我把这样沉重的大事完全隐瞒在心中，一点儿口风也没有露给母亲。老王在这世界上再也没有什么可惦记的了，可是他还惦记着我，也许他对自己唯一的一点儿安慰了吧。我趁一天夜晚，从家里偷偷出来，我径自寻到那个穷窝铺。原来，那里是一些破铁皮和茅草架的棚子，墙上糊乱涂了一层黄泥，院里横七竖八地到处是人力车。棚里灯光黯淡，人影朦胧，只闻到一股浓重的臭气扑上鼻来。这是我到人世间来第一次看到这么一种悲惨的世界。我一想老王落到如此可怜的地步，鼻子就有些发酸了。我分开众人，在一堵裂了缝的吹进北风来的破墙下，一铺挤着十几个人的大炕的一角里找到了老王。老王一看是我来了，猛然一惊，责怪我："四哥儿，你怎么能到这个地方来？"我说："我听说你病了，来瞧瞧你。"他的脸上就像西坠的夕阳，闪出一点儿微微的光亮。他见我来了，显然很高兴，他伸出手拉我的手，我只觉得他的整个的身子、整个心都在颤抖，两眼窝里慢慢溢出两滴泪水。那时我很小，我心里很紧张，也不知道说什么好。就这样呆了半刻多钟，还是老王想法打发我走了。他推了我一把，说："四哥儿，这不是你来的地方，你再不要来看我了。你……"他脸上露出一丝苦笑，但等我走一步，回头看一眼，老王简直不像人了，只是一具骷髅。我见他掩了脏得油腻腻、黑乎乎的被子，转过身，朝那透风的破墙，微微耸着消瘦的肩膀，我想，他是哭了。这也许是他向人间最后的告别。我从那儿出来，回到我们那小胡同里，几盏破油灯在西北风中闪闪欲灭，这些路灯只是一根木杆子顶着一个破碎了的玻璃匣子，里面有一盏小煤油灯。那是每天傍晚由一个破衣褴褛的人捎了一架梯子，一个一个点着了的。这时，一盏绿莹莹的灯像是鬼火一样，加上我同时听到空中传来的颤抖的叫花子乞讨盼声音，我的心痛苦极了，我觉得我一步一步踏过的不是坚实的地面，而是破裂的地壳。而那下面，就是地狱。我觉得人世间的一切一切都在粉碎，在崩落！在粉碎，在崩落！在粉碎，在崩落……

两天以后，我又问那挑水夫：

"老王的病怎么样了？"

"他就在那天夜里死了。"

"死了怎么办呢？"

"穷伙计们凑了一吊钱，买了一领席子，送到荒郊野外去了。"

从此，我的童心的悲剧像烙印一样深深刻在我的心上。不过，我的童心的时代也就永远地结束了。老王的死，成为我在那黑暗而痛苦的童心时代的绝唱。

## 六 众生相

我们家是经商的，为了让孩子们能够继承家业，就有它自有的一套训练的方法。我们一旦长大，长学问、增见识不是在学校里的课堂，而是在店铺的柜台。受着这一传统的约束，我长到十四岁，手上就提着一个毛蓝布的小包袱，辞别了母亲，远离家门，外出学徒去了。

我学徒的是一家字号叫"世合源"的粮店，位置在前门大街鲜鱼口以南路东的地方。这家店铺也还堂皇，正面三间门脸，每天早起，伙计学徒七手八脚把黑漆的木门板一块一块取下，整个店堂就一无遮拦地敞亮开来。迎门是拐尺形的漆成黑红两色的柜台，南面墙下白布口袋装的面粉、麻袋口袋装的大米堆得有如一座一座的小山。柜台里面，正中墙上是一块很大很大的玻璃镜子，镜子下面是一张朱漆八仙桌，两把红木太师椅。其中一把椅子上经常坐着一个清瘦清瘦的人。白净的面孔上微微有几粒浅麻子，他头戴一顶平顶的黑剪绒小帽，穿一件灰布长袍，外加一件黑布坎肩。这就是世合源的掌柜。尽管此人体质文弱，慈眉善目，但由于他是一铺之长，坐在唯他能坐的座位上，自然也显得几分威严。他有一个习惯的动作，就是微闭了两眼，把两只手交叉放在肚脐上，两只大拇指总是彼此不停地前后转圈子。这说明他多谋善算，在用心机。我跟这掌柜的关系十分微妙，因为这掌柜的是在大伯父手下学徒出师的，因此过年过节，他总是到我们家去行礼如仪。我那时管他叫"赵四哥"，他称我为"四师弟"。他是大伯父十分器重的人，因此现在把我送到他这儿来，并且叮嘱他：严加管束。想必是要如法炮制，把我也造就成这种模样、形如木雕的人。可是这样一来，赵四哥又成为我的师傅。谁知，就是这一个青皮寡瘦的人竟成为我走进人生门槛后第一个引起我心灵为之颤悸的人。

每天天色未明，偌大上下两层楼房里，首先就听到掌柜的一声大声的咳嗽，这是一个行动的信号。跟着，一群伙计、学徒就纷纷忙碌起来。先把门板卸下来，然后用扫帚打扫地面，再用鸡毛掸子清除柜台。在蒙蒙亮的晨光里，掌柜的从楼梯上咯噔咯噔地走下来，双手端端正正把那顶剪绒黑色小帽戴在头顶，就到外面去遛腿儿去了。我伺候生病的母亲一年之久，生煤炉、炖开水都做得头头是道，到这里也就不觉有什么劳累，反而显得轻松。每天站在柜台后面，看大街上行人五颜六色，来来去去，倒也有趣。特别热闹的是卸货的日子，众人七手八脚，扛面粉袋的，扛大米包的，一时忙个不停。日子一久，我从中就发现了一位我十分钦佩的大师兄。此人坐地虎一样，长一副矮壮的身子。百十斤重的大米包，别人扛一包，他一次却可以扛三包。这惊人之举，显出他真是身手不凡，称得上是江湖好汉。他那粗犷的圆脸上，不但不露一丝乏意，而且还哈哈大笑，十分自豪。他的两腿两脚都是粗粗的，宽宽的，迈起步子跨得很大，有时只穿一件薄冷布坎肩，凸露出的红赤赤的臂膀上，一团一团坚实的肌肉竟像铁打的一样。至于他的腰背，厚得就像城墙。然而他的性格却是十分快活，十分明朗。他对我这个最小的小师弟十分友善。有一次，我也想参加这卸货的活动，大师兄发现了我那贪馋的眼色，就做个眉眼让我过去，两手抓起一袋面粉，猛压在我的背上。我立刻觉得像被一座大山压得喘不过气，两条腿便颤巍巍地摇晃起来。大师见见此哈哈大笑说："小老弟，四十斤，比你还沉呢！"他却世故地不肯折年轻人的面子，由他一手挟两袋面粉轻轻巧巧风风火火地跑去。末了，他还把大拇指一挑，拍着我肩膀，说："老弟，只要有雄心壮志就行，力气是练出来的！"

大师兄真是个乐天派。有一晚上，他暗暗扯了我的衣角一下，说：

"我带你到一处去。"

说着，就领我迈出店门，走上前门大街。约莫走了半个小时后，折入一条小巷。当时北京的小胡同，都在路拐角墙边处点着一盏小小的煤油路灯。可是光线暗淡，四下里都是黑蒙蒙的。那时间有人常常解开裤裆在这儿行个方便，是没人管的，因此这里喷出一股浓重的尿臊气息。谁知走到一家门前，我先听到"咣当——咣当"木击相撞的声音。随后闻到一股熟麦子的香气。只见大师兄不用手推，只歪了肩膀头一撞，撞开一扇板门，随即从里面露出一丝昏黄亮光。我跟大师兄进来，一时不辨南北，只在朦朦胧胧中听到一连串人声笑语。大师兄就一阵清风一样被拉走了。这里剩下我便独自逡巡，一座大大的作坊，几根柱头上挂着盏盏马灯，几只巨大的磨盘都在旋转。我从来未曾见过这般开眼的事，便很有兴趣地观赏起来。一匹满身黝黑光亮的大毛驴，两眼蒙上眼罩，它只一耸一耸动着两只剪子一样的尖耳朵，不停地踏着蹄子奋步前进。那个磨面的人看上去非常好笑，像个雪人儿一样，浑身上下沾满白面粉，嘴上围着一块羊肚毛巾，上面露出两只蒙眬的眼睛，眼睫毛也是白的，不时甩手拍一下驴子的屁股，使那驴子快些行走。伟大的人啊，你是多么聪明！你的聪明，你的智慧，实在无穷。你真善于捉弄，只消用个罩子蒙住驴子的两眼，驴子便不停地走啊走啊，它也许以为自己已经跋涉了万水千山，也许由此而产生出一种自豪之感。其实，那驴转来转去，在小小的辗道上，并没有远离一步。跟在驴后面的这个磨面人，不停地举起一只大簸箕往磨眼儿里倒麦粒。这一切都笼罩在满屋飞扬的糠皮、麸屑之中，就像云旋雾转，影影绰绰，就像醉眼蒙眬的人看世界一样。我在这儿看了个够，又踅到隔壁另一个作坊。这儿从屋顶上垂下许多根绳索系着的大箩，四个大箩由四人经管，他们每人两手把住大箩，一推一拉，一推一拉，上面悬箩的大绳就发出毫无节奏混成一片的声音，这就是我一走进小巷就听见的那咣当、咣当的响动。他们这一项工作叫作过箩，是把磨坊送过来的粗粉筛成了细粉，因而这里细细的粉屑飞满了全屋，我一张嘴呼吸，就吸进了大量的灰尘，觉得鼻子里一阵发痒，不禁连连打起喷嚏，引得白影子里的人们一阵哈哈大笑，其中一个尖着嗓子像公鸡打鸣一样喊叫。

"新来的小兄弟呀，你来尝尝鲜吧！"

说着又是一阵洪亮的笑声……

我一下子羞得满脸通红，像是受到了奚落，便低头跑出，径自去找寻大师哥了。

在一间灯光明亮、暖烘烘的小屋里，我找到了大师哥。原来他们三个人围坐在一铺长炕中心一方炕桌的旁边，一进去就闻到酒气扑鼻。他们一面饮酒一面谈话，一面大嚼羊头肉。他们拉我吃，我不肯，他们也就自管寻欢作乐，不理睬我了。我在火炕三面围墙上忽然像是发现了什么。乍看上去以为是油漆彩绘的炕围子，待我爬在炕上仔细看时，原来是一幅一幅彩色的木版画，上面都是戏人儿。有一点颇逗引我注意，就是每一张上都有一个脚穿红鞋、脸擦胭脂的女人。对我来说，这真是一个重大的发现。简直像哥伦布发现新大陆，随之而来的是一阵混乱的情欲的刺激，一方面是十四岁的柔弱心灵为之颤抖，一方面却觉得有一种动人的、甜美的滋味。不知怎么，一下子我摸到木板门后，扬头一看，真是大吃一惊：这儿画上全是赤裸了身子的男女，成双捉对缠在一起……我一时从脸上到身上都发烧起来，心怦怦跳得十分急促。原从《红楼梦》《西厢记》上也隐隐产生了一种性感，但却从来没有这样明目张胆，大开眼界。于是，我吓呆了，一时之间喘不出气。谁知却给大师兄发现，一把把我扯开，猛喝道："这不是你看的地方！"我知道自己做了错事，不该无意中触犯他们。他们在雪亮的灯光下，却挤眉弄眼，吐出一阵阵粗俗下流的语言，跟着爆发出一阵哄哄大笑。也许是都有些醉意了，便"酒酣耳热，击缶而歌，其声呜呜"。不料他们唱的却是《孟姜女寻夫》。这时我发现三人不但不粗俗，而且十分纯朴，把孟姜女的一片忠贞之情唱得那样凄凉婉转，温柔动人。我后来阅世日多，觉得那些背井离乡、抛妻舍子，为了混一口饭吃，不得不流落他乡的人，只有把一腔人生的辛酸倾泻在凄楚的小调之中。其实他们倒是心如明镜、光可照人的真汉子。不知是不是大师兄已经兴尽，还是怕耽搁太晚，万一被掌柜发现，会遭到严厉的斥责，就一挥手跳下炕，拉上我走了出来。

从热烘烘的屋里一下经清冷寒夜一冻，我真的发现自己的脸盘都烧起来了。

## 七　一个新的世界迎面而来

我一离开枯寂的家门，就一脚踏入红尘万丈的所在。

前门大街，是一条长街。

当时是一派繁华梦境。

当时是一个罪恶渊薮。

最初，我只为它那车水马龙的花花世界所吸引，谁知从这污浊与嘈杂中竟偶然地，意外地而又必然地向我展现了人生的圣洁的奥秘。这关系着我的生活意念，决定着我人生途径的事件，是从前门大街的夜市上开始的。

前门夜市真是光怪陆离，纸醉金迷，五光十色。

到处都是明光锃亮的灯，街中心奔走的人力车，车身闪闪发亮，特别是座位两旁的两盏瓦斯灯，把坐在上面的妖艳的妇女照得美如仙女一般飘荡。两面店铺关了门，但是店铺前的高台阶上，满满的全是卖货的摊子，各个摊子为了吸引游客，争相斗艳，一盏比一盏新奇、一盏比一盏明亮的煤气灯、电石灯，闪着黄色、蓝色、白色的光亮，花团锦簇，夺人心目。世合源就坐落在这个闹市之中。开始我对这陌生世界有点儿望而生畏，渐渐我熟悉了，我大胆了，借口上厕所，吃过晚饭便溜到街上。离家时母亲塞了一些铜板，还有一块银元给我，以备万一急需之用。我却拿来买一口袋糖炒栗子，或者炒西瓜籽，一边走着一边吃着，一边在摊贩头浏览。毫无疑问，真正吸住了我的是书摊，那儿书真是无奇不有，如洋似海，我顺手翻一本站立在那灯光中，看上个半晌。那个年头，人还心善，设摊的人也并不管我，兀自坐在一旁说闲天或讲笑话。我确实从那儿买了一些书，谁知道却招来赵四哥的反感。因为他优待我，虽是学徒身份，却做师弟看待，因此楼上两间房一间由他居住，一间原是客房便归我所有。我买了书晚间便贪馋地读，这就引起了掌柜的非议。我知道做商人是锱铢较量，何况这位赵师兄是个连一个细席篓落在地上也要捡起来的角色。我想大伯父送来想让我学的也许正是他的勤俭节约吧。可是，我的一颗心都落在书的海洋里，书的世界里，不能自拔。于是自己买了两根红蜡烛点着了看书，为了让他明白，我没有浪费他的煤油，故意端了蜡烛让他看见。谁知他眉头拧成一个结，脸上像下了霜一般冰冷。可是真是学海无涯啊，有一晚，我又到书摊上去翻书，我发现有一册——

《冰心女士文集》。

我站在那儿掀起来读，一下儿吸引了我。啊！这是怎样清新的字句啊。我过去读旧书从来没有读到过的那么一种明澈的清泉，一下凉爽爽地泻入我的心脾，于是我就舍不得再放下这本书。终于掏出若干个铜板把书买了来。回到住房里又贪婪地读起来。

我特别陶醉在《寄小读者》那一部分。

它把我带向一个一望无际尽是粼粼微波的大海洋。

它把我带向波士顿。

它把我带向慰冰湖。

它把我带向青山沙穰。

它把我带向娜安辟迦楼。

……是的。

是的，它不只是将我引向大洋彼岸的远远的异国他乡，而且将我引到蕴含非常深厚丰富的一种美的沉醉之中。这里有人的性灵，有大自然的性灵，通过这秀美的文字，一一向我显示出来。在我过去生活中，完全没有，而现在，一个新的世界向我迎面而来了。

我反复读诵《雨雪时候的星辰》。


"寒暑表降到冰点下十八度的时候，我们也是在廊下睡觉，每夜总熟视的就是天上的星辰了。也不过只是点点闪烁的光明，而相看惯了，偶然不见，也有些想望与无聊。

"连夜雨雪，一点儿星光都看不见。荷和我拥衾对坐，在廊子的两角，遥遥谈话。

"荷指着说，'你看维纳斯（Venus）升起了！'我抬头望时，却是山路转折处的路灯，我怡然一笑，也指着对山的一星灯火说：'那边是周彼德（Jupiter）呢。'

"愈指愈多，松林中射来零乱的风灯，都成了满天星宿。真的，雪花隙里，看不出天空和山林的界限，将繁灯当作繁星，简直是抵得过。

"一念至诚的将假做真，灯光似乎都从地上飘起。这幻成的星光，都不移动，不必半夜梦醒时，再去追寻它们的位置。

"于是雨雪寂寞之夜，也有了安慰了！"

我读着读着，有时美得几乎令我落泪。

而我也似乎飘飘然悠扬而去。这当然不是我的肉体，而是我的灵魂。我简直忘了周围的一切，就像有一片一片朝霞冉冉带来一片光明。在这个新的优美的文学的世界里，人生的世界里，自然的世界里，我的心灵得到了极大的慰藉，极大的向往。相比之下，我觉得过去我的那一切都是那样黯淡无光，紧闭无声，简直那一切都是死了的。这新的世界一下侵袭入我的灵魂之中，我从此就再也不安分过那旧日月了。当然，那时我只是被这新的文学迷醉了，我并没有知道我自己一生将走文学的道路。但就从这整个茫茫的人生涯际之中，冰心确实给我带来第一线闪烁的光明，成为了我敲开那个黑暗的旧礼教牢笼的力量。我从《寄小读者》开始，接受了"五四"以后的新文学。一种美的向往传来，传来新的思潮，《寄小读者》所给予我的是文学而又远不止是文学。对于我来说，像一个新世界，的确像一个新世界迎面而来，它打开了陈腐的过去与美好未来之间的闸门，因此，我从来说冰心是我的启蒙老师——不只是文学的，而且是人生的。

由于枯井一样的心灵里点燃起了一点明光，我对周围便采取了轻蔑与嘲笑的态度。

谁知由此却引起了我与赵四哥这位掌柜之间的尖锐的冲突。有一夜，夜深了我还在读书，他竟然粗鲁地闯了进来劈手将我的书夺去。他一看《冰心女士文集》，他对"女士"二字就大为光火了。他也的确真正气得脸颊都有点儿颤悸，脸色白得犹如一张高丽纸。他说："你到我这儿来，算盘都没有学会打，光念这些闲书，甚至现在又读到什么女士上来了。你这样下去让我怎么样向师傅（指大伯父）交代……"他说着真的是气急败坏了，我却着实地嘲笑了他一下。我说："这是一本叫小朋友懂得世界的好书，你拿去好好读一读吧，再来教训我。"后来，我知道了他当时的心境是那样的辛酸和凄楚，我真后悔在气头上给了他这样的顶撞。

## 八 厮搏与沉落

不久之后的事实证明，掩盖在前门大街那繁华景象之下的，竟是人与人之间互相厮搏互相吞噬的世界。

一天，大师兄跟我说："小师弟，我们要分手了。"

我一听，着实吃了一惊。连忙问："为什么？"

"因为世合源要歇业了。"

他声音有点儿暗哑，低下头去吸烟，我木然望着他。只见那铜烟袋锅里的火星一闪一闪地发亮，而后他指点着跟我说："你不见咱们铺面越来越冷清了吗？"

经他这一提，我倒想起来了。我们的柜台前确实顾客稀少了，掌柜的在太师椅上坐不住了，有时就直挺挺地站在那里，还是戴着那顶黑剪绒的小帽，穿着那件灰布长袍外罩黑布坎肩，只那两只眼睛焦灼地望着，他是在盼什么呀！而终于喟然叹了一口气，坐了下去。他的两个大拇指绕来绕去更加频繁起来。大师兄转了烟袋指指点点地说：

"洋面越来越多了，有花旗粉，有东洋粉……谁还要我们磨坊磨出来的灰白粉呢？！我在前门大街上混了六七年，眼看着世界大变了。哎呀，人心不古啊。放着自家磨的面不吃，都一窝蜂去买洋面。洋面有什么好？不外乎蒸出来的馒头雪白好看，其实连点儿麦子味儿都闻不着。那又有什么嚼头。拿我来说，我宁可吃家里磨的面拉的面条，也不愿吃那种机器压的切面。小师弟，你好办，这个世合源没了，你会有个新世合源。可我呢，我琢磨很久了，我看不能在城里硬挺下去了。这条大街是人吃人的活地狱，有钱的人到东头广合楼听折子戏，到西头吃几顿致美楼。你明里看不见，暗下里是你揪着我的辫子我揪住你的辫子，真是白刀子进红刀子出。几家人发成富豪，几家人倾家荡产。我们的掌柜的焦心呀！从你来有没有看他舒眉亮眼过，好不容易撑起这个局面，可是你到东火车站西火车站看看，整车皮整车皮地往下卸花旗粉、东洋粉，哼，不要说你一个世合源，一千一万个世合源也顶不住。昨儿个，吃过晚饭，掌柜找我到楼上，坐定了，他说'这几年里里外外你受了大苦，吃了大劳……'"大师兄谈至此处，从腰间肚兜里取出十块白花花现大洋，一个一个摆在眼前。他突然呻吟了一声，抬起头来，两眼凄楚。他说："师傅跟我说，世合源要顶给人家了，我们搬到磨房去住几天，收拾摊子。"

"那么掌柜的怎么办呢？"

"他说再也挺不下去了，硬挺怕连我家那十亩薄田也保不住。"

"那他就回家去种田过苦日子了？"

"咳，胜者王侯败者贼。咱们师傅在前门大街这大杀场上败下来了，他给我这十块大洋说：咱们亏空到底，这点儿钱拿出手也寒碜，只不过师徒情分一点儿心意罢了！'我看师傅的心境是挺酸疼的，我道一声谢就收下了。"

大师兄说话的次日晚上，掌柜的也给我两块洋钱说："不给你月钱了，只带上这点儿，到新的去处也有个零花的。"

我从小厮守母亲历尽辛酸，也颇懂得一些人情世态，便执意不收，说："赵四哥，你回家过日子等钱花。"掌柜的也就黯然收回，脸上闪出一丝苦笑。

过几天，大家都搬到磨房里去了。

大师兄那天的一席话，使我明白了不少人间的疾苦，就问他的去处。

他拍拍胳膊说："凭我这臂劲，到火车站拉排子车也混得下去。不过我不想再在小贩摊上吃洋白面，我也想回乡下去了。"

总之，这场分别颇有几分凄凉。

不过，掌柜的到底有当掌柜的一番豁达，他还说东道西，强颜欢笑。在我离开之前，当有人来牵驴子时，我却看见赵四哥转过身去，拿脊背对着这番场景。他那瘦条条的灰棉袍黑坎肩的背影，一耸一耸的肩膀深深地印在我的心上。

## 九　炼狱

我在世合源的命运就如此结束了。但我咀嚼人世间的苦辣酸甜还在后一段时间。因为大伯父不让我回家，早已给我安排了去处。于是，我从磨房出来，就提了那毛蓝布小包裹，到大栅栏西面那条叫观音寺的街上，一家名叫丰泰隆的大洋货店里来了。

丰泰隆很有气派，上下三层高楼，光闪闪亮着大玻璃橱窗。使我大开眼界的就是这里还制作西装，卖白色尖头儿的皮鞋，玻璃柜里陈设着巴黎的香水，货架上摆着英国的毛料……这里上上下下百十号人，跟世合源大不相同。一天到晚我两腿不停，两手不闲。这里出出进进的也都是衣饰阔绰的顾客，相形之下世合源确是寒酸、冷落。我看着那些人物十分惊奇，男人戴着红顶黑缎子瓜皮小帽，手拿文明棍，留小胡子，上穿一件丝绸长袍，翻卷着白袖口；下身却是一条笔挺的西装裤，和锃光闪亮的皮鞋。这种不中不西，非驴非马，在那个年月里却正是风流场上调傥潇洒的装束。有的手上捏着半尺长的象牙烟嘴，一面扫视洋货，一面喷烟吐雾。女的浓施粉黛，遍身绫罗绸缎，闪闪发光。从旗袍里露出雪白的胳膊，肩头披一条绒线编织的披肩，把一双玲珑小巧的高跟鞋踏出清脆的咔咔的声响。随了这些人走过来，总有一股香水味扑来。开始我忖度那男人是老爷，女人是太太。其实后来从师兄们悄悄议论中才知道，这些女人都是红得发紫的名妓，男的当然就是阔绰的嫖客。这种嫖客当然都是达官富贾，他们真是千金一诺，买些昂贵的洋货博得娇媚的一笑。当我知道这个富丽堂皇的大洋行竟是这等寡廉鲜耻的人的欢乐之所，我感到说不出来的耻辱，就尽量不在柜台边上露面。因为有些不以为耻、反而洋洋自得的顾客还让店里把东西包了，送到某某院里去，所谓某某院就是人肉作坊。幸好由于我躲闪得快，也因为我初来乍到，这令人尴尬的事总算没有落到头上。当然，凭着年龄和常识我还不懂得资本主义这个名词，更不懂得人剥削人的罪恶。我是刚来的新学徒，在我上面，有小师兄、大师兄、伙计、先生一直到坐在经理室里的经理。他们像一摞沉重而又巨大的石岩压在我的胸上、肩上、头上，我在这里只是这一大群人的打杂儿。他们当中任何一个人对我都可以呼喊使唤，我觉得自己是一下落在可怖的深深的陷阱之中了。我感到孤独、苦闷，没日没夜，就是背负着身上那一大摞石岩转来转去。一清早，我把几十个人睡觉的铺板，加在一起总有上百块，一次又一次，扛起来爬上三层楼梯，送到楼顶平台上去。到夜晚，又把它们从上面驮下来搭成铺。那些伙计，他们每人铺底下都有一把陶制的夜壶（便壶）。我人小，一只手只能拎一个，也得爬上三楼房顶洗刷得干干净净。夜间取下，要有一点儿尿臊味儿是决不允许的，轻则白眼，重则申斥，甚至还要拿去重新洗过。最使我痛恨的是我前面来的那个小师兄。他也时不时地向我发号施令，作威作福。我不大理睬，这人就跑到管我们这一群学徒的大师兄那里挑拨是非，进行诬陷。等大师兄发起怒来，他却躲在一旁暗暗冷笑。但对于我，最大的灾难是夜间，我伺候大家一一洗漱之后，他们都睡下了，到我睡的时候已经夜静更深，实在精疲力竭，困乏不堪。可是我这个每天上下两次搬运铺板的人，自己却连半块铺板也捞不上。我就宿在一只高大的箱柜上面。这箱柜宽有一丈高有五尺，里面挂着顾客制订的西服。我拖着两条肿胀的、发木的腿，登一只高脚凳，爬上这座大山，可是电灯开关不在身旁，我又是最后一个安息的，只有爬下来关了灯，在漆黑之中再攀缘而上。然后，身子倒在光滑滑的山脊梁上，头枕着毛蓝布包袱。头一天，我的头一落在包袱上就忍不住哭了。

谁知真正炼狱的生活，还在全身骨架酸疼欲裂，好容易闭上眼要睡的时候，忽然，像一股汹涌的浪涛一样，成群结队的东西向我身上、脸上、手上、脚上袭来。我顺手一摸就捏死一个，只觉得手上黏糊糊的，放在鼻孔上一闻，才知道是臭虫。一下儿使我毛发悚然，可是太累了太困了，一面痛苦的挣扎，一面还是睡着了。在迷蒙的梦中，只觉得臭虫简直如潮水般的马群，在我身上摆起战场，他们吮吸着我的鲜血，一个个变得又肥又胖，鼓着肚子爬也爬不动了。第二天起来一看，给压死的就有数十上百，这真是可怕的磨难——在火中受着痛苦的熬煎……

不过人生总是一方面向人展现恶，一方面向人展现善。

我在丰泰隆上百号人中，却看到一个慈祥的面孔。这是一个年老的厨房师傅，他对我默默的，并没有什么温言暖语，只在每顿饭后，别人一走干净，他就领我到厨房一张饭桌前面，在那儿他给了我一碗温热的菜和一盘馒头。因为一天三顿饭每桌十个人，每人饭碗一光，我就得连忙给他们添饭。这样一来自己就忙得吃不上饭了，至于菜决不等我动筷子早已给人一抢而光了，这样就每顿都挨饿。老厨师见身旁无人，就指了指饭菜，命令我吃掉它们，这是何等的善人啊。他看我年纪小，胖胖的，从他清瘦的脸庞上露出笑脸，看来他挺喜爱我。他有一次伸手摸抚着我毛茸茸的脑袋，自己却颤巍巍地摇着头，又是喜爱又是悲苦的眼光看了我好一会儿，这是我一生一世不能忘却的眼光。在逆境中、在厄运里、在遭受侮辱与损害时，如果自己有一点儿凄惶、软弱、悲观、失望时，这一双老人的眼光便会又闪现在我的面前。问题的严重在于这一双眼光至今还有现实意义——它好像在提醒着什么……想一想，不是已经由黑暗时代进入光明时代了么？而人世间还有那么多悲苦让人的心灵受着摧残与折磨，这是何等的不公平啊！

我在丰泰隆的生活是以血来结束的。

那一天，我背负着四块沉重的铺板爬上楼梯。当爬到第三层楼梯时，出了祸事。由于一脚没有踏牢，整个人连同铺板都从又高又窄又陡的楼梯上跌了下来。铺板四散纷飞，撞击出震动整个楼的响动。我四肢瘫软，无法起立，整条右腿的外侧一片鲜血直流，痛彻肺腑。待我从痛楚的昏迷中清醒过来，我第一个感觉是愤怒，第二个感觉是愤怒，第三个感觉还是愤怒……我的衣裤撕破了，破碎的烂布上沾满了血，但在这个地狱里，是没有人性的同情的。相反，向我投来的只是冷酷无情的眼光。我像给火烧着一样感到莫大的耻辱，好像应该责备的不是那过分沉重的负荷，反而是我犯了不可饶恕的过失。在许多冷冷刺眼的目光的刺激下，我忍住疼痛决不呻吟，我一瘸一瘸从楼梯上走下来，我继续绕过闪闪发光的玻璃柜橱，当我流着鲜血飞步狂奔时，我一下儿发现周围那些冷酷的眼光里突然闪现出惊慌的颜色。这时我的心头倏地掠过一阵震颤的快感，我心里说，我要报复，我就是要做给你们看。我要从这儿冲出去，可是我冲出丰泰隆朝东沿着大栅栏跑了半条街，我忽然愣住了。

——到哪里去?!

我迟疑了，我彷徨了，我放慢了脚步。但是我决不再回过头去，我决不再回到那里去了。我决不再每夜每夜忍受那些成千上万臭虫的吞噬。这时，我想起了我的二哥，他正在东面打磨场那条街的一家银号里当学徒，我就先去找了他。他一见我的样子十分吃惊，又十分同情，便亲自带我回了家。到家，我一下扑在母亲的怀里就放声大哭，我永远不能忘记，当时窗子外面支起遮阳布篷，给炎炎的西晒的阳光照得鲜红、通明的那一印象。自从从病魔掌中挣扎出来，母亲早已又搬回东厢房北头的屋里。她看见我这模样，一阵心痛，紧紧把我搂住。我仰起脸来乞求："妈，我决不再回到那里去了。我要上学。"母亲流下眼泪说："孩子，决不让你再去遭罪了，决不让你去遭罪了。"

在我们那个封建腐朽的大家庭里，上洋学堂那简直是一件大逆不道的事情。不过不回丰泰隆，作为一家之主的大伯父，怕真出了灾祸，不好交代，也就不再坚持。我无论如何不再走那条老路，我要冲出黑暗的牢笼，罪恶的渊薮，我渴望着到那个迎面而来的自由、舒畅的新世界里去。

## 十 心扉乍启

我好几次都从睡梦中大呼惊醒。原来，我又梦到那么多的臭虫密密麻麻、成群结队向我袭来，而且到我面前时，那臭虫竟像一个人一样高一样大，一只只直立起来，挥动着它的脚爪、伸长它的喙口，凶狠狠地向我扑来。可见这炼狱中的惨痛在我稚弱的心灵中刻下了多么深、多么重的创痕。直到后来，我进入一生中最自由最美好的生活之后，新的生活有如一道潺潺的清泉，滋润着我，这种噩梦才渐渐地隐退了、消逝了。

的确，我实现了我的愿望，我展开我生活中崭新的篇章，我迈上了生命的起点，进入了一个新的世界。就在这个暑期我考上了小学五年级的插班生，这种生活对我来讲，简直是一首很美的抒情诗。想一想吧，我是冲破两层地狱，一个是吃人的封建礼教的家庭，一个是人坑陷人、人压榨人的市井，才终于得到由自己主宰自己的新生命的。这时再来回顾那黑昏昏、凄惨惨的旧生活，我更觉着新生活的可爱了。当时，我那样稚弱而纯净的心灵，就像一朵雪白的玫瑰花，带着朝露，带着芳香，在一阵一阵暖洋洋的微风中，慢慢舒展花瓣，而后绽放开来。当每天清早面向东方唱起："……空气新鲜朝阳红……"的校歌，的确感到自己就飘浮在那一片灿烂的朝霞之中了。老师们都比较喜欢我、器重我。因此我在学校的日子过得熨熨帖帖、畅心如意。我们的教室在这所小学校最后的一层院落里，那儿有几棵古老的大槐树，把整个教室里外都笼罩得碧绿茵茵的，特别是槐树开花的时候，那一树雪白的花朵就有一阵阵甜蜜蜜、清幽幽的香味，一下飘然而来，一下飘然而去，令人难以捉摸，确是逗人喜悦。我的学业成绩相当地优良，在地理老师那里保存了好几张我绘制的彩色的地图，我写的大楷和小楷和我画的水彩画，很快就被陈列到学校的成绩展览室墙上了。我的作文文稿和历史答卷经常被批上满分（100 分），而我非常盼望的是上音乐课。这是我一项弱门，我不大会唱，又羞于张口，但，我的整个心神都沉醉在那音乐的波澜之中。教我们音乐的是一个女老师，她不但是一个苗条的而且是一个苗壮的人，她心地是那样温柔，因此她在风琴上弹出的音调十分优美动听，她的声音给人以甜蜜的美感，她的手指在琴键上轻轻地弹着，她常常微闭了两眼，而且轻轻摇着头，随后一缕一缕和谐而流畅的乐声便充满了整个教室，她自己就先陶醉在这美妙的流波之中，我便跟着也感到幽然陶醉，弹着、弹着，她就带领我们唱起来。这位老师对孩子们非常耐心、细心，最重要的是她的慈心，使得她确实有师表的仪范，我从她那儿学到很多歌，而我最喜欢的一首就是：

　　长亭外，古道边，芳草碧连天……

　　我原已经能够背熟许多唐诗、宋词，因此我很能体会这首歌的美的意境。我一面看着那摇得一窗的树影、日影，一面唱着这首歌，我的心却已飞向芳草萋萋的原野了。

　　还有一位教地理的老师，戴着深度近视眼镜，有一点儿早衰的白发，在我们儿童眼里像是个小老头儿。至今我还记得这位夏老师那间窄窄的宿舍就是由我们教室这排房子里隔出来的，因而我们教室跟他的居室之间只有一层薄薄的板壁。这是一位好学不倦的老学究式的人物，但同样有着一颗非常善良的心。他来上课，总把手里抱的一个地球仪搁置在讲台桌上，他的地理课讲得非常生动、有趣，是他教我懂得了天体和地球，也是这位学识渊博的人，第一次把我的心灵引入大宇宙里遨游。我一面听，一面觉得周围一片星光灿灿。幼年时，在我家庭院里遥望天上的天河，三伯母教我念叨："天河掉角，棉裤棉袄"。这种节令歌词，免不了逗出一段关于牛郎织女一年一度七夕鹊桥相会的虚无缥缈的神仙传说。直至遇到了教地理的夏老师，我才科学地明了在夜空中看上去像一道河流的天河原来是银河，是由亿万颗星辰组成的。夏老师的地理课，让我从小就向往罗马的角斗场，巴黎的铁塔，美国的自由女神像，埃及的金字塔等等。我获得了期待已久的校园生活，是夏老师一下又把我从校园引向地球上更广阔更神秘的世界当中。当夏老师用一根手指推动地球仪慢慢转动时，一个女同学曾经惊讶地提出：

"老师！是不是由于地球总是转个不停，屋子终究就会倒塌……"

这一问引起课堂一阵哗然哄笑。

而那女同学却回过身来面对大家说："你们什么也不懂，我是问夏老师，夏老师什么都懂。"

这是对一位执鞭一生的老教师的巨大的信任、巨大的安慰。

于是夏老师就从一圈圈的深度的眼镜片后眨着喜悦的笑眼，和我们讲起地心吸力，讲起磁石为什么能吸起铁屑的问题。

有一次夏老师却像一头猛烈的雄狮向我吼叫起来。课息时间，我们坐在后排的几个男同学打闹起来，孩子的玩耍是不分轻重的。由于我猛然一推，一个同学直向夏老师那间房屋的木隔壁墙上撞去。这一记猛烈的震动，弄得夏老师桌上一切书籍、答卷纷纷被撞下来，落满一地。夏老师从震骇中猛醒过来，便手执一根教鞭向我们教室奔来。当时我们几个孩子一下吓呆了。夏老师原来以为是那几个功课最差、品行尤劣的同学干的，谁知一看是我——是他十分得意的门生。夏老师在课堂上曾把我画的彩色地图当作教材而且珍重地卷藏起来，他还常常在下午下课之后邀我和另外二三同学到他屋里进行恳谈。我的确尊重夏老师，夏老师也喜欢我。这时我从夏老师的脸上看到从来没有过的怒色，我立刻向前走了一步，在他面前站了下来，十分冷静地承担了我的罪责："夏老师！是我犯了规，你处罚我吧！……"夏老师把举起来的教鞭停在空中，两只眼睛有点儿发红，他那深度近视镜的厚镜片一圈一圈都仿佛在哭。我一刹那间感到一种羞耻、一种悔恨、一种震动——我宁愿承受夏老师的教鞭像雨点一样落在我的头上，但却受不了夏老师使我感觉到的那种沉重的伤心。这件事使我对夏老师怀有深深的内疚，夏老师却对我始终倍加爱护，当我离开这个学校最后和夏老师告别时，我暗暗地流下了眼泪。

在学校里，我像一只蜜蜂，飞到了开满鲜花的原野上，尽情地吸着花粉采蜜，我感觉到这个世界太美好了，我觉得这儿一切一切都是新鲜的，而在这时我也就渐渐长大了。也许因为心灵上曾受过创伤，因而我过于早熟，自从《寄小读者》给我打开闸门，我便扬起风帆，使我的生命的航船静静地、静静地驶入新文学的海洋。我每天下课回家，大量地读了"五四"以后的文学作品。不过到了校园，我更爱听从课堂里飘出来的风琴声，它像一阵清泉一样带着日影、带着霞光、带着鸟语、带着花香深深地进入我的心房。我从我们的音乐老师那里学到一首歌，那是我一生一世最爱的一首歌，可惜，由于年长日久，整首歌词怎样也记不起来了。但是我记得最动人的一句歌是：

夕阳红到无边……

这一句歌一直萦回在我心间，伴随我到了暮年，我到现在还在唱这一句歌。心中一唱起这一句歌，就记起往日的时光，这是小学时期积在我生命中的一点甘露，它，滋润了我的青春。

## 十一　晨曦初上

当我刚刚把自己妥帖地安放在早霞与晚霞的瑰丽之中，谁知维纳斯却在这时候，静悄悄地来叩击我的心灵之门了。

这件事是那样自自然然到来的。一旦觉察到它时，我已经沉浸在童年友情的那种清波荡漾之中了。我们是六年级的同学。不过，她在乙班、我在丙班。我们都是孩子，可是我和她都属于孩子中比较成熟一点儿的。最初是由于她是童子军女队的队长，我是童子军男队的队长，这样我们就必然地接触起来，熟识起来。她性情温柔，她的微笑就像一抹微云那样轻柔，这的确是童真之恋，就像水晶那样透明、纯真。与其说是爱情，不如说是友情。但一点儿小小的火花毕竟点燃了，它，在我的生命之旅中不断地展现、展现。

我最早发现，我总有意无意地想接近她，而且我也就真的接近了她。

有一次，她和我迎着槐花幽幽的暗香，在和煦的阳光之下，她告诉我：

"我几年前就见过你了！"

我一下怔住了。

她笑得那样自如，说："是在你家门口，你不知道，我上学下学都要从你家门口经过。"至此，我才明白，我们住在一条长街上，她的家在我家南边，而学校在我家的北面。可是怎么我一点儿也没有觉察有这样一个披着青青短发的小姑娘注视过我呢？只是她这样一说，我反而有点儿羞涩，我不知道她见到的我是怎样的我？就因为这样一个小小的缘故，我们之间的关系就更加亲密了。有一次正在准备学期考试，她突然焦急地告诉我她忘记把历史课本带来。我便回到我的课桌上，尽管已经响起上课铃声，可是我还是把课本交到她的手里。谁知课上，我们的级任老师偏偏要我朗读课本中的一节，我站起来，凭着我的记忆一字不差地默读了那段课文。我给了她的这个小小的贡献，不知为什么使我心里特别地感到满意，感到愉快。谁知这一件事却在同学中传播开来。原来我们两个早已给同学们注意到了。于是从小同伴那儿来了善意的甚至好意的捉弄。有一次他们把我们两人关在教室里。当然我们谁也不呻唤，不求饶，因为这种恶作剧在同学中是经常发生的，其中只是充满友谊的气氛。一直到随了一阵清脆的皮鞋敲地的声音，我们那个教音乐的女老师走来上课，一群同学才哄的一声散去。女老师给我们打开门，她那样慈和而又欢悦地看了看我和她，说：

"我来救你们了！"

我们都低头羞涩地笑了一下，几乎是从老师的肋下钻出去的。

少年时期的情谊的确像一股清泉那样明澈、那样洁净。

这种生活真像平静的湖，偶然在上面吹过一阵春风，也不过绽出一丝波动的涟漪。

谁知有一件事却意外地刺痛了我的心房。

那是一个上午，我从六年乙班教室前熙熙攘攘的人群中走过，她突然从教室里出来，迈下台阶，用一双茫然的大眼睛望着我，她小声告诉我：

"王老师死了！"

"哪个王老师？"

"就是教我们音乐的王老师……"

这一惊可非同小可，我愣了半天说不出话，一下子才恍然大悟说："你不要听人传说，昨天下课后我还看见她，她不会死！"这一来我的朋友有点急儿了，我第一次看到她脸上浮现出极度忧伤的神色，眼里有两颗晶莹的泪珠。我慌了："那么是真的了？"

"是真的，还是自杀的！"

她好像完成了庄严的使命，点了一下头就回教室去了。我低下头慢慢走回我的教室，默默坐在最后面一排自己的座位上，两手捂住脸，我暗暗地哭了。这整个一堂课讲的是什么，我竟全不知道，因为那个死了的老师是我们非常喜爱的老师，她人生得比较结实健壮，露在外面的手臂浑圆，我记得她不像一般女老师的肤色那样雪白，而是浅浅的棕褐色，就像给海上或草原上的阳光晒过一样，她那披在长长圆圆的脖颈上的头发非常光滑浓密，她的两颊有一双浅浅的酒窝，常常对着我们笑。我们所以崇拜她还不仅仅是因为她对我们和蔼可亲、教导有方，而是我们知道她的一点儿历史，她抗婚出走，成为北伐军的一名女兵，而后自学成才的。她的这些经历，在我们少年人心中抹上了一层神秘而又崇高的色彩。同学中，女同学知道的事情总比男同学多。男同学一听下课铃声就一窝蜂拥到院里，而后厮打、胡闹，疯成一团；女同学则总是聚坐在槐树阴凉下的青石台阶上，头抵着头，耳鬓厮磨，悄悄议论。因此从她们那儿传来溪流一样汩汩流淌的各种信息。几天之后，还是我的朋友告诉我王老师自杀的缘故，她先十分隆重地宣布："你绝对不许告诉任何人。"当我诚恳地作了允诺之后，她才说是因为她同一个男老师的爱情，引来种种诽谤、诋毁，她自杀了，还留下一封信说：她用她的生命对吃人的社会进行最后一次的反抗……我那朋友很紧张、很慌乱，连连摇着手说："不能说了，再也不能说了。"

我们举行毕业典礼的时间快到了，槐树上有小蝉偶然嘶鸣一声，而后吹过一阵潇洒的凉风。我这颗从古井，从炼狱中刚刚解脱出来的心，在这波平如镜的水面下竟触上了暗礁。那时我还不懂得人生，不过我觉得好像处处都藏着几许辛酸。我和我的朋友就要分别了，我们只不过是两个要好的同学而已，不过这种友情在我们离开这个学校分手以后，还延长了一段时间，甚至对于我的命运还起过一定的影响，当然那是后话了。我以优异的考试成绩毕业，而且在毕业典礼上，由我作为学生代表，站在讲台之上，宣读了我在这个世界上的第一个发言稿。这时我不像刚刚来到学校时那样羞涩，而显得几分成熟、几分明朗了。

## 十二 嘹亮的钟声

在我的人生中头一次听到这样的钟声。

这样深沉而又嘹亮的钟声。

我仿佛看得见从钟那里一圈比一圈扩大的似乎虚无缥缈的柔和的声波在震颤开来、震颤开来……

在我那像被泥巴封住了口的陶瓮一样的家庭里没听见过这种声音。在我那像残破的镜子一样的市井里没听过这种声音。

因为，在那儿，我的心只能在震惊与悲苦中沉落、沉落。而现在，这响亮的钟声，唤起我生活中从来没有过的新的思维、新的感情。自从我上中学以后，每天、每天，我看到一个老人，他默默无言，目不旁视，迈着蹒跚的步伐，一分一秒钟都不差地向那悬挂着铜钟的一棵古老而巨大的槐树走去。我望着他的背影，总燃起许多的幻想，因为从一些小说里，我很向往钟楼敲钟人、灯塔燃灯人那种孤独而坚强的神魄。他解开一根绳索，有节奏地、缓慢而又用力地摇拽着绳子，敲起钟声。于是我的心中有什么在缓缓地凝聚又粉碎，粉碎又凝聚，很久很久我才意识到我是在向一个世界告别，走向一个新的世界。尽管我过去的那些年代里充满了污浊与腐朽，但，我的柔软而纯真的童年的消逝，还是值得惋惜的。这钟声却是未来的闪光发亮的世界的召唤。可是，谁知道在未来年代里，正是这钟声，给我带来一种更加巨大的粉碎与凝聚，我在钟声里，同旧世界彻底决裂，迈步走上新的征途。这一点是我原来没有料想到的。是的，我到了有自己思考、有自己爱好、有自己自由的时候了；如果说在小学里我获得了清泉，现在我到了这所中学，这清泉还在无声地流泻，水面上飘着日光、树影、花香，同时也飘浮着憧憬、期待、盼望。总之，一个少年的梦幻，正在向更深邃、更辽阔的远方延长。这时，这洪亮的钟声已悄悄地连我自己也未曾觉察地、打开我人生航道的闸门。现在回顾，这是我从家庭迈向社会的一个起点，因为尽管我不久之前也看到了人的厮搏、人的沉落，那时我承担耻辱、也承担了灾难，但我还没有用自己的双手在人生长河里升起我自己的风帆。而现在这洪亮的钟声，启示了这个新的阶段，我就像沐浴着早晨的阳光，从平原攀上高山，而在高山的那面就是蔚蓝的无际的汪洋大海。我虽然信步而行、漫无目的，但青春的血气已经洋溢在我的心身。我对一切都几乎肆无忌惮，我翕动着鼻孔，深深地呼吸。我在深沉而缓慢的一声声钟声中，似乎闻到了海的气息，似乎看见了海的闪光，总之我意识到我有待成熟，却正在成长。

北京这个城里有的是槐树，而这棵悬挂铜钟的古槐似乎与我原来见过的那些古槐不同，我觉得前者嫩绿初成，后者则是浓荫遮地。

我深深记下了那个敲钟老人，我们似乎都在冥冥无知之中，但他却一声声敲击着我的生命，我何曾想到这正是我人生之旅的决定时刻，我的新世界黎明的朝晨。

## 十三　智慧之神

我长大了。我不再像从前那样矮、那样胖，我出落得一副修长的身材，换下了淡黄的童子军装，穿上了蓝色长裤和白色的网球鞋。谈到白色网球鞋我还得说一说。我们家——转别是执法如山的大伯父，是绝对不准穿这种鞋的，他说这是送葬穿的白鞋。现在，时代的潮流终于冲塌了他的堤坝，他看到我穿白色的网球鞋，只装作看不见，不那么拧眉立目了。就这样我成了一个真正的中学生，开始了新的生活。正如同赫尔岑说的那样：这是"行将结束的青年时代的最纯洁、最严肃的时期"——而它像明亮的阳光，我伸手将它拥抱。

我所在的这个中学是一座很大的学校。这个世界很明显要比那个小学的世界广大得多了。一进学校的大门，第一进院子朝南一排瓦房，里面是会客室，会客室实际是成绩展览室，然后再往前走就是教员休息室，整个合起来是一幢大房子，中间穿过一条通道，两旁有着明亮的玻璃窗的都是办公室，诸如教务室、训导室、庶务室，而靠南面顶头的一间，窗上门上都垂着细纱的帷幕，使人感到又庄严又神圣的一间是校长室。出了这条通道，是学校中心的大院子，这儿两面都是课室，无论第一进还是第二进院里都长了几棵巨大的老槐树，它们张着碧绿的华盖，隐蔽着中间院落里那几幢灰色砖砌的楼房，楼上楼下都是开着大玻璃窗的课室，我们一年级在楼的下层，因此光线显得黯淡、柔和一些。从这个院落通过一座木搭的天桥，天桥有灰色的棚顶，有点儿像古老的小车站的长廊，天桥跨过一条胡同，进入第三进院落，是一个很大的运动场，东面有几间体育教员休息室，西面有一排淋浴室，中间有两个篮球场，北面还有一个网球场。在一进校门的那一层院落里，摆满了一盆一盆鲜花，花朵争奇斗艳，令人心旷神怡。

我由一个小学生变为中学生，标志着由少年成为一个青年人，我身心愉快，充满朝气，满怀希望，奔向前程……

中学生的日子是静谧安详的，充实欢乐的。经过两年小学的生活，我身上发生了显著的变化。

也许家庭里的霉气和市井里的创伤已经渐渐冲淡、暗暗消除。

我从无涯的忧愁、悲苦、血与泪的桎梏与枷锁中解放出来，十分惊奇地发现我的性情竟能如此活泼，如此明朗，我不再那样羞涩与恐惧了，在同伴中间有说有笑。我的天资似乎并不愚鲁，只不过像煤与铁的矿石，长期埋在黑暗的地层之下，变得乌黑。现在，清泉把我冲洗，揩拭，于是我发出一点亮光。我在语文课上成为最佳的写家，我在运动场上成为最勇猛的球将，我在美术课上成为最出色的画人，我在音乐课上成为最好的歌手……而最使我震动的是物理课，如同神祇对我敞开了智慧之门。当时在我眼中，物理老师年纪不小了，可惜由于年长月久，我怎样也想不起第一个向我传播真理之火的老师的姓名了。他经常穿一身半旧的黑西装，随随便便地打条黑领带，为人不甚显眼，甚至于有些寒碜。但在课堂上他一讲起课来却两眼炯炯闪光，我觉察到他心里有火在燃烧，果然这燃烧的火苗就真的成为落在我心田里的最初的火种。不过那不是物理的公式，而是栩栩如生的科学家的故事。而这些故事之所以启发我，并不是科学而是人生。这些欧洲资产阶级成长时期的科学家，就如同希腊神话和罗马神话里的神与英雄，一下点燃了我的人生的憧憬。

最感动我的是哥白尼，我是一面听着一面禁不住热泪盈眶。

他是第一个让人类对自己栖身之所的地球有一个真正理智认识的人。

我的老师在课堂上用那样明亮的声音朗读哥白尼的黄金一样灿烂的语言：

"……在一切的正中坐着太阳，如登宝座。在这最美丽的神宇里，这个发出光华并能同时照明一切的太阳，还能有更好的位置来放他吗？他被叫作明灯，精神，宇宙主宰，都很正当。黑梅斯·彻立斯麦吉斯塔叫他作可见的上帝，索福克勒斯的悲剧《伊勒克特拉》称他普见。所以太阳如坐在宝座上，管理他的仙女们就是绕着他转的那些行星。"

我们物理老师告诉我们，哥白尼的太阳中心学说是对古代思想体系的第一次革命。我记得老师说到这里，他就像在为真理而搏斗，用全部感情说：哥白尼第一个说明地球自转，这就是说地球不是上帝创造的，他反对了神的创世纪，开辟了人的创世纪，这是人与神的搏斗，是在混沌迷蒙的宇宙之上，照射下来无比灿烂的光明。

伟大！

英雄！

豪迈！

但，黑暗的宗教势力，是决不能允许这种科学存在的。一位红衣主教宣布哥白尼学说是错误的和完全违背圣经的，禁止哥白尼的书发行。

那一堂课对我心身来说，真是智慧之神的降临。哥白尼的火种燃起人的真诚的希望，人如真诚于自己，就必须真诚于自己所赖以生存的世界。继承、传布哥白尼学说的伽利略遭到教会的严厉谴责与囚禁，而布鲁诺竟被交付罗马宗教审判所，最后以异端邪说的罪名将他活活烧死在罗马。这一堂课在我心灵里刮起了飓风，它响彻天宇，响彻人间。数十年之后，我来到意大利的翡冷翠，那一个夜晚，我走向阿尔诺河，穿过摩肩接踵的人群，走上老桥，在桥中心我带着朝圣者的心情，朝拜了第一个使用望远镜观察天体的大科学家伽利略的雕像。河上的风在这儿自由地吹来吹去，就像伽利略从宇宙引来的清风在徐徐拂荡。

物理老师的一番话使我的灵魂引起了巨大的震颤，这一方面标志着我的智慧、我的知识渐渐丰富，更重要的是感情上，我深深感到人类发展长途漫漫，从昏暗到明亮，从过去到今天，竟有这样高尚的人，为人们的理智与信仰而不顾千钧重压，用自己的生命开凿一个闸门，布鲁诺这个被烈火焚死的圣者在我的心灵里像敲响一记嘹亮的钟声，像闪出一道灼眼的光亮，我感到庄严，我感到隆重，我的感情河流有如春潮泛滥，这种感情的燃烧使我发生一种想狂奔、想飞翔的激情，我哽着咽喉，想狠狠倾流自己的热泪，为那死去的圣者痛哭一场，这与其说是悲哀的泪，不如说是促使我成熟的生命之水。物理老师动人的声音、严肃的面容、诚挚的眼光，至今还历历在目。在年过古稀的今天，我剖析我的过去，我懂得哥白尼、伽利略、布鲁诺在我心中引起的不是理智的向往而是感情的向往，不是科学的向往而是文学的向往。特别是当下课的铃声已经响起，老师最后说了一句：

"他们都是普罗米修斯式的英雄。"

当时，我并不知道这普罗米修斯是怎么回事。我只觉得这是一个非常庄严高尚的字眼。这个字眼像一枚闪亮的金刚石镶嵌在我生命的岩石之中。

不久，我好像是从童话故事里知道了这个盗天火给人间、使人类得到光明而自己被缚在山峰上为老鹰啄死的圣者。从此这个为我最敬仰的名字，永远铭刻在我的心里，后来在我写的散文里还一再地提到这个被马克思称为"哲学历书上最高尚的圣者和殉道者"的名字，就因为他是我人生朝晨升起的一颗启明星。

我怡然、陶然地从小学到中学的几年生活确实像玫瑰花园，充满芳香、充满愉悦。因为无论在白天还是在夜晚，在醒的时候还是在梦中，都有一条春之流在悄悄流动，这是我青春期时极其神秘又极其珍贵的爱的溪流，但，那与其说是现实的，不如说是幻想的，它埋藏在我心中，而从未作任何流露。但，年轻人爱的憧憬只是一种纯真的友谊。我只觉得一想到她、看到她就非常欢乐、非常舒适、非常甜蜜。我记得在毕业游园时，我和几个男同伴跟她和另外几个女同伴沿着中南海湖边碧绿丛中漫步，她那又是埋怨又是欣喜的神态，说明在我们那个年龄里，我们都还十分羞涩。后来我们不再在一个学校里了，那时还是男女分校，我上了一个男子中学，她上了一个女子中学，但我们的家在一条街上，放学时常常在路上相遇，各自缓缓走着，这时我们长大成人了，加以没有第三者在场，我们谈笑便也自由了。但是只限于纯真的友谊，我从未向她表白过一点儿爱意。我没叩过她的家门，我没有给她写过一封信，只是既有相见，又想相见，如果遇到了就很高兴，一直送她到离家门不远的地方，我才高高兴兴回来。如果几天不碰到她，心情就发灰发暗，她的确是我青年生活中的一盏灯。她确实给了我光亮。

就这样我迈过一道门槛，进入青年时代。

青春像辽阔的原野，原野上开着各种各样的花朵。1980年，在罗马街头闲步，一下穿过一道穿门进入一个广场，这广场不太大，地面是白色石块铺成的，四面都是有雕饰的楼房。这是纳沃纳广场。使我动心的是，广场中心有一个大水池，池中心竖立着巨人雕塑的喷泉，喷泉有四个水孔，阳光下闪出彩色虹霓般四股流泉，象征着世界上四条最长的河流，潺潺有声、奔流不息。不知为什么，我一下回忆起我的青年时代。我在这一章里一再提起意大利，因为在我漫漫一生中，风霜雨雪，历尽坎坷，不分日夜，心力劳瘁，只有徜徉于罗马古老废墟之间，心神的颐悦、灵魂之隽逸，才真是无忧无虑、洗尽尘凡。只有这种心境才最适于回想我那充满温馨和欢乐的青年时节。的确，纳沃纳广场四道喷泉使我恍惚回到我那人生的原野，开满各种各样花朵的原野。一位西方哲学家把人的一生比作一条河流，童年好像峡谷中的涓涓小溪，青年时代则是奔腾激荡于巉岩间的湍流、瀑布。真的，那个时候，我学习、生活，井井有条，蓬勃向上，我的绯色的美梦还回绕其间，可以说我正在进入人生舒适辽阔的坦途，我呼吸着青春的芬芳，沐浴着清晨的朝阳。但是人生有如强大的风暴，带着震撼宇宙的隆隆声向我冲激而来。我还来不及意识到我在成长、成熟。如果从童心悲剧时代想起，我确实进入了人生广大的原野了。原野上有牧场、有丘陵、有树木、有峡谷，但我却以为我是在这原野上一个宁静、幽闲、安逸、美丽的小湖边。其实不然，我把我的现实和幻想只当作"深巷卖樱桃，雨余红更娇"。没料到却是"风乍起吹皱一池春水"。事实上，我既然年华已届，人心成熟，我的中学天真烂漫的生活开始之际，实际上也就意味着我迈上了坎坷之途。的确，就在我安于宁静课堂生活时，激荡于巉岩的湍流、瀑布，已在这辽阔的原野上恣肆奔流了。这是不由人意来安排的，虽然那时我只是一个十五岁的青年，但我从幼小时起，所受的磨难、所受的摧残，使我过度的热情、过分的敏感。现在回想起来，两年中学生活是我人生的起点。卢梭说得好："我们在呱呱落地的时候，就已进入一个竞技场，直至死时才能离开。"如果说童年的噩梦使我混混沌沌地进入竞技场，那么年轻时期，我虽然并非自觉，但已经确确凿凿地进入人生这个大竞技场了。而且这湍流、瀑布汇流之际，如同大气流的旋涡一样，从宇宙深处吹来阵阵巨风，从此以后，我一生都处于这巨风的颠簸之中，而风头是从我这一个历史阶段开始吹起的。这人生的巨风对我形成三股冲激：一个是生活的冲激，一个是精神的冲激，一个是民族的冲激。这三种冲激确实如三条狂放的大河，在我的心灵上留下了犁沟、斧凿一样深深的痕迹，而这正是人生必不可免的坎坷，不论其中包含了多少辛酸悲痛，却是人生冶炼的熔炉。正是经过这三条河流的冲激，才把我推上成年人必须迈进的神圣之门。

# 第二章

——

## 生活的冲激

### 十四　情深如海

我最初步入社会，是从我在中学读书时和高年级同学的交往开始的。在这以前，我生活在狭小的、天真烂漫的小圈子里；在这以后，我卷入了错综复杂的人生的旋流。

我上初中一年级，但无论学问知识，为人处世，比同年级的同学稍高一筹。因为我自幼读书，很受启发，后来又经过一番坎坷的磨炼。这样，我和同班同学虽然相处融洽，但智慧的须蔓却向高处攀缘。我与高年级生似有更多共同的情趣，共同的语言。我同高年级生的接触是从篮球场上一个偶然的事件开始的。原来，在操场的入口处有一间小房，是运动器械储藏室。由一个瘦条条、挺文静的、穿一身黑布棉裤棉袄、大家都管他叫"老管"的人看管。他是一个淳朴老实的农民，任劳任怨，十分负责。有些同学听到上课铃声，撒腿就跑。几个篮球场上扔得到处都是皮球。恰好这时来了一场大雨，把球淋湿泡透，任凭你在太阳下怎样晒，也难恢复原状，有的就成了扁球，球上的皮绳一干一脆，就断了。老管经常寻遍操场，捡拾皮球。但有一次，这个温顺善良的人却终于暴怒起来。不知是哪一个顽皮的同学，见他老实可欺，就故意要弄他，竟把一个皮球放在烧得通红的炉子上。皮子立刻烫得咝咝起泡，随即放出一股焦臭味儿，喷起一股浓烟。这一来，这个老实人一下怒火冲天，拿起通火炉的铁通条，气喘吁吁，满脸通红，追赶那个同学。可是，连是谁他也没看清楚，那同学早已飞跑得无踪无影了。我走到储藏室门口，只见老管坐在门槛上，两手紧紧抱住头，痛哭起来。我听见他口中狠狠地念叨：

"你这样暴殄天物！你这样暴殄天物！"

我明白，一个淳朴农民的心是如何疼痛。

他不是怕由于这种恶作剧给自己带来惩罚，而是痛心于这样好的物件就这样给糟毁掉了。

我从来没见过这样大的一个男子，竟像小孩子一般，哭得又伤心又委屈。他的确一下把我吓坏了。我就走到老管的身旁，抱了老管的肩膀。这时，我猛然觉得老管的整个身子都在剧烈地颤抖。老管此时受的委屈一下触动了我曾经受过的凌辱，便也跟着他哭了起来。

正在这时，我忽然发现，一个高大的人影出现在面前。而后，一只坚强的大手抚在我的头上。

由于这亲切的抚摸，立刻有一种温暖传遍我的全身。

我仰头看时，面前立着一个中等身材的人。他两眼凝注着和蔼深情的目光，在看着我。这是全校同学心目中的宠儿、校篮球队的神投手、每个学年考试成绩榜上都名列第一的 K。他穿着一条白绒布灯笼裤，一件镶了红字的白绒球衣，一件蓝布上衣搭在左肩头。他随即蹲下身来，并劝得老管平静下来。他跟老管走入储藏室，把那个烧得乌黑焦臭的篮球拿在手上，对老管说：

"这事你不用管了……"

然后拿了皮球和我一起走出操场。

我默默无言，由于刚才那样失态，那样无能而自艾自责。

K 却把手搭在我肩膀上，问了我的姓名、班级，并且安慰我说：

"你这种同情心是很宝贵的！可是这事你不要声张，一切由我负责。"

我说："这不关你事呀……你怎么承担呢？"

"现在你还不明白，将来你会明白的。"

K 把我送到教室门口，由他跟我们老师说明：我在操场绊了一跤，摔得挺厉害，他特地搀送我回来。

——这是撒谎!……

我心里猛然一惊,可是 K 在这时投给我亲切地一瞥。

我明明知道这是撒谎,可是,我为 K 这种精到老练的处理所感动,就没有出声。两人合谋,圆了谎言。这一来,不但没有受到老师的责罚,而且听到两句安慰的话。

我是从来不说谎的。说谎,对我来说是最大的痛苦。

因为谎话,曾在我脆弱的心灵里,留下深深的烙痕。因而在我回到教室自己的座位上时,我的心还在扑通扑通地跳着。

小时,我对母亲撒过一次谎,没想到母亲竟然气得满脸煞白,捏着扫炕用的笤帚,狠狠地打了我一顿。而后她就又心疼、又痛恨,一个人把脸朝向墙壁,哀哀痛哭起来。

我急得不知怎样办好,连声唤着:

"妈,妈,我不了! 我再也不了!……"

母亲低着头说:

"我的命就这样苦呵! 你就这样不争气! "

这一来,我真的吓坏了,也跟着哭起来。哭着哭着,就趴在炕沿上睡着了。蒙眬之间,我觉得母亲把我抱起来,放在炕上,给我脱掉衣衫,而后,用手轻轻地、轻轻地抚摸着打得红肿了的地方……

母亲的手在微微地颤悸——使我感到慈爱,感到温馨。

而这一回,K 抚摸着我头发的手,使我马上想到当年母亲的手。

谁知第二天,又到老管那儿去借球,老管像没看见我一样,只忙手忙脚地做着事。

不久,一件震动心灵的事被我探听到了。原来 K 送我进入教室后,就径自来到训导处,把烧毁了的篮球放在桌上,自己全部承担了责任,说由于不小心,把球掉到火炉里烧坏了。他这样保护了老管,自己却受到了训导主任给予的一个处分。的确,K、老管共同撒了一个大谎。如果说,欺骗是在证明罪恶,但 K 的欺骗却显示了崇高。从此,我对他就特别地敬重,特别地亲近起来。为了找他,我走进了学校的寄宿舍。这里对于我来说,实在是一个新鲜的世界,可以叫作"学生浪漫曲"的新鲜世界。因为一群单身汉居住的环境很有点儿外国小说里描写的吉卜赛人的味道。满地乱扔着该洗的衣服,满床上乱堆着零乱的书报,屋子里充满着一股焦灼灼的香烟味和黏腻腻的汗酸气味……这些高年级同学谈起很多我从来没接触过的生活,没有学习过的学问。多去几次,才知道,K原来是东北人……他谈起东北的松花江、大草原的情景,对我就产生了莫大的吸引力。

……草原,清晨,雾气蒙蒙,一根根小草上顶着一颗颗银色的露珠——空气甘美得像新鲜的牛奶,一只孤零零的老鹰呼扇呼扇地扇着两只又黑又长的翅膀,悄然地飞翔过去。

……草原黄昏,烧了满天的红霞,江水被晚霞映得像燃烧着了的红玻璃。

……草丛里常常可以看见小小的土丘,在那儿挖下去,就可以找到蚯蚓。抓着这曲曲连连扭动的虫子,把它揪成几小段,挂在鱼钩上,躲在青青的蒲草中,把鱼竿静静地垂在江水水面。沉到水里去的那一截蚯蚓还在不停地蠕动,使得鱼儿以为是可吃的活物,就猛扑过来,吞掉诱饵。手上觉得一沉,赶紧一拎鱼竿,一条闪着金鳞的鲤鱼就跟着跃出水面。那正是春汛时期。一堆堆浮在水面上的杨花漫流而去,一条条柳丝轻轻摇曳在水面。顺手撅一根柔软的赤红的柳条,从鱼鳃上穿过,把钓上来的鱼串在一起,投在浅水中……

这些对我来说,是多么新鲜,多么迷人啊!

可是,K往往说着说着,就沉下脸,心事重重,默不作声,而后,就站起来,走到宿舍外的夜幕下去了。

后来我才知道,K有过那么一段惨痛的经历。他的一家人——父亲、母亲、兄弟、姊妹,包括他的妻子——呵,他已经有了妻子了?在家乡都惨遭日本人杀害。他在城里读书,才躲过那场厄运。可是他下定决心,潜回家乡,在麦秸堆里躲藏了两天,一个下半夜,他放火把住在大套院里的一小队日本兵都烧死了。他这才插翅高飞,远走他乡。我听了这话,心中很不平静,越发敬重他。我想到,K在篮球场上总有那么一股猛劲,他跳起来投筐,就像一个浑身燃烧的火人一样,他那黑绸缎一样闪光的皮肤上,有火苗在一闪一闪……

从篮球场到寄宿舍,我同高年级同学越处越熟。

起初,我以为自己这样一个一年级学生,在他们眼中,也许只是一个小孩子。

可是,K他们很快跟我要好起来,他们对我十分尊重,十分平等。

我的心就急速地向这一束火焰靠拢。

他们之间有时谈论什么，甚至争得面红耳赤，拔拳相向。

我听不懂他们争论的完整的内容，但我记住了几个对我来说既新鲜、又有光彩、又有魅力的单词：

"社会"。

"人生"。

"学阀"。

"压迫"。

"自由"。

"谁是天下的主人"。

……

我不知不觉地受到熏陶。这种友谊的结果，是比友谊更深沉的情愫。就在那个寄宿舍里，他们一点儿也不隐讳，唱着一支庄严而神圣的歌。在那朦胧的夜晚，在那昏暗的灯光下，看他们聚在一起，压低声音。只要一唱起，他们的眼里就放出一种肃穆的光芒。这时，他们似乎不再是我平时熟悉的人，而是我所不熟的人了。开始，我不懂他们唱的是什么，他们就一句一句教我，我本来是喜爱唱歌的，放学以后，常常站在自家院子里，唱着一支又一支的歌。

唱："……黑暗快要收了，光明已经照到古罗马的城头……"

唱："……前进！前进！祖国的儿郎们，那光荣的时刻已经来临，专制、暴政在压迫着我们，我们祖国鲜血遍地……"

在认识 K 这伙大同学之后，他们在我心坎上埋下了一粒不熄的火种。那是另外一支新的歌，我每天每夜，反复歌唱它，它是神圣的、神圣的《国际歌》。

## 十五　乱钟齐鸣

我人生中的第一场风暴陡然而起了。

一天上午，我在课堂上，突然听到钟声像疾风骤雨一样，紧急鸣响起来。课堂的一扇玻璃窗正对着那棵悬挂铜钟的老槐树。我发现，敲钟的不是学校的老工友，而是高三年级的一个同学。这人我是熟识的，小个子，本来发红的面孔这时完全通红起来。他的两眼发出赤红的狂热的闪光，这种狂热驱使着他，他不但两手紧紧摇曳着敲钟的绳索，而且双脚蹦得老高，他是在无比的昂奋与欢乐之中。整个树身都摇晃起来，绿茵茵的树枝树叶都在簌簌地颤抖。在讲堂上，老师把捏着粉笔的手停在半空中，全班同学都"唰"地扭过头向窗外望去。这时，课堂的门呼的一声开了，一个高年级同学满脸煞白，冲了进来，大声喊叫：

"我们罢课了！同学们，快离开课堂，我们行动的时候到了！"

随着这个大同学的猛喝，全班同学像潮水一样，从门口汹涌奔出。我坐在最后一排，跑出来，迟了一步。一到院里，我的心立刻"怦怦"跳将起来，全校所有课堂都响起课桌盖乒乒乓乓的声响，从楼梯上，狂流直泻的乱沓沓的脚步声，多数同学急促的、惊诧的问话，大同学在号召同学们行动的霹雳般的喊叫……这一切声音混合、凝聚成杂乱而急骤的气氛，这是充满火药味的气氛，只要谁点燃一颗火星，就会呼然爆炸。我正不知应该做什么，应该到哪儿去，一个大同学挤开人群向我跑来，一把抓住我，急匆匆地走到人群外面，他跟我说：

"行动开始了！"

他异常兴奋，异常激动，下面的话挤在喉咙里，说不出来。然后好半天才说出来：

"我们已经把校长关在校长室里了！我们全体同学都组织起来，你就是你们班的代表……"这时，那敲钟的人还在一蹦一蹦地跳跃，钟声还在不停地鸣响。时间在前进！时间在前进！那个大同学朝我喊叫说："快到校长室去！快到校长室去！"这时，一种突然而来的沉重的责任感落在我的肩头，我却感到痛快，感到振奋。我本性原是有些羞涩腼腆，现在却都倏然隐退，好像有一种神奇的魔法施到我的身上。第一次发现，我竟是那样果断、勇敢。原来这两种品质潜伏在我的性格之中，尽管我一生之中由于这种为了正义为了原则从不考虑个人得失的勇敢，使我多次遭受折磨，陷于厄运，但我第一次发现，我身上有这种发光的品质，我感到无比的自豪。正是这种快感，使我和这次暴动的经历十分合拍。我也就不但毫无顾虑，而且愉快地投身其中了。

校长室在第一进院落通向第二进院落之间、那一座通道南头的第一间大房子。当我从通道北端向南头跑时，我从两面玻璃窗看进去，发现教员休息室里一群老师都坐在里面，沉默不语。有的垂头丧气，有的悠然自得。一到教务室、训导室、庶务室，情况就不同了。那里的人一个个面色土灰，唉声叹气，捶胸顿足，因为他们知道校长已经被学生捉到了。而他们办公室的门口，也都由学生把着，不准出来了。显然，他们向外面打过电话，报了警，但是，第一记钟声敲响的那一刻，学校通外面的电话线就被暴动的学生切断了。坚固沉重的大门已从里面锁上，而且堆满了从运动场上运来的沙袋。从教室里运来的课桌塞满整个门洞，由专门组织的一大群人在这里守住死闭的大门。于是整个学校就同外面完全隔绝了。

由各班的代表组成一个行列走进校长室。

我第一眼就看见校长宋振渠。这人是一个颇有几分学者兼绅士风度的中年人。他原来在我印象中，是一个并不威严的人。乌黑的头发相当潇洒，鼻梁上架着一副细金丝边的眼镜。我除了在他微微摇摆两手巡视课堂或者在纪念周看到过他之外，还跟他有过一次应该说是十分亲切的接触。那是由于我在第一学期结考时，考试成绩优异，受到校长接见。人生的事情往往无独有偶，那一次好像也是一个班一个人，也是排成一个行列，不过那一次是亲善的，这一次是仇恨的。我记得，这儿朝南一排大玻璃窗上，照射进透明的阳光，因此光线是温和明朗的。全室内沙发木椅都是一色白布罩，更加使你感到这儿十分光亮。校长坐在大办公桌后面的转椅上，态度是和蔼可亲的。他笑着一个个问我们的姓名，并且说了几句勉慰的话。而今天这种气氛就完全不同了。不过屋内还是洒着十分明亮的阳光，还是洁白的色调，不过校长成为一个"阶下囚"了。他虽说还是端坐在办公桌后的一把黑皮转椅上，但他的神情十分紧张，一绺乌黑的头发落在雪白的额头上，两只眼睛从金丝眼镜后面投出焦灼而愤怒的眼光，目光凝注，一声不语。自从我和高年级同学交朋友之后，我从他们那里才知道，宋振渠是国民党北平市党部的委员。按大同学所说，他是国民党反动派伸在我们学校里的一只黑手。而我们学生要争取自由，就得反对这种黑暗的统治。因此，我对于校长也就失去了从前有过的敬慕。但是那时一个年仅十六岁的青年根本不了解政治，因此我也说不上什么仇恨。这时，我内心反而觉得这人有点儿可怜——因为这时他已经是一个"弱者"。尽管我是一个举行罢课反对校长的代表，但我的幼稚的愚鲁的心情当时确实如此。我们包围了宋振渠，我发现站在最前面的正是K。不知由于紧张还是由于激动，他的整个神情确实十分严厉。在我的记忆中，他不是主要的领导者、主要谈判手，但他起码是发难的领导者之一。他的脸色发白，两条眉毛不断微微地耸动。人多，我挤在后面。虽然领导罢课的这些高年级学生多数是我的好朋友，然而这一暴动计划对我还是隐瞒着的——我一直不知道他们的计划，也不知道他们的目的。我只觉得整个谈判过程中气氛是十分沉闷紧张的。只记得宋振渠气愤地站起来，两只瑟瑟颤抖的手扶着桌面，向前倾着上身，声明他同意辞去校长的职务，而且把这种诺言写在书面上签了字，交给同学。但当同学们要他交出校长大印时，他却严词拒绝。他甚至声言，杀了他的头他也不能交出印信。这时窗外人头攒动，把整个校长室包围得水泄不通。

正在我们包围校长室的时候，学校外面也整个儿被警察包围了。

警察开始砸门了，从那里传来沉闷的咚咚声。

和这声音混在一起的是同学们的呐喊声。他们从里面用肩膀用身躯顶住大门。咚咚声变成咔咔声，显然警察在用枪托砸门了。那声音就像给人下葬，钉棺材板的声音，给人带来一种不祥之感。忽然，大批同学从那儿轰地溃退下来，那个大门尽管厚实，门板开始劈裂了。我回过头一看，一批黑压压的警察已经涌了进来。这些谈判的代表也从校长室里退出来。转眼之间，那几个带头的高年级同学都无影无踪了。我趁着人声鼎沸的空当儿，赶紧回到低年级同学当中去。这时，我仰起头向天桥那儿看去，大批人像潮水一般从天桥涌到操场大院里去了。警察挺着明晃晃的刺刀，一面吆喝咒骂，一面把学生赶进礼堂。这时，我很担心我的那几个好朋友，这场暴动就是他们领导的。可是这场弹压已经生效，礼堂里鸦雀无声。从那凝重、呆滞的空气里，听到同学们微微喘气的声音。我看看窗户——今天天空实在明朗，太阳有点儿灼人——可是黑色的乌云沉重地悬在同学们的心上。大家坐下之后，警察还从四周包围了一圈儿，面向着我们，盯视着我们。是的，我们已经成为俘虏了。暴动的威严声势已经消失了，这时我感到被囚禁的屈辱。这屈辱的心理像火一样燃烧，我的整个身子都在颤抖。我觉得悲哀、失望、痛苦。我倒一点儿也没有想到我自己，我只为我那几个大朋友感到担心，从而变得非常焦灼，非常忧虑。我觉得血往上涌，脸在发烧，一般红潮一直冲到两耳。我无论如何不愿给警察看见，我怕他们看了以为我犯了什么罪过。于是我深深地低下头去。在这可怕的沉寂时刻，突然，传来一阵"咔咔"的皮鞋声。我看到宋振渠，他用手撩着凌乱的长发，满脸怒色，失去了常态。左面一个肩头不知为什么高高耸起来，而右胳膊僵硬地垂向后面。他迈着惶急、细碎的脚步，急匆匆举步迈上讲台。他的脸色一下儿红，一下儿白，他颤抖着嘴唇好久不能作声。只见那金丝边眼镜在闪闪发光、闪闪发光，好像一点儿小火花马上就要引爆整个会场。但就在那一刻，宋振渠还保持着一定的绅士气度。他那身浅灰色的西装还是整洁笔挺，他还伸出双手，把那个有些扭曲了的黑色领带整了整，紧了紧。他站在台口上，厉声地训斥："你们不要我这个校长，我决不再做这个校长……不过，我要向你们声明，这不是你们撵我，不是你们轰我走的，是我要辞职，我没尽到做校长的职责，我没有教育好你们！……"他气急败坏，声色俱厉了，把手向台下人群中一指，"你们不是宣布了我多少罪状吗？你们要是真正有骨气，现在就站出来跟我辩论吧。"这当然是威吓，也是发泄，不过他的咆哮在警察枪支的支持下确实令人望而生畏。我感到火烧火燎，惴惴不安。就在宋振渠把话头停下来等待着完全胜利的结果那一瞬间，全场竟是那样沉寂，鸦雀无声。突然，我看见一个人，从人丛中站了起来。

啊！是K……

后来我才知道，那些领头暴动的大同学，都从天桥上翻墙逃跑了。这是多年以后我在延安碰到一个同学，他告诉我的。

可是K没有走，K挺身而起了。

我周身的血液一时都冻结了，两眼紧紧盯住他。

他的脸蜡渣一样白，他毫不迟疑地声明，罢课是他领导的。

于是，宋振渠在台上，K在台下，一下哑了场。四目相视，冷然对峙。

在这里，我要讲一下K与宋振渠的特殊关系。由于K是东北流亡学生，经济拮据，无力上学。但他在全校是最出色的优秀的学生，他的功课好，人品好。当时宋振渠作为一个校长，他还亲自资助他继续上学，并且常常把他找到校长室去，问他学习深浅，生活冷暖。但在这一场预谋已久的暴动中，K从一开始就积极参加。他不是一个共产党员，但他完全接受地下党的领导。当警察破门而入之后，他目送几个伙伴越墙而走，他却一步步向礼堂走去。因为事情总要有人来承担，否则就要落在所有同学的头上。他明明知道，这一场斗争在警察的威逼中就此失败了，但是他必须为此承担责任，同时也好争取时间，让几个共产党员能够逃脱虎口。现在，他站起来，却成为对宋振渠的最后一击。当然这一击，是出乎宋振渠意料的。他两眼望着这个他亲手抚育过的学生，半天没有发出声音。而后，他似乎给一种沉重的悲怆压住了，威势减去了一半。他在最后一击下摇摇欲坠，说道：

"很好，你既然承担责任，那你就罪有应得！"

他的嗓音撕裂了，他的嗓音在颤抖。

K 在众目睽睽之下就那样站在那里。

他像一块悬崖峭壁，抵住了汹涌澎湃的大海怒潮。

我受到了很大的震动，我以为，宋振渠会挥一挥手，让警察把 K 带走，但他并没有那样做。

他只伸出一根手指，把金丝眼镜向上推了推。

他满面怒容，再一次申明：

"我不会推翻我的诺言，我郑重宣布：从这一刻起，我辞去我的校长职务。"

宋振渠扭转身，径直走下讲台，头也不回地从大家身边掠过，出门去了。

由教务主任宣布，要学生各自回到各自班上去。于是大家在警察刺刀的威逼下，便沉默地回到各自的班上去了。我突然感觉到很大的失落，巨大的寂寞。我望着那株老槐树，老槐树在微风中摇摆着阴影，而那口古老的铜钟，死了一般静静地垂挂在粗大的树枝上，一动不动。它为这一个上午那嘹亮的、紧急的鸣响而得到的荣耀，此刻却一下消失殆尽了。是的，它失望，它悲哀。

## 十六　白色恐怖

一场飓风横扫而过了。

第二天早晨，我一进学校大门，迎面看到墙壁上贴出了一张告示，连忙走上前去一看，是宣布一批学生被开除学籍。那上面有一大片人名，我急忙看看有没有自己。因为我是参加谈判的班级代表。我从头看下来，发现了 K 的名字，和不少熟悉的同学的名字，大半都是高年级生。一直看到末尾，也没发现自己的名字。可是我并没有因为没有自己而轻松放心，这一刹那给我心灵的刺痛，比昨天暴动失败还要厉害。因为这就把我和他们永远地分裂开来了。在这个学校里，最吸引我的高年级同学的友谊，就此消失得无影无踪。我一下变得无精打采，慢慢走进自己的课堂，缓缓坐在自己的课桌旁。这时才发现，刚才由于没有自己的名字而感到高兴的那种心境，竟使我深深感到是极大的耻辱，好像我背叛了他们。他们从此天涯海角，不知何处去了，而我依然坐在这里，安安静静读书。这时血气方刚、充满正义的青年人的心如同被利刃一刀一刀，割得粉碎。我仔细分析，我知道，我失去的不只是友谊，而且失去了个人的自尊心。这一堂课，我是心猿意马，热血沸腾，根本没听见老师讲的任何一个字，一下把额头低低抵到书桌上，流下了痛苦的眼泪。我认为，自己摆脱了丰泰隆那个炼狱的桎梏，打破了家庭的恶势力，终于追求到乐园一样的生活，现在却变得黯然失色了。我第一次痛苦地吞下人生之途上的第一个果子。但这是一个苦涩的果子。

整个学校气氛还没有发生多大变化。

上课铃、下课铃还照常敲，人们奔过天桥，还是笑语喧天。但我的心，却变得那样空落落的。

到了篮球场边，那一个龙腾虎跃的形影不见了。

转到图书馆去，展开书本，一行行铅字不往心上去。

没过几天，一个上午，那钟声又响起来了。我们早在通告栏里得到了新校长董霖今日到校的通知。同学们缕缕行行走进礼堂。我站在那里，四下张望，看到许多许多熟识的、亲密的面孔不见了，心里一阵发冷，感到这个会场像沙漠一样，充满饥渴，充满死亡。坐定不久，一个令人为之窒息的场面出现了。一个身材高大、穿了一身黑色西装的人，在两个穿着黑大褂、肩膀上挂了匣枪的保镖的左右保护下，杀气腾腾地走进礼堂，一点儿声音也没有。这个校长走上台去，那两个保镖还是一左一右，站立不动。校长脸上没有一点儿表情，急虎虎的两只大眼却在会场上扫过来，扫过去，显出一股杀气，一股威严。这一次暴动赶走了一个北京市党部委员宋振渠，换来了另外一个市党部委员董霖。我很快就了解了这个董霖的来历。原来他最伟大的成就就是翻译了希特勒的《我的奋斗》，他是一个不折不扣的法西斯信徒，他的到来显然意味着白色恐怖的来临，这是统治者对于学生罢课、暴动的一个必然的反击，他加强了统治，加强了镇压。由他站在台口上那一副形象，就足以说明这一切。这个董霖在我眼中，是一个确确实实、不折不扣的恶棍。此人连宋振渠所有的那一点儿学者和绅士的风度也没有，我根本没听见他的讲话，自然也不知道他说了什么。不过，我觉得这人不学无术，凶残横暴。

在董霖来到以后，有关董霖的消息就传开来了。

他声言要用暴力来管理学校。

自董霖任校长以来，校长室经常是空着的。因为他的法西斯阵地不在学校里，而是在市党部。

一场正义的暴动，换来一个恐怖的世界。

　　我实在感到学校的气氛令人窒息。在挂牌开除学生之后，我在一个夜晚，曾经到我常去的高年级学生宿舍去过，结果只是一场凭吊，给我的人生带来无限生机的那些好朋友都不见了。去一个个房间看看，床上只剩了光秃秃的铺板。不过，床底下还有半只破网篮，还有打球磨破了的球鞋和几双烂袜子，零零乱乱，冷冷落落……我从幼年就多情善感的心，这时感到无限怅惘，无限凄凉。鼻子一酸，我几乎忍不住流下眼泪。现在还住在宿舍的高年级生，虽也有点儿相识，但并不情投意合。见我去，他们打个招呼，便兀自就着灯光埋头到书本里去了。而那个大家在一起低声唱《国际歌》的诡秘而温暖的日子一去不复返了。我这个早熟的人失去了能谈得来的朋友，这是莫大的痛苦。有时借酒浇愁，聊以自宽，其实不论在课堂之上，还是回到家里都有一种空虚之感。加上"九·一八"之后，我受的刺激很深很深，我觉得有一天终于国将不国，我也会落到 K 那种天涯浪迹，无个归宿的境地。计算一下，当时，我十六岁，我想，我如按部就班，上中学、上大学、等我毕业出来，中国也早就灭亡了。那么，我学又有什么意义呢？再加上一个人到了这个年纪，即已步入社会，难免都会思考个人前途。我向往的当然是独立、自由的生活。后来，回顾起来，就是一颗不安分的活跃的心吸引着我向往远方——远方……在旧社会，一个有志气的年轻人，往往是不能苟安自活的。那时，我读了许多书，我觉得我跳出家庭那个牢笼，现在又落入学校这个牢笼。我给人生压得简直喘不过气来。我的前途在哪里呢？人生的意义又在哪里呢？……这简直是无法做出答案的问题，但向往着远方的心却是开阔的。但要让理想变为现实，我首先要具备一个条件，那就是独立生活。这个独立生活的愿望，于是成为吸引我个人奋斗的动因，这一点对我来说不是没有好处的。但，要早一点能独立生活就必须奋发有为，而不能苦拖下去，那会失掉一切希望，那就等于自己的毁灭。这时，一个逼迫我的直接的动因出现在眼前了，这就是面临着年终的考试。自从经历了那个巨大的波折以后，我心绪颓唐、学业荒疏，如果考试，英语、数学都不会及格。一种虚荣心在作祟，我忍不下做留级生的羞耻。正是这种心理，成为我摆脱白色恐怖、寻找未来希望的动力。我就决心离开这块毫无生气的死地。风暴会把人吹向无涯无际，但那比终日在白色恐怖中唏嘘要强得多，要好得多。因为不但高年级同学风流云散，连同班的几个好同学也都转到旁的学校去了。我很少再到我所在的学校里去了，而像一只孤雁，寻找着属于自己的雁群，到旁的学校去，自在逍遥。最后，我连什么手续都没有办，就决然地抛下那白色恐怖的王国，既没有仇恨，也没有留恋。有一天晚上，我终于铁定了心，跟母亲说了：

"妈，我要退学！……"

母亲一听，吓得脸都白了，一下拉着我的手，问：

"退学怎么办？"

"我要到很远很远的地方去……"

母亲吃惊地张大了眼睛望着我。

"到远处去，无依无靠，你住在哪儿？你吃什么呀？"母亲哭了。

我说：

"我去当兵。"

这一句铁石之言说明，我的确成人了。这时，我身高体壮，精力充沛，已经意识到自己具有一点儿男子汉的气魄了。当然，玫瑰开花之季，正是荆棘丛生之时，如果说，人生的路是踏着荆棘前进的，我永远记得，第一步踏上荆棘的这种悲壮之情。

母亲见阻止不了，便急着为我张罗起行装来。

一天夜晚，我从睡梦中醒来，看见母亲还弓着背，遮住灯影，在给我缝制一件灰布棉背心，她一针又一针地缝着，把爱子惜别之情都密密地缝在这些针线之中。

这时，母爱的温暖一下冲击着我的心房。我想到，茫茫的远方等着我的不知将是怎样一种孤独、寂寞，泪水暗暗从我两颊上流了下来。我下定决心，为了不惹母亲难过，我要走得坚强一些。一个漆黑的风雪之夜，我终于第一次离开了自己的家门……因为是去从军，行装十分简略，身上只背了一个行李卷，手里提着一个帆布箱。母亲亲自送我到大门口，我觉得她举着油盏的那一只手在颤抖，因此，那冒着黑烟的火焰也在簌簌地跳动。

到了最后告别的时候了。我紧紧咬着牙，没有露出什么悲戚的神色，可是我连头也不能抬，只低声说了一声："妈！我走了！"我决然迈开脚步，急匆匆地走出那条狭窄的小胡同。等我到了胡同口，却蓦地回转头来，我看见母亲依然站在门口，高高举着那个油盏，好像只要她多拿一会儿，就可以照亮我此去的路途。有什么比母亲的心更慈善、更伟大呢！何况自己从小和母亲相依为命，她是十分舍不得小儿子离她而去的。而且我在家，母亲还有个说话的，我一旦去了，母亲就只有孤身面壁——童年时，母亲头如飞蓬、形容憔悴、木然凝了两眼看我的形象，又升上我的眼前。这一刹那，整个天地、整条胡同都如同在沉落，沉落到黑暗的深渊之中。而就在那里，有一点灯火在狂风暴雪中闪着黄色的亮光。我的眼泪眼看就要夺眶而出了，我狠一狠心，扭转身，朝茫无涯际的夜色中走去。寒风刺骨，冻雪袭人，但我身上穿着母亲做的那件棉背心，心里觉得暖乎乎的。母亲做完这件棉背心，曾叮嘱我说："……人身子骨最怕受风寒，哪怕夏天，热的时候，也要把它放在身边……"我一面走，耳中又响起母亲说话的声音，我终于忍不住，还是哭了。就这样，我走上了我永远也没走完的、一直到现在还深一脚浅一脚跋涉着的坎坷长途。这深夜灯光，一生一世永远在我的心灵中发亮。

## 十七 太行初度

我的远方在哪里？

我的远方在太行山上。

我这第一次出门的旅途的确十分遥远。我乘火车到石家庄，当时石家庄只是一片乌黑的烟尘滚滚的小地方。从石家庄到太原，经过娘子关。我很想看一眼这雄关要塞。谁知过这里正是黑天，什么也没有看见。火车进山西要换车，因为阎锡山为了要保持他的"独立王国"，以免外患入侵，把山西铁路的轨道修得比外地要狭窄。我就坐着这窄轨上的小车厢到了太原。从太原换乘运货的卡车，蜿蜒而南，直到太行深处的晋城县。这里是我要投奔的四十一军的驻防地。四十一军是由孙殿英这个土匪部队改编的。由于它曾经参加了察北抗日同盟军，因此，在青年人当中有一定的好名声、吸引力。其实对我来说，真是"盲人骑瞎马，夜半临深池"。前面将是什么样的命运，的确是莫测高深。不过，我总觉得，前面有一盏朦朦胧胧的灯，使我产生无穷的向往。但等着我的究竟是什么，我却完全无从知道。我从繁华的大城市，一下来到这偏远的山城，开始，我是以一种失望的心情走进这山岳的。从此，我将在这儿度过一生中最为特殊的一段生活，我走入了社会生活最黑暗的底层。我从这里懂得了什么才是非人的生活。正是这段生活决定了我将以文学为终生奋斗的事业。

四十一军前方部队在察北抗日之战后，就停滞在察哈尔一带，晋城是后方。我来到这里，被送进教导队当学兵。这个教导队驻在县城外面紧靠城郭的一片村落里。一条小河蜿蜒其间。教导队分成两个队，一队在河西，二队在河东。我去的是二队。二队在一座庙内。我这个十七岁的人，一走进这个庙里，就遇到两件使我惊愕、使我伤心的事情。为了说明这两件事情，我得先介绍一下这个所谓教导队二队的情况。山西的每个村落都有一个庙宇，这无疑是全村人神圣之地，但也是全村人逍遥之地。原来，中国封建文化是把娱乐与宗教结合在一起的，故而正殿对面必是一个戏台，我们二队的队部就在那个高高的戏台上面。从那儿确可居高临下，纵观全局。庙门，就在戏台下面，正面大殿里是供奉佛像的香火之地，非凡人所能触动。于是我们各个班就住在庙宇两侧的厢房里。我所在的二班在东厢房靠南的一间屋内。屋里很狭窄，除了后墙一溜土炕紧紧地可以挤下十个人，炕下只有一条窄窄的地面。说是学兵，其实连个桌椅都没有，只有不知从哪个学校里搬来的一个小课桌，供班长、班副"办公"之用，当兵的进屋就是上炕睡觉。白天就在露天里过活。我这个新兵一来，就给班里制造了一个困难。

我这次外出只带了一只小的绿帆布提箱。里面不过几件衣服和一册张玉田的《山中自云词》，可谓菲薄矣。谁知当我拎着它一来到我们班里，大家不觉一阵愕然。我们那个像小老头的班长立刻为难起来。这箱子摆在哪里好呢？这时我望着大家的眼光，看看炕上炕下，不觉羞得面孔通红。原来当兵的是没有什么箱子的，我这个绿帆布箱自然给我招来一阵讥笑。班长是个老好人，他并没有说什么，还想给这个稀罕之物找个安身之处。原来土炕正中迎门那里有一个小炕桌，上面排列着军事教材书籍，后来我才发现，这不过是摆样子，长期无人染指。于是，老班长心生一计，把我的绿帆布箱塞到炕桌之下。可是那个年月箱厂老板设计的箱子不像现在这样平而且扁，而是又短又厚，塞是塞不进去的，只好把炕桌抬起，压在箱子上面。这样一来，桌子四条腿悬空了，费了九牛二虎之力，老班长总算把我的这一只帆布箱像供神佛一样，给供放在炕当中了。当时我内心非常悔恨：我为什么不想一想，当兵的一切一切都在他那个身子之上，身外别无长物。不这样为什么叫兵呢？难道每个人带一只箱子能够行军作战吗？这只箱子不但给我带来了一种羞辱，而且也说明我和实际存在着一种悬殊，这当然是贫富的悬殊，阶级的悬殊。不过当时我不懂罢了。我当然把这个祸患放在心上，因为我在这院内看到别的班，都没有迎门就看到一个绿帆布箱子的，这样还像什么军营呢？！结果惹得全队的人都挤着跑来看这个箱子，由此也就要来看这个宝贝的所有者了。那一天，我并拢两膝，垂头坐在炕沿上，脸一阵红，一阵白，实在不是滋味……可是由于我年纪小，一脸稚气，十分文雅，当兵的没有当面讥笑的，扭转身去却难免一阵窃窃私语。我咬牙切齿下定决心，要一雪这绿帆布箱带来的耻辱——几天以后，我取出衣物，就悄悄来到河边，给这个箱子来个沉潭处理。谁知这箱子里面空空洞洞，就在水上漂浮起来。我目送它给潺潺而流的河水冲向远方。佛家有句话叫"六根清净"，我这样做总算斩去一根不净，从此，我的心情才舒坦起来。

无独有偶，我来的第一天，使我最痛苦的还不是那个箱子，而是由老班长把我领到院当中太阳底下，坐在一只小板凳上，由副班长刘青山（我所以记得这个名字，是因为我们有过一次共同的灾难遭遇，后面专门来说）用剃刀把我的长发剃去，落了颗光头。我心里实在不是滋味。但是，像旧小说里看到英雄落难剃度出家一样，这是当兵的必然之事。我也只能依样画葫芦。更使我难堪的是随即发给我一套棉军衣，这棉军衣不知用什么染料染成灰蓝色，而棉衣是用面粉袋缝制的，染得深度不够，像八卦图一样的一个面粉的标记就在我的胸前。他们都下操去了，我一个人换上这像吊桶一样空空荡荡的大棉袄棉裤，心里觉得十分憋屈，十分难过。我也不知自己是个什么模样，就出了庙门。向河边走去。我走到河边，把河水当成镜子一照，骤然之间，我简直魂飞魄散，我像一个什么人呢？我在河边坐了下来，抬头望着太行山那一重重黛青色的山峦，一阵怀乡之情油然升上心头。我觉得胸前那个八卦图实在是侮辱人格的标志。这时我想起过去，特别是在小学到中学那一段鸟语花香的生活，我自觉我落在深深的苦难之中了。而这只是刚刚开头，谁知后面还有什么新奇的事呢？我望着青山，痛痛快快地哭了一场，真是灰心丧气到了极点。我一心向往的远方，一心投奔的军营，原来却是如此的无情，我真想一头扎在河里死掉算了。河水缓缓地从我面前流过去，四野如此沉寂，天地如此沉寂，河水如此沉寂，只有我的心底像有一股热水在翻滚沸腾。我一面流着眼泪，一面责备自己出来得太鲁莽了。原先只身一人，跋涉长途，逆旅灯火，形单影只，都没有消杀我的志气。而现在，我的憧憬，我的追求，我的壮志，却黯然消逝了。

谁知，在我哭着的时候，后面走来一个人。

我连忙擦干眼泪，急匆匆地站了起来。

那人却走到我身边，和我并排坐了下来。他轻言轻语地说："小兄弟，头一遭出远门吧？难怪心里凄惶……"

原来，这个像铁塔一样的黑汉子，是我的副班长刘青山。

我很后悔，我以为一个人来这儿，不会让人看见。哪知这个副班长早看在眼里，并跟在我后面。他没有早惊动我，是为了让我哭个痛快。现在，他这个看上去粗壮鲁莽的人，竟然给了我这般温暖的安慰。

"我是穷人——给债主逼得家破人亡，弃家逃难。可是，头一回离开那个破家门，也还哭得像个泪人呢！……小兄弟！心往宽处想，脚往宽处走，身为一个男人家，就得流浪江湖、四海为家。你来看那山，山有多高呀？"

我去看那山。晋城高耸在太行山高处，但天外有天，山外有山。你看那一脉蜿蜒的山岭，像一派青碧的流云，那样缥缈，那样巍峨。我的副班长跟我讲了一些我听来有趣的事儿，那一片黑压压的树林后面有一个制针的工厂，这河边近旁有一处造草纸的作坊。空落落的麦田那面一片屋顶连着屋顶，墙壁连着墙壁，那儿是一个热闹的集镇。河西面有一个村庄，一队和大队部就驻扎在那里。他还跟我说，星期天有空，带我到晋城里去走走，那里世面比这儿要宽敞多了。经他这么一说，我的心情渐渐就豁亮起来了。我才发现，原来，我周围是个很美丽的地方，我多年生长在繁华如梦的城市里，但那城市和这儿相比，这里是一望无边，那里却是狭隘拥挤。从此，我就在这儿住下来了。我也慢慢地爱上了太行山。人生是那样偶然，又那样必然，抗日战争中，我再到太行，那样热爱太行，钟情太行，其实我对太行山的情谊是从这苦难的日子里开始的。

## 十八 我的灵魂在飞扬、在降落

……学兵队里，从黑漆漆的黎明之前就开始了一阵骚动，人们匆匆从睡梦中醒来，发出各种声响，但人们实在并未完全醒转过来。只有当冰凉的冷水淋到头上以后，才倏然清醒过来。而这盥漱时间只不过五分钟。当兵是很讲速度的，骚乱一转眼过去了，整个庙宇又变得鸦雀无声。于是，嘹亮的出操的铜号声响起来了。当兵的时间也是准确无误的，几乎同时，从河东面第一队那里也传来号声，两面号声同一个调子，所不同者，近处震耳欲聋，远处悠扬飘荡……一阵喊喊喳喳排队看齐的声音，接上一阵报数的声音，我们就排队出操了。操场在河东面，我们到那儿去，得走过一座木头搭的板桥。这时，整个太行山还如睡美人一样，群山还遮盖在乳白色的浓雾之中，身旁的河面上，像蒸气似的飘拂着柔曼的轻纱。我生长在嘈杂都市之中，大自然第一次这样亲切地拥抱我，使我感到说不出的一腔的新意。

　　操场很大，第二队的队伍和第一队合并起来，开始绕着操场跑步。我是新兵，跟在班尾上，但我的脚步却不能迟慢，因为我的后面还紧紧跟着第三班。开始跑时，我还挺轻松，挺高兴，我一个人的脚步合在几百个人的脚步之中，好像还有一种特别的快感。我努力想争取一个好的开端，我无论如何要做一个强者，不能做一个弱者。我轻快地跑了一圈，开始感到这操场太大了，竟如此开阔，简直像无边无际的原野。实际上是我开始有点儿吃力了，但我还做出轻松的样子，跟上快跑。谁知一圈跑完又一圈，不停地跑，不停地跑。在那潮水一般的脚步声中，还响出震天动地的"一、二、三、四"的吼叫，军威的确雄壮。但我却慢慢跟不上了，脚步开始零乱起来，我的嘴巴张得大大的，呼呼地喘气。这时，我忽然恨起那个站在操场中心发口令的值星队长。开始，我还看得清这个小个子胸上披着一条大红的带子的威风凛凛，精神抖擞的神气，渐渐地，随同我心中对他发出的咒骂，那个形象也显得朦胧模糊起来。从军帽的下面，已经有一道一道汗水流过面颊、流下脖颈、流入胸腔。我咬住牙，我发誓：我一定要和那个小个子军官搏斗，我一定不能输下阵来。因为我那个绿帆布箱给我带来的耻辱还没有消失，难道能再招来无情的嘲笑吗？不，不能，不能！我心里一直这样想着，但实际上心里却盼望跑步赶紧结束，赶紧停下。而那个人却若无其事，口中"嘟嘟"地吹着哨子，两眼还盯视着跑步的人们，看几百只脚步是不是和那哨音合成同一个节拍。我渐渐发觉，我自己的步子不是那么回事了，我几乎从那整齐划一、斩钉截铁的脚步合奏中，开始发现一个踏错了的音节。这时，我也忘了再去恨那个值星队长了，我的胸脯急煞煞地一起一伏，像个风箱一样，从我的喉咙里发出呼呼的热气。我真不懂得，人怎么能禁得起那样的磨难，跑那么多圈还是不停。我希望停，他还是不停。我一下觉得整个队伍像一股汹涌的大潮，猛地一齐压在我的身上。我满身热汗湿透了棉衣，腿已经不听使唤了，我突然头昏眼花、摇摇晃晃，但队伍还是一个劲儿地在跑，在跑。我已经失去了挣扎的意识，只是机械地追赶着脚步，我的心怦怦跳，我一面想着："我决不能再跑了，"一面想着，"我一定跑到最后。"可是，腹腔里开水一样滚烫了起来，我的眼前金星乱舞，两耳呜呜呜叫，我觉得恶心，我想呕吐，但紧闭着嘴巴，坚决地顶住。最后，我实在忍不住了，沸腾的血和翻滚的心眼看就要从喉咙里吐出来了，我突然像放了气的轮胎，一下子全身瘫痪下来，我下决心无论如何不能再跑了，我想就一头扑向地面，我相信我会死去，不再看见任何人，这样也好。恰在这时，我听到一个口令，所有跑步齐崭崭地改为走步了。但我的两条腿，整个身体，臂膀，都肿胀得要破裂了，我终于一个趔趄冲出了队伍，摇摇晃晃立在旁边。我心想："你们嘲笑就由你们嘲笑我吧！你们羞辱就由你们羞辱我吧！……"但是，从值星队长到每一个人从我身边走过时，谁也没有看我，谁也没有讥笑我。相反，偶然飘出一个眼风，似乎还带了几分同情。这时，我脸上刚刚落下的红潮一下又涌上来，我觉得正是这种同情引起我钻心的疼痛，我只好承认我是一个弱者……是的，我是一个弱者。队伍解散休息，我默默低着头走到操场外面一块草地上，坐了下来。我还是满面飞红，大口喘气，但这一举动也并没有受到什么责备。这时，另一种耻辱之心升上胸膛，我觉得我刚才那样仇恨那个值星官才是真正的可耻呢！

这样跟着跑，跑了几天，我又开始接受另外一种磨难了。我和另外三个新兵，被那个又瘦又高像秫秸秆似的一班长带领着去下"小操"——全队上大操，我和两三个人，在操场边上接受单独的训练。这就是所谓下"小操"。在口令声中，做出各种走步的动作。其中最难受的是拔慢步，那就像现在电视上的慢镜头，把原是一连串的正步走分为一个一个动作来操练。而且每一个动作要坚持很长时间。使我受不了的是把腿伸直伸平停在空中，就这样直挺挺的，纹丝不动。开始不觉得什么，时间一久，腿就发颤了，腿就肿胀了，腿就酸疼了，全身就摇晃了。这时，一班长就抬脚在我立着支撑全身的那条腿弯上狠狠踢了一脚。这一下疼彻骨髓，我摇晃了一下，仍然向前，在空中伸直那条腿不动。后来我才懂得，这是当兵操练的基本动作。我在操练中就逐步升级，越来越高。在我能跟上跑步后，我却又在另外一项"走天桥"的训练中低下了头。这种"走天桥"，有点儿像现代体操运动中走平衡木。不过，不像平衡木那样低，而是几人高的木架。谈起来，倒像现在演杂技中的走钢丝。人从梯子上一级一级爬上去，而后，全副武装走过那窄窄的木梁。轮到我了，我扬头一看，腿就颤抖了。当我这种怯懦的心情刚一流露出来，我的胸口猛然挨了一拳，这拳重得像似铁锤，我一连摇晃了几下。我一看打我的不是旁人，正是对我很温存的副班长刘青山。这时，他那黑沉沉的脸上，对我露出了鄙夷神情，怒喝一声："你就这样孬种！——跟我来，两眼向前看，只准向前，不准退后……"他扼要地讲了动作的要领，就抢在前面"哧哧"地爬上木梯，我也只好硬着头皮跟在后面。到了木梁上，我只紧紧盯住他的脊背，他那如履平地的飒爽英姿一下震动了我，我也挪动脚步，谁知这第一次过天桥就在这严格要求下通过了。

不过，我头一天下操回来，情绪是十分灰暗的。那一天，我饭也懒得吃，只想倒头大睡。勉强挣扎到熄灯号响了以后，我如同一个戴了几年手铐脚镣的囚徒一样，那两条腿已经不是活人的腿，而是死人的腿了。

我坐到炕沿上，竟然已经爬不上炕。我只好先用两手把一条腿搬上去，然后再把另一条腿搬上去。我一躺下，全身酸疼得火烧火燎，整个人像土崩瓦解一样，连动也不能动弹一下，就筋疲力尽地昏沉沉地睡过去了。如果说由于在丰泰隆学徒，我从此留下做噩梦的毛病，而这一日累得我连梦也没得做了，人就像死过去一样。

谈到睡觉我得讲一下，十个人挤满一炕，一个人只准占有六个拳头宽。这么窄窄的一条，只能是人挤着人，谁也不能随意翻身、屈腿、弓腰，只能直挺挺的。我心中对此十分愤怒，怎么，连睡觉也像立正一样直挺挺的，这太不自由了。但军人毕竟是军人，他是在严格训练中磨炼出来的，他的性格也会跟着这种磨炼而形成。就这样，我经历了一关又一关的考验，我慢慢成了一个合格的兵。但是，说是合格，只不过是能跑得步，能徒手练操，也能持枪劈刺；而在神魄上，我是不及格的，我的心灵的历程是缓慢的。比如有一件事，在我已经老年的时候，一闭眼，还觉得心惊肉跳。那是我晚间起夜回来，一面发怯，一面还是忍不住看。我在学徒时就听说过："什么最可怕？一堆人睡着了，那一个个脸相才是最可怕的。"我夜间从外面回来，西斜的明月照亮全屋，我怕看，又忍不住看，那九个整整齐齐排在炕沿的脸形，有的鼻歪嘴斜，有的皱眉弄眼，有的磨嘴咬牙，有的喉塞憋气，一张张脸白花花的，灰条条的，没有一个相同的，各有各的怪相。那不像人，完全像鬼。只要你这样一想，你不免觉得毛骨悚然、冷汗涔涔。我也想找一个喜眉笑眼的，结果竟然一个没有。我当时寻思，这恐怕是因为这些人都是在痛苦之中，也许因为这些人一生就是如此的痛苦吧！

## 十九　歃血为盟

我坚持下来了，度过了最初的艰难阶段。我已经把我的灵魂稳妥地安放在这荆棘丛生之地了。

我渐渐跟很多人成了朋友，我揭开了帷幕，懂得了适应生活。

孙殿英部队原来是河南一股最彪悍、最残暴的土匪，他们到处烧杀掠夺，连他的两个小老婆都是从人家那里劫掠来的。由于土匪中青红帮组织十分严密，打起仗来心齐手齐。从北洋军阀到国民党，剿了孙殿英好多年，越剿入伙的人越多。原因是那个旧世界，赤贫如洗的人太多了，在这些人里面，为了活下去，那些性格强悍、又没有路走的人们，就成群结队、越聚越众。由于他们都是把脑袋别在裤腰带上的人，打起仗来，只要枪一响，都能发疯般地往前冲。最后，国民党当局只好采取了招安之策，封孙殿英为四十一军的一军之长。尽管如此，统治当局也一直把他视为眼中钉、肉中刺。而这伙强人，他们最讲究的是江湖义气，也就是所谓"路见不平，拔刀相助""为了朋友，两肋插刀"。正是因为这种义气，使得他们以卖国为耻，以抗日为荣。他们终于走到爱国的道路上来，参加了察北抗日同盟之战，他们表现得十分英勇。但由于蒋介石不但不支持，还加以破坏，察北的义举黯然失败了。在这样的队伍里，绝大多数人是睁眼瞎子，大字不识一个，对于像我这样念过书的洋学生，特别另眼看待。半年之后，我在教导队里从上到下就都熟悉了。这是一些粗犷而又忠诚的灵魂，他们性子憨直得像孩子一样，他们内心充满悲哀，又升着一团烈火。但他们一旦玩耍起来，却是挺幽默、挺逗趣的。他们是那样朴直，朴直得像一张白纸。我非常喜欢听他们那高亢而激奋的唱戏的声腔，我也为那天真朴实的戏词而感到有趣。比如：

……包黑扛着大襦套，陈州放粮走一遭。

因为他们的生活就是如此，他们想象中的包龙图也只能自己扛着襦套了。

这个教导大队的队长姓张，名骥，据说是保定军官学校出身的，是这队伍里少有的军事专家，因此委以训练骨干的重任。这人五短身材，饱满的脸庞上，端庄的眉眼，加上两撇漆黑的胡须，穿一身黑洋布军衣，扎一条军官带（军官带就是皮带上连接着一条斜披在一个肩头上的另一条细皮带的带子），手上戴着雪白的手套。他那神情、他那姿态的确显得仪表堂堂，威风凛凛。他走起路来，两只脚向外摆，慢慢行来，虎背熊腰，十分出色。也许由于学堂出身，身上也还有一股儒雅风度。我引起他的注意。我最初看到他是在大操场上，他来视察我们出操。他一个人走在前面，后面跟了一群参谋、马弁，真是气度非凡，令人敬畏。他看了一阵，队伍就集合了，听他讲话。但我真正认识他，是轮到我们班在他家站岗放哨时。他家住在一个大村落的最富丽堂皇的一座宅院里，院分两进，战士们只能在门口。我夜里第一次站岗，觉得很有意思。因为那时，在那种地方，不但没有夜光表，连个闹钟也没有，只在墙上一个小洞眼里插上一根线香，线香上用笔画为几截，凡是烧完那一截了，就换岗下哨，到他家门口旁一间小屋里去睡觉。有一天早晨，我正在站岗，他从后进院里出来，见我年纪小，像个书生，与众不同，就特别注意起我来。在这里我要说一下，不同的社会、不同的集团、不同的环境，有不同的审美观。我原来在学校里读书，和大家一样，都是唇红齿白，面目清秀，不觉得稀奇。待我当兵之后，我周围的人都是久经风霜、久历沙场，一个个熊彪彪的，黑乎乎的。在这样一群人里，像我这样一个柔弱得像小柳树似的身子，白白的面孔，净净的皮肤，却成了我的羞耻。我十分羡慕周围的人，我心头渴望着经一番风雨，吃一番大苦，也锻炼成为铁打的金刚。但尽管我在操场上也经过日晒雨淋，甚至夜间站岗，我也不像头一回那样，握着枪把的双手满是冷汗，两眼提心吊胆瞪得那样生疼了，可是我出身的这个阶层所赋予我的标志，却也无法更改。这就形成了我内心的长期痛苦。但那天早晨，大队长从里院出来，尽管我一手持枪，两脚并拢，想做出个老兵立正敬礼的姿态，可是，我的特点，仍然引起了他的注视。他停下来，问我年龄、学历，我一一回答了。他脱去一只手套，用两根手指捻着黑胡须，慢声慢气地勉励我说："读过书，有知识，要加倍努力，将来前途不可限量。"谁知他这个"有知识"的评语，不久之后，就在他的面前，给我招来一回奇耻大辱。那是一次练习夜行军，而且由大队长亲自领导。那夜天气晴朗，却没有月亮，我们从漆黑的路上迂回曲折走了很久，渐渐爬上了山。这山就是我在河边看过的那黛青色的山。我们大队人马攀登而上，到了半夜，我们爬上了山顶，仰观满天星斗，觉得悬在头顶，近在咫尺。这时，大家休息下来。这位大队长不知怎么一下想起天文学来了，就大讲了一通。从古至今，兵家用兵，要讲天时地利人和，这天有不测风云，往往决定一战胜败。诸葛亮赤壁火烧战船，杀伤曹营八十万军马，就因为他"识天文晓地理"……他说得兴起，突然指着灿烂的群星中的一颗星考问起大家，问这是什么星？大家给他问得哑口无言，这时只听得秋风瑟瑟，秋草戚戚，偌大一个山顶，沉寂得一点儿气息都没有。大家都仰望着天空，我也仰首望着天空，只觉得那一颗颗星辰在露水淋浇的空中，有如亿万闪烁晶莹的小钻石，镶在天鹅绒一般的黑夜里，着实美丽。我正在为这美景微笑，谁知大队长一下喊起我的名字，我连忙立起，只听他说："你是个有知识的人，你知道这是颗什么星吗？"我一下懵怔住了，来不及思索，脱口而出，我说：

"小星。"

我这笨拙的答案引起一阵窃窃私语。

然后大队长着实嘲弄了我一番，并由此发了一番现今学校学而无用的议论。最后，在黑暗中只见他那戴着白手套的手一挥，喝了声：

"坐下！"

我像一个被捉住的窃贼获得释放一样，坐下了，觉得脊梁沟上已有冷汗在往下流了。其实后来，我想起了他指的是北斗七星，也就是北京人叫马杓星的最下面最小的那一颗星。尽管我还不知道这颗星叫什么名字，但笼统地说个"北斗星"也比答个"小星"要体面一些。第二天，有一个跟我关系融洽的教官说："你昨晚回答得太唐突了，你还不知道吧，咱们这里当官的都把小老婆充官太太。小星正是小老婆的意思。你这样回答，岂不正是揭了他们的短吗？幸亏大队长雅量，要是咱们的王队长，他早晚要狠狠报复你一下。你记住！以后知道就说知道，不知道就说不知道好了。"这次的教训实在太深了，我当众出丑，无法挽回，心里十分苦恼。不过，我的确不是想编个谎言骗人，因为那仓促之间，连编一个谎言的时间都没有，只是一时心慌意乱，就顺嘴说出，可是谁会为我着想，谁会原谅我的错误呢？

这位教官说的王队长，就是我们二队的队长。此人每次下操带队回来，就慢腾腾顺着砖砌的台阶走上戏台。山西的住房比较考究，就连这乡村庙宇的戏台也十分宽阔。那戏台东侧隔出一大间房子作为队部，中间宽敞的戏台还是空着的。我每次都看见王队长在那儿啪——啪——甩着掸子，掸了身上，又掸脚上，而后扑哧扑哧地洗脸刷牙。那时我们当兵的都用精盐刷牙，他却用牙粉了。只见他满嘴泡沫，然后就大口大口向脸盆里喷吐起来。我原来是把这个队部看得很威严的，因为戏台前面，一边立着一根军棍，这种军棍是上黑下红的粗粗的木棒。每当看见他在上面做洗漱的表演，我就觉得十分有趣。我问一个同伴："他早晨起来不刷牙、洗脸吗？为什么到这个时候才干这一套事？"那同伴两眼了眨一眨，做出一副猥亵的怪相，压低声音，以增加神秘的气氛："小兄弟！

你不知道，这王二六天天是听了号音，才从小老婆的热被窝里拉出来的，你不见他下操时，两只眼角上各堆一堆眼屎吗？"我十分惊讶："那又怎么都叫他王二六呢？"他猛地把我脊梁一拍："你把二和六加在一起是几呀？"王八……"我们两人跟着就哈哈大笑起来，笑得前仰后合，赶紧捂住嘴冲出庙门以外。这时我才知道，大家背地里都管他叫王二六的原因。这个王二六一张虚虚肿肿的脸，像张自发面饼一样，他的两道眉毛像谁用墨笔在白纸上写了一个八字。他脸上从无笑容，好像有什么疾苦，但他非常狠毒，剋起人来，可以使你喘不过气。因此人人都恨他，都蔑视他。他好像早已揣摩出大家的心意，就故意做得庄严。谁知越是如此，越成为大伙儿口头上要弄的对象。对于王队长，我暂时只讲到这里，因为后来他与我之间爆发了严重的生死格斗，以致使我受了平生最大的羞辱，在那一段里，我希望他能够在读者面前表演得淋漓尽致。

我们早晨下操，上午下午有时训练，有时上课。我对于战术条例、筑城学都不感兴趣。使我为之陶然怡然的是一门测绘学，因为这要由跟我谈过话的那位教官带上到野外去，做实地测绘。也许由于我的天性所好，一到那空旷之地，我就为大自然所陶醉。我的鼻翼翕动，我的肺叶张开，我尽情地呼吸着那由空气、水气、青草气味混合起来的气息。那时，我那青春的血液就像清泉一样，在身上畅流。在远远的地方插上一根长长的标尺，而后，用一个黄铜的指北针进行测量，做这个工作，目光要敏捷、准确，手要灵巧，因为要根据测量的尺度，在挂在胸前那块薄木板上钉的一张白色图纸上，画出山河大地的曲线，制成地图。读者大概不会忘记，在上小学时，我画的地图曾经得到夏老师的夸奖，因此，在学习军事测绘中，我就充分发挥出我那画地图的长处，谁也没有我削的铅笔尖、细，因此谁也没有我画的曲线清晰。我在这儿，从教测绘的教官的眼光中，又得到了令人心神怡悦的夸奖。读者看到此处，当然明了我这个十七岁的孩子，已成为一个老练的学兵了。我不但对于吃苦耐劳习以为常，而且做出了十分精巧的作业来。

与此同时，我与那些绿林好汉出身的同伴们也相处得十分融洽，而且有些已经成为亲密的朋友。前面说过，这个土匪部队，讲天、地、君、臣、师，讲结拜兄弟的义气，我这个小小年纪的人，也结交了几伙金兰之盟。这拜把子、结兄弟，是非常隆重的庆典，有一伙就是我们那个沉默不语、像个老头儿的班长是兄长，我是最小的老幺。我们选个星期天，到晋城长街上找一家饭馆，在一张方桌上竖立着写了"天地君臣师"的红纸条，一只瓷盘里供着猪头三牲，点着一炷香，由老大哥恭恭敬敬地插在香炉里面，大家一齐跪下，朝上磕头，朝拜关圣帝君在天之灵。然后每个人用刀尖扎破手指头，从里面挤出一滴鲜血，滴在酒盅里，然后每个人轮流把这同一盅酒喝光。在这整个过程中，我的心情都是十分虔诚的。我是最小的一个，因而由我最后干掉酒盅里的酒。这就是我们古老的民族从春秋战国时好像就已经开始了的"歃血为盟"，不过当时是国与国联盟的。庄严的礼仪，很快就发展到人与人之间的一种联系。这时，整个屋内香烟缭绕、酒气扑鼻，由我们的老大哥两手举着一张红纸，依照上面写的按年庚大小排列的名字，而后念道：

"……不能同日生，但愿同日死……"

当念到这两句铿锵的话时，他那从来惺忪半闭的两眼忽然大张开来，而且发出一种令人肃穆的眼光。于是我们每个人都跟他念道：

"不能同日生，但愿同日死！"

当我们发出这个誓言的时候，使我想到"风萧萧兮易水寒，壮士一去兮不复还"那种慨当以慷的境界。我一下觉得我也成了和他们这些英雄好汉一样坚强的汉子了，于是，我感到一种长大成人的快感。这时，我在教导队里也的确是一个熟练的老兵了，一切一切，都像微云一般轻快地飘浮在我的周围。现在回想起那种稚气固然好笑，但也十分可爱，其实我正行走在严峻的险崖峭壁边缘。我对于这个黑暗社会的认识，还只停留在表面，并未深入内里。有一天，周围飘浮的轻云突然凝聚成为大海狂涛一样滚滚的乌云，闪电狂飞乱舞般闪烁，一声霹雳撕裂了我的整个心灵。

## 二〇 人间地狱

释迦牟尼说过："我不入地狱谁入地狱。"

我为了寻找自由，抛弃了安宁平静的生活而流浪他方，投身军旅，在一个教导队里当学兵。如果说这是受罪，我情愿受罪；如果说这是下地狱，我情愿下地狱。

数十年以后，我在梵蒂冈的西斯廷教堂里，一下走到米开朗基罗画的壁画《最后的审判》跟前，我顿时给这飓风一样强大的威力震慑住了。我如同望见森林，望见茫茫宇宙，而这些都在腾腾烈火之中。画的正中，被赫尔岑称为"鲍那洛蒂在西斯廷教堂的壁画上，把耶稣画成一个魁梧的大力士，一个年富力强的赫丘里斯。"的确，这个基督不但健壮，而且年轻俊秀，闪着智慧之光。在尘凡世俗芸芸众生绕着基督旋转的令人头昏眼花的大旋涡中，在他那挥动着双手的指示之下，一些善者如飞翔之鸿鹄飞上天堂，而大批恶者纷纷下坠沉入地狱；那些恶者群中发出撕裂人心的呼喊，他们在申诉，在乞求，在哭泣，但不行，他们纷纷向魔鬼地狱沉坠。面对这幅壁画那一刻，我想到我在旧军队里当兵时就亲身体验过的那种苦难底层的生涯。不过，我必须声明一点，和西斯廷壁画恰恰相反，我所经历的炼狱中的那些人并非恶人，而更多的是善者，这说明可诅咒的人间存在着多少不平。在人生的苦难的底层里，还充满善与恶的厮搏，而且受辱者往往由于受辱而成为圣人。

头一次给我的刺激是那样深刻、尖锐。

夏天，最炎热的一天。太阳光火辣辣地洒向大地。就在这一天的晌午，炎天如焚的时刻，我发现一小群人聚集在大殿右侧的墙角下边，我怀着好奇心理不觉向那儿走去。待我推开众人，挤到当中一看，我的心一下怦然塞住喉咙。在那墙壁上吊着一个被剥得赤条条的年轻人。他那骨瘦如柴的两臂向上吊起，他的两脚悬在半空，显然刚才还在挣扎，而这时已经奄奄一息，凝然不动了。他的身上给烈日晒得血一般红，就像这个受罪的人的鲜血从全身的汗毛孔中渗出来，红遍了全身。他的头像折断了颈椎般低低垂在胸前，脸像刷了石灰粉一样，又灰又白。他的两片嘴唇，已经失去血色，只像两片树叶一样微微颤抖着，发出低低的悲哀的呻吟，仔细分辨才听清，他只说着一个字：

"……水……水……"

但周围这一小群人不但不回答，反倒发出几声讥讽的嘲笑。

看着这些人，我的心一下揪紧了。如果他们痛恨我我会好过些，如果他们辱骂我我会觉得轻松些。但他们却是那样淡然，那样冷漠。

我火了，我伸出手去要解开缚在那人身上的绑带。

这淡灰色的绑带原是当兵的绑腿用的，而现在它成了刑具。

一只手冷然拦住我：

"他罪有应得，谁让他这个贱贼骨头敢在太岁头上动土，竟敢偷到我们学兵队里来了呢？"

"他偷了什么？"

"他偷了馒头。"

"他拿几个馒头，难道就应该晒死他吗？"

我声色俱厉，谁知他们对我也露出一副玩世不恭的神态，还哄的一声狂笑起来："小兄弟，你见识见识世面吧！"接着，他们就把我推开了。

我在这暴力面前成了一个弱者，我只有双手捂住两眼走开。

我一怒之下冲出庙门，有意不找一个阴凉地方，而站在火一样的太阳底下，两眼盯住那一群人。

我不知道我当时这样做出于一种什么心理——

我要用这来抗议？

我要用这来报复？

我觉得这些疯狂的人像一群野猫玩耍着一只垂死的麻雀。这种情景使我愤怒到了极点。时间一分一秒地过去，在这段时间里，我觉得我浑身的血液和我周围的空气一起凝固起来。而且，这阳光就像火，再呆下去，火就会使这凝固的一切燃烧、爆裂……在这段时间里，我的心在颤抖，我觉得自己是一个弱者，我觉得自己十分可怜。

为了不出人命，老班长终于出现了，他松解了绑带，那人颓然一下扑倒在砖地上，他的手脚已经吊得不能动弹了。老班长舀了一勺冷水来，给那人喝，那人大口大口地贪婪地喝着……

正在这时，上课的号声在炽热的空中回响起来。

你能说这个人不是窃贼吗？

可是，他偷馒头是因为他饿，你能说挨饿的人是恶人吗？

不，倒是那些凌辱、虐待他的人是恶人，而他是圣者。大家都在苦难的底层，都受着痛苦的熬煎，在这些玩弄麻雀的人里面，就有跟我很要好的朋友，我知道他们在当土匪的时候，曾经杀人越货、血染双手，他们不是也因为饥饿才这样干的吗？你能说他们都是恶人吗？我跟这些人厮混熟了的时候，才知道这些人每当偷偷喝得酒意朦胧，大家便找个僻静的地方，他们就唱起来。他们唱的是：

　　小秋霜单打那独根的草，

　　……

......

小白菜呀地里黄，

七岁上面没了娘。

......

他们唱着唱着，就彼此抱头呜呜痛哭。

他们胸中有多少悲哀，就这样宣泄不止。

你能说他们都是恶人吗？

包括我自己在内，都在苦难的深渊、煎熬人的炼狱之中，能说我们都是恶人吗？

不久以后，谁知这种罪恶竟然落到我的头上来了。

事情是这样，当兵的支公差——站岗放哨，一班轮一天一夜。有一回轮到我们班副刘青山带领我们在这个庙门口放哨，白天站岗还好，我最怕夜里站岗。夜深人静，万籁无声，住在这整个庙宇里的当兵的，这时都在苦痛而又甜蜜的睡梦之中，只你一个人孤零零地站在黑地里，一动不动。有时随着那波浪般诡秘的鼾声，一阵阵困意就向你袭来，你的上下眼皮贴起来了，你的感觉如同沉落到一只枯井之中，你的手松弛了，你手中握的枪险些落了下去，这才一下惊醒。每当这时，人世间的一切忧愁、痛苦都沉重地压了下来。你揉揉眼睛，你挣扎过来，然后渐渐地、渐渐地又迷糊过去。而且站岗的一组人都不能回班上睡觉，休息的时候，也只是在大门洞里裹一条粗糙的呢毯子，倒地而睡。夜寒如水，冻得哆哆嗦嗦。正因为这个缘故，队里明文规定：凡是值班站岗的，第二天可以不下早操。谁知这一天早晨，祸事却降临到我的头上。中队长头一天晚上下了一道紧急的命令：第二天值班的人除留一个人放哨守门外，其他人一律出操。这消息一传来，就引起支公差的人的愤慨。刘青山两眼一瞪，瞪得有鸡蛋那么大，他把脖子一扭："这王八蛋，骑在人脖子上屙屎呀……老子就是不听这个招呼！"我和其他几个人心里都窝着一肚子火，憋了一肚子气，便纷纷跟着他叫嚷："不出操！决不出操！我们按规定办事，谁能说个不字。"第二天早晨，出操号嘹亮地响了起来，队伍集合列队，向河那边走去。中队长这时发现我们几个值班站岗的竟然违抗他的命令，他就派一个人跑回来再一次传达命令。我们站在那里，望着刘青山，这个黑塔一般的汉子，两手往腰里一叉："天塌了我顶着！就是不出操……"这时在中队长和副班长之间，我们选择了副班长。这是这群人之间"为人在世，义气为重"的信念，有骨头的人谁也不能示弱、不能背叛。于是我们几个人果断地聚集在门口放哨的位置上，坚决拒绝出操。

这是违抗命令，那就等于起义，等于造反。

我们准备迎接我们的厄运的到来。

下操的人们回来了，中队长一面解着军官带，一面走上戏台，立刻就回过身来，大声训斥：

"你们造反了，你们狗胆包天，不听命令！"

刘青山黑铁塔一样地两手往腰里一叉，从台下顶了回去：

"不听命令你怎么样？！"

这一下可惹怒了中队长，他的脸涨得通红，立刻命令：

"各班班长集合！把刘青山带上来！"

这时，我们一小群人拥住刘青山，但刘青山还是被几只手捉住拉走了。刘青山一路大骂，被推上台，被推进队部，看不见人了，只听得从队部那间屋传出中队长和副班长顶着头互相对骂的声音。这时，我的心像一下掉落下来，就听到中队长把桌子拍得山响，一面喊叫着："给我打……军棍，一百军棍！打一百军棍！……"我的手一下变得冰凉，脸却烧得火热。然后传来军棍在人身上击打的声音，这时，刘青山倒静了下来，紧闭着嘴，一声不吭，只听见棍棒交加，打了半响，忽然听到中队长猛吼一声；"你们都是废物！你们存心袒护！把军棍给我！……"然后又听见军棍噼噼啪啪，狠摔猛打，突然之间，"咔嚓"一声，看来是用力过狠，军棍打折了……最后听到"咣啷"一声响，想是队长把折断的军棍掷在地上。这一阵猛打，等副班长被两个班长架着两臂扶出来时，他整个棉军裤上渗得鲜血淋漓。刘青山面如土色，但他一声也不呻吟，一声也不呼唤，他决不示弱，他决不求饶。等到他被扶到院子当中，刘青山突然两手把两个班长一把推开，他两脚一蹦三尺高，高声痛骂：

"王二六，我操你的娘！你今天对老子下毒手，你也不用想躲过老子的手！"

刘青山这个铁打的汉子，给打得站不住脚，但他整个人还是硬得像根铁门闩。我真羡慕他，真是敬佩他，我从他身上懂得，做人就要做选样的人，要做这样宁折不屈的人。最后一个轮到我了，我没等人来捉，就自动地走上戏台，走进作为队部的西屋，头也不抬，一眼未看。但是，读者！请想一想，这是多么大的侮辱。当着中队长、中队副、小队长、十二个班的班长……这一大群人的面，我趴在地上，被褪下了裤子，露出了屁股。但是说老实话，这时我没有觉得羞耻，反而觉得光荣，因为我同副班长这样的英雄好汉站在一起，我和他一起拒绝了命令。我同他一起挨打。读者！现在写下这一段时，如果读者知道我曾经受过这样的酷刑，就会理解我为什么在关键时刻有那样一种倔强的犟劲了。读者！你没受过这种虐待，你可以从这里想象一下；你发受过这种侮辱，你可以从这里理解一下；而这就是人生世相对我心灵最强烈的一次冲击。我被打了二十军棍，不过，当班长得有当班长的本领，其中一个诀窍就是打军棍。原来军棍有两种打法，一种是着着实实地每一下都打在皮肉上；一种是把军棍头敲在地板上，军棍只在屁股上沾一点边儿。对我，当然是后一种。正是这，使伏在地上的我非常恼怒，我倒希望中队长也在我身上打断一条军棍，把我也打得皮开肉绽，鲜血淋漓。因为如果像对待刘青山那样对待我，我可以仇恨，而现在这样对待我，就只剩下了耻辱。这种耻辱刺激得我几乎流出眼泪。但我也知道无论如何不能在中队长这号人面前示弱，我终于咬紧牙关忍住了。由于我打得轻，当然也没有人来扶我，就让我一个人默默地走下戏台，这真是我一生一世的奇耻大辱。我回到班上，只见全班的人乱作一团。副班长这时光着下身伏在炕上。这时，我才知道他真正打得鲜血淋漓的地方是明伤，明伤结了痂，就好了。最难办的是那些打得乌青乌青的地方，那是暗伤，暗伤血瘀在皮肉里面，弄不好，就得落下残疾。这时，老班长气喘吁吁跑进来，立刻派人买了一些鸡蛋，把鸡蛋打在碗里，将蛋黄除掉，班长就用手沾了蛋清，在副班长的暗伤处轻轻地、轻轻地拍，这样拍了很久很久，一直到把瘀血拍出来……

这一回黑白分明：中队长确确实实是一个恶人，而受辱的副班长才是圣者。

原来在这支绿林部队里面，很讲江湖义气，面子就是第一，宁可吃得一身苦，也不能折了面子，这就是为什么刘青山最后一蹦老高连中队长最肮脏的下流的名字"王二六"也亮出来了，而王二六也就忍气吞声，吞下了这个苦果，这就是刘青山对王二六的报复。

后来，我明白了：

皮肉上胜利的是王队长，

精神上胜利的是刘青山。

而人生轮回之间，王队长是恶人。刘青山是圣者。这一点是铁定无疑了。

　　但，至此，我还没沉到罪恶深渊的渊底，我的心灵还没有受到最后致命的一击。

　　一个黄昏，——太行山脉在天空中划出弯弯曲曲的曲线，落日在整个天地之间发出金红色的闪光，这是人间多么庄严多么神圣的时刻呵！但是，光明还没有消失，黑暗却突然袭来。焦煳气味和甜蜜气息的炊烟，正在空中悠悠飘荡，给人带来温馨之戒的最初的信息。我站在河边看了一阵风景，就折转身来走回庙宇。正在这时，我忽然发现周围发生了异常的骚动。就在庙门对面野地上有一个小土地庙，平时它像个孤魂野鬼兀立在那里。今天，现在这一刻，那儿却乱糟糟地挤着一大群人，而且你推我挤，争先恐后。我不知那儿出了什么事，我也向那儿跑去。我一下从所有人的脸上看到了我从来没有看到过的一种淫乱、狂躁、肉欲、贪婪的神色，我觉得这群人已经达到了疯狂的地步。他们两眼血红，像要吞噬人肉的野兽的眼睛，发出奸邪与淫荡的灼灼亮光。我意味到他们的人性在消失，兽性在发作。我心里不知为什么一下恐慌起来，我来到了人群之中，却没挤进去，只闻到他们身上的臭汗的气味，只听到说不清楚一个字的谵语。这时，有人斥责说，这不是你来的地方。说着一把把我推倒在地。他们变成一群横蛮的野人。整个骚动越来越严重，越来越厉害，人们陆陆续续地嘴里呀呀喊着，一面往这里跑，一面解裤带。最后的夕阳竟如此堂皇，微黑的青天竟如此坦荡，而在人间压抑过久的生理的宣泄，一种淫欲的残酷之情，竟在光天化日之下进行着蹂躏。后来，不知谁喊声"值星官来了！"人群才哄的一声四散奔逃。

　　唉！真是罪孽！真是灾难呀！

　　在那暮色朦胧的大野之上，我突然看见一个老妇人，而这是可以做那群人母亲的老妇人，从小土地庙中走出来。她白发蓬乱，衣衫褴褛，下身的衣服已经破得一缕一缕的，甚至连裤腿都被撕烂了。她一面慢慢地走，一面扎住裤带，她瘦骨伶仃、孤孤单单，一个人朝着远处蹒跚地走去。

　　这时，我才明白刚才这里发生的骚动是多么可怕的骚动啊！

　　这个孤苦伶仃的赤贫的老妇人，她什么也没有了，只剩下枯瘪而衰老的肉体，她只有出卖这个可怜的肉体。

　　一下，巨大的、强烈的打击震动了我的心灵，我心灵中的血浆像要一下迸裂而出了。

呵！人间地狱——这就是人间地狱。

不知是一种什么感情冲击着我，我真想痛痛快快地大哭一场。

这场骚动，一下使得我在当兵生活中所有的一切爱好、兴趣、欢乐，甚至连同忧愁、苦闷、悲哀，在顷刻之间都通通粉碎了。

我的心灵的颤抖，几乎到了像是我自己做了犯罪的事情一样。

我的头发热发烧，我撩着冷水洗了一下脸。他们的耻辱就同我自己的耻辱一样，这耻辱不但是冷水洗不掉，就是血水也洗不掉。

罗马西斯廷那个英俊而魁伟的人，你区分善恶的标准在哪里呢？而在我的苦难深渊里，已经无法分清谁是善者，谁是恶者。只有灰色泪水一样的激流在这深渊之下滚滚流淌——从那一刻起，我决心离开这儿，我再也不能和这丑恶与狂暴、淫乱与污秽混淆在一起了……在那以后好多天，我都不敢走近那个小土地庙和那片荒凉的原野，我一闻到焦煳而又甜蜜的炊烟的气味就要恶心，就要发呕。

## 二一 逝者的遗音

由于我擅长测绘，被调到后方留守司令部参谋处当了绘图的见习参谋。这样，我就由河边的庙里搬到了晋城县城内北部一个很大很大的院落里，司令部设在这个大院落里的几座小院子里。院子窄长的一条，南北各一排瓦房，北屋朝阳，住着处长和几位高参，南屋背阴，就住着我们这些参谋。我从那占六个拳头一席之地的炕头，搬到这一个人一间房的大床铺上。尽管一到夜间，就从北屋内袭来一阵阵鸦片烟的气味，这种气味有点儿像糖炒栗子的味道，不过天天受着这种"洗礼"，有时，也惹得我心烦意乱。而且屋子也十分狭窄，当然，我还是十分满意的。我屋里占地最大的是一个长而宽的木案，后面就是一张床铺。那案子上经常堆着一卷卷军用地图和画地图的地图纸。我每天把石印的军用地图展开在案上，然后再在上面覆盖一层透明的白纸，我要十分耐心、十分仔细，把那细如发丝、标志地形的曲线细细描绘出来。小屋的屋顶糊着纸天棚，一刮风就呼嗒呼嗒地响。我却酣然入睡，觉得日子过得十分舒适。这里跟教导队相比，真是一个是地狱，一个是天堂。在我十七岁的年龄上，就披起军官的斜皮带，我也感到几分荣耀，几分自豪。我来这不久，就受到一群参谋的欢迎。这里面有一个年纪最大的，长着红鼻头，两只小而圆的眼睛却闪着烁烁的亮光。此人颇谙人情世故，平时沉默寡言。另外一个圆脸盘上长满了红疙瘩，细长的两只眼总是笑眯眯的，令人觉得他既淳朴又憨厚。我年纪最小，又是刚来见习，我尽管也戴上了披在一个肩头上的军官带，但领章上连一颗豆都没有，因为我的军衔只是准尉。我对他们不能呼名道姓，只叫"孔参谋！""范参谋！"尊而敬之。不过，我的确生活得十分清闲、自在。早晨起来，练习骑马，这是我平生第一次骑马，但是军官骑的马都是训练得十分柔顺的，不是暴烈的马。我喜欢一匹雪青的马，这马长得很英俊，很彪壮，步子跑得十分平稳，我骑在上面也是稳稳当当的。我大口呼吸着早晨的新鲜空气，穿过一个植物苗圃，沿着城根跑上一圈。晚饭以后，闲暇无事，我就跟上参谋们去逛街。

　　像晋城这样在太行山极巅的古城现在恐怕不易寻找了。因此我在这儿得记上一笔。这太行高峰上的小城，别看四周都是青山，其实并非耸立在森然嵯峨的危崖之巅，而是在太行山顶的一个盆地里。但这并不是贫穷的，而是富裕的城市，城里十字交叉两条路。通到四面城关，街上有些商店，最热闹的数大十字那儿。紧靠那里有几家洋货店，有一家是最新派的，在店门口方桌上放留声机，招揽顾客。当然，那时不叫留声机，而叫话匣子，这种古老的玩意不像现在转着圆唱盘，而是转着一种蜡装的圆筒，一上满弦，钢针头在筒上摩擦，而后就从像大牵牛花一样的大喇叭里发出非常刺耳的鸣声。有时是奏洋鼓、吹洋号，有时是高唱山西梆子，我第一次为山西梆子那激昂、壮烈的声音所震动。这里还有一家理发店，那时也不叫理发店，而叫剃头铺，店铺屋檐头挂着一块白布幌子，这里倒是我常常光顾的地方。使我感到最大享受的不是剃头，那锋利的刀刃在青头皮上"嚓嚓"响着，固然有趣，但对我来讲，最快乐的是"朝阳取耳"，这是放在剃头最末了，但也是最确技巧的一个关节。剃头师傅用一种把上缠着细软黄铜丝的耳朵勺，伸进耳朵里面去，掏你的"耳塞"（耳屎），那真是人间最大的乐事，痒滋滋，又麻酥酥的，使你舒服极了。我记得有一个故事，说阎王坐镇阴曹地府，没到过人间，他很想知道人间什么事最快乐，就问一个小鬼，小鬼想了半天，告诉阎王说："掏耳朵最快乐。"的确，我从对面那像"哈哈镜"一样的大玻璃镜子里看见我眯着眼、扬着眉，脸上挂着既陶醉又忘我的神情，那个模样也实在好笑。不过，最引诱我的还是洋货店，因为一个洋货店的橱架上摆着一些书，里面除了《尺牍大全》之外，我竟陆续发现了《夜雨秋灯录》《花月痕》，我于是倾囊倒箧，买将回来。但走多了，我却发现，这个古城有个奇迹，就是石头雕的贞节牌坊非常之多，那上面都是精雕细琢，盘龙舞凤，上面横凿刻着一行行小字，说明这个妇女怎样守节，怎样忠贞。有的匾额上甚至写了"高风亮节"四字。我开始感到，到底是太行，民风淳朴，古训可钦。谁知，有一天，在我又凝神注视那牌坊上的记事的时候，孔参谋拉了我一把说：

"我带你看看这贞节的烈女吧！"

我不仅为之愕然，我想这种妇女大都独处深闺，不与生人见两的。周围的几个参谋却从旁竞争着怂恿我应该去见识见识。

这能是一个什么样的奇迹呢？在这个石牌坊的后面，会有什么秘密呢？我也没有仔细想，便相跟上，从贞节牌坊下穿过，进了一道两面青砖砌墙的小巷，到了一个颇大的宅门前面。这是一片偌大的清水瓦房，虽然已经有些陈迹斑斑，但还有与那牌坊足以相适应的气势。门是大敞开着的，我们便陆续进去，走进上房。在这儿我们看到一位长得十分俊俏的少妇，腰肢窄瘦，眼神娇媚，一头乌黑的青丝，在脖颈上只挽了一个松松的发髻，穿的是一身灰布旧衣服，看样子也没有打扮。她见我们进来，略略欠身招呼，不冷不热，温温暾暾，她那对水汪汪的眼睛曾亮了一下，似乎在我的脸上晃了一下，而后又低垂下去了。我想，她会惊讶我这么年轻，其实我并没有注意，当然也不会在意，她也只兀自坐在里面一只小炕桌边，一面嗑瓜子，一面顺手把瓜子皮撒得满地，显得那样娇贵、那样任性。看到这里，我倒是有点儿愣住了。这就是那个贞节牌坊标榜的贞节烈女吗？我们承受这种待遇，本是十分尴尬的，但亏得我们那位孔参谋手法圆通，随机应变，搭讪了一阵，我们就退了出来。这演的是一场什么戏呀？我心里独自嘀咕着。回到住处，一伙人哈哈大笑，原来那个妇人是晋城县里的名妓，实即暗娼。她是两个佼佼者中的一个，名字十分古怪，据说另一个叫"小脚"，这一个叫"小辫"。我实在不理解她为什么叫这个名字，头上不是明明挽着个发髻吗？莫非她还在梳着辫子的时候就已经名噪一时了吗？……但，这一来，也揭穿了贞节牌坊的秘密。当然，那个美妇人并没有惹我恼怒，因为我们既未轻薄她，也未凌辱她，而且我仿佛从那青石雕镂的牌坊上，感到一种人生的无限的辛酸，不知为什么，一种苦涩的同情心使我觉得，我又回到了苦难的底层。请想一想，时间不容情地流过去，待得她枯瘪衰老时，不就是那个孤苦伶仃、衣衫褴褛、从小土地庙里钻出来的那个老妇人吗？想到这里，不由我不寒而栗，倒觉得街头巷尾那一座座牌坊真是吸食人生命的血盆大口了。从这以后，有几天，我好像一下打破了一切梦幻，我痛苦地想着；

我以为我离开了地狱，

实际我没有离开地狱。

谁知这一场作戏，却使我一下深入地揭开了这个古城的奥秘。

也许，是那妇人的"眼波才动被人猜"吧！

这却引起同访青石牌坊的范参谋的注意，他觉得我正在青春发育时期，也许会做出不稳妥的事情，于是，他当天夜间就在我的屋内，劝我不要胡思乱想。其实，在我那年轻的心灵里，深深种植着一颗爱情的种子，它的庄严，它的神圣，使我根本不会在两性的问题上产生任何邪念。倒是范参谋在这夜晚讲的另一番话令我终生难以忘记。我自从到晋城以来，从平静、明快的大自然，转入黑暗沉沉的底层，只在这一次，我才像看见一盏神灯，一下照明了我周围这个诡秘的世界。

他告诉我，几年以前，一个漫天飞雪的隆冬，这闭塞的山城里来了一对青年夫妇，女的被一家小学校聘请来做教员，男的就进了我住过的那个教导队。由于他是个大学生，过不久，他就被提拔到大队部当了司书。小学校在城里，教导队在城外，两处相距甚远，他每当节假日，就到学校宿舍里来，平时却在队上。这一对夫妇既学识渊博，又对人和蔼，因此受到了邻里友朋的敬重。这个司书头脑聪明、心地善良，而教导队里一百个人里有九十九个大字不识，于是司书的门槛就给人踏破了，有人请他读信，有人请他写信，渐渐当兵的把身世的悲苦，人间的不平，都倾诉给他听，他那白洁文静的脸上闪动着漆黑的眼珠，多半是沉默不语，也免不了给人一点儿安慰——谁知，从教导队里便渐渐有种种新奇的议论在暗地里传说。比如：

猴子是人的祖先呀！

穷苦的人们还不如猪，猪只被出卖肉体，而穷人除了血汗，还要出卖灵魂。

天下的穷人是一家，穷人要抱成团，才能闹翻身。

……

有一天，这个司书突然给五花大绑地押解走了。

整个晋城很快传遍，说教导队里出了共产党。

这真是十分可怕的事呵！

有些关心这对夫妇的人，到学校宿舍里看望那位女教员，她神情十分平静、镇定，她说：

"这恐怕出于误会，弄清楚了该会放出来的。"

但细心人却发现她的脸色白里泛青，两片嘴唇微微有些颤悸。

那人出来，叹了一口气，说："这世道没有好人的路好走呵！"

这时，教导队里起了骚乱，不少当兵的拒绝下操、上课，偌大一片五龙河两岸，寂静得连号音也消失了……一个风雨交加、雷电轰鸣的夜晚，人们看见这个女教员竟在一片荒郊野外奔跑。头发凌乱，全身淌水，跌倒在地，爬起再跑。然后伏在血淋淋的一具尸体上哀哀痛哭。那刚刚被枪杀的人一只胳膊还在微微抽搐……那天天不明，女教员手上挂了一个黑布包袱，从此离开了晋城……

我一下给这凄凉的悲剧紧紧地擒住。

我问范参谋："他们真的是共产党吗？"

范参谋那长了一堆小红疱的脸沉浸在无边的回忆之中，没有回答，只是两只眼睛直勾勾地凝注在黄晕晕的小电灯泡上。我们的电灯是用手摇马达发电的，一下熄灭，满屋漆黑，一下又像蒙眬瞌睡的眼睛，一闪一闪的，而后又亮了起来。这时，我的心头像塞满了棉絮、木屑、砂石，我窒息得喘不出气。

范参谋告诉我，他们的确是共产党员，是第一个到这幽僻的深山里来的共产党员。我一听，霎时间，一个高大而神圣的形象巍巍地站在太行山顶、群山之上，再一转眼。他全身发出亮光、发出火焰，而这亮光和火焰是从他举着的自己那颗心上发出来的。

范参谋告诉我，后来有人跟孙殿英说：蒋介石给你送黑名单是想借刀杀人，蒋介石迟早是要谋害你，你就不为自己留个退路吗？这一下孙殿英才恍然大悟，另起对策，就是为了敷衍蒋介石，把以后黑名单上的人都礼送出境了。

礼送出境的人都远走他乡了；

但逝者的遗音却永远留了下来。

从此，我从这苦难的底层里，获得了一线光明。

几年以后，我写了一篇小说《病》——就是献给这一位默默无闻永埋青山的普罗米修斯的。

## 二二 我打开了一扇闸门……

孙殿英在察北抗日同盟之战后，原想回师重归晋城，却受到阎锡山死死的阻拦。蒋介石与阎锡山勾结起来，命令孙殿英进军五原。五原在西北荒沙漫野之中，那是一条绝路。而后，就在孙殿英部队从包头到五原途中，把它全部消灭干净了，这是后话。孙殿英当时为了集结部队，西向五原，就命令晋城留守备部开拔包头。就在这种情况之下，我随同部队离开了晋城。

这一回走的是从晋城下太行山到博爱这条路。

我顺着蜿蜒巍峨的太行山下来，这山路之险峻、之陡峭，真是令人毛发悚然。

我出钱雇了一乘驮轿，这是专门供这无路可走的险境攀缘之用的乘具。前后两匹骡子，中间是两根木杆与席子搭成的窝铺。人就在窝铺里，因为是下山，只能头朝后脚朝前躺在里面。尽管我那当枕头用的包袱旁，还放着那本《山中白云词》，但我没有掀阅。因为根本没有闲情逸致吟赏那清丽的词句。人在万山之上，山在云雾之中，特别是翻过天井关之后，山的斜度几近直角。说这是路，其实无路。只是在铁板一般的石岩之间，由于骡子走了不知几百年几千年才在上面踏出一排斧凿一般的窝臼。骡子也只能一个蹄子一个蹄子地踏着窝臼向下走。前面的骡子走到下面，后面的骡子还在上面。这时人尽管是躺着，两只脚踏在窝铺口的横木上，人就笔直地陡立着了。只有跋涉在这悬崖绝壁之间的时候，我回首仰头观看，只见一派黑压压的重叠的山峰，我才知道晋城海拔是何等的高度了。过天井关之前，中午在一个山顶打尖，那儿却是山巅之上一座石头砌的山寨。据赶驮人告诉我，当地人都叫它做孟良寨，据说当年杨家将遇难之后，孟良焦赞一怒之下叛离了朝廷。孟良就在这儿筑了城堡，继续抵抗金兵。当然这只是民间传说，不足为凭，但站在那苍凉的山寨之上，俯视千山万壑，有如大海狂涛奔腾不息。火热的两颊迎着飒飒而下的天风，我顿时生发出"前不见古人，后不见来者，念天地之悠悠，独怆然而涕下"的感慨。

就在这深山峡谷之中，真想不到，无意中为我打开了人生的另一扇闸门。那是一个夜晚，我们向一人家投宿。要不是人们提醒，你根本不知道那会是人家，因为房舍全是从黄白石块上凿垒出来的，它坐落在山莽之中，与山莽浑成一片。待到我的驮轿进了一座阴暗潮湿、石板铺地的院落，我闻到一股焦煳的炊烟气味，这才听到人声，看见山壁上凿出来的窗洞里亮着一点昏黄的灯火。我上台阶，跨进洞门，一股酸臭污浊的腐气立刻塞满鼻孔，使我胸头淤闷，真想呕吐。我便连忙退了出来，决定就在驮轿上过夜。这可是非常奇特非常神秘的一夜。数年之后，我在一篇小说《黑》里描写过此间之情景：

"路的左旁露出一块平地，上头碧草茸茸，孔雀毛一般好看、可爱，几株细挺的胡桃树，掩遮着一段石头台阶，石块不那么整齐，歪歪斜斜，如同一串从篓子里爬出来的螃蟹。上去是一所石头房子，房顶上也长满了青草……两头牛才昂起额头，像两位道高德重的伪善者一样，摇摇摆摆给赶进那石阶下去。在那儿，石壁上有个缺坎儿，它们一齐没了进去。那石壁上，长满了鸡爪藤，叶子尖尖的，覆盖了所有灰黄的石块……顶高顶高的峭壁上，第一线太阳光晃了一下。石壁后面，是一片空场，污浊的一堆一堆的尽是煤渣呵、石渣呵、砂子呵……一面石壁下堆着老高老高的窑里烧出来的瓦坛子……窑在房子斜对面的一个山窝里。是靠着山壁自然凿成的……叭叭……窑里的煤块崩裂了一般爆炸起来，突然，由烟囱上扑进一阵风，等这风变成了热风，由窑洞口喷出……里面红红的火焰，憋闷地叹息了一声，便熊熊地、光耀地照着四壁。连趴在窑门上的阿七的铁脸皮上也晃出一块一块、融了油脂似的闪亮。这会儿才看得见，火池的四周遭一个挨一个摆列着的，尽是粗糙沙土搅成的盆碗的土坯，是昨夜放进去的，焖烧了一宵，这会儿露出坚滑的彩釉……在造坯的工棚里又是一番情景：

"……李头儿坐在黑角落里面，刘师傅坐在靠门的一块木头墩上，在每个人面前，都立着一根粗木桩，顶上转着一个木质的碗槽，它旋转、旋转，人们就一面把水和的沙泥摊在碗槽中间，另一只手就不停地捏着一块铁瓦刀，在削……一会儿工夫，沙泥便勾勾地、薄薄地粘在木槽上，然后从木槽上扣下来就是陶胎了……阿七找个地方坐下，把木桩拖过来，用脚踏着，木碗槽便转动起来，沙泥也从他手上泄漏，他觉得头脑沉重，听着嘎、嘎、嘎、嘎、噗——嘎、嘎、嘎、嘎、噗……单调的声响，每个碗槽在每个人手底下唱起来，他忽然想起下山峡那条流动的泉水的声音。"

在小说里，我给阿七和阿巧安排了一个悲剧的结局，他们为了爱情不得实现，双双跳崖自杀了。但在实地里，这深山老岳中的一群用原始手法操作的工人，向我展现了劳工的面容。我便联想起我在教导队时，在那个制针厂里看见的工人，在河边草纸场上看到的晒黄草纸的工人，晋城城里一个线织厂里的工人，汇合在一起，凝聚出头一遭闯入我人生经历的劳动者庄严神圣的神态。从那第一个向深山中输送火种的普罗米修斯的光照下，我看到这苦难底层里的另外一面，我知道他们同样有着黑色的悲剧的命运，但他们那一刻不停的手，一眨不眨的眼，使你感到生命的伟大，因为他们在创造。

秋末冬初，窑场之夜，月光如水，我躺在驮轿的草垫上，一时不能入眠。

现在回想起来，当时确有一扇闸门向我打了开来，我看到未来，看到希望，看到明天，可是，一时之间我想到此次西行前途渺茫，心中又十分惶惑不安起来。从童年的悲苦算起，特别是在中学里那场白色恐怖，还有在教导队挨军棍的耻辱，我似乎经历了坎坷，经历了风暴，我从一个大城市来到一个穷苦的山坳，可在这儿，我看见的却不只是没落、萧条、崩裂、瓦解；我从小养成的敏感、脆弱的感情，当然都很容易使我看到我不满足的黑暗的一面；但是在这旅途之中，偶然的遭遇，我从窑场那旋转的木坯盘，从窑工们劳动一天后，面赤耳热，仰天呜呜的粗犷的神态，我又的的确确看到了闪光的欢乐。当然，我的年龄、经历、认识水平，使我只能由此产生一种朦胧的感觉，而所谓未来、希望、明天，也只是恍惚的一种憧憬，但——人生就是这样可贵，当它一旦向你展示胸襟，你便无可回避。那一夜，我似乎理了一下我到晋城以来整个这一段生活。当然，如若只停留在最初的自我羞愧，自我苦难，那我只能自私自利地对待人生。只有从那个缚在炎炎赤日下晒得半死的年轻人，和那个老妇人伶仃、可悲的背影，我才揭开人生的表皮，进入人生的内里。我陷于炼狱一般的苦难之中，我愤怒，但我无力改变这一切。当我想到我离开教导队到参谋处，我意识到实际上这是一次可耻的逃避。像有一个天神在挥动铁锤粉碎了那个地狱之门，我知道踏入这深山老岳，是为了向黑暗的心灵投下一线光明，我想起那第一个给劳苦人民传播真理而献出自己生命的人，这时便有一道光辉，一种力量，使我在这旅途中的偶然际遇里，又一次打开闸门，我向人生大大地跨进了一步。但当我辗转反侧，不能成眠时，我又不知在这闸门的外面，等待着我的是什么，因而又惴惴不安起来。

## 二三 ……但我得到死亡

部队奉调下了太行山，进入河南境界，经博爱到焦作，上火车。这是我第一次乘火车跋涉过这样漫漫长途，经历河南、河北、察哈尔、绥远。在博爱还是碧绿丛丛，过了北京就进入寒苦隆冬了。参谋处分到一辆装货的铁闷子车，只有车门，没有窗眼，这便成了我们的流动的家。参谋们占半截车厢，头朝两面车壁，正好脚朝脚地排成两排，下面铺了谷草麦秸，上面摊开行李，每人睡处倒还宽裕，只是光线十分黑暗，于是我跟人换了挨近车门的位置，在这里一则我可以从车门不停地瞭望山川大地，再则我贪图一线光亮，读一点儿书，以此打破车上的枯寂。车厢里很交静，那半边车厢由一批高参占据，远远望去，那儿总有几盏昏黄的灯亮着，带着一线香甜的气味弥漫过来，我才发现那是鸦片烟灯，他们没日没夜捧着烟枪，烟瘾过足便海阔天空，高谈阔论。我们这边则鸦雀无声，十分寂静。原来刚上车时大家还兴致勃勃，车过北京西便门车站以后，车外的光景越来越荒凉，人也变得越来越萧索。不知过了多少日夜，轮子就永远那么单调地咔当——咔当地响着，响着，开一下车门，外面一片茫茫大雪，白得那么单调，人们的舌头好像都不那么灵活了，话也就越来越少了。不过不时还听到唉声叹气的声音，的确前途渺茫，不可预卜。车厢里这一片寂寞便凝固成一股看不见、摸不着的压力，十分沉重地压在我们的心上。车门缝里吹进来的冷风冻彻骨髓，车上又没有火炉取暖，人们整天躺在被窝里，谁也懒得动弹。就这样一直到铁路西行尽头的最后一站，包头。

当时的包头只是一个小镇子。由于在火车上度过了十几个枯寂的日子，人们下得车来，倒觉得这荒漠中的一片繁华梦境也还有几分可爱。满街熙熙攘攘、人来人往。狭窄的街道上最多的是飘着红布幌子的小饭馆。

当火车驰入塞上，尽管冰天雪地，寒风凛冽，由于浪漫主义的热情，我倒还觉得有几分新意，因为原来只是在唐诗里领略过塞外光景，不要说大漠飞烟、孤城落日，对我有着无穷的诱惑，就连"可怜无定河边骨"，"将军白发征夫泪"，在无边憧憬之中也平添了几分慷慨、几许悲壮，几分豪迈雄浑之气。就因为这些诗句恰当地表达了我年轻时经过的一番追求、一番向往。可是到包头一下车，冰雪遍地，寒风凛冽，使我觉得骨髓一下都冻结起来了。但究竟年轻气盛，还是成群结队招摇过市，由于大军西调，这里是最后总站，灰色军衣满街满巷，我们很快就为那饭馆的红布幌子招引了去。外面严寒，里面火热，窗玻璃上冻的冰化成一片水气，中间曲曲弯弯流着几条水柱，门一开里面就扑出一股雾蒙蒙的热气，那热气转瞬就给北风抓去，无影无踪。大家围坐一桌，饮下滚烫的白酒，只觉得一道火辣辣的热流顺着喉咙直泻而下，实在痛快。可是我坐在桌边暗自寻思——这儿已离得幽燕、离得无定河很远很远，我们已置身于蒙古大沙漠之中了。你看，一只只骆驼摇着颈项下的铜铃缓缓而过，赶骆驼队的人穿着白板老羊皮袄，他们和它们从沙漠上带来多少荒寒、多少悲苦。一进到包头镇上，找一家骡马店，一大片骆驼屈膝跪在地上，嚅动着阔大的嘴唇，吞食着草料。那群人便也奔进饭馆，把头上皮帽摘下，用手拍着满身尘沙灰土。我曾经多年向往着塞外，今天可真到了比塞外还要远的塞外了。

我们司令部住的是客栈，这里有火炉、有热炕，炕上铺的是雪白的羊毛毡，睡上去暖暖和和的，但是夜静更深，一缕幽魂却又飞向关内，想到母亲这时正想念我，我的心就有点儿凄凉了。后来，我的处女作，在1936年3月号《文学》上发表的《冰天》，就把这种羁旅情怀糅了进去，而且给那个主人公作了一个魂埋风雪的悲惨结局。

一件令我非常惊奇、万分震动的事在这儿发生了。

一天，几个参谋又去遛街，那个年纪大的孔参谋忽然诡秘地对我们说：

"我带你们去看个新鲜世界。"

我问他是什么世界，这样值得欣赏。

他兀自不理，只说："你跟上我走吧！"我跟上他们几个人从大街走入小巷，转了几个弯，走到一个大门前。这里有一个像大车马店那样能够对开的两扇大门，门口有一个当兵的背枪站岗，见我们都是军官，也就不过来盘问。孔参谋只打个手势说："是金司令派我们来办事的！"

那时当兵的见到当官的都敬畏三分，这兵丁见这几个人斜披着军官武装带，一个个精神抖擞，气宇轩昂，便敬个礼让我们进去。

谁知里面竟是一个荒凉无人、满地撒满喂牲口的干草的大院。

我愕然问道："这算什么新鲜世界呀？"

孔参谋十分严肃地把嘴巴凑到我耳朵边："你只管走、只管看，别向东问西，露了馅，我可不好应付。"

经他这一说，神秘气氛更加浓重，仿佛探险一样，我只能蹑了脚跟着走。

又进入一层院子，却出现了富家宅地，青堂瓦舍，一片豪华。窗玻璃上影影绰绰有花枝招展的女人在走动，堂屋门口悬挂着青毡毯镶红边的大帘子，有人出出进进，十分忙活。我忍不住问：

"这是什么地方？"

"金司令的——金公馆！"

原来这金司令就是太行山上那个后方留守部的司令。此人生得又矮又胖，你看他那腰身好像横着比竖着还宽。这个司令长得天生一副强盗样，满脸漆黑的横肉，两边耳朵上挖挲着长长的黑毛，这人尽管一副凶相，待人却十分和蔼恭谨，很可能经历过一番厮杀，又经历过一番风雪，已经是一个有官场上层人物风度气派的人了。据说他有好几个姨太太，遍布前后方各地。莫不是这里就是其中一处？

孔参谋不说还好，这一说立刻使我魂飞天外，半身发凉。

——我们怎么闯到人家公馆里来了，这让金司令知道不是一大祸事？！

孔参谋见我有点儿畏怯，便很随便地鼓励了一句：

"尽管跟我走吧！……"

我们从这个公馆的上房西面的一个夹道穿过，走进一座小门。

我一看，又是一吓，这里竟是一个热气腾腾人声鼎沸的大院落。

我正想发问，孔参谋拉了我袖口一下，我就不作声了。

孔参谋却轻车熟路、潇洒自如，而周围那些忙忙碌碌的人也没谁过问，因为看情况他们十分紧张、十分急迫地在干着活。进屋一看，几间房子打通，成了一个大作坊，里面都是大缸，人们在里面浸泡捞打，我从空气中嗅到一股焦灼灼像过大年放炮仗那种气味，这气息刺激得我鼻孔一阵发痒，不禁一连狠狠打了一阵喷嚏。我们走遍几间作坊，只那最后一间门窗紧闭，孔参谋不让往那儿看，径自蹀向另外一边，悄声告诉我：

"那儿是重地，进去是要杀头的！"

这真使我如坠五里雾中，而且是沉入万丈深渊，既模糊、又恐怖。

等我们从金公馆里出来，再经过第一进院落。

孔参谋告诉我："这是运货装车的地方！"

"运的是什么货？"

"白面。"——啊！海洛因？！……

这一下，我的胸脯一阵冰凉，有如置身冰窖。在北京城里，吸白面的人被叫作"白面客"——这白面是一种比鸦片烟还厉害的毒品，如果说鸦片曾是大英帝国的强暴，这白面却是日本小鬼的祸水。据说这种毒品是从鸦片烟里提炼出来的，状如白粉，吸用方便，只要把一支香烟在桌上或大手指甲上不停地磕，磕得烟叶敦实，香烟口上空出一小截空当，就把白面倒在里面，然后点着香烟吸；如果连香烟也买不起，干脆跟别人讨一张包香烟的锡纸，将一撮白面堆在上面，划根火柴点燃，赶紧张口把冒出来的青烟一口吞下，也就将白面吸入血液里去了。一旦沾染上这个瘾，人吸不上几年便中毒而死。前面我已经说过，我那个守寡的姑母跟前那个儿子原来也长得十分英俊，没几年工夫就给白面毒死了。不是人吸白面，是白面吸人啊！吸尽人的血、榨尽人的骨髓。而现在我所看到这个"新鲜世界"正是杀人屠场。我猛然觉得作呕，全身从头到脚一阵寒冷。我觉得我像读书一样，掀着书一页一页看，最后这个社会向我显露出来的只是一片血肉模糊的屠场。后来我才知道，那个地方，其实是以金公馆为掩护开设的白面作坊。至于那个炙手可热、不可一世的金司令，下场是非常悲惨的，我不妨先在这儿交代一下。有人告到蒋介石那里，说孙殿英卖白面，涂炭生灵、十恶不赦，孙殿英就把这个罪名加在金司令头上，把他给枪毙了。

这天夜里，我突然觉得一会儿发冷一会儿发热。

第二天就水米不沾牙，整个人陷入了恶性的昏迷，我得了可怕的伤寒病。我在这北国冻骨的荒寒之区走进了死亡之门。

参谋处几个熟人凑了一些盘缠送我回家。

在整个火车行走的几个日夜，我只是昏迷不醒——永远地昏迷不醒……渐渐地嘴唇和指甲都露出一种死亡的颜色——一种又青又黑的颜色；大概所有的血液都变成了毒液——这种毒液没有其他的名字，就是——死亡……我的整个神经已经在病菌吞剥下崩裂了，我的脑子已经死亡，我完全失去了知觉。我是怎么回到家里的我一点也不知道。后来谈起这事，母亲心疼地说："送回家来哪里还是活人哪！"

这时我处境十分困难。我像一只鹰想远远地飞翔出去，想离开这黑暗腐朽的家，想离开白色恐怖的学校，但人生天地似乎宽阔无边，又十分狭窄，在外边飞了一阵又落回到母亲身边。母亲又是当卖、又是借债，还用她巨大的慈爱与深厚的温暖将我的一一条性命从死谷中抢活过来。我服下几服中药，有一天吐了一口乌红发黑的瘀血，才轻轻舒了一口气，从此沉着地睡了几天几夜。清醒过来，看到母亲愁苦地、怜惜地注视着我的两眼，母亲就呜的一声哭出声来……

# 第三章

——

## 精神的冲激

### 二四　新绿初成

我心灵里有一片绿愔愔的地方，那是中学校的图书馆，几十年之后，回顾往事，我发现从那幽静的所在，曾经引起我多么艰难多么严峻的精神骚动。

我们学校有一个姓宋的音乐老师。这个中年人冬天总穿着一件宝蓝色缎子长皮袍，我在中学两年从没见他穿过西装，但他却把欧洲的灵魂注入我的心中。他给我们上音乐课，他朴素、沉默、很少言语，却能在钢琴上把肖邦的曲调弹得那样柔和明亮。他的面孔比较丑，但是他纯朴的、温柔的神情，使他在我的眼睛里显得既庄严又辉煌。他脸上最有特色的标志是左眼角上隆起一个大包，就像左额头上生了个角。这个包块帮了他很大的忙，使他的眼光似乎总露出智慧的幽默的微笑。他教我们学五线谱，教我们唱《弥赛亚》的一小节合唱。同学们背地里管他叫"宋包"。这完全是出于童稚之爱而毫无恶意。但，宋老师——我在七十多岁来写这桩往事，我还想祝福他的在天之灵！因为他给我童年那悲哀和灰暗的生活，带来一线灵光。他兼任图书馆主任，是他揽着我的手把我引进书的世界、书的海洋，我至今还燃烧着的对书的爱心，就是从那时开始的。图书馆是一间宽大的房子，一半是书库，一半是阅览室，一张铺了绿布的长桌，周围是黄色的木椅，由于一边玻璃窗给书架挡住；另一边窗外又遮满碧绿浓荫，因此室内光线朦胧、幽暗，也许正是这种朦胧、幽暗，使我一到这儿来，心就静下来。常常可以看见宋老师在书架之间走来走去，不停地整理架上的藏书。

我在前面已经说过，我曾经如饥似渴地读了大量的新文学作品。新文学如同清凉的露水滴落在我干枯的心田之中，使我走向新的觉醒。每个大的革新的时代所掀起的思想浪潮，其力量之巨大，其影响之深远，实在是无法估量的。过去的那个毁灭的时代，因袭、凝固的黑夜并不一定从此黯然消逝，但一个新生的时代必然诞生一个庄严的黎明。"五四"是中华民族方生未死之间的一道门槛。"五四"的革命思潮在中国的大地上发生了巨大的思想骚动，我被挟裹在这个漩流之中。一个人一旦有了这种挖掘吃人旧礼教的堡垒、冲决黑暗势力堤坝的力量，他便进入了一种更大的自我骚动，他再也不会俯首帖耳、安安分分回到过去，而在自我骚动中获得自我觉醒。当然"觉醒"这个伟大的字眼对于一个十六岁的、尽管朝气蓬勃，但还十分幼稚的心灵来说，未免言之过早。不过一个人的成长，如同一棵树的成长一样，它需要宇宙间万物和谐地浇灌与熔铸，它仅仅从地心之火吸收生命的活力还不够，它需要新鲜的空气、温煦的阳光、清凉的雨露，只有凝聚天地之精华，才能给人间带来碧绿浓荫，一个人的成长如同一座山的形成，它不只是石与土的堆积，更需要的是亿万斯年的造地运动，分崩与凝聚、断裂与衔接，还要经过风吹日晒，冰冻雨淋；只有这许多大自然的恩赐，才能给人间树起巍峨的丰碑。一个人的成长，如同一条河的奔流，它是冰川里无数涓涓细流的汇合，承受了多少暴雨的淋漓、山洪的冲泻，而后冲开坚如磐石的险隘峻岭，才能在大地之上奔腾澎湃、一泻万里。总之任何生命的生成、发展，都必然经过水滴石穿的渗透，我的真正觉醒也许至今尚未到来。不过只有无数回小的觉醒才能促成大的觉醒。我为了寻求这一次又一次的觉醒，在曲折、迂回、坎坷、险阻之中尝遍了欢乐、愁苦、希望、绝望……我至今不敢承认我已经大彻大悟，但我又不得不说我曾经有过觉醒，否则我何以迈过人生的万重关山呢！

如果说我在前门大街书摊上接受了中国新文学的精神的震动。

那么，在中学图书馆里我接受了外国文学的精神的震动。

我在宋老师的指导下，一口气读完了十几本契诃夫的小说集。

我很难说，对于古老俄罗斯的灵魂的战悸有什么感受。

但，打开了通向欧洲的窗口，我呼吸到了一阵清新的风。

我不能说我理解了契诃夫的含义，何况赵景深那个译本实在并非高明。但是，我向往远方的渴念却得到了充分的满足——那俄罗斯大草原，似乎带着甘草的芳香出现在我的眼前。但，更使我震动的是，俄罗斯社会的底层竟同中国社会的底层一样可虑，使我心灵受到震撼的是这样三篇：《渴睡》《万卡》和《苦恼》，因为这都与我的童年痛苦的遭遇密切关联：

——十三岁的小保姆瓦尔卡，使我一下回到我在丰泰隆的生活，我一天像磨房的毛驴不停歇地转着，待到华灯初上，我已筋疲力尽，但这正是灯光耀眼、生意兴隆的时刻，我站在那里，上眼皮不由自主地跟下眼皮粘在一起，可是我不得不狠心用手掐我的大腿，或者用嘴紧紧咬得舌头生疼，那时我多恨那些悠悠荡荡的客人和我的那个经理，我真想掐死他们，好让自己酣酣地睡上一场。

——遭受殴打，饿得要命的九岁的学徒万卡，写信的心情叫我联想到我在学徒时想念母亲的心情——当然，万卡的信没有人会收到的，也不会有人可怜这个苦命的孤儿，他只能在梦里得到那样虚幻的安慰——可那是梦呀！我作过多少这样的梦呀！而在读这本书时，我不也还在做着我的梦吗？不过我的梦已不是自己的家，而是遥远的远方了。

——披着一身白雪，像个幽灵的马车夫姚纳，他不知为什么令我一下回到老王死的前几天我去过的那个拉洋车住的发着霉酸和汗臭味的窝棚。那里有多少苦命的灵魂，也许有一个像姚纳一样想把儿子死了的悲哀向这个世界申诉，而这个世界没有一只耳朵愿意分享一下他的哀伤——如果说姚纳还能把话向自己的马申诉，而这些苦命的汉子却没有任何东西可以诉说衷肠。是的，老王也是这样孤独，他死的时候难道就没有什么想哀哭、想诉说的吗？但他就那样孤独地死去了，死了也是个孤魂，只给一领芦席卷上，不知抛在什么荒郊野外了，也许给鹰鸦啄食，也许给猪狗吞食了吧？

是的，中国也如此，俄罗斯也如此，恐怕整个世界、整个人类、整个历史都是如此。

契诃夫给我的好像是一把刀，他把这世界里人生的表面剖开，但他没有给我带来希望，带来光明，只是使我的心灵感到更大的苦难与悲伤，因而我也更加理解苦难与悲伤。就我这颗青年的心来说，我不知道它是沉落，还是飞扬。

这时，我已嗜好文学如生命，为了读书，曾经发生过这样令人羞愧的事情。

我说过，由于身量高大，我从小学到中学都是坐在整个课堂的最后一排。

这一段时间，这个座位给我创造了极其优越的条件，我在这儿可以得到更多的自由，于是我便来享用这个自由，我把课本搁在课桌上，再把文学书籍放在膝头上，我颈项低垂，眼睛向下，几乎每堂课我都没有听讲，而是在读我的小说或诗歌。文学的魅力从这时起便占有了我，我的整个生命都为文学而闪耀。中学课堂相当宽大，我背后大约还有一丈之地，那里是墙，墙上是整排的玻璃窗，上午的阳光便从这里辐射进来，而且像跟我游戏一样，阳光一直射到我的身上，我两眼偶然离开书本凝视着那白金似的灼人的阳光，好像我能看见空中的各种粒子在旋转、跳跃，我觉得很神奇、很惬意。但我很快又把目光凝聚在我的书本上了。

有一天，下了课，我听到那玻璃窗外有人叫我的名字。

我看见那儿站着一个穿咖啡色西装、脸色微褐的人，我认得他是训育处的一个最年轻的训导员。

我向他走去，一下心慌意乱起来，我知道我的秘密被他发现了。

但，迎接我的不是严厉，而是柔和，他问我：

"你的精神不太好吧？"

这时，我本来应当大胆、坦率地承认我偷着看了书。

但是，我的怯懦与害羞，使我缺乏这种当机立断的勇气。于是我说了我在中学时期的第二次谎言（读者们该记得为了烧皮球的事，我和 K 曾经串通一气说了一次谎言，我还一直认为那是正义的谎言），我便顺了训导员的话锋随口回答：

"我的家庭生活很不幸，我很苦恼。"

我所以这样说，因为这不是谎言，是真话。

"我见你低垂了头，似乎没有注意听课。"

又一次给我真诚坦白的机会，但我又没抓住，我放弃了。

可能是万卡、瓦尔卡、姚纳，或者我正在为之心神迷醉、神志恍惚的哪本文学书上的悲剧，鼓起了我的勇气，我站在训导员对面，说了我从童年以来的坎坷、不幸。不知是由于我的沉痛的情绪还是由于我的真实的故事，这个训导员深为感动，他除了安慰和勉励，还叮嘱我：

"你把精力集中在讲课上，也许会减轻你的痛苦！"

我很感谢他。毫无疑问，他在我们上课时，从玻璃窗外对我进行了很仔细的观察和研究，但他很可能一方面是顾全年轻人的面子，不愿弄得我面红耳赤；一方面也许是听了我的命运的诉说，不愿再在我受苦的灵魂上再加上一重苦难，所以没有指责我。

那一次，谈了整个一段课休的时间。他最后拍着我的肩膀说：

"年轻人要靠自己奋斗来战胜一切。"一般说来，在学校里，我最反感的是训导室，这也许是束缚自由的对立面吧！但，经过这次谈话，我对这个年轻的训导员发生了好感。我的好感没有错，正是他，后来在我人生之旅上燃起一把火，这放到以后再来谈吧！不过我要说：这位训导员的姑息，放纵了我的犯罪行为，我以后便更肆无忌惮地在课堂上读文学书了。这说明像我这样早熟、敏感而又多情的人，文学具有多么大的精神力量，它使我荒废了学业。从此，读书成为我的第二生命、最大的爱好——我是一个感情炽烈的人，一旦沉迷于一种爱之中，我就如醉如痴、如梦如幻，再也舍不得离开它。现在到了晚年，读书是我最主要的嗜好，因此买书也是我最主要的嗜好，我常常说："我只会花一种钱，那就是买书的钱。"——在我青春华年的时候，我读的书给了我很大的恩惠，它比任何诱惑都能打动我，唤起一种崇高的感情。这种感情——无论我做错事还是做好事，都使我保持了品德和情操。特别要提一下的，是它使我产生了幻觉与幻想，越来越多样，越来越丰富，它使我变成一个好几门功课（三角、几何、英语……）不及格的坏学生，但却过早地锤炼了一个人的文学的天赋与性格。正是它决定了我的终生，像从荒山中挖开第一块岩石，开拓了人生第一个脚步。就在这时，一个更新奇的事情发生了。几十年后我还不得不感谢这偶然的奇迹。

我如饥似渴地从图书馆里借阅文学书籍。

有一次我从书架上众多的书本之中发现了一个我不理解的、因而觉得十分新鲜奇特的书名：

《士敏土》

我不理解士敏土是什么？

为了满足好奇心，我就借来阅读。

——这是一本我读不懂的天书。

这里的人和事像发生在另外一个星球上的。如果说我的生活能帮助我理解补充《万卡》，那么这本书里的人却是我根本无法理解的，甚至也无从想象的，其中的事情对我是那样陌生，但我又为那些粗野而豪迈的人所吸引。但这的确是我没有读懂的一本书，但是怪事发生了：

像有一团火一样一下照亮了我的眼睛。

我在这部书结尾的部分看到一面红旗，当然我那时没意识到这将是我心中的革命的、理想的旗帜，但我觉得那红旗那样灼人眼目、灼人心灵。

我第一次知道这世界上有一面为劳苦人们所钟爱的红旗。

这件事照我的心怦怦地跳动，我从字里行间感到新生的悲壮，从此我认识了一个世界。我感到这是个焕然一新的世界。

尽管我对无产阶级、共产党等字眼一无所知，但多少年以后，我才懂得正是葛拉特珂夫第一个给我打开共产主义理想的圣经。

我真感激宋老师，在他当图书馆主任时，在这个官办的学校的图书馆里竟然给这部苏联的革命小说以一席之地，而它就像一股洪流竟在我精神世界里旋来第一个冲激。我读了《士敏土》，就像一个人从黑暗的森林里走出，一下迎面对着无比灿烂、无比辉煌的太阳。它，从精神上把我推到一个新的阶段。当然，当时这种感觉只是朦胧的，不是清醒的。但，水一旦决了堤，自然就再也止不住了。不过对我来说，这洪流太漫长了，它曲折、顿挫、停滞、淤塞，水流虽然终归向前，而经过是那样艰巨。

## 二五 暗火在燃烧

东安市场在旧中国的北平，是一个令人舒适惬意的场所。"文革"期间，人们用恶毒的铁扫帚把它一扫而光，把"东安市场"改为"东风市场"。我当时失去了自由，但我对此还是那样惆怅，那样伤心，因为当年那温馨而甜蜜的记忆一直萦回在我的心中。最近"东风市场"又改回来叫"东安市场"，但那引人入胜的往昔，却无法重新再现了。当时市场里面是几条街，两面是店铺，而中间路面顶空上都装了高高的天棚，以至在炎炎夏日，一入其中，就觉得一片清凉，分外宜人。北门里面路西是稻香春，这家吃食店铺汇集着全国各地名产，从金华火腿到湖南豆豉，应有尽有，样样俱全，人们看着这些往往馋涎欲滴。不过，这是大人们去的地方，不是我们年轻人愿去的所在。我往往从门前一掠而过朝南走去。街中心各向东西排了两排货摊，上面真是花团锦簇、五光十色，最惹我爱、动我心的是十字路口。这是东安市场精华所在。嫩黄的豌豆黄，鲜红的山楂糕，黏米的艾窝窝，雪白的云母饼，各色的冰糖葫芦，纷至沓来，目不暇视。最令人陶醉的还是那碧绿的莲蓬和雪白的藕片，发出一股清凉的味儿，水晶般透明的冰块上摆着一排排白玉兰花，弥漫开阵阵幽香，这色、这香、这味，在这里可以说集天下之精英。我童年时到这儿来，两只脚就难免要流连一阵，吃一碗杏仁豆腐，或喝一碗雪花酪。随着年龄的增长，我从十六岁开始，这十字街已非我所流连之地。我径自向南走去，南头是露天的地方，有豆汁、爆肚、馄饨、灌肠，那儿当然也是一个诱人的地方。不过，我向西拐了，进入顶棚下一片场地，这是书的海洋、书的世界。两面是店铺，有卖线装书的，有卖洋装书的，最吸引我的是街中心那一排排的书摊，特别是十字路口南面第一家书摊，它在显著的位置上摆着新出的文学期刊，如像《小说月报》《文学》……只要你从报纸看到广告，你去那儿一看，准有。由于期刊各有各自的出版时间，加上新书不时地出版，我在中学期间几乎天天下了学都去一趟，唯恐耽误了时间，新书卖光了。久而久之，我同那个书商也熟识了。我取得了新的钥匙，打开了秘密的仓库。说秘密，是因为这儿有两种禁书。

一种是关于性的书，比如我在这里买过一本窄长小册子，它把《金瓶梅》公开本删掉之处，专门印了出来，还有张竞生博士的《性史》，不过这样的书在我青春时期，并未使我入迷，也未引我堕落。

倒是另外一种，在我的精神上冲开一条道路，那是革命的禁书，像鲁迅的书，还有蒋光慈的《鸭绿江上》种种。

真正启开我天灵之门的是《毁灭》。

我先是从杂志的扉页上看到广告。立刻跑到东安市场那家书摊，我悄悄跟那书摊的主人说："有没有《毁灭》？"那人点头微笑，在旁边没人的时候从书摊背后什么地方找了一本出来，为了遮人耳目，他眼疾手快地用一张纸包好，塞在我的手中。我想那是1931—1932之交。回家的路上，心情非常激动，觉得有什么灼热着我的胸膛，激沸着我的热血。当夜，家人都已入梦，我点着一盏昏黄的煤油灯，把包书的纸打开，立刻闻到新书散发出的那一股油墨的清香，那是用"三闲书屋"名义出版的，长本，毛边，浅灰色的朴素的封面，第一页上印着法捷耶夫的彩色的画像，像下面是他的签名，我喜爱得不能释手，如同抱着一团火、一片光明、一个新的世界。当时我一个人住在一间小房里，这房中间横摆着一张床，床后面堆积着家里烧炉子用的煤球，床前头是一个小书架，上面已经摆满了文学书籍，临窗一张书桌。夜深人静，一灯相对，是我读禁书最美好的时刻。青年时求知欲是那样强烈，精力又那样充沛，像《毁灭》这样厚厚的一本书，我只消一个夜晚就把它吞掉了。煤球炉熄灭了，冻雪敲窗、寒风刺骨，我把煤油灯放在书架上，坐在床头棉被窝里读。这书像送给我一把火，冷瑟瑟的寒夜似乎离我远去了，我浑身感到火热。如果说《士敏土》把我扶上云梯，《毁灭》就使我攀上云天。我对于书中关于知识分子美蒂克批判的深刻含义并不理解，也没有理会，更没有联想到我与美蒂克之间有着什么精神上的联系，但我不喜欢这个人，我喜欢的是华丽亚，当最后十九个人终于突破死亡走出森林，钢铁一般的莱奋生突然热泪横流，华丽亚颤动着散到地面的发辫高声痛苦地呻吟。这十九个人——在他们远望着前边的光华的天空和大地的时候，他们从毁灭中新生的这个场面，确确实实给我心灵以巨大的冲击。我的觉醒，像由小火粒点起，至此熊熊燃烧起来。当时，我的年龄、我的认识局限着我，我没有觉得自己必将属于那个新世界，但在我的精神领域确确实实出现一个新的世界，那里好像亮着一片红色的黎明的晨光，树在婆娑弄影、花在吐出芬芳。

在这之后，在北平的学生群中，曾经发生过一个轰动的事件。

有一天，一个高年级同学在我教室窗外（就是那位训导员观察过我的那个玻璃窗外）向我招手示意，让我到他那里去，他为了不给老师发现，把身子躲在砖墙后面，只轻轻地、轻轻地敲了两下窗玻璃，我回过头去，看见他露出半个脸，向我点头眨眼。我就以小解为名推开绿油漆的教室的门，走了出去。就在那悬着青铜古钟的大槐树后面，那个大同学拉着我说：

"明天去看一个电影！"

"什么电影？我不去。"

当时我沉浸在书海之中，对于看电影没立即表示什么浓厚的兴趣。

他脸上露出庄严郑重的神色说：

"这不是一般的电影，这是苏联的电影，应该去看！"

他告诉我和我来往亲密的几个同学都要去。

我为一种神秘感所诱惑，就答应了。

"那好，这是电影票！"

"我今天身边没带钱。"

"那不要紧，你明天带给我吧！我们明天在真光电影院门口等你……"

我将电影票捏在手心里，然后把手放在口袋里，我怕失落了这张票，一回到课堂，就把它折叠成对折，放进我那铅铁皮上油漆了花纹的铅笔盒里。

真光电影院就在东安市场西面一点儿，东华门大街的东头。那是一个黄色的、西式的建筑，大门的拱顶上有浮雕装饰，具有哥特式风采。我在这儿看过不少美国电影，苏联电影却是第一次。我怀着有些兴奋、有些激动的心情，按约定时间到了那里，已是朦胧的黄昏，电灯开始放明，我看见电影院门前的招贴画上，有一个留着黑胡子、眯缝了一只眼睛，在放射机关枪的人，电影的名字是《夏伯阳》。我记得是先在上海、北平各地放映，这部电影轰动一时，后来跟着才出版了傅东华翻译的小说《夏伯阳》（现在名为《恰巴耶夫》）。因此，当时夏伯阳是个什么人物，我一点儿也不知道。影院门前铁栅门里那一块平地上黑压压挤满了人。还是那位热心的大同学从人丛中发现了我，踮起脚来向我招手、呼唤。我们的座位在右面靠后门的地方。电影开始了，一阵嘹亮的音乐旋律声中展开画面——简直是暴风骤雨降落人间。银幕上夏伯阳、福曼诺夫、苏联红军士兵们一出现，就引起一阵掌声；但就在我们这边响起掌声的同时，影院左半边却发出大声嘘嘘的声音。这些并没引起我的注意，我以为他们是不喜欢我们的噪音影响他们看戏。谁知这只是序幕，后来竟引起影院里一阵剧烈的搏斗。电影将结尾的时候，响起了沉痛而又悲壮的歌声。巨大的、预谋的骚动爆发起来了！开始是右面响起《伏尔加船夫曲》的声音，这洪亮而深沉的歌声，凝聚着爆雷一样的力量，我的心突突跳起来，我的热血沸腾起来；就在这时，那位大同学拉了我的手，推开电影院的后门，跑到外面，仓促之间我听到音乐旋向高潮，电影正在结束，他却猛推了我一把，让我赶紧走开。我从黑压压的影院里来到灯光明亮的大街上，那一刹那，我发现他的脸是苍白的，下颏在频频颤抖，他把我推开，立即转身奔回电影院内，在他推开门的时候，我听见里面呼喊、叫嚣、辱骂、厮打乱糟糟的声音，不知道出了什么乱子，这时我心里如同堵塞了许多阴云，就要亮起闪电、爆出雷鸣。

第二天到学校，我到高级班教室窗外探看了一下，后来又到篮球场上去，却没有找到那个大同学。下午下课，我就到他们的宿舍去了，房间里，桌上床上地下杂乱地扔着衣物、书籍和一把吉他，一小群人正在室内热烈谈论，我挤进去，看到那个大同学一只眼蒙着纱布。他告诉我：

"国民党特务蓄意破坏这场演出，我们就去保卫这场演出。"

"那么你的眼睛怎么了？"

"这些反动的家伙，这些市党部雇的狗崽子，这些法西斯分子，他们扔出报纸包的石灰，一下正打在我的眼上。"

那些大同学就像从战场上取得胜利回来的战士一样兴高采烈地高谈阔论、谈笑风生。

但是，在我心中这一场风波却久久不能平息。我想着夏伯阳最后在水中挥着手臂，奋力泅渡，我想着追击的子弹在水面上击起的水花，而最后，这个英雄就沉没在水中了。对于大同学们来说，那是一场喜剧，在我的战栗的心中却是一场悲剧。火，在我心底燃烧，泪，在我心底燃烧。我的整个灵魂如同干枯的禾田渴望着雨露淋浇，渴盼着清风吹拂，我就在这焦灼与困苦中成长了。

我还是每天到东安市场去，源源不断地从那个书贩那里获得绥拉菲摩维支的《铁流》、高尔基的《母亲》，我再也不能安分于我那腐朽、颓败而又顽固的旧家庭；但我又缺乏摆脱这种桎梏、枷锁的方法。我把每一本新书买回来，打开包书的纸，摸索着那光滑的封面，闻着新鲜的油墨的气息，我就觉得自己置身于灿烂光辉之中，觉得有了把天捅破的勇气。可是看到墙头上的斜阳衰草，想起这个没落的家庭，我又落入无限的哀怨和悲伤，自己觉得自己依然软弱无力，旧势力深深渗透我的血液，火，只能在地下蔓延，觉醒之前的苦闷，就像黎明之前的黑暗一样窒息人。我从书中吸取力量，但我不能把意念变为行动——这是何等彷徨、徘徊、痛苦与悲哀的年代啊！每到夜间，展开书本，我的灵魂突然升上高空，一到白天，周围依然故我，我的灵魂突然又跌入深渊。我从巴维尔和尼洛夫娜，理解了共产党的地下生活，是何等庄严、何等神圣，但由于我的怯懦与软弱，又失去了追求光明的智慧和勇气。那些大同学教我唱《国际歌》、带我看《夏伯阳》，但我没有决心也羞于启齿去向他们表示进一步追求参加革命的实际行动。直到学校里发生了那一次暴动，我才卷入斗争的旋涡，这时我像一匹年轻力壮的马驹，是何等兴奋、何等昂扬；待到白色恐怖突然降到我的头上，失去了高年级的伙伴，我又如同幽灵一样，再也打不起精神，于是只剩下我一个人在艰难和孤苦中生长。我像一株小白杨树，当朝阳照临时，它迎风招展、枝叶婆娑；但是当乌云漫天、雷声滚滚、大雨倾盆，它给风压弯了腰，枝叶凋零、憔悴不堪——这是多么痛苦的年代啊！我的路在哪里？我的路在何方？

突然："海在笑。"……

这一个简短的句子，像发亮的火光一下照亮我黑暗的人生。

海，我幻想中的海在极远极远的远方。这时高尔基早期的粗犷、壮丽的流浪汉的生活闯入我的精神领域，《马卡尔·楚德拉》——"从海上吹来潮湿、寒冷的风，把激岸波浪拍溅的声音和岸边灌木沙沙声的忧郁旋律吹散在草原上面……"《马尔华》——"风亲爱地抚摸着海的绸缎似的胸膛……"《伊则吉尔老婆子》——在比萨拉比亚的海岸上"月亮升起来了。月轮很大，而且血一样的红……"那忧郁的海、那明亮的海、那深沉的海，那一个又一个有青铜一样肤色、有火一样发亮的眼睛、性格坚强、精神自由的人，这些我幻觉中的人与我的幻觉中的海溶为一体，他们恣肆狂放，热血奔腾，他们向我展开了我的新的信念，那就是：

自由。

自由——这像太阳一样明亮的巨大的字眼，一下照亮了我的全部生活，我才懂得了我从童年以来所经历的一切一切的坎坷，都是为了这样一种自由，可是：

自由在哪里？在天边、在远方，于是它就成为我觉醒了的一种精神力量，是这种如饥似渴的愿望，终手驱使我离开了这个枯井、地窖一样的家，我奔向太行山，又从太行山奔向塞北的茫茫瀚海，漠漠风沙。

## 二六　一重桎梏，又一重挣扎

一场伤寒症沉重地打击了我，这种折磨不仅仅是在肉体上，更重要的是在心灵上。当我第一次从昏热中清醒过来，当我第一次发现我是睡在我家的炕上时，我的枯涩的眼泪暗暗地流了下来，我微微地叹了一口气，我听见母亲惊喜的声音，但我翻了个身，背朝着她，因为我奔向远方的幻梦又黯然熄灭了。但是我慢慢也就安心下来，我好像寻找到一个正当的理由，这不是我自愿自动回来的，是在昏迷不醒中抬回来的，于是我从母亲的爱护中感到一点儿安慰，感到一点儿温暖。远方对我还有着巨大的吸引力，我希望好起来还到那里去。可是有一天，一个参谋处的朋友到家里来找我，我那时候还不能下炕，只能拥着棉被和他相晤，他给我带来一个可怕的噩耗，孙殿英部队在开进五原途中全军覆没了。他告诉我全军都缴械遣散。我问他到哪儿去？他说他和一批人被选送到南京的中央军校去。他说火车路过北京，停在西便门车站，一伙人派他代表大家来看望我，主要是把这个消息告诉我。我望着他那银灰色军衣，腰间束着紧紧的皮带和斜披过胸前挂在左肩头的军官皮带，很羡慕他那潇洒的军人风度，我还羡慕他将要踏上的将校之路。我们握手告别，他拉着我瘦弱而苍白的手，对我产生同情与怜悯，他说："我们以后还会见到……"我知道这完全出于安慰和勉励，世上的路是如此崎岖多变，我终此一生再也没有见到他，甚至随着年月的消失，我连他的姓名都忘记了。从那以后，我像度过生与死的搏斗，夜晚连续做着噩梦，梦见成群结队的臭虫在我胸膛上爬过，梦见我在受着屈辱难忍的笞刑，梦见那个绑在赤日之下、奄奄一息的贫穷的青年，梦见那个在苍茫暮色中孤零零远去的老妇人；而到了白天，那就是另外一回事了。我很想读书，但医生严禁读书，他威胁我过早读书，会得眼疾，甚至眼瞎，那样一来，剩下来的就只有痴痴默想了。不知为什么我总觉得我面前的路非常非常的宽阔。在荆棘与鲜花中，我还要继续我的道路。这样过了一些天，我才觉悟到我在整理过去、瞻望未来，我觉得在我的精神世界里流泻着一条河流，而且，最初的小河湾已成为燃烧的火河，我下定决心不再停留在称为家的这个陷阱里。我感觉到我的病一天一天减轻，血液一天比一天充沛，身体一天比一天坚实。回想这一场浪漫的军旅生活，真是不虚此行，收获甚丰，最重要的是我真正看见了人生的底层，我牢记了逝者的遗音，我意会到我从一条黑漆漆的窄巷里看到了远处尽头的一盏明灯。诚如赫尔岑所说："这些并不曾在心灵中留下半点痛苦的早年的不幸，像春雷一样一下过去了，这一声霹雳使年轻的生命焕发青春而且更加坚强了。"至此我自以为把心灵已安置在牢固的岩石之上，我要积蓄力量，奔向更远的远方，我相信，我的火河会明亮发光。

　　谁料想，当我身体恢复健康之后，命运给我加在头上的却是一顶荆棘之冠。

　　我的父亲——我幼小时曾举起门闩打过的那个陌生人，突然回来了。

　　他在外面穷愁潦倒、狼狈不堪。一天早上发现，那个姨太太跟给他烧饭的男人席卷而逃了。在这样无路可走的情况下，一个夜晚他只身一人灰溜溜地回到家来。过了几天，经我母亲日夜辛劳，他又穿起一件崭新的灰布棉袍，戴着一顶青绒小帽，坐在堂屋的太师椅上，恢复了一房之长的威仪。也许由于他的落魄归来，也许由于对我心怀内疚，他这时关心起我来，他似乎早已把我打他的事忘记了，也许埋在心底，不愿流露，总之，他对我不是很严厉，而是把我当成大人一样对待了。当我从死神那儿夺回生命，正是一个十八岁健硕的青年的时候，他经过全盘考虑，提出要我上大学。我后来渐渐明白了，他是想把他一生想飞黄腾达、终未实现的幻想，转移到我的身上来。当然——在我们那样的家庭里，培养儿子、重振家业、光宗耀祖，应该是一种美德。不过从我这方面来说，我一旦承受家庭这笔赡养费，就无可奈何地只有负起一种沉重的负担和义务，事实上正如此，我后来几经波折，都是由此而起。最终我还是使他的希望破灭了，饮痛死去。但当时，经过久久盘桓之后，我觉得这是我可以接受的一个出路，因为有了这一段底层生活的经历之后，我已决心要走文学创作的这条路。我需要两年平静的日子，获取自由，独立地生活。

见我同意了，我父亲找了大伯父，大伯父答应资助我费用，供给上大学。事情很明显，难道他们当真是为了我丰富学识、有光明的前途而来培养我吗？不是，实际上是父亲和大伯父是在合伙做一桩生意，把钱投在我身上，想将来从我身上赚回更多的钱。

这时，我的家庭已经发生了很大的变化，由于没落、衰败，一家人虽然还住在一起，实际上已经各房分过了。这样一来，繁乱的纠纷少了，日子过得反而平静。

我母亲经历了过去那一段悲惨的、穷愁潦倒、贫病交加的生活之后，由于舅父的资助，我们的生活倒也十分安泰了。在我在军队上当兵那段时间里，我母亲已搬到上房西间，三伯母在东间，彼此也很和睦。由于大伯父见几个兄弟不争气，一个个都吸上鸦片烟，他一怒之下不再重修东西两面厢房，我家院内就形成这样一个奇特格局：南北房是新的，东西房却颓檐断瓦、残陋不堪。父亲的归来是母亲盼望了很久的，因此脸上也经常喜笑颜开。但我对父亲还是不即不离、十分疏远，我一个人单独住在另外一个由我大伯母居住的院落里。这时看母亲就好像已经忘记了过去我们被抛入冷宫的那段悲惨的苦日子，我心下不免有点愤懑，从此对母亲也疏远起来。在我心下，我把我的母亲跟我的舅母作了一个比较，这更使我十分愤慨。

我四五岁时，跟随母亲到通县她的娘家去归宁。从北平到通县四十里地的旅行，对我充满新奇的诱惑力。我和母亲雇了一乘骡车。我母亲就坐在车厢中把我抱在怀里。因为是春末夏初的季节，车厢的帘子已经撩了起来，于是，我看见那泥泞的道路，那一望无际的返青的田野，路边上一丛丛黄色的小花，伸长细细的根茎在暖和的微风中颤抖。骡车从小河桥上经过时，车轱辘在木板上发出空通——空通的声响，原来小河流里有小青蛙鸣叫，木板给车轮一震，小青蛙就向碧绿的芦蒲丛中逃跑了。我又把眼睛转向空中，看看有没有我家庭院里那种袅袅的晴丝。虽然没看见，却听到空中有轻轻的、轻轻的敲击声，引起我的兴趣。母亲指着路旁一棵古老的大树，说是啄木鸟在那儿啄虫子，总之对于我这个在城市狭隘小巷中生长的孩子，野外一切都非常新鲜、惹人喜爱，于是我那颗童心就怡然陶醉在朦胧的幻想之中。骡车慢慢腾腾，一拐一歪，在单调的颤抖声中，我开始挣扎着、挣扎着，但终于还是睡着了。

到了母亲的娘家，我睁眼醒来，悔恨不应该睡去，要不一定会看到火车——那可是惊心动魄的事物，却由于我贪睡，竟然错过。我噘着嘴，感到十分的懊丧。外祖父是一个清瘦的老头，好像整天都在椅子上不声不响，全屋里只听见外祖母的话声、笑声——我母亲精明能干这一点大概是从外祖母身上遗传下来的。不过，没一刻钟，我又快活起来了，因为这个家跟我们家不同。外孙子总是受到外祖母特别宠爱的，听说女儿要来，就为我准备好大顺斋的糖火烧，还有麻花、排叉，摆在我的眼前。我胆子慢慢大起来，就跟表哥走到院里，一大群鸡鸭引起了我的兴趣。这只雄鸡像个伟大的将军一样，竟然站在黄泥土墙上，那红红绿绿的翎毛，在太阳下闪闪发亮，好像在嘲笑那些鸭子只能迈着两只短脚，翘着一撮雪白的尾巴在地面上蹒跚。院子里飘着一股焦煳而又甜蜜的秫秸烟的气息。但是就在这个平平静静的院落里，我见到了一件非常可怕的事，令我一生一世永远难忘。

我舅父是个又高又大漂亮的男子汉，他对我非常溺爱，后来我上小学上中学那几年，就是由他出钱供给的。今天我不能不向他的在天之灵引咎谢罪，我知道他喜欢我，我也承受了他的恩惠。在他活到九十岁逝世之前，还念叨着想见到我，但我却铁着心肠没有去看他，就因为几十年前在他家里，那件事在我心灵上刻下的伤痕太深、太痛、太可怕了，那就是他对舅母的惨无人道的虐待。

"带他去看看舅妈！"

我外祖母这样跟舅父说。

于是我舅父就带我进入另外一个很大很空旷的院落，最后又走进一个小院落。

我以为舅母也会像外祖母那样疼爱我。

因为这里一切都是宠爱，我想舅母也不会例外。

天呀！你简直无法想象，我的舅母是个什么样子。

她是一个疯子。

但是，刚才外祖母说那话时，竟那样平淡无奇。

而我的舅父领我走进一间阴森森的南房，神态又是那样泰然自若。

我到了这三间土屋最东面的一间，一下吓得我大哭起来，我扭身就跑，却给我舅父拦住。

"叫舅妈！"

我的舅母既不坐在炕上，也不站在地下，而是扭曲着全身卧在地上的一大堆乱草堆里。

我只记得她蓬头散发、面目漆黑，两只眼睛闪着野兽一样的亮光。

我的心在发抖，我很想用两手捂住眼睛，但我却吓得愣在那里。

我再看，有一条又粗又黑的大铁链缚在舅母的颈项上，铁链的另一头拴在一块大石块上。的确，她是我的舅母，可是人们对她如同野兽一样，我母亲就不曾来看看弟媳，却让我来，与其是让我看看舅妈，不如说品一品这吃人的封建的旧家法。后来我才知道，舅母原来是一个非常勤劳、非常贤惠的女人，只是性格倔强，不受婆婆的喜爱，再加上一个可怕的刺激，她听到我舅父在外面又娶了一房妻子，而且过着绫罗绸缎的生活，这个家对她从此便成了冰一般冻、火一般烧的地狱。一个年轻的妇女，在那样的处境下，她痛苦、她悲哀、她失去生路、也失去了理性。但这正表明了她的不屈、她的反抗。

她从肮脏的乱草丛中望着我，突然笑起来，那一刹那，眼睛闪过一线清醒的理智之光，随即又昏迷混乱起来。

她指着我："这是谁家的大公鸡？"

这句话，如同一把利刃刺入我的心房，我的心流出了鲜血。

多年之后，舅母竟然清醒过来了，这真是一个奇迹。晚年她乐善好施，街坊邻居哪家有苦难，她就到哪家去帮忙。在解放了的新中国，她的灵魂也获得了解放。她死时，一条胡同的人都来悼念、来送葬。我母亲本来有着和舅母同样的境遇，她也在苦水里生养、泪水里挣扎，但她没有走上舅母那样的绝路。特别是父亲回来后，她在全家又有了光彩。我从此对母亲却生疏起来。我觉得她有两点和舅母不同：一个是她没有那样顽强，因而在绝望时也没有固执到发疯；一个是她没有那样慈善，她晚年也没有得到邻里的称誉，她只是一个分享丈夫和儿子的幸福的弱者，她没有成为一个真正独立的人。据说舅母出身于一个家庭不甚宽裕的农家，这个出身就注定她在封建家庭里的处境，因而晚年获得了博大的胸怀。由于这种比较，在我父亲回来之后而我上大学的两年里，我和父亲、母亲相处，既无欢乐、又无幸福，我的欢乐、我的幸福充溢在我的新的追求、新的苦斗之中了。因为我在接受父亲的"恩惠"（而这种恩惠，我认为应该是我童年痛苦与悲哀的补偿），我便成了我父亲手中的赌注。我听说父亲在外面多年，一个恶习是吸食鸦片，另一个恶习是打麻将，现在他作为一个浪子回来了，他的希望、他的幻想，他的野心……连同我的大伯父都有的重振家业的野心，都落在我头上。否则，他是不会那样慷慨地给予我那么一份赡养的，因为他是一颗芝麻粒掉地下也要捡起来榨油的人。实际上历史的轨迹不会也不能按照他们的算计前进。当时中国在帝国主义侵略之下，一天比一天深地从半殖民地往殖民地深渊里沉落，而国内新兴资产阶级也那般软弱，一切经济命脉都垄断在买办资产阶级手中，他们整日整夜核算的、实施的就是吞噬一切、压榨一切。我家这个封建没落的商人家庭，这时只剩下我大伯父还守着一家日趋萧条的店铺，整日整夜愁眉苦脸、唉声叹气。这时，我，最年轻的一个，又是唯一上了学校的孩子，便成为落水人手中的一根稻草，而这根稻草终于还是由我自己折断了。我这几年上大学的生活，实际上就是折芦苇的生活。

## 二七　火河与冰河

我的精神上的自我骚动更严重、更剧烈，而特别令我痛苦的，不是由于我父亲强加在我身上的一重桎梏，我必须冲破这重桎梏；而是因为我只有上大学两年的缓冲时间，未来的选择迫在眉睫，近在眼前，于是我心灵里经常进行着两种矛盾的搏斗。

我投考北平的民国学院中文系三年级。像我这样没有全部中学学历的人，是不可能考上名牌大学的，只能上这种私立大学。不过这个民国学院和另一所中国大学，由于是私立，更为自由。对我来说，这两年期间，我可以说读书在民国学院，活动在中国大学，倒也各得其所。但是，我的真正大学既不是民国学院也不是中国大学，而是北海旁边的北平图书馆。我很少到民国学院上课，但是有两门课我是一定要听的，一门是孙席珍教的"欧洲近代文艺思潮"，一门是孙人和教的"词学"，这两门课的选择，正说明我的两种爱好，而正是这两种爱好形成我心灵中的两种矛盾。

我是从幼年读旧书开始走向智慧之路的，文学对我的熏陶，最早的是中国古典文学。后来，从前门大街开始接受了新文学，从中学图书馆又接受了外国文学，但为什么我去当兵时，自始至终，只带了一册宋人张玉田的《山中白云词》呢？这正说明我对旧文学的爱好，不但没有绝缘，而且还在蔓延、还在生长，它可以说是我的文化素质的基础。至今，我所从事的文学创作还深深得益于古典文学的熏陶。特别是散文，散文中的诗意，正得力于我长期对诗与词的钻研。孙人和当时是北平讲词学最有名的教授、学者，他是一个清癯文雅的人，总穿一件长袍，他的词学的讲义里收的大都是我先前已经读过的宋词，不过经他讲解，我理解更深了。我的矛盾性格在词的爱好里也表现出来了：一方面我喜欢气势磅礴、苍凉雄伟的词，像李白的"乐游原上清秋节，咸阳古道音尘绝，音尘绝，西风残照，汉家陵阙"。像范仲淹的"塞下秋来风景异，衡阳雁去无留意，四面边声连角起，千嶂里，长烟落日孤城闭。"苏东坡的"大江东去，浪淘尽，千古风流人物。"辛稼轩的"何处望神州，满目风光北固楼，千古兴亡多少事？悠悠，不尽长江滚滚流！"——这些词在我心中呼唤起多少千古风流、英雄气概；但另一方面，我却又恋恋于李清照的"东篱把酒黄昏后，有暗香盈袖，莫道不消魂，帘卷西风，人比黄花瘦"，姜白石的"燕雁无心，太湖西畔随云去。数峰清苦，商略黄昏雨。"特别使我迷醉的是李后主，他的每一首词都撩起我无穷意绪、无限柔情，"春花秋月何时了？往事知多少！小楼昨夜又东风，故国不堪回首月明中。雕栏玉砌应犹在，只是朱颜改，问君能有几多愁？恰似一江春水向东流。"当然，这两方面的爱好都有一个艺术上的欣赏与追求的问题，但是，它们却泾渭分明地道出我两种心绪、两种情怀。如果说前者与我向往远方的那种豪情壮志相吻合，后者，却不能不说是反映了我内心的惆怅凄凉、缠绵悱恻，我恨我这个家，我认为那是一个地狱，但我对于即将消失的往昔又充满许多留恋、许多凭吊。

但当我上"欧洲文艺思潮"课时，那似乎又是另外一个我了。孙席珍是"五四"时期的作家，又成了名教授，他的装扮与孙人和也恰恰成了对照。他生得虽然瘦小，却永远穿一身西装。他为我开拓了走向西方文学更广阔的天地。我从俄罗斯飞向法兰西。我原已熟悉了俄罗斯——苏联的文学，这时《世界文库》

上连载了《安娜·卡列尼娜》《死魂灵》，文化生活出版社出版了《猎人日记》，就拓宽了我对俄罗斯文学的视野，把果戈理、屠格涅夫、契诃夫、托尔斯泰、高尔基放在一起，我敬重契诃夫和果戈理，但我更喜爱屠格涅夫、崇拜托尔斯泰、热恋高尔基——其中对于托尔斯泰的崇拜高于一切之上，而且一直贯彻我的终生。孙席珍充满深挚热爱的讲授，又为我打开了法兰西文学的大门，巴尔扎克的《人间喜剧》为人类树立起的宏大殿堂使我肃然起敬，但从风格来说，我更倾向于雨果，最令我陶醉的是梅里美和司汤达，特别是司汤达的《红与黑》成为我书库中永远发光的珍品。英吉利文学似乎没有像俄、法那样使我灵魂震颤。但莎士比亚是属于全人类的，而且立在全人类的顶峰。我不甚喜欢狄更斯，但夏洛蒂·勃朗特的《简·爱》却如同竖琴一样拨动了我的心弦。在对外国文学的爱好当中，我那两种矛盾、两种分歧也依然存在。从浩浩荡荡的、莽莽苍苍的森林中，我一路唱歌一路摘取鲜花，特别令我流连忘返的，那就是歌德的《少年维特之烦恼》，纪德的《田园交响乐》，以至拉马丁的《葛莱齐拉》。

中国文学和西方文学像两条河有时交叉有时分离，在我广阔的心田上滂沱流淌，我需要把它们汇集在一个幽僻的场所，任由我的灵魂跟随它们波随浪起，风吹荡漾。

我找到这个幽僻之处，就是北平图书馆。

北平图书馆在北海边上，绿树成荫，环境优美。

我每天在家吃过早饭就到这里来，先在地下室一个读报室里翻看一下报纸，那里全国报纸都有，我比较注意的是上海的报纸，我从那上面可以看到书刊杂志的广告。然后登楼到大阅览室，几面落地的大玻璃窗使得宽敞的室内充满明亮的光线，我取一个标明座位号码的铜牌，然后在一条长长的黑木桌边找到自己的座位，稍微休息一下，就有一个工作人员推着一辆手推车，把我登记要看的书一摞一摞地送到我的跟前。这里的书库是一个深深的大海，它凝聚着人类的智慧的结晶，我于是就埋头在书丛之中，开始了一天的学习。我常常在桌上一边堆积着线装书，一边堆积着洋装书，两年大学，我的真正课堂就在这里。本来这里是我钻研吸收之所，谁知后来竟成为我心灵搏斗的战场。两年间我遍读了从唐五代到民国的所有词家的专集，同时我也遍读了无数外国的名著。我记得日本谷田润一郎的《春琴抄》就是在这儿读的，那是一篇抒情味很浓的作品，像一阵风吹入我的心中，既明媚又悲伤。我抬起头来望着窗外，一片苍翠浓绿的春天的湖水，使我心情久久不能平息，又如同止水一般宁静。我回家吃罢午饭，下午又到这儿来，一直到金鳌玉蛛桥一星星灯火亮了起来。在这儿，我获得了平静，我享受着平静。

但，就在这平静的时际，一个人闯到我生活中来。

他意志坚强，他像旋风一样，把我引进精神的骚动。

鲁方明，是中国大学中文系的学生，他用余修的笔名在报刊上发表新诗。这时我也开始在报刊上发表新诗了，于是我们结成了诗友。不过他的诗是明朗的诗，我的诗是忧郁的诗，我有一首诗是这样的：

### 除夕

爆竹响在沉默下来的夜，
黑的天空上一点一点的黄花开满了，
灯下的梦是冷峻的，
——穿透窗的茧纸，
一万家的笑声中几万只眼睛倦了。


去年曾拾过一片落叶夹在书中，
今宵泪渍暗暗流下来了，
二十年的旧梦剩了一股青烟啊！
——酒痕被微风吹浅，
可是这眼前更多添了苦辣的药味了。


微黄的颜色涂满失去了青春的心，
枕头上觅不出童年的一丝笑意了。
一盏灯花落在冻了的砚池上，
——屋檐微白，添了一声鸡唱，
起来看风筝背上怎样吹下天风吧。


但在我和余修交了朋友之后，不知怎么回事，我的情趣变了。不久，我的诗也有了不同的调子：

一张都市的画图
无花果的树叶，
不再给人们围系在腰间，
一张都市繁复的画上，
涂满了绅士烟斗的灰烬。

"希求"画在遥远的前头，
饥饿筋骨抽去原始的强劲了，
棕榈叶下，英雄骨殖成了堆，
棕榈叶下，英雄眼泪流成河，
微风吹不起绿皱的波纹，
一重，一重，压扁了多少年代的梦，
骨殖也许会化成一条鱼。

另一个角落上画的是微笑，
谁看破微笑后躲着一把尖刀呢？
"蛇比田野里一切的活物都狡猾"，
是上帝给人间的谴责吧！
青白上渐渐涂了一层暗紫，
臃肿的人影也模糊成一条黑线。

哭笑不是口袋中的粮食，
拖着饥馑走进黑烟煤的深矿，
聪明的朝愚蠢的高喊：
"朋友，为希望而死才是真正的幸福。"
艰辛的生活便从此开步了。
垃圾堆关沾上你一份汗水，
垃圾堆前留下你深沉脚步，
有一天，你英雄的骨殖，
也堆进这垃圾堆的核心。

　　暴风雨恰好啃破了一角，

　　那里就走漏了十万八千个逍遥的灵魂，

　　把创世的功绩刻在额头上的人啊！

　　我们先来卷起这一张都市的画图。

　　余修有一副山东大汉健硕的胸膛，有一副山东大汉粗犷的脸庞，他说话时上嘴唇总掀动着一阵有时爽朗、有时幽默的笑，有时也哈哈大笑，笑得那么真诚、那么爽朗。他和他的老父母住在中国大学附近一个院落里。父亲是那样慈祥，母亲是那样热诚，他们对我这样一个幼稚而又脆弱的人，充满同情和爱意。他的父亲在一个中学教书，供养儿子上学。余修一下闯进我的生活，在我生活里点了一把火。通过他，我在"一二九"那个暴风雨的年代里，走进中国大学的校园，和曹靖华，孙席珍、齐燕铭、管同一道活动。给我印象很深的一次，是在校园一个花厅里，由于外面树木成荫，室内光线暗淡。我们在这里举行了一次座谈。家国之痛、民族之危，使我们心与心融在一起。就在爆发游行之后不久，有一天我又拍响余修的家门。老父亲、老母亲一下把我拉进去，老父亲跟我说："余修被捕了，我们正设法营救，你在一段时间以内不要到我们家来了。"到后来，在延安见面，谈起往事，余修哈哈笑了起来，告诉我，当时他和父亲都是地下党员，做着秘密工作，他说："我那时很想发展你加入组织，可是你没有反应。"这话说得我一时之间瞠目结舌，经他说明，我才恍然大悟，原来他当时给了我一本书，还叮嘱我这是一个秘密，不能让人知道。我回到家打开包纸一看，是一本印得很粗糙的书，书名叫《左派幼稚病》，我视如珍宝，看了几天，可是怎么也看不懂。后来我把书还给他了。我们在延安说起这件事，我说，以我这样一个毫无革命修养的人怎么能看得懂那样艰深的著作呢。我说，如果当时你给我一本《马克思主义ABC》，或者《共产党宣言》，也许还能够接受，尽管当时，我错过了参加革命的机会，但我还是积极地参加文艺界的活动。

　　突然，一个噩耗传来。

　　高尔基——这个全世界无产阶级文学的导师逝世了。

　　我悲痛欲绝，参加了在燕京大学礼堂召开的追悼大会。

　　由于法西斯白色恐怖，人们要纪念高尔基这个无产阶级革命伟人是被严加禁止的，于是我们筹划利用燕京大学这所美国人的学校，在那儿举行纪念集会。我们设法避开了侦缉队的眼睛，悄悄杂在学生之中走进校门。会场是一座雪白的礼堂，礼堂一排一排的长椅上坐满了人，我被安排在楼上，就在这儿，我和曹靖华聚会在一起。那是非常庄严、非常神圣的聚会。人们上台发表演说，我记得有一个学生模样的、胖胖的青年人，站在台口上，他讲得那样热忱、那样煽动、那样沉痛，以至他自己无法抑制地号啕大哭、泣不成声，后来我在延安见到他，他就是诗人天兰。

在这之前或之后，我从东安市场那家书贩手里买到一部《海上述林》——是黑天鹅绒面烫金字的装潢非常精美的书。当时我不知道 STR 就是瞿秋白，我也不明白诸夏怀霜社是什么意思，只觉得这是一团燃烧的火，是的，这的确是火，是把我从巨大的精神骚动推向一个光明顶峰的圣火。这圣火不是旁的，是里面一首高尔基的散文诗：

《海燕》。
……

在我的灵魂里，这是普罗米修斯盗的天火。这天火，掠过怒吼的大海，迎着闪电雷鸣飞掠；这天火铸成这样一句话：

——让暴风雨来得更厉害些吧！

高尔基的海燕载负着我的心灵冲向一个新的未来。我的精神上的骚动达到了顶点，于是来了一个令人胆战心寒的宁静。

我震动了，我觉醒了。

我回过头来又看到我内心那两条河。

那忧郁的河是一条冰河，

只有这战斗的河是火河。

从此，这两条河变成一道河流，那就是燃烧在我生命中的火的河。

在这燃烧的火河中，我于 1935 年开始了真正的文学创作的生涯。

## 二八　在夹缝中苦斗

1936年是决定我命运的一年。我今天走的道路，就是从那时开拓而来的。

我的眼睛一下亮了，军旅中的底层生活，如同涌泉一样在我心中撞击，我怀着战栗的心情，走上血与泪的征途。我写了我的第一篇小说《冰天》，我把我的悲哀、我的痛苦、我的磨难、我的绝望一股脑儿倾倒在一页一页的稿纸上，只有那悲惨的生活在燃烧：在我不能大声嘶喊的时候，我就发出像来自深渊的一声呻吟。我写成了，我在信封上贴了半分邮票，寄给上海的《文学》。《文学》当时是文坛上一个权威的刊物，我根本没有考虑像我这样一个无名小卒的作品能否在这上面得到发表。我只想倾倒我的呻诉，因此我寄出去也就忘了。谁知有一天，一个早晨，我到北京图书馆的报刊阅览室看报，我从《申报》看到三月号《文学》的广告，这是多么令人惊喜的事啊！是不是我的眼睛模糊看错了？当我镇静下来仔细观看，白纸黑字，的的确确，那上面印着《冰天》这个题目和我的名字。于是我怀着喜悦的心情立刻奔到东安市场书摊去，可是刊物还没来，一连跑了三天，我才买到这一期《文学》，我看到印在上面的我的处女作，我的心兴奋得微微地颤悸。

可是，一面高大的铜墙铁壁又拱立在我的面前，因为我面临毕业，一种新的恐惧在袭扰着我。

上大学只是我父亲计划的第一步，第二步他将迫我不知走向一条什么光宗耀祖的道路？我不知怎样才能摆脱他加给我的桎梏，在我自己还不能独立生活的时候，我又怎样来彻底打破他加给我的桎梏呢？

我为此又陷入深深的苦恼。

果然，毕业时间一到，我的父亲就从我在南京大陆银行做职员的大哥那里收到来信，他说他已经托朋友给我谋得一个职业，要我立刻动身到南京去。

这对我真是一则以喜、一则以忧的事。

令我高兴的是，我可以到久已向往的南方，又一次到远方去，这样就可以从这个颓废腐败的家庭里挣扎出来了。

但是，我知道我大哥的热心只是我父亲预谋的延续。尽管我离开这一个家，可是我的命运还掌握在这个家的权势里。我还是不得不按照他们给我安排的老路走。那年我刚刚满二十岁，我还不懂得深谋远虑。我答应到南京去，因为这可以满足我渴望奔向远方、渴望到一个新鲜的地方去的愿望。我一想到，我将要看到黄河、看到长江，就像闻到战火飞烟、扬鬃奋蹄、直向前奔的烈马一样。《冰天》的发表，给我点燃了新的希望。我决心不论在什么情形下，都要沿着文学的道路走下去。这次远行，我带的已不是什么《山中白云词》，而是屠格涅夫的《猎人日记》——宁静的俄罗斯草原，发出诱人的干草芳香，我太喜爱这本书了。从此无论到哪儿去，这部书都带在我的身边。我至今还记得火车过黄河的情景，那是一个夜晚，我唯恐误过这个难忘的时刻。极力和睡意搏斗着。但到了黄河，我只听到火车在桥梁铁轨上发出的空洞的声音，很缓慢很悠久，黄河隐藏在浓黑的夜幕之中，偶尔落下去一点火星，照亮闪动的波涛，当火车开离黄河高空，我似乎还感到天风涛语，猎猎动人。到长江却是白天。那时候火车渡江要在浦口等待很长很长的时间，因为只靠船渡，分几次才能一截一截将整列火车运过江去——我一眼看见江水颤动的日影，心中感到狂喜，从急速漂流的辽阔无边的江面上望去，根本看不见对岸，只见淡黄色的江流带着几只白色的风帆，真是渺渺乎、浩浩乎，令人击节感叹。

我大哥在大陆银行鼓楼支行做事。

住了两天，介绍职业的朋友就催促我赶紧到安徽泗县去。

这是一次长途跋涉的远行，先乘公共汽车，再搭小火轮船。从长江以东到淮河以北，沿途一片荒芜贫困，给我留下十分惨痛的印象的，是投宿五河那一个夜晚。当时五河只是一个热闹的集镇，有一条街，我在街上走了一趟，就回到我住的那家旅店。这旅店倒十分宽敞明亮，我一个人住一间上房，倒也十分清静。但是一到上灯时分，这旅店里到处响起各种嘈杂混乱的声音。特别令人凄楚的是吱吱呀呀的胡琴，鱼骨板声中那像女人哭泣一样的歌声。他乡作客，羁旅愁思，使我心碎。我出来一看，见不少擦胭脂抹粉的花枝招展的女人，摇摇摆摆，走来走去。这些是卖唱的可怜的妓女。一个个年纪很轻，可是她们脸上的胭脂却掩盖不了脸上的憔悴和悲哀。看到她们那强颜欢笑的神态，我感到十分悲惨。这时像有一片沉重的乌云压落头上，我的胸口透不过气来，于是我就向后院走去，这里倒是十分清静。从前院投射来的光线，照出一道篱墙，原来外面就是滔滔的淮河，我觉得淮河似乎在鸣咽，为了舒散郁闷的心情，我便向河边走去。

突然，我感到一阵毛骨悚然，阴森恐怖。原来篱墙上的门半掩着，河边暗处发出一个女人哀哀哭泣的声音，无限的委屈、无限的伤心、无限的绝望——我定睛看时，是一个十几岁的女孩子蹲在河边上，走近再看，她披头散发、骨瘦如柴，衣裳倒还十分考究，但又揉得破烂。一刹那间，我脑子里产生了各种想法，我猜这同样是一个卖到火坑里来的妓女，她也许是顽强抗拒，不肯就范，要不就是染了重病，不能接客……倏然一个可怕的念头一掠而过，我不禁出了一身冷汗……莫不是她实在没有活路，想投河一死？！……我一时呆愣住了。不知怎样办好，可是我又不能喊叫，怕给她惹来更险恶的遭遇。正在这时，她发现有人，于是一面哭着，一面站起，原来是来河里打水的——她两手提着一个木桶，似乎全身都在颤抖，水也就泼洒了一地。我不知她看见我没有，她哽哽咽咽，摇摇晃晃穿过上房穿堂向前院走去……这时我的整个心像马上就要爆裂开来，我的头嗡嗡响——我想起高尔基《大灾星》中的那泥塘中的女人，我为这个年轻的提水人感到可怕，她也许是遭尽了凌辱与殴打，这是人间还是地狱啊？！到处是吃人的黑暗势力，我自己虽然没有落到如此地步，在别人眼光里，还是一个住高等房间的阔少爷，其实我不是也在桎梏中苦苦挣扎？到泗县去，难道是我乐意的吗？不过为生计所迫，不得不如此。这个悲苦的少女给我的刺激太深了，我一夜不能看书，也不能合眼，到了下半夜，一切闹声才渐渐消逝，威严而可怕的黑夜像浓墨一样突降，涂染了人间，似乎把一切罪迹都严严地遮盖住了。我迷迷糊糊刚刚睡着，那个在淮河边上哀哀哭泣的少女的影子突然又出现在眼前，我一惊，醒了，再也睡不着，后来我把五河印象写了一篇题名为《从黄昏到夜晚》的散文在《中流》上发表，算是我为这些压在生活底层的人舒一口气。

泗县的荒凉使我胆战心惊。那城小得可怜，破得可怕，我在这儿像掉进一个灰土堆里。我在泗县专员公署里当了一名文书，住在一个很大的院落里。我到了，那个专员还召见了一次，因为我的介绍人是他的老朋友，这专员姓吴，是一个清癯消瘦的老人，说话声音很轻，露出几分文雅，他决不像现在的电影里出现的国民党官吏那样，都是横眉立目，满脸凶煞。那是夏天，他穿一件宝蓝色的杭罗长袍，倒颇有些学者的风度。我的工作就是抄选民册，当时蒋介石为了掩盖法西斯专政的面目，扬言举行国民选举，于是就有了选民登记这一回事。这是一处三间房打通的大房间，里面横七竖八摆了些木案，我就在这上面抄写。这是极其闭塞的穷乡僻壤，不但看不到书刊，连报纸也没一张，我得不到上海的一点儿文艺信息，简直如同被囚禁在修道院内，这使我极其苦闷，很想逃走。不料十几天后，忽然听到一个消息，说这个姓吴的专员已经给国民党调职离任。一天晚上，专员果然派人叫了我去，他慈眉善目中露出几分怅惘神色，跟我说："我要走了，你愿意留就留下，你愿意走就跟我走。"我马上回答："我走。"他就说，"你这一趟来花费不小，你虽然才来了十几天，我给你一个月薪水，算作路费吧！"

就这样我又沿着来路回到南京。我大哥希望这位专员另调新职，我可跟他升官上任，飞黄腾达。谁知这位专员住在一家旅馆里，升官的事一直渺无消息。对我来说，却得其所在。我大哥在银行楼上有一间宿舍，我在那儿搭了一个床铺，他白天上班，我就在他的桌上写了起来。《从黄昏到夜晚》就是在这时写成的。谁知一住数月，看来那个专员只是一个失意的政客，从此再没有任命。而我住在银行、吃在银行，而且整天不知写些什么，日久天长，自然引来种种非议，使我大哥感到不小的压力，这种压力很自然也就落在我的头上。于是，他托大陆银行鼓楼支行的经理给我找了一个职业，是到南京警察厅当个雇员文书。

我原是不肯去的，因为我不想再受职业的约束，而希望自由写作。大哥听了，就皱着眉头，毫不留情、十分冷峻地说："那就回家里去，银行这里是住不下去了。"

他的话并没有使我吓一跳，但我决心下定、毫不动摇，决不回家。我刚刚从苦难的深渊里挣扎出来，无论如何再不能沉到那苦难的深渊里去。

何去何从？必须选择。如果是铁的障碍，是凿穿铁壁，还是碰壁而回，这是我应该思考的。但有一点是肯定的，不论是刀山火海还是风雨荆棘，我决不能再退回我的家里去，在那里腐烂、死亡。

我不怕把稿纸铺在膝头上写，但是我必须吃饭、我必须住房，可是我又没有经济来源，何况我大哥是执行父亲的计谋的，就是想给我找个职业，慢慢往上爬，做他那样一个人。怎么办？我在南京有一个最好的朋友，于是我便去找他商量，这便是张天翼。

我认识天翼是由凡容写信介绍的。于是他成为我生活与写作的导师。去了以后，我问他："是专门写作好，还是一面做事一面写东西好？"张天翼的作品很幽默，但他为人很认真，他两眼望着我，每当思考时，他便习惯地用左手扭住下嘴唇，慢慢地一扭一扭地，然后对我说："过早专门写作，生活就会枯竭，不如一面做事，一面写作，你可以熟悉各种生活，了解各种各样的人，然后你接触的人便是你写作的素材。"张天翼对人宽容，他没直说，但我意识到，我这个刚满二十岁的人生活并不丰富，还需要认真地吸收。而且我早已知道当时张天翼自己就在国防部里做事，因而他能够用犀利的眼光、幽默的语言揭露出那一些小官僚、小公务员可怜而又委琐的心理，在文学上获得很大的成功。这样一来，我回到大哥面前，答应去警察厅做文书。

我大哥为我谋得这个职业，是用尽苦心、耗尽资财的。我记得他带我去那个姓任的经理家，他曾给那个人送过一块金条。那人是南京一个家缠万贯很有势力的大户。当时南城是老城、北城是新城，任经理家是个老户人家，就住在南城那幽僻、狭窄而阴暗的小巷子里。但他家飞檐陡壁，走过几层长了绿苔的天井，才进入他的厅堂，厅堂是清一色古老的红木家具，气派非凡但又十分阴森。我跟在大哥后面走进厅堂，默默坐在大哥身旁，我看见他送上黄金的手怎样颤抖，那姓任的不屑一顾，把它搁置一边，我的心一阵酸楚。这姓任的其貌不扬，十分猥琐，又小又单薄的身子，裹在一件肥大的长袍里面，手腕上卷着一截白袖口，几根瘦嶙嶙的指头夹着一只象牙烟嘴，不住地从嘴巴里喷云吐雾。他这个人很阴沉，平时在银行里从不露一丝笑容，只是一声不响。这次在他家里，他也很少言谈，很快就把我们打发走了。后来我才知道，这个地头蛇和警察厅长有着经济勾结。一个多月后，我离开警察厅，听说姓任的已经提升为大陆银行南京分行的襄理，而在姓任的经济势力支持下，那个警察厅长也当上了大陆银行南京分行的董事长。我就在这黄金的交易中做了一个小筹码。

我到那里去了，工作很清闲，是抄外国警察条例。

楼上里外两间房子，外面坐着马秘书，我归马秘书管，我坐在里间一张大桌子前，对面是一个五十几岁、黑脸膛、头发花白了的肥胖的人，他姓张。这人据说是请来的，他一天翻译几行，我就抄写几行。

雇员是带有一种临时性的非正式的职务，没有制服穿，大哥为此给我做了一件黑呢子中山服，我每天穿了它去上班。一天难得这样清闲，我就带了书报去看，当然不能带《文学》《作家》这样的进步书刊，而是《东方杂志》《中华杂志》，还有就是《大公报》《申报》。后来我见对面那个中年人并不管我，我就更大胆了，我带了稿子到那儿去抄，听到马秘书向门边走动，我就把它们折在报纸下面。自从《冰天》发表之后，我的创作欲望旺盛到了极点，写了第二篇小说《草原上》寄给《作家》，被孟十还退了稿。等到《冰天》在《文学》上刊出，孟十还又写信来向我要回这篇稿子。我少年气盛，却把这篇稿子又寄给《文学》，很快，又在六月号《文学》上刊登出来。我答应给《作家》另写一篇，在南京作文书的时候我写了《病》——是献给派到孙殿英部队遭到残杀的那个共产党员的……这时，我的心灵时时刻刻处于激动之中，灵感也时时刻刻敲击着我的心灵，我走在路上，坐在办公室里，我的灵魂都飞向那缥缈的虚构之中。这时，我大哥为了免遭非议，就在鼓楼街上给我找了一间民房，让我从银行里搬出。那是一个大杂院，每间屋里都住得紧紧的、满满的。夜间孩子哭、女人吵，但丝毫不能影响我，在昏黄的电灯光下，我信笔直书，通宵达旦，我就这样在夹缝里苦斗。无论在专员公署、无论在警察厅，我实际上都在创作的梦幻与激流之中，我的精神骚动不止，我的情绪饱满昂扬——我从夹缝中踏出一条坎坷而又坦荡的路。但是在警察厅里，一个危险的信号向我发出了，我去了不过二十几天，1936年将近年底，那个不言不语、而将我的秘密尽窥眼里的马秘书突然跟我谈话，要我搬到外间屋，坐在他对面办公。我感到他那从来不看我的眼睛实际一直在严密地注视着我，但写作已成为我的第一生命，我无论如何忍不住还是带了《申报月刊》《申报》等在他对面打开来看。有一天要下班了，我挟起书要走，他站起来，两眼并不看我，只说了一句：

"以后不要看这些不正经的书报！"

我对于他这种命令式的语调十分反感。

为了防护自己就顶撞了一句：

"这都是公开发行的报刊嘛！"

他还是不看我，声音还是那样平静，里面暗含着严厉：

"你还要拿秘密发行的来看吗?！"

至此，他的两眼霍然一亮，我的心脏颤抖了一下。

这难熬的日子过了没多久，新年假期就快到了。

我和章靳以书信往来频繁，关系十分密切，这时我收到他来的一封信，他邀我利用假期到上海去。

这实在是我最大的期望，也是我在夹缝中苦斗出来的结果。因为这一年，我在《文学》《中流》《作家》《文季》《申报周刊》《大公报》的"文艺"上发表了不少作品，我在警察厅不过一个月零几天，收到靳以信后我便决心到上海去。

考虑到我大哥在任经理那里处境的困难，我还是采取了不是断然决裂，而是请假的办法。放假前一天，下班的时候，我对马秘书说：

"我在假期后再续两天假。"

"为什么？"

"我要到上海去。"

"到上海去做什么？"

"看朋友。"

"看什么朋友？"

"我的大学同学。"

我们隔着桌子，笔直地站着，互相对视。这针锋相对的对话气氛是紧张、窒人的。在这种气氛中隐含着阴险的威逼的意味，但我心中却怀着胜利者的冷笑。

我精神上获得了巨大的解放，我可以自由地走向广阔天地。第二天，当我坐在京沪特快列车上，倚着窗口，我安闲地拿出了《猎人日记》。

## 二九 难以忘怀的开端

上海在我的印象中是灯红酒绿的十里洋场，谁知我到达那一天，正是过年的假期，店铺关门，街道上显得冷清、安静。我住在北四川路的德邻公寓。这是一所十分幽静、整洁，不是什么三教九流都可以居住的高级住宅公寓。我放下那只绿色帆布手提箱，便到文化生活出版社送去了给靳以的一封信，然后就漫步到北四川路街头，到良友图书出版公司门前一看，装潢得很漂亮的《一九三六年短篇小说佳作选》已经摆在玻璃橱窗里面。我知道这书里选了我两篇小说，但却没有料到在新的一年一月一日就已经准时出版了，因此十分高兴。

我住的房间在三楼，虽不很宽大，却也明亮、舒适。第二天当我正在读《猎人日记》时，听到了敲门的声音，我连忙打开门，果然是章靳以来了。我想在讲述我在上海种种经历之前，必须先得专门谈一下章靳以。他是我的朋友当中最亲密的一个。我们本来是在北平相识的，那时章靳以和郑振铎正在主篇《文学季刊》。现在又是他约我到上海，第一个把我引入文坛。他的胖胖的圆脸上戴着一副近视眼镜，眼角、口边总露着亲切的笑容，他是一个非常善良、纯朴，而又热情的人。在以后几十年间，我们彼此都是亲密相处、赤诚相待的。

他是我永远永远都在心中怀念和感谢的好朋友。这一次我们久别重逢，格外高兴。他笑眯眯地望着我，脸颊红扑扑的，而且气喘吁吁，但他的话立刻就像小河一样急速流泻出来。他说，由于过年，出版社无人，今天才刚刚收到我的信，要不昨天就来了。我们坐在长沙发上谈了一阵，他就以十分得意、十分亲热的口吻告诉我："良友的小说选你有两篇入选，"我急着想去买一部，他说："不用，选你两篇，公司会给你两部精装本的。"靳以是一个把快乐给人、自己便加倍快乐的人。他随即又说："我约了巴金，我们一道去吃饭。"这样，由靳以介绍，我第一次认识了巴金。

我们在相约的地点碰头以后，随即走进北四川路一家广东饭馆。关系着我一生的文学生涯的一个良好的开端就这样开始了。过了一天，巴金、靳以约了几位朋友在大马路（今南京路）的冠生园聚会。我在这儿认识了黎烈文、雨田、孟十还、肖乾、赵家碧、芦焚、陆蠡……在这中间，我到环龙路的《文学》编辑部，拜访过王统照和黄源，到四马路的开明书店拜访过叶圣陶。过了一天，靳以专程给我送来两册精本的《一九三六年短篇小说佳作选》，这对我是太大的鼓励了。这个选本是由一批著名作家，每人各选几篇编辑而成的。靳以选了我的《冰天》，叶圣陶选了我的《草原上》。那一夜我在灯下翻来覆去地翻看这本书，但我其实什么也没有看进去，因为我的心情过于激动了，我从来没有梦想过在我发表作品的第一年就受到如此高的奖励，当然这也是对我这一年间，特别是到南方以来在夹缝中苦斗的最大的安慰。巴金当时给我的印象是比较沉默寡言，但他的心里蕴藏着一股热情之火，他诚恳、纯朴。有次，他像无意中闲谈一样，跟我谈起文化生活出版社要出版一本我的小说集，征求我的同意，我当然高兴，但又有点儿着急地说，我连一篇剪稿也没有带来。他这时取出一个纸包说："已经给你编好了。你只要自己再看一遍，看看有没有修改的地方。"我打开一看，这是这一年之内我发表的六篇小说。已经剪贴得整整齐齐。巴金对一个青年作者亲自扶持的深情与厚爱我是永远不能忘记的！我抱着这一包书稿走回公寓，就像抱着一团火，我的精神世界仿佛有一道闸门开启了。在我往公寓里走时，我的脑子里闪烁着屠格涅夫的《门槛》里的对话："——啊，你想跨进这门槛，你知道等待你的是什么吗？——知道——姑娘回答说。——知道寒冷、饥饿、憎恨、嘲笑、蔑视、污辱、监狱、疾病，甚至死亡吗？……"也许现在我就要迈过这样一道门槛。在这之前，我从童年的悲剧中挣扎出来，又遇到社会的风暴，但是我在苦苦的追求，苦苦的探索，在坎坷的长途中开掘着自我奋斗的道路。在这中间，我时时受着思想骚乱的袭击，我又时时涉过冰冷的河流。在那样漫长的年月里，我似乎沉陷在严寒中间，我看见遥远的隧洞尽头有磷火一样的光点，但周围却是一片漆黑，壁上流着冰冷的水注，脚底下踩着刺骨的冰凌，我背负着千钧之重的枷锁，想放出一点儿灼人眼目的光华，是何等艰难、何等困苦。可是，我狂欢，我大笑，我懂得探寻的结果不是目的，探寻的中途就是幸福。我的第一本小说集的诞生，就是我迈过索菲亚当年迈过的门槛。

我那样心甘情愿地迈过这个门槛，兴高采烈地迈过这个门槛。这时，已经超过了假期，但我把这件事抛到九霄云外了，我便在公寓房间里开始校对的工作。

在这中间我要插叙一件与编书无关的事情，由于它给我刺激很深，因此至今还记得那样清晰，甚至一想起来还难免一阵毛骨悚然。一天夜晚，一个朋友来访，不知怎么说着说着就说出这样一个可怕的故事。对于上海这个"冒险家的乐园"，在我来之前，听到许多善心人的劝告，因而也就更使我深怀恐惧。这层楼一角上有一个休息室，那里摆着一些当地的报纸，翻开一看，上面充满凶杀、抢劫、验尸、恶盗种种阴惨的消息，我虽然一翻而过，但也难免留下恐怖的印象。这夜晚，这位朋友谈着谈着说到这方面来，但说得那样千真万确，又非常生动翔实。他说："有一家旅馆发生了一个奇案……就像你这样一间客房，这儿是同样一张床，这儿是同样一张长沙发，一个客人一天深夜突然醒来，张眼一看，长沙发上坐着一个人，穿着大衣，戴着呢帽，拿着一张报纸遮住整个脸，像似睡过去了。这位客人以为是强盗，就向门前走去，谁知回头一看，沙发上什么都没有——他非常奇怪，莫非是自己做梦了吗？于是他又回到床上去睡，睡了一会儿，睁眼再看时，还是那样一个人静静地坐在长沙发上，这一下他可吓得全身毛孔都张开来，感到冷汗嗖嗖……他慢慢爬起来，溜出门去报警，巡警来了，拿枪直逼那人胸口，那人突然一下无影无踪了——于是巡警就搜查起来，但这屋里并无藏身之处，于是巡到一进门也像你这房间一样有个挂衣服的地方，结果也一点儿痕迹都没有，于是翻那个沙发床，就在床垫底层找出一具尸体，尸体的穿着、形状就跟长沙发上所见的一模一样……"我的朋友讲了一阵之后就告辞而去。我关上门，心却在急剧地战悸，因为他所说的这个床，这个长沙发，这个放衣服的地方都同我房间里相同，这太可怕了！我就一一检查，一面查一面发抖，我怕没有发现这具死尸，可是我又怕真有一具死尸，这样弄得我一夜没有合眼。我早已接受了新科学，新文化，新思潮，我是一个无神论者，当然也不相信有鬼，可是尽管如此，我还是吓得发抖。恐怕也是受了《聊斋志异》特别是《夜雨秋灯录》的影响太深了。《聊斋》中我最怕的是夜间听到白纸窗上有吹气的声音，一看是一个丑陋的老妇人。夜深独处，一想起那些鬼故事，还不免有些心悸。我把它记下来只不过是不想忘记我编第一本小说集时，曾发生过这样一个故事。

我花了几天时间，从头修改、校正。我尊重巴金编的顺序，没有更动。其中《黑》《没有春天的地方》《草原上》《草纸场》《冰天》《病》，不是按发表前后次序，那么是按什么原则呢？我同巴金相识几十年，却一直不好意思启齿问他。不过我想《没有春天的地方》放在前面，很可能因为内容是写抗日的，这当然与当时国难形势有关，至于《黑》放在第一篇，那则是通过一对青年恋人而描画出深山老岳中的一场悲剧。其实《没有春天的地方》完全是面壁虚构的，至于《黑》倒是从我自己生活经历中结构出来的，素材就是我下太行山时投宿的那一个从夜间到清晨的所见所闻。

我原来预定在上海停留的日子，因为编小说集，就自然大大地延长了。但这是我确定无疑地走上文学道路、难以忘怀的珍贵的时日。当时对于一个刚满二十岁的青年人说，我如同走进春天的原野，风和日丽、碧草如茵，我一边走着一边采摘玫瑰花，红的、白的、黄的，带着湿淋淋的露珠，带着淡幽幽的芳香——是的，就是这样，带着青春的气息、青春的诗意，我愉快地迈过索菲亚·彼罗夫斯卡娅迈过的门槛。谁知从此以后，一生中我不得不轮番地听见两种声音：一种是—— 一个傻瓜；一种是—— 一个圣洁的人！

上海留给我噩梦一般令人战悸的印象实在难以磨灭。

除了上述的鬼故事之外，有一天夜晚，我记不得是不是就是冠生园吃饭的那个夜晚。有巴金、靳以、芦焚、我，从大马路出来闲逛着走进四马路一带，沿途灯光如画，令人眼花缭乱……大马路的路面是用坚固的木头铺成的，当年筑路劳工不知在这儿留下多少血汗以至生命，所以人家说这段路是黄金铺的，但我走在上面却仿佛踏着枯骨。上海是个扮着妖艳盛装的魔鬼，它在乱糟糟的乌烟瘴气中吞噬着人的性命。当我们转到四马路一带，看见路边一些女人在拉客（这就是上海人所谓的"野鸡"），她们一个个涂脂抹粉、娇声细语，却掩不住一种粗暴、野蛮……自己被金钱蹂躏，又在向别人压榨金钱。我当时感到一种恶心，比我在五河那个夜店里看到的还要可怕。如果说那儿还有些闲散，这儿就是如此紧张。一个妓女在前拉一个行路的人，立刻便有一个像母夜叉一样凶狠的女人从后面推，这样被强行拉走就叫作"剥猪猡"。我看见这拉人的、被人拉的都是非常困苦的、不幸的幽灵。发出霉臭气味的苏州河，裹着上海的污水与血水流入黄浦江。在亭子间里，在小阁楼边——有成千上万个困苦与不幸的幽灵啊！你这给灯光照得没有黑夜的上海，你的白天也是黑夜——从路边的法国梧桐上，会洒下一阵清风，但多少年多少月，人们就这样给这个大磨盘把骨头连着鲜血与生命一直磨得粉碎……在这样的背景之下，读者们就会理解我前面为什么记下那个鬼故事了。那荒诞无稽的事，却正显示着上海的品格；难以说清的是，我偏偏从这儿迈过那个神圣的门槛。总之，无论是庄严的、正义的，还是颓废的、败坏的，这儿是一个生死场，也是一个像罗马那样的角斗场。

非常感谢靳以。

他像兄长一样地照护我。我又重复了我和张天翼说过的，是一边做事一边写作好？还是专门写作好？从靳以这里得到不同的回答，他劝我还是专心从事写作好，并说如果生活上有困难，他可以想办法。离开上海时，靳以怕我一个人出事，坚持送我上火车，火车开动了，还看见他站在月台上朝我挥手，在泛着红潮的脸上，一双亮闪闪的近视眼镜片后，闪着诚挚纯真的热情。

### 三〇 涌上浪头，坠下波谷

我带回了欢乐，我又得到更大的欢乐。我满怀欢乐之情回到南京。迎接我的是却是我大哥那一副恼怒的面孔，他说：

"警察厅已经挂牌开除了你！"

他给我看了一张开除我的通知，上面写着逾期不归的理由。

我看过之后莞尔一笑。对于我这样一个当文书的小雇员，他们伸出一根手指就可以拔掉，还何须要这样一纸公文？

我大哥对我的行为十分愤慨，他迫使我低头认个错，争取回去。

我严词拒绝，我说："他们不开除，我也不会再去了！"

我的顽强的态度使我大哥张口结舌。

很快我明白了——警察厅的一张公文和我大哥的态度，都是不敢得罪那个姓任的经理，这个南京地方金融的实力派。警察厅是因为那个做大陆银行分行董事长的警察厅长不愿得罪正在飞黄腾达、即将升任大陆银行分行襄理的财神爷；我大哥不愿得罪这人，自然有他更大的苦衷，因为他是在任经理手下做事的，为了自己前途怎能得罪他的上司呢？果然，我大哥满怀埋怨与委屈地问我：

"你这样干，让我怎么向任经理交代？"

我笑了一下："由我当面去跟他说明。"

第二天，我大哥带我走进在银行柜台里隔出来的那间经理室。这是白天也要开电灯的地方，给我的感觉像是一个老鼠洞，或者更像银行专用的保险柜。而这个姓任的整天就锁在这里面，谋算着什么。我大哥卑躬屈节地向他讲了一大堆道歉的话，同时又表示我的事由我做主，这就表白了他自己没有责任。我看见任经理那猥琐枯瘦的面孔上，有一颗金牙闪了一下光亮，两眼向我扫了过来。我坐在屋角落一个沙发上，这时我就说："劳你费心，现在我不打算再找事情做了。"他冷冷一笑说道："大学生吃！能够自食其力也是好的。"我懂得他这话的讽刺的含义，我贸然站了起来，就径自推开门走了出去。我很为我大哥感到可怜，他从十几岁进入银行当小职员，多年才熬上银行支行小小的一个总账，他深知仰人鼻息、看人眼色，捧着一只饭碗，为了攀缘着向上爬的难处，但他的思想、伦理、道德、感情都为金钱的臭味渗透了，可是他并不觉得自己可悲，反而觉得那才是人间的正道。而由他执行的父亲的谋划，也正是要把我推到大哥那样一条道路上去，他怎么能理解我这样做时，我所感觉的欢乐，我所感觉的痛快。我要仰天大笑，我使父亲的计谋终于破产了，我给了他一个沉重的打击，从此我再不做囚笼中的老鼠，要作飞翔的雄鹰。我大哥以为我堵死了一条出路，其实，我是开拓了一条出路。为了彻底粉碎二十年间加在我头上封建礼教的沉重枷锁，为了彻底切断那像鬼魂一样纠缠在我身上的家庭控制的势力，我挣扎了许久，我要独立，我要自由。

我在中山北路一条幽僻的小巷中的一家公寓里租了一间房，远远地离开了我的大哥。应该公允地说，我大哥从小就疼爱我，他这时也还在疼爱我。不过他只能用他的理想、用他的方式培植我，而不懂得我切迫需要的是独立的人格、独立的人性，我需要的是自由。裴多菲的诗不是这样歌唱的吗：

生命诚可贵，

爱情价更高，

若为自由故，

两者皆可抛。

　　这首诗早已成为我人生的信条。

　　……多少年，我追求、我向往、我受尽磨折、历尽艰辛，我的心在流血、我的生命在燃烧，我就像黑夜中的囚徒，只盼着一轮红日升上天空。而现在，我获得了自由，我要尽情地在自由中回环、翱翔。

　　我的住处很可爱，这是一间一间分租出去带家具、管茶水的公寓。住的大多是公务员，只在夜晚才听得人声，白天他们都上班去了，就静得一点儿声息也没有。我的房间在楼梯口的东边，房间不大，可是有两扇玻璃窗。靠墙壁有一个单人床，临窗是一个小书桌，四周都是木板壁，油漆得干干净净，从窗上可看见人家的屋顶、院落、花园、树木。有一对中年夫妇在照管着、料理着、服侍着客人。夫妇两人都是江北口音。历来大江以南是鱼米之乡，十分富裕；而大江以北则比较贫困，当时带江北口音的人，在南京很多，都是做粗活的穷苦人。那个四十上下的男人，宽宽矮矮的身量，有一张纯朴、老实的面孔，他的女人瘦削削的、病快快的，管炉灶烧水，从不进入住人的楼内。由她男人每天给我的热水瓶加两次开水，为我收拾房间，如果是下雨天，他还披一件蓑衣，帮我到饭馆买饭，他粗粗识得几个字，能够识下住客的姓名。这时上海的报纸杂志，还有上海的朋友经常给我来信，他总是笑嘻嘻地把信给我送进屋内，我们之间相处得十分融洽。有一天他倒水。手里提着水壶看着我，叹了口气说：

　　"要都像先生你这样多好呀！你从来不瞪眼骂人，你也不要人深更半夜伺候夜宵，好人呀！……"

　　我望着他眨巴的两眼，从他的话音里听出一种哀伤、慨叹。看来在那些公务员、特别是住在陈设华丽大房间的客人眼里，他只不过是一个没有人的价值、人的尊严的普通的动物而已。所以我的和颜悦色，对他也是极大的恩惠。我除了夜间出去吃饭，顺便逛逛夜市，大都在屋内不停地写作。从上海带回令人鼓励的力量之后，我的创作灵感非常活跃，日夜不停地进行写作。我在这个舒适的小公寓里住的日子并不太长，但它留给我的印象很深，因为这里不仅仅留下了我创作的欢乐，而且，也是在这里，我遭受了人生中第一次残酷的挫折。

读者该不会忘记，我在前面谈到我为争取独立自由而奋斗时，在诸般因素中有一个因素。就是为了能同我小学的那位女同学发展爱情。因此，当我获得这种独立与自由以后，我便要进一步实现我的憧憬与向往了。从小学算起我们相识已经七年之久，我们始终保持着友谊的关系，我到南方以后和她建立了通信联系，但这也只限于友情，不过她对我怀着好感，她信中几次说到，家里看到我的信是多么夸奖，说我写得那样好，并且告诉我她因而受到责备。我每次收到信都得到一种安慰、一种温暖、一种喜悦。现在我经济上可以自给，是一个完全独立的人了，可是我和她怎样从同学之谊过渡到爱情上来，却使我十分苦恼。我在感情上是一个忠诚热情的人，但由于我的羞怯与软弱，这样长的时间里只是在心中怀着一种情愫，却从未谈到一个"爱"字——在我心中，我对于她的感情是很神圣的，如果在我没有资格跟她谈爱的时候，就贸然发生爱情，那无疑是个严重的渎犯，我的道德观是不允许我这样做的。这样一来，我就遇到极大的难题，我不知道在信上怎样向她启齿！我终于做出这样一个决定，我写了一篇散文《长城的回忆》，在《中流》上发表了，那里面写了一双年轻的恋人，我用这个象征的手法向她暗示我对她的爱情，于是我把这篇文章剪下来寄给她……如同我预期的，果然取得她的理解……不过她的回答是我人生的第一个无情的判决。她来信了，还是充满温柔的言语——但，她不觉得她这样做是多么残忍吗？她告诉我她已经订了婚，而她所以接受这个婚事，是因为那个人很像我……

这真是晴天霹雳！

在我没有得到独立、自由时，我们保持着亲密友好的关系；而现在，当我百折不回终于为我们的结合创造了条件，但我得到的却是断绝。

一刹那间，我沉入到一个痛苦的渊薮之中了。

我非常痛苦，但我欲哭无泪，我能为什么而哭呢？为了爱情，可是我从来没有跟她说过爱情呀！

我从欢乐中重新回到悲哀。

而这种感情上的冲激是比一切悲哀都更悲哀的。

我疯狂地奔下楼梯，跑向外面，我迷蒙、我恍惚。

我看不清周围的东西，只任凭着两脚走去。

等我从身上到心上都感觉到一点儿苍凉的寒意时，我才发现我是站在玄武湖边一派茫茫细雨中。

紫金山脉哀怨地露出黛色。

一股凄凉的韵味慢慢地、慢慢地涌上心头。

此时此刻，从童年到青年用生命织成的梦幻，从此永远地破灭了。

我怀着柔肠百转、无限愁怀，回到我的小屋。这原来充满光明、充满勇气、充满生机、充满昂奋的小屋，一下变得漆黑，我懒得打开电灯，缓缓躺在床上，这时什么都寂然，什么都没有，窗上闪着一片路灯的青蓝色的微光……我觉得火慢慢地烤干了我的血液、凝固我的生命，这一夜我没脱衣、没盖被，不知何时醒来，又不知何时睡去……

我刚刚伸手抓到一片幸福的叶片，而风把叶片吹去，只留下一重重困苦。

这一刺激对我来说实在太深了，我又陷入在一片灰色忧郁之中。

早春天气，风雨欺人，我伫立窗头，向远处望去，我觉得空虚得很。

我在半夜里一下惊醒过来，忽然看见她推门而入，她来了！

可是梦中的一刹欢乐换来的是醒来时千百倍的悲哀。

从前我望着天边，天边有一个朋友，我可以把我心里想的写给她，而现在什么都没有了。

我知道这精神的冲激——可以毁灭我，也可以使我重生，不是淤塞而死，便是冲决而出，我于是把我破碎了的心倾诉在纸上。

这就是不久以后，发表在《中流》上、现在被编入《中国现代散文选》的那篇《绿》，开头就写着：

　　该早荒芜了，记忆中的一团绿色。

　　……

　　我知道有这么一天会落起霜来，就是它染黄了绿色，

　　我也知道：二十年的青春里，绿的庭园是荒芜了。

　　——这深深地印在记忆中的一团绿色啊！

　　……

　　我凭吊我绿的青春的年代！

　　像树枝啪地一折两断了，

像闸门呼地一下关闭了。

生命之泉在呐喊、在呼唤，它不知流向何处？流向何方？

### 三一　火种重新燃起

在我的公寓小房间里，有一天坐满了人，是张天翼约了我大哥会面，谈我们将要到宜兴去的事。现在想来十分有趣，当然由于我刚满二十，我的大哥和张天翼都还不能不以保护人自居，他们像是在这里办交接手续。

是我百无聊赖，不想在原来我爱的小屋住了吗？

有一天在天翼家，他告诉我："在这大城市里住下去很无聊、很空虚，我想约几个朋友到乡下去住，你去不去？……"天翼这时也已离开了他所在的国防部了。这计划实在正是我所衷心盼望的。于是我说："我愿意去，我不想在南京再呆下去……"的确，在那间房间里，我总在想，我怎样写《长城的回忆》，怎样收到那封无情的来信，又怎样蘸着血液和生命写《绿》——就让这篇《绿》作为我这段生活的告别词吧！

天翼发出几封信，一一告诉我：这是邵荃麟的、这是叶以群的，他们都要去；这是葛琴的，我们就是到她的家乡去，你读过她写的《窑场》吧！她父亲是开瓷窑的场主，是宜兴当地一个有地位的绅士，他可以掩护我们，这地方叫丁山，就在太湖边上。天翼是很善于娓娓清谈的，他的一席话自然打动了我，谁知他还有更惊人的消息："我们住定以后，姐姐（天翼的姐姐，天翼在南京就住在她家里）、吴组缃会从南京去；蒋牧良、胡风、凡容、欧阳山要从上海去。"我一下可以认识这么多朋友，这计划对我很有诱惑力。可是天翼提出要同大哥面谈一下，那意思当然是想使大哥能够放心，而由天翼对我承担保护人的责任。这次会面谈得很融洽，大哥毫无阻拦之意，而且请求天翼帮忙照顾我，我心中却暗笑，我已不是一个孩子，我有我的行动自由，但他们这种协调方式也使我高兴，因为这说明我还处在青春年华的时候。

我同张天翼夫妇乘长途汽车，沿京杭公路行进。这还是春寒甚重的季节，我们还都穿着冬天的服装。也未看到江南的浓绿，天空也遮着一片灰色。不过这的确是江南的平原，没有山谷丘陵，汽车在平坦的公路上行驶，从车窗上可以看到一道道蜿蜒的河流，像一条条蓝色的丝带，回环飘舞在大地之上。从溧阳到丁山，两旁则是丛丛碧竹，像江南的春天的使者在欢迎我。我还是第一次看到这样稠密的竹林，心地非常舒畅，仿佛觉得窗外吹来的风，也夹杂着大江上来的寒意，这寒意却是清凉有如甘泉。

车到丁山，还未停稳，站在路旁等候我们的葛琴就举起双手，跟着车小跑，她身后还有一个细长身材的男人，满面笑容，却只是踱步而来。下车一介绍，才知道这就是邵荃麟，他已经先我们而来了。他们在车门口迎接我们下来。一阵热情的握手，她就带我们走上田野，田野间曲曲折折一条小路，常常看见碧绿的池塘，一眼望去，到处是竹林、树林，我们走了一阵到了丁山，先到葛琴家里。

那是典型的江南乡绅的住房，因为她家是个大户，住着一幢古老的楼屋，经过忽上忽下的楼梯，走过曲曲折折的廊道，来到楼上一间厅堂。因为南方不升火，屋内觉得阴暗暗、冷森森的。但是主人家的热情一下就驱散了我身上的寒意、心上的生疏。葛琴的父亲戴一顶咖啡色的呢帽，穿一件长袍，为了上下楼方便，他总是提着一个衣角。是乡间风吹日晒的关系吧，他的脸庞微黑，细长的眉眼，留着蟹爪形的黑胡须。葛琴的母亲也出现了，这是一个慈祥热情的老妈妈，脸上满是笑容。乡间人朴实、敦厚，他们用心，而不是用语言表示他们的热诚。倒是葛琴跑前跑后，忙成一团。坐了一阵，葛琴说，租了屋后一家楼上几间房，咱们大家都住在那里。这当然都是葛琴父母张罗安排的，我们去了一看，这又是典型的江南的家宅。从大门进去，是一个大的天井，这一座楼跟葛琴家的楼一模一样，不过新一些，比如窗棂，葛琴家的已经乌黑了，这一家还是鲜黄的，院落正面像一扇屏风似的立着一座楼房，正面有六间那么宽，而两侧伸出的耳房则比较短，只有两间小屋打通那么大的一间房。楼下正中是一座宽敞的大厅，大厅后壁有楼梯，左面一侧是房东人家走的，右面一侧是我们走的，楼上房屋中间没有廊道，因此，从这屋到那屋，都要穿过中间的房子。我和邵荃麟被安顿在耳房头上的一间。倒是没人出入的所在。木窗棂下各摆着一张方桌，这就是我们的工作台了。和我们的住房连接的向楼梯去的那一间，就是葛琴的住房，正面两间，外面一间由张天翼夫妇居住，穿过他们的房屋，那一间由以群夫妇居住。这样一来，葛琴那间房就是四通八达、必经之地，她住在那里，又是主人，自然就成为中心，也便于照顾大家。不久以群夫妇来了，我们约好相聚的人就都到齐了。

对我来说，这是一段最舒适、最自由、最天真浪漫的生活。也是我第一次离开家人和朋友们一道生活。我们这个小集体，日子过得既严肃又活泼：所谓严肃，就是整个上午各人在各自的屋内工作，整个楼上幽静得一点声音都没有。我和邵荃麟两桌相对，我记得他在翻译一本什么书——很可能就是后来出版的妥斯陀耶夫斯基的《被侮辱与被损害的》——我则埋头写自己的小说。下午大家则相聚而谈。无论在谈论中、在生活中，张天翼都是一个中心，大家简称他为"老天"。开始去时春寒未尽，因此开着窗户让阳光和春风进来还暖和一些。我的窗户正斜对着张天翼的窗子，我常常看到他一会儿停下来用左手扭着他的嘴唇，在沉思默想，一会儿又伏在桌上写了起来。葛琴是一个非常热心的人，她总是那样欢乐愉快，满面笑容，即便不是尽地主之谊，她也会以诚挚的好意对待每个朋友，她是一个把革命女性的风度和中国母性传统完美结合的圣者。由于我年纪最小，她总像大姐姐一样爱护我。他们都是老朋友重逢，海阔天空、高谈阔论。这中间邵荃麟是谈得最多、最热烈的一个，他吸烟很多、生活随意，总穿着一身旧了的藏青色西装，还扎着一条黑领带，不过领经常常歪歪斜斜，因此领带也就松松散散，据说他不久以前得过肺结核病，才从医院里刚刚养好出来。他的脸上胡髭丛生，常常看见他就着镜子刮胡子，他身子细长、瘦弱，但精力却像火炬一样烧得很旺盛。由于他中外古今滔滔不绝，大家给他取了个绰号叫"博士"。而他一生一世确确实实是一个博学之士，他是一个学者，又是一个忠诚的革命者。不知为什么，我总觉得他像屠格涅夫小说里的人物，当然不是巴札罗夫，而是索洛明，但是我一点儿也没想过葛琴竟是被卢那察尔斯基誉为"俄罗斯文学天空中一颗最明亮的星辰"的玛丽安娜。当时葛琴身边带着她的小儿子薇薇。在我年轻单纯的眼睛里，我只觉得葛琴一天到晚喜笑颜开，而且有时哈哈大笑，后来我渐渐明白，其实她心中含着辛酸与悲苦，听说不久之前，她在她老父亲陪同下刚刚到山东济南的监狱探视过她的丈夫……总之，对于葛琴，当时我只知道她是一个女作家，她的小说《总退却》由鲁迅为之写序，最近又出了一本《窑场》，我却不知道，她是像素菲娅·彼罗夫斯卡娅式的怀着崇高牺牲精神的地下秘密工作者。

以群沉默寡言，但时时露出一点儿小幽默，他的妻子文若是个性格开朗、热情洋溢的青年女性，与其说她像一个作家和革命者，不如说她像一个女学生。后来我慢慢听说，以群是刚刚从监狱里放出来的。这样我更理解他们两人之间的爱情了。

一场热烈的辩论往往由张天翼开头，但论战双方往往是在邵荃麟与叶以群之间，张天翼用左手指捏着他的嘴唇，只从旁独自沉默地听着，而后。他缓缓地、冷静地发言了。他的发言总使谈论进入一个高潮，当然这种漫谈与即兴式的讨论是没有句点的，下一次往往又在从前的焦点上爆发开来。我认识天翼已久，但我还没机会介绍他，他是一个典型的湖南人，高个子，挺魁梧，英俊、庄严，他早已是一个全国很知名的作家了，而且被鲁迅十分器重。他个性十分坚强，却含而不露，他有着一种幽默的讽刺本领，常常一句话，或者使争论者语塞，或者引起哄堂大笑，而在大家笑时，他是绝对不笑的。他的爱人契萌和我，在这种争论和探讨中，只是听众，默默无言。但在闲谈时，他们常常对我发出善意的嘲弄，弄得我面红耳赤、无力反驳。每当这时，葛琴就以一个大姐姐的善良、勇敢出面来袒护我，为我解围。因此我从心里感激她、和她接近起来。

　　葛琴的父亲为了保证我们的安全，已经以地方绅士的身份与地方当局打了招呼，做了保证。尽管他的事业已经衰微，但他究竟是一个窑场之主。他偶然也抽空来看望一下我们，但相见只在楼下大厅，也不过问寒问暖，有时笑而不言，如关怀自己的女儿一样，关怀着女儿的朋友。葛琴的母亲也就成了大家的妈妈，她每天亲自下厨，做得一桌好菜。张天翼每餐要喝几盏温热的绍兴酒。我们住在鱼米之乡，又在太湖之滨，于是享尽江南乐趣。我们吃了非常新鲜的鱼虾，吃了嫩极了的春笋。晚饭以后，大家便成伙地出去散步。初春的江南到处一片嫩绿，我们常常到幽深寂静的大竹林里去，有时竟走到太湖边，更多的是在鸟声寂寂的池塘边。夜间，张天翼夫妇、叶以群夫妇各自归屋，闭门不出。我们住屋与葛琴住屋只隔一门，邵荃麟谈了一天，似乎还兴犹未尽，夜晚总在葛琴床边说得很迟很迟，我们两人两盏油灯我的熄灭了，他的却长久长久地亮着……实在太晚了，我就两脚蹬床、大喊大叫："睡觉了！睡觉了！……"打断邵荃麟与葛琴的情话。当然，那时我一点儿也没有想到他们会相爱，现在想来，我那孩子式的吵闹是多么残酷呀！在我的吵闹之下，不久，一个长条身影出现在门口，邵荃麟一点儿也不恼怒，还是温和地笑着，连忙熄了灯，睡下了。

　　江南生活令我感到莫大的兴趣，使我惊奇的是洗澡，大门两侧一面是厨房，葛琴的妈妈总在那里，伸着给热水泡得赤红的两手忙忙碌碌；大门的另一侧就是澡堂，这儿洗澡的方法既奇怪、又聪明。澡池是一口很大很大的黑铁锅，下面用茅草把水烧热，人要爬到锅里才能洗，就像放在锅里煮一样。这可怎么办？葛琴事先来教我们应该怎么办，原来有一块圆的木板，你可以拿它垫在烫水之中、热锅之上，这真有点儿像演杂技一样，人得很巧妙地光着赤脚爬上锅台，而后刚好坐在那块木板上。但这种洗澡很快就变成我的一大乐趣，我能够很巧妙地坐上热锅，一次也没有烫伤，我把这告诉葛琴，葛琴乐得拍起手来，说："你是丁山人了。"我们之间彼此经常用丁山的一句土话来开玩笑，那就是：

"蠢刀子！"

我开始怎么也不懂，后来我才大悟，我想这是"蠢到止"的谐音。

但欢乐尽管欢乐，失意的悲哀还在我心中不断地萌生，不断地回荡。

我最大的苦恼是我不能自如地参加他们的争论，而常常变成孤零零的一人，主要是我没有一点儿社会科学的修养。而张天翼那时对哲学兴趣极浓，他与邵荃麟谈得最热烈的是马克思主义的辩证唯物主义。我知道世界上有一个革命伟人叫马克思，但对于他的革命哲学我却一无所知，加上年轻人羞怯软弱，我也不愿意向他们打听询问。渐渐我心中滋生出一种局外人的感觉，于是我就感到十分索然无味，他们越是谈得热烈，我便越苦得深沉。尽管如此，在不知不觉间，他们为我的精神境界打开了一个新的领域，我模模糊糊、朦朦胧胧，觉得那是崇高的、是圣洁的，但是我所不知道、所不理解的。张天翼发现了这一点，既然承担了保护者的责任，他就用浅显的语言来教导我，他给我讲了一部人类发展史——实际也就是革命史。他跟我讲到自从马克思，恩格斯写出《共产党宣言》，全世界无产阶级便有了作主人而不要作奴隶的觉悟。他的话一下与我在上初中时，高年级学生教我唱的《国际歌》联系起来了。这使我精神上受到极大的冲激，在思想的骚动中举起了第一只火把，敲响了第一记钟声。我想起在中学为什么发生那场暴动，我想起旧军队里第一个殉道者的那种豪情，我又想起鲁方明给我看《左派幼稚病》；而我像捧着天书只字不懂的痛苦。天翼呀！荃麟呀！你们死了，我没有写一篇悼文，我是想留在这一部书里，来表达我衷心的感激，是你们第一次用马克思主义的圣火，点燃了我这稚弱的灵魂，是你们开始给我新的血液、新的生命，使我终生成为一个忠实的共产主义者，我诀别了我灵魂中的那个旧世界，走向新的世界。

但，我那时非常钟情爱恋的还是江南的春天。

春来了，太湖特产的白沙枇杷下来了，我们每人装了满满一口袋，一面走、一面谈、一面吃。

竹林里的飞鸟常常落在我的窗棂上婉转鸣啼。她如同带来竹叶上的浓绿与水珠，使我心田滋润。

春天来了，我们乘了一只带篷的大木船沿着一道太湖的支流，到远处去游著名的溶洞——仓庚洞。我坐在船头看那一湖春水，像浓艳的碧绿的流云。船家的竹篙在水面划破一团碎影，旋又凝聚集合起来。这是浓得化不开的江南的春天。

但使我震惊的是，有一天文若指给我，让我看后窗。我从小小窗洞望出去，整个天空都给晚霞染得通红，像是火海，波涛汹涌，一望无边，而后我看见亮极、热极的一团火——那是金晃晃的落日，以其无比强烈的光辉逼得我眼睛一时张不开来，再看时，这火球接近火海，把火海的波澜照得熠熠闪光。而后，好像从四野里、从湖波上飘来黛青色的雾，我仔细分辨才知是夜幕开始降临，我很久很久伫立在那里，一直到夜色掩盖了大野。而恰恰在这时，一个奇异的景象出现了：想不到一个太阳沉入夜空，地面上却升起几个太阳，那是红的火在燃烧——光芒四射，火舌在黑色中跳跃，似同黑夜搏斗，而后这火的喷泉向天空冲激。宜兴以瓮出名，特别是紫砂陶器在世界上独一无二，我看见的是烧瓷的窑开窑了。我到窑上面去过，每一个窑像一座山，许多窑工在那里流血流汗地劳作着。而这时烧窑的人升起了冲天的火光，就如同用他们的鲜血染红人间。一种庄严感深深渗透我的心间，这火使我心情振奋、意气昂扬。在那一刹那间响起歌声、响起钟声……我的失落的哀凄悄悄退去，我的心灵之火重新燃烧起来。这是多么难忘、无法磨灭的心灵的印迹啊！

有一天，天翼收到上海来的一封信，很高兴地告诉大家：蒋牧良、欧阳山、凡容他们都要到这儿相聚。但结果当我们拥到公共汽车站去接，却只见到牧良、凡容，而没有欧阳山。这样参加聚会的就是上海来的蒋牧良、凡容、南京来的吴组缃和天翼的姐姐。我们这里又热闹起来了，但是当大家围坐在楼下大厅里时，我却发现这是一场严肃的——甚至严峻的好朋友之间的交谈和革命者的批判。给我印象最深的是大家讨论了蒋牧良的创作倾向。这时张天翼说：

"你最近的小说我看不懂。"

蒋牧良一听，竟然满脸涕泪滂沱，非常伤心地哭诉辩解：

"我的作品连老天都看不懂，我还写什么……"

蒋牧良和张天翼不仅是湖南同乡，而且是亲密的知己，张天翼的话自然深深地触痛了他。

我只是听着，无法发言，因为像他们这种集会，我是从来没有参加过的。

因而对我来说也是不可理解的，而且也并不是我所喜欢的。一个人一个人的评论，到最后自然也轮到我，不过他们对我是温和的、鼓励的。

在这一群人中，我觉得张天翼太严肃，而且他同邵荃麟的哲学讨论使我觉得莫测高深、十分枯燥，因而觉得他们居高临下，无法亲近。而叶以群对我总是笑眯眯的，把我当作小兄弟看待，他还关心我的生活，也没有什么高深的言辞，我自然和他跟文若接近起来。可是，在上海、南京来的人都纷纷走了之后，以群夫妇透露出他们准备离开丁山到上海去的风声。有一天他们终于回去了。对他们的走，我是恋恋不舍的。我一直送他们到长途汽车站，见他们上车走了，那汽车在一阵烟尘中很快就不见了。这时我一下又陷入在孤寂之中，觉得周围非常沉闷，我一个人蹲在路旁一个长满浮萍的小池塘边，心情非常难过，这固然由于我们这个集会眼看就要风流云散了，但更重要的是叶以群对我的友情太深了，只有他是那样平等、那样亲切地待我。我本来是一个多愁善感的人，又是一个天真纯洁的人。

蒋牧良、凡容给我们带来上海的新闻，讲到鲁迅送葬途中争指挥权的丑剧、讲到上海小报发表消息，把我们在丁山的一伙称作"游山玩水派"，而又说我是"海京伯派"在丁山的代表——海京伯是美国一个马戏团的名字，在中国各地演出，十分轰动、热闹非凡，而现在小报上用这个名字，是取其谐音，意思是指介乎"海派"与"京派"之间的一个作家群。这时两个口号的论争已经平息，原来对此我毫不关心，但，张天翼这一群人都是倾向鲁迅的"民族革命战争的大众文学"的，因而我们相约不给主张"国防文学"的刊物写稿，比如我在上海各刊物发表稿子，但我从不给《光明》写稿。我原来幻想中追求的文学界是一片净土，现在才明白这是荆棘丛生的沙场。当我听到文坛上这些丑事，我对此产生了万分的反感，由此也就产生了一种无谓的烦恼，在这种心情之下，叶以群夫妇一走，又似乎带去了温暖、留下了冷漠，对我这个多愁善感的人来说，这无疑是一个打击。

其实当时正是阳春五月，江南最风光的季节，但心灵中的荫翳掩盖了天地的晴明。当我沿着曲曲折折田间小路往回走时，一种声音忽然吹进我的心湖，我发现我是站在一株很高很大的树下，举头仰望，阳光像玻璃一般闪光发亮，那颜色已经由白色变成粉红色。天上一片青蓝，地下一片浓绿，而在天与地之间，给阳光照成一层淡淡的薄雾，那样朦胧、那样缥缈，气候已经开始令人有灼热之感了。我走得脊梁沟上流下了汗水，但这亭亭华盖一般的巨树的浓荫，给我一种清凉舒适之感……但，那声音，还是那样悠悠然地摇拽着我的心灵，我仔细分辨，原来是远处树林里传来的杜鹃的声音：

> 不如归去！
> 不如归去！

一下惹起我的无限乡愁，

这种情绪使我暗暗地吃惊。

我原以彻底断绝了家庭关系引为快事，谁知一缕乡心却还萦系着我的魂梦，杜鹃鸣声透过洁净的空气，不停地啼着……

杜鹃泣血本来是悲壮的故事，但在古今诗人的吟咏中，它离开那悲壮，只剩下柔情苦思。

> ——可堪孤馆闭春寒，杜鹃声里斜阳暮。

我久久地站在大树下，屏声静气地听着那泣血的哀声。这里没有孤馆，也没有斜阳，但是我的心像给一只手抓牢、捋紧，我喘不出气，我像默默地死过去了。

这阳春五月的江南啊！你给人多少无情的美感，又给人多少难言的抑郁。

我突然想到："我要回到我的北方去……"

我觉得我的炽烈的胸怀和这柔媚的江南不相吻合，而那关塞莽然的北方才符合我的气质。我发觉自从南来之后，我的幽燕之气在渐渐地淡薄消失，杜鹃的泣声一下使我感觉到一种危机、一种震惊——从此我萌生离开丁山之意。但是去上海？还是回北京？我自己却一时拿不定主意。于是我想到最了解我的靳以，我决定到上海去一趟，和他进行商量。这时天翼也计划迁移上海或杭州了，当然他也不会阻止我的行动。我一个人搭上长途汽车。

谁知我在江南住了这么久，这一次江南才向我展示了她的秀丽之美，因为从宜兴到无锡，汽车一直沿着太湖边上走，那渺渺茫茫、一望无际的太湖上凝然不动地闪着点点白帆，顿时令我怡然陶醉，我觉得这儿天是绿的、地是绿的、连空气也是绿的，碧绿丛中掩映着白墙青瓦的小楼，一下我心中泛起陆放翁

"小楼一夜听春雨，深巷明朝卖杏花"那种美的意境。

我到无锡在饭摊上吃了两碗排骨面，便乘火车到了上海。我事先写信通知了蒋牧良，蒋牧良给我找了一家白俄的旅馆。这一次我又认识了一些新的朋友，是由蒋牧良介绍的，其中有欧阳山，还有陈白尘。陈白尘还在红房子请我吃了一顿法式西餐。跟靳以一谈，靳以力劝我离开丁山，至于是来上海还是去北平，他认为上海杂乱，纠纷也多，不如回北平清静，没什么纠缠。他十分热情、十分慷慨地对我说：我们经常通信联系，上海有事我为你办，保证你生活是可以过得下去的。

我回丁山又住了几天。在这里我还做了一件好事，得在这儿提一下。那是叶以群准备走之前，葛琴眼看这一场热闹的聚会要散伙，心里有点儿凄然，便相约留下几张照片，作为纪念。于是我们大家来到我们最喜欢去的那个大竹林。这片竹林绿得如同一湖春水，微风吹着竹叶簌簌微语，偶然也带来一阵啾啾岛鸣。我们大家合照，然后又彼此分头照。这时出现了一个有趣的场面，葛琴要跟荃麟坐在一块大山石上照相，葛琴却一把拉了我塞坐在他们两人中间，回想起来那时我真是天真得像一张白纸，我跟邵荃麟一室相居那样久，常常为了他同葛琴永远谈不完的夜话而发怒、而大叫，但我一点儿也没有想到他们俩正在热恋之中。其时，我坐在他们两人中间照相，又给一对恋人作了陪衬。几十年之后，葛琴还保留着他们定情的这一张照片，我才觉得我恰然坐在中间实在可笑、也实在可爱。我走了，张天翼一家人走了，丁山那个居处只留下邵荃麟和葛琴。我搭长途汽车到南京，和我大哥见了一面，就乘火车北上了。

这时我的精神的冲突已经十分剧烈，但也还十分矛盾。过去一心想到遥远遥远的地方去，取得独立和自由，而在我已经走上文坛、取得独立和自由后，我却又回北方来了。不过我并没有回家，我已迈过门槛，决不再迈回门槛。我事先写了信，做了安排，我住进半壁街王西彦住的那个院落，离我们不过几十步远一家小公寓里，住着田涛。不久，荒煤来了，也住在那个小公寓楼上的一个小单间房里，于是我们又聚成一个亲密的小团体。

我在迈过门槛之后，虽然没有退却，却也没有径直前去，我在寻求、在探索，同时在期待、在彷徨。我所期待、所盼望的终于到来了，那是天翻地覆的大变化、大爆炸。我的骚动的思想，如同河流必将流向大海，我的存在，我的生命都卷入旋转的狂飙与沸腾的激流。

# 第四章

——

## 民族的冲激

### 三二　纯洁的火花

　　一道血淋淋的伤痕从幼小时就留在我的心里，这是民族的冲激，在锥疼我的心灵。最早是三伯母跟我讲八国联军破北京的故事引起的——当时我听着感到又可怕又可恨，但又时时地想让三伯母再给我讲一遍……她说：洋鬼子进了北京，全家吓得胆战心惊，将四周围的院门都用砖石堵死，一家男女老少聚集到中间的院子里，等候着死神的来临。女人们挤在一间房里哆嗦成一团，连大气也不敢出，男人站在屋顶上瞭望，一下说：洋人放火了，一下说……洋人杀人了……女人们听着哭起来，可又不敢哭出声。小孩子一号叫，就连忙堵住嘴。一到夜晚，整个北京城天空给大火照得通红，到处一片枪响。最可怕的是，有几回，洋鬼子抢到我们这条胡同里来了，到处嘭嘭的一片砸门声，还夹着怪声号叫……母亲紧紧抓着三伯母的手说："要是进来可怎么办啊？"三伯母把一根结成腰带的绳子给她看，母亲也连忙找些布带颤着两手急急地编织，她们准备万一洋鬼子破门而入，她们就悬梁自尽……后来城里渐渐地平静下来，我家店铺里人就到家里来看望。我们一家人还是躲藏在中间院里不敢出来，用木梯把来人从院墙头上接进来。他们带来了两口袋凉馒头、干火烧，也带来更可怕的消息……说洋兵一进城就下命令抢杀三天三夜，说这条街上，一大群逃难的人，给堵在一个死胡同里都给杀光了，死尸遍地、血流成河……光那条街上，十几户人家砸破门，男人砍头，女人强奸，最后还放了一把火把房子烧了……一下又传来消息说从皇宫抢劫的珍珠玛瑙撒了遍地，颐和园都给放火烧了起来……听了这些，男人唉声叹气，女人满脸煞白……过了半个月，三伯母的娘家从通县赶到北京来探望，带来更令人悲伤又令人愤恨的消息。在乡下，义和团的大师兄，白莲教的大师姐，带领乡下百姓拿起菜刀、斧子跟鬼子们拼杀（三伯母每次跟我说到这些大师兄大师姐，都是那样虔诚，很明显她是十分崇拜、十分敬爱他们的）……据说有一个大师姐才二十几岁，穿着白袄红裤，反复冲杀，勇不可当，孤身一人，战到最后，一阵洋枪、洋炮向她轰来，她还振臂高呼："保清灭洋，死不投降"……她死得非常壮烈，感动得全村人纷纷落泪。夜晚到来，大家从死人堆里把她的尸体寻找出来，她全身鲜血淋漓，可是面容还是那样娇美，微微闭了两眼，像是睡着了。人们把她埋葬起来，也不知什么人，什么时刻去的，不过，她的坟头上永远不断地缭绕着香烟、飘荡着纸钱……据说每到夜静更深，人们还听得见她那最后厮杀的声音……三伯母的讲述，在我稚弱的心灵里埋下了仇恨的种子。种子总要萌生，种子总要成长。

十岁以后，我已经成为一个激烈的爱国主义者。

"东方睡狮""东亚病夫""中国人与狗不得入"……种种说法深深地刺伤着我，燃烧着我。

在我长大成人的那些年代里，这种亡国之痛确实深入人心，我们兄弟之间常以报国志士自居，胸怀复仇雪耻的壮志，从那时起我就喜爱起岳飞那首《满江红》。还有陆游那首诗：

死后原知万事空，但悲不见九州同。
王师北定中原日，家祭勿忘告乃翁。

我最爱吟诵这些诗，正由于它有那么一种浪漫主义、爱国主义，使我产生了一种英雄崇拜的思想。而最崇拜的却是两个妇女，一个是俄国的苏菲娅，一个是中国的秋瑾。那时我当然还不知道有屠格涅夫的《门槛》，不过从当时的报刊上流传开来苏菲娅的悲壮的事迹。关于秋瑾我听到这样一种说法，她在起义失败之后在刑场上口中念了一首诗："秋风秋雨愁煞人……"尔后慷慨就义。成为我们兄弟之间典范楷模的当然是谭嗣同，他在戊戌政变失败后，有人劝他逃亡日本，他却决然不肯离去，他说："各国变法，无不从流血而成。今中国未闻有因变法而流血者，此国之所以不昌也，有之，请自嗣同始。"临刑时，他毫无惧容，十分悲壮，十分庄严地说："有心杀贼，无力回天，死得其所，快哉快哉！"

这些烈士的鲜血与生命凝聚成一种巨大的力量，敲击着我的胸腔、督促着我的觉悟，于是在我心中燃烧起纯洁的火花。现在回想起来，这一切悲愤难言，壮怀激烈，不仅决定了我的行动，也熔铸成我的性格，它始终像一盏明灯，引导着我，叫我做一个临危不惧、临难不苟、嫉恶如仇、有公无私的人。至于我是不是真正成为这样一个人，那还有各种各样的因素，但无论如何，少年时的爱国热忱挽救了我，使我没有安于现状，而是向往着未来。正是这一点决定我后来走向军旅、走向战争，成为一名军人……现在回想起来，我的一生，尽管曲折、坎坷，但我似乎是沿着一条必然的道路走过来而且走到今天。不管我受到多少诽谤和攻击，我可以无愧地说我没有辜负我的初衷，我对得起我心灵里最早燃烧的那一点纯洁的火花。

在那个年代里，中国就像大地在沉陷，在帝国主义侵略和反动派的蹂躏之下，民族像即将熄灭的灯火一样颓败、衰危，就跟整个民族一样，许多家庭也是如此，为了说明这一情况，我在这里要说一下我的二伯父和杜老头是怎样挣扎、怎样没落的。

我的二伯父跟我大伯父，这两兄弟的性格完全相反，大伯父是一个严厉的人，二伯父却是一个和善的人——公允点儿说，他是一个享乐主义者，他以二伯母不生育为理由，讨了一个年轻的外室，为了不受家庭这种苦行僧似的拘束，他在东单牌楼他经营的一家商店的附近安了一个家。我幼小时，他不但富有，而且风雅，他不知怎地很喜欢艺术，屋里有一个很大很大的樟木躺箱。那里面装满了名人字画，不用说，他的墙壁上也挂着很名贵的画。同时他很喜欢孩子，他的外室给他生了两个男孩，他还特别喜欢我，一到我们那个四合院的旧家里来，常常抱起我来连声叫着我："胖小子！……胖小子！……"因此，他常常把我们接到他那个小家庭去，而且夜晚就跟他们住在一个炕上。他那里对我很有吸引力，比如他不点煤油灯而安装电灯，夜间睡觉还点着一盏小红电灯，发出梦幻一般的朦朦胧胧的光亮。特别是他还在院子里摆起一架放映机给我们放电影，电影的幕布就是一面白墙，那时电影是无声的，但那些活动的人形，使我发生极大的兴趣。他所以这样开明、自由，因为东单牌楼紧靠着东交民巷，是外国人活动的场所，因此外国的洋东西也就渗透到这个封建的旧家庭里来。他住在一个很大很大的院子里，院内又分成许多许多小院落，他后面一家人家，就是现在东单菜市场那个地方，开了一家食品商店。他家那狭长条的院子，就是一个大仓库，堆着一摞一摞装罐头的木箱。他的店铺受到外国人的青睐，这家就发了洋财。我二伯父的家却越来越空虚，那家人越来越殷实。我们到二伯父家，那邻居就送些罐头、汽水还有鲜红鲜红的草莓来，毫无疑问，电灯电影也是受他们影响，而从他们那儿输入来的。我二伯父的老式的店铺濒临破产，于是也就想走人家的道路。他把他家的商店重新装修一新，开了一家卖外国化妆品的洋行。前面我曾经讲过，很久以前，家里曾经在门头沟开过煤窑惨遭失败的事，而现在我二伯父又走上了这一条道路。为了吸引外国顾客，还请了一个会说外国话、穿西装的假洋鬼子来，这人一方面会在打字机上打字直接向法国订购巴黎的香水；一方面有外国客人来了，他也可以讲外国话，做买卖。现在想来，这是没落的封建商人想向买办资产阶级发展的事例。于是，二伯父也请了一个英文老师来教我们学外文了。这是一个穷大学生，穿着一套简陋、破旧的西装——后来我才知道，原来他就是经常到我二伯父家里来卖画的那个杜老头的儿子，因此我们不叫他老师而叫他杜大哥。这个杜老头，是一个矮个子，原来曾经胖一点儿，现在瘦得像干瘪的胡桃，满脸是褐色的皱纹，却有一双闪闪发亮的小眼睛。他很寒酸，永远穿一件又灰又旧的长衫，一点儿也不气派，也不整洁，简直跟他儿子不像一家人。他来时总是萎萎缩缩侧着身从门口进来，胁下夹着几卷旧画。二伯父对他却显得很开明很大度，一点儿也没有因为他贫寒而不加理睬，甚而像对好朋友一样请他喝茶抽烟，两个人一谈就谈上半天。他们多半是一面看画，一面谈天，二伯父谈得高兴还打开樟木躺箱上擦得锃亮的黄铜锁，掀开箱盖，我看到里面满满装的是名人字画——回想起来，二伯父的确是一个艺术鉴赏家，他的眼力很高，那满满一箱起码有几百轴，里面确实有很多宋、元稀世珍品。八大山人、扬州八怪是不能列入上品的，我记得在这儿还看过宋徽宗的字画。我对于美术的爱好显然是从那时候起就受到陶冶。这得感谢二伯父，也得感谢杜老头。因此，当时我是十分喜欢杜老头的。他那年纪二十出头的儿子，虽然名为老师，其实也不过教会我们 ABCD 一些英文字母，但我除了几个英文单词，终其一生也没学好一样外语，倒是他的父亲那些字画以及他关于字画的丰富知识的谈话，却至今还在我的文化生活里起着巨大的影响。使我心灵为之震颤的是有一次，我们兄弟几个到杜老头家中去了，一看他家里竟一贫如洗到了令人胆战心惊的程度。他们住在一个破落大院穿堂门面对面两间小破房里。杜老头住的一间，土炕上，炕席都残破得只剩下几片席面。对面那间屋里住着杜大哥，杜大哥事先也不知道我们要来，他正伏在一只断了腿的、用机凳架住的破木桌上做什么作业，一回头，一下羞得满脸通红，那简陋破旧的西装当然没在身上，只打着赤膊，他见我们来，连忙抓起一件破衬衣往身上穿，谁知由于太着急，用力太猛，一下把袖子挣破了。他这样一动，搅得苍蝇嗡的一声飞得满屋都是。他的炕上不但铺了席，而且有印花床单，桌上、炕上堆了不少书。老父亲看着儿子，脸上露出一股甜甜的爱溺的神情，把两手交叉在肚子上，只站在那儿微笑。也许由于有我们这群贵客光临而感到高兴，他接着就夸起儿子："你们杜大哥是个好学生，在学校里每一门功课都是一百分，等他毕了业，我们也就有了出头之日了……"说这些话时，他的眼神非常微妙，又是凄凉，又是喜悦。的确，杜老头值得为他的儿子骄傲，儿子长得那样英俊、健壮……要不是到他家来，你是无法想象他是生活在这样贫寒困苦之中的。

老夫妇俩对这个大儿子爱如掌上明珠——为了培养这个大儿子，其他几个孩子都缺乏营养而病死了。夫妇二人在这个大儿子身上寄托着未来的梦幻。

当时，军阀混战，民不聊生，一家一家都像这个民族一样在悄悄地、静静地土崩瓦解。

忽然，杜大哥不来教我们英文了，后来才知道，他只身出走，到遥远的南方去了。

有一次，杜老头夹着几卷画又来到二伯父家，他显得更瘦弱、更衰老、更可怜了。他的两只眼睛失去了光彩，变得黯然失色。二伯父责备他不应该让大儿子走，老人沉默地听了半天，忽然泪眼婆娑地说：

"没法子呀！……他从大学毕了业。到处托人找事，处处落空，他就整天愁眉不展地打发日子，我看着他也觉得心酸……儿子的同学都不理睬他，还不是因为我们穷，就在这样穷愁潦倒、没有出路的时候，他还是个有志气的孩子，他说：与其一家人在一起饿死，不如出去也许能闯一条生路出来……"

有一个时期，杜老头来得次数多些，因为二伯父的境遇也发生了破败的裂痕。当时围绕着东交民巷已经有一些大洋行、大公司，二伯父的商店尽管是从巴黎直接来的香水，可是本钱少、底子薄，既进不了真正上等的香水，又缺乏货物的来源，开始时由于正对长安街，地势还算有利，加上他店铺门面刷成一片蔚蓝色，上面写白色英文字，的确也曾吸引一些外国客人进来，但多半是转转身看看货物，摇摇头就走了，后来简直就没有客人进来了。一个本小利薄的商人想和那些大公司竞争，前途只有一个，就是以卵击石，破个粉碎。由于二伯父手头不宽裕，不但不买字画，而且经过杜老头手来卖字画了，所以杜老头来的次数就多些。不过两个老人切磋艺事、品评丹青的话越来越少了，而是相对唏嘘。二伯父听任杜老头挟了他心爱的字画走去，他虽然也送到门口依依告别，但已经缺乏从前那种热烈的兴致了。

　　杜老头把这些画送到哪里去了，我当然无从知道，不过看他把我们家这些视如珍宝的画一次又一次地挟走，我还是很伤心的。这事不能问二伯父，因为二伯父家原有的欢乐气氛一下改变，就像一阵大风之后，气温突然降了下来一样，电影不再放了，也很少留我们住宿。不过我那时还经常来，我想方设法从地层里获得珠宝，我想探听那些画到哪儿去了的秘密。说也凑巧，有一天我和哥哥们到我们的"大森林"里去了——当时东单大街上有一大片树林，出于小孩儿家的幻想，那儿便是我们可爱的森林。谁料到就在这里看见杜老头从我们家出来，挟着几轴画在我们面前慢慢走——看他到哪儿去？我们在后面跟踪，为了不让他发现，我们总跟他隔着一段路，和他保持着相当距离。他那萎萎缩缩的背影，在一株一株的大树下，显得那样弱小，那样孤单，他似乎也失去从前由于得到好画走进二伯父家那种两眼闪光兴冲冲的劲头了，这人就如给霜打了以后蔫了的叶子，只要吹一阵风就会飘零而落。我们看见他慢吞吞走到大森林的西尽头处，那儿就是北京饭店。他看见有洋人在那门口出入，便不敢贸然上前，只把两手插在袖口里，在一棵大树下面站了等着。我当时非常同情他、可怜他，因此对那些趾高气扬的洋人十分愤恨。杜老头见门边没人了，他才走上前去，又在门口等了很久很久，大概饭店的守门人要给他通报，听候传唤。不知什么时候，杜老头走进门去了。尽管这时已经夕阳西下，树影凄迷，我们为强烈的好奇心所刺激，还是死死守在那树林里，目不旁瞬地盯着北京饭店的大门。忽地一下，饭店门窗上灯光辉煌明亮起来，又等了好久好久，才看他走出来，几轴画不见了。他低着头走下台阶向树林边走来，向我们身边走来。我们迎上去，叫了一声："杜大爷！"猛然间老头吓得一惊，两眼茫然望着我们，我们就问他刚才进北京饭店到哪儿去了？他开始不肯说，经不住我们纠缠，他只好慢吞吞说道：这里住着一个日本人，说是一个画家，愿意高价收买中国字画，他进去就是把那几轴画送给那日本人了——什么人？一个日本人？……像什么堵塞着我的喉咙，我一下简直喘不过气来，竟是一个可恶的日本人？！我不知为什么感到委屈、感到耻辱、感到愤怒，我哭了。我不愿别人看见我的眼泪，于是撒开两腿向树林远处跑去，我重重地跌了一跤，爬起来还是拼命地跑……这个沉重的打击，在我心里留下深刻的印象。几十年以后访问日本，有一次到一个非常友好的日本朋友家做客，听说原是画家，又成了小说家——当我走到这位日本朋友门前，不知怎么我的心突然悚怔起来，我很担心在他家墙上挂着杜老头卖出的字画。进去一看，并非如此。画的确挂了不少，不过是主人为了表达对中国的情谊，特地悬挂出来几幅他画的油画。我一看画的是北京，红墙黄瓦的宫墙殿角……我正诧异，主人告诉我，他年轻时住在北京饭店朝西的一间房里，窗口正好对着故宫，他就画下这几幅油画……一刹那间，我的心忽然揪疼起来，我想到我幼年时"大森林"的那一幕，当然这只是一种幻觉、一种联想——因为从年龄上讲，买我家字画的不可能是这位日本朋友，而且在他的客厅的墙壁上，也并没有一幅中国字画，只是几幅红彤彤的宫殿的油画。不过这也说明我童年受的刺激是多么深了。

杜老头很久没露面了，因为二伯父家的画也卖得所剩无几了。

二伯父开始偶然还透露出殷切的盼望的意思，日子一久，也就渐渐没有了。

一个下大雪的夜晚，街门上的铜门环在轻轻地敲响。

一开门，是个披了一身白雪的小老头，仔细一看原来是杜老头。

他褴褛了，这样寒冷的季节，只穿着一件补了几块补丁的夹大褂，冷得满面青紫，嘴唇煞白，浑身直打哆嗦。二伯父赶紧给他扫去肩头的冻雪，拉他坐到火炉边，给他泡了热茶，他两只冻僵的手捧着热茶杯，就像从心底下泛起一丝暖意。但两人相对无言，沉默良久。

二伯父问："老大有消息吗？"

杜老头忽然一惊，张起无望的两眼，好像他突然发现自己在人家里做客，而对面坐着的就是他十分投机、十分要好的老朋友，他才想起他是来做什么的。

他压低声音凄楚地说："老……大……没了，我没亲没故，跟您报个丧，也算尽了父亲悼念的心意……"

"不会吧！"二伯父想安慰他，不用说这种安慰是毫无意义的。隔了半天，杜老头才说："我原也这样想……他是个有志气的好孩子，不混上个一官半职是不会回来的，所以他连一封信也不写……可是我又担心他混不上饭，流落他乡异土，还不如回来一道挨饿好……那天有他的一个朋友来了……他到南方进了什么军校……后来当了军官，好孩子呀，他总算当了军官。"他说至此处，眼光忽然奇异地放亮了一下，仿佛他的悬念、他的期待，终于实现了，可是眼中火花随即黯然消灭："可是他在武昌城下战死了！……"

呼啸的北风猛扑在窗上，像发出呜呜的哀叫，整个宇宙像发疯一般翻腾冲撞。在这冷酷无情的时代悲剧之下，人间有多少凄凉、有多少悲切、有多少痛苦……

可是，杜老头一点儿眼泪也没有流，我想是他在来我们这儿之前，已经把自己的眼泪流尽了，或者他的心已经冷却、已经僵硬、已经死亡。

这一次他没有挟画来，也没有挟画走，我跟二伯父站在门口送他，望着风雪中的背影渐渐走得看不见了……从此他再也没有来过，二伯父也再没有提起过他。

因为二伯父那个发洋财的美梦也像肥皂泡一样破灭了。那个卖巴黎香水的店铺倒闭关门。他由于老年失意，无所寄托，沾染上了吸鸦片烟的恶习，后来就病死了，至于那杜老头，自那雪夜以后也就永远渺无消息，我无法知道他的结局，我还用得着打听他的结局吗？我的二伯父像一支蜡烛黯然熄灭，那个杜老头是二伯父照在镜中的影子，自然也就跟着熄灭了。那慢慢消逝在茫茫大雪中的背影却至今留在我的心间。当时我并没有明确意识到，但我心中却万分悲痛——这个蹒跚、伶仃地消失在雪中的背影不正是我们中华民族沉落的背影吗？！……

### 三三　我的最后一课

如同一团火猛地爆炸了，一个巨大的事件终于降临到我的身上。

那是我上中学一年级读书的时候，一天下午课上完以后，我打了一场篮球，然后和同学们追逐、玩耍，不用说我们十分欢乐、十分愉快，在我们那样青春火热时期，就像荞麦开花，把大片土地开得红艳艳的，似乎什么事都泛滥着欢乐。可是骤然之间空气变了，仿佛冬天一阵阴云就带来片片飞舞的雪花一样。我不知发生了什么祸事，只跟一群同学沿着我们课堂玻璃窗外的走道向前跑，我们跑到学校大门口影壁那儿，平常有什么布告或通知都是张贴在那儿的——现在果然贴了一张白粉连纸，我一看，头轰地一下爆炸开来，我的血液一直往上涌，涌到头上来了。那张白纸就像报丧一样，写着可怕的几句话。我一时眼睛迷糊的什么也看不到了，只听见同学们在讷讷传说：

"日本鬼子占了沈阳了！"

……

一大群同学都木然地站在那里。

这可真是天大的祸事压了下来。

就在这时，一个老师——就是发现我偷着在课堂上看闲书的那个训育处的训导员，他还是穿着一身深咖啡色的西装，打着黑领带，他轻轻说：

"一年 × 班的同学回到班上去……"

好像有什么把他的喉咙堵塞住了，话只说了一半，就咽住了。

然后，他扭转身径直向我们课堂走去，我们都沉默地跟着他，只听见一阵嚓嚓——嚓嚓的脚步声，连喘气声也没有了。

我的心、我的全身都在颤抖，我默默进入课堂，走到最后一排我的位子上规规矩矩地坐了下来，我好像从来没有这样认真、严肃，我把下巴低低地抵到胸膛上，不敢抬头看什么，我既怕碰上同学的眼光，也怕碰上老师的眼光。但一声说话的声音像把我从遥远的梦境唤醒过来，我抬起头——我发现课堂里弥漫着一种令人永远难忘的气氛，可以说自从上学以来，同学们从来没有这一天这样认真、这样整齐，每个人都一动不动端端正正地坐在自己课桌的座位上。真是可怕的压抑呀！一点儿声息都没有，一切沉在寂静之中。站在讲台上的那个身穿咖啡色西装的老师只张口叫了一声：

"同学们！……"

他就哽咽得说不下去了。

昏黄的暮霭已经遮住窗玻璃，可是没有人伸手去开灯，只有四面墙壁在微弱光线里露出一派凄凉的苍白。

但我看见，老师搁在教桌上的两只手在簌簌颤抖。

显然，他在努力抑制住自己，但他终于说了出来：

"……亡国灭种的日子到了！"

在朦胧的暗影中，我看见他的脸上有两行泪水濡濡而下。

我的心一下爆炸开了，我再也无法忍受，我哭了起来。

一刹那间，课堂上响起了一片哭声。

就这样，老师和学生相对无言，失声痛哭。

老师也没有再说什么。

学生也没有再说什么。

亡国的命运把整个课堂每一个人的心联系在一起，联系在深沉的痛苦之中。

这是我有生以来第一次这样号啕大哭，这是比丧失任何亲人还沉重千百倍的悲痛。

老师几次要举起手来，可是举到一半又颓然落下去了。

这时我忽然听到我背后也有哭声，由于我是坐在最后一排，这使我惊得非同小可。我回转头看时，我们课室窗外，站满了人，有的是老师，更多的是同学，在越来越昏暗的褐绿色树影里，愈来愈多，而且都发出颤抖的哭泣。

老师没有去打开电灯。

他也没有叫同学打开电灯。

他强忍住呜咽，挣扎着伸出两手示意，让我们站起来。

还是一点儿声音都没有。但每一个同学都站起来了。

这时，老师说：

"你们永远不要忘记这个日子呀！"

他说完这句话，就决然转过身，昂着头，踏响地板向课室门口走去。

快到门口了，他像突然记起遗忘了什么，他的声音那样柔和、那样温暖，说道：

"同学们——下课了！这是我们的'最后一课'。"

我们一个个沉默地走出了教室。

这就是一九三一年九月十八日。

我带着一种痛苦之心，度过这非常艰难的夜晚。

第二天，我们学校里已经无法上课了，既没有老师走到教桌后面来，也没有学生坐在课桌座位上，全教室是一片空白，只有那块黑漆漆的黑板像丧服一样静静地挂在那里。我跟同学们一道离开了学校，举着写了"誓雪国耻""打倒日本帝国主义"等的纸旗子，走到学校附近的一个大城门洞口，把"九一八"——这个在历史上像一团血一样爆炸开来的日子……大声向城门口出入的人群进行解说，进行宣传。我第一次在众人面前喊出第一声："打倒日本帝国主义！"……从此以后日本人在我心目中成为一个极其残暴、极其野蛮、极其丑恶的形象。就在这时，我开始把个人的命运和民族的命运结合在一起了。但这是用白骨、热血、眼泪、生命凝聚、熔铸的结合。当我已经是一个老人的时候，我到了日本广岛。我看到在玻璃柜里陈列的原子爆炸的死灰，我听着一个母亲流泪的倾诉，她无法忘记那个天降黑雨的时刻，一转眼间，她的丈夫和儿子的尸体变成了灰烬，经风轻轻一荡，灰烬就消失飞去……在"九一八"那个日子——那个在我心灵里永远战栗的日子，可不是敲响一记丧钟，而是两记丧钟，如果说日本帝国主义敲响了中国的丧钟，不是同时也敲响了日本的丧钟吗？！当我这样想着的时候，我的心灵为巨大的悲痛所渗透，我曾想提出一连串的为什么？为什么在历史上留下这么一些令人永远心酸流泪来纪念来凭吊的日子？是的，这是人类的愚蠢，绝不是人类的智慧；这是人类的耻辱，绝不是人类的光辉。在那一刹那间，我真想拥抱这位日本母亲，但我知道什么也无法解脱母亲的悲哀与痛苦，是的，历史就是这样多情，也无情，她多情是使人们重新友好相处，她无情是永远狠狠地啮噬人的心灵。人类是经历挫折与坎坷而后前进的，一个心中没有留下切齿之痛的人，那只是一个可耻的庸人。当我青年时在城门口上讲演的时候，当我在城门口喊口号时，我并没有意识到，这个日子，不仅是一个悲剧的日子，而且是一个神圣的日子，正是这个日子决定了我人生的道路、前进的方向，后来我在有枪声的战场上厮搏，今天我在无硝烟的战场上厮搏，是的，我将厮搏终生，就因为人类灵魂里有着那么多痛苦的淤积、有着那么多卑鄙的幽灵。

后来，我十分偶然地读到了都德的《最后一课》。

亚尔萨斯省一个小孩子的自述，令我心神剧烈的骚动。

我读着：

——那个小孩子一下变成了我自己。

"……"哈迈尔先生面色惨白，在讲台上站了起来。我从来没理会过他是那么高大的个子。

"'我的朋友们'，他说：'我的，我……我……'

"可是他被什么东西堵住嗓子了。他无法说完他那句话，

"他于是转身朝着黑板，拿起一支粉笔，使出全身的力量按着笔尽可能大地写出了：

"法兰西万岁！

"写完，他仍然留在那里，头倚着墙，不说话，用手向我们表示：

"'课上完了……去吧！'"

读到这里，我怔怔地望着前面，我一点儿没有感觉到我的眼泪又溢出了眼眶。

我想起一九三一年九月十八日黄昏大课堂上的情景。

我喃喃自语地说道：

"是的，那是我的最后一课。"

因为正是从那时埋在我心中的一粒仇恨的火种，后来终于爆炸成为一团火焰，正是那一天的自我悲伤、自我觉醒，促使我第二年毅然离开课堂，奔向太行山那遥远的地方。

### 三四 大风暴前的宁静

是那江南的布谷鸟声声唤我归来的吗？

是的："不如归去，不如归去。"

归去又为了什么？我不知道。当然杜鹃鸟也不会知道，它泣着的是我的心血。

冥冥中好像有一种神的旨意在驱使着我，在"最后一课"之后六年，我又回到这个唤起自我觉醒的地方。不过雨雪风霜、人海沧桑，日本军国主义先是强占东北，装扮了一个纸扎的满洲王国，后来又侵入长城成立了冀东自治政府，这样，北平就已经处于强敌压境岌岌可危的地步。如果说从东北到冀东大片沦亡的国土像一片苦难的血的大海，而北平就在海的边沿上，血的浪涛的声音时时刻刻在鸣响，只要它来一个咆哮冲击，北平就会被血海淹没。我在这时回到北平，北平却还是那样繁华、那样宁静。我回来，绝不是为了拾回家的旧梦，从我在南京搬离我大哥处而独立生活时起，我已经与那个封建的关系一刀两断了。回想起来，当我在夹缝中苦斗时，我似乎是在和以父亲为代表的旧势力进行了猛烈的格斗，而让我父亲寄托在我身上的美梦彻底破灭了。现在，在这一方面我是一个胜利者——我取得了独立与自由，我当然不会再回到家中。从南方写了一封信给我的朋友王西彦。于是，一到北平，便在西城辟才胡同半壁街，

王西彦租的院落里住了下来。这个小小院落十分幽静，有一棵大槐树遮得满院碧绿浓荫，北面三间房，王西彦住在西间，东间是王白山。我的住室原来是他们两人的餐室，隔壁一间是厨房，请了一位上了年纪的女工烧饭。我来了，餐室由我居住，我们三人就在北房中间屋内一张小圆桌上一道吃饭。王西彦是中国大学文学系的学生，不过他早于我已经在各报刊上发表了作品。王白山也是中国大学的学生，是一个海外归来的华侨，是个富有的人。由于我经济上自理了，我便在家中取得了独立的人格。这里，我要说到我的姨父，我很感谢他为我散播了一种舆论，他说：

"他这条路走对了。"

因为他是清华大学同学会里的管账的先生，在我整个大亲族中，他是一个思想开明的人。清华大学在郊外离城很远，这个同学会是教授和学生进城留住的地方，因此他与高级知识分子经常来往，他从他们口中听到我的名字。无疑，这是一个很大的鼓舞。我姨父生得又瘦又小，貌不惊人，但你从他的目光和笑纹里都感到他是那样善良、诚实、淳朴。我上小学时，到清华大学同学会来过，我姨父有一间很大的办公室，光线十分幽暗，他的巨大的办公桌上，亮着绿罩的台灯。姨父戴了老花眼镜，坐在一个高背椅上办事，见我们来了，笑嘻嘻地让我们坐下。因为是清华大学，这里一切都是洋式的，桌椅、书柜；还有橄榄色的大保险箱、报架上有一叠一叠的报纸，这些对我都产生了一种向往新天地的魅惑力。我姨父的穿着却与这些并不协调，他一点儿也没有改变旧家的风度，总是长袍，马褂，上下班都骑自行车。尽管如此，教授与学生都很喜欢他、很尊敬他，总是称他为"先生"。这是因为他为人辛勤谦让、一丝不苟，把这个像寄宿舍一样的同学会经营得有条有理，令人满意。就是这个生活过得满意、富足的姨父却有一段令人心酸的历史。这是我从我姨母那儿听来的。姨母跟我母亲这一双亲姊妹，一点儿也不相像，很可能我母亲像外祖母，我姨母像外祖父，因此，从我姨母跟我谈的他们夫妇的经历来看，外祖母显然是偏爱母亲的——结婚之后，姨父患了一场大病，虽然生命抢救回来，本来就单薄的家产荡得一干二净。我姨母谈起这些往事十分悲苦但也十分自豪，她说："……你姨父病好了，面临着衣不蔽寒、食不糊口的境地，但他没有去求亲告友，大冬天天黑着就爬起床，拖着一身嶙峋瘦骨，到小市上去卖破烂，以此度日……经过自己艰苦奋斗，慢慢才过起较好的生活。"我姨母说："你姨父有今天就靠为人老实忠厚……"他们这个殷实的家庭有一种活泼自由的气氛，他们住的是里外两进的四合院新房，还是从我大伯父手上买去的。我很爱我的姨母，我常常去看她。尽管如此，我姨母还是十分不幸的，有一次她的女儿不知出了什么祸事，她满脸流泪，奔进奔出，叫苦连天。后来出走的女儿终于找回来了，女儿很久躲在屋里不出来见人；还有一个更大的置她于死命的打击，就是她最疼爱的大儿子新婚不久，得了不治之症……大儿子自己是学中医的，但是经过中西医各种治疗，终于未能挽救他的生命。这事情大概是我在南京时期发生的。我回到北平见到我姨母，我姨母由于内心创痛过深已经蓬头垢面，卧床不起了。这跟我小时对她的印象完全不一样，我小时候她发髻上插着大红石榴花，裸露着白皙的两臂，坐在春阳里，一面刮着瓦盆里的鱼鳞，一面笑着跟我谈话的影子早已没有了。如今，她乱蓬蓬地散着头发，蜷卧在一床棉被里。我走到床跟前，她拉着我的手哀哀地痛哭起来，我也忍不住泪流满面，但她已经奄奄一息。我觉得不应该让她那样伤心，可是我又没有什么办法……这是我和疼爱我的姨母的最后的一面……不久她就死了。我所以记述我姨父家，因为由于姨父在清华大学里工作，在整个大亲族里面，他们家是最早接受新的思潮、新的影响、过着新的生活方式的——比如我们家不准我穿白色的网球鞋，而他们家一个个不但男孩子、就连女孩子都上了新式学堂。在我从丰泰隆那流血的灾难中回来，再也不肯去过学徒的奴隶生活的时候，也是由我姨父出面力主我上学校读书，并且亲自找我大伯父疏通，大伯父拒不供养，就由我舅父供我上了小学、中学……

现在我姨父说我的路走对了。

这也可以说是我家庭里新思潮与旧思潮斗争的胜利。

……我这时，空落落的心却隐隐在作痛。

我回来了，我独立了，我自由了，在我希望成为一个作家而奋斗时，我有一种炽热的热望、强劲的斗志；但是当我一旦已经成为一个作家时，我却有点儿茫然的失落之感。就如同爬山，经过奋力攀缘，涉绝岩，登峭壁，以为一旦登上那峰顶，便是绝顶的乐事，谁知到了山顶，并没有什么令人欢欣鼓舞的，事情原来不过如此而已，前面还竖立着一重重更高更远、绵绵不尽的群山。在这一刹那间，我发现原来把爬上这座山当作目标，其实这并不是我真正人生的希望与理想。但是我的人生的希望与理想又是什么呢？我的人生的希望与理想在哪里？我感到暗暗的困惑与忧郁了。现在想来，当时自以为打破旧家的枷锁与枷锁，就是获得新生了，其实，在我内心深处——旧我并未完全死去，新我也未完全诞生。我回北方来，只是一种彷徨、一种沉沦而已……

事情为什么会是这样呢？一方面是思想上空虚无所寄托；一方面又受着感情上痛苦的熬煎。我不但失去了爱情，而且失去了友谊，这种友谊在我心中保存了七年之久，使得由友谊向爱情的发展的确太迟了，其所以太迟，由于我坚守着：不能够独立生活，就没有资格表白这一决心；加上我的纯洁的道德观，使我推开了流露爱情的机会——我珍爱而神圣地培育玫瑰，可是当玫瑰刚要开花之时，就已经是她枯死之日了。现在想来我回到北平幸亏住的时间很短（只有一个多月），就爆发了意外的芦沟桥事件，否则在既没有明确的理想的奋斗目标，再加以感情上失落的迷惘，我是有堕落的危险的，或者说我已经站在可以淹没我的苦海的边沿上了。人生的机遇，真是无常，尽管我回到她所在的地方，但我的道德观又不允许我去寻找这位女同学，而她又并没有从此就从我心灵中消失。十几年之后，新中国建立第一年，我有一天去北海漪澜堂长廊——当时那里还不是现在这样空空荡荡，沿湖石栏下摆满茶桌，经过夏天炎热的一天之后，很多人都到这里来吸一吸湖上荷叶的清香，分享一点儿清爽，当时我正在参加与苏联合作拍摄《中国人民的胜利》这部电影，偶然约了几位苏联同志到漪澜堂来乘凉，我蓦然间在熙熙攘攘的人群中看到她——我不知道她有没有看到我，但我相信她是看到我了……因为她失去少女的青春而充溢着少妇年华的面容上有一种不自然的拘束，跟她一道的还有一个老妇人，我想大概这就是她的母亲或是她的婆母。好像在那样骤然相遇中不知应该怎样反应才好，我一时愣怔住了，但我这时已经有了自己的爱情的归宿，而且是非常甜蜜、非常幸福的爱情归宿，因此我也没有跟她打招呼——这就是我和她最后的一面，人海沧桑，往事难回。

我得感谢我住的那间南房，前后两面都是玻璃窗，窗上都是碧绿森森的树影，鸟噪在黎明时响起，蝉声在午昼时摇曳，虽然不能算是贫困但也不算富裕的我，只有一张单人钢丝床供我睡眠，一张原来的吃饭桌供我写作，前后窗连窗帘都没有，夜间倒正好在睡梦断时，望着天空中那样多闪闪烁烁的繁星——那是淋着清凉的露水的夏夜呀！露水把星星洗得那样光洁明亮……那时间，创造的欲望与创造的灵感便像一阵阵海浪一样冲激着我的心灵……在这中间，有一道发亮的河流在缓缓流动、在缓缓流动——我受了当时整个社会的影响，我的民族觉醒意识更加加强了。这时：

> 我从杏花春雨的怅惘中走出，
>
> 我向铁马冰河的憧憬中走去。

我写了我至今再也没有找到，但至今也没有忘记的小说：《红》与《青河崩裂了》。《红》我记得是在靳以编的《文季》上发表的，至于《青河崩裂了》在哪里发表，一直到现在我怎么也想不出来了——在那种白色高压的情况下，尽管不得不用曲笔，但这两篇都写了被压迫与被凌辱的人起来反抗进行斗争的故事。这比《冰天》那种哀婉地为崩溃了的旧世界唱挽歌要前进了一步。我想这与我到北方以来亲身感受到更沉重的亡国之痛是分不开的。这时我认识了一个奇怪的人，就是金肇野。好像是经过田涛介绍而认识他的，后来他就常常到我那里来。他那瘦长的身子穿着一件旧痕斑斑的揉绉了的绸长衫，他是一个质朴而热诚的人，他的眼睛小一些，但说起话来滔滔不绝时，两眼便也闪出执着的目光。他在我们那个朋友圈子里是一个典型的遭受日本帝国主义迫害、而在关内流浪的人。柳条沟一声爆炸，"九一八"事变爆发，他这个丹东人正在岫岩，他决不甘心低头，在敌人铁蹄下做亡国奴，就趁战争混乱，冒着生命危险，连家也没有回，只身一人到营口搭轮船到天津。然后转到北平。他无依无靠，沦落天涯，依靠朋友一点儿可怜的接济，过着十分贫困的生活。在逃亡流浪的生涯中，他用热血追求革命，他的的确确是一个赤贫的革命者。他刻木刻，开过展览会。我读到鲁迅给金肇野写的信，现在这些信还印在鲁迅全集里面。我认识他时，他在很贫困的北平新报里做记者，因此，尽管有职业，也还是很穷苦——他的确很穷，熟悉了以后，我到他住处去过，我看见他的炕上除了铺着一张炕席，真是身无长物、一贫如洗。但他的精神财富却是富足的，他是东北人，他是一个从日本帝国主义魔掌之下逃亡出来的流浪者，我从他身上感受到亡国奴的辛酸，但也体会到复仇者的怒火。他在报馆工作，可以看到内部电讯，因此消息灵通，经常把各种新闻带到我这儿来，每每说得慷慨激昂，他又飘然而去；但隔不多久他又到我这儿来了，他经常带给我一种不安的预感。在他出现之后不久，陈荒煤也从上海到北平来了，当时他已经发表了有名的小说《长江上》，而且他和我一见就十分投机，因为我们都是靳以的朋友。我此行之后，通信最多的是靳以，他总以一个长兄的友爱关切着我，甚至，他要我把稿子都寄给他，由他转送各报刊，以此为我筹措生活用费。因此，既然都是靳以的朋友，而且荒煤还带了靳以写的介绍信，荒煤的到来就毫无陌生之感了。原来听说他是一个十分忧郁的人，但见了面之后并非完全如此，他当时留给我的印象是，对人十分热情，而自己又流露出经历过人生坎坷磨砺的人的沉思默想。他来后在田涛的屋里住了几天，刚好那一家公寓里腾出一间小小的楼上的房间，荒煤便搬了进去住下，于是那里便成为我们聚会之所。相处熟了，我才知道他到北方来是想经过太原到陕北去的……我还知道，除了我们之外，他跟另外一个戏剧学校里的人也很亲密，但谁也没有想到民族危亡的命运正在把我们推到一条道路上来。是荒煤第一个教我学唱了那首反映着那一个大时代痛苦、哀怨、愤怒的精神的歌：

　　我的家在东北松花江上

　　那里有森林煤矿

　　还有那满山遍野的大豆高粱

　　九一八，九一八

　　从那个悲惨的时候

　　脱离了我的家乡

　　抛弃那无尽的宝藏

　　流浪，流浪

　　整日价在关内流浪

　　哪年哪月才能够回到我那可爱的故乡

　　哪年哪月才能够收回我那无尽的宝藏

　　爹娘啊！爹娘啊！

　　什么时候才能欢聚在一堂


　　在荒煤那光线明亮、壁纸洁白、但是只容纳得下一张单人床和一张小书桌的小楼上，有时却坐满了人，我们说着说着——由于内心的疼痛，先由一个开头，大家就也跟着唱起来。这个歌——如泣如诉，婉转凄凉，但它却是我们这群面临灭顶之灾的青年人的心灵的歌。

　　我们——噙着眼泪唱这个歌。

我们——怀着忧伤唱这个歌。

但我们决不是走上断头台，等着千钧之重的利刃咔地一下落将下来的囚徒。

我带着火一般的仇恨唱这支歌。

这支歌成为表达我的心声的熊熊烈火。

## 三五　苍天泣血

一九三七年，北平的夏天特别炎热，太阳像个血红的火球，天空和大地都在燃烧、焦灼、窒息。突然间，一场可怕的灾祸降临了。我记得是一个早晨，金肇野在报社里看了一夜电讯，连觉也没睡就到我这儿来了。

——芦沟桥响起了枪声！

一听这话我的全身都发起烧来，而心又冷得簌簌颤抖。

这是多么可悲的一天啊！

不是我一个人——而是整个民族，终归像一个囚徒被牵上了断头台。

狰狞的、凶恶的日本人手上掣动的刀斧现在降落下来了。

这个噩耗像飞一样迅速地传遍整个北平城，渗入每个人的心底。

七月七日这一天——日本军队进行军事演习直到深夜十一时，突然听到枪响……十二时，他们借口一个士兵失踪，全军要立刻开入宛平搜查，宛平是北平联系着整个中国的咽喉，如果一刀切断这个喉管，北平也就跟着死亡。日军的枪炮向宛平发起猛烈的轰击。——我们中华民族的伟大的灵魂在最危急时刻总会发出强大的震撼——冯治安将军、何基沣将军发出命令："……命令前线官兵坚决抵抗，芦沟桥即尔等之坟墓，应与桥共存亡，不得后退！……"

金肇野报告了这个消息，就急急忙忙地走了。

是的，从那一个时刻起，一切都停滞，都淤塞了。

人们几乎忘记了炎天流火、赤日烁金。

因为另外一种火在燃烧——那就是炽热的血。

死神紧紧扼住这美丽的圣洁的城市的喉管，她的脸庞苍白、她的手足冰凉、她的脉搏微弱、她的心脏寂静无声。

夜晚，我一个人站在院子里，整个天空那样寂静，寂静中传来远处的枪声。

这枪声如同哭泣，使我毛发为之悚然。

夜露微微，榆树上偶尔响起一下蝉嘶，旋即一切归于寂灭。

我的血慢慢地、慢慢地变得凝固起来，我的头脑在燃烧。

我知道就在离我不太远的地方，人们在流血、人们在死亡——当你知道人们在你身旁死亡，而你却一筹莫展，这实在太可怕了。这时我觉得每一颗子弹都沉重地射击到我的心上，这时我才恍然明白，是我在流血，是我在死亡。一刹那间，我又回到我的最后一课，我们全班师生相对痛哭，如果说那一次只是宰割、切去一个东北，现在则是最后的绞杀，亡的将是整个中国——什么文学、创作，连同我的彷徨、迷惘，骤然之间都消失净尽。我如同一个火人一样站起来。时至今日，我要坦率地承认，我本来早已厌恶的日本人至此变成万恶的死敌。尽管我的后半生与日本人不念旧恶、对日本朋友友好相处，而且建立了真正深挚的友谊，为此，一九八四年我曾在中岛健藏墓前为失去的友谊而失声痛哭。但我要坦率地承认，就是现在，我一想起一九三七年那个黑色的死亡的日子，我还是无法抑制我的痛恨之情——"时日曷丧，吾与汝偕亡"就是我在那个夜静更深时，向天空向大地发出的誓言。

的确，整个民族沸腾了。

一刹之间，许多报刊上发出了国仇公愤的声音：

"现在和平已经绝望了，牺牲已到最后关头了！"

"我们现在除了抵抗，实在没有第二条路可走了。"

"起来！不愿做亡国奴的人们！"

"芦沟桥事件已经充分证明，今日之中国，绝非'九一八''一二八'前的中国可比。"

"这事变的爆发不是偶然的。它是一九三一年九月十八日的沈阳事变的继续，是日本帝国主义大规模进攻中国的开始。然而，它同时也开始遭到中国坚强的抵抗；芦沟桥事变这一夜起，中国开始了它的新生。在全民族的统一与团结中，展开了神圣的全面抗战之序幕。"

……

北平如同一个患疟疾的人，从那个时刻起，一下发烧，一下发冷，我的震颤的心灵一下升上热潮，一下落入冰谷。

七月九日，传来了令人振奋的信息。

昨天下午，中国军队从长辛店以北、八宝山以南夹击日军，给了敌人以重大的杀伤。入夜，我们的人手持大刀，悄悄袭入刚给敌人占领了的铁路桥与龙王庙，一个个英勇的男儿从天而降，吓倒敌人，只见寒光闪闪，一路砍杀，不少日本鬼子的头颅滚滚落地。蛮横凶暴、不可一世的日本军放弃阵地，仓皇逃遁——日本人重演"九一八"柳条沟事件诡计破产了，宛平巍然挺立在硝烟战火之中，它像法国浪漫派画家德拉克罗瓦那幅画中的自由女神高举着太阳一样鲜明的红旗，在战场上踏着累累尸骨，昂首前进。一九八〇年春天，我在巴黎罗浮宫里，曾经久久站在这幅画前，凝然注视，无法离去——我发现自由女神如此美丽惊人，她不只散发着法兰西的光辉，她也闪着全人类的光辉。那时我想到我的民族，每当我们民族一旦处于危急之际，那种深沉的觉醒，崇高的信念便会发出呼啸，力挽狂澜。一九八〇年距一九三七年将近半个世纪，巴黎馈赠给我的不是巴黎圣母院的嘹亮钟声，塞纳河的清波落日，以及堆满整个巴黎的芬芳的鲜花，而真正震撼了我灵魂的是德拉克罗瓦那幅画的呼啸。因为就在我所在的巴黎，就发生过不止一次的血腥屠杀，曾经目睹过巴黎公社的搏斗的赫尔岑曾经写下深透骨髓的、在血腥与死亡面前的心情："……我把我的前额压在玻璃窗上。这样的几分钟会激起人十年的憎恨，一生的复仇，宽恕这几分钟的人是应该有祸的！……"我望着德拉克罗瓦的画，想起我们民族曾经死亡的那个时日，赫尔岑的心就是我一九三七年七月八日一个人站在黑夜里的那时候的心……谁知一到天亮，芦沟桥上胜利的消息，便像欢庆的鼓声震地而来。

到芦沟桥去！到我们英勇奋战的人们那里去！

日本人一个突然袭击就破城而入的妄想破灭了。

宛平前线出现了一段对峙的局势。这时北平与宛平还有一脉相连，我和金肇野便搭火车跟着潮涌一样的人群到了宛平。我们向吉星文团长献上一面表达全国人民真心的旗帜，我们还访问了王冷斋县长，最使我激动的是我们到医疗队里慰问伤员。我看见一个年轻的医生带着灰白的面色和赤红的眼睛从一间房屋里走出，他没有发现我们——他似乎什么感觉都失去了，他一个人站在那里默默地哭了——他哭得那样伤心……这一景象使得我们也一下停住了脚步，后来，我们走上去，他决然地把洒满泪珠的脸转过去，只向后伸着一只手说："你们去看看吧！……"我们不知道里面发生了什么事情，只有蹑手蹑脚地踮进门去，所有伤员都在哭，有的抽抽搭搭，有的默默垂涕——整个房间内充满悲伤的气氛。他们知道我们是来慰问的，就目示我们到一个死者的面前去——这是我第一次看到死人，但他似乎没有死——他那不屈的怒容，使我心灵颤抖。我们向他默默致哀，退了出来。那个年轻的医生已经平静下来，他说："他……活得那样勇敢，死得那样英雄！……"原来这个战士八日夜间凭着银光闪闪的大刀一口气杀死了七个日本兵，他自己身中数弹，血肉模糊，奄奄一息，但他被抢救下来，没有一声呻吟，没有一声哭泣，那医生说着说着眼圈又红了——"我给他用药他拒绝了，他只说一句话：'我没尽我的天职，我对不起乡亲父老……药留给别人用吧！就让我先走一步吧！……我……们……中……国……是……不……会……亡的！……'他的生命是那样顽强，在严厉的伤痛中苦苦挣扎了几个日夜，刚刚在今天早上他睁开眼问我：'大夫！天亮了吧？'我看看窗纸上漾着一片青白色就点头告诉他：'黎明就要到来了！'他微微笑了一下说：'天是会亮的！'他全身微微颤动了一下，创口上又流出一股鲜血，他的血流尽了，他的心破碎了，他就这样死去了。"

后来当我们送一批伤员上火车时，我亲眼见到一个在胸部雪白的绷带上渗透出一片鲜红血迹的伤兵，他一只手攀着火车的车门，苍白的面孔发出一种熠熠的闪光，他的两眼像火一样发亮，他说他在阵地上看见——一个妇女在田地里一面嘶叫一面奔跑，母亲手里紧紧拉着儿子，一声枪响，一阵狞笑，母亲扑倒在地，动了两下就死去了，孩子张着两只小手哭叫着"妈妈——妈妈！"……紧接着又一下枪声，又一阵狞笑，孩子也就不动弹了……这个伤兵咬着牙说："你要杀杀我们好了，为什么要残害孤苦无依的孤母弱子？……我的眼睛红了，我跳出阵地，我飞快地追上那个狞笑的魔鬼，我一枪把他刺死地下，可是他的子弹打穿了我的胸膛。同胞们！兄弟们！我们是决不能受他们凌辱的……"我望着缓缓开去的运伤兵的列车，当我和金肇野来到芦沟桥边，我仔细端详着"芦沟晓月"的石碑，我凭眺着永定河缓缓而去的流水——我的心上深深刻下那个伤兵的形象，火车慢慢远去，它那像是大笑又像是大哭的声音还在我耳鼓中震荡……我们是在那天下午乘火车回北平的，车上挤得满满的人都默不作声，我的眼球几乎撕裂了，我一下看到车窗外两旁的田地里，一望无际满满地坐着日本兵，他们那耀武扬威、准备厮杀的神态，使我感到莫大的耻辱，这些在泥水尘土中无数无数黄色的军衣，就像大片的蝗虫盖满了绿色的原野，的确，他们就是蝗虫，他们一下把庄稼的叶子噬啮得零落残败，这时我的心在流血，我觉得就要呕吐出来，是的，就是他们在蹂躏着现在还属于我们的可爱的大地，要使这大地崩塌、破碎。

## 三六　囚城落日（一）

从七月中旬开始，暴风雨横扫了华北平原。

北平大街上积满了深深的淤水——有轨电车东一辆西一辆停在水里面不能行动，铁轨完全淹没不见了。街上行人稀稀落落，狂暴的雨注像亿万吨铅弹倾泻而下，我听见空中的雷鸣和四野的炮声交响在一起，忽然，一下在西面天空上撕开了浓厚的黑云，闪现出一片血一般殷红的夕照的光亮，在那一片晴空里，出现了一架飞机——它疯狂地斜棱着翅膀……突然间浓烟滚滚、火光冲天，然后传来断断续续爆炸的巨响。就在暴风雨的泥水里，围着北平城四周，飞机、坦克、炮火、枪弹，日本军队已经展开了以北平为目标的对华北的全面战争。

这时街头巷尾议论纷纷，充满恐怖，人心惶惶。

当时战争已经发展到南苑，情况十分危殆，枪炮声、轰炸声猛烈地震动大地和天空。

家里担心我在外面闯出祸事，苦苦求我回到家里去住。面临这样危机，我考虑暂时避居家中较为稳妥。

我的父亲整天只是坐在堂屋的太师椅上长吁短叹，我的母亲唯恐我出事，哀哀痛哭。

这时谣言纷兴，传言四起。

有的说日本人已经有了一个黑名单，进城是要进行一番血洗的。

我亲族中忧心忡忡，说我的名字常见报刊，肯定要进黑名单了。

……这是我一个人的命运吗?！不。

……我为了黑色的命运到来而感到恐怖吗?！不。

但我恰恰在这时又回到家里来，忽然泛起一阵依恋之情。

当时我整天闷声不响，四处奔走，各方联系，夜间疲惫不堪，回到家来——我把一只单人铁床架在院子中心，我仰卧床上凝望着夜空——银汉微斜，群星渺茫，我闻到豆花架送来的清香，我听到蟋蟀唧唧的鸣叫，我看到萤火虫淡幽幽的蓝光……我想起幼小时的夏夜，三伯母望着天空，给我们讲牛郎织女的故事，天长地久，人间天上，那一丝爱的柔情牵系着多少多情的梦幻，而现在这一切梦幻都将山崩地裂、遗恨无穷——而现在我将同这里最后分别了。一刹那间，我好像宽恕了这生我养我但又蹂躏我、凌辱我的土地了，我曾经厌恶，仇恨，而用尽一切力量挣扎出去的土地，在它将要沉沦、陷落时，在我心里却只是一片纯洁深厚的爱了。不知不觉之间，我的脸颊上有什么凉渗渗的东西在蠕动，难道露水会如此的浓重吗？待我伸手去揩时，我才发现我流泪了……

一个不祥的消息传来。

南苑的保卫战，经过顽强抵抗，给敌人以重大杀伤，但是像野兽一样疯狂猛扑过来的日军在大炮的轰击和飞机的滥炸下使得我们伤亡惨重，只有且战且退。但民族的豪迈的精魂第一次在此凝聚，在此飞扬。佟麟阁、赵登禹两位将军把自己的鲜血倾尽在他们的阵地上，他们的灵魂却始终没有退后一步。枪炮声顿然消逝，出现的宁静非常可怕，我的灵魂一下落进了苦难的深阱，我痛苦、我悲伤、我心乱如麻、我心急如焚。而这时，那一场袭击华北大平原的暴风雨过去了，雨后的天空像张开预示着死亡的一片通红的红布。这是七月三十日，太阳毒热得像烧起熊熊烈焰，整个空气里都像布满干柴烈火，只要再曝晒一下，整个世界就要爆炸开来，这个城也会重复庞贝的末日，我觉得大自然在为人间的悲剧默哀。我这时就如同自己把自己捆缚起来而走上死亡的刑场。我已经记不清那是上午还是下午，很可能是中午最火热的时辰，我在街上无目的地奔走着，我走到东单向西拐，穿过那片从来都是郁郁葱葱、而今却枝叶低垂的大树林，当我走到天安门前，我一下愣怔住了。我觉得我的脚下在颤抖、在轰鸣，我和我周围所有的人都抬头望了一眼，又深深地低垂下了自己的脖颈。一大队日本坦克一辆跟着一辆发出钢铁撞击的咔咔声，每辆车上飘着一面血红圆光的日本旗——他们那样轧轧地、轧轧地朝我们开来。我没有觉得恐惧，我也没有想到死亡，我等待着坦克向我们扫射。我的脖颈渐渐地抬起来，我的胸腔渐渐地挺起来，全身的血噌地一下涌上头颅，两只脚一点儿也不能动弹，我在极度凌辱中挣扎——烈日晒得我口干如焚，汗水已经熬得一滴也没有……这时，坦克就从我的面前一辆一辆向东长安街方向驶去，——我忽然看见给炎热的阳光晒得软化了的沥青路面上留下坦克轮带麻花形的痕迹……这时，我的心如同给魔鬼的双手死死卡紧着、压挤着，心脏连怦怦跳动也不可能了，心脏这个生命的皮囊一下就要撕裂了。每一辆坦克像一个死神，它的深深的齿轮的印子就像刀一样扎在我的心上，就像毒蛇一样缠在我的身上，我目光如火，望着所有的坦克过去——就在这一刻，我死亡了，美丽而温馨的北平城死亡了——天安门广场上人群悄悄散去，周围一点儿声音也没有——我的心灵上带着死神留下的血痕，举步急行，我走过一段碧绿浓荫的街道，迟开的槐花还散发着清淡的幽香……生死存亡这是多么不协调的对比呀！……我到哪儿去？我不能回家，我已经没有家，我的流血的心向谁发出哭泣？！……我不知不觉登上了一座高山，当我站在两株半朽的古树前，一下惊醒转来，啊！这不是崇祯自缢的景山吗？我为什么到这里来？我是向我可爱的、如今却已经死亡了的家乡最后告别吗？！……这时一阵红色的闪光吸引我举头西望，我看到遥远天边静立的西山，时间不知是如何度过的，夕阳射出了万道霞光，而山的上空浓浓地涂抹着几条紫黑色的墨云——我的毛发悚然耸立，我看到两道瘀血似的黑云，像在西山顶上竖起一个黑色的十字架，这十字架的阴影在落日余晖的投射下，从山顶向这个城市压了下来。

北平——这个圣城之王呀！

你的繁华，你的梦幻，你的颓败，你的哀伤，一切一切都在十字架的阴影下死亡。随着夕阳光线的黯淡，那紫黑色的阴影像魔鬼的翅膀一样在地面微微地扇动着，而那紫黑色的阴影更像难以涉过的深沉的血流了。

我听见母亲在哭泣，孩子在哀叫。

爱与恨在我心头犹如大海狂潮十分猛烈地冲击着。

我记得一个歌中的两句歌词：

　　　　为这夜晚的过去而歌唱
　　　　我们永远赞美歌唱

整个北平城的上空在缓慢地、缓慢地响着这既是悼念死亡又是庆祝新生的歌声，如同看不见的风，看不见的雾，看不见的雨，像一条血的小河一样缓慢地、缓慢地流过千家万户，渗入每个人的心房……

### 三七　囚城落日（二）

我是死亡了吗？

没有，我活着，我活着。

不过我在污浊的泥水里活着，在苦涩的泪水里活着，在沸腾的血水里活着。

希望是不死的圣灵。一九八八年春天，我在纽约走到华尔街尽头，在华盛顿铜像前面雇了一辆出租汽车，车身样式陈旧，司机衣衫褴褛，这个白发苍苍的老人，还在苍茫人海中自食其力，辛勤奔劳，令人肃然起敬，又有一些令人怜悯。不料就是这个形容憔悴、面有菜色的人，却讲出一番惊人的言语。原来他是一个德国犹太人，希特勒时被投入万劫难返的集中营，有一个夜晚，他点燃了一支香烟竖立在窗台之上，他向冥冥中祈祷，如果这香烟烧到半截就熄灭，他将必死，如果香烟一直烧到底，他将获得新生……香烟慢慢地、慢慢地竟然烧到了最后烟蒂的末尾才熄灭，真高兴啊！这是多么大的安慰，多么大的信念，结果经过艰苦卓绝的苦斗，他真的死里逃生，活了下来。他的故事具有很大启示性，希望是一种无穷无尽的力量，一个人只要有希望在，他就会顽强地斗争。北平城的陷落使我们从血水中惊醒过来，我们不能作为亡国奴而奄奄待毙，我们必须敲开地狱的闸门，奔向自由天地，我们互相联系得更紧密了，商议得更频繁了。

正在这时，一个消息如同一线光明传导到我们中间来：

一支红军已经开到平西一带山地。

啊！如同绝处逢生，带来巨大希望。

我们只要设法偷偷翻越过西山——

那黛青色的西山啊，那就是我们求生存的去所。

于是又一个信息接踵而来，说清华大学已经有一批师生随那面去了。

……

我到荒煤那里去，在他那间小楼里，我们想抓住死亡中的这一线生机，谈论如何从这里寻觅一条生路。

他告诉我，他们决定从这条路线出去。

这时，他和一群在香山夏令营演出过《放下你的鞭子》的年轻人已经结成一个亲密团体，他们觉得不能再在这地狱中耽搁，只有走这一条冒险的出路……

多么巨大的希望，多么强大的幻想。

为了弄清楚清华大学第一批师生是不是闯出一条生路，我专门到姨父所在的清华同学会去，那儿住着清华大学里来的人，但他们并没有带来一点儿令人振奋的消息，而是愁眉不展地告诉我，翻逾西山而去的人都失望地回来了——这消息给我的打击太沉重了。我从那儿出来，走在骄阳下飞扬的尘土里，仿佛看见一个死神穿着黑色衣服，挺了刺刀，朝我发出狰狞的狂笑，似乎在说：你是死囚了！你被关在囚笼之中，你还想从我的手掌里逃脱出去吗？！……希望如同一阵热潮一般升起，又一下旋落到冰点。这一夜，我做了无数可怕的噩梦，就如同童年常做的那种突然之间跌落黑漆漆的、可怕可怖的万丈深渊，我从梦中呼唤醒转过来，我觉得我的心还在悸悸跳跃——我要活！我要活！我必须出去，我宁可死在逃奔而出的路上，也决不坐在囚牢里等着宰杀。七月三十日，日本军占领北平以后这一段很耻辱、很难熬的日子里，我激昂、我气愤，我觉得不论用什么方法，只要能出去就是对日本人无情的报复。随着这种升腾、燃烧的期待与盼望，另一个消息又传播开来。

已经切断的通天津的火车就要恢复通车了。

于是，为了这个消息，我们就又奔走相告起来。

这时，我同金肇野、李辉英计议着：

……只要到了天津，只要奔到海上，那就是我们亲爱的祖国了。

于是，我们决定一通车，就从这儿闯出去。

但是，一个魔鬼一般可怕的阴影又降落下来。

人们说：绝对不能坐第一列通车的火车，那是日本人有意骗一些爱国分子、进步分子上车，然后火车一开到野外，就会轰炸扫射个干净……

我们如果是飞蛾，也宁愿向那烛光扑去，在那火上烧死。

我和金肇野、李辉英一道商议：

当然不是没有这种可能……

——可是在这儿呆下去也是死亡……

——我们既然不能屈服做亡国奴，那么就得逃出囚笼……

可是有一桩心事，委实使我进退两难，就是我有十几本从小学五年级就开始记录而从未间断的日记——这是我的心血、我的生命、我的灵魂，我宁可冒着杀头的危险，也要带在身边。只要火车一通，我们便决然出走这事定下来，只是不能随身携带什么犯禁的东西，因为我们估计日本人就是放我们出去，也难免要进行一番搜查，我既然决定化装做商人，就不能在我们的箱箧里装一册文学书籍，当然我的理智、我的智慧都认为这是正确的、必然的，但我如何舍弃那半个自我呢？在那段时间里面，记载的是我青春的爱恋——我的欢乐、我的悲哀、我的苦斗和我的泪痕、我的觉醒、我的追求，总之，我的一切一切。

我如果舍生忘死带出去，万一检查出来，就会给我也会给我的同伴（全体潮水一般涌出去的人群）带来烟消火灭之灾。但如果把它们留在家中，我决不能容忍我这些纯净的、圣洁的心灵，任由那狰狞粗暴之辈用血腥的手去蹂躏、用邪恶的眼去睥睨——但我无论如何不能任由这半个自我枯竭、撕裂、粉碎、死亡。这时满城都在议论通车的事，报纸也透露了通车的消息，在这最后诀别的时刻，我下定了最后的决心，日本人可以占领我们的地面，但它无法扑灭地火。我决计把我的日记全部深深地埋在地下，企图能够借此保存下来。做这事必须秘密进行，因为如果让全家知道，到一定时候，全家为了保存自己，就必然出卖我的灵魂。但，要完成这个秘密又必须有一个同谋者，我找了一个同谋者，这是疼爱我的母亲。我希望我的母亲还记得我幼年时怎样挨苦受难、伴她度过九死一生，由于从童年起对我父亲生疏仇恨，又加上我亲手粉碎了他在我身上寄托的那场梦幻，是的、是的，按他指引的路，我也许会成为达官豪富，也用不到逃亡，但我必然是封建的囚徒，必然是民族的败类。尽管最后一段时日是在家中度过的，但我始终没放弃我和父亲的格斗。我跟母亲说：

"妈！……"

母亲见我犹豫不决，她就慨然说："四子！……你有什么要妈做的，妈会给你做……"

从母亲的神态、眼色，我明白她以为是我和那个女同学的感情上的事。我看着一生煎熬的母亲，如此深情体贴我，几乎流出眼泪，但我随即说道：

"不，不是……是我有一包东西要把它埋藏起来。"

"是什么？"

"是我的日记。"

"四子！……这仗一打开，不知何年何日才算了结，你那些书本埋在地下，还不沤成泥浆了……"

母亲的话使我倏然一惊，我立刻觉得全身发肤都腐烂成泥浆了！

母亲沉思了一阵，对我说：

"你交给我，我用几层油布把它们包起来……"

从此，我父亲每晚睡下，母亲就说：

"四子这一去，风里雨里，谁来问寒问暖，我给他缝一件丝棉坎肩，穿在身上，暖在心里……"

从此，我和母亲就做起这件秘密工作。

在全家入睡、万籁俱寂，我看母亲在昏黄的煤油灯下一针一线缝着那个黑油布包，我的心是颤抖的，但我的心是喜悦的，她亲手把我的灵魂保藏起来。我觉得母亲并不悲哀，好像只要在我即将离家出走、远赴他乡时能为我做一件事，她就心满意足了。夜深了，她劝我也去睡下，可是由于我心情激动，怎样也睡不踏实。几次醒来，看见母亲在插着针、拉着线，我暗暗掩面哭泣了，哭着哭着倒也睡着了。早晨醒来一看，母亲不知何时已出去侍弄炊具了。这样整整两个夜晚，母亲交给我的不是一件东西而是两件东西，一件是这个包得严严紧紧，缝得密密实实的包裹；还有一件是抓在手上软绵绵、暖和和的青绒布的丝棉背心。我接在手中，一想到从此四海为家、漂泊天涯，慈母手中线，游子身上衣……这时我心一烫，我望母亲，母亲却已蹒跚着脚步去操持什么活了。但仅仅这两夜，我觉得她老了……她东摸摸、西摸摸，我发现她的两只手颤抖得那样厉害，当然这一切都是瞒着父亲做的。因此也就不能声张，我把丝棉坎肩撂在床上，却把那个油布包暗暗放在床下，锁在我的箱子里。

……

不知为什么那天夜晚来得那样迟。

我暗中看看母亲，母亲从容镇静，若无其事。

母亲一面抽着烟袋，跟我父亲说："坎肩太肥，还得改一下……"

比往常都早些，父亲就进里屋，熄了灯，上炕睡觉了。

我在院里走走，发现各房各屋的灯光都相继熄灭了。

母亲一直盘膝炕上低头缝着针线，我在停放在院落中的小铁床上假寐了一段时间。夜渐渐深了，可我一点儿睡意都没有，我听着蟋蟀在秋露浇淋下凄凉而寂寞的唧唧鸣声，为了要完成跳出火坑前这一件既庄严又神圣的事而有点儿心跳。母亲当我睡着了，悄悄推了我一把，我就一骨碌爬起身，跟着母亲向我家中院东南角那个小门走去。这时，母亲把一个空的瓦罐、一把锄头早已准备好，放在门口墙角。我紧紧抱着那个油布包。夜浓得不见五指，我轻轻推开那木头已经腐朽了的门，悄没声地走进我家的废园。这里满是一人深的野草丛，我母亲心细，轻轻掩上小门，就从口袋里掏出火柴，点燃了她手上提着的一盏破旧的风灯。这种灯用黑铁丝编成圆形框架，然后在上面糊了白纸，白纸上还有大德堂三个红字，我想这也许就是旧家的徽号。点燃里面插着的一小截红烛，我们就借着这朦朦胧胧的灯光，踏着野草，草上的露水凉飕飕地打湿了裤腿，淋湿了两脚。为了将来容易寻找，选的地方就在一半活着一半枯死的枣树下。很可能是灯光的惊动，也许吹过一阵轻风，那面黑黢黢像座高山似的大槐树上，枭鸟哭泣似的鸣叫了两声，旋即又静如死水。我仰头望望，一天繁星，似乎都是闪闪发亮的泪珠，我不觉心中一阵酸楚，亏了母亲有这周密的安排，给我准备了瓦坛，母亲的心是多么可信赖的心呀！我把油布包裹塞到空瓦坛里面，又用厚厚几层油布包扎了坛口，随即用麻绳紧紧地拴了几匝，然后我就举起锄头刨将起来。谁知由于杂草横生、根须纠结，土壤变得很硬、很牢，我刨了几十下，头上就滚下汗水。我只觉得我母亲的手在簌簌发抖，那灯笼的光也就摇闪不定。这时，我和母亲的身影也就一长一短地摆动着。周遭的气氛十分阴森、十分诡秘，但我汗流如注，手不停挥，我只是想埋得深而又深，我已经挖出一个坑，我跳下去继续挖，我心头十分沉重——这记载着我的欢乐的、辛酸的童年的废园，谁知今夜，我竟在这儿为我自己挖掘坟墓……

正在这时，我们专注于手上的工作，没有加以注意的工夫，我们身旁忽然出现了一个黑影。

这一吓非同小可，我全身的汗毛一下都竖立起来。

我母亲"啊"地惊叫了一声。

灯光照亮之处，原来站着我的父亲。

父亲没说什么，只把我拉上来，他接过锄头弓身曲背挖了起来。

在那黯淡的灯光下，我看着父亲，从来没有血色的面孔显得更加苍白了。他一生一世都是受人伺候，从来没有干过重活，当我看到汗水湿濡濡顺着太阳穴上小蛇一样弯弯曲曲的血管流下来时，我的心忽然可怜起父亲来！——他造孽造了一生，但是在这国破家亡的时刻，他还是有爱人之心、爱子之心、爱国之心的……我忍不住扭过身去暗暗流下了泪水。我见父亲已经气喘吁吁，两手发颤，我把他硬拉上来，还是由我挖、挖、挖……这过程中我父亲就站在一旁望着我，在我偶然一抬头时，我看见他也伸着袖头在擦眼睛。我前面说过我母亲是一个精明能干、很有心计的妇女，她在这艰辛的奋斗中表现得安静、沉稳，最后，她叫父亲把那个瓦坛递给我，我这时已在深得快到头顶的坑穴之中，当我把这坛子放下去时，我的全身、我的心脏，都颤抖起来了。我埋的是一坛血水呀！我埋的是一坛骨肉呀！我埋的是一坛灵魂呀！……我没想到在这样惨乱的混战中，我不得不把我从少年到青年的整整一个时代埋葬起来了……当我把坑穴填平，把土块培好，掘了一些长着漫荒青草的土皮垫在上面。我走了两步，又回转身来看了看，才决然掉转身走去。枝头的宿鸟又呀呀叫了两声，像是在唱葬歌，母亲噗地一口气把灯吹灭，吱扭一声，最后把那个小门关闭，插上了插关。

一个意外的事件发生了。北平一家报纸上竟然公布了一大批知名人士的名单，而我的名字就列在其中，这一来惊动了我所有的亲族，都一致坚决支持我冒这个险，搭第一列火车，否则，这一场杀身毁家之祸就在所难免了。这个等于宣布死囚末日的名单呀！我对它淡然一笑，不但没有咒骂，反而有些感谢，因为它动员起我的整个亲族，都来筹划我怎样早些登程，连我那从前曾经是疯人的舅母，也刚决果断地说："叫四子快走！叫四子快走！"

不过，在第一次通车的消息已经确确证实了的时候，母亲忽然不敢多说，又忍不住不说，她的双手在颤抖，她的嘴唇在哆嗦：

"四子……会不会鬼子知道你们急着奔出去，他们好在路上狠狠地下手呀？你不能等一下，等第二趟车，等第三趟车……"

我在囚城的日子里，整天满脸黑云沉沉，一声不响。

我抬头看了母亲一眼，狠狠地猛叱一句：

"……我一个钟头也不能再等了！……"

母亲见劝不过我，就戚戚走去，耸着肩膀哭了。

我心中却在暗暗发笑：

"我要是死，也死在撕碎囚笼的战斗中，后人一旦发掘出这一坛日记，也算留得我半生清白在人间吧！"我以为"国破山河在"这地火还会养育着我这半个生命。其实事情远非如此，当日本军国主义占领北平之后，便张开吃人的血口，不仅寸草不留，而且掘地三尺。他们蹂躏、摧残、毁灭他们侵略的土地；他们奸淫、拷打、烧杀他们俘虏的人民；当死神已经徘徊在墓门之际，我的父母终于把这一坛日记刨将出来，烧成灰烬。日本人投降以后，我回到家来，母亲就悄悄跟我说起此事，她怕我怨恨父亲，她说："不是你爸爸，是我……"不，我一点儿也没有怨恨我父亲，他已经死了，当然我也不会责怪我母亲，因为那天夜晚，父亲和母亲跟我那样齐心协力地埋藏日记的形象，是我永远不能忘记、永远十分怀念的。不过，不论后果如何，当时我做那件事是十分称心的，因为要不把全部的爱深深埋在中国大地之内，我是走得不会那样泰然、那样果决的。

沉闷、沉闷，

窒息、窒息，

我有什么话要说？

我有什么话能说？

此去烟火茫茫、生死难卜……

我有什么话要说？

我有什么话能说？

我一心一意就是要冲出这罪恶的渊薮、辱耻的囚牢。我走了，提着一只小箱。母亲流着泪送我，我连头也没回就走了。

## 三八　踏过刑场

我和金肇野、李辉英聚合在一起向东车站走去。

这时，谁心里都不明白，这次通车是送生的列车，还是送死的列车。但人们还是像潮水一样涌去，车站里摩肩擦踵，恐后争先，车站的穹顶下，回旋着既惶惶不安、又充满希望的气氛，没有人声，没有嘈杂，世上只见过人给人送葬的行列，而这却是自己给自己送葬的行列。但不论前面是刀山，是火海，只有一条通道，我们必须从此奔出。现在想起来当时那一种用自己的血肉、自己的生命、自己的灵魂，向生死莫测、九死一生的闸门冲激而去的精神，是十分感人的。尽管彼此素不相识，谁也没跟谁说话，但在偶然一瞥的眼光中，便觉心灵息息相通，因为如果说日本侵略者在这儿布下了死亡的罗网，而这旋转的人流正是中华民族求生的精灵——正是这种宁死不屈的精神，使得陌生的人流形成一个统一的整体。我们进入车站，涌向月台，我们没有畏惧，没有恐慌，觉得只要能爬上这列车，只要这列车铮铮开动，一切一切我们都将心甘情愿了。我们三人挤在一节车厢靠门边的座位上——当时，我是化装成一个年轻而富有的商人，穿了一件青罗长衫，戴一顶巴拿马草帽，足蹬青缎布底鞋，手里提黄色小皮箱。由于我舅父跟他住在天津英租界的一个朋友已经疏通，如果鬼子盘问起来，我自有个清白去处的。车厢里真是人山人海、声音鼎沸，我们坐下来一看，不料陈荒煤和他的一伙人也来了，恰好就在我们斜对面窗口下。突然，一下肃静下来，一个日本军佐在车门口出现了，他身后还有几个荷枪实弹的士兵，这种穿着黄军衣、身材又粗又矮、一脸横肉、瞪着两眼的狰狞形象，就是我们心目中最痛恨的敌人形象——他们来了，要做什么？要搜查？要拉走？要枪毙？……但那个官佐的蓄着一小撮仁丹胡子的嘴边却绽露出一丝冷冷的笑意，可是人世间再没有比这种笑意更令人恶心、令人憎恨的了，它好像向我们说明他是一个胜利的屠夫，我们只是任他宰割的羔羊……但是，他们挤开人群走了过去，他们那钉了铁钉的皮鞋在车厢上踏出响亮的"咔、咔""咔、咔"的声音，十分耀武扬威，令人胆战心寒。我们等待着，但等了很久，火车也不开动。八月的暑气弄得我们汗流浃背——这时，我的心啮疼得一阵紧似一阵，我体会到押赴刑场等候处决的心情。但我不是燃烧着怒火，而是异常的平静——这是可怕的平静，是横下一颗心去死的平静……

历史、历史，好像就是在绞刑吏的绞索下、刽子手的屠刀下、子弹疯狂的扫射下，由无数无数抗争的灵魂铸成的，不知为什么，当时我这样想。

在宗教法庭审判下活活烧死的布鲁诺，

慷慨地走上断头台，用热血给革命洗礼的丹东，

我还想到苏菲娅，

我还想到秋瑾，

……

我觉得，在火车即将开动的时刻——我是和这些伟大的灵魂站在一起的，我感到骄傲，我觉得自豪……

一阵轰隆轰隆声惊醒了我，原来是火车开动了。

这是从前可以自由走来走去的列车吗？

不，这像是烧得火红的铁链，鞭挞着我们大地的胸膛，

它，从大地的胸膛上轧出鲜血淋漓的像犁沟一样的创痕，

而我们就坐在这个列车上，这条火红的铁链上。

从窗口吹进来的凉风也是沉郁、凝重、闷热，而毫无清凉之感。

车开了一阵又停下来了。一阵惊诧沉重的喘气声掠过人群。

站台上堆着黄草袋垒起的野战工事，几挺黑森森的机枪枪口笔直对准了列车。

难道他们在这儿就要动手了吗？

顷刻之间，只要他们手指一扳，机枪就会喷射出无数条凶狠的火蛇。

人就会惨呼，

血就立刻流满大地，

猛烈的阳光把血染的大地晒成一片紫黑色，

一切希望、一切幻想、一切反抗者的雄心都将化为乌有了。

不、不，我们死得其时、死得其所，我们可以面对强横仰天大笑，紫黑色的焦灼的大地必将燃烧。

空气就那样凝固了似的，既不颤动也不流通。

我看见那黄草袋垒的工事后面，嘲弄的、狰狞的嘴脸跟那冷冷的机枪口一样逼射着我们。

开火吧！就让我们都死在这儿吧，但我再不能忍受这种凌辱，这样的时间一会儿也不能延长了。

谁知，车轮又响起来，我们这个死囚的列车又前行了，不知向着生存？不知向着死亡？

不知什么时间，我忽然给一个小女孩的尖声嘶喊惊醒了。

原来就在离我们不太远的地方，站着一个日本兵。

他的两眼盯着一个五六岁的美丽的小女孩。

这许多年，我也曾苦苦思索过，我不知道这个日本兵的心理，是出于昵爱？还是出于邪欲？他伸出一只手——我看见那手背上长满了黄毛……他不知是要抚摸还是要攫夺那个小姑娘。小姑娘吓得号叫着紧紧往自己妈妈怀里钻。年轻的妈妈一下脸色煞白，她那颤抖的两手紧紧搂抱着自己的女儿——可是那个日本兵似乎惹怒了，激动了，他像一只野狼要猛捉着一只羊羔，伸出两只手来向母亲的怀里抓来……这紧张、火急的一刹那，那个年轻的母亲突然挺身而起、昂首而立、满面通红、气喘吁吁把自己的女儿推在自己身后，她用自己的胸膛迎接子弹或匕首……空气如同到了沸点，只要一个火星便会爆发，这时周围的人都站起来了。刚才一直惴惴于怀的恐惧、畏缩、懦弱都飞逝了，每个人都愤怒地握紧两手，呼的一声猛然站起来。那个日本人突然一下愣住了。他面对着那个母亲的软弱而又勇敢的胸膛，他的手慢慢伸向自己的手枪，双方相对怒峙的局面时间可能也不过几秒钟吧，但在我的感觉里却是漫长漫长的。突然一下这个日本兵瘫痪下来，他恶狠狠地吼了一声，转头走去，他像受了很大的打击，很深的刺激，又宽又厚的背影，像一个醉汉一样颤抖着、摇晃着，最后消失在另一头的车门口了。是的，从那以后，我同日本人生死厮杀了八年，战火硝烟把我的心肠磨得粗粝坚硬，可是我的感情变得不是稀薄而是更加浓郁，但，我每一想起火车上那一次的遭遇，还是茫然难以理解——难道那个日本兵家中也有这样娇小的小女儿吗？难道他会走到另外一个车厢抱头痛哭吗？……人呵！人，你是多么难以捉摸、难以预测的呀！我怀着这桩沉重的心事，度过几十个年头。一九六五年我来到了大阪，住在窗外流过淀川的新大阪饭店。一天夜晚，我们从外边回来，说有几位日本客人等候我们，我去看，是一位瘦长的日本人，从沙发上站起走过来，他握住我的手，紧紧不肯放开、紧紧不肯放开，最后终于流出眼泪。他告诉我他叫城野宏，是去年才从中国获释回国的，现在，他带了妻子和女儿特地赶到饭店来表示谢意的，他十分宠爱、又十分惭愧地望着自己的女儿。这时，那个张着两颗雪亮大眼睛的、在大学里进修英国文学的晓子姑娘站到我们面前，她那样果断地说："我们日本和中国青年一代一定要友好，不要战争，永远不要战争！"……我记得说这话的时候，她紧紧握住两个小拳头，像要把一颗纯洁的心捧给我们……让这美丽的声音响彻长天大地吧！——过去的战犯，今日的朋友，想一想这是多么深刻的变化呀！——我望着这终于团聚了的一家人沿着长廊走去的背影，一刹那间，我想到一九三七年在死亡列车上发生的事……历史以多么巨大的深刻性在人间做出一个一个结论，又制造出一个一个的悬念呀！夜深了，我久久立在窗前，望着淀川上急速漂流的灯光，我在想着这一家人，可是，大阪这样大，我不知道城野宏住在哪儿，我明白，我在想晓子姑娘，从那血流的大河里跋涉长大的晓子姑娘，你现在坐在那想什么？还是在床上做梦呢？……几十年过去了，在我这个七十五岁老人怀念往事的时候，我知道晓子姑娘早已长大成人了——但在我记忆中，她还是那个纯真的姑娘——而且我相信她那纯真的目光，我相信她自己不会忘记她那纯真的语言、神圣的语言。

　　列车停停走走，走走停停——对于我们来说，每一次停车都好像到了地狱的门口，等到列车一走动，心里便又轻快些，于是我把目光转向车外——绿得黑油油的玉米地，正在成熟的棒子吐着赤红的须穗，阵阵风来，把庄稼吹得像汪洋的大海一样荡漾荡漾，无际无边。路基边上的槐树飞快地在窗上投下黑影一闪而过，一大群黑羽翎白脖颈的喜鹊像旋风一样骤然飞起，而后静悄悄地落向远方，太阳闪射着红色的光芒，电线丝像火一样发亮，一匹红色的马在野外跑了一阵，停留下来回头望着火车发出响亮的嘶鸣……这一切，就是美丽的祖国，往常我会从中感到温馨，感到喜悦——不论在南方，还是在北方，每次坐火车，我都寻觅一个紧靠窗口的座位，我静静地读着屠格涅夫的《猎人日记》——每当我为俄罗斯原野的风光迷醉，我便抬头窗外：一片禾田，一派树林，一湾小河……一个闪露着红铜色的膀臂的农人在捧起水斗，狂饮井水，清凉的水滋润了他火热的胸膛，使他显示出一副神清气爽的意态……都吸引我心神，不禁为之陶醉。而现在，我望着车窗外面，我看见的似乎是灰色的雾、黑色的烟，红色的血。因为，从那一天起，这一切美丽的大自然都不再属于我们的了。玉米茎在炽热中低垂了头颈，树叶子都打成了卷，一切蓬勃的都在枯蔫，一切灵活的都在死亡，因为这里已经不再是微笑的祖国母亲，祖国母亲在遭受凌辱，在呜咽饮泣，燃烧的房屋在冒着滚滚浓烟，焦灼的大地在撕开裂缝，每停一站，都有黑森森的机枪枪口，像魔鬼的眼睛一样，那样野蛮、那样残暴，对我们虎视眈眈。从北平到天津这一段路几乎走了一整天，我不知哪一个地方会变成我们的坟墓，越前进一步我几乎就更加激愤，我的头颅在崩裂、我的眼睛在流血、我的、我的口舌在干枯、我的血管在凝固。我恨不得一把把我的胸膛撕裂，你子弹爆炸吧！那也比我被圈在囚车里一步一步踏过刑场要好过一些，但我还是只能这样迤逦地走过刑场，我的灵魂在受着鞭笞、受着刀割……

你深情而又深情的历书呀！

你一定要记下这可怕而又可耻的一天，

一列拖着灵柩的列车装载着多少随时可以粉碎的灵魂，

慢慢地、慢慢地……走向终结。

日本法西斯在用钝刀子割肉，

他们不让火车开得再快一点儿，

他们每一次停车，都让你体会到一次死亡。

不知是时间已经向晚，还是我的感觉阴沉，当火车终于到达天津时，我也不能松一口气，我只觉得天昏地暗，鬼蜮阴森。

我们的后代人呀！

我的亲爱的读者！

我必须牵着你的手请你跟我走过这道鬼门关，

我才能让你知道，一个没有自己的国家的人，是多么悲惨。

你们在糖水里诞生、在蜜水里成长的人，

你们如果走过那一扇牢门、踏进过那一个刑场，

你就懂得一颗卫星由我们国土升上天空，为什么我们会高兴得涕泪横流，

你就懂得在我们民族肌体上有一块罪恶的疮疤，为什么我们痛不欲生，

你应该知道我是怎样走出天津车站大门的。

你能想象吗？……

你能忍受吗？……

你能甘心吗？……

我的全身都在悚慄发抖，不过不是由于恐惧，而是由于耻辱。

在出大门口的地方，两边都摆着木头箱子，两边箱子顶上都站着日本兵，他们从两方伸出枪把刺刀尖对着刺刀尖。

我们要出去，就得从这死神的仪仗队前低下脖颈走过。

当我走到那明晃晃的刺刀下面，我感到清霜一样寒气森森。

他们那样傲慢、那样凶横，他们的眼睛一眨不眨，他们的手一颤不颤，只一任刺刀尖闪闪发光，那一点一点闪闪的凶光，在我心里记了一生一世，现在我要在这儿把它记下来，把它交付给你们，年轻读者，让这种煞气死气在你们心灵里永远留下一席之地——你们知道你们的民族、值得辉煌骄傲的民族呀！曾经怎样从艰苦的绝境下走过、曾经怎样在刺刀尖下屈辱地低头，让我们紧紧拥抱起来吧！朋友！多灾多难的灵魂啊，是再强韧不过的灵魂，但有一句话，我必须说明：谁要忘记过去，谁就是背叛！……"如果要问这样的日子还会降临吗？我只能说人类的智慧现在不能答复这个问题……

## 三九 生路

逃出华北这块死亡之地，必须经过天津。因为这里有各国租界地，我们必须设法走过灯光灿烂、耀如繁星的金刚桥，而后穿过日租界，进入英租界，才算得到初步的安全，不在日本的刺刀尖下了。这时，要逃出日本侵略者的魔掌、投奔祖国的怀抱，只剩下唯一一条通道，只有登上英国轮船，漂出渤海。我们是从北平开来的第一列火车，也就是说是旋卷来的第一股浪潮，由于我在英租界上有朋友的住宅，我当天夜晚很容易地进入英国租界。那朋友可能是一个资本家，住的是上下两层的楼房，我就在他们相当豪华的客厅的一只沙发上住宿。

第二天、第三天，随着通车而涌来的人就如潮似海，一个个都向英租界奔涌而来。这一下，英租界像一块马上被大海淹没的孤岛，也自恐慌、紧张起来。于是英租界入口突然安设了路障，没有英租界的居留证，就不能随便进入了。这简直像一座铁门当的一声一下紧紧关闭，把千千万万从死亡线上挣扎出来的人依然隔于死亡的境地。我的主人对我十分友好，在灾难降临大家头上的时候，中国人之间还是产生了彼此息息相关的感情。我跟他说有朋友要进入英租界，他就给我弄了两张英租界的居留证，我把它们揣在口袋里，一次又一次把熟人带进英租界，就这样我奔走了几天几夜，接了一大批人进入英租界来。当时没有亲友投靠就只有住在学校里，学校反正是停课了，课堂里空无一人，金肇野、李辉英住在学校课堂里，我记得我去看了陈荒煤那一伙人，也都是住在空空落落的课堂上，把课桌拼凑成床，幸好正是暑热季节，只要盖一张床单也就可以过夜了。只是天津也许由于有一条海河，又濒临大海，蚊虫比北平要厉害、要凶狠，它们贪婪地吮吸着人们的鲜血，弄得人们难以入梦。但从北平来到了天津英租界，总算松了一口气，于是我们就日夜不停地到英国太古轮船公司去买往上海的船票，当时我们都有着一个非常稚气、非常浪漫的梦幻，上海是全国文化中心，我们只要能到那里去，就可以继续笔墨生涯，摆开抗日的战场。太古轮船公司是一个古老的英国派头的洋行，我们知道最近就有一条船起航，便争先恐后，纷纷购票，我们是穷人，出不起钱买个房舱，再说一只船也没那么多舱位，幸亏金肇野找了一位在天津交通部门做事、也发表过一些小说的朋友设法，我们当然买不到房舱的票，只买了统舱的票。

那时我们大家为了弄到船票互通消息，各处奔走，船票就是走出地狱之门的通行证呀！

谁知如同一片乌云，一个可怕的消息又降临到我们头上。

海河又浅又窄，太古公司那艘大轮船只能停在大沽口外海面上，我们要登上大轮船得先乘小火轮航过很长的一段海河。可是海河两岸已经给日本军队占领了，有的说日本人要在河上截船搜查，有的说日本人也许在河上来一次血洗，我们这一群热血沸腾的人，好不容易渡过千难万阻、九死一生，眼看到了大海，仿佛都闻到了大海的气息，听到了大海的呼唤，谁知死神在这里又设下了一道致命的关卡。这消息如同乌鸦一样在我们头上飞翔，我们经过一番商议，决定孤注一掷，闯出生路。我在英租界的林荫道上徘徊，我的心灵深沉地祈求着大海，可是那时我还没亲眼看过大海。我只在高尔基的《马尔华》《希尔卡什》《一个人的诞生》和《海燕之歌》里认识了海——但那是俄罗斯的海，我们的海是什么样呢？也是那样奔腾叫啸，旋卷沸腾吗？……但这一刻，那大海就是我的全部的自由、就是我全部的生存、就是我全部的希望。如果我是飞鸟我可以凌空越过险境，但我是人我只有沿着海河顺流而下——有什么办法呢？！如果是血的河，就让我们浸透鲜血吧！如果是火的河那就让我们一道燃烧吧！如果是死亡的河就让我们一道死亡吧！不过，我们是不会再回头，不会再犹豫，不会再屈服，不会再踌躇，就是化成血、化成灰，就是死尸也要冲进那个自由徜徉的大海，让祖国儿子的灵魂在那澎湃的浪涛上飘扬激荡。但是，我心情里一点儿也没有灰暗、没有消沉，我只觉得那是一条危险的路，但是一条永生的路。当我拿到船票在我朋友家度过最后一个夜晚，不知怎的，我的心里突然升起一股凄凉滋味，从此一去，我将在另一个荒凉的世界上生活，也许乞食巷尾、也许露宿荒原，但是我总算逃出魍魉世界。我将闪出胜利的微笑。的确，这种必胜的信念鼓舞着我，这信念就是生我养我的祖国。

上船前一天，我们搬进了太古轮船公司的仓库。

这个仓库就在海河边上，从门前的码头可登上小火轮。

这仓库非常高大空旷，有如一座寂寞的大山，灯光像萤火一样吐着微弱昏暗的红色，这炎热的夏天，里面却冷气森森。

这里地下只有冰凉的铁板。

我枕着那只皮箱躺下。

忽然觉得那高高的穹顶像一个魔鬼张着大口，仿佛随时要把我们吞噬，喝干我们的鲜血，嚼碎我们的骨头……

我拿一条布床单蒙上头，希望在这儿寻找到一场酣适的美梦。

这仓库里地面上黑压压睡满了人。

这些人都有一个共同的心理、共同的愿望，

因此这些人发出了同样甜蜜的呼吸，

因为只要一觉醒来，我们就在海河上漂流了，我们就将奔赴亲爱的大海了。

开始我朦朦胧胧地睡着了，后来我踏踏实实地睡着了。

……不知是什么时间，反正是夜已深沉的时候，一个可怖的灾祸突然降临，"啪啪啪""啪啪啪"！

一时之间惊醒过来，揉揉眼睛，不知道出了什么事情。有人仓皇跳了起来，有人猛怔坐在那里，太古轮船公司的人在大声喊叫：

"快趴下！趴下！贴着地皮趴下！……"

原来弹火猛然从对岸飞来，子弹闪着血光，发出爆响，

我旁边有人气喘吁吁地议论着：

"日本人知道我们都集中在这个仓库里了！"

"也许他们在对岸屠杀我们的同胞！"

……

一刹那间，太古公司的人关闭了仓库里所有的灯光，我们所有的人立刻陷入漆黑的陷阱。

我旁边的人还在絮絮地议论：

"这是英租界，日本人不敢动手！"

"他们要真动手，管什么租界不租界！"

"他们知道这里都是从北平逃出来的人！"

"这一下可好，他们要捕杀的黑名单上的人，都自动集合起来了！"

突然传来一声愤怒的猛喝：

"怕什么？！宁可死在天津，也不死在北平，我们是囚徒，我们不是俘虏！"

最后两句是高尔基的话剧里的两句慷慨激昂的台词。

过了许久，枪声不响了。一阵阵甜美的鼾声又云雾般慢慢弥漫开来，这一群灾难的人呵！的确太疲劳、太乏累了。想一想，从北平出来，不但在肉体上而且在精神上无时无刻不在过度紧张之中，一想到在大海上漂流不知该是何等情况，因此也很想在这宁静的仓库里好好歇息一下。我却怎样也睡不着，就悄悄爬起身，从满地人群之间踏过，踅出大门之外。夜深人静，冷露霏霏，群星明灭，万籁无声，我站在院里，忽然一阵红光扑上脸来，我拨转头向海河彼岸望去。我的心一下冰凉，那里火势凶猛、火光冲天一……我感觉到灾难的大地在无言地呜咽，在这以后的八年中我看到多少战火硝烟，但，这却是我第一次瞧见罪恶的火光，我觉得这火在烧烤着我，我变得焦灼、我变得枯干、我好像那大火中烧透烧黑了的木头随时折断崩碎，溅起火花，变为灰烬……我旁边连个人影都没有，我的心扉一下开了，我涕泪滂沱，咽声痛哭——我哭什么？我哭我的命运吗？不，没有国家的命运还有什么个人的命运，我哭只是因为我从

离家前夕黑夜里深深埋藏我那半个人生以来，在凌辱下、在恐吓下，我一直忍着悲愤，在这一刻再也无法忍受，因此迸发而出了。一个人不需要宣泄胸中的块垒吗？我减轻一些沉重的负担，以后将积蓄更多的勇气，我要走过这最后一段荆棘之路，闯过最后一道生死之关。

第二天黎明，大家就都兴奋地起来了。

太古公司的人郑重其事地宣布了几点要求：

他说小火轮一离开英租界，沿着海河两边全是日军。

他嘱咐我们躲在船舱里，不唱歌，不喧哗，免得惹起事端。

太阳像一颗流血的赤红赤红的火球升上来。

海河宁静的流水如同镀了一层无精打采的红铜。

我们这一群一群的逃亡者，挽着包裹、扛着行囊、提着箱笼，带着沉重的心灵，满怀着最后的希望，静静地、静静地上了小火轮。我还是和金肇野、李辉英结成一伙，最后离开了正在燃烧、正在流血的我的亲爱的家乡，这时不由得回过头去和这沉哀的大地告别。一踏上船，船在水中浮荡起来。多情的海河呀！当你不得不忍受着耻辱，你还要浮载着万千灵魂，给他们死里求生的机缘——海河啊！多情的海河！你是海水灌注的河，你是苦涩的河。几十年后，我怀着埋藏得很深的心愿，又一次来到天津，那是一项伟大而英雄的引滦济津的工程完成之后——一个早春天气，我吹着柔和的南风，又来到海河边上，我看到立在青碧海河之上的那洁白如雪的石雕——一个充满柔情的年轻的母亲抱着一个笑意盈盈的婴儿……海河变成清清的、甜甜的河了。我离开我的同伴，默默站在一棵树下，流下了眼泪，我想起血的河、火的河、苦涩的河……

那时海河两岸就是杀人的屠场。

我望见这里那里到处飞腾着滚滚黑烟。

我看见一队队插着日本太阳旗的坦克扬起烟尘、碾过地面。

我看见有一小群日本兵站在河岸上，向着我们这艘行进的轮船，扬着手叽里哇啦不知喊些什么。

海河流着……空气里都含着污浊的血腥气息，大地燃烧着烟味。

我们这几只小火轮，一只跟一只拉开一段距离在河水里流荡前进。

船上不见人影，不闻人声，只有一面大英帝国的国旗在迎风招展。

小火轮在马达声中颤抖，就如同船上每一个人都在颤抖，连同那个驾船的英国人也在颤抖。小火轮缘着弯弯曲曲的海河，到了葛沽，我们才松了一口气，到了大沽，我们的心简直快从嗓子眼里跳出来了。多么高兴啊！太阳白花花的闪光照射下来，我们看到一片紫黑色的大海——那是海吗？我满脸笑得开了花一般，我第一次看见了大海，我也像第一次看见了自由，亲爱的读者！你们天天要求自由、自由、自由，只有一个做过亡国奴隶的人、一个从囚牢里出来的人，才懂得什么叫自由，什么是自由，才懂得怎样保护这珍贵的自由，不让那些无耻的叛徒利用他们那奢侈的"自由"来破坏我们真正的自由。我觉得小火轮剧烈地震荡起来，海浪的浮力一下把小火轮颠簸起来——我们需要的正是这样的震荡、这样的颠簸。我们看见发亮的海平线上那兀然耸立的黑红两色的太古公司的轮船。这时，一阵阵嘈杂，一阵阵喧哗，不由得不旋卷而起了。几只小火轮上的人都从甲板上向大轮船伸出手来。那只大轮船像高山一样森然耸立海上，这登船的场面，犹如一场攻城的血战，永远震荡着我的灵魂。要自由吗？要希望吗？只有生存才有自由、才有希望，为了生存，你能责备人们不嘈杂拥挤、争先恐后吗？！由于海涛的冲激，几只小火轮靠不拢海船，眼看舷梯要抓到了，一下又给海水冲离开去，海涛像激怒的旋涡，在大海船的四周旋转。这时，一下混乱起来，人们再也无法保持镇定……高高的轮船上这里那里抛下无数的缆绳，我看见无数的人抓紧缆绳攀缘而上。哎呀，出事了，一个人从半空中猛然跌下去了，还有一些人就把身上的包裹行李都抛向大海。我们第一只小火轮在前头靠上舷梯，我一下抓住舷梯的扶手，腾身跃过海面，我一下上了大船，人们前拥后挤上了海轮。上了海轮低头一看，真像大海上一个悬崖绝壁，那个从海水里抢救上来的人，突然坐在小火轮甲板上号啕大哭起来，我不知道他为什么在英国人面前这样丢丑，我感到羞辱，我感到战栗，我不知道他为什么要这样做？难道为了抛失到海里的东西吗？可是他抢回了生命呀！……但是一刹那间，他似乎猛醒过来，紧紧抓住缆绳向上攀登了。

## 四〇 海上暴风雨

我们挤进轮船统舱，谁知那里已经黑压压地挤满了人，没有插足的余地了。而且这里面空气十分污浊，令人一闻就想呕吐。于是我们三人商议一下退了出来，就在前甲板上找了一席之地坐了下来，我们决定露天宿营。当几只小火轮上的人都上来后，甲板上已经变成人们的天堂。尽管那一天骄阳似火，但海上时不时吹过一阵清风。我宁愿晒死在这露天之下，也不愿闷死在那囚笼之中。因为我要尽情享受我已经获得了的生存、希望与自由。天空像赤红的烟雾，灼热的阳光朦朦胧胧，令人眼目不可逼视；大海像蔚蓝的冰凌，在波峰浪谷之间荡漾着青霜的闪光，这时，我的胸襟一下开朗起来，我呼吸到了自由而清新的空气，这时我涌起说不出的欣慰与欢乐，是的，我们终于从地狱里挣脱出来了。我没有回过头去看一看，我的心只向着前面飞翔。白色的海鸥一群一群展翅回旋，有时就从我们头顶上低低掠过，还咿呀地鸣唤着。这时一阵钢铁轰鸣的声音，轮船拉起了锚链，而后轮船从胸腔里发出宏大而嘹亮的鸣声——我感觉到船身在海涛上浮荡摇晃起来……整个船体巍巍瑟瑟地颤抖，我的身心也跟着巍巍瑟瑟地颤抖起来。轮船猛冲了一下，而后有节奏地晃荡着，离开大沽，浮向渤海。啊！我们突然间都站立起来了，我们像一下解脱了桎梏、束缚——我们再也无法平静了，我们纷纷挥起手臂，我们都想表达一下胸中的憋闷。不知谁开的头，突然，一阵悲怆的颤悸的声音回响起来——是的，我们要歌唱，"我的家在东北松花江上，那里有森林煤矿，还有那满山遍野的大豆高粱。我的家在东北松花江上，那里有我的家乡，还有衰老的爹娘……"非常庄严、非常神圣，我们一个个都毫无顾忌地嘶喊着哀婉的心声，痛流下激情的热泪。是的，这里的海是我们自己的海了，这里的海是我们亲爱的海了！就这样我第一次向我们的海洋献上我的心灵——是的，当一个人一旦重新获得人的尊严、人的自由，那是多么自豪呀。如果有日本军舰追来，我会毫不犹豫地纵身跳入大海……你明白吗？因为这海是我们的！这海是我们的！就这样开始了我终生难忘的一天。

太阳渐渐地升上天心，阳光在甲板上喷射着火焰……我们最初的欢乐消失了，继之而来的是难熬的苦难，钢铁的甲板上处处炙手可热，我们又受起炮烙之刑。我坐在热辣辣的钢板上，全身如同触电一样麻木。口干舌燥、喉咙喷火，这时才理解到晒在烈日之下，这简直是一点儿遮掩、一点儿躲避都没有的火场。这火场似乎跟绞架差不多，它慢慢使你晒干、晒焦，最后晒得化成粉末。我把衬衣脱下来，顶在头上，想遮挡一下阳光，但我的两臂就给强烈的紫外线灼烧了。我给烤得实在难熬难忍时，就从水壶里喝一小口水，那一滴滴清凉的水像一条甘美的小溪，缓缓渗下我火热的心膛，多么舒适、多么酣畅，可是顷刻之间，那水就消失了，水也变成了火。我的两臂红得像涂满鲜血，我的肌肤肿胀欲裂，我的每个毛孔都像扎着一根钢针。谁开玩笑地在我背上拍了一下，我立刻疼得嚎叫起来。一件顶在头上的薄薄的衬衣，哪里能遮得住毒热的阳光，我的头慢慢变得昏昏沉沉的，我的脸红得像块红布。我凝视大海，海上也闪着一层火的亮光。一刹那间，我忽然想到在太行山学兵队里那个赤膊在暴日之下的瘦骨嶙峋的人，怎样失去血色、垂下头颈……那时他该是何等苦痛难熬、奄奄一息，而现在，我虽然也受着同样炙烤，但我却一分钟一分钟地驶向祖国的自由天地，我应该忍耐、我必须忍耐。这时，我为了想忘掉身受之苦，便向海上瞭望。而海是多么寂寞的海呀，没有一片帆影，没有一只渔船，好像我们这一只满载从炼狱中冲出的灵魂的船，又正在向一个死亡之岛驶去……时间在一刻钟一刻钟前进，太阳西斜了，当预报暮天降临的第一阵清风吹来的时候，我全身倏然发生了一阵喜悦的颤悸，人们又活过来了，人们又活跃起来了。西面天上悬着几块紫黑色的云团，太阳从云团的后面射出那样灿烂灼眼的金光，这时阳光又显得那样温柔可爱了，大海波面上荡漾着、摇曳着紫黑色、金黄色，各种神奇的异彩、华丽的闪光，太阳又从紫云下露出，不过它已失去白日间的骄横之气，只像一颗没有热力的金色火球。海上的落日如此瑰丽、如此庄严。我们枯竭了的心情一下又充溢蓬勃生机，这里有人唱《伏尔加船夫曲》，那里有人唱《马赛曲》……这时，我突然为一种甜蜜如同甘泉一样的声音所迷醉，这是我身边的一个同行的女伴，她站在那里，两条胳膊悬在微微颤动的轮船桅杆的铁索上，晚风吹着她的头发，吹得她的衣衫都在波波拂动，她是一个细高身材的女人，她在轻轻地、轻轻地哼着一支西班牙小夜曲——她的声音又低又细，也许在这个甲板上只有我一个人听到，那就让我一个人尽情地享受吧！在这战火漫漫、血泪茫茫的大时代背景之下，此时此刻，这歌声是如此温柔、甜蜜、动人……正是这委婉动听的小夜曲迎来暮空中的第一颗星辰。当时我觉得这星辰是蓝色的。像雪花一样纤细精巧，闪射着一点点清冷的光……轮船的烟囱上，冒着滚滚浓烟，像风中飘扬的旗子一样向后飞去，有如乌云一般遮着星辰。放眼整个晴朗的夜穹，像是不计其数的露水珠在闪闪发光。先是轮船马达发出颤巍巍、颤巍巍的嘟嘟嘟嘟的声音催我入睡，后来是哗啦哗啦浪涛拍着船舷那不息的、匀称的絮语终于把我送入睡乡——我与睡魔挣扎，我十分想欣赏与寻思这海上之夜，白天钢铁的甲板是那样炽热，夜晚钢铁的甲板又如此清凉，这一切一切引诱着我、迷惑着我，最后我还是沉沉地浓睡过去了。

　　不知什么时候，不知船行何处……突然一种声音惊醒了我，我们甲板上所有的人都醒转来，睁开惺忪的睡眼……一种不祥的预感立刻袭上心头——大海在更狂放地摇荡，一股浓浓的腥气在回旋，轮船的广播喇叭发出声音：

"中日两军已在上海开战，本船不能开赴上海，旅客可在前面码头上岸……"

……

同样的通报连续广播了几次。

这是多么残酷无情的声音啊！

这怎么可能？这怎么可能？

我们刚从一个火坑中挣扎出来，现在又要向另一个火坑扑去。

一个失去祖国的人，此时此刻向谁呼救！向谁求援！一个失去祖国的人就这样走投无路，原来我们以为灾祸只在北方，谁知现在已经血染全国了。我们怎么甘心？我们怎么情愿？我们怎么能够不到上海去呢？上海是文化抗日战线所在之处，不到那里去，我们又漂泊何方？……尽管大部分人已经准备上岸，我和金肇野、李辉英商量了一下，我们不想离开这艘轮船。那是何等天真，而又何等无望啊！我们心想也许突然又传播另一个消息，也许船又可开驰上海……我们就如同落入茫茫大海的孤舟，不是理智而是幻想在支配着我们，我们的心紧紧牵系在那唯一的而又十分渺茫的希望上……不知何时，天气骤变，就像这个噩耗带来了可怕的袭击，我仰头看看，天空上闪闪发亮的星辰不见了，漫漫长空塞满着浓雾般雨云，先是一阵阵霏霏的雾气笼罩了我们，顷刻之间，狂风大作，暴雨倾盆，船在惊涛骇浪中颠簸着、抖动着。如果那个可怖的信息是人世间的暴风雨，而这凶猛袭来的则是大自然的暴风雨……大家有的张起雨伞，有人顶着油布，我什么都没有，我只站在统舱门口的门槛下，全身淋得精湿，头发在淌流着雨水……我的心是那样凄凉，我的心是那样激愤，我望着空中倏倏闪着红色的闪电，我听着海空上崩裂的霹雳……一刹那间，我像是又变成茫茫荒野上的孤魂，但我从心中迸裂出向苍天的申诉，两种暴风雨像两股力量交织在一起、融合在一起，一时之间在我灵魂深处翻卷沸腾、回旋激荡——轮船在汹涌的波涛上颠簸着、震动着，向前航行，向前航行……

# 第五章

——

## 神圣之门

### 四一　孤星泪

　　直航上海的一线希望，终于像泡影一样破灭了。不过我总算从火一样毒辣、血一样腥膻的沉沦的大地上解脱出来。

　　船停泊青岛码头时，从广播喇叭里响起一阵令人绝望的声音：

　　"请船上乘客全部上岸，本轮船不再向前航行了！"

　　一个迷失了的孩子，骤然一下看到母亲，他怎能不满怀激情，投入妈妈的怀抱呢。我在青岛登陆时，就有这种类似的情感。我仿佛从冰冷、黑暗的地窖里出来，一下看到阳光，觉得阳光特别的灿烂，一下闻到大地，觉得大地特别的芬芳，我第一步踏上坚定而温暖的土地的时候，真想伏身其上，深情地亲吻亲爱的祖国。但当我默默回转身去望着波涛汹涌的大海，我的心灵深处又响起那悲伤而凄厉的歌声，从前我唱着它，我觉得那充满血与火的灾难还在遥远的松花江上；而现在我翘首北望，大海的那边，我的家乡已经毁灭，而我又隔着大海南顾，上海也已经为熊熊的火焰所吞没。我虽然还有祖国，但已经没有家乡。不过，在那一刹那间，我觉得祖国也正在颤抖着迎接血红色的噩梦来临。现在年过古稀，回想往事，那是我们民族一个多么艰难而伟大的转折，那是我人生的一个多么艰难而伟大的转折！我意识到生活的、精神的、民族的三股旋风曾经把我推上只有雄鹰才能飞翔到的高空，谁知紧跟而来的狂飙与烈火一下子又把我投入民族危亡的血海，从那时起，我在血海里泅泳、血海里挣扎，从那时起，我的心灵伴随着痛苦与悲哀的呻吟，飘浮、飘浮、流浪、流浪……

我向大海告别，

我向青岛告别，

我真惊奇，大自然对人间的灾难，竟如此漠然。

就像这儿没有邪恶的嚣张与正义的泯灭。

就像这儿没有人性的摧残与兽性的疯狂。

多么无情啊！蔚蓝的大海，竟还那样晴波闪闪、一望无垠，这海滨城里无数无数红色的屋顶竟像千万朵鲜红的玫瑰花在大海上飘浮、荡漾。当我乘上开赴济南的火车，我觉齐鲁平原，那绿色的田野还像翡翠一样装点出美丽的河山——“国破山河在，城春草木深”，这种情况下，大自然的每一点美丽都只能使人心碎。

我在济南，在一个偶然的机会里，认识了后来相交数十年而现在一一谢世了的于毅夫和刘澜波。于毅夫是一个身材高大、性格十分纯朴的人，从他那胖胖的圆脸上那副眼镜后面闪出十分和蔼、温暖的目光，不是外露，而是内含，但时间过得越久，你就会觉得他的热情像金子一般可贵。刘澜波性情活泼、明朗，有点儿幽默感，他和你在一起，你会不知不觉跟随他而快乐、欢畅起来。后来忘记了是在延安、还是在重庆，他们才告诉我，当时是党中央派他们到济南去的，打着“东北救亡总会”的招牌，实际是接受与安排从北平逃亡出来的地下党党员和进步人士的。我记得在济南，他们带我登上千佛山，游了大明湖，令我惊奇的是山东的冬瓜竟有箩筐那么粗大，一辆独轮小车，一边只能装上一个，还有那大葱，长得有半人高，咬起那鲜嫩的葱白，流出甜蜜蜜的汁液，比梨还要脆，还要甜，山东真是祖国的沃土，不过我在这儿没耽搁几日就搭车赴上海了。

因为上海是我们文化的中心、笔战的战场，我还想在那儿凭一支笔进行呐喊、进行格斗；可是到上海一看，情况都变了，《文学》《文季》《中流》都已停刊，几家合伙办了薄薄一小册《烽火》，许多朋友都投身到抗战救亡活动中去了。我首先找到了张天翼，就在他家地板上打地铺睡觉，他仔细问了我北平陷落的情况，而后说："上海怕也守不住，朋友们都纷纷做撤退的打算了。"这时闸北打得火热一团，每当夜晚，我听着从那个方向传来剧烈的枪炮声，看着笼罩了上海天空的红彤彤的火光，我明白我确确实实从一个火坑里出来又跳进另外一个火坑了。朋友们似乎都在风流云散，靳以准备跟他教书的复旦大学迁往内地，萧乾正在作为《大公报》派的记者而忙碌地做着离开上海的准备。这时的上海真是一个奇特的地方：一方面尽管战火连天，租界地里还依然飘荡着一场繁华梦，灯红酒绿、纸醉金迷；一方面市民们显示了爱国的豪情，援救着闸北逃出的难民。难民从苏州河桥上络绎不绝蜂拥而来。我到浦东大厦参加了文化界抗日救亡的活动，就在这里我认识了夏征农。他瘦瘦的，很文静，不大讲话，但是心里很热，我在他的领导之下，参加了救济难民的工作。夏征农待我如朋友，还亲自带我到霞飞路霞飞坊里看望了以写《大众哲学》而出名的哲学家艾思奇。我记得巴金当时也住在霞飞坊里，我也到他家去过。但我更多的时间是在难民收容所里，在空洞的厂房里，在宽敞的影院里，难民一家一家，摊开行李睡在地面上，他们有的丢儿弃女，有的累累伤痕，他们从闸北大火中逃出，多半是身无长物，贫困交加。但是敌寇的烧杀劫掠，使这些受难的灵魂团结成为一个整体。他们在收容所里，凭着救济物资过活，却能和睦相处。在这里我听到多少悲戚的申诉，看到多少灾劫的余生，在上海这段战乱生活之中，使我忍不住流下热泪的，是在难民收容所里，我把一个孤儿拥抱在怀里的时候。

这是一个六岁的小女孩。

她长得非常俊、非常美。就像日光中一块雕琢精灵的白玉一样惹人喜爱，可是她的悲剧是那样令人心痛。她的父母都是教师，父亲教物理，母亲教音乐。日本军队的炮火把整个闸北燃烧得大火熊熊，有一支中国军队坚守着一座危楼，与敌人展开拼命厮搏。多少邻居相继撤退，劝他们一家同行，可是父母寄托希望于那座危楼，想守着自己家园。父母向火线上送粮、送水，相继负伤，有一天傍晚，趁夜幕掩遮，就是这个小小的孩子——像春天刚露土的芦芽一般鲜嫩的孩子，像一只小白鸽扑进那残破的危堡，勇士们一看这一家人写的信都哭了——信里写道："我们都是中华民族不朽的灵魂，你们在我们在，我们与你们共存亡……"但是后来，那座楼全部烟消火灭，听不到一响枪声。父母带女儿逃出，但已为时过晚。她们逃奔出来，谁知遇到了一群日本野兽，日军疯狂地嘶喊着、残暴地扫射着，父亲和母亲紧紧拉了女儿，踏过堆满街头的尸体、蹚过横流直泻的血水，躲避到一个弄堂里，炮弹像雨点一样纷纷降落，一时之间，弹片纷飞、硝烟弥漫。正在这时，三个日本兵发现了他们，立刻向他们扑来，父亲一步跳了出去，用胸膛迎着那冷森森的刺刀，父亲一下血如泉涌倒在地下，母亲立刻拿自己身体护着女儿，一阵爆裂的枪声母亲也跌倒在血泊之中。

母亲生命垂危。

母亲使尽最后一分力量喊着女儿，向她挥手，要她赶紧逃跑。

可是，这个小女儿，她没有躲开，她举着两手向母亲扑去，母亲的血像滚水一样烫着女儿的双手，母亲说："快跑……你要做一个像样的中国人……"母亲头一栽，死了过去。

小女儿像一只小狮子一样扭转身来朝日本刽子手扑去。

那个日本兵发出一阵淫恶的大笑，伸出手猛抓着这个小女孩。

这个如花似玉的小女孩张嘴咬住那只魔手，疼得那个鬼子嗷嗷嚎叫。

他的兽性大发，猛举起刺刀朝小女孩劈头刺下。

正在这时，一颗炮弹轰隆一声落在附近，弹片一下炸碎了日本兵的脑袋。

小女孩被气浪掀倒在地下，然后她从死人堆里跳起来飞跑。

这时她浑身上下都是血，她像一个燃烧的火人。

那时整个民族已经凝聚在一起。只要是中国的孩子，就等于自己的亲骨肉，她被一群逃难的难民带上逃入租界地里来。

我听到这个孩子的故事，找寻到了这个可爱的孤儿。

她是那样娇小、那样玲珑，我见到她时，她的头上手上都绑系着雪白的纱布，纱布上一点血渍像鲜红的花朵。

我问她："你叫什么名字？"

她说："我叫郭囡囡，你呢？"

"一个舍弃了家乡、到处流浪的叔叔。"

我紧紧搂着囡囡，我的脸紧紧贴着那柔嫩的面颊。她娇声娇气地说："叔叔你哭了！叔叔你别哭！"

这时我身旁围上了一大群人，这里有白发婆婆的老奶奶，也有小小娇嫩的孩子，我看得出在这一处收容所里，囡囡是大家的宠儿，是大家的骄傲。

囡囡，你还幼小，你不知道我抱住了你，就是抱住了整个太美丽而又太悲惨的民族了啊。从这个小女孩的遭遇，我受到了心灵的撞击，从那一刻起，我决心离开上海，我再也不能留在十里洋场，我要寻找机会投身战争。

不久，一个可怕的消息震撼了大上海，日军在飞机大炮掩护下，在浏河、吴淞、蕴藻溪、张华溪、虹口码头等地登陆，从背后迂回包抄了上海，唯一通行的一条命脉京沪铁路，靠近上海的一座铁路桥梁已经炸断，这样这个大上海就岌岌可危、危在旦夕了。这时，我下定决心离开上海。

离开上海的前夜，我朝苏州河岸走去，天空布满浓云，萧瑟的秋风吹着蒙蒙的细雨……我在面向北四川路的桥头站立下来，我展眼望去，只见闸北上空像扯开一幅抖动的红布，大火的火光在我脸上不停地闪烁。黄浦江那个方向，一道刺眼的闪电和日本军舰上的探照灯光天上地下交织起来，而后雷声和炮声隆隆地响成一片。我静静地朝前望去，我的整个身心都在颤抖——那里，敌人在残暴地烧杀掳掠，我们的兄弟姐妹在那儿成批成批的死亡。我沿着苏州河岸一直走到黄浦江边，我发现黄浦江上有什么东西在浮动，在电光与火光忽然照明的一刹那，我看见乌黑的江面上，随着流水的波澜，有很多很多尸体在向大海方向漂流——我闻到一阵阵膻腥的气息，血水染红黄浦江。我的心灵在悚悚发疼，雨水淋湿了我的全身，我感到透心的寒冷，我痴痴站在那里，忽然我听见一阵悠扬的声音从背后传来，这是租界地里的教堂晚祷的钟声……此时此刻这声音在我心头显得那样悲怆、凄楚，我默默地流下眼泪，这时我忽然发现我如此依恋这片热土，但我现在不能不向你做最后的告别了，我将要带着迎面飞来的火星走去，这火星将在中国大地上燃起熊熊烈火，而我现在不能不向你做最后的告别了！

在这短短的时间里，我好像死亡过两次。

一次在北地，

一次在南天，

不错，我的躯体还活着，但是我的心却经历了两次死亡。

在这一刹那，秋风在我脊背上吹得那样寒冷而大火却将我的脸颊烤得炽热，我不能忘记，我永远不能忘记这可怖的夜晚、这荒凉的情景，我痛苦、我窒息、我的血水发烫、我的手指冰凉，我亲眼看见大上海徐徐降下那悲剧的帷幕。

我从北平做了第一次可耻的逃亡，

我从上海做了第二次可耻的逃亡，

我从上海出来的那一段路程，真是踏上了荆棘、投入了地狱。

由于敌机的疯狂滥炸，火车是在漆黑的深夜里行驶的，在这里一星光亮暴露也会遭受到严厉的斥责，你点燃一支香烟那就更会遭到别人一阵怒骂，这真是人间最大的悲哀，人生最大的嘲弄。在自己亲爱的国土上，载满活人的火车竟也像运送灵柩的行列。开始火车还是正常运行，但行驶了不到一个小时，火车慢了、慢了，最后车轮的辘辘声静止了，火车终于静悄悄停了下来。我们到了炸断桥梁的河边上，这一下一阵混乱突然爆发了，人们纷纷从火车上跳下来，好像背后有日本兵在追赶，谁迟跑上一步就会含冤而亡。那是多么巨大的骚动呀！人们从断桥上临时搭的木板上跑过，扑通、扑通，有什么掉到河里去了，于是男人没命的嘶喊、女人绝望的哭泣，在混乱之上增加了混乱……我夹在人群之中，终于奔过断桥，沿着路基向前跑，在漆黑的暗夜里，那儿停着一列火车，火车头不停地发出叹气一般颤抖的声音，只要有飞机一来，这升火待发的火车就将急驶而去。这时，这火车成了溺水人想抓住的芦苇，谁要上车就能活命，谁要上不去就会死亡，这儿展开了一幅悲惨斯搏的景象。火车停在荒野的路基之上，没有月台，巍似高山，我在这一刻里体会到人身上有着多么顽强、无畏的潜力——他们和她们，连最衰败的老人和最稚弱的孩子都"哄"的一声裹在艰苦的攀登之中，我是踏着一个同伴的肩膀爬进车窗，而后又向下伸手把同伴拉上去。这时人声鼎沸、一片嘶喊，人像潮水一样从车门上、车窗上涌进来，立刻压得车厢似乎嘎嘎作响。正好在这时，从天空中传来夜航飞机的轰隆声，于是骤然增添了紧张的气氛，简直令人停了喘息，我觉得自己的心在怦怦跳……跳着、跳着……我忽然发现我们的列车静静地滑行起来了。我顾不上去听没抢上车的人的号咷，从人缝里回头向上海方向眺望，只见远远的地方闪着一片朦朦胧胧的红光，是火光？是灯光？是我的泪光？……

　　人太拥挤了，人挤着人，火车厢简直像沙丁鱼罐头里一样，我只能在两辆火车挂钩的地方找到一个立脚的地方。

　　火车在江南的原野上飞驶起来了。

　　我迎着萧瑟的秋风，却享受到翱翔的自由。

　　夜深了，经过这一阵斯搏之后，睡意渐渐袭上心头。我第一次知道人是站着也能睡眠的。不知过了多少候，我忽然给一声呼唤惊醒过来，我看见一团白蒙蒙的影子，像一块轻飘飘的云雾、像一个柔软的线团，一下坠下车去……

　　我忽然想起，在那儿原来站着一个十三四岁的女孩子，她穿着一身雪白的衣衫。

现在她一下坠落到车底下去了。

我听到车轮咣当一声响，我的心紧紧抽缩成一团。

我的热血蓦地向上一涌，我悲苦地伸手捂着两眼。

我记得那女孩子在火车开行之后，她那样天真、那样自然地笑过，她觉得自己总算逃出了火坑。

可是现在，她带着那纯真无邪的笑被火车压得粉身碎骨了。

这时，我一下记起那个娇柔、弱小的小姑娘囡因——你在哪里？你还远在上海？还是也挤在这流亡的人群之中？那死的不是你，但那又是你……

失去了祖国，我们每一个人都成了无依无靠的孤儿了。囡囡，当我回忆这些往事时，我想，你如果活着，现在也该是六十岁上下的人了！你还记得曾经有一个叔叔把你抱在怀中哭过吗？！

## 四二　流亡线上

抗日战争中的第一个严寒的冬季悄悄降临人间。

南京白天黑夜不时响起空袭警报的声音，它是那样悲凉，那样凄厉。在南京我有个投宿的地方，那就是大陆银行鼓楼支行我大哥的宿舍。原来那个姓任的古乡绅式的主任早已高升为南京分行的襄理了，继任是一个新派的人物，于是在那间有着铜墙铁壁保险金库的主任办公室里，就在办公桌后面，一个瘦小委琐穿一件宝蓝色皮袍的人，换成一个穿着藏青西装打着鲜红领带的人。这人可能从报纸的杂志广告上看到过我的名字，因而对我态度和蔼、颇有敬意。何况举国安危的战乱，使人与人的关系似乎贴近了。我在大哥屋里支了一个帆布床，警报一响，我们都进入那个最坚固的保险金库里，和那主任一道躲飞机。不过，我白天大部分时间在平津留亡同学会里，那是一处大宅院里，在这个大灾难的时代里，生命、死亡已经变得不那样珍惜、宝贵了，在这儿，真正从北平来的同学越来越稀少，以致完全没有了，倒是迎来一批一批从上海流亡出来的朋友，那空荡而破烂的屋子里，既没有桌椅，也没有床铺；人们只在潮湿冰冷的地面打地铺，哪怕警报声呜呜叫，飞机声隆隆响，我们还是一动不动背靠潮湿砖墙在地面上照常说话。一批人匆匆来了，一批人匆匆走了。大街两旁的梧桐树叶发黄了、飘落了，给旅人增添了无限幽怨、无限愁思。古金陵一场繁华梦，只落得寒风瑟瑟、衰草萋萋。上海方面战事骤紧、南京形势可危，这时，我心中常常叨念着：

> 何处望神州？满眼风光北固楼，千古兴亡多少事？悠悠。不尽长江滚滚流。

这些词句和我这时的心境竟然如此贴切，像古人的一腔幽怨今天又匝天扫地重来。不过，我已经顾不上凭吊什么"蒋山青，秦淮碧"，我如同一只鸟随时随地想奋翅飞翔而去，一心一意想到抗日战线去与敌人格斗。因此，当我收到一位朋友从济南的来信，说在上海前线指挥抗战的冯玉祥将军准备在山东组织北线抗日的时候，我立刻只身北上。这时津浦线南段虽然畅通，但已经没有客车可乘，我爬上一个原是载货现在空洞洞的闷子车厢，在这儿倒也好，可以铺展开毯子躺下睡觉。可这车厢实在太破、太旧了，地板上到处是破裂的洞口，火车行驶起来，冷风便从洞口嗖嗖吹了上来，绽裂的车板也就在车轮咔咔声中不停颤抖、不停呻吟、不停战悸。火车越往北走，天气越寒冷，猛烈的寒风、冰凉的冷气，在整个车厢里像飞旋着一个恶魔，冻得我简直无法闭眼无法入睡。这时，我发现有一个人悄悄爬到我身边来，和我隔了一块破裂的洞口，蜷卧下来，他在蠕动着，翻转着，也没有睡着，我跟他说话，才知道这是一个女孩子。她冻得浑身瑟瑟发抖，牙齿嗒嗒咬响。我问她："……你没有盖的吗？"

她说："我什么都没有了，我妈妈给我的棉袄、毛毯从上海出来挤车时都掉了。"

我把我的毛毯抽出来给她，我只留下一条线毯。

车轮在钢轨上飞旋，我们从破裂的洞口可以看见有蓝幽幽的火星被轧得闪闪发亮。"你一个人到哪儿去？"

她十分神秘地伸过头来，我的脸颊触到她毛茸茸的头发，她把嘴凑到我耳边："我要到很远很远的地方去。"

"那又是什么地方？"

"陕北——朱毛红军的陕北……"

"那你为什么到济南？"

她冷得颤抖抖、但满心欢喜地说；"……我有一个亲戚在济南，我们约好，由她带我去……"

忽然，一团红赤赤的火焰在我黑洞洞的心灵上亮了起来。

她，还是在父母跟前上学读书的年纪，却已经只身一人流浪天涯海角，而她有一个坚定的信念，尽管她身子在颤抖，而声音是那样温暖。这是一个人一生中神奇的一夜，没有经历过那个时世的人，无法理解黑暗中显露出来的光明，在逃亡流浪中油然而来的一种信任感是令人如何依恋、如何珍惜。到济南时，是一个灰蒙蒙的黎明，我的旅伴把毯子还给我，向我亲切地道谢，但我始终没有看清楚她的面孔，我也无法记住她的模样。我们夹在杂乱的人群中向车站外拥去，很快就给人流冲散了，最后我只在一瞥之间看见她那弱小的单薄的背影，而后也就倏然不见了。在这战乱纷纷的年代，在这苍茫人海之中，一个偶然的相遇跟着就是蓦然的分离，可是我永远不能忘记这个女孩子，因为她一下打开我的天灵之门。我再也没有见到这个人，就是见到我也无从分辨出她的形象。

我按着那位朋友信上开的地址找去，谁知却扑了个空。

那里人说："冯将军他们昨天都走了。"

……这一下我可心凉了，仿佛在这个孤零零的世界上只剩下我孤零零的一个人了。

我到哪里去？

我将无处吃饭。

我将无处留宿。

但这是战争时期，瞬息万变，我又有什么办法呢？！

我一个人在尘土飞扬、北风萧瑟的济南街道上行而行。

我没有目的、我没有去处。

暮色苍茫、灯光迷离，我走到大明湖边。

一湖秋水像一面淡青色的镜子，闪着好看的，奇妙的微光。尽管湖上一片残荷断梗、萧瑟芦荻，但我和大明湖在这绝望心境之下骤然相见，我发现大自然无比的优美，这个季节、这个时间，偌大一个大明湖边连一个人影都没有，整个大明湖好像为了我一个人展现了美妙的容颜。我坐在湖边，望着湖上远方渐渐灰暗、渐渐消逝的黄昏。我在这儿懂得了当一个人处在绝望的时候，大自然的美也会成为点燃希望、督促人前进的力量。

真是天无绝人之路，我在一家小店吃了饭出来，在电灯光照亮的墙壁上看见一个剧团演出的招贴，啊！这不就是荒煤所在的那个剧团吗？于是我立即拔起脚来，奋步前行，一口气找到那个演戏的剧场，这儿灯光明亮、人群簇拥，我立刻找到了荒煤，跟他讲明来龙去脉，他因为马上要上台演戏，不能和我多谈，他写了一张条子，对我说：

"东平还在这里，你到他那儿去吧！"

我知道丘东平，可是我并不认识他，我立刻带上荒煤的介绍信，找到他的宿地，已经是入夜时分。东平接待我进入他和另外几个人同住的侧厢房间。东平个头不高，但有一副军人气质，他的腰身坚强有力，棕褐色的脸上两条浓重的粗眉下，张着一双光闪闪的眼睛。这一夜，我和东平一道躺在他的床铺上。一夜深谈，他用亲切的热情、冷静的分析，向我剖析了抗日战争大势，他认为人民抗战的火炬已经点燃，这是谁也扑灭不掉了，但百孔千疮、满身疮痍的民族一切都不会十分顺利。东平跟蔡廷锴将军从淞沪战线撤出，想到山东组织一条北方战线，可是蒋介石对于冯玉祥、蔡廷锴都是不放心的，唯恐他们乘抗战之机形成一个强大的集团，因此，百般掣肘，千方阻拦，加上山东的土皇帝韩复榘也唯恐别人插手，失去自己的势力，对冯玉祥这样老长官也重重抵制、处处冷淡，因此，冯玉祥昨天走了，蔡廷锴明天也将离去。东平告诉我："整个国共合作共同抗战的局势已经形成了，但是日本人长驱直入，逼近黄河，山东危局已不堪挽救，恐怕不要多久即将沦丧敌手，你应赶紧设法离开这儿，越快越好。"

"可是我是北方人，我是想到北方寻找一个抗战的出路的。"

"你还是先回南京再行设法，不过南京沦陷，也是早晚的事了。你可设法先到武汉，那里很可能形成抗战的中心。"

我和丘东平虽只一夜之交，但他留给我的印象永远难以磨灭。

在我印象中他是一个像巴尔扎克的人物，当然必须他胖起来才更像。不过，他精力充沛，才华横溢，那样敞朗、那样透明，他像一支红烛在那灾难之夜里，永远留下熠熠闪光。我说东平像巴尔扎克，当然不是指外形，而是灵魂。在我记忆中，东平始终不限制自己在文学天地里，而常置身于军旅之中。他在抗战时期写的《第七连》等作品，在当时就是卓尔不凡、别具特色的文学作品，那就因为他确实有军旅的生活。后来他又在新四军中作战，如果不在战乱中死亡，我认为他的气质、他的智慧、他的生活，很可能成为巴尔扎克一样的大师巨匠，但战争扼杀了多少天才啊！又灭绝多少人性啊！今天我写到这里，我想寄托下我对东平不尽的哀思！我和东平谈了整整一个通宵，第二天清早我就向他作别，我决心尽快离开济南。这时济南确实已流露出惊慌与离乱的景象，津浦铁路经常断绝，这以后几日几夜，我都在火车站上厮搏，等候一列火车开来。我日日夜夜守在月台上面，怀里揣着两个冷烧饼，夜晚露宿在水泥地上，这时北方已经十分寒冷，水泥地一派冷气森森。一日一夜不知多少次躲警报，跑到离这轰炸目标远远的地方，而后又从那里回来。在车站一间红色的房子里，我还见到于毅夫和刘澜波，他们告诉我：济南即将沦陷，北平也就无人需要接济了，他们也将离此他去。火车根本不来，他们也帮不了我什么忙。这战乱流离的生活啊，今天想来当时尽管万分艰苦，但是由于年轻力壮，也还豪情满怀，而且发生很多离奇的遭遇。我在这月台上一下见到鲁方明的母亲，在北平我到鲁方明那里去，他的父亲和母亲待我十分亲热，这时骤然相遇，我仿佛一下见到自己的母亲。我和这位老人一起露宿在月台上面，月台上永远响着嘈杂的声音——孩子在哭泣、大人在咒骂，火车已经几天几夜没有露面了，每个人都急得火星直冒，可又有什么办法?! 月台上人越聚越多，老人孩子睡了一大片，远远望去，在白石和水泥地衬映下，人群像一眼望不到边的河滩……在这儿，人与人之间展开了剧烈的争夺战，只要一离开你的位子，立刻就会有人占去，我和鲁妈妈互相照顾，我去给她买火烧，她给我看着位子。这样等了四天四夜，在一个漆黑的夜晚，一列火车驶进站来，稀稀拉拉没几个人下来，倒是等车的人立刻掀起一派怒潮，拼命向火车上涌去。由于防止飞机突然袭击，火车停留的时间很短。人们从车门挤不上去，就敲碎窗户往里钻。我把鲁妈妈托上窗口，而后自己纵身爬了上去，一时之间狂呼乱喊、人声鼎沸。就在这时，火车连汽笛都没响一声。却已听到车轮转动，而且一下就迅速行驶起来。我向车下看，看到一个年轻的妇女，她刚刚从窗户口上把孩子塞了进来，火车却将她抛在下面，她大张着两臂，蓬乱的头发给风吹得有如一团黑云，她大声嘶喊着她的孩子，孩子爬在窗上想往下跳，给人揪住了。这个年轻的妈妈，奔跑啊！奔跑啊！……火车像一阵风一样加速行驶，我的心一下落入冰窖。每个人都有自己的家，那个家不论多么狭小和简陋，里面都装着一点幸福，现在家破人亡、妻离子散，这是多么冷漠无情的世界呀！最后我看见那个年轻的妈妈真的发疯了！她突然一下扑在地面上号啕大哭，而她的小儿子拖着悲哀的哭声，被火车的黑烟与火星卷走了。

## 四三　南下北上

在南京一封张天翼的来信等着我，他邀我到长沙去办一个刊物。

十一月十二日上海沦陷了，日本军队进占昆山，乘势从东西两侧向南京夹击，南京整日整夜震响着凄厉的警报声，像是整个天空和大地在放声哭泣。炸弹在崩炸、火光在升起，秦淮河的歌唱黯然消失，鸡鸣寺的钟声怆然无语，整个南京等候着破碎、等候着烧杀、等候着死亡。这时长江上无数轮船开来又开去，国民党南京政府在疏散、在撤退。我大哥见我回来，又是高兴又是失望，他跟我说：

"大陆银行就要离开南京了，到那时怕我顾不上你，你还是先行一步吧！"

这时我发现我的大哥变得那样衰颓了。

我只沉闷地点了点头。

他就出去为我奔走了。

夜晚回来的时候，他面皮上溢出一点红色，显得有几分高兴，他告诉我：

"行里陆先生有个朋友，在财政部里是给孔祥熙管私人账目的，他现在要带了全部账目撤往长沙，你正好跟了他去找张天翼。我们下一步先到汉口，你有事可到汉口的大陆银行找我。"

我大哥跟陆先生送我到下关码头，在那艘江轮上会见了财政部的那个官僚。这人窄长身材、青皮寡瘦，像个鸦片烟客，穿了一身西装，带了一个年轻漂亮的太太，还有两个办事员，在他们的舱房里塞满了几口乌黑发亮的大皮箱，我想那里面装的大概就是孔祥熙的私房账簿了。不过这个官僚对我还是十分客气，其中一个年轻办事员对我更是热情，在这头等舱房里本来只有四个床铺，他十分慷慨地答应跟我合睡一处上铺。快到开船时间，我大哥跟陆先生退下船去，我站在甲板上跟我大哥他们挥手告别，船拨转头来向下游浮去。我从芦沟桥事变以来，一次次撤退、一次次告别，这时看到我大哥痴痴站在码头上的影子，心中不免有些凄然。他是埋头算账、不问政治、贪图享乐的人，而现在也卷入这忧戚的旋涡当中来了。战乱中分手，谁知将是生离还是死别，何况在长江上航行已经不甚安全，先已有敌机袭击起火沉船的事了。我倒一点儿也没有烦扰担心，还兀自凝视着紫金山逶迤的山岭笼罩在一片朦胧云雾之中，就像凝着一派苍苍青翠，江面渐渐宽阔，两岸青青麦色一望无际，此情此景不禁使我，想起姜白石的词句：

> ……过春风十里，尽荠麦青青。自胡马窥江去后，废池乔木，犹厌言兵。渐黄昏，清角吹寒，都在空城。……

这是我第一次泛航长江，我望着波澜壮阔、波涛汹涌的长江，又不知不觉想起："大江东去，浪淘尽，千古风流人物。"这个时世，这番离乱，不正是澎然万里，大浪淘沙吗？

船到汉口，这时这里还是一片繁华景象，毫无战争气氛。我从来没有看到过那样拥挤热闹的码头，无数各种颜色、各种式样的轮船你擦我我擦你地挤成一片，都在江涛推拥下，上下荡漾，这一只船舶上一群人下来，那一只船舶上一群人上去，这里有珠光宝气，也有破衣烂衫。蓦然间，从嘈杂声响中突然传来一阵阵凄凉而悲怆的呻吟，是搬运夫子。我逡巡一下，看见在一只高高的黑色货船上，斜线地竖着一根长长的跳板，一个一个肩头上像背伏一座小山一样，扛驮着几百斤沉重的东西，沉重的分量压得那跳板一步一颤，好像随时就要崩折断裂。我过去从来没有见过这种景象，他们不像是人，就像是牛马，而他们比牛马还不如，只要从跳板上一失脚跌将下去就要粉身碎骨，他们流着血、流着汗，上上下下，看了令人毛骨悚然、不寒而栗。当我看见这最贫困、最劳苦的下层，我觉得把我在丰泰隆的生活称作炼狱实在是小巫见大巫无法相称相比了。沿着长江的汉口大街像飘着一场迷梦，这景象使我这踏碎烽火而来的人，简直是不可思议，我们这个中国好像睁着两只眼睛，一只看到——血、火、死亡；一只看到——繁华、歌舞升平。我们在汉口只住了一天，财政部的官僚带我们到一家大酒楼饱餐了一顿洞庭湖的螃蟹。第二天就转上一只专用的小汽艇，浮过崎曲弯转的汉江，横溯八百里洞庭湖了。

洞庭湖是飘浮在人间的一片翡翠。

当我们停泊城陵矶，我登上岳阳楼，看到岳阳楼已经衰败、破旧，但由于它在巍峙城陵矶高山之上，面对八百里洞庭，还是气势非凡。我进入内里，但见正面一堵墙壁上镌刻着一篇范仲淹道出的千古名言"先天下之忧而忧，后天下之乐而乐"的《岳阳楼记》；待我出来看时，洞庭湖真是"衔远山，吞长江，浩浩汤汤，横无际涯，朝晖夕阳，气象万千"。不过当时我的心境决不像范仲淹所说："春和景明，波澜不惊……心旷神怡，宠辱皆忘，把酒临风，其喜洋洋……"倒是"商旅不行，樯倾楫摧；薄暮冥冥，虎啸猿啼。登斯楼也，则有去国怀乡，忧谗畏讥，满目萧然，感极而悲者矣"。这倒正贴我的心境。遥望"碧玉盘中一碧螺"的君山，我非常喜爱这青碧苍苍、柔波荡漾的湖水，我真想把身子涌入这流动的翡翠之中任它漂游浮荡，不知所终，和这洞庭湖的神魄永死，和这洞庭湖的神魄永生，岂不天人一体，四大皆空！

的确，在这从夏到秋、从秋到冬的流浪之中，我每看到一种美景，都使我难免戚然于心，好像山河越壮美，我的忧心越深沉。我身处南天，心怀北地。船有一次夜泊在一片沙屿旁的小小渔村边上，我从睡梦蒙眬中忽然听到一阵乡音，使我一下惊醒，痴痴不能入睡。一次停泊湖边一处热闹市镇，小巷崎岖，乡人身披棕蓑，足踏钉屐，敲得石板路上一片清脆声响。听风听雨，面对青灯，我彻夜难眠，我觉得这漂流的日子真也无法过下去了。在从百里洞庭湖这几个寂静的日夜，使我有充分的时间检点我的心灵，沉思数月经历——我觉得整个民族在流血、在崩溃，奄奄一息垂危待毙，我不能再这样流浪，必须有个精神的归宿，否则我就和祖国母亲的灾难游离，那样我将痛悔终生。在这时，和我同车北上一夜相处的那个少女，忽然像启明星一样闪耀着苍白色的黎明之光出现在我面前，不料这年轻的少女形象竟如此高大，她在我沉思默想之中给了我很大启迪，我的身子随漂浮的船只向南走，但我认识到我的位置应该在北方……龙蛇狂舞，血战玄黄，我不愿永远为敌机的轰炸跟踪，而要自身投入火线的格斗。我意识到笔是苍白无力的，我的手里需要握紧的是枪。这浩浩荡荡的大湖呀！它像一面镜子照出我心灵的激荡。

我到了长沙，见到张天翼。

但是湖南这封建闭塞的王国，好像根本还没有给战火惊醒。

可我爱的长沙后来在一把大火中早已烧得没有了，也许正因为这个缘故，我总觉得老长沙比新长沙要好。十里红尘一片繁华，都带有浓郁的湖南个性。湖南武陵雄峻、湘沅纵横、土地肥沃、得天独厚，同样是南方，湖南人就不像江浙人那样纤巧，而是魁梧。长沙不要说橘子洲的寥廓，岳麓山的矫健，就是市内鳞次栉比的房屋也高大，青石铺路，踏得坚实，最繁华的八角亭虽然崎岖狭窄，但人进入内里，也探得出湖南情趣。有一天我在街上逛得肚子饿了，想吃点儿点心，我进入一家饭馆，要了一碗汤面，谁知上来的竟是一盆，而且筷子有一尺多长，勺子如同小碗，总之湖南一切都坚韧不拔、气魄雄浑，不料"楚人一炬，可怜焦土"，解放后再到长沙，我深以失去浓郁的湘中风味感到十分怅惘。

天翼张罗办刊物的事一天一天卡下来，茫无头绪。我在风霜中、血火中没觉得苦过，但一旦远离风霜与血火，我却感到十分忧伤、十分惶惑。

一天，我和天翼一道去看患着第三期肺痨病的叶紫。

苍白虚弱的叶紫躺在床上，白菜叶色的瘦脸上漾出一丝苦笑，我握住他冷汗濡湿、骨瘦如柴的手，感到一阵心酸。

他厮搏过，战斗过，而且他战绩辉煌。

我读过他的一篇题为《星》的小说，印象十分深刻。他的作品受到鲁迅的赞许，在《叶紫作〈丰收〉序》一文中，鲁迅写道：

"这里有六个短篇，都是太平世界的奇闻，而现在却是极平常的事情。因为极平常，所以和我们更密切，更有大关系。作者还是一个青年，但他的经历，却抵得太平天下的顺民的一世纪的经历，在辗转的生活中，要他'为艺术而艺术'是办不到的。但我们有人懂得这样的艺术，一点用不着谁来发愁。""但我们却有作家写得出东西来，作品在摧残中也更加坚实。不但为一大群中国青年读者所支持，当《电网外》在《文学阵地》上以《王伯伯》的题目发表后，就得到世界的读者了。（在苏联《国际文学》上翻译发表）这就是作者已经尽了当前的任务，也是对于压迫者的答复：文学是战斗的！"但当我与这位战斗者见面，我心中不免一阵难过——不知为什么一看到病中凄惨的叶紫，我就想到鲁迅为了悼念李伟森、柔石、胡也频、冯铿、殷夫烈士说过的话：

"然而我们的这几个同志已被暗杀了，这自然是革命文学的若干的损失，我们的很大的悲痛。但无产阶级革命文学却仍然滋长，因为这是属于革命的广大劳苦群众的，大众存在一日，壮大一日，无产阶级革命文学也就滋长一日。"

柔石等人的暗暗的死使人痛苦，使人警醒；但现在像叶紫这样由于贫困与饥馑、黑暗与窒息，生命在这里给肺痨病的细菌不分日夜咀嚼着、吞噬着，这种暗暗的死，不同样是用血在为无产阶级文学谱写篇章吗？当然，奄奄一息的叶紫现在已经是不能再写了，而且连刊物也出不来。当时，我的眼泪向心底流，我却想怆然大呼：

"这是什么世界？这是什么人生？"

五十多年后，现在我想起在那狭窄简陋的小屋里三个人的会面，还感到悲痛。而今天有人把我们文学中的无产阶级传统抛掷到九霄云外去了，每当想到这时，我便想起叶紫，我觉得好像有人把他的骨头都抛到荒郊野外似的。

呜呼！——面对前驱者的血啊！我汗颜、我惭愧、我愤慨。

今天我记下叶紫，还不只为了文学，而是为了人生。因为就是在他的面前，我做出了决定人生道路的关键选择。我对天翼和叶紫说："我必须寻找一个战斗的去处，我决心到延安去。"躺在床上的叶紫当时听了这话，消瘦的脸孔上泛起一阵红潮，枯涩的眼睛里闪出一种憧憬的亮光，他热情地鼓励我去延安，他说了一半就气喘吁吁沉默下来——但我理解他的心境，如果他不是病到如此地步，哪怕扶着一根竹杖一步挨一步行走，也会到那光明、伟大、神圣的去处啊！……一个小小的计划往往决定了伟大的转折，就在叶紫的病床前，这个决断注定了我作为共产主义者而战斗的一生。我感谢叶紫对我的支持和鼓舞。后来，叶紫的病终于没有得治而在战乱流离中逝去了。是的，我记住他的《星》，而这个和病菌做着殊死搏斗的人不正是照耀我坎坷征途的一颗星嘛！我之所以长途跋涉来到湖南好像就是为了寻求叶紫，从他这里接受这一颗灼亮的星。从芦沟桥事变发生已经过了半年，我流离失所，辗转寻求，从北到南，从东到西，我看见的是什么？我感受的是什么？是鲜红的血火照耀下的一片黑暗沉沉，这时只有平型关的胜利燃起了一束辉煌的希望，从黑暗中展现一片光明。在叶紫的病榻前的喁喁微语无疑成为对这个大时代庄严的誓言。

我到汉口，到大陆银行打听大哥的下落，谁知他已经来到这里。银行家血缘关系是金钱，不是民族，天津的总行调他们到那里去，他不日即将搭船离开汉口。这正好同我相反，我从沦陷区逃出来不就是为了不做亡国奴吗？而他向沦陷区投进去，不正是心甘情愿去做亡国奴吗？我听了有点儿黯然，但我大哥从来是在钱眼里转的温驯的人，我又何必劝他。这样我们就决然分手了，他给了我几十块银元和一领狐皮大衣，这狐裘也并非为了我御寒，他说："我无法再顾你了，钱花光了，这件狐皮也还可以换些钱的……"

尽管我心里有点儿凄然，但我意识到这是我同旧世界千丝万缕联系的最后决裂，是我向新世界迈进的开端，我知道我得到的将是崎岖困苦之路，不过，由于大方向已定，我便立刻信心倍增。我又上了在凛冽寒风中奔驰的火车，到了郑州。一下火车，看到贴在墙上的一张海报：上海救亡演剧队第一队正在这儿演出。我等候去西安的火车，有一日空闲，我就到第一队去了。第一队里有我逃亡出来在海轮上经金肇野介绍相识的王余杞，同在一只"诺亚方舟"之内，不过他是有职业的"上层社会人士"，他住在一间舱房里，我们住在甲板上，可是现在都在抗战救亡的道路上，因此也就相遇了。经他介绍，我认识了王苹、李丽莲、潘奇、邸力西、塞克、贺绿汀、崔嵬、欧阳山尊等人，我十分羡慕这个既有明确奋斗目标、又充满和谐与热烈气氛的小集体。要知道当时抗战报国十分艰难呀！他们为了宣传抗日流动在陇海线上，经济上已经到了无米下炊的地步。我便把我大哥给我的几十块银元交给了他们，这丝毫不说明我为人如何慷慨，而是我把我将要去的那个新世界想得根本没有金钱关系，那么这些金钱对我来说就是多余的，对这个小团体却算得上杯水车薪、可济燃眉之急。这样做，我是十分乐意、心满意足的。我在他们这儿盘桓一日，便转上陇海路列车继续西行。

叶以群这时在西安一家报馆里主编副刊，老朋友在患难中相遇真是令人欣喜。以群把我安顿在离他家不远的鼓楼大街一家旅栈里住下，以群答应跟八路军西安办事处联系我去延安的事，我便游逛起这个古长安来。

西安的确气概非凡，不像汉口、长沙那样拥挤嘈杂，不过整个城空旷得简直有点儿荒凉，可惜我没有到昭陵去，给我留下印象的只是那座巍峨而坚定的东南西北四门相通的鼓楼，还有一圈高高的灰色的城墙和宽阔而行人稀疏的大街。以群告诉我联系的结果是要我到安吴堡青训班。一天，我正在街头走着，突然给崔嵬一把抓住了，原来他就住在离我的住处不远的一家客栈里。崔嵬是一个典型的山东大汉，面如重枣，热情洋溢，他讲话一面发出声音，一面做出动作，非常生动、感人，因此，一下就说服了我：

"白羽！你不是要打仗吗？何必到安吴堡兜那么大个圈子，还不如跟上我们到八路军前线去。"他的粗大的嗓门一下压低下来，严肃而神秘地告诉我，"我这次来西安，就是找八路军办事处办手续的。走！白羽！咱们一道到山西去！"

于是我放弃了去安吴堡的计划，跟了崔嵬一道到陕县找上第一队，一同动身从风陵渡过黄河，转上同蒲路火车到临汾去了。

## 四四 汾河风雪夜

这是非常有意义的一次旅行，如果说过去这半年我只一个人漂泊、流浪，这一次和大家集体行动，感到无比的和谐温暖。一辆铁闷子车厢中点着几支蜡烛，在列车的震动与微风荡漾中摇曳着一片金黄色明亮的光芒，靠两面车厢壁下，铺展着每个人的行李，大家坐在上面，随意谈笑、纵声歌唱，这真使我想起小说中读过的吉卜赛人的大篷车。我们在寒风凛冽中急行，我们向着抗日战争火线前进，这车厢里颇有一番战地露营的气氛。我想起京沪线深夜一个鲜活的生命猝然粉碎，那时我觉得我的心在粉碎、整个民族在粉碎！我又想起京浦路那夜晚从车底板裂缝吹进猎猎的寒风，辗动着车轮的辚辚，使我觉得整个山河大地都在崩裂、在消亡。现在，这一节车厢则完全不同了，是向着光明前进，因此也就特别显得明朗。大家由于很快就要见到八路军，心中各自有各自的兴奋、各自的喜悦，似乎睡意也骤然消失了。大家说得投机，说得欢洽，不知谁忽然提出：

"白羽！参加我们第一队吧！"

"我们一道到战地去活动，你要参加战争，这不就是战争吗？"

忽然，二十来人一起欢声呼叫起来。

我笑了，我的冰冷的灵魂在战火中第一次受到暖熨，金黄色的烛光照亮了我的心，我接受了朋友们的好意，我成为这个战斗集体的一员。

天明，我们到了临汾。当我们到达八路军总司令部驻地刘村时，也许是心理的原因，我感觉到这儿一切照满明媚的阳光，田野上的麦苗碧盈盈的可爱，汾河里的流水晶莹澄澈，没有落尽叶子的树林染出一抹鹅黄色的轻烟。在这里首先出来和我们见面的是丁玲和李伯钊，大家在一阵爽亮的笑语声中，互相亲切地握手，我们受到了热烈的欢迎。李伯钊穿一身灰色的棉军衣，足蹬一双苏联的软皮长筒马靴。丁玲披了一件黄呢子日本军大衣。后来我在美国《时代》封面上看到了丁玲的一幅头像，穿的就是象征胜利的这件大衣，她笑得那样爽朗、酣畅、明亮。我读过斯诺的《西行漫记》。我久已向往中国工农红军，现在我置身于这神奇而又美好的气氛之中，就如同久经风雨后阳光扑面而来，使我感到非常激动、非常幸福。我和朱德第一次见面就在刘村，对于这位工农红军的统帅、共产主义的伟人，我想留待后面再详加叙述。在这里我要介绍在我心灵历程中点燃过火焰、而后在抗战中英勇献身了的彭雪枫。彭雪枫是八路军驻太原办事处处长，随了战线南移而来到刘村，一身剪裁合体相当考究的蓝灰色棉军衣，衬映着他那白皙而清秀的面庞，他给我的第一个印象，这是一位儒将，是一位很有风度的人，他爽朗恬静、谈吐文雅、和蔼可亲，一见面，我就对他倾注了全部的信赖，后来他果然给了我以亲切的帮助，从而决定了我作为共产党人的一生。

彭雪枫给我们做了一个报告，讲明了整个山西战场的严峻的形势。太原沦陷，八路军和阎锡山的指挥部都撤到汾河以南，战斗在介休一线进行，不过目前十分沉寂，因为日本军队像饥饿的野狼吞下半壁河山，正在咀嚼、消化，以便缓一口气再猛扑过来，因此，临汾随时处于岌岌可危之中，但严峻中也隐含着一派乐观。就是晋察冀第一个抗日根据地已在敌人后方屹然矗立，像一把锋利的匕首插在敌人脊背上了，只要这只野兽一动弹，它就会疼痛得拼命嘶喊。与此同时，八路军正在向晋东南太行山一带发展，不日还要派遣部队向山东敌后进军。总的看来将是敌人占线，我们占面，一只一只棋子投将下去，苦战八年的这一盘残酷拼杀的棋局就此展开来了。我昂然、我振奋，想起半年来惨淡经营、苦苦追索，现在的局面出现在我面前时才特别显得豁然开朗。我的心灵立刻从我所在的汾河边上这间屋子里飞逾了出去，飞过千里关山，我设想我将投身于这一庄严的搏斗，而且我希望回到我的家乡那丰饶的土地上去作战。由此，就在我参加第一队之日，已经定下了离开第一队的决心。

不过，在第一队这段时间，还是我终生难以忘怀的日子。

在这里，我必须记下隆重、庄严而又颤动心灵的一个夜晚和一个清晨。

那是我们在一一五师巡回演出的时候，汾河一带已经大雪纷飞。忽然得到一个消息，明天将要有一支部队出发到山东去创建根据地了。我们用什么来欢送这支远征的英雄部队呢？我们难道只能唱："起来！不愿做奴隶的人们……"或者"大刀向鬼子们头上砍去……"这些人们都已经熟知了的歌子，为什么我们不能创作一支新的歌献给远征的人们呢？！于是决定要作一首新的歌子，这个任务自然落在了贺绿汀头上。

我和贺绿汀住在一间农舍里，农人家在外间屋火灶里烧火做饭，把我们住的屋子熏得十分暖和。农人家早早就睡下了，于是这间屋子里十分寂静。在火炕上，贺绿汀在一只小炕桌上工作，我就蜷卧在他的身后睡眠。那一夜，茫茫风雪不断吹拂在糊窗纸上，发出萧萧瑟瑟的声音，我在朦朦胧胧的睡梦中似乎听到汾河上的冰冻清脆而寒冷的响声……我想着明天这大队的远征军就将在冰天雪地之间踏出一行黑色的蜿蜒曲折的足迹，一直迤逦向风雪迷茫的无尽之处……我睡着了，但是，那一夜我醒来几次——我看见一团红蒙蒙的烛光照耀在贺绿汀那清癯、肃穆的面孔上，他在默默地沉思，而后又动手在纸上写了起来……我又一次醒来是冷醒的，那应该已经是下半夜了，屋中的热气似乎已经消失尽，而风雪又把冷气从窗棂上吹了进来，我看看贺绿汀依然静静地坐在那里。我觉得他的整个生命完全沉浸在忘我境界之中，当作烛台用的瓷盘里，已经淤积凝冻了一大堆红色的蜡烛油脂，在我睡着的时候，我想他已换了几次蜡烛了，新的油脂还像他自己的透明的血泪一样流下来，在那儿莹莹闪光。我一生中交了不少画家、作家、音乐家朋友，但我能把我的幻想、我的梦想、我的生命和他的神圣的创作在共同的一个空间、时间之内融合在一起的，却只有这一夜、这一次——茨威格在记叙《马赛曲》诞生的那一夜，曾经讲道："即便是一夜之间奇迹降临到自己身上的人——鲁热·德·利勒也和其他人一样，没有料想到自己在那一夜里像一个梦游者似的在偶然降临的神明的指引下创造了什么。……于是，这歌声像雪崩似的扩散开去，势不可挡。……当这些成千上万的士兵同时高唱着这首军歌，像咆哮的海浪向他们的队形冲去时，简直无法阻挡这首'可怕'的圣歌所产生的爆炸力量。眼下《马赛曲》就像长着双翅的胜利女神奈基，在法国所有战场上翱翔，给无数的人带来热情和死亡。……"

我不能描叙贺绿汀这一夜内心神奇复杂的各种活动。

但直至今天，我还不能不为我和他共同经历了一个奇迹降临之夜而心情激动。

那一夜，我觉得贺绿汀一直都沉浸在庄严、肃穆的忘我之中。

我最后一次醒来已是黎明，一派漾漾的青蓝曙色透入纸窗。

贺绿汀还依然坐在那长长的跳荡的烛焰下面。

这时，我突然发现他的容颜是那样完美、那样神圣。

这种全身心、全生命沉浸其中的创造，使我懂得创造一首打开亿万人心灵之窗的歌子，和上帝在创世纪中创造宇宙和人间一样的伟大。

今天，当我想到几十年前汾河上这一个风雪茫茫的夜晚，我就更加体会、理解了，这一支歌曲的诞生是血与火的燃烧，这位作曲家把他的鲜血与生命完全融进这个作品之中，从而使这首歌在亿万人民心灵中得到回响。两年以前，我听到一首英国的民间歌曲，从里面我发现了和《游击队之歌》的音阶和韵律相仿之处，我想也许贺绿汀在不知不觉中会受到一首英国歌曲的启发和示意，但在中国血与火的抗日战争生活源流的浇灌之下，这已经是一次完全崭新的创作了。

天明以后，我们第一队全体队员学唱了这首歌子。

大风的呼啸越来越猛，大雪的旋卷越来越烈，就在这风雪交加之下，我们全队人站在村口，每人手里拿着一张乐谱和歌词，眼看着一支雄壮威武的队列走过我们面前，我们高声唱起：

> 我们都是神枪手，
>
> 每一颗子弹消灭一个敌人，
>
> 我们都是飞行军，
>
> 哪怕山高水又深。
>
> ……

在队伍的前面，有一个充满青春蓬勃之气、十分活跃的指挥员。他向部队回转身去，带领部队震天撼地地呼出口号，我永远记得这口号和歌声融为一体是多么生动、感人，这位指挥员就是肖华。他那紧紧扎着灰色棉军衣的皮带上，佩带着一支小小的手枪，他的背影渐渐远去、渐渐消失在迷茫的风雪之中。正是他把这支《游击队之歌》带到敌人后方去，而后这歌声果然就像燃起一场大火，一下响彻人间。多少人唱着它挺起刺刀，多少人唱着它冲入战火，多少人扶着垂危的烈士听他口里还响着这支歌子颤抖的微声，而后潸然泪下，奋然跃起，旋风一样杀向敌人。

创造《马赛曲》的作者是位年轻的上尉，而《游击队之歌》的作者是一位音乐家，但他们同样是在一夜之间，创造了人世间美好的永远流传的歌曲。这一夜的确降临了奇迹。

## 四五　苍穹之幕

我作了一项决定，使我接近了我一生中那一个巨大的转折点。

如前面所说，在我参加第一队之日，就是我退出第一队之时，当然这是与八路军这个新世界的生活气氛吸引有关。第一队的朋友们对我离开第一队有各种说法，现在到了我公布这项秘密的时候了。

有一个夜晚，我去拜访了彭雪枫。

我坦率地向他表示我决计留在八路军参加战斗。

他为难地望着我。

我知道我必须恳切而详尽的说明原委，我告诉他：

"我不是第一队的成员，我是一心要投奔八路军，为了能够亲自上火线参加战斗，只在来临汾的前夜，由于朋友们的热情。实在情不可却，我才参加了第一队，我不会演戏，在第一队无所作为。希望你帮助我，我无论如何也要到八路军里来。"

我看出彭雪枫被我这个年轻人的情辞恳切感动了，但是他跟我说：

"中央有个决定，凡是从国民党地区来的团体，一定保证全体出去，否则对统一战线不利。人家说我们瓦解了他们的队伍，第一队不是国民政府第三厅领导下面的一个队吗？"

我们两个人都沉默下来。

在这一瞬间，我的心潮奔涌，几乎流下眼泪，我努力作最后的挣扎：

"我可以声明我脱离第一队……"

"你这样做，别人也跟着这样做怎么办？"

我太绝望了，我几乎到了不能自持的地步。

我的性格、我的为人、我的心灵，在这关键时刻，又一次显示了它们的作用。彭雪枫已经用他的感情来理解我的感情，他像对亲人一样对待我，他说：

"你既然有决心，那就这样办吧！你脱离第一队到汉口去，我不久就要去汉口了，你可以到八路军办事处找我，我再介绍你回到八路军来……"

我紧紧地握住彭雪枫的手说：

"这真是一个绝妙的好办法，我太感谢你了！

"但是此事要严格保密，不能跟任何人说，否则都要照章办理，我就不好说话了。"

我高兴得几乎蹦跳起来，一个热血青年奔向光明的心是何等辉煌灿烂呀！

我向彭雪枫提出保证：

"我决不向任何人透露。我明天就脱离第一队到汉口去！"

这就是为什么我没有讲出任何理由，而突然从前线向后转，在我说出这一决定时，坚不动摇，这时，我从第一队朋友们的眼光和脸色上看到迷惑，甚至冷酷的怀疑。那是很可怕的！因为我和这些朋友相处时间虽然不长，但是感情十分融洽，这突然的离去，又说不出一个可信的理由，他们会不会认为我怯懦了，我动摇了？但，我坚决地忍耐住了，我第一次懂得忍耐是最大的坚决。我低下了头，提着我唯一的一只手提箱，从温暖的气氛中一下冲入凛冽的风雪之中。就这样我和王余杞结伴同行到了汉口，王余杞立刻在交通大学同学会找到他那舒适的住所，我一个人却孤零零地被抛掷在旅栈之中。谁料我从茫茫人海中竟然找到一个机缘。我住的旅栈就在交通路上一条小巷子里，我下楼闲走，一下看到"上海杂志公司"的招牌，进去一看从一本新书上见到叶以群主编的名字，我就去找公司的经理张静庐。我不认识此人，一生当中也只有这一面之缘。书店的伙计上楼通报之后，随即引我走上楼梯进了经理室，我就向他打听叶以群的下落，他随即打了一个电话，等了一段时间，叶以群就笑吟吟地走进来。原来南京沦陷，武汉成为首都，便也成为战时文化中心了，以群就从西安到这儿来了，主要是协助茅盾筹备出版《抗战文艺》，他自己也给上海杂志公司编辑一套丛书。当张静庐知道我从临汾前线来，立即约我为这套丛书写一两本报道八路军生活的书。以群在一家裁缝铺的楼上给我找了一间房子。以群还答应由他和八路军办事处联系打探彭雪枫到来的消息。武汉还是那样熙熙攘攘、热闹非凡。我的窗下是一个弄堂，整天听着湖北女人声高嗓大的吵吵嚷嚷，我却日夜不息、争分夺秒地埋头写作，虽然身处战乱之中，这段生活里也有醉人之处。时届深冬，我住的屋里冷得像个冰窖，写到半夜，手指冻得僵硬起来，心脏也在簌簌地发抖，我便走上街头，在灯光通明的吃食店里吃一碗滚烫的冰糖莲子，真是既甜蜜又温暖，洞庭湖的湘莲的那股清香味儿，至今好像还留在口中，沁入心田。就在这个荒凉的亭子间里，我写了与王余杞合著的《八路军七将领》，我又独自写了一本《游击中间》。

在一个大雪天的上午，叶以群跑来，在楼底下扬头呼唤我下去，我一到下面，他就通知我要我立刻到八路军办事处去。那天大雪纷纷扬扬，落白了整个世界，我顺着沿江大道，踏着深深的积雪走去。这时长江两岸一片白色，更显得中间的长江涛黑如墨、汹涌澎湃，一直流向无边无涯的天际。我按着叶以群开给我的地址，冒着风雪一直走到很远很远的原来日本租界地里一处日本式的楼房。我通报进去，出来的不是彭雪枫，而是我不认识的吴奚如。他迎我进入一间客厅，要我等一等，他走了进去，隔了不久，又走出来说：

"彭雪枫同志正在开个重要会议，不能和你面谈，这是他亲笔写的一封介绍信。要你到临汾找杨立三，现在北方形势吃紧，你必须立刻北行，迟了怕临汾就要失守了。"

……后来在延安见到吴奚如，他告诉我当时彭雪枫已受命到新四军担任师长，那一天，周恩来同志他们正在向他布置去新四军的任务，彭雪枫很快就离开汉口到河南新四军部队里去了，后来，他就在那儿一次遭遇战中身中数弹，壮烈殉国了。

我怀中揣了彭雪枫的介绍信立即登上了北上的火车，谁知就在我到达郑州时，这严峻而悲壮的大时代在我面前展开了血火冲天的一幕。火车到达郑州，日本飞机刚刚进行过一场残酷而又疯狂的大轰炸，我一出站台，一下就给一片恐怖的血红色惊呆了。车站前广场上，到处是炸碎的人肉。炸飞的鲜血，在电线上挂着血淋淋的残肢断肌，随风飘扬着女人的长发……火焰在残垣断壁中熊熊燃烧，地面流满了赤红色的血水，我听到悲惨的哀号，炙热的火气扑得我满脸发烧……崩溃！碎裂！沉没！毁灭！我只觉得面前从天而下垂着一片颤悸、抖擞的血红的苍穹之幕……啊！我在一刹那间，看见了我的祖国，我的民族，我的苍天与厚土在血与火中挣扎、死亡的面目。这一切满满塞在我的胸臆之中，我简直无法微微喘息。

我悲恸吗？我激愤吗？

不，这流漫华夏大地的血啊！

使我清醒，使我宁静，而且使我平心静气。

我的心成为一把雕刀，我要把这悲壮而庄严的景象深深地镂刻在我的心上。

我不能再看了，哪怕再耽搁一会儿，我自己就跟随这大地一道毁灭了。

我转过身来，背向着火场与屠场。

但一股焦煳、腥膻的旋风忽然向我背上扑来，就像千万重崩裂的山崖一下向我身上压下，我在这强力的震动下，突然一下扑倒在地面，我的两手紧紧抓住焦土，我的胸脯承受着大地的震颤……

我没有泪水，这是泪水干枯的大时代。

我没有嘶喊，这是天地无声的大时代。

## 四六 心望

经过郑州那火的炼狱，我像得了昏热病一样，失去了正常的知觉，失去了清醒的意识，我不知道我是怎样登上西行列车的，我眼前总闪耀着恐怖的红光——血光、火光……只在火车行驶很久之后，我才发现我周围动人的情景。车厢里大部分是青年男女，最初使我清醒过来的是我身边的喁喁细语。那是坐在我后面一排座位上的两个少女，她们像两朵鲜花一样美丽，像两个亲姊妹一样亲密，她们两个人把头紧紧凑在一道，乌黑的头发给风吹得拂拂飘动，洋溢着青春的气息，她们不是也踏着郑州的血与火走过来的吗？可是血淹不了她们的温柔，火烧不掉她们的芬芳，她们掩饰不住纯真的欣慰，她们低首纵谈，长长的睫毛在扑簌簌的颤悸，鲜红的嘴唇在微微嚅动：

"我们的目的地越来越近了……"

"不要说！我说你不要作声！……"

"我忍不住，你摸摸我的心在跳！"

"真的……我的心也在跳……"

"我多么想唱一个歌啊！"

"我说还不到那个时候……"

"到那时候，我白天也唱，黑夜也唱。"

……

多么可爱的青春的血液在细密的血管里潜然流动呀！

从这片断的言谈中，我明白她们也是到那儿去的了。

我又放眼看看周围，年轻人的稚嫩的脸上都漾着甜蜜的微笑。

我明白她们和他们都是向那一个神圣的地方行走的。

天真、热诚，使他们表面装得若无其事，可是眼波一动彼此就有了深切的会意。

这样，我渐渐清醒过来了。

我如同荡漾在清净的河流里。

我如同徜徉在明澈的阳光下。

我如同沐浴在温暖的春风中。

只要有这一股坚定的信念，一个崇高的愿望，

艰苦与患难、流血与死亡好像就从我们身边消失了。

敌机不断侵袭，火车走走停停，火车一停人们就连忙跳下车去，车停在荒野之上，如悬高空之中，一个跟一个纷纷跳跃下去，有的跌得流出血来还欢笑还喊叫，飞机一过去，车又不声不响地行驶起来，于是人们又奔跑着、紧赶着，

一个跟一个又爬了上来。列车又辚辚辘辘地奔驶起来，人们从死神那里又一次博得胜利。我多么想跟随这一群身手矫健、无忧无虑的人前去啊！但由于我投奔八路军前线，得在潼关下车，从风陵渡过河，转上同蒲路乘火车到临汾去。火车到潼关是深夜里，我一个人站起来准备下车。借了车窗外闪进来的朦朦胧胧的光线，看见我身后那两个姑娘，一个眉清目秀的少女靠在车壁上面，另一个有着鲜艳红苹果圆脸的姑娘把头枕在前一个姑娘的肩头，她们都在沉沉酣睡，不知在做什么样的梦，那圆脸蛋上一双酒窝在轻轻颤动。我一点儿也没有惊动她们，只给她们留下深深的祝福，就下车去了。

潼关车站上深夜沉沉，寒风瑟瑟，漆黑的夜幕下，只见有几团白的红的闪光在不停摇晃，那是客栈上的人来迎接顾客招揽生意，手上摆动的是纸灯笼。我没有给他们拉去，独自一人找到了中国旅行社那一所白色的平房，我敲响门窗，里面有人应声而出，我随即住进一间暖和的房间。躺在被窝里，我盘算着行程，下定决心明天暂时不渡黄河，在这儿停留一天，我不知为什么做出这个决定，我美美吃了一顿晚饭，就踏踏实实地睡去了。

第二天，我一个人向风陵渡走去，黄河横在我的面前。远远望去，只见一派浓浓的黑云给狂风抓住撕住，而后拂然而去。

当我走到黄河边上，忽然觉得我这个人一下变得十分渺小，十分孤独，黄河是那样莽莽森森、巨大无涯，一阵天地崩裂、人心战颤的狂暴的声音挟着风声水势扑面而来。风陵渡是黄河从北面壶口大瀑布奔泻而下在这儿折转而东的地点，河面开阔，一望无际，我举头望去，酱黄色的急流挟着白森森的冰块横流直泻，从天而降。黄河水上一股股浪涛有如万千条飞翔旋转的蛟龙，彼此扭滚着、旋卷着，好像每一个水头都想争夺在另一个水头的前面，因而冲激流荡，像飞箭、像急风，紧跟在后面又是更加狂放、更加奔腾旋转的浪头滔滔催逼而来，声威赫赫，寒气瘆人。我站在黄河岸上，听着黄河发出呐喊、发出呼啸，水声、风声，汇成一股急流，这时我的心灵一下变得非常庄严、肃穆，我的心灵整个地拥抱着黄河，和黄河一道上下翻腾、左右飞翔。我在抗日战争中曾九渡黄河，但这是我最心醉神迷的一次。到这时我才明白我为什么要在风陵渡口停留一天了，我需要在这儿回首往事，默想沉思，向过去告别。我细细回溯从芦沟桥事变这半年以来，我遭遇的一切，我忍受的一切，从北平到天津，我踏上走向刑场之路，从上海到南京，我乘上运灵柩的列车，我踏遍南北，流离四方，一直到我在郑州目睹惊心动魄的血的苍穹之幕，我看见的都是大崩溃、大燃烧、大粉碎、大沉落、大毁灭、大死亡。在这些情景之下，我的一腔热血也渐渐冷却下来，当我站在黄河跟前最初一刹那间，我的心灵还像一只孤帆漂浮荡漾，上面满是风雪撕裂的伤痕和疮疤。在这悲苦而凄凉的半年中间，我茫茫然地奔走、茫茫然地追寻，只有今天，当我站在黄河面前，感受着黄河神威的震慑，我的心灵才一下霍然明亮，像天堂打开一扇豁亮的窗门，光明射入了黑暗的人间。

我从黄河边转过身去。这时我明白了，向过去告别正是为了向前奋进。

我意识到我站在人生之涯的分界线上，是的，我再也不会回到往昔了，我再也不会那样彷徨无主、任意流离了。

在这一刻，我深深责罚着自己的灵魂。

从少年到青年这漫长的旅程上，生活的冲激、精神的冲激、民族的冲激，有如三股飓风，将我推上高天。谁知就在这时，抗日战争爆发了，大气的旋流一下把我打入血的深谷，我来不及清醒、我来不及思考，就这样在血海里挣扎、在血海里泅泳，但那时是想寻到一个岛屿，哪怕能在上面做片刻的喘息做一阵沉思。但是不能，但是没有，在旧中国的土地上，一切都在分崩离析，哪里有这样的岛屿？我只随了血与火的大潮的涌动，逃亡，流浪。现在想来，其实我还是恋恋于崩裂了的残片，辗碎了的粉末，尽管烈火无情地燃烧，但我还没有切断旧世界的千丝万缕，真是可怜！真是渺小！真是卑微！真是委琐！但人生啊！宇宙啊！我向哪里申诉？我向哪里恳求？好像命中注定我必得要踏过这一段荆棘之路，才能从死亡里获得新生。正是在那熊熊烈火、滔滔血流之中，我不是走进炼狱，而是迈过一道神圣之门。特别在面对黄河万古滔滔的时候，我意识到正由于迈过这座神圣之门，我和我的民族的灵魂一道从血海中升华起来，是的，这就是历史，决定人类命运的无比悲壮、无比璀璨的历史，不论生活的长河漫漫流到何时，流向何方，它带着震撼人心的嘶喊与闪光，耀然出现在人的面前。现在我听到黄河的呐喊，怒吼，是血水揩亮了我的眼睛，我霍然间看到华夏的精灵，它是何等活跃、飞扬，我正好引黄河之水冲洗我的心灵。

是抚今忆昔之日，是方生未死之时。

那是个晴朗的冬天。可是乌漆漆黑压压的黄河，使我感觉不到一点儿灼灼的阳光，眼前一片混混沌沌，像大气在急速地旋转，像宇宙在猛力地旋转。今天，只有今天，当我们在现代化建设大潮中奔腾前进之日，我们更清楚看到那正是我们民族崛起之时，是敌人要我们毁灭与死亡的时代，是我们从血火与废墟中新生的时代，我常常想我们中华民族是真正美丽的，是真正美丽的。

黑夜降临，寒风刺骨，但我还站在黄河面前。我的两眼一眨不眨，尽管我已看不到欢腾翻滚的黄河河水，但从那雷鸣般隆隆的声音，使我获得人天合一、浑然一体之感。

我一个人站在这漆黑的夜里，但是我不再感到孤寂。因为我心灵深处闪着灼人眼目的红赤赤的火星。

是的——这是一道分界线。

在这以前的一切，那沉重的一切，痛苦的一切，都像一页书一样掀过去了。

在这庄严而神圣的时刻，我不想用多余的话来刻画我的心灵，我回到我的住处。现在我品味到，我的意境很像罗曼·罗兰的《约翰·克利斯朵夫》的结尾：

"圣者克利斯朵夫渡过了河。他在逆流中走了整整一夜。现在他结实的身体像一块岩石一般矗立在水面上，左肩上扛着一个娇弱而沉重的孩子。圣者克利斯朵夫倚在一株拔起的松树上；松树曲折了，他的脊骨也曲折了。那些看着他出发的人都说他渡不过的。他们长时间的嘲弄他，笑他。随后，黑夜来了。他们厌倦了。此刻克利斯朵夫已经走得那么远，再也听不见留在岸上的人的叫喊。在激流澎湃中，他只听见孩子平静的声音，——他用小手抓着巨人额上的一绺头发，嘴里老喊着：'走吧！'——他便走着，伛着背，眼睛向着前面，老望着黑洞洞的对岸，峭壁慢慢地显出白色来了。

"早祷的钟声突然响了，无数的钟声一下子都惊醒了。天又黎明！黑沉的危崖后面，看不见的太阳在金色的天空升起。快要倒下来的克利斯朵夫终于到了彼岸。于是他对孩子说：'咱们到了！唉，你多重啊！孩子，你究竟是谁呢？'孩子回答说：'我是即将来到的日子。'"

当然，我不是圣者，但我的确艰难跋涉过这一道河流，我抓到我未来的日子。

我酣酣睡了一觉，没有呓语，没有梦幻，第二天清晨，我变成了一个新的人，我用手捧起冰凉的黄河之水清洗面孔，我感到无比的清爽，无比的新鲜。

我踏上了风陵渡摆渡的大木船。

我立刻觉得整个身子在摇晃，因为这只灰黑色的古老面又青春的大木船像跃跃欲试的战马，已在狂涛骇浪中冲激震荡起来。

狂奔怒啸的黄河，挟着寒风，掀着浮冰，激着浪花，水流之速，水势之猛，只要看看我们的船只就一目了然了。我原以为激越难挽之澜，横穿悬天之涯，要经过万千挣扎，无穷飘荡，谁知船竟如离弦之箭，给风卷着，给浪催着，在摇橹人声声呐喊之中，一转眼就靠拢黄河的北岸了。我离开木船，踏上大地，想到我从此将投身于自由而舒畅的生活之中，将得到无穷的兴奋，无涯的喜悦，我回过身来，想再看一眼黄河的南岸，可是黄河如此辽阔，只见滔滔急流，茫茫云雾，却连一点儿土地的影子也看不见了。

# 第六章

——

# 路漫漫其修远兮（一）

### 四七 启明星

我在一片苍茫暮色中来到临汾。

我第一脚踏上这片土地，立刻听到沉重的炮声，有如阵阵寒风向我袭来。夜色就在这时渐渐降临了。

但经过黄河的洗礼，我的心境跟从前大不相同，我隆重地向北方前线望去，送去全心的敬意。我看见了我自从战乱以来从没看见的景象。透过迷蒙的夜色，向前方凝眸而视，我仿佛看到一面红旗超乎一切混战之上，超乎一切死亡之上，在猎猎飘舞着。那就是我的追求！那就是我的理想！不久之前，我在这儿度过神圣的漫漫风雪之夜，从那时起，我的心、我的灵魂便已属于这新世界黎明的创造者了。而这一瞬间，我轻声密语："我的北方的大地！我的汾河！我的风雪！我的兄弟！我的亲人！现在我回到你们中间来了，从今以后我不会再离开你们了，无论流出我的鲜血，无论献出我的生命。即使死了，也死得甘心，我将告慰我的心灵，我是在黎明中死去的……"读者们该没有忘记，在面对黄河怒涛汹涌而下时，我曾经想到我生命中的分界线，而现在我更加清晰地看清楚了这条分界线，分界线的那面是黑夜，分界线的这面是黎明。而这就是我在以往半年岁月中看着大地的崩裂、粉碎，听着苍天的哀号、呻吟，而苦苦追求的黎明。我苦难中挣扎的祖国啊！在烈火中燃烧的祖国啊！我向你宣誓："我相信生活是美好的，我知道我的位置在黎明前哨的岗位上，为了美好的生活，我愿在黎明前哨岗位上死去……"

车站前面一片混乱，无数冷凄凄的灯火在摇来晃去，朦朦胧胧中照出前呼后拥、你推我攘地向火车拥去的纷纷逃难的人群。

一抹微笑暗暗浮上我的唇边。

当他们向后退却时，我却迎着他们向前行进了。

这是我在战争中第一次获得的快感。

我在一条深巷里找到八路军总兵站，见到杨立三，我把彭雪枫写的介绍信递了上去。

如果说彭雪枫是我生命之途中第一盏引路的明灯，那么，杨立三就是我生命之途中第二盏引路的明灯。

他那里灯光明亮、人影幢幢，电话铃声一阵接一阵紧密地响着。

这是前线上一个繁忙、紧张的夜晚。

杨立三像钢铁一般结实、一般刚毅——在汾河前线危急存亡的时刻，他泰然自若，镇定自如，不时地在电话里讲着短促而果断的言语，又不时地对接受任务的人作着简明而条理清晰的部署。读完彭雪枫的信，他用明亮的眼睛望了我一下，说：

"你来得正好，你如果晚来一天，怕就找不到我了。"

我一听蓦地一惊，想到我在潼关竟然那样大胆、那样勇敢地决定在风陵渡耽搁一天，这是多么大的危险啊！

"同志！现在你的任务是去好好吃一顿晚饭，睡一夜觉。"

我被一个小八路引到总兵站斜对面一座庭院里。我闻到一股甜丝丝的烧玉米秸的香味，灶火眼里闪着红红的火光，屋子烧得七分火热，一个白搪瓷脸盆盛着大米饭，一个白搪瓷脸盆盛着猪肉，热气腾腾、香味扑鼻，在我眼里，这种情景也显示出一个新世界的风度，一个新世界的气氛。我从汉口一路奔来，至此实在疲劳不堪，我真无法描述进入八路军这个既新鲜又温暖的天地的第一个夜晚。我只觉得从黄河上带来的冰冷，至此才慢慢暖化、融解。

第二天是临汾城猛烈颤悸的一天，敌机的空袭频繁而又残酷，随着一阵又一阵炸弹的爆炸声，腾起的黑烟像一卷一卷乌云，腾空而起。在这黑色云团中闪烁着耀眼红光。我为了完成一个友谊的嘱托，来到街上。炸弹像雨点般落下，我就伏倒在地，飞机一转过去我又跃起来狂奔，我终于把胡风托我带给萧军、萧红的一封信交到他们手上。

经过狂轰滥炸，临汾面目全非，不过我的心灵经过黄河的冲激，心境跟从前大不相同了，我目睹临汾的葬礼，心中虽有悲愤却无哀伤，我看到一个人带着满身淋漓的鲜血在战火中昂然站立，他死得那样动人、那样壮烈。焦煳味与血腥味随着黑烟，弥漫了整个空间，这时整个城里充满了纷乱的骚动，人们向这个城市最后诀别的时刻就要来临了。

又一个苍茫的暮天到来，我接到立刻出发的命令。

我随同一些人走出城，天很快就黑了。由于天黑看不见任何景象，我只觉得在一条崎岖弯转的田园小路上折来转去，周围的人越聚越多，但却静悄悄的默不作声，不知走了多少时间，不知走了多远的路，不过当我回过身来看时，临汾方向有如暴风雨前的闪电，一闪一闪地亮着红色的火光。我们在一个村庄停下来，我在这儿度过了一个明亮的、神奇的夜晚。我有时也把它叫作一片闪光琉璃的夜晚，因为那一夜的确通宵达旦，灯火辉煌。一处宽阔的大院里，地下摆着无数从马背上卸下来的装得满满登登的驼架，黑地里马群摇着轻微的项铃、喷着响鼻，从那里送过来一股清冷香甜的喂马的玉米秸、青草和黑豆的香味。我从这中间绕来绕去，走进一排几间打通的明光敞亮的瓦舍农房。屋梁上悬着好几盏雪亮的马灯，人们出来进去川流不息，窗户下面有一铺很长很长的砖炕，上面铺了毛毡，有些人已经在炕上沉沉入睡，他们告诉我："今晚不走了，你上炕睡觉吧！……"我从来没有在如此雪亮的明光中、在如此嘈杂的人声中睡过觉。大概是由于游手好闲没事可做，并且走了很久夜路觉得疲乏了，因此不久也就睡着了。我醒过来几次。每一次都觉得灯光是那样刺眼，而且不断有人进来、出去。

出来进去的大部分是穿了灰色军衣的人，但也有普通的农民，很可能是民工，他们头上扎了一块羊肚手巾，就坐在我身旁炕沿上，不停地端着烟袋吸烟。那呛人的烟在我周围弥漫了一团云雾。

于是我又蒙蒙眬眬地睡着了……

……也许就由于这辛辣焦煳的烟味吧！在这儿我做了一个噩梦。不过这是我一生中最后一次做这样的梦了。可能是由于童年稚嫩的灵魂上留下的烙印太深了，成为一种神经不正常的病症。我梦到成千上万的臭虫，遮天盖地地向我身上爬来，而且在我的四周像群魔一样舞蹈，长着毛茸茸的利爪，这种利爪还发出咔啦——咔啦的声响，这些魔鬼生着枪刺一样的口喙，一直刺入我的肺腑之中，狂吸我的鲜血——这太可怕了，一觉醒来，冷汗淋淋，心头怦怦跳动，我想这也许是我进入新世界以后和痛苦的童年最后的诀别。不错，这也许是旧社会留给我的残余最后的一次发酵，不过后来的事实说明，我当时的想法过于武断，我的旧的灵魂的熄灭和新的灵魂的生长，还经过了很长一段时间，并且经历了残酷的、激烈的搏斗。不过，的确，从此以后，尽管我还时常神游梦境，却没再梦见这鲜血淋淋的场景了。这一次惊醒过来，我再也不能入睡，我看见窗玻璃上已经露出青蒙蒙的黎明的曙色，原来梦中听到的咔啦——咔啦的声响，是骡马在咀嚼的声音，还有人们踏踏的脚步声。

清晨，我们开始作远程行军了。

我们踏过一道桥梁，河两边靠岸的地方冻了雪白的一层冰，更显得河心激流像浓浓的墨汁，流水上微微荡漾着的一层水汽，展眼望去，远远近近无边无际的麦田一片苍翠盈盈，村庄都笼罩在朦朦胧胧的灰绿色的雾影里面，这里那里，像一支合奏的乐曲一样，传来晨鸡嘹亮的鸣声，汾河流域的冬天还是如此美丽动人。我们在麦田中间的小路上走着走着，如同许多小溪汇流成河，各个村庄出来的人群，渐渐会合到大路上，形成了一支浩浩荡荡的队伍，秩序井然地向西方行进。在行进中间，我们六七个人形成一个小小的群体。这里没有过去半年间我在国民党地区所经历的那种混乱、凄凉、崩裂、死亡，而是不停地听见人声笑语，不断地扬起热烈的歌声。

我们渐渐地离开了滋润的原野，折入乱石山中，一股一股尘土飞扬起来，使得天上地下，一片苍白。这是一次艰苦的跋涉，也是一次愉快的旅行。我既兴奋又欢乐——我一生一世都不能忘记这一段在我心中永远闪光的日子。这是我第一次在我们队伍中行进，这是我第一次感受到同志的温暖……读者们在前面已经看到，从童年以来，漫长的岁月，我都浸在灰色的泪水之中，现在我头一回来到自由的理想之光当中。我们这个小集体，是这支小部队中唯一的一组穿着便衣的人，但我们就像在天空自由翱翔一样，融合在滚滚铁流之中。我们在一道吃饭、一道宿营，很快就结识成为亲密的伙伴了。都有哪些人，由于年陈日远我已经记不清楚，但有两个人现在仿佛还在我面前，这就是赵志萱和王龙宝。她们是两个亲如姊妹、形影不离的伙伴，你看到这个立刻就会发现那一个。赵志萱十分柔顺安详，而王龙宝像一个男孩一样活跃，行军走路，两脚好像也是一跳一跳的，她说话声音响亮干脆，她也是常常带头歌唱的人。此外还有一个长满络腮胡须的老裔、一对姓马的夫妇、一对姓王的夫妇，现在在记忆中都已依稀不清了。在这一小群年轻人中间，给我留下最深刻印象的当然是赵志萱，她是一个和蔼可亲而又沉稳练达的大姐姐型的人，和大家相处得十分融洽，给人一种信任感，因此很快她成为我们这一群人的灵魂。我对她印象所以深刻，是由于后来和她接触较多，从延安到东北，一直到 1958 年，我们在哈尔滨还见过一面。那是我去参观水轮机厂的时候，出来迎接我的厂长，原来就是赵志萱。多年分手，骤然相聚，真是格外地高兴。她带我看了高大的厂房和悬吊在半空中正在制造的涡轮机。她这样一个温顺的人，与那钢铁的轰鸣似乎协调不起来。这时我才发现，在她柔和的外表下有坚强的魄力。我们的国家即将有多少发电站矗然立起，为茫茫大地送去神奇的动力，这一幅动人的情景引起我热烈的憧憬，神奇动力的创造者，却是一位丝毫没有叱咤风云之感的女性。

她指着那巨人一般高大的涡轮机告诉我：

"这是给新安江发电站造的主机！"

我不无惊奇地问她："你怎么搞起机械来了？"

"我从到东北就干上工业这一行了，我先后搞过机床、锅炉，怎么不能搞涡轮机呢？"

当时她的爱人正受到政治上的冲击，可是她连一点儿郁悒的痕迹都没有，还是那样从容不迫，神情豪迈。

她患胃癌逝世前留下了一篇题名《道路》的遗稿，这是一篇没有写完的文章，后来，陈伯村同志寄给了我。我读着读着，渐渐地明白了在那战火岁月中我为什么对她怀有亲切之感，原来她和我有着共同遭遇，同样出身于一个黑暗的大家庭，同样是一个被遗弃的孤儿……不过不同的是，她比我觉悟得更早，而且参与了革命斗争。自此我才明白，她所以留给我深刻的印象，一方面固然由于我们有同样凄黑的命运，但更多的是她有一种革命者的风采。应该说在我们中间她是最成熟的一个。比起她来，当时我是多么幼稚、多么无知，难怪我对她暗暗有一种崇拜之感。现在，为了纪念这个一齐奔往延安圣地的同伴，我摘录一段她的自白。难道还有比这更能打动人心的吗？

"……大多是东北沦陷后，流亡到北京的青年学生。他们思念着在日寇铁蹄下倍受煎熬的亲人，他们渴望着政府出兵收复失地，报仇雪恨。但是，他们目睹了国民党政府的种种行为，继东北之后又在出卖华北。满腔的血泪仇、亡国恨，激励着他们敢于向一切旧势力猛冲，向一切妥协者宣战。我在一座熊熊大火熔炉里，又一次点燃了胸中未熄的火苗，我和同学们、同乡们一起参加了每一次的绝食和露宿的斗争……

"一九三五年，是不平凡的一年，对于我，对于千百万青年，是有划时代意义的伟大一年。

"……面对日本帝国主义的侵略，国民政府的卖国，正义的人民莫不义愤填膺，如火如荼、势不可挡的抗日烽火，在十二月九日，由北京学生高举战旗、点燃了火炬，掀开了轰轰烈烈的中国抗日战争的革命序幕。

"'一二九'这个难忘的日子！刚刚考进燕京大学社会学系的我，丝毫也没有踌躇地站进了爱国的行列。燕京大学礼堂里的短短的聚会，千百个同学一条心、一个声音：'我们要抗日！'队伍在清早，顶着星月出发了。觉醒了的中国青年，怒吼了的中国青年，被镇压得愈厉害，反抗镇压的战斗力愈坚强！十几个人抬起一根根大木头，向顽固地阻挡我们前进的西直门猛冲猛撞，尽管西直门的城门没有撞开，但是，我们一颗颗热爱祖国的心，却在冲撞中受到了巨大的震荡！激情的泪、愤怒的泪、辛酸的泪，充满着同学们冒着血丝的眼眶。撞不开西直门，喊不出我们抢救祖国的声音！祖国啊！你是这样的不幸，这样的多灾多难，在你任人宰割和蹂躏的时刻，您的儿女连保护您、拯救您、呼唤您的权利都没有！中国青年啊！不能再沉默了，不能当亡国奴，我们要抗战！我们要站在抗日斗争的最前线，我们要为抗日救亡发出时代的最强音！

"我们是这样想的，也是这样干的，十二月十六日的游行示威，三月三十一日的抬棺游行，我们学会了躲过城门的封锁，都纷纷提前一天进了北京城。我家的地板上，一排睡了七八位女同学。就要去迎接战斗了。战友们互相叮咛，谁还睡得着呢？！母亲给我们准备了早点，我们按指定的时间到达集合地，把第一杆燕京大学的校旗高高地举起来。一时之间，各大、中学的队伍从大街小巷四面八方冲出来，汇集成了汪洋大海的群众队伍，夹杂着一阵阵欢呼声、拥抱声。我们的队伍是这样广大强壮，游行开始了。我们的臂膀紧紧相扣，我们的步伐坚强有力。'打倒日本帝国主义！''打倒汉奸卖国贼！'的口号声前呼后应。'团结抗战、枪口对外'的歌声响彻云霄。朝日初升，路上的行人都停止了脚步，他们关注着我们，把同仇敌忾的赞赏的目光投向我们，他们寄希望于我们，因为青年人喊出了亿万民众的心声！"

"长安街头，密密麻麻的马队，如临大敌横列在马路上。大刀、枪刺、高压水龙一齐向我们手无寸铁的队伍横冲直杀过来。队伍在东边被冲散，又在西边集合起来，一个大队被冲散，几个小分队又分头前进！躺在水泊里的同学被伙伴们扶起来，继续参加战斗，高压水龙是军警手里镇压爱国青年的武器，一会儿工夫，被同学们夺过来，又成为我们反抗镇压者的武器。我们看到军警们抱头鼠窜，震撼天地的欢呼声、口号声，使他们胆战心惊！尽管我们的衣裤、皮肉被枪刺挑破，但是，胸头怒火高万丈！……"

这就是在尘土飞扬的道路上行走着的这个女性。

她不就是德拉克洛瓦画上那高举自由之旗前进的女神吗？！

她不就是屠格涅夫诗里跨过门槛的那一个圣洁的女神吗？！

……

今天，我记下这一个圣者，我恍如看见启明星灿烂的星光，它曾经照明我们共同走过的那段路程。

## 四八　冰渡

不记得走了几天，但山势愈走愈陡、愈走愈险峻。

有一天，宿营在山顶一个农民家里，已是落日时分。我们连忙从井里打了几桶冷水，每个人都清洗了面孔，打扫了灰尘，然后在一铺长条的火炕上，一个挨一个铺展开自己的行李。忘记是谁发现的了，一下使大家兴奋起来，原来我们从临汾出发，走过汾河平野，一直向西、向西，越过火焰山，穿过吉县城，现在来到了黄河边上！想一想那风华正茂的年代，满身充沛着多少青春的锐气，一个建议就会带来一阵轩然骚动，一句言语就会引起一阵哗然大笑。那是多么自由自在、无忧无虑的忘我的年纪呀！尽管我已经发表了不少文学作品，出版了一个文集，但我还是一个单纯、火热而又羞涩、软弱的青年。他们也从来没把我当作什么作家看待，我只是他们中间一个亲密的伙伴。那天，经过长途跋涉，本已筋疲力尽，可是，一听说我们已经西至黄河，现在的宿营地就在河东悬崖陡壁之上，大家又兴奋起来了。黄河！你这孕育了华夏苗壮的生命，你这冲击出古国灿烂文明的河流啊！你神魄腾腾、气势赫赫……在那个时候，只要一提起你的名字，黄河！每一个人就无法按捺心头的激动，立刻就要奔到你面前来，因为你是全民族的象征。

"走！看黄河去！"

"走！看黄河去！"

于是我们这一群人纷纷沓沓地向村外走去，我们一转过山头，眼前立刻出现了神奇的景象。

前不久，我在风陵渡口看到黄河是长风一拂、澎然而下。

谁知现在在我眼前出现的黄河却是另一种神态。黄河的确是神奇莫测、奥妙无穷的。抗战期间我九渡黄河，几乎没有一次看到相同的景色，黄河真是千姿万态、各穷其极。现在，展现在我眼前的是。东西两岸高峰峻岭森然对峙，中间是一条莽莽黄河，不过这里的黄河不是排天挞地的激流，而是凝然冻结的冰谷，原来，此处龙王汕渡口，在壶口瀑布的上游，因此黄河远远望去只是一条凝固不动的冰河。只在壶口悬空而下，黄河才狂放激荡，穿龙门、下禹门、一泻千里，不可遏止。现在我站在高山之巅，眼前一片苍然暮色。但这儿有这儿的奇妙，这儿有这儿的绝景，两岸群山险峻陡峭，实在天公造化、鬼斧神工，高山的每一条褶皱，都留下雕凿的痕迹，使你如临深渊，如履薄冰。寒风射眸，眩然流泪，混沌初开，乾坤始奠的沧桑之感充满胸臆。何况翘首西望，那莽莽荡荡的群山的远处，就是我心中早已羡之、慕之、望之、求之的延安那片神奇的国土、红色的圣地！……一轮苍凉的落日，渐从暮霭中隐去，我们还恋恋站在那里，也许由于夜色沉寂之故，尽管黄河在冰冻甲壳之下，却能听到猛烈的咆哮之声。

我们在一星昏黄的小油盏下，吃着晚饭。

——一个更激动人心的信息传来了。

——明天我们将过黄河去延安。

这一夜，我辗转反侧不能成眠。

千般幻景，

万种神思，

在这决定性的一个时刻，一起涌上我的心灵。

我将决然与过去的一切诀别，投入神圣的河流。

可是第二天，一道难关却闸门一样森然耸立在我们面前。

从高山之巅，看两岸高峰、一注激流，仿佛罗列胸前、近在咫尺，谁知从我们的住处盘旋下山，却走了几个钟头。

当我们踏到岸上滩头，黄河愈来愈近，只觉得寒风呼啸、冷气逼人，黄河激流，初如鼓嘈、继似雷鸣。

苍天厚土，千山万壑都在沉重地颤抖。

等我们到了黄河身边，一下惊呆了。

原来远处看那一条冰封雪冻的黄河，以为是一马平川，大可徜徉而过，实际河面上却是崩裂的冰层，一块冰层与一块冰层的裂缝中间，漩流急瀑、万丈深渊。

一到这种地方，尽管晴空万里，也觉得日月无光。

一块一块白色的冰层，有的壁立，有的侧倒，横七竖八，一望无际，有如万座小山兀立河面之上，而那些裂缝，就像万恶的魔鬼，张开黑森森的大口，它会吞噬人、它会埋葬人，会使你一失足成千古恨，再回头是百年人。当时情势相当紧迫，景况十分逼人。我们一看地下横七竖八地堆积着一大片死马的尸体，显然前面已有大军横渡，不知在冰层之上跌死了多少马匹。这种场面，实在令人毛骨悚然。风掠过河面，传来凄凉的哀号。这完全是古人绝望哀吟的境界："浩浩乎平沙无垠，复不见人。河水萦带，群山纠纷。黯兮惨悴，风悲日曛，蓬断草枯，凛若霜晨，鸟飞不下，兽铤亡群，……鸟无声兮山寂寂，夜正长兮风淅淅，魂魄结兮天沉沉，鬼神聚兮云幂幂，日光寒兮苦短，月色苦兮霜白，伤心惨目，有如是耶……"不错，黄河是雄浑壮美的，但也是险峻逼人的，何况那些给严冬冻得僵硬膨胀的死马，挺然举着蹄脚，形状十分凄惨，给人狰狞恐怖的感觉。这种情景，一生一世铭刻在我的脑际。

也许由于已是晚炊之际，灰蒙蒙的黄河之上不见一个人影。

你想求得人家的援手吗？回答你的只是一阵荒寒。

怎么办？

是进还是退？……

这就是上帝故意在这里设置了一座死亡的闸门。

它冷森森的，像是一刹那间，就会有锋利的刀斧，陡然落下。

前进，只要渡过这条冰河，即可进入圣境。

可是，如若从断裂的冰层上滑下，便将坠入地狱的暗流。

这需要何等的决心。

这需要何等的勇气。

但是，中华英灵给了我们这种决心。

圣地之光给了我们这种勇气。

我们商量了一下，决心冒险渡河。

——在这生死考验的关头，有人低垂了头颈。

就是那一对姓王的夫妇，他们一下默然不语，停止不前了。当我们向冰河走去，他们像化石一样凝固在那里不动了。

我们抛弃了一切必须抛弃的东西，以减少身上的负担，便于行动。我记得我丢掉了我的手提皮箱和毛毯等御寒物品，只将大哥给的那件狐皮大衣卷成一卷绑在肩上。因为要渡河，必须踏着这一块断裂的冰层和那一块断裂的冰层之间搭的一块门板或一条木桥。可是冰层与冰层之间，有如群山耸立、犬牙交错、高低悬殊，这门板和木桥有时是向高坡爬行，有时又向低谷降落。

我们这壮烈的一群，一个紧紧牵住另一个人的手，形成一个长长的行列，踏上了木桥。

谁知大家脚一踏上去，那木桥就向一侧溜滑，这时严冷的寒风又从辽阔的河面上向我们疯狂地扑来，我的衣衫被风撕扯着，我们低了头，顶着寒风，移步前进，一个人踏着一个人的足迹前进。

这真是惊心动魄的关头。

我们的手握得紧紧的，我感到对方手心火热灼人。从这灼人的火热里，彼此之间传达着我们追求真理、宁死不屈的意志。

这气氛确实紧张，心都要从口里蹦出来了，但是我紧紧闭住嘴、憋着气——没有人喘息、没有人呼号，在冰壳下面轰隆隆的爆烈的剧流声中，就是有人说话，别人也不可能听见。

就这样，我们历尽险关，踏过一扇扇滑动的木桥，越过一重重断裂的冰山，安然踏上西岸。

这时，我回头看看东岸，只见两个小黑点似的人影在一片苍茫的暮色之中，是那样孤独、那样凄凉。

人生，是的，这就是人生。

往前走一步，就是生途；往后退一步，就是绝境。

现在，有年轻人让我题词，我总写"激流勇进"四个字。

是激流勇进还是激流勇退，一念之间决定终生，这是我从我无数次经历中领悟出来的。

一过黄河东岸，就是笔陡的悬崖峭壁、险峻的高岭急峰，在我们向上努力攀登之际，暮色已经渐浓，黑夜骤然降临。可是这个荒凉的古渡，人烟稀少，找到几户人家，屋里屋外、炕上地下都紧腾腾地住满了人。那天夜晚，一片漆黑，我们几次投宿无门，见脚下还有一条人行路迹，断断续续，时有时无向上延伸。于是我们寻踪而上，脚踏着断崖残石，手抓住枯草荆榛，快半夜了，我们在荒山上找到一个小小的山神庙。打亮了电筒一看，这庙勉勉强强可以塞下我们几个人。可能是有猎户或者行人曾经在这儿投宿，地面上还絮着一层乱草，我们就决定在这里宿营，可是一坐下来，饥饿就如同烟筒里冒出的烟火，从我们心里直往上翻腾。幸亏住在村落里的队伍分给我们一堆煮熟的马肉，我料想这就是从冰河上跌死的马身上割下来的，我不禁有点凄然，但是，这熟肉的香味，立刻引得饥肠辘辘，于是我们几个人就围坐在小庙地上狼吞虎咽地啖吃起来。

在漆黑夜幕之下，我们沉沉入睡。

第二天早起一看，不觉吓得惊叫起来。

原来，这小庙下面就是万丈悬崖，悬崖如同一块铁板直插黄河之上。昨夜，如果我们从那蛇一般蜿蜒而又布满枯草的路上走歪一步，就将粉身碎骨。

回想这一夜，野风萧瑟，怒涛呜咽，却合成一支奏鸣曲，渗入我的灵魂。我睡得从来没有这一次这样香甜、这样舒适，我终于迈过这个地狱之门，我的心灵得到无比的充实。

早晨起来，站在高高悬崖之上，遥望东方，一轮红日磅礴升起，那样光洁、那样鲜红的光亮照耀在我们的脸上，山谷辉煌，冰河闪烁，那一刹那间，我的心境非常庄严，非常肃穆，非常幸福，非常欢乐。

## 四九　延河水流不尽

一生中我曾经有幸阅历名山大川，一穷其美。

在阿尔卑斯山高峰峻岭之间，曾为吹拂的天风而意兴陶然。

横越太平洋上空，那浩瀚无涯的壮观令我心神迷醉。

但，我认为最雄伟、最庄严、最壮美，在我心灵上引起最大撞击的，莫过于中国的西北黄土高原。

我原以为从我们住宿的黄河东岸到延安去，应该盘旋而下，一履平野，再向前进。哪里晓得，从那高山之巅，一直向西，竟像划出一条直线，形成一个平面，一直迤逦而去，隆起华夏大地上高高的脊梁。不过高原不是平坦的地面，而是由无涯无际的细密的、紧凑的一道道黄土山峁所组成，因此，跟太行山、长白山全然不同，看不到锥形山峰，刺破青天，但一眼望去，绵绵亘亘、浩浩荡荡的山梁，紧紧环抱、密密相连，其海拔的高度恐怕都在东部中国的高山之上，只要看一看黄河悬空而下的景象，便可感受到高原的气势，便可领略到高原的神魄。整个高原，像一个危耸苍天、俯瞰大地的巨人，那一条条黄土丘陵，顶部浑圆、斜坡陡峭，看上去就像鼓突的肌肉，有弹性、有张力的臂膀，好像随时都可以朝前扬起。在弥漫的战火发出震天撼地的吼声的时候，我们从黄河岸上出发，一直在山梁上绕行。时值隆冬、大雪漫山，白茫茫的苍凉景象，更使人觉得肃穆庄严。我到了高原上，有一种奇异的感觉，就是太阳、月亮、星星都显得特别大、特别亮，好像伸手可以摸天了。走了一天，我们才从峁顶降入川谷，延着弯弯曲曲的涧流，才看到苍苍青紫、森然耸立的悬崖陡壁。正是这黄土高原，是我们中华民族发祥之地，风沙弥漫，亿万斯年。而那时，当整个民族倒悬于水深火热之中，到了生死存亡危急之际，又是在这里，我们远古的精灵发出新的光芒，延安成为汪洋血海中指引航程的灯塔。我进入庄严的圣殿，我看到前面闪耀着一片红光，它在吸引着我，它在召唤着我，我仿佛听到随风而来的阵阵动听的歌声。

我的心地是单纯的，我的感情是炽烈的。

但……

我必须强力地克制着自己，

我不能让我的血狂热奔流，

我不能让我的心激烈跳跃，

如果那样，我会为我在达庄严的时刻过分恣肆放浪而后悔终生。

就像摘一片柔嫩的花瓣，

就像接一滴清澈的露水，

一时之间，我们不敢大声喘息、高声喧哗，我们只默默地一步一步向前走去。

啊！

我们这一小群人里，终于有人打破沉寂，迸出欢声：

"看！快看啊！……"

我们看到前方半空中出现了延安的宝塔。

我们的脚步加快了，我们的眼睛闪亮了。

但一条川、千道岭，峰峦宛转、百转千回，那宝塔刚刚是神龙一现，又被山崖遮住。

于是我们一行望眼欲穿，急步向前。

那塔一下露出，一下隐没；

那塔一下隐没，一下露出。

终于在暮霭迷漫中，出现了延安黑压压一片古城。

生活中总有一些戏剧性，当我像纵身投入圣水一样投入圣城时，圣城对我们只是匆匆一瞥，随即默默消逝在暮色中，天已经黑了下来，我们被留在南门外数里之遥的兵站招待所。在这里，我第一次看见窑洞，第一次在山头窑洞前坪场上吃饭，对我们来说，这些都是新奇而又神秘的。我托兵站的同志打电话给艾思奇，艾思奇第二天就来看我，从上海霞飞坊到延安城，这是多么大的变化呀！我看看肩膀宽阔、身材矮壮的艾思奇，穿着一身灰布的棉军衣，我真是说不出的欣喜和羡慕。从此以后，艾思奇成为我的一位挚友、良师，他黑黑的圆脸上，闪着一双大眼睛，眼光充满智慧、沉思，但你不能把这个哲学家想得过分玄妙，他是一个寓深奥与无奇于一身的人，他常常闪出为他所特有的那抹纯朴的微笑。他在埋头哲学探索的同时，也热爱文学，就是他翻译了海涅的诗篇。他是一个内向的人，但他跳交际舞跳得非常漂亮，而且热烈地爱恋着音乐，因此他担任了陕甘宁边区文化界抗敌协会的负责人，这是再合适不过的了。我和他在上海虽只是一面之缘，现在却如晤故人，他领我进入延安城，住到作为中央招待所的机关合作社。那时的延安，既不是后来大轰炸后的样子，更绝非现今的繁华，我看到一面笔直陡立的青苍苍石崖上凿刻着："小范老子兵甲天下。"

一行大字，使我一下猛然想起。延安是古代的塞上戎城，我不免悠然神往，看来我最喜爱的范仲淹的那首词就作在这里。

> 塞下秋来风景异，衡阳雁去无留意。四面边声连角起。千嶂里，长烟落日孤城碧。
>
> 浊酒一杯家万里，燕然未勒归无计，羌管悠悠霜满地。人不寐，将军白发征夫泪。

范仲淹在宋代，以资政殿学士为陕西四路宣抚使，他在陕西守边戍疆多年，西夏畏之不敢来犯，称他"胸中自有百万甲兵"。

这默默苍苍的古城，的确给人庄严雄伟之感。城郭高筑，壁垒森严。城中南北横贯着一条铺着青石板的大街，两旁屹立着覆盖着蓝森森瓦顶的店铺，当我进得城来，只见人如潮涌，摩肩擦踵，这边是一阵阵热闹的笑语，那边是一阵阵嘹亮的歌声，不论是迎面来的、还是后面赶上的，彼此不识，都如相识、每个人都笑脸盈盈，抒发出内心的快意。

亲爱的读者们！在这部书的第一部分里我给你们悲伤、凄惨太多了，现在，当我站在人流之中，我怎能不向你们传达温暖与快感啊，这是新旧两个世界多么明显的区分与界限呀！仿佛如中国道教所说的阴阳两界，西方宗教所说的地狱天堂，现在，当我在这洋溢着民主与自由气氛的国度里，我必须告诉你们，我的第一个印象、我的第一个感觉是："我到了我的家了……"

过去，我不是没有家，但那是只会吞噬生灵的黑暗的地牢。

后来，我浪迹四方，从来也没有找到一个真正的归宿。

而现在——我到了我的家了。

走在街头，我默默地流下了眼泪。

不过这不是灰色的污浊的泪，而是明亮清澈的泪了。

山西南部战线雪崩一样崩溃下来，在机关合作社里一时聚满了从黄河那面来的人。我记得有何思敬、萧军、冼星海等一群十几个人，只有丁玲是从西安来的，不过她立刻成为我们当中一个中心人物，她以主人的身份主动地照顾我们大家。她从南京的那个魑魅鬼域中逃出，就如久别母亲的女儿，一直奔来延安，现在她已在前方经历一番战火风霜，又回到延安后方来，这当然跟我们初来乍到的客人大不相同。我和冼星海住在一个房间里，这是我又一次和一位大音乐家共同领受阿波罗洗礼的难得的机遇。他日夜不停、滔滔不绝，跟我讲着他正在酝酿、正在构思、后来一鸣惊天下、从此千古流芳的《黄河大合唱》的乐曲。他和贺绿汀同样都是纯粹的音乐家，如说有什么不同，那就是贺绿汀似乎是在沉默地聆听天籁、发出心声，而冼星海则是用满腔热血，点燃了每一个音符。我跟他谈得十分融洽、无比相投，我谈了在《心望》与《冰渡》两节中所瞻望所感受的黄河，这使得冼星海创作之情更加凌厉、更加沸腾。也是深夜里，我几次从梦中醒来，看见冼星海坐在桌前，就着烛光，有时低吟浅酌，有时奋笔直书……谁知这位大音乐家，后来客死异国，写到这里，一种苍凉之感弥漫我的心头。我深深感激贺绿汀、冼星海使我分享了他们的神思与灵感。我认为人的风度决定他的艺术风格，贺绿汀——深沉含蓄，就是在歌唱战争、鼓舞战斗的歌声中也含着一种庄严的平静，从《游击队之歌》可以体会到这一点；而冼星海有着一种南国的热情，他炽烈、豪迈，必然便在《黄河大合唱》中发出强烈的震天撼地呐喊的声音。他们同样是伟大的，但一个更接近莫扎特，一个更接近贝多芬——当然后者我指的不是幽园的抒情而是英雄的乐章。不过，这两次偶然的接触却对我的美学思想灌注了神圣的甘泉。

来了这样多客人，主人方面就不断有人来看望。有一天丁玲通知我们说：

"毛主席要来看你们！"

怎么？毛主席要亲自来看我们？这是多么令人振奋的消息，多么激动的时刻。

我们简直无法忍耐，深觉这一时刻姗姗来迟，于是都聚在机关合作社门口等待。

不久，毛主席从拥挤的人群里出现了。他从容自若地迈着大步，缓缓向我们走来。这是我和毛主席的第一次见面。我的软弱、羞怯的性格使我变得又拘束、又紧张，缩在后面。还是丁玲一把把我拉到前面来，介绍给毛主席。毛主席当时有些消瘦、憔悴，帽檐下露出长长的头发，衬着一副苍白的面孔，但是微微皱着的双眉下却闪出深沉的目光。当他握着我的手时，我觉得他的手是那样巨大、温柔、有力——就是这双手点燃了井冈山的火焰，就是这双手指挥了二万五千里长征，就是这双手把旧世界砸得稀烂，就是这双手送来新世界的曙光……而现在，这双手握着我的手，我的心情是多么激动呀！他把深邃的目光凝注在我的脸上、透入我的心间。他是领袖，但他没有领袖的雄风，他是统帅，但他没有统帅的威严，他就是一个普普通通的人。但就在这普通人身上，不知道怎样才能说清楚，又使人感觉到他有一种伟人的博大风度。他和我们大家坐在窄窄的白木板凳上，他的爽朗的言谈，他的温和的笑意，立刻在我们中间轻轻地回旋起一股和煦而温暖的春风。他望着我，问道：

"刘白羽同志，你做些什么工作呀？你到陕北公学教书好不好？"

唰地一下，一股热潮涌了上来，我从脖颈到面孔都红了起来。

我说：

"毛主席！我才是一个二十二岁的青年……"

丁玲为我解围，帮我说话：

"他想打仗……"

一刹那间，我感到毛主席的两眼闪亮了一下，这无疑给了我很大的鼓舞，我便说下去：

"毛主席！请你派我到敌后去打游击吧！"

毛主席没说什么，只深深地点了点头，就转而和别人说话去了。

在机关合作社做客的几天里，我们这一群人，曾被毛主席邀请和他一道去陕北公学去参加一个大会。就像大歌剧院的幕布一下拉开，你眼前展现出壮丽惊人的美景，我一投入这热烈的场合，立刻被一种神奇的热力所吸引了。这种露天的集会实在热闹非凡。从我们所坐的木板的讲台上看下去，下面坐得满坑满谷，人山人海。会还没有开始，人群像沸腾的大海发出了喊叫和歌声。人们都坐在地上。像黑压压大海上涌起一簇浪花，这儿站起一个人喊道："第一队！来一个！……"马上惹起热烈的掌声，于是第一队那边又站起一个人来，挥动起两手，第一队立刻唱出一阵嘹亮歌声。歌声一停，又有人站起向另一队挑战，这边落下去，那边又涌上来，歌声飞扬、笑语连天。这一切，如同一股热流向我身上扑来，我这颗年轻的心很快就和这无数年轻的心融合起来。当穿着一身黑布军服，腿上扎着绑带的成仿吾校长宣布："我们欢迎从山西前线刚刚来到建安的同志们！"然后一一介绍我们，每人都获得热烈的掌声，何思敏代表我们作了讲话。紧跟着一场风暴蓦地升腾而起，在热烈的掌声中，毛主席走向讲台前沿，他把右手叉在腰间，举起了左手一挥，就讲了起来，他那清脆而响亮的湖南口音，在人群上空回荡着，有时幽默地引起台下哄堂大笑，有时激昂地带来台下口号连天，他的神态惊人，表情丰富，有时凝注眼光，像追索一个真理，

第六章 路漫漫其修远兮（一）

然后一变，又如同利剑投向邪恶。这是我第一次感受到他的非凡的演说家的煽动性和强大魅力，他的极高的语言艺术，深刻的思想见解，一下就抓住了人心。我领略毛主席的讲演，还有一次是在夜晚我一个人从北门外走过，忽然看见路边有一盏瓦斯灯闪闪发亮，亮光照出坐在地上的大片人群，我走过去一看，是毛主席正在为住在这一带的抗大的学生作报告，灯光照出他魁梧的身影，蓬乱的长发，这一回全场一片肃静，悄然无语，人们在凝神静听，还在朦朦胧胧的灯影下记笔记，……我的脑海里立刻豁然开朗，我意识到我所看到的是在天苍苍、地茫茫中开辟新世界的景象。我挺立在那里，一直等到讲话完毕。于是激昂嘹亮的歌声，又震荡了夜空——从城内到城外，从这里到那里，到处山鸣谷应，响彻云霄——这是多么美好的人间呀！

几天之后，我搬进了边区文协。这是紧靠着一座砖砌的灰色小教堂旁边的一个院落。原来是外国牧师住宿的地方，一片青砖瓦舍，围绕着院中心有几棵苍苍老树。这里面还住着一个教会的人，是外国牧师的仆役，此人又黑又圆的脸上有两颗又黑又圆的眼睛，尽管这院落已经住满了革命的文化界人士，可是他还是虔诚地像信仰宗教一样忠诚地维护着教堂和这所住宅，尽管已经没有一个教徒再到教堂来做礼拜、没有一个教徒向那圣坛奉献鲜花，但他还是把这里的一切当作圣物料理得清清洁洁、整整齐齐。由于他的经营，春天到来时，满院玫瑰花争相吐艳、馥郁芬芳。在这个新世界里，曾经引导我迈进神圣门槛的，是一位我终生难忘的奇人，一个纯真的人，这人就是柯仲平。也许由于他是"狂飙派"诗人的缘故，在我认识他以后，我时时感到他身上那种强烈的诗人的浪漫气质，这种气质给他蒙上了一层神秘的色彩。他出版过一部狂飙派长诗《风火山》，从这题目就可领会到他的气派与神魄。他是个热情喷涌、豪放不羁的人。我在这里举一个例子，便可说明他为人多么可爱了。这事就发生在我住在"玫瑰园"的时候。有一天，我们一起在一家古老的饭铺里饮酒，他的诗兴突然大发，立刻站起来朗诵——他是一个纯粹的行吟诗人，一直到解放以后，他在台上发言，讲着讲着就会突然朗诵起他作的诗歌来……那一回他从饭桌边站起来，神情立刻变得十分严肃，他的嘴唇紧紧闭着，两眼闪射出火焰似的光芒，他伸出手，展开手掌，用粗犷、激烈的声音朗诵起来——于是，如霹雳崩裂、如火山爆发……我们都十分敬重地听着。旁边桌上几个女青年却忍不住窃窃笑起来——这一来搅乱了他的朗诵，他立刻停下来，用手猛一指，大声喝道：

"你们这几个小女子，不要妨碍我崇高的朗诵！"

他的气势、他的威严，一下镇住了那些女青年，她们不敢再出声。于是，他又恢复了那悠扬顿挫、音韵铿锵的朗诵。朗诵完毕，仰首一杯，而后舒心畅意地笑起来。这时，那几个女青年要是不走，她们也一定会为之感动的。当时，在边区文协，艾思奇是主任，柯仲平是副主任。他待人纯朴热情，关心备至、悉心周到、平易近人。但他终究是一个火一样燃烧的人，是一个把全部生命融在诗里面的人，他住在外国牧师住过的那间有地板的正房里，屋里桌上地下，书稿狼藉，凌乱不堪，一件白板老羊皮从床上拖到地下，一只月琴安卧在被褥之间，夜间你不论什么时候起来，都会看见他窗上灯火明亮，他在浇沾着自己的鲜血，抛洒着自己的生命，写呀写呀，不停地写着，在这个院落里他写出了厚厚一部歌颂山西铁路游击队的长诗。

在我们这个玫瑰园里住满了意气相投的人，充满融洽气氛，有的来了又走了，如黄药眠、许雄，有的就永远在延安留了下来，像柳青、林山、徐懋庸等等。当时，正是大批人从全国各地怀着朝圣者虔敬的心情，向延安蜂拥而来的时候，延安城里到处歌声鼎沸，笑语喧哗，每天、每时、每刻，都像赶一个热闹的集市，那是多么令人欣喜、令人神往的岁月呀！当我七十多岁回忆这段岁月时，我的心还忍不住呼呼地跳跃，仿佛那青春的激流又涌遍了全身。

## 五〇　沙漠之旅

五月之夜，寒气袭人。

就在这样一个夜晚，毛主席派了一个警卫员提了一盏马灯来找我，说：

"毛主席请你到他那里去！"

事出意外，不免愕然，我问：

"就是现在？"

那人说："主席正在等候你，就是现在……"

我立刻跟他走出去。过了鼓楼十字路口，再向西，就是曲曲折折的小巷，中间穿过一座石头牌坊，这牌坊经过多年风霜侵蚀，石头上的雕塑已经风化得一片模糊，正是这个缘故，使得这牌坊神色斑斓，颇具古风。此时夜阑人静、春风瑟瑟，毛主席派人找我去，我当然十分兴奋，但又无法设想毛主席有什么事情要跟我谈，心中兀自有些忐忑不宁。从上凤凰山的道路旁拐进一条小巷，进入一个小小的庭院，从两厢房之间走上一片砖砌的平台，而后走进上面正房，由堂屋拐入左侧一室，这儿烛光荧荧，十分明亮。我一看，毛主席穿着一件黑色棉上衣，敞开衣襟，正俯身桌上，神情专注，奋笔直书。我走了进去，他似乎也没有发现。警卫员向他作了报告，他才缓缓站起身来，伸出他那一只温暖而又有力的大手，和我紧紧握了一下，让我在桌旁坐下。微微跳动的红色烛光照在他的脸上，他紧簇眉心，凝目而视，好像心思还在刚才写的文件，又好像在想为什么把我找来，随即他缓缓地对我说：

"你不是想到敌后去打游击吗？"

我一听，蓦然一惊。对于这样一位领袖、一位统帅来说，当时正是指挥黄河两岸、大江南北发动游击战争、为敌人布下天罗地网的时刻，如果把八年战争比作一局围棋，这时他正以无比伟大的预见性，千思万虑、煞费苦心而又英明果敢地在棋盘上投下最初几个棋子，正是这几个棋子预示了庞大的布局，引起壮阔的波澜。他紧张忙碌、日理万机，但他还把一个青年人的要求牢牢记在心间，在夜间抽出时间，亲自安排，实现这个青年人的愿望，这不能不使我万分感动，我直接体会到毛主席的深入人心、使人敬佩的风度。见我点头回答，他就直截了当地提出：

"现在有一个美国人，名字叫卡尔逊，他要到华北各游击区去看看，你陪他一同去转一转，好不好？"

"主席！我非常愿意去。"

"非常？！……你不是要打仗吗？战争可是要死人呀！"

他一说出这幽默的话语，随即露出了得意的笑容。这样的笑容，我在后来接触中多次发现，我认为这是毛主席一种性格的特有的表现，他说得那样俏皮，就像一个孩子，猜透了别人的心机，而又不肯率然点破，等你自己去想，这时，他是如此得意，如此愉快。

"你愿意去，我们就好好商量一下……"

他那表情丰富的脸又变得郑重起来：

"你组织几个人——里面要有一个能讲英文的，给他做翻译。"

"我们的任务？"

"任务么……就是陪他完成华北之行。"

从毛主席那儿出来，尽管已经夜深，我却觉得满天星斗特别明亮，我很振奋,很高兴,但我还没有意识到我人生道路的一个重大事件,就这样安排决定了。一直到 1988 年,我去美国,在卡尔逊墓前肃立默哀时,我才更深刻地体会到,我才恍然大悟,这何尝只是我个人的人生大事,而是世界风云变幻大合唱中不可忽略的一个乐章。

不是第二天就是第三天,我又到毛主席那里去了。

这回我带来了经边区文协领导研究拟定的一个五人名单。

这五个人就是欧阳山尊、汪洋、金肇野、林山和我。

毛主席仔细地审阅了名单,问了每个人的情况,而后取出一张印有红线的宣纸信笺,写了一封介绍信。后来我一直珍贵地把它带在身边。但在重庆,有一次国民党特务包围了《新华日报》社,十分危急,上级命令销毁所有文件,为了不让中央领导同志亲笔文件落入敌人之手,我只好忍痛把信烧掉了,信的大意是:由刘白羽……五人组成抗战文艺工作团,到敌后工作。然后濡墨挥笔签下了"毛泽东"的署名。这是我亲眼看到毛主席亲笔写字,他写字时,神情凝注,信手书来,挥洒自如,随即在一个特大的信封上写了"八路军各级将领"一行大字,真是龙腾虎跃,气象万千。

我们去拜会了埃文斯·卡尔逊。

卡尔逊这个美国海军陆战队的军官,当时是美国驻华大使馆的海军武官。他身材高大,长得十分英俊,在鹰翼一般的浓眉下,深深的眼窝里闪烁着一双碧蓝的眼睛,既智慧又和蔼,他头戴一顶紫羔皮帽,穿一件宽大得像小大衣似的黄色灯芯绒上衣,后来我发现这是一件旅行家的衣服,可以说是他的百宝囊,里里外外有很多口袋,他的地图,他的一切都分装其中,在危急时刻他可以扔掉一切,而急需的东西都随带身边了。他腰间扎着一条宽皮带,脚蹬一双长腰皮靴。他是一个有老军人风度的人,他严肃、勇敢、沉着,但他的性格是那样活泼,对朋友是如此和蔼。但是头一次见面,他就像一个军官在出发作战前挑选战斗伙伴一样,用他那老军人的老练的眼光——审视着我们。

他表示不愿意有这么多人跟他一同行动。

当然,卡尔逊的行动是一个机密的军事行动,而当时我们都还是没有经历风霜的青年。

可是我们在他面前表达了我们的坚定的立场。

"毛主席派我们五人陪你去,要去就得五个人都去。"

卡尔逊在他的《中国的双星》中写到这一情景："……回到招待所，有五位青年在等待我。他们带着毛泽东的短笺，要陪伴去旅行。我想到得对五个小伙子负责——他们没有紧紧尾随部队的经验，势必如此，就颇有些困惑。我建议只来两个或三个。可是，不行，他们是一个文化小组，不能拆散。或者都去，或者一个都不去。"于是，卡尔逊就用怀疑的眼光来考验我们了：

"你们一天能走三十英里吗？"

"能！"五个青年人异口同声地作出肯定的回答。

卡尔逊在他的书中写道："我喜欢他们的精神，他们的青春的热情，他们要为祖国出力的真挚愿望。他们的目标是在旅途中收集以后有用的材料，每人以自己的专长用来激励人民。我越想到他们的目标，越觉得应给他们以鼓励。另外，有这批有智慧的青年人同行，会是很有趣的，他们还可以告诉我很多关于中国的进步运动的情况。'好'，我说，'我们一块儿走'。他们高兴极了。我们兴奋地设想到达内蒙古之后可能走的路线，然后到一个饭馆去吃八宝饭，庆祝我们的协定。"

从此，卡尔逊和我们这五个被他称为"小伙子"的人，组成了一个战斗的小组。

经过五十年岁月，我现在有充分的材料来介绍这一个伟大的美国人了。为了使读者对卡尔逊有一个概括的认识，我在此引用一下查尔斯·格罗斯曼 1987 年交给我的卡尔逊的简介：

"无论是谁，如果有意和中国人建立友谊，终究会听到卡尔逊这个名字。埃文斯·卡尔逊将军出生于一个美国牧师的家庭，他在 1927 年去上海，那时他是美国海军陆战队的官员，满怀着白种美国人的成见，他给家里写信说：'最有效的政策是要给中国人一个教训。'

"十年之后，他自己学会了讲中国话，去到延安，成为西方第一位军事官员看到了共产党八路军抵抗日本战争的有效的战术。在此后的近两年时间里，他曾长期和游击队在一起，并见到了毛泽东、朱德和其他领导人。他和埃德加·斯诺、路易·艾黎、阿格尼丝·史沫特莱成为挚友，在汉口时，经史沫特莱介绍他认识了周恩来。

"在 1939 年，卡尔逊退出了海军陆战队，因为海军陆战队不让他报告在中国所看到的事实，不准他谈起中国共产党的胜利，蒋介石政府的腐败，和美国继续把废铁卖给日本的事实，这些废铁是用来做炸弹轰炸中国人民的。卡尔逊确信中国共产党是受着几百万农民的拥护而得到胜利的。于是他脱离了军队，便于以公民的身份宣传中国的情况，出版了两本书，在杂志上发表了不少文章。

"他从共产党解放区回到美国，觉得八路军的实践和基督教的教义有些相似，当他随从游击队行军时，总是随身带着一本新约全书。

"在1941年，他重返海军陆战队，因为他预计日本要进攻菲律宾和威克岛，在珍珠港事件之后，他按照中国游击队的形式组织了一个海上袭击部队，名叫卡尔逊袭击队，1942年他在美肯岛和瓜达运河区，两次从日本后方发动进攻，取得了胜利。他的袭击在美国得到了很多的评论和宣扬，但是海军陆战队不能容忍这种特别的赞扬，调动了他的指挥职务，于是他成为参谋官员，以后在塞班岛作战受了伤。

"他退休时是海军陆战队准将，他的心脏病发作了好几次，1947年逝世于俄勒冈州波特兰市，享年51岁。"

按照卡尔逊的计划，第一站是访问马占山。现在我判断，这是老练精到的卡尔逊的一个计谋，以免别人说他专门到中国共产党那里去，当然，他也很想了解一下在黑山白水陆沉之后，马占山率领一支游击队和日本关东军周旋的作战经验。马占山将军的司令部驻扎在内蒙一个叫哈拉寨的小村庄内。

我们从榆林出发，一路下来，一直走在沙漠中间，到了这里更是黄沙漫漫，广阔无垠，夕阳落照，牛羊成群，令人颇有"天苍苍，野茫茫"之感。

马占山以隆重的全羊席招待了我们。整个一只煮熟的羊被抬了上来，热气腾腾，香味扑鼻，博得客人喝彩。然后，从羊头到羊肉到羊肚，一道一道分送上来，羊肉肥嫩鲜美，十分诱人，我便放口大嚼起来。但是，一种享受常常带来一种惩罚，半夜里肚子绞痛，把我从梦中惊醒，呻吟不绝，无法忍耐，卡尔逊到底是老军人，他身边总带些药品，他给我吃了几片消炎药，我才慢慢好了。可能由于牧畜成群的关系，哈拉寨的苍蝇之多，实在惊人。我非常讨厌苍蝇，只好用纸遮住脸睡觉，早晨睁眼一看，整个屋顶苍蝇密密麻麻地趴着，像一层黑云。特别讨厌的是吃饭的时候，它们成群结队向你袭击，一下爬到碗盏之上，叫人无法下箸，一不小心，便有一只苍蝇钻进口内，这样多的苍蝇，你是无法驱逐、无法灭绝的。人，不愧为万物之灵，有一个方法非常之灵，就是在饭桌四面都点上烛焰熊熊的蜡烛，苍蝇便不会飞进席面，我们把头伸在烛火保护境界之内，安安然然，饱食一餐。

马占山和卡尔逊的谈话，我们不便参加。

当时，马占山受编为正规军，国民党便派送了一个政训处长，妄想左右局面。

可是，这里也有两位以高级幕僚身份出现的秘密的共产党员。

这两人就是邹大朋和厉又文。一天晚上，他们派人悄悄引我和金肇野到他们那里去。邹、厉都是东北人，以同乡关系到马占山这里做争取马占山的工作。他们对我们分析了马占山部队的形势：这个国民党政训处长渐渐包围了马占山，马占山也倾向他们那边，邹、厉两人估计按照现在情形发展下去，他们在这儿也将无所作为……果然，后来我在延安见到了他们，他们终于从马占山那儿撤退出来。

在哈拉寨，一个传奇人物又引来一个传奇人物。此人来到卡尔逊和我们面前，完全是一个粗壮倔强的庄稼汉。这个被马占山称为"一位英雄"的刘青山，是那台村人。日本军队在一次扫荡中杀死了他的儿子，强奸了他的女儿，只有这机警而又勇敢的老人逃了出来。

他寻找机会报仇，一天夜里，有四个日本兵投宿在他家里，他用一把宰羊的快刀杀死了士兵，缴获了武器，他借此组成了一支小型的游击队。

于是一股复仇的旋风就在内蒙古草原上刮了起来。

是的，血债只有用血来偿还。

成百上千的复仇者都投奔而来。

他这支强悍而勇猛的骑兵游击队，踪影飘忽，神出鬼没，他们一次次地猛扑日本军队，他们一个一个地杀死日本军人。

怒火熊熊燃烧，杀声震天撼地，这个被称作"那台刘"的农民领袖立刻声威大震，名传遐迩，连日本军队一听说他来了，都连忙远远逃避起来。

……沉重的马蹄声，像鼓声一样敲响大地，他们是死亡之神，给"大日本皇军"带来血的厄运。

"那台刘"摸抚着他的黑胡子，对卡尔逊说：

"中国人民是不会在小日本鬼子面前低头的！"

我们离开哈拉寨的时候，马占山给我们送行，那简直像举行一个庄严隆重而又富于戏剧性的翠营典礼。马占山率领着大队骑兵，自己骑在他那匹矫健的栗色走马上，走在最前面，与卡尔逊并辔而行，这个留着两撇黑胡子、又瘦又小的老人，真是一个漂亮的老骑手，他在这最后告别时露了一手，他腰板挺直，身子灵活，马跑起来，整个身子就像贴在马背上与马融为一体，又威严又稳重，他给我们留下一个英雄骑士的深刻印象。

## 五一　红色的月亮

我们向黄河出发，走的都是崎岖的山路，阳光在岩石上闪闪发亮，在枯燥的山谷之中，在暖烘烘的阳光之下，我们都有点儿睡意蒙眬了。但是，当我们穿过一道高山，突然为一阵轰隆隆的声音惊醒，就像整个宇宙在聚合分裂从而发出暴力，连我们脚下的大地都被震撼得发颤发抖。我们凭高前望，啊！那是一幅多少色彩斑斓、气势雄伟的图画啊！黄河莽莽苍苍，像一条巨龙在翻腾、在旋转。我们的目的地，是河东面的河曲。所以叫河曲，就是在这以上是河套，黄河在平坦的大地上辽阔无边，缓慢迂回，而在这儿，从北向南转折，一下流入深山峡谷，在西北高原上穿凿高山，冲击旷野，汇集万千激流，凝成一股悬空的瀑布，水声风势，赫赫逼人，浪涛你挤我夺、争先恐后、奔涌而下。我们骑着马，从高山上蜿蜒而下，渐渐来到河边。黄河震得我耳朵都发聋了，别人跟我讲话，我只看见对方张嘴却听不见声音。黄河岸边停着一只木船，这船比风陵渡所见的还要巨大，我们所有人连同马匹都装载在船上，而船像一片木筏架在许多充满气的羊皮囊之上，因此浮力很大。黄河的水手，的确是英雄好汉，他们驾驭着狂风猛浪，挥动着钢铁两臂，孔武有力，意气超人。我原想细细观赏一下河曲风光，谁知但见黑灰色皮筏在岸脚上弹动了一下，待我抬头看时，船已靠拢东岸，黄河之水像在投掷一个小木片，把我们冲过河面，便兀自咆哮着、旋转着拂然而去了，其水流之速，实在骇人。

先到河曲，后到保德，这两处都是遭受日本军队侵占烧杀过的地方，而且当我们在这里的时候，一批日军又向这儿扑来，于是我们同逃难的人群向南去，直奔岢岚。

同样都在晋西北，岢岚却是另一种蓬蓬勃勃、欣欣向荣的景象。

这儿正在召开抗战的动员大会，会上体现了各方各派在爱国抗日目标下统一起来的信心。在这儿，十分突然地看到了贺龙，他说是来参加大会的。还有一个瘦弱的书生一样的续范亭，一见之下，令人肃然起敬。他忧国忧民，曾在南京中山陵剖腹自杀，显然是一个有血性的、大义凛然的人。现在续范亭是岢岚的抗日动员委员会的主席，与八路军亲密合作，共同抗日。有着神奇传说的贺龙，却是一个经常笑容满面的人，他非常喜欢吸烟斗——我注意到这烟斗不在他的手上就在他的口边。他们的会议结束了，贺龙就亲自陪了卡尔逊和我们一伙人，骑着马，一路上悠悠荡荡、谈笑风生，从岢岚至岚县，到了八路军120师司令部。至此我们又回到了解放区这个新世界里来了。在这里。我第一次见到萧克。萧克是一个很文静的人，他说话、动作都十分温和、轻松。在延安就有人告诉我，萧克正在写一部长篇小说，见了面，我就向他问起此事，他只微微一笑，轻巧地把话题引到旁处去了。1988 年他的长篇小说《浴血罗霄》出版了。这本书获得了第三届茅盾文学奖荣誉奖。我的《第二个太阳》也在这一次获奖，在授奖会上，我和萧克坐在一道畅谈。我问他；"我们在岢岚第一次见面你就在写，可是我问你，你没告诉我。"从那时算起，他这部书也写了半个世纪了。今年春天我住医院，有一天晚上萧克到病房里来看我，我们谈了一阵，我问他："听说你有一本诗集？"他回去不久，就派人送来一册。我读罢写诗一首：

> 将军白发意更豪，病室倾谈喜此宵。
> 战火初识问大著？微然一笑拂征袍。
> 雪飘朔北同驱驰，风暖京华更逍遥。
> 《浴血罗霄》神韵壮，一倾心血占头鳌。

贺龙、萧克这两位师长、副师长之间形成一个鲜明的对比：贺龙大度豁达，气势豪迈，他到哪里，哪里就热烘烘的。吃过晚饭之后，他把我们都带到篮球场旁边，他一面笑嘻嘻地衔着烟斗，一面津津有味地看着小伙子们嘶喊奔跑地打篮球。后来，他到处物色人才，把原来北京师大篮球五虎将之一，后来在冀中当了专员的刘卓甫也吸收进来组成了一支技艺水平很高的篮球队，在延安作过几场非常精彩的表演；萧克沉默寡言，在这种场合很少见到他，我想他除了运筹帷幄，处理军机，很可能就躲在自己房间里，在读小说、写小说吧！……在这儿，贺龙为卡尔逊和我们拟定了去晋察冀敌后模范抗日根据地的计划。卡尔逊和贺龙两个都是吸烟斗的，一面谈着话，一面不时同烟斗里填着烟丝，而后喷吐出气味芬芳的云雾。经过一番商谈，贺龙非常慷慨地确定了我们的计划，他说刚好从五台过来一支队伍，来接运物资，我们可以跟上他们一道前去。贺龙伸出烟斗，在铺在桌面上的一张军用地图上，指着崞县和原平之间那一段同蒲路，他说：

"从这里过去！……那天夜里，我派两支部队同时北攻原平、南击忻县，你们趁这机会就可以从中间通过封锁线了。"

从贺龙的指顾之间，乐观与信心立刻融成一股力量，在鼓舞着我们。

但，对我们来说，第一次投入战斗，心情还是有些怵然。

经历过战争生活的读者！我想你还记得，当战斗信号就要发出，即将冲锋前进那一刻的心境吧？

夜过同蒲路前那个白天，我们秘密隐蔽在同蒲路西侧一个小山村里，等候冲过封锁线。现在想来，我还深深爱恋着那个小小的山村。我们住在一处开满鲜花的既清洁又美丽的庭院里，主人是一位慈祥的老大娘，她那瘦弱而柔软的手经营出这一片花的世界。晋西北到处是荒凉的山谷，到处是碎石如斗的平川，山上没有绿树，地上没有青草，可是在这无声无色的地方，你可以看见横坐在驴背上的年轻妇女穿着一双鲜艳的大红鞋，你可以看见挥动羊铲的牧羊人头上扎着雪白的毛巾，这一点点色彩特别使人感到生意盎然，何况这满院鲜花呢！似乎是上帝做了精心的安排，让我们在战前得到这片刻的享受。说实在的，我为这种宁静与温馨的生活所打动了。当我在西斜的阳光下，站在一棵枣树下，尘土飞扬，歌声嘹亮，一支部队雄赳赳、气昂昂地走过，我却进入了深沉的思索——从抗日战争爆发以来，我心中凝聚着的是国破家亡的仇恨，全身充溢着拼搏杀敌的渴望，血、血，到处是流淌的血水；可是现在，我看到人们在离敌占区很近的地方，还这样平平静静地生活着。是的，地球还在旋转，太阳还在发热闪光。生活还是这样的美好啊！我的亲人们！正是这美好的生活，说明我们人民的信心，民族的信念，这一种博大的精神不会由于土地在崩裂，血肉在横飞而有所动摇，有所削弱。

黄昏之后，命令来了，我们告别了山村，沿着峡谷走去。

黑色夜幕降落的时候，我们赶上了满载重负的驮骡队，我们用急行军的速度，超越了他们，进入战斗的行列。

纵队一点儿声音也没有，走着走着忽然停了下来。

这种心情是非常奇怪的，恰是在这不能暴露一点火光的时刻，我忽然很想吸几口香烟。

当然这是不可能的。

从前边，一个人一个人传递来一个消息：

"我们已经到了铁路边沿了！"

突然之间，几乎同时，平原和忻县两个方向蓦地闪出了红炫炫的火光，光速比音速快，随后就传来了沉重的炮声和清脆的枪响，这攻击正在掩护我们冲过封锁线。

前进！

时间是一切，

速度是一切，

人们跑起来了，运输队的驮骡跑起来了，这时只听见一片奔跑的蹄声，打破了我们周围的寂静。

现在我仔细回想我第一次临战的心境，当时竟是那样异乎寻常的平静，我只凝神注视着前面晃动的背影，一步不落地移动着脚步，我听着两旁枪炮的声音，心中只有一个念头，就是赶快冲过同蒲路去，因为我身上负担着卡尔逊安全的这个重担，必须使这个美国朋友安然无恙。到铁路线上了，我听见急急奔跑的人的气喘吁吁声，我看见马蹄铁在钢轨上撞击出蓝色的火花，我感到夜的寒冷，风的寒冷，可是我的脸孔在发烧，周身在发热。我们迅速地翻过小山一样高的铁路路基，两边的炮火更加激烈。因为尽管离开铁路一段路程，但还得预防敌人突然而来的袭击，因此队伍一直处于森严戒备之中，都在加速脚步霍霍前进。只有在战争中，你才会遇到这种奇异的景象，就在跨过铁路时，我突然一下怔住，心马上缩紧了起来，我眼前是什么？是敌人放的大火吗？是敌人迎面堵截吗？就在正前方高处，有一团红色的火光……我注视着，这火光开始是暗红色的，渐渐地明亮起来，这一团红的火光向上升腾，这时我才恍然大悟，原来是一轮满月，从山垭口上升起，这是我第一次看见红色的月亮，它红得那样亮，那样美。

我们急急行走了两个小时，才慢慢放缓脚步，这时我的衣衫湿透了，胸口濡濡流着汗水，但这是何等的胜利的快感呀！我回过头来，向来处望去，我将永远记住这 1938 年 6 月 22 日，当我越过那条铁路线，我就完完全全到了敌人的后方了。

## 五二　临风遥望泪沾巾

你也许以为处在敌人后方，该是十分危急、十分紧张吧？

不。天亮了，不觉眼睛一亮。这时我们正从山谷中走出，庄稼碧绿、树木浓荫、青房瓦舍，格外整洁，虽只一条铁路之隔，这丰沃的晋东北与荒凉的晋西北却迥然不同。我们首先见到的是分区司令赵尔陆，他身材高大、体态敦实，为人也厚道，胖胖的脸上，一笑两眼就眯成一条缝，当时他才二十几岁，正是他指挥了迎接我们过封锁线的行动。我们吃了一顿丰盛的晚餐，睡了一夜好觉，以恢复昨天终宵不眠、紧急行军的疲乏。这一带产梨甚盛，我嚼着香甜四溢、汁水横流的梨子，感觉到无比的舒畅，无比的快意。赵尔陆派了一队骑兵，护送我们向东北方向行走，两天时间我们一直沿着山岭中崎岖的小路一下走上高山，一下落入谷底，山上山下到处都是密密的松林，染出一片苍苍碧绿，我们从清凉的空气里闻到一股松脂的芳香。第三天的傍晚，我们进入一个更加浓绿的长长的峡谷，我们已经到了晋察冀边区军政领导的中心，五台山麓。在这儿，卡尔逊受到聂荣臻、彭真的迎接。我们被安置在松林深处一座庙宇里。从延安出发，一个多月时间，经过长途跋涉，至此洗涤征尘，整理行装，我们得到一次美美的休憩。卡尔逊在年初已经来过这里，因此他和聂荣臻是老朋友了。次日傍晚，聂荣臻来看我们，他文雅、沉静，在谈话时脸上微微笑着，表达出强大的信心与信念。是的，他是一个创世纪的人，日本大军疯狂烧杀、长驱直入，气势汹汹地横扫华北，认为经过他们"铁扒犁"犁过之后，不可能再有抵抗的力量存在，而他却在敌人后方，像钉子一样牢牢地建立起一个根据地！

从他的谈吐中，我们了解了边区的形势。日本人对插在背后的这把刀子，痛之入髓，恨之入骨，随时想一扫五台高原，以解心腹之患。于是他们向高耸的群山进攻，洗劫烧毁了阜平，但他们的攻势又被粉碎了，晋察冀不但安然无恙，而且越过平汉线扩大到冀中，实际上一支远征部队已经到达北平跟前。这中间彭真来谈过发动群众的情况，宋邵文来谈过边区政府的建设。他们的谈话构成了一个完整的印象，就是这里已经有了一个健全的、民主的人民政府，社会、政治、经济、文化各个方面都已井然有序、蓬勃发展，紧密地团结了各个阶层，积极发动了群众生产，建立了自己的银行，发行了自己的纸币，出版了自己的报纸，办起了自己的学校，还有兵工厂、被服厂。我听了、看了这些新鲜而又动人的事情，无法抑制自己心情的激动。当我从北平逃出，踏过血海，穿过战火，日日夜夜看见自己的祖国在沉沦、在崩溃、在死亡，何曾想到只几个月时间，在这儿打开了多么壮丽惊人的新局面，这是中国共产党发动游击战争、深入敌后、建立根据地的英明政策的光辉的胜利。的确，历史是人民创造的，我从迷离烟雾、朦胧血影中看到一个崭新的天地。

人们都知道河北是一片平原，迤逦入海，而西部却是高山壁立、万仞摩天，上山去是山西，下山来是河北。河北中部对我有一种特别的吸引力，因为那儿是我的家乡。卡尔逊知道游击战已发展到冀中，他就想到那里去考察，这一点自然合乎我的心意，我们计划已定，得到聂荣臻的支持与保证，我们就离开五台向平汉路前进。几天之内，我们一直盘行在高山峻岭之中。有一天，我们走着走着，来到一个山路垭口，垭口壁陡狭窄，人一接近它，就觉得天风飒飒、汹涌而至，像有一股强大的气流一下堵塞了去路，这时你只要稍一不慎，就会被抛到九霄云外。我们只好牵着马，侧着身子，弯下腰去，低了头，从这狂风中顶了过去。这就是长城岭下的龙泉关。这"关"字用得既恰当，又准确，沿着太行蜿蜒而来，从南到北有许多关——娘子关、马岭关、东阳关、虹梯关、天井关，都是山可摩天、形势险峻，关口又陡又狭，真有一夫当关、万夫莫开的气概。我们顶着充塞在龙泉关口的狂风，衣服吹得猎猎作响，向后扑打，帽子几乎被风刮走，我们只好用手紧紧按住。可是通过关口就平静无事了。这时，我肃然站立下来，从高山之巅，放眼下望，但见河北平原一片苍苍莽莽、迷迷茫茫、一望无际。

从芦沟桥事变起，我抛离了我的家乡，从海上逃出虎口。

……流浪，流浪，流浪……日日夜夜，我想念啊想念着我的家乡，我思念啊思念着我的亲人。

可是，那儿已是一片殷殷血泊、哀哀荒野。

谁知哪年哪月才能重新抚摸着我的热土啊！

……

现在，我站在山上，我的心情是那样激动，又那样悲伤，我只轻轻说：

"我亲爱的家乡啊，我亲爱的母亲大地啊！我回来了！"

山路壁陡、岩石累累，我们踉踉跄跄，就如同石头滚下山壁，很快就走了下来。

我们到了龙泉关村，一路上，新世界的景象，映入我的眼帘。还没到村口，几个臂扎红臂箍的年轻妇女便伸出红缨枪拦住了我们的去路——她们一个个脸红扑扑，眼睛雪亮亮，那样英武、那样严厉，她们仔细检查了路条，可能为这个美国人而惊讶，还互相轻轻嘀咕了一阵，才放我们进村。村里立刻有一股温暖而又香甜的炊烟迎面扑来，这儿房屋、地面、道路、台阶都是一块块青石铺砌的，整个村庄就像是古代开凿的一个大石窟。这边几个年轻的妇女坐在门口小板凳上一面轻声笑语，一面赶制军鞋，那边几个年轻妇女推着磨在碾军粮……这时落日的余晖把村庄照得一片通红，一群鸡栖息在枣树上，鸣声嘹亮，一群羊从村路上归来，沓沓有声。在龙泉关过宿一夜，第二天，再向山下走去，一路直到阜平，就越来越感觉到紧张临阵的气氛了，群众都已经动员起来了。阜平不久前被日本人烧杀洗劫过，不少断墙颓垣上还涂抹着黑色的烟痕。在这儿，我们见到阜平专员公署主任张苏，他像一个纯朴、老成的农民，而阜平县县长董越千却是个有着两只笑眼的活跃而文雅的青年，他是从北平出来的大学生。董越千能讲一口流利的英语，可以直接和卡尔逊谈话。从他们嘴里我们才知道一个大的破袭战正准备在平汉路上展开。破袭战就是趁黑夜，军队突然袭击敌人堡垒，逼使敌人不能出来，广大农民群众就一下把几十里，几百里地的铁轨整个掀翻。这次这个大规模的战斗将在七月七日进行，以纪念抗战一周年，我听了之后，不能不为将亲眼目睹、亲身经历这一场大规模作战而万分激动，非常昂奋。从阜乎下来，还看得见日军在三月间烧杀抢掠的痛苦痕迹，村庄里看不见一间完整的房屋，村民都在野外露宿。可是，愈往前进，愈觉得人们精神振奋，意气昂扬，到处生机勃勃，气氛非常感人。

我们一步迈到了平坦的大地，来到平汉路边沿。

在这儿我们看到王紫凤团长，这个人瘦骨棱棱，却英姿飒爽。

他告诉我们，我们需要在这个村庄里度过一日，而后，于六日清晨出发接近通过封锁线的地点，然后在深夜，乘破袭战猛烈开展之际冲过平汉路。

## 五三　火凤凰

七月六日黎明，我们同护送我们的一支精壮的骑兵小队一道向平汉路前进。

当太阳落在地平线下，我们周围出现了临战的紧张状态。一路上看见通讯部队的战士拉了电话线在田野上跑着，向前沿阵地架设电话，一支一支长长的农民纵队有的向南，有的向北，他们有的扛着空担架，有的背着各种工具，拉钢轨的绳索，撬钢轨的钢钎。当我们这个骑兵小队从他们身边走过，他们一个个满脸笑容、热气腾腾。对于这种热战的景象，卡尔逊这个老兵也不能不为之动容，他向他们频频招手，他们立刻用热烈的欢呼来回答。黄昏的暮色已经很沉重了，但这生动的场面愈来愈动人。我的心灵受着一种冲击——不过这已不是前面写过的生活的冲击、精神的冲击、民族的冲击，那种带着悲哀与凄楚的冲击，而换了另一种冲击，怎么形容呢？也许可以说它是既明亮、又明朗，是我从来没有经受过的最大的欢乐、最大的幸福的冲击——我看见人民群众像森林一样站立起来了，我以能参与这一声势壮大的破袭战共享快感，而感到自豪。我正向他们招手，前边马队忽然跑了起来。

黑夜代替了黄昏。"到了铁路线了！"平汉路和同蒲路声势大不相同，这是日本军队通向南中国的一条命脉，因此敌人深沟高垒、防卫森严，我们正在小跑前进，突然两边响起紧密的枪声……纪念抗日一周年的信号打响了。枪声如同冲锋号响，我们有如风卷残云，纵马狂奔，这简直是神奇的魔术表演，过铁路线时马像鹰一样腾飞起来，我把身子紧紧地伏在马的背上，两手控制着缰绳，只觉得马的鬃毛在唰唰地抖颤，呼呼的风势劈面而来。马在这儿要来一个三级跳远，先飞身越过一条又深又宽的封锁沟，而后纵身跑过铁路线，紧跟着又飞跃过那面一条封锁沟。根据聂荣臻司令的部署，我们由望都、定县之间的清风店，如同一阵狂风、一阵急雨，一刹那间我们已经平平安安地过了平汉路。这时南北两方，枪炮迸发，弹火闪烁，铁轨被炸断，被掀翻，一场声势浩大的破袭战展开了。令人惊讶的是，当我们驰入一个村庄，忽然眼前亮起一片灯光，谁能想得到在铁路线咫尺之内，一切还能如此平静安详，几个农民装束的人为我们送来茶水，一个人忽然走近我的身边，跟我说：

"黄主任请你接电话！"

"电话？！"

我又惊又喜，一下纵身跳下马来，奔进亮着灯光的房屋。由于过度兴奋，抓住电话耳机时，我的手在微微地颤抖，我立刻听到一个笑吟吟的声音：

"你是刘白羽同志吗？我是黄敬。"

"啊！黄敬同志，我们已经顺利地通过封锁线。我们马上可以看到你吗？"

"还不行，我离你们还远，我在安国欢迎你们吧，请告诉卡尔逊，戴维·黄热烈地欢迎他，我们是老朋友了……刘白羽同志，我打电话，是请你沿途之上帮我作点儿考察，你看看救亡室里，是不是挂了孙中山的相片和国民政府的旗子，从今天起，我们就正式打出八路军的旗号了，你看看有没有统一战线的气氛呀！"

"好呀！我一定做到……"

这电话来得令我既兴奋又愉快，因为这件事说明除了铁路线外，广大国土已经连成一片。由于这里离作战地区太近，通过了电话，人们就催促我们立刻前进。我心里洋溢着又温暖又清新的乐滋滋的感情之波。这是一个月黑夜，露水浸湿了土地，我闻到泥土的芳香和青纱帐里吹来的青气，虽然衣衫都给露水淋湿了，但我仰头看着满天星斗，真是无比的酣畅，无比的舒适。

不久我们来到滹沱河畔，夏天雨水勤，河水猛涨，浸漫半里之遥。我们在一片柳茅丛中进行了一次大休息，马卸了鞍，马在料袋里咀嚼着发出催人入梦的声音。我躺在大地上，不知为什么，依稀想到母亲的摇篮，我仿佛吮吸到母亲的奶汁……恍惚之间，我已经酣然睡去……

当淡紫色黎明晨光发亮时，我们骑马涉渡过滹沱河，到了定县政府所在地的李清镇。我从马背上回环四顾，一望无际的大平原上，一阵微风吹来，青纱帐便像蓝色大海一般荡漾起来，多么美呀！从铁路以西的山地来到这富饶的平原，就像从穷乡僻壤一下进入富裕天堂。我们在安国见到了黄敬。这位传奇式的人物，曾经作为秘密的地下党员领导了如火如荼、轰动世界的"一二·九"运动。现在他出现在真刀真枪的战场上。他的英俊、他的风采，又是一番动人景象。他穿着军衣，束着手枪，浑身上下洋溢着充沛的战斗气息。他同卡尔逊是老朋友，用一口流利的英语与卡尔逊交谈，使卡尔逊感到特别亲切。关于他，卡尔逊说："他有好的举止可以征服你，他的真挚更使你心悦诚服。"他声言他是受冀中军区司令员吕正操的委托，专门来迎接我们的，由他陪同我们乘上一辆卡车，向东北行去，我们先到了博野。

这一回，是一个传奇性的人物引出了两个传奇性的人物。

一个是杨秀峰，一个是张维翰。

杨秀峰是北平一位出名的大学教授，这个清瘦文弱的人，现在却是人民政府的专员，和他一道同我们见面的张维翰更使我吃惊，他真是倜傥风流，一身潇洒，上身穿的是当年在北平学生中最时髦、最漂亮的黑色衬衣。北平沦陷，他回到家乡。他是河北一个名门望族的阔少爷，出于耿耿民族忠心，出钱出枪拉起一支游击队。他后来久经锻炼，成为一个红色的指挥员，担任三五九旅的团长。这样一个驰骋沙场的人，在延安还粉墨登场，一曲马连良派的京剧，轰动了全城。前些年他临终前，我们曾在同一所医院里治疗，我到他的病房里去，看到桌子上摆满了京戏的录音带。

再往前，我们到了蠡县。蠡县是一个有纺织工业的城市，街道上熙熙攘攘，十分热闹。这个地方曾经受过血与火的洗礼，但现在就跟没有发生战争一样。我们一路到了白洋淀附近的任丘的青塔。吕正操带着庄严威武的大批部队，在村口举行了隆重的欢迎仪式。吕正操这个"西安事变"参与者既有东北人的豪迈，爽朗的气质，又有庄严的高级军官风度，他的服装考究，穿着长筒黑皮马靴。他亲自陪了卡尔逊和我们，像检阅仪仗队一样从队伍前面、从战士注目敬礼的眼光下，走进村去。

青塔是我一生一世不能忘记的地方，因为隔着一个白洋淀就是我的家乡了，我在这儿似乎可以闻到我家的炊烟的气息了。为了过封锁线，连续跋涉，到了这个宽敞舒适的房间里，所有的疲劳一齐发作起来，我头一贴枕头就美美地睡了一个整夜。第二天早晨，我从蒙蒙眬眬中给一股非常甜蜜的浓香唤醒了，我睁开眼，看见床头茶几上摆着满满一盘水蜜桃。啊，深州蜜桃皮嫩汁浓，咬一口便可满屋芳香四溢。我看看同伴们都还沉睡在梦中，难得这温馨的宁静，我陷入了沉思……

读者读到这里，可以想见我的心灵是怎样微微地颤悸。

一切凄怆与悲伤，毁灭与死亡，都飞掠过去了。

在这幸福的王国里，我的心灵怎能不发出幸福的呼唤？

是的，我看见了人民。

同样是硝烟弥漫，同样是战火冲天，但在这里，透过迷离的烟雾，我看到在崩溃的旧中国废墟上站立起来一个新的中国。

像有一种灵感的驱使，我一个人悄悄起来，走出村头，站在青青田野上，迎着徐缓的晨风，沐浴着初升的太阳，这时，我真无法形容我的胸襟，我的怀抱。

我跪了下来，

我轻轻地吻着我的大地，

我的大地是那样潮湿而甘美。我想起：

　　天方国土有神鸟名菲尼克司，满五百岁后，集香木自焚，复从死灰中更生，鲜美异常，不再死。

我的家乡，

我的大地，

我的兄弟姊妹，

你就是从熊熊烈火中永生的凤凰。

我久久跪着，临风泪下，哽咽无语。

是的，从风陵渡开始，至此，我的心灵完完全全步入一个崭新的境界。

## 五四　迎着暴风雨前进

天啊！我的家乡是美的，但从来也没有像今天这样美过，是的，血流过、火烧过、水冲过，她美得如此惊人了。

我们从任丘向南走，由冀中游击根据地到冀南游击根据地去。

我骑在马背上四望，大地像碧绿的绒毯一直铺展到天边，青青的玉米叶子瑟瑟有声，玉米棒吐着红艳艳的须穗发出甜蜜蜜的香味，从庄稼地里传来急雨一样繁密的蝈蝈的叫声，我给这美丽的景象感动了。我又回到青塔那早晨的心境。如果说这是一幅画，在这幅画的背景上凸现出一个巨大的形象，他头上扎着雪白的羊肚毛巾，腰间扎着宽宽的褡裢，小白布坎肩敞开前襟，脸、胸膛和膀臂，都像红铜一样闪光。这时我的心地无比单纯，无比爽朗，我心中描绘出这个形象，就是他，迎着炮火前进，创造出人间美好的天堂。当我们在这大地上游荡时，无论走到哪里，不论是黑夜还是白天，我都看见一双双炯炯发光的眼睛，听到踏着灰尘的脚步声音，这是我的爱国主义最高的凝聚。

晌午头，太阳热辣辣地像在喷火，人疲乏了，马也倦怠了。歌声从我们口边消失，马的脚步迈得缓慢，卷只烟驱赶一下睡意，可是又感到口干舌枯，正在这时，不知是谁吆喝了一声：

"河！"

我随声翘首眺望，果然看见前面弯弯曲曲流泻着一条河，在强烈阳光照耀下闪出一层蒙蒙银雾。

"滹沱河！滹沱河！"

有人呼啸一声，甩了一下响鞭，马好像也透过酷热闻到水汽，便放开四蹄小跑起来。谁知跑了一阵，那河流却不见了，眼前是无边无际郁郁葱葱的树林，绿森森的阴凉，一下把你渗透。多么欣喜呀，多么欢畅呀，我们骑着马悠悠荡荡走进树林，在林中小路上缓步而行，有些树枝垂得低低的，我们不得不俯下身子才能通过。开始没注意，后来才发现，原来是一簇簇翠绿的大梨把树干压得深深地弯了腰，清凉的绿色，幽幽的梨香，真是令人陶醉呀！陪同我们的同志从马背上回过身来，意趣盎然地说：

"你们看这梨长得多好呀！要是春天，这滹沱河两岸，别提有多美了，遍地都是雪白的梨花，梨花不是单个儿一朵一朵的，是一嘟噜一嘟噜满枝满树，远远看去，就像压着一片白雪。不过，你们来得也是时候，这梨已经长得又脆又甜，咬一口，那蜜汁儿会流你一下巴呢！"

说着每人摘了一颗梨吃，你一言我一语地活跃起来。我们穿过树林，来到河边，多么青汪汪的河水呀！给人无限清凉之感。

不过，我却默不作声，一任马驮着我走，心中不禁有点儿怅惘。

我多么想看一眼那浓浓密密的雪白的梨花呀！

我自幼喜爱梨花，因为梨花没有惹人的浓香，没有迷人的艳色，它晶莹如雪，一片洁白，一刹那间我想起："雨打梨花深闭门"的意境，似乎挑起一阵往日的情怀。

平原看上去一片平静，实际上风云变幻。

1938 年夏季，是河北游击区大发展的鼎盛时期，从冀中到冀南，广土沃野，连成一片，如一把锋利的匕首直插敌人心脏，后来日寇为了解除这心腹之患，发动残酷围剿，反复扫荡。河北在血与火中显出惊人的英雄本色，展开地道战、地雷战，这一场平原烈火，烧得敌人魂飞魄散、胆战心惊。在我们去的时候，这里的大自然也向我们显示了雄伟的神魄。

有一天，是个响晴天，我们骑着马在骄阳下跑了一阵，然后放慢马的脚步，策策而行，我看看我骑的那匹枣红马身上给汗水湿得像锦缎一样闪亮，我心疼起来，像抚摸小孩一样，伸手轻轻地拍了拍马的脸颊，马也回过头，用嘴在我腿上厮磨，然后悚悚耸了一下耳朵，轻轻嘶叫了一声。

在我们没注意的工夫，遥远的天际出现了小小一朵乌云，也就像野葡萄那么大小，谁也没有注意它。只听得蝈蝈在高粱棵子里噪叫，云雀高高钻上蓝天。我感到如同置身于灶火眼里，受着煎烤，周围一股热乎乎、闷沉沉的热气，憋得人喘不出气来，额头上汗水溶溶而下，流入胸窝，我忽然觉得周围有些异样，庄稼叶子翻了白，蝈蝈不响了，云雀早已无影无踪了，抬头一看，原来那朵乌云缓缓展开，漫染天空，翠绿的大地忽然给黑沉沉的阴影遮住。

雨来了……

这念头刚一闪，子弹头大的雨点就猛砸下来，雨点打在土地上，土地冒出白烟。

紧跟着，一阵狂风卷盖了偌大的平原，刚才还是平静幽美的原野，一下充满凶恶的险象。云，像从天上泼下来的浓墨，散漫了整个天空和大地。

到哪里去避雨呀？一眼望去，没有一处人家，我们在这大平原上，就像落在大海上的孤舟一样，没个着落。

大雨瓢泼般洒下来，我们扬鞭催马，奋力急奔。

庄稼在狂风暴雨纷纷扬扬之中，发出一阵萧萧声响。

雨绞着风，猛扑着大地，猛扑着我的胸膛，发出重鼓一般的声音。

我们迎着暴风雨，急骤飞驰，我忽然感到一阵爽人的凉意，雨水洗去了大地上蒸腾的闷热，空气变得一片清新，沁人肺腑。

正在我悠然自得的时候，乌压压的天空倏然一亮，闪电有如龙蛇狂舞，闪闪灼人，随着一声霹雳，像把钢板猛砸个粉碎，紧跟着又是几声，然后向天涯隆隆滚去，渐渐变作沉闷的低音，随即隐隐逝去。

雨兜头盖脑，狂暴淋漓，人身马背雨水像瀑布一样流泻。

这茫茫大地之海啊！你是何等豪迈奔放，又是何等平静安详，暴风雨来得快，去得也快。跟随隐向天边的雷声，一道阳光像一条金晃晃链条抛了下来。再展眼四望，乌黑的海洋又变成碧绿的海洋，像整个茫无边际的大海那样温柔地轻微荡漾，庄稼格外清亮，雨珠从叶尖上向下滴淌，而每一颗雨珠都给阳光照得像珍珠一样发亮。一阵阵潮湿的空气，像最纯净的蒸馏水一样透明、清凉。微风和阳光很迅速地把湿得精透的衣衫吹干了。可是，我还沉醉在迎着狂风暴雨飞驰的快意之中，我体会到这就是生活，这就是人生。

我们从暴风雨里诞生，

我们迎着暴风雨前进。

我们到了冀南游击根据地的中心南宫。在这里我们看到了邓小平、徐向前。毫无疑问，他们都在卡尔逊心中留下深刻的印象，但真正震撼这个正直的美国人心灵的是邓小平。卡尔逊在《中国的双星》一书中有专门记载："……参加八路军以前，邓是个工人，他在法国呆了几年，考察那里的工人运动。他矮而胖，身体很结实，头脑像芥末一样地灵敏。一天下午，我们讨论了国际政治的整个领域，他掌握情况的广度使我吃惊。有一件新闻弄得我目瞪口呆，他说：'去年，美国向日本提供了他们从国外购进的武装的一半以上。''你能肯定吗？'我问。我知道美国人的同情是偏向受侵略的中国一方面的，我在内地访问的八个月中，当想到这个问题时，总是想当然地认为，美国人民会拒绝把战争物资卖给一个侵略国家的。多么极端的无知啊！'是的。'他肯定地对我说，'消息的来源是战后第一年底美国的新闻电讯。'我很尴尬，我说：'必是电讯搞错了，我不能相信美国人会有意地介入我在过去一年中看到的中国人遭受的屠杀和蹂躏。'

既然谈到这里，我想必须向读者们再说几句卡尔逊。

关于他，我已经写了一篇长文《一个崇高的美国人——埃文斯·卡尔逊》（刊于 1988 年 8 月 14 日《人民日报》。收入我的散文集《秋阳集》）。我在这儿就不再重复叙述，不过我必须说明，我和他一道作战地旅行时并不知道，五十年后才从他的夫人蓓姬那里听说，他是罗斯福总统亲密的朋友，是罗斯福总统派遣的特使。在我们的革命博物馆档案里，我找到蓓姬为了纪念卡尔逊对中国的钟爱，特地赠给中国几封罗斯福给卡尔逊的信，我不妨在这儿披露其中涉及中国的两封信：

白宫，华盛顿　　　　　　　　　　　　　　　　1944 年 8 月 2 日

亲爱的卡尔逊：

我正在看今天报纸上关于你的婚事的消息时，收到你 2 月 23 日的信。请接受我对你和你的米苏思的衷心祝愿。

在最后一次航行中，你同吉米一定在塔拉瓦和马基度过了美好的时光，认真的准备必然会带来长远的好处。

关于中国，特别是中国北部，我已经尽了最大的努力来劝阻中国领导人对八路军的领袖们采取更激烈的反对活动。但看上去，那位总司令对此很为难。不过，我确信总有一天我们会都希望你回到那里去。

最好的祝愿

诚挚的

富兰克林·罗斯福

白宫，华盛顿　　　　　　　　　1944 年 11 月 15 日

亲爱的伊文斯：

　　看到那些信我很高兴，重庆的情况看来有所好转。我希望、并祈求我们同共产主义者的关系能有实际地进展。

　　注意你的胳膊，希望很快见到你。

　　最好的祝愿。

非常诚挚的

富兰克林·罗斯福

　　今天看来，四十几年前，这信里已经透露着一种新的信息。还有什么需要我补充吗？我想，如果美国人民的智慧与灵感能够承担罗斯福的意愿，如果卡尔逊还健在人间，我认为美国第一位驻中国的大使，很可能不是布什，而是卡尔逊……

　　我们离开南宫之后，又走过一些神奇的国土，又会见了一些神奇的人物，不过那已超出中国共产党所领导的游击区的范围了，我就在这里略而不谈了。

　　不过有一次险境却不得不说，那可以说是我们在数千里长途跋涉中所遇到的最危险的一段旅程。由于下了几天大雨，黄河泛滥成灾，我们在泥泞中挣扎前进。有一天我们必须从日本军队两处阵地之间狭窄的地界穿过。本来我们应该趁一大清早通过，谁知走错了路，从一排树林中出来，竟然发现我们已经到了敌人据点延津跟前了。这时如果一旦被敌人发现，我们就得死于非命。我们从一片凹地里匍匐过去，我感到责任沉重，因为我们已离开解放区，失去了八路军的保护。从蒲阳护送我们的这支国民党小部队，一路上松懈散漫，毫无纪律，如果万一受到敌人袭击，他们会一哄而散，把我们拱手让出。事情果然不出我们所料，原来我们应该拼命闯出危险境界，可是到了一个小村上，他们声言太累了，要休息，连一个警戒哨也不放，就一个一个在树荫凉下躺了下来。这时情况实在万分危急，大白天，又是平原地，敌人随时可能突然出现。我们三人合计了一下，我们每人有一支手枪，如果一旦祸事临头，我们就只能凭这一点点火力来保卫卡尔逊了。卡尔逊这个老兵，非常老练又非常严谨，显然，他已经意识到我们的处境到了不能再糟的地步了——他带上我们三人，沿着村外巡视了一周，我们发现在镇上有一片小高地，就像一下遇到救星一样，我想，

如果敌人来袭击，我们就只能利用这个地形作最后的决战了。我们已经通过同蒲、平汉两道封锁线，谁知在这里，我们既没有兵力又没有保障地度过最艰险的第三次封锁线……那真是难熬的时刻啊！一方面情况紧急，子弹随时都会飞来，一方面天气燠热，浑身上下浸透汗水，痱子像蝎子蜇了一般又痛又痒……好不容易等到那些懒散的兵丁睡够了整整一小时，我们终于又向前进了。第二天我们平安无事地到了原武，第三天我们乘船渡过了黄河，到达郑州，我才松了一口气。这时我和欧阳山尊、汪洋与卡尔逊由于同生死、共患难建立了亲密无间的友谊。卡尔逊在他的书里记述下这种深切的、真诚的友谊，现在，我觉得，事情过了半个世纪，让死者出来作证也许比生者的说明更有力，卡尔逊写道："……这是我同刘、欧阳、汪洋最后一块吃饭了。只有严酷条件下一起旅行这么远的路程的人，才能理解我们之间深切的友情。国籍和种族算不得什么，人类正直才是重要的。这些纯洁的伙伴在无数场合表明了他们的忠诚、勇敢和正直。我们都比旅行开始时老成了。汪洋从一个性急的小伙子变成冷静、镇定、能控制自己的人。我也发生了变化，一个生活在充满自我牺牲精神环境中的人不可能不感到这种精神的力量，从中汲取教益。晚餐在火车要开以前结束，我们来到车站。看到我们进了我的车厢，细心的刘将军（刘和鼎）回到站台上，让我们这一伙人作最后的告别。我把我不再用得上的部分行装分给了小伙子们，他们在延安会有用的。火车鸣笛了。我们流着泪，紧紧地握手分别了。在站台上，他们又使自己恢复了正常，唱起歌来。当火车喷着气缓缓驰出车站时，歌词的主题在我耳边回响。几个月里，我是那样经常地听到这个歌词发自各人之口：

> 我们生长在这里，
> 每一寸土地都是我们自己的；
> 无论谁要强占去，
> 我们就和他拼到底。
> ……"

　　半个世纪（1938—1988）之后，我访问了美国，我想如果我不是在阿灵顿谒拜卡尔逊的碑墓，而是和这个美国老兵亲切拥抱，那该是何等动人的场面。

写到这里，我写不下去了……我不得不暂时把笔搁了下来，请读者原谅！华北游击区之行这个段落，我实在写得太长了。

## 五五　险途

与卡尔逊作别之后，我们搭乘陇海路火车西行，从郑州到了西安，住进七贤庄八路军办事处。在这里我第一次看到林伯渠，这位鹤发红颜的老人，他永远从眼镜片后闪露出和蔼而慈祥的笑容。你简直无法想象他是怎样跋涉过二万五千里长征的。他坐在你面前，更像一位谦谦的学者。他非常愉快地听我们谈华北之行，我们是第一批从那边来的人，我们带来每一点儿消息，似乎都十分动人心弦。当我们谈到回延安的问题时，我们得到的回答是：要我们等候通知。我们到西安一家澡堂里去痛痛快快泡了一个热水澡，我在水里面泡了很久，好像把几个月旅行的疲乏与征尘一下洗得一干二净，谁知回来以后，等着我们的竟是那样神奇莫测的一种安排。我们在夜半更深、行人稀少的情况下，从办事处乘了一辆小汽车驰出，不知拐了多少弯、走了多少路，车停下来，在黑森森的夜幕之下，我们不知到了何处。办事处的人领我们走进一座亮着灯的门，我们进去一看是一座极高极大的房子，像空空荡荡的仓库。这儿的情景使我非常惊奇，从高高悬梁上照下来的电灯光显得朦朦胧胧、鸦雀无声、一片寂静。我俯身看看地面上，一个靠一个睡满了人。他们的服装非常奇特，身上是衲得一道一道的绿色棉军衣，脚上还穿了齐膝盖的白毡靴，尽管西北的秋天已有凉意，但从这装束看来，他们是从更远、更远的冰天雪地里来的，他们一动不动，酣睡沉沉。这是些什么人？他们从哪里来？到哪里去？办事处同志根本不提，显然事关机密。他只带我们在人群中找了一小片空地，告诉我们："你们睡吧！……走时会有人来招呼你们的！"我们于是枕了行囊，挤在大伙人群中间，躺了下来，但这种奇异的环境使我一时无法入睡，我知道摆在我面前的是一条朝圣者的路，在这条路上，不分日夜，无数人流，络绎不绝，像一条潺潺的河流，就这样不停地、不停地向着延安流去。可是我是头一回走这条路，我不知道路上会遇到什么，等我刚要蒙眬睡去，却被嘈杂的声音惊醒，一看，周围的人都起来了，在做着各种活动，像要准备登程的样子。然后他们很有秩序地陆续走了出去，纷纷登上停在场院里的大卡车。我走出那高大的房间，觉得天色特别漆黑，想必是黎明前最黑暗的时候。我们被带到最后边的一辆卡车边

244

上，这辆卡车装着满满的、高高的东西，上面蒙了雨布，用绳索紧紧缚起，我们就抓住绳索，像登山队员一样爬上高高的"山顶"，在那上面寻找坐处。然后一阵马达突突声响，一排车队鱼贯而行，开出场院。我心头划过一串问号：

——这是从哪里来的一些人？

——为什么要在黑夜里走？

显然这是一个计划好的秘密行动，为了不惹动西安人的耳目。

——那又为什么？

我像一个探险家，走上了茫茫不知的险路。

当青色的黎明照亮的时候，我们已经离开城市很远，行驶在荒无人烟的道路上了。

这时，我突然发现，就像在丛生的枯草丛里战颤着一朵鲜花，在我们这辆卡车最前面、最高的地方，坐着一个轻盈的姑娘。

随了卡车的颠簸，她的身子微微地摇晃，潇洒自如，像清风中的一朵白莲花。

她同这荒凉的黄色的原野，

同这灰扑扑旋卷的尘埃，

同这既无歌声也无笑语的人群，

是那样的不协调，而又是那样的协调。

简直就像一块砂糖溶解在水里一样。她一路跟我们一道行动，但语言很少，十分沉默。多年之后，我才知道她是朱仲丽，一个共产党员，刚从秘密的地下环境转上延安。

西北高原，山高路险，说是公路，实际上凹凸不平、坎坷不尽，车子常常把我们所有人抛得老高，我们只好紧紧抓住绳索，俯贴在车上，才没有跌落下去。上山时，卡车像一头老牛，吼叫者，摇晃着，奋尽全身之力，挣扎得阵阵发抖，但是，忽然一下熄了火，这时情景可十分惊人，卡车就顺了陡坡向下滑。每当这时，我们就飞快地跳下车去，从路边搬一块大石头，垫在卡车后轮下，才把滑车抵住，然后我们大家用胸膛和臂膀紧紧抵在车身上，向前推动，卡车猛然着了火，这时情况更危急，卡车马达已经发动起来，它不能停止，一停又要卡住，便只有往前开去，这时我们就拼命狂奔，追上驰行的卡车，像闪电一般抓住绑在车上的绳索，飞身纵上车去，就这样我们很快就锻炼了一身本领，一个个变成能飞上飞下的铁道游击队员了。

这一次我领略的西北高原，跟上次从黄河走向延安所见大不相同。这一回，我看见黄土飞扬、浓烟滚滚，特别是前面的卡车一急驰，便卷起一股股耸天而立的黄风沙，简直像是从天上落下一道绛黄色的瀑布，把我们都卷在其中，再看看每个人，就像黄土泥巴塑的泥人一样。黄沙漫漫，山影蒙蒙，每到宿营地，我们不只是脸上、身上，连口腔里、喉咙里都是黄土，洗一把脸，那盆水立刻变成黄色泥浆……我一下子又记起在风陵渡看到的黄河，是那样浑浊，千千万万年，黄风吹个不停，当年我们祖先在这茫茫的黄土地上是怎样厮搏着生长的呢？今天，这个伟大的民族正从这儿发出觉醒、奋起呼声。我从高高的车顶上望着那连绵不绝的黄色的群山，想到今天华夏优秀的子孙，又迎着黄风沙在这儿跋涉前进，我觉得我走的每一步都有深刻的含义了。

一天，宿营在一个不小的乡镇上，我们在小旅店里睡了一夜，第二天，清早起来，到小河沟跟前，撩着冷水洗了洗脸，走进一家小饭馆去吃早饭。当我正挑着面条向嘴里送时，忽然听到秫秸墙的那面传来我哥哥刘肖无说话的声音：

——这是真的吗？

——不会是真的，可为什么这样相像？

我匆匆吃过早饭，走出饭铺，果然肖无从隔壁一家饭铺走了出来。

读者们该还记得，我从丰泰隆那个炼狱里逃出来，第一个哭诉的人就是我哥哥，他十分同情我，带我回到母亲身边，从此结束了那黑暗森森的学徒生涯。我从日本人占领下的北平出走，当时他在北平一家商行里做事。他告诉我趁商行要他到香港办事，他也从此离别了人间地狱，经广州到了汉口，在汉口见到茅盾。茅盾后来好几次跟我说：“你讲话的口音跟你老兄真是一模一样啊！”……我遇到他时，他正和一大批学生徒步走向延安。

这次相逢太凑巧了。

因此也就太亲切了。

但是时间实在是短暂得令人凄然。

因为我们汽车的马达声已经隆隆地响起来了。

亲兄弟尽管有多少话要倾诉，可也不得不遽然分手了。

我上了车，车开了，我看到肖无和一大队男男女女在灰尘狼藉的道路上行走。我们招着手，很快就看不见了。

我心里好像给阳光照亮了，我为他终于也和那个旧家决裂，走向共产主义的新天地而感到格外高兴、喜气洋洋。

谁知就在这一天夜里，我们遇到了我们根本没料到的险情。为了让读者知道为什么出现这一险情，这里我必须把我后来才晓得的事，先做一个交代。原来这些卡车上的人，都是流落在新疆的西路军的同志们，通过苏联的斡旋。经由国民党当局的同意，把他们送回延安，可是国民党军队用恶毒的眼光，盯着曾经血战的仇敌，而且制造出各种谣言，这就使得我们不得不随时警惕着，以防反动派在半路途中给你一个措手不及、一举歼灭。这天夜晚我们必须经过一道冷僻的川谷，从黄昏时起，我们就发现两面山头上，隔一段距离就站着一个国民党的士兵，在蒙蒙的暮色衬映之下，那景象的确是十分严峻的，而且随着暮色加深，国民党士兵愈来愈多、愈来愈密。是不是要在这儿张开罗网，等我们一入川底，就一举把我们全部歼灭在这里？

黑沉沉的夜色掩盖了大地，西北高原一阵阵凉意袭人。

我们这队卡车没有停止，继续打亮车灯，想闯过这一险恶的关口。

我披了一件日本军的黄呢子大衣，靠在车上，随着车子颠簸来颠簸去。

但，我是清醒的，警觉的。

因为，川谷越来越深，两边山势越来越陡，地形就更险要了。

气氛愈来愈严峻，像有一股低气压向头上压了下来。

不知何时，不知何地，

忽然，响起两声枪响，枪声十分清脆，一下打破沉寂的夜空，带来一种强烈的不祥之兆。

我们车队一下熄灭了车灯，停了下来。

整个山谷河川，一下变得一片黑压压的，无声无息。

我无法预测我们将要遇到什么样的命运，我从车上爬下来，在车身旁来回来去地踱着步……就像过同蒲路封锁线那种感觉一样，在这万分紧急的关头，我非常想吸一口烟，可是一点儿亮光也会暴露大家，为了忍过这个可怕的时刻，我从车厢上取下我的日本军用水壶，扬起脖颈，喝了两口水。这种时候，我觉得水特别清凉、特别甘美。这日本大衣、日本水壶都是这次在华北纵横时人们送给我的纪念品。想一想，日本人那么严密坚固的封锁线，我们都平安无事地通过了，难道今晚我们的命运会断送在中国人的手里吗？！

一个消息传来：

"我们已派人前去谈判了。"

夜风一阵阵在我脚下、身上嗖溜溜地、微微地、微微地回旋着。

时间过得如此迟慢，

这是多么险恶的时间！

……不知过了多久，前面乱哄哄地传来声音：

"上车！——上车！……"

我攀着绳索爬上车去，坐在我的位置上。

所有车灯霎地一下亮了起来，车队又继续前进了。

这么多年我始终没弄清，那个夜晚为什么出现这样的险情，为什么国民党同意这一批人从新疆回来，一切行动又那样隐秘，为什么他们在这靠近边区之处，竟这样如临大敌、严阵以待？但不论是什么原因，我们总算闯过了一条艰难的险途。

也许愈是经过艰险，愈易感受到平安的欢快。

车队一进入边区地界，一阵嘹亮的歌声，就从前面车上一辆一辆传了过来……

轻盈地坐在车头高处的朱仲丽，一下由沉默无言变得明眸四射，笑语连天……是的，我们回到我们自己的家里来了，我们回到我们的自由土地上来了，一种欢乐的冲动，猛然洋溢在我的心头，我也跟着纵声高唱起来。

## 五六 新的生命

我的心灵在轻轻问讯着我自己……

特别是在凤凰山下，向毛主席去汇报之前，我陷入了凝重的沉思。从五月到九月，八十多个日夜，狂风骤雨、战火硝烟，我从这中间得到了什么收获？如果毛主席要问我，我将怎样回答呢？我只觉得这次不平凡的旅程，使我如同走出黑暗，一下沐浴到阳光。谁知在毛主席那间不大的住房里，没有严肃的考问，也不需要郑重的回答，而是一个十分融洽、欢乐的聚会。那一天毛主席心情格外高兴，特别是当我们把沿途拍摄的照片拿出来给他看时，他伏在案上一张一张地仔细观看，有时凝眸沉思，有时开怀大笑，他连连说："他们搞得很有气派呢！来，我也有些照片给你们看！"说着，他拉开左手抽斗，从中取出一个大纸袋，把里面装的照片一下倒在桌上，他说："你们给我看八路军，我给你们看新四军……"他指着照片说："你们看这是叶挺同志！很神气呀！……"他笑得那样温暖、那样开朗，我记得他指给我看的那张照片上，叶挺将军穿着一件皮夹克，显得非常英俊、非常潇洒。看了一阵照片之后，毛主席一面吸着香烟，一面陷入深沉的思索，而后他说："你们高兴，我也高兴，可是有人不高兴呢！……"我想到从西安来的旅途上那惊险的遭遇，意刻明白他指的是什么了。他随即顺手从桌面上取过厚厚一摞白宣纸，这些纸裁得将近一尺长，上面写满墨笔字。"这就是我们对这些新问题的回答！"说这话时，他做了一个特有的手势，他伸开巨大的手掌，而后，缓缓向前推去——像是在推开一座沉重的历史的门……充满信心，充满必然，充满肯定。

这就是在党的六届中央全会上所作的著名的《中国共产党在民族战争中的地位》这篇报告稿。

这一报告是这样开头的：

"同志们！我们有一个光明的前途，我们必须战胜日本帝国主义，必须建设新中国，也一定能够达到这些目的。但是由现在到这个光明前途的中间，存在着一段艰难的路程。""那么，还有什么问题呢？同志们！还有一个问题，这就是中国共产党在民族战争中处于何种地位的问题。"

正是在这一次党的会议上确定了：党在统一战线中独立自主的问题，在统一战线中有团结又有斗争的结论。

从毛主席那儿出来，我觉得自己眼睛一下明亮了许多。这正是毛主席作为伟大领袖的一种魅力，随时随地之间，他就引导着你向前行进。从这以后，我每次见到毛主席都有这么一种深刻的感觉，我每一次都能从他那里获得一种感召力。

的确，经过战争的洗礼，我变成一个与过去迥然不同的人了。

尽管我处在远离战争的后方，但我时刻都在热恋着游击区的一切。边区文协决定在《抗战文工团》的名义下组成一个个文学小组，分批分区地派到各个敌后根据地去。文协分配我来组织这个工作。参加这项活动，到敌后去的作家有卞之琳、吴伯箫、周而复、柳青、马加、雷加……

一天夜晚，"老柯"（大家都亲昵地这样称呼柯仲平）敲敲我的窗棂，把我叫了出来。

他领我走到一棵老丁香树下，两人肩挨着肩、面对着面站在一起，他用严肃的声音低声问我：

"你要不要加入共产党？"

这是多么使我心情激动的时刻啊！我立刻用我的全部生命做出回答：

"我当然要入党，我一定要入党。"

"党支部决定吸收你入党！我祝贺你！"

他紧紧抓住我的两只手。

我本性非常单纯而又非常诚朴。自从到了延安，特别从敌后归来，我已决心向往共产党，但是出于谦逊、怯懦，我觉得党太庄严太宏伟了，而我还不具备一个共产党人的条件，没有想到我所殷切盼望的竟突然到来了，现在，既然圣洁的火花一下照亮我的心灵，我立刻就涌身投入对我敞开的这扇光明而又神圣的大门。老柯两只有力的大手紧紧摇撼着我，我觉得我周身的血液一下沸腾起来……从我降生人间，度过灰色的黎明，走了多少悲痛而又坎坷的荆棘之路，阴云密布，黑暗沉沉，而现在，霍然之间，一道雪亮的光一下射入我的心底，我经历了多少人海苍茫，我尝尽了多少失望与绝望，而在这一刻，我寻到了我的归宿，我的人生的归宿。我不由得扑到老柯那温暖而宽厚的胸膛上，我泪如泉涌、泣不成声。这时，老柯就是党的化身，党向我伸出慈爱的双手，把我从苦难的深渊中拯救出来。现在当我写到这里时，我还不能不为那庄严的一刻而心神战悚，我的灵魂像水晶一样透明，像清气一样纯净……但当时在我那稚弱的心灵里，党只是一片光明的天堂。我决没有想到作为共产党员的一生，也会风霜满目、荆棘丛生；我走上了新生命的开端，那时根本没料到为实现这一宏伟的理想，我还必须历尽艰辛，死而后已。那是何等幼稚、何等无知啊！后来的事实教训了我，因此当我每一次在党员登记表上填写入党年月时，我深刻地意识到，尽管我在1938年成为共产党的一员，但我其实还只是一个爱国主义者，而不是共产主义者，从剥削阶级向劳动阶级的过渡，是十分艰巨的。读者慢慢读下去，我将向你敞开我的心扉，让你看看我怎样经过千难万苦、九死一生，才走进共产主义红色的黎明。不过当我和老柯拥抱在一起，也就是同党拥抱在一起的那一时刻，我感到多么庄严和隆重啊！不久以后，也是一个夜间，在老柯住的那间牧师住过的房屋里，我带着朝圣者的虔诚，在一面红旗下，用坚定的声音说出我的誓言。那是多么肃穆、温馨的一夜啊！在微微摇晃的红色烛光下，我听到了宇宙巨人缓慢而又坚定的脚步声，在那一瞬间它敲打着我的胸膛。

我不承认我已是一个圣洁的人，不过从此我忍辱负重、心甘情愿走下希腊神话中的弗勒热腾河，涉过这不是水而是火的河流……

谁知正当我意气风发之时，恐怖已经逼近我的头上。

那天，我在延安城中心鼓楼旁边的一个小饭铺里大吃大嚼。

那个饭铺主人是一个黑脸膛小个子东北人，他做的北方饭菜很合我的胃口，因此我常常到这里来。这天，我正吞着一碗热汤面，突然，一声霹雳把桌子上的碟碗都震得叮当乱响跳了起来。

我连忙跑出来，只见一阵带着强烈芒硝气息的黑烟滚滚扑来，炸弹连续爆炸出一阵阵凶恶的火光。

在我的性格里，有一个独特之点，也许由于迟钝，也许由于愚鲁，每当危难临头时，我从来没有心烦意乱、神色慌张，头脑反而特别清醒、特别灵敏。我立刻明白这是日本人轰炸延安了。抬头一看，轰炸机正在我头上盘旋飞掠，我看得清清楚楚，一串黑压压的炸弹带着凄厉的啸声正在降落下来。我尽快离开大街，拼命向前飞跑，而炸弹就在这时在我身后又一次发出猛烈的爆响，我只觉得一股热浪、一股旋风一下向我扑来。说来真是奇怪，我竟然不懂得趴伏在地，而是全身贴在墙上，好像那堵墙能够挡住死亡。更奇怪的是，当我紧紧贴在墙上，后边又上来一个人，紧紧地贴在我的身上。在危急情况下，这是一种什么心理？我说不清楚，但这种偶然中的偶然，我平生竟遇到两次，一次是这一回在延安，一次是很久以后在东北四平之战中。这时，我只觉得从这人嘴里喷出一股热气扑在我的脖颈上，他吓得呼呼直喘，牙关颤抖。他的动作却使我猛烈清醒过来，我一下从他怀抱中挣脱出来，我向前跑，他一看，也跟着我跑……跑到哪里去？我未加思索地跑回我们的院落，这时我才看清鬼一样紧追我的，就是文协一个胖胖的长头发的青年人，我们一跑进屋，他就钻到一张白木方桌下面，慌作一团、颤作一团，不能再动弹了。我在屋里旋了个身，立刻想到这屋顶和桌板是无法躲避爆炸与燃烧的，于是我折身又跑了出来，这一次他如同找到一个安乐窝一样，再也不从桌底下出来了。这时我已经完全冷静下来，延安城中一片黑烟滚滚、火光闪闪，很明显，日本人要把延安城整个炸光，烧光。我明白要想活命，必须立刻跑出城去。我们住的这条街一直通到东门，于是我就向东门跑去。谁知到了这里又发生了一件离奇事，守卫城门的战士见人们顺着大街都往东门涌来，他不知出于什么思考，一下把城门关闭起来，好像飞机会从城门钻进来，这样才可以安全保险。我跑到这里时，城门洞里已经拥满了人，一片男男女女呼喊的声音，人们终于把城门打开，从城里跑了出来……这一步走得非常正确，就在城墙外面不太远的地方有一条矩形的、很长很长的堑壕，于是我向那儿奔去，跳到深深的壕沟里面。

这一次空袭来得太突然了，使延安遭到惨无人道的摧残。

敌机肆意横行、狂轰滥炸了好一阵，大概看到整个延安都陷在熊熊大火之中，飞机的隆隆声才慢慢远去、远去。

我走进城一看，我们的住处一点儿也没有损失，那个躲在方桌底下的青年人，得到了神灵的保佑。

我在郑州看到了血的一幕，

没想到在这个新世界里又看到血的一幕。

房屋炸塌了，街上的石板炸碎了，许多梁木正在忽悠忽悠地闪着火光。

我向凤凰山上走去，在新华书店门前，看到一个震撼人心的悲惨景象：

两个女青年——躺在地上。

她们的手臂还挽着手臂，

她们像一双亲姊妹一样，

她们的脸色那样平静、那样娇美，头发给风吹得微微拂动。

这一双圣处女的形象，引起我锥心的疼痛。

……她们就在那一阵浓烟烈火中永远地长眠了……

我从凤凰山上下望，延安变成了一片荒凉的废墟。

烟还在旋转，火还在燃烧。

当天夜晚，延安城里所有的人都迁移到城外去了。我们住进南门外半山腰一座窑洞里。简直像茨冈人的。流浪地，那个大窑洞里铺满了床板，床板以外只有咫尺之地，无法供人回旋。我们一个挨一个躺着或坐在床上，夜深了，谁也不想睡。也许是爆炸之后体味着死神魔掌降临的恐惧还未消除，也许是从死神的魔掌下抢出自己的生命而产生的愉悦，也许就因为大家挤在一团的新奇的境遇。夜深了。

　　大轰炸后的延安之夜，天上地下黑暗沉沉，只有我们屋里一盏小小的油灯发出温暖的亮光。这种灯盏是粗糙的黑陶烧出的高柄的瓦盏，用棉絮撮一根灯捻浸在大麻子油或羊脂油里，燃爆出红蒙蒙的一小朵灯花，灯花一烧焦了，就发出一种轻微的爆裂声，结成一个黑团团，于是火花就黯淡下来了，这时你得用剪刀把那一截剪去，于是新的灯捻又跳跃出鲜亮的火花。油盏里不断地冒出黑烟，烧的要是羊脂油还散发出一股羊膻气味。这一晚我一直盯着那微微颤悸的火花，心头充满悲伤与痛恨。这红色的伊甸园在一夜之间变得没了歌声、没了笑语……就在这一刻，我做出了左右我一生命运的一项重大决定：我必须回到游击区去，直接参加战斗。这时，我觉得笔是苍白无力的了，只有枪才是搏斗的武器，我要和敌人枪对枪、刀对刀地战斗。没有想到，正是这个有点儿凄凉的冬夜，注定了我以后几十年的颇富浪漫色彩和传奇色彩的军事生涯……在我默默沉思时，不知何时，有一种慷慨激昂的声音沁入我的心房。原来是柯仲平就着灯盏上那团亮光，在诵读他写的一篇歌颂战斗的长诗。

　　残酷的轰炸，摧毁了古城。

　　但正因为这个缘故，延安才变成后来人们心目中的延安。

　　……没有过多少天，我们茨冈人的流浪营地的生活结束了，我们迁到延安城北的杨家岭。杨家岭沟口那个山梁上是党中央所在地，我们就住在这个山梁后面的另一道山梁上，我们住在一排窑洞里，站在窑洞前的坪场上看去，一望无际的山峦上，开凿出一排排窑洞，窑洞重叠而上，随着山势，形成了一座黄土的高楼。青亮亮的延河，倒映着湛蓝的天空，就像一位油画大师先用粗犷的手法涂出黄色高山，而后又用轻盈而诗意的笔触在黄色中画出一条蓝色河流，弯弯曲曲、飘飘摇摇，有如蓝色飘带在缓缓地舒展……是的，我经过战火的淬炼，获得了新的生命。延安经过血腥的大轰炸，也获得了新的生命。延安——寓坚强不屈于神奇美妙之中的延安，像一株开满白色花朵、散发着甜蜜幽香的小槐树，迎风招展，风韵怡然。

# 第七章

---

## 路漫漫其修远兮（二）

### 五七　早霞

读者们！当我在神圣之途上开始行进时，我想我应该谈谈我的性格、我的心境、我的灵魂。前面已经说到，当我刚刚成为一个共产党员时，我是多么幼稚无知啊！我以为朝前一望，就是红色的天堂，其实，天堂与地狱既然相对相成，也就互相交错，谁要以为一个共产党人的路，只是一条平坦的大道，谁就大谬不然了。实际上，成为一个共产党人，只是一个新婴儿的诞生。他要创造那美好的世界，就得踏遍草莽荆榛，两脚鲜血淋漓。当然，一个共产党人不是一个苦行僧，可是，他确实需要多少客观的搏斗、又需要多少自我的熬煎。而当时，对于这些，我既缺乏自知之明，又无精神准备，不过，至今我还不能不为我第二度童年（我指的是从加入党那一天开始的新的生命）竟是那样完美、那样幸福而感到惊喜交加。在第一卷开头时，我就为读者描画了我那童年悲剧，灰色的泪水，浸润着人间。也许正由于痛苦的磨难，我一方面多愁善感，一方面性格倔强；而在第二度童年，我的心泉洗涤了心灵上的血泪的伤痕，我的性格像太阳一样明亮，我的心境像水晶一样透明，我的灵魂像春风一样和煦，与人无争，与世无求，只有一个心愿，就是到火线上去参加战斗，我认为这是履行一个共产党员应尽的义务。我要投入刀山火海，我既未想到生也未想到死，即使那时我死了，我相信我的唇边也会笑意轻盈。从那时起，就显示出我为人的一个特点，就是一旦认识到那是应该走的路，我就奋不顾身、决然向前。在本书的后半部，读者们将看到这个特点为我招致多少灾难，造成了多少错误，以至于在古稀之年，还不能不遗憾终生。但在当时，我的性格，我的心境、我的灵魂，决定我走上了一条战斗终生的道路。我向党写了一个报告，要求派我到敌后去。我爱延安，但我将永远告别延安，我认为我的真正的岗位在敌人的后方，我不愿意做一个间接的战斗者，我要做一个直接的参战者。中央组织部批准了我的请求。谁知就在我已经决定而尚未行动时，命运却恰恰在这时将第一个考验降临到我的头上，造成了我第一次在理智与感情之间失去了平衡。

关系着我人生的一件大事，就那样悄悄然地来到我面前。

没有一点儿雕琢，没有一点儿矫饰，我和一位青年女同志相识了，也许由于延安同志间纯朴的友谊，同志之间那样融洽，很容易沟通心灵，说实在话，我们相见时并没有想过爱情，但一见就格外投机，脉脉相通。比如有一回在文协中间那一座大窑洞里开会，会议刚要开始，我看见她走了进来，就情不自禁地向她招呼，并且那样自信地请她坐到我身边的位子上来，而她也就很自如地走到我身边坐下来。这时，我心里产生了一种说不出来的快感。开完会，我又送她到坪场上，而后看着她走下盘山的路，朝延安城那个方向走去。她留给我的印象，是那样纯朴、明朗、温暖。

这时中央组织部已批准我到敌后去，只等着交通方便时，便会通知我立刻动身。

可是，就在这时候，这一片明亮的朝霞，向我冉冉飘来……

我知道此去很可能永远不会回来，也许就葬身在家乡的原野，我怎能在延安再留下一丝爱的眷恋，是的，这是不可能的，这是绝对不可能的。

可是，爱是不受人的意志支配的。

几次相见，一种甜美的情愫已经暗暗滋生。

在我自己几乎还没有醒悟觉察的时候，我的心却已经钟情于她了。

就在这时，我接到了启程的通知，我将搭汽车到西安，转陇海路，在茅津渡过黄河，到晋中南太行山根据地，而后从那里到河北南部的游击区去。

我高兴，我振奋，我去敌后参加战斗的夙愿实现了。

可是，不知为什么，在高兴、振奋之中又含着一丝悒郁、一丝怅惘。

有一天，我到南门外去看董仑和曼尼，因为刚好他们夫妇俩要和我搭同一辆汽车离开延安，不过他们是经过西安到重庆去的。董仑和曼尼住在延安南门外延河西岸一座峭立山崖上凿出来的三间石窑洞里。那青苍的石洞，既清凉又整洁，而且，清亮的延河就从面前一个小坪场边上弯弯流过。我们正谈着，忽然我看见——她，从外面来了，她和董仑、曼尼在一道工作……我看见她踏着河水里一块一块石头，姗姗走来，那倒映在河中的身影是那样袅娜……这时我的心忽然无法抑制地跳动起来，我发现我到这儿来，原来并不是来看董仑和曼尼的……当她那袅娜的身影慢慢向我接近时，我第一次明确地告诉自己，我是在爱恋着她了，否则，为什么我要到这儿来？为什么一见她的身影我就那样激动？但是，我立刻清醒地提醒自己，这是绝对不可能的，因为两天之后我就要告别延安，而且永远不回延安了。这时，我心里十分痛苦，可是我强力压制住自己。她和我一见面，就像这清亮亮的流水融汇在一起一样，我觉得周围一切都不一样了，似乎连空气里也洋溢着甘美的芳香，我的心整个地向她敞亮开来。这三间石窟里面是相连的，左面一侧是董仑、曼尼的住处，右面是她的住处，当我们在中间那孔窑洞里吃过午饭，我的脚步一任着感情的驱使，走到她那里去了，我们面对面站在一张木桌的两边谈了一会儿。尽管我的情感和理智失去了平衡，但我只能以同志的友情告别，我必须紧紧掩饰内心的隐痛。

我向她告别，回到杨家岭，

从城南到城北那相当遥远的路上，

我一个人在春日阳光下慢慢行走。

我心里充满了怅惘，

我心里充满了辛酸，

为什么偏偏在这时候？为什么偏偏在这时候？

在我已经毅然决然赶赴烽火连天的战场的时候，

在我永远地投身战斗，不能再返回归程的时候，

我的心灵里却悄悄地升起那么纯洁、那么美妙的一缕柔情。

我明确地告诉自己，我爱她。但我决不能有任何表示，任何流露。

我此行生死难卜，

这是多么大的痛苦呀！……

谁知两天之后，当我来到南门外兵站上车时，发现她也来了，她是来送董仑和曼尼的。但，我知道是我而不是董仑和曼尼，将承受这惨痛的离别。一阵喧闹的人声笑语，一阵殷殷的告别，我已陷落在无边的苦恼与惆怅之中，我默默地和她握手告别，攀住车板爬上车厢。

西北高原上的初春，寒风卷地，冷气袭人，可是地心之火已经烧得大地春回，不论风沙怎样弥漫肆虐，而冰冻溶解后的河水，已经那样清凉、那样清澈，远远看去，就像飘浮着一抹淡绿的微云。这是多么令人难忍的离别啊！我望着高耸的宝塔，望着巍巍的城垣，望着黄色的山岭，望着蒙在风沙中的黄矇矇的太阳，心里悄悄说："延安！我亲爱的延安……为什么我心中如此颤悸，我知道这是最后的诀别……"马达隆隆地发动起来，车尾卷起一阵旋风，卡车跃动了一下，而后向前驰去……这时，我看见她，她的大衣给风吹得飘飘飞舞，她在黄矇矇的日光下招手——远了，远了……我的心撕裂了，像有一道血水涔涔而下……远了，远了……但我还看见她那修长的身材、明亮的眼睛……

从此一路之上，我一直沉默无言，十分痛苦。

但我觉得我脚下的大地还同她所在的大地相连。

好像，我们随时还可蓦然相见。

可是，当我从茅津渡过了黄河，我突然觉得我们同在的大地从此遽然分裂了。

太行山的春天已经是一片碧绿浓荫。

有一天，我在一条山涧乱石中，走到潺潺流泻的溪流边，我捧起河水，冲洗征尘，然后把两脚伸入水里，任由水流冲洗。忽然，一阵布谷鸟的鸣声那样悠然、那样婉转地一声一声地传来。我抬头一看，树林是绿的，山岭是绿的，河流是绿的，我整个人都浸落在深深的浓碧之中……这时，我的心境实在惆怅到极点了，眼泪欲滴……平原烈火，一望无边，我生也生在那鏖战的大地上，我死也死在那鏖战的大地上……我们永远不会再见了，我们永远不会再见了……

## 五八　太行山的魅力

太行山在我面前展开一幅最美丽的图画，既然在那小溪流边已经切断了最后一根情丝，我的心情又变得活泼愉快、意气昂扬了。在从垣曲到阳城到长治的路上，我常常纵声高唱，我非常喜欢冼星海作的这首歌曲，我觉得这是抗日歌曲中最富于诗意的一首，它一开头就恢宏大度、气象万千：

> 红日照遍了东方，
>
> 自由之神在纵情歌唱，
>
> 看吧！
>
> 千山万水，
>
> 铁壁铜墙，
>
> 抗日的烽火燃烧在太行山上，
>
> 气焰千万丈，
>
> ……

现在，我唱着歌唱太行山的歌，踏上太行山的路。

到了北方局所在地，几个村子连成一片，到处桃花盛开，浓艳艳的像铺满了一片灿烂的红霞。我从桃花树下走过，微风一过，片片花瓣落了一身。从荒凉的西北高原到这儿来一看，我才懂得了锦绣河山四个字的真正含义。在炊烟铺地的黄昏时刻，我走进北方局招待所的农家院落，突然看见陈荒煤迎面走来，这意外的相见实在令人惊喜，原来他带领着鲁艺的一个文学小组，于数日前，也沿着我走过的路线从延安来到太行。

第二天，我洗涤了征尘，清理了衣物，准备在北方局转了组织关系，东下太行，再上征程。在桃花林下，看片片桃花随着流水冉冉浮去，那情景是十分幽美动人的。这时，我身边还带着屠格涅夫的《猎人日记》，躺在树影之下，看着看着就沉沉坠入梦中。不知过了多少时辰，给脸上一种瘙痒的感觉唤醒，原来脸上落了一层桃花瓣，一只小蜜蜂落在鼻尖上，扇着两只金黄色的小翅膀，在微微的颤悸。我摸摸刚刚洗过的铺晒在青草地上的衣衫，经过风吹日晒已经干了，我就收拾起来，走回那个农家。

荒煤正在找我，说北方局通知我们去谈话。想不到桃花树下一场梦，我的人生途径又改变了。跟我们谈话的有北方局书记杨尚昆，还有李大章、李伯钊。北方局决计把荒煤和我留下来，任务是写朱总司令的传。当时，对于急切的一心向往火线的我来说，实在是一个意外的打击，一时之间脑子转不过弯来，我说：

"我是中央组织部分派到冀南去参加抗日游击战的。"

他们说："写完，你照样到冀南去。"

这样，荒煤和我就从招待所搬进了北方局。我们住在北村的一家做黄酱的酱园里，很大的一个院落，地上一排排摆满酱缸，白天要揭开缸盖，照射阳光，好让它发酵，满院满屋都充满了黄酱发酵的一股浓浓的气味。我和荒煤住在上房，房子宽大、空洞，有一张长长的火炕。有一天，我们沿着北村外面一条布满松林的峡谷走到小山丘上，在"漳川中学"里见到了朱德。朱德开始讲述，我们记录下第一手材料。可是没谈一两次，由于日本军队向太行山进行扫荡，我们就投身于转战生活。荒煤带着那个创作组到陈庚旅去了，我一心想早一点儿到冀南去，不愿在太行久留，希望早一点儿完成写朱德传的工作，就跟上总司令和北方局一道行动。不知不觉间，我心底里涌起了波澜，以一片赤诚之心热恋上了太行山。

我们离开了长治盆地，向太行高处转移。

一片碧森森的绿影朝我心头扑来。

在逶迤的群山峻岭之上，一座隽秀婀娜的山峰像一个亭亭玉立的女神，在明媚阳光的照耀下，仿佛张开一双明亮的眼睛。那正是夏季来临之际，在蓝天之上、白云之下，这双明眸向我传递来一团火热的暖流，使我心神为之颤悸。你，太行山！美得多么惊人呀！我一下就全心全意地爱上了你。我们这个长龙一般的队伍，沿着盘旋上山的崎岖蜿蜒的小路缓缓而上，一会儿翻越山岭，一会儿穿过密林，当我们从暴晒的太阳地里一进入绿幽幽的树下，迎风潇洒、婆娑弄影的浓密树叶，就如同女神又浓又密、又长又黑的头发，在披拂飘荡，潮湿的凉意，芬芳的气息，令人好似闻到刚刚沐浴而出的头发的清香。我除了偶然骑一下马，大半都是步行，有时突然转入一片幽邃的山谷，那里面开满了百合花，我忍不住用手轻轻扶起一株雪白的百合，跪下一条腿，在那浓香四溢的、丰腴的、圣洁的花瓣上轻轻贴上双唇，密密亲吻。

这是我第二次身临太行。

如果说第一次来时，只是一个稚气的少年，

而现在，我却是青春洋溢的革命者；

上一次我看到的是人间地狱，

这一次我看到的是地上天堂。

只要这样比较一下，读者们就不难理解我的心房里为什么装满玉液琼浆了！

　　可是，正在我徘徊瞻望、流连难舍之际，乌黑的浓云突然遮盖了整个密林和山岗，夏天的骤雨倾盆而下，只见烟雾缭绕，远远近近，只剩下一丛丛迷蒙蒙的山影，山风树语飒飒飘荡。第二天清早，我给雷霆怒吼的声音惊醒起来。我连忙走到山顶一看，只见一派黑压压的狂流，从我面前倏然而下。漳河水暴涨起来了，狂涛恶浪，撼山拔地，这样一来我们前进的道路被切断了。暴风骤雨已经过去，但山洪暴发，万流急奔，河水没有几天时间是不能涉渡的，这样我们就前临深渊，后有追兵，情况是十分危殆了。站在山岭之上极目望去，但见黑茫茫的大雾不断从峡谷升腾而起。所有的山峰下半截都沉在蒙蒙的灰色之中，气势十分凶险、十分惊人。为了预防敌人突然袭来，我们黑夜寄宿在农家，白天就疏散在深谷，谁知我在那样的心境下，竟孕育出了一篇文章，记下了当时的情景：

　　　　"天是晴了。漳河暴涨的洪水，却并未因此落下去。波浪在阳光下一闪，便哗的一声抛掷过去了。特别是在山谷里，洪水发出吓人的'轰隆——轰隆'的声响。半夜，我的隔壁，有着关于水吼的对话。起先，是一个浓重鼻音的老人在说：'你听！蛟在叫呢！……'

　　　　"'哪里有什么蛟，这不过是水在打绞、打旋，就响起来了。'

　　　　"可是不管怎样，那山脚下吼叫的怪声响，还是引起我无限的忧郁。因为我给暴涨的洪水钉在这荒村里，已经三天了。恰在这时，我瞧见天上一颗星，像一只火种插到烟灰里一般，一下又给阴云遮蔽起来了。

　　　　"老年人说：'……是凤凰下了蛋，打一次雷，下降三尺，降到山根，变成蛟，它一翻身，就发了洪水，要不，哪来这么大水呀！你听听这声音，水一时半会儿退不下去。'

　　　　"'不，这是迷信，这完全是迷信……'下面，这响亮的喉咙也没说出涨水的来由。

　　　　"我却信任了那有浓重鼻音的老人。水，一时半会儿退不下去。因为我确认他是年纪大的人，一定是这河岸上的老住户，他的经验一定可靠。第二天天刚亮，一阵鸟声刚刚噪过去，窗户纸上灰色的黎明晃了一下眼。我跑到隔壁去，一推门，还早眠在门板上的苍蝇嗡的一声冲到我脸上，像落了阵把雨点。进去叫醒炕上的人，却只有一个。他是那样愕然，他的眼光是那样警惕……这眼光制止住我前进的脚步。这眼睛在我的脸、身各处打了几个盘旋，然后刀子样疼痛地戳在我的脸上，如像一种压力，我的眼光只好被迫退了下来。忽然，他用明朗而干燥的声音无意地扫了我一下。

"'你来干什么？'

"'我想找那个老大爷，问一问今天水可落得下去，可过得去河？'

"他一口回绝我，但也有点儿迟疑，而说出来的终是肯定的语气：'妄想！'然后挥挥手，露出他心意的烦躁。

"我的眼里到底露着怎样恳切的眼光啊！这使他很轻蔑地吐了沫水，伸手去搔脚，我才发现那只脚由厚厚白布包扎起来。我看他已经感觉到我的注意，他有点惶惑。我急促地问他；'怎么，踩在犁刃上了？'

"看，他多么暧昧地点了点头，又赶紧机警地扯开去：

"'枪……这半天不响了。'

"突然门外一阵气喘声，有人破门而入，正是那浓重鼻音的瘦小的老人，急急挥着手说：'躲一躲吧！从夏店来了鬼子兵，还有二十里！'

"我站开一点儿，插手到口袋里去摸手枪。后有敌兵、前有洪水，怎么办？经过一阵急促的摆布，老人示意只有我能帮助他搀扶他那病脚的儿子。对老人家这种信任，我真是衷心感谢，便伸手去搀扶那青年人。他却怀疑似的退缩了一下说：'你不要跟着我们白跑路吧。'我真想捶他一拳，但我正需要这农民来掩护我自己，我只好耐心扶着他走，他那样一歪一拐的……路上绊脚的石子咕噜咕噜地响着——我觉得这青年农民真是讨厌，他总要摆脱我似的，仿佛他知道现在我需要他们掩护，他便故意和我作难了。有时，他把全身重量都倾注在那老人身上，让老人家像捎一口袋沉重的粮食一样吃力，他自己还得重重地跳着那只独脚。不知他为什么对我那样怀疑，这是一个农民和一个抗日军人的关系吗！我心里也渐渐地怀疑起来，我想他也许是对于我不利的坏分子吧？这警觉的触角的确触痛了我，这样，我几次去摸我那光滑滑的手枪柄，准备他万一危害我，我就使用枪膛里的第一颗子弹——不过，当远处沉闷的雷一样的炮声响了一下，我从那青年的眼珠上便看出一种异常的表情——他仇恨、震怒，而不是普通农民的慌惧。我又觉得这是很熟悉的一种眼色。这时我们三个顺着犬牙般嵯峨的白垩岩降下一条深谷，到一个路口，往里去是深深的灌木林，前面是漳河漂浮满白泡沫的河面。我们三个歇息在一块石头上。那老人担心地望着横搁在他膝头的伤脚，叹息地摸着什么，一面闪着泪水婆娑的小眼说："这样三天两头躲来躲去，你的脚几时好呢？"一面把一个小白纸包递给青年人。谁知这护士一样的殷勤反而引起伤者的暴怒，冷冷地把药合在两手心里，警惕地看了我一眼。

"我摘下帽子，揩了把汗，预备离开他们。我问：'你们知道 × 支队往哪个方向去了？'

"他揩着汗，任何反应都没有。那老人答复我：'五天前渡河的。'

"一阵风搜索似的掀着我的头发，突然，我藏在帽檐里的一只布片哗地一旋，落在青年人那只好脚的跟前。

"我急忙伸出一只手去捡，一只手去抓枪，一扬头仿佛望见山崖上垂着的一朵野花。他从早晨时时刻刻对我很凶狠的样子，倏地，给那甜蜜蜜的微笑遮住了。这样，他和蔼地把那只大手抓住我，'你是同志……你是同志……'这时我羞涩地把枪抽回，将那写着'八路'的臂章舒展地铺在石头上，两手不自然地匀着它。我们两人互相看着，笑了出来。

"老人说：'好！你们都是一家人……'

"原来我赶不上大队伍，换了便衣躲到这荒村里来，最怕有坏分子去报告，因为背后敌军正在追踪我们，便将臂章摘下来藏起来了。

"'我也是 × 支队的。'那响亮的声音如同吹响的银笛。

"'你？……'我一下蹦起来，仿佛一个正欲坠下深阱，却给上头一只手拉住了。我在这瞬间一下获得了最需要的最崇高的热情。

"'是啊！你不信！我是七连的通讯兵。夏店火线上挂了花，那天，大队伍过河，把我托给这个老大爷！'

"我一扭身，激动得眼窝酸了一下，把脖颈伸到老人面前：'他不是你的儿子？……'

"老人伸手抓了几下胡须摇摇头，莫名其妙地指着搁在膝头的脚说：'上药吧！'

"'哈——我来！'那个同志自己弯过身来解着白布带。忽然，我对他的反感一点儿没有了，还想为他做点儿什么才好。他却咬着牙忍耐疼痛，好笑似的说：'……我先前对你这陌生人总有点儿怀疑，我怕你跟来……万一

你发现我，你会怀疑的，是吧，那我和这老大爷……'

"'我也是这样推测你。'我伸手替他往布上敷药。

"一阵芳香的气息从泥土里吹过来，一簇簇星星似的黄花在那儿绽嘴微笑。他舒适地躺在老人的怀里。老人眯了眼睛望着酱油色的水浪悠悠地说：'你知道吗？……我的儿子，也在队伍里，说当炮兵，你们知道吗？……'"

我抄下这篇短文，这里面的情节是虚构的，但关于凤凰下蛋的美丽传说以及山谷中的鲜花，还有苍蝇像冰凉雨点落在脸上的细微的感觉以及那警惕的心情都是真实的。就在我坐在深谷里望着恶浪滔天时，一种灵感竟在危难的心境上蓦然而生，这是我文章中泥土气息很浓郁的一篇。我将它记在我这部书里，记下我在太行山上心灵的闪耀。

关于涉渡漳河的惊险情节，我在《大海》一书第一章里已作了详尽的描述，在这儿我就不再详谈了。不过，有一件小事，我却不能不提一下，过了漳河，我们向太行山绝顶攀缘而上，我们在山谷里面行进，一下跳到溪流这边，一下跳到溪流那边，谁知驮着我的行囊的那匹老白马纵身一跃，跳过溪涧时，我装衣物的一只白布小马褡子一下落入水中，咫尺之间，伸手可得，我连忙捞捡，它却已随着潺潺急流倏然逝去，其水流之速可见其山势之陡了。

我们到了太行山最高峰，总司令部住在砖壁，北方局住在烟里，两座山岭之间横隔着一条深深的山沟，啊，这是雄鹰也飞不到的高处呀！只有到过太行山顶峰，而且在那里经过日夜、度过朝夕，才能够懂得太行山的真正的魅力。1939 年这一年是我一生中非常可爱、非常美好的一年，因为我每天和这个纵声歌唱的自由女神相处，该是人间多么巨大的幸福。尽管在那时我们生活十分艰苦、贫困，饮着山顶农民水窖里积存的发出土腥味的雨水，吃着带皮的黑豆，可是我却觉得胸襟敞亮，非常快乐。

在这里，我亲身承受着太行山的魅力，它来自两个方面：

一个是在自然方面，

一个是在人生方面。

在人生方面，就是朱德和我的谈话。关于这方面的情况，我在《大海》里有过如下的记述："……这时我们的部队正在和敌人展开激战。……总司令部里整个气氛非常紧张、严肃，朱德运筹帷幄，部署战局，日夜不停地忙碌着。这

红色岁月 红色历程 红色史诗 红色经典

段时间里，他和我的谈话，只是断断续续进行……"，秋天"……敌寇的'扫荡'终于以失败而告终了，我们转移到距离蟠龙镇十几里地一处叫王家峪的幽静的山谷里。这里有不少明堂瓦舍，都让给机关人员办公用，朱德却住在一个狭小院落里。他那房屋里摆着老乡腌菜的缸，盛粮的囤，装碗盏的柜橱，他不让移动它们，因此屋里时时闻到一股腌菜气息和谷糠味道。墙壁上红红绿绿的年画旁边，挂着大幅的军用地图。在一个时期，我每天下午到那里去。有时他睡午觉未醒，我就悄悄坐在那里等候，有时他已经醒来，坐在炕头临窗搭的木板床上读书，见我来了，就缓缓摘下眼镜，问我：'说到哪里了？'我告诉他，他就继续说下去……"

就这样，从春到冬，由北村、到砖壁、到王家峪，我把他说的话密密地记满了几本。长期以来，我总想到朱德这一年的谈话，教导我懂得了红军，因此使我热爱这支人民军队，一直到我自己投身这一洪流之中，也参加了战争；现在我认识到朱德给予我的远远不止如此，他指给我的是一个革命的世界，他教给我的是怎样创造这个革命的世界。他以他那崇高的品质、崇高的美德，赋予中国近代革命史以新的意蕴、新的光辉。是它们熏陶了我，使我与那个革命的世界亲密无间、融为一体。也就是说，这一年的谈话，是我作为无产阶级革命一员而上的最好的一堂党课。它确定了我的道路，决定了我的人生，它使我理解了工农红军的历史，由于这种热爱，我成为一个军人，这是1939年我在太行山一年间，太行山给我的最大的恩惠。

上面所述，已经成为《大海》这一长篇著作的全部内容，我在这里想说的是太行山大自然那雄伟的神魄，否则，我还不能说我已经承受了太行山的魅力。我永远不能忘记崎岖山路，暮色笼罩的群山，心境在朦胧中漾起一泓清澈的甘泉……秋风萧瑟，使我仿佛听到无边无际的爱的絮语。特别是那个最美最美的月夜，皓月洒着冷冷的清光，在太行山极峰，你会觉得双手可以摸天，因此，在我一生一世之中，只有这一次，我距离月亮那样近，看到月光那样幽美……在这样的月光之下，千重山万重岭，都如同沉浸在清凉、透澈的流水之中，如同神奇的梦幻境界，好像那群山都变成了仙子，在轻轻摇曳，在翩翩起舞……这是一个多么宁静而又温馨的夜啊！这是一个多么温柔而又甜蜜的夜啊！回到屋内，我还依依不舍地从糊窗棉纸上一个破绽的小洞眼里望出去，一轮明亮的满月正好照射在小窗洞上，就好像整个月轮要从那小洞里拥进来，她含光脉脉、深情眷恋……

你清如流水的太行山啊！我愿意这样拥抱着、拥抱着慢慢地死去。

我永远不能忘记一个下午，走着走着，站在高山之上、悬崖之巅，突然一脉红光照亮我的眼睛，千山万壑尽伏脚下，无涯无际，有如红色的大海在慢慢流动，一个一个峻峭险陡的山峰就像无数浪花在涌动……我站在巍巍太行极峰之上，这是一个红彤彤的世界，我自己就在夕照之中。鹰是飞得最高的，往常看鹰总是仰头而望，谁知这时我却在俯首而视，一只黑色的苍鹰，在我下面，像在深渊里缓缓地、缓缓地飞翔，而它的下面还是莽莽苍空。人在最庄严、最神圣的时刻，竟无法述说自己的心境，这时我只有沉默着、承受着，我的眼泪缓缓流下，我觉得两行泪水也像红色的血珠。是的，太行山，在这一刻，我把我的鲜血和生命都投向你的怀抱。如果我能变成太行山的一块石头，在这里经受千秋雷雨、万代风霜，那么，太行山，我心甘情愿把自己变为一块化石，永远和你同在。暮色渐渐掩盖了漫天的红霞，我每次想起来都不能不悔恨、不能不怅惘，在那最后一刻，我未能亲切地携起你的双手，向你倾吐我无尽的心情，但我永远记得在灰压压的夜幕上，最后一亮的明眸的闪光。

是的，只有两者合起来，人生与自然两个方面，相互渗透、相互融聚，成为一个美丽的化身，我才真正领略了太行山的魅力。

冬天落了几场大雪，山峦变成一片白色。

这时，我向太行山告别了，但不是走向战火纷飞的前线。

因为我已经积累了丰富材料，到了放手写传的时候了。北方局考虑到在敌后战乱频繁，难以写作，便决定让我回延安去。我既然身负着一个历史的重担，也只好暂时放下去冀南打游击的念头。

一道冰雪中流过的小溪，

一排寒风凛冽中的白杨，

我怀着无涯之痛，用全副生命唱着一支歌：

　　河边只见夜莺在歌唱，

　　歌声为何这样充满凄凉，

　　……

我希望我的歌声能够响彻山谷，我含着热泪向亲爱的太行山告别，是生离还是死别？我又一次走向茫茫的旅程……

## 五九　波斯菊之恋

人生中有多少必然的偶然，又有多少偶然的必然。

如果说，我从太行山回到延安是偶然的（我根本没有想过我能再回延安，我却回来了，而且仅仅时隔一年），而我一回来就见到她是必然的（我没有预谋、没有预感……），但这一件事必然地决定了我终生的爱的情结。

回到延安，组织上决定让我到中华文艺界抗敌协会延安分会（简称"文抗"）。我搬到杨家岭原来我住过的那一排土窑洞里来（原来的边区文协搬到南门外的一个山沟里去了）。正好是过春节的那一天，就在我和她并坐在一起开会的那个大窑洞，有一条甬道连接着丁玲的住处，我一眼看到她——"我的爱人！"虽然当时我们之间还没有这样一个亲昵的称呼，但我的全部热情一下像火焰一样迸发出来。她的亮亮的眼睛，流露着天真、纯洁、赤诚。我和她相互的一瞥，相对的一笑，含情脉脉，心灵相通，天啊！那是什么样的奇迹啊！我回来了，但我的的确确还来不及想她，而她就的的确确出现在我的眼前了。虽然来不及产生爱的眷恋，但见到她我心中立刻感到了亲切的骚动。黄昏将要来临的时候，丁玲、艾思奇、她和我，站在大窑洞前的坪场上，她原本要到鲁迅艺术学院去参加晚会，我却想方设法盼望她留了下来，在那一刹那间，我已经感觉到我们之间有一丝难舍难分的柔情。可是由于青年人的羞怯，我只能说，夜这样晚、路那样远，会有狼吧！但却不好执意挽留，她也不好蓦然便放弃了原已宣布的计划。当她和艾思奇两人离开坪场，沿着弯弯曲曲的山路走下山去，当她的背影渐渐消逝在苍茫的暮色里，一种无法形容的怅惘的情怀，突然充满我的心头。

是的，一回来就毫无准备地和她会面，是偶然的。

但在我们同生死共命运的一生中，这见面又是多么必然啊！

那一夜，我听着延河潺潺流水的声音……

我知道我的心灵还在徘徊，我的灵魂却找到了安宁的归宿。

我心里悄悄说："亲爱的延河啊！我又回到你的身边来了。"

后来，我和汪琦相爱了，回忆起来，两人都觉得我们在我刚刚回来那一天就突然见面，是冥冥中似乎有神意的安排；我告诉她走后我那惆怅的心情，她也告诉我她同样感到怅惘，她根本没有去参加什么晚会，而是一个人孤单地走回自己的住处。

当然，我们的爱情和对整个延安的爱是分不开的，这个时代我的心灵沐浴在和暖的阳光里，这是罗曼·罗兰笔下的约翰·克里斯朵夫的心田，在甘美的田园清香中溶解的时代，当我站在这个时代的门槛上，读者们！从童年起，到这一刻之前，我的心灵里栽满荆棘，充满阴霾，由于种种坎坷的磨难，我的心灵像顽石、像沙砾，如果，就这样发展下去，我的心灵就将是一个不完全、不完美的心灵，它既缺乏光泽，也缺乏滋润。是的，在我青春洋溢的年纪，读者们当然也会觉察到，我多么需要圣水与甘霖，而这种甘霖与圣水就是爱情之河里泛出的淡淡的浪花、发出的温柔的絮语。延河是爱之河，延河水潺湲而又平静地向我们心上流来，又从我们心中流去，它永远把爱恩赐给我们，留在我们心灵之中，使我们的心灵焕发出色彩与光芒。如果不这样，我的一生就实在过分灰暗了。

是的——我到了一个开始成熟的阶段了。

我心身健旺、意志坚强，我有足够的热情燃烧出爱的灵感、爱的泉源。

延安，在我别离一年之后，它变得更加美丽，更加庄严。

1940—1941 年，就在这田园诗一般抒情的环境里，我尽情地吸收着、尽情地享受着。延河岸上的残冰，很快地溶解了，尽管春寒未却，风沙弥漫，可是地心之火烧出碧绿莹莹的清流，黎明时水波冲泛着淡淡的烟雾，啊！春的信息已经到来，这里的山上没有树，但一排排的窑洞像大地张开明亮的眼睛。这是多么原始的生活呀！住的土穴，饮的河水，吃的小米，穿的布衣，可是，人们在这儿，开天辟地创造一个新的世界，从火焰中创造和平，从死创造生，从今天创造未来。但当人们踏着清冷的晨霜，赶着小毛驴到河里去汲水时，从哗哗流水中已经听到了百灵般动听的歌声，而这歌声就像柔曼的轻云，随着春日的来临，在整个延安大地上散漫开来。山头上的青草冒出嫩芽，川谷里的野花绽出花苞。雪花变成了雨水，雨水渗进土层，滋润着土壤。我所住的窑洞土墙上竟然长出一根碧绿碧绿的小草，这是多么可爱的小生命啊！它像金子一样倏然一亮，浓浓的春意轻轻地叩击着我的心扉。多少个不眠之夜，在吐着黑烟的油盏下写着、写着——我勤奋地、热诚地在写着关于朱德的生平；也就在春天来到的时候，我的爱情的嫩蕊，也正在萌生。

真像一双赤诚无瑕的孩子啊！我几乎天天到她那里去，西北高原上，春风呼啸。一天，我们从南门外向北门外走回，忽然狂风大作，一刹那间天昏地暗，风中的沙粒像一颗颗小箭镞，扑面而来，迷得你睁不开眼，刺得你两颊生疼，那风势之猛，就像立刻要把我们两人吹上天空。我放眼四望，隔着一片田地，那旁有一座小土屋，我就连忙牵住她的手跑到那里，一看房门锁着，只好站在屋檐下。大风吼叫着、猛扑着，天上地下一片苍苍茫茫、混混沌沌。在狭小的屋檐下，我用我的整个身子给她挡着风，就在这风沙漫漫之中，我们拥抱了，我看见一双清澈的大眼睛朝我望着——那眼光中充满着深深的柔情。

的确，延安每一个春天都是在这狂暴的风沙之中到来的，最早灼人眼目的，是延河铺满石砾的河滩上，一簇簇绿叶吐出一朵朵马兰花，紫色的花瓣在风沙中颤抖着，她坚韧而顽强地带来整个热闹的春天。

汪琦住在大砭沟，我住在杨家岭，中间正好隔着一条延河，三、四月间我们几乎每天都要见面，我们总是依依难舍，不忍分别，于是我送她一遭，她又送我一遭，就这样我们用轻悄悄的脚步，丈量了无数次河滩。几年后，蔡畅大姐还开玩笑说："我和富春天天站在杨家岭山头上看着你们走过来、走过去，你们真像一对亲兄妹呀！"那时在我们眼中什么都是美好的，从沙砾中挖出一株马兰花，我们就用珍重的心情把它养起，当那紫色的花朵点缀了我的窑洞，两人眼中就出现了喜悦的一瞥。那样热恋的日子里，每一个时间、每一个地点，只要我们在一起，我们的心就像沉浸在蜜水里一样。

真正美丽的春天，藏在山谷之中。一天，我们慢慢走着、谈着……一片红光一下闪入眼帘，我们惊讶地走过去看，原来是一株一株百合花，在它苗条而又纤细的茎端，绽放着一朵喇叭筒形的红花，花瓣是朱红色的，仔细看时，朱红里面又洒满红得发黑的细细的斑点，天公造化真是精巧极了，那些斑点使你想到少女脸颊上的细碎的雀斑，又俏丽又俊美，洋溢着青春的魅力。我们多高兴呀！一枝又一枝，摘得满怀满抱。山谷里是一个鲜花的世界，有一种嫩黄色的蚕豆花，像一只小蝴蝶在微微颤抖着薄如蝉翼的翅膀；还有一大片一大片雏菊，那样洁白，像蓦然吹来一阵雪花，飘来一阵冰凌。阳光金黄灿烂，晒得人血管在膨胀，血水在发热，鼻子尖上沁出微微的汗珠，一阵徐徐的清风，吹来萋萋芳草的清香。春天在我们的周围，春天在我们的心中，我们的灵魂和春天的灵魂融合在一起了，像一脉看不见的轻轻的云在悠扬荡漾。但最惹人情意、萦回魂梦的，是延安那繁华茂盛的波斯菊，每一个窑洞前，黑色泥土里都长满这一丛一丛怒放的鲜花，花丛高高的，花茎细细的，只要有一点儿微风一荡，立刻就摇摆起来，上面开满淡紫色的密扎扎的花朵，花瓣十分纤细，吐着淡淡的清香。沿着一孔一孔的窑洞排下去，于是整个山谷的坪场上，波斯菊掩盖着窑洞的门窗。每当月明之夜，清风徐荡，窗上便花影朦胧，在这花影中睡去，真是美极了。这种花看上去形状纤巧，实际上生命强韧，它像火焰一样，从春天到秋天一直喷吐着、跳跃着。我这里记述的是我们爱情的一次升华，正是这次升华，使我把这一节的题目叫作"波斯菊之恋"。

1940 年 5 月 7 日，我们两人的生命结合在一起了。

5 月，是多么欢乐的季节呀！从白天到夜晚都飘荡着歌声。为了纯净、热诚地纪念我们的结合，汪琦做了一个白布枕套，上面用红丝线绣了"五月的花"四个字。是的，那永远美好的日子，永远像鲜花一样开放。

初夏来临，她从文化俱乐部调到马列学院学习，为了办理最后的手续，她到枣园去了。也许由于去太行之前骤然相别，从太行回来骤然相爱，这一个偶然的传奇的转折，使得我们的爱情特别地炽热、浓烈。我们可以说心心相印、形影不离。这样一来，这一天的分离就显得十分难忍了。白天，我还能伏案工作，不过不时抬起头来，谛听着有没有她的脚步声。可是，当漫长的白昼为迟暮所代替的时候，我的心怎样也按捺不住了。我便沿了小砭沟向枣园走去。

那是夕阳明灭、美丽如画的境界啊！——曲曲折折，弯来绕去的小河流，正像我那眷恋的心意。可是，暮色渐渐低垂，原来闪着的光亮渐渐变成一片苍茫，我这样一次又一次从杨家岭走到枣园，又从枣园回到杨家岭，那是我永远永远不能忘记的月明之夜。淡青色的月光吐出冰凌一般清亮的光辉，从黄昏到夜晚，我就这样一次又一次沿着那遥远遥远的小路走去又走来，走来又走去。每一次都是一个人带着失望回来，爬上崎岖的山路，进到窑洞之内，我坐下来，却怎样也坐不住，于是我又出来，沿着小路又走去。

开始，我还看到山岭上一层一层的灯光。延安的夜真是美呀！几十年后我到了香港，才发现当年延安之夜，多么像这灯光闪烁的海上山城。可是，渐渐地，窑洞的灯火都熄灭了，整个延安似乎都已沉入梦乡，只有一轮明月，万里清光，所有的山岭都被一层朦胧的薄纱所笼罩，所拥抱，我走到第十次，还是只身孤影而归。爱情深深地刺痛了我，我变得十分焦灼，当我第十一次从高高的山路上下来时，在半山腰上忽然看见前面一个白色的影子在轻轻闪动。

啊！……

我急步奔了下来，这骤然的相见是多么颤动人心呀！

月光皎洁得如白色银纱，细细地、细细地洒下来，照射在我们身上。

真是梦幻的境界啊！

她胸前抱着一大捧为我采撷的波斯菊。

我闻到露水的清香，我感到一股热泪从心底涌了上来，但是到了唇边又变成微笑，在洒满清凉月光的山径上，我们紧紧地拥抱在一起。万籁俱寂，一月中天，这是何等的美呀！

波斯菊在月光之下也像一团梦影，既甜蜜、又芬芳。

## 六〇 开天辟地

历史从来不是在平平静静、甜甜蜜蜜中发展的。如果说抗战初期无论是敌后游击战、还是延安大后方，蓬蓬勃勃，多少有点儿浪漫主义的味道；随着相持局面的到来，进入了艰苦而严峻的现实主义阶段了。外战外行、内战内行的国民党军队开始进攻陕甘宁边区，封锁陕甘宁边区，想一举消灭这个神圣的抗日根据地，延安遭到了空前的困难、巨大的贫困。歌如流水、人如潮涌，人们展开了开天辟地、战胜困难的大搏斗。

有一天，一个动人的消息传来：

"毛主席在劳动生产了！"

我跟着大家跑到杨家岭沟口，我们看到毛主席在他窑洞前的坪场上，正弯着脊背，挥着镢头，在开垦荒地呢！

如同一个火星，立刻燃起一场熊熊大火，所有的延安人都卷入了大生产运动热潮之中。那是多么激动人心的大时代呀！那是披荆斩棘、辟莽开荒的大时代呀！一个清冷的早晨，整个延安都骚动起来，你展眼望去，为了烧去枯草，山岭上到处冒起青烟，烟像云雾一样弥漫开来。一入夜晚，就看见一条一条火龙在山上蜿蜒飞舞，那景象真是壮观、真是美丽。窑洞里充满热烈的气氛，在油盏黄蒙蒙的光亮中，人们忙碌着、准备着，磨光锄刃、挑选种子。人影幢幢、笑语声声，我旋转在这温暖的人流之中，感到从来未有的其欢无比、其乐无穷。

我唯恐误了早起的时间，兴奋得一夜不能合眼，那时我血气方刚，心潮如涌。这真是困苦的一年，蒋介石封锁了边区，断绝了给养，原来偶尔还能吃上一次的白面馒头没有了，每一顿饭都是小米干饭，煮洋竽片，一碗菜端在手上，看一看，菜汤面上只浮着可怜的一点点油花，其实完全是淡淡的清水。这种伙食让人很容易饿，我们每顿饭后都到伙房去向大师傅讨一两块烧得焦煳的小米锅巴，等到饿了的时候，嚼在嘴里又酥、又脆、又香。回想以往二十几年时间里，我经历了多少残酷的磨折，痛苦的熬煎，可是我只能像大海上的孤舟，一下浮上浪头，一下沉下波谷，我被磕得头破血流，撞不开一扇通向天堂的大门。而今天，我却在困难的境地里发出爽朗的笑声，凭着自己的热血与生命，凭着自己一双充满青春朝气的双手，战胜艰难。的确，他们想毁灭这个灯塔，因为他们惧怕这个灯塔。但是延安人不畏困难，不避艰巨，从艰难困苦中焕发起冲天干劲、无限豪情，延安这个灯塔不但没有黯淡、消失，而更加神采辉煌了……我想着想着，不觉蒙眬睡去。忽然，我被一阵哨音叫醒，看看纸窗还是黑色沉沉，我赶紧一滚身爬了起来，打着赤脚，登上用布条编的草鞋，穿上由于这一年没有发新衣而撕得破碎、打着补丁的上衣，把裤角高高挽过膝盖，我连忙撩着灰瓦盆里的冷水，洗了把脸，取了吃饭的大搪瓷缸和长把铁勺就跑出门去，到我们厨房的窑洞那儿一看，灯光明亮，已经聚集了很多人，老厨师掀开锅盖，整个人都笼罩在一片腾腾白色的水蒸气里。他给每个人盛了一碗黄鲜鲜的小米饭，再舀一勺煮土豆片，我们急急忙忙吃罢饭，天才刚刚发亮。在一派青蒙蒙的曙光里，我们向对面的山岭进军了。

　　夜间，下了一场春雨，空气像露水一样清新，当我们越过山沟，爬上山坡，这时淡红色的曙光刚刚洒下来。我展目四望，那是多么令人惊喜的场面啊！到处都是一行一行的人影，蜿蜒蠕动、逶迤而上，山谷里浓浓的白雾在缓缓飘浮，每一座山岭都活了起来、动了起来。我们踏上山顶，放火烧过荒的黑土铺展在眼前，我们挥动双臂，举起镢头……是我们惊醒了这沉睡了几万年的土地，是我们进行了气壮山河的神圣的劳动——青春的血液在我的血管里沸腾，热腾腾的汗水顺着胸膛流下，一块一块黑油油的泥土翻了过来，给雨水浸得又温暖又潮湿。一会儿工夫，我的一双脚就陷在土里拔不出来了，我干脆把那双草鞋脱去，打着赤脚继续奋斗。我的赤脚一接触到那冰凉的土壤，心头就掠过倏然的欣喜。太阳上升，把阳光洒满山山岭岭，我的额头、臂膀已经汗水淋漓。我们的两个红小鬼一人提着一个黑釉陶瓷罐上山来了，他们用稚嫩的嗓子喊着："休息的时间到了！休息的时间到了！……"我双手捧起陶罐，喝了几口香喷喷、稠糊糊的小米米汤，然后拄着镢把，看着面前那一片垦出来的黑油油的土地，一阵轻松的快意涌上心头。我第一次深深领略到劳动的欢乐。这时我抬起头来向四处望去，远远近近的人群中不时传来歌声，传来欢笑，这里、那里，到处都看得见镢头刃一闪一闪地发亮，好像阳光在人们头上跳动，人们在向荒原进军、在向困难进军。我忽然想到，这里正是我们祖先发祥之地，人们又一次觉醒，大地又一次觉醒，今天，我们像是对亿万年之前，人类第一次用双手养活自己的那神圣的创造给予了热情而响亮的回答，我们的祖先的灵魂，该为今天有这样的子孙而骄傲。这是多么壮丽的景象啊！

——我们没有饭吃，自己种粮，

——我们没有衣穿，自己纺线，

这就是我们这一代人对那个大时代做出的回答。

几天以后，我们一个人领到一架新鲜白木料制作的纺车，于是，每个窑洞前面都响起纺轮嗡嗡旋转的声音。当我第一次看到我手里的棉条变成细细的雪白的棉纱时，心里就像一大群蜜蜂扇动翅膀，发出轻柔的振荡，劳动创造的果实，令人感到多么神奇、多么美妙啊！……开始，我纺的棉纱一下粗、一下细、一下断了、一下接上，渐渐地，我学会摇动纺轮和抽动棉纱怎样匀称地配合了。如果说开荒是劳动，纺线简直是艺术。经过多次失败之后，当我终于纺出合格的棉纱——我看着手里那纤细的、柔软的细纱，想到春蚕吐出晶莹的、透明的蚕丝，天工造化是无穷的、人工造化是无穷的。后来，我们又进一步捻起毛线来，无论是开会还是谈天的场合，每个人都在转动着纺锤，就像一群农村老太婆一样。那黑铁铸的纺锤滴溜溜、滴溜溜地旋转着，一只手不停地转动着纺锤，一只手絮着羊毛，羊毛在太阳曝晒下，发出轻微的羊臊气味，羊毛非常顺从人意地、絮成一股细细的、富有韧性的毛线。我把一卷卷棉纱、一卷卷毛线送出去。

那一年没有发给我们新衣裳，我们身上的衣服都是补丁摞着补丁，可是补了又烂了，特别是膝盖和臂肘上经常露出黑乎乎的旧棉絮。破衣衫换不下来，编织草鞋的布条也没有了，于是我们又开始穿红军时期在红区前线、在长征途中，用草打的真正的草鞋了。我们先把一束束禾秆用水浸湿泡透，然后在木桩上用木槌把草打扁，使它由脆硬的草梗变成柔靭的纤维，而后编成鞋子。这种草鞋穿在脚上又柔软又凉爽，过延河蹚水时，也用不着脱鞋脱袜了。在我的窑洞墙壁上钉了一根木钉，挂了几双草鞋，时时能闻到甘草的芳香。

有天夜晚，我在吐着羊臊气味的羊脂油灯盏下读着恩格斯的《家庭、私有制和国家的起源》，我的目光落在恩格斯引用的摩尔根的一段话上：

"这一生产上的技巧，对于人类的优越程度和支配自然的程度具有决定的意义；一切生物之中，只有人类达到了几乎绝对控制食物生产的地步。人类进步的一切伟大时代，是跟生存资源扩充的各时代多少直接相符合的。"

我反复看了几遍，一下提高了对于生产的认识。

我们不只是为了解决目前的困难，更重要的是，我们用劳动在创造一个新世界。

这是一切创造中最具有伟大的魔力的创造。

后来，当我吃着自己亲手种植的小米煮成的鲜黄、喷香的干饭，喝着稠乎乎、甜蜜蜜的小米汤，当我穿上用自己纺的棉纱织出的粗布衣服，戴上羊毛毡缝制的呢帽，自己动手，丰衣足食，一个贫穷的世界就这样消逝了，一个富裕的世界就这样来临了，我从中得到最美的享受，最大的安慰，我用我的一份劳动参与了整个世界的大创造。

如果有人问我，什么是人间最大的幸福？现在我可以挺着胸膛回答，那就是劳动创造一切的壮举。我们战胜难关，进入佳境，延安的生活变得更加美好了，这种生活就像西北高原上牧羊人放声高唱的歌声，它悠扬飘荡、响彻云天，既豪迈粗犷又婉转动听。你站在高山上望一望、听一听吧！你的神魄会随着这歌声而怡然自得地飞呀飞呀，无边无际，不知所终。

延安肥沃的黑土就像浇了油一样的黏糊糊、油闪闪的，春天我们撒在窑洞前坪场上的西红柿种子，随着几场春雨，发了芽、长了叶、开了花，后来结满了鲜红鲜红的累累果实。开始我很惊讶，怎么这个穷乡僻壤会有当时在大城市里也还算稀罕的西红柿呢？我想这大概是从前到这儿传教的外国牧师从海外带来的种子，在这儿生了根、发了芽。我和汪琦常常从兰家坪拐进小砭沟，顺着弯弯曲曲的小河，到一家农民那儿去买西红柿，他那儿品种之多，实为罕见，有大红的，有粉红的，还有一种金黄色的。有一回我买了一大口袋，扛在肩头，一个路过的农民见我买，他也买了一口袋，我们两人并肩走着，谁知他咬了一口，皱起眉、咧着嘴，吃不惯那个味道，连忙吐了出来，他就把他那一口袋送给我了。西红柿不但能当水果吃，还可以当菜吃，一碗热腾腾香喷喷的小米饭里，搅碎一只生西红柿，连汁带液，其味之美、之浓，现在想起来，我还真个馋涎欲滴呢！我们在劳动生产中种的西红柿，比农家的还要好。一颗一颗有巴掌那样大、拳头那样圆，像红宝石一样鲜红透亮。

冬天来临了，我们每人发了一身羊毛织的粗呢制服。既然提到冬天，我还要讲一讲烧木炭的事，因为冬季窑洞里取暖要靠木炭，于是组织一批壮劳力，背上行李，到几十里外的深山密林里去。出发的时候简直是个隆重的节日，因为烧炭人要在荒山野岭里度过许多个艰苦的日夜。然后，有一天，忽然远远传来一阵热闹的声音："烧炭的回来了！烧炭的回来了！……"每个人都从窑洞里出来，看到山下走来"烧炭党"的党徒们，正向我们招手欢呼，有的朝我们纵声歌唱，他们带回来用树条编扎的一包一包乌黑的木炭，其中一种青冈木烧的炭质量最好，敲一敲会发出清脆的金属声响，这种炭放在炭盆里烧时，一点儿烟也没有，而且烧出来的灰也是雪白雪白的。隆冬来临，延河封冻，夜晚站在窑洞前面可以听见河中传来咔嚓——咔嚓结冰的声响。窑洞里烧着旺旺的一盆炭火，吹熄了灯，红色的火影在窑中一闪一闪的。我和汪琦每天晚上在炭火上煮一大搪瓷缸红枣，窑洞中充满了像红糖气味的芳香，无论我去延安以前还是离开延安以后，我从来没吃过延安那样好吃的红枣，个大肉肥，其甜如蜜。在这醉人的冬夜里，外面飘着雪花，屋内升着炭火，闻着甜甜蜜蜜、浓浓郁郁的枣香，是多么醉人的冬天啊！我们用热血燃烧青春，用生命换来亲密。

## 六一 甜蜜的心与苦涩的心

我们从杨家岭搬到兰家坪，一个是岭，一个是坪，两者迥然各异，前者在高山峻岭之上，后者在一片平坦的山坡之间，面前是宽阔的河滩，把延河挤到对面山脚下，延河在这儿是从东向西，而后在小砭沟口折转为由北而南，就这样悠悠缓缓地流着，流着，无论在杨家岭还是兰家坪，我总是凝望着熠熠闪光的延河水沉思，我格外喜爱延河水——久而久之，我才明白，这一条弯弯曲曲的河，正是延安的心灵。

如果没有这心灵的歌声，延安只不过是一片荒漠，我的经历说明：正因为是心灵，它并不都像少女一般温柔妩媚，或者水晶一样透明，心灵像一个大宇宙，它包罗万象，气象万千，不仅有火山烈焰，还有狂飚怒雨，旋涡急流……一个夏天，我第一次看到山洪暴发，不禁毛发悚然，在我的长篇小说《第二个太阳》里有过这样一幅图景：

"……忽然，一股闷人的热气从河面上升起，使他的呼吸有点儿困难。便直起腰，用带泡沫的手臂擦了一下额头上的汗水，放眼看时，大吃一惊。原来靛蓝的天空突然黑得像锅底，只有一只苍鹰在飞腾旋卷的乌云里急急打了一个斜歪就飞走得无影无踪了，河边的石块发白，马兰花在颤抖，一阵狂飙突然从天而降。

"大西北高原有时是温情的，有时也是狂暴的。现在，在你还来不及思考的片刻，这险象环生的一幕已经降临眼前。

"陈文洪立刻抱起湿衣服，就往岸上跑，刚上岸，就隐隐听到一阵可怕的声音。回身一看，河的上游，山洪像千万垛悬崖陡壁黑压压压下来，墨黑的漩流，带着无穷的伟大的威力。与此同时，整个天空和地面变得昏昏沉沉，好像整个天空突然大变，从天上地下，从四面八方发出一种说不清是什么的可怕的轰响。延河原来只是一条曲曲的小河，而转眼间，大水已经淹没两山之间整个广阔的平川，沿着整个广阔平川，遮天盖地狂泻而下，两面光光的山夹着一片汪洋汹涌的黑流……"

大自然的暴力是粗野的、狰狞的。

狂暴的山洪，冲着牛、羊、猪、狗，整段墙垣，整个屋顶。

这是多么无情的浩劫呀！它摇天撼地，一扫而光。

待到山洪过去之后，你到河边去看看吧！河流中，河滩上，兀立着多少断崖裂石呀！难怪延河里到处是奇形怪状的石块石峰，这不是人的力量所能移动的，只有大自然狂暴的力量才能留下这些石的密谷，石的森林。清清的河水就从这密谷与森林中曲曲折折向前流进。

我想，这就是我的心灵的写照。

是的，我的心灵里不只有静谧的清流，也有碎乱的石块。

在1941—1942年这段时间里，我的心灵的历程，达到了十分不凡、十分严峻的程度。

不错，现在我必须接触到我人生中最庄严的一个课题了。

如果说，在这之前，在延安我过着田园牧歌式的生活，现在我却不得不步入棘榛之途。在前面几章里，我写了创造物质世界的艰辛，现在轮到创造精神世界的煎熬了，下面这些篇章里，我将写的一个核心问题，就是一个小资产阶级知识分子，怎样变成无产阶级队伍的一员。在我人生旅途中，最辉煌又最困顿、最甜蜜又最苦涩、最坦诚又最隐秘的，恐怕就是这一个转折了。今天，回顾一生，我还是认为延安一段生活是我最美好的生活，但在美好的流水中凝聚着多少苦涩的泪水呀！

在延安，人与人之间存在着最和谐、最融洽的气氛，这是新世界里一种新型的人际关系——这是同志的友爱，它是那样自由、平等、舒适，酣畅，从1938年到达延安以来，我一直徜徉在友爱之中，如同徜徉在铺满洁白的卵石、淌着清澈的流水的小河里。

我和艾思奇成了亲密的朋友。我们第一次见面是在上海霞飞坊他的家里，我们一见如故，特别亲切。这并不奇怪，因为他那本通俗的辩证唯物主义的《大众哲学》早已在我的心灵中架起一座桥梁，是这部书把圣灵之水注入我的心灵，是他引我走入马克思主义殿堂。到了延安，与艾思奇久别重逢，他担任中央文委的秘书，一直领导着"文协""文抗"的工作。现在回想，那个年代的同志关系真像梦幻一般美啊，决不像后来有的人，有的部门那么遥远、生疏，在领导与被领导之间好像划着主人与奴仆的界限；延安时代，人们如鱼在渊，如鸟在天，那么自然，那样自在。我们没有一个人称呼他的官衔，大家都亲昵地管他叫"老艾"。老艾有着哲学家的气质，但也有文艺家的风度，他不但写了很多很好的有关文化、文学的论文，前边我已说过，他还翻译了马克思的挚友德国诗人海涅的长诗《德国——一个冬天的童话》。他常常到我们这儿来，我也常常到他住处去。谈起文学，提起诗歌，简直忘记了时间，到了吃饭时间，两个人就围着火盆，一道吃饭。他个子稍矮，肩膀很宽，有一双凝思的哲学家的大眼睛，唇边时时露出一丝又含蓄、又轻松的微笑，显出他温暖的胸怀。实际上他是一个很活泼的人，跳起华尔兹，他的舞姿非常潇洒漂亮，他在延河中游水更是俯仰自如。由于职务的需要，他有一个服务员，一匹马，但是他从来没有像有官位的人那样扬鞭跃马，让服务员在后面跑步跟随，老艾不是这样官派的人，他是像他的通俗哲学一样通俗的人，他那匹又瘦又老的白马是大家的，只要我们谁要到远处去，就从他那儿牵来骑。老艾还时常邀请我们到合作社里去会餐，有一日，服务员提了一只又肥又大的老鸨出来，是老乡刚刚捕获送来的，老艾非常高兴地请他们红烧，大家美美地饱餐了一顿。老艾主编了一个大型刊物叫《中国文化》，后来又到《解放日报》主持文化方面的编务，他时常向我约稿，在《太行山的魅力》那一节里引的那一篇文章《同志》，就是经过老艾的手在《解放日报》头版显著位置上发表的。

在延安，这种聚会，总是十分热情、十分欢洽的，今天，回想起半个世纪以前那遥远的友爱时，我必然记起丁玲。丁玲是一个久负盛名而又有点儿传奇色彩的作家，但现在我从头到尾仔细思索，丁玲一直是一个自始至终从来没有大作家做派的人。因此，她成为"文抗"这个小单元里和谐的核心、快乐的核心。艾思奇是"文抗"的主任，丁玲是副主任，但她在我们之中是极普通的一员。她和别人一道赶着小毛驴到延河边上汲水；我们大家闹嚷嚷地抱着脏污的衣衫，捧着一罐从木炭灰里过滤出的"肥皂水"到河边洗涤的时候，她也总走在人们中间，赤着两臂，一边说笑，一边洗衣。丁玲是一个非常聪明的人，她的娓娓谈话充满智慧，充满炽情，她又是一个十分风趣的人，她的心如明镜、如烈火，光可鉴人。她常常讲，看一个人要看得清楚他的心——她以此来衡量别人，也以此衡量自己。她比较早地迈进那个旧世纪与新世纪门槛，她是受尽磨难与摧残的，但是她脸上总是浮着柔和的笑容，口中总是发出响亮的笑声。她非常健谈而且善谈，因此，工作一天以后，丁玲的窑洞便自然成为我们聚会之所。在麻油灯昏黄朦胧的光线中，丁玲以她的亲身经历编织着永远说不完的故事。我和汪琦都是她的忠实听众。那时，她以无比火热的爱讲述她的母亲，她说是母亲最早传给她民主思想，她十分自然地把我们引到她的家乡湘西，为我们描绘了一个从孤儿寡母的旧家庭中挣扎出来从事社会公益教育事业的母亲的形象，现在，从丁玲亲手抄录的母亲的自叙传中，可看到极其感人的片段，那大约都是她当时跟我们说的："……我清检正屋锁闭，托人照看。即携子女，一肩行李，凄然别此伤心之地，一路悲悲切切、奔返故里（常德）……"丁玲也说到母亲在常德女师怎样认识了向警予，从她那里接受了革命影响，自叙稿中有感人至深的两个段落："唉，可怜不幸的爱，又从死里逃生（丁玲弟弟病死，母亲悲怆凄惨，痛不欲生），唉，不能够死咧，还有一块肉（指丁玲），伤心哟！吾女每见我哭，则倒向怀中喊道：'妈妈咧妈妈'，做妈妈的怎舍得你，你若再失去妈妈，你将何以为生"，"不久，向友（即向警予）准备留学法国。从她的故乡溆浦去长沙，路过常德，特来看我，彼此知己，相晤之下，极其愉悦。留居校中，并约旧时好友，为十日之聚。夜夜与向友抵足谈心，伊劝我振作精神，将眼光放远大些，不可因个人挫折而灰心，应以救民救国之心肠，革命的成功，来安慰你破碎的心灵。"那时，丁玲说到母亲，盖因她与子女已团聚延安，而老母孤身一人，正在动乱中飘浮无定踪，她谈着母亲的往事，实际是在倾吐着对慈母的怀恋。丁玲还说了很多她参加革命后的悲恸的遭遇。她谈到胡也频在一阵乱枪之中葬身龙华塔下，她那时还年轻，多靠也频扶持。遽然失去也频，她也有痛不欲生之感。但丁玲之所以是丁玲，在于她排除了万般悲痛，把对胡也频的爱上升为对党的爱，在白色恐怖面前，在失去亲人的时候，她毅然决然地挺身而起，参加了共产党，这就是她在亲人惨遭杀戮后对敌人的回答，她举起亲人遗留下来的火炬。但是，不幸接踵而来，她在家中猝然被捕了。这个噩耗在丁玲母亲的自叙传中也有反映，"五月尾，我的乱星又来了。女儿有许久未来信，外面传的消息非常恶劣。想法给她朋友去信，或到书店中探听。每到夜静，暗暗哭泣，心肝寸裂，白天则谈笑自若，不现一丝愁容。"……而这时，丁玲正作为一个囚犯被暗暗关押在南京。有几个夜晚，丁玲跟我们谈到她到南京后，在大叛徒、大特务顾顺章的魔掌之下，魑魅魍魉，阴森恐怖，使人们听了为之毛发悚然，至今犹深印脑中……我记得这些谈话，大都是在杨家岭进行的，后来搬到兰家坪，我住在半山腰的一间窑洞，她住在山顶上的一间窑洞。也还是常常聚谈。丁玲是一个热心肠的人，又是一个刚强的人，她向我们展露心灵的伤痕时，总是平静地说着，无限伤情，却滴泪不流。我看到丁玲哭过一次。在兰家坪，有一天我去她那里，突然发现她站在窑洞前的坪场上，暴怒得脸色苍白，嘴唇颤抖，不知为什么事正同孩子怄气，然后她在一个木墩上颓然坐了下来，伤心地泪流满面。丁玲是一个内外透明的人，她心里像有腾腾燃烧的一团火，把人生中的坎坷、荆榛都烧得一干二净。我们相处得很好，特别后来，因为她是"文抗"的副主任，我是支部书记，尽管我们不一定对一切都有共同语言，却始终保持着亲切友谊。可惜，后来有一段时间，她被调到《解放日报》社去担任文艺副刊主编，她也搬到那儿去住了。

《解放日报》是一张四个版面的大报纸，从报纸上每天看到很多国内的、国际的新闻通讯，成为这个山城通向广大世界的一面天窗。当时，苏德战争已经激烈展开，牵动人心，斯大林格勒血战日夜不息，好像那熊熊烈火、隆隆炮声也传到了这遥远的东方来，唯一的社会主义国家好像就要给战火吞噬灭亡了。中国战场进入了最艰难困苦的相持阶段。于是，蒋介石掀起了一次比一次更猛烈的反共高潮。我除了关心时事之外，还第一次从报纸上读到爱伦堡的战争速写与评论，犀利动人，很有魅力，因此我天天读报。很奇怪，至今我还怀恋那用马兰草土纸印的报纸。我特别喜爱绿色的报纸，每一打开，心里面又像闻到马兰花那近似泥土味的芳香。中央调丁玲去编报，她原不愿去，她跟我商量说：

"白羽，你看去好还是不去好？"

我支持她去，而且我认为在那里时时刻刻接触大局，眼光会放得更远。

她说："我也是这么想，一个作家最怕的就是老沦陷在文艺这个小圈子里。"

谁知她去了，我却陷入这个小圈子的苦恼之中了。

读者可以发现，尽管我早已成为一个作家，但我尽量避免置身于文坛风雨之中，这是得益于我终生难忘的挚友靳以的影响。1937年春，我过太湖从宜兴到上海，向靳以征询我是否到上海来从事写作，当时，靳以既不主张我留丁山，也不赞成我来上海，他的理由是上海太复杂，一陷入文坛鬼祟之中，就难得安下心来写作了，所以他主张我回北平。从那时起，我就对涉入文坛颇有戒心。但在1941年，沉重的灾难之星终于降临到我的头上。1940—1941年，我全部身心都投入在《朱德将军传》的写作之中，一种崇高的热情激励着我，一种写作的虔诚支配着我。更何况这时我正沉浸在亲人之爱、同志之爱之中，日子过得既充实又清闲，既艰苦又欢畅，可是当我捧着我写好的一部书稿，送到艾思奇手上，向组织上报告我完成了党交给我的任务时，谁知从他那里却承担了我无力承担的责任。由于"文抗"的支部书记师田手到南泥湾去参加开荒生产了，艾思奇建议由我接替他的工作。以我当时那单纯、朴质的心来说，党的工作是无比崇高、神圣的事业，可是我一个毫无经验的青年党员，怎么能担当这一重任呢？请上帝原谅！正是从这时起，我不得不卷入了文学界的旋涡恶浪，不得不踏入苦艾的人生。不过，我必须解释一下，苦艾绝不是来自别人，更多是来自自己。当时延安有两个文艺单位，一是鲁迅艺术学院，一是"文抗"，"文抗"当中有一批作家，丁玲、萧三、艾青、罗烽、白朗、萧军、吴伯箫、马加、罗丹、杨朔、柳青、于黑丁、魏伯等等。有人形容作家每个人都是一个工厂，每个工厂都冒着自己的黑烟。换一句话来说，每一个人有每一个人观察人生、处理事物的不同的立场，不同的角度，因而这是一个单纯的集体，也是一个复杂的集体；这是一个亲密的集体，也是一个疏远的集体；这是一个清澄的集体，也是一个污浊的集体。

现在，回顾我的文海浮沉，我理解到鲁迅的意见太深刻，太精辟了：

"革命是痛苦，其中也必然混有污秽和血，决不如诗人想象的那般有趣，那般完美，革命尤其是现实的事，需要各种卑贱的、麻烦的工作，绝不是如诗人想象的那般浪漫；革命当然有破坏，然而更需要建设，破坏是痛快的，但建设却是麻烦的事。所以对于革命抱着罗曼蒂克的幻想的人，一和革命接近，一到革命进行，便容易失望……但以为诗人或文学家，现在为劳动大众革命，将来革命成功，劳动阶级一定从丰报酬，特别优待，请他坐特等车、吃特等饭，或者劳动者捧着牛油面包来献他，说：'我们的诗人，请用吧！'这是不正确的，因为实际上绝不会有这种事，恐怕，恐怕那时比现在还要苦，不但没有牛油面包，连黑面包都没有也说不定，俄国革命后一二年情形便是例子。如果不明白这情形，也容易变成'右翼'。……不待说，知识阶级有知识阶级的事要做，不应特别看轻，然而劳动阶级决无特别例外地优待诗人或文学家的义务"。

这些话，我原来早已读过，也是同意的。

似乎我们每一个人都以鲁迅的继承人自居。其实一旦真到革命实践中，却完全违背了鲁迅的精神。

到了陕甘宁边区——这个由劳动人民当家做主的新世界，不少人就在重蹈着鲁迅所指出的那种人的复轨，以高人一等的革命家自居，与劳动人民、与这个新世界的一切格格不入。于是一股邪风恶浪便从这些"超人"的"革命家"中旋卷而起了。我必须严肃地指出，这里我不是只指别人，也包括我自己。我决不把责任推给旁人。不过为了叙述方便，我不得不先从客观剖析到主观。

我是党支部书记，这个支委会，先是由林默涵、柳青和我组成，我任支部书记。林默涵是一个英俊的典型的福建人，他当时叫林檎，这名字就带有一点儿热带风味。他的马克思主义理论修养较深，作为艾思奇的助手，编辑《中国文化》。毛主席的《新民主主义论》发表在创刊号上，为此，《中国文化》在延安人心目中有一种特殊的威望。林檎是一个精心入微、认真负责的人，他仔细地校阅《新民主主义论》三遍之多，这种作风，几十年间成为他的风格。柳青是一个以陕北"土包子"为荣的作家，他一开始发表短篇小说就具有字斟句酌、结构严谨的特色——他一生饮的是陕西的水，写的是陕西的人。东北解放战争中我们在哈尔滨相遇，他皱着眉跟我说："我得回陕北，离开陕北我什么也写不出。"不少人说我们三个人是好朋友。的确，支委会合作得异常融洽。柳青一口幽默的陕北土话，常常引出我们愉快的笑声。从此以后几十年，我们的友谊一直是亲密无间的。柳青病危，我和默涵去朝阳医院看他，我们带着异常悲恸心情，跟柳青作最后的告别。后来，柳青离开"文抗"到吴堡去深入实际生活了，由马列学院调来了张惊秋，由张惊秋任支部书记，与林默涵和我组成新的支委。

但是，为了给青年人留下深刻的教训，我以为应当坦诚地对待这一段历史，特别是当现在老成凋谢、盖棺论定的时候，我作为一个过来人，要告诉读者，我绝非一贯正确，而且走过一段充斥着荒诞与谬误的邪路。如果说我不得不涉及别人，但我更主要的是解剖自己。

我要说我们之中有那么一些人是把自己看作"至高无上的权威"，说是"热爱革命，热爱党"，对很多人很多事却看不惯，因为在这里是党领导的，于是，便把一切罪过推在党的身上，唉！现在回想起来我们当时是多么幼稚无知啊！

不论自以为站在"保卫"党这一方面的，还是站在鞭挞党那一方面的，都未免过分狂妄自大了。

于是一股一股狂风暴雨便掀了起来。

怨言、嘲讽以至谩骂的污泥浊水不断地泼洒……

唉！……我再说这一句，我决不想责备任何人。我更多地责备自己。让那些至死不悔的人保留下对人民的罪责吧！

还是让我说说自己吧！我认为自己是热爱党的，我不分日夜地辛勤工作，因为我是支部书记，还要忍受着威吓和凌辱；但是，我从生我养我的那个旧社会里带来根深蒂固的毒痈并未彻底切除掉。当共产主义运动面临危难的时期——斯大林格勒岌岌可危，敌后残酷暴虐的屠杀、蒋介石向边区进攻，这时可怕的霉菌便在我心灵中蔓延，又主宰了我的主观世界。经过华北游击区的跋涉，经过太行山的巡礼，我看到了人民、看到正义战争、看到希望，应该说我的心神是健康的、旺盛的，与整个鏖战的民族灵魂是融为一体的，我写下了我抄在《太行山的魅力》那一节中的《同志》，还有《孙彩花》《激昂的弦琴》那样的作品；但这时我变了，在"写真实""友爱""文学要干预生活"的迷惑下，我写了充满小资产阶级情调的《胡铃》和《陆康的歌声》，如果说以前我的作品曾经凝聚过血火的闪光，而现在却散布着发霉的灰暗。现在我既然决心写心灵的历程，就不能隐蔽我的迷误与骚乱。《胡铃》和《陆康的歌声》都受着资产阶级人性论的支配，前一篇神化了一位小资产阶级女性而丑化了工农出身的干部。

后一篇则歌颂了一个虚无主义的孤独者，游离于现实之外，超然于现实之上。每天早晨，我总听到一种粗嘎难听的歌声，天天在河边旷野上飘荡，这使我想到一个自命不凡的"超人"。在主观上，我是想批判这个"超人"，但是，用主观主义是纠正不了个人主义的，客观上我反而用陆康的孤独渲染了个人主义的高傲。

这是当时延安知识群中一股反逆思潮的反映。

这种反逆思潮的核心，是小资产阶级知识分子在困难关头的极其可怜又可耻的动摇性、脆弱性的大暴露。

现在碑树得不少了，传立得不少了。

我只能痛心地写下我的惨淡的碣文。

我当时对于一些事情十分气愤，来自党外的攻击我可以泰然，但对于党内的纵容我却不堪忍受。

于是，我给毛主席写了一封信，要求他找我谈话。

1941 年的一个夜晚，又是一个卫士拎着一盏马灯来领我到杨家岭去。走在路上，我想起 1938 年那个春寒之夜，也是一盏明灯引我到凤凰山脚下。今昔对比，我感到十分惶惑。可是我的决心很大，还自以为理直气壮。但当我跟着卫士走到毛主席的窑洞前，我却一下停住了脚步……夜已很深，月明星稀，万籁俱寂，只听得远处的延河发出小孩儿把一个玻璃瓶按在水中，发出的咕嘟咕嘟轻微的声响。我看见毛主席的窑洞里灯光明亮，一个高大的身影一下映入眼帘，他一会儿在挂着军用地图的墙壁下仔细思考，一会儿又慢慢地踱来踱去，他眉头紧皱，凝目沉思，他的脸上露出焦心、忧虑的神情。这时，我的心忽然颤抖了一下。我觉得毛主席为了军情如火，耗尽苦心，他的身躯正全力担负着整个中国大地的灾难……这时我后悔极了，我觉得我要诉说的冤枉与委屈多么渺小，我为什么要用这些事来打扰毛主席？！这时，我惭愧得突然浑身是汗，无地自容。但警卫员已经向主席报告了，我也只好硬着头皮走了进去。

毛主席握住了我的手，两眼直直地注视了我一会儿。

那是多么动人的一刻呀！

我发现他的眉峰并未展开。

他的目光也还是十分凝重。

他还没从沉重的忧思中醒过来。

他让我坐在办公桌一头的木椅上。他自己坐在中间的木椅上，从容自在地问："你有什么事那样急呀？"当我们转入我的话题时，毛主席脸上一刹那间露出风光霁月的神气，那是倾听群众声音的热诚，我感受到毛主席那种魅力，他吸引着你，一到他面前，就很自然地要把心中的一切向他倾倒而出。

我就滔滔不绝地跟他谈起我的遭遇，不知哪里来的那么大勇气，我这样一个羞怯腼腆的人，在毛主席面前竟讲得那样激烈，最后，我竟然提出那样尖锐的问题：我说："……为了党，我遭受来自党外的攻击，我可以忍耐，但是来自党内的不理解，我却无法忍受，我是一个坚定的共产党员，我要求党派我到白区去，作地下工作，来考验我吧！……"

像有一片云翳，遮住毛主席的脸孔，他略一沉思，便对我说；

"党内不仅有时有不理解，甚至还会有误解呢！"

他站了起来，走了几步，然后转过身来站在我面前说：

"那么，一个共产党员遇到这种情况又怎么样呢？还是要革命奋斗呀！你知道有个陆定一吧？你知道有个萧劲光吧？他们在中央苏区给戴上'反革命'的帽子，斗得好凶哟！他们毫无怨言，作为普通一卒，还是一步一步跟着党走过两万五千里长征。"

倏然之间，我想到毛主席自己在中央苏区不就遭受过错误路线的残酷打击吗？

朱总司令跟我说起过这事。前不久在《朱德将军传》中我还专门写了这事。

我在延安多次接触毛主席。但我真正认识他、理解他，发现了他的性格、感受到他的内心的是这一次。那时的毛主席不像晚年那样胖，虽然憔悴消瘦，但他的骨骼宽大，十分魁梧，他的头发很长，森然耸立。这一夜他语气深沉，目光凝重，这时，我感到我的心灵和他的心灵交流了，但这是一个伟大的心灵同一个渺小的心灵的交流啊！

毛主席微微地皱着眉峰，用双眼凝视着我，在那一刻他向我敞开胸怀，用他的切身之痛对我进行教诲。

毛主席这样一说，我的怒气消失殆尽。

我为我的无知和莽撞感到惭愧。

毛主席见我已经缓和下来，感到一点儿快慰，他和我对坐在火盆旁边，他有时伸手烤着火，有时伸出手掌在自己膝头上比画着，分析着，而且最后十分俏皮地乐了起来，他说：

"你不是说要考验吗？何必兴师动众去那遥远的地方，你的支部书记岗位，不就是对你的考验吗？"

我也笑了。

他一阵轻松的言语，就把我久已蕴积心头的乌云一扫而光，我的心一下子亮了起来。

我怀着检讨的心情，对毛主席说：

"我一定按照毛主席的指示，做好我的工作。"

毛主席一直送我到门口，跟我紧紧握手告别，我还是依依不舍，走了几步，又转身一看，他正急匆匆地又走向挂着地图的墙壁面前，一手举着一盏小马灯，在地图上仔细观察，寻找作战地点，他在运筹帷幄之中，决胜千里之外了。

我心里一阵发烫，毛主席！由于我的阴暗心理作祟，耽误了你多少宝贵的时间——那是关系到百万人生死存亡的时间呀！不过，毛主席鼓起了我的一种真正的勇气，我知道我从一个巨人那里得到的是人间至大至深至广的爱，革命者之间的爱，同志之间的爱。

于是，当我大踏步地回来时，尽管夜寒料峭，冷风吹拂，我却浑身发热，和来时比，完全变成另外一个人，崭新的人，透明的人。我又一次翻检我的心灵。

## 六二 智慧的明灯

弥漫在延安文艺界里的晦暗的思潮，不但没有平息，而且愈演愈烈。这正如上一节中鲁迅先生所指出来的弊病，以为自己是革命的圣人，到了解放区，解放区就应该推崇自己。可是革命还处在艰苦之中，当时延安过的实在是一种"原始共产主义生活"，大家都是平等的，清贫的，不过，有一小部分领导干部由于工作需要，吃小灶，穿细布衣服。在紧张辛苦的抗战工作之中，当然也需要休息，娱乐，比如跳舞、打扑克、看戏等等。这些人之常情，却被一些挥笔杆的，鼓其如簧之舌，从墙报到报纸上，发出攻击与非难的声音，有所谓"舞回金莲步，歌啭玉堂春"之诮。这种混乱思想，一时甚嚣尘上。我所写的《胡铃》《陆康的歌声》尽管与那些攻击有本质之分，有轻重之别，但不管怎么说，也是参加了这个低劣的大合唱的，在抗战洪流中唱出异调，实在是一种罪过，现在想来，国民党反共之声叫嚣于外，种种挑剔发之于内，这对于延安这个抗日中心的团结一致，度过持久战，争取民族最终的胜利，是十分不利的，如任其泛滥，后果不堪设想，这种逆流把种种尖锐问题提了出来，迫使党中央必须从意识形态方面进行疏通引导的工作。

1942 年春日的一天，毛主席派人把我叫到他的窑洞去。

那是山谷里传来布谷鸟悠扬的鸣唤，空气里传播着春日的芬芳的时节。

中央领导住地杨家岭有一排窑洞。每个窑洞前边都垒着黄土围墙，形成一个小小院落，红彤彤的阳光照得毛主席的窑洞里辉煌灿烂。

毛主席满面笑容，心情爽朗地迎接了我。

闲谈几句之后，他对我说："一个时期要抓一个中心，前些日子我们调查研究边区的经济工作，好解决抗日根据地的经济问题，现在我们可以腾出手，回转头来考虑一下文艺方面的问题了，"毛主席非常谦虚地说，"这件事要你们文艺界的同志多出主意，多提意见，我们不懂就可以懂，任何事情，只有多听听大家的意见，才能判断情况。我今天请你来，就是同你研究几个问题，然后由你邀集你那里的党员作家，议一议，听听大家的意见。"

毛主席脸上露出微笑，既轻松又温暖，一直渗入我的心底，接着毛主席提出了几个问题，大致就是《延安文艺座谈会上的讲话》引言中提出的一系列问题。

当前文艺总的任务，

立场问题，

态度问题，

工作对象问题，

了解人熟悉人的问题，

语言问题，

感情问题，

学习马克思主义和学习社会问题。

我为能接受毛主席亲自交付的任务而感到十分高兴，当然那时并没有理解这就是调查研究，走群众路线的方法。

我回到兰家坪，召开了党员作家会议。

在我提出这几个问题之后，大家立刻议论纷纷。

这里我要插入有关丁玲的一段回忆，由于《解放日报》文艺副刊发表了《野百合花》几篇杂文，受到了抨击。

我记得当时王震提出过比较尖锐的意见，贺龙也提出过批评。

有一天，我和丁玲打从杨家岭前面走过，她指了指中央所在地的山顶，告诉我说：

"今天，将要有一场急风骤雨！"

我明白她的意思，就安慰她：

"你要镇定，对就是对，错就是错……只要对党取负责态度，党是会理解的。"

她深以为然地点了点头。

后来，我知道中央确实开了一次会，但是什么范围，什么性质的会，我都没有再问。

不过，丁玲跟我说："你是劝我去编报的，经过这一个时期的考验，我觉得我这个人还是自己写东西合适。"

果然，不久以后，她辞掉了《解放日报》的编辑工作，又回到"文抗"来了。

我记录了同志们在讨论会上的发言，综合整理了大约十来个问题。

我带了这个答卷，第二次又到毛主席那里去了。

这两次见面，和冬天那一回见面气氛迥然不同，明快，爽朗，愉悦。

我和毛主席还是对坐在办公桌前，我说：

"毛主席，我来向您汇报来了。"

"好啊，你们想了不少意见吧！"

"意见不少，不过怕很多是错误的。"

"那不要紧，各种意见都要听，兼听则明，偏听则暗嘛！"

的确，我的汇报里有很多错误甚至荒谬的见解，当然，我们那时却理直气壮地认为是对的。

比如，毛主席《在延安文艺座谈会上的讲话》中，有一段话：

"不是立场问题，立场是对的，心是好的，意思是懂得的，只是表现不好，结果反倒起了坏作用。关于动机和效果的辩证唯物主义观点我在前面已经讲过了。现在要问：效果问题是不是立场问题？一个人做事只凭动机，不问效果，等于一个医生只管开药方，病人吃死了多少他是不管的。又如一个党，只顾发宣言，实行不实行是不管的。试问这种立场是正确的吗？这样的心，也是好的吗？事前顾及事后的效果，当然可能发生错误，但是已经有了事实证明效果坏，还是照老样子做，这样的心也还是好的吗？我们判断一个党，一个医生，要看实践，要看效果；判断一个作家，也是这样。真正的好心，必须顾及效果，总结经验，研究方法，在创作上就叫表现的手法。真正的好心，必须对于自己的工作的缺点错误有完全诚意的自我批评，决心改正这些缺点错误。共产党人的自我批评方法，就是这样采取的。只有这种立场，才是正确的立场。同时也只有在这种严肃的负责的实践过程中，才能一步一步地懂得正确的立场是什么东西，才能一步一步地掌握正确的立场。如果不在实践中向这个方向前进，只是自以为是，说是懂得，其实并没有懂得。"

这就是针对我汇报当中的一个问题讲的。

当然，可能还有其他方面，其他同志也提过这样的问题。

不过，对于这种毫不容情的批评，我当时听了是脸红的，还有些承受不了。

在我汇报那天，毛主席一直仔细地听着，而且以他那专注的神情鼓舞我敞开来讲下去。我讲完之后，毛主席跟我说了起来，大致就是延安文艺座谈会上讲话结论的要点，这说明他当时对于这些复杂的文艺思想已经成竹在胸，有了一个腹稿了。后来的《在延安文艺座谈会上的讲话》中所有的理论阐述，所制定的党对于文艺工作的路线、方针、政策，绝不是哪一个人提出建议而制定的，如果这样讲是不实事求是的。毛主席的报告是有针对性的，所针对的就是当时文艺方面的一种思潮、逆流。毛泽东思想伟大之处正在于他从来是把马克思主义真理与实际结合，在解决矛盾中，建立起马克思主义在中国革命中的理论体系。

在这之前，文艺界有人有一种相当自负的观点，因此对毛主席也是颇为轻视的，那意思是说，政治你在行，文艺未必在行吧！毛主席的高瞻远瞩、精辟透彻的议论的确一下就打动了我，征服了我，我听了以后豁然开朗。其实，早在两年多以前，毛主席在《新民主主义论》中阐述中国文化革命时，已经十分精辟地讲到文艺问题，他提出："而鲁迅就是这个文化新军的最伟大和最英勇的旗手。鲁迅是中国文化革命的主将，他不但是伟大的文学家，而且是伟大的思想家和伟大的革命家。鲁迅的骨头是最硬的，他没有丝毫的奴颜和媚骨，这是殖民地半殖民地人民可最宝贵的性格。鲁迅是在文化战线上，代表全民族的大多数，向着敌人冲锋陷阵的最正确、最勇敢、最坚决、最忠实、最热忱的空前的民族英雄。鲁迅的方向，就是中华民族新文化的方向。"这说明毛主席对中国革命文艺早已有其鲜明见解和明确看法了。

这一天的确是非常美好的一天。我们说到将近中午的时候，贺龙来了。毛主席诙谐而又风趣地说："光说话，不吃饭，肚子可要提出抗议呢！"我要走，他坚持要留下我跟贺龙和他一道吃午饭。毛主席说："哪里有他来了，就把你撵走之理？你们都是我的客人，文武两家要合得拢嘛！来吃！来吃！"我理解毛主席的弦外之音，由于贺龙、王震对文艺界提过意见，他认为大家应该团结。不久之后，王震亲自到兰家坪"文抗"来看望大家，丁玲和我也到联防司令部贺龙那里去做客，这是后话。这顿午餐中间，贺龙对毛主席恭敬，毛主席对贺龙亲切，毛主席不断地给贺龙斟酒、夹菜、盛饭，给我留下了非常深刻的印象，毛主席那谦恭的态度是多么动人呀！吃过饭，我知道毛主席要跟贺龙交谈，就告辞走了。毛主席送我到门口，握紧我的手，神情专注地注视着我说："刘白羽同志！我看你是一个很认真的人，我说过世界上的事最怕认真二字，我们干革命的就是要时时处处都讲究认真二字呀！"这是我从毛主席那里得到的很高的评价。尽管到现在，由于自己的认真，得罪了不少人，从而遭到各种诽谤与凌辱，但我想起毛主席的评价，还是九死而不悔的。

过了几天，陈云找丁玲和我到他那里去。

组织部一排窑洞也在杨家岭山腰上。由于我做支部工作，时常到中央组织部去。当时，陈云是部长，李富春是副部长。陈云是一个工人阶级出身的中央领导干部，可是看上去却像一个学者，他十分豁达而又十分细致、儒雅，总是笑着，用很浓重的上海口音说话，有时说着说着，张开嘴呵呵笑起来，但是绵里藏针，他讲的是党员的根本原则。那一天，我们的谈话就是在他办公室的窑洞里进行的。

陈云谈得轻松、自然，从上海左翼文艺运动谈到解放区文艺现状。就在这次谈话中，陈云提出，"对于共产党作家来说，首先是共产党员，其次才是作家"；"不但组织上要入党，思想上还要入党"这样深刻、精辟的见解。

这个充满党性原则的非常简明、非常精辟的意见，我一直牢牢记在心上。

陈云这次找我们谈话，显然是为文艺座谈会做准备工作的——要我们站在党的立场上发言。

这时，在杨家岭沟口里平坝地面上，已经矗立起延安第一座西式楼房，上面是办公室，下面是礼堂，这座石头建筑的楼房设计得十分巧妙，巍巍高耸，直与山齐。通过楼上一段露天天桥，可以直达毛主席和中央领导人的住地，因此他们到那座楼里去十分方便。楼上是中央办公厅，延安文艺座谈会是在楼下会议室里召开的，参加会的人很多，坐了满满的一屋，毛主席站在正面一个铺了白布的长桌后面，和他在一起的还有朱德、博古、凯丰等领导同志，他先讲了一段话，提出了几个问题（就是《在延安文艺座谈会上的讲话》的引言）。在讲《引言》时，说了一句很风趣的话，他说：我们有两支军队，一支是朱总司令的，一支是鲁总司令的。由于毛主席讲话通俗、锋利、活泼，不时引起会场上一阵阵笑声。我和丁玲坐在长桌右边的墙壁下面。丁玲作了一个发言，她主要讲的是作家的立场问题。会上发言态度最鲜明的是李伯钊和欧阳山尊，李伯钊是一位红军战士，已经工农兵化了的人，她十分激动地提出文艺为工农兵的问题；欧阳山尊刚从晋西北前线回来，他坚定地主张作家、艺术家要到部队里面去。会议隔一段时间开一次，共开了三次。发言十分踊跃，既有敞心开怀之论，也有尖锐交锋之言。

在这融洽和谐中也有一个异调，值得一叙。那是在五月二日第一天的会议上，有一个素以狂妄自大、傲气凌人著称的人做了一通发言，他说："这样一个会，我看了情况就可以写十万字。"然后他又说，他相信罗曼·罗兰提倡的新英雄主义，他不但要做中国的第一作家，而且要做世界的第一作家。他又说，鲁迅一直是革命的，并没有什么转变。他还说：他从来不写歌功颂德的文章的。他的话音一落，会场上立刻展开了激烈的争论。朱总司令的发言就是针对他说的。朱总司令说："不要眼睛太高，要看得起工农兵。中国第一也好，世界第一也好，都不能自封，都要由工农兵群众批准。"关于鲁迅的转变问题，朱总司令说："岂但有转变，而且是投降"。他用亲身的经验来说明："我是一个旧军人出身的人。我就是投降共产党的。我认为共产党好，只有共产党才能救中国。我到上海找党，没有解决参加党的问题，后来到德国，才入了党。我投降无产阶级，并不是想来当总司令，后来仗打多了，为无产阶级做事久了，大家看我干得还可以，才推我当总司令的。"朱总司令又说："共产党、八路军就是有功有德，为什么不该歌，不该颂呢？"

那正是延安最美好的季节，春光明媚，花草芬芳，有一天会议休息的时候，由枣园开来一辆汽车，装了满满一车鲜红的西红柿，大家各自分了一份吃了起来，这是延安唯一的水果，味道鲜美、营养丰富，大家美美地吃了一顿。

　　下午散会前，宣布了一个令人激奋的好消息：晚上，毛主席做结论——这是令人难忘的夜晚，是伟大的思想放射出光芒的一个夜晚。会议改在大礼堂前露天广场上举行。三根木杆架成一个木架，上面悬着一盏煤气灯，雪蓝色的光线把会场照得通明，毛主席手里拿着一叠提纲纸。他又是用一小段风趣的语言作了开场白。他说，我对文艺是小学生，是门外汉，这三次会议向同志们学习了很多。前几次是我出题目，大家做文章，今天是考我一卷，大家出题目，要我答卷子，不知道及格不及格。题目就叫"结论"。毛主席还说："今天我们解决文艺问题，过一阵还要解决解放区的经济问题，如果我们党不解决文艺问题，也不解决财政经济问题。那我们还叫什么领导？"这些话和主席跟我的谈话内容是一致的。在延安文艺座谈会之前，毛主席已经指示对陕甘宁边区的经济问题进行调查、研究、解决，延安文艺座谈会之后——在1942年12月，毛主席写出了《抗日时期的经济问题和财政问题》——将陕甘宁边区的经验推而广之，解决整个解放区的经济问题。前者解决意识形态问题，后者解决经济物质问题，这都是党中央建设解放区大厦的一系列的政策。毛主席的讲话轻松自然，引人入胜，一下抓住场上每个人的心思，然后，你就一步步跟着他的思想前进，就如同穿过丛林，越过沙流，一下把你带到高山之巅，望着满目茫茫平野。毛主席站在那里，神采奕奕，足足讲了三个钟头。他的声音十分洪亮、清晰，他的神态十分肃穆，语调却愉快动人，分析是精到的，讲到入神之处，他时常用手势来加重语气，有时手掌推出去，像推开一座大山，有时用力挥一下手，像辟出一道深渊。就这样，他鞭辟入里，绊缕分明，将一部艰深的马克思主义美学讲到那样深入浅出、渗透骨髓的程度。他的讲话风格是动人的，像天文学家探索宇宙奥秘般认真，有时又像浪漫主义诗人一般潇洒；说到逗笑的地方，引起哄堂笑声，他也跟着笑了起来。毛主席的笑容很有魅力，他笑得既俏皮又幽默，笑出他的童真之心。的确，听毛主席讲话是高度的美的享受。

　　这是多么美丽的延安五月之夜啊！春风吹绽了河滩上的马兰花，深谷中的野百合，窑洞窗前的波斯菊，但是夜晚还是春寒料峭、冷气袭人，人们都还穿着一冬天磨旧磨破的棉衣。但毛主席一直不倦地讲下去，讲到午夜，明月出现在蔚蓝色夜空上，群山静寂，万籁无声，仿佛都为这伟大真理的宣告而屏声息气地静听。

　　5月23日，在人类文化史上是多么惊人的一夜啊！

马克思、恩格斯、列宁对于文学艺术都留下了极其精邃的文献。

但是，这样系统的、完整的马克思主义文艺理论、美学体系还是第一次出现在人间。

这是一盏多么光辉、智慧的明灯呀！

它的光芒为文学艺术的创造照耀出一条光明的大道。

从此，我沿着这条路前进。

我投身如火如荼的战争的现实生活。

我成为现在的我，我的创作走上了崭新的道路，真正有了我的风格。

而这一切，都是从这一个夜晚开始的。

几十年后，有人妄图否定毛主席的文艺理论，这些"不凡"之辈不是出于无知，就是出于愚蠢，他们妄图拾资产阶级颓废文人的余唾、枉自宣布成立了什么体系，这不过是在延安文艺座谈会之前，延安那股逆流改头换面，再度出现，这种古老的鬼魂，如今又装作时髦绅士，其实，只不过是一场喧嚣的丑剧，是绝对经不住批判的。

## 六三　平地风雷

前面我谈到阿·托尔斯泰那个题词，在这儿我还必须再重复一次。

阿·托尔斯泰题词：

"在清水里泡三次，在血水里浴三次，在碱水里煮三次。我们就会干净得不能再干净了。"

用它来说明一个知识分子在革命中的苦难的历程，最合适不过了。

这几句话，我是 1946 年夏天在上海读到的。但是回顾往昔，纵贯平生，我觉得这几句话对我来说太贴切太深刻了。

我想，一直到今天，我还是在这个过程中间，如果说走完这个历程，恐怕要到人生的终结时刻。不过这个历程的开端，却是从延安整风运动开始的。前面两节："甜蜜的心和苦涩的心""智慧的明灯"，只不过是我平生最大的一次灵魂震撼的一个序曲。1942 年 2 月我在中央党校礼堂，聆听了毛主席整顿三风的报告，我衷心拥护，但并不理解；后来，开延安文艺座谈会，听了讲话是赞成的，但认识得也并不十分透彻，更不明白它不只是一篇关于文艺的讲话，而且是根本人生观、世界观改造的问题，因而与自己联系不深。我攀上红彤彤的共产主义理想的高峰，还需要一番脱胎换骨的浩劫轮回。

整风运动展开之后，先是中央研究院（前身是马列学院）批判《野百合花》的大字报铺天匝地，后来又是鲁迅逝世六周年纪念大会上一场激烈的论战，思想战线上的大辩论，使得延安生活的气氛慢慢紧张了起来。最早是丁玲调到中央党校一部去了。接着，就把"文抗"的人陆续调走。当时中央组织部由王玉清来处理这一迁散工作。这是我参加革命以来第一次遇到这种斗争运动。我们的窑洞一间一间空了出来，人走得一干二净，冷冷清清，最后只剩下我一个人了。也许由于我是支部书记，直接做具体工作，王玉清一直没有什么表示。当时，我清醒地意识到我必须投身这一运动，于是请求组织上允许我到中央研究院去参加整风审干。他回去报告给组织部领导，得到批准。中央研究院靠着兰家坪，第二天，我就提着行李到那儿去了。

这时，整个延安处于一种非常状态之中，汪琦在中央研究院，已经有好些天没有回来了。我常常从山坡上向那土墙里瞭望，希望能看到她的身影，却始终未达目的，现在我也进入研究院，与她又在一起了。我们从结婚后每天在一起，这短短几天的隔离，也充满了离情别绪，现在，骤然相见，十分惊喜。但是我模模糊糊意识到我们将面临"灾劫"。不过尽管不能在一起，能够见面，不论什么日子也可以携手共赴了。汪琦所在的文学研究室支部在一个山头上，我被分配到历史研究所支部，在另外一个山头上，我和齐燕铭、叶蠖生等几个人住在一个用木架支撑的古老的大窑洞里。就在这时，一阵暴风骤雨，骤然平地而起了。

人一旦被卷入纷乱的旋涡之中，只能被那激流推涌着摇荡，前进。

在康生主使之下，审干之中所谓的"抢救运动"开始了。

我这个人，有些迟钝，说得好听一点儿是泰然自若，说得不好听一点儿是麻木不仁。

刚好在这时，一个可怕的消息突然传来，国民党军队进攻陕甘宁边区了。强敌忽然压境，内患必须消除，这是形势所迫，不得不然。尽管如此，一个夜晚，在一间当作礼堂用的大房子里，那个戏剧性场面，不免使我愕然，使我震惊。所有的人黑压压地挤在屋里，前面是一个土台，这时，中央研究院已改为中央党校三部。三部领导人主持了这场人与人之间的挑战，看谁先坦白交代。一位广东哲学家在台前不断声嘶力竭地奋臂高呼口号，这里的气氛突然炽热得变为一场骚乱。我站在人群的后面，眼看一个一个走上台去，还不断有人向台上递纸条。愈是亲近的人，愈要表明态度，于是夫妇之间、朋友之间喊得愈加声嘶力竭，以表示自己的忠诚。"抢救运动"是由康生的极"左"路线造成的，但是这么多人竟这样盲从，经过十年浩劫，我有了较深的理解，我认为这是民族陈腐淤积的涌动。在这种关头，只要被递上纸条，念出名字，就得表示坦白，这样一次又一次轮回旋转，人们脑子糊涂了，思想混乱了。在"文抗"和我最要好的一个同志忽然悄悄踅到我的背后，低声问我："我应该向你挑战吧？"我当即愤然挥手拒绝了。这样一直开到夜深才散会。从那空气闷热、喧嚣与骚动的大房子里走出来，呼吸着新鲜的空气，觉得心情格外清爽。谁知当我往山那边走去，听到有人叫我的名字，而且这声音就在我的背后，我赶紧回转身来，一看是党校三部副主任张如心，他对我说：

"不是没有人向你挑战，我们收到四张条子，不过没有公布，你的问题希望你主动交代。"

他的声音十分冷峻，不禁令人毛骨悚然。

——我的问题是什么问题？……

我愣住了，一时之间没有作声，不知怎样回答才好。

张如心于是接着说下去，斩钉截铁十分肯定：

"你写一个书面交代送给我吧！"

火，这时突然烧到我的头上来了。我的心一下坠落下去。不过，折腾了一天一夜，我实在是疲乏不堪了，几个人回到窑洞里，谁也没有开口，似乎都各自心事重重，我倒在床上，尽管一腔哀怨，辗转反侧，但终于还是沉沉入睡了。

第二天，我一个人陷入苦苦思索。平时活跃的三部，整个落入沉闷之中。人们走着路，谁也不看谁，谁也不说话，大家的嘴巴都像贴上了封条。在这种情况下，愈是亲近的人愈需回避，何况被认为有问题的呢？我怎么也不能理解，我站在山上，看见一对夫妇在山下那一小片种着向日葵的园子里窃窃交谈，不太久，一个震颤人心的消息传了开来，这对夫妇回到各自支部，交代自己是"特务"。这时，一个冷战在我心底里颤起，他就是不久前我发展的一个共产党员呀！难道这就是我的问题吗？……不过，在那样激烈的运动之中，生死攸关的时刻，我虽然忧心忡忡，但还是比较镇静……我仔细想，我审查过他的历史，难道错了吗？中央组织部的最后批准，难道错了吗？张如心对我说的最后一句话，那么铁定无疑，要想置之不理，那是不可能的。我经过考虑，写了一封信给张如心，信的内容大致是这样："我是一个共产党员，我的生命、我的一切都是属于党的，我愿接受党的严格审查，只要是我的问题我一定如实交代。"……谁知张如心见到我，就跟没那回事一样，照常跟我高谈阔论，谈笑风生。张如心是一个很值得我纪念的人，因此，我在这儿写上几笔。中央研究院在抢救运动的风暴中已经改为中央党校第三部，三部主任郭述申是鄂豫皖苏区的创始人，是一位老革命家，他有着忠厚待人的长者风度。副主任两位，一位是阎达开，阎是组织过冀东暴动的党的地下工作者，另一位就是张如心，我想他之所以任副主任，恐怕是由于三部全都是知识分子，其中还有不少知名的学者文人。他本人就是出名的红色教授。他个子稍矮，嘴角上常常叼着一支香烟，平时脸上有一股傲气，甚至冷若冰霜；但有时又活泼清闲，随意自如，比如在最紧张的抢救运动中，经过大土屋子那一夜挑战，斗争转入各个支部，一个一个审查，有的大哭大闹，有的吵嚷不息，但一到吃过晚饭后，满院里充满了欢乐。这时，张如心就找我们打起扑克来。我是个不精于计算的人，打扑克自然不是高手，汪琦却打得十分巧妙，我多半坐在旁边当参谋，看热闹，而上场的人却十分认真。张如心，为了一张牌常常皱眉很久很久，一旦取得胜利，他就微微高兴起来。张如心对我有时冷峻，有时亲热，他好像有两副面孔。谁知正是这样一个人，后来，挽着我的手——涉过三次清水，三次血水，三次碱水……因此，我至今回忆起来还十分感谢他。可是新中国建立以后，我就再没见过他，一度传闻他在上海一家工厂里工作，现在想来怕不在人间了。

更大的难关，旋即接踵而来。

如果前面我形容审干运动像是狂风暴雨，而真正"抢救"高潮，却像延河夏天的山洪，充满巨大的恐怖，挟持无穷的威力，一下冲击而来。当时我们常常到中央党校去参加坦白交代大会，多数是吃过晚饭之后，天已昏暗下来，我们蹚过饱涨的延河，还要走过一段巉崖的小径。在中央党校一部里，黑压压地挤满一个院落。我们秩序井然，纪律严明，一个支部一行坐在地上。前面是用木板搭的台子，一个跟一个上去，坦白自己的"罪行"。有一次我看到康生翘着腿坐在台下，洋洋自得，煞有介事。这种会经常开到夜深，台口点着两盏明亮的瓦斯灯，照亮坦白交代的人，他声嘶力竭，捶胸顿足，声泪俱下。每当这时，有人便带头喊起口号，有如大海洪涛，回环激荡。汪琦是三支支部书记，我是四支支部委员。白天的紧张斗争，搞得我已经十分疲惫。我这个人真称得上麻木不仁，在那千奇百怪、剖心沥胆、震撼人心的时刻，我突然打起瞌睡来。有一个晚上，排队回来，汪琦悄悄拉了我一把，叫我到她窑洞里去，到了那里，她告诉我：

"今天，××坦白交代时，一位领导把我叫了出来，告诉我说台上交代里指的那个人，就是指刘白羽的。"

我一时目瞪口呆，不知所云。

因为我实在蒙蒙眬眬就睡了过去，根本没听到他讲了什么。

我就问：

"讲我什么？"

"说他来延安时，《大公报》的一个特务，就告诉他刘白羽是我们的人……"

我不禁出了一身冷汗，吓得睡意全消，魂飞魄散。

"还说，你经常给那人写信，联系十分密切，还说国民党进攻解放区的时候，你在窑洞里偷偷摸摸地烧过信件……"

这种"莫须有"使我非常激动，不错，我与《大公报》是老关系——但只是投稿关系，萧乾出国了，陈纪滢主编文艺版，我在武汉时经过孔罗荪认识了他，可是我给陈写信，也还是寄稿……至于烧毁过什么信件，这是根本没有的事。

我想到台上一点谁的名，谁就被拥上台去的那种情景，我怕这事马上就要轮到我的头上了，我的心情既紧张、又气恼。

这时，我和汪琦无言相对，一灯黯然。她安慰着我。但我知道，斗争十分无情，个人无能为力。这时已是大半夜，但我心里既充满愤怒，又饱含辛酸的痛苦，我觉得谣言可以杀人，我有一种被出卖的痛苦。

这一夜，一直到天明，我没有合过一下眼睛。

## 六四 神圣的十字架

凶猛的抢救运动终于平息下来了。

理智终于战胜了感情，

智慧终于战胜了愚昧。

现在，我才知道是毛主席制止了、纠正了这种"左"的盲动行为。

读者们，我写这段历史，是经过斟酌考虑的，绝不是由于个人有什么冤屈，因此念念不忘，相反，在那以后，我和党更加亲密无间，从来没有一丝怨恨。我觉得记下这段历史，有两个方面的必要性：一方面，无论是国内、还是国际，无产阶级革命，从来不是纯而又纯的。正如鲁迅说过：革命是痛苦的，还必然混有污秽和血……谁不认识到这一点就不能经受革命的考验，通过革命的险关；另一方面，一个非无产阶级出身的人要改造成为有无产阶级思想、感情的人，必然会经受一次冲击，这是一堂必须上的课，必须经过的磨炼。正如毛主席所说：要经风雨，见世面，不但是不可避免的，而且是有益的。事实说明，这一场冲击打掉了我那小资产阶级无谓的自尊心，而不打掉它，是不可能严格地进行自我解剖的。审干打开了门，后来才能较好地接受了整风，从审干到整风，是思想改造不可分割的整体步骤。因此，下一节我要更深一层地写出我的精神上的历险。如果说前面的狂风暴雨是大声猛喝，而这之后的和风细雨，才真如点滴春雨，沁人心田。这是一场真正触及灵魂的革命，当时，我的心灵的搏斗，达到了焦灼难熬、痛不欲生的高峰。

组织上发给我们每人一本马兰纸印的《整风文献》，我们便专心致志地学习起来。

这时，按照中央党校的编制体系，改编了支部，我们历史研究所里的一批人分到第四支部，由山上窑洞搬到院落里一排平房里来，马洪是支部书记，我是支委，但不久以后，马洪调到组教科工作之后，就由我担任了支部书记。

这是和煦的学院生活，这是静静的田园生活，就像踏上一只航船，经过狂风暴雨、骇浪惊涛，而进入十分宁静、平和的海面，于是在海风徐徐的推动下，扬起一面风帆，缓缓行驶，缓缓行驶。

指导我们学习的思想，就是毛主席在《改造我们的学习》中提出的理论与实际结合的方法，以马克思列宁主义之"矢"射中国革命之"的"，我的"的"是什么？就是我自己这个实际。

我原来不懂、也不爱学习理论。1938年到延安，特别是在入党以后，我虽然没有系统地研究马列主义理论，但也读了《共产党宣言》《帝国主义论》，读得更多的是毛主席的《论持久战》《新民主主义论》，不过说是读了，由于方法不对头，实在只是一知半解，若明若暗。因此，我名义上是共产党员，实际上却没有共产主义思想，也就是说组织上入了党，思想上还没入党。现在想来，在民族存亡的怒潮推动下，大批涌到延安的人，类似我这种情况的，大有人在。这次学习就不同了：

一是经过审干、抢救运动，经历了风雨，见了世面，有了一个猛醒；

二是理论联系实际，把学的理论，对照自己，剖析自己。

用一句最通俗的、最简单的话来说，这种学习就是一次彻底的自我批判，通过这血肉与生命的战斗，把自己造就成为一个真正共产主义者。这没有什么奇怪，更没有什么可怕，许多伟大的思想家都是经过严格的、科学的自我解剖，才能深刻认识自己，把握人生的，不说卢梭、赫尔岑，我们中国的伟大的旗手鲁迅就是通过严格的自我解剖，才走向共产主义的。

不过，这样的事说起来容易，做起来艰难。

比如在这次学习中，我反复学习了《共产党宣言》，从此以后我十分热爱这本书。

但，开始我大半还是从文学角度来欣赏这本书的，比如这部书的开端：

——"一个幽灵，共产主义的幽灵，在欧洲徘徊。"结尾："共产党人不屑于隐瞒自己的观点和意图。他们公开宣布：他们的目的只有用暴力推翻全部现存的社会制度才能达到。让统治阶级在共产主义革命面前发抖吧。无产者在这个革命中失去的只是锁链。他们获得的是整个世界。"我对这些词句一咏三叹，击节称赏，这不仅是理论，而且是艺术，但这不等于自己就有了共产主义思想，小资产阶级知识分子常常只在口头上以为自己已经接受了共产主义，而指挥自己行动的还是固有的阶级意识。

张如心分工联系四支。当时支部书记都不在支部里进行审查，而由主任、副主任单个进行，张如心直接掌握对于我的历史审查。

他很巧妙地提示我结合理论学习，写自己的思想自传。

我很快就写好了一份思想自传，交给张如心。

张如心正在一心一意地摇着纺轮纺线。

他翘了一下嘴巴，示意我把我写的东西放在桌上。

过了一大，他找我去，一见面就把那份思想自传退还给我。

"你根本没有用阶级观点来对待自己。满纸废话，空洞无物。"

我没想到张如心使用这些不留情面的字眼，于是羞得满脸像火炭般红了起来，满怀失望委屈，走了回来。我像落入了苦难的深渊，感到万分的痛苦，我该怎么办呢？……不过，张如心关于"阶级观点"的重要提醒，使我大彻大悟……

毛主席那一句话触动了我：

"这些同志的立足点还是在小资产阶级知识分子方面，或者换句文雅点的话说，他们的灵魂深处还是一个小资产阶级知识分子王国。"

就像用手指沾上唾沫在窗纸上捅一个破洞，我需要无产阶级的阳光射入我的灵魂深处。

有了这样一个认识，我再读《共产党宣言》——其中一段话深深触痛了我："在当前同资产阶级对立的一切阶级中，只有无产阶级才真正是革命的阶级，其他的阶级都随着大工业的发展，而日趋没落和灭亡，无产阶级却是大工业本身的产物。中间等级，即小工业家、小商人、手工业者、农民，他们同资产阶级作斗争，都是为了维护他们这些中间等级的生存，以免于灭亡，所以他们不是革命的，而是保守的。不仅如此，他们甚至是反动的，因为他们可能使历史的车轮倒转。如果说他们是革命的，那是鉴于他们行将转入无产阶级的队伍，这样，他们就不是维护他们目前的利益，而是维护他们将来的利益，他们就离开了自己的立场，而站到无产阶级的立场上来。"

我保守？我反动？我要倒转历史的车轮？

能够这么说吗？我是一个共产党员呀！

这时我彷徨，我惶惑，这是锥心之痛啊！

但……

从这里我看到一线光明，那就是立场的彻底的转变，

这时，我又仔细读了《在延安文艺座谈会上的讲话》。

毛主席不是明明白白地说：

"我们的文艺工作者一定要完成这个任务，一定要把立足点移过来……"

这种思想上矛盾的斗争，是尖锐的，是痛苦的。

如果要接受这个观点，我必须承认，我还不是一个真正的共产党员，我还是一个一只脚陷在乌黑的剥削阶级泥潭里的人。

我能够承认这一点吗？

我感到难以忍受的耻辱。

就在这种内心反复反省、搏斗过程中，我又写了思想自传的第二稿，第三

稿，第四稿，却一一都被张如心驳退回来。一次退稿是一次打击，但我从哀恸中渐渐醒悟过来，我明白，我必须举起双手，向无产阶级投降。于是我痛下决心，举起锋利的解剖刀，从头细细地解剖自己。我从我刚刚记事写起，我想起有一次我坐在院子里，把正在洗衣服的女用人的发髻一下打得散落开来，我把这都作为剥削阶级的恶行写下来，可是张如心还是不通过。这时，我的思想斗争达到了登峰造极的地步。正因为我是认真的，因此也是痛苦的，我克制了怜悯自己的心情，毫不隐藏地挖掘自己灵魂中的痛疮与腐朽……这是鲜血淋漓的生死较量。我为了洗去我的罪恶，连骨头缝都掏挖净尽了，可是还不行，这怎么办呢？我的手已经失去最后一点儿力量，我握不住沉重如山的笔杆。难道我就无法迈过这个门槛吗？这时对我来说最难的事，是还要做整个支部每一个党员的历史审查工作。可是我自己的审查都过不了关，我一遍一遍地做着思想的检查，我内心的矛盾——我的内疚与我的绝望已经发展到了极点。我多么想忠诚于自己，可是我又那样害怕自己，羞涩心加上耻辱感，使我整个灵魂都悚悚颤抖。

一天夜晚，张如心又带了一个条子要我到他那儿去，这是我写完思想自传第五稿之后，矛盾的心理已经发展到了不可收拾的地步。我每走一步，就觉得自己在向深渊里沉落一步，我意识到我看到的将是一个冷酷无情的面孔……为了认识自己，我几乎把血熬尽，心压碎，骨髓榨干，可是我伸出双手，我费尽力气，还是怎么也够不到那希望的王国——我的心这时已像一支利剑悬在我的头上，如果我看见的仍然是一副冷酷的嘴脸，那剑就会落下来。

张如心住在小砭沟口高山上一个窑洞里。我在黑漆漆的夜空下，走过那弯弯曲曲的壁陡的山径，当我来到山巅之上，一种冷酷的感情缓缓升上心头，我的眼前一下发焦发黑，绝望之感猛然袭来，这样活下去实在没有什么意思，我不如死了好，我忽然想从高高的悬崖跳下去……这一刹那间，我马上出了一身冷汗，我慢慢停下脚步，呆呆站在夜空下，我觉得我像背了一个沉重的十字架，走呀，走呀，实在走不动了……天空星辰明灭，我想到刚才萌生的那个可怕的念头，不禁毛发悚然，浑身大汗。真是难呀！一个人要彻底地批判自己、否定自己，原来以为自己是正确的，光辉的，现在却是耻辱的，灰暗的了。对于一个小资产阶级知识分子来说，这种否定的否定，批判的批判，是多么不容易啊。

这时，山脚下传来延河流水声，在这冷霜浓重的夜里，草地上响着一片沙沙的虫鸣声，这都是活灵灵的生命呀！正是大自然的灵性一下把我从深渊中唤醒过来，难道我就这样结束自己、毁灭自己吗？不，我要扬起头来，难道我就不能扬起头来吗？

我不知不觉来到张如心那里，战栗地推开了门。

但是，我看到的是什么呀？竟是张如心和颜悦色的笑脸。

一看这情景，我的热泪一下涌上眼帘，唉！多么脆弱，多么容易激动啊！

我正暗暗责备自己，

张如心已经开口：

"我看这一回写的符合你自己的实际，同志！……什么是共产党？共产党是无产阶级的先锋队，你要做一个真正的共产党员，必须具有无产阶级的气质、思想、感情，你只有彻底而明亮地看清你自己，坚决同旧的自我决裂，才称得上有一副无产阶级铮铮铁骨的新的自我……基本内容已可以通过了，不过有些语言不通顺，我希望你再写一遍。"

走出窑洞，吸了一口冷风，我整个身心感到清凉，不禁打了一个冷战。

多么危险呀！刚才那一刹那的迷惑是多么危险呀！的确，脱胎换骨的思想改造是不容易的……一个人要成为真正的人，必须严格解剖自己，才能批判现实，正因为如此，延安整风，成为我整个人生的一个彻底的大转折。

## 六五 我的宣言

记不得是哪一次和毛主席见面，我曾问过他：

"一个人犯了错误怎么办？"

"犯了错误，你在什么范围犯的，你就在什么范围收回来。"

"要是写了错误的文章，白纸黑字印了出来呢？"

"一个人讲了错误的话，是影响不好的，如果写成文字印了出来，就更大地传播了谬误，那影响的范围更大更久，真正有好心的人应该在原来发表文章的地方，再发表一篇文章，批判错误，收回影响。"

我在写了五遍思想自传得到通过之后，意识到我到了进一步清理我的错误的时候了。这时毛主席那亲切的教诲又在我耳畔响了起来。我觉得我欠了一笔债，必须偿还。我应当寻找一条坦率真诚、光明磊落的道路，那就得毫不掩饰自己的罪过，全部公之于众。如果不这样做，我将永远愧对别人，愧对自己，愧对后人，而无地自容。我要自己有一个纯净而圣洁的灵魂。那一重重危难关头过来了。这样想时，我感到轻松，爽亮。

正在这时，胡乔木约张如心和我到他那里去一趟。自从审干以后，整个延安各个系统都处于被隔离的状态，大家从不外出，这次是我搬进中央党校三部以后一年多时间，第一次外出活动。这时，山还是那座山，水还是那条水，尽管行人稀少，我却特别感到风光明媚。

我和胡乔木早已熟悉，他在青训班负责教务工作，还邀我讲过《文学概论》，自从艾思奇调到《解放日报》社以后，胡乔木就接替了中央文委秘书的工作。胡乔木看起来像一个文弱和蔼的书生，但他看问题态度鲜明，锋芒锐利。特别是在延安文艺座谈会上作的发言，令我十分震动，十分敬佩。我在"文抗"后一段，其中包括文艺整风，都是他领导我们进行的。张如心和我到了杨家岭胡乔木的住处。这是一次温和亲切的会面，他告诉我们，毛主席的《在延安文艺座谈会上的讲话》已经决定于最近期间在《解放日报》上公开发表，他希望有人能写写文章。我就不假思索脱口而出，告诉他，我经过整风学习，正在改变思想，准备对我在整风之前发表的那两篇错误的文章，即短篇小说《胡铃》和《陆康的歌声》作一个彻底的批判……我告诉他，我亲自参加了文艺座谈会，亲自聆听了毛主席的讲话——从思想到感情，我全部接受，全盘拥护，但，经过审干、整风，再学习这个文件，我才觉得过去并没有真正认识，真正理解。从前只把《讲话》当作一篇文艺理论来对待，现在，我知道这是一个阶级、一种宇宙观的最根本的人生哲学。

原来我以为已同落后的旧世界决裂了，现在才明白其实没有彻底决裂，现在到时候了，我必须用实际行动来实现这一彻底的决裂。我要做一个忠实的共产党人，决不能掩饰自己的过错、而要坦率地公开自己的错误。的确，这个决心，决定我一生的为人。我跟胡乔木讲，毛主席跟我讲过，在什么范围犯了错误，就在什么范围清除，我现在正在写一篇自我批评的文章，如果能够公开发表，这将是新的自我和旧的自我彻底决裂的机会。胡乔木听了很高兴，谈话便也十分投机。我记得我和张如心从那儿告辞出来，他依依然送我们下了山，且说且行，一直走到延河边，才握手告别，临别特地嘱咐我写好这篇文章。

支部书记夜晚要工作，因而享有一盏带玻璃罩的煤油灯。在延安一直使用麻籽油和羊脂油的灯盏，相比之下，煤油灯便像现在的电灯一样明亮了。我白天忙着支部里的工作，晚上花几个通宵写作，1943 年 11 月 19 日黎明之前，我写出了这篇文章。

毛主席的《在延安文艺座谈会上的讲话》发表以后，我这篇文章以《读毛泽东同志〈在延安文艺座谈会上的讲话〉笔记》为题，于 1943 年 12 月 26 日在《解放日报》上发表了。我写《心灵的历程》，延安整风正是我心灵中最重要的历程，何况这篇文章没有收在任何一个集子里，后来的、更不要说现在的读者都没有机会读到它，但不看这篇文章也就无法了解我。因此我到北京图书馆借来了一个《解放日报》缩影胶卷，全部抄了出来，写在下面：

"拥护为工农兵服务的文艺方向。对于我来说，首先应该进行自我批评。毛主席在《在延安文艺座谈会上的讲话》里说：'真正的好心，必须对于自己工作的缺点错误有完全诚意的自我批评，决心改正这些缺点错误。……也只有在这种严肃的负责的实践过程中，才能一步一步地懂得正确的立场是什么东西，才能一步一步掌握正确的立场。'

"在整风运动中，很久以来，我感到了这种责任，需要清算自己由于不正确的立场在群众事业上所犯的错误，将内疚之情公之于众，光明磊落地脱离地主资产阶级统治着的文艺范畴，走向新的以工农兵为主要服务对象的真正人民大众的文艺方向上来。

"这里，我先回忆一下我的认识的改变。

"我是亲身参加一九四二年五月的文艺座谈会的一个。我亲自聆听了毛主席的讲话，我拥护毛主席的意见，我决心实践这个意见。但今天想来，其实当时我并没有真正理解那意见的深刻含义。今天来分析，尽管我不曾动摇也要到部队或农村中做一个普通工作者的信心，但那只不过是个人的一种决心而已，为实现这一决心的实践中，会遇到什么困难，以及怎样为群众，我是并不了解的。为什么？因为那时我还是把鼻子、嘴、连眼睛都埋在小资产阶级烟雾之中，而并没有真正看到群众。到了一九四三年春节时，我看见鲁迅艺术学院的秧歌队表演，当我看到这些小资产阶级知识分子出身的艺术工作者，穿上农民的服装，迈着农民的舞步，唱着农民的歌调时，我忽然感动得几乎流出眼泪，我想到：'我们原来应该是这样的人啊！'我想到知识分子与群众的正当关系，我想到艺术与人民群众结合就会闪发出光辉，这种大的喜悦，是我在艺术领域内头一回通过自己的思想、感情认识到、接触到的。在这以后我长久考虑的一个问题是：

真正的艺术应当是人民大众的艺术，但我却从剥削阶级基础上接受了它，我限制在这牢固的圈套里，因此，形成口头上讲'人民大众'而实际上看不见人民大众的局面。比如一九三八年我到华北敌后各抗日根据地，我为那里的现实斗争生活所感动。谁都知道根据地是在中国共产党领导之下的，从那里我懂得一个道理：真正的力量是这里的这些农民。我在我的短篇小说集《五台山下》后记里写道：'我看到了，是用我自己的眼睛看见，在那千百万群众热烈的情绪、让你感到欢乐、感到兴奋、感到光明的热力。'从那时起，我把写觉醒了的农民作为我写作的任务。一九三九年我又到前方，我真正参加一次农民的会议，使我受到很大的震动，很大的打击。我发现我不能与农民群众真正倾心接近，站在他们面前我感到孤独，因为我不知道跟他们说什么，我觉得我是他们之外的一种人——陌生人，尽管我从头到尾参加了农民的会议，可是我不了解他们，他们也不了解我。因此我笔下创造的农民形象，只能是穿了农民衣服的知识分子，一种假农民，是与土地、劳动、革命、战争并无血肉关系的人。这形成了我很久以来创作上的苦闷。因为现实生活与我的思想感情是矛盾着的，我无法突破束缚我的桎梏，我就无法去理解真正的现实。这里说明一个铁的事实，不彻底放弃小资产阶级立场，主观上想的是为人民大众，客观上往往是对读者进行欺骗。当时我不能认识这一严酷的事实，等于不能认识口头上的'革命'，并不等于真正的革命一样，是大的毒害，是制造了一种烟幕，愈仿佛认真对待'人民大众'，愈益显出与人民大众的长远距离。自己以为走得很远了，其实手脚还是羁绊在剥削阶级铁索上。

"不粉碎这些小资产阶级思想意识，我就不能真正认识自己的错误。

"一九四二年春天，我突然放弃了我所写的、所'爱'的农民，突然，在以无产阶级为主导的阵营里，大为小资产阶级唱起了赞歌，这事实说明我虽然站在'革命'的幌子之下，实际并不是真正革命的。虽然我在组织上已经是一个共产党员，但其实暴露了我的非无产阶级的实质。在抗日战争前进到最困难的时候，我经受不住思想斗争的考验，我发出了小资产阶级庸俗的呓语。这就是我写的两个短篇小说《胡铃》与《陆康的歌声》，在这里面，我糊涂地把罪恶当作真理。

"在《胡铃》里我写的人物是一个'同志们都不了解'，'得到了一些痛苦，独自落过许多次眼泪'，'二年多以来，自己经常感到痛苦、屈辱'的女孩子，我写她遭受了多少'不被理解'的痛苦的'折磨'，我把一个小资产阶级分子与革命集体对立起来，而我欣赏隔离中的'苦恼'的阶级偏见，把全部罪过推诿在她周围的工农分子身上。这样我就狂妄地指责了革命根据地这真正民主自由的社会制度，事实说明我固有的阶级的蒙昧遮盖了我认识现实的目光，当然，我并不是不能写一个人在这新天地里感到的困惑与苦恼，问题是我的立足点错了，我没有写这工农兵当家作主的环境必然给予胡铃的锻炼与改造，使她成为新我；而是同情她的落后，散播小资产阶级悲伤的情调，用反感的眼光描画新的人物新的事物，使得代表前进的力量，反而失去应有的光彩。因此，我站在小资产阶级的王国里，我歪曲了对她进行教育与改造的工农分子，我写'那个人只稍稍翻了她一眼，她从那眼光里就感受到一阵寒冷，因为那是锐利而怀疑的眼光。''这人生疏地和她谈了半天，她听不懂，她不知道他所说的目的何在。''只有一种闲话在她周围传播着。'由此我没有剖析、批判她脱离群众的缺点以及许许多多落后意识，而着重刻画的倒是周围人（新世界的人们）对于她的所谓误解。是的，从不正确的立场出发，必然颠倒了是非曲直。经过整风学习，改造思想，现在我认识到我所寄予无限同情的她的落后正是我的落后，这样，就不但歪曲了现实，更严重的是散播了有害的思想，我听人说这篇小说曾赢得一个女孩子落泪，这正说明我不是引导小资产阶级知识分子与人民群众的结合，而是引导小资产阶级知识分子与人民群众的分离。

"在《陆康的歌声》里，不但重复上述的错误，并且发展了曾经被一部分文学家艺术家当作人生观、艺术观基础的抽象的'人性论'。

"毛主席在《讲话》中对于人性问题作了精辟的阐述，他说：'有没有人性这种东西？当然有的。但是只有具体的人性，没有抽象的人性。在阶级社会里就是只有带着阶级的人性，而没有什么超阶级的人性。我们主张无产阶级的人性，人民大众的人性，而地主资产阶级则主张地主资产阶级的人性，不过他们口头上不这样说，却说成为唯一的人性。有些小资产阶级知识分子所鼓吹的人性，也是脱离人民大众或者反对人民大众的，他们的所谓人性实质上不过是资产阶级的个人主义，因此在他们眼中，无产阶级人性就是不合于人性。'当我写《陆康的歌声》时，我正把头钻在资产阶级思想的腋下（小资产阶级最不愿坦白地承认这一点！），便当然沉落于抽象的'人性论'之中。由于我同情小资产阶级人性，必然便非难无产阶级人性，我远离了人民大众的立场——无产阶级立场、党的立场，我便空洞地歌颂了一种抽象的'狂人'。

"《胡铃》与《陆康的歌声》是在同一个时期写的，但形成这个'人性论'的观点，则绝非一朝一夕，这是长期沉沦于地主资产阶级艺术的必然结果，而在个人主义发展登峰造极的时候，便一发不可收拾地暴露出来了。

"陆康是什么样人性的人呢？我今天看来，就不是一个真正现实中的人，而是我臆想制造出来的一个疯子，一个神经变态的人。然而，这正深刻地反映了、顺应了地主资产阶级的愿望，他们的文化观就是要在世界上制造无数的疯子和变态者，而且指给人看：'这就是唯一的人性！'这篇小说的谬误，正在于他在工农兵大众面前发出无谓的呻吟与哀号，请看看我怎样描述他的歌唱吧！我说：'一个孤寂而可爱的人，他满腔充满着热情的火，表面接触的却是冰，他耐得住孤寂，但这孤寂终于要求他一种发泄，除了唱着孤独的歌，他的感情的热情，起码目前是得不到寄托的。''好像有一种什么力量在压服他，于是他拼命挣扎着唱出声音。'……问题是我把这一个变态者捧为'超人'，而衬托了、抨击了他所在的新的世界是'市侩主义'的，虽然我写作时，只着眼于我周围的'文艺人'，甚至我还是为了批判他们的生活方式，他们从上海亭子间到了工农兵做主的新世界，但他们对待新世界的态度，正如鲁迅所说：'……要劳动阶级从丰报酬，特别优待，坐特等车，吃特等饭，要劳动者捧着牛油面包来献他，说：'我们的诗人，请用吧！……'但是我没有识别到：这是他们本身所固有的旧社会的罪恶本质，在新社会里突出表现出来。因为我用小资产阶级个人主义反对小资产阶级个人主义，结果就是陆康这个'幽灵'的出现，这到底说明什么呢？只说明对自己的革命称号的讽刺。像陆康这样一个人，我为什么肯定他（客观事实如此），正因为我的立场的错误，看不见改造的斗争，我更以一点点个人狭隘的眼光歪曲了革命环境，把部分缺点夸张为整个现实。

"不仅是什么艺术上的错误，首先是失掉了党的立场，自然也就无从得到正确的艺术观念。我由错误的立场出发，自然，我责备了不应该责备的人，同情了不应该同情的人，结果在字里行间，除了眼泪、痛苦、悲哀……还能找到什么呢？而这种悲哀，正是在劳动人民创造事业面前，小资产阶级为其注定必然灭亡的命运而做的无谓呻吟，同时也是垂死的挣扎。

"我的责任，是在革命斗争中离开了工农群众、离开了党，在真理行程上投下了障碍，由于这一基本的错误，造成了一连串的对现实、对艺术的损伤。

　　"今天我明白了这种区别，过去我不明白这种区别：'我们有许多同志还不大清楚无产阶级与小资产阶级的区别。有许多党员，在组织上入了党，思想上并没有完全入党，甚至完全没有入党。这种思想上完全没有入党的人，头脑里还装着许多剥削阶级的脏东西，根本不知道什么是无产阶级思想，什么是共产主义，什么是党。'从我所犯的错误中所得的经验，最重要的就是没有站在党的立场上，因而不能分辨什么是对革命有利的，什么是对革命有害的。

　　"这一年多整风运动，给我最深刻的教训是什么？是在我自我本身所进行的意识形态领域的阶级斗争，是尖锐的、复杂的。阶级敌人、民族敌人总是千方百计妄图从思想上进行腐蚀、演变，这一点是十分毒辣、阴险的。特别是他们以'左'的'进步'的面孔混淆在革命队伍之中，小资产阶级知识分子的落后性就成为他们滋生的土壤。让我们回想一下整风之前文艺界中那种乌烟瘴气是怎么一回事吧。他们以否定文艺与政治的关系为突破口，从而鼓吹资产阶级思想，反对无产阶级思想，而令人痛心的，是在这种严重斗争关头上，我们口头上讲'革命'讲'群众'的人们，尽管同这一股逆流作严肃的斗争，而另一方面又懦弱、动摇，不能正确地与他们划清界限，甚至站到了他们那一边了。他们能够抓住我们的是什么东西呢？就是小资产阶级的思想尾巴，从而在政治思想上，艺术创造上不论主观如何，在客观上成为了他们的工具，这个教训实在太深刻了，实在太令人悔恨了。

　　"还有一个实际问题，使我常常思考，我不要做'空头作家'，而应该做一个农村的、工厂的、部队的通讯员。但我马上提醒自己，如果不能站在正确的立场上，你也无法做一个人民的好的通讯员。现在我想到过去不愿老老实实去做一点实际的工作，而只沉埋在文学小圈子的幻想与欺骗中，站在群众头上去写'群众'，这是多么不值得一驳的事情呀！自从听了毛主席的《在延安文艺座谈会上的讲话》之后，我确实下了去做一个实际工作者的决心，我是一个党员，党分配的任何工作都是最重要的工作，我的终身事业只是党的事业的一部分。现实是清醒而不是梦寐，'上帝'并没有注定谁天生应该做'作家'呀！但是过去我们顽固地不愿放弃这种迷信，这是连起码的革命认识都没有了。要知道把脑力劳动者与体力劳动者决然划分开来，'劳力者治于人'，这是压迫阶级剥削劳动人民的理论。要知道，我们的出路只有一条，就是必须从一个小资产阶级改造为无产阶级，否则，无产阶级是没有在他前进列车上背负这种重担的义务。

在这里，我不禁想起高尔基在《答复知识分子》中所说的：'阶级国家是照着动物园的模型构造的，在那里一切禽兽都是锁在笼子里的——在阶级国家里，这是些或多或少精巧地建造成的思想的笼子，这些思想笼子使人类分裂开来。'但是小资产阶级知识分子喜欢那么'理直气壮'地无聊地申诉着什么'个性的压抑'，这样做时，丝毫不意识到在工农兵群众前扮着多么可耻的小丑角色，这千百年阶级社会造成的灾害，使人们沉醉在可怜的奴性里，置身污泥还怡然自得，他看不见笼子是铁的，而在里面空喊着'自由'！

　　"小资产阶级知识分子满怀热情地走进革命队伍，特别在中国，知识分子是有很大革命性的，他拥护革命，参加革命，但是十分令人遗憾的是当工农兵掌握了政权的时候，其中一部分落后性成为累赘。也是高尔基在《论绿虫》中说得好：'他们还在麻烦着工人阶级和苏维埃政府。'这个引用也许在整个中国还不恰当，但是在工农兵群众在革命根据地创造了人民政权的情况下，一些落后的文艺家们，确实在制造着种种麻烦。就拿我自己来说，我到前方去'旅行'，就给人民武装队伍增加了不少'待客'的麻烦，当然真正的麻烦不在这里，而在于无边无际的反动的聒噪。不过，是人民政权的主人还是客人，这里面就包含着是原封不动地保留'私有'的'个人'，还是彻底融合在群众之中这样一个根本问题。

　　"这里就包含着你是一切服从于群众，还是游离于群众之外的另一种'存在'。要知道，这种'存在'是没有牢固地面可作为基础的。作为小资产阶级知识分子的阶级基础，正在革命进程中趋于消灭。知识分子不会否认革命列车在前进这一事实，但他所做的，没有依附于前进的车轮上，却是把自己拴在倒退和死亡的车轮上。在革命列车面前何去何从，是每个知识分子必须认真考虑的大事情。在中国革命中看得清清楚楚，从'五四'以来，小资产阶级的革命性是不能离开无产阶级和马列主义领导而存在的。在革命性这个问题上，应该是前进更前进的无产阶级化，而不应该是坚持保留与顽固反抗。革命性，归根到底是对群众的革命事业有利，还是对群众的革命事业不利。

　　"有的时候，我们会不无辩解地说：我是愿意放弃这种毫无前途的思想与感情的，可惜一下放弃不了。

　　"实际，这是对自己所进行的最后的欺骗，对自己思想怠惰的掩饰。的确，小资产阶级知识分子在腐败的旧社会里学会懒惰与无能。'肩不能担担，手不能提篮'，古人的才子气，现在还留在身上。我在整风学习的自我批评中，确确实实认识到自己受了很顽固的封建资产阶级的思想影响。它们统治了我的思想情绪，它经常使我脱离群众，排斥集体，钻到个人主义的孤寂中去。我在工作紧张的时候忘掉了它，一停下来，总有一种愿望在吸引着我：从前我弄不清楚是什么，现在我体会到就是'安逸'，仿佛紧张的斗争生活是暂时的，'一劳永逸'才是永久的。从前我心灵中充满忧郁、孤寂、烦躁，这种'好逸恶劳'正是懒惰与无能的表现，很容易在群众斗争中产生怠工现象。

"从这儿我们还不能不接触到另外一个问题，就是对这事情看法的问题。

"脱离群众，正是从脱离生产劳动开始的。就拿农业劳动来说，我们的知识分子的知识是多么贫乏呀！我们要仔细想一想：我们纤细的手脚和工农群众结实的手脚相比，这是长期从人剥削人的演变中发展而来的——在这里正说明我们的一种衰颓现象，不仅手和脚，主要是我们的脑子，我们的思想，随着体力劳动与脑力劳动分离这一客观存在，变成为专门利己的个人打算的东西，这不是极大的衰颓现象吗？！这种从旧社会衍化而来的罪恶，至今还在反动势力推动下发展着，法西斯制造人的愚昧盲从，就为了符合少数剥削者的'神圣私有制'的利益。我们要反对这种腐朽的势力，就要以工农群众为观察问题的中心。同时工农兵群众也正从我们的自我批评和思想改造的程度来对待我们，这是丝毫没有转圜余地的。就在去年冬天，在写作上我还因循犹豫，没有明确，我知道我过去所掌握的艺术形式，是不适合群众需要的，也就是说那种艺术形式，表现不出今天的群众斗争生活，因而也就不能够为群众接受；影响群众，于是开始怀疑我所熟悉了的东西，我想我必须到实际生活中去上十年八年，也就是到广大而丰富源泉中去，在那个时候我想我也许离开了文艺……

"从前在文艺圈子里，大家死抱住'文艺'。其实愈抱愈死，但当我一想起到工农兵中去的时候，一种思想阻力就来反抗了。因为'搞文学'似乎已成为根深蒂固的恶癖；对于其他实际斗争却并无这样的兴趣。实际上现实严格地考验着我们——在火热现实斗争中，你绝不会是'唯一'的'例外'的。在这考验中，只有把为什么人的问题弄清楚了，搞什么样工作或搞什么样文学才能弄清楚。当前问题，不是按照你自己的兴趣选择干什么，而是按照革命需要干什么。只有摆正确生活的位置，你才能做一个人民的通讯员，老实说离开文艺不是什么了不起的事，抱住'文艺'而离开人民大众的革命斗争那才是了不起的事。

"摆在小资产阶级知识分子面前的，是一个在这个大时代里，你向哪儿走，你跟谁走的严厉的问题。

"我今天认识到只有依附无产阶级、依附工农兵才有出路。我们的时代，是无产阶级领导而不是资产阶级领导的时代，是新民主主义的时代，而不是法西斯主义或其他什么帝国主义时代；是工农兵要什么不要什么的时代，而不是资产阶级或其他小资产阶级要什么不要什么的时代，在这样汹涌澎湃的大时代里，不属于人民的艺术，便是苍白无力、毫无生气的艺术，这种艺术末日到来的钟声已经敲响了。任何一个文学家艺术家，都不能凭着虚构、幻想来解决这个问题，只有凭生活实践与艺术实践来解决问题，必须了解我们是生活在现实斗争之内的，人民大众要掌握艺术。艺术本来是人民劳动中创造出来的，但一个漫长时期被统治者掠夺了去，反而成为从思想上统治劳动人民的东西，现在一个人民大众掌握艺术、创造艺术的新纪元到来了，这是有世界意义的文化革命的大事情，文化属于人民是要经过斗争才能够到来的事情。

"我们必须正视这个问题，现实将确定我们归属于谁。

"旧的，控制在地主资产阶级影响之下的文学生活到了或将要到结束的时候了，新的文学必然在人民群众火热斗争中诞生。我们要与这一新兴的文学生活紧密结合，曾经站在小资产阶级知识分子立场上辩护，甚至连他们的缺点也加以鼓吹和同情的行为应该彻底消灭了。

"这是一个历史新阶段上的现实问题，违背这个现实，结果只能得到空虚的悲哀……

"中国革命是在中国共产党领导之下进行的，它的基本特点是武装的人民反对武装的反革命。北伐战争、十年苏维埃运动和现在的抗日战争都说明了这一特点。革命战争发动了广大农民群众，团结在无产阶级的周围。过去左翼文学曾经担负了文化战线上那一翼的斗争任务，但是和这一斗争的血肉实际却没有结合，因此，它是不能反映这个伟大时代的。现在文艺工作者有了与武装人民斗争结合的实际，从而必然在这个基础上产生着新的人民的艺术，它将取代过去为地主资产阶级垄断的艺术。让我们欢迎这个新文学时代的到来吧！我能够作这个新艺术中的一个兵士——这就是我的希望与我的喜悦。"

我把这篇文章全部如实地载入《心灵的历程》中，由于这是我的全部的信念与理想，因而它是我人生的转折，革命的转折，心灵的转折。我不能隐讳我的观点，惧怕剖析心灵的痛苦。我要以鲜明的党性原则，批判我的非党性的谬误。正由于如此，这是我的人生的、文学的宣言。我保留下来，时刻以它来衡量自己。

## 六六 漫来红色的晨光

我经受住了精神的熬煎，因而我翱翔于天空之上。

如果前面我记下脱胎换骨的艰难与痛苦，未免过于沉重，那么现在，我应当喘一口气，可以轻松一下了。我必须写下我们生活中的愉快与欢乐，和风细雨，春意悠扬。

春天是我们最美好的日子。

……沙沙，沙沙，沙沙……

春雨之夜，陕北高原弥漫着它特有的透骨的春寒。

我披了浸透浓郁的烟草气息的棉上衣，去育苗的窑洞里，燃着一只灯盏，探看西红柿的嫩芽，一株苗秧张着两片苍白中微微染有一点绿意的芽瓣，这是多么可怜而又充满生机的小生命呀！我每夜睡前一定要去看一次，唯恐料峭春寒夺走我的希望。渐渐地，淡绿变成翠绿，土壤好像输送了血液，苗秧变得苗壮起来、亭亭玉立、格外喜人。当时我还主持党校三部一个油印的小报，上面发表学习的信息、报导，也发表有些同志写的笔记。有一间平房是我们的编辑部，我做完四支的支部工作，晚上就到这里来做编稿、油印的工作。在那种时候油墨发出来的气味给我一种微妙的香甜之感。夜深时，一张报纸印出，就像诞生了一个婴儿一样高兴。我从这儿出来，有时是无星之夜、一片漆黑，有时月光澹荡、人影朦胧，我就到我们支部育秧窑洞里去观察一遍。大约四五月间，我们进入了忙碌的季节，我们精耕细作，把一畦一畦的土地耙过来耘过去，还用两只手，把已经很细的土壤，搓了又搓，揉了又揉，使土地像细纱一样轻柔。我们从延河里挑来一桶一桶清泉，浇灌土地，那松软的土地，一下把水吸了进去，慢慢，水洋溢地漫满田畦。这样浇了几次之后，我们就把已经吐出毛茸茸嫩叶的西红柿株，双手捧了，一棵一棵栽种下去。太阳由温暖变成灼热，一片菜园已经碧绿盈盈。延安的夏天是十分甜蜜的日子。我到厕所里，用长柄的勺子，把粪便舀到桶里，我不但一点儿也没有觉得臭、觉得脏，相反，当我们掺上清水，搅成肥料，再一勺一勺倾注在一棵棵西红柿的根株周围，我还从那田地里闻到一种异常浓郁的香味。经过精心培育，我们种的西红柿长得有人那样高，西红柿累累下垂，由绿白色慢慢变成了鲜艳的红色，在骄阳的照射下，红得像宝石一样闪光，真是喜人呀！——世界上有什么比用自己的汗水浇灌成长的果实更可爱呀？！

但是，那也是十分令人担心的日子。

西北黄土高原上的暴雨一下猛然扑来，每当这时，我们要把西红柿从俯倒中扶起，找来一些木柴棒子，支撑着沉重的果实。

延河本来是清凉的，我们劳作之后，把全身浸在河水之中，那种凉爽，那种快乐，真是沁人肺腑。可是延河在一个夏天总要有几次山洪暴发，低垂河面上的黑漫漫乌云里闪着可怕的红色的电光，这时暴雨如果一直下个不停，在轰隆隆的延河怒吼声中，我总要一次又一次去察看我们的种植物。可是，云雨一下给风吹散——那叶子、那果实上布满晶莹的雨珠，发出一阵阵成熟的甜味。不过，每一场大雨都给住在山上的人造成巨大的灾难。人们提了黑釉的水罐，下来吃饭、打水，从那全是泥水的山坡上下来，那简直像演杂技走钢丝绳一样惊险，蹍着脚步，撑着身子，可是黄土泥浆又黏又滑，挂不住脚，滋溜一滑，一下跌倒在烂泥之中，打饭的水罐也就"啪"的一声砸碎了。我记得跌得最多的是齐燕铭，因为他近视度数很深，我看他战战兢兢在泥水中寻觅落脚的地方，谁知一不留神，就整个跌了下去，一个白面书生变得满脸满身污泥浊水。但是，人们不但没有哀哀叫苦，一身一脸沾满泥巴，还自个儿在那哈哈大笑，有时连草鞋也给"橡皮泥"牢牢粘紧，就索性打着赤脚拼搏……但晴好的日子却是十分醉人的。陕北这地方，晌午头上骄阳似火，可是，太阳西斜，凉风一吹，就舒爽宜人。这时，满山满院，一处一处都有人把纺线的纺车搬了出来，就坐了下去拉丝抽线，所有的纺车的轮子都在轻柔而匀称地旋转着，分不清轮子的一条一条叶片，只像一片闪着白色光亮的葵花，这里、那里，呼呼旋转。我们四支部年龄最大的一位老革命叫谢华，他戴着老花眼镜，衔着小烟袋。这个人可是一个十分老练的人，赢得上上下下的尊敬，无论在抢救运动，或是审查历史，你动员他，跟他劝说了半天，他只是一声不响，你让他写思想自传，他在白色的马兰纸上，用毛笔写下核桃样的大字。就是那么几页，你再让他写详细一点儿，他只默默无言、不动声色。可是，你看，只要一坐到纺车旁，他就像一个年轻人一样快乐——他跟旁边的人，谈地下党、谈苏区……娓娓不绝，而他自己就意醉神迷于这欢乐的创造之中。我和汪琦都纺了不少棉纱，一卷一卷交到合作社去，合作社里的人给登记在一张证券上，凭着每人勤劳的结果，可以从合作社拿到分红。秋天是收获的季节，从远处吹来一阵阵成熟了的禾黍的香气，延河变得既清澈又清凉，在穿过乱石丛中，在隙罅中发出小提琴一般抒情的音响。我们已经一遍又一遍从西红柿棵上摘下硕大而又肥美的果实，刚采下来的果实，一口咬下，汁液横流，甜蜜沁人，我们每人有一只小筐子，里面装满西红柿，一天不知道要吃上几颗，怕一放久了，就会发霉、发烂，只好抛掉。

雪花忽然飘飘摇摇从天而降，陕北冬季到来了。冬天最舒适不过的是围着鲜红的炭火，煮红枣吃，我和汪琦从应有的分红份子里，买些红枣、花生，常常在炭盆边上，听着风吹雪打，欣赏着鲜红的火苗。但冬天留给我印象最深的是猎狼的事。一到冬天，可能因为野外的小动物都藏匿起来，深更半夜你可以听到野狼饥饿的嘶嚎，随着呼啸的北风忽远忽近、忽高忽低，那样悲伤、那样凄冽。还是在兰家坪时，有个白天，我站在山头上，看见两只狼在荒凉的平地上飞跑……到了党校三部，冬天，狼就偷偷窜到猪圈里来偷吃我们的小猪。那些猪真是又可怜又可怕，每一次听到狼的嚎叫，它们就像大难临头，在猪圈里乱窜乱跳，拼命挣扎。于是我们就发动了猎狼的活动，把一个活的铁夹子安放在猪圈口上，狼一踩上，就给铁环箍紧，这样便捉到一只活狼。可是有一次发生了一件意外的事，一只狼竟然扭断锁着的那一条后腿，一面狂呼哀叫一面向远处逃去。于是，我们一群人便跟踪着滴在雪地上的血迹，紧紧追赶。终于在一个山坳丛莽中把那只狼捉住，抬了回来。我看那狼还活着，两只眼睛闪射着蓝色凶光，十分怕人。后来我们把这只狼杀死了，把一块块狼肉风干了，煮熟吃，这是我一生中唯一一次吃了狼肉，狼肉又酸又涩，十分难吃，大概由于是自己捕获的猎物吧！就着黄喷喷热腾腾的小米饭，大口咀嚼着狼肉，觉得十分可口。

雪是狼的敌人，积雪遍地，那上面留下狼的足迹。

狼十分狡诈，它有时一声不响地接近猪圈，捕捉食物。

有一日天明的时候，我们就顺着雪上的足迹，追踪十余里地，在一个山谷里找寻到狼窝，但老狼不知何处去了，狼窝里只寻得了两只小狼崽，我们就把两只小狼崽装在口袋里背了回来。为了捉这两只小狼崽，我们一个个都给大雪笼罩，我们的眉毛上、眼睫毛上，我们的肩膀上、头顶上，都积满了毛茸茸的雪花，我们口中喷出热气，我们的护耳帽的绳结都冻成了一个冰疙瘩，但是我们捕获了猎物，心中充满喜悦，谁知这却引起我的辛酸、我的悲痛——狼是多么机敏啊！不知它是凭着嗅觉还是凭着感觉、还是凭着母亲对儿女的一片痴情，它寻了来。那一天夜晚，它一直徘徊在我们的墙外，它哀号、它咆哮、它哭泣，不肯离去……那是多么寒冷而凄凉的一个夜晚啊！北风呼呼，雪花纷飞，我忽然为一个母性的悲哀所打动了，它不惜生命的代价，冒着死亡的危险，一连在我们这儿哀哀号泣了三个夜晚……它没有去骚扰那个猪圈，它只是专心为了乞求。母狼的爱心也能打动人心啊！我们在第四天晚上终于把那两只小狼崽释放了，于是凄厉的哀号从此顿然消失。也许是为了报答我们，从此再没有狼来肆虐，猪圈也平静无声了。而这漫长漫长的多雪的冬夜又变得多么岑寂啊！不过，一场一场大雪下过之后，雪花打在脸上不再那样生疼，因为雪花变得稀疏绵软——飞扬在空中，一落到人脸上，很快就融化了。延河冰层泛出一片片紫青色，就像人们皮层下隐隐露出青色的血管，是的，冰层薄了，你可以听到冰层下面欢乐的絮语，就如同血脉在皮肤下冲激着温暖的生命，我的心灵飞升而起，一切一切预示着一个春天将要来临了。

## 六七　升华

1944年春天，是我抛弃了我的第一个生命（那是父母给我的），而获得我的第二个生命（这是党给我的）的关头。而这第二次生命才是我真正的生命，因为这生命不再属于"自私"的"小我"，而属于一个神圣而纯洁的集体。这种新的生命像盏燃得通明雪亮的灯光，从此照明了我的终生。当时，我听到由远而近的钟声，于是，我的生命凝聚在共产主义理想的洪钟之中，它扶摇而上，直冲云霄。

这时整风审干还在进行之中。

但我在审查中已经做了结论。

我是审干中第一批得到结论的一个。回顾一下，在那审干、整风的时候，我历经崎岖的山路，踏尽刺人的荆棘，可我终于走上了坦途。

我像穿过黑森森的隧道，终于看到了洞口的光明。

就像给一个新生的婴儿举行洗礼，给一个人的一生做一个结论，是十分庄严的。因为这是清白无辜的证明，这证明将使我与党亲密无间。本来我的历史是由三部副主任张如心审查的，最后结论却是三部主任郭述申向我宣布的。我按照通知到他的窑洞里去，这一位有长者与学者风度的人，用非常和蔼的态度迎接我，他跟我紧紧握手，祝贺我获得新生。他还十分虔诚地鼓励了我，他说他看了我写的全部思想自传与历史交代，他说：

"你是认真的、严肃的……看得出你也有痛苦。"

"是的，我有时几乎痛不欲生。"

我望着他——党的化身，我必须把我的心灵全盘托出。

"是啊，由一个小资产阶级知识分子成为一个无产阶级知识分子，这是脱胎换骨，重新做人，怎能不触动灵魂呢！"

"是的，现在，我过来了。"

"从小资产阶级王国里解放出来了。"

"是的，我过去虽然活着，但我没有自己真正的生命，现在我有了。"

我的眼圈发酸，我几乎流出欣悦的泪水。

"好吧！你看一看你的结论，你有意见还可提出，这是关系一生的一件大事。"

我坐在他的书桌前，我读了我的结论，我说：

"我完全同意！"

于是我在结论上签了名，郭述申又一次跟我握手，他的手那样柔和而又温暖，这种柔和与温暖一下渗入我的心头，散漫我的身体。

我从那儿出来，觉得阳光是那样灿烂，逼得我几乎睁不开眼睛。

这时延安还处在隔离与封锁之中，我却接受了外出去作调查的任务。可是，偌大的延安，路上几乎没有人影。有一次，我走在风尘仆仆的路上，忽然看见远远走来一个人，我多么希望能看见一个我熟悉的人啊！果然，在一段距离之外，我就辨认出是陈荒煤。两年多的隔绝，一时不知从何说起，我们只是为了这偶然奇遇而感到高兴，我们就在路边上坐了下来，我问他到哪儿去？他说他到杨家岭去找周副主席，好像是谈有关给他的爱人的母亲购药治疗的事情。张家三姊妹，我认识张栴，也认识张瑞芳，我们都是一道从北平逃亡出来的，可是我不熟悉陈荒煤的爱人，只知道她是张栴、张瑞芳的妹妹。

她们的母亲是一个革命的老母亲，她在北京家里掩护过不止一个地下党的负责人，他们住在她那个深宅大院，那里成了秘密机关。我和陈荒煤这一骤然相遇，彼此都感到十分高兴，但，不知为什么，他脸上有一种忧郁的神色，这个写过《忧郁之歌》的人，也许还没完全摆脱忧郁的困境，我也不便问，谈了一阵，我们终于分手了，他向一个方向，我向另一个方向。在我离开延安去重庆之前，在当时还寂无一人的道路上，我和陈荒煤的偶然的邂逅，是我和过去的熟人的唯一一次相见。

我到中央党校礼堂去参加一次会议，礼堂里，坐满了人，都是党校各部已经做了历史结论的人。那一天，毛主席也来了，彭真主持会议，毛主席站在讲台上跟大家讲话，他表示在审干中伤害了一些好同志，他为此向这些同志道歉，他说这话时微皱着眉头，露出赤诚的坦率与真意，而后他向大家鞠了一躬。是的，在这一刻，我的灵魂上升了，我如同进入庄严的圣殿，我记得我周围一些同志脸上都闪着坦诚的泪花，如同孩子向母亲倾吐真情。当然，连同我自己在内，我觉得在这一刹那，我和那个共产主义的"幽灵"在一起飘荡，从我童年起，我走了那么漫长的道路，但实际上我仅仅迈开了神圣的第一步。

春天来了，我记得是四月，不过荒凉与寒冷还没有消逝，河边上马兰花还没有开花，山谷里的野百合也没吐蕊，春风如虎，好像在吹着一川如斗的大石在回旋、在滚动，尘沙蔽天，尘埃飞荡，就在这一天，党校三部的领导通知我立刻到周副主席那里去。

这个消息来得十分突兀，我无法猜测为什么要我到那里去。

但按照约定的时间，我还是去了。周副主席每次从重庆回来，都同文化界的同志见面，我早已和他相识。我总觉得周副主席有一种令人愿意跟他亲近的魅力。在中国无产阶级革命中他是一个站在第一线上战斗的英雄，是大革命时期上海工人轰轰烈烈武装起义的领导者；在转入地下以后，他组织射手打杀叛徒，消灭特务；在长征中他指挥千军万马，横扫敌人，冲锋陷阵；在统一战线斗争中那样不屈不挠、有利有节；他在激流恶浪中，大义凛然、砥柱中流，因此他是我所十分崇拜、而又具有传奇色彩的人。正因为这个缘故，当我得到通知时，我有些发怯，可是我向他那儿走去，愈接近杨家岭，我的脚步愈快了。

经过通报我走进门去。

周副主席正端坐在办公桌前批阅文件。

他向我打了个招呼，让我在一把木椅上坐了下来，我从侧面端详着他的面孔，他的眼神那样专注，神情十分肃穆，不停地信笔直书。当他处理完毕公事，向我走来。一阵和煦的微风便吹了过来，他完全变成了另外一个人，在开头一阵寒暄中，他说道：

"我看了你在《解放日报》的文章，你整风的收获不小呀！"

多年接触，我愈来愈觉得他非常善于从你心灵里找到共同之点。

我却羞红了面孔说："我学习得还不及格……"

"一个人的变化，也非一朝一夕之功，也是由渐变到突变啊！"

谈话使我感到又温暖又亲切。

然后，他的面孔又变得严肃起来：

"我今天找你来想跟你商量一件事，中央决定调你到重庆去工作。"

一刹那间，我想起前两年，我处于苦恼烦躁的时候，曾跟毛主席提出派我到国统区去受地下工作的考验这样的问题，现在想来，那是何等冲动、何等无知的事啊！但是现在面对周副主席两只目光炯炯的大眼睛，我实在没有考虑余地，我说：

"我服从党的分配。"

"那就好，现在大后方关于延安文艺座谈会、文艺整风，传说很多，谣言很多，希望你们去澄清一下，你们是亲自参与者么，你们可以现身说法嘛！"

随后，他告诉我：

"还有何其芳同志也去，你们在大后方有不少朋友，见见面也好嘛！你们两个人去了，要做的，就是介绍延安文艺座谈会讲话，介绍延安整风，同时也要听取多方意见，这也是一次调查研究。这个任务完成了，其芳还回来汇报，你就留在《新华日报》做工作了。"

我心里嘀咕了起来，这样说我也许永远要离开延安了，可是我不知道汪琦是否同行，毫无疑问，在我们炽烈的爱情中，哪怕暂时分离也是十分痛苦的，何况遥遥无期的长离久别。我在面临革命需要时，当然不好提出这个个人问题。周副主席似乎也没觉察我那一刹那的变化。周副主席分配任务，从来不是简单决定，而是仔细叮咛，他告诉我："你们去了，先去看郭老（郭沫若），先把你们的任务向他汇报，然后听从他的安排，进行工作，接触的人面要广些、要多些……要善于同不同意见的人交谈，思想工作是十分细致的事情，你们不能急于求成……"

周副主席这一席谈话，决定了我人生中巨大的变化，我开始学习怎样做党的工作。

在回来的路上，我盘算着怎样同汪琦说，我估计着汪琦能不能接受——我知道作为一个革命者，为了革命，常常抛却亲人，生离死别，尽管我们结婚已经几年，我们还像在蜜月之中，在这时提出这样问题，能够轻易割舍吗……果然，到了晚间，我上山到了汪琦住的窑洞里，把这突然而意外的事提出，我们都被痛苦的离情别绪所纠缠住了，可是面对已经决定了的任务，我们只能相对无言，十分凄楚、十分辛酸。

事实证明我还没有资格成为一个无产阶级革命者。

我还是向党校提出汪琦同行的意见。

但这怎么可能呢？

在这个问题上，我又犯了小资产阶级的"自私""自我"的毛病。

在革命需要的面前，我没有能够把这一个爱情的情结解开。

我又犯了一个错误，而且这个错误反映到周副主席那里去了。

现在想来，这是多么无知、多么幼稚啊！

周副主席又找我谈话，批评了我，他的目光十分锐利，像火一样灼人，但是，他随即缓和下来，说："你爱人的事，组织上会很好地处理，你现在要考虑的是怎样很好地完成任务。"

这次谈话之后，我就搬到杨家岭去，等待出发了。

我是多么舍不得离开延河水，离开宝塔山。在这里，只有在这里，我度过了一生中唯一的一段抒情诗一样的生活，我在这儿倾注了多少深挚的爱情，我在这儿获得了真正的自我。但现在遽然离开，我是多么怅惘。何况那正是春天初临的日子，桃园的桃花随风飘散，一点点嫩红随着清清的河水流逝而去，我一个人徘徊在河边上，我听见鸟在山间一递一声地鸣唤，这种声音是那样凄凉，一声声落在我这破碎的心里，使我十分悲伤，但我意识到党给予我任务，我只有向延安决然告别。山谷中野百合花鲜灵朱红的光彩，我再也看不见了，月光照到窗纸上波斯菊的倩影我再也看不见了，我这个人行将远走他方，而我的心灵却将深埋此地。

我和何其芳一道搬到南门外的交际处。

我们穿上了专门缝制的蓝色毛呢制服。

我们跟林伯渠、王若飞同行。

出乎我的意外，在我出发那一天，周副主席特地叫汪琦来送我。周副主席是多么细心地关怀着一对年轻人的爱情啊——

　　我和汪琦有过两次离别，如果说第一次离别充满怅惘，这一次离别充满感伤，我们默默无言、依依不舍，但是出发的时间到来了，我们还是得分开了。当我们的卡车行驶起来，我看见汪琦还站在旋卷起的风沙之中。我在颠簸的车厢里，高高地挥着手，一直到烟尘旋卷，连她的影子也看不到的时候……尽管我有难言的痛苦，但我终究是一个共产党员，从此我奋身投入人生激流，进行革命的搏斗，我的心灵虽然微微地颤抖，但我悄悄地、悄悄地进入我新的一段历程。

# 第八章

—

# 不尽长江滚滚来

## 六八 甘泉与圣火

延安刚刚给了我新的生命，我就骤然向她作别，像一只雏鹰第一次飞翔，有一点战栗，又有一点欢欣，但我的心灵的历程，从此进入了一个新的阶段，我不再拈着一支笔，游离于革命之外，而成为一个党的工作者，任凭党的驱使，随着革命的波澜，而曲折、而前进。

我们的车队只有两辆卡车，林老坐在前边一辆车厢里司机旁的座位上，王若飞坐在后边一辆车厢里司机旁边的座位上，其芳和我还有其他人都坐在车顶上面。从车顶高处，望着一望无垠、连绵不绝的黄土山脉之海、望着落日、望着风沙，充满了惜别的伤感。我第一次见到林老是 1938 年从华北敌后回到西安办事处。那以后，经过七年，林老的头发变得雪白，我敢说这是我一生中看到的最美的银发，他的红润的脸色衬托着苍苍白发，有如鲜红的落日照在冰峰之上。林老眼镜后面有一双和蔼的眼睛，浓浓的胡须下面宽厚的嘴唇使得林老像一个老学者，他在党内外都受到普遍的尊重，还因为他是中国革命的元老，孙中山病逝时，他就是守在身旁，亲自聆听遗嘱的一个共产党人。我无法想象这位身穿灰布罩衣、足蹬一双厚底布鞋的老人，当年是怎样步履艰难、一步一步走过二万五千里长征的，尽管经历如此酷雪严霜，他还有一颗纯真的童心。王若飞是在延安常见面的。黄土高原、山峦起伏，一路上，卡车在风沙飞扬中颠簸坎坷，但林老从容自若、毫无倦容。当车过黄陵时，林老还兴致勃勃地带领我们登上路边布满松林的山丘去谒拜轩辕墓。林老和王若飞是派去与蒋介石谈判的，这一有关民族存亡的重举，显然充满艰巨。因面进谒轩辕墓，林老心境，自属非常。我们是炎黄子孙，来到民族发祥之地，在轩辕墓前凭吊一番之后，转过身来，想到抗日战争正处于生死一决之际，而反共高潮又连发迭起，步履维艰，国事蜩螗，此时此刻，受命于危难之际，巴山蜀水，前程何卜？我发现林老伫立黄陵，翘首蓝天，我想他该是思绪万千的吧？我自己两赴敌后，目睹战火弥天，血流遍地，千千万万人前赴后继，以身殉国，不就是为了我们能保存一个卓然自主、永远巍然的华夏民族吗？！我发现林老踽踽独行、默默无言，我似乎感觉到他巨大的心灵是那样平静，又那样激越。因为林老是陕甘宁边区政府主席，又是赴重庆谈判的代表，我们第一站到达耀县时，还受到国民党的专员一番热情接待，除了一席晚宴外，还安置林老和若飞在专员公署里院下榻。我和其芳则住在外院东厢一间房屋内。我们是四月二十九日离开延安，五月二日下午抵达西安，住进七贤庄办事处。王若飞茁壮肥胖，剃个光头，团团圆脸上一双不大的眼睛却闪着智慧之光。他有一段非凡的经历传诵人间。他做党的秘密工作，在绥远被捕，对簿公堂，慷慨陈词，语惊四座，书驳判决，下笔万言，倚马可待，洋洋洒洒，神采飞扬，他的才华震动了傅作义将军，蒋介石连连电饬处决，傅终因爱其才，未加杀戮，而且十分感慨地对人说："为什么人才都到共产党那里去了？！"若飞拙于外而慧于中，我和他在旅途中短暂相处，有一个细节给我留下十分深刻的印象。那是住在七贤庄办事处的时候，有一天下午饭后，他约了其芳和我，到附近一个公园里去散步，办事处是一大禁区，特务如麻，严密封锁，而若飞坦然自若，信步闲游，我在他身背后，忽然听到他在吟诗："遥指红楼是妾家，门前一树马樱花。"……啊！这是温柔、抒情的真情流露，不知这诗的出处，也未敢贸然相问，但这两句优美的诗句却永远凿刻在我的记忆之门，至今未稍淡忘。过几天，国民党派了一架飞机到西安来专门迎接林老、若飞，他们乘飞机走了。我们由八路军西安办事处处长伍云甫率领，仍然是两辆卡车，奔向由秦入蜀的长途。

　　这是我非常惬意的一次旅行。

要是现在乘飞机、坐火车，就不能沿途迂回，将河山清秀，尽入眼帘。这一路上，处处使人忆起"秦时明月汉时关"，而且是三国时期魏蜀相争之地，后来又是宋金对峙的前线，我每至一处，都不能不神游万仞、心骛八荒，仿佛摩挲秦砖汉瓦，临照古道斜阳，怎能不发出怀古之幽思呢！

过咸阳，看到昭陵前古色斑斓的石雕，不禁想起李白的词句：

西风残照，汉家陵阙。

关于这首词，我信奉《人间词话》那一段评语："太白纯以气象胜，'西风残照，汉家陵阙'寥寥八字，遂冠千古登临之口。后世唯范文正之《渔家傲》，夏英公之《喜迁莺》，差足继武，然气象已不逮矣。"关于李白的《忆秦娥》我喜其豪满人间，超然物外。今临其地而思其诗，不觉怆然怅然，感慨万千。

在宝鸡又留宿两宵，随路折而南，过大散关，登秦岭。

车过大散关，立刻又使我想起陆游的诗：

早岁哪知世事艰，中原北望气如山，楼船夜雪瓜洲渡，铁马秋风大散关。

中岁远游蹦剑阁，青衫误入征西幕，南沮水边秋射虎，大散关头夜吹角。

陆游闲处泯江，他所念念不忘的还是南郑前线，打开大散关地图来看，他多么希望直下大散，收复中原，因而又写出：

……大散陈仓间，山川郁盘纡，劲气钟义士，可与共壮图。……

卡车颠簸，沿着坎坷的公路盘旋而上，抵秦岭之巅。虽然已是四月天气，山上还是青霜满地、寒风透骨，凭高而望，尽管眼前只是群山绵亘，天地相连，但在浩浩乎、渺渺乎之中，却仿佛一览莽莽中原。翻越秦岭之后，夜宿庙台子。卡车降入一条深深峡谷之中，已是黄昏之际，谁知在这儿，我们却得到一个清爽整洁的休憩之所，这就是张良祠——中国旅行社，据说这是张良晚年隐居的地方，经后人经营、建筑，成为名胜之地。宫殿成了新式的餐厅，回廊深处便是我们的住房。过秦岭是十分劳累困顿的一日，到此，清溪流水，一洗风尘，饱餐一顿，兴致颇浓。何等意外的幸运，竟遇上一个月明之夜，峡谷底，竹林苍翠无边，难怪我们尝到那样鲜美的新笋。竹叶筛出细细的月影，仰天而望，两面高山直拔霄汉，就好像在洪荒遥远年代，有神人拔出巨剑，把山砍裂，形成一条笔陡的深谷，伴了淡淡月光，听着潺潺溪声，这一夜，我像憩息在一阵风、一片云、一首诗中。

到了南郑，这儿等候着我们的更是一派浓郁的古老苍风。陆游从戎入陕，曾经此地。这里当时是西路军统帅王炎的指挥部。陆游作为宣抚幕中一员高级幕僚，正好施展他北进中原之志。他于是往来奔走于南郑与前线之间，他到过宋金对峙的最前线仙人原，还到过两当，到过黄花驿、金中驿、定军山、孤云、两角，直抵大散关下的鬼迷店，广元道上的飞石铺。他参加过大散关一次作战，曾有诗为记：

　　　　我昔从戎清渭侧，散关嵯峨下临贼，铁衣上马蹴坚冰，有时三日不食火……

使陆游最足以自豪的是他在游猎中亲手刺杀一只猛虎，这真是十分奔放壮观的一幕，他也有诗：

　　　　……我闻报袂起。大呼闻百步，奋戈直前虎人立，吼裂苍崖血如注，从骑三十皆秦人，面青气夺空相顾……

读者们！我记述了许多陆游的轶事，这和我青年时由于怀抱国破家亡之痛，深爱陆游发愤之作有关，这一路行来正是当年陆游活动所在，他那恢复中原的雄心，与我抗日之志融融相通。正是对陆游的爱好，培养了我爱好军旅的性格。我后来参加战争，成为一个军人，与这都有着千丝万缕的关联。

不过我也并不是时时登高吊古的。因为在这次长途旅行之中，我们有一件十分欢乐有趣的事，就是周副主席给我们一个任务，要我们把一个小婴儿带到重庆去。这对于我们来说，实在是特殊任务。如果我们当中有一个女同志，就容易照料了，可是我和其芳几个男人，怎样对付得了这个婴儿呢！开始实在有些焦急，说也奇怪，这个婴儿好像有意适应我们，从不撒泼耍赖、大哭大闹。这个美丽、活泼、聪慧的小婴儿，红扑扑脸孔上亮着两点漆黑的眼珠，露出动人的笑靥，于是她成为我们这个小集体中的珍宝。首先，伍云甫就问寒问暖、处处关心。我们给她换尿布，洗澡、喂饭、穿衣，连我这个性情鲁莽的人、连其芳那样书生气的人，都好像有十分温柔的母性，白天把孩子抱在怀里，夜间把孩子偎在身边，每到住地或到餐馆就饭，我们到街上散步，人们都驻足而观，怎么，这样几个大男人，抱着一个小小婴儿，而这个小小婴儿又使得这一群人其乐陶陶。

从陕入川，我们进入蜀道，真如李白所吟：

噫吁嚱，危乎高哉！蜀道之难难于上青天！

濒临嘉陵江的峭壁之上，秦人从石崖中凿出的栈道，有如千古一线回廊，头上岩顶可避风雨、可遮日光，我们卡车就从这石柜一般的道路上前进。忽然看见远远地方像有几根利剑拔地而起，其色如墨如黛，就像一位卓绝的天才画家刚刚泼墨而成，还带着几分水气、几分滋润，这就是剑门了。山封水密，岚气朦胧，天地突暗，日月无光。卡车行驰着，突然发现一条急流滚滚投入山脚下，一下不见了，这样大的河流到哪里去了？这岂非一大怪事。谁知半日以后，行至前方远处，大江又从山下奔涌而出，原来它从地下暗暗穿过，这大概就是所谓"阴阳河"吧！这美丽奇幻的景象，不禁又使我想起陆游，他从蜀入秦，途经剑门，曾作过一首脍炙人口的诗：

衣上征尘杂酒痕，远游无处不销魂，此身合是诗人未，细雨骑驴过剑门。

好像过了苍溪、阆中，才从崇山峻岭中跋涉而出，这时嘉陵江好像凝滞在平地上，幽静可爱。嘉陵江上游并不深，我们把卡车开到江中心，大家都跳下来，挽起裤腿，光了两脚，站在水中，征尘浮垢一洗而光。我忽然发现江水像水晶般透明清澈，而且水底下小小卵石彩色斑斓、晶莹可爱，就像谁在水底铺了一条锦缎，又像是天上银河倾泻而下，星光闪烁，迷人眼目。我忽然舍不得把这一身征尘染污江水，但司机却把卡车洗得一干二净，而一泓春水，依然无恙。我才发现这是一条圣洁的河流，纤尘不染，明镜长明。待到重庆嘉陵江与长江汇合，冲激而下，直泻三峡，赫赫雷霆万钧，那当是别有一番神态了。一阵微风吹来，波光粼粼，弄得这一段锦绣都在微微颤动，天上行云，水中浮云，这陶然怡然的境界，使我落入默默深思——我从这条江流参悟了整个人生，如果说在延安，一掬甘泉流到心上，那么从此以后，它将变为圣火。因为我的生命已不再是一个孤独的小我，而属于大我，这使我站在江水之中，就像有一种灵性在冲激着我，我觉得我多么像这条江水……现在如此平静，如此安宁，但前面会有暗礁险滩，狂风骤雨，甚至还有我曾经喜爱过的淡淡的哀愁，但我毕竟不是过去的我了。共产主义理想的钟声，在我的心灵中鸣响……这是一次伟大的旅行，大自然的灵气和我心中的灵气，在互相影响、互相生发，俊美的山、缥缈的水，像都把种种钟灵的秀气，化为滋润我身心的甘霖雨露。我说这是一次伟大的旅行，因为，我既然今日承受了甘泉，明天必将触发圣火。

如果说北方是春天里的冬天，

这里则是真正美好的春天了。

天连芳草，水暖春泥，嘉陵江越流越宽，越流越急，由水晶般透明无色变得一片碧绿苍苍。

我们沿着江流，经过梓潼、绵阳、遂宁、潼南，直驰重庆。

## 六九 红岩

红岩，现在是人们心里永远熠熠闪光的红宝石，当时是风雨如磐中的灯塔。

不过，当我们带着万里征尘停下车来，伍云甫笑呵呵地说："到了。"咔地关上前面车厢的门，跳到地上，我才注意观望，左面是江，右面是山，路边上有座给风吹雨淋变成灰色的车库。这时从门口走出一个身高1米90开外的大汉，向我们扑过来。那只像蒲扇一般大的手跟我握起来，使我感到特别温暖、热烈，我的心头不禁发热，于是脱口而出：

"总算到家了！"

他压低声音对我说：

"到家？……还得上一段山路。"

我于是又噤住声音，觉得这里还不是自由世界。

从离开西安，经宝鸡，从陕入蜀，一路之上，都受到特务的监视、打搅，看到种种诡诈的脸色，阴险的目光，特务是一种特别的动物——他们如同蚊虫、蚂蟥，时时刻刻窥伺着，要吸人一口血。你看到它，就会厌恶、恶心，特别是到青木关那一阵。那是进入重庆的一个检查关卡，国民党的警察拦住我们，说什么也不放行。伍云甫进入稽查处去交涉，一个钟头、两个钟头，还不见伍云甫出来。一群特务得意洋洋地围住我们两辆卡车，好像是说：看你们怎么办？这下算卡住了！一直等伍云甫堂堂正正地出来，受到稽查处长弯腰相送，他们一伙才一个个灰溜溜地走了。原来是伍云甫严厉地申斥了他们，并且声言要给宪兵司令张镇通电话，这是林伯渠、王若飞的专车，为什么你们接我们来谈判，又拦我们的车，是何道理。周副主席回延安了，董老主持南方局的工作，他放心不下，就派了蒋泽民来山下等候我们。由于青木关的磨难纠缠，我们到达红岩，已是夜晚七时了。关于蒋泽民这条线索，我想留在后面再谈，因为现在我们得上山了。

　　路旁一列黄色的嶙峋的石岩，从那儿拾级而上，面前展开一片碧绿茸茸的起伏的山坡，山坡缓缓上升，出现密林，仰首看时，苍苍群山迤逦而上，这时我才明白红岩是指在江边的一座高高的山头。走到半山，隔着一片树林，隐隐看到一处花木葱茏的花园洋房。我们一层一层地迈着石阶，顺着曲曲折折的山路，再上去还有一些人家，然后到了一棵几搂粗的大黄桷树面前，人们称这儿为"阴阳界"。因为走过大树那边，就是黑暗中的光明世界了，就是雾重庆中的小延安了。这就是南方局所在地，一座两楼一底的楼房，巍然立在红岩之巅。这是何等欢乐呀！我们一走进门去，一阵欢声笑语就迎面而来："你们可到了！""你们可到了！"洋溢的同志之爱，使得我心花怒放，如果说这种爱在延安充溢人间，至此我懂得在白色的国统区，这种同志与同志之间的爱是倍加深刻，倍加宝贵。这群人之间有钱之光、钱瑛、张明（刘少文）、薛子正、许滌新，特别令人高兴的是从人群中奔过一个人来和我紧紧握手，一看，是一道从沦陷的北平逃亡出来、同生死共患难的朋友荣高棠——他是十分活跃的人，七年前我们一道冲过渤海湾上的暴风雨，他指挥我们在轮船甲板上放声高唱……女同志们一起拥上来围住了我们，钱瑛大姐把我们带来的婴儿接过去，抱在怀里，大家像观看一朵鲜花一样，乐呵呵、喜滋滋，发出一阵赞赏声，这是给这小小婴儿的，同时也是给我们的夸奖。因为我们这几个"保姆"，从延安一接受这任务，就一直提心吊胆，唯恐漫漫长途上带不好这个小生命，万一孩子生了病怎么办？谁知在我们日日夜夜细心照料之下，孩子非常健康，也许是由于天之英、地之灵的钟情吧。这孩子红扑扑的小脸上，亮着两点漆黑的小眼睛，漾着一双酒窝，在这一群女同志你传我递的热闹声中，她不但没有啼哭，反而呀呀娇笑，逗得人们好一阵欢乐。将孩子交了出去，我们总算落下一颗心。钱之光的爱人刘昂当时做秘书工作，陪我们到我们的住房，是楼上角落里一个僻静的房间，安置伍云甫、其芳和我住下。经她告诉，原来我们带来的这个婴儿就是办事处的房东刘太太的外孙女。为了酬谢我们，几天之后，刘太太把我们请到她家做客。原来来时半山上看到的那所花园洋房就是她的家。她是一个拥有大批房地产的人，整个红岩山上的地皮、房屋都属她所有，但她不只是一个资本家，还是一个爱国人士，当年敌机轰炸重庆，原在闹市区的八路军办事处被炸，要搬到一个安全的地方，可是人家一听说是共产党要租，谁也不敢出头。刘太太在我们处境困难时，慷慨支援，把这山上的农场土地租让出来。办事处的同志们亲自动手，盖起这座楼，从此南方局就设在此地——从此红岩成为真正的红色的山岩。我们到她家，她就叫人把那个小女孩抱出来，这个小生命好像对我们还有无限依恋，张着两只小手，像小鸟展开翅膀要飞一样，惹得大家都笑起来。刘太太的女儿在延安生养了这个孩子，由于无法分心照顾，经周副主席同意，交由我们带来重庆交给外祖母抚养，这当然给房东一家带来无限欢乐。

林老、董老、若飞正忙于谈判，可是我们到达重庆次日下午，他们还是约了我们到曾家岩 50 号见面。

从重庆郊外的红岩到重庆市区的上清寺，都是沿着嘉陵江的马路行走，汽车飞驶，到上清寺路底就停了下来。曾家岩是一个古老的小巷，根本通不得汽车，只能下来步行。那巷子里石铺的小径婉转曲折，两旁开了几家茶馆，一阵轻声慢语吹进耳鼓，那些茶馆里坐得满满腾腾。我看普天之下，不论外国还是中国，恐怕没有一个地方像四川对于喝茶这种缓斟浅饮，有这样浓厚的兴趣的了，无论重庆、成都还是我们入蜀一路所经过的城镇，到处都是茶馆。据说，四川人早晨起来就要上茶馆，到了晚上又要上茶馆，在那儿吸着竹筒烟管，摆起"龙门阵"（谈天）。我觉得四川茶馆与四川文化不无关系。四川人那样善于娓娓清谈，怕是几千年从茶馆里练就出来的。不过，曾家岩小巷口至小巷深处，那几家茶馆里临街坐了不少虎视眈眈地窥探监视的特务。凡是在这巷子里出入的——不能逃出他们的视网。我们来到一座石库门前，按了门铃，走进去，有一个三五步的小天井，通过第二道门，是一个过厅，这儿有一道楼梯通楼上，那上面住有国民党人，想必是为了监视而有意安置的。我们走过这里，左面一节厢房里的人从窗上可看到来人的面目，当你敲开第三层门，才进入当时被人们称为周公馆的厅堂。与厅堂相通的右面一间，就是会客室。在这里，董必武、林伯渠、王若飞和我们围坐在竹椅上谈了话。董老和林老一样都是共和国的元老，董老还是中国共产党创始人之一，据书载："1921 年 7 月 23 日—31 日，中国共产党第一次全国代表大会在上海举行（最后一日移至浙江嘉兴南湖船上），出席大会的有各地共产主义小组推举的代表十二人，他们是毛泽东、何叔衡、董必武、陈潭秋、王烬美、邓恩铭、李达、李汉俊、张国焘、刘仁静、陈公博、周佛海，还有陈独秀指派的代表包惠僧。"董老是一个纯朴而又刚强的人，他对同志如煦阳，对敌人如烈火，在他那红润的面孔上、明亮的眼睛下，引人注目的是一撇浓密的蟹爪胡须。而林老的胡须是白的，董老的胡须是黑的。自从抗日战争爆发，国共再度合作，从武汉而长沙、而重庆，董老一直襄助周副主席独撑大后方这半边天下，特别是周副主席不在，就得董老支撑全局了。我跟董老在延安见过面，不过我跟他不太熟，真正熟起来，是在曾家岩这一次见面之后。那天一道见面的还有徐冰，徐冰是我在北平时就相识的人了，当时他名叫邢西萍，被人称作红色教授，又是世家子弟，抗战后，我们都辗转到了延安，他在解放出版社工作，我常常到清凉山他居住的青石洞窑里去，石窟壁上还留有古代摩崖石刻，当然很助我们的谈兴，每见则谈天说地，兴阑才散。我们两个人都是北京人，但我的祖籍是山东，和他比起来，他才是真正的北京人、纯粹的北京人，这样的北京人，我在革命阵营里遇到两个：一个是徐冰、一个是齐燕铭。徐冰是一个快快活活的人，他胸襟豁达，学识渊博，就是在被人认为严厉的董老面前，他也常常在言谈中掺杂点笑料。他当时是南方局文化工作组的书记，我们的到来当然与他的职责有关。从林老见面时说话与神态，听得出他和若飞与国民党进行的谈判并不顺利，不过他们依然神态自若、谈笑风生。我和何其芳把周副主席的指示向董老、林老、若飞做了汇报，他们三位对此事十分重视，因为自从延安文艺整风以来，国民党反动派造了很多谣言，不但说很多知识分子被关押，甚至说很多文艺界人士被屠杀，大后方本来就是谣言的市场，一经传播，不胫而走，有些人将信将疑，有些人信以为真，周副主席在这个时候派遣我和何其芳两人出来，显然是经过中央慎重考虑做出决定的。但更重要的是传播毛泽东文艺思想。毛主席的《在延安文艺座谈会上的讲话》是在文艺方面最全面最系统的马克思主义原理与中国文艺实践相结合的结晶，对于党在文化方面这一重大决策，应向大后方文艺界、特别是进步文艺界详细介绍。八十年代有一段时间，有那么一些人，随着全面否定党对文艺的领导，否定《在延安文艺座谈会上的讲话》的一股潮流也涌现出来，就有人说，由周副主席亲自派遣、由南方局直接领导下进行的这一工作是一个"左"的行动，令人不胜感慨的是其中甚至包含有曾经在办事处工作过的人，我觉得当我在《心灵的历程》中写到这一段时，就不能不出来申辩，以正视听，不要说作为党中央的决策，就是作为一种文艺主张为什么不能宣传呢？为什么宣传就是"左"呢？要知道每一个共产党员都有传播共产主义的义务，如果说宣传毛主席有关文艺的讲话是"左"，那么我们在意识形态战线上传播共产主义真理也可以偃旗息鼓、拱手让人，只听任资产阶级文艺观的泛滥侵蚀。何其芳去世，我有责任说明我们的行径，究竟是不是"左"，我们在重庆的实际行动就是最好的历史的明证。那天董老、林老、若飞当即遵照周副主席的指示，安排由冯乃超陪同我们到赖家桥先去看望郭沫若。

　　夜间从曾家岩回到红岩住处，蒋泽民又来看我们。后来我才知道这一个长长脸孔、高大身材、敦厚朴实的像一株老橡树一样的人竟是一个传奇性的人物。如在太史公之手是可以列入《游侠列传》的。他是东北人，在东北参加了抗日联军，在白山黑水、冰天雪地中苦战，后来辗转到延安上了抗大，于1938年派到八路军驻武汉办事处当副官。他从长沙大火中抢救周恩来、叶剑英的事迹，一直在人们中广泛流传。当时，他带领汽车班，忙着撤退，运送物资，一天夜晚连运三趟，在最后返回时，仰头一看，长沙城里浓烟滚滚，火光冲天，这时他猛然想到周副主席还在长沙城里，他叫司机加大油门，拼命向城里飞奔，他站在车厢顶，急灼灼地借着火光，四处寻找，终于在离城不远的公路上，看见几个扛着东西走来的人，近前一看正是周恩来、叶剑英他们。到了重庆，国民党特务常常到汽车仓库捣乱破坏，有一次蒋泽民对他们严厉申斥，国民党特务一看他孔武有力、威风赫赫，早就吓得抱头鼠窜了。从此，每当反共高潮到来，他只要在仓库门前一站，特务们就吓得不敢近前。那一夕之谈，他对延安来的人，真是忠直热诚，亲如手足，于是我就和他交成朋友。没想到几年以后，在东北解放战争的战场上骤然相遇，又决然分别，但有一件更富于传奇的事，我要提前在这儿讲一下。有人告诉我，攻长春时，国民党指挥部据守伪满中央银行大楼，负隅顽抗，银行大楼坚固得像一个石头城堡，是他——蒋泽民开了一辆坦克，把那黑森森的大铁门硬是撞了开来，最后才解决了战斗。

## 七〇　春潮（一）

冯乃超陪同我们搭乘一辆汽车，从重庆出来向赖家桥开去。山间道路一起一伏，满目青山，令人心爽。

要去看郭沫若，这是我心中多么大的憧憬与期望啊！

我从十几岁时接受中国新文学的影响，当时对我影响最大的不是鲁迅而是郭沫若，由于涉世不深，读鲁迅杂文多不理解，而郭沫若诗歌却能敲响我的心灵，所以如此，也许还因为我爱好热情炽烈、神采飞扬的浪漫主义吧！这一传统从屈原到郭沫若似乎一脉相承。使我歌以当哭的激昂、奋起的，就是郭沫若的《女神》，特别是《凤凰涅槃》，当年我心中默诵，口中漫吟那一段关于宇宙的诗句："宇宙呀，宇宙，／你为什么存在？／你自从哪儿来？／你坐在哪里在？／你是个有限大的空球？／你是个无限大的整块？／你若是有限大的空球，／那拥抱着你的空间它从哪儿来？／你的外边还有些什么存在？／你若是无限大的整块，／这被你拥抱着的空间它从哪儿来？／你的当中为什么又有生命存在？／你到底还是个有生命的交流？／你到底还是个无生命的机械？／昂头我问天，／天徒矜高，／莫有点知识。／低头我问地，地已死了，／莫有点呼吸。／伸头我问海，／海正扬声而呜咽。／……"这诗一下把人引入神奇浩渺之中，悲恸欲绝之境，可一个大的转折来了，如梦幻之惊醒，如虚无之凤凰——这个中华民族的象征啊！从火中自焚，又从火中诞生了。诗中还说："……听潮涨了，／听潮涨了，／死了的光明更生了，／春潮涨了，／春潮涨了，／死了的宇宙更生了。／是潮涨了，／是潮涨了，／死了的凤凰更生了。／凤凰和鸣我们更生了。／我们更生了。／一切的一切，更生了。／一切的一切，更生了。／我们便是他，他们便是我。／我中也有你，你中也有我。／我便是你。／你便是我。／火便是凤。／凤便是火。／翱翔！／翱翔！／欢唱！／欢唱！／……"这是多么深沉的追求，多么博大的理想，气势雄浑，神思奇丽，实在到了心魂为之震荡的地步，那火在吸引着你，使你无以自止。以后，我追随着郭沫若的踪迹，寻求黄钟大吕之美。在我心里，郭沫若是巨大的、是神圣的。假如说中国没有郭沫若，那就等于德国没有歌德。他的一生是同革命融结的一生，在民族危难关头，他总是慷当以慷，发出怒吼。只有他能够在国民党统治下敢于冲破禁锢，伸张正义，在这一点上，他的高风亮节胜过屈从魏玛小朝廷的歌德而直薄屈原。抗日战争中，蒋介石发动几次反共，他总代表这个不死的民族，透过令人窒息的重重黑暗，他通过话剧《屈原》发出了人民巨大的心声。在延安整风的学习中，我又读了他的《甲辰三百年祭》，既是精辟入里的历史论证，又是滔滔雄辩的檄文，郭沫若后来在书中有一附识云："此文以 1944 年 8 月 19 日在重庆《新华日报》上刊出，连载四日，24 日国民党《中央日报》专门写一社论，对我抨击。国民党反动派的尴尬相是很可悯笑的。"《屈原》与《甲辰三百年祭》在雾重庆，无疑是点燃起两柱冲天而起的大火，其光熊熊，其声烈烈。

冯乃超沉默寡言，谈起话来也是缓缓地、轻轻地，他是我所认识人中最善良的一个人，他的脸上总漾着一种微笑，他告诉我们：

自从日本人大轰炸重庆后，文化工作委员会大部分成员就住在赖家桥乡间。谈到重庆的轰炸，那是十分悲惨的，我记起郭沫若写过的一篇《母爱》：

> 这幅悲惨的画面，我是永远也不会忘记的。
>
> 是三年前的"五三"那一晚，敌机大轰炸，烧死了不少的人。
>
> 第二天清早，我从观音岩上坡，看见两位防护团员，扛着一架烧成了焦炭的女人尸首。
>
> 但细一看，那才不止一个人，而是母子三人焦结在一道的。
>
> 胸前抱着的是一个还在吃奶的婴儿，腹前蜷伏着的又是一个，怕有三岁光景吧。
>
> 母子三人都成了骸炭，完全焦结在一道。
>
> 但这只是骸炭吗？

最后一句的问号，是多么深沉的问号啊！多么巨大的问号啊！

……是的，那只是死的骸炭，而是活的烈火，是悲哀，是痛苦，是仇，是恨——是永远不熄的生命，不熄的火。

是多么剧烈的力量在冲激着郭沫若那广阔的胸怀啊！

　　这时我深感到郭沫若的文章是血写的文章，是蘸着自己的生命、血与泪写的文章，是蘸着民族的生命、血与泪写的文章，所以感人至甚、醒人最深，他写《屈原》，因为他就是今日中国的屈原，那剧中的人只是他的化身，他的灵性，他的心声。

　　重庆五月，春潮泛滥。但两个小时行程中，萦纡的山岭、坦阔的平原，由于我在沉思默想，简直没有欣赏明丽的景色，只觉得一路上，一片青，一片绿。

　　到了赖家桥，我们被引进一座大的宅院，进门向右首一拐，来到一个小院落，坐北朝南三间瓦房，就是郭沫若的住宅。郭沫若和于立群迎接了我们这两个远方来的延安人。郭沫若虽然身材魁梧，骨骼峥嵘，但他的面部却是慈眉善目，像一个和蔼慈祥的老母亲，他的巨大的额头是智慧的峰巅，拼搏与战斗的经历练就了一身纯净、洁白，他的微笑简直令人感到甜蜜。我觉得他是一个净化了的人。于立群热情地、殷勤地招待我们。在他们那给花木笼罩得一片碧绿浓荫的书房兼客室的沙发上坐下，时近中午，我们在郭沫若的关心询问下谈了延安丰衣足食的情况。

　　在于立群的张罗下，就在郭沫若这儿吃了午饭，然后被引到里院右厢顶头的一间房里，让我们进行午憩。整个下午都在郭沫若那边。我们先把周副主席的意思作了转达，说："周副主席要我们到重庆，先向郭老汇报，然后听候郭老安排。"我和何其芳在延安出发前有过一个分工：由何其芳讲延安文艺座谈会的前前后后的情况，以及《讲话》的主要内容。郭沫若仔细倾听，频频点头。郭沫若认为这是中国共产党对马克思主义文艺理论的一大发展，一大贡献。看得出，郭沫若虽然是一个大文豪，但对党、对毛主席是非常谦虚，无比尊重的。他对毛主席的精辟的立论，击节称赏、赞叹不已。我介绍了延安整风的情况，谈了立场、思想、感情的变化，不但从书本上得来，还要从劳动中获得，我指着我们身上穿的毛呢制服，告诉郭沫若，制造毛呢的羊毛线就是我们亲手纺出来的。郭沫若对此很感兴趣，郭沫若仔细询问了纺车的结构，纺纱的技巧。郭沫若动手模仿，乐不可支。他认为一个作家又能劳动，又能写作，不是等候别人的劳动成果的享用者，而是自己劳动成果的创造者，这才是一个完整的人、真正的人。

　　这天下午，有一顿丰盛的晚宴。饭后，郭沫若领我们到门外去散步，他指着门前一棵参天的大树说：

"这银杏树，是中国的特产，人们只知道吃白果，可不知道它是随中国文化俱来的亘古的证人。"

经郭老这一说，我仔细观看这株大树，它的树身挺直，亭亭而上，显得十分伟岸，可是绿叶却是那样精巧细致，特别是那细细的叶柄，当清风吹来时，就发出一阵悄悄的微语。这时整个树像是飘飘欲仙，给人多少袅娜之感，它也许萌芽于洪荒世纪，偏偏选择了中国这片土地，经过多少鱼龙变化、风雨熬煎，银杏树却保持了那样高风亮节的神态，的确十分可爱。从此我便爱起银杏树，我理解了她的品质，我爱起她的风度，是的，我爱她。将近二十年之后，我因病在一个海滨城市疗养，在我往的大门口，一左一右，就有那么两棵蓊蔚苍郁的老银杏树——公孙树、白果树。秋天，我看见一株树上结满了无数无数雪白的白果，而另一株树却光有绿叶，不见果实，至此我才了解它们是一对生长在天地之间的恋人，一株树是雄树，一株树是雌树，在清风明月之下发出爱的絮语。现在，我寓所的后园路径旁，也植了一排银杏树，一年一年长大起来，我每次走到跟前，都十分喜悦——那纤细精巧的叶子在雨中沙沙微语，在风中悠悠漫语……

第二天，开了一个座谈会，何其芳和我介绍情况之后，与会者十分关心他们的熟人的情形，纷纷问到。

"丁玲怎样？"

"萧军怎样？"

"艾青怎样？"

——我想这是因为《三八节有感》而必然引起的传说纷纭，使人悬念。

我回答了这个问题，我讲到丁玲跟我在一个单位，她一直很好，并没有因为发表《三八节有感》而受到什么批判，倒是她自己参加整风，加深认识，在《解放日报》写了一篇自我剖析的文章。

"她的处境如何？"

"她和我们一样也学会了纺线，而且纺出来的是头等细纱……"

由于头天晚饭时，郭沫若把我们会纺线的事已经张扬出去，我这样一说，引起一阵欢笑，大家脸上立刻露出月霁云消的欣快之感。

有人说："重庆这里传说她已经被处决了呢！"

有人立刻发出激愤的声音："谣言！可耻！……"

就从这一点来看，周副主席派遣何其芳和我到重庆来也是确实需要的，因为国民党反动派恨那个新世界，怕那个新世界，他们不但用武力包围，从舆论上封锁，还加上造谣、诬陷，无所不用其极，这就难免混淆视听，当人们听到从那里来的人亲口一说，大家心里也就十分舒坦了。

阳翰笙约我们到他家做客，还请了郭沫若作陪。

郭沫若是文化工作委员会的主任，阳翰笙是副主任，阳翰笙的家离郭沫若住处约一里之遥，农村里一处院落，几间上房，宽敞明亮。阳翰笙的夫人亲自下厨，为我们做了一顿地道的四川菜。郭沫若是位性情豪放的人，他酒性甚豪，我也能少饮几杯，而其芳滴酒不入，因此未能形成高潮，但且吃且谈，在这亲密而又热烈的场合中，他时常朗声大笑，兴致极高。阳翰笙忠厚朴实而又气宇轩昂。他参与了北伐之战，至今犹有军人风度。从他家回来，他们两位并肩走在前头，神情矫捷、健步如飞，我和何其芳在后面加紧脚步，赶得还是十分吃力。阳翰笙是一位戏剧大家，是中国话剧创始人之一，后来我看了他的《天国春秋》，这个取材于太平天国的历史剧，写于"皖南事变"之后，阳翰笙曾说："当时我为了要控诉国民党反动派这一滔天罪行和暴露他们阴险残酷的恶毒本质。"剧中发出了强大的民族神魄的呼啸……当被刺杀的杨秀清临终时，怒指韦昌辉，发出愤恨而痛苦的斥责："……你为什么竟对我下这样大的毒手，你竟一点儿也不念兄弟的情分，一点儿也不顾天国的前途！你，你，你还算个人吗？"洪宣娇被韦昌辉利用，成为杀害杨秀清的帮凶。事变的惨痛后果使她痛悔莫及，这时她喊出："大敌当前，我们不该自相残杀！……我们真是罪人……十恶不赦的罪人啊！"舞台人物就这样道出千千万万的人愤怒的心声，唤起响亮的号声，一声声朝向着蒋介石和他下面那批刽子手脸上掷去。舒绣文饰洪宣娇，演得精彩迭出、淋漓尽致，一座舞台上，活灵活现，像一团火在燃烧，传达出阳翰笙的豪情，抒发出阳翰笙的诗意。从这以后，我一直十分尊重阳翰笙，他是具有长者风度的人，待人以宽、待人以诚，这是他的风格，他的风度。

在赖家桥几天，我们按照周副主席的叮嘱行事，他曾指出我们此行不是传达中央的决定，而是实事求是地介绍情况，谦虚谨慎地征询意见，不但广泛接触，还要单独拜访。

我们拜访了杜国庠，杜老一看就是一位学者，窄长、消瘦的脸膛上戴着一副宽边的近视眼镜，他轻声软语、严肃认真。杜老是一位哲学家，他针对蒋介石的老师冯友兰的思想发表了批评冯友兰的新的形而上学，发表了《红棉屋札存》《关于逻辑》，杜国庠看起来是一位纤弱的书生，实际上他是一位哲学的战斗者。

在一处农家院落里，拜访了胡风，我们于1938年在武汉分手，算来已经七年之久了，他和何其芳是初次见面，但我们促膝而谈，谈得十分融洽，他脸上不时漾出亲切的笑容。我们在这里结识了日本朋友鹿地亘、池田幸子夫妇。我们专门去探视了卧病在床的卢鸿基，这位艺术家，当时面色苍白，有些浮肿，病魔缠身，气息奄奄，他谈话很吃力，嘴唇颤抖，发音低喑。但他见我们到来，苍白的两颊上泛出一阵焦灼的红色，向我们露出凄然的微笑，在当时那样艰难处境之下，这种病怕也难以熬过。谁知生命力竟如此顽强、如此伟大，1963年我在大连，竟与他不期而遇，他生龙活虎，笑语盈然，他又拿起雕刀，在雕塑一座苏联红军战士的青铜塑像。"文革"后，有一天他又造访我家，他显然地衰老了。他还花了几天时间，为我画了一幅水粉肖像。不久，我忽然收到一纸讣文，他已溘然长逝了。特别使我高兴的是在郭沫若屋中看到了傅抱石的一幅《竹荫读画》，郭沫若见我注视那画，就谈起傅抱石就住在附近金刚坡下。可惜近在咫尺，却无由相见，解放后与傅抱石相熟，每谈及那次未曾相识，颇引为憾。现在傅抱石已弃世而去，但在我书桌墙壁上，挂着他画的《湘夫人》，画上的湘夫人十分传神，秋风萧瑟，桐叶飘飘，那笔触、那意境，特别是那像水波一样的衣纹，臻于至美。我爱屈原，连及爱湘夫人，更爱傅抱石。傅抱石在画上写了："帝子降兮北渚，目渺渺兮愁予，嫋嫋兮秋风，洞庭波兮木叶下。"傅抱石自己还做了一行题识："此为近年颇为惬心之制，出示白羽同志果承惠赏，幸甚。"我把它悬挂在我的身边，以志对老友的怀念。

忙中偷闲，其味无穷的是梁文若约我们徒步到赖家桥去了趟。才发现四川的春天真是美得惊人，田畴绿得无际，溪流绿得无际，山岭绿得无际，竹林绿得无际。李清照有词曰，"怎一个愁字了得"，这时我却不由得想道："怎一个绿字了得。"我们在镇上一处酒家，吃了美美的一餐。这次从延安出来，一入蜀，就有一种明显的感觉，就是四川人的吃是十分考究的，难怪历史上有卓文君当炉的故事。你就随便走进一个小镇，都可享到一番美味。就拿"毛肚火锅"来说吧，你看到那浮满锅面的红艳艳的辣椒油，你闻到肥嫩烂熟的毛肚浓郁的香味，真不能不令人垂涎三尺。就这样我们在赖家桥镇上饮酒饱餐一顿，使得这次小小的远足，带回物质上、精神上的两方面的醉意。

## 七一　春潮（二）

五月的重庆，像一幅唐人的青绿山水画。阳光明亮，开始灼热，我们离开赖家桥，登上金刚坡山岭，放眼一望，远远近近山坎上的水田像一面面镜子在闪闪发亮，一阵歌声从记忆之门来到心灵之上，我想到我幼年时唱过的几句歌词："春深如海，春山如黛，春水绿如苔。"眼前不就是这般情景吗？

沿着山峦起伏、忽上忽下的公路，我们到达歌乐山，踏着石阶，在一个山坡上，找到了臧克家的居处。臧克家是一位热情的诗人，我们尚未走进门槛，已经迎了出来。他的院落是空旷的，居住的两间房好像也是空旷的。他那直挺挺的身材，标志着一身峥嵘的骨气。他的浓重的山东口音，使你感到纯朴和真诚。这是我和臧克家的第一次见面。但他的名字早已在我心中铮铮有声。我年轻时，不知多少遍寻着他的诗，读着他的诗，他的《老马》使我流泪，他的《罪恶的黑手》使我悲伤，但他给我更多的是呼号、是呐喊，是凝聚起来的一种强大的力量，一下推开我年轻的心扉，擦亮了我的眼睛，震撼着我的心灵。他的的确确是一个无产阶级革命诗人，是黑暗社会的贰臣，是腐朽世界的逆子，否则，他怎么能在诗里，用带着血丝的声音呼喊出："来一个伟大彻底的反叛！"可是我眼前这瘦长的身躯、消瘦的脸膛似乎与他的诗魄不甚相称。但，当我们坐在一起畅谈起来，他那滔滔流水的激情，使我感觉到支撑他那贫困而瘦弱的是一副铿锵铁骨。数小时的倾谈，胜似长年的友谊。当时，在国民党黑暗腐败的统治下，贫富悬殊，民不聊生，文人更是清寒，臧克家当时就天天吃着掺沙子的发霉的平价米度日。但臧克家从清寒中还尽情地向人奉献着温暖。临别，他那两只瘦弱的手紧紧握住、摇撼着我的手，我知道这不仅是对我和何其芳两人，而且是对那个共产主义红彤彤宇宙的眷恋。从此我和臧克家亲密无间、友谊弥笃。他八十五岁大寿，我写了一首诗献他：

铮铮铁骨志弥坚，松自青青挺峻寒，
热血铸得诗万卷，无边浩气壮苍天。

这就是我自歌乐山相识以来，近半个世纪的关于他的人的概括，诗的概括。

　　我们渐渐从山谷中出来，进入一片绿油油的平坝子，到了白鹤桥看吴组缃。吴组缃是我的老朋友，但算一算，已经七年不见了。他的小说《一千八百担》发表，轰动一时，我和他相识于南京，是经由张天翼介绍的。那时天翼和我常常相约到吴组缃家去，一谈就是半天、一晚。吴组缃非常善谈，我记得他分析《战争与和平》那样精细入微、深入骨髓，简直使我听得出神。每次去，吴组缃的夫人菽园都殷勤地招待我们，好像要把他们家庭的温暖分几分给我们。那时，他们的女儿鸠子年纪还幼小，却十分温柔可爱，每一聚会，吴组缃夫妇总给我们好菜吃，好酒喝。久经离乱，老友重逢，当是别有一番滋味。吴组缃家在一片田头，他家门前就是稻苗初长的绿油油的水田。吴组缃从南京到这时，都在冯玉祥家里，一半教书，一半幕僚。他住的是几间尖顶瓦屋，陈设虽不华丽，但一切都很妥帖、舒适。一进门，就扑面感到一阵幸福家庭的和暖。菽园迎出来，跟着是鸠子。吴组缃是一个坦率直言的人，又有着观察人生敏锐的眼力，若干年后，他跟我谈起跟冯玉祥从美国搭乘轮船出来，由于看电影失火，冯玉祥竟烧死在一场厄运之中。吴组缃说："他本来可以不死，但是他却死了！"在白鹤桥相聚，我们畅谈了一个下午，多亏菽园细心周到，为我们烧了热水，让我们在大木盆里洗澡，把风尘、把汗渍冲洗得干干净净，我们留宿下来，睡得十分舒适。

　　从乡间山野一回到重庆山城，立刻感到嘈杂、狭窄。

　　由冯乃超主持，在天官府（文化工作委员会城内驻地）开过几次座谈会，我们和许多重庆文艺界的朋友们见了面，那完全是自由交换、各抒己见，绝对没有勉强，比如给我印象最深的是宋之的，他听了我们介绍之后，立刻发表了不同意的意见。由于周副主席的嘱咐，我们理解国统区与解放区处境不同、际遇不同，绝不能把对解放区人们的要求，强加在国统区人们的身上，我们没有这样做，而是认真地听取意见。我们接触范围很广，不只限于文艺界，妇女界也组织了一次妇女界座谈会，在这儿我认识了曹孟君、谭惕吾、子冈、浦熙修。

　　我们回到重庆，第一件事当然是拜访茅盾。可是他一家人单独住在远远的唐家沱乡间，经过联系，他说正要到城里来，就在城里边会面吧！我们见面是在张家花园中华全国文艺界抗敌协会。从大街上到这里，要走很长一段一磴一磴石阶崎曲向下的悬崖陡壁，路很窄，不过两边都开了店铺、住了人家，我和何其芳是搭公共汽车进城步行到那里去的。因为一到重庆，我们就先来这里看过叶以群了，所以认识这个地方。叶以群是我们被上海诬为"游山玩水派"、在丁山一道生活过的好朋友。他是一个性情最温和不过的人，他对我像对小弟弟一样关怀，我在延安这几年写的小说，都由叶以群在重庆为我出版，有《幸福》、《太阳》、《金英》、《五台山下》……其中包含有邵荃麟曾著文专门评论过的，写一个普通农村妇女怎样成为一个游击队员的短篇小说《孙彩花》。还是1938 年在武汉时，由叶以群介绍认识了茅盾，我还参加了在汉口一家大饭馆楼上中华全国文艺界抗敌协会发起人的聚餐集会，那会就是由茅盾主持的。何其芳和茅盾当然很熟，因为茅盾到延安，就在鲁迅艺术学院住了几个月，何其芳是文学系主任，请茅盾讲课。有一次，我从兰家坪到桥儿沟专程拜访茅盾，两地相距遥远，谈至近午时间，孔德沚夫人就热情地留住我，吃了午饭才放我走。茅盾现在在重庆乡间，一个星期便得进城一次，或办事，或集会，就常常在叶以群屋中搭个竹床落脚，这样，我们在叶以群处见面是最合适不过的安排了。文协大门进去，第一层是一个小小天井，左面有一个大房间，是文学界人集会的会场，从它旁边的小夹道进入二层院落，叶以群就住在右手临街一间房屋内。

我们说："我们应当去唐家沱拜望。"

茅盾说："这样方便，反正我一两个星期总要进城来一趟的。"

我们向茅盾谈文艺整风，因为茅盾去过延安，了解那边情况，自然就容易心领神会，他只插话问了一些熟人的情形。

同样是在张家花园，不过不是在以群住所，而是在那个会议室里，我们拜访了老舍。老舍是一位典型的老北京人，他非常谦逊，十分礼貌，见到人从来没有见他凸胸挺腹，总是弓腰曲背，他那和蔼可亲、满面微笑的脸上，透过眼镜偶然露出幽默的眼光。当时，老舍是文协这个文学界统一战线的主持人，因此也是这幢楼房的主人，不过他不住在这里，他也是冯玉祥那边的常客，不过常常来这儿办事。他是在宽敞的长条会议室一进门处开辟出来的一个小间客室里和我们相见的。这儿陈设了几把竹椅，从门口可以望见庭院里栽植的花木。我生在北京，但和老舍却是初次见面。我观察老舍善于表情的脸色是非常有意思的，当他听你讲话时，他凝注着双眼，露出十分庄严甚至有点严肃的表情，但当他开口说话时，他脸上先展出带有幽默意味的笑容，他面部的纹路、线条都随着这种变化一下松弛，一下绷紧。在我们向他介绍了延安文艺座谈会、延安文艺整风情况之后，老舍和我之间有一小段亲切交谈，他好像在沉思着什么，忽然对我说:"白羽! 你是北京人,为什么不用北京语言写呢? 那是多么丰富生动的语言啊! "……他显然露出一种惋惜的神态,因为他对北京的一切都是那样珍爱,而他之所以成为语言大师,就在于用北京话写北京事,运用语言之妙,成为他的作品的一种魅力。后来,他还问过我同样问题,显然是希望我用北京语言写作。可是我始终羞涩地没有回答。因为我是北京那个封建家庭的叛逆者,作为叛逆者的逆反心理,我不但厌恶北京那俗俚的社会,也厌恶北京那俗俚的语言,这当然是"左派幼稚病",但我的人生理想,决定我的文学道路,我也只能如此。

我们拜访范围之广,足以证明我们在重庆的活动不像有人说的那样是"左",而是广泛地接触伴随着广泛地尊重。最足以说明这一问题的,就是拜访张恨水。他是写章回小说的,绝不是革命人士,这时,他在办《新民报》,我们就是在报社里和他见面的,同时见面的还有赵超构。张恨水中等身材,四方脸盘上有一双目光炯炯的大眼睛。在我十几岁时,他写的《春明外史》,就已轰动全国,而且拍了电影,是由红极一时的电影明星胡蝶主演的,我曾专门跑去看拍摄外景。记得穿了旗袍的胡蝶在一个大宅院的门口在做戏。张恨水在北京沦陷后,毅然离开古都,浪迹天涯,这说明他是一个爱国主义者。也许正由于这种爱国之情的升发,他目睹大后方的黑暗、掠夺,十分不满,他用极巧妙的手法,写了一部小说《八十一梦》。我们寒暄之后,就把毛泽东对这部小说的观点告诉给他;"张先生! 我要告诉您一个消息,我们的毛泽东同志读了你的《八十一梦》,十分赞赏……"张恨水听了自然高兴,连忙说:"承蒙毛先生加爱,我十分感谢! "他不但赞赏,还希望您多写些这样的好书。当时的《新民报》,张恨水是社长,赵超构是总编辑,两人合作,十分融洽,因此《新民报》很受读者欢迎。从此以后,张恨水同我们的关系一直十分友好。日本投降后,他回到北平,我们也因事参加北平军事调处执行部工作的关系,到了北平。为了活跃北平的文艺工作,组织进步力量,成立了中华全国文艺协会(前身为中华全国文艺界抗敌协会)北平分会,事先和张恨水商议,由他出面发起,他毫不犹豫,慨然允诺。在中山公园水榭开的成立会,就是由张恨水主持的。

我和其芳忙碌了一个多月,我们在重庆的活动就要结束了。我和何其芳对于我们内部对文艺问题上的见解,也做了调查,我们来到的时候,徐冰就专门抽出时间和我们谈了一天,后来我们从文组的秘书那里又知道了更多、更详细的情况。我们还专门到《新华日报》社，由章汉夫向我们介绍了由《方生未死之间》而在报社内部引起的一场激烈的争论。我和何其芳议论过，在历史转折关头，在重庆如同在延安一样，不可免地暴露出意识形态方面的分歧。在这之间，我和何其芳合作得很融洽、很密切。何其芳是以《画梦缘》获得《大公报》文艺奖而成名的，在那之前，我只是把他看成一个"京派"中唯美主义倾向的诗人的，因此他出现在延安使我十分意外，但，何其芳的炽烈的火焰，很快就从他的胸中迸发而出了，我喜爱他的诗《夜歌》，特别是《为少男少女们歌唱》："我为少男少女们歌唱。／我歌唱早晨，／我歌唱希望，／我歌唱那些属于未来的事物，／我歌唱正在生长的力量。"我觉得终其一生，何其芳既有严谨治学的精神，又有浪漫主义气质，这使我爱他、敬他。粉碎"四人帮"后，我们多次聚谈，我到他家去，他到我家来，他还是那样精力充沛、豪情奔放，他说话很快，像滔滔流水一样，前面一浪闪过，后面一浪就赶来。听到他突然逝世的消息，我是十分悲恸的。在重庆，那一次合作留下无限温暖，当那段活动将近结束，我将留下来到《新华日报》，何其芳要回延安去，为了他回去汇报方便，我们两人对此行作了一番研讨，写了一份汇报提纲。这个汇报提纲的具体内容已经记不得了，但我们是忠实的、客观的，不但满意地记下同意的意见，也谦虚地记下不同的意见。现在看来，我们只是客观介绍，绝无强人接受，特别是分头拜访、广泛交谈，起码祛除了对延安整风的恐惧，扩大了文艺界的统一战线，这两方面都是有益的。这是由中央决定，由周副主席派遣的一次调查研究活动、一次宣传活动。更重要的历史事实，就是1944年11月10日，周副主席来重庆与国民党谈判，有一次在曾家岩50号召开了一个会议，亲自向与会者传达了毛主席在延安文艺座谈会上的讲话精神，介绍了整风后解放区文艺工作的情况。在八十年代，有人竟说向大后方介绍《讲话》是一次"左"的活动，并非怪事，说穿了就是资产阶级思想泛滥的一种表现，其实质就是无视毛泽东文艺思想，无视社会主义文艺，无视在意识形态领域内马克思主义的路线、方针与政策。

何其芳是四川万县人，他是来过重庆的，他一直答应带我看看长江，现在我们要分手了，他就约了我来到长江与嘉陵江汇合点那个突出部位的山岬上。这时，我低头一望，不禁一阵悚然，茫茫望去，只见白浪滔天、翻滚沸腾，两条江像两条龙，一下汇合在一起，一下拥抱在一起，发出惊雷一般震撼人心的声音，浩浩荡荡、苍苍茫茫，其势之烜赫，令人觉得天地变色、日月无光。春汛时节，江流急速，这春雷的生机和春汛的泛滥，春潮的伟大，使我沉默，使我肃穆，就像一个浑然宇宙，一下把我旋转进去，我就随着它，向不知何方、不知何处飘然飞去了。

## 七二　化龙桥日日夜夜（一）

这是决定中国命运的年代，是整个地球上，光明与黑暗进行大搏战的年代，是人类生存还是毁灭的年代。

国际风云急剧。中国抗日战争也发展到最艰巨的相持阶段。

延安光焰烈烈，重庆黑暗沉沉，再没有比这对比更鲜明的了。

这时的中国，正如狄更斯在《双城记》里所说的："那是最昌盛的时世，那是最衰微的时世；那是睿智开化的时代，那是疑云重重的年代；那是阳光灿烂的季节，那是长夜晦暗的季节；那是欣欣向荣的春天，那是死气沉沉的冬天……"不过，我们的现实与狄更斯的结论不同，我们不是"径直奔向天堂"，但的确是"径直奔向另一条路"，那就是为了中国的新生而斗争。

正是在这时候，我第一次接受党的命令，走上战斗的岗位。

新华日报社在化龙桥，化龙桥是嘉陵江边的一个小镇，走不多远，转入一条两旁立着竹楼房的阴暗而又潮湿的石头铺砌的崎岖小巷。这小巷大约50米，到小溪边得渡过一条石板桥。再向前去，矗立着一座大门，就到新华日报社了。一进门，门边上有一座上下两层的小楼，这是唯一像样子的楼房，下层是报社的会客室，上面是宿舍。通过一个大的坪场，迎面石头高台上立着一大排整整齐齐的平房，这就是报社的编辑部。这房子背后矗立着一座大山，叫虎头岩。这是防止轰炸最巧妙的设计，从编辑部一端向后一拐，就是一个洞口，印刷厂就设在这一处广阔的山洞之内，这样就形成一个拐尺形，把编辑部和印刷厂紧密联系在一起，这在工作上是十分方便的，特别是上夜班的时候，从那排房到那个洞，一片灯火通明，不停地人来人往，洞口传出机器运转的轰鸣。在编辑部那排平房另一头有一座大竹楼。除了底下隔出一间大厅，摆满方桌，是食堂，其余楼上、楼下都是中间一条甬道，两边排着一间一间的宿舍。不过我来时，因为是单身一人，只住在大楼后面，石台阶上堆积报纸的仓库中的那个小房间里，半间屋子堆积着竹席包了的大捆的报纸。虎头岩山势十分壮美，院内到处都是碧葱葱的芭蕉、竹林。报社有三个总领导，那就是社长潘梓年、总编辑章汉夫、经理熊瑾玎。他们三位的办公室在编辑部拐向印刷厂那顶端上的两间相通的房子里。我来报到，经过与汉夫谈话，决定我到副刊部工作，汉夫随即就陪我到副刊部编辑室去。副刊部主任是胡绳，他站起那高大的身躯，隔着办公桌向我伸出手来。胡绳非常文静，很有学者风度，但年龄却比我年轻。现在年过古稀，想起风华正茂的当年，既免不了感慨，又禁不住高兴。副刊办公室临窗摆了几张办公桌，这就是我们的战场了。我用战场二字，绝非信手拈来，而是真实的写照。因为如果说重庆是一片黑暗，《新华日报》就是黑暗中的一线光明。从这些简陋的小屋，向重庆人民发出战栗的、惊人的光芒……正因为如此，国民党审查、封锁、禁止、撕毁，无所不用其极。而我们为了传播真理，发出振聋发聩之声，就不得不呕心沥血、惨淡经营，做着"苦战"。我一想起这一番情景，总是想起鲁迅那首诗："弄文罗文网，抗世违世情，积毁可销骨，空留纸上声。"——我们副刊部特别肩负着文化这一战场的任务。就我个人来讲，从来没有编报经验，只不过在胡绳领导下，略尽绵帛。不过作为一个党报——特别是在这样一种灾难环境，杀人如草不闻声的情况下，这确实是普罗米修斯式的巨大事业，把天火盗给人间，用光明冲破黑暗。胡绳是一个学者，也是一个战斗者，他才华出众、学识渊博，在副刊上以"司马牛"笔名写了不少犀利而有文采的杂文，不只在重庆，远至昆明、桂林都有很大的反响。特别是他那种锲而不舍的钻研精神，给我终生受用不尽的影响。他在办公室工作一天之后，夜晚回到宿舍，还研究历史，每到深夜甚至黎明。你在路上遇到他，他总是在腋下挟着一大摞书，在办公室里总是不停地吸着纸烟，胡绳很快拿出了研究的成果，那就是开明书店出版的《二千年间》，用非常清晰、明智的笔调分析了中国两千年封建历史。

　　我除了看稿子、编副刊之外，很快就担负起报社的党组织工作。宋平、陈舜瑶夫妇是早先由延安派出来的，宋平原在清华大学读书，是到延安在马列学院学习培养出来的优秀人才，有着马克思主义理论修养，又有丰富的党的工作经验，他做总支记，比我还小一岁，但他是一个比我要冷静、要成熟的人，他的性格既开朗又严谨、细密，他头脑清晰得像早晨的空气一样清新。那时我们都是二十几岁的人，工作之暇，常常在坪场上打排球，宋平是一个扣球的好手。他有眷属，住在那座大楼上面一间比我的住处宽大得多的房子里，所以我们夜间常常在他屋里开总支委员会。那时他是总支书记，我是组织委员。化龙桥是报社的总部，在重庆市区内还设有七星岗的门市部，新庐的记者部，纯阳洞的发行部，因此为了党的工作，我常常到城里去，晚了，有时就在门市部楼上一个房间里过夜，这个房间本来是给社长、经理预备的。

潘梓年是一位出名的学者，老地下党员。1933 年 5 月 14 日，与应修人在丁玲家接头时，特务突然破门而入，应修人从楼上跳下跌死了，潘梓年和丁玲一起被捕，后来他作为重要的政治犯，被国民党押解到南京，潘梓年守身如玉、坚贞不屈，牢牢关闭在监狱里，一直等到抗日战争国共合作，才由周恩来派人从陆军监狱里接了出来。他有一种特别的韧性精神，他是一个真正的善人。他连一点点领导架子也没有，不论遇到什么燃眉之急，从来没发现他焦躁，总是笑眯眯的。但他这个社长的担子是很重的，每当国民党进行破坏，潘梓年就以一社之长的身份，进城去和国民党当局或抗议或交涉，往返折冲，有时不得不在城里住上多日。熊瑾玎是和毛主席同时在湖南办新民学会的老革命家，他也常常进城，他手上总提个蓝布袋，穿一件灰布长衫，我们都管他叫"熊老板"。因此他的夫人朱端绶就被称为"老板娘"。老板娘是个急性子、热心肠的人，对人总是笑嘻嘻的，谈起话来滔滔不绝。熊老板性格正相反，不急不忙，是个天塌下来也顶得住的人，他挑着决定报社生命的两个重担，你就不能不钦佩。这两件事，一件是经济资源，一件是买纸供应，没有钱不能出报，没有纸又怎能出报。但重庆的经济命脉，物资来源是掌握在独夫民贼手中，他从这面扼杀你尤嫌不足，岂肯施舍供给——真是夹缝中的苦斗呀！熊瑾玎在这万难之中，不论白色恐怖多么严重，不论经济封锁多么严密，他如同从沙里淘金，总能保证报社的足够经济命脉和纸张需要。当我了解了这些情况，我才懂得为什么在我的住室里一半竟堆满了报纸。潘梓年和熊瑾玎住在报馆外面，小河那边的一个小山丘上，那里有一所房子，我常常看到熊老板围了一条白毛巾，坐在院落里，由老板娘用一只锋利的剃头刀给熊老板剃头，因此熊老板的头总是光光的。这一对革命夫妻和睦的情景，为全报社的人所艳羡。既然说了潘梓年和熊瑾玎，我就必须说一说章汉夫，因为编辑部工作的需要，夜深人静，他总是坐在办公桌后面。汉夫是一个既富文采又熟谙政策的人。对于这三位领导人，我接触得最多最亲密的是章汉夫。副刊编辑部和总编辑室只隔几步之遥。副刊由于时间性不那样强，我们只上半夜班，到十二点有时发完了稿子，我去看看章汉夫，他仍然孤独一人坐在那里。他一年三百六十天，没有一天不是工作通宵。因为他要最后看大样，在那样夹缝中苦斗的景况下，他必须字斟句酌、反复推敲，还要等送审稿件回来，那真是文字上的凌迟的悲苦，送审回来，往往有的扣住禁发，就得补上，有的削删肢解，就得修整，章汉夫在那些年月里，为了透过审查老爷严峻的眼睛，向人们透露出一点光明，报道出一点信息，真是费尽心思，绞尽脑汁。处久了，我才知道，汉夫这个全心全意进行巨大搏斗的人，在私生活上却是很痛苦的，他为爱情付出了沉重代价，他不得不和一个精神失常的人相处，他单独住在编辑部后面山壁之下一间小房里，从不让人到他那里去，我只去过一次，那种凄惨景象令人鼻酸，屋里黑漆漆，没一点光线，一切都混乱成一团，那不是温暖的家庭，那是荒凉的洞窟。但是章汉夫有一个动作，给我留下永远难忘的印象，他常常微微歪着头，闪着幽默的微笑，这是多么难得的革命人的乐观的精神呀！

从编辑部那排平房旁边，有一条曲曲小径，直通一处峡谷，遮在绿茵茵树丛之中，那里有几间全报社比较好的房间，由于那儿偏僻、幽静，无人干扰，便成了上夜班的人的宿舍。当时，廖沫沙是夜班编辑部主任，住在那里，我记得住在那里的还有熊复、杨庚、李凤展等等，他们是白天睡觉，夜里工作的。章汉夫每个晚上都和他们一道工作，甚至比他们工作的时间还长，因为他要等拼版、审大样，最后由他签字才能付印，而签字时往往已是黎明时分了。是的，报社的工作是艰苦的，但报社的工作也是神圣的。

### 七三　化龙桥日日夜夜（二）

我爱重庆，因为它是我迈出实际革命工作生涯的第一步，所以它是我永生珍惜、永远眷恋的时日，也正因为如此，革命者的清苦使我受着熬煎。

夏天，重庆是个大火炉，我这个在北国生长的人，对火热骄阳真是畏之如虎，可是零上四五十度的天气，我们挥汗如雨，还是照常工作。接近中午，就像大火上再焚起一把大火，要把人活生生熔化其中。你身体贴住桌子，桌子发烫；你身体贴住床铺，床铺灼人。为了午休一下，我不能回住房里去，因为那里是一个火的囚笼，无可奈何就在办公室水泥地面上泼了凉水，垫上几张报纸，铺上一领竹席，可是稍一蒙眬还是热得猛醒过来，起身一看，汗水浸得席面上留下一个人身的印子，真是可怕呀！实在难熬了，我们就到小河对面山岩底下开的防空洞里去，可是那里面又冷气森森，阴凉透骨，睡上十分钟，人的全身就僵硬得像块石头，老重庆指点我们，那种处所是绝对不能去的，极度的热和极度的冷搅和在一起，就会把人的身体给毁了。冬天，重庆是茫茫大雾的季节，那种清冷清冷的劲儿令人难以忍受，在我这北方人眼里，四川真是特别。冬天，所有的窗子大开着，其实说来也不奇怪，因为屋里比屋外还冷，外面偶尔还可晒一晒阳光，那糊一层泥巴的竹篾墙壁，屋顶上浮摆着一层瓦片，千疮百孔、冷气嗖嗖，对于这没有一点火星气的地方，在延安烤惯热炭火的人，实在难以忍受。我那时十分清寒，既不是久住重庆的人，积蓄了几套衣装，更不是招财有法的人，一出来就西装笔挺。在重庆两个冬天，我只有一件黑粗布棉袍，办公桌上改稿，经常冻得两手僵硬，只好点上一支纸烟，两手笼住一点火星，好像也得到一丝暖意。盼望夜间想在被窝里暖和一下，可是被子给雾浸得又湿又凉，凭自己身上一点热力把被子烘暖，天也就亮了起来。在偌大的餐厅里，满满坐了二三十桌人，是最热闹、最舒服的场合，但吃的是掺满沙子，还有老鼠屎、发出一股浓重的霉味的平价米，菜天天是炒空心菜和炖木芋，我最怕吃木芋，毫无味道，难以下咽，不过，现在流传一种说法，说木芋是营养价值最丰富的食品，果真如此，我年过古稀、身心尚健，怕是当年吃了很多木芋的缘故吧！不过，我想如今要摆一盆木芋，我还是不肯下箸的。其实，仔细想来倒也未必如此，因为那菜汤上究竟还漂着一两点小小的油星，至于肉是不会有的，得到打牙祭时才有肉吃，平时都是素食，这也就难怪那空心菜和木芋没给我留下好的印象了。这种伙食十分清寒，真是大有鲁迅所说"吃的是草，挤的是奶"之概。实际上，当时革命进步人士都是十分清贫的，重庆、昆明、桂林的大学教授也"巧妇难为无米之炊"，被认可是重庆解放区的《新华日报》，有如此境况，也算十分可观了。苦尽管苦，但我们却是快乐的，苦中之乐，乐更甘美。

我们院内有一间合作社。取得几分稿费，便到那里吃一碗热气腾腾的排骨面，红红的辣椒油辣出一头汗，也就感到心满意足了。

我们当然吸不起市面的香烟，就从合作社买一包自制纸烟，这是幼儿园的娒姆在空暇之余卷的烟卷，大家抽得十分得意，称之为"奶妈牌香烟"。

胡绳和我都是爱饮几杯酒的，有时下了半夜班，很想过过酒瘾，于是步行，相约数人到化龙桥镇上小酒家去吃喝一番。那时已经夜静更深，在黑漆漆的暗夜里，只那酒家亮着一片灯光。我们这些人在重庆都是公开的共产党员身份，也就我行我素，无所顾虑，且吸烟且饮酒，高谈阔论，逸兴湍飞。现在想起年轻时那番好兴致、好情趣，我写到此处，还不免微笑起来。前面谈到四川人喝茶、吃菜，其实酒也是四川文化的重要因素，有酒无肴不好，有肴无酒不行，而且细细品味着茶水是摆龙门阵的好时机，浅斟低吟，酒意蒙眬，更是摆龙门阵的好场合。镇上深夜，一片漆黑，人也很稀少，这也就不足为怪了。这种场合，沉思寡言的胡绳，其实是娓娓清谈的健将。这不能不归功于酒，得益于酒。

1944 年 12 月，有一天，红岩打电话要我到那里去，一般从平地上走，沿嘉陵江大道走是要绕远的。我们有一条捷径，就是上山，从报社旁过陡壁梯阶升上虎头岩顶，那顶上有一个小小城堡，古色斑斓，十分可爱。我喜欢走山路，不只因为路近，还因为风景极美，沿着崎岖的山路，一片碧树参天，走得渴了，中间有一处泉水，清冽可口。我因为做组织工作，常常到红岩组织部汇报、请示。因此，我丝毫没有任何预料，就信步来到红岩。上了楼，我就径直向和我工作有联系、又是老熟人的荣高棠那屋里走去。我一见荣高棠，见他脸上有一种诡秘的笑意，不知怎么回事？他忽然指着隔壁说："你看那里是谁？"……我举步向那屋走去，还没进门，汪琦已经从门口走了出来——这是何等美妙、何等幸福的一瞬间啊！汪琦脸孔晒得红扑扑的，她不只带来一路风尘，也带来延安的温暖。延安与我们爱情有关的一切，一时都涌上心间。当我们热恋之时，在延安那条路上来来去去，留下我们难以磨灭的双双脚印；而现在，我的脚步迈到重庆，她的脚步也迈到重庆——在这雾的重庆，又将印下我们多少脚印？这再不是甜蜜的脚印，而是艰辛的脚印，不过这是新的征程的脚印了。从延河边到嘉陵江边，这样遥远的距离，是我们两人共同生活中第一次的两地相睽，长期违别。

和汪琦会面后，接着就与她同行来重庆的林默涵、韦明、周而复见面。一段时间之前，汉夫跟我说：南方局同意《新华日报》从延安再调几个人来，他征询我调谁合适？我就提出同在"文抗"、比较了解的三人名单，提供组织上参考，现在三人都来了。

他们的到来，很有意义的一件事是带来了秧歌。

如果说春天，何其芳和我来还只能报告《在延安文艺座谈会上的讲话》的内容，现在，他们却带来《讲话》精神指引下初步的、但是刚健娴娜、清新明快的创作成果。

在他们来后不久，我记得是报社的纪念日，就在化龙桥《新华日报》社广场上演出了《兄妹开荒》、《一朵红花》秧歌剧。读者们在前面的叙述中知道，我在延安第一次看到敲着锣鼓、扭着秧歌的队伍时，曾经流下热泪；那么现在，在重庆演出秧歌剧，不仅轰动了山城，也激动了我的心灵。当铿锵的锣鼓声响起时，我的心仿佛又飞到延安。重庆进步人士以及文艺界人士，都到这儿来了。紧锣密鼓，一下把化龙桥一带的群众也都吸引来了，把一个广场挤得满满的。不但报社里边的广场，就连报社外面几面山坡上，也都密密麻麻地站满了观众。

汪琦在《一朵红花》中扮演婆母这一重要角色。她头上扎着白毛巾，穿着一身黑布棉衣，迈着单纯而优美的秧歌步伐，一面唱着、一面舞着，走入广场。她是那样自如、那样潇洒，特别是当她迈着舞步，弯下腰来，做着扬手喂鸡的姿势，确实把秧歌的艺术魅力传导给观众了。……几十年过去了，现在我们都是白发婆娑的老人了，当年她那翩翩起舞的身影，还历历如在眼前，这是她一生中一次特殊的艺术的闪光。我把这段往事写在这里，为我们五十年来亲密相处，将这个永远值得怀恋的镜头保存下来。

全场观众都被秧歌剧深深地陶醉了，只听得从人群里响起一阵又一阵热烈的掌声。

掌声有节奏地和着二胡的乐声、秧歌的舞步谐调地响着。

像一场沙沙的春雨，洒落山城。

像一阵袅袅的春风，吹满山城。

演出完毕，在报社会客室里，戏剧家张骏祥十分激动地向我握手祝贺——他是出名的具有很高欣赏水平、严格的艺术眼光的人，他郑重其事地对我说：汪琦应当做一个演员。我相信他的话是诚恳的，我想这是对汪琦的很高的艺术评价了，不过，为了我的缘故，她没有施展这方面的才华，为我作出牺牲，使我十分内疚，十分歉然。当然，感动人的，不是这些表演者，而是这纯朴动人的艺术本身。

人民的艺术创造，给雾的重庆带来清新、带来明亮。

艺术评论家许幸之专门为这场演出写了一篇文章，他谈道：

"……当我怀着一种微妙的心情走向广场时，锣鼓的喧嚣声，正激荡在绿色的田野和浓雾迷茫的山谷中。我看见许许多多老百姓拥挤在山坡上，许多文化界的朋友和热心的欧美人士正围满了广场。而'秧歌舞'呈现在我们眼前了，使我想起了古代希腊剧场的光景，想起那些石造的山坡和剧院四周的大理石雕像……

"承新华日报诸友的热情招待，参观了'秧歌舞'和展览会归来，兴奋使我不能安眠，思想逼着我不能不敲碎那长时间潜藏在我心底的沉默。我看完了接连两场的演出，就像亲身参加了演剧似的兴奋。坐在广场上，使我想起了希腊时代的民主精神，以及开展在'人类的黄金时代'的灿烂的文化。残酷的战争与宗教的黑暗，使人类的文化倒退了几千年，直到现在，我们还在默默地追求着，希望那希腊时代的远景……

"……我看完了'秧歌舞'的演出之后，从心的深处激起一种新鲜、活泼，而又亲切的共鸣。因此，我确信这种'秧歌舞'，是真正来自民间的艺术。……乘着现在这民主运动的狂潮正在激动的时候，应当把民间的舞蹈与民族的欢歌复兴起来啊！让我们过于苦难的人民，展开了笑、展开了热情、并且展开了生产劳动的自信心吧！……"

是的，这是艺术的复活，

是的，这是艺术的再生，

不也正是人民的复活、人民的再生吗？！

## 七四 雾

世界上的人都知道伦敦是一个出名的雾都。但就中国来说，重庆的的确确是一个出名的雾的山城。每当雾季到来，重庆山城就沉落在茫茫大雾之中了。

1944 年 12 月 22 日，报纸上有一则消息：

"本市今晨浓雾，三步外，几乎模糊不见人物。全市像一片烟海，各线轮渡因此暂告停航，街上汽车也要开灯行驶。"

其实，大自然施与人间的雾，是美的。

你想一想：雾里看花……不是另有一番情致吗？

在北方的原野上，早晨晓雾迷蒙，太阳在雾里只露出一个橙黄的圆圈，那雾不是很美吗？

在南方的河流上，雾随着流水飘荡，你只听到轻轻的摇橹的声音，却看不见船只的影子，那雾不是很美吗？

不过抗战时，重庆的雾是大自然的雾和人为的雾搅和在一起，它像洪荒时代一匹奇怪的巨兽。这个庞然大物充塞天地之间，它也许就是恐龙吧！它像在那儿凝然不动，又像慢慢走着，它从嘉陵江、长江上升腾而起，就那样慢慢地、慢慢地淹没了每一个陡坡，淹没了每一个曲巷，淹没了房屋，淹没了街道，当然也淹没了每一个人。雾那样潮湿、那样黏腻，你自己摸着你给雾浸湿了的那冰冷的手，就像摸着一个死人的手一样。这雾浓得化不开，使你呼吸完全窒息，雾遮没了天空和大地，你在雾中会有一种奇怪的想挣扎而出但又无可奈何之感，这时，你的心里会忽然发生一种惶惑恐怖之感，这雾也许就这样永远不动，一直到把你浸蚀而死。

由于汪琦的到来，我从那半边堆积着纸包的狭窄的小屋搬到竹楼上一间较宽大的宿舍。这座竹楼是那样单薄简陋，就是重庆陋巷中那种竹篾的墙壁的房子，这种房子，只要你在这边咳嗽一声，便会在那边屋里震响。汪琦被分配做记者，记者部在城里七星岗跟前一条小巷子里，那幢房子叫"新庐"——那倒是一座砖木结构的楼房。汪琦和徐克立住楼下一间房内，我进城有时顺路去看看她。多半是星期六傍晚她才回到乡下，过一个休假日。在这竹楼上，我先是和胡绳住在隔壁，这一端比较清静，而且窗外就是一片绿森森的芭蕉林，而后就是虎头岩的巉崖峭壁，从那些地方不时向窗内传来阵阵鸟鸣。有一个清明的夜晚，我和汪琦坐在窗前，望着一轮明月从山顶上缓缓升起，我们都为南方大自然的美感所震颤了。但后来，我又搬到竹楼的另一端，和宋平对门而居，隔着一层薄薄的楼板，下面就是那个大食堂。每天黎明之前，我都为一阵骚乱声惊醒，那是一大群报童在分发报纸，准备出击前的一场热闹。但给我印象最深刻的是雾。由于这间房和原来住的那间房方向不同，不是朝山，而是面河。报馆门前这条潺潺的小河就是由嘉陵江通过化龙桥下流进来的，它不但带来江水，也带来浓雾，我还记得那雾怎样像烟一样从窗缝上缓缓爬进来的情景。雾一下充塞了整个房间，我的被褥和棉衣、我的桌椅、书籍，都是湿漉漉的，我就完全像在露天地下，挟裹在浓雾之中。而雾季又是那样漫长，从秋末一直到春初，太阳很偶然地闪露一下就不见了，而雾却一直绵延整个冬天。

前面，我讲到自然的雾和人为的雾。这人为的雾，就是社会生活中的无边的黑暗。

这种黑颜色的雾，在渗入人的肌肤、沤烂人的骨殖。

"重庆街头上出现了一个疯女人。

"这个年约二十四五岁的女人，怀里抱着三四岁大的孩子，坐在都邮街走道边上，她从下午五时起一直到夜晚九时还未离开此地。看样子她不是一个目不识丁的女子，说得一口流利的国语，据街头小贩说，她是下江人，是无家可归的人，她已在望龙门的街道上流落两三天了。这个女人自言自语的时候多，且时常微笑，口里说些什么今日是十九号，明日就是二十号，紧接着就自笑起来。当行人围着她的时候，她就说：'走开吧，警察来了，宪兵来了，××××（蒋委员长）来了，要打你们的！'有时，她又指着摩登小姐责骂，说她们不该太阔气，有时抽着拾得的烟屁股，把未熄灭的烟火头掷向穿西服的行人，而怀中的孩子有时在叫喊着妈妈，说肚子饿了要吃饭，可是妈妈好像并不理会他，仍然自言自语在说些什么，行人们都很忙碌地在她们母子身旁拥挤了过去……"

——这是一个多么令人毛骨悚然的镜头啊！

"……一天晚上，我坐在一个'担担面'摊上吃面，忽然觉得自己的脚触着了一块柔软的物体，以为是一条狗，而竟是一个小孩子。我感到惶愧。'担担面'女主人就对我解释说：'他们都是一些无家可归的穷苦娃儿们，每天晚上都睡在我面摊底下……'我不觉地受了感动，我请这两个孩子起来，我要了两碗面请他们和我一同吃，一面问他们的姓名，回答我说：一个姓沈、一个姓王，没有父母，每天靠乞讨为生……这时我又发现离这里一丈多距离的一个熄灭了的炉灶旁，又有两个褴褛的孩子，站在那里目不转睛地看着这里的孩子在吃面，脸上露出欣羡的颜色，一个孩子忍不住地在吮手指。我招呼他们来，也请他们吃面，我想听听他们的生活，可惜的是听不懂他们的话！面摊主人感动地说：'先生做好事呢！他们都是些没人过问的娃儿呀！'

"我在回家的巷口，又碰见两个苦孩子——其实他们每天晚上都在这里，一男一女，都睡在露天台阶的石板上，现在因为天冷，他们把身体蜷缩成一团，不注意的实在要当作两条蜷卧的狗呢！我唤醒了那孩子，把身边仅有的二十元给了他……我想叫他们睡到人家屋檐下去，但是转念一想：他们也何尝不知道，未必不是害怕人们的斥责和踢打呢！……"

——这又是一个多么令人毛骨悚然的镜头啊！

就在这样一个茫茫大雾的夜晚，我到一个剧院去看戏，从灯光明亮的剧院里出来，觉得雾中街灯像鬼火一样阴凄凄地发出若明若灭的亮光，因为夜深了，我走在石头板的道路上，脚下也弥漫着浓雾，以至连自己的脚也看不见了，只听到迟钝的脚步声响。我拐过几条街，来到朝天门。一种可怕的景象，使我一下怔住了，开始给浓雾遮盖着，我什么也没看见，但到达几步距离之外，我忽然看见一片死人。浓雾游动着，像是鬼魂在忽忽悠悠地飘荡，我的心在怦怦跳，我的每一根头发都竖立起来……因为我认为是死人的，其中一个忽然在我面前蠕动了一下，原来是在朝天门码头的石阶上露宿的人。我这时停下来，极尽目力，向下望去，从山上到江边，每一层台阶都蜷卧着这样的人——这是多么悲凄、苦难的人呀！……我仔细分辨我脚下那一堆人，有一个妇女，从她的蓬乱的黑发中，露出一个苍白的面孔，像石灰一样的苍白、像石块一样的苍白，那是没有生命的苍白，她的眉毛紧紧皱成一团，眼睫毛在凄苦的梦中微微颤悸，这一点点，说明她还在活着，而她弯曲着整个身体，像在拥抱什么，突然间，我听到有如刚刚出生的小猫那般微弱的声音，原来是她怀里的一个婴儿，在作着临终前最后的嘶哭……在不知不觉间，不是凝聚的雾，是溢满的泪，从我冰凉的脸颊上缓缓滚下，我感到泪的一点点温暖，我想，我如果能把这一点点温暖给予这个小小的生命也好啊！母亲的心是仁慈的，但母亲的心还有多少温暖，她那弯身搂抱就是想把一丝丝暖意给自己的婴儿，而母亲的梦怕也是苍白的，冰凉的。

她能够梦到什么呢？！

这些被称作"脚底下"的下江人（四川巴蜀高峰，故把从底下平原来的人叫作脚底下的人），大都是由于不甘心做亡国奴而从战场上投奔而来的。

……可是，这里等着他们的是冰冷的雾，残酷的雾。

对于这一线爱国的拳拳赤子之心的报答，竟是像丧家之犬一样流落在街头巷尾。

雾！多么无情的雾，多么无耻的雾！

当一个衰弱的民族受着强暴欺凌的时候，人生的悲苦是多么令人怆然哀痛！

雾……而且滋生着霉菌。

高尔基在一篇政论里曾经用了这样一个词：

"碧绿可爱的霉菌。"

当我年轻时读到这篇文章时，就把这句话深刻在心里。

……对于这种能以置人以死地的恶毒霉菌的"美丽"，高尔基曾做过一番发挥、阐释，又对这种看上去碧绿碧绿而实际在吞噬人的性命的毒物，作了深刻的剖析。当然，对于我将要描述的活动在重庆——在漫漫黑雾中蠕动的特殊的动物——是连"可爱"两个字也用不上的。但他们却的的确确是吞噬人生的霉菌，这就是说如果他们是一个活着的人，不如说他们是一个冷血的动物。我在重庆的这段时间，他们和我几乎形影不离。比如，我们要到重庆市内去，我们走到化龙桥公共汽车站等车，我们一面闲谈着，一面用眼一瞥，一个人出现在我们身旁，他们像蚊虫似的有一种特殊敏锐的嗅觉，只要一闻到人的气味就会叮了上来。那是一个年轻人——但他的萎缩的神态，他的阴沉的眼光，一下就使你觉察到"尾巴"跟上来了。因为我们是公开的共产党人的身份，他们也无奈我何，不过，这是他们的"职业"——他们要密报，某某人、某某人，什么时间出现在哪里、什么时间去到哪里……就这样，他们像密布的蛛网，追查线索、寻觅踪迹，这样一来，凡我们活动所至之处，便很容易带去无妄的灾劫。他们是那样熟悉我们，原来他们研究过我们的照片，前面我不是介绍过到报社去的途中，要经过一段竹楼峙立的石板路吗？原来在迎着路面的竹楼窗口上就设置了毒眼，不论是我们这里出去的人，还是来我们这里的人，都一一偷偷拍下照片。这些穿着便衣的冷血动物，一个个像个瘪三，但你只要给他咬着一口，他就要吮吸你的鲜血，于是和这种动物的巧妙周旋，尽力甩掉这根尾巴，便成为我们在重庆生活的艺术。我还得接着上面叙述下去，我们从化龙桥上了公共汽车，你以为那个东西不见了，可是只要你稍微细心一点，便从人丛中发现一双窥伺的眼睛。我到上清寺下车，向曾家岩 50 号走去。他们好像有一种交接制度，于是身后的人影渺然消失了。可是，当我从 50 号出来，到上清寺车站，刚一站住，隔一两个人，于是又看见一个灰色的动物站在那里。可是，雾是怕阳光的，盘聚在 50 号周围的特务，最怕一个人，这人就是龙飞虎。龙飞虎粗粗壮壮，膀大腰圆，他人如其名，他凛然，他勇猛，令人望而生畏。那些特务一看见他，就吓得四散奔逃。关于曾家岩 50 号，四十五年以后（1989 年）我重来重庆，我到《红岩》作者杨益言家做客，他的家就离 50 号咫尺之隔，他引我走进一间有壁炉的厅堂，他告诉我这就是戴笠的客厅。然后，他带我走到客厅外的走廊上，他指给我说："你看，这不是周公馆吗？从这儿可以清清楚楚看到那里的一举一动……"啊！这是多么精心的设计啊！原来国民党特务头子就在这儿安了一颗大大的钉子。戴笠这幢房子就战时重庆的标准来说还算华丽的，但过道里却十分阴森可怖。杨益言指着紧傍客厅的一个门说："这里就是监狱！……"任何人都可以有他的嗜好，特务也有特务的嗜好，他喜欢把一个囚禁的牢笼安排在他自己家中。我想从这豪华的客厅窗上，特务头子可以踌躇满志地、像鬼蚬一样窥视着 50 号那神圣之区，而随时又可以听到镣铐啷当，带进囚徒。他这个华丽的客厅，也就随时可以摆起吃人的筵席，发出残酷的狞笑。

请看看这一个镜头吧！

"昨天上午 10 时，七星岗附近马路上有两个便衣壮汉，挟一中年男子向民生路而去，该中年男子的妻子，则紧拉着丈夫衣服不放，并哀求释放，结果被穿灰衣的壮汉一脚踢伤小肚，伏地大哭，引起路人侧目，随后有警察前去交涉，也被穿黄衬衣壮汉一掌推开，群情愤激，壮汉出枪示威。"

——这就是光天化日之下重庆的一景。

还是让我讲我的一次亲身见闻吧！

那是大雾弥漫的季节。

1944 年 10 月 19 日，我到百灵餐厅去参加鲁迅逝世八周年纪念会。

会是在餐厅楼上一间宽敞的大厅里举行的，我一看，孙夫人（宋庆龄）早早就坐在那里了。她身旁还有沈钧儒、茅盾……然后一桌一桌坐满了很多人，都怀着对鲁迅的深沉的眷恋，抱着对鲁迅精神的崇敬，因此会场上的气氛是十分热烈又十分庄严的。会议已经开始，孙夫人有事早退，她刚走不久，胡风正站起来发言——当他讲到中间时，突然一个面色狰狞的壮汉，"啪"的一声拍案而起，他恶声嚎叫，口出狂言，竟向胡风质问为什么许广平留在上海？许广平是日本特务，鲁迅也是特务。胡风并未由于这突然袭击而中断他的讲话，他一面愤怒地斥责了那个壮汉，一面还想要把他的话讲下去……于是那个壮汉不顾一切，露出嘴脸，在他的一声呼啸下，杂在人群中的一群和那人同模同样的人便纷纷涌出，赤膊上阵，掀翻饭桌、砸碎茶具，只听得木椅撞在地板上的乒乓声、瓷器粉碎的叮当声，顷刻之间，形成一阵狂风恶雨一样的声响，于是把百灵餐厅楼上砸得稀烂。在这种情形下，我们只有纷纷退出。我走出百灵餐厅，并没立刻离去，怕胡风被那群壮汉挟持走，当我看到胡风走了过来，我从街这一侧，朝着街那一侧的胡风点点头，微笑了一下，我们才放心分手走开去了。

第二天，《新华日报》在国民党严密审查之下，只在《鲁迅逝世八周年纪念》标题下，加了一行小字：

"茶会在艰苦环境中举行，在混乱中散会。"

用此透露出一点信息，这真是夹缝中的苦斗。

反共的浪潮一浪比一浪汹涌，有一次特务军警一下切断化龙桥的通路，把报社团团围了起来，要冲进院内。这时形势非常险恶，空气非常严峻，组织上已作出了万一的措施，人们随时准备从后面虎头岩山上各个疏散，因此必须烧毁文件，不但党的文件必须烧毁，中央领导人的手迹也不允许落入特务手中。就在这一回，我找出从延安出来时，带在身边的两份我最珍惜宝贵的文献：一件是毛主席介绍我们陪同卡尔逊到华北敌后视察的那一个大宣纸信封，封面上写着："各路军各级将领"的亲笔信；还有一件是我在太行整理的一份准备写《朱德将军传》作为依据的朱德同志口述自传，上面有朱德亲自修改的笔迹……在这急促紧迫的时刻，我不得不忍痛把它们烧掉了，当我看着我钟爱的宝物顷刻化为一片灰烬，我实在悲愤已极、痛苦已极……

雾，重庆的雾，那时是毒雾，是沤烂天地、腐蚀人间的毒雾啊！

## 七五　火

重庆有一种树，它是树中的巨人，它的生命力是那样顽强，它常常从石缝中生长，它像榕树，但无须根，可是根脉却奇异地隆出地面，崎岖蜿蜒，状如虬龙，古貌苍然，就像是上古的雕手，雕铸出的青铜的雕塑，树身那样粗壮、高大，树冠永远展开，碧绿茵茵、浓荫匝地，这就是不畏风霜、不怕毒雾的黄桷树。有一回我同徐冰到唐家沱去访茅盾，徒步行在田野之间，在一处村口，看见一株极大极大的黄桷树，它的树荫像伞一样笼罩一亩以上，隆得像山丘一样的根脉上，竟坐了十几个农夫，隐蔽在树荫之下，我们在炎炎烈日下赶路，本来热汗淋漓，见这浓荫自觉可爱，于是也到树影下歇了一下脚，顿觉微风拂拂，一片清凉。这时，我恍然大悟，黄桷树才是重庆大地的主人，它形容伟岸，气派森然，它不仅能抵住毒菌的霉蚀，而且给人间带来深情的恩泽。我倏然理解到，在毒霉中搏斗的人就是黄桷树。

说到搏斗，我首先想到的就是周副主席。

他领导南方局，在大后方进行了锲而不舍、坚持不懈的搏斗。他目光炯炯、不畏艰危，在国民党反共高潮像恶涛浊浪，汹涌扑来时，他从他的博大的心胸中发出铮铮金石之言，他说：

"黑暗是暂时的，光明一定会到来！""有革命斗争经验的人都懂得怎样在光明和黑暗中奋斗。不但遇着光明不骄傲，主要是遇着黑暗不灰心丧气，只要大家坚持信念，不顾艰难，向前奋斗，并且在黑暗中显示英勇卓绝的战斗精神，胜利是会到来的，黑暗必然被冲破的。"

至今，在重庆人民之中，还传播着神话一样的传闻。

据说，在"皖南事变"爆发，国民党新闻检查所扣着报道事变经过的新闻，不准发表，周副主席饱含满腔悲愤，写下：

"千古奇冤，江南一叶，同室操戈，相煎何急。"

于是一场搏斗开始了，《新华日报》的报童把报纸送往读者手中，遭到国民党特务军警殴打、撕毁。

于是，周副主席来到重庆闹市，亲自把手中的报纸纷纷散发给过往行人。

……

这是巨大的像惊雷一样震撼人心的事。

这是怎样非凡的气度，才能做出这样坚毅的行动。

正是这种共产主义精神，浇灌了、培育了无数英勇的搏击的战士。

我记得我们总支根据南方局的决定，进行整风学习时，准备在报馆内部出版一个小型的学习刊物，请示董老，董老欣然提笔给这个刊物写了题名《新华日报人》，是的，今天的读者读至此处，你会提问什么叫"新华日报人"——作为主持这个内部刊物，亲自编稿、亲手校对过的人，我至今还眷恋着那个薄薄的小册子，可是由于无边的浩劫，岁月的磨蚀，我再也不会找到这些小册子了——我认为"新华日报人"是一种特殊材料制造的人。他们像钢铁一样坚硬，像金银一样发光。谈到这里，我想我们报社的报童就是这种人。他们日夜战斗在前哨上，斗勇斗智，千方百计把报纸送到读者手中。那还是从太行回到延安时，我写过一篇小说，题名《太阳》，描写一个通过重重封锁，道道险关，把报纸送到敌占区的人，我说：他是向黑茫茫苦海中，送去鲜红太阳的人。真是不能不令人愤慨，我写的那是敌占区，谁知数年之后，我到了重庆，我却看到在自己的国土上，还需要这无数送太阳的人。国民党控制的报业公会，不给《新华日报》送报，于是报社自己培养了一支出奇制胜、骁勇善战的送报的队伍。他们大都是十几岁的四川娃儿。但你不要看他们人小，他们却有着"新华日报人"的崇高的品德，他们每人有每人秘密行走的途径，他们每人有每人送报的本领，国民党大批人马堵塞、抢劫，但，娃儿们能够从他们眼皮底下蒙混过去，将一团火一样的真理送到人们手上、送到人们眼里、送到人们心中。就是这些娃儿，常常震撼整个山城，搞得敌人胆战心惊。我至今记得其中的一次战斗，是为了送发发表文化界要求民主宣言的报纸。黎明之前，我们聚在饭厅里，我看到他们一个个身揣报纸，准备出发。我作为总支书记做了鼓励、动员的讲话，而后我目送着他们小小的身影，一个个投入黎明前的黑暗，然后我就回到报社办公室，坐在电话机旁守候。不久，各种战斗的信息纷纷到来，那都是《新华日报》的热心的读者——他们用急促的语言报告哪儿的报纸被撕碎了，哪儿的报童被殴打了，哪儿的报童被关押了。使我心情久久不能平静的，是一个老母亲苍老而充满深情的声音，她说："你们快来人吧！他们把娃儿打得好凶哟！快！快！……他已经满脸鲜血……"她讲明地点，随后我听到她那哽咽的哭声。而后，电话就悄然中断了。我记下每一所在，每一地点，把单子交给潘梓年社长，潘梓年揣起单子，不声不响，就提起一个小布袋动身进城去了。他进城后跟国民党的宪兵司令部、警察厅，提出理直气壮的抗议，进行顽强不懈的交涉，然后把抓去的报童一一领回。那天夜晚是一个非常激动人心的夜晚，在食堂那微弱昏黄的灯光下，报童都回来了——我一把抱住第一个进来的娃儿，我看见他嘴唇眼角被殴打得青紫肿胀，一丝血迹还挂在嘴边，他的衣服撕裂了，鞋子跑掉了，这个赤着双脚的娃儿，脸上却漾着实在无法形容的胜利的微笑……这真是震颤人心的一刹那，我几乎忍不住眼泪——什么叫"新华日报人"？这就是新华日报人！就是这些小小年纪的娃儿，凭什么能闯过难关，战胜强暴而获胜归来？就因为在他们身上有着爱国的精神，爱报的精神，这不就是共产主义的精神吗？于是在食堂里开了一个庆祝胜利的集会，潘梓年代表报社讲了话……当我讲话时，我看着那一双双天真，可爱的晶莹闪光的眼睛，我再也忍不住，热泪流了下来。虽然由于我不能跟他们一道奔赴前线战斗而惭愧，但我也为这一天，我的心一直同他们一道搏斗而感到骄傲。这些娃儿是敌人的恶障，是亲人的宠儿。

1944 年，夏日一天的《新华日报》显著的位置上刊登了一条用黑线框着的新闻：

> 本报报丁江云伯同志昨天病逝于市民医院。
>
> 本报报丁江云伯同志，在七月中生病，昨天下午一时四十分，在市民

医院不治逝世。他的病是肺结核和心脏膨胀。江同志在本报服务已近六年，在六年中担任发行上的前哨工作，经历许多阻碍艰辛，江同志始终不屈不挠，坚持岗位，六年如一日。他不仅自身努力工作，并且用他的丰富的斗争经验和顽强的战斗精神，积极帮助和教育其他同志。江同志得病后，报馆虽曾竭尽全力医治，希望江同志恢复健康，不幸江同志病势沉重，病菌侵入心脏，终于不治。他的死实在是本报很大的一个损失。全馆同仁闻耗，悲痛异常！当日下午由本报城乡两地行政和职工会负责同志会同料理善后，恭送江同志遗体到化龙桥棺殓。傍晚由全体工作同志送殡到墓地安葬。晚上并派代表慰唁江同志家属，并定期举行追悼会。

他给人间送的是火、是温暖、是太阳，但他自己呢？……

他为什么死？！

他为什么死？！

因为他天天吃的是掺沙子的发霉的糙米饭。

因为他不顾日夜，不顾风雨，时时刻刻在搏斗。

因为他被敌人残暴地殴打，遍体鳞伤。

不错，还因为那深深侵袭入内脏的病菌。

这就是那黏腻的毒雾恶瘴所滋生、所培养的细菌呀！

但是，如果谁只看到这山城有雾，谁就不是辩证唯物主义者。

大自然是无罪的，正是在这山里有着炽旺的烈火。

除了前面讲的新华日报人，郭沫若就是千千万万熊熊燃烧的烈火中一束旺盛而明亮的火。

是的，他是火的歌手。

是的，他是火的斗士。

他在阴沉的厄运面前。能够发出爽朗的大笑。

他在阴沉的雾瘴之中，能够发出灼人的光亮。

他有铁的意志。

他有火的豪情。

最使我永生不忘的，使我知道什么是真正面向人生的战士的，是1944年11月7日，中苏文化协会在青年宫举行的那次苏联十月革命节庆祝会。我从化龙桥乡下乘公共汽车进城赶去参加这一盛会。我到了一看，人们已经有如潮水一般，纷纷向会场涌入——我明白，前一天《新华日报》登了召开这一庆祝会的消息，里面有一句是：将有中苏名人讲演。这一暗示，已被理解，人们都想到这中国的名人是谁，都想一睹风采。郭沫若除了是诗人、考古学家、科学家、政治家之外，还是一个非凡的演说家。在当年北伐路上，他所经之处，每作讲演，辄引起一种热烈的轰动……这不只因为他的天才。还因为他的神魄。我走进会场一看，场内已经座无虚席，而我身后的人群，还在愈涌愈多，愈聚愈众。于是，一下子。连左右两旁和后面走道上都黑压压地站满了人，我就是站在这热烘烘的人群中的一个，我几乎听到满堂满室的人的心脏的跳跃。

到会的重要人物很多，我记得除孙夫人外，还有陈立夫、何应钦等达官显贵，他们都在台上就座，主持会议的是中苏文化协会的会长孙科。

那正是雾季，天是灰暗的，地是迷蒙的。蒋介石恨不得一口吞掉要求民主的一切进步势力。雾啊，那样潮湿发霉，雾啊，那样低垂窒人，广大爱国人士在白色恐怖高压之下，压得喘不出气，心脏都要爆炸了。人民多么需要有一声呐喊，发出人民的心声。但我很明白——在这黑压压的人群里，有两种势力，一种是黑暗，一种是光明。既然陈立夫、何应钦坐在台上，他们就在人群中安插了一群流氓特务，另一方面就是广大的为正义的人们，两者都纷纷涌入会场，这就从台上到台下，形成一触即发的对峙的紧张局面，看谁战胜谁，这个决定者在郭沫若。老实说，我为郭沫若捏一把汗，准备随时冲上去保卫他，但是决战就在这时开始了。会议进行下去，孙科宣布郭沫若……这个名字刚一出口，他还未说完，话声就被激情热烈的掌声淹没了。郭沫若是那样从容、那样镇定、那样文雅地迈步走向台前，站到麦克风前面，他那魁梧的身材，像一座大山，他那和蔼的脸容，像一抹阳光——是他，在这儿，把整个山城，不，整个中国、整个世界推向一个震撼的高峰。

郭沫若的讲话是那样铿锵，那样犀利。

他表面的沉稳包含着无限的激情。

他生动地赞美了孙中山对苏联的认识和遗教的伟大，继而说到要向苏联朋友学习，应该特别从苏联人民不拒绝工作中细小事情的精神、多样统一的精神着手。他的讲话很富有煽动的魅力，他整个像朗诵一首抒情诗，有悠扬、有顿挫、有节奏，最后他说道：

"……所以我们要学习苏联，我们就应该学习这种善于运用'多样的统一'的精神。（鼓掌）

"这种精神，在工作中不拒绝细小事件，严格地执行自我批判，巧妙地运用'多样的统一'的原则，这就是科学的精神，也就是民主的精神（大鼓掌），我们要尽量地学习，尤其我们文化工作者，如果学习了这些精神，我们对于自己的国家，一定会有更多的贡献的（大鼓掌）。

"现在，我们中苏英美四大国，是未来的世界联邦永远和平的四大台柱。这四大台柱要一样的牢实，一样的稳定，一样的均衡，然后将来的和平殿堂才能够牢实、稳定、均衡。假使这四根台柱里面，有一根台柱不牢实、不稳定、不均衡，那么，将来的和平殿堂也就动荡不宁了（大鼓掌）。

"……我们今天和苏联，和英美，共同分担了解救人类的使命，这责任多么重大，我们要完成这项使命，就应该向苏联的朋友看齐（鼓掌），向英、美的朋友看齐（鼓掌），同时，我们要尽力地鞭策自己，加紧地奉行国父遗教，好好地把我们的国家建立起来，也要让苏联的朋友，英、美的朋友向我们——看齐（长时间鼓掌经久不息……）。"

郭沫若的每一句话都像抛起一把火，整个不太长的讲话中，鼓掌、大鼓掌、长时间地鼓掌竟达二十四次之多，听众的掌声简直成为他的讲话的句点。

伴随着每一阵热烈掌声，多少人热泪盈眶，这暴风雨般经久不息的掌声，正是从群众心中爆发的强大的呼声。而郭沫若从容镇定、潇洒自如，他的每一句话都是精辟的诗，每一句话都是锋利的剑，真是嬉笑怒骂皆成文章。当他讲话终结时，那经久不息的掌声就是风的怒吼，雷的轰鸣，这是对敌人的强大示威，使台下的流氓特务目瞪口呆，不知所措。台上群丑也如坐针毡，无计可施。正义压倒了邪恶、光明战胜了黑暗。郭沫若堂堂正正、气宇轩昂，他没用一个辱骂和恐吓的字眼，但每一声痛斥都有如匕首，直刺敌人的心窝。在痛斥完毕之后，郭沫若十分文雅、十分礼貌地转过身来，向陈立夫、何应钦这些被抨击的鼠辈微微欠身、点头致意，这画龙点睛的一笔立刻获得群众的理解，于是如同日月之经天、江河之行地，掌声又汹涌澎湃、奔腾呼啸而起，正义的掌声压倒一切，我们鼓呀，鼓呀，手掌鼓肿了还在鼓，手臂鼓疼了还在鼓。郭沫若的这一个讲话，戳穿了敌人的阴谋，突破了重庆的黑雾，就像爆发的火山把雾的长空也燃烧得熊熊闪耀。

谈到心灵，这是我在重庆心灵最激动、最震撼的一次。但，我现在回想起郭沫若，必须进入郭沫若内心那亲切甜蜜的一面。

那是林默涵、韦明、周而复、汪琦从延安来到重庆后不久，我陪同他们到天官府去看望郭沫若。郭沫若和于立群对于身上还披着北国的风沙、心中还响着延河流水的人们，做了那样亲切热情的招待，除我们几个之外，郭沫若还约了几个朋友，其中一位就是饰演屈原的金山。那是一次亲密的家庭的聚会，在外间屋吃过酒饭，郭沫若兴犹未尽，把我们领进里面那间屋去，大家热烈谈论一阵之后，郭沫若静静坐在书桌后面，他突然提议请金山朗诵《屈原》剧中的《雷电颂》，这是多么好的建议，立刻博得欢迎的掌声。金山走到房屋中间站住，大家立刻屏声静气，金山也平静了一下自己，然后以铿锵而嘹亮的声音朗诵起来：

"啊！这宇宙中的伟大的诗！你们风，你们雷，你们电，你们在黑暗中咆哮着的，闪耀着的一切的一切，你们都是诗，都是音乐，都是跳舞。你们宇宙中伟大的艺人们呀，尽量发挥你们的力量吧。发泄出无边无际的怒火把这黑暗的宇宙，阴惨的宇宙，爆炸了吧！爆炸了吧！"

朗诵者的声音提高了，庄严，肃穆，激扬，昂奋，朗诵者向空中挥着手臂，霹雳响了，霹雳炸了。

"啊，电！你这宇宙中最犀利的剑呀！我的长剑是被人拔去了，但是你，你能拔去我有形的长剑，你不能拔去我无形的长剑呀。电，你这宇宙中的剑，也正是，我心中的剑。你劈吧，劈吧，劈吧！把这比铁还坚固的黑暗，劈开，劈开，劈开！虽然你劈它如同劈水一样，你抽掉了，它又合拢了来，但至少你能使那光明得到暂时间的一瞬的显现，哦，那多么灿烂的，多么炫目的光明呀！

"光明呀，我景仰你，我景仰你，我要向你拜手，我要向你稽首。我知道，你的本身就是火，你，你这宇宙中最伟大者呀，火！你在天边，你在眼前，你在我的四面，我知道你就是宇宙的生命，你就是我的生命，你就是我呀！我这熊熊地燃烧着的生命，我这快要使我全身炸裂的怒火，难道就不能迸射出光明了吗?

"爆裂呀! 我的身体! 爆裂呀! 宇宙! 让那赤条条的火滚动起来,像这风一样,像那海一样,滚动起来,把一切的有形,一切的污秽,烧毁了吧! 烧毁了吧! 把这包含着一切罪恶的黑暗烧毁了吧!

"……"

随了这诗的声音,屋中风云雷火,电闪交加,鸣奏着响彻云霄的交响乐,充满着震撼人心的光明与正义的搏斗。郭沫若一直坐在书桌后面,支颐静听,但我觉得在空中飞舞回旋、霹雳震荡的正是郭沫若的生命与灵魂,他在与当今的黑暗严峻地搏斗,他把自己的热血与生命,化为火、化为光,在震撼苍天,烛照大地。

是的,我是幸福者——因为这是一个人一生中只有一次的一夜啊! 而,我认为这是我们这一代人文学回忆录中最精彩的一页,是的,它实在太精彩了。

我们忘记了时间,从郭沫若家中出来已是迟迟深夜。这时,整个山城黑夜深沉,浓雾迷漫,我走了几步,忍不住回头看去,只有郭沫若窗上灯光明亮,这一点灯光,多么像大海夜航的探照灯呀! 我默默沉思着,走在石板路上,我倾听我的脚步的声音,我的脑海深处忽地霍然一亮,我刚才听到的不是台词,不是朗诵,而是郭老一生凝聚的精华,从《女神》到《屈原》,经过漫漫几十年,无边风霜雨雪,但他那一颗炽热的心,还是那样年轻,那样美丽。在今天来说,《雷电颂》不是比《离骚》还要美、还要强? 因为郭沫若就是今日之屈原,活着的屈原,他那每一个铮铮的诗句,都是对凶残毒恶的蒋家王朝强烈的反抗、无情的讨伐,是透过茫茫长空云雾,对即将来临的光明强烈的希望与歌颂。但如果没有深厚的爱,也不可能有严峻的恨,突然一线光明掠过我的心头,《凤凰涅槃》中的火,《雷电颂》中的火,不就是郭沫若的化身吗?

是的,这是一个诗人的火,

是的,这是火的诗人,

它在劈开浓雾,冲上青天。

我又想起黄桷树那巨大无朋、郁郁葱葱的大树,不就是巍然于天地之间的燃烧的火焰吗? 我听到树叶的飒飒,我看到铁干的铮铮,你,从石岩夹缝中生长起的生命,不是在呼唤着一个人民的世纪必然到来吗?

## 七六　黎明与黑暗的搏斗

从延安出发时，我没想到在重庆这段时间，竟是世界上发生天翻地覆、扭转乾坤的重大时日。

想一想：

由 20 世纪三十年代到四十年代，这是多么悲壮而雄伟的大时代呀！

是的，仿佛整个地球都在流血、都在哭泣、都在哀伤、都在死亡。

从亚洲到欧洲，从美洲到非洲，都卷入浓烟烈火、血肉横飞之中。长江啊！黄河啊！莱茵河啊！伏尔加河啊！你们都给鲜血染红了。人的生命像粉尘一样飞扬，人的骨殖像野草一样枯槁，多少个日日夜夜——多少母亲垂泪哀思，多少儿女捐躯沙场，那是多么可怕的阴森恐怖、毛发悚然的人类文明史上最黑暗的日子！法西斯的铁蹄踏碎大地呀！从东方到西方，从南方到北方，黑烟滚滚、血流滔滔，尽管中国敌后战场杀声震天，斯大林格勒战线上炮声轰隆，可是那卐字旗和太阳旗还在飘扬，不过，正是在这黑暗的瘟疫一般的天下里，人民毅然崛起，这是一次光明与黑暗的大较量，希望与死亡的大决战，亿万人民用自己的鲜血与生命书写一部庄严的历史，它将申告，人类必将按照自己的规律前进，历史必然按照马克思的预言，不论多么残酷，不论多么艰巨，宇宙上闪烁出一行鲜红的大字：当社会主义黎明已经出现的时候，抱有共产主义信仰的人必然成为这场大搏斗中的主力军，正是他们唤醒了广阔无垠的人群，结成反法西斯的联合战线，进行了波澜壮阔、无比悲壮、无比神圣的斗争，宁死不屈，奋战到底。这就注定我们的世界像江河咆哮、大海奔腾。人类的文明，必将前进而不可逆转，这就是真理。

试想没有苏联红军在斯大林格勒进行那样史无前例的血战、苦战，怎能赢得胜利？在这一场反法西斯恶战之中，史无前例，自始至终——第一个社会主义国家，承担了英雄地，壮烈地战斗的使命，成为拯救人类文明于水火的决定的力量。在斯大林最高统帅部运筹帷幄、决胜千里之外，朱可夫元帅指挥红军战士，在斯大林格勒每一寸废墟上反复厮杀，每一段断壁残垣上往返争夺，俘虏了曾经毁灭整个欧洲、凶横不可一世的德国法西斯元帅保卢斯以及几十名将军。正是在伏尔加河一隅之地，扭转了全世界人民命运的车轮。俄罗斯严酷的冰风冻雪，使希特勒重复了拿破仑的老路，找寻到了他们的滑铁卢的末日。

这是人类明灯闪亮的时刻。

这是人类欢呼雀跃的时刻。

正是进入炎热的夏季的时候，山城里传来一个令人振奋的消息：

盟军在法国登陆了。

啊！——在斯大林格勒决定性胜利督促与鼓舞之下，第二战场终于开辟了。

合众社6月6日电：盟军总部今天公布说，艾森豪威尔将军指挥下的盟国海军，在强大的空军掩护下，今天早上在法国北海岸开始登陆。又官方宣布，盟方欧军总部英军司令蒙哥马利将军所统率的军队，已进攻法国海岸。四天之后，6月11日，塔斯社宣布，北路苏军，一天时间就把芬兰号称固若金汤的曼纳林防线已经一举突破，北线苏军随即势如破竹，在奥加湖以北奥纳加湖、莉多加湖之间，卡累利阿战线上展开猛烈攻势，这样从东方，从西方两个方向向希特勒德国的钳形攻势开始了。

中国作家向全世界反法西斯作家发出致敬信：

"全世界反抗法西斯主义的作家们！

"全世界为民主自由的彻底胜利而战的作家们！

"在今天，伟大的民主阵营用雷霆万钧的力量向法西斯的元凶希特勒德国开始了最后的致命打击的六月六日，我们，全中国的为民族的彻底的解放，为民主的彻底胜利而奋斗的作家们，在激动热烈的情绪里面，向你们表示兄弟的关怀，向你们致送战友的敬礼！我们还希望能够通过你们向一切反法西斯的人们，特别是在西线海岸开始了人类史上空前的登陆的战士们，在东线几千里的战场上将重新开始人类史上空前的伟大追击战的将士们，在欧洲金土掀起了和我们中国东西辉映的人类史上空前的伟大的游击战的战士们，表示兄弟的关怀，致送战友的敬礼！

"在今年四月本会第六届年会大会上，到会的一百多个作家用最大的诚意，把这个决议留到今天发出。因为，我们期待有这一天，我们坚信有这一天，在民主阵营最集中地也最广大地开始了发挥精神力量和战斗意志的这一天向你们致敬，我们就能够衷心地说出，你们也能够真切地感到我们和你们之间的神圣的战斗情意。

"在人类解放史上，战斗的目标只有一个，所以，你们的胜利，就是我们的胜荆。法西斯德国的崩溃就是法西斯日本崩溃的前奏，欧洲人民的解放就是亚洲人民解放的枢纽。在战斗要求上，工作的道路彼此相连，我们要用艰苦的斗争来响应你们的艰苦的斗争，要汲取你们的斗争经验，要学习你们的斗争精神，要配得上被称为你们的战友，为民族的彻底解放和民主彻底实现而不在任何困难面前却步。

"击败法西斯德国！击溃法西斯日本！彻底廓清法西斯主义的文化毒素！

"胜利万岁！民主主义万岁！全世界民主大家庭万岁！"

这是中国作家的声音，这是从血战方殷、彤云弥漫的中国大抛上发出的声音。

何等的期望，

何等的等待，

是的，中国的大地在震撼，中国的天空在呼啸，在从黄河到长江广大地面上，中国伟大的游击战争，惊天地、泣鬼神。从1931年算起，中国是受法西斯侵略最早、抗战时间最长的国家。生灵涂炭、灾难深重，曾经达到濒临灭绝地步。在以毛泽东为首的中国共产党领导之下，发动了最广泛的人民战争，把凶狂残恶的日本强盗淹没在人民的汪洋大海之中。直到日本法西斯在这土地上灭亡。中国作家的声音，正是奋战在中国大地上亿万游击战士的声音。

灾难最深重——处于帝国主义长期奴役、践踏的最黑暗中的东方人民，是多么以成为反法西斯战士的一员而骄傲，是多么以成为世界民主大家庭的一员而自豪呀！

可是，黎明前的黑暗是阴阳交叠、错综复杂的，黎明欲来，黑夜沉重，但黑暗里闪着明光，也飞着血雨。在饱受战争灾劫的中国大地上，被战火与硝烟熏黑的中国大地上，被血水深深渗透的中国大地上——你不是还听见呻吟吗？你不是还听到呜咽吗？你不是还听到祈求吗？你不是还听到哀号吗？……这一切一切，都凝成一个沉重的黑夜，而漫漫黑夜何时旦呀？我焦思苦虑，忧心忡忡，特别是我身在重庆，更容易体会到黑暗的压力。这些年以来，整个地球好像分成两半，一半是光明，一半是黑暗，光明与黑暗进行着决死的搏斗，我心灵里也进行着这种搏斗，我在沉思，我在默想，当曙光在西方已经闪现出来，难道我们东方还能不敲响晨钟？……但我的心灵却不能不在这个时候发出震动与颤抖。

正在这时候，传来了长沙陷落的消息，接着是桂林失守，黔边告急，日寇猛扑独山……

《新华日报》发出《火急了》的呼声。

……火急了，敌人的鬼火已经烧到了贵州，几十万、几百万人民，经敌人追着逼着往后方跑，病了多少，死了多少。贵州边境难民组成了一个长达几十里的行列，向贵阳行进，可是他们的目的地"俨如严冬"，而且正是敌人下一步攻击的目标。

十二月五日，独山也沦陷了。

贵阳天气突变，入夜大雪纷飞，流落街头的难民群，衣履单薄，瑟瑟发抖……

当 1945 年春天来临的时候，一个决定性的信息从欧洲传来：

苏联红军攻入柏林：

"……苏军正由东北面向柏林的通衢菩提树下街前进。一百多年以来没有被外国军队攻打过的柏林，于今，正像德方军事评论家华尔史勒惨兮兮地说：这是一个世纪以来第一次在柏林听到大炮的雷鸣。""炸弹从西面落下，大炮从东面轰来，整个柏林城尘土与火光冲天而起，"这就是被围攻着的法西斯巢穴的写照。"苏军已完全包围柏林，柏林攻下，即在旦夕，该城三分之一到一半，已为苏军占领，苏联旗帜已飘扬在德国国会废墟之上。""柏林街头，满布尸体，从前壮丽建筑现已成无数断砖残瓦，两旁街树，好像火龙一般。柏林现在已是死人城，尸体横布在小巷中，或被封闭在地下铁道网的黑暗隧道中，或者浮沉在沟渠，全城大火，仍在猛烈焚烧，并将继续蔓延，随着斯普里河和其他水道，全被残物腐尸所淤塞，河水简直不能用了。机关枪和大炮像连珠贯串起来，每次听到巨大声响，一定有高大建筑物随声倒塌，化作废墟。苏军手提机关枪手在尘埃中推进，夜间则除熊熊火光和一片冷月外，都极黑暗凄凉。"

在坐夜班的灯光照明下，我看着这雪片一样飞来的电讯。

我的心像星光一样，一下明、一下灭，在簌簌颤抖、跳跃。

五月七日这一天，同盟军正式宣布：

"德国无条件投降了。"

斯大林发布了祝捷令，在莫斯科，一千门礼炮齐鸣三十响，这是智慧与勇气的呼号，这是崇高与正义的叫啸，这是从死牢里将一扇巨门呼然推倒的声音，这是枷锁与绞链断裂的声音，这是阳光闪闪而下的声音……

我站起来，走到窗前，

我望着春夜的星空。

人，大写的人啊！你披着灰尘，染着血渍，含着微笑，又挺然站立起来了。

可是，当我呼吸了温暖而又清新的夜气，又走回桌边，纸上一行字迹使我悚然心惊，什么？！……什么？！……

"希特勒的战争毁灭了歌德故居，在法兰克福大鹿洛街 23 号，现在堆着一片瓦砾，在一块棕色的石头上压着一块木板，上面留下几个铅笔字的痕迹：'这座房子是大诗人歌德的诞生地。'"这是一个普通苏联士兵用粗壮的手指捏着铅笔写下的呢，还是一个德国的爱国者在废墟里埋下了祖国的灵魂？这生动的几个铅笔字，是一个庄严的判决书，它宣告法西斯不但消灭别人的文化，也在毁灭自己的文明，正是这种人类中最大的愚昧，最大的丑恶，最大的残暴，最大的恶毒的法西斯野兽，最后毁灭了他自己。而文明与智慧，崇高与勇气永远不会熄灭，终要从死中复生。

八月八日，美国人向广岛投下原子弹，那蘑菇形的黑云矗立天空，人和物一刹那间化为灰烬。

八月九日，苏联百万雄师，挥师东向，从东西两方，越过满洲边境，如同暴风骤雨、迅雷疾电，以摧枯拉朽之势，彻底地粉碎了关东军。

那是多么难眠的夜晚，又是多么难耐的黎明。

在黎明与黑暗搏斗的最后时刻，我终于看到红色的曙光照临。

日本法西斯政府宣布接受波茨坦宣言，无条件投降。

一下子，整个报社都沸腾起来了，人们从编辑室里涌出来，人们从竹楼宿舍里涌出来，人们从宽敞的食堂里涌出来，人们像潮水一样回旋在广场上面，彼此握手、彼此拥抱。我第一次感到经过患难得来的幸福是多么宝贵，经过死亡得来的新生是多么珍重，经过苦斗得来的甜蜜是多么亲切。这时，我什么也没有想，什么也不能想，当我从人潮中挣扎出来，我紧紧抱着一棵树木，我的全身剧烈地颤抖着——我的血流停止了，我的心跳不动了。我那样痛苦而又悲哀地失声痛哭……是的，我们胜利了，我们胜利了。我们所希望、所盼望的一天终于来到了——是的，我的心灵如此焦灼，我的灵魂如此激荡，我觉得明晃晃的曙光，那耀眼的曙光啊！落在我的脸上。渐渐地、渐渐地，我平息下来。

在《新华日报》副刊上我写了一篇文章发出我的心声："……黎明，清新之感充满空间，我们看到了这样的事实，日本帝国主义投降了。是这样的消息啊！是这样被人们所期待的消息啊！在这一刻以前，人们仔细考虑着，谨慎地说着：将来会有这么一天，而现在这一天已降临我们面前，苏联对日宣战了。这行动像火焰一样鼓舞着战斗者，这行动宣布了东方法西斯的死刑。它，如同巨大而洪亮的钟声，在决定的时刻，号令一样敲响起来了——它是真正的宇宙的基本的动力，它发自人民，立刻在人民心头得到亿万的回响。它划分着今天与昨天，它在历史上又创造了一个可爱的日子……"是的，这股热潮旋卷过午夜、旋卷过黎明，第二天，在食堂里吃饭的时候，发生了一场剧烈的争论，是什么决定日本军国主义最后死亡的命运，有的说是原子弹，当然，原子弹的强大的爆炸，确实震动了整个人间，我们决不否认这是给日本军国主义的致命的打击；但我认为苏联红军在东北彻底消灭了关东军，粉碎了军国主义者手里的最后一张王牌，才是取得最后胜利的决定力量。但是在中国大地上，真正扭转乾坤、决定胜利的是有着铮铮铁骨、滚滚热血的可爱的中国人民啊！……我为什么哭泣？我为死者而哭，我为生者而泣，正是这死者与生者凝成一个人形，他在脊梁之上肩负着整个地球，涉过激流，渡过险滩，粉碎黑暗，迎接黎明，决然前进，是人民决然前进，决然前进——是人民背负着地球前进，驱散了黑暗，迎来了黎明。

## 七七　光明来了

黎明刚刚露头，黑雾随即闪来。

反法西斯取得胜利，卐字旗和太阳旗都作为降旗而倒在脚下了。中国人民反法西斯战争坚持时间最长，牺牲代价最大，中国被称为反法西斯四大盟国之一，是当之无愧的。但究竟是谁代表这个中国，是真正抗日的中国人民，还是蒋介石这个独夫民贼？从抗日战争之前，到抗日战争之中，到抗日战争之后，中国大地上红线与黑线两条线交织着，搏斗着：蒋介石坚持独裁内战，是不消灭共产党不罢休的；抗战期间，蒋介石躲在峨眉山上，保存实力，准备内战，现在，抗战胜利了，他要下山来摘桃子了，但广大的敌后战场上，人民军队已经形成海洋一样强大的力量，于是蒋介石要霸占全国就不得不面临着一个严峻的挑战。要打内战，人民不答应，国际不赞成，更主要的是他要把他的部队从峨嵋山上运到沿海广大地区，也不是一下就做得到，何况沿海广大地区，就掌握在人民手中。杜鲁门在他的回忆录里谈到当时情况："事实上，蒋介石甚至连占领华南都有极大困难，要分兵到华北，他就必须同共产党人达成协议。如果他不同共产党人及俄国人达成协议，他就休想进入东北。""事情是很清楚地摆在我们面前，假如我们让日本人立即放下他们的武器，并且向海边开去，那么整个中国就将会被共产党人拿过去。因此我们就必须采取异乎寻常的步骤，利用敌人来做守备队，直到我们能将国民党的军队空运到华南，并将海军调去保卫海港为止。"正是这样，在中国必然地出现了缓冲与僵持的局面，我在这儿把杜鲁门的话书写了下来，立此存照，为了后面我一生当中最辉煌的一段生活，我亲自参加的解放战争，先在这儿伏下一笔，不但了为清算蒋介石，更重要的是清算美国。怎样度过这缓冲与僵持的时间，杜鲁门和蒋介石不得不合谋演出一幕戏，于是蒋介石公开地连发三个电报邀请毛主席"来渝共商大计"，装出一副要和平的嘴脸，暗地里又秘密向部队印发《剿匪手本》，准备随时大动干戈。

就在这个时候，在红岩二楼中间那个当作图书室用的大房间里召开了一次会议。

这种碰头会议本来是经常召开的。我是报馆方面参加会议的人中的一个。这一次却是一次非常的集会，一个重要消息突然而来。会议上，董老宣布，毛主席准备应邀到重庆来谈判。所有在场的人，一时为之愕然——这太意外、太惊人了……一个跟一个表示：毛主席决不能来重庆……我的整个神经都为之震动了，我的心叶一下子扎了起来，不能，绝对不能，这实在是不堪设想的事情，我们请求董老：是否再发一个电报，请中央重新考虑一下，毛主席到重庆这个魔窟里来实在太危险了。董老缓缓地展开一份电报说：中央已经向党内发出《关于同国民党进行谈判的通知》，中央决定"派毛泽东、周恩来、王若飞三同志赴渝和蒋介石商量团结建国大计"。董老说："中央已经作了决定，我们必须为毛主席的到来做充分的准备。"

《新华日报》发表了毛主席来渝的消息，立刻不胫而走，轰动全城。

我这时已经离开副刊编辑岗位，而专门做总支和报社办公室的工作，我的办公地点就在潘梓年、章汉夫、熊瑾玎办公室隔壁，中间有一个小门相通，我的办公室用薄木板间隔为里外两间，我和杨用之就在面朝外的一个小间里。这一天，我们的电话铃声简直就没断过。

电话里不时传来热情激动的声音。

有的怀着担忧的心情说：

"毛先生不能来呀！……不能来呀！"

"这里不安全，为了整个民族的命运，还是不来吧！"

我在电话里耐心地作了解释，一个青年人简直呜咽起来，说：

"……那你们要保证他的安全，万一闪失，民族灾难无法挽救呀！"

但更多是充满欢乐的声音：

"毛先生来了，这一下就好了。"

"我是一个军人……我欢迎毛先生……"

最使我感动的是一个苍老的老人的声音，一迭连声喊道：

"光明来了！……光明来了！……"

八月二十八日下午，阳光照耀山城，满城鲜花怒放，无数人的心向着这一个伟大的时刻，这一个体大的人物……

九龙坡机场上挤满了人。从下午一点，人就陆续到来，最早来临的是邵力子和雷震，接着是张澜、左舜生、章伯钧、谭平出……刚从苏联访问归来的郭沫若和夫人于立群赶来了；沈钧儒老先生自从听到这个消息，简直就兴奋得无法休息，现在快活得像个年轻人。一大群中国记者，还有外国记者都聚拢在机场之上。虽然天气非常酷热，但人们的面孔洋溢着得意的春风，有人说重庆很少见到这样欢乐动人的场面。三点多钟，从远天上传来隐隐轰鸣，人们都翘首仰天而望。然后，在碧蓝的天空上出现了两个黑点……啊！来了！来了！时间在一秒一秒地前进，人心在一秒一秒地跳动，看见了，看见了，两驾飞机很快飞临上空——绿色的机身上，一颗白色的五角星像对人们发出信号。大群大群的人像浪潮一样往前涌，机场上的美国宪兵连忙拉起手来，挡着人潮，维持秩序……我被旋在人群之中，挤得喘不出气，我的心在颤抖，我的血在激流，当飞机平安着陆，我那颗悬吊的心才平落下来，我越过前面人的头顶，看到高高的机身，机门开了，一片热烈的掌声随即陡然而起，啊！毛主席——毛主席就在这一刹那间出现在机舱口。毛主席穿着中山服，头戴巴拿马帽，他的脸上的表情是十分难以形容的，是肃穆？是欢乐？是庄严？但这一切一切归结为一点，出现在我们面前的是一个决定人类命运的巨人。他没有笑，他好像对机场上这热烈的场面感到生疏、感到意外——他站在机舱门口缓缓地举起手，拿着巴拿马帽，从左面缓缓移过来，然后转到右面，他向挤满机场的所有的人打招呼，从他背后出现了赫尔利，他陪同毛主席走下机舱，掌声越来越炽烈，而后，张治中出现了，周恩来出现了，王若飞出现了……几十个摄影记者蜂拥而上，都把镜头对准了毛主席，只听见摄影机一阵轧轧声响。周副主席走到前面，把在场的每一个人都介绍给毛主席，这时，毛主席笑容满面，一一握手，我从人群空隙中看到毛主席的额头上沁出几颗发亮的汗珠，的确，从凉爽的北方，骤然来到炎热的南方，再加上周围像热水一样沸腾的一股热情、一股热气，怎能不热呢？……记者群又像冲开一条道路一样，把毛主席重重包围起来要进行采访，使得毛主席简直无法与欢迎的朋友们接近，这时，周恩来情急智生，连忙站到一边说："新闻界的朋友们！我从延安为你们带来了礼物，请到这里来拿吧！"一下子把记者们吸引到他的身边，于是他打开纸包，向记者分发了毛泽东的书面谈话：

"本人此次来渝，系应国民政府主席蒋介石先生之邀请，商讨团结建国大计。现在抗日战争已经胜利结束，中国即将进入和平建设时期。当前时机极为重要。目前最迫切者，为保证国内和平，实施民主政治，巩固国内团结。国内政治上、军事上所存在的各项迫切问题，应在和平、民主、团结的基础上加以合理解决，以期实现全国之统一，建设独立、自由与富强的新中国。希望中国一切抗日政党及爱国志士团结起来，为实现上述任务而共同奋斗，本人对于蒋介石先生之邀请，表示谢意。"

多少深切的盼望，多少殷勤的期待，

这人类历史上巨大而光辉的一天到来了。

是的——光明来了！光明来了！

"毛泽东"三个字就是光明的象征。

当这一行车队进入市区，街路两旁行人莫不驻足而观，笑容满面，纷纷挥手。

"毛泽东来了！——毛泽东来了！……"

毛主席进城到曾家岩桂园。桂园是张治中的住宅，与50号周公馆近在咫尺，张治中特地把家搬开，腾出房子让毛主席用。两天前，我到50号，曾被派到桂园去看房子——一院绿茵茵的花木之中，立着黑色砖瓦结构的洋房，这房子是很宽敞、很漂亮的。可是，毛主席在这儿略事休息，就动身到红岩去了。

就在红岩一间小会客室里，毛主席接见了我们。报社有潘梓年、熊瑾玎、乔冠华、胡绳等人，我是在延安就熟悉的，在重庆见面格外欢喜，当介绍到胡绳时，毛主席打量了一下，亲切地说："哲学家"，乔冠华（当时叫乔木）和毛主席握手时，毛主席幽默地说："跟我来了个乔木，这儿又有一个乔木，不能叫大乔小乔，就叫南乔北乔吧！……"立刻引起哄堂大笑，我觉得我又看见了延安时候的毛主席，他不像在机场、在桂园那样拘谨，而又潇洒自如了。

这天晚间，毛主席、周副主席、王若飞乘车到重庆郊外的林园去了。

林园原来是林森的住处，现在成为蒋介石办公住宿的地方。这是一个很大很大的园林。蒋介石举行洗尘宴会，当夜就留宿在此。毛主席住的楼房和蒋介石住的楼房遥遥相对，四周都是密密的竹林，一片碧绿浓荫。说是旅途劳顿，第二天休息一日，其实谈了一天，这样一共在林园住了两夜。毛主席到重庆来，周副主席身上担负着重担，他要对全党、全民族、全世界负责，保护毛主席的安全。所以，一住到林园，他就叫警卫人员把毛泽东住房进行了极其仔细的检查，各个角落都查了个遍，看有没有爆炸物和燃烧品。警卫人员检查后，周副主席还是不放心，又亲自检查，床上、床下，到处都一一看过，连椅子也是自己先坐了一坐，然后，才请毛主席进去。当时，随同毛主席的两位警卫人员，一个是陈龙，一个是龙飞虎。这一龙一虎，既是忠臣、又是勇将，毛主席在重庆期间，他们两人护卫身旁、形影不离。陈龙是我在延安的一个熟人，有一次我到红岩楼上，正好陈龙在毛主席门外走廊上值勤，他悄声告诉我。"在林园，等毛主席睡下，我和龙飞虎就卧在那间房屋的地板上，一夜也没有合眼。毛主席却稳如泰山，从容自若。一个清晨起来，沿着树林中一条碎石铺的小径散步，和蒋介石一下骤然相遇，两个人就一道走到林中一片小空地，那里四周峭立着几块岩石，中间有石桌石凳，毛泽东与蒋介石就坐在这儿谈起来。"据说，在那清净的晨光之中，听着四周一片幽幽鸟鸣，两人谈得十分融洽、十分愉快，但他们两人谈的是什么，恐怕也永远无人知道了。从28日晚到30日午间，毛泽东、周恩来、王若飞才离开林园，回到红岩。毛主席整个在重庆谈判四十五天，都是白天在桂园会客，晚间回红岩住宿。在重庆这些时日里，每次宴会上，大家都一拥而上，争着向毛主席敬酒，每到这时候，周副主席便一一接过来，一杯一杯替毛主席喝了下去，毛主席在重庆和各界都有广泛接触，既拜访了宋庆龄，也没忘记拜访陈果夫（陈果夫却避而不见）。这中间，最轰动山城，最热情洋溢、最激动人心的是毛主席到中苏文化协会参加庆祝中苏同盟条约而举行的那一次鸡尾酒会。这一消息，不知怎样泄露出去，传播开来。下午六点左右，黄角桠口一带街上，就黑压压地挤满了人，你拥我，我挤你，都想站到前面一点，以便一睹风采。尽管落起毛毛细雨，人们兴奋地议论的声音还是嗡嗡地不断传来，所有的人、所有的口，都说着一个人："毛泽东！""毛泽东！"……那一天重庆所有党政要人和知名人士都来了。孙夫人、孙科、冯玉祥、覃振、翁文灏、邵力子、王世杰、陈诚、张治中、鹿钟麟、梁寒操、朱家骅、陈立夫、吴铁城、贺耀组、沈钧儒、马寅初、左舜生、郭沫若、傅斯年、谭平山、王芸生、李德全、王昆仑、许宝驹、张申府、高崇民、史良、曹孟君、刘清扬、倪斐君、茅盾、侯外庐、张西曼、阳翰笙等和文化、新闻界人士共三百多人。准七时，楼下一片轰动，所有的眼睛一起都转向门口，一阵掌声猛然爆发，毛主席在周副主席、王若飞的陪同下走了进来。大家簇拥着他，一道走上楼来。多少热情的招呼，多少深情的握手，毛主席脸上露出欢喜与感动交加的神情。这里有多少人，都是大革命时期的熟人故交，经过苦斗厮战之后，旧雨重逢是十分动人肺腑的。当覃振和他相见的时候，紧握着手久久说不出话来，终于眼圈一红，流下泪来。冯玉祥握住毛主席的两手看了又看，然后举起酒杯来说："您来了，中苏友好条约缔结了，来来，让我们为孙总理的三大政策实现而干杯！"毛主席立即一饮而尽，冯玉祥已经悄悄地用手帕擦眼泪了……这中间，有一个十五六岁的小女孩跑到毛主席身边来，恭恭敬敬地跟毛主席握了一下手，立刻欢喜得连蹦带跳地回到妈妈身边，骄傲地说："妈妈！我握过手了！"……毛主席走到正厅，在悬挂着中、苏两国国旗的墙壁下和彼得罗夫大使紧紧握手："干杯！为中苏两大民族的友好同盟，为新中国的和平建设，干杯！"这时，在热烈的人的旋涡之中，只听见不停地玻璃杯相碰而发出的清脆的叮叮之声，毛主席在各个房间整个巡历了一周，和在场的每一个人握手、干杯，他的脸上泛起了红晕——这是多么珍贵的历史时刻呀！不只在场的人心激动着，整个山城的心脏都跳跃起来，冯玉祥洪亮的、爽朗的笑声，像春雷一样在人们的头顶上空回响……这是多么令人难舍难分的时刻，每一个人都希望这个时间尽量延长，但是，时间终于不停留地闪了过去，由于晚间有吴铁城的宴会，毛主席只好向大家告辞了，人们的眼光恋恋不舍，又是一连串地握手，大家一直把他送到门口。门外街上挤满人，他们一直等候在那里，虽然落过细雨，薄暮又已降临，但人们都没有走。有谁说了一声："出来子！"人潮便向前涌了过来："毛先生！欢迎你！""毛先生！欢迎你！"……有一个青年人在人丛中突然举起手臂喊了一声："毛主席万岁！"声音虽然不高，却像火烛一样光亮。是的，整个山城明亮了！整个中国明亮了！

但是谈判非常艰巨，而且陷入僵持局面。

一直到十月十日，才在桂园客厅里，一张长桌上，由周恩来、王若飞代表中国共产党，由王世杰、张治中、邵力子代表中国国民党，在一份《会谈纪要》上正式签署，这就成为毛主席到重庆来谈判的一个成果。当天下午，蒋介石到桂园来拜访毛主席，当晚毛主席也到山洞去向蒋介石辞别，又在林园宿了一夜。

毛主席从八月二十八日到十月十一日，在重庆过了四十几天。《会谈纪要》签署后第二天上午，毛主席就乘飞机回延安了。这四十几个日日夜夜，主要是周副主席，同时，办事处和报社的每一个人，都在提心吊胆，捏一把汗。为了亲眼目睹毛主席起飞，我和汪琦一起赶到九龙坡机场，看到机场坪场上停着一架绿色的C—47运输机，送行的人群又已挤满机场。九时许，三辆小轿车从林园向九龙坡开来，车刚刚停下，人群立刻拥了过去，又是一阵镁光闪烁，摄影机发出一片清脆的声响。毛主席向来送行的人一一握手，最感动人的是在桂园为他值勤的宪兵为了保护他的安全，一直送到机场，毛主席一发现他们，就大步朝他们走了过去，握住他们的手说："这次你们辛苦了，谢谢你们大家！……"这一举动引起一阵热烈的掌声。几个外国记者决不放过这一时机，立刻挤到毛主席身边，向他提出问题，毛主席坚毅而豪迈的声音，送入机场上每个人的耳鼓，他说："中国的问题是可以乐观的！困难是有的，不过困难是可以克服的！"飞机的一双引擎已经发出轻微的轰声，大约是机组的人为了安全，小心地作了最后检查、试验，然后引擎的叶片又静止下来。这时我看到，在张治中的陪同下，毛主席阔步登上舷梯，然后在舱门口转过身来——他举起右手，朝整个机场的人群招手，人群发出一阵热烈的掌声，向他亲切告别，祝他一路平安，然后机舱的门慢慢关上了，马达发动，引擎急转，马达声急剧地轰鸣，引擎叶片飞速旋转，最后完全像一轮闪闪光环，而后，飞机的轮子旋转了起来，带着整个机身向跑道上滑行。人群中举起的手像森林在风中摇摆，我看到毛主席从一个舷窗上还向下面招手……飞机平稳地腾空而起，蓝天万里，一望无云，飞机飞走了，我们一颗心才平静地落了下来。

## 七八 止不住的哀思

毛主席在重庆这段时间，我们提心吊胆，唯恐出些差池，但是谁料就在毛主席动身飞回延安的前两天，一个可怕的消息骤然传来，使我周身血液顿时凝固，一种不祥的预感促使我不顾一切立刻向曾家岩50号奔去。到那里，我一问，李少石被枪击死去了。

李少石是我在曾家岩50号最熟悉、最亲密的一个朋友。

我常常到50号来，每次我和李少石都相聚畅谈。少石是一个美男子，一张清秀的面孔上，浓浓的双眉下闪着一对炯然发亮的眸子。李少石是廖仲恺的女婿，因此很快我和他的爱人廖梦醒相熟起来，那时她在宋庆龄那里工作。在白区生活，尽管身份公开，有时也不免岑寂，因此，我每次有事进城，都拐到50号和李少石见面。我们之所以亲近，是由于诗，我们每次相聚，辄纵谈诗事，从唐宋迄至明清，特别是龚定盒、黄仲则，我们每娓娓清谈，总是逸兴湍飞。我跟他谈过我最喜欢黄仲则的。为嫌诗少幽燕气，故向冰天跃马行。"他则举出龚定盫的"秋心如海复如潮，但有秋魂不可招。"于是抚掌而笑，默契甚深。李少石与柳亚子多相交往，情谊弥笃。柳称李为"诗翁"，李称柳为"诗圣"，相聚甚欢，每有唱和。李少石有诗一首：

何须良史判贤愚，正色宁容紫夺朱？
半壁河山存浩气，千年邦国树弘模。
风云敌后新民主，肝胆人前大丈夫，
莫讶头颅轻一掷，解悬拯溺是无徒。

柳亚子次韵和诗一首：

夷跖千秋异圣愚，何须歧路泣杨朱，
墨希遗奥倾宗社，马列流芳示范模。
北去燕王羞篡国，南来齐帝更非夫，
探囊余智匡时略，不同忧伤学左徒。

李少石将两诗示我，我说：

"莫讶头颅轻一掷"，是慨当以慷之作了。

谁知这一天，这一句话竟成谶语。十月八日，柳亚子又来50号访李少石，下午五时，李少石乘车陪送柳亚子回沙坪坝寓所，谁料在归途中，竟有人从车后开枪，弹穿车内，由李少石身后射入，顿时血流如注，急送至市民医院，因伤势过重，不久逝去。我到50号，觉得院内一片肃然。我连忙问讯，得知详情，我顿时口咽语塞，泪如雨下……这是多么巨大的心灵冲撞呀！这是我在重庆时所受到的一次最致命的创伤，斯人已去，曷可云亡！……我只觉得，我的心在下沉，我的心在滴血，我立刻奔到市民医院，只见少石静静地卧在床上，梦醒和女儿在旁边哀哀痛哭，在场的人无不泪流满面。我们都怒不可遏，愤气填膺——我们都一口肯定这是刺杀周副主席的阴谋，因为李少石的模样与周副主席十分相似……这肯定是特务们下的毒手，我们怎能不仇，怎能不恨。这个晚间，毛主席和周副主席都在参加张治中举行的晚会，一个同志走到周副主席的跟前向他低声报告了这一噩耗。这是多么痛心的噩耗，又是多么危险的信号。但是，周副主席立刻做出冷静的决定，决心不惊动毛主席，只轻轻对毛主席说了一句："有点事，我出去一下。"等他奔到医院，李少石早已溘然逝去了。这时，周副主席悲痛交加，我看到周副主席迈着急促的步子走进来，他一听到低低的哭泣声，已经明白迟了，他最后几乎是踉跄着步子扑向李少石。他俯身在李少石的遗体上失声痛哭，他说道：

"二十年前，我看到你岳父遭反革命暗杀，那情景历历在目，不料想，二十年后，你又落得如此结局……"

但他立即下定决心，无论如何不告诉毛主席，于是他又十分镇定地回到毛主席身边，一直默默地坐在那里，陪同毛主席把上演的京剧看完。但是在这种杀机陡起的情况下，他必须为保证毛主席的安全采取措施，他要求国民党宪兵司令张镇，必须用张的汽车、并由张亲自护送毛主席回红岩。等到安全到达红岩，周副主席立刻赶到50号，召集会议，会上一片义愤填膺、感情激动，千肯定万肯定这一项政治暗杀事件，很明显是国民党要对毛主席暗下毒手了。当然，在中美合作所布置下特务如麻、鬼魅丛丛的世界里，作出这种判断是十分自然的事。但周副主席严峻而又冷静地注意到一个同志提出的误伤的可能，周副主席听了冷静思考、沉默不语。旋即走去，检查汽车，这时已经万籁俱寂、黑夜沉沉，他举着手电筒，在司机逃走、抛在这里的那辆汽车上，前前后后、上上下下做了仔细的检查……他察看了后玻璃窗上的洞口、击穿的工具箱，李少石刚好坐在工具箱前面，子弹刚好洞穿肺部。于是，周副主席没有立即作出这是政治暗杀的判断，他脑海里一闪，觉得是不是有可能汽车碰到士兵，遭到枪击报复，否则司机为什么要弃车逃跑呢？在疑云重重、危机四伏的严峻形势面前，这种实事求是的态度，是令人多么钦佩、多么起敬啊！只有真正伟大的辩证唯物主义者，才能做出如此客观、科学的判断。经过细密的调查，果然不出他之所料。于是十一日《新华日报》上发表了十八集团军办事处处长钱之光的一个谈话：

"李少石被击逝世，是革命事业中一个沉痛的损失。因此自此事发生后，不但李同志家属同办事处同仁、新华日报同仁一致痛悼，社会各界人士都纷纷吊唁慰问，殷勤备至，而宪警治安当局与病院人员更是夜以继日地紧张工作，张镇司令以及王赞绪司令、唐毅局长与地方法院……根据现有各项材料调查，事情的经过是这样的：本月八日下午五时，李乘本处国字10357号汽车送柳亚子先生由曾家岩周公馆返抵沙坪坝住处，到后即由原路回城，因有要公，车行很快，在经过红岩嘴时，本处车库工作人员曾图予以阻止未果，这时在红岩嘴下土湾地方，值有陆军重迫击炮第一团第三营七连中尉排长胡开召率领班长六名、新兵三十名，由重庆向璧山行进，在下土湾休息，其中弹药一等兵吴应堂正在路旁小解，汽车驶至时，因躲避不及，当被撞倒，头部受重伤，势甚危殆，汽车司机熊国华于肇祸后，仍不停车，该连下士班长田开阳情急，竟向汽车开枪一响，而这一枪恰恰自车后工具箱射入，由李左侧肩胛部射入肺部。该司机见李中弹受伤，急驱车入城至市民医院，将其抬入病房，填听诊表后，即又驱车民生路新华日报馆营业部，告以李已受伤。需人照料，当由该馆广告部主任徐君曼和交通刘月明乘原车偕往市民医院，到后该司机乘徐君曼忙于为伤者输血之际，即带交通刘月明乘车回曾家岩，将车锁入车房后，以该车钥匙交刘月明，要他送到曾家岩50号周公馆，他就向刘月明诡称有病逸去，至今多方寻找未日。李因伤及要害，流血过多，虽经市民医院尽力救治，延至当晚七时四十五分终于溘然长逝了，李在这样的意外中死去，这自然是极可悲的。至于因司机不慎被撞受伤的兵士吴应堂，现在也在市民医院，仍未脱离危险期。对于他，愿意负担他的医药疗养费，如万一不幸因伤逝世，并愿意负责予以殓葬抚恤，对于司机熊国华，我们也将协同有关机关继续寻觅，使其归案。"

　　一场风波尽管平息下来，但对于李少石之死，我是悲切交加、难以抑制，我和汪琦到市民医院，楼上一个大的灵堂里进行吊唁慰问。李少石棺上盖了一面国旗，上面撒满鲜花，整个厅堂到处是飘摇的挽联，棺前摆了许多花圈。十一日这一天，从早起人群络绎不绝，前来吊唁。孙夫人亲自到来，面色悲凄、十分哀伤，她亲至灵前三鞠躬，然后将一束鲜花轻轻摆在棺上。我至今还记得，站在灵柩之旁的廖梦醒，尽管悲绝痛绝，还是屹然挺立，当我和她握住手，她举起一双眼睛望着我——那里面是多少哀怨呀！……特别是我向李少石幼小的女儿李湄慰问时，我拉着她的小手，这时我发现她的小小手掌显然在微微颤抖，但小小的脸庞上却没有一丝泪痕，脸色是那样苍白，白里泛着青色，她那圆而闪亮的眼睛……充满仇恨。这时，我的心灵一下剧烈颤抖起来了，我发现小李湄的两眼长得那样像她的父亲。她只是一连声跟我说："我要报仇！我要报仇！……"我全身震动了一下，不禁转过头去。

　　上午送走了毛主席，下午就参加李少石的送葬行列，到小龙坎去。那是一列长长车队，周副主席在最前面一辆车上，孙夫人的车在他的后面，我和汪琦在更后面车上，开出重庆郊外，前面忽然停止下来，我一看，是周副主席从车上走下来，到孙夫人的车前，打开车门，劝说孙夫人不要再送了。但孙夫人和何香凝情深谊笃，对廖梦醒视如亲生子女，因此，虽然周副主席劝阻，还是执意要去，一直到小龙坎墓地。那天天气十分晴朗，阳光非常灿烂，当棺材埋入墓穴，我记得，孙夫人先上去劝慰廖梦醒，而后，周副主席握住了廖梦醒的手。唯柳亚子先生内心怀着一种深深的痛楚："吾不杀伯仁，伯仁由我而死。"因此抵达墓地，一看见廖梦醒母女，便涕泪纵横，泣不成声，给这肃穆的场面增加了十分悲恸，于是我们大家都泫然泪下了。廖梦醒热情满怀，光可照人，她诚挚，她亲切，但她一生几经风霜，命运如此坎坷，现在李少石走了，使她孑然一身，带着一个幼女，确实令人同情。但她在这样大悲痛、大灾难面前，确实表现得十分坚强。当墓坟合拢时，孙夫人站在最前面，她穿着一件朴素的长衫，微风卷动着她的衣衫，她低下头去，默默哀悼。一直到葬事完毕，大家都忍受着内心的悲哀，在阳光下恋恋不舍，依依而去。我又一次劝慰了梦醒、李湄。我失去了李少石，失却一个知己。这一种止不住的哀思，缠绵数十年之久，关于李少石，柳亚子在《诗翁行哭李少石》长诗前，有一序文，纯情至爱，字字血泪：

"少石——字默农，先烈廖仲恺先生爱女梦醒之婿也。少石为中国共产党党员。尽瘁有年，奉命往沪上工作，挟梦醒与俱。世传少石赠内诗，所谓：'布裳夜缀怜卿苦，粗粝尝甘谅我贫'者，盖在此时也。一九三三年春被捕入狱，梦醒奔告廖夫人，夫人时方卧病，属营救之责于余，余虽唤醒梦为义女，尽竭国民党四元老，群策群力以赴，少石得不死，锢南京及苏州反省院凡五稔。讨倭军兴，始复自由，与梦醒移寓海上。淞沪弃守，先后走香港工作，安居者有四载。顾党国贤劳，绝少画眉拥髻之乐。一九四〇年十二月十七日，余亦自沪抵港，复得与少石伉俪相见。少石喜为旧体诗，尤嗜余所作，心摹口写，弗以为瘁。一夕集廖夫人双清楼，夫人哲弟何季海亦在，三人者谈诗甚乐，梦醒遂呼少石为诗翁，余图南集中有句云：'谢舅何甥绝妙词，一堂危坐共哦诗，任他闺闼成嗤点，我自拈髭誉可儿。'正谓此也。一九四一年十二月二十五日，倭陷香港，余与廖夫人奔粤赴穗。少石、梦醒复先后间关入蜀，留居重庆。一九四四年八月，衡阳弃守，翌月十二日，余飞抵渝州，少石复从余谈诗。一九四五年十月八日傍晚，余访少石曾家岩五十号，候于宾室、久久始至，会所假汽车复有他用，司交通者促余急行，遂挟少石登车，车中携余所撰巴山集一卷，狂吟朗诵以为乐，声浪震遐迩，有天飞海涛之概。既抵沙坪坝，车复入城，余与少石握手为别。宁知天长地久，此恨绵绵，遂为永诀哉！午夜梦还，有客剥啄，开扉延入，惊悉少石噩耗，谓归途为暴客所狙击，入市民医院，以伤重不治，七时四十五分竟死。呜呼！我虽不杀伯仁，伯仁由我而死！余何不幸，而蹈王茂宏之复辙也！少石生一九〇六年六月七日，即夏历丙午闰四月十六日，余在车中始询知之，宁期斯日便是忌辰！天之厄少石抑以酷余欤？少石有老母在港门，犹倚闾望爱子东归。梦醒与少石齐年，而月日较先，无子，一女名李湄，仅十四龄。余奚以对少石，更奚以慰梦醒哉？假令少石不嗜余诗，余必不挟少石登车，即少石必不死。少石之死，死于余，亦死于余之诗。诗翁，诗翁，遂成语谶，作诗翁行以哭之。"

前面所引李少石诗，写于死前七日，前面我已说过，我盛赞其"莫讶头颅轻一掷"，而今竟为党捐躯，实在是诗谶了。

多年后，廖梦醒把一张照片送我，说这是结婚后在巴黎照的。梦醒座椅上，少石微靠椅背……这张黑白照片，年陈月久，但还清晰，那是他们青春年华的时代，李少石风姿清秀，廖梦醒形容娇美。当我拿到这张照片时，我简直像抱着一团火一样，我一下又想到重庆的灾劫。

李少石死后，他的一位难友回忆监牢中事，颇见少石性情。

"……晚饭后的黄昏时分，这常常是最难排造的时光，我们慢慢地站到炕上，挺起胸来偷看窗外的红霞，燕子停在电线上啁啾，少石常常凝视得发呆。一室昏暗的灯光闪亮，才又催着我们静卧在炕上，这时，少石轻叹一声，又哼起诗句来，给人印象最深刻的是他常哼的：'布裳夜缀怜卿苦，粗粝尝甘谅我贫'……这两句诗常常引起他絮语家常，夫人的贤淑，幼女的稚态，他娓娓不倦地谈着，他最高兴谈他在晓梦初醒的时候，女儿的小手来掀他的眼皮的那种情形……就从这些琐屑的生活里，看出少石天性的敦厚。这恳挚的人间之爱，有时不正是孕育革命热情的温床吗？的确，要不是对人间有真挚的爱心，他又怎么会坚决反抗奴役人民的暴力，又怎么会送根摧本地捣毁苛政，少石在狱中每习大字，常爱写鲁迅的：'忍看朋辈成新鬼，怒向刀丛觅小诗'，这不正是他耿耿忠心的表现吗？……"

而现在他骤离开他所爱的人间，

人间却永远紧紧地拥抱着他。

为了完整地纪念李少石，我把一年以后发生的事提前写在这里。

那是一九四六年十月，正是李少石逝世一周年，当时内战的火焰已蔓延全国，眼看一场大风暴即将来临，我们恐怕也很快就将撤退，离开上海。一个夜晚，我和汪琦去看望梦醒，梦醒住在一幢公寓楼的二层楼上。那是一个秋风瑟瑟、秋雨绵绵的夜晚。我们和梦醒坐在窗下一张小桌旁，这时，离情别绪，感慨万端。好像在重庆结下的止不住的哀思要在这儿做一个结束。我的心是凄凉的，但我们也不愿说为纪念少石而来，倒是强颜欢笑，想给梦醒一丝慰藉。可是，梦醒究竟是一个强者，我绝没料到，竟是她主动地跟我们谈起她一生坎坷的命运——她没有谈少石的死，就先谈起父亲的死："当时父亲在广州阴云密布之下，处境十分艰危，在他被刺杀前，就收到一个法西斯分子的信，上面写着'黑衣红袖同盟'，这个黑衣红袖指的就是墨索里尼……父亲和母亲都知道有人要暗算他们，可是父亲心怀坦荡，毫不在意。那天吃罢早饭，父亲和母亲就坐汽车到中央党部去开会。到中央党部，他们刚走出车门，就听到一阵枪声，父亲就猝然倒在血泊之中了……当时，我和承志都还小，我听到妈妈倾诉，我心痛得像撕裂一样，我们在家里抱头号啕大哭，但是在人前不流一滴眼泪——父亲入殓了，我跟承志随了妈妈守在灵前……那时，我也不比囡囡（李湄）大多少，我也像她在她父亲灵旁一样，握住小小拳头，只想到我要报仇！我要报仇！……谁知现在又轮到了囡囡……"囡囡和咪咪两个亲密的小伙伴就在这间屋里跑来跑去地玩耍。这时我听到玻璃窗上一片潇潇雨声，就像天琏在鸣咽，天地在哭泣。从廖梦醒的经历中，我看到从大革命到抗日战争延长下来的血的道路，她一次诀别父亲，一次诀别丈夫，她的心是怎样承受过来的？她的心不是已经碎了吗？我想劝慰梦醒，但我说不出话。我看着坐在我对面的梦醒，她从容、她静定，但，我觉得我的面前展开一望无涯的大海，好像夕阳落在浪头，这海原来是一片血海。而梦醒——有热情，有热血，有悲痛，但她像一块礁石立在海边，一任波涛汹涌、浪打风吹……她的眼泪不是流尽，而是变成血，向心底流。在上海见到她，她还是那样忙忙碌碌，笑容可亲。但是，今天，在这秋风秋雨之夜，她却向我们——向她的共产主义的亲人展开自己的胸怀。的的确确，从前她是在亲人的血泊中长大，而今又在亲人的血泊中生存。囡囡和咪咪的窃窃私语、囡囡和咪咪吃吃的笑声，都像箭一样，一根一根向我心上刺来，我同情梦醒，我怜惜梦醒，但我想，现在也许只剩下孩子的天真无邪，能给她一丝人间的温暖了吧？！不……她在战斗，她的仇还没有报！不过这不是家仇，而是国仇呀！……在那告别之夜，我想安慰她几句，但我始终说不出口。夜渐深了，雨声在淅淅沥沥地响……这真是令人难忘的凄凉的一夜啊！当我们告诉她，我们就将要离开上海了，不过还不知道到哪里去，不过今后也许天涯海角、天各一方，到了最后我还加了一句"我还是想到战场上去"。梦醒刚刚好像在做一个梦，现在才如梦初醒，她不免有点黯然，但随即变得坚强起来。她热情地跟我们一一拥抱，她执意要送我们下楼，当我一步一步踏下楼梯时，我心中响着一句话："少石！我亲密的诗友，我此去也要为你报仇！"

当我们走出楼门口，立刻听到一阵阵哗哗雨声。

这是多么缠绵的秋雨，

这是多么深情的秋雨，

雨在我们谈话的几小时中，变得大了起来，潇潇洒洒下个不停。

我和汪琦披了雨衣向长街上走去，这时街上已经寂无一人，只有昏蒙蒙的路灯透过雨丝，使整个黑夜像蒙了一层浓雾。我们走了十几步路，情不自禁地转回身去，梦醒还站在门口，向我们频频挥手。十几年之后，当一个外国记者访问廖梦醒时，问她：你丢失了父亲，又丢失了丈夫，如果你再活过一次，你将选择什么道路？她回答说："我将仍然选择共产党员的道路。"

## 七九　曲终人散尽，江上数峰青

抗日战争胜利了，国民政府正在迁回南京。这时，这个作为陪都的重庆，充满了骚动，又充满没落，骚动的是大家都在"即从巴峡穿巫峡，便下襄阳向洛阳"了，大家都在乱纷纷地拿出金条、美钞，寻关系找门路，吵吵嚷嚷，熙熙攘攘，忙着买飞机票、买船票去"劫收"（接收的谐音，当时老百姓对国民党那些接收大员的嘲讽）；没落的是，大雾弥天，青山依旧，那山上山下崎岖的狭巷，那些曲折流淌的江流，似乎怀满依依惜别之情。送走远方的归客，也送走一场繁华梦境。这就是1944年冬至1945年春，重庆的一番景象。不过，透过这一切一切，还是不祥的噩梦频频降临，每当夜静更深，下了夜班，回到宿舍，我的心情便给一种无可奈何的苦味所浸染、所渗透。

虽然全面内战还未爆发，但内战枪声又在中国大地上响起。

双十协定（十月十日签字的《会议纪要》）墨迹未干，战争消息已经纷至沓来：

十月二十七日，国民党发动大军，大举进攻解放区。

十月三十日，国民党集中二十万大军向豫北解放区进攻。

十一月五日，美军武装干涉中国内政，登陆秦皇岛，率领国民党军队向山海关猛攻。

十一月十五日，美国继续加强军事援助，美舰满载军火，在塘沽登陆，运往北平，美国人驾坦克百辆，驶向山海关和察哈尔。

十一月十六日，国民党军队在美军支援下攻占山海关。

十一月二十七日，国民党军进攻东北人民，美军参加指挥作战，每个军中美军将校有数百人之众，统归驻华美军总部指挥。

十二月二日，何应钦在北平发布紧急内战命令，分兵三路进攻张家口、承德、沈阳……

风声鹤唳，战火硝烟，在这个内战序幕中，美蒋勾结，已经明目张胆，须眉毕露。眼看中国大好山河又将土崩瓦解，眼看中华民族又将淹没沉沦。就在这时，饱受苦难、历尽风霜的人民奋臂而起，昆明反内战的呼声刚刚响起，立刻遭到残暴的血腥镇压，但是，山鸣谷应，回声四起，山城重庆各界悲愤集会，沈钧儒老先生怒气填膺，愤慨万千，他朗诵了一首诗："血洒昆明市，心伤反战斗，应识诅有罪，飞祸竟从天。魑魅食人日，鸱鸮毁室昌，防川未必溃，决胜在民权。"在重庆，求和平、反内战的游行行列，有如潮涌。为了阻止即将到来的危机，竭诚战斗，马寅初就走在队伍前头，发出震动山城的呐喊。普天之下，谁无父母，谁无子女，谁无骨肉之亲情，谁无求生之欲念？面对解放区军队的抵抗和全民之愤慨，再加上波茨坦宣言公布反对中国内战，众怒难犯，正义难侵，于是杜鲁门派来了马歇尔，一幕假调停、真反共的戏剧上演了。

一天晚间，章汉夫跟我说：

"报社决定派几个人到北平军事调处执行部去做记者。"

我不禁愕然，连忙追问："有我？"

"有你。"

"我不去……要去，不如让我回解放区去作战……"

"现在面临的是，调处也是战斗，调处执行组由美国、国民党、共产党三个方面组成，记者也是三个方面，随调处执行小组活动……三个方面就会发出三种声音……你们去可以发出人民的声音，这不就是新闻战线上的战斗吗？"

我说："还有，我不是记者，也不会做记者，我早已下定决心一生一世不做记者。"

"胡乔木不是主张你做记者吗？"

是的，胡乔木随毛主席来重庆，知道我在做办公室和党组织工作，十分不以为然。有一次，我们两人在化龙桥公共汽车站等车，他就跟我说："派你出来工作，不是不让你从事文学创作，你应该做记者，这样可以接触生活，鲁迅当年在上海苦战，由于禁锢，没有阵地，如鲁迅今天在，他会心甘情愿为党的报纸做一名记者的。"最后两句话十分感动我，我便全盘告诉章汉夫。章汉夫这时幽默地笑着：

"这是南方局的决定，不会做的事做就会了嘛！"

我听了以后，就不再争辩了，我答应："我服从决定，我去。"

这样，我就要结束我在重庆的这一段千辛万苦而又波澜壮阔的生活了。

事情尽管有了决定，但我心中还是矛盾重重，在延安和汪琦分手，好容易在重庆相聚一年，现在又要遽然作别了，我的心情不免有些惆怅。我搭了公共汽车，进得城来，我没有马上到新庐，将此事告诉汪琦，我却沿着街头漫步行走……不知怎的，我对原来认定是乌烟瘴气、鬼魅魍魉的黑暗世界却生出无限惜别之感。我在重庆这么久，却没有机会好好看一下山城。于是，在那夕阳斜照之中，我忽然下了决心，到重庆最高点的枇杷山上去。当时苏联大使馆在枇杷山上，我去过几次，或参加酒会或看电影，大多是在夜间，而且来去匆匆。这一回我一个人漫步上山，走到山崖上，站立下来，看到夕阳照耀之中，一江青岚，摇颤着几座山峦的倒影，竟是那样清秀，那样平静，而江岸上这个山城，一叠叠、一层层的山峦上面遮满了竹木骑楼，最惹人幽思的是两旁骑楼之间迤逦着一条条小径，无数无数这样的小径，迂回、曲折，盘旋、蜿蜒，这许多苍白的线条，在夕阳漫染之中，构成一幅山城的图画，引人入胜。这时夕阳洒出漫漫红光，把城和江都笼罩在一片紫的暮色里。我壁立峰峦极巅，迎着晚风潇洒，我不禁想到，我在重庆几百个日日夜夜，奔走着、呼号着、战斗着，我却不曾知道被国民党搅得一片昏天黑地的山城，却原来是如此江山多娇。我迷醉于夕阳的胭脂红中，夕阳也兀自将我染红；于是我找了一块石岩坐了下来。立刻万事千般，心如潮涌，我的心境似乎又深入了一层，不正是在重庆这里我开始了一生中再也没有停止过的战斗生涯，我在这儿留下多少血泪，多少汗水，多少欢笑，多少忧愁，从而留下了我的生命，这里一山一水、一草一木，都濡染了我的无限深情，因而在这即将离别的一刻，我蓦然发现这里的美。想一想为什么美呢？不是在这儿听到希特勒死亡的丧钟、不是在这儿听到日本帝国末日的丧钟吗？而这期间，从亚洲到欧洲，人民的呼啸有如狂飙飓风，吼叫而起，什么是人类的明智，这就是人类的明智，什么是历史的伟大，这就是历史的伟大……无法抑制的情思啊！在我胸中回荡。我们做过牛马，做过奴隶，我们的大地上白骨如山，我们的大河里血水汪洋，但我们这个民族有着坚硬的脊梁——这时从江上仿佛传来纤夫拉着纤绳的号子声……是的，这些年，彤云沃野、血战玄黄，我们迎着风暴啊！前进，我们迎着炮火啊！前进。我们就为了这个胜利的一天，希望人民从此立起，但是，内战乌云重重，又压顶而来，我的心又怎能不沉沉泣血……我忧伤，我烦恼……我们能够力挽狂澜，制止内战吗？人民、中国人民痛得够痛、苦得够苦了。现在，就像天边这一抹晚霞，燃烧着不尽的希望。现在，我就要离此而去了，正是在这里，鬼域与毒雾、骄阳与烈火、我受着熬煎，受着考验，这里有血、有泪、有狂欢、有沉思，但仔细想来毕竟是在这里，我经历着心灵上的两个深刻的交叉：从延安到重庆是从光明到黑暗的交叉；但对我来说，却是从思想到行动的交叉，从真理的信仰走向坚实战斗的交叉，使我从旁观者走向主战者的交叉。其原因就是我一滴血、一滴汗、一滴泪的真正地厮搏了、战斗了，因此我感激这里——是在这里，我像决堤的洪水一涌而下，是在这里，我完成我心灵转折的枢纽，我带去的不是雾而是火，当我这样想时，我忽然发现这夹在长江、嘉陵江之间的山城重庆，多么像一只巨大的舰船呀！难怪我从这里开始腾空而起，逐浪而下，开动我的战斗的航行。这时，天渐渐黑暗了，朦胧了，残阳已逝，黑夜来临，我忽然为一点猩红猩红的火光所震动，啊！这是什么样的火啊？它像一朵小小的火花，在江面上冉冉流动……啊！这是船上的灯火，正是这一点火花，乘风破浪，浮游而下，不知为何引起我那么大的喜悦，这是希望、这是光明、这是未来，我的眼光缓缓送着它，我忽然明了这是一点圣火呀！自从我在延安接受了像宇宙一样宏大、隆重而庄严的真理，这圣火一直在引着我向前行进——是它引我来到重庆，今天，又是它将引我从大山走向平原，走向大海……那一朵小小的火花，慢悠悠地远了，远了，而我发现又一朵火花、又一朵火花随即逐浪而来。看吧！这黑漆漆的江流之上，一点两点，千万点，有多少闪闪发光的火花呀！是一种净化，是一种升华，我的心地澄清，我的灵魂飞荡，是的，我从枇杷山上走了下来，从此我没有再忘记告别山城这最后一刹那的感受，我看到那些船上的灯火，我看到那些明亮的火花。

行程在即，明日起飞。

为了赴机场方便，组织上要我搬进城里来，于是我同汪琦住进曾家岩 50 号楼上。这时，参加政治协商会议的中共代表团已经到来。周副主席他们都搬到上清寺那一幢楼房里去住了。我和汪琦就住在周副主席曾经住过的那个房间里。

谁知到了夜深一时许，我却从睡梦中被唤醒，说周副主席来电话要我到他那儿去。我连忙披衣下楼，已经夜静更深，从曾家岩到上清寺大约有一里之遥，街道上除了凄清的灯光，没有一个人影。是的，整个重庆沉入了梦乡，整个重庆的人沉入了梦乡，人们会做着什么梦，是无家可归的凄楚？还是即将还乡的欢乐？我无法思虑，我只听到我踏在石铺街上那既单调而又响亮的脚步声。只有这一个声音，除了这个声音，夜就像一丝波纹都不战颤的一潭死水。算一算，离开飞往北平的时间连十个小时也没有了，这个时候，周副主席叫我去，我想一定有重要的交代，于是我的心情从沉寂中变得兴奋。当我拐过路口，看到兀立在路旁坡头上的高楼时，我发现沉沉夜雾之中只有这一座楼上灯光闪闪。我沿了一阶一阶的石台阶走到楼前，找到我在北平相识的老朋友齐燕铭，他现在是谈判代表团的秘书长，他立刻带我走上楼去，我走进周副主席的房间。从暗夜里走进明亮的灯光之下，一下子只见人影幢幢，待我定睛看时，才看见董老、吴老、王若飞、陆定一、邓颖超都在这里，好像刚刚结束一场重要的会议，有的人从桌旁站起来，有的站在那儿交谈，有的还俯在桌上，秉笔直书……这时，周副主席见我进来，立刻招呼我到旁边坐下来。他神采奕奕，目光炯炯，尽管熬到如此夜深，肩负如此沉重，但他却连一丝倦容都没有。他问我："你们明天去北平了？"我回答："是明天上午。"他又问："报社跟你们交代了任务了吗？"我回答："章汉夫找我们谈过。"……在重庆接触中，我发现周副主席实在精心细密、精力过人，不但有关中国人民命运的大事要他把握，就是具体一件小事，也要亲自安排。我们坐在紧靠一起的两只沙发上，周副主席稍稍沉思了一下——他的沉思的神态，给人留下深刻印象。他随即伸出手来在沙发扶手上比画着，用最准确、最明晰的语言向我阐明了当时那战与和的整个形势。他说："我们不要打，可是我们总不能让他们长驱直入，侵犯人民的国土，不过我们也要谈，我们要尽量争取和平解决，这样对饱经苦难的人民有利，我们打就要打得认真，谈也要谈得认真……你们是去参加调处执行部做记者，就是一场斗争嘛！你们要一切听剑英同志统一指挥，配合工作，你们要做好中立报纸的团结工作，也要和美国记者友好相处，就是国民党记者也要具体分析，具体对待……现在有人要垄断舆论，我们就要如实报道真相，以正视听，现在斗争的焦点在东北。"他斩钉截铁地讲到这里，沉吟了一下。他稍有些愤慨，而又十分平静地说："东北是人民的东北，东北人民是受苦在先、受难最深的人民……从一九三一年'九一八'算起，就过着亡国奴的生活，可是，他们现在要抢夺这个果实了。他们不承认那儿有中共的部队，说那儿只有接收问题，没有和谈问题……我们绝不能眼看着东北人民再置身水火……"我以为已经领受任务完毕，想要即刻告别离去，周副主席两眼霍然一亮，说出一段令人肝肠寸断的话："东北人民是最值得同情的，他们在非人的法西斯恐怖下，熬受了这么多年悲痛的生活……为了打败日本帝国主义，是他们付出了最大的牺牲，最高的代价……有多少父母失去儿女，有多少人家骨肉分离，今天，日本投降了，谁最有发言权？是东北人民！东北人民！"我从他的声音里感到震颤，我发现他的两眼含着泪光。他停了一会，说："你们有机会要设法进入东北解放区，把东北人民的真实情况传达给全世界，把东北人民的紧迫的呼声传达给全世界！"我站起来，周副主席有力地跟我握手，他嘴边露出十分温暖的笑容，他总是那样精细入微地关心人，他说："你是第一次坐飞机吧？锻炼一两次就不难过了。"我说："我想我是能经受住这个考验的。"我和周副主席告别，走到门口回头看时，周副主席又走到桌旁去，俯下身来，读着人们刚刚写出来的文件，又匆匆投入工作了。这时，我的心里十分感动，我觉得我从周副主席身边带走一颗火热的心。我轻松、我欢乐，是周副主席又一次送我走上新的征途，这样想时，下楼以后，我蓦然回首，止住脚步，屏息静气，整个山城一切一切都笼罩在黑夜之中，就连代表团大楼上的窗口的亮光也寂然熄灭，只有周副主席那间屋的窗上，还是灯光雪亮——如果说重庆的冬夜有如一片茫茫大海，这明亮的窗口就像航船樯桅上照射出来的闪闪电炬，它透过猎猎海风，穿过茫茫夜雾，它烛照着世界、烛照着人生，它载着所有中国人的梦，在向一个航线前行。

# 第九章

---

## 魂兮归来

·

### 八十 不是凯旋的凯旋

一个痛苦的大时代的幕布已经掩上，紧跟着应该是一个欢乐的大时代的帷幕拉开，的确，你只要侧身倾听，你只要凝眸注视，你便会为这个地球的变化感到令人涕泪纵横，惊喜交加。

尽管，大地上还残留着斑斑血渍。

尽管，森林里还燃烧着未熄战火。

可是，沿着那清亮而舒爽的河流而下，已经飘荡着柔曼而又深情的歌声。

像几支兽骨交叉的卐字旗和像一团瘀血的太阳旗，都已经被踏在正义的脚下了。

人类呀！在你创造的历史的途路上，你通过一座巍峨的穹门，在这穹门的通道上面，开着万簇鲜花，亮着一盏明灯。人类总是推着历史的巨轮前进，这时，你们穿过穹门。眼前展开一望无尽的美丽的原野，你怎能不心花怒放，其乐陶陶！那么，在这样的时刻，受侵略最早、受蹂躏最早的中国，怎么没有权利、没有资格开怀大笑呢？是的，尽管，危机隐伏，战云低垂，四顾茫茫，一腔困惑，可是，抗日战争既然胜利了，我不能不带着胜利者的喜悦，在珊瑚坝机场，搭上一架美军运输飞机。那一年，我正好三十岁，在这之间，我以为我已经度过漫漫长夜了，谁知我眼前并没有看到黎明。不过，尽管如此，我要说我还是带着胜利者的喜悦，那并不因为什么旁的缘故，是因为我们真正战斗过，我们无愧为华夏的子孙，无愧于已经长埋地下的几千万牺牲者的英灵。我们的胸膛抵挡住了法西斯的狂涛骇浪。又几十年过去之后，我于1989年秋日重临重庆，登高远眺，人们指着江中一片浅浅的小沙洲，告诉我这就是珊瑚坝时，"啊！"我简直惊奇得几乎跳了起来。这就是珊瑚坝吗？一刹那间，我想到我上面叙述过的走上飞机时的心境，我嘴边还是漾出一丝苦笑。历史是多么多情而又多么无情呀！经过大半生的消磨，再来旧地，重整陈思，历史就像透过一面巨大的放大镜来审视人生——锱铢分明，纤丝毕现……当年伸展着长长跑道的珊瑚坝，今天看来是小得有如一片枯叶，浮在江中，萋萋青草，一片荒芜。当年，停机坪上矗立着一架橄榄色的飞机，我从窄窄的舷梯攀上机舱的那一时刻，我站在梯顶上，回头向山城倾注了最后一瞥——那天，虽有一层淡淡的薄雾，像蒙了一层轻纱，但，天清气爽，日影斑斓，尽管我在这儿历经灾劫，但还是免不了别意恋恋。但不论怎样说，一段新的旅程开始，我扬手向送我的亲人告别……这是我第一次搭乘飞机，一进入机舱，觉得像置身于钢铁穿道，小小圆形舷窗下，列着一排钢铁的座位，我一坐下来，就缚紧了安全带。这时我仔细观察，舱里舱面，一切一切都是橄榄绿色，连关闭沉重的舱门的两个美国士兵，身上穿的，头上戴的，都是一色橄榄绿，我才明白这是美国军人的颜色。

绿应该是和平的颜色。

谁知绿是战争的颜色。

舱门紧闭之后，机舱里顿然一片昏暗。

现在的人们，坐着柔软的飞机沙发座，享受着平稳航行，简直无法想象当年这种军用飞机，是何等粗野，何等莽烈，何等震荡，何等颠簸。

飞机头上，先是左边的一个螺旋桨转动了，跟着右边一个螺旋桨也转动起来，愈转愈快，愈转愈快，转得看不清晰，只见两片团团白影。随同马达急转的轰隆声，机身像筛糠一样猛抖，这时我整个人就像疾风中的落叶一般摇颤，若不是安全带紧紧缚住，就会一个个抖得满舱乱滚。这时，从轰隆声中发出一阵刺耳的尖叫，于是，整个飞机像脱缰的野马一样向前猛冲而去，驰过整个跑道，呼啸着劈开气流，摇晃着腾空而起。我回头从舷窗上一瞥，只见一道江流，蓦然而逝。我这一遭坐飞机，简直是一场剧烈的拼搏。我并没想到飞机会坠落，会崩裂，自己会死亡……不，我没有这样胆怯，这样卑琐。但，我指望飞上蓝天，变得平稳，让我沉思一下，体会一下，我在祖国天空上，有什么遐想。但是，飞机在空中还是大起大落，一下上升，我的心跟着好像是被吊起来，一下下降，我的心又跟着忽地沉落下去，但不论怎样说，我的心灵第一次从严峻的高空，俯视苍莽大地，但我只觉得下面是一片血的大海……我感到疼痛，我感到悲哀，我觉得无数无数的人还在血的洪涛中挣扎，血的波浪中浮游，但从这殷红的血水中，蓦然升起一个黎明。

现在，我听到天空中一个大声发问的音响：

"什么是胜利？"

"这就是胜利？"

我从我亲爱的故乡出来，是踏过日本人摆设的杀人刑场，而今天我将回到我的亲爱的故乡，坐着美国的囚笼一样的铁箱，为什么？不是我们自己，而是任由外国人的飞机在祖国天空横冲直撞，上下颠簸，难道这就是我们的和平，我们的自由吗？这时，我的心分成两半，一半是欢乐（我们终于打败了日本帝国主义），一半是悲哀（新的灾难又正在降临）。但是，黎明的曙光在闪烁，蒙蒙的沉雾中的红色曙光照在汪洋的血水之上，血水像要把这一点光芒吞噬。我仿佛听到黎明的呻吟，黎明的悲叹，我的心脏从底下向上翻腾，在美国大兵面前，我坚持住忍耐住不肯呕吐出来。我咬着牙齿，我和隔座的人在角逐，在决斗。当飞机颤抖得那样剧烈，飞越秦岭上空那一刹那，隔座的人先"哇"的一声吐了起来，我便再也忍不住跟着呕吐起来……但，就在一阵酸涩刺疼时，我露出一丝微笑——我胜利了，我是在他的后面才吐起来的。经过一阵呕吐，人倒感到几分轻松，我感到我如长虹一般横贯祖国天空，我从父亲的河流——长江起飞，我将向母亲的河流——黄河飞去。有这一对父母的河流，养育了大地，养育了人民，也是他们升照起我灵魂中黎明的闪光。当我受尽了第一次飞行的磨难与摧残，飞机降落在北平的西苑机场，门舱开了，光照入内。当我走下舷梯，不知怎的，我的心脏突然猛烈跳动起来，啊，故乡！故乡！我终于踏上故土，我禁不住感情的激荡，我强忍住泪……我的心里总重复一句话："我的故乡！我回来了！""我的故乡！我回来了！"……

我们被送到翠明庄住下。

谁知这个日本人建筑的中国宫殿式的华丽的寓处，竟同我结下了不解之缘……我决然没有想到，就是在这个地方，竟发生了使我几乎疯狂的一个悲剧，这是后来的事情，在这儿只先说一句。当天下午，在翠明庄，见到了李克农，他是从延安来的，徐冰是先我一日从重庆来的。见面之后，心情都很激动。夜晚，我们去"叶公馆"，也就是叶剑英同志的住处，我们无以名之，都称为"叶公馆"。那是景山东街的一个长方形庭院，院里有南北两座安着磨花玻璃窗的精致的平房。我们走进灯光明亮的书房。

当我们走进北房里面一间，我看到叶剑英从办公桌后面站起来迎接我们。他穿了一身黄色将校呢的军衣，更显得身材魁梧，气宇轩昂，他闪着两只炯炯发光的大眼睛，从短短唇髭下露出动人的微笑，他握住我的手说：

"白羽，你来了！"

他直呼我的名字，一下子使我感到格外亲切，格外温暖。我同叶剑英在延安曾见过面，当年中央领导同志都是这样称呼我的。

几十年后，我回忆这一次见面，这样写道：

"……当时，我们都管他叫参座，其实，我们之间，那已不是庄严的尊称，而是亲昵的呼唤。和同志们在一起他总是潇洒自如、谈笑风生。谈工作时，他肃穆聆听，还不时发出幽默的微笑。插一句风趣的话，明亮的目光在眼镜片后一闪一闪的。但在谈判桌上，有时像一道道的利剑，他鞭辟入里、义正词严。使对手无辞可遁，无地自容，他随时随地全身焕发着旺盛的精力，这精力便推动着周围的人，推动着整个事业。那天夜晚我从叶公馆出来，迎面看见黑兀兀的一座景山，忽然之间，回到八年之前，我想读者该还记得在"囚城落日"，那一节里，我从景山顶上看着落日，怀着怎样凄凉而又哀婉的情怀吧！而现在，我回来了，我却没能再登一次景山，可是北平的街道灯光，音容笑貌，对我来说是那样熟悉，而熟悉中又含着一种辛酸，特别是当我走回那条弯弯的小巷，重叩我的家门，我才想到这八年是何等漫长，我家中的父辈一个个都逝去了。天地轮回，时变序迁，我如同翻阅着一部有关人类的大书，翻开来的每一页上都充满血污。我胆怯了，我停住手，我即将翻开的一页又将充满什么呢？但这个问题，我立刻得到回答。我在翠明庄住的一个大房间里，门是日本式拉动的格扇门，睡的是铺在地上的"榻榻米"，盖的是又短又厚的日本棉被，当我享受着这一切时，我感到一种说不出的惆怅。昨天还是日本人笑语欢歌之地，可是今天又换来一批新的"主人"……但我并未尝到主人的滋味——我回来乘的是美国橄榄色飞机,下机后坐的是美国橄榄色吉普,我真恨,为什么在这黄色的国土上,总是他们做主人?!在大街上飞驰的不搭篷的吉普车上大声喧哗的也是橄榄色的美国人。他们有的仰着脖子在喝酒,有的扯着嗓子在歌唱,嚣张放肆,旁若无人,特别是在北京饭店,当我走进那旋转的玻璃大门,在这珠光宝气、色彩迷人的地方,我悄然凝目,怒不可遏,我看到从铺了红地毯的楼梯上走下的美国军人,他们一个个搂抱着、挟持着中国女人——而这些风骚,妖冶的女人,竟是那样娇笑,那样献媚,她们从昨天到今天,不过是从日本人怀抱到美国人怀抱轮换了一下而已——我又想起在重庆时看到的那一条新闻,美军登陆秦皇岛,严令国民党军队向山海关猛攻时,我的血液立刻凝固了,这就是我们的"盟国"、"盟军"吗?……当这些鲁莽而又放肆的美国人带着香风,带着笑语从我身边走过,玻璃门窗一闪,把这些男男女女旋出北京饭店,热血冲激着我的头脑,仇恨刺激着我的心胸,我们国土为什么这样不干净呀!美国人手上已经开始沾染中国人的鲜血了。可是,在协和医院南楼谈判桌上他们却装扮成正人君子,有时还露出一副笑脸。横冲直闯的吉普车的怪叫,使我想起八年前那一个暗淡无光的日子,我在天安门前听到坦克履带的铿锵,这时,我蓦然问自己:

"难道这就是我们的凯旋吗?"

我无法回答自己。

我意识到这不是凯旋的凯旋时,我的灵魂是多么沉重呀!

当然,这时我并没有把美国人看作敌人,这不是因为他们扮演着一种和解的角色,而是因为我在少年时就在语文课本上读过华盛顿与苹果的故事,我只盘算着必须进行格斗,我要做一个公道的记者。尽管我已经成了一个作家,却不知怎样做一个新闻记者。不知为什么,我从年轻时起,对于记者就不存好感,我曾经发誓,一生一世决不做记者,谁知命运恰好作出和我的意愿相反的安排,要进行当前的斗争,必须做一个合格的记者。怎么办呢?我记起在延安时,有一次到毛主席那里去,他说到经济问题,文艺问题,他说过一句话:"不会做的事我们要学会去做。"于是,我奔向东安市场,我又回到当年我熟谙、我热恋的书肆之中,不过,这一回不是买文学作品,而是买了一幅中国地图和一本斯诺的访问记——是的,我不是凯旋;我是在进军,我不会做记者,我必须学会做记者。我要像一个身披甲胄，手持利剑的战士一样，拿笔进行战斗。当斗争需要时，鲁迅用杂文进行格斗，今天，斗争依然需要，我为什么不作为一个记者来进行格斗呢？

## 八一　一个裸女，一个圣女

翠明庄，我的住室里如此富丽堂皇，寂静无声。

我把一幅中国地图铺展在榻榻米上，凭借着明亮的灯光，我的两眼凝注在东北这一片广阔的国土上。

周副主席那深刻而锐利的声音在耳边回响。

我决定我作为记者的行动应该集中在东北这一点上。

我每天每天看着地图，东北的一山一水都深深刻印在我的心间——鸭绿江、长白山、松花江、黑龙江、兴安岭，那苍莽无际的激浪，那浩瀚无垠的原野……我曾在前面记述过"九一八"给予我巨大的刺激，这几十年间，那黑土地上的人们倾过多少血泪，注过多少忧情，但，经过漫长漫长的奴役与屠杀，那儿，已经成为一潭死水，一潭泪水，一潭血水。

哈尔滨细菌试验场，抚顺万人坑……生灵涂炭，尸骨如山，黑土的芳香，森林的微语里夹杂血的腥膻，人的哀号。生死诀别，几度春秋。现在，那儿是什么模样？谁又能料，旧的血渍未干，新的血痕重染……这块土地对全世界来说到现在为止也都是神秘的奴隶之国，罪恶渊薮之地。我多么想去亲自进行一次考察呀！一时我还不能到沈阳去，由于国民党不承认东北有中共部队，坚持不派执行小组去调停，这就是反动派的反动逻辑。实际上自美军支援攻占山海关后，东北上空已经一片弹火、枪声，可是，又说没有中共部队，派不派执行小组，争辩来争辩去，在谈判桌上拖延数月之久。于是，我乘机进入原属东北一部分的热河。这时，热河正在激战，于是，派出两个执行小组，由此我先到赤峰，后到承德，令我锥心刺骨，铭刻难忘的是在热河平泉前线那个悲哀而激情的一夜。

我到承德住在执行小组那栋楼房里，美国人，国民党人，共产党人都住在这里。这栋房，当然残存着日本人的痕迹，不过，由于大家都不习惯，便把"榻榻米"都撤除了，但是，我却不能不睡在日本人存放棉被的木头橱架里，躺在木架之中，拉起橱扇门来，睡得倒也安静。执行小组中共代表是陈伯钧，他那张红扑扑的脸上总闪烁着快乐的笑容，这正象征他那豁达而又乐观的性格，我们相处得十分融洽，一直到他与人世诀别之前，我们见面总是非常亲切，款款倾谈，我至今也忘不掉他那动人的笑容。他带我们到避暑山庄去看萧克。谁知这个清代的离宫，也已经日本化了，因此，我们不是在幽静的宫殿里，而是在开阔的洋房里谈话。棕色的木板墙壁，非常宽阔的办公桌，黑色皮沙发，从这摆设，从这气派来看，这里很可能曾是日本高级指挥机关，现在则是我军在热河的最高司令部。萧克站在悬挂着军用地图的墙壁前面，向我们说明了前线情况。国民党军队攻下山海关，进占锦西，随后就分兵，一路西向建昌，侵入热河，直迫平泉。现在，国共双方军队在这儿相持不下。我去避暑山庄和从避暑山庄回来，都看到一派萧瑟严冬之中，从宫墙脚下流淌出来的墨蓝色的河流里，竟如同云烟缭绕，冒着腾腾热气。后来我才明白，原来这是从温泉里流出的河流。我对陈伯钧说：

"恩来同志叫我报道东北，因此，我采访的重点是东北——十五年'满洲国'，与世隔绝，真是个谜。"

"你想去东北，可我们这儿是热河。"

"热河不是东北吗？"

"因为东三省是日本帝国的殖民地，热河是殖民地的殖民地。我建议你找杨育民去谈谈吧，他是热河人，又在热河打游击，现在是政府的副主席，十分熟悉热河……"

殖民地的殖民地是什么意思？这一新颖的问题一下升上脑际，于是，我带着这个问号，在一个夜里去拜访杨育民。

杨育民矮矮胖胖，红润的面孔上戴着一副深度的近视镜，他邀我在他办公桌前的沙发上坐下，我仔细观察他那笑眯眯的神态，我觉得他倒像一个学校的教师，你无法设想，这是一个在惊涛骇浪、生死存亡中，把自己个人的命运与热河命运休戚相关，生死与共的人。我问他，当时你们知不知道外界情况？他用平凡的语调说出一句不平凡的话来：

"那时我们天天在热河征战，连墨索里尼倒台都不知道，还是从伪军十三团那儿传来的……"

艰难困苦，可见一斑。

在电灯光照得通明雪亮的办公室里，我们长谈达三小时之久。

　　读者们，这儿不是一般华北沦陷区，如果你们用考察华南沦陷区的眼光来看待这个地方，你就无法理解真相。从杨育民的谈话中，我懂得这里的名字是"满洲国"，而日本人又把热河划为东三省的补给区、殖民地、防护圈。因此，他们是深渊中的深渊，地狱中的地狱。我把杨育民的谈话记录留在这里，作为我深入东北的开端。

　　"热河人民从'九一八'以后，从来就没有停止过抗日斗争！

　　"长城抗战的时候，共产党冀东特委，以李子光为领导组织了最初的人民武装，后来，蒋介石在'敦睦邻交'的口号下出卖了长城抗战。可是，共产党人并未就此屈服，李运昌又在迁安、遵化北部，青龙、兴隆南部组织起1500人的抗日起义，以后，一直在承德、青龙、兴隆之间开展秘密斗争。芦沟桥抗战爆发，王平陆又在长城线上组成了第一支游击队，与日本人进行搏斗。王平陆虽然在一场血战中牺牲了，但这把烈火并未熄灭，而且从长城沿线一直攻入热河境内。1938年6月间，宋时轮、邓华支队由平西往平泉，挺进热河，连克延庆、永宁、四海，直捣大阁、牛宁、鞍匠屯，迫近承德。一时之间，风雷电闪，声势极盛。不久，冀南发生了十万人大暴动，宋、邓部队在热河留下两个支队，全军折身去支援暴动……日本帝国主义对于八路军深入'满洲国'境，感到无比恐惧，生怕干柴烈火，一点就着。他们除了调大批关东军前来镇压之外，最惨无人道，是在长城沿线，制造成东西七百里、南北二百五十里、十七万平方公里的无人区，把这儿的老百姓驱赶的驱赶，斩杀的斩杀，造成一大片草深盈丈，狼狐出没的荒芜地带。日本人用这一带形地区，把整个中国国土和'满洲国'隔绝开来，以防抗日烽火传入傀儡之境。可是，无人区的人民，生，生在故土，死，死在故土，村庄都被烧光了，他们就躲在山洞里坚持斗争……热河到了最艰难困苦的时光了。这是1942年，我就是在这个时候，受党的派遣到这里来的……我们怎样打开这个困难的局面，向铁路以北（由锦西到承德），也就是向'满洲国'发展。开始，我们利用口里口外来往旅商作为线索，先在兴隆、五指山、阳沟峪、驴叫建立小规模据点，然后利用它们作为桥梁，向铁路北边渗透。敌人发现了我们决心进入东北的意图，专门成立一个'满洲国'西南防御司令部，堵住热河这条途径。我们发展到哪里，他们就在哪儿制造无人区，想把我们困死、扼死……我们就像水银泻地无隙不入。他们用人间地狱把我们隔绝。可是我们终于到了三沟川。这里遍地一片森林，住户多从关内迁来。经过一年奋斗，承德敌伪报纸就发出'光头山讨伐战'的新闻，我们成功地创建了光头山根据地。

"为了消灭这块红色根据地，日本人就以光头山为中心围建无人区了。

"那真是惨不忍睹的事情。

"敌人从三沟川上梢开始拆毁房屋，把成群的居民向三沟川下梢迁，他们提出煽惑的口号：'地方想太平，必须防八路'。最好的办法是搬迁部落屯，谁不搬就以通八路论罪处死。

"他们的阴险用心，是把老百姓都集中住进部落屯，这样，就割断军民联系，使游击队变成孤魂野鬼，无援无助，便也无法立足，无法战斗了。

"那时，一眼望不尽头，到处都是烧毁房屋的滚滚黑烟。敌人像是扒草的铁耙子一样在扒着，先是拆了烧了房屋，然后一百个人一队组成无数队，日夜不停，横竖不分地搜索扫荡，追击游击队，集家队烧房子，镐头队掘墙脚……光头山周围二、三十里以内钉起红色木橛子，谁要跨过这个分界线，就被一枪打死……可是，这种恶毒的镇压，只能激起人民的愤怒。人们把粮食偷偷坚壁起来，一群一群带上农具转移到深山密林里去，搭个草窝棚住下，等到春天来了，在山上再把籽粒撒入土地……

"想一想，那种血肉相关真是感人呀。"

杨育民这个温顺的人，说到这里也说不下去了。我看见他的眼镜片后映出两点泪光。

这是怎样的夜晚呀！我仿佛听到寒山野岭上的哭声，我仿佛听到荒野密林里的雨声，风声……

我也不忍再问下去，只默默地吸着一支香烟。

"敌人集家并屯的计划终于破灭了，跟上他们去的只有几个地主和甲长。恼羞成怒的敌人像虎一样红眼，像狼一样嘶嚎。于是，一场更艰苦的搏斗开始了。光头山的游击队跟老百姓共同密议，当他们被押解去修人圈时，游击队突然打上几枪，于是群众一哄而散……最后，敌人就从外地押解劳工来，总算修起几个人圈。这样一来，一场新的斗争方式又展开来，就是组织广大群众去拆。白天敌人盯得很紧，便在黑夜里去拆。就这样一个人圈拆了修，修了拆，有的五六次之多。这时，春天过去了，夏天过去了，深山里田已种好，青苗也已莠穗，眼看秋收来临，粮食又将送到光头山。敌人就驱赶人来割青苗。一时之间，密密的山林里到处一片枪声，是游击队在射击，是武装起来的群众在射击。有时，一个人就占据着山头战斗起来……后来，敌人终于筑成若干人圈，关起不少群众，这时，我们就根据实际情况，进一步研究对策——把工作做到部落里去，日本人突然发现部落里的人与游击队依然紧密相连，他们吓得要死，就暗施诡计，化装成八路军到部落里来，看老百姓打不打。这样一来，群众倒为难起来，要是打了，真的是八路怎么办？就派人暗暗地到光头山上来问，我们相互之间定了暗号，凡是没有暗号的就打。同时，日本人化装的队伍一出动，隐蔽在伪组织里的人就纷纷向各个部队送信。一会儿，日本队伍来了，叫门不开，上墙就打，打死打伤不少。日本人把伤员抬走，还着实奖励这个部落。事实上，游击队经常深入部落，去开会，征粮，无牵无挂，出入自由……"

我笑了："这是智慧与愚昧的搏斗！"

"的确是这样，几十年斗争，我发现一切压迫者都是最愚昧的。

"经过这一场斗争，日本就向光头山派出两万大军，狼烟四起，放火烧林。

"我们就来一个大踏步转移，从光头山跳出去，一下突然向南面敌人背后的朝阳、延平发动流动式攻击。

"到了1944年春天，东起朝阳，北到赤峰，到处都是游击队，少的几个人，多的几十人，到处游动袭击……"

讲到此时，我暗暗觉察杨育民脸上像抹过一阵阴云。

他说：

"战斗进行得极端残酷呀！有一个除夕，在雪山上打了一夜，一排人脸、脚都被冻坏了。杨树沟有一对农民夫妇，养了一个十几岁的孩子，全家无粮，弄到一点吃一点，就这样，他们还把我们冻伤的一个战士养了整整一个春天。为了保护亲人，他们一家分工。小孩子披了块老羊皮在山头积雪中站岗放哨，一发现有人来了就喊，父亲听到喊声就把伤员背到山沟草堆里预先布置好的小草窠里去。母亲生火烧饭，精心喂养。他们没钱，就把。半斗荞麦换了药来治疗。我到那儿去探望了好几次，那时我化名黄云，人们一提就知道。那冬天我扔下二十多伤员，一个个都收回来了……"

好像为了给杨育民这番无人区夜话作个证明，当我随同萧克、陈伯钧分乘几辆吉普车赶赴泉平方向叶柏寿前线进行调处谈判，在一个荒芜的院落里，一个景象刺疼了我的心。

数九寒天，北风透骨，雪冻冰封，屋顶上瑟瑟枯草丛中竖着一截烟囱，冒出一缕淡黄的烟，门忽然掀开，一股热气像雾一样弥漫出来，这是什么？

我几乎喊出声来，这实在太令我吃惊了，一个十几岁的大姑娘全身上下赤裸精光，只下身那儿围着一圈破布。她从热雾中走出，急急迈着两只赤脚在冰冻上跑过，一闪之间，她已钻到另一间屋里去。这一瞬间我呆呆愣住了，我无法辨认这是人间，还是地狱？而这就是我们的姊妹，我们的亲人，我们的中国呀！她受尽了磨难，受尽了凌辱，在无可奈何之下，羞耻感已在她心上流逝，她赤裸着青春的肩膀，青春的乳房，青春的纤细的腿与小巧的脚——她那样坦然，那样纯洁，她纤尘不染，无畏无怯，她就像一个女神在那浓浓热雾中飘然而去。

当时，是杨、苏纵队在这儿作战。我在司令部里第一次见到杨得志、苏振华。陈伯钧跟执行小组到两边火线之间的地界上去谈判，我们坐在热炕头上，一边吃着饭一边等候从陈伯钧那儿送来的信息。可是，我的心已经变成一个冰块，冰块上凝聚着一点泪珠，那样沉默，那样凝固，心随着这泪珠流出一丝无声的呜咽。

我的心像给一把锋利的匕首刺穿，我的血流淌不出，我的心已经死亡了。何等的怅惘，何等的哀戚，何等的激愤，何等的悲痛！

我不是想探索，想理解东北吗？沦陷十五年，这惨无人道的蹂躏、熬煎、凌迟、掠杀之中，人们就是这样活着，不屈地活着。这个赤身裸体在凛冽寒风中走过的形象，不是整个东北的象征吗？

是的，

一个裸女，

一个圣女。

## 八二  夜半枪声

企望已久的东北之行终于成行了。1946 年 4 月 1 日，一架专机从西苑机场起飞，载着十几个中外记者到沈阳去。

经过几次航行，对于 C-27 这种运输机的颠簸、震荡，我已习以为常。但是，要讲心情，这一次飞行，却是特别的沉重。当机翼下现出一望无际的碧海，我知道正在飞越渤海上空，当我想到掠过海面，就要进入黑色沃土时，一种说不出的苦涩与悲伤像铁锤一样撞击着我的心胸。读者们！你们该不会忘记我在前面已经谈过我对于那最悲惨、最黯淡一天的记忆吧？那天黄昏，老师和学生们一起在课堂里失声痛哭……从那以后，我多少次不忍而又终于不能不掀开都德的《最后一课》。我手边现在没有《最后一课》，但我记得阿尔萨斯、洛林沦亡的那一刻，这个教师用亲爱的法语给孩子们上最后一课，那渗透人心的描写。因为我从中体会到亡国之恸，灭顶之灾。残暴的日本刽子手，从我们身上割去血淋淋的一块肉。从此，白山黑水，日月无光。淌了多少年的血。流了多少年的泪，遭了多少年的罪，受了多少年的苦，人们盼呀盼呀，日本帝国主义终于被粉碎了，可是谁知曙光还未出现，沉霾重又降临。东北人民该怎么想呢？而我在这一刻到这块从死亡中刚刚苏醒又投入熊熊烈火的地方来，我不知道我将看到的是什么？我将听到的是什么？在飞机马达的隆隆声中，不知不觉飞过海面，掠过西伯利亚而来的寒流那样强劲猛烈，我们这只飞机正好迎着飓风、顶着气浪，像一片落叶在空中震荡。一种不祥的阴影忽然遮没了我的眼睛，我们降落在一片荒凉冰冷的土地上。

寒风萧瑟、风雨交加。沈阳机场上气氛十分紧张，美国飞机一个接一个地降落，给国民党军送来军火弹药。突然，一阵警报声惊醒人们，救护车络绎驶出，原来一架飞机出了故障，由于一边轮子放不下来，盘旋哀鸣、无法着陆，忽然间那个美国飞行员采取冒险的措施，紧急迫降，只靠着一边轮胎滑翔，砰然一声巨响，机毁人亡，冲出跑道的飞机，卷起一阵龙卷风似的烟尘，爆炸出红色火光。这一幕小悲剧好像在说明一个问题，是什么问题？还来不及想，我们已被送入几辆带帆布篷的美国吉普车，驶向市区。在一片繁华闹市中，我们进入一座七层高的大厦，这个大厦是日本人建筑的奉天大厦，现在成为执行小组三方住宿和谈判之处。我乘电梯到四楼，被分配在一个单间房里。使我惊讶的是，一个穿着黑色紧身衣裤的日本青年女子出现了，她为我提箱子、倒茶水、服侍着我，我当时只觉得这衣服是工作服，几十年后，我忽然想到——日本这个民族是可以做得出来的……也许是有深刻寓意的、国葬的丧服吧！我连忙梳洗一阵，肚子已经饿得咕咕叫，就到一楼一间光线明亮的餐厅里，这儿的侍女也是日本人，不过穿着彩色斑斓的和服，像蝴蝶一样在餐桌之间穿来穿去。无论是那穿黑衣的，还是穿彩衣的日本女人，她们都是那样谦恭、那样柔和，可是在谦恭与柔和的内里，不知道是不是有一颗悲凄的心，一颗仇恨的心？的确，到了当时的沈阳，恍如置身日本岛国。街上走一走，这里、那里，都能看见日本神社，那白色石头的牌坊，一群日本儿童从那儿经过，还向神社鞠躬。路口上钉着××町、××通的牌子，牌上写的全是日文。满街是穿木屐的日本人，从咖啡店里送出日本轻歌曼舞的靡靡之音……悲哀，这一切充溢着殖民地的悲哀，可是，日本军国主义用刺刀支撑起的"王道乐土"终于崩溃了，颠了个个儿，侵略者又变为奴隶，于是这儿充满日本人的颓丧与绝望。特别是在上高市，那一望无际的地摊后面，一个个日本女人在瑟瑟寒风中用日本话喊着叫卖，这是等待撤退回国的日本人，把他们带不走的家私在这儿出售。那地摊上真是琳琅满目、美不胜收，尽管我怀着一种深深的民族仇恨感，但我还是从地摊上买了几大本红色精装的西洋音乐唱片。可惜，我所珍藏的唱片，在十年浩劫中全部被人抢光、偷净。也许是为了唤起我一丝陈长的记忆，到现在还有一个红色的精装的空壳，孤寂而冷落地睡在我的一只红木柜的底层里。当我写到这里，去看时，那上面似乎又响起日本女人可怜的叫唤。……让我回到我住的奉天大厦那间日本式房子里来吧！墙壁上挂着富士山雪笠的绘画，桌上摆着饮茶用的日本兰花的小小瓷壶，我两眼痛楚，无法入睡。我在整理着我这一天在另外一个世界的印象，那是一个肮脏的、悲惨的世界。四月刚刚带来一点春意，融化了的污黑的雪水到处横流，冻裂的水管里射出喷泉一样的漏水，从中国人住的小巷里，黑泥塘蒸发出一股熏人的臭味，到铁西区去的铁桥下面黑水成湖，我们的吉普在那儿激起挺高的水浪。刚刚融解的垃圾堆冒出浓浓的酸腐的气味，鼠疫已经像无影的恶魔一样在城市上空游荡。全市垃圾堆有四百万立方米之多，隔离病院已经收留了五百多个鼠疫患者……我在这儿看到了"满洲国"殖民地的缩影，我的心灵里装满了巨大的悲哀。

我简直走入了一个悲哀的时代，

日本人是悲哀的——不过是掠夺者的悲哀，

中国人是悲哀的——眼看一场新的掠夺正在来临。

一种"劫收"的骚乱像雾一样弥漫各处。我到一家国民党政府官方的新闻机关里去，听到一位社长破口大骂。据说一座房子大家都看中了，于是那紧闭的大门上贴了五家的封条，不知归谁所有，实在啼笑皆非。还有中央银行的行址，要不是接收大员大发脾气，也会在封条之上再加几条。这是怎样可怜的一场闹剧呀！……在重庆住了几年竹条泥巴房子，一下来到这个花花世界，到处都是精美的东西，可以任意去拿，怎不令人眼花缭乱。接收只是一片混乱，谁都有权动口，谁都有权伸手，就这样闹剧一幕又一幕演将下去，于是这消耗大批经费的接收工作，已形成沈阳人民的灾难。许多人家的房屋、店铺都被当作敌伪物资被接收而去了。沈阳老百姓说，有两种国民党军队：一种是来打内战的，一种是来接收的。其实一分为二、二而合一，在上海，广州劫收了一场，又从海上汹涌而来的新一军、新六军，很多人手上戴着光闪闪的金戒指，也乐于向人炫耀，好像说明接收是他们的光荣。一个明朗的下午，我从浪速通走过，见到一栋巨厦上飘扬着中国国旗，可是出出进进全是日本人。一个熟悉内幕的同行人告诉我："这里已被政治部接收，不过日本人照常工作。"这一幅中、日提携的景象，令我深知了国旗的妙用！我到铁西区（沈阳工业区），看见各家工厂门上贴了不少的封条，我询问陪同我们参观的一位警备司令部的科长："各机关、部队按什么标准来接受每家工厂？"他沉吟了一下回答："按照各自的需要。"那么，每个人都可认为自己需要，难怪有人说如果再不组织一个统一接收委员会，接收者彼此之间就要打一场热战了。但，这绝对不是幽默，而是真实。我乘着吉普车在铁西区转了两小时，果真看到一家厂门上赫然贴着一张"统一接收委员会"的封条，但经我仔细盘查，真正接受者，实际是一家以民营面目出现却从政府领取百分之九十资本的实业公司，而且它已经控制了十几个轻工业工厂，都已开工生产，这当然为这民营公司赚了一笔大钱。既然是民营，这收入也就纳入接收大官私人账房了，这是多么神奇奥妙的手法。由于劫收的混乱，刺激物价突飞猛涨，市面上的物价已经大大超过北平、重庆。跟随而来的是失业，全市二十多万工人，他们离开冷冻了的机床、沉默了的厂房，他们只有身不由己向这条狭窄的死路上奔走。邮政局五千员工减得留下七百人，警察调出去改编为参加内战的部队，一批一批由关内来的人，以"接收"为口实，一下占去了本地人生存的位置，难道地狱中的熬煎还不够苦吗？已经榨干了的血汗又承受着更大的压榨。在我们的餐厅里出现几个青年人，他们前几天还穿着单衣在小旅馆里受困，现在到这里做了只管食宿，不给分文的服务员。他们当中的一个对我说了一句话：

"现在为自己国家服务总是好过了。"

我问她，她还是日本帝国大学毕业出来的。

说得多么好啊！"自己的国家"——是的，这是什么样的自己的国家呀？！

她那憔悴面孔上的笑容，在我心上留下一片凄凉的阴影。

这凄凉的阴影，在我睡梦中变成一片模糊的血影。

我看到从人们骨头缝里榨出最后一点骨髓，而从梦中一下刺痛、惊醒。

……我哭，哭不出声音；我笑，笑不出声音；我全身在发烧、在发烫。

我带着一颗苦涩的心，从床上爬了起来，我向窗边走去，拉开薄薄的窗帘，把我烧得干灼的额头贴在冰凉的窗玻璃上。我望着从街上照射上来的朦胧的昏暗的灯光。一片阴森恐怖的魔影笼罩着一切。二十几天之间，失踪与暗杀者竟有一百余起……这就是我怀着炽热心肠来目睹久违重逢的亲人的时刻，可是我能带给他们什么？！我能带给他们什么？！亲人们……我把整个炽热的脸都贴在冰凉的窗玻璃上，我觉得口在干渴、心要跳出喉咙，蓦然间，我发现我的心在流尽最后一滴热血，我觉得我的心在一点一点地枯竭。

我们四月一日到沈阳，四月二日中共代表团在饶漱石率领下飞抵沈阳。可是等着他们的不是调解与和谐，而是蛮横与粗暴。

中共代表团的到来，无疑会给人们带来一线和平的希望。但，罪恶的黑手就要把这一线希望撕得粉碎，让人们的幻想化为灰烬。

在飞机场上，发生了中共代表团四十二个人员被扣押，被勒令乘原机返回，不得进入沈阳的事件。

这是由沈阳警备司令部一个姓吕的督察长和青年军 207 师干下的勾当。这个姓吕的和 207 师的人员，都是前一天我在飞机场上亲眼见过的，我们一下飞机，他们就把我们围了起来。姓吕的督察长把狡诈而阴险的眼光一一投在我们的脸上，一迭声查问哪位是中共代表？当我们说明我们都是记者，才被一一盘查，记下姓名，放过我们。可见，对于中共代表团人员的扣押，显然是早有预谋的。在中共代表团严厉抗议之下，他们便诡称飞机场上只有美国空降部队，并无什么 207 师人员。可是谎言掩盖不了罪迹，恰好在一次夜晚聚会上我有机会见到 207 师师长，我说："一下飞机就看见贵师的士兵了！"这个年轻、白胖的师长一下露出一副狼狈样，急加申辩："不，不，鄙师的防地不在飞机场！不在飞机场！"我立刻戳穿了他的欺骗，我直截了当地告诉他："我十分有幸，在机场上和贵师一位士兵谈了三十分钟的话呢！"这位师长气急语塞，揉搓着两只手掌再也说不出一句话来。

……

难道这奇怪吗?

不,这一点也不怪。

请看,1946 年 4 月 13 日,延安《解放日报》发表了一篇社论,指出。

"……在中共与全国人民逼迫之下,三月二十七日重庆三人委员会终于成立了关于东北停战的专门协议,规定派遣执行小组前往冲突地点,或政府军与中共军密接地点,使其停止冲突,并作必要及公平之调处,关于政治问题,则另行商谈,迅求解决。这是肯定了东北军事冲突必须调处停止,东北政治问题必须商谈解决;直截了当地否定了所谓东北不存在军事调处、政治协商范围之内的谬论。但是,国民党最高当局蒋介石在四月一日参政会上演说,却又公然反复这谬论,说什么:军事冲突的调处,只在不影响政府接收主权行使国家行政权力的前提之下进行,说什么在东北九省主权的接收没有完成之前,没有什么内政可言,说什么对于共产党所谓民主联军阻碍接收主权的行动和他们所谓民主政府的非法组织,我们政府和人民是不能承认的。这无异干宣布:东北者,朕之东北,非各党各派无党无派中国人民所共有之东北,更非东北人民之东北也。……"

难怪等待执行小组的,是出奇的冷淡。

难怪在这等待中共代表团的是无礼的暴行。

东北保安司令长官部政治机关,在我们到来的这几天内,连续发表几篇。精彩的社论,特别是有一篇《正告三人小组》,出自政治部主任于纪忠之手,自然值得一看,社论直言不讳地说道;东北根本没有中共武装,所谓人民力量者,不过是"敌伪武装余孽"、"土匪",这样自然得出一个结论:东北用不着执行小组,可是,他弄错了,把派到东北来的执行小组(序列为 27—30)竟误称为三人小组。这也难怪,原来这一和平调处机构其实不在好战分子眼中,更何况,这个于纪忠实际是沈阳军统特务头子,他忙的是什么勾当,读者自然明白了。在这里索性让我们戳穿这整个黑幕吧!为了对付执行小组的到来,三月二十五日在锦州专门召开一次高级军政长官会议,沈阳方面参加者有警备司令彭璧生、市长董文琦,他们在冷风中飞来飞去,然后,在沈阳导演了一连串的戏剧,炮制谣言、设置障碍,在一次沈阳士绅会议上,就公开提出不欢迎执行小组的话来,戏剧的高峰,要算从重庆、上海、北平纷纷集中于此的三十多位记者招待会上。这个招待会就在我们下榻的奉天大厦的餐厅里举行。我作为《新华日报》记者当然参加了这一集会，彭璧生这个矮子，昂头挺胸，公然宣布："政府不承认东北有中共力量。"而且威胁记者们按他们口径办事，很有趣的是上海来的一位记者提问：

"彭司令！如果说东北没有中共力量，林彪是什么人呢？"

又一位北平来的记者问道：

"政府军只占点线，形势正如过去八年日本军队与八路军作战的形势，请问彭司令：武力解决东北问题有把握吗？"

彭璧生鼓起"勇士"的"豪情"一口回答：有把握。还列举了历史上张献忠、李自成的例子，说他们虽然一时声势浩大，不久终被肃平……彭璧生侃侃而谈，忘乎所以，一下给所有在场记者的笑声惊呆了，他一下面红耳赤，觉得说漏了嘴，你既然承认"声势浩大"，与开头声明不承认有中共力量不是自相矛盾了吗？

真是凑巧，美国的白鲁德准将从北平飞来，也走进这个餐厅里来，就在这"庄重"的记者招待会旁边用起饭来，于是记者纷纷走到那一边去，这边的彭璧生只好在没有宣布散会的形势下，非常懊恼地退走了。记者招待会过程中，我只坐在旁边看着这场丑剧的演出，忍不住要笑出声来。

一件真正轰动的新闻传来了。

白鲁德、饶漱石乘飞机到东北联军某地会晤了林彪的代表彭真……

一切一切吹出来的泡沫都一下破灭了。

会晤的地点是个谜，但聪明的记者从飞机来往的时间计算，距离当不甚远。

一个欢迎执行小组的富丽豪华的晚宴终于无可奈何地举行了。

但是，十分耐人寻味的是晚宴的主人熊式辉、杜聿明却没有出席。中美记者摄影的镁光灯闪出一阵阵雪亮的银光，都集中在中共一个方面，当饶漱石立在会场正中致辞时，他讲到东北人民痛苦的历史，盛赞了东北人民坚贞不屈的精神，他提出东北应当实现和平，最后，他举起一杯酒来，提高洪亮的嗓音大声说道："为东北英雄的人民干杯！"我如同看见一脉红色曙光——把这七层楼大厦中的晚宴和四千万苦难的东北人民联系起来了。但是，无边的黑夜还死死地笼罩着沈阳。四月六日的深夜，我一个人在我们居住的四层楼上徘徊，我在等候着中共、国民党和美国三方面的会谈的结果。为了作出派遣几个执行小组到几个战争热点上去的决定，会上竟展开了一场十分激烈、十分漫长的争论，会议从六日晚间十时一直进行到七日上午十时……夜深人静，我在徘徊、在等待，这时，窗外楼下突然响起一阵枪声，我连忙走到窗跟前向下望，这是多么无边无际的漫漫黑夜啊！我听到近在楼下爆裂出又一响枪声——当时国民党地下军十分猖獗，还有日军和满洲军的散兵游勇到处抢劫、杀人，但在谈判正在进行的这一时刻，这枪声绝非偶然，这是威胁、是恐吓。我知道这凌厉的枪声，不仅响在我们的楼下，而且响在我的心上，当然，也响在激烈争辩的会议桌上，也响在东北茫茫大地上……我等待着，我徘徊着，我希望看见一颗彗星，划过黎明前的黑暗。

## 八三 春到鸭绿江

斗争的焦点在四平。

全东北人目光集中在那里，全中国人目光集中在那里，全世界人目光集中在那里。

国民党的部队与东北民主联军部队正在那里进行激烈的战斗。

蒋介石在美国军队参与下攻出山海关，想长驱直入，直下北满，但是，在四平这里，人民以血肉之躯，筑起一座钢铁的闸门。

经过从夜晚十时到上午十时那场马拉松式的争辩之后，终于确定派出执行小组到交战地点进行调解。国民党在这几输了一着棋，不得不承认东北不但有中共部队，而且正在进行有力的搏战。会后，为了做出四个小组出发的部署，我们围坐在饶漱石住房的榻榻米上，开了一个会，参加的有从东北解放区飞来参加和谈工作的伍修权。他的到来像闪电一样照亮了阴霾的上空，立刻成了舆论界热门话题，他以东北民主联军参谋长身份举行了一个记者招待会，他神情庄重，语言严峻，他的出现这一事实本身就揭破了东北没有中共部队这一无耻的谎言……还有四个小组的代表，以及我们三个记者。在饶漱石主持之下，讨论我们要派出的小组代表和我方记者。我们的一位同志想抓四平这个头彩，他当仁不让，"一马当先"，声言他要到四平那个小组去。这样一来，我和另一位只好退避三舍，任由组织安排，到其他显得没有四平那样重要的小组里去。现在想来，实在好笑。这也是我们之间一种精神上的"劫收"吧！事情就这样定下来了，我跟随 29 小组到抚顺、本溪之间作战地点去进行调处，小组的中共代表是许光达。四月八日，我只携带了一条毛毯到执行小组办公处——万福麟公馆去，和中、美记者七人，挤上一辆中型吉普，沿着浑河右岸奔驰。10时半，到达抚顺附近，停在一座大桥高头，美方通讯人员竖起无线电天线，和国民党驻抚顺的部队进行联络。我看看冰冻的铁青的河面，迎着凛冽的寒风，翘首向浑河彼岸望去，我才发觉双眼凝了冰花。只见天上地下烟雾茫茫、烟囱林立、气象森然，刚好炼铁厂铁工曾万作从桥头经过，我便向他问讯起来，他指着五六百米处矿山工厂的一角告诉我："那就是十数万中国劳工受尽日人欺凌虐待的千金寨。"当年流行一个歌谣："来到千金寨，就把衣服卖，新的换旧的，旧的换麻袋……"劳工不得温饱，劳力锐减，日本人就给他们吸食毒品，以刺激其精力，一直到耗尽最后一点精力，倒毙在地。十五年白山黑水之间留下多少枯骨。这时我实在感慨万千。我们一行车队驶过永定桥直驱抚顺市。国民党25师师长刘毓璋编了一个谎言，说二十里外路面全部破坏，汽车根本不能行走，想把执行小组搁浅在抚顺，任他们操纵。幸亏美方的德莱克中校坚持，连午饭也拒绝了，留下大部分工作人员，只由三方代表连同三方记者，组成一个轻便队伍直向交战地点飞奔而去。当吉普车队进入一道弯弯曲曲的山沟，两旁小山遍布松林，我忽然发现松林里站岗的哨兵隔不远一个隔不远一个，影影绰绰，我非常高兴地告诉自己：我进入解放区了！车行不久，果然被一个年轻的战士举手拦住，那不是我们的亲爱的战友吗？我非常激动地跳下车来，可是我这一身西装打扮，引来警惕的目光，我想跟他紧紧拥抱，可是我不得不暂时忍耐下来，既是欢乐、又是悲痛，这心情真是万分复杂。经过严格的检查证件，战士举手放行——真像赫尔岑说过的："新世界在推门了，我们的灵魂、我们的心敞开来迎接它。"……一大群战士围拢上来，当他们看到我手上拿着的《新华日报》证件，一个排长紧紧握着我的两手，两个人都流下了热泪。从这群战士们身后，又拥上来一群老百姓，从他们枣红色的脸膛上闪出春风般的笑容——什么叫和平？什么叫民主？什么叫自由？这一张张坚强朴实的面孔，正像阳光一样在照耀着一切。一个小男孩像一只野猫一样，从玉米秸编的篱障空处钻了出来，箭头似的直飞过来，纵身跳上我们吉普车水箱盖上，他像一面飘扬的旗子，伸着手指引我们前进。到了英城子，进入一家农舍，东北民主联军的一个旅的旅部就设在这里。在这儿我闻到了东北人民生活的温暖气息，它从宽敞院落地下晾晒的鲜黄的谷草上，从潮湿霉酵的马厩里，从一个强健的东北妇女正在亲手调制的黄色大酱缸那儿散发出来，洋溢着一股浓郁的香气……这时东北方向上传来一阵阵炮声，这就是史文厂一带连日激战之处。执行小组的人员伏身于铺展在热炕头的军用地图上，听取南旅长的报告，他那红扑扑的面孔，既激动又诚挚，他用手在地图上指划着说："我们要和平，不要战争，可是他们侵占了抚顺，又向前进攻……他们打到这里，我们退到这里，他们咄咄逼人又打到这里，我们就不得不打了……"

执行小组听取了战地的报告，又回转抚顺。

刘毓璋师长到底等到了向美国主子献媚的机会，晚间在一家饭铺楼上大摆酒宴，为执行小组接风。作为三方的一方，我们当然出席了，谁知在这久被踩蹦的土地上，竟演出那样一场丑剧。当我们吃罢饭站起来时，却发现刘毓璋陪同德莱克上校一群美国人那一桌上，笑语喧天，几个人正举着玻璃酒盏碰杯，令人瞠然的是，每一个美国人身旁都坐着一个娇艳的日本女人，他们搂抱在一起，摇来晃去，透过这淫荡的帷幕，我看到亡国之痛的女人的心——也许在战悸、也许在流血……日本军国主义侵占东北罪过滔天，万恶不赦，但这些妇女何故忍辱受痛、强颜欢笑，眼前景象，使我看到又一种侵略，又一种劫夺，想到这里不觉一阵怆然。我牵了牵许光达的袖口说："我们走吧！"……于是我们全体退席，作出沉默无声的抗议，当我们走下楼梯时，无耻的笑谑声还一阵阵从背后袭来，使我脊梁骨感到寒冷。我回到一片松林内的一座绿色小楼里，没法立刻合眼过宿，我凭窗而望，掠过森林那闪闪发亮的灯光，我觉得那灯光简直是滴滴发亮的泪珠——这是一个什么样的世界啊！这是多么残酷的劫狱轮回呀！前些时，日本人在这儿暴虐横行，现在中国人又在这儿摆人肉酒宴！……这是什么样的中国呀！……这一夜，我在梦中看到万人坑里森森白骨，白骨丛中闪烁着严厉的目光……

我为噩梦惊醒。我下定决心趁执行小组到本溪去的机会，进入东北解放区。

本溪是一个铁的城。

这里，铁的储量有六亿二千六百五十万吨，煤的储量有三亿七千万吨，最早开发本溪的是日本巨商大仓崔翁，现在，在这太子河两岸，已经联结成一座巨大的炼钢联合体。令人惊奇的是，在远处还响着内战的枪声，这儿烟囱森林般耸立，每一根烟囱都冒着白蒙蒙的烟，随风飘扬，远远望去像是一大队远洋航船正在海上航行。当执行小组的车队驶过河上长桥，进入宫原区，一个个东北民主联军战士向我们行注目礼时，我发现他们头上戴着橄榄色的钢盔，身上穿着美国黄呢军服，肩上扛着刻有 U.S.A 的美国自动步枪，这不是对美国人和为美国人所支持的不是中国人的中国人的一个无情的嘲笑、冷峻的讽刺吗？我发现我同车的美国记者正举起照相机抢拍这个镜头，是的，这就是我进入解放区的第一个瞬间。这一瞬间对我揭露一个真理——夜间当我从玻璃窗上望着太子河彼岸炼钢火焰的夜景时，我为我终于进入——不，不是进入，是回到我亲爱的解放区而激动，仿佛延河水从我心头潺潺流过，我离开亲爱的热土两年多之后，现在，我又回到自由的、明朗的新世界中间来了。

当执行小组和民主联军的司令员肖华在一座日本式小楼里会谈时，我们中外记者在一座灰黄色房子里看到了历史见证人，这是一群从战场上俘虏来的新六军的士兵，新六军是全部美械装备，号称"精锐之师"，现在这些俘虏有的坐在台阶上晒太阳，有的躺在榻榻米上吸烟，我在这群人里和四个青年人谈话；

一个叫张贵筑——贵州大学工程管理系学生，

一个叫冉金山——上海同济大学高中部学生，

一个叫林境仙——四川十六中学学生，

一个叫邓先德——贵阳导文中学学生。

当他们听说我是从重庆来的，一下就把我围了起来。真像"他乡遇故知"，我们彼此都十分了然，一年前国民党在四川发动了青年学生从军的闹剧。他们像有很多话哽在心头，想向我一倾而快，他们说："当时宣传青年军里生活多么优裕，待遇多么优厚，可是到了密支那，才知道这完全不是那么一回事，什么书报都禁止看，还时时遭军官打耳光，在印度，有的人苦闷到了极点，就开枪自杀了……"

我问："那么，你们又怎样到了这里？"

"我们一月二十六日从上海上美国船出发，二月一日到了新民，我们本来拒绝服从，我们说：日本人投降了，我们应当复员了，可是他们说：'还没完成接收任务，得到东北去打土匪！'可是在秀水河子开进途中，就听说三六六团给土匪包围了，不久，大批伤员源源送下，听老百姓说整个团都给打垮了，哪里有这样强大的'土匪'呀？！后来，我从占领区墙头的标语和春联上，懂得根本不是打'土匪'，是内战爆发了。"

张贵筑这个青年人，忽然把两手插在美式军用夹克的口袋里，他沉思了一下说："我希望中国赶紧组成一个民主政府，我还年轻，我喜欢文艺，我既然挣脱苦海，我还是回去上学。"

在执行小组会谈的这一天快过去的时候，传来一个令人快意的消息。国民党向本溪的进攻被粉碎了，52军两个师全部被歼，新六军一个师被击溃。

在这里，我要记述我从来没有忘记过的一个人。

那是晚上吃饭的时候，事先没有通报，一个端庄、英俊的青年人突然站在餐桌边上，他是这一晚宴的主人。他的出现立刻引起人们的热情的骚动，镁光灯一闪一闪集中在他的身上，中美记者都忙着抢拍下这个极富新闻价值的镜头。因为记者们已经清楚，这是张学诗，他的面容跟他的哥哥张学良一模一样。他带来的热潮一时静不下来，在一次又一次碰杯之后，美国记者沙布林突然站到木椅上，高高举起酒杯，他说：

"为了张学良将军的健康干杯！"

我是在延安和张学诗相识的。而我和他都从清凉凉的延河之滨来到这个遥远的地方。谁都知道如果没有张学良发动的"双十二"事变，就不可能有东北的解放，可是这位爱国将军，至今还关在贵州的集中营里，历史有情！你说难道这是公正的吗？！可是他的弟弟现在回到东北故乡故土来了，而且奇迹般地出现在全世界人民面前，于是这一个温暖的春夜，宴会变成了记者招待会。我统计了一下，记者所提的十九个问题里，前面五个都是与张学良将军有关的。

一个记者问：

"张将军失去自由，据说不是政治原因，而是蒋主席个人的决定。"

张学诗："我认为个人意见不能算作法律。"

他的话立刻在美国记者群里获得反响，他们几乎不约而同地说：

"我们同意这个意见。"

一个美国记者又问：

"东北人民对这个问题怎么看？"

"应该恢复张学良将军的自由，是全国人民的愿望，我回到东北来，我知道没有一个东北人不希望他获得释放。"

又一个美国记者插上嘴说：

"半年之内释放张学良将军，我看是很好的机会。"

张学诗："我认为释放不释放张学良，是实行不实行民主的标志！"

　　我不能忘记这个春夜，而且我通过历史的长流，理出张学良与张学诗之间一种悲剧性的联系。

　　张学良发动"西安事变"时，张学诗是南京中央陆军军官学校里学步兵课的一个学员，据说是为了"保护他的安全"，他立刻被关在一间窗上钉满铁丝网的囚房里，失去自由。一直到张学良从西安到了南京，张学诗才得到释放，他立刻飞奔去寻自己的哥哥，谁知当他赶到张学良住地，正是张学良上车去那个审判他的法庭的时候，兄弟匆匆一面，旋即挥泪作别。从此张学良走上了历史上从来没有过的这样长久的囚禁之途。他的行为决定了他的命运。张学良的悲壮行为显示了他光明磊落、侠义心肠的品格，这是这个悲剧中的一个典型的情节；而张学诗，从这一事变中却得到另一种领悟，决定走另一条路，他从南京出走，到了冀中游击区当了八路军部队的一个参谋长，他在河北大平原血战过，而后又转移到平西山区，成了一个最年轻的司令员。他为人聪明、睿智，沉默寡言，但他是一个真正的军人，而且是一个汽车驾驶员，优秀的骑手。日本投降后，他如同闪电一样，从冀热辽率领部队立刻回到辽河流域他的亲爱的家乡，从此他在频繁的转战中，像一颗闪亮的星升上天，这是这个悲剧中又一个典型的情节。为了解救祖国而拉开序幕的一个人，远远锁在西南囚牢里面；而在南京挥泪作别的人，接着演出雄壮的正剧。现在，他以辽宁省政府主席的身份，在这儿会见了国内外来的记者。

　　我避开回归抚顺的执行小组，潇洒自如地走上解放区的土地。

　　第二天，我到省政府去，想看望一下这位老朋友，可是他不在，而当晚我就乘火车离开本溪去了安东（今丹东）。

　　谁知二十天以后，我经过一段艰难跋涉的旅途，在梅河口上火车去长春时，在月台上突然又和张学诗邂逅。

　　他不再像那晚上那样穿着崭新笔挺的灰色中山装，干净、整洁，而完全是一个军人打扮，一身黄布军衣，脸上尽管不失英飒神姿，但已经长满了一层黑胡髭。真是巧，又真是不巧，我同他分坐在不同的两列列车上，在匆促之间，我问他："进沈阳，你有没有回大帅府去看一看？"他告诉我："去看过，我的家已经给日本人改作图书馆，江山依旧，人事全非。"他送我上车，也从门口拥挤的人群中挤了进来，和很多人笑着打招呼，而后下去了。就在这个时候，我们的列车开出了站台。我到吉林，已是初夜，在铁路局长那里打电话，才知道，在我们这列火车驶行之后，梅河口车站就遭到了飞机轰炸，起火……从电话耳机里听到传来的声音："现在这里大火还在燃烧"——我的心里立刻遮满乌云，张学诗所乘列车正停在站台上，难道他会遭到危险吗？……我想问个明白，又摇了几次电话，却没回音，多么可怕的人生，多么可怕的沉寂呀！我带着这颗沉重的心乘车飞奔长春，当我从四平前线回来，是一个落雨的黄昏，我在一家旅馆门口的台阶上，突然一下看到了张学诗，他告诉我就住在这旅馆里，我随他上楼，才知道这是一个被毁坏了的地方，电灯不亮了，走廊里到处都是灰尘，在一间十分狭小而又简陋的房间里住着张学诗和他的妻子、小孩。窗外响着一片缠绵春雨的潇潇之声。谈起来，才知道那天他在梅河口真是危险已极，炸弹轰然爆裂，他从车上纵身跳下，敏捷地伏到地面，而后逃出险境。写到这里，这个悲剧并未结束，还缓缓延伸、展开。张学良和张学诗这两个情节的线索，在渺渺茫茫中衔接，在凄凄惨惨中分离。四十年后，我见到他们的一个侄女，她从香港来，我一见她就觉得很熟，原来她长得非常像她的叔叔。可是，多么痛心呀！我跟她讲过了我和张学诗的人生际遇时，我不得不叹一口气说："可惜，他在十年浩劫中失去了生命……"于是问他侄女："张学良怎么样？""他年过八旬，身心两健。"我们两个人说到这里都停顿了。什么？！一个年轻的奔向革命，却在"革命"火焰中殒息了自己的生命；而一个年老的，至今还在无涯羁绊之中。悲剧，一个悲剧，我一想到他们兄弟在南京最后一刹那的相见，我的心灵就忍不住哭泣……

　　我从本溪到达安东，不觉心神为之一爽。

　　清新的海洋气候，像春风一样温柔。这个城市处在鸭绿江入海处，江水那样湛蓝，蓝得像晴夏的蓝天，一下倾泻在我的面前，波涛汹涌澎湃，直奔黄海而去。八年抗日战争烽火中，我们时时想念的就是打到鸭绿江边，而今我真的站在鸭绿江边，多少情愫、多少思绪，在这一刹那间涌上心头。我住在镇江山上一幢日式小楼的前厅里，这是多么大的美的享受呀！我躺在床上，每天早晨一睁眼，通过大玻璃窗就看见鸭绿江那条曲曲的绿带；西下的夕阳把一江春水照射得光芒闪烁，满山之上到处都是苍苍松树和淡淡樱花，我就如同跳到清泉里洗了一个澡，我感到新世界的明快、新世界的芬芳。叶柏寿那个裸女，沈阳半夜枪声，还在刺痛着我的灵魂，但鸭绿江的流水似乎传来静静微吟，一阵光明忽然照亮我的双眼，我又一次想到赫尔岑的那句话："新世界在推门了，我们的灵魂，我们的心敞开来迎接它"……如果说在我踏上解放区土地那一刹那，是新世界在推门，那么，现在，我已经进入新世界之中了。但是，新世界并非一尘不染，昨天的血污还在这儿呐喊，今天的血污又在这儿呻吟。不过，总算进入了这一片神奇而又神秘的国土了。我想起重庆最后一个深夜，周副主席谆谆的嘱托，我不免深深地吐了一口气，从这一天起，我将仔细观察，深深思索，我一定要把十五年与世隔绝的声音传达到全中国人民中去，传达到全世界人民中去。

正如我所预想的一样，在安东，我就结识了一种心境，正如苏东坡所说："春夏之交，草木际天，秋冬雪月，千里一色。风雨晦明之间，俯仰百变。"

是的，人生在变，

是的，历史在变。

我在安东纺织厂车间里行走，我看到一个叫周凤兰的十九岁女工，她扎着雪白的围裙，在轰轰隆隆的机车声中，在车床前边忙着走来走去。当我问到她的生活和生产情况时，她说："……我们的劳动报酬按实物计算，我现在一个月挣三百三十斤大米，一家过着富裕的生活。"我一谈到过去，她的眼光一下又黯淡下来："我从八岁就送到这儿当劳工，穿不上衣，吃不上饭，我们那时都偷。"我非常惊讶，一个青春美丽的姑娘，她讲到"偷"时，不但没有一丝羞涩，而且那样自然，那样响亮。她错误地理解了我的脸色，她极力理直气壮地争辩："那都是日本小鼻子（东北人近百年中饱受俄国及日本的蹂躏，他们就把俄国人叫大鼻子，管日本人叫小鼻子）的财富，我们要活，我们为什么不偷？我们还往机器里塞烂布呢！……""往机器里塞烂布？""是呀，让机器坏了，我们好停工。你想一想，像我那样年纪的小孩子，一天十二小时不准停歇，我的腿都肿了、都木了，可是你只要稍微坐一下，给日本鬼子看见，就打得半死，我们拼死拼活，整天整夜跟着机器转，车间里一阵阴冷的寒风吹来吹去，有的腿拐了，有的整条胳膊给机器咬去，那时我们整日哭得泪水涟涟，我们发愁日子怎么过得下去！……有一个晚上上夜班，机器不听使唤，工头却劈头劈脑，骂我不好好干活，我实在忍不下这口气，我狠狠顶了嘴，结果挨了一顿毒打，差十五分钟就是深夜一点了，我一赌气跑回家去，可是那破落的家能保护我吗？爸爸拉水车过日子，连冻土豆也吃不上，我跟嫂子就到浪头偷买了半斤苞米面，谁知在火车站下车时，给日本人搜查出来了。什么'王道乐土'呀？地里长的五谷杂粮都归日本人吃，我们只准吃橡子面、冻土豆，谁要偷犯禁令，就是经济犯。我看见我前面一个妇女，腰里捆了三斤面，就挨日本人刀背砍，那个穷凶极恶的鬼子转过来又找我，我的玉米面就放在箱子里，很容易就给查了出来，这时周围的人轰的一声都跑了，我给抓住了——那时我还不到十岁，送到捕房，判罚五十元，拿不出钱就做四天势工。爸爸问我怎么办？钱哪里有，我就咬咬牙，情愿做劳工……"现在，周凤兰不但是劳动模范，而且是市参议员，谈到这里，她倒着羞红了脸面——这是欢乐，这是幸福。她掠了一下额上的头发，亮着一双美丽的大眼睛，说："从前那年月我总恨自己为什么不是一个男子，现在到了新社会，我可就不那样想了。"说着就扑哧笑出声来。

周凤兰提到浪头，我也到浪头去了一日。四月十八日，这是浪头历史上从来没有过的好日子，从早晨起，人群络绎不绝，流水般向一处涌去。他们这样兴高采烈为什么？我们这样兴高采烈为什么？因为在民主政府主持下，把三千八百亩敌伪土地完全分配给贫苦人家。今天，在这个大会上，人们将领到土地执照……人们自由地笑着，自由地唱着，这几特别显示出东北女性的明快、爽朗，她们穿上了过节时才穿的新衣，给孩子扎上红绫小辫。浪头紧靠在鸭绿江边上，人的欢腾的声音和江的欢腾的声音融汇在一起，随风飘荡……我站在一棵树下，看着波浪一下一下打到我的脚上……一班民间音乐家，吹奏起东北扭大秧歌的欢庆的曲调，一个街一个街的代表走上台，从区长手里领取土地执照。当他们抱着满怀的红色封面的执照转过身来，脸上笑得像挂起一朵鲜花，立刻引起一阵天呼地啸的欢呼声。分得执照的每个人把它装在贴身的口袋里，忽然间，一个小伙子满脸通红，奋举手臂，一跃跳上台去，他放开喉咙一声喊叫：

"我报名参加自卫队——我家祖宗三辈从来没有一分土地，今天，我要拿我的血汗、生命，去保卫刚刚到手的土地。"

一个聪明、活泼的妇救会的年轻会员，敏捷地一步跳上台，把一朵绢制的红花挂在那个小伙子胸襟上面。

紧跟着有三十六个青年人走到台上，每个人都激起热浪般的掌声。他们戴上红花，走在欢庆游行队伍的前面，在他们的前头抬着毛主席的巨幅画像，毛主席脸上洋溢着笑容，每个游行的人脸上都洋溢着笑容。

　　第二天下午，浪头区的副区长许有贵，乘坐一辆卡车到我这儿来，赤红的脸庞戴着一顶黑色鸭舌帽，一看就是一个工人，一问果然，他从前是"满洲自动车会社"的技工，现在被选，当上了副区长。他一见面就笑冲冲地问我："你说昨天的会怎么样？……那是有史以来头一次，那是有史以来头一次……"他兴奋得不能自己，满腔语言一起往外涌……"这可真是天翻地覆、穷人作主的日子呀！昨天一夜一直到现在，区政府的门槛都给踩烂了，人群络绎不绝，有的报名参军，有的商讨粮种，有的径直就问区长："区长，你说我那块土地应该种什么呀？……"

　　是的，人生在变，

　　是的，历史在变，

　　春风荡荡，春水涟涟。

　　明天我就要离开安东，经通化去长春，这一夜我怎么也睡不着，我如同贴在一颗巨大而温暖的心上，这是人民的心，这是人民的心啊！

## 八四　英雄的四平街保卫战

　　列车深夜驶抵吉林，我从迷离夜色之中，看了一眼白茫茫的松花江……在吉林车站上，我和远在长春的民主联军司令部进行了电话联系，知道长春已经全部解放，我连忙搭上火车急转长春。于是我在民主联军从"铁石部队"手中解放长春后一周，进入长春。我在"满炭大楼"——那座黑色大理石的高层豪华建筑的楼上，见到了中共东北局书记彭真和宣传部长凯丰，他们两位都是在延安时的熟人，今天忽然在这儿见面，感到十分亲切。我向他们报告了周副主席交付的进入东北、报道东北的任务。彭真说："你来得正好，四平前线要求派记者，你就先到那里去吧！"

　　春天在这时已经悄悄降临在这新生的大地之上，第二天落了一天大雨，四平血战方酣，引起全世界的注目，我毫不停留，必须立刻到那里去。人们会发现，在我的作品里常常出现"创世纪"这个字眼，这绝不同于女娲炼石以补天，普罗米修斯盗天火给人间那种壮志豪情，而是由于在我的生涯中，我的的确确、时时刻刻亲身领受过人们怎样用双手从茫茫黑夜里铸造白天，从废墟上铸造新世纪的真情实景，我在长春的那一个夜晚的亲身感受就十分动人，充分地说明了这一点。到长春车站，漆黑的夜幕，黯淡的灯光，我东寻西找，一下找到站长室，潮湿而寒冷的雪雾从不断开动的门口吹进来，人们匆匆地进去，匆匆地出来，一切都在转动，一切都那样寂静。我像给室内的光线所吸引，走进站长室。挤过人群向一张办公桌前走去。室内潮湿的寒冷和关东叶子烟的气息、人们身上老羊皮的气味混在一起，我无法述说这叫什么气息，也许只能叫作东北的气息吧？！我被卷到这种气氛之中，然后慢慢挤到桌前。我一下又惊又喜地愣住了，原来在台灯照出的那个光圈里，我看到的是吕正操。当时疮痍满目，百废待兴，交通根本没有恢复，他这个分工负责铁路运输的司令员，只有亲自到站长室里来不停地给要求乘火车的人签发车皮。他听到我叫他，从雪亮的灯光里抬起头来，看了我一眼，伸出手来跟我紧紧地握了一下，随即又伏身在桌上，一面不断地打着电话，一面不断地签发证件……今天，回想四十几年前这个夜晚，那不是开天辟地是什么？他终于从嘈杂人声中喘了一口气，接过我递给他的那张东北局的介绍信，他仔细地看了一遍，随即在一张证件上签上了他的名字，而后递给我。我借了灯光看清车辆的号码，我为了早日赶到前线，心急如焚，也就扭转身从那个站长室里挤出来。可是广阔的车站上，铁道纵横交叉、不计其数，我到哪儿去找这辆火车呢？……但人真是能创造奇迹的，从那混乱之中，我竟然在一股铁道线上找到我所要找的车辆，一看是一辆黑色的闷子车，由于不是停靠在月台跟前，我只好伸着两手像攀缘高山峻岭一样，跃身而上……待我进了车厢，已经出了一身热汗。没有一星灯火，从冷冻的夜色中看到周围站了一小群人，于是，我在我的手提包上坐了下来，等待开车。虽然已经落了第一场春雨，严寒还是异常凝重，我的汗水渐渐变得像一层薄冰一样贴在胸膛上、肩头上。可是，我等了又等，等了又等，这辆车厢兀然立在那里，一动不动。于是人们吵闹起来，原来发现，没有火车头——没有车头牵引，车皮怎么能行动？……与其说我为了大家，不如说我为了自己，因为我的心已经飞往四平前线，如果能给我插上翅膀，我多么想立刻向那里飞翔……看来只有我自告奋勇了，于是我又从货车厢门口跳了下来，急急忙忙向站长室跑去，这时已经夜静更深，我唯恐站长室里已经寂然无人。还好，到那儿一看，吕正操还坐在那张办公桌后面，在急急忙忙地工作着，他听我一说，笑了，连忙写了一个证件，说："你拿着它去找到这辆火车头，你还得好好说服一下那位司机……"他随即又埋头在工作当中。这个身影永远留在我记忆之中，使我无法忘记那个宇宙洪荒、乾坤始奠的景象。我像真的看见了女娲、看到普罗米修斯。

我在黑洞洞的车站废墟上，发现一片红彤彤的火光，火光给我温暖，给我希望，我立刻向那儿奔去，果然是一辆生火待发的机车。一只戴着毛皮手套的大手，接过我递给他的字条，他看了一眼，瓮声瓮气地说了一句："上前方的走！"随即招手要我上去，我攀上机车，立刻给一团火红的红光笼罩住了。司机是一个宽厚脸膛上布满黑胡楂的大汉，他膀大腰圆，孔武有力，他根本没有需要我用一句话去说服，他轻巧地开着机车，滑过轨道，把我们那辆黑色闷子车挂上，就这样，一个机车拉着一节车厢，在静静的像死水一样的夜空之下，车轮把钢轨震动得发出像砸断无数钢筋，钢板一样轰轰鸣响，向辽阔的原野驶去。我从通化上车，经过吉林、长春……都在紧张忙碌之中，现在，当我紧紧裹上日本关东军皮大衣，把脊背靠在冰冷的车厢板壁上，不知不觉就踏踏实实地睡着了……

等我睁眼看时，天刚露出青色的晨曦。

人都向车外涌，原来我们已经到了火车能通达的最后一站——公主岭。我爬下车厢，雨已停，风很冷，我军帽的帽檐一下扑打在额头上，我才完全清醒过来。我不知道到哪儿去，我信步走入一间调车室的小屋，这小屋在这茫茫黑夜中，很有点诺亚方舟的意味。灯光那样亮，炉火那样红，一个工人坐在长凳上通过电话在调度车辆。我顺手拉了一把靠背椅到火炉边上，很想在这暖烘烘的热气中，再寻一下未逝的梦迹；谁知桌上有一本红色封面的书，吸引了我的注意，我立刻抓过来一看，是斯诺的《西行漫记》……这不就是这个新世纪的标志吗？在法西斯禁锢的十五年间，这片土地上哪能出现这样一本书呢？现在，人们却在重新认识人生、认识历史、认识世界了。这一刹那间，从精神到肉体都感到无比的舒适、温暖——这是只有旅人才会感到的瞬间的舒适、温暖啊！正在这时，我尚未抬头，就感到一个人阔步而入，他跟那工人交涉调度车皮的事情，他的声音是那样熟悉，还没等我寻思过来，两只有力的大手一下抓住我的双肩：

"你怎么在这儿？"

我陡然站立起来，面对着面孔冻得红扑扑的这个大汉。

"啊！蒋泽民！"

读者在前面早已认识了我在重庆时的这个老朋友。

他是抗日联军的老战士，曾经为《新华日报》副刊写过稿子。天地真小，谁也想不到我俩经过沧桑人海，竟在这一间小调度室里相遇。经过一阵热情而亲切的交谈，不禁使我对他肃然起敬。原来他随周保中司令进入长春，而且在中心广场那场最后决战里，起了关键性作用。是他，这个在重庆开过汽车的人，开动了一辆日本重型坦克，撞开了铁石部队最后负隅顽抗的满洲国银行的大铁门，一连向里面发射几炮，才逼使铁石部队最后举手投降，从此他开着坦克转到哪里，哪里的残余部队就纷纷跪倒投降，我不禁连声赞叹；

"你是一个出色的英雄！"

"不，一个普通的坦克车手。"

"你现在怎么在这儿？"

"我现在是战车队队长，你信不信，我们要成立一支坦克部队，日本人在公主岭这儿开设了一处战车修理工厂，我是到这儿来搜集坦克零件的！"

雨后黎明，露出一片透明的蓝色。

人生，该有多少奇遇，而我有过多少奇遇。

蒋泽民调车皮运坦克部件去长春，我得到公主岭前线供直站找机会去四平。于是遽然相聚又遽然分别了。我望着他昂然而去的背影，一阵兴奋与喜悦缓缓漾上心头，在叶柏寺，我曾经把那一个裸女、那一个圣女当作东北沦陷区人民的象征；而现在，历史在纠正我的判断，这一位关东大汉，不是更能说明从苦难中挺身而起的今天吗？

雨过天晴，阳光灿烂。下午，我已经坐在一辆美国十轮卡司机旁边的座位上，在科尔沁草原的春风中行进。这卡车前面风挡玻璃上有一处子弹穿过的圆孔，随着圆孔向四面展开细碎的冰纹，司机见我对此十分注视，便告诉我说，这辆卡车是秀水河子第一战战场上缴获的，这就是美国人通过蒋介石这个运输大队长送给人民的礼物。开始听到隐隐炮声，随后愈来愈响，而后传来稠密的枪声，战争的气氛迎面而来。在漠漠黄昏中到达前线司令部所在地梨树。四平街保卫战已经进行到第十五天了。中华民族——这个圣洁的女神，怎么有那么多的悲哀与苦难呀？！难道她的血还流得不够多？泪还流得不够多吗？但谁要只看到这一面，谁就不算理解中国。在这半年里，我搜寻着、我探索着，现在，我终于走上战场，这时像有一片红光迎面扑来，我看到人民的正义的鏖战。在这里，四平街的保卫战真是惊天地、泣鬼神。人民，刚刚从苦难深渊里腾身而出的人民，又在这里写下了英雄瑰丽的一页。十五天中，这一片土地无时无刻不在铁与火的爆炸之中。我又一次想到在公主岭调度室里那个巍然站立的关东大汉。东北人，吃尽苦，受尽罪，但他们的脊梁是坚强的，骨头是坚硬的，压不垮、砸不碎，现在，他们又奋起搏斗了。四平横在两条铁路交叉的十字路口上，没有什么可以凭借顽抗的险要地形，既没有高山，也没有密林，只有一条小小河流弯弯曲曲流过这十几万人口的城市。蒋介石把美械装备最精良的王牌部队新一军派到这里来，以每一分钟二十五发、每两小时三千五百发炮弹的火力猛攻。但民主联军的前沿阵地巍然不动、寸步不移。英雄的四平街保卫者们，在这儿筑起一个巨大的石碣，发出强大怒吼："不准前进！"

战士们弓身在低矮的地堡之中，承受着炮火的震撼，他们一瞬不瞬地盯住前方，一颗一颗子弹射向敌人。有的流血了，有的牺牲了，但是，他们英勇作战，因为他们信守着自己的诺言。那是第一回走下战壕，走入碉堡，一个排长发出一句豪迈的话语："我誓死坚守阵地，我牺牲了就用我的尸体挡住敌人。"……这句话立刻像风一样吹过整个阵地，成千上万的战士都把"我牺牲了就用我的尸体挡住敌人"，写在信里，送给四平保卫战的指挥员那里，形成全体战士心灵的誓言。正是这种看不见、抓不住的精神威力，使得从欧洲到亚洲所向披靡的美国枪炮至此却不能不变成废铁，哑口无言了。在冻雪与春风的变幻之中，十五个日日夜夜，远远望去，四平如沸腾的钢炉，染得一片通红。白天我们的战士从碉堡的枪眼里，不停地射击，一直到了夜晚，利用每一战斗间隙，挥起铁锹，加固碉堡。谁说战争之中只是血肉纷飞，尸骨狼藉，我要说，战争产生了深厚感情，碉堡保护着战士的生命，战士的感情爱护着碉堡，这儿已经成为他们的家。每个碉堡都是那样坚固、整洁，井然有序，地下铺着厚厚的草袋，编了床位号码，他们决心以身许国，但并不时时刻刻想到死亡。在一个机枪阵地上，人们把刚刚从泥土中初绽的花蕾种在弹药箱里……当大家看到轻轻的春风，吹得花片微微颤动时，不禁露出最纯、最美的笑容。人们在战场上，把爱情和仇恨交织在一起。是的，为了正义而消灭邪恶，这不就是至高无上的人性和人情吗？经过一场激战，有一个班最后只剩下两个人——班长范金合和战士王景春，他们脚下躺着战友的尸体，他们身上染透战友的鲜血，鲜血似乎还温暖，尸体好像还有气息，一股怒火猛然升上他们的胸膛，范金合说："小王，就剩咱们两人了，只要咱们两人在，就不能让阵地丢失……"王景春望望身旁永别了的战友，压住喉咙的哽咽，他用牙齿咬开手榴弹的盖子，一枚一枚摆在身边。果然，敌人以一连之众，向这两人坚守的孤岛冲来。他们奋战一日一夜，敌人冲锋了三次，他们打下三次。天明之后，后续部队上来接防，让他们两人下去休息，他们两人说什么也不肯离开阵地。同志们把王景春拖出阵地，他又猛挣开来，奔回碉堡，紧紧抱住一个战友的尸体，他哭喊着："我决不离开你！我决不离开你！……"最后，指挥员下了严格的命令，他们两人好像才清醒过来，一步一回头，一步一回头，恋恋不舍地走下阵地，可是，他们心里发誓："我一定还回到这块阵地上来！"……我在四平前线阵地上行走，我无法抑制心灵的战颤，我知道我是在寻找一个答案，力量的源泉在哪里？英雄的源泉在哪里？一个干燥闷热的黄昏，我在尘土飞扬的道路上，遇到一批刚刚从火线上下来的担架队，我一面跟着他们走，一面跟一个担架员交谈，这个家住四平三马路的姓张的皮匠，他以高粱红、大豆香的地地道道的东北人的热情、东北人的口音，跟我谈起来：

"同志！我告诉你一个秘密！"

"什么秘密？"

"什么秘密？公开的秘密。开头，他们说三天攻下四平，攻不下来就不吃饭，可是四平纹丝没动，后来他们又说一个星期，现在一个月了，同志，你想想这是怎么回事呀！"

这是一个十分幽默的人，他的乐观是十五个日夜血与火的明证。

我说："他们不吃就不吃，给咱们东北人省些高粱米吧！"

他打量了我一下说：

"我看你是关里来的，你不知道，高粱米饭、大葱大酱有多香呀！"

我紧紧傍住他身旁走，闻到他胸膛上热汗的气息，我问他：

"为什么就打不进来呢？"

他把手一挥，发出一句豪言壮语：

"任凭你飞机大炮把四平轰平炸碎，人家（指民主联军）一动不动，你也没用呀！"

"就是这些吗？"

他寻思了一下，话还没说就喷出大笑：

"还有一个秘密……他们不吃高粱米，没种的东西！你看他们吃的是这美国牛肉罐头，就像猫喂肥了，就不抓老鼠了！可是，我看他们倒是老鼠，见了猫，在四平这里，突不破、攻不进，只能露出一脸熊样！……"

他一面抬着担架一面跟我说。我看他敞开棉袄的胸膛上，热汗滂沱，不禁说他太辛苦了。

他十分不以为然，把黑红黑红的脖颈向睡在担架上的伤员一扭，争辩着说："你说我？！我问你，同志们炸得缺胳膊短腿是为了谁？！"

是的，这带苞米皮气味的语言，

不就是我所寻找的答案吗！

正是，无穷力量的来源正是人民。

当斗争焦点集中到四平的时候，四平人民只有一个愿望，就是要和平不要战争。听说和平调处执行小组到了沈阳，十万市民写了一封表达民意的信送去。但是，在蒋介石一意孤行之下，战争终于一触而发，"啊！胡子又要来了！""我们不能让他们越过雷池一步。"他们称国民党军队"胡子"，一方面说明他们如同对胡子一样的仇恨，还有，"胡子"与猴子谐音，国民党军队一人一身美国北极装，样子酷似毛猴。于是，成千上万的群众纷纷走上阵地，和民主联军一道挖掘堑壕，誓死固守四平。但是，国民党报纸把美械装备吹得十分玄乎，人们看看民主联军手上的家伙，也不免担心：这样的队伍能否顶住强敌？战争一开始，只见火光四闪，炮火暴雨般倾泻而下，一个区政府的干部站在瞭望塔上，用铅笔紧着记，也记不清雨点般的炮弹数。人们都屏着气、睁着眼，看着前线，一个半小时后，从火线上传来电话："阵地完好，只伤一人，人在碉堡在，请大家放心！"是的，坚固的防线和坚强的意志，在十五个日夜鏖战中，写出一篇感人的宣言，就如同堤坝挡住洪水，人的灵魂挡住了横暴。历史是一面镜子，它不但从正面也从反面照映出现实。

我走到新一军战俘之中，我听到心灵震颤的声音。他们还穿着橄榄绿色的美国北极装，但是他们心灵的内涵却已发生质变。一个新一军的排长跟我说："我家庭相当富裕，抗日战争爆发，为了挽救民族危亡，抱着一腔热血，报名参加部队，谁曾想过，刚打败日本鬼子，就被迫送到东北来打内战……"他的话音未落，一个叫郭朝升的新一军营长，突然满头热汗淋漓地站了起来，大声说道："我今天大梦初醒，我要为我的行为忏悔，现在，我弄清楚了内战的责任不在共产党，在国民党。"他在云南染上的疟疾，在冰天雪地里又发作了，他握住拳头，泣不成声。一时之间，一大群新一军士兵都跟着纷纷落泪。他斩钉截铁地说了一句："我知道我没资格参加共产党，可是我决心跟着共产党走！"如同日月从南北两极把黑夜照耀成白昼，历史也正从两极将光明与黑暗的剧烈搏斗映现在东北的大地与天空。人，在这搏斗中重新认识中国，重新认识自己。

我在四平前线，炮声整天轰鸣不息。四月三日，一个十分晴朗的早晨，我在一个乡村边沿的小巷深处，找到了民主联军司令林彪的住处。我进入黄土坯砌的墙院，他正在房屋门口等候着我，他中等身材，穿了一身黑色普通军服，白净的脸上特别显眼的是两道浓而又长的眉，他的目光沉默、文静，从这里面闪出胜利的微笑。我一边吸着纸烟一边听他跟我谈起战局，他说：

"反动派是不会放弃进攻东北的企图的。

"他们在四平前线上动用了最精锐的新一军，以为胜利果实唾手可得。

"不过，他们的判断错误了，他们还在四平以南就遭到了我军的袭击与歼灭，而在四平阵地上更受到了严厉的阻击，这很出乎他们的意料之外！

"他们以为我们是不能打阵地战的。现在，在四平前线上，双方工事对峙，彼此相距500米，讲话的声音都听得见。当然，他们还可以发动更大规模的进攻。不过，人民军队在十五个日夜激烈战斗中，已筑造了一条钢铁长城，他们不是惧怕敌人进攻，而是盼望敌人进攻，因为这是杀伤敌人最好的时机。"司令员的一言一语，牵系着战士的豪情……听起来普普通通的语言，由于它是血与生命的凝聚，便蕴蓄着千钧之重的真理。蒋介石以为，靠新一军，挟其精锐之师，便可一举成功，他命令：两日之内从昌图急进四平，限定四月二日占领四平，而后于四月五日攻进长春。可是，谁知全部美械装备的部队，从昌图到四平这一百二十里路途已经走了一个多月，至今，还没走完。对于四平，正如四平人民所说："看得见，进不来。"在飞机滥炸、大炮狂轰、坦克猛冲之下，现在，四平全城所有玻璃窗都震得粉碎了，在北面那块20米高地上，两军进行了无数次反复争夺，尸体狼藉，但是守城部队巍如泰山、屹立不动。林彪司令透过表面抓住核心，讲了制胜的原因："因为我们是正义之师，我们战斗士气高昂，攻击精神旺盛，从军事上来谈，这是决定胜利的最主要因素——人的因素——而相反，敌人狂妄一世、睥睨一时的锐气，却已消失殆尽，疲惫不堪。他们现在非常害怕我们突然的夜袭，迂回后方，刺刀相拼。"这时，我想起在前方我亲自听到流传着的一个故事：有个刚入伍的东北战士，叫王云田，他进入碉堡时就宣誓："东北决不能做二满洲（指"满洲国"），我决不再做亡国奴，我今天上

419

了阵地，我死也要守住这条防线。"敌人密集冲锋而来，指挥员下令反复冲杀，他跃出堑壕，冲入敌群，一下身负重伤，他却傲然挺立，只回头喊道："赶快把我的枪拿回去，给我留下一颗手榴弹就行了。"当敌人咋嚎着向他扑了过来，他拉动导火索，轰然一声，血肉纷飞，与敌同归于尽。王云田！王云田！你从生下来，就披桦树皮、吃橡子面，当你看到新世界的曙光的时候，当你真正成为一个中国人的时候……你决定作为一个自由的人民而死了。你的死，立刻传遍整个东北，成为英雄的号召，是的，这就是人的因素，这就是一种看不见、抓不到、而实际极其强大的精神力量。我想一个高级指挥员，他的聪明、智慧与勇敢，就在于把这种精神力量转化为物质力量，投向敌人。在我们谈话进行中，阳光已经照到桌边。林彪说："和平是人民选择的前途，我们作战也是为和平而战。现在我们主张和平谈判解决问题，美国朋友和民主人士也都如此主张，我们当然是欢迎的。但是有一点必须认识到，反动派是不会放下屠刀的，只要能打，他一定打，不过，他们在东北人民面前，遇到的将是失败，再失败。蒋介石想到东北来实行独裁专制，决不可能。斗争愈坚持下去，对人民就愈有利，因为三千万东北人民，将会更加清醒，将会行动起来，这是问题的根本所在。部队如果离开人民就失去了灵魂，部队与人民结合就将力量无穷，这就是东北的未来，东北的前景。"一定是的，人心所向已经开始分明，当我辞别林彪司令出来时，我得到一个令人振奋的消息：一个黎明，从新一军阵地上，两个士兵倒背了冲锋枪，枪口向下，向这边走来……

## 八五　两种灵魂的冲激

从四平回到长春，去时长春还蒙罩在冰封冻雨之中，而今回来，却已满街柳色青青了。为了写两篇有关四平前线的长篇通讯，我不得不在长春逗留十天。谁知这竟使我得到意外的收获。在这儿，我看到了白山黑水之间的可爱与可怕的灵魂。要在这一段落中把两种灵魂概括出来、表现出来，不是一件易事。我想还是从身边慢慢谈起……我住在柳条边路，就这个名字已经足以使人陶醉，这一片住宅区原是日本贵族豪绅的住处，一栋栋小楼，一方方院落，十分幽静，十分美丽，温柔的春风里常常传来一阵悠扬的钢琴声。我住在一座红色楼房里，东北局宣传部长凯丰住在楼上，我占有了楼下一间客房。从泥泞的战壕里走到这整洁的居所，洗了个澡，换了衣服，感到实在清爽宜人。墙壁上悬挂着一幅色泽鲜艳的画图，我记得画的好像是一丛百合花，落地的薄纱窗帘外，映入绿莹莹的春色，衬得这洁白的百合花格外美丽。我一腔热血，信笔直书，全副心神沉浸在炮光火影之中，有时简直忘了时间。但有时，一阵轻轻脚步声又把我惊醒，使我不得不抬起头，原来是延安就相熟的陈学昭，刚好她也住在这个院里……我没有问她为何在此，只觉得她好像是无所事事。经过几次漫谈，我才知道她是怀着一个真正的美好的梦幻。她有一次坐在白油漆的窗台上，跟我谈起在巴黎的青春往事，那已经是多年以前多年以前的往事了。这中间欧亚两地正好血火纷飞，可是她那一缕柔情却还像一阵琴声，袅袅不断，爱情是多么坚韧不拔呀！她谈着她往日的情人，她用那样轻柔的声音、那样挚爱的情愫，好像唯恐一下把她好容易捕捉到的梦幻惊醒，她说："……他是那样有礼貌，每当要吸烟的时候，总要先问一问我：'我可以吸烟吗？'……而后，他就从我身边走到窗边，就像我现在这样坐在窗台上……"我知道她在延安与也是在巴黎结识的丈夫离了婚，因此从这谈话中，我猜想她是想从东北这儿通过漫长的西伯利亚铁路到莫斯科，而后从那里到巴黎去，寻找还深深留在她记忆中的那个坐在窗台上吸烟的另一位。这条路线，当时是我们解放区和整个世界相通的唯一的路线，可是，只要从这儿一到巴黎，也许她那已经断掉多年的梦幻便可又续上，因此她一点也不惧怕那路途的遥远和艰难。

如果说我满纸上写的是英雄的气概，

那么她的谈话是那样聪明、善良、多情，

当然，这两者都是美好的。

很久以后我才知道陈学昭的梦幻没有实现。

可是，当我从管理这所楼房的人那里得知，这座红色楼房是一个德国纳粹科学家的住宅时，我倏然心惊，如同进入了另一个晦暗而恐怖的世界。

我不知道，简直无法设想，这个德国人为什么要远离欧洲住在长春？问题在于他却是一个科学家。

阳光射进屋来，落到墙壁上，这是挂着白百合花油画侧面的另一堵墙壁，那儿也有一幅油画，画的却是一条鱼，鱼的眼珠失去生命之光，张开的圆嘴好像吐出最后一丝叹息。我的心灵立刻战悚起来，我想到这个德国科学家也许就是用活生生的中国人试验细菌的家伙，也许是在研究核爆炸……于是这薄薄窗帘外的绿茵和油画上百合花的芬芳，都从我眼前消失、隐退，在这柳条边路整洁、清凉的表面之下，汪着一潭可怕的血污，而这种感觉好像是我考察整个长春之前，先向我悄悄掀起的一个小小角落。

它告诉我，表面装潢美丽的"天堂"实际上是惨无人道的地狱，柳条边路正是长春的缩影。也许正因为这个缘故，当一个神秘莫测的世界向我展开时，它不但诱发着很大的好奇心，而且使我心灵为之战悚。这里我得提一提那两篇通讯稿——由于四平不但是整个东北战场的枢纽，也是整个中国战场的枢纽，就是说既是军事上的也是政治上的焦点，我写完通讯稿，就送请凯丰审查。凯丰和在延安第一次看到他一样，消瘦、沉默、身体十分虚弱，好像总有一种病症折磨着他，在生暖气的房间里，他脖颈上也围着厚厚的毛围巾，很少说话。不得不说时，声音也十分微弱。对四平的宣传，毫无疑问是十分敏感因而也就必须十分谨慎的。我把稿子送给凯丰。不过，在几天审稿期间，我却得到意外空闲，于是，我的活动从小小的柳条边路向整个长春展开，我雇了一辆马车，游览了整个长春。长春的确是一处有皇家都城气魄的地方，比如那条从火车站伸延而下叫大同街（现名斯大林大街）的大马路，笔直、宽阔，延长二十里之遥，连行人道在内，并列着五条道路，每条道路中间都为绿茵茵的树木隔开，一眼望去，意态非凡。这条大街的中心是一处可以容纳十万人集会的大同广场，广场四周都是高楼大厦。我所经之处，印象最深的是广场旁边那深灰色的关东军司令部，还有严闭着古铜色大门的中央银行，然后是无数无数这样那样的株式会社大楼，然后，就是很多竖着白色石坊的日本神社……这儿的确成了日本的一块国土。我特别到溥仪的皇宫去看了看，这里外表虽然堂皇，实际却十分简陋，特别是那个被称作"御花园"的小角落，确实显得寒酸，皇宫正中那一扇镶了彩色玻璃的楼窗，还稍微有点皇家气派，不过比起那个关东军司令部来，这个偏僻的"宫内府"就显得十分渺小了。我还乘马车向与火车站相反的大同街的另一端去，到了接近郊区的洪熙街，去了"满映"（原名满洲映画协会），现在，由袁牧之、田方接收了，改名为"东北电影制片厂"，电影厂规模很大，其中主要设备都是从美国好莱坞购置来的，拍摄了不少影片，宣扬王道乐土，进行奴化教育，也很出了几个大出风头的电影明星，如李香兰等，都早已逃匿无踪了。田方带着一贯的朴实的微笑突然出现，我们在延安分手，时间不算太久，跟在他后面的袁牧之，可实在有点传奇性，他从延安去苏联，在苏联卫国战争中，一直得不到他的消息，现在成为电影专家，从苏联回到东北，当了"东影"的厂长。他们给我绘制了一个血的风波的电影画面。原来"满映"这个会社是日本法西斯特务机关设立的，它的头目名叫甘粕正彦——他们带我到楼上这个日本人的华贵的住宅，日本帝国主义投降，关东军全军覆没，甘粕正彦就在这间室内用手枪自杀了……一时之间，我在这儿像闻到一股血腥的气味。从"满映"出来，一路之上，在斜阳残照中看到"满洲国"的国务院、各个部，都是红色或绿色的宫殿建筑，不过，门前冷落、芳草萋萋，已经渺无人迹了。这一夜，我怎么也无法入睡……

我总看到一片血的红色，

我总闻到一阵血的腥气，

我的心如同开水一样沸腾、翻滚，从那个纳粹德国科学家到这个自杀的日本人之间，似乎有一道血光，联结着欧洲与亚洲。

如果说甘粕正彦的血是恶魔罪手的血腥，那个德国科学家却使我想起另外一种发光的血，那是无数千百万亡国者血管中榨出的最后一滴鲜血。

是的，长春这豪华的都城，正是在枯骨堆上建筑起来的。

那些挂着这个株式会社、那个株式会社牌子的高楼大厦，都吮吸着鲜血，而后用这血浆滋养着那个强盗帝国。我为了记下日本法西斯这笔血债，在这儿花一点篇幅介绍一下这些吞噬人的机器。这里面资格最老的当推"满铁"（南满洲铁道株式会社），早在三十年前，就攫取了东北的铁道经营。还有"满炭"，"满电"、"满洲重工业"、"满洲航空"……根据长春市长刘居英给我提供的统计材料，这种株式会社共有七十八家，总投资额为五十九亿三千余万美元，盘根错节，控制整个满洲，进行着血腥的经济剥削与残酷压榨，在农业方面，每年约 18540000 公吨；在畜牧方面每年约毛皮 1119000 张，肉 179000 公吨；森林方面每年约 5000000 立方米，工业方面每年约 6285000 元……我离开长春那天夜晚，从新华社东北总分社（原满洲国通讯社）大楼上透过巨大的玻璃窗，在闪烁的街灯之下，望着那栉比鳞次的大厦，不知为什么，一个名字——"满洲国"的华尔街，一下跃入我的脑海，如果说纽约的华尔街控制着整个美国的经济命脉，"满洲国"的华尔街就控制着整个东北的经济命脉。

一时之间，我觉得两种灵魂在剧烈冲击，

而冲击的最高峰是在一个深深春夜。

但，当我的心神驰往这温暖一夜之前，我先要叙述一场新的黑幕。我所以说是新的黑幕，因为它是美国、日本和蒋介石的混血产儿，它的名字叫"铁石部队"。当我在通化等候长春的消息时，民主联军在周保中司令指挥下进行了一场残酷激烈的战斗，那就是消灭"铁石部队"。"铁石部队"是在关东军铁心少将亲自率领下的一支最凶残、最暴虐的队伍。正因为这个缘故成为日本法西斯的宠儿，给它冠以"铁石部队"的头衔，不但在东北屠杀劫掠无所不为，而且被派遣到华北去，阻止人民部队进入东北。东北人民提起"铁石部队"莫不恨之入骨，它所至之处血流成河、白骨遍野。就是这样一支恶魔的队伍，在今年一月间，由美国运输机空运长春，于是日本人的铁石部队摇身一变，成为国民党东北保安部队，成为蒋介石"接收、防卫长春的无敌的力量"。我必须记下美国人这一笔血债，因为这是绝不能让它从人类历史上消失的事件。因为这是在战胜法西斯之后，一个国际大阴谋，我将用铁石一般的证据，揭穿美、日、蒋的合流。看一看，今天那些口口声声喊叫"人权"的美国人，有怎样一副摧残人权的嘴脸。

俘虏营里有两个值得一看的人物：

一个是铁石部队的副团长高启元，他亲口告诉我：

"我是河南人，我是一个老粗，民国十二年就在河南当兵了，直奉战争，我们在山海关吃了败仗，我们一大队俘虏就送到东北来了。'九一八'事变后，我们的旅长带头向日本人投降，我被编制到伪满军混成四旅，后来就编成'铁石部队'。日本战败，国民党东北行营派一个高级参谋接收了我们这支部队，去年十二月由北平搭美国飞机运来长春。"

如果说，听听过去黑暗旧中国的畸形产儿已足以令人寒心，

那么，下面这一个人，这个怪胎就更令人悚然心惊了：

这是东北民主联军在市中心广场最后歼灭"铁石部队"，从中抓到的一个俘虏，其实他是一个叫藤井义正的日本人，他是日本山口县都浓郡富田町人，但却是国民党东北保安部队司令长官部一个特殊部队的干事。这个特殊部队的队长姓林，三个队副都是日本人，一个是上野，一个是佐古，一个是上队，他们指挥着三个连队，干着"铁石部队"的"特殊勾当"，正是他们在这次长春血战中，担任着主要作战任务。

德国法西斯鼓吹日耳曼人高贵的血统，

日本法西斯煽动着日本的武士道精神，

也许正是这种血统与精神的结合，通过高启元和藤井义正，构成人类历史可悲可耻的一面，我今天特别想到和我年纪相差无几的这个日本人。现在我写到他时，我不知道他是否还在人间，我不知道他看了我的记载，会有什么心情？……也许由于羞愧的往事，已经失去正常的记忆，但如果他还记得，他和我曾经面对面在长春谈过话，他会产生多么惋惜、多么恐惧、又是多么悲伤的复杂心情，因为印在这里的这几行铅字就像几颗铁钉，永远钉住了他的灵魂。

现在我应该转回头来，谈一谈那温暖的春夜了。

谁想得到，竟是在那深灰色古堡形的"关东军司令部"里，我第一次和周保中会面了。

当我沿着楼梯一步一步往上走时，一种奇特的阴森森的感觉忽然升上心头。

……就是在这里，大岛、南次郎到梅津，一届又一届关东军司令，不正是从这冷酷无情的宫殿里，发出一道又一道命令，干着屠杀中国人民的罪恶勾当吗？这里才是"满洲国"真正的首脑部，而绝不是那座在偏僻街道上的康德（溥仪称帝的年号）的皇宫。从高大深沉的大厦里，传出我脚步声的回响，我像听到了无边无际的苦难呻吟……

我的眼睛一下被一束强烈的灯光照亮，我被引进一间办公室。

周保中正坐在办公桌前一只转椅上打电话，他刚把左边的电话放下，很快转过身来，用愉快微笑的眼光望着我，跟我握手，说了两句话，右边的电话铃又响起来。我坐在一只皮椅上，从侧面望着这个传奇式的英雄。他是抗日联军第二路军总指挥，在严寒冰雪、深山密林中，与关东军长期苦斗、名扬天下，这一次又是他指挥民主联军经过四日四夜激战，解放了长春。当他率领部队从东荣区那个贫民窟每进入一条街，一条街上的人家都开门欢迎，在大同广场那儿，一个马车夫坐在马车上，看着人民军队最后歼灭"铁石部队"时，竟在弹火纷飞之中，拍手喝彩起来。周保中现在是长春的警备司令，但他的形象同这样一个出生入死、久战沙场的英雄并不十分协调。他是那样宽厚、朴实，在他那张长长的面孔上，看得见一粒一粒麻子，厚厚的嘴唇，机警而又沉稳，不过他那一副肌肉饱满、精力充沛、钢铁一般的身躯，确有一种军人风度。他穿着一身黄色军服，把裤腿塞在黑皮长筒马靴里。在这深夜时刻，他的办公室里紧张而又严肃，安静而又繁忙。我望着他，一个想法掠过我的脑际——他现在会怎么想呢？十四年冰天雪地、露宿风餐。现在他坐在当年像磐石一般压在他头上、曾经十分强大、残暴的敌人的司令部里面的转椅上，这大岛、南次郎，梅津坐过的转椅上，他现在会怎样想呢？……

他的老部下张红旗，这个活泼的青年人，当过机枪射手，他跟我说：

"他这个人就是这样，他的事情够多的了，可是他还要找更多的事情来干，当年我们钻大林子的时候，每天晚上还要教我认几个字。"

周保中早在1932年经党的派遣，由上海来到东北，在敌占区里进行秘密工作。但是这位地下工作者，却有一个真正军人的辉煌来历。他是云南大理县人，父亲是鞋匠，母亲是农妇，他从讨袁起义时开始了军人生涯，后来在昆明讲武堂学习。1925年他在黄埔军校担任过区队长，而后在程潜、林伯渠领导的第六军作为一个团的参谋长，参加了北伐战争。大革命失败后，他在上海进行秘密工作。后来，他就深入东北这个虎穴，与宁死不屈的东北人民紧密结合，亲手创建了最英勇善战的第五军，后来编为东北抗日联军三路军中的第二路军，他担任总指挥。日本人非常惧怕他，非常仇恨他，到处张贴着周保中在大树底下啃骨头的画像，以一两血一两黄金的代价悬赏捉拿，但是他一直横行无阻，八面出击，在亡国灭种的时候，挺住了中华民族的坚实的脊梁骨。1938年是抗联处境最艰苦、最悲惨的一年，强大的关东军向周保中领导的抗日联军唯一一块基地的兰江省扑来，誓把"共产党的乐土"变为"日本的王道乐土"。这时，抗联有二万骑兵、三万步兵，集中一起，一旦全歼，非常危险。周保中在这严峻关头，冷静而又果决地率领部队翻越过兴安岭，向黑河平原发展。在这黑土地上，敌人集家并屯，遍修密如蛛网的"国道"、"警备遭"，派兵强追群众把高粱割尽，断绝抗联的食粮。更严重的是，严寒的冬天，一天比一天寒冷，一天比一天困苦，威胁着抗联战士的生命。就是在这种危急情况之下，人们留下了无数可歌可泣、惊天动地的英雄业绩。

接连两个夜晚，我都在办公室里聚精会神地听他谈话。

"冬天十二月里，我们从西南方向回到伊兰、勃利，这时，寒风透骨、冷到极点。我们手里的弹药也慢慢用光了，一挺机枪只剩下百来颗子弹，有的竟完全没有子弹了，就把枪埋藏在地里。天这样冷，我们还穿着单衣，战士站岗放哨，用麻袋片把身子裹起来，冻得直哭，可还是坚持把一个钟点站完。在这种无粮无弹的情况下，只要遇到敌人就会全部土崩瓦解的。眼看腊月底了，到底怎么办呢？我下定决心，通过茫茫无际的老爷岭大山。这条山岭东西长200里，遍布森林，积雪数尺，人只要一倒下去，就再也挣扎不起来了……当时我想：要不就拼死以求生存，要不就束手待毙，在这关头，一项重要决策必须决定，就是先向东面到流寇松大森林那儿去，因为我知道，那里有许多伐木工场、成千上万的劳工。可是到那儿去要通过老爷岭关隘，那里有200多日本老白帽子守住必经之路，这些家伙的枪法非常准，只要给他盯住，你就一命难逃。我们躲开他们，绕路前进。从四道河子出发，快到山顶了，大风那样狂暴，几人围抱那么粗、十几丈高的大树都纷纷刮断，很多人给大树活活压死，火堆不能打，帐篷不能支，这一阵就冻死四五十人，马匹连杀带冻，吃得干干净净，爬上山顶，又接着走了三天，慢慢地，一边侦察着一边走，一进了大森林就像进入大海，只听见一点微微的小鸟声，连野兽都无踪迹。第三天突然从冰冻的远方传来一阵阵砍伐木头的声音，这一刻我们的心都怦怦跳起来，我派一个侦察队轻轻前去，我想，'只要能捉到一个人，就有线索可寻了。'

"几个钟头后，侦察队回来了，说前面就是流寇松木场。工人一见到我们的人，紧紧拉住手，高兴地流出眼泪，立刻把木场里的情况详详细细告诉我们，说那里驻守二百多日本兵、五百多警卫队，工人说要尽一切力量帮助我们。我一听全身忽然热起来，像出了汗一样，连落在脸上的大雪片也不觉得冷了。我寻思，我们一个人还有十粒子弹，敌人筑工事据守，要是硬攻，有什么把握呢？可是路已经走到尽头，不打又怎么办？……这一天又冻死饿死四五十人，人走着走着，一倒在雪地上，一声不哼，就不动了……"

听着这样的谈话，我的心像冻成冰块，我觉得他的两眼有点模糊，声音有些哽咽，我这时发现在他宽厚、纯朴的外表下有一颗多么火热的心。他停了一阵，才又说下去：

"我想：好吧！是生是死也得干一下了！

"我让部队停下来休息，叫他们把所有剩余的黄豆都吃了，吃得饱饱的。

"当天夜里，分兵三路去袭击木场。

"雪深路滑，真难行走，四个钟头才走了五里地。

"全都是雪，哪里有路，只能一个人踩着一个人的脚印前进。

"半夜，看见灯火了，听见马达声了。

"这火光，这马达声，就像命令。我们突然一下发起猛烈袭击，到最后一个对一个，和日本人拼上刺刀，打死一百多个，这时天也亮了。

"工人们纷纷奔跑出来，帮我们套上马，从仓库里往外拉白面、拉弹药，一匹马驮四袋面、拉了两箱弹药，一下子补充了十万发子弹。然后，我们沿着来路撤退上山，在大森林里的羊肠小路上，又跟追击的敌人打了几仗，等我们走过了茫茫无际的林海雪山，到了老爷岭以西，我们手上的粮食又吃得差不多了。

"把冻坏的几百人隐蔽在森林里，抽一部分粮食留给他们。我带了八百人打先锋，到了五道河子去开辟新区。可是日本人到处搜寻，我们冲到勃利，绕了一两个月，我剩下一百多人，给挤进夹皮沟。那里两条大河之间大山一层一层，到处都是错综复杂，盘根错节的山沟，日本飞机飞得树顶那样低，到处搜，头两三天，敌人过去，我们就在后面跟；敌人住下，我们就分散开来活动，我们用树条设法扫掉我们的踪迹，但还是时时被敌人发现，我们想出一个方法，就是倒着脚，脚跟朝后走，敌人就朝我们相反的方向追去，这样周旋了十几天，终于没有寻觅到我们。

"在一个隐蔽地点，用木头垒成房子，雪一下完全掩盖起来。我们在这小地窖里，锯木烧火，外面却丝毫不露痕迹，这样总算歇了十天脚，谁知敌人终于寻踪而至，又打了猛烈的一仗，于是一下又由沉寂转为紧张，我们且战且走，愈走愈高，后来上下、左右、前后，都是刀尖一样的大石壁、怪石岩、大石洞……"说到这里，周保中笑了一下，是的，战争过来的日月，回想起来，十分值得玩味，"后来从地图上一看，我们已经到了兴安岭顶端，完达山极峰……在那上面，人都站不住脚，无时无刻不是狂风呼呼吼叫，偶然听到一阵飞机声响，可也看不见飞机的影子。粮食吃完了，我们的一个炮手毕州信打了两只大熊，一只七百斤，一只五百斤，大家分着吃了。接着又转到叫磨子房的地方，一看，几家猎户，刚刚被日本人消灭掉，满山遍野，血肉狼藉。那时候老百姓为了活命，常常把粮食偷偷埋藏在荒山野岭……我们到处挖，到处挖，果然发现了不少粮食，我们就又进了地窖子。在冰雪覆盖的下面，七八十人挤得满满的，倒挺暖和，我们再也走不动了，我心想死就一起都死在这里吧！日本人严密搜山，一队一队相距三里，就像梳头的梳子一样在山林里寻过来，寻过去。有一天真是危险极了，我们一个战士躲在树上放哨，发现日本队伍走到离我们地窖子二百来米、离哨兵二十多步的地方，可是他们走过去了，这个战士连忙告诉我，我判断他们没有发现我们，决定守在原处不动，实在也动弹不得了，这样藏到第三十八天，我想敌人背的粮食有限，算来应该吃完了……谁知到了第四十二天，派人到山顶高峰瞭望，一看，远处还在冒烟。这怎么办？到了最后关口了，我说，明天他们一定走，没想到第二天从山岩上一看，还没有走。这一下大家都慌了，我却十分镇定地说：明天一定走。第二天，出来一听，山林一片寂静，原来整天东一枪、西一枪，现在可是没有枪声了，连什么拉锯的声音，说话的声音都没有了。派侦察兵出去一看，果然都走了……我们铤而走险。总算过来了。我离开地窖一看，二百步外，足迹密如蛛网，纵横交错，我不觉出了一身冷汗，真险呀！就这样我们在完达山顶熬过了苦难的冬天，等我们看到树枝头泛青，我们知道春天要到了，说明我们部队活跃的时间就要临了……"

我望着他，我从他憨厚的脸上发现了一种美极了的笑容。

只有经过苦斗，粉碎牢笼，冲出地狱，而取得胜利的人，才配有这样的笑容。

他一生不知经过多少次困难，现在他身上有五处伤疤——这些伤疤，记下他生命的历程：其中两处是大革命的痕迹，另外三处说明了东北鏖战的艰辛。十四年时间是多么漫长啊！——整个黑山白水笼罩在日本皇军散布的黑暗之中，在那风雨如磐的年月，只有一种不灭的光芒，那就是中国共产党和它所领导的人民。特别是在那个残酷年月，他的战友杨靖宇、赵尚志一个个牺牲了，就剩下周保中一身支撑着局面。他的名字就是那稀罕的光芒在危难之中的闪烁……一直到日本法西斯投降，周保中奋臂一呼，立刻发动了十五万大军，参加了消灭关东军的最后决战。无怪乎，第一次解放长春，长春人民听到他的名字都欢呼起来，他走到哪里，哪里就开门欢迎。

现在，他一身肩负着重担，从来没有一天睡过八小时觉，可是他依旧精神奕奕，毫无倦容。我们每次谈话，总到深夜，那多半是由于我提醒才停止下来。每一次夜深人静，我跟他一道从那深灰色的古堡形大厦里出来，他身上披着一件黄色风衣，腋下挟住鼓鼓的公文包，我感到有点寒冷，但他跟我紧紧地握手，使我觉得那样火热，我永远不会忘记他跳上美国吉普，在清冷的黎明晨光里驶去的背影——我觉得他像在巨风暴雨中冲锋前进……

的确，我在长春这十天，才真正走进历史的深处。

在这儿我看到一种黑色的灵魂，

在这儿我看到一种红色的灵魂，

两种灵魂在进行着剧烈的冲激，而红色的光芒终究照明宇宙。

由于去哈尔滨的列车在黎明前从长春开出。于是最后一个夜晚，我从柳条路搬到离车站较近的，前面我已提过的大同路的新华社东北总分社住，延安的老熟人吴文焘担任社长。这时我报道四平前线的两篇通讯，已经通过新华社的电波，发向全国，鼓舞了全国，震撼了全国。我可以说完成了离开重庆那个深夜，周副主席交给我的任务，我感到舒畅，我感到高兴。不过，正因为在这儿住了一夜，却发生了一件趣事，这种趣事在人生长途上往往出现，几十年过去之后，还觉得趣味隽然。我无意中丢落了一本书在这里，那本书的扉页上写着我的名字。当我们军队不久从四平转移，国民党重新进入长春，大公报记者吕德润在新华社这个楼里面发现了我的那本书，他写了一篇《三看长春》的通讯，说我是东北新华社的社长。到了晚年，与吕德润见面，偶然谈起这事，两人还不禁拊掌大笑。

## 八六　东方的巴黎

我乘这时还由苏联人管理的中长路火车，到哈尔滨去。我不想牵着读者的手永远跟我在罪恶与血污中厮混。要知道一个真理，那些万恶的人呀！你的魔掌掩盖不了大自然的美丽，人世间的崇高。鲁迅有两句诗："血沃中原肥劲草，寒凝大地发春华"，现在让我们进入劲草与春华的境界吧！从车窗向外望，这时初春的阳光抚摸着我的面颊，使我感到温暖，一下，我的两只眼睛亮了。我第一次看到东北，啊！这是多么可爱的茫茫原野呀！……吸引我注目的，是我看到白桦树，我感到非常欢喜，因为过去，在俄罗斯作家，像托尔斯泰、屠格涅夫等人的作品里，时常看到关于白桦树的描写。但，这种树只在遥远遥远的寒冷的北国才生长，而现在我亲自到这遥远遥远的北国来了。春天的蔚蓝色苍穹下，黑色肥沃的原野上，一片洁白洁白的白桦林，真是美极了。特别是当火车从白桦林中穿过的时候，我看到树皮雪白雪白的，还看到那枝杈上一颗颗饱满的绿色的嫩芽，一阵潮湿的、清新的树木的气味，随了风从窗口倏然而进，我看到一只黄色的蜜蜂，从这边窗上吹进来，又从那边窗上吹出去，我像舌头舔着蜂蜜，于是在清亮的阳光里感到陶醉。坚冰消融的小河，在大地上漫溢横流，有时响着铃铛一般美妙的声音，给这春天增加了生命的乐趣。这真是辽阔无边的大地呀！这真是辽阔无边的大地呀！天空上饱涨的白云好像凝然不动，但阴影却在地面上悄悄移动，最令我眼花缭乱的是一群受到火车隆隆声的惊吓，一只一只向远处飞翔而去的野鸡，那彩色的翎毛，给太阳光一晃，像一道一道虹霓一般闪着，而后它们飘飘然落在不太远处一大片白色的芒草丛中。它们好像并不害怕，有的还转过头来凝视着飞奔的火车，带着一种得意洋洋的神情。空气那样清新，又那样浓烈得简直像发酵的米酒，酸味中带着香甜。

列车隆隆地穿过一座铁路桥梁，

啊！松花江！

一望无际的江面好像一片蓝色的玻璃。

它闪烁着天空和大地，

也闪烁着往昔和今天，

——一阵撕裂人心的歌声又升上我的心头：

我的家在东北松花江上……

唱着这支歌，我流过多少泪，流过多少泪呀！那时我想，也许永生永世不能见到松花江了。

正因为这个缘故，松花江在我的记忆中，成为一个美的幻象。现在，在精神上好像来不及准备的时候，它蓦然出现在我眼前，它的确美得惊人。

我到了哈尔滨，从下火车起，我一下就为这个具有欧洲风味的异国情调的城市所迷住。我住在中央大街的马迭尔饭店，这个饭店跟这个城市一样都是充满俄罗斯民族色彩和贵族气派。让我们看一看我住的饭店吧！一进门，左右两侧立着两座雪白石雕的希腊神像，花岗石地面上，楼梯上都铺满大红色的地毯，我的房间里，沙发、窗帘都是红天鹅绒的，当然这种红色不是"十月革命"后的红色，而是沙皇帝室的红色。桌子上镶嵌着镂花的铜饰，闪耀着金光，青铜台灯柱上镂刻的浮雕，彩藻纷繁。其所以如此富丽堂皇，原来哈尔滨是十九世纪后期，俄国沙皇势力侵入东北，俄国人按照他们的文化生活、审美观点，把一个荒凉的渔村，修成一座城市，特别是十月革命之后，逃亡出来的俄国贵族、富翁，带来他们的金银财宝，也带来他们豪华的气派，一心一意要把这个城筑成俄罗斯的幸福天堂。从那以后，哈尔滨成为一个出名的国际城市，人们称为"东方的巴黎"。四十年后，我到了列宁格勒，一个夜晚，在苏联作家格拉宁家做客——那高大的屋顶，宽厚的门墙，为了挡住雪国的严寒，双层玻璃窗使得室内听不到一点闹市的声音，特别是壁炉熊熊的红光，使我一下想起哈尔滨的往事，我跟格拉宁说："这真像哈尔滨……"这话当然说得不对，应该是哈尔滨像彼得堡。正是那些流浪的贵族、富翁，把古老的俄罗斯文化连同皇室的美梦移植到遥远的东方。特别使我心神迷醉的是，我到市中心南岗，在那个黑色石块铺砌的广场稍稍隆起的中心，有一个小小的教堂，我一眼望去，就给它美的魅力所吸引了，哥特式的建筑，那样精雕细刻、玲珑剔透，它锐利的直线又显得如此庄严，青石片尖顶上的蘑菇形塔，有着绚丽的色彩，教堂围着黄色的木围墙，一走进去，只觉得朦胧昏暗中只亮着几点圣灯，走到教堂前面，仰头一直可以看到穹顶，四面长窗都是玻璃镶嵌，彩色缤纷，十分深邃幽静……随了轻缓的乐声，荡漾着一种神圣之感。哈尔滨人喊它叫"喇嘛台"，绿、红、金、黄，组成一座精美的艺术品。这浓郁的俄罗斯的色彩，成为整个哈尔滨风格的标志。后来，无论是我居住在哈尔滨的三年当中，还是以后每一次到哈尔滨来，我都要到这里来看一看。真是无限遗憾，哈尔滨皇冠上这颗宝石，在十年浩劫中竟被红卫兵作为除四旧拆毁得一干二净，我听到这个消息，心情无限沉重。当美好的东西一旦失去了，不能不发出令人难以忘怀的怅惘。1980年，我瞻仰意大利翡冷翠的圣玛丽亚教堂，在彩色霓虹一样的穹顶天窗上，透下一缕颤悸的阳光显得无比神圣，这是米开朗基罗设计的，使我一下想到"喇嘛台"，它不正是圣玛丽亚吗？现在想来，关于圣玛丽亚教堂的比喻，其实只是一种梦幻，一种遐想，俄罗斯人有俄罗斯人的建筑艺术的创造。民族性的伟大是了不起的，俄罗斯人无论到哪里，无论他怎样想创造奇迹，结果，只能留下自己民族的痕迹。1988年，我最后一次访问苏联，我在莫斯科红场上仔细观察瓦西里升天大教堂，我的确为那华丽绚烂的葱头式圆顶所迷醉，老实说，我关于哈尔滨喇嘛台的回忆，正是由于这座曾经在它前面处死过布加乔夫的瓦西里，而绝不是翡冷翠的圣玛丽亚。喇嘛台不正是瓦西里升天大教堂的缩影吗？也许那个美丽小建筑的设计师，就是怀着故国情思进行构思设想的吧？唉！人生——有多少遗憾！有多少幽思呀！我不正由于失去了喇嘛台，从而对瓦西里升天大教堂产生无限钟情，于是我站在它的跟前，久久不能离去，我想这不是对翡冷翠的萦系，而是对哈尔滨的依恋。

不过我第一次认识哈尔滨，使我永远难忘的莫过于松花江，松花江就从哈尔滨身旁流过，它清澈，明静，给人秋水依人之感。沿着江边一条石砌的花园长街，到白色的水上俱乐部。阳春五月，聚满游人。不过我仔细看时，一个个咖啡座上，坐的全是欧洲人，看来都是各国来的旅游人，有一个穿着雪白夹大衣的金发年轻妇女，她的风度那样娴雅幽静，不知怎的，我想，她也许是一个西班牙女郎吧？于是我脑际回旋起西班牙小夜曲。我在江边行人路上度过了一段时光，忽然看见松花江面给夕阳照得一片鲜红。于是我回到马迭尔饭店。夜间，当我在台灯下信笔写着写着，就在我窗外楼下，突然响起几响枪声，枪声清脆而凄厉……我抬起头来，默默沉思，我白天看到的一切美丽景象，像一片轻纱，一片浮云，从我心境中慢慢消逝而去。一下子，像是一种奇幻的梦境，我看见清波荡漾的松花江江流中，颤动着两道那样深、那样浓的红色血流：

一条血流，是过去的，

一条血流，是今天的，

一声枪响过后，我从前一条血流中看到一个俊秀的女人。与此同时，一阵袅袅娜娜的音乐的声音，在我周围飘荡起来。

我记不起这是贝多芬的《悲怆》，还是柴可夫斯基的《悲怆》，但总是那样如怨如慕、如泣如诉，因为她既有后者的命运的哀叹，更有前者的命运的搏斗……

这个女人就是赵一曼，她在哈尔滨生活过、战斗过，我说，她是哈尔滨之魂。

……这个四川人，早在 1922 年参加了革命，后来由党派到莫斯科读书，伴随着她的命运，有一段炽热的恋情，她永远不能忘记，她和她的爱人——平汉路大罢工的工人领袖老曹，在俄罗斯南方那美好的旅行，他们在东北血流成河的白色恐怖下，作为地下秘密工作者，来到哈尔滨。这个美丽的女革命家，使我又一次想到屠格涅夫对那个俄罗斯非凡女革命家索菲娅·彼罗夫斯卡娅，那虔诚而崇高的赞颂……对赵一曼来说，比她那美丽的容颜、纤细的身子更应该令人纪念的是她那火一般炽烈的信仰与勇气。就在哈尔滨那些恐怖的日子里，有一天老曹突然失踪了，她一点也不知道他的去向……但她始终看得见他对她注视的眼光。她从哈尔滨转移到农村里去，她深入到珠河一带群众当中，她站在那些在冰天雪地中赤裸着两脚的人们面前，发表讲演，呼唤斗争。她的煽动性很强的语言，立刻点燃了郁积在人民心中的怒火，她开辟了珠河南北这一片游击区，人们在她的率领下拿起鸟枪、火炮和日本鬼子搏斗。谁也不知道她的真名实姓，人们只啧啧称赞着，管她叫"瘦李"——"瘦李"穿一身东北农村妇女的服装，梳了一个发髻，围一条围裙，日夜潜行，奔走各地，有一回坐在一家炕头上和兄弟姊妹们商量战事，一个伪满特务趴在窗口窥伺，一下遇上瘦李那像剑一样锐利的目光，就吓得悄悄地逃走了……她的确是一把青霜般的利剑，在无数次冲锋陷阵之中，她成为一个出色的指挥员，她的游击队改编为抗联三路军，她担任了一师二团的政治委员。1935年，关东军开来大批部队，进行搜索烧杀，纵横二百里，满山满谷，到处是烈火浓烟。铁路北烧光了，他们转到路南。后来为了重新开辟路北阵地，赵一曼又带部队突破铁路封锁线，终于到达路北。有一天，她在焚烧剩落的一间破房里住下来，那天天寒地冻、大雪纷飞、积雪盈尺，他们正在吃饭，由于叛徒告密，日本鬼子以三倍之众，包围了这座山岭，于是展开一场血战，一直战到夜晚，透过密密的雪花，到处爆着枪弹的火光。团长王惠国身负重伤，被敌俘虏，就在附近一处小火车站上，宁死不屈，在一阵排枪之下，猝然倒在血泊之中。这里只剩下赵一曼，她指挥部队继续顽抗，战斗炽烈到了极点，三百多个游击队员，纷纷倒在她的脚下、死在她的身边，她一枪一枪把仇恨的子弹，射向敌人，不料在这紧急关头，她突然全身一震，感到一阵发麻，一颗子弹射穿了她的大腿，血流如注，无法站立，但她毅然决然地领导着最后的十几个人冲出重围，爬上深山密林，藏在一个洞窟之内。这时整个天空大地白雪茫茫，一个伤兵的影子，立刻引起鬼子注意。赵一曼被缚住双手，押送到珠河，这消息立刻轰动全城，关于瘦李传奇性的传说，早已流传各地，穷苦的、不甘心做亡国奴的人爱她。见她走来，不忍仰视，纷纷落泪。赵一曼镇静坚强，昂起头来，向人们送去一阵温暖的微笑。可一切土豪劣绅、日本走狗围拢上来，想开开眼界，看看这瘦李，到底是个什么模样。赵一曼一眼看到他们，两道目光如同两把火，向这些冷血动物射了过去。这是正义的判决，吓得那些无耻之徒狼狈逃窜。日本人受到群众怒火的震慑，就悄悄把她送到哈尔滨——就是这"东方巴黎"的哈尔滨。赵一曼被捕入囚笼，日本强盗辨认出这瘦李就是赵一曼，一时之间，手舞足蹈，乐不可支，在报纸上造谣惑众，用了"红装白马女匪"这样标题，竟然诬称她是赵尚志的妹妹。日本特务对赵一曼施尽了酷刑，这些酷刑曾使一些懦夫丧失意志，谁知在这个瘦弱的女子身上却失去效应，赵一曼任凭磨折，毫不动容。惨无人性的法西斯暴徒，望着这一个身体单薄的女人，他们只落得束手无策，甘拜下风。

赵一曼每根头发都像火焰一样燃烧，她昂首不屈，傲然微笑。

特务们想从她身上搜寻共产党的秘密，以期一网打尽东北民主联军，便把她送到一座像小花园的医院里，给她治疗创伤，好在审讯时再来折磨殆尽，逼出口供。赵一曼心情略略松弛了一下，她从窗口静静凝望着松花江，她觉得大自然是如此美丽，虽然说不到尽情享受，但她耐住难熬的病痛，想着在这儿失去了的爱人——老曹还活在人间吗？他能知道我此时此刻的悲痛吗？……不只是求生的愿望的驱使，更加上继续战斗的希求，她的身世、她的神情早已引起一个姓董的女护士的同情与钦佩，这一点赵一曼已经看在眼中，便想抓住这个线索。她深深地影响了、教育了这个小董，于是小董成为她的战斗的伴侣。敌人每一次来提审，她便赶紧吞下安眠药，日本特务走进病房，她已昏睡沉沉，日本特务气急败坏，决定到病房里来审讯。在这过程中，她的伤口已经愈合，赵一曼到了下定决心的时候了。

一天，一辆由俄罗斯人驾驶的小汽车停在医院门口，汽车一溜烟开走，赵一曼连同护士小董和一个看守的警察，像一阵风一样消失不见了。

这个神秘的行动狠狠打击了日本特务。赵一曼在她手里丢去武器的时候，她的智慧与勇敢成为她新的武器。她的失踪，使得日本人恐慌万状，哈尔滨全城戒严，严密搜捕。赵一曼却在三棵树换了一辆马车，她们已过了山嘴子，再走二十里就到达游击队所在的汤家店了。眼看就要和同志们拥抱在一起了，这是多么鼓舞人的希望与光明啊！她的心情忍不住一阵激越，流下从不曾流过的热泪。这时，赵一曼的内心充满希望、充满欢乐……可是她又非常焦急，怕敌人紧紧跟踪而来。在马蹄翻飞、尘土飞扬中，她的眼睛只是望着前面，恨不得像鸟一样扑回自己的热土。可是，多么大的遗憾！多么大的沉痛！天可垂泪，地可顿足，正在这时，敌人追踪着汽车轮迹，一下追上这辆马车，天塌下来了！地陷下去了！赵一曼终于在离亲人咫尺之遥的地方，重新被捕。她又被押回哈尔滨，日本人自认失败，不敢再行审讯，对她执行了枪决。无情的刑场便是光荣的讲坛，赵一曼这个瘦削而刚强的人，站在那里，放声高唱：

怒发冲冠，
凭栏处、潇潇雨歇。
抬望眼，

仰天长啸，

壮怀激烈。

……

　　她是中华民族最优秀的儿女，她是中华民族神魂的凝聚。

　　她在艰难的岁月中，一直探听着、寻觅着所钟情的老曹，但是她没有得到一点消息，她就这样饮恨而死了。日本法西斯投降，关东军被消灭，东北从血淋淋的大地上抬起头来时，民主联军从监狱档案材料中得知，老曹从那一次被捕之后，早已在囚牢中死去。

　　多么沉重呀！一道历史的血流随着松花江水在我心中荡漾而过。

　　但是，又一阵枪声使我看到更加可怕的血流向我冲激而来。

　　一个深夜，我默默站在窗前，掀开红天鹅绒的窗帷，我看着窗外浓浓的黑夜，我听到国民党与日本结合而产生的畸形儿——特务们就在我的楼下噼噼啪啪打着黑枪，每一下枪声都使我的心颤抖一下……因为就是这些匪徒，在我来哈尔滨前不久，制造了暗杀李兆麟的一场血案，但那却是没有枪声的血案。

　　李兆麟是抗联三路军的领导人，赵一曼就是在他指挥下战斗的。他是幸福地经过地狱的熬煎而活着看到解放阳光的人，但他却在阳光下无声地死去。其所以如此，因为李兆麟是日本关东军最惧怕的，因而也是国民党特务最仇恨的人。一册北安省康德（溥仪年号）八年度治安肃正计划书上留有这样记载：

　　"现在北安省盘踞最有力的共团，当推张寿篯（即李兆麟）所率领的抗联第三路军了。"

　　在"匪首"登记簿上登记着他的特征：

　　"张寿篯，三十七岁，身高五尺四寸，头发长，其他普通。"

　　这一支游击部队经常在哈尔滨东北一带山地上活动，发展神速，成为一支强大的力量，一直逼到哈尔滨郊外的满家店、蜚克图一带，震动了哈尔滨全城，吓得日本人发抖。在最困难的时日里，他曾率领部队转战于呼兰、东兴、木兰、巴彦、拜泉、庆城、铁骊、绥化、绥滨各地……那时，整个东北沦陷于黑暗地狱之中，哀哭声响遍旷野，响遍群山，响遍密林。但是，这支部队是黑暗中燃烧着的一线光明，他们听着那哀鸿遍野的悲切之声，更加咬紧牙关，加快脚步，在冰天雪地之中，一次又一次重重地打击敌人。他们知道如果他们停止活动，就如同肌体中失去血流，那样，一个活生生的人就会僵硬、死去。只要他们还在活动，人民耳中便能听到足声……这就是人民的一线希望、一线温暖。漫天风雪的深夜，一个老人家，听着窗外的风声，暗自为露宿山野的人祈祷，为了让他们吃上一口粮食、增加一点热量，老人家嘱咐自己的孙子，到远方送信，告诉他们，爷爷把粮食埋在第几道山岗，第几棵小树下。可是，突然一阵凄厉的枪声，掠过荒凛的原野，这个小小的孩子在路途中给日本人打死了。凄栖在高山上的人们难过地低下头，小屋中的老人失声痛哭……李兆麟熬过了那难熬的岁月，他在红色的曙光里，进入了哈尔滨。但，正是他，哈尔滨的亲人，在哈尔滨获得光明之后，国民党与伪满特务互相勾结，他在水道街九号的楼上遭到惨杀。我怀着仇恨的心，哀悼的心，找到这座黄色的高楼，我攀着阴暗、狭窄的楼梯盘旋而上，到楼顶一间房子里来——人们指给我看，告诉我最初发现时，这屋里凌乱不堪，满地是血，在一张床下发现了他的尸体。从伤口检验判断，他是先被特务从背后刺进一刀，而后经过了长时格斗，他曾赤手夺刀，两只手的肉都割光了，最后颈部挨了一刀，终于失去了生命……

这是多么残酷的事实啊！我依然默默地站在马迭尔旅馆窗前，我又一次听到窗外楼下的枪声。

想当年，哈尔滨的人们在重重枷锁之下，只有李兆麟的消息，给他们带来一丝惊喜；而今天，当哈尔滨的人们在阳光普照之下，却听到这悲痛的哀音，人们便说道：过去时时刻刻想杀死他的是谁？而今天终于杀死他的是谁？在这两种刽子手之间，正串联着一条罪恶的黑线。人们为这可痛的噩耗而哀伤，人们为这可悲的噩耗而激怒，在亲人们抬着装殓了李兆麟的棺木经过长街时，街两旁聚满人群，走到哪里，那里的男人和女人都哀哀哭泣、无法抬头……今天这个夜晚，在我的心里，流过了这一道新的血流……

我孤立沉思，默默无语。但李兆麟的生命没有死，他的灵魂至今还在人间游荡。

我伫立窗前，透过沉沉夜雾，他写的露营歌飘摇而起：

铁岭绝壁，

林木丛生，

暴风狂雨，

荒原水畔战马鸣，

围火齐团结，

普照满天红，

同志们！

锐意哪怕松江晚浪生，

起来哟！

果敢冲锋，

逐日寇，

复东北，

天破晓，

光华万丈涌。

……

这英雄而又悲壮的歌声，使我记起雨果在乔治·桑葬礼上说过的话："大地与苍穹都有阴晴圆缺。但是，这人间与那天上一样，消失之后，就是再生。一个像火炬那样的男人或女子，在这种形式下熄灭了，在思想的形式下又复燃了。于是人们发现，曾经认为是熄灭了的，其实是永远不会熄灭的。"当我耳边响着李兆麟的慷慨悲歌时，我深深感到雨果的话的深刻。不过，我周围特有的马迭尔的红色，都像血水一样颤动起来。

东方的巴黎！几十年之后，我真的到了巴黎，我沿着塞纳河岸走，我看到河面上卢浮宫的倒影，我领略了巴黎的风姿，也不能忘记在雨果书中写过的绞死爱斯格拉达的绞架，是多么阴森恐怖。是的，哈尔滨有巴黎的光华，也有巴黎的黑暗，有巴黎的英雄主义，也有巴黎的妩媚阳光，这就是东方的巴黎。

## 八七  北国风景线

六月时节，东北北部也开始温暖起来了。

一个阳光明媚的上午，我在南岗喇嘛台旁边的大和旅馆陈云的办公室里遇到了王鹤寿。这个有着传奇地下党经历的人，在延安是中央组织部组织科长。当时，陈云、李富春是组织部正副部长。我因为做支部工作的关系，常常到他那儿去。他有一双亮闪闪的大眼睛，显得英明精干、生气勃勃。我记得陈云讲党课时，曾举过王鹤寿的例子，他作为一个秘密工作者，生活贫困交加，他为了坚持党的工作，曾经卖过油条，我听了十分感动，因此印象极深，所以在这离延安万里之遥的哈尔演，骤然见面，使我感到十分高兴。他是北安省省委书记，来哈尔滨汇报工作。他十分热诚地邀我到北安去看看，我知道北安是日本关东军面向苏联修的"马其诺防线"的指挥中心，而且靠近挖金子的黑河，因此有一股迷人的吸引力，因此我很想去看看，于是我跟他到火车站，登上了他的一节专车，向中国的北极圈驶去。谁知就在这一行动中黑龙江的天空和大地向我展现出各种奇光异彩。

首先我看到黑龙江茫无边际的大平原，这被人称为"黑色金子"的沃土，在强烈的阳光照耀下黑油油地发亮，像黑色的大海。

随后，我又闻到从兴安岭运来的松木的芳香。那是一个深夜，列车停在一个小火车站上，我从车厢里出来，在黑沉沉的夜幕下，忽然闻到一股潮湿而又清新的香味，我仔细寻找，原来是停在站台上一辆辆车皮，满载着新鲜的木材。

忽然一条清凉的河流，像一条蓝色的飘带，蜿蜒曲折，流淌而来。

我问："这是什么河？"

回答使我又惊又喜："呼兰河。"

……我记起萧红，她像一棵美丽的桦树，在这黑色的沃野里生长。我同萧红虽在临汾有一面之识，但我对她的印象——从她的作品到她的人，都十分美好。她的作品，以一种生活的、艺术的魅力立刻就吸引了我。我第一次读到她的小说是《手》，使我几乎落了眼泪，由于我有过寄人篱下之苦，我对那由于有一双黑手而招人冷眼相待的女孩子，献上了我的一颗同情之心。后来，我又读到她的《牛车上》，从这里面闻到浓郁的呼兰河气息。呼兰河——萧红的河。好像一下从历史的梦幻中把我唤醒，请看一看呼兰河的大地，在萧红的心灵上是多么美：

> 金花菜在三月末梢就开遍了溪边。我们的车子在朝阳里轧着山下的红绿颜色的小草，走出了外祖父的村梢。
>
> 车夫是远族的舅父，他打着鞭子，但那不是打在牛的背上，只是鞭梢在空中绕来绕去。
>
> 想睡了吗？车刚走出村子哩！喝点梅子汤吧！等过了前面的那道溪水

再睡。外祖父家的女用人，是到城里去看她的儿子的。

什么溪水，刚才不是过的吗？从外祖父家带回来的黄猫也好像要在我的膝头上睡着了。

后塘溪。她说。

什么后塘溪？我并没有注意她，因为外祖父家留在我们的后面，什么也看不见，只有村梢上庙堂前的红旗杆还露着两个金顶。

喝一碗梅子汤吧，提一提精神。她已经端了一杯深黄色的梅子汤在手里，一边又去盖着瓶口。

我不提，提什么精神，你自己提吧！

他们都笑了起来，车夫立刻把鞭子抽响了一下。

你这姑娘……顽皮，巧舌头……我……我……他从车辕上转过身来，伸手要抓我的头发。

我缩着头跑到车尾上去。村里的孩子没有不怕他的，说他当过兵，说他捏人的耳朵也很痛。

王云嫂下车去给我采了这样的花，又采了那样的花，旷野上的风吹得更强些，所以她的头巾好像是在飘着。因为乡村留给我尚没有忘却的记忆，我时时把她的头巾看成乌鸦或是喜鹊。她几乎是跳着，几乎和孩子一样。回到车上，她就唱着各种花朵的名字，我从来没看到过她像这样放肆一般地欢喜。

车夫也在前面哼着低粗的声音，但那分不清是什么词句。那短小的烟管顺着风时时送着烟氛。我们路途刚一开始，希望和期待都还离得很近。

这氤氲的气氛，这缥缈的色彩，这明亮的阳光，这暖人的春风，金黄灿烂的金花菜从绿色红色的草丛中挺出苗条匀称的枝茎在轻轻摇摆，花的原野，飘的头巾。萧红的文学的妩媚，灵魂的妩媚都来自呼兰河大自然的妩媚。当我这一次走过呼兰河时，我不知道萧红是否还活在遥远的南方，我也还没读过她的《呼兰河传》，但后来，我来到香港，我在浅水湾海岸几株树下，凭吊了萧红的一座孤独的坟茔，我觉得她的灵魂仿佛还飘荡在呼兰河原野。

我七十五岁这一年夏天，访问了萧红的故居。一座洁白的，雕像神态很像罗丹的《沉思》。纪念馆的一位专家取出一本研究资料指给我看，其中一页记载，萧红逝世前，已经不能言语，拼尽最后一丝气力，写下："我将与蓝天碧水永处，留得半部《红楼》给别人写了。……半生遭尽白眼冷遇……身先死，不甘！不甘！"这一字一滴血泪，深深触痛我的心灵——萧红，一个感人的形象出现在我的面前，归途车上，我在郁郁中写了一首诗：

> 呼兰河水送幽香，
> 默默沉思天地长，
> 争抗平生求索苦，
> 临终一语恸心肠。
> 休怜孤塚香江冷，
> 已惊文华震八荒，
> 战火识君曾一面，
> 今来重拜费思量。

这与我第一次过呼兰河，已相隔四十五年之久，但情怀依旧，补记于此。

由于王鹤寿在沿途各县都要视察工作，给我最大享受的是黑龙江的小城春秋。绥化、海伦……每个城市都像一幅黑龙江风情画。

我到了绥化，在一家有着彩色鱼鳞玻璃窗、走廊的考究的厢房里休息，就着饭桌吃着黑麦的馒头和白肉炖粉条。饭罢，趁王鹤寿到县委开会，我便自由自在走到街上去。街上的浮土给阳光晒得发烫了，看来兴安岭密林深处的冰雪也已消融，山上会开满红莓花，色彩那样鲜艳。我雇了一辆马车，这个马车夫是个奇妙的人儿，他有一张红扑扑的脸，高高颧骨上有两只不大的眼睛，正像人们所说的那样，这是会说话的眼睛，他在一刹那间会做出各种神奇变幻的眼色——一下热情、一下缜密、一下幽默、一下激励。比如，我坐上马车时，他从御手座位上回过头来，用手指顶一顶头上那个帽檐已经像莲叶一样弯弯曲曲的草帽，从下面露出披散的雪白的头发，问我到哪儿去，他是那样陌生、冷淡，但当我说："我不到哪儿去……你就拉着我逛一逛绥化吧！"他的两眼眨了眨，露出一种聪明、乖巧的神色：

"你老是关里来的吧？"

"我是关里来的，可不是来'劫收'的。"

"你老！……识人如识金，你老穿着一身西装，可一看就是自己人……"

"你有这么好眼力？"

"可不，你老！要不是自己人，您怎么会想悠逛我们这个小城。"

"这城可不小……"

"说也是，一家火磨（磨面厂），三家烧锅（酿酒厂），您就好好瞧瞧这份光景吧！"

他口中喊了声："驾！"把鞭子在那匹红马头上转悠了两圈，看得出他十分疼爱他的马，舍不得打他的马，马也真听他使唤，支棱了两下耳朵，一甩尾巴，就放开脚步，蹄声嘚嘚，走了起来。这个马车夫成了我的好向导。从此我得到一条经验，在战争期间十分顶用，每到一个陌生所在，你只需找一个马车夫，你就全城了如指掌，他们无所不知，无所不晓，连谁家养几只狗、几只猫都一清二楚。这车夫先拉我看了火磨厂，六匹马拉的大车，满载麦子走进大门，无数只马蹄荡起烟雾一样的灰尘，灰尘像东北叶子烟一样辣酥酥的，钻进你的鼻孔，使你发痒。我的马车停下来，我看见这大院里矗立着一根黑红色的烟囱，不断喷出滚滚浓烟，我听到电磨旋转的轰轰声响，我的车夫转过身指着烟囱："……一冒烟，磨就转，一袋面粉四十斤，一天能出产一千八百多袋……"接着他又把马赶得一阵小跑，显出他心中欢喜，我们很快来到一家烧锅，他径直把车赶进大院——空中飘来一脉令人昏昏欲睡的酒糟的香味……这车夫走到一根木管旁边，从怀里掏出一只锡制的小酒壶，就着管口汩汩流出的清亮得在阳光下闪着淡淡蓝色的二锅头烧酒。当车夫灌酒时，一阵酒香扑鼻而来，车夫灌满了酒，一定要付钱，那看酒管子的说啥也不收，两个争执了半天，车夫扯着嗓音嚷道："那哪能？……咱馋手馋脚的……那哪能？"我真想不到这矮小的人竟有这样洪亮的声音。一刹那间我想到，那年在哈拉寨见到的马占山，我看这车夫的模样、声音都跟马占山相像。我想也许是这黑龙江原野遥远无边，因而这儿的人从吆喝之中锻炼出一副嘹亮的嗓音。你推我搡，马车夫终于被人家推上马车，钱没有给，车夫还是不断喝着："那哪能呢！那哪能呢！"……但他一抖缰绳，马早已缓缓走开，走出烧锅大院，车夫仰脖喝了一口烧酒，咂了咂嘴巴，回过头来，眯了眯一双小眼睛，满脸皱纹笑得像一朵向日葵一样开了花，连声称赞："好酒！好酒！……"他突然埋怨起自己，怎么不先请客人尝尝，于是伸出袖口儿先把酒瓶口擦了擦，递给我，我知道对于这种热心赤诚的人，你要推卸，他便无比扫兴，于是，接过锡酒壶饮了一口——我才明白刚出锅的新酒，酒气有多么香……又火辣、又舒畅地顺着喉咙一直沁入心肺，我连声称赞：真香！真香！这马车夫喜得跷起大拇指，告诉我：这家烧锅是老字号的，方圆几百里都到这儿来担酒。我十分惊讶地问：

"一天能出多少酒？"

"一千多斤吧！……"

后来，在战争期间，我走遍东北各地，我才知道为什么东北有那么多烧锅，我才明白为什么东北人都爱喝酒。因为，冬天西伯利亚寒流不断袭来，这儿有着零下四十度的严寒。后来，我们在冰天雪地中行军，也常常喝几口酒暖暖身子。后面还要叙述，这里只先提一句就是了。

这时，车夫的脸像一下阴了天。

他把我领到一家大院前停下：

"你看看吧！那火磨、那烧锅，都是这大院里的营生。"

我一看，一扇巨大的黑铁门，高高院墙上五尺多高的铁丝网，墙角上有炮楼，炮楼上露出枪眼。

"这是常八子的宅院，你看看——他有几千垧地，成群的劳金（雇工），成群的骡马……这小子是我们绥化丢人败兴的恶魔王，你知道常荫槐吗？……满洲国大官，常八就是他的老小子……有钱、有势、有枪、有炮，我们喝酒，他喝血，这王八羔子！"这车夫拎着马鞭，领我走入宅院，一进门，就是停得下二百多辆大车的场院，有井、有仓库，有马房，隔了一重花砖门，长满了树木花草，从一片绿荫之中露出一片洋房，曲折的走廊，彩色玻璃窗，有浴池，有电灯、电话。老车夫走到这里，一直闷闷不乐，我请他跟我谈谈常八——他气愤地说："别提他！提他我就气炸了肺……"可是他又忍不住，滔滔不绝地说起来："在满洲国时，黑龙江就是常家天下，从长春来的达官显贵，进了这黑龙江地界，也都要到这儿来拜一拜——连那个老朽不堪、身上披根绶带、胸前排着勋章的国务总理，张、张……张什么？噢，张景惠，来绥化，也在常八家下榻——常八这小子犯的罪数不完，我只跟你说一件……"

他话没出口，已经气得脖颈通红。

"不要说常八，就连他的徒子徒孙，都是杀人不眨眼的魔王，王怡贵那兔崽子，就依靠常八势力，无恶不作。他当了绥化自卫团团长，其实他是常八的保镖……他霸占了铁路员工郭兴五的女人——谈起郭兴五也真可怜，原来是个光身汉，穷得从南满讨饭来到绥化，在铁路上当了几十年势工，才积攒了几个钱，讨了个老婆，生了个孩子。……这女人生得挺娇嫩，一眼给王怡贵看中，就硬抢到家去，真绝后呀！斩草除根，连那个孩子也一道抓走了，日本特务受了常八的指使，硬说郭兴五私通抗联……穷人眼不忿，护住郭兴五，深更半夜就打发郭兴五逃走了……人心里总有个情，情没断，根相连，几年之后，一个夜晚，铁路上的李福春看到一个又黑又瘦、破破烂烂的人，一惊：

"'你不是郭兴五吗？你怎么回来了？'

"郭兴五讷讷半天，流着泪说：

"想看一眼女人和孩子……'

"女人早给王怡贵卖了，大伙帮郭兴五弄出孩子，郭兴五抱上孩子从此不见了……"

我们又上了马车，一边走着，我问：

"那王怡贵怎样了呢？"

车夫两眼一亮，摇了摇白发纷纷的脑袋，说：

"黑夜到了尽头就是白昼，倒霉到了尽头就是幸福……民主联军来了，召开了群众大会，两个人，一人吃了一颗子弹，都到他们应该去的地方去了！"他指了指脚底下的地面，接着不无感慨地说："善有善报、恶有恶报，可惜郭兴五，我那苦兄弟，他不知在哪里！他要在这儿，会吃了他们的心……"

我说："黑心吃了可不舒服！"

"说也是……我这一辈子算是看够了……"

第二天，我们的火车停在海伦——海伦是希腊神话中女神的名字，但是这个城市却是由于马占山在这儿发动抗日战争而驰名人世。我还是按照绥化的方法办事，找了一个马车夫。这人的相貌十分奇特，有点像弥勒佛，光头顶，大肚子，有一副笑眯眯的脸，两只笑眼像月牙儿一样嵌在眉骨下面，使你觉得他时时刻刻都挺高兴。你别看他胖，但他的动作十分灵活，他一踮脚就跳上御手座，赶上马一溜烟朝街里奔去。

这天天气很热，但海伦人像过节日一样穿了新衣裳，坐在马车上，马车夫拼命在行人中叫喊，一辆一辆马车，像在比赛谁扬起发热的尘土厉害。从我眼前闪过的一切都是紧张、热烈，也许正是这豪迈的大草原，养出人们这种欢乐的性格。不过，这个车夫跟前一天那个车夫比，就显得寡言少语，不过，他用笑代替语言，他心里像有一锅沸腾的热水，热得他满脸汗水淋漓、光滑油亮。我们也夹杂在驰行马车行列中，他似乎以此为乐。不用说这儿也有东北小城必不可少的火磨和烧锅，但是晴空烈日、十分炎热，枯燥的尘土飞扬，使得我舌蔽唇焦。这车夫却是一个有心计的人，在一个十字路口停下来，向一个小摊一指：

"您来！喝一瓶喀瓦斯吧！"

"什么？"

"喀瓦斯——您没喝过，到了我们这地方可非喝一口不可！"

我买了两瓶，一瓶给他，他却一手挡住：

"我们在这大草甸子上热惯了，没有这么娇气！"

他好像觉得有点失言，马上纠正："您老是关里来的，您应该喝两瓶，您就知道我们海伦的喀瓦斯是什么味道了！"

那冰镇的清凉饮料一喝到我嘴里，又酸又甜，有点像北京的酸梅汤。后来在东北住了几年，我才知道这是从俄罗斯传来的，用面包发酵制成的冷饮，在哈尔滨、齐齐哈尔及其以北靠近黑龙江与苏联接壤的地区特别流行。这饮料喝下去，立刻一阵清凉，十分爽人——马车夫看我连喝两瓶，笑嘻嘻挑起大拇指连说："我们海伦的喀瓦斯怎么样？""我一辈子也忘不了。"后来我到莫斯科，一天，在西蒙诺夫家里做客，我谈起喝喀瓦斯的往事，于是在当天的晚宴上，我又喝到清香可口的喀瓦斯。我应该说，喀瓦斯是海伦留在我心里的无限诗意。我们又上马车前行，看到一条轻便铁道，我问这是什么？这车夫睐了睐两眼说："这是小鬼子修的，为了便于从山上运木材。"黑龙江原野、山岭上到处是稠密的森林，海伦之所以繁荣热闹，除了火磨、烧锅，还有制材的木厂，难怪这个小城的上空，飘着一股新鲜木材的酸味。我一看，宽宽街道两旁流水沟上都安装了崭新的木头盖子，这一点加上喀瓦斯，使全城显得整洁、清凉。到了晚饭时间，我邀请车夫在一家小饭铺里共进晚餐。他推辞一阵，还是依了我。这种饭铺给东北小城装点了浓郁色彩，铺面门口挂了两个红纸穗条的圆形的幌子，一进门就闻到强烈的二锅头气味，又引起你的食欲。大玻璃窗上闪出明晃晃的电灯光，附近戏院、电影院门前都是车水马龙，热闹非凡。我们吃了白肉馄粉条，还有吱吱响着冒油的炸血肠，喝了两壶白酒，抹抹嘴巴出来，他不多谢，只说了声："破费了！"就朝火车站奔去。这车夫实在是一个乐天派，他怂恿着我说："到海伦一定得到戏院和电影院里去看看。"我听到胡琴的声音，看到红男绿女，人影憧憧，听到一下高昂、一下袅娜的歌唱……戏园子是一座木头建筑，雪亮的灯光下，人们围坐在一张一张方桌边，一边喝茶，或者饮酒，一面不停地鼓掌喝彩，这种场面，现在的北京已不见，我小时候到肉市听富连成演戏那个时代，也是这种样式。不过，谁想到这古老风习在这远远的黑龙江小城里留下了，尽管天热郁闷，空气陈腐，但人们还是欢欢乐乐。我无意中领略了小城夜景，实为分外收获。漆黑的夜空上，大颗大颗的星星像擦天铺地盖满了精光闪闪的钻石，只有大草原才有这样美丽的夜景，那些星星离地面很近，好像就要像雨点一样落到地上来，白天的火热已经消失，夜气十分清新，特别是我们穿过一片大林子的时候，闻着睡梦沉沉的树叶的清香，我感到东北小城有东北小城的统一格调，东北小城又各有东北小城的特色。我带有几分醉意，深更半夜爬上车厢，在昏黄的灯光下找到我的木板卧铺，便酣然倒头睡下。不知何时火车已经又在苍茫的黑河平原上向着更北方开动起来，梦中我听着车轮的沙沙声，像落着急雨，但一股喀瓦斯的清凉气息还萦绕在我的心头，使我仿佛在冰凉的小河里赤足涉水漫步……

天亮到了北安。

日本人花了十四年漫长时间，针对着苏联修筑了从东面海参崴横贯整个兴安岭，一直到外蒙边界的国防线，如果不是希特勒失败，日本人会从这里出击西伯利亚，与纳粹德国东西配合，以达到消灭社会主义的苏联、用法西斯来统治全世界的目的。当然，修这条防线，也是为了巩固其"满洲国"的统治，永占中国、强霸亚洲。这儿有两条铁路直达黑龙江边，北安正在这两条路线的枢纽上，它是整个国防线的总指挥站。关于北安，一本日文书上写道：

"……今值大东亚圣战决战之年，为顺应国策方针，乃侧重防卫之强化……俾期完成战时兵站省之重任……"

"……边隔黑龙江，与极东苏联领土相接壤长达一千四百公里，所谓'国防省'……"

为了兴修这条国防线，不知道付出多少中国人的性命，他们驱逐大批劳工，开凿隧道，贯通整个兴安岭，里面有很多军火库、储存室，有电车在里面通行，可见其规模之大，从孙吴开始，有一条秘密隧道直达苏联边境。为了保密，修完就把所有劳工全部屠杀净尽，从孙吴以北，白骨如山，阴森恐怖，作为军事要害，不准许任何人入境。

因此，北安是一座灰色的兵营。

这个城没有绥化，海伦那些小城那种蓬勃生气。

一切建筑都是按照严格的军事计划兴修起来的，城市中心，两排巨大的兵营遥遥相对，一个可以停降数百架飞机的大机场就占了城市的一半，还有巨大的冷藏库、弹药房、野战医院和控制一切的一个特务机关。离火车站较远的地方有些红屋顶的楼房，是国防线总司令部，北安的确就是一个大兵营。

这经过惨淡经营、号称固若金汤的国防线，当苏联红军渡过黑龙江，在一阵喀秋莎猛烈轰炸之下，一场激战，红军就突破了兴安岭阵地，而后风掣电闪、势不可挡，一举彻底消灭了关东军。兴安岭这条国防线，像欧洲那条"马其诺防线"一样成为历史嘲弄的对象。

我随王鹤寿到北安省委那座三层灰色楼房住下。

在北安，我最重要的一件事就是认识了于天放。

黑龙江，几乎没有一个人不知道于天放。他最近到海伦去了一趟，成千上万的人从几十里地以外奔来，想看他一眼，听他说句话。在北安也经常有成群结队的人去看他，他的住处经常有人满之患。他现在简直不能外出了，因为走到哪儿，都被群众包围，弄得整条道路水泄不通。

为什么这个人使黑龙江人都像中了魔一样，他们天天说着，

"于天放！"

"于天放！"

我听到这个消息，便立刻去访问他。

那是一个非常晴明的上午，他住的日本式房屋里，充满阳光。我们对坐在沙发上，我面前这个传奇式的人物却是那样平凡，他身材魁梧、面孔发红，一头秀美的黑发，鼻梁端正、目光沉静，说话时眉毛时时紧皱起来，那像雕刀刻在木板上的深深的皱纹，表明他饱经忧患、历尽沧桑。他有时低下头来沉吟，有时又抬起头来，昂奋激动。原来他是萧红的同乡，生长在美丽的呼兰河畔，曾经在清华大学经济系读书，"九一八"事变深深刺痛了他的心灵，别人正在从东北纷纷逃亡的时候，他却跟几个同学秘密潜回东北故乡，组织了巴彦抗日游击队，后来又到齐齐哈尔进行地下活动，他被人发现、追踪，又到遥远松花江

下游的富锦县，作了一名中学的英文教师，来掩护革命斗争。但是猎犬凭着它灵敏的嗅觉，终于发现这一个秘密武装组织。于天放带了油印机、电台，趁一个黑夜出走，一路追击、一路激战，他的几个清华同学都牺牲在弹火之下，强悍而又机敏的于天放，终于摆脱敌人，找到赵尚志、李兆麟领导的抗联第三路军，在兴安岭冰天雪地里坚持游击战争，他成为一个出色的教育工作者，担任了一个支队的政治委员。由于在艰苦转战中所向无敌，而声名显赫，威震四方。

我的话头急转直下，径直询问他那震惊整个"满洲国"的越狱事件。

他像摸抚着内心的创伤，把眼光凝注在窗上，静静停了一阵，然后转过头来，清晰而准确地对我说：

"当时我在老金沟大森林一个石洞里坚持工作。1944年12月19日上午九点三十分，我从老金沟出来返回部队，走到绥棱县向阳区，在一家小学校里，由于叛徒告密，日本人一下把我逮捕了。"

抓到于天放，日本人快乐得要死，很多人从长春赶来，想看一看这个无敌的英雄，到底是个什么样的人物。特务对他进行了种种酷刑拷问，他坚决果断、斩钉截铁，敌人想从他这里掏出口供，他的回答只有一句话："只有一死，别无他言。"——敌人不肯放弃这条重要线索，但对他又无计可施，便把他押解到北安来，下车以后，用黑布蒙了眼睛，由两个人拉着他猛猛地转了十几个旋子，使他神志昏迷、不辨方向，而后送进一个秘密的特务室。从此，人间都流传着于天放被捕，可是谁也不知押在哪里。

于天放进入囚牢，心知必定一死，决心做一最后斗争。

这时他心中一亮，想道："逃出去！……"

可是这个特务机关简直是铜墙铁壁，两个日本特务专门轮流看守，而且他是给弄得晕头转向进来的，他连自己在哪儿，牢房的方向都弄不清楚，怎么逃得出去呢？但是于天放毫不灰心失望，他装作若无其事，实际暗中考查情况。有一天，忽然一线天机落在他的眼前，那是从囚窗上射进来的一线阳光，他顺着这阳光又望见一座灰色楼房，于是他把这楼房当作指北针，观察着移动在墙壁上的阳光，弄清了东南西北，住久了，从隔壁犯人讲话中又依稀听到一些言语，于是他判定这个囚牢的位置方向。第一步计划实现，他就开始作第二步的准备，这就是用什么法子打死日本看守，他的眼睛在那空空洞洞、一无所有的牢房里搜索，最后，眼光一动不动地盯住壁炉的炉口……原来他发现那炉口上有个炉门，要是把它弄到手，那是一个沉重的武器。于是于天放进一步考虑，选择一个什么时间，打击哪一个对象为好？……在他精心细致的思考准备过程中，他在这囚牢里已经住了五个月……但从仔细周到的寻思中，他觉得现时还不是下手的时间，因为大冷天气，即便逃出去，赤裸裸大地没个藏身之处，再说没什么下腹，也只有饿死，于是他决定等到七月下旬至八月上旬，那时青纱帐里可以藏身，庄稼结了玉米棒子，野草长了籽，才可以糊口。他是那样清醒、冷静，从刚果决断中产生了耐心的等待。

　　……于天放的心一天一天炽热起来，因为，他所等待的日子慢慢临近，不料，七月五日，一件意外的事使他毛发竖立，悚然心惊。

　　他从隔壁囚房里听见有人轻轻问：

　　"于天放在这里吗？"

　　……

　　于天放冷笑了一下，没有作声，他懂得为了逼出他的口供，敌人会使尽骗局……经过一段时间，于天放弄清楚了隔壁囚房住的是原在克山一带活动的赵忠良，赵忠良给他传达了一个重要的消息："德国败了，八路军正往东北挺进，已经到了冀热辽，抗联部队也正在进行整顿，准备迎接战斗。从此两人通过墙壁一处空隙进行了秘密策划，于天放问：

　　"草多长了？"

　　"有一人深了。"

　　他们决定行动的时间已经到来了。

　　谁想得到，一切计划都已准备停当的时候，最后难关突然自行启开。

　　这一天牢门打开，特务机关长永井走了进来。

　　于天放两眼盯住他上唇短短的黑胡子，他两眼一闭，不想答理。

　　永井却笑呵呵地跟他说个不停，最后从口袋里掏出一张兴安岭一带的军用地图给于天放，要他好好想一想，苏联要是进军满洲会从何处进攻——哪里能走坦克？哪里能过骑兵？抗日联军会从何处出击，配合作战？永井要于天放把这一切在地图上标明。于天放心中冷笑了一下，他从永井口中感到敌人心慌手乱，不知所措。哼！你们也有今天！他真想仰天大笑……他决不会做出卖祖国的罪人。他原想一口回绝……可是灵机一动，计上心头，这岂不是一个大好良机吗？他接过地图，答应给他们画出标记。看来永井十分焦急，一连催了几次，于天放都推说没有绘制出来。

"七月十二日半夜一点钟，我的最后胜利的日子到来了！"

于天放望着我，两眼霍地一亮，笑了一笑。

恰好，这天夜间，本来两个看守，今天却只来了石丸一人。于天放自从接受地图，由于囚房里没有灯光，被允许到走廊中间，就着电灯光埋头测绘。趁夜晚一次放风，赵忠良也把铁炉门藏在自己怀中走了出来，小解过后，刚刚进门。这时整个监狱里的人都睡熟了，寂静得连一点动静都没有。于天放趁石丸转身去看赵忠良时，把藏在身上的那块铁炉门猛然举起，向石丸后脑击去，石丸踉跄了一下，旋即猛扑上来，和于天放、赵忠良扭打起来，滚到地下，你翻过来，我翻过去，搏斗了十五分钟，石丸要喊人来救，于天放一急，就把手塞进石丸口内，石丸拼命咬，于天放痛彻骨髓也决不放松，最后，于天放、赵忠良终于把石丸击毙了。从他的口袋里搜出一把关牢门的钥匙，还有一只带夜光的指北针，于是打开两重大门，击碎三层窗户，他们终于跳墙逃了出来，两人分头跑去。于天放觉得那张军用地图对他今后行动十分有用，早已把它拿来围在腰间，黎明之前，漆黑一片，他便看着从石丸那里拿来的夜行指北针，对准方向，向前奔跑。黑地里，不知跑了多少路，不知怎样一下闯进了机场，连忙侧转身逃出，这时东方已经微微发亮。于天放听到街里警笛乱鸣，枪声不绝，他知道那是在搜寻他，可是他已经乏得浑身无力，在这生死关头，拼命挣扎，又跑了七八里路，天色已经大明，就钻进一块麦田里隐蔽起来，一静下来才觉得双手像给火烧一样疼痛难熬，一看，原来塞在石丸口中的左手食指连皮带肉咬得精光，再看右手也在塞进石丸口中时被咬伤，这时他浑身衣衫破烂，血迹斑斑……

说到这里，于天放举起残废的左手给我看。

我从他身上看见一种早霞般的光辉。

这时，我才发现他不是一个冷峻的人，而是一个热情的人。

……三架日本飞机低空盘旋，侦察搜索，但终于没有发现躲藏在麦田里的于天放。

等到天黑，他走出麦田，到大铁桥边工棚里与赵忠良约定的地点会面，谁知找了一夜，竟没找到。天亮，他又躲入一处松林。

下午七点了……突然听到林边外一阵嚓嚓、嚓嚓的脚步声，他的心突然紧缩作一团，他知道这是日伪警察来搜寻这个松林，这时，他下定决心，动手夺枪，拼个一死。他紧紧伏倒在密草丛里，一个日本人走到离他两步远近，他知道时间紧迫，急不可待，纵身一跃，跑出松林，眼疾手快，滚过大路，钻进深深密草丛中。谁知日伪警察慌张之中，没有弄清方向，拼命向相反的方向追去了。就这样搜来搜去，一直到天黑才走。汽车从他藏的草丛旁边过了几次，竟一点没有发现他。

于天放越狱了！

日本人一片惊慌，不可言状，一家伪满报纸用了通栏大标题：

"于天放逃跑，满洲国丢去了一大半。"

长春下了一道命令，限令一定必须捉到。

省长、厅长都受了处分，停止办公一个月，带上人到处搜捕，整个黑龙江都乱了，所有老百姓都给日本人驱赶着手拉手蹚遍所有草地、山林，不放过一寸空隙，密密寻找于天放。日本人悬赏百万，谁要捉到，必受重赏，谁要藏匿，全村尽诛。那时群众多么痛苦、多么忧愁呀！海伦有一个小贩挺身而出，自认是于天放，想替他一死了事。许多老年人夜里到庙里烧香许愿，只要于天放平安逃走，情愿杀猪一口祭奠，特别是那些手拉手在野地里搜寻的人群，一走进树林就轻轻喊叫："于天放——藏严实一点！""于天放——藏严实一点！"……

于天放饿了四天四夜，只吃几口野菜，已经饿得浑身无力。

一天晚上，他流浪汉一般来到一个小屯子边上，突然间六七个棒子队（伪满组织的自卫队）跳出来包围了他，他这时一点办法都没有了，只是镇定地对他们说道：

"我就是于天放，我为了抗日奋斗了十几年，你们要是还有中国人的天良就放我走，你们要发财，我死在中国人手里也甘心。"

他的话音未落，一个青年农民一跃而出说：

"我们中国出了这样一个救国英雄，我们不能害他！"

……谈到这里，于天放话音有点哽咽，我发现他的几个手指在微微地微微地颤抖，他告诉我：

"我永远不能忘记这个青年人——他叫刘国忠！"

大家心里一阵发热，异口同声说道：

"我们决不能捉于天放！"

　　于是，大伙一起到一座小土地庙前跪下发誓，生同生，死同死，谁也不能走漏一点消息。

　　这正是日本人驱赶着人群漫山遍野撒大网抓于天放的时候。这一伙农民给他吃，给他穿，把他在屯子里藏了一整天，次日夜晚，给他找来一双旧鞋换下已经磨得稀烂的破鞋，又给他带上一大包干粮，送出好几里地，才依依不舍地告别。于天放从他们那儿才知道一同越狱的赵忠良已经遭到日本人的屠杀，他再没有什么可留恋了，便决心西走纳河，重新组织部队继续抗日。从此他白天就猫在大田里不敢行动，一到夜晚就绕过屯子，寻着深沟老涧走路，这样在都德的荒草野原上踟蹰前进。一双腿给莽条荆榛划得鲜血淋漓，麻木肿胀，一双手给刺得溃烂不堪，饿了寻一点野草、麦穗、生土豆子，渴了在河沟或是车辙里喝几口污水，他全身破烂不堪，脸黑得像块煤炭。在这茫茫草原上，在星光和月光下，于天放完全像一个野人，不，一个圣人，一个巍巍于天地之间的圣人。在漆黑夜幕之下，听到兴安岭一带传来惊天霹雳的炮声，他的眼睛像猫眼睛一样发出亮光，他一走到讷河，听到日本人投降的消息，就一跤跌倒在地，昏迷过去。人们知道他是于天放，就跟上他重新组织抗联部队，一直打到北安。

　　在他幽静的寓所里，我简直像读一本惊险的小说，我的整个灵魂随着他的叙述，飘摇颤动。

　　他说完了，十分冷静，忽然指了指这房间告诉我：

　　"这就是关我的那个日本特务机关，这也许就是永井住的地方！"

　　"啊！"我惊讶地喊了一声，说不下去了。

　　他却微微朝我笑了一下，意思是用不着震惊了。

　　"走吧！咱们看看去！"

　　他领我走进关他的牢房。

　　原来他住的就是他观察日影移动，当作测向仪的灰色楼房，我看见那阴森可怖的单人牢房，那曲曲的廊道、重重的铁门，以及最后击破窗户翻墙越狱的地方。我在他身旁跟他走着，他的脚步十分轻松，他的面孔泛着红光，东北人脸上这种红色，总使我想到大地上给阳光晒得黑红黑红的高粱。有着这种脸色的人，胸腔内都有一颗豪迈的心。突然之间我发现，他像一只冲过惊涛、穿过骇浪的海船。在整个接触过程中，他有时兴奋激动，有时缄默不言，但从他那大力士一般的身体上，显示出一种非凡的神魄，由于他能够击退狂涛恶浪，所以他沉静无声——从这个人的身上，我不是看到了整个北安的灵魂吗？！……

北安再往北走就是黑河了，轰动一时的黑河淘金热，从小就灌进了我的耳朵，在记忆中是一首既神秘又浪漫的乐曲，我觉得那里的山、那里的水、那里的城市都是金光闪闪的黄金筑成的。于是黑河吸引我到那儿去，可是王鹤寿不同意这一冒险行为，因为北安到黑河的铁路已经给战争的铁扫帚扫得稀烂，要在这荒凉的草原上坐马车去，不但一点安全感都没有，而且连吃饭打尖的地方也没有。当然我也冷静地计算了一下时间，距离我离开东北的日子已经所剩无几，我只有遥望着黑龙江，惋惜、惆怅。谁知正在这节骨眼上，在我离开北安之前，一天夜晚，我听说有一个刚从黑河来的人，就住在同一幢楼里，这是令人十分高兴的信息。我不等他休息，一把把他拉到我的房间里，北国夏天的夜也有点清冷，我们就一道喝着热牛奶，听他闲话黑河。

……黑龙江北部地广人稀，从漠河经过黑河到抚远，沿着黑龙江中苏两方的一条边境线有三千里之遥。黑龙江是一条广阔汹涌的大江……

我好奇地问："黑龙江水是不是黑色的？"

他想了想，说："是黑色的……在太阳光下也闪着蓝色的浪花……"

"这儿大地是黑的，江也是黑的，叫黑龙江省十分适宜。"

……黑河这个小城就紧靠在黑龙江边上，隔江就是苏联的阿穆尔和赤塔两个州和海兰泡……

我问："靠这个小城真是金晃晃的吗？"

他微微一笑说："谁说不是，一片楼房十分整齐，倒也是靠金子发达起来的。满洲国时代，日本人独霸黑河，不准中国人入内，不就是为了夺取黄金吗？"

……漠河、鸥浦是出名的盛产黄金的地带，很多劳工给枪杆押着，在这些山沟里淘金。日本人在大山沟里盖起几百间房屋，储存了足够的食粮。春天，驱赶劳工进入沟里，伪满警察就堵住山口，从此禁止出入。劳工淘金都是在警察严密监视之下，以免盗窃黄金，淘出的黄金必须供奉给日本人和他们那些吮吸人们血汗的奴仆——大大小小的矿主，他们看准黄金，重重盘剥。比如金砂先准许淘十分之六七，剩下的堆放起来，统归矿主所有，劳工到账房结交黄金，这里又要从身上剥一层皮，管账的，把金砂放在簸箕簸来簸去，一面簸，一面一连吹三口气，工人最怕的是这三口气。因为这一吹，把金砂吹到脚底下，不大一会儿工夫，就能扫起几钱黄金。经过重重关卡之后，劳工能拿到的代价就很稀少了。劳工实在逼得无法，就偷，可是偷是很危险的，只要一查出来，一条人命就丧在那里了。这样一来，这些山沟里，淘出来的是黄金，留下的是白骨。黑河，除了淘金工人，另外还有一种工人，就是在黑龙江上放木排的人。在汹涌奔腾的江面上，成百上千根木头扎成木排，冲风破浪，急流而下。工人在木排上搭了一个三角形小窝棚，作为留宿之处，其实整天都在和风雨搏斗，和激流搏斗，放木筏是冒着生命危险的，这大木排以千钧之力，向下冲去，一旦触礁，就砸得粉碎，人被高高掷上天空，然后沉落江底。这种木排要在江上漂流一个月，才能放到哈尔滨。北极天气，冬长夏短，一个夏天，一个工人勉勉强强也只能放上两次木排。冬天一来，大江封冻，淘金的、放木排的，就带上拿命换来的金钱，到黑河尽情享乐，黑河这个城就这样繁华起来，可是这繁华的城市正是张着大口吞噬穷人的最后一道关卡。春天一来，人们已经赌输得只剩下一身褴褛的衣衫，就都垂丧着脑袋，有的向大山沟里走去，有的向黑龙江上走去。他们看着江边上黑油油的沃土，自己却穷得手无寸金，两眼看着地主、富农在大地上用火犁（拖拉机）翻着给阳光一照油黑闪光的土地，播种机紧跟着向土壤里撒下麦种，而工人只有含着辛酸的眼泪，走进鬼门关去。

"现在有什么变化？"

……变化可大了。

今年冬天，淘金的、放木排的又挤满黑河。他们不再给纸醉金迷纠缠了去，他们不再在昏昏迷迷当中过日子，他们觉醒了，站起来了。他们清算了工头，斗争了地主，工人砸碎了钳在头上的黑锅底，他们迎来了清风徐徐、日光灿灿的新的春天。

我们谈到夜深两点，我是多么向往那奇妙而又神秘的国土呀！

## 八八 草原上不落的太阳

我离开北安，开始了我旅行东北的西线之行。

西满是号称三江（黑龙江、松花江、乌苏里江）冲积而成的大平原。平野一望无际，田垄无尽无休，除了耕田之外，更多的是荒草之野，中间夹杂着一些发亮的水泡子，大地也许由于它的苍茫浩瀚，粗犷豪迈，一下使我想到恐龙，但它披着一层深褐凝色——看着、望着这苍茫、这混沌，你会觉得人是何等渺小……我沿着乌裕尔河，经过乌雅河，来到嫩江之滨。在这大草原上，俄罗斯人经营着中长铁路传留下来的红顶或绿顶的小火车站——仿佛哑然望着天边，十分寂寞、十分无聊，我望着小火车站上打信号的铁路员工，心上就漾起一股凄凉的滋味，过了乌雅河不久，就到了齐齐哈尔。

齐齐哈尔是西满一座最大的城市，在东北可与沈阳、长春、哈尔滨并列。它坐落在嫩江边岸上。关于嫩江在我记忆中有着一段美丽的传说。那是清代一个叫西清的人写的一本书，叫《黑龙江外记》，云："嫩江两岸游沙中多五色石子，如玛瑙、如琥珀、如翡翠、如珊瑚。"于是这彩色的江流，以其无比的艳丽，从幼小便萦回在我的心底。今天我竟然到这里来了，我感到欣慰兴奋。齐齐哈尔有一座比哈尔滨火车站还要壮丽的、楼顶高耸的火车站。站前广场，十分广阔，无数黑色的马车，给五颜六色的马拉着，像箭一样急速奔跑，长长的柏油路拖着两条绿色林带，我在东大营一片萧萧鸣响的白杨树林里找到我的住处。

当天夜晚，我享受着草原城市所特有的清凉的夜风，乘汽车到了一个地方。在朦胧的夜色之下，只见这里全是树林和花园，走进这里的一座洋房，到了楼上——一声欢呼，我的老朋友于毅夫张着两臂向我走来。读者也许还记得，芦沟桥事变后，我从北京逃出，在济南迎接我的就是这位身材魁梧、面色发红的东北人，后来，我们在重庆、在延安都见过面。现在，他回到了他久别了的故乡，担任了嫩江省主席。他把我介绍给这房间的主人郭维诚，郭维诚作为张学良的秘书，参与了举世轰动的双十二事变，现在是西满铁路局的局长。我刚跟他握手，一转过身看到沙发上坐着李富春。郭维诚刚刚从海拉尔、满洲里一带视察铁路回来。李富春邀了车向忱老先生来这里听取汇报。李富春还是那样不停地吸着烟，微微倾侧着脖颈，默然不语，集中精力，听着郭维诚讲话。我没想到在这儿突然遇到老教育家车向忱先生。我和他与高崇民一起从鸭绿江边的安东搭乘一辆福特牌老卡车，翻越长白余脉的高山峻岭，经通化进长春。我还记得当我们经过杨靖宇苦战被俘之地，高山、野草、荒林一片萧萧声响，我记得，当人们对我们说，日本人怀着对这个巨人畏惧的心情剖开他的肚子，看到他肠子里没有一粒食粮，只是野草时，我发现两行泪水从车向忱脸上涔涔而下。现在他笑吟吟地，不停地转动着手中的竹杖。他蓄着蟹爪形黑胡须，光头上看得出东北人特有的扁平的后脑，发红的面颊，多么典型的一个东北老人呀！我坐在靠窗口的沙发上，吹着清凉的夜风，看到楼外的花荫树影，我猜度出这是西满铁路局的官舍。

谈话进行到深夜，大家才纷纷散去。于毅夫这位老朋友还亲热地邀我到他家里坐了二十分钟，而且他十分慷慨地答应明天把他的汽车交给我用，要我好好看看齐齐哈尔。果然，第二天刚吃过早饭，汽车就开了来，我连忙走去。车门开处，走出车向忱，他说，他也乐意花一天时间，陪我一同参观参观。于毅夫还特地派了省政府一位秘书来作为向导，我们看了一座巨大的发电厂，由于车向忱是教育家，我也很想看看东北青年一代。我们先后看了几所学校，然后访问了《嫩江日报》。中午，车向忱老先生以地主之谊，在旧城关一条热闹大街上一家大饭馆里请我吃饭，有一道菜是嫩江的鲤鱼，于是我的心一下飞向嫩江。饭后，车老先生在一家大学座谈，我便没有奉陪，乘上汽车，驶出市外，直奔嫩江。当我走到江边，面对着浩浩荡荡的江流，平平静静的江面，我感到无比地开朗、无比地清爽。我并没看到西清记的彩色石子，但是江上忙碌的渔船，却引人注目，嫩江渔产十分丰富。这天夜间，于毅夫请吃饭，竟然吃到了新鲜的生鱼片，虽然后来我几次访问日本，吃过无数回考究的生鱼，但这一次却是我平生头一次吃生鱼，完全出乎想象之外，不但一点鱼腥气也没有，而且那样鲜、那样嫩、那样香。

李富春约我到他的寓所谈了整整一个上午。

他谈了整个东北形势，他急灼地谈到他的焦思苦虑。

东北这样久离故国，完全成为一片陌生国土。

兴安岭里的胡匪还没消灭干净，国民党军队又已长驱直入。

在我遍游哈尔滨、北安之际，根据党中央让开大路、占据两厢的决策，民主联军已从四平、长春一带撤出，国民党军直抵松花江，进逼哈尔滨。

这时真是头绪纷繁，百废待兴。

李富春——为这而思考，为这而忧虑……

因为东北人民饱受日本人十四年残虐之苦，仇恨在心，有了初步觉醒，但对于共产党能否抵挡得住国民党美械装备的精锐部队，还在观望。我静静坐在一只木椅上，看着李富春在屋内地板上走来走去，时不时把夹在手上的香烟不断送到嘴上深吸一口，我深为他忧国忧民之心而感动，我看到了一个坚定而忠实的共产党人的形象。

可是，他说出一个消息，打乱了我的全部计划。

我原来想从齐齐哈尔乘火车折回哈尔滨，搭乘执行小组的美国班机，飞回关内，结束东北之行。

李富春说：

"美国人已经停止了哈尔滨的通航，和谈完全濒于破裂了。"

"那么我怎么办呢？"

……

一阵沉思之后，李富春走到墙壁边从挂在墙壁上的电话上拿起耳机，喊道：

"喂！喂！给我接白城子……"

……

他放下了耳机。他突然止住滔滔不绝的谈话，而沉思不语。

电话铃丁零零地响起来，他走到墙跟前拿起耳机喊道：

"我是富春……你是陶铸吗？……"

他随即讲怎样为我设法走出东北的事情，他稳稳地放下耳机，转过身来对我说：

"你只有这一条路好走了，陶铸说，有两辆卡车要经蒙古地带到张家口去……"

"要走多少天？"

"少则十天，多则一月，但是除了这条路，你已经别无他路可以选择了。"

为了搞清怎样能到白城子，我到西满铁道官邸找到郭维诚。

他是一个精明果断的人，他立刻告诉我：

"铁路还没修通，离白城子还有六十里地。"

"这六十里地我怎么走？"

"我想你可以雇一辆马车……一个人也许不安全，不过，这一带倒还平静。"

"那我什么时候能走呢？"

"我想明天，最迟后天。"

随后，他就兴致勃勃地跟我谈起从海拉尔到满洲里的情况。海拉尔为蒙古呼伦贝尔地方的中心，过兴安岭后，除牙克石、海拉尔、三河种植小麦以外都是大草原，狂风呼啸、牛羊成群，真是"天苍苍，野茫茫，风吹草低见牛羊"。一般说来，大兴安岭以东汉化，以种植为主，大兴安岭以西，蒙古族过着游牧生活。经过西伯利亚从满洲里入境而来的中长路线上，有扎兰屯、百克图六个城市，五月五日以后已经照常通车了。从扎兰屯到满洲里，分散着十月革命后流亡出来的俄罗斯人，牙克石以北就有六个俄罗斯人的村庄，从牙克石还有一条铁路支线，深入茫茫林区，那里有一个车站的站长，就是长着满脸长胡须的俄罗斯人。他原来是一个老哥萨克骑兵连长，现在他为十月革命后参加内战而悔罪。虽然住在这个隐秘的大森林里，但他还有一颗炽热的俄罗斯心。反法西斯战争爆发后，他把三个儿子都送回苏联加入红军，其中两个已经在战火中牺牲。这里很多俄罗斯人都过着贫困的生活，但是，有一个叫渥伦佐夫的人却成为这"新殖民地"上一个大地主、大资本家，除海拉尔、牙克石两处大林场外，还拥有大片土地和拖拉机站，开设了酒精厂、火磨厂、火锯厂、发电厂，在牙克石有一座豪华的住宅，依旧做着俄罗斯贵族的美梦。中、苏国境线上的满洲里是一个风景优美的欧化城市。中长铁路始建于俄罗斯彼得大帝时代，当时这里是一片荒寒无人之境，凿通大兴安岭工程十分艰巨，在大兴安岭这一片茫茫林海里，已经开发了博克图、伊立克德、乌奴尔、兔渡河、牙克石、海拉尔六个大林场。我听着郭维诚的谈话，如同闻到森林及草原的芳香。这位有着充沛精力和炽热情怀的人，他不只当时带着深深的爱说到这些，而且后来，他开发大兴安岭的梦想终于实现了。那是十六年之后，1962 年我患了神经瘫痪症，住在北京医院，就是在这儿，我蘸着黎明晨光，在遮满绿荫的阳台上写下了十二篇《平明小札》。有一天，有人推开我的房门，我扭转头来一看，是郭维诚，这时他已在中央铁道部工作，他给我带来一个令人十分振奋的消息，他告诉我将要到大兴安岭去，国家决定修一条深入大兴安岭一直到国境的铁路。他说这话时，眼睛闪闪发光，脸上洋溢着笑容。他原来也在这儿住院，听说我在这里就来找我。他说："修这条铁路要穿过险峻的高山，荆榛，草莽，荒林，十分艰辛……进到大森林里，就像云烟笼罩，一片昏暗，除了一阵阵鸟鸣、狼嚎外，一点声音都没有。有人说简直像下了地狱，可是我们就要在这地狱里铺一条铁路，你看这是多么大的工程……"他的话打动了我，我对于开荒辟莽素来有一种深情向往，于是我也笑了起来，一时忘了自己的疾病。他随即放慢声音说道："……你看，这是多么壮丽的社会主义事业啊！我希望你们作家协会派几个作家去，值得写呀！……""是呀！也许能写出一部比阿扎耶夫《远离莫斯科的地方》更美好的书。"当时《远离莫斯科的地方》这部书曾是我国许多工业部门的同志爱读的课本——那里面充满创业者的豪情壮志、画意诗情……我为郭维诚的热诚所感动，我相信作家只有亲身参与这种艰苦的创造，才能写出真正动人的诗篇。可惜，我的病体不能去，但我在作家协会工作，我便请求我的一位同事一定动员几个作家到那里去。可是等我病愈查问，也许出于对生活从来就有的冷淡，这伟大事业竟没有引起很大的重视。今天，读者们翻看一下地图吧！从齐齐哈尔经纳河、嫩江、达拉赛、翠峰、林海、塔河、盘古直达漠河，有一条红色的铁路线标志。但我们的作家并没有写出一部开天辟地、相与比美的文学作品出来。冷淡，冷淡，就由于这种对生活缺乏热情的冷淡，我们中国失去了多少可以激动人心的文学呀！——可是我们中国已经在整个地球上成为辉煌灿烂的一片国土，写到这里，我对郭维诚病房中的委托，有一种深深负疚之感，这种对生活的冷淡是多么沉重的罪孽呀！……

就这样我离开了齐齐哈尔。谁知下了火车以后，从洮南到白城子六十里地，我乘一辆双轮马车，在西满作了欢畅的最后的旅行。洮儿河那无边无际的大草原，像一片翡翠永远镶嵌在我的心中。

此行所以有趣，是因为我找了一个有意思的车夫。要不是马车夫做伴，我实在会给寂寞的大草原窒息致死。但是这个车夫却从洮南一开始就给我带来一种灵性。我雇车时没有注意，等到车雇好了，才发现这个车夫既不像绥化的那一个，也不像海伦的那一个，而是一个青年，少年。其实简直是个孩子。他那样瘦弱，一顶破草帽下除了两只微微有点生气的眼睛，满脸涂得一片污秽，鼻孔下还滴着两滴鼻涕，这个孩子骨瘦如柴，衣衫褴褛，他难道能够送我通过这苍莽的大草原吗？这时旁边有几辆马车争着让我坐，可是我已经雇了他而又嫌弃他，我的良心又怎么能过得去？于是，我就带了我的行李，上了马车。这个孩子理了理缰绳，紧了紧口料袋，车轮一转动，就走了起来。我从后面望着御手座位上的窄狭的刀条一样的脊梁，暗地里嘲笑自己：你可算找到一位真正可靠的伙伴了！……他耸着两根骨头似的肩膀，随了车轮的颠簸，显得十分苦恼、十分孤寂……一下引起我的忧郁，不知怎么回事，我想起契诃夫所写的万卡——他也许就是那样一个孩子，"……在梦中他看见一个炉灶，炉台上坐着祖父，跋拉着一双光脚，对厨娘们念信……"那可是一个苦命的孩子啊！头一晚上落过雨，清晨阳光十分柔和，晒得人醺醺欲醉，当我正在朦朦胧胧地想着万卡，马车突然奔驰起来，我睁眼一看，我们已经进入大草原。大草原的一片苍翠，唤起这孩子的意兴，突然之间，他变得又机灵又活泼起来。他在那儿独自跟马说话：

"我的老伙计……你好好吃口又鲜又嫩的青草吧！"

果然，这匹白马一边走着，就一边把嘴伸向两旁吞了青草大嚼起来。

科尔沁旗的草原，忽然明晃晃地像镜子一样耀眼，蓝蓝的天空远处，有几朵像是凝然不动的小小白云团，像擦得闪光的银器一样发亮。这孩子回过头来，肮脏的小面孔像古铜镜般闪出光辉，他的声音十分稚嫩、甜脆：

"我管你叫什么好？是先生，还是同志？"

我说："还是叫同志亲热，你说是不是？"

"开头，我见你穿一身西装，很像满洲国的二鬼子……"

说到这里他扑哧一声笑了。

"那你怎么又不那样想了呢？"

"我见那几个拉车老板子揽生意，你都不去。我说，同志！你算选对了。"

他那一副得意洋洋的神气，实在令人禁不住喜爱地问道：

"为什么？"

"同志，要过这大草甸子……他们都会迷路，他们都是在小胡同里钻的货！"

"是呀！你这个大草原可真美！"

"你看看……你站起来！不要紧，我勒着点缰绳。"

他"吁"了一声，那马如同听见官长发出口令的士兵，立刻停了下来。

我在车厢里站起来。

嗬！……这真是大地的海呀！

草给均匀柔软的小风吹得像女人烫的卷发一波接着一波，都像碧绿的水浪一直向遥远遥远的远方飘荡而去，在明媚阳光的照耀下，那浪尖上绿色浅一些，那浪谷下的绿色深一些，这一深一浅，使你感到整个大海虽然风平浪静，但又荡漾不息。阳光发出一种凉爽的气味，像鲜牛奶一样，顺着我的喉咙，缓缓沁入我的心肺。小风里连一点尘埃都没有，像女人扇着扇子，又轻巧、又缓和，吹得我脸孔上有点发痒。草，碧绿的芒草有半人多高，它们倒吐出一股浓浓的芳香，像一口白酒甜甜地凝在我的唇间。大海上忽然像飘浮着无数无数珍珠，一闪一闪地发亮，我仔细看时，原来是昨夜那一场雨，在草叶上还凝着许许多多小水珠儿。由于这大清早的风是如此柔和，以至只把水珠吹颤而没吹落。正在升上高空的太阳，像在大海上撒开一把红色的渔网，不过，这红光不像胭脂那般浓，只是又红又亮，像一块赤金。我自从从本溪进入东北，走过多少路，蹚过多少河，可是在这一刹那——在我将要离去时，东北才把它美的生命，美的灵魂，第一次在我眼前呈现出来。这孩子听我啧啧称赞，便骄傲地耸了耸肩头。他大概从我爱昵的眼光看到我的一片真心，也许是这大草原把我们的心灵沟通了。当马车再走起来时，他对我变得又亲切、又热烈，而我也从他不断转回头来的脸上，看到他是一个很漂亮的小伙子。我问他："你爹呢？""没啦！""你娘呢？""没啦！""那你就没有个亲人了吗？""有啊，就是这！……"他左顾右盼指示了一下绿蒙蒙的大草原。我忽然同情起这个孤儿，原来他就是草原之子。我们愈往草原深处走，草原愈发显得俊秀，草丛中生出来无数朵紫色的花，给阳光晒得亮晃晃的，这一望无际的早霞般的色彩，就像天上仙女把一片紫色的纱披肩抛向人间，纱披肩随风缓缓展开，如同降落伞那般缓缓展开，一下落到这孩子的背上，当然也落在我的身上。渐渐地，渐渐地，各色各样的花越来越多，而且发出蜂蜜一般的甜香。草原上有很多水泡子，像银子一样发亮，当我们从一个水泡子旁边走过时，不料竟惊起一大群野鸭子，在我们头上转了一圈，扑喇喇向远处飞去，只在眼帘里留下一丝淡黄的影子。其实，水泡子并不亮，而且水面上长满密密麻麻细碎的浮萍。在一片浮萍上盘旋着几只红色的蜻蜓，似乎飞懒了，一下都落在浮萍上，在嫩绿颜色上点了斑斑红点。太阳愈升愈高，阳光愈来愈热，风也平息了，大草原不再波动，不再摇荡，一股燥热使得整个天上地下像落入蒸笼。我脱了外衣，挽起袖口，敞开胸膛，从额头到胸洼，都有热汗涔涔流动。这时，我突然听到一种比音乐还美妙动听的百灵鸟的婉转鸣唱，我仰头向碧蓝的天空上瞭望，根本没有一点鸟的踪影，难道这是从这大草原的地下、从大草原心灵里发出的声音？……这时，这个孩子一下活跃起来，他打着赤膊，红铜色瘦小的胳膊上闪着亮光，他的嘴上忽然发出哨音——像是小提琴手在调音——而后弓弦拉动了，他发出了跟百灵鸟一模一样好听的口哨声……很显然，他非常熟悉百灵鸟，他的鸣声果然把百灵招来，他不停地热烈地鸣啭，惹得那只百灵鸟跟着我们的车，在空中一直飞翔，一直鸣唱……这时我发现这个孤儿有一颗多么美的心啊。人间，自然，不断给他罪孽，但人间，自然也给予他无尽的深情，要不是到了中午打尖休息的时候，这百灵鸟还会飞着跟我们走……

这孩子一下乐呵呵地大叫：

"老倔头！……我给你带贵客来了！……"

这里是大草原深处，面前出现一座茅草房屋，房屋门一开，一阵风一样先跑出一个二十几岁的女子，然后，一阵汪汪的狗吠声，一个赤红脸膛、白发白须的老人走了出来。

那孩子纵身从马车座位上跳了下来。

那女子心灵手巧地一把就帮他拢住了马笼头。

走了一个上午，马身上已经热汗淋漓，像给雨水浇了，经太阳一晒，从身上腾出一股雾一般的蒸气，它一摇头，汗珠便从鬃毛上向两边淋洒。一不留神，像一阵小雨洒在那女子脸上。那女子"哎哟"了一声，就把手在马身上打了一下。

那孤儿晃了一下鞭梢吓唬了她一下：

"不是你的儿女，你不心疼！"

"你这小古怪，让你没好死。"

要不是这孩子，我在这茫茫大草原上怎样也找不着这孤零零一户人家，而且想不到跟着来的是那般热情。

我到了草房前一个爬满瓜藤的凉棚下，由老人陪着在木墩子上坐下，那孩子管老人叫"老爷子"，管那女子叫"小婶"，经我一问才知道，这女子是老人家儿媳妇，儿子刚好拉了一大车草到洮南去卖，不在家。这女子是一个又热情、又愉快的人，跑前跑后张罗着茶水。我一直觉得她心里有话要说，但又不好抢在公公前头讲，但在我和老爷子说话间，她突然脸孔一红，插空就说了一句：

"我们分到了一块地！"

想一想，在这寂寞而荒凉的大草原中孤零零过日子的人，一见人该有多么喜、多么亲，恨不得想把满肚子的话都倾倒出来，那是一种什么滋味呀！

"你们原来没有地，这大片草甸子不随你们开吗？"

经我一问，这老人跟我说：他们原来是锦州人，儿子给拉了劳工，老人拉去整日给劳工做饭，自己却饿得半死，他们爷儿俩合计了一下，反正都是一个死，与其等着饿死，不如逃跑。他们逃出来，没日没夜地跑，最后到这个茫茫大草原里隐藏起来，"那年月开荒，拿什么开呀！要牲口没牲口……我连狗都养不起，还牲口呢！"

儿媳妇又插嘴说：

"现在可真可怜穷人了，我们分了地，分了马，分了车……"

在井水边刚用清凉的水饮马回来的小伙子截住话头：

"还分了个小媳妇！"

"你这小古怪，让你下回进草甸子，给狐仙迷了路，永远找不到我们这儿来！"

老人从长长白胡须里漾出动人的笑容。

"我这小丫，就是嘴尖点！……"

他像品味着什么，那意思是说她什么都好，他心满意足。

在这儿，我喝着茶水，吃了带在身边的黑列巴（俄语面包）和红肠，由于带的多，我就请他们翁媳二人和这小伙子一道吃，那女子害羞地躲开了，老爷子不便推让，也只撕了一块列巴沾了盐花放在嘴里嚼着，那小伙子一路上已经跟我交上了朋友，他便不客气地跟我一道吃了起来。当我们歇够了脚，再上路时，那个儿媳妇又出现了，我们走了老远，翁媳二人还在向我们招手。

下午，天空和草原都懒洋洋的，我在车上摇摇晃晃地睡着了。

等我醒来，一片夕阳正把大草原照得鲜红鲜红的，就像草原上燃起一把大火。

我看见这红光里，有一只小鹰，一会儿擦着草叶飞掠，一会儿又翔上高空。

夕阳慢慢冷了，淡了，一股子凉爽的小风溜溜儿吹来，真使人心神舒畅，就这样我们一直走到月亮上升，在草原上看月亮上升真是壮观，红彤彤的一个大圆盘，一会儿便把黑蒙蒙的草原照成银雾世界。就这样，我们踏着月光进入了白城子。

在白城子住了两天，最大快事莫过于和陶铸相处。

我在延安和陶铸就认识，当时，他在中央军委工作，但他头脑敏锐，学识渊博，特别酷爱文艺，他是我们党领导人中，有高度文化素养的一个。他参加了延安文艺座谈会，在现在还保留下来的那张座谈会纪念照片上，第一排右侧角上还可以找到他的影像。但，我真正密切接触他的赤诚之心，却是在白城子相处的日子里。他非常亲切、热情，他不把我送到招待所和旅馆里去，而把我安排在他住宿隔壁，当作餐厅的一间房子里。我睡在后墙根下一只单人床上，我和他与曾志就在前面玻璃窗下一张方桌那儿用饭。用饭时，我说这样太打搅他们了，会影响他们的休息。曾志却微微笑着说："我们家就少不了一个文化界的朋友，前些时候，许立群就住在你睡的这张床上，听说你要来，他就高兴起来了。"在这两天里，我观察、揣摩着陶铸，他随便拢着一头黑发，浓眉下有一双有时沉思、有时果断的眼睛，我发现他的相貌很有点像鲁迅，后来我们熟了，我理解他是一个光明磊落、孤高耿介的人，他内心里有一把火，把他从内到外照得通明透亮，光可鉴人。像他这样一个忠心耿耿、直言不讳的真正的男子汉，真正的共产党人，难怪在十年浩劫中，不能见容于林彪、江青肖小之辈，被批、被斗、被囚禁，死得十分悲惨。诗人井岩盾给他当秘书，有一次井岩盾跟我谈到他跟陶铸一道跃马冰天、连夜兼程，奔赴前线，当黎明到来时，陶铸从马上回过头来，粲然一笑，非常动人。从此这个形象一直印在我的脑海。

白城子是西满大草原上一颗明珠。这个城市殷实、富裕、繁荣，古老的街道，古老的店铺，都像是草原上一片繁华的梦。街上行人如织，车马成群，十分拥挤。陶铸带上我穿街过巷，到《辽西日报》社去看望了许立群，许立群也是延安熟人，现在担任报社社长兼总编辑，见了面自然十分亲切。当我在这儿结束我东北之行的时候，过了这么温馨的两日，实在是感人至甚、感人至深的了。我这个人离开了东北大地，但在我心中却升起一颗草原上永远不落的太阳。

## 八九 大漠风流

我从东蒙与西蒙的狭窄的衔接部，科尔沁右翼前旗进入内蒙古，开始了为期十三天我一生中一次充满奇异梦幻色彩的沙漠瀚海的长途跋涉。当我们从白城子向西坐了一小时火车之后，从葛根庙开始，改乘两辆卡车，一个名叫葛里哥的蒙古人民自卫军青年军官，搭车和我们一道到东扎鲁特旗，他跟我紧紧握手，那只蒙古骑手的大手，是那样坚硬有力。我看见他的军帽上有一颗蒙古自治运动的标徽，上面一支象征游牧的套马杆和一把象征耕种的镰刀交叉地绣在一道。他面孔红赤，颧骨突出，两眼坚定地看着我。他像是兀立在我面前的一座花岗石雕像，那样坚实，那样沉重，而在这以后那些日夜里，我渐渐发觉蒙古人和蒙古天空与大地融为一体，有着同样粗犷的神情，有着同样浑厚的神魄。我没有意识到，我在跟葛里哥握手的那一刹那开始，我就涌身投入这茫茫大海，尽情享受着大野激流。

茫茫蒙古大草原上根本没有什么汽车通道，一马平川，一望无际，汽车就野马游缰一般任性地奔驶起来。蒙古草原可跟西满草原不一样，如果在前一章里我描绘了一幅色彩柔和的水彩画，在这儿却只是粗犷色彩的油画了。这粗犷的大草原呀！我整天无尽无休看见的，只是草原，只是草原，那黄色的庄严赋予我无限苍凉之感，我心里一阵发烫，眼睛不觉有点湿润。我不断地看到一只又一只黄色的鹰，一只又一只黑色的鹬，也许这儿的一切都同这儿的天空和大地成正比，鹰和鹬都那样大，有一次，一只鹰根本不把这两辆小小卡车放在眼内，这足飞隼急如闪电，从天而下，它的翅膀扇起一股钢铁般的疾风，似乎使我们的卡车都摇颤起来。在那一刹那，我看见那兀鹰有两只非常凶的闪闪发亮的眼睛，而后它的利爪从野草丛中抓起一只芝麻黄色的兔子，旋即长啸一声飞上天空；还有一次，当我们的汽车从一个小泡子附近经过，一下惊起一只正在泡子边饮水的黑色的巨鸟，我坐在司机旁的座位上，旋下玻璃窗，这大鸟一掀动翅膀，嗖地一阵凉风，就像有一根沾湿了的马鞭子打在我的脸上，湿淋淋的水珠使我如同淋了一阵小雨。司机告诉我，这是老鹬，其实这老鹬倒是十分温顺、憨厚，所以加个老字，就因为它像草原上一个稳重的老人，飞得十分缓慢，长长的翅膀掀得很缓慢，就像在慢慢扇动两把大蒲扇，从容不迫地擦着碧绿的野草向远处飞去——我从这两种动物的不同的动作，理解了这大草原上两种不同的性格，那就是草原既有其激励的一面，也有其深沉的一面，这样才形成完整的大草原的灵魂。

　　中午，我们要赶到蒙古人称作大庙的庙宇内休息。我们远远地就看见阳光下立着一座闪闪发光的建筑，如同从地底下喷出一股焰火，但是汽车行驶了半天，却怎么也到不了它的旁边，真是可望而不可即。到了距离十几里处，才看见，这是一座多么辉煌美丽的寺院，雪白的庙身，几座鲜红塔尖上，闪耀着光闪闪的金顶，在阳光下一齐闪闪发亮，如同冲天射出几只金色火箭。我们的到来，受到披着黄色袈裟的喇嘛的迎接，他们让我们进入寺内，用奶茶、炒米、酥油招待我们，这屋里立刻充满了牛奶和牛油的浓郁的香味。我饱餐一顿，十分舒畅。葛里哥见我们如此爱吃，感到十分高兴，他代表我们向喇嘛施礼，我也躬身道谢。大庙在干黄色的洼地里，葛里哥说这附近山中有辽金古城的遗址，可惜，为了赶路兼程，也就顾不上寻幽访古了。离开大庙行驶一阵之后，渡过一条小河，在小河边上看到一处蒙古村庄，蒙古人一家住一间平顶单间的土房，屋前堆着草堆，最奇特的是，炕台、窗台与外面地面持平，一些小羊、小牛不从门口而是从窗口就径直进入屋内。村里到处都悠荡着牛群、马群，一股浓重的牲畜粪的气味扑面而来。蒙古人穿着紫色或白色长袍，束着腰带，也有裸赤上身的，也有戴黑羊皮帽的。真是奇特，在这儿好像冬夏不分，比如那裸着上身的男子，下身却穿着毛朝外的皮裤。只有一个十分清秀俊美的孩子，穿着一身白布袍和一双长筒小马靴，像个夏神的样子，远远站在那里，把一根手指噙在口内，用乌黑乌黑的小眼珠溜瞧着我们。苍蝇在嗡嗡地飞鸣。一群人纷纷围到车前，向我们兜售奶豆腐。羊咩咩叫，马突噜噜地嘶鸣，牛发出男低音一般的沉重的叫唤。这时，蒙古还过着贫穷的日子，但是一阵嘈杂声却显得十分热闹。我们吃了一阵鲜美可口的奶豆腐，又开始登程，汽车再驰行半日，到达扎鲁特旗政府所在地鲁北，同行的蒙古军官葛里哥已经到达目的地，和我们亲热地拥抱了一下，就此分手了。我们投宿在镇上一家汉人开设的小商店里。次日，又在起伏不平的草原里前进，这一天天气比头一天热，一股股干燥的热气从草地上喷出来，像火一样炙烤着我们的面孔，大群大群的蚊虫成团地扑进车厢，草原之中又时有成群的野马在飞驰。远远的翠绿的山岗上有座蒙古包，一个面色黑油油、长着长胡须、身体苗壮的蒙古骑手，轻快地骑着马一溜小跑从我们车旁经过——他那巍巍的神色，使人神往于成吉思汗的蒙古往昔……晚上到达昆都（昆都——汉语是池中天鹅的意思），这美丽的地名带来一个美丽的蒙古之夜。这夜月色十分明亮，像银子一样把一座喇嘛庙照得既清凉又明亮。月影沉沉，人影沉沉——几个喇嘛席地而坐望月诵经……那一阵阵诵经的声音真像一阵催眠曲，袅娜不停。我被邀到一家蒙古人家，主人殷勤相待，请我吃了炒黍米、羊肉干，特别是把那香酥酥的荞麦面卷儿沾了醋大嚼，喝着芳香四溢的新鲜牛奶，这是多么丰盛的一餐。屋里有一只红铜的水壶，从天鹅颈一般的壶嘴里倒出滚水，冲起奶茶。在我们入睡之前，一个蒙古老人把一大块凹形大石磨搬到桌上，细细地磨研。后来我才恍然大悟，他们是要吸上新磨出来的鼻烟才能够入睡的。这地方没有烧柴，更没有煤炭，用晒干的一片片牛粪当作燃料。我望着窗上射入的雪白的纱帷一般的月光沉思……

沉思，

沉思，

这几天都有一种沉思在搅动着我的心灵。

我离开了东北，但我的灵魂却似乎留在那里了。

这大草原的凝重与我的沉思是那样吻合。

在以后几天里，我们有时进入沙漠瀚海，有时又进入大草原。

大漠孤烟直，长河落日圆，早已从童年就凝成了我的向往。

但是——在我眼前不停闪烁的，却总是东北的天空、大地、丛山、密林，那雪一样的白桦林，那青汪汪的江流，总在我眼前闪动，闪动。是啊，从四月初进入沈阳，而后东到鸭绿江边的安东，北至临近黑龙江的北安，而后是西满那美丽的草原，我在整个东北大地上作了一次环形的旅行，现在我离开它了，但我多么想深深地思考，思考，我能画出一个东北的轮廓，形成一个东北的形象，但是我能从中探索出东北的灵魂吗？

可是，我却怎么也捕捉不到，把握不住，一任自己的心神在汽车的颠簸中飘浮游荡。

这时，一个景象突然闪现在我的眼前。

先是一只小黄羊站在那里，它看见汽车奔驰而来，却一点也不惊慌……多么可爱的小动物呀！它翘着细细的小嘴巴，瞪着漆黑的小眼睛，凝视着我们，在阳光闪烁之下，那细软的身子，像给锦缎裹住一样，那样光滑、那样柔和，这一切都显示着一个生命之美。不料一个打击突然而又猛烈地落在我的头上。从深深的草地里蹿出一只深灰色的狼，它不容你眨一眨眼，已经像箭一样飞向小黄羊，可爱的小黄羊，可怜的小黄羊，连嘶叫一声都没有，脖颈就被叼在狼的口中，我看见一阵红的血光，狼拽着黄羊又向苍苍莽野之中急奔而去。这时一大群黄羊在急速逃奔，后面追着几匹恶狼，它们肆无忌惮地咆哮着、嗥叫着，向那群逃亡者追逐。我眼前跳跃着一滴一滴火苗一样鲜红的血——倏地蜿蜒成血的小河！

血，蜿蜒的血的河流，

一下，使我从杂乱的线团里找着一根线头，

一股可怖的血腥打开我的记忆之门。

……那是在离哈尔滨不远的背阴河车站，日本人在这儿设立了一个秘密的杀人工厂。我亲身到了这里，看到这残酷的现实。人家告诉我，有一次赵尚志率领部队袭击到这里，一个老人送来十二个人，面色惨白、白里泛青、骨瘦如柴、奄奄一息，他们一见到赵尚志就失声痛哭。"今天我们总算盼到了中国人的队伍，我们活了。"原来，他们就是从那个秘密杀人工厂里逃出来的，通过他们的控诉，人类文明史中最悲惨的一幕展开了：大批中国人被捉来，日本人开始用大米、白面、肉菜来喂养他们，使他们长得肥壮起来，从此，一个穿着白大褂的日本人，每天向每人身上注射一针——最后，他们就渐渐消瘦了、萎缩了、枯干了。这样的废料便被拖到院里，只听得一声惨叫，一斧头把脑壳打碎，把骨头送到焚尸炉里火化……血，活活的中国人的血呀！那是杀人如草不闻声的时代！——死的死亡了，活着的等着死。刚才看见那给狼咬死的小黄羊，那血水滴流的小河，说明豺狼是人，人就是豺狼。当我去背阴河时，我还一点不知道，这就是后来轰动全世界的日本法西斯的731部队的灭绝人性的细菌实验。读者们！请你们忍耐着读下去，你们知道我已经血泪斑斑……请看一看那些大叫"人性"、"人道"、"人权"的人真正的嘴脸吧！如果要讲残酷，这是人类最大的残酷；如果要讲耻辱，这是人类最大的耻辱。在车身的剧烈地颠簸之中，在血光凄厉的颤抖之中，我思考着一个问题，那就是：我更加坚信那一个真理，对强霸者手中被奴役的人，何曾施与过半点人权……

在我痛苦的思索之中，

一点冰凉的水滴落在我的脸上，使我一下清醒过来。

仰头一看，大草原完全变黑了，天空上布满了更黑的乌云，大风吹着乌云狂飞，那滚滚浓云之中，倏地晃出几条红色的火蛇，随着火蛇，爆炸的雷声那样骇人地滚过茫茫的大野，天空里响出一阵唰唰的声音，大雨倾盆而下。

又一幅突兀的景象从我的记忆中浮现出来。

那是哈尔滨的一个下午，东北大学医学专家白希清带着满脸热汗跑来找我，他气喘吁吁、不容分说，一把拉着我：

"走，你跟我到火车站去！"

在站台上，停放着一个年轻人的尸体。

这个十八岁的东北大学学生苏庆儒，刚刚在人生之途上迈开脚步。

当他乘着火车从松花江边陶赖召经过时，一架国民党的美制战斗机，从空中俯冲而下，向列车猛烈扫射，一阵浓烟烈火之中，扫射的子弹除了打死火车司机，三个东北大学学生当场击毙在血泊之中，十四个旅客负了重伤。苏庆儒两处重伤，他咬紧牙关一声不哼，他心中只有愤怒，只有仇恨，他听到旁边有人呻吟、哀号时，举起握紧的拳头叫喊："我们真冤啊！我们都是中国人，我们没有死在日本人手里，可死在自己人手里了！……"他的伤势过重，血流如注，血很快流完，生命也就结束了。我站在这个死者面前，我望着他那似乎还在思想的额头，我想也许他会忽地睁开水灵灵的两眼——没有，他的脸石灰一样白——没有光泽的白，失去生命的白……

　　暴风雨席卷过大草原，就像天神突然发怒，驱赶着亿万狂奔的战马轰轰而过。

　　我又看见那个十八岁青年人的死去的面孔。

　　难道这就是东北中国人的命运吗？！

　　过去他们被喊叫"王道乐土"的日本人屠杀，而今天在大喊"人权"的美国弹药下死亡……高贵的资产阶级老爷们，对于你们奴役的奴隶，何曾施舍过半点人权！

　　痛苦的沉思呀！痛苦的沉思。

　　……我耳际鸣响起一阵袅袅娜娜的美妙动听的笛声……

　　我看见人们冲破乌烟瘴气，一下子跳入光明。

　　光明，大草原的性格，如此暴躁，风雨、闪电、雷鸣，一下骤然刮来，一下又飘然逸去。太阳透过乌云的细缝投下灿烂阳光，草叶上荡漾着一串串晶明透亮的水珠，空气新鲜得像甘泉，我忍不住大口吞上几口。大草原闪着微微发抖、微微发抖的孔雀毛织就的大绒毯，苍翠欲滴，令人心颤。

　　我目睹过绥化正白屯的农民的决战，贫穷的农民纷纷起来斗争日本农会会长，大地主、大恶霸黄克武。那天下了大雪，夜晚间，农民点燃了一盏小油灯，把以黄克武为首的屯上的几个地主找来算账，他们提出增加劳资的具体的数字，地主们阴险、狡诈，争吵拖延，最后他们才答应工头增加三千，普通雇工只增一千，企图以此来分裂农民。这时一个工头气愤已极，把桌子一拍，大喊："你给我增加二万也不行，要加就全体一样加！"黄克武故弄玄虚地说："不干就算了！"说着就领上几个地主往门外走，谈判眼看绷了弦，空气十分紧迫，突然一个雇工说："好，你一人发一年工资，我们大家全走！"这一下黄克武泄了气，忙从门口踅转回来，这一来，农民的决战一下爆发开来，许多佃户都纷纷跳了出来，一下转到减租减息上来，大家揭穿了黄克武明减暗不减的阴谋，要求开全村大会，进行彻底清算，一阵飓风骤然饱涨，群情陡然而起，地主们的诡计终于破产。胜利的消息从正白屯这一个温暖的雪夜传出，二十多个屯庄的人呼啦一下都奋战起来。是的，如同压在石头缝底下的小草，终于崩裂磐石，见到了阳光，一种巨大的觉醒，在人们胸上升起，一种美好的预感，像是在血液中呼唤。

　　我们穿过草原，闯进一望无际的沙漠。

黄褐色的沙漠使我想起洪荒时代。

——这儿似乎没有生命，

——这儿似乎没有性灵。

但是沙漠使我的沉思有如一曲高歌随风悠扬，随风飘荡。我们穿过了大漠瀚海，迎接我们的是更美丽的大草原。夏天雨勤，青草正肥，正是牧马的好时节。我没想到大漠瀚海的落日竟是如此庄严，如此肃穆，无涯的落日的红光把整个大草原笼罩在红雾之中。路旁，水草茂盛、牛羊成群的山沟里，有一双双蒙古男女青年，骑着马儿悠然自得、纵声高唱，他们缓慢地、悠荡地骑着马儿漫游，在青苍碧绿的草地上，一队一队雪白的羊群像一片又一片忽然落到地上的白云，在慢慢地移动，慢慢地移动。这是大草原多么深情的爱呀！天空也为这种爱而沉醉，而低垂，它像母亲一样浴着红色的夕晖，尽情把自己温柔甜蜜的胸脯紧紧地拥抱着大地。我们的汽车飞速奔驰，我凝目注视，草原母亲把一身鲜红、一身雪白的一双双恋人一直送到天边，像两个小小的黑点，而他们那嘹亮动听的歌声，像是一只只百灵鸟在婉转鸣啼，久久地，久久地在我耳中震荡……我的眼明亮起来，我的心明亮起来。大漠瀚海、长途跋涉，使我一下了解了人生的真谛，迎接了神圣的光辉。逝去的灵魂呀！你们归来吧！人生之流永远不会枯竭，你们将在活着的人身上闪现，欢歌，畅舞。

# 心灵的历程（下）

刘白羽 ◎ 著

中国言实出版社

# 第十章

———

## 远方传来隐隐雷声

### 九○　黑茶山历险

……我不能清晰地记起我怎样到达张家口的了。

大荒原上的暴烈的风，变为城市舒缓的风，这坝上的夜啊！虽在盛夏，也还清凉。我经过十三天沙漠瀚海的长途跋涉，漆黑的夜晚突然闪现出那样多迷漾的灯光——我又是疲乏，又是兴奋，住进一家漂亮、干净而又明亮的旅馆的房间，我忽然为一种既是清凉、又是温暖的气氛所包围，我感到朦胧与舒适。我抖掉一身尘沙，然后就酣然入睡了。只有经历过长途跋涉的人，才懂得这种睡眠多么深沉、酣适。第二天醒来，我看到一个淡蓝色的大城市。张家口有一个执行小组，这时我想到，我第一件要做的事，就是办理去北平的飞机的手续。因此我第一个去看的就是赵尔陆，他是我于1938年穿过同蒲路封锁线进入五台山根据地见到的第一个司令员，现在是张家口执行小组的中央代表。他身材高大，胖胖的脸孔上总漾着一丝微笑，他很热诚地接见我，我把带在身上的执行小组记者的证件交给他，他说他立即向美方代表提出，使我能够搭乘最近一班飞机离开这里。而后，他就跟我漫谈起张家口，又向我问起哈尔滨。刚刚说了个开头，他忽然伸手止住我，微微沉吟了一下，从沙发上站起，走到办公桌前边，摇动电话机柄，我听见他在说："我找聂总！"等了一会，"……啊！聂总！"他在电话上向聂荣臻报告了我的到来，而且说我在东北走了很多地方，很了解东北的情况……我听到电话耳机里响着聂荣臻的声音，不过听不清在说什么。随后，赵尔陆放下电话听筒转过身来，走回我的身旁："我们盼望着东北来人，你是第一个……今天晚间聂总要你到他那里去，他约一些人想听你谈谈那边的情况。"我一听真是高兴极了，而后，我们两个都站起来："我要到执行小组去开会，晚上我来接你，白天的时间由你自己支配……不过，我想你一定想看看丁玲和肖三吧？"啊！他们都在这里，我真是高兴，我意识到我回到解放区的家里来了。赵尔陆和我乘一辆吉普车，先送他到执行小组，而后送我到东山。东山是日本人建筑的军事首脑部和高级住宅区，那里有一座挺雄伟的大门，据司机说，伪满时是德王府。我在小山丘日本洋房里，找到丁玲的住房，我几乎把她吓了一跳，她欢乐地叫了一声，我们就紧紧地握手，计算起来我们已经分手五年，最后一次见面是 1942 年，她从"文抗"里第一个被调到中央党校去参加整风，我从兰家坪山坡上目送着她挟了行李，向延河那边缓缓走去的背影，不知为什么酿起一丝惜别之苦。随后整风陡起，我们都卷入那个来得有些鲁莽、却灌注给我们以神圣甘泉的伟大的解放思想的斗争。我在党校三部，她在党校一部，当然没有见面的机缘，随后我被派去重庆，她完全没有料想到，我会忽然在她面前出现。听见她响亮的叫声、笑声，对面的房门打开，肖三走了过来。与丁玲的热情比起来，肖三不知怎的，显得有点沉默，甚至冷峻，好像在观察着我。经过一阵夏天风雨那样的热烈交谈之后，肖三才微微一笑，爽朗地说道：

"我以为你们在外边的人都是那样呢！"

"什么样？"

我一下愣住了，看看他们穿着朴素的布衣，再看看自己穿的一身西装，感到有点尴尬。

丁玲坐在旁边笑而不言，用眼望着我和肖三。肖三缓缓开口了：

"前些时候来了一个人，穿着红色海勃龙大衣，挟着大皮包，活像个洋行买办，所以我以为你们在外边的人都是那样呢！……"这时，我才释然于怀，三个人一道哈哈大笑起来。肖三同志！在我写到这段往事时，你早已不在人间，可是你考察我那冷峻的眼光和考察后的温暖的微笑，至今漾在我的心灵之中。你，一个共产主义老战士，对人是多么严厉又多么温暖呀！在你病逝时我竟没来得及看你一眼，这实在是我终生的遗憾。说到肖三，我想起大约在这七年之后，在中国作家协会东总布胡同楼下那个华丽的大厅，我们两人共同执行了一个共产党人庄严的权利，当支部没有完全报告清楚被吸收入党的人的某些情况，而那个支部书记就要强行举手表决时——我和肖三举手弃权，这是多么神圣的共产党人的责任感呀！肖三同志！你是一个温文尔雅、谦恭礼貌的人，但在关键时刻，你那老共产党员的骨头，简直铮铮有声……关于丁玲，我在后面还要以友谊的心和赎罪的心讲谈。现在还是让我谈肖三吧！记得那是新中国成立以后三年困难时期……困苦没有压倒我们的意志，但却损伤了我们的肌体，我已经开始浮肿了，先是大腿正面用手指按下去就是一个坑，而后手上也肿了起来，再后来额头也肿了起来……那是一个严寒灾难的冬天。就在这时，肖三邀我们几个人到他家里去吃饭……他也许想到，也许看到我们实在太缺乏营养了。因为他的夫人叶华还有外国籍，受到一点特殊的照顾，他就请我们去吃一顿——在那饥馑的年代，哪怕能够饱餐一顿，也该是多么美好呀！我们到了他家，他正披一件大红的长睡袍，坐在平台一只躺椅上晒着太阳读书。他住在东单三条一所洋式平房里，从前是外国人的寓所，很考究，特别是有一间宽敞的大厅——如果响起乐声，人们是可以在那黄色地毯上举行一场舞会的，我们在这儿围坐在一张长长的餐桌旁，饱吃了一顿，由一个俄罗斯老妇人做的一顿俄罗斯西餐——我们喝了葡萄酒……肖三是一个讲礼貌的人，他竟没有一句讲到我们的浮肿，因为如果那样这顿饭就像是一次施舍了。他是懂得怎样尊敬人的。他那有一抹黑胡须的脸上露出明朗的同志的亲密的微笑，只一再劝我们多喝一点红葡萄酒，用心是让我们多增加一点热量，有鱼子酱、有黄油、有鲜红的"苏波汤"，不用说，我们几个年轻人饱饱地吃了一顿，肖三看着很满意，他自始至终没有提请我们吃这一餐饭是什么意思……没有，根本没有，只是见我们狼吞虎咽，他便感到高兴。吃完饭，他请我们到他那间小而光亮舒适的小书房里去……像托尔斯泰在留布梁雅那书斋一样，在书桌背后有一个长长的单人沙发，肖三吸着烟斗，用轻缓的声音跟我们畅谈文学。肖三是一个形态与内心都十分优雅的人，现在，我记起肖三说话的声音，总是那么轻缓，这是他具有西方文化素养的原因吧！——从他的嘴中你听不到不洁的粗鲁的语言。在第四次文代会讲坛上，他说到十年浩劫，实在气愤填膺，也只不过大声地重复了两句："为什么？！——这是为什么？！……"这就是肖三。

在张家口这次突然相会，我们三人是那样愉快。是呀！我前面已经引用过一次，正像阿·托尔斯泰所说："在清水里泡三次，在血水里浴三次，在碱水里煮三次。我们就会干净得不能再干净了。"在经过凌厉而又令人升华的那一阵整风运动之后，我们天各一方，暌别数载，骤然见面，这是多么值得珍惜的机会啊！我絮絮叨叨跟他们谈了许多许多东北的见闻——他们仿佛在听从另一个星球来的人讲话，对那片从苦难深渊中刚刚苏醒过来的黑土地上的事，每一点滴都很感兴趣。要不是记起赵尔陆晚间要到饭店去找我，我们也许会谈个通宵。

晚间，到聂总那里去。会见是在东山一幢日本洋房下层一间并不十分大的会客室里进行的。日本建筑的特点就是格局小而舒适，这次见面除了聂荣臻、赵尔陆之外，我记得还有乌兰夫——这剽悍高大的蒙古骑手型的人，是在延安见过面的，他闪着纯朴的微笑和我紧紧握手。会客室里还有一些人，坐满了那一圈黑色发亮而又柔软的皮沙发。我便"天方夜谭"式地谈起我的所见所闻，东北人民的痛苦与欢乐。说起来也很有意思，这几个月里我好像完全变成了一个地地道道的信使——我在东北，走到哪里就把关内的消息带到哪里，从重庆谈到北平，谈之不休，当然，主要是停战谈判的斗争，比如毛主席到重庆去的情景，周副主席在重庆的情景，大家非常有兴趣，比如在李富春办公室里，他就问了许多，我也讲了许多；现在我从东北回到关内，又轮到我畅谈东北了。聂荣臻这里，这一晚会见，主要就是由我谈，听的人偶然插句问话。我谈到东北人民十三年的灾劫，大家听了沉痛地默不作声，谈到东北人民今天的新生活，人们听了，发出欢声笑语。不过，每人有每人关心的一面，聂荣臻详细地询问了军事方面的问题，比如长春的攻坚战，四平的防御战，以及从四平、长春撤退到松花江后的情况；由于我是从东蒙到西蒙来的头一个人，乌兰夫特别关心东蒙、西蒙从日本强行分裂之后，今天亲密的会合，我跟他谈到蒙古大草原正在兴起的自治运动，说了那个蒙古人民自卫军的军官，说了我在东扎鲁特旗交谈过的那一群蒙古青年；赵尔陆则关心着停战的谈判和执行小组的斗争，我都一一满足了他们的愿望，因此这一席谈话进行到将近午夜。当我从他们那儿出来，乘车疾驶过灯光如水的大街，我对这草原上蓝色的城市竟是那样留恋起来，因为第二天有一班飞机到来，我将从张家口飞往北平。

到了北平，我住进翠明庄，先去看李克农。

李克农留着小胡髭，面相福态，总是笑眯眯的。他的面部表情非常丰富，对人十分和蔼，有时有些诙谐，但他机警而智谋地掌握住党的机密。当他听说我要写一本有关东北的书这一计划时，凝眉聚目地沉思了一阵说：

"现在形势很紧张，和谈随时可能破裂，内战就会爆发，怕你没个清静地方写书呢！"

"那怎么办？这书是一定要赶紧写出来的。"

他的面部一下豁然开朗，对我说：

"我看你到延安去写。"

尽管与汪琦半年分离，知道她已从重庆到达上海，很想早些与她见面，但听说能够回延安，我还是喜得几乎跳起来，谁知当我飞往延安时，竟遇到黑茶山之险。黑茶山矗立在河曲转弯向南倾泻而下的黄河岸边，博古、王若飞、叶挺他们从重庆飞回延安，就在这里机毁人亡，惨遭不幸。我们飞行这一天，我不相信悲剧会重演，根本没有放在心上。何况和我结伴同行的是一个快乐的人，他就是我1938年到华北敌后在冀中白洋淀边认识的黄敬。那是十分炎热的一天，我们在西苑飞机场一登上飞机，就像投身于滚沸的开水。强烈的阳光透过飞机金属甲壳，把机舱内晒得像闷热的火炉，我坐在铁皮座位上，简直不敢把身子贴在舱壁上。舱里像火一样烤人。但是，当我们离开地面，升上高空，渐渐觉得清凉起来，从圆形舷窗上望出去，天空是那样蓝，蓝得像涂了蓝颜料的画布，连一丝白色的云影都没有，飞机嗡嗡叫着，飞越太行高峰，从五台、定襄、静乐、岚县向西航行，一路上晴空万里，平坦滑翔，十分舒畅。谁知，当我们飞临黑茶山上空，一个极其险恶的情况突然发生了，先是天空一下阴沉下来，日光不见了，蓝天不见了，接着狂风暴雨倾盆而下，整个飞机都剧烈地震撼起来，飞机像脱了缰的野马，一下被抛上去，一下被掷下来，我的心整个儿一下提了起来，一下降落下去，其实真正的危险还在后面。只听得一片哗哗的颤抖声，好像每个螺丝都松了、散了，机翼左右倾斜，剧烈颤抖，那真是可怕！好像整个飞机就要像一个破纸盒一样，顷刻间便不得不崩裂、瓦解；而我们这些人，在这黑色的奇怪、神秘的大气流里，马上就会炸得粉碎。就在这时，火一样红的电闪刺人眼目，紧接着响起暴烈的雷声……到现在我也不明白这个"黑茶山现象"究竟是怎么一回事？是不是干旱的大陆气候与黄河上激起的旋涡，在这儿骤然相撞，便聚成一个魔鬼与地狱的魔圈？就像阳极和阴极一接触到一起就爆出剧烈的灼人的火花。这时，机舱里一下变得像黑夜那么漆黑，我和黄敬紧挨着坐在一起，可是，彼此的面孔都看不清了。也许只需要几秒钟、一刹那，我们就会被击得粉碎，再来一次机毁人亡，在这种情况下人的心里是不会出现"怎么办？"这样的问题，因为面对着这发了疯、发了狂的大自然，把全部残酷、野蛮、凶恶、暴虐集中起来向你扑来的时候，人还能有什么"怎么办"吗？……

就在这时，透过黑漆漆的恐怖我听到黄敬果决的声音：

"白羽！咱们展开行李睡觉吧！"

人，多么辉煌的人呀！像有一团火光在我眼前一亮。

我立刻应声："对，我们先睡一觉再说！"

"管它呢！"

"管它呢！"

于是，我们跌跌撞撞、歪歪斜斜地各自把带在身边的行李打开来，在机舱底面上铺展开来，我们两人肩并肩躺了下去。机舱里还是一片漆黑，整个机身更加猛烈、凶狠地摇晃着、颤抖着。但，正是这时，人发出了比大自然还强的威力！足以说明这一点的，是我们两人都忘掉一切，什么危险，什么死亡，无忧无虑，酣然入睡了。不知过了多少时间，我为一种音乐声所唤醒——它那样精致、那样温柔，我一抹两眼，睁开一看，才辨识出这是飞机马达发出的甜蜜的吟唱。这是多么大的欢乐呀！我们一跃而起，奔向舷窗，一个美国黑人大兵指指下面，说：

"延安！"

他露出雪白的牙齿，粲然一笑，这笑容里闪烁着对于我们的称赞与嘉许，我体味到我们赢得了多么巨大的胜利。

这时我们正在延安上空盘旋下降。

我在延安生活过那么多年，只有这一次是从空中俯瞰，才看出延安并不是一片苍凉光秃的黄土高原，围绕着延安的群山万壑里，布满郁郁葱葱的森林，那样青苍、那样美丽，像一个女孩子用青松编成的戴在漆黑头发上的花环……

## 九一　深谷寻幽

我回来了！亲爱的延安！

正因为回来得十分意外，因此也就格外喜人。

飞机平稳地降落在机场上，我用喜悦的眼光看着一切，飞机一着陆，我就寻到了延安新的变化，从前这里根本没有机场，东门外这一道川，是整个延安最宽广、最平坦的地方，当年在这儿也曾起落过小型飞机，不过从前我到雀儿沟去看望鲁艺的朋友们行经这地方，只是一片贫瘠的黄土地，露出稀稀荒草，现在却扩展为一个大飞机场了，可以降落这种美国重型运输机了。我在重庆听说过，延安几乎所有的人都动员来修这机场。我面对已经落成的机场，简直无法想象当时劳动的盛景。谁料四十年后，我在美国旧金山，在奥兰区谢伟思的客厅里，他取出一本照相簿，指着一张照片给我看："这是白瑞德！这是我！……我们参加修延安机场时的照片。"我从照片的背景上看到密密麻麻挥锹垫土的人影。我们的飞机停在坪场上，这儿当然不会有现在首都机场这样气派的楼房，甚至连一间简易的茅房也没有。飞机螺旋桨静下来，给螺旋桨旋起的风也静止下来，机组上的美国人被一辆中型吉普送走了，在那瞬间即逝的时刻，只有坐在后座上的那个黑人士兵向我们招了招手！人生真是茫茫大海，现在这些人在哪里？在堪萨斯？在宾夕法尼亚？我到美国连一个熟人也没有见到，人生就是这样，我们共同经历了黑茶山之险，骤然相遇，却又永远分手了。幸亏我遇到了谢伟思，总算拾得了一丝旧梦。谢伟思跟我说，当时美国驻延安的小组知道延安人倾城出动修飞机场，就要求也参加修飞机场的劳动，可是他们一去却带来了很大的问题，因为所有的人都停下来看着这些美国人，这样反而耽误了工作，于是这一群美国人再也不到飞机场来了。

我和黄敬分手了，人们说同生共死，结成好友，我们握手，握得很紧，好像我们刚刚走下战场，可是我们是怎样离开机场的呢，我现在却怎样也想不起来了。

是乘吉普车？是骑马？当时延安有吉普车吗？可能有，我记不得了，反正后来我在延安这段时间，还像从前在延安一样，只是靠两只脚步行。

我被送到清凉山，清凉山是延安的新闻城。解放日报社、新华社总社和广播电台都在这青色石山之上。山很陡，我第一次沿着曲折的小路爬上山，就像时针向后整整拨回两年有余，我盼脚步踏上延安的泥土，我的心情该是何等激动——就像远走他乡的游子，一下回到自己家门，这时，路旁的青垩石岩缝里青青的小草，都带着种种浓郁的家乡气味向我心上扑来。我听到有人喊我，扬头一看，在高高的山崖上有人向我招手，那不是老艾吗（我们从来都这样称呼艾思奇）？我最后一步登上山头，和老艾紧紧握手。历史是有很多偶然与巧合的，1940年我从太行回到延安，在杨家岭最先看到的也是艾思奇——不过，同时还有汪琦，这一次没有她，而她现在却在遥远遥远的江南……在重庆那些灾难的日月里，我和她多少次祈望着什么时候同回延安，重温旧梦，现在，我却单身一人回来了。

一刹那间，种种情思蓦然袭上心来，这儿的河流上荡漾着我们多少梦幻，这儿的幽谷中蕴藏着我们多少恋情，这儿的窑洞土壁上生长出来的一棵青青小草，还留下我从来没有带走、如今却需珍重寻觅的露水珠般的思念。

我饱饱吃了一顿延安的饭。

黄澄澄香喷喷的小米饭，还有土豆、西红柿。

然后我回到窑洞里，这一夜睡得无比香甜。

……从那以后，我跑过了多少地方，包括亚洲、欧洲、美洲，我觉得威尼斯的宫殿也没有延安窑洞这样舒适。像这样的夏天，不论外面怎样炎热，一走进窑洞，立刻一股凉气扑上面孔、沁入心房。这天夜晚我好像做了一个很甜美的梦，梦见我和她在那鲜花盛开的五月之夜，紧紧依偎着坐在窑洞里挖出的土沙发上，沙发上面铺着一件老羊皮袄，这样可以遮开泥土的潮湿，却隔不开泥土的芳香。这芳香来自泥土也来自她那柔软的长可披肩的乌黑的头发，芳香就那样幽幽地在窑洞里回旋，幽幽地从我的心里传到她的心里，又从她的心里传到我的心里。我们轻声慢语、絮絮倾谈……那永远倾泻不尽的爱的小河呀！……灯花结节，发出细碎的爆炸响，剪了一次又剪一次，一直到灯盏里的大麻子油熬干耗尽，我们就在清凉如水的黑夜里继续谈，谈……后来才发现，有一脉清幽幽的月光从窗纸上透入，我们打开门，让月光进来，月光听着窃窃私语，月光像一块水晶一样透明；我又梦到冬天，外面落着大雪，从远远的延河上传来清脆的冰凌冻裂的声音。窑洞的妙处就在于夏日清凉、冬日温暖。用不着点灯，一盆熊熊炭火的火影把窑洞照得又是幽暗，又是朦胧，火影在她的脸上染出淡淡的红光，这种闪闪的红色、闪闪的柔情是最天才的画家也画不出来的，只有爱的心灵才能有深深的体会。我们两人还是偎依在一起，从春到夏，从秋到冬，这一条爱的河流呀，永远潺潺不息……窑洞当然不只唤醒我的恋情，也激起我写作的欲望。

我回到延安的那天晚上，艾思奇引我到总编辑室里，在陆定一主持下，我作了一次关于东北考察的汇报。大家对于那长期与世隔绝的地方的事情，听得津津有味。

从第二天起，我就展开稿纸奋笔直书。

我从东北带回那无涯无际的人海沧桑在激励着我，从苦难的深渊里发出凄厉的呼唤在激励着我，从阳春三月大地上迸发出的关东人豪迈的笑声在激励着我。

我白天也写，夜间也写，我像在和时间赛跑，在和时间决战。

有一天夜晚，我的手腕已经累得酸疼酸疼，再也拿不起笔来了。于是我走出窑洞，走上清凉山顶。过去在延安时我是常来清凉山的，在徐冰住的石窟里喝酒，谈天，后来，我协助肖三编辑《文艺突击》时，肖三根据苏联的经验——好像是高尔基首先倡导的，在工人中组织文学小组，当时就在清凉山印刷工人中组织了一个小组，那里有一个瘦瘦的人，叫赵鹤，他是小组的核心人物，我常常来找赵鹤，他在《文艺突击》上发表了几首诗。尽管多次来清凉山，但我却从来没有登上清凉山山顶过。这个夜晚，我第一次上了山顶——在朦胧的夜色中，看到宝塔山的塔影像一根利剑直播天空，再转回头向北看——顺着延河两岸，一排窑洞，一排灯火，无数排灯火汇成一个不夜的山城，那情景是很美的，使我想起临别重庆前夕，从枇杷山俯瞰山城夜景的情景。后来我到香港，从山顶上瞭望山城夜景，也是银河缥缈，十分动人，但却都没有延河的夜景有这般魅力，因为它是新的世界，新的人间。如果说在重庆、香港的灯火里凝聚着泪水与悲伤，那么，在延安的灯火里，凝聚着崇高与神圣。我在延安住了几年，现在才补上这一课。这一次我从最高最高的山顶上一览全局，灯火呀，衔接着星光，星光呀，衔接着灯火……你是天上还是人间？谁知在这寂静的山顶上，一个景象突然拨动了我的心弦，月亮升上来，照见一块短短的石碣，这石碣一下使我突然想起刚才说的是错了，我曾经在一个白日里到这儿来过一次，那就是给杨松下葬——杨松是我非常熟悉的一位同志，他身躯消瘦，清癯的面孔上却有一双会笑的眼睛，不过那不是诗人的热烈的笑而是哲学家的冷峻的笑，可是他的笑里却有着孩童一样的纯情。他是一个老革命了，他跟我亲密起来是因为我们两人在同一时期开始，都同文化俱乐部两个女性谈恋爱，我和汪琦，他和杜青。这个石碣的触动对我实在太深了。我知汪琦虽然颠沛流离，远走他方，但十分幸福；他却在结婚以后不久，遽然逝世了。这时，我又听到他新婚的妻子裂人心肠的凄凉的哭声……延安的每一片土地都令人无限依恋、无限思慕，但从飞机上下来，我上了清凉山就闭门著书，从未外出，谁料到清凉山顶这一个月夜竟如此震撼了我的心灵，我痴痴地望着、望着，好像有一种力量在推动我——是的，历史长河中，每一浪、每一浪、互相推挤、汹涌向前，不论是哀伤，还是欢乐，都会变成一种动力。于是我悄悄走下山顶，回到窑洞里，又伏身桌上，秉笔直书。

有一天，艾思奇通知我：

"朱总司令要你到王家坪去一下。"

啊！这意外的消息，使我非常高兴。

我按照熟悉的途径，从清凉山下来，走过紧傍延河一段狭窄的石头道路绕过去，然后经过一片开阔地，来到王家坪，走到一条小巷尽头，那就是朱总司令的住处。警卫员看见我这个身穿西服的人走来，蓦然露出诧异的目光，这时潘开文急匆匆从院里走出来。这个在太行山相识的老熟人，现在还是朱老总的机要参谋，他立刻告诉我："老总在等你！"那是三孔相连的窑洞，中间一孔是会客室，我走进去，朱总司令笑吟吟地迎到门口，他的两只手抱着我的两只手，这位大地之子呀！永远像大地一样深厚、一样坚实、一样纯朴，算一算从延安文艺座谈会以后已经四个年头不见了，他还是结实得像山崖一般，他将我让到沙发里，坐在他的身旁。他那样温暖、那样和煦，使人如沐朝阳。他立刻语气缓缓地告诉我，原来是《解放日报》要发表我的稿子，我把《夜访周保中》那一节给了他们，朱总司令见到这篇文章，听到我在延安，便找了我来。他微笑着对我说：

"周保中干得不错呀！他跟我是云南讲武堂的同学。"

我们谈了一阵之后，朱总司令招呼人捧进三摞又厚又大的稿本，放在面前茶几上。他指给我看，并且告诉我：

"这是你写的我们的传记。"他讲"我"从来用"我们"二字。

啊，真是喜出望外。

"我看了，你写得很真实，也有文采。"

他递给我一大本，我一看白色油光纸上，用蓝色油墨油印着整整齐齐的字迹，封面上印着几个大字《朱德将军传》。我掀开几页看看里面，立刻闻到一股油墨的气味，字迹刻得又清晰、又工整。1941年我写完交给文委秘书艾思奇，当时我只是当作完成了北方局交的一桩任务，从未视为个人创作，因此从那以后再没过问，也没听谁谈起。现在，得到朱总司令这样重视，我当然十分喜悦。我正埋头看这书稿，听到朱总司令谈话，立刻抬起头来。

朱总司令说：

"我今天找你来，跟你商议这件事……"

我没有作声，作出等待下文的神色。

"史沫特莱在美国托人带信，她要写我们的传记，希望能提供一些材料给她，我想把你写的这个传带给她，不知你同意不同意？"

我未加思索立即回答：

"我当然同意，现在在国内还没有条件出版这本书，史沫特莱能在外国写传，影响更大，我同意送给她。"

"那就这样吧！一共复印了三本，一本给你，一本给史沫特莱，一本我自己保留。"

事情就这样定了下来。现在，1946年夏天，朱总司令交给我的一册《朱德将军传》还在我书柜里面保存着，不过，经过四十余年岁月磨蚀，已经变得油墨褪色、字迹模糊。当然，这是十分珍贵的纪念，而且是我留下来的唯一来自延安的纪念，何况里面饱含着朱总司令的一份心情呢！关于这件事，我得向后延伸说得远一点。自从朱总司令交给我这一复写本后，尽管辗转流离，烽火连天，但多亏汪琦把它非常珍重地保藏了下来。解放后，我总把它放在我书桌的一个抽屉之内，谁知在十年浩劫中却引起了一段可怕的风波。最早批斗我就因为我写了《朱德将军传》。对准朱总司令的这一阴谋，是北京大学的造反派头头聂元梓策划的。聂元梓最后判刑，其中罪状之一就是批《朱德将军传》。我手边这唯一一本原稿当然被红卫兵勒令交出……从此，它就渺然不知何在。等我被释放出来，做了结论，我什么也不要，只请求一定找回《朱德将军传》。我永远感激关木琴，她费了很大力气，从一个堆满乱纸的房间里，终于把它找出给我，我抱着这一纸包，像抱着一团火，回到家里，百感交加。可是，几十年日月磨损，复印本已经一片模糊。待到"四人帮"粉碎后，我忽然收到从宝鸡寄来的一个包裹，里面却是一本铅印的《朱德将军传》，不禁使我又惊又喜。里面有一封署名祁恩曾的来信。他告诉我，"文革"中他是北大中文系学生，被聂元梓派入《红旗》杂志社，交给他这本书要他进行批判。可是他说，他愈读愈觉得珍贵，他没有批判而保存起来……他说：现在我有责任把它交给您本人了……我为这一青年同志的眼力和判断而感谢他。几年以后，我就是根据他寄来的铅印本，改写成记朱德前半生的《大海》。现在，我把这些记在这里，还不仅仅是述说这部书几十来年的命运，还因为这里有着中、美人民友谊交流的一段轶闻。史沫特莱死后把她的遗物送来中国，其中就有这部油印的《朱德将军传》。我把《大海》的校样送给康克清看，征得了她的同意。过了一段时间之后，新华社一位记者特地打电话给我说，他去访问了康大姐，谈及此事，康大姐说："有刘白羽这样的作家，肯把自己的著作提供给人作资料；又有史沫特莱这样的作家，她尊重别人的劳动，没有引用，又把原书送回中国。"但人间有多少遗憾呀！《大海》没有来得及给朱总司令过目。稍微可以弥补的是书出版之后，我送了十部精装本给康克清，可是当我记叙这事时，谈过上面那段话的康大姐也已溘然去世——这是多么大的悲哀呀！

我回到清凉山，依旧埋头写作，这是我写得速度最快的一本书，简直是一口气写下来，中间没有停顿。大约十天时间，我就把十五万字的《环行东北》全部书稿写出来了。这时我像从肩头卸下一个沉重的负担，可以松一口气了。恰好有一架飞机从北平飞来，还要飞回那里去，组织上通知我南方局来电报，要我赶赴上海。这一来，我马上又要奔赴战场。我回了延安以后，一直关在窑洞里，简直没看一看延安，就这样走掉太遗憾了。于是我决定把剩余下的几天，好好亲一亲延安。有一天黎明之前，我又上了清凉山顶，开始还是夜幕低垂，不久，东方出现灰漾漾、蓝幽幽的一小片光，如此沉默，如此幽静，这小小的一片晨曦，有如婴儿的笑靥，少女的娇羞，可是，正是它预示着宇宙在奥变，将向人世间注入光明。在延安住了几年，我走了又回来，现在重登山顶，东面是辽阔的一马平川，我第一次领略到西北高原上如此庄严肃穆、奥妙无穷。那晨曦倏然消失了，为一片红色的曙光所代替。曙光红得那样浓、那样艳，像一团红色的胭脂，但它没有任何光华。但，就在这一刻，黎明之神巍巍降临，不知为什么。从我耳鼓到我的心灵，都听到金属铿锵的声音，这是高山大河上飘浮颤动的嘹亮的钟声吧？从这一刹那间，这声响再没有断止，不过有时缥缥缈缈，有时朗朗铮铮，它好像是从天心深处飞来的天空的鸣奏，渐渐变成人世的晨钟，它时而轻缓、时而紧凑，成为这黎明的伴奏。就在这时，我环顾四周，黑色的天穹变成灰色云雾，整个天空像从飞机上下瞰，只见浓浓云团——像是一望无际的大海，凝聚着、游动着无声的波涛。这是人生的河流，这是历史的流动，在我左顾右盼之间，一派粉红色的晨光——像是无数无数的玫瑰花，一下照亮了我的眼睛，我看到群山万壑都像在翩翩起舞，朝阳的一面涂抹了红光，背阴的一面还黑暗沉沉，这红与黑的交织构成一幅黎明的图画，渐渐地，渐渐地，从每一条峡谷、从每一处山崖升腾起乳白色的朝雾，雾从这儿那儿聚在一起，涨漫天空，使人间罩上了一片洁白的纱幕，似乎有徐徐的清风吹着这雾飘浮，这雾便游动起来，与此同时，东方天空送来的红光也在蠕动，在颤抖，在变幻，由粉红，而浅红，而深红，忽然，天火一下旋然飘落……我心灵上的晨钟猛然响了一记，突然我听到亨德尔的《弥赛亚》里那神圣而庄严的合唱，声音迂回、徐缓、柔和、庄重，像火焰一样向上飞腾、飞腾，它在召唤、在呼喊，突然间，天空与大地，山谷与河流都沐浴在鲜红的血水之中——这不是人的血，是宇宙之神的血，太阳带着镗镗镗镗的声音，一下从山陵之间跃出地面。那灼灼的烨烨的光华就像有亿万人举着亿万火把，在欢呼、在跳跃，他们是在歌唱宇宙生命之火，歌唱自然生命之火，歌唱人间生命之火。一轮红日于是冉冉上升，我的脸、我的手、我的身上，一切一切一下都给燃烧起来了——当太阳离开地面升上半空，好像在那诞生的顷刻之间，一切火、热、生命、光明，都已经撒遍天空和大地，于是，天空那样蔚蓝，大地那样鲜黄——这是多么美的朝晨啊！如此清新，如此温柔，如此甜蜜，如此宁静。我把这清凉山顶的早晨深深刻印在我的灵魂之中，因为我就要告别了，母亲！我不知何时再来。母亲！这时亨德尔《弥赛亚》的庄严变成了贝多芬《田园交响乐》的幽静。当我从清凉山顶走下来时，我从野草上闻到露水的香甜的气息，我从青色崖石上闻到露水的潮湿的气息，一个延安往昔的回忆飘上心头，那时，我第一次读了罗曼·罗兰的《约翰·克利斯朵夫》——我那样喜爱在小说第一节前面引的但丁《神曲》中那两句诗：

> 蒙蒙晓雾初开，
> 皓皓旭日方升，
> ……

我刚刚用鲜血与生命进行了一场搏斗，我写出一部新的书，我即将带着书稿飞往上海，在那儿我将把这本血书投寄人间。这再一次告别延安时，我一次又一次想起：

> 蒙蒙晓雾初开，
> 皓皓旭日方升。

　　这天上午，我去看了黄敬，我这位共同经历过黑茶山之险的旅伴，在险象环生时，他的刚毅唤起我的刚毅，我的镇定赢得了他的镇定。在飞机场上分手时，他告诉我他的住处是在兰家坪到中央医院途中的一个地方。从极南面的清凉山到他那儿去，要穿过整个延安，而这正是我所企及、我所盼望的。于是我下了清凉山，走过王家坪，沿着那清凉而又明亮的延河，我走着走着，有多少旧梦一一浮上我的脑际——不正是在这儿吗，从大砭沟口到杨家岭，每个黄昏送来送去的那块地方，在这儿留下我们多少脚印，似乎现在如果俯身地下，还可从浮尘中找到那脚步的痕迹，我们在这堆积着砂石的河滩上挖掘过多少淡紫色的马兰花，而现在，这一组一组马兰花就像从天上撒落到地下的星星。到了杨家岭，我没有足够时间去重寻旧地，但我站在延河边遥遥瞭望，那个永远难忘的月夜又浮现在眼前：我寻寻觅觅，她姗姗来迟，骤然相遇，一下把她抱在胸前的大把波斯菊，连同它的芳香、她的魂魄紧紧抱在一起。那山上的小路，依然故我，远远看去，像一条曲折的白线划在山间。往北走，往北走，走到兰家坪——那就是我前面谈过的冬夜面对火盆听风听雪的地方，因为只有一天时间给我支配，我也来不及再去寻踪，而只能从山下看上一眼。我沿着延河折而向东，沿河愈往上游，河面愈加宽阔，我是逆着水势行走的，那些兀立在河中的黑色石岩还在，不过不知给狂暴的山洪冲击过多少次、移动过多少次了，我在那清流中沐浴过身子，她在那镜子一样的河面上洗过头发……而今我看着这河水急速地流个不停，但它没把往昔的记忆流向无际的苍冥，而流向我深深的心灵。我在一个山坳里找到黄敬住的窑洞，原来就在大路旁边。我很奇怪他为什么住在这样一个荒僻的地方。我问他，他才告诉我，原来他这次回延安是来看病的，因此就安置在这离中央医院较近的地方。我们一直谈到中午，他留我吃了午饭。我临走才告诉他是来向他告别的，我明天就飞往北平转往上海。尽管有无限惜别之意，但在两个性格明朗的人之间，却并无缠绵之情。他只说了一声："不知何时再见？"……谁知再见竟是三年之后，我到天津，他当市长，他白白净净、团团圆圆的面孔上，两个嘴角旁总溢着那么一种柔和的笑容。这一回在天津，他在原来英国人的一个高级俱乐部里请我吃了精美而丰盛的一顿西餐，我们胜利了，我们解放了，在最老的殖民者华贵的厅堂里，举杯相碰时，我和他都发出了洪亮的笑声。后来我久居北京，在各种集会上常常和黄敬见面——他的嘴角边还是那样溢着一种温和的笑容……像镜子一样明亮的人呀！后来在他逝世之后，我才知道他精神上受过很艰苦的磨难，他死得非常突然，非常惊人，好像是一个谜。但，我至今还记着他那白净的圆脸上溢着温和的笑容，还记得在万仞高空之上，那险象环生的时刻，我们引颈而卧，并肩酣眠的情景。

从那儿回来，是顺着延河流向行走了。

在不知不觉之间，走到大砭沟口，我拐了弯，信步向沟中走去。

你为何要到这儿来？

我应该要到这儿来，

这是文化俱乐部所在地，我们热恋时，我每天每天都到这儿来和她见面。

那是我青年时代最光华的时期，那是我们共同的甜蜜时期。

但，奇怪的是我并没有到文化俱乐部所在之处去，我却径直向更深更深的幽谷里走去——这儿没有窑洞，没有住人，但这儿留有我们温馨的梦啊！我不知还能拾得几分？……当我徜徉在绿色的幽谷之中，我才忽然意识到，我是想到这儿来寻找那红色的野百合花的。触动我作此一行的是清凉山顶杨松那短短的石碣。1940年春天，是他提议，他和杜青、我和汪琦一道到这幽深的山谷里漫步、野游。但这儿有什么呢？在无数荒凉的坟冢之间，青草没膝，荆榛遍地，满眼只有碧油油的一片绿。到这儿以后，杨松他们的影子不知什么时候消逝在绿影之中。灼热的阳光把汪琦的面孔晒得红红的，我至今还记得，她的眼睛是那样明亮。她那欢乐的笑声震动在幽静的空气之中。我们那一次采摘了一大捧红色的野百合花回来……可是，这次只我一个人。我寻了又寻，找了又找，却不见一朵野百合花，大概随着春季的消逝，这花也早已消逝了……这样说来，我不是虚此一行吗？其实也不，我仿佛看见无数无数鲜红的花朵在飘浮、在悠荡……我没有寻到鲜花，我却拾得旧梦……

正是在这个时刻，在日暮时分，我又听到了日出时那雄浑嘹亮的钟声……

是的，在延安，有超过一切个人爱情之上的更巨大的爱情。在这儿我从精神的炼狱里获得新生，那陈旧的阴影呀！应该撕碎的撕碎了，应该飞逝的飞逝了，但与此同时，应刻升华的升华了，应该沸腾的沸腾了。我从里到外，从肌体到灵魂，不但得到了拯救，而且得到了苏醒……现在我又回来了，我经受着小河的检验，我经受着高山的考核——我的心灵飞翔得更高了，如同那飘荡的晨钟。我是变了吗？……我血气方刚，我勇奔前程……我知道我距离成熟还很远很远，但我蓦然回想到我已整整三十岁了。在走过那样漫长的道路，我几乎没有想过；经过那样漫长的年月，我几乎没有想过——而这一刻，在这幽谷中，我意识到这一点，我发现了这一点。

## 九二 上海南市楼梯下（一）

七八月的上海是火热的季节。

我从延安飞到北平，从北平飞到南京，又连忙转乘京沪路火车到达上海。我下车之后，随着人流向站口涌去——这时我的心怦然跳跃，我不断地向人群里寻找，我多希望看到我最熟悉、最熟悉的那一双眼睛呀！……但是我失望了，我想起，我来不及写信给她，何况连我自己也没想到搭这一班车到来。可是在南京总应该打一个电话给上海吧？上海是一个沸腾的大旋涡，每个人一到上海，那一刹那都会给上海所特有的喧嚣与骚动所震吓，但自己随即就踊身跃入这个大海，从此以后，也就习以为常了。只有在林荫街头，还能寻来一片幽静，其实那不过是在沸腾的大旋涡中，偶然拾得的片刻安宁，而那旋涡是永无休止地流动的。这个不夜之城，是个永不合眼的巨人。在南京《新华日报》办事处，我得到了上海新华日报筹备处的地址，随着人流，走过那有穹顶的大候车室，走过站口外的广场，这里有无数个声音向我袭来，无数只手向我伸来，我从中雇了一辆黄包车，坐了上去。车从苏州河桥上经过时，我仔细计算，我从上海离开，至此次回来，中间正好经过十年。于是苏州河水面上战火的影子又在倏倏地跳动起来——我又听到那惨叫的声音，我又听到那哀哭的声音，《孤星泪》那一章节中那个小小的图囝，想来应该是一个十几岁的大姑娘了，不知是否还在人间？还在上海？现在的上海，正在浮荡一片繁华梦，到处人头攒动，人声鼎沸，好像都在喊着：劫收！劫收！黄金！黄金！穿过暴风雨一样热烈的人群，我十分惊奇，怎么会有这么多人？一个个来又匆匆、去又匆匆，不知在忙着什

486

么？来到朱葆三路，那是横在直通外滩的拉斐德路里面的一条小街。一座红褐色的楼房占了半边街道，踏上几层台阶，推开一扇门走进去，穿过一间摆了沙发的客室，走进一个房间，我一眼就看到汉夫，汉夫正埋头桌上一堆稿件之中，一看我进门，就站起来，把手伸过桌面紧紧跟我握在一起。他还是习惯地轻轻摆一下头，露出微笑。听见我们谈话，梓年也走来了，穿着一件短的对襟小褂，他永远是那么纯朴、真诚，笑得眯细了一双眼睛；跟着熊老板也来了，他们三个人都在笑，但每个人的笑不同，汉夫笑中含着一丝幽默，梓年笑得那样亲昵，老板笑得那样明净。重庆《新华日报》的三巨头都到上海来了，这说明在上海办报的决心是很大的。我风尘仆仆、满脸热汗，想一想，从清凉的延安窑洞来到这热火炉似的房间，该是多么可怕的滋味吧！办公桌上有一具黑色的电风扇在无声地转动着，但是那风吹到身上，却没有一点凉意。汉夫领我到编辑部转转，在一间大办公室里看到了默涵，我们相交数十年，他是一个一贯勤劳严谨、鞠躬尽瘁的人，他正在编《群众》，这时，国民党不准出报纸，我们手上办的就是这一个杂志了。他在字斟句酌地审阅着稿子，有时仔细思考，有时又动笔写些什么，我打断了他，他起来跟我见面，我看见他的近视眼镜边下还凝着汗水，我连忙告诉他我在清凉山见到老艾，我住的就是他当年住过的窑洞。韦明推门进来了，他穿着一身笔挺的西装，衣襟上还搭着金黄的表链，他在做记者，是上海人，回来和他阔别八年之久的妻子见了面，该是十分喜悦的了。与大家相见之后，又回到汉夫办公室，熊老板跟在重庆一样，穿着一领灰布长衫，光着头，提了一个永不离身的布袋，出去了。我坐下来向梓年、汉夫汇报，从箱中取出一包书稿：

"我在延安写了一本《环行东北》。"

"现在很需要这方面的宣传……"

我问："是发表？还是出书？"

梓年果断地说："我们有印刷厂，我们出书。"

说罢他打电话给汤宝桐。汤宝桐是印刷厂厂长，因为就在同一条街的对面，汤宝桐很快就出现在我面前。经过一番研究，就作出了以最快速度出书的决定。汤宝桐是一个不论压上多么重的担子，都永远笑嘻嘻、兴冲冲的人。我说：

"我还要再看一遍，改一改！"

"你就看一部分发排一部分，然后，再把校样送给你！"

当这一项重要的工作决定了之后，屋门口一闪，汪琦走了进来。我们分别半年多，她看来愈发的瘦了，她本来就是一个身材修长的人，自从到重庆做记者，不分日夜地奔走、写稿，她就瘦起来。现在，透过旗袍，显出一条窄窄的身子，她更细瘦了，因而脸上两只眼睛更大、更亮。在我们分别期间，由于我东奔西走，她给我的信只能寄到翠明庄。但自从我进入东北以后，我就无法看到她的来信了，从东北回来，李克农开玩笑地说："我差点把你的情书都没收了，我可要收保管费呀！"他笑得眯起两眼，把一摞信推到我的面前。现在我们骤然相见，这已是夕阳将下的时候了，她从外面跑了一天新闻回来，面孔红红的，是在外面给太阳晒的，还是由于我们相见的欢快？尽管是在人们面前，我们会面还是那样坦诚、那样亲密，以至汉夫诙谐地说：

"汪琦！我把白羽给你找回来了，你给我开收条吧！"

不久，就到了下班的时候，汪琦想要说什么又止住了。

汉夫会意地对我说道："你没看见熊老板出去了吗？他是给你们安排公馆去了！"

林默涵、徐迈进和我们这一小群人走了出来。

上海究竟是海洋气候；尽管白天像火一样炎热，太阳一下去就吹来凉风。

他们都去坐电车，因为我带了手提箱和行李，汪琦和我只有乘黄包车了。抗战八年，这也是一大变化，人力车变成脚踏车，而且座位从从前坐一个人发展到可以并排坐两个人，这样我们两人正好搭一辆车，这倒的确十分方便。不过对于三轮车工人来说，脚踏的轻巧，换来更重的负荷。

我三次到上海，却从来没有到过南市，可是你如果不到南市，你就等于没到过上海。南市可以说是世界上最拥挤、最嘈杂、最混乱的市区。那是离朱葆三路很远很远的另外一个世界。朱葆三路那边有宽阔的马路，光滑的地面，人行道上有法国梧桐的阴凉，西洋人和高级华人可以在这儿昂首阔步或悠闲漫踱，但那是掠夺中国人财富与生命的世界。因为那里是租借地，是西洋人的地界，南市这里才是真正的中国地界。在这十里洋场之上，中国人连同中国的国粹好像都被挤到这一个角落里来了，一条弄堂挨一条弄堂，一幢一幢带阁楼的房子黑压压挤在一起。人家都说上海的土地是黄金铺的，那意思是说每一寸土地都价值无数黄金，那么南市给我的印象简直是无法插足的地面，我一进南市，就像进了一个囚笼，可以说毫无转身余地，满弄堂都是人，小孩在你腿边来回奔跑，小贩挑了货担在往来巡逡，空气中响着叫卖声，还有妇女的难听的咒骂，可怜的悲哀的哭泣，空气中还弥漫着一种焦煳的气息，不止一家门前地下，这里那里，都燃烧着请神拜佛还没有烧尽的一炷香，有的鬼火一样闪着火焰，有的冒着缭绕的青烟。抬眼望去，人家的阳台上悬挂着各色花布衣裳，洋洋洒洒，如同黄浦江面外国军舰上的万国旗在飘动。古老店铺屋檐下挂着一串串正在风干的鱼，那鱼的身子、鱼的眼睛还闪着一点死去的白光。这儿有用竹竿探着地面、手上敲着一面小铜锣当当作响的算命的瞎子，这儿有打着鱼骨板，震得鱼骨板头上两朵红绒颤动的唱莲花落的江湖艺人，这里简直像在上演一幕热闹的戏剧。无数老太婆坐在店堂门前或家门口，也许因为老了的关系，她们绝对不是什么吴侬软语，而是雀噪喧天，她们的声音那样尖锐，那样刺耳，成为南市幕天大合唱中最强烈的女高音。我们就在这里安下我们的"安乐窝"。我竟住了两个多月，朝夕与这种嘈杂喧闹相处，慢慢地我不但习惯了，而且爱上这里了，因为这里到底还是中国——有中国的落后，也有中国的文化。这样的小弄堂，黄包车是进不来的，我和汪琦分提了我的东西，从人丛中穿来穿去，走到一个黑色大门前，敲了门，汪琦管开门的女人叫"阿姐！"这里面是没有院子的，一进门阿姐就领我们上了一条壁陡的楼梯，上了楼梯往前面去是前厅，那儿有几间像样的房子，已经给先来的人住满了。"我们住在哪里？""熊老板来过了……在后间屋给你们安排了住处……"我们走进后面那间屋，原来那是阿姐住的地方，熊老板在临窗一角，立了一扇屏风，便隔成一间房。我看了真是哭笑不得，而我的床位就在一个楼梯底下，坐在床上是直不起身子来的。后来，大家见到熊老板都开他玩笑，说："来多少人熊老板都有办法，他一变就会变出一间房子来！"他听了永远是那样眯着两只秀眼，甜蜜蜜地笑着。我没做过地下工作，但我却过了革命者的清寒的生活。这有什么呢？我眼中立刻浮现出列宁的一幅画像，在十月革命前夕，为了避开间谍陷害，躲在芬兰国境内，他只住在一个窝棚里，在膝头上写书。我窗下还有一张小桌，一把木椅，总算过得去了。

我一住下，就开始摊开《环行东北》书稿，进行抄写修改。

真是热呀！窝在楼梯底下，太阳从屋顶透射进来，简直像火一样逼得人喘不过气。我连一个线背心也穿不住，好在阿姐白天不在屋里，我就打了赤膊，还是汗流浃背，额头上的汗珠时时滴落在稿纸上边，把我用墨水写的字都润透了，我笑了笑，自言自语：这可真是用血汗写作呀！其实流汗还不是最难过的时候，最热竟热得连汗也出不来，只觉得燠闷难当，像烤在烘炉边上，受着炮烙之刑。好在走出屋门，踏上楼梯，那里有一个阳台，还摆着两三盆夹竹桃之类的花木，有时我到那里去，像从河水里捞出的鱼，张圆了嘴巴，想呼吸一点新鲜空气。可是，在南市，既没有静安路那般的林荫，也没有黄浦江边的水汽，南市整个就是个大火炉，空气就像喷出的火。因此在阳台上不但没有清新的空气，而且太阳火辣辣地使你无法久立，只好又退回来。窗子是敞开的，不但没有一丝风，其实吹进来的只是火，就连街市上那各种令人头眩目胀的嘈杂之声竟也火热火热的。

就在这种情况下，我日夜不停地在一页一页写着。

我从楼底下的小天井里，打开自来水龙头，盛一盆冷水放在身边，热得实在难耐，我就蘸着冷水擦擦身子，随后就把湿湿的毛巾披在肩头，不料隔不许久，毛巾就干了起来，等到后来竟造成恶果，出了一身癣疥，我才明白这样热，是不能用冷水洗，而应该用温水，可是我上哪儿去找温水呢？

就这样，我从第一天进入这楼梯下面，就足未出户，一直奋笔直书。

——这是一场拼搏……

不过，我每一想到我蘸着的不是自己的汗水，而是苦难深渊中东北人的泪水、血水的时候，我就来不及喘息，我必须把他们要和平不要战争的声音传达出去，我意识到我承担着道义上的责任，我也知道有着千千万万人期待着信息，我必须在最短的时间里把这本书送往人间。

我把每天写的稿子交给汪琦，由她代交汤宝桐。

这样一来，我的工作又加重了，因为校样雪片般飞来，我就得一面抄写一面校对。

好在白天这幢楼里是没人的，因此寂静无声，没有干扰。阿姐总在天井那儿忙着干活。她比我们大几岁，为人十分文静，面孔也很文静，她的穿着和弄堂里走来走去的妇女没什么两样，一身中式衣裤，几乎总是黑色的，我从来没有看见她穿过有一点花色的衣服。她一天到晚勤劳地操作着，收拾整座楼房，还要烧饭，有时甚至把我们汗湿的衣衫抢着去洗，可是，后来相处久了，我才知道她原来是一个十分可敬的革命女性，记不得她的丈夫是牺牲了，还是病死了，她却一直是我们地下秘密机关的忠诚的守护神（地下工作用语是"坐机关"）。现在我们来了，她转为公开，但人家还只能看她是一个普通的家庭妇女，她待汪琦和我都很好，后来我们离开上海回解放区去，还常常念叨起阿姐不知怎样了，她是不是又转入地下斗争了呢？全国解放后，才知道她也撤回到解放区，而且结了婚，现在我不知道阿姐在哪里？当时整天价阿姐、阿姐叫惯了，没有记下她的名字，只依稀记得她姓蒋，但也不知记得对不对了……但她年轻时那默默的而又坚韧的身影，至今犹在眼前，我想她还会在人间的，我全心全意地向她祝福……

这样大约过了二十个昼夜。

由于临近大海，夜间似乎有些降温。

不过给那发红发黄的电灯一照，又别是另外一种热法。

特别给我留下深刻印象的是，成群成队的蚊虫。简直像排出方队的轰炸机，勇猛而又突然地向你进行袭击，窗子是关不得的，关了会使人闷死，我只有豁出身子任它咬，咬得全身上下一无是处，遍体鳞伤，特别是我的两条上臂，简直红肿得像发面馒头一样。

汪琦做记者比我还辛苦，她凭着单薄的身子，在骄阳烈火下跑遍上海，晚间回来，还要在楼梯下这一角受热，但是她的一双眼睛总是亮晶晶的，我真敬佩我们中国妇女所特有的韧性。我们每天最舒服的时候就是晚间，阿姐给我们烧了洗澡的热水，可是这幢老式房屋连个浴室也没有，当然，熊老板也舍不得留下一间空房给大家舒畅一番，如果那样，我也就不必每晚钻到楼梯底下去过夜了。不过，能淋淋热水，还是令人心迷神醉的。可是一大难题又来了，阿姐就住在我们那扇屏风之外，于是，冲澡时，只好把电灯关闭，这样就摸着黑擦擦身子，也还是换得一阵凉意，但是太阳的余热，夜晚透过屋顶传到楼梯下来，我们在那里也是睡一阵又醒一阵，只觉得在蒙蒙眬眬、昏昏沉沉之中，感到全身都是热汗，有时就在噩梦之中叫喊起来。

就这样，一直到我手里拿到印刷装帧都十分出色的《环行东北》——我胜利了！那时有两家进步刊物，连载两个关于东北长篇的通讯报道，使我在偌大的上海滩上毫无置喙之地。但由于我集中精力突击出书，由《新华日报》社出版的第一部介绍东北历史与现状的《环行东北》问世了，第一本样书拿到手中，我深深喘了一口气，我仿佛承受着由高粱红、大豆香的东北大平原吹来的一阵清凉的风，我尽了我应该尽的历史的责任。

## 九三 上海南市楼梯下（二）

　　还是在我苦苦搏斗时，有一天，偶然间从阿姐床铺脚头墙壁下面一堆书里，我发现了一部不知什么人扔在这里的阿·托尔斯泰的《苦难的历程》。呵，这是多么高兴的事啊，对于这部书，我早已心向往之，但是在延安，在重庆，都没发现，这显然是抗日战争当中在上海孤岛印出的，至今我还记得那黑色的封面——那上面印着《两姊妹》、《一九一八年》、《阴暗的早晨》各部的名字，简直跟哥伦布当年发现新大陆一样，我抱在怀中如获至宝。我问阿姐："这书是谁的？"阿姐说她也不知道，她说原来这房子地下机关的人来来往往，不知是谁扔在这儿的。我脑际骤然一闪——这书的主人难道还在辗转地做着地下工作？难道他到解放区了？难道他关入牢笼，永远永远没有信息了？……想到这里我觉得我抱着的是红鲜鲜的血，是燃烧的火，于是我把这套书从尘埃封满的一堆书中挑选出来，用毛巾把书擦擦干净，放置在我的案头，不过，那时忙着赶写《环行东北》，当然顾不得看它，不过《苦难的历程》——这个带有哲学意味、神圣气息的句子，却成了鼓舞我写作的动力。等到《环行东北》出版了，我又忙着上班，开始工作了。

　　我的《环行东北》一书出版，风行一时。

　　我很清醒，与其说由于它的文学价值，毋宁说是它的新闻价值。

　　在上海整段时间里，我日日夜夜听到远方传来隐隐的雷声……

　　这里是炸弹在呼啸，那里是枪弹在飞鸣。

　　而焦点的焦点，为亿万人瞩目，而且有一触即发之势的是东北。

　　因此人们关注着东北，都想知道东北。

　　为我这部书举行"首发式"，是在郭沫若家里。我记不太清楚了，他当时好像住在北四川路底，两条交叉路口中间的一幢宽畅的楼房里。我第一次去，由于两个日本朋友要进行访问，就安排在他家楼下客厅里进行。这两位客人走后，郭老和于立群引我到他们楼上的居室。郭老让我细细再谈，他提了许多问题，我都一一回答。郭老那慈祥的老母亲似的面容，凝神聚目地认真倾听，使我又一次看到他那屈原一样的"九死不悔"的胸怀——我一面讲，一面望着他——我觉得他也像我一样听到远方隐隐的雷声……他关注着我们灾难的中国大地上，每一朵新的花，每一滴新的血。我们谈话时，于立群告诉我：

"我们两个人争着看你的《环行东北》，有些地方我都流了泪了！"

我看见那淡褐色封面上印着我行经路线的《环行东北》，就搁在他们的桌上。

这对我是多么大的嘉许，是多么大的安慰呀！这不是最美好的"首发式"吗？

但，从我来说，我从来没有抱着经营文学创作的心，而只是在密云期风的时候，透露了一股关东大地之风。

形势愈来愈紧时，内战随时可能爆发，本来负责文组工作的夏衍，奉命到香港去安排新的战场了。

这时，由于没有出报，我也没什么具体工作，组织上就让我暂时承担文组的活动，这样我就转到文艺界来了。

这时，我直接联系《文萃》，有好几次到《文萃》编辑部所在的大楼上和黎澍见面。另外，我还通过叶以群和葛一虹、凤子等人联系。我们曾经在葛一虹家里聚会——葛一虹从重庆起好像就在"中苏文化协会"工作，生活比较富裕，他住着一间相当大的厅房，在这儿我第一次看到可以拉开作床的两用沙发，我觉得这是一种很好的家具，因为它尽量缩小了室内空间。一般是由我介绍一些和谈与内战的情况，而后展开对时局问题、社会问题、文艺问题的讨论。我记得有一回，葛一虹和凤子发生了争论，也许因为这个缘故，我对他们二人印象较深。当时还有几位参加，我却怎样也记不起了。不过人也不多，每次约五六人而已。

有段时间，形势相当严峻，为了使诸多朋友能够了解情况，我专门去拜访叶圣陶、傅彬然两位先生。他们好像住在北四川路，就像三十年代鲁迅、茅盾曾经住过的那种石库门房子，像霞飞路的霞飞坊似的，从一个大门进去，有几个并列的院落，各家都是两进，两层中间一个小天井的中式楼房。我认识叶圣陶、傅彬然是在重庆，那次是由胡绳领了我到开明书店拜访叶先生。在这以前叶圣陶在良友公司的《1936年短篇佳作选》里选了我的小说《冰天》，因此，在重庆一见面就非常亲切了。叶圣陶是一位和蔼、善良、谦逊的长者，他是一代文宗，他默默地奉献着，为了进步文学做着努力，他培养了大批文艺新军，冰心、丁玲都是被叶圣陶发现，而后引入文坛的。在上海，我到他家里，他即刻派人约了住在同一里弄的傅彬然。我们在一起谈起大家都十分关心的动荡的时局，我也就介绍了我党最近的主张，和谈的艰巨、战祸的威逼。傅与叶性格不同，但都有一种诲尔谆谆的风度。后来几十年，我同他们两位接触，我觉得他们有一种风格，我把它叫"开明书店风格"。他们不像一般的文学家，更像教育家，叶圣陶长了一双寿眉，果然长寿，而傅先生却早已弃世了。1987年4月6日，我同默涵、雪垠去北京医院向曹靖华老人祝贺九十寿辰之后，就觉得必须去看望一下已经九十多岁高龄的叶圣陶老人。他家里满庭碧绿浓荫，两株西府海棠烂若云霞，夺人眼目。老人白发白须，坐在沙发上，由叶至善、叶至美陪同见面。因为老人听觉稍差，有时需要儿女用乡音对着耳朵传达，但老人记忆力还是那样清晰，当我谈到他1936年，也就是51年前，他选我的小说，问他还记得不？他微微含笑连连点头，立刻脱口而出："《冰天》。"他的记忆力真是惊人，可惜，老人现在已不在人间了。

在上海，我特别高兴的是同郑振铎的见面。他编的《世界文库》，我是忠实读者，每册必购，爱不释手。这次在上海认识，是因为周副主席从南京来，在马斯南路举行一个座谈会。当时和谈形势十分险恶，他一怒之下到上海来公之于众。我正坐在会场上，蓦然回头，看见一个人穿着一身浅灰色西装，海蓝色衬衫上，配着一条白领带，身材那样魁梧，而且面如重枣，一见之下，使我立刻想起《三国演义》里描写的关羽的形象。他的确是一个很有风度的人，为人豪爽明朗，有一种英雄气概，一见就令人感觉到他那炽热的情怀。他是一个有大手笔、大气派的人，他编的《世界文库》，红色精装封面，内里将中国文学的精华和西方文学的精华熔于一炉，《死魂灵》《冰岛渔夫》，我就是从这部文库里首先读到的。他酒量很大，藏书如海，是我相见嫌迟、相交恨晚的一个朋友。后来我们相交甚深，我越发感到，他是一个有着非凡魅力的人，他谈起话来滔滔不绝，我们去他家，葡萄、梨果摆满了一桌，他一口气可以吃上一大堆水果。那次会上，周副主席报告后，郑振铎气壮山河、慷慨陈词，反对内战，要求和平。

在上海，我还与中国最杰出的女舞蹈家戴爱莲结识。她是一个严肃、执着地忠实于舞蹈艺术的人。从国外回来，她的表演在上海引起轰动，她带来一股清新之风，她实在是中国舞蹈的创始人。现在我们都上了年纪，但每次遇到她，谈起话来她还是表现出那样热衷、勤劳于中国的舞蹈事业。有人说她是中国的邓肯，她有邓肯优美的舞蹈艺术，却没有邓肯那凄惨的命运，她把她的艺术精华散播人间，春风得意，桃李满门，现在她已成为中国舞蹈界泰斗，她还在孜孜不倦培养新秀。我记得好像是通过徐迟的介绍认识她的。徐迟原是在重庆就相识的，他那时在美国文化处做事，我到他家去过，他对艺术爱得十分热烈，这时很自然地沉醉于戴爱莲的舞蹈艺术。我观赏戴爱莲艺术表演感受最深的一次，是在逸园跑狗场。那是一个空场——像是运动场似的，观众拥挤地站在台阶上，她就在空场上翩翩起舞了。那是一个十分晴和的秋天，她的每一个手势、每一个舞态都是那样优美，太阳显得格外明亮，清风显得格外舒畅。后来，她在北平欢迎解放军，还有炮击金门时慰问前线战士的表演，都在我头脑中留下深刻的印象。她的的确确称得上是为人民服务的艺术家。

在上海，引起我心灵巨大震撼、至今想起还无法平静的，是袁雪芬的演出。我一到上海，所到之处都听到广播里播放的越剧演唱。就拿我们南市那个弄堂来说，不论白天还是黑夜，那委婉的、既有几分哀怨又有几分激昂的声音，总在空中不停地飘荡、不停地旋转。袁雪芬征服了大上海的人心，这样说是一点也不为过的。我一生从来没有见到过一个艺术家，能够如此牵系着千万普通人的心灵，使人跟着她如泣如诉、如醉如痴。我问汪琦这样动听的声音是什么呀，她就告诉我关于袁雪芬的一段轶事。汪琦做记者，曾亲眼目睹过袁雪芬那场庄严而又壮烈的一幕"演出"。那是国民党上海市社会局长吴开先发动选举上海小姐——如果让群众投票，毫无疑问百分之百的票数会涌向袁雪芬的……但是，袁雪芬这个弱女子的骨头是硬的——中国的脊梁啊！她那天穿着一身白色的长衫，非常大方，非常朴素，她虽然受邀到会，但她站起来，很有礼貌而又十分果断地断然拒绝参与选举，话声一毕，她就拂袖而去，退出会场。我原本不知道袁雪芬的，听汪琦这样一说，敬佩之心不禁油然而生。在上海滩，有的是肮脏，有的是卑贱，它们像在空气中散播着霉菌，在腐烂着人们的心灵，但是在这万丈红尘之中，竟有这样一枝冰霜傲骨、卓然挺立的梅花，我下决心一定要去欣赏她的戏。我和汪琦两人就去看了，那天演出的戏是一个悲剧。袁雪芬以她委婉动听、感人至深的声音，征服了听众的心。一位美丽、贤惠、深明大义的皇后申诉着在宫廷的阴谋下遭受的冤屈。她向前走了几步，站到台口上，她的深仇哀怨、耿耿忠心，凝聚成为一种震撼的力量——整个剧场陷于一片沉寂。聚光灯照在袁雪芬身上……她哀痛欲绝，我几乎听到她的心的颤抖，我觉得哪怕再过一分钟，她就要猝然倒下，就在这一刹那间，她提高了嗓音，斥责昏庸的君主听不进忠言，为什么骨肉之间如此残杀……那一刹那，她实在庄严、实在美丽，她吐出那发自内心的清脆嘹亮而又斩钉截铁、充满正义、充满忠贞的

红色岁月　红色历程　红色史诗　红色经典

声音，她的目光、她的神姿一刹那间使所有的观众都会意了，所有的观众都感动了，整个剧场突然爆发出热烈的掌声，如同大海翻腾，如同风雷激荡，喷发出大家反对独裁、反对内战的愤懑心声，我一生之中，只有这一回深深感觉到了艺术的力量是多么伟大，我默默地流下了眼泪，此时此刻的袁雪芬使我想到赫尔岑写过的法国的悲剧女演员 E. 拉雪尔："现在拉雪尔在唱《马赛曲》了……你们该记得这个喜欢沉思的瘦瘦的女人，她不戴珠宝，只穿一件白色衣服，用一只手支着头；她慢慢地朝前走着，带着忧愁的眼光，开始低声唱起来。……歌声中含的苦恼差不多到了绝望的程度。她召唤人们起来参加战斗，可是她自己并不相信会有人响应她的呼声……这是恳求，这是良心不安的声音。突然间从这个瘦弱的胸膛里发出一声呻吟，一声暴躁的，带醉意的叫喊：'武装起来，公民们！……拿不干净的血来浇我们的犁痕……'她接着用刽子手的硬心肠的口气唱下去。她的兴奋、沉醉使她自己也吃了一惊，因此她唱第二声的时候，声音就更弱，更扫兴……她又发出战斗的呼声、流血的呼声。……一下子她身上的女人气占了上风，她跪下来，血的呼声变成了祷告，爱胜利了，她把旗子紧紧贴在胸上……对祖国的神圣的爱！……可是她已经不好意思了，她连忙站起来举着旗子，喊着：'武装起来，公民们！'跑进去了……"

是的，对祖国神圣的爱呀！

1946 年，中国面临战火血崩的时机，袁雪芬不就是 1848 年法国六月革命失败后的拉雪尔吗？

的确，她的那一句话是神圣的。

因为她是神圣的，她的艺术是神圣的。

……这是我一生中唯一一次毫不羞愧地在公开场合流泪。

我写这一段往事是在 1990 年政治协商会议上，住在香山饭店。我一时之间怎么也想不起袁雪芬演出的剧名，只有给袁雪芬本人打电话，电话通了，我说我找袁雪芬同志，那边传来声音："我就是袁雪芬！"……我讲到 1946 年那场演出是什么剧名，她说那戏名是《凄凉辽宫月》。我问她："你知道周总理去看你的戏吗？"她说："我只知道中共代表团去看了演出，却不知道周总理也在其内，这是我在解放以后才知道的。"那一次周副主席来上海心境很不平静，由于蒋介石在美帝国主义支援下一意孤行，阴谋内战，谈判几乎陷于决裂。周副主席愤然来到上海，摆开讲坛公之于众。当时我在文化组工作，周副主席十分关心地询问上海文艺界情况，我就把袁雪芬演出《凄凉辽宫月》引起强烈的反响告诉了他。周副主席说："你应该写文章嘛！对于正义的行为，我们应该作出热情的支持……"后来我化名在一家报纸上写了一篇高度评价《凄凉辽宫月》的文章。但是周副主席亲自去看《凄凉辽宫月》，我当时也不知道。我与袁雪芬通话后，放下电话，望着窗外那星光璀璨的夜空，心中十分激动，我想周副主席当时坐在台下，一定心如潮涌，无法平息。

## 九四 你，这座多情的雕像

有一天下午下班，我们一群人从朱葆三路出来回南市去。

走在人行道上，默涵忽然提议去吃菜饭，我不知道什么是上海的菜饭，见大家喜形于色，我就跟着走到一家饭铺里来。楼上，人山人海，原来每人要一碗饭，不过各人吃着各人不同的饭，有菜饭、有猪肉饭、有牛肉饭、有鱼饭、有鸡饭、有猪肝饭……大家吃得津津有味，我也吃得津津有味。

现在回想起来，当时虽然过着共产党人清苦的生活，但其中还是充满盈盈乐趣的。但与那一星星物质享受的甘美来比，也许精神上的享受更显得芬芳。

回到我那楼梯下的一角，我便读起《苦难的历程》。

在这一部分回忆里，我的心灵回归到文学道路上来。在前面很长很长的大半篇幅里，我几乎没有提到文学，可以说远离了文学。因为这是事实，从延安整风以后，我可以说全心全意地投入了工作，革命的需要不是让我写小说，我也绝没有为了个人的爱好和欲望而侵占工作的时间，当然我的笔并没有停止。比如在重庆编《新华日报》副刊时，我用"汤波"的笔名写过一些短评，而在1946 年这一年里，我与其说想做一个像样的作家，不如说想做一个像样的记者。我还专门买了斯诺的书、艾伦堡的书，我钻研、我学习，我钻研学习的第一个成果就是《环行东北》——后来的文学史家管这些东西都称之为报告文学，有一位文学家甚至给我加了一个"新闻体小说家"的头衔，其实，在我来讲，新闻是新闻，小说是小说。我当时既然受了党的派遣做新闻记者，只有努力写出点新闻。

到了上海，我也并无意于写小说，所谓回归到文学道路上来，只不过是看了两部大部头的文学作品。

一部是罗曼·罗兰的《约翰·克利斯朵夫》，

一部是阿·托尔斯泰的《苦难的历程》。

这当然是两部迥然不同的书，但在我心灵里引起反应、引起共鸣的，其实就是踏着布满荆棘之途的知识分子的命运。

……

我是喜爱罗曼·罗兰的，这书也是第二次读了。但是，我不像有些人那样沉陷于民主个人主义的无边无际的人道主义空谈之中。我一生中遇到两位顶礼膜拜于罗曼·罗兰的人，不知为什么他们都染上了多愁善感、苦海无边的、软绵绵的疾病。其实我倒毋宁喜欢《约翰·克利斯朵夫》中洋溢着作为主人公原型的贝多芬的英雄的气质。正如谈到《燃烧的荆棘，复旦》时，罗曼·罗兰自己所说："写的是生命中途的大难关，是'怀疑'与破坏性极强的'情欲'的狂飙，是内心的疾风暴雨，差不多一切都要被摧毁了，但结果仍趋于清明高远之境，透出另一世界的黎明的曙光。"所以终此一生，我最欣赏罗曼·罗兰的《贝多芬传》。那里面的确燃烧着人生的战斗的火焰。几十年后一个夏天，我在威海北竹岛海边，似乎从没有像这样亲近大海过，我的窗户外面就是蔚蓝色的海洋。在这里，我读到高尔基与罗曼·罗兰的通信，才更了解罗曼·罗兰。1932年高尔基给罗曼·罗兰一封信中写道："寄给您一个关于'帕列赫艺术'（从前的圣像画家的艺术）的书和帕列赫工匠所做的小盒子。它不是最好的，我还有一个要寄给您，但我害怕寄；这东西做得很精巧，而邮政官们是很好奇的。"四月五日，罗曼·罗兰给高尔基回信："它色彩生动，清新，色调闪烁多变，十分悦目。大概，艺术家表现的是一个民间传说（一个钓鱼的人，一个鬼，一匹飞驶的马等），我不知道究竟是什么传说……一切创造性的东西都有魔力般的影响，在一切种类的宣传中，这是唯一无法抵御的。——秋天引起腐烂，冬天破坏、冻结和无情地迫使未来的种子紧紧成团，而两者又各有美妙之处。但是，春天则把一切统统带走，——一切遗憾，一切失望，一切痛苦。报春花和紫罗兰冲破落叶而出。发黑的枝条鼓起了新苞，宛如复活了一般。新生活的歌声从鸟儿的喉咙里欢乐地流出（我写信的时候，从别墅的窗子里能听见和看见它们）。——什么生灵能抵御这一切？旧的执拗的欧洲，将为苏联的繁荣昌盛所战胜。……"这不只是高尔基与罗曼·罗兰个人的友情，而是欧洲大陆上空社会主义国家和资本主义国家间两个巨人的握手。看得出，罗曼·罗兰的心是深深向往于苏维埃的春天的。

在上海期间，我读到阿·托尔斯泰的《苦难的历程》那就更加亲切了——我一读《两姊妹》，那生活、那气氛一下就把我抓住了。无论是达莎，还是卡嘉，无论是捷列金还是柯里亚，他们走上革命的旅途是多么曲折而艰巨呀！……我觉得他们的生活和我的生活是那样相似，其实，我这部《心灵的历程》也就是《苦难的历程》——生命的跋涉、良心的跋涉、命运的跋涉……但是不论命运之神如何驱使我，我的信仰的钟声永远洪亮，而且我个人的心灵同祖国的心灵愈来愈加接近，趋于一致。我在上海，一边读着这部史诗，一边清理着自己的思想线索。我觉得从东北回来，我似乎变得深沉了些，深厚了些……无边无际的血海上跃起的太阳，那红的光绝不是玫瑰花的红色，而是先驱者血的红色——我的心容纳得更多了，而信心也就更坚定了。这时，我已经唤起一旦战争爆发，我将投身血战这种愿望。

有一天，我中午休息时，从朱葆三路出来，走向外滩，我一个人站在黄浦江边上，我的身心受到很大冲击。我看到江面上——从前是日本国旗飘飘扬扬的地方，现在一色是美国国旗……靠近码头的地方，一只挨着一只全是美国军舰，江上一派军运繁忙的紧张气氛，扬着美国旗的汽艇在往来穿梭，大军舰发出铜号的声音，小艇发出竖笛的声音——国民党美械武装军队从船梯上纷纷而下——他们戴着橄榄绿的钢盔，穿着橄榄绿的军装……一看到那随江风而飘荡的美国星条旗，我意识到战争就发生在我身边……

正如阿·托尔斯泰在他的小传的结尾所说：

"在战争开始的那一天——一九四一年六月二十二日——我写成了长篇小说《阴暗的早晨》。在准备把三部曲一起付印的时候，我将这部史诗的前两部完全校改了一遍。三部曲的写作，前后达二十二年。书的主题是——回家，到祖国之路。《阴暗的早晨》的最后几行、最后几页是在祖国处于炮火底下的时候写成的，这一点使我相信这一部小说所遵循的道路是正确的。现在来回顾一下，那战争的可怕和破坏的两年，我明白只有相信我们人民中无穷的力量，相信我们那艰苦困难的历史道路的正确性，这条道路是走向伟大生活的、人类的真正的道路，也只有热爱祖国，痛心祖国所受的严重苦难，憎恨敌人，这才给了我们参加斗争和取得胜利的力量。"

是的，我们艰难困苦的历史道路的正确性也是无疑的。

我一面读着，我听到远方响起隐隐的雷鸣。

这是炮火的雷鸣？不，这是我们祖国灵魂的雷鸣。

谁知没等我把《苦难的历程》读完，就被雷鸣催得离开了上海。

为了纪念上海过去那段时日，

我曾经在血海中向上海告别过，

而今天，我又从上海投向新的血海，

……我在这南市的楼梯底下度过不可磨灭的时光，使我对这里产生无限的留恋，无限的惜别。

在上海还有许多不能忘怀的事，包括了十分丰富的内容。

比如我在第九章里写过的那凄凉的秋雨之夜里的血与泪的申诉……

还有很多、很多……

在离开上海时，我捧着一颗纯洁的心去探望一座雕塑的石像。我听说这儿有这么一座珍贵的石像，但我几次到上海来都没有去寻觅，我想这一次我一定得找到它——那沉默的但不是无言而是多情的石头……于是，有一天上午，我一个人去了，我走啊走啊！走过一条长街，又走过一条长街，我总是走错路，总是找不着它，但是，我终于在两条街交叉的路口的一个三角地带寻到了它。那是在一片小树林里，碧绿清荫，十分幽静，草地如茵，浓翠一片，我寻到了，这就是普希金的半身塑像。那卷曲的头发，那凝注的眼睛——我站在雕像面前，忽然听到大海呼啸而起，我觉得普希金的心灵在发颤，我的心灵也跟着在发颤。

再见吧，自由奔放的大海！

这是你最后一次在我的眼前，

翻滚着蔚蓝色的波浪

和闪耀着娇美的容光。

好像是朋友的忧郁的怨诉，

好像是他在临别时的呼唤，

我最后一次在倾听

你悲哀的喧响，你召唤的喧响。

你是我心灵的愿望之所在呀！

我时常沿着你的岸旁，

一个人静悄悄地，茫然地徘徊，

还因为那个隐秘的愿望而苦恼心伤。


我多么热爱你的回音，

热爱你阴沉的声调，你的深渊的音响，

还有那黄昏时分的寂静，

和那反复无常的激情！

……


　　我不知道是一个什么样的雕塑家，又不知是一个什么人安装了这神圣的台座，把这一片俄罗斯的圣洁的灵魂，留在遥远遥远的东方、这三角地上飘荡。阳光透过簌簌树叶而下，在普希金的石像上跳跃着像火似的闪光。我觉得普希金活了，他像要拔地而起，高声朗诵。我面前的确漩流着这样的大海，不过不是大自然的海，而是人的海。但，在这一刹那间，我确实从茫茫人海中听到悲哀的喧响，召唤的喧响。我虽然没有像普希金那样有逃亡海外的隐意，却就要离开这神圣的土地。我仔细思索，我在上海度过从夏天到秋天的这段时闻，留下多少悬念，多少依恋，我不能忘记1937年那一次我告别火海中的大上海，而今天我又告别大上海而奔向火海——这里有多大差别？这里有什么值得悬念？有什么值得依恋？国民党的接收贪污、荒淫无耻，造成金圆券暴跌，米价飞涨，那为了饥饿的婴儿能活下来，挤在抢购粮食的人群里哭泣、喊叫的母亲……人民呀！只要你在，这儿就有忠贞，就有正义，还有我为了呼吁和平、反对内战而在写书时流下的一滴血、一滴汗……而现在，我要走了，但我不能带走我留在这儿的生命——我走遍祖国大地，在我生活过的地方都留下我的一份生命，为了有一天我回来寻觅，能够感到一丝温暖。当然，我也许会在战场上死去，如果是那样，这石头的雕像也许会从冰冷变得炙热，我在它身上寄托的情思，将变成血的流淌。我永远不能忘记这一刻的深思，你，这座多情的石像！你，这多情的石像！


## 九五　秋风萧瑟满人间

　　我和汪琦奉周副主席的召唤离开上海到南京去。

江南染上一层薄薄的秋色，可是这秋色是从哪儿来的呢？

我坐在火车车窗边上向外凝视。大地还是一片浓绿，不过清风却那样爽利，像光滑清冷的水从我脸上拂过，我仔细分辨，原来太阳不再那样火红，而是显得有些苍白了。割过的稻田，水汪汪的向高空泛着一片白色，原来大地变得空空荡荡的了。特别是当火车风掣电闪从一条河边驶过时，我看到从梢头上飘零下来的几片柳叶、逐着水波，飘然逝去，这不就是惹人千万情思的秋色吗？——不过我已无心追看秋色，因为我怀着隐秘，陷入心事重重，我知道此去南京，将决定我今生的命运，但是什么样的命运，我却无从猜测。我望望汪琦，她似乎也在深深思索着……就这样，我们在一片薄暮之中，到达了南京。南京，我是旧地重游，但那已是十年前了。我们坐在一辆马车上，赶车的是老人，拉车的是老马，我不忍催他们快走，只听见那一片橐橐的蹄声，望着巍巍的紫金山，古老的石头城，忽然想起"残照西风白下门"这令人销魂的诗句。

当年这句诗曾引起我多少苍凉的意趣，悲壮的胸怀，而今来时，望着一抹欲去的残阳，几星初升的灯火，我的心境如此不平静，我感到整个国家在悬崖边沿上摇摇欲坠，远方传来隐隐的雷鸣，而那战火正是从这里点燃，血又将流遍大地，火又将燃遍全国。此时此刻，我将到哪里去？我应到哪里去？我有一腔心事，要向周副主席倾诉……沉思着，沉思着，一直到我住在《新华日报》办事处楼上，我都在沉思着，沉思着……

第二天，我们就来到梅园新村。

梅园新村在国府路上，横过一条铁路，走不多远就到了。

郭沫若曾这样就梅园新村发表过感慨："梅园新村的名字很好听，大有诗的意味。然而实地的情形却和名称完全两样。不仅没有梅花的园子，也不自成村落。这是和《百家姓》一样的散文中的散文，街道是崎岖不平，听说特种任务的机关林立，仿佛在空气里面四处都闪耀着狼犬那样的眼睛、眼睛、眼睛。庭园有些日本风味，听说本是日本人住过的地方。"

我们到达时，周副主席正在会客，我们便被引到廖承志住的一间小平房去等。我在重庆没见过廖承志，因为他当时正在坐牢，释放出来的时候，我已离开重庆，因此，这是我第一次跟他见面，他那时还没有后来那样胖，但中等身材已经是滚圆滚圆的了，他那嘻嘻哈哈的笑容和热情的招呼，一见就令人觉得亲昵。等了一阵之后，卫士叫我们，我们便走入那一座小巧玲珑的厅堂。我不知刚才来的是什么人？是否与当前紧张万分的局势有关？我只觉得周副主席眉宇之间有一种沉重之感。从重庆作别，在上海那次见面，我就觉得他的脸庞清瘦了许多。我看着他，想到他身居魑魅魍魉世界，肩负着整个国家的安危，——我听到远方隐隐的雷鸣，他何尝听不到远方的隐隐雷鸣……他尽管泰然自若，其实心是疼痛的！……看着他那肃穆的神情，这一刹那，我的心也绞痛了起来。他让我们坐下，缓缓而深沉地说了一下内战一触即发的局势，宣布找我们来是商议撤退的事情。正如郭沫若记下和他见面的情景："……轩昂的眉宇，炯炯的眼光，清朗的谈吐，依然是那样的有神。对于任何的艰难困苦都不会避易的精神，放射着令人镇定、也令人乐观的毅力……"我们见他时，也正是这样。他那炯炯的眼光一下转到我的身上，他说：

"白羽，我考虑你有两个地方可去，要不就到香港去继续做文化界统战工作，要不就回解放区去。"

我感到突然袭来一股热力，一股血从心底涌上喉咙。

我像唯恐失去什么，我必须紧紧抓住不放！

我望着他，说："看来中国的前途只有靠武装斗争来解决，周副主席，请允许我回解放区去参加战争吧！和日本人打了八年，和称霸全球的美国人我准备打十六年！"

那一瞬间，我发现他的神情倏然一变，仿佛云开月霁，满面生辉。

他是那样深情而又那样敏捷地转问汪琦：

"汪琦！你同意吗？"

汪琦只回答了一句话："我愿意回解放区。"

香港的繁华梦不足以诱人，我们思念的是自己那温暖的家乡，哪怕那里有摧残，有死亡，我们也在所不惜，因为我们的心留在那里，我们眷恋那里，我们十分自然地想回到那里——母亲的身边。可是我自己绝对没有想到，在进行这一番对话的时候，已经决定了我的下半生，不，整个一生的前途、命运和道路，不但决定那时，也决定了今天，如果那时我走岔一步，我就不是现在的我了！

周副主席哈哈笑起来了：

"好啊！那就想到一起来了！"

说着，他拉开左侧的抽斗，取出一份电报，扬给我们一看：

"刚好，中央来了一份电报，为了有计划地进行宣传报道，中央决定每一个大区派一个军事记者，统一由新华社总社直接指挥……"

当周副主席转身和在座的另外两位记者李普、沈容谈话时，我的目光一下落到桌头那一盆雨花石上，心头蓦然一惊。

郭沫若来时也注意到这石头，他写过："……正中一个小圆桌，陈着一盆雨花台的文石。这文石的宁静、明朗、坚实、无我，似乎也就象征着主人的精神。"我心头所以蓦然一惊——是我看到那鲜红的雨花石，我想到在雨花台牺牲者的鲜血……我又仰头去看周副主席，就是他，在中国掀起无产阶级革命的狂澜，又一直在汹涌的浪头战斗——我望了望正在谈话的周副主席，又望了望雨花石，霹雳声立刻在我灵魂中响起！上海起义失败，血流成河，南昌第一声枪响，豪情冲天，汕头覆灭，悲痛刺心，雪山草地，饥馑如火，在他前进的路上，一个一个战友倒在血泊之中，困死囚牢之内，永埋茫茫草地之中——而今，走着，走着，他走到这长江边上的古城。一刹那间，我想到夜静更深，万籁俱寂那一刻，他沉思着，沉思着，偶然走到这小圆桌旁，两道目光凝视着这鲜红鲜红的雨花石……一幕悲剧在他脑际闪过，雨花台屠杀共产党烈士的刑场，一阵阵凄厉的枪响，一声声壮烈的呼号……我想，周副主席来到南京，为何把这些石头摆在自己屋里——他寻找的是牺牲者的生命与壮志啊！当我凝注着雨花石时，我忽然看见周副主席目光一闪也向这边投来，我的目光和他的目光倏然相遇，他没说什么，但这默默的一瞬间，给予我的是多少深沉的哲理、激越的情怀呀！……我想，在一次又一次决难拯危之时，他一定从雨花石上提出过问号，得到过回答。我的眼睛停留在那一块最红最红的石头上，我感到这位巨人心灵的微微颤悸，他胸怀宇宙，神纵八方，但他是一个深情深情的人啊！在他眼中，那雨花石不是浓浓的一团发亮的血吗？……

周副主席的话声一下把我从无限驰思中震醒。

原来他又转身向我：

"白羽刚从东北回来，你熟悉那边，你就到东北去吧！"

这样，就把我们一一编入战斗的序列：李普和沈容到晋冀鲁豫，我和汪琦到东北。他站起来，我们都跟着站起来了，他用他那特有的手势，一一跟我们握手，他欢乐的目光像火花一样一下灼亮了我的眼、我的心。他随即把手朝我们一挥说："你们上前线，我送你们出征！……"不知怎的，我的眼泪抑制不住，不觉潸然而下，我一生一世能享受到这一次庄严与幸福，也就够了。而这是只有走向中华民族的生命之途的人，才会享受得到的啊！这是我人生中最光辉的一刹那，我永远不能忘记周副主席目送我们走去时，那微笑里含着多么深情的嘱托。

南京的确是个虎踞龙盘的古城，秦淮河的灯影，莫愁湖的朝阳，鸡鸣寺的钟声，明孝陵斜晖，在我们等飞机的那几天，都留下我们的履痕足迹。但真正使我心灵突然深深旋落、又突然腾腾上升的，是我们的雨花台之行。从梅园新村那里牵来的一缕情愫，总在我心中呼唤——我知道我必须到那里去！到那里去！我从周副主席凝眉瞩目的雨花石，来到这埋藏雨花石的地方。关于雨花石，有一段神仙传说，南朝梁代慧皎著的《高僧传》云：梁武帝时，有方光法师讲经感动上天，天花纷纷坠落，化作五彩石子。可见这雨花石古已有之，但不同的时代赋予不同的含义，自从这儿成为屠杀革命者的刑场，雨花石便成为先烈们的血的凝聚，魂的凝聚了。我们走了很远的一段路程来到雨花台，江南的秋色又一次袭上我的心头。雨花台原来面临着浩浩大江。现在却成为一片荒丘。我想到，在这土地下埋藏着多少先烈的英灵，我不觉把脚步放得轻轻的——这些受难者的灵魂啊！在痛苦中呻吟，还是在愤怒中呼唤？我不能惊醒土地下的亡灵。灰色的大地是沉默的，沉默的，我希望不要触动他们，惊醒他们，我仿佛看到一双双闪烁着火花的眼睛，不，也许是酣眠入睡的闭合的双眼……但，你们的灵魂永远是活着的，你们会感受到走来的是你的一个同志，他在为了你们未竟之志而走向决战之前，来向你们告别。是的，我看到一群又一群魂魄站起来了，他们身上带着血痕，手上拴着绳索……但他们是圣者，他们是圣者。在我们共同的道路上，你们倒在前面，我们跟在后边，让我们用颤抖的手握住你们的手吧！不过，我不要碰痛你的伤疤，以免你痛彻肺腑。我蓦然间仿佛又回到梅园新村那静肃的厅堂，我看到那位巨人望着那鲜红的雨花石——在沉思，在沉思……我的心灵感到无比痛楚。我想到我们同志的血，随着年长日久、雨雪风霜，一点一点愈来愈深地渗入地层，在那黑沉沉的炼狱之中，它们凝聚着生命的火花，染红一块块晶莹的石块———阵飒飒的秋风拂拂而下，给我送来大江的呜咽，大江的号啕，大江的哭泣呀！长空与大江融成一片萧瑟瑟的哀音，不，我应该坚强，不应该悲伤，我只想揣一块鲜红的雨花石在我怀中，如果我战死沙场，我让它夜夜放出红的光，继续为后继者指明战斗的方向，指出战斗的途程……多少个日日夜夜呀！从延安我踏过我精神上荆榛途径，我迈过神圣的闸门，我获得共产主义神圣的灵光。是它，决定我的信仰，我的忠诚，指使我在两种命运决战时，走向枪声，走向弹火，也许是走向死亡……但，真正的生命是不会死亡的。在这里熄灭，在那里重燃。不过，我要从这儿带去——最坚强、最坚强的牺牲者的意志，来检验一下我的心灵。从在延安发表我的宣言以来，我在重庆，别人西装革履，我素服敝絮，那浓浓的雾呀！那像一个奇怪的巨物在慢慢移动的雾呀！在侵蚀我，在沤烂我——我的肉在渐渐地减少，减少，我心灵深处那盏明灯却愈来愈亮……同志们！我不是来向你们告别，我是来接受你们的检验——我无愧于天，无愧于地，无愧于我，在这决定中华民族生死存亡的时刻，让那些逐臭之夫奔向那看不见一点硝烟的洋场吧！我却决定我献身于战争。

现在人老了，容易动感情，我一生对逝者流过两回热泪，一回是 1946 年在雨花台，一回是 1989 年在重庆歌乐山的烈士陵园。在那一刹那，我任凭先烈们推敲、审视，我敢说我无愧于自己的神圣的誓言——对伦敦雾夜里那盏理智的明灯，对彼得堡的凄厉的枪声，而现在，我要踏入创造未来明天的血海，我将跋涉过那血的波涛，我将聆听着那血的歌唱——我一身贞洁，一身浩气，我没有那么伟大，成为民族的脊梁，但我愿伸出一只手扶住这个脊梁，使我感到永远铮铮有声，铮铮有声……这庄严、肃穆的一刹那，我想的是多么多呀！我站在那里，低下颈项，我决不让泪水给人看见，我只觉得它们注入我的灵魂——看，那斜阳是何等红艳，但红艳得太像一片血了，可是在这死囚末日的刑场上，在豺狼还在嘶哮狰狞的时候，这里的白天也是黑暗的，只有这一片血弥合四野，烛照苍空。

我寻觅着一滴血，

我寻觅着一滴血，

当我从那累累荒冢边走过时，我忽然看见一个白发婆娑的老妇人，她慈眉善目、和蔼可亲。

她向我伸出挎在手上的一个小小竹篮，

她用那苍老而颤抖的手掀开竹篮上蒙着的一块布，

她是谁？

给什么？

啊——鲜红的雨花石……

一刹那间，我心底升起一阵洪亮的钟声。

啊！——她是中国的母亲，

啊！——她是中国的幽灵，

她捧着自己亲儿女的血呀！给我这就要出征的人，

给我这将要走向遥远的，遥远的、冰天雪地、冻雪寒风的人，

我的手颤抖了，

我从竹篮里捡起一块鲜红的雨花石，不，一团热血、一团红火、一颗太阳。

从这里我分得一份圣者的遗音，它使我一生不敢稍有懈怠，稍有放松。我后来虽然历尽坎坷，历尽艰辛，但没有忘记这灼人的热血，没有辜负这灼人的热血，我牢牢地掌握着自己。跟随着那远大理想的钟声。

秋风瑟瑟，江水滔滔，我从雨花台默默走回，我默默无言，忧心如焚，我知道我将从昔日的血泊走向今天的血泊，想起家国又将重遭涂炭，我只知道战，我却无法知道战到哪一天，不过我暗暗下定决心，一直战到胜利，战到明天，这样想着的时候，我的脚步由沉重变为矫健。几天后，我和汪琦与李普、沈容结伴同行，搭上一架美军运输机离开南京，我记得飞机曾经过上海，从高空望下去，这拥挤而繁华的大都市呀！你，密集的街道；你，白色的百老汇大厦；你，酱色的黄浦江；你，千千万万人民在挣扎着、在呻吟着的大都市呀！几许悲苦！几许忧愁！由于飞机倾斜着羽翼，大地像斜阳一闪。别了！我走时没想到会从高空中向上海最后告别。而后，飞机昂头向长空飞去，飞向苍茫的北国。

在北平西苑机场走下舷梯，正是北方的一个浓艳艳的晴秋。一辆吉普车来接我们，我们飞驰入城，住进北京饭店（现在北京饭店的老楼——但现在我还很怀念、很喜爱那个古老的房间，沙发、床，都是那样宽大、那样柔和、那样宁静……），写到这里时，我深深怀念着一个人，我曾这样写过他："今夜，在病房的宁静之中，我想一个人。我怀着肃穆的心情向叶帅的遗体告别，已经过去相当一段时间了。现在，他忽然又在我的眼前出现了，他还是那样生气勃勃，泰然自若，意趣盎然，从眼镜后面，从短小的黑胡髭里，从整个面庞，以至整个身体，都洋溢着天空一样晴明的笑容。"……1946 年 10 月间，内战的乌云已经重落在中国大地上，天空也发出阵阵的雷鸣。行前，周副主席对当前形势作了精确的分析，对分裂局势作了周密安排，他说："你们把我的意见报告给剑英

同志。"就这样，我们在周副主席和叶剑英之间作了一次信使。

一到北平，叶剑英同志就在景山东街叶公馆北上房东头一间办公室里接见了我们。我记得是夜晚，窗玻璃上摇曳着秋风吹动的树影，他坐在临窗大办公桌后面，我们围绕在他的周围，他两手放在桌面玻璃板上，我发现他的神情十分肃穆、凝重，对于周副主席的传言仔细聆听。我忽然想起朱总司令1939年在太行山上跟我谈到长征的时候说：张国焘搞分裂阴谋，急欲加害党中央，是叶剑英同志机警地截住了一封电报，当机立断，连夜骑马飞驶巴西，报告给毛泽东同志……在紧急关头，由于他的果决，避免了红军自相残杀的一场浩劫，挽救了中央，挽救了党。那是多么大的智慧，多么大的忠诚，多么大的勇敢啊！而在这次见面的秋天，全国各地，内战星火恶报频传，他又处在一个巨大转折关头。我注意观察他，好像窥察到他心中有几分沉重。但，当我们向他转达完周副主席的谈话，他忽然一按桌面站起来："明天我们到西山看红叶去，看过吗？西山红叶很出名啊！"他爽朗地笑了，笑得那样豁达，那样坦荡。我不无赞叹地想：天大困难，他也举得起放得下呀！后来，粉碎"四人帮"一事更说明他的刚果决断，他为党为人民立下了不朽的功勋。这一天西山红叶如霞似火，他的豪情也如火如荼，而他的微笑中似乎含着浓郁的诗意了。

今天（1990年），二十世纪九十年代的第一个春天，我住在香山饭店的一个房间里，我选择了这个房间，因为从这里可以看见弥漫的山岚。笼着起伏的山峦，远处黑森森的松林和近处一株株伸着虬龙般枝干的松树——总之，从这里我可以得到我需要的辽阔。也许因为这一个缘故吧，当我从落地的大玻璃窗望出去，望着充满冬云的长空，我的心情忽然沉重起来。我一下又回到四十七年前，那一次在香山顶上望着那红艳艳、浓郁郁、满山满谷、漫天漫地的红叶，就像红光照亮的海洋，红光照亮的苍穹，一阵轻微的秋风潇洒而过，吹得所有的红叶簌簌作响，于是整个峡谷、山岭、天空、大地都颤巍巍地动了起来。今天，我一任太阳照晒而入，暖洋洋地晒着我，那样暖和、那样舒适，这洁白的房间，彩电，冰箱，立柱式的台灯……圆桌上放着我的SONY小收音机（这是我在纽约请《经济日报》驻纽约记者和铭买的——它有九个波段，可以收听全世界各国的广播，但使我最满意的是它有一个频道，专收立体声，从那里，获得了我的音乐世界），我忽然自言自语地吟道："萧瑟秋风今又是，换了人间。"乐声像一股温馨的空气在我周围左右慢慢回旋，而后一直渗入我的心灵。天翻地覆的变化呀！四十七年前，我在这里沐浴着爽利的秋风，巍然独立，那时血崩又将降临中华民族身上，我望见灾劫，我走向灾劫，但竟然没有想到，世界从那时起不是死，而是生，经历着生活的巨大创造，从中我也经历着巨大的心灵的创造。于是我像煮蚕茧的女工，用灵巧的手指捞起茧丝，我寻觅着我往昔的梦迹，往昔的心灵。当时我只想到活下去，为了我，也为了国家，为了人民活下去，我必须在一场精疲力竭的抗日战争之后，紧接着便又决然投身于与美械装备的八百万精兵作决死的周旋……我的的确确没有想到，我这样一个渺小的人，会在那战火纷飞之中，用自己的血、肉、生命，为创造一个新中国这人类史上具有决定意义的一页上写下一笔，那是堪与文艺复兴、法兰西大革命、巴黎公社、十月革命相媲美的建设人类文明史的庄严、壮丽的一页。我曾经投身于一个熔炉，在延安，在精神的陶冶下迈过一道思想境界的门槛；没想到，在东北，我又一次投入熔炉，牺牲者的鲜血唤醒我的灵魂，决定我成为一个战士，成为一个士兵，一直到现在我还是一个士兵。当时我的的确确没有想过，我在铸造一个新世界的同时，铸造了我自己，我又迈过了一重门槛。我懂得什么是深深的爱，我懂得什么是深深的恨，爱谁，恨谁，这种爱、这种恨——成为我在每一危难关头决定方向的指针。是的，今天，我又一次想到 1946 年之秋，站在这里，香山高峰之巅，那是多么爽利，多么爽利的秋风呀！……

# 第十一章

——

# 暴风雪

## 九六　西线风云

从南京出发的时候，还是一片碧绿浓荫，乘飞机到哈尔滨，已是冰雪隆冬。我们就住在南岗附近东北局宣传部办公大楼后面大院的招待所里。看起来是日本人住过的楼房，现在人去楼空，空空荡荡，一无所有，不过，黑龙江煤炭矿产丰富，暖气还是烧得热热的。可是床铺上光秃秃的，只铺了草垫子，我们又没带行李，就借了棉被棉褥来对付着过宿。到街上看看，真是一片雪地冰天。整个哈尔滨给阴沉沉的雪雾笼罩得天地苍茫，如同一片不透明的玻璃，偶然闪露的阳光。也是那样苍白无力。住了没几天，宣传部通知我马上行动。所以通知如此紧迫，是因为前方已经战火弥天。刚好东北民主联军政治部主任谭政要到前线去，东北局宣传部要我跟他同行。我得到一套棉军服，又给我一些钱，让我到街上去置办些御寒的东西，没有这些，是无法抵御旷野里的严寒的。一条大街上有一家上下两层楼的很大很大的商场。日本关东军狼狈逃窜，遗弃下大批仓库，仓库里成包成批的货品都摆上了商场，我在这儿很容易买到了一顶黄呢毛皮日本军帽，一件关东军的羊皮大衣，一双不分手指的棉手套，和一双高腰的毛皮日本军靴，还买了一个皮挂包，我抛掉了在国民党地区才用得上的西装之类，一下换上了全部日式装备。我到火车站，找到一列火车，谭政已经坐在那冷得像冰窖一般的一辆客车厢里。当时，整个解放区，只有东北有铁路通行，不过一切还陷于混乱之中，火车上虽有暖气设备，却无热力供应。我和谭政在延安早就很熟识了，当时他是八路军后方留守处的政治部副主任，我记得毛主席派我们陪同卡尔逊去前方，我就持了毛主席的一纸信笺去找谭政解决装备。从华北游击区回来，由于我在延安文协担负组织作家去敌后的工作，常常要到政治部联系，因此我不但同谭政，而且同组织部长胡耀邦、宣传部长肖向荣也都十分熟悉。谭政是一个很严肃的军人，他给我印象最深的是，他总是微微皱着眉，见到我来，脸上露出一丝笑容，随后也就悄然消逝。他对我的到来还是很感兴趣的，这大半是由于我是刚刚从国统区来，可以给他讲一些有关"和谈"的新闻。火车开动了，他便问我很多问题，不过，他寡言少语，只是嘴上衔着一个烟嘴，里面插着一根香烟，一面吸着烟一面侧耳倾听。我们的火车从哈尔滨西行，我沉默下来，看到窗外一片雪白的大地，那样平平坦坦、一望无际，我心中立刻涌上苍凉、怅惘之感。不知什么时候，车厢里的暖气接通了，里面热，外面冷，车窗玻璃上，转眼之间遮满一层水汽，这样一来连荒凉的雪野也看不见了，我很快就陷入寂寞之中，于是，我离开谭政，找了一个座位，从挂包里取出一本斯诺的《苏联战时访问记》读了起来，刚好那里面描写到冬季战场上，到处大雪纷飞，不知怎么我一下又想起年轻时从《译文》上读到尼克拉索夫的《严寒通红的鼻子》那首长诗——读那诗时，我从俄罗斯的冬天产生了无尽的遐想。也许由于我是北方人，不，更主要的是出于我的性格，我喜爱冬天的暴风雪……我希望冲着暴风雪前进。谁知，现在我就到了这挨近西伯利亚的雪国，我耳边响起一阵歌声：

> 茫茫的西伯利亚，
> 俄罗斯受难者的坟，
> ……

我读着读着，想着想着，困了起来。就在长长的木椅上，枕着我那个皮挂包，把关东军的皮大衣盖在身上，我闻着那种甘草般皮毛的气味，瞌睡过去了。待我醒来，火车已从齐齐哈尔折转南行。

红色岁月 红色历程 红色史诗 红色经典

我看看谭政，还是那样一动不动地坐在那里。

在我整个午睡时间里，他好像一直就那样静静地坐着。

这个严肃的军人——到了晚年的时候，那是粉碎"四人帮"之后了，我们住在同一个医院里，他已经患了偏瘫，不能动弹，但是坐在轮椅上，远远看见我就招手，这时他已经言语不便，但他紧紧握住我的手，脸上带着慈祥的微笑。我们都经受了十年浩劫的磨难，九死一生之后的见面使我感到这人有一颗多么温暖的心，我不觉心中为之一阵酸楚，因为我想起早已先他而去的妻子。他们两人都是老红军，她可真是一个比男人还男人的女人，她直率得简直有点令人可怕，她发怒时可以骂出连男人都轻易说不出口的言语。我忽然想到这一对夫妻一生也许就是战争、战争，工作、工作，——在那中间他们似乎抛尽了人情冷暖，当粉碎"四人帮"的消息传到她耳中，她高兴得激动万分，就在大笑声中，猝然脑溢血倒地而死。这一切说明，在她那似乎过于粗犷的表面之下，有一颗春风一样善良的心。谭政也是如此，到成为残疾的孤独老人时，他的温情才像夕阳一样明媚照人，他紧紧握住我的手，笑得那样甜蜜，那样温暖。人啊！人的内心像一个看不见底的深渊，深不可测，充满神秘。回想我在东北解放战争中第一次从西线出发，和他相伴而行，但我一点也不了解他。火车只能开到泰来，前面去白城子的铁路还未修通，我们就下了火车。泰来是个满眼黄土房屋、十分荒寒的小城。我们在兵站里暖暖和和地吃了一餐热饭。而后改乘一辆卡车，经过坦途、嘎什根、五棵树，沿着松花江向东行走。在卡车顶上，我头一回领略到这片神奇国土上的豪放与粗犷。车经月亮泡时，我眼前出现了动人的情景，茫茫的、白色的冰冻的湖面上，有很多人冒着严寒风雪，在那湖上奔跑着、呼喊着，不知道在干什么。我们的卡车离月亮泡愈来愈近，我看清迷迷蒙蒙的雪雾之中，无数无数的人，从冰湖里拽出一条长长的黑色的东西。我给这奇异的景象迷住了。人们告诉我，这正是月亮泡捕鱼的季节。人在劳动中显示出多少聪明才智呀！他们在几丈厚的冰层上凿出洞口，然后把挂满铅砣子的大渔网顺着洞口，降入湖中。我始终弄不清，那渔网为什么能在冰层下面的湖水里自动张开走数里之遥。这正是松花江与嫩江汇合之处，鱼冬天都寄身于这沿江一带的水泡子里暖和的冰层下。东北人叫作水泡子，实际上就是湖，这一带有洋沙泡、黑鱼泡、月亮泡、干泡，一连串湖泊套着湖泊，在这些湖里，鱼群稠密得挤也挤不动。于是，这些勤劳、勇敢而又剽悍的人们，就利用这严冬时分下网捕鱼。我看见那么多人拽着网，呼叫、奔走，在冰冻的湖面上走得很远很远，把渔网拽了出来，一网捕捞上来那样多那样多的鱼。由于气温降到零下四十度以下，原来在冰层保护之下生动洄游的鱼，一拉出湖面立刻就冻得像一条条钢刀一样。鱼多得不得了，来拉鱼的大车有一长串，在湖面上排了几里地远。然后一车一车装满冻硬了的鲜活的鱼，走起来。马喷着热气，热气聚成一片浓云，一片密雾。马拉着车。在冰面上奋进。我看见一个戴着火红狐皮帽的汉子，跨开两脚在车辕上巍然挺立，那皮帽的两边护耳都扎撒开来，白板的羊皮大衣也敞开来，他身上热汗腾腾，他的脸赤红赤红，像刚刚喝醉了酒一样。他把长鞭在马身上挥得呼呼旋转。随着他的高声吆喝，马也高声嘶叫起来。这捕鱼的人，这赶车的人，连同那些拉车的马都笼罩在一阵阵热烈的欢腾之中，人们在战严寒，在斗冰雪，感受着劳动的莫大欢乐。这些黑土地之子呀！他们不被严寒暴雪吓倒，而且成为严寒暴雪的主人，这就是黑土地的伟大的灵魂。这情景给我留下深刻的印象。当我们的卡车绕过月亮泡行驶老远老远，我还朝那边望着，他们的欢乐传染给我，他们的豪情也传染给我。直到远去，远去，再也看不到湖了，我还听得到那人欢马叫的声音……

大地，大地，你多么荒凉而又多么富饶呀！

不过我看见黑土地还是后来的事，因为这时大地上蒙着白皑皑的冰雪。

我们到了前郭旗，前线指挥部设在这儿。由于北风狂暴，这儿的黄土房屋的墙都很厚，屋顶是平的，每家屋顶上的烟囱里喷出炊烟，可是，一出烟囱口，就给风撕扯得无影无踪了。

我们就在这种小土房里跟林彪见了面。屋里烧得挺暖和，林彪站在炕上，望着挂在墙上的军用地图，在思谋着什么。这时国民党部队已经冲过松花江，在江北占据着一个桥头堡陶赖沼，随时摆出向哈尔滨进袭的态势，形势险峻。北满我军从西面出击，牵制敌人，让南满我军放手去打。从南满到北满，从北满到南满，把敌人牵过来拉过去，打得蒙头转向，这北面就是出名的"三下江南"，那南面就是英雄的"四保临江"。林彪是一个不大外露的人，但见我们来了十分高兴，把手上的一张电报纸递给谭政，原来南满传来我军在宽甸、桓仁全歼蒋军二十五师的胜利消息。

由于北满前线没有战事，我就转到地方上去，想看望看望东北人民。

刚好，遇到郭峰，西满这一游击地带的党委书记。他要到农安一带视察，我就跟了他去。那可真是很有意思的一次旅行，我们几个人坐在一辆大板车上，拉车的几匹马，轻快地跑着，奔驰过平平荡荡的原野。我们巡视了不少刚被我军解放的城镇村落。关东人豪侠好客，我们每夜到一户人家，就如同到了自己家里，男女老少都亲亲热热地围着我们问这问那。我前不久还在上海，每日每夜看着那忙忙碌碌的芸芸众生，却无法和他们亲近，而这里就完全是另一种景象了。我坐在老乡的炕头上，老乡给我斟上几杯白酒，执意要我们非喝不可，你要不喝，主人便觉得扫兴；那滚烫的白干沿了喉咙一直热辣辣地流进胃里，不久，额头上就现出了一层汗珠。当我第一次来到东北人民之中，我就感到东北人民火热的心肠，我是多么高兴呀！

但，谁想得到，在高兴之后就来了个不幸。

这个小小的悲剧，发生在我第一次上前线，一腔热血，小试锋芒却招了横祸，怎能不说是不幸呢！

事情发生在我到第一纵队之后，这是我第一次跟这个部队接触，那以后三年之内，我和这个部队一直转战在一起，相处那样亲密，我成为花名册上没有注名的一个一纵队的普通一兵。一纵队的司令员是万毅，万毅是真正行伍出身的东北军的一名军官，他十分明朗又十分文雅，他从山东渡过渤海回到自己的家乡，亲身率领着这一支精兵。纵队的政委周赤萍是一个老红军，没想到这一位政治工作者却是真正典型的军人，他严厉起来，皱着眉头，两眼闪光，而欢乐时，却笑得那样天真，发出朗朗笑声。副司令员兼参谋长是李作鹏，这个在战争中失去一只眼睛的人，总是戴着一副深茶色眼镜。他又高又胖，长期跟着林彪当作战处处长，由于处理军务细心周密，林彪很喜欢他。但林彪究竟是军人，军人有军人的性格，有一次设营不周到，林彪拎着一根皮带到处追着非要打李作鹏不可。纵队司令部这三个人对我都很友善、很亲热。可是，到达一纵不久，一下江南战役结束，部队奉命转移，从德惠一带撤退下来。我跟着纵队领导一道行动，大家都骑马，也给了我一匹马。1938年遍访华北各游击区时，我天天骑马，尽管马术不算精通，但是一任骏马奔驰，我也操纵自如。可是这几年在延安、在重庆、在上海，过城市生活，渐渐就远离了那种纵马关山的机会。因此现在突然要骑马，我心里不免有点发怵。马是很敏感的，对于熟练的驭手它会十分温驯，但如果它觉察了你是一个生疏的骑者，它就不肯俯首帖耳。这一回事情就是这样，我刚刚翻身跨上马鞍，这时一架国民党飞机在天上盘旋不去，不知只是侦察，还是要扫射轰炸。前面骑马的人都已经扬鞭纵马奔驰起来，我这匹马急于追赶那些马，而我紧紧勒住缰绳不敢放手，于是这匹骄傲的马显然也蔑视起我来，由于不能使它任意奔腾，它暴怒起来，向空中高高扬起前蹄，同时后腿乱蹦乱跳，整个马竖立起来，鬃毛一根根扎撒开来，满口喷吐着白沫，不住地仰天嘶吼。这一来，我就变成大海浪尖上的一叶孤舟，我无法驾驭这匹马，马把我一下抛到空中，它自己扬长而去，我却像一块石头重重跌在严寒坚硬的冻土上，刚好我背的一只康泰可斯照相机卡在腰眼里，一跌下来，我就两眼乱跳金星，腰间椎疼痛难忍。后来我才知道这原本是一匹驮行李的驽马，早已不惯驭手任意驱驰。第一次战争生活，我就没经受住考验，我跌伤很重，稍微一动弹，就疼得难忍难熬。

## 九七 江边夜话

我只好躺上担架。

我的内心充满痛楚，没想到第一次上战场，就落得这样可悲的结果。特别难过的是让人抬着，实在过意不去。却又疼痛得动弹不得，而无可奈何。一种悲观的情绪在我头脑中动荡。在这关头，幸好遇到吴本立，我们在延安早已相识，他这时在东北电影制片厂，带了一个摄制组到前线来拍摄战争纪录片。于是这个小集体在战乱之中担负起救护我的任务。我到现在还万分感谢他，要不是他带上抬着我的担架，要不是他们相伴而行，不知道我会遭受多少艰危。第一纵队从冰冻的松花江上过江去了，我们向西面铁路线行进，以便搭乘火车回哈尔滨。东北的严寒真是怕人，一个能活动的人还能增加一点热量，我一动不动躺在担架上面，尽管本立给我盖上好几件日本关东军军用皮大衣，可是，一阵狂风、一阵冻雪，我还是禁不住打起寒战。我望着在担架前后，在深深雪地里跋涉前行的同志们，既感到羞惭，又感到恼怒。也许是由于严寒的缘故，我的心冰凉、发颤。我想起在南京时，有多少凌云壮志，在周副主席面前求战，一心奔向战场，谁知不但没有亲临战火，而且落得这一下场，我虽然没有失望，却也不免怅然若失。我觉得我很对不起抬着我在冰雪中深一脚浅一脚行进的人，他们原来是支援战争的担架队员，本应该抬的是火线上下来的伤号，而我这算什么呢？！我掀开一点被角，望着那灰条条的天，白茫茫的地，我突然痛恨起自己，连忙把头缩进皮大衣下，十分辛酸地哭了起来。一路上，本立细心照料着我，烧了饭端给我吃，烧了水端给我饮，我要起来，还得左右两人扶持，就这样也还疼得满头冷汗。

走着走着，有一天夜间来到松花江边。

如果说在乎野上寒风透骨，那么，到了这儿，大江面上一无遮拦、空空荡荡，狂风暴雪，恣意奔驰，因此这江边就更加冷气逼人。

那是紧靠松花江南岸的一个小小村落，疏疏落落立着几家矮矮的土屋。本立特意给我找了烧得暖和和的一户人家，把担架抬了进去，我就睡在后墙角下。这房屋很狭窄，分里外两间，这是我第一次看到典型的东北农家，里间临着前窗是一条长长的大炕，一家人不分男女老幼都睡在上面。松花江面上吹来的狂风冻雪，把窗上糊的纸一鼓一吸，唰唰响成一片。屋里没有灯火，只从外间屋灶火上闪进红蒙蒙的一点暗光。我听到火炕上老人家的鼾声，小孩家的呓语，空气里充满一股暖烘烘的人味汗味。我心中闪过了一丝快感，感到像回家似的那么温暖舒适。于是我在蒙蒙眬眬中睡了过去。但，那一夜梦中我总听到一种唰唰——唰唰的不停的响声。不知什么时候，我被敲门声惊醒。我看到主人翻身下炕，披上棉衣去开门。门开处，一阵风雪像一股浓烟冲了进来。然后从雾影里出现一个穿着一身臃肿的老羊皮大衣、衣襟敞开的关东大汉。大概是怕惊醒我，两人压低了声音谈说几句，主人随即塞了一把干柴，笼起一灶红火，两人肩并肩坐在灶火前。我不愿惊动他们，卧在担架上没有出声，只张眼看着他们。借着火光，我看见他们两人破绽得露出棉絮的肩头，使我感到东北人正处于困境之中，但他们头挨着头，那样亲热，那样甜蜜，我听到他们的悄悄低语。从他们的谈话中，我知道这个脱下老羊皮袄、甩开一片冰雪的客人，原来是左尔钦旗的一个农民，他参加了支援前线抬担架的行列，他深更半夜在这儿停下来，为了就着灶火饮几口热水，吃点干粮。火影在他那像大地一样憨厚、宽阔的脸膛上忽忽悠悠地跳跃着。我看见他眉毛上溶解开来的冰霜的水珠，水珠随着两腮的嚅动而微微颤抖。

"老王，这一回我可开了眼了……"

"你看见什么？"

"咱们老百姓的军队可千军万马，声成势壮呢！他们待我真好，简直跟亲哥儿们一样。真正是咱们自家的军队。走道的时候担架颤动，他们生怕我们担心骇怕，忍住疼痛，不哼不哈，还一个劲跟你唠嗑，走一阵就劝我们歇息。可老王！大风大雪的，你说他们为谁呢？我从火线上抢救下这个伤兵，是从山东漂洋过海来的……"

他啊着声音，大概在咀嚼干粮。

这是多么神秘而又温情的松花江边的深夜呀！

"……他们从关里到关外来遭这个罪干什么？"

"这里总有个理儿。"

"对呀，总有个理儿。我这脑袋里捉摸着，我说：我们是里八路，他们是外八路，没有外八路咱们里八路翻不了身，没有里八路外八路站不住脚，我看就是这个理，你寻思呢？！"

"嗯啦，你说到道道上了，你听，从我这屋檐后头走了整整一夜了……"

这时我才恍然大悟，我原来当作风声雪声的唰唰声音，是支前队伍的皮靰鞡擦着地面发出的无止无休的响声。

我忘记了身上的疼痛，我心中豁然开朗。

从苍苍茫茫的冰天雪地里，我仿佛看见一个巨人带着全身火光站起来了。这些关东大汉呀！他豪情！他仗义！他经过冷静的观察，决心把力量投在人民军队一方。他们真是了不起，他们在我们危急困难的节骨眼上，决然挺身而起，支援自己的亲兄弟、亲骨肉了。如果是在后来我们胜利的时候，这江边夜语就不那样动人了。正因为那是在天还没有明亮，黑夜还笼罩大地的时候，这江边夜语如同温暖的热血，一下输入我的心房。我的心微微颤动，我看到了这广大黑色土地上的人民。是的，这就是我们的人民。他们的话音那样低沉，唯恐惊醒我这个从远方来的客人。说到这里，那个担架队员咕嘟——咕嘟仰脖喝了一瓢冷水，站了起来，扑打扑打落在身上的干粮的残渣。

"老王大哥，睡好吧！我看老鼠拉大锨，这大头还在后头呢！我该走了，别让担架队上的同志冻坏。"他随即亲昵地说："亲不亲，在人心，今天下晚从街上过……我买了两根香烟给他抽……"

"你是跟定了共产党了？"

"那还有什么说的。在佐尔钦我分了一坰半地，一匹马，十石高粱，一间半房，你想一想，这是天上掉下来的吗？往日里连想也不敢想呀！"他把烟袋插入怀中，伸出手指掐算："我筹谋着，明年秋后能打下五石粮，我的日子就红火了。"

一股香悠悠的关东叶子烟气味扑进我的鼻孔。

他们用烟袋锅吸着叶子烟，却买了那两根香烟给伤员，这是多么真挚而又朴素的感情呀！我的鼻子一下发酸起来了。这个担架队员又穿上老羊皮，门开了，又是那样一股白烟一样的冷气袭了进来，不过这次这大团冷气泛着微微的青光，我看到松花江上飘来的黎明。一刹那间，这个人的脚步又合在那唰唰——唰唰不停不断地千千万万脚步声中。这样动人的火热的心肠，两颗泪珠悄悄地沿着我的鼻梁、脸颊濡濡而下了。从这以后，无论冰天雪地，还是战火纷飞，我再也没有忘记这温暖的夜语，他们以为我在酣睡，道尽真心实意的语言。人民啊！中华民族颤动的心房成了我颤动的心房，中华民族坚硬的脊梁成了我的坚硬的脊梁……

火车修通了。本立他们用担架抬上我进了白城子，而后从白城子搭火车到了齐齐哈尔。这时我的伤势还没有痊愈。陈沂担任西满分局的宣传部长，他把我接到他的家中。陈沂和我是1939年春天，满山遍野桃花盛开时，在太行长治县北村相识的。那时他在北方局宣传部工作，我因为承担了写朱总司令传的任务，也到了宣传部里来，我们都住在一家酱园里，满院都是制酱的大缸，晒着太阳发出一股好闻的大豆的霉酵气味。我住在上房，陈沂住在厢房，朝夕相谈，过从甚密。我知道那时他正在和马楠恋爱，有一天马楠来了，她是那样年轻、俊秀，在地方上做妇联工作。我记得秋天日本鬼子大扫荡时，我和陈沂就分手了。后来我回延安，听人说他和马楠在冀南一带打过游击，后来就到山东去了。我第一次到东北来时，在四平前线见到他们。陈沂对人热情、豪爽，在齐齐哈尔，要不是他和马楠精心照料，我的腰疼怎能支持步行。我就住在他们外间屋，日本人放棉被用的宽宽的壁橱里面，垫得厚厚实实的棉被给我无限的温暖。他们天天还把我送到澡堂的热水池里浸泡。也许就是这热水，把渗入骨髓的冷气溶解了，使我的血脉畅通起来。当然，最大的精神治疗，是朋友这温暖的家庭气氛，我十分感激陈沂，十分感谢马楠。面对着现在人际间冷漠的关系，想起往日深沉的友情，写到此处，我的心是十分激动的。在这儿住了一段时间，我的腰部虽还隐隐作痛，但已经能站起来行走了。本立他们这个小集体又带我搭乘上从齐齐哈尔到哈尔滨的火车。经过萨尔图、安达那白茫茫的荒凉的原野，那时何曾想到这里地下会蕴藏着十分丰富的石油，后来开出了全国享有盛名的大庆油田。那时，一望无际的雪野上只是旋卷着白毛旋风，风吹扫着深深的积雪，从雪地里露出纤细而又坚硬的芒草颤抖着，发出天崩地裂的呼啸。当大风雪猛扑过来时，我好像觉得火车厢都在摇摇晃晃，好像一刹那间火车就会被砸得粉碎。火车头喷出的白烟和白雾挟缠在一起，给迎面而来的狂暴的风狂吹着，一下就悄然逝去了。关东火车头的性格也特别强烈，它不停地发出豪放而又凄怆的汽笛声，拖着整列火车向东急奔。

在哈尔滨车站，我和吴本立分手，他们要转车到佳木斯去鹤岗回东北电影制片厂。这时的哈尔滨像一座冰雕的水晶宫。我雇了一辆马车，来到南岗喇嘛台后面的东北局宣传部，才知道汪琦已分配到《东北日报》社工作，我是新华社总社的记者，新华社东北总分社也和《东北日报》社在一起。于是我又转过霓虹桥找到《东北日报》社。谁知汪琦却由于战争形势紧张，已经撤退到佳木斯去了。我在《东北日报》社住下来，立刻写下我到东北来写的第一篇通讯报道《人民与战争》，在《东北日报》头版头条，以大字标题发表。这不是由于我写得好，我只传达了那动人的江边夜语的心声，第一次发出一个信号：东北人民站起来支持我们了！这就预示了东北战争胜败的结局。江边夜语是偶然听到的，正因为说话人以为我睡着了，他们不是为了说给我听的，他们说的是真真正正、实实在在的人民的心意。这是石中的火种，只要一记重重撞击，就会爆出咇咇的火花。正是这火花，后来引导我走过漫长的漫长的东北战争。

## 九八　雪国

在一家俄国人开的医院里作了检查，他们认为我的腰骨软组织拉伤，不治疗是难得好的。当时，我们的后方医院设在鹤岗。于是新华社总分社决定我到那儿去治疗。这样我就依靠一个通信员的帮助，蹒跚两腿，又搭上火车，从哈尔滨向更北更北的北国边境的佳木斯前进。到了佳木斯，一下火车，没有风、没有雪，但那种严酷的寒冷，像火一般灼着皮肤。我看见整个天冻得如同青色的铅块，整个地是深可没胫的积雪，在蒙蒙雪雾中封冻的松花江上悬着一座高高的铁路桥梁。如果说在松花江以南的原野上，在哈尔滨街道上，是寒风透骨、雪地冰天，而这里，整个空间则结成一个硕大的冰块。我坐在摇摇晃晃的马车上，呼进一口空气就像吞下火辣辣的老白干，我身上的皮大衣，变得有如一层薄纸，从心里冷起，冷得全身索索发抖。一匹衰老的瘦马在冰雪中慢吞吞挣扎，它身上、口中冒出一股股热气，一下就消失净尽，无影无踪。渐渐地我也不颤抖了，变成了一整块坚冰。到了《东北日报》佳木斯后方机关，我的腿脚已经冻得难以行动，腰眼更是痛得火烧火燎，我一步挨着一步走上冻得咔咔作响的楼梯，我先去看了李长青，他是抗联将领李延禄的哥哥，是个老共产党员，现在担任《东北日报》社社长，因为他有病，到佳木斯来休养，他的夫人姓范，像慈母一样和善，一样热情，她说汪琦外出采访去了。她领我到食堂吃了一顿热饭，我才渐渐暖和过来，原来冻得像铁甲一样的大衣面子，融化出一层细细的水珠，变得柔软起来。我一进入汪琦的住室，连忙脱掉大衣，倒在床上睡了起来，这次和汪琦见面，颇有一点传奇色彩。

她听说我来了，急急忙忙撞开门，跑了进来。

真是又惊又喜，她不知我在冰天雪地、战火纷飞中到哪儿去了，可是报社要她立刻撤退，她也不知何时和我再见，甚至还能不能和我再见。要讲分别，这不是第一回了。在延安、在重庆，她一次次送我。不过这一回她却第一次忍受了作为一个军人的妻子的又甜蜜、又苦涩的担心与思恋。她完全不是哈尔滨分别时的模样了，她身上穿了一件关东军皮大衣，脚上蹬着俄罗斯妇女穿的那种长筒皮靴，头上戴一顶尖顶的皮帽子，她冻得脸孔通红，两颊红得像抹了胭脂一样。在这毫无精神准备而又骤然相见之时，她那双又大又亮的眼睛，闪出那样纯真的热爱与喜悦。我起身来握住她的手，她的手冻得像冰核那般冷，她只一迭声问：

"你怎么来了？！你怎么来了？！"

当我们热烈拥抱时，她听我哎呀叫了一声，不觉一惊：

"你怎么了？……"

我把我在前线摔伤的情形告诉了她。

当她听说我是用担架抬回来的，一股忧伤蓦然漫过她的眼睛。

她刚刚尝到了一个军人妻子的欢乐，随即旋入了一个军人妻子的凄楚，为了安慰她，我说：

"不要紧，治一治就会好。"

但这止不住她的忧虑重重，疑虑重重。我一面忍住剧疼，一面强颜欢笑地说：

"你现在真像一个女英雄！"

……我们一生一世永远热恋着。这时我看到她热情的眼光，像从冰雪中初雾的阳光，那样温柔又那样强烈。

我们窃窃低语谈了一夜，我倾吐我在前线的怀念，她诉说她在后方的不安，这时我才体会到什么是战争，我才想到战争是会死亡的，她不能不触动这一个恐怖的念头，她不能不为此日夜惴惴不安；这时，我才体会到什么是爱情，只有用战争用死亡考验过的爱情才是最深切、最真挚的爱情。

第二天，汪琦陪我到佳木斯街头看看。

佳木斯是出入黑龙江与苏联相接壤的国境线上最大的一个城市，尽管这里也有俄国人经营的秋林公司，实际上是一个不具备现代条件的古老破旧的地方。但国民党收买了大批胡匪，配合他们向哈尔滨进攻，现在这里晚间常常听到枪声，就是白天行走有时也会遭到突然袭击。市中心一个景象令我触目惊心，那是悬在电线杆子上的一个木笼，我注目看时，里面是一个枭首示众的人头，这人头像是一块死灰色的朽木，它失去了生命，留下了罪恶。这是烧杀掠抢，狂暴凶残的土匪头子谢文东的头颅。当最初悬挂起来时，无数人向它吐唾沫、扔石头，现在，它枯槁了，人们从下面走过，也不再去理睬。我在前线看到战争，谁知在后方也看到战争。当我知道土匪已经被消灭在大森林里，我觉得我应当把这消息通报全国。因为它说明蒋介石不惜与胡匪同流，精心策划，从后方进行破坏的阴谋已经宣告破产，而一个坚强巩固的人民民主根据地已经巍然挺立在东北大地之上。时不可失，我带着病痛到合江省委，想从合江省委书记张闻天那里了解剿匪情形。张闻天是一个教授模样的人，我们早已在延安相识。也许由于合江头绪众多，万事纷纭，他的办公室里繁忙紧张，一批人进来，一批人出去，他跟我握手之后，不但没有热情，而且相当冷漠，更使我难受的是他不无讥讽地说了一声："啊！你是新华社总社的大记者啊！"我听了这话，不免有些刺耳，一股热潮涌上来，红到耳根。他也许觉察到了我的反应，随即莞然一笑说：

"你去找贺晋年吧，他指挥剿匪，昨晚才从前线回来！"

于是我迫不及待地去看贺晋年。这位陕北老红军身上积着多少疲劳困倦，而且腰疼病发作，却十分热情地接待了我。他听说我要了解剿匪情形，一下就精神抖擞、滔滔不绝地说了起来。他的谈话至今还深印在我的心中，他率领部队身先士卒，在完达山那深山老岳之中，进行剿匪。胡匪原是在大山林中熟惯了的，翻山越岭，八面袭击，从每一株树后随时都会放射出冷枪。我们的部队人地生疏，只凭着一股不怕艰难、不畏险阻的决心与勇气，在林海雪原中与胡匪周旋，竟把胡匪打得落花流水，逃窜到穷山恶岭。那里，不要说人，连鸟兽都没有，只听到大森林里一片唰唰的风声。可是人民的军队是无畏的、无敌的，他们从雪地上发现人迹，就紧紧跟踪追击。不分黑夜，不分白天，穿过多少密密的大森林，踏过多少没腰深的积雪，渴了抓把雪塞入口内，饿了摘些松果充饥，就这样跟踪前行，穷追不舍。有一夜，尽在摩天峻岭、悬崖恶嶂之中盘旋，风如刀锋，雪似利刃。贺晋年气喘吁吁，四肢僵硬，简直无法行走。黎明前的黑暗，又是最困人的时间，他紧紧牵着马尾巴，一任马拖拽着前进，谁知上下眼睫毛一下冻在一起，走着走着竟蒙眬睡去，一个踉跄跌下深谷，牵着大家投下的绳索才攀登上来。谁知停下来时，凭借着青色的晨曦，放眼一看，才知道已经到了安达山山脉的顶峰。多想歇一歇脚呀！可是在这上面，狂风特别暴虐，严寒特别灼人，一个人只要一停下来，就会像一块化石一样冻僵在那里，再也动弹不得。就这样猛追猛打，终于活捉了谢文东，打死了李华堂。斩断了国民党建立的"第二条战线"，铲除了背后袭击的隐患。

我忍着腰疼，写了一篇通讯，经新华社电台播发出去，从冰冷的北国向遥远的关内各地送去一点好消息。

这以后我就一个人登上了火车，又向北直奔，到达与黑龙江国境相距咫尺的鹤岗。当离开佳木斯，火车从悬在松花江面的大桥上隆隆驶过时，我忽然发现了异常景象，天空是大雪连绵，地面上大雪茫茫，火车窗外堆着雪，窗玻璃上旋着雪，一穿过松花江大桥，蓦然闯进一片雪的世界，白得那样刺骨，那样冰冷，眩人耳目，白得闪闪发亮，天之涯，地之角，我意识到我真正进入了我们中华大地最北端的雪国。若干年之后，我从川端康成的小说《雪国》里读到那严寒风雪时，不禁又一次想起我自己曾经进入的雪国，不过川端写的是日本的雪国，我进入的是中国的雪国，而我作为一个前线负伤归来的征战者，心境当然与川端那种风雪中的闲情逸致迥然不同。不过，雪的白，雪的冷，雪的情，雪的魂，也有若干相似一致之处吧！我已与吴本立取得了联系，袁牧之欢迎我住到东影去。袁牧之身子和脸孔都十分单薄消瘦，他是一个多情的人，他与陈波儿同演过《桃李劫》，他对她产生了倾慕之心，我第一次来东北，在长春见到他，他知道我还要回到关内去，便托我为他做一件重要的事，那是带给陈波儿的厚厚的一封书信。后来我经蒙古绕张家口到了北平，真的见到了陈波儿，我把这封信交给她，那时我还不知我为他们之间牵了一条红线。陈波儿邀我到大华电影院去看了一场电影，看完电影还在附近一家冷饮店里请我吃了两杯冰激凌。但当时我却一点也没有意识到这是她的深情的答谢。这次在鹤岗，在袁牧之、陈波儿家吃饭，我才知道我无意中做了一件大好事，于是我便开起玩笑，强迫他们喝了杯中的白酒。

日本人在鹤岗经营煤矿，于是在荒野上筑起一座新型城市。我们的后方医院就在一座咖啡色的大楼里。当时王彬担任民主联军后勤部卫生部副部长，兼着医院院长，我和他是延安的熟人，我去找了他，他便嘱咐医生给我进行精心的治疗。经过 X 光透视，作了仔细检查，结论是腰骨韧带挫伤，由于神经刺激引起剧烈疼痛。我在鹤岗治疗了一段时间，腰部疼痛逐渐停止。

鹤岗自然是雪国中的雪国，每一根松针上都凝结着白茸茸的雪，使我觉得这冰雪世界十分美丽。因为鹤岗盛产煤炭，屋中暖气很热。从冰冷的雪国一回到暖室中来，就像喝了滚烫的白酒，一股热流通遍全身。这样，我白天做治疗，夜间受烘烤，我的腰疼渐渐痊愈起来。在东影我过着闲适的疗养的生活，我结识了一批朋友，其中就有田方。在延安时，我看了他演出的苏联话剧《带枪的人》，在舞台上认识了他的才华。他从三十年代起，在上海就开始了戏剧生涯，到延安后，成为最出色的男演员。没想到了东北，我们之间才过从亲密起来。田方有着高高的身材，他在舞台上时常是叱咤风云、绘声绘色；但在平时相处，却是那样纯朴、深厚、老诚。我天南地北地谈着，他总是微笑地倾听。他沉默寡言，却一片赤诚。有时大家闹得热闹起来，他仍旧笑得那样悠闲，那样坦诚，有时简直不动声色。从鹤岗时起，我们就成了好朋友，他的美好的灵魂，他的艺术才华使我对他挚爱至深。后来他出任行政职务，我总觉得埋没了他的才华。我曾多次跟他深谈这一问题，他也盼望扮演一个满意的角色。我曾多次为他向中央宣传部领导反映情况，可惜由于种种原因，时间的流逝，历史的变迁，他再没显露出在延安时那样轰动，那样令人入迷的风采。他是我认识的电影艺术家中最没有艺术家派头的人。与其说他有艺术家的浪漫，倒不如说他有艺术家的严谨。五十年代末期，由于孩子身染不治之症，我陷于难言的困苦之中，日夜难眠，瘦弱不堪。有一天他来看望我，他没说什么宽慰的语言，但默默中的一往情深，使人难忘。我们是常常一道喝酒的，有他，还有华君武，这一次见他来，我心中十分高兴，便依然强颜欢笑，取出酒瓶，可是他不让我喝，却端起自己的酒杯一饮而尽，而后又伸手把我那一杯取过去，也慢慢喝光。他就是这样一个人，为了朋友可以掏出自己的心。漫长的将近半个世纪的时间过去了，中间经过多少沧桑，多少坎坷，但我一直珍藏着我在鹤岗和田方、于蓝合照的照片。最近于蓝拿去放大了一张。那时我们多么年轻啊！"文化大革命"中，我从监牢释放出来，知道他已离开人间，我到他家里去，看到那种狼狈情景，一个人狠狠痛哭了一场。我在人生旅途中结识过多少朋友，但是我最怀念的，是田方。当我忧愁，苦闷时，常常想到他：如果田方在会怎么样呢？于是他那像大地一样纯朴的微笑又出现在我的眼前。正是这种友情，从精神上温暖着我，我的病治好了，前方的战争在等待着我，于是我离开鹤岗，回到佳木斯。

刚好汪琦也接到调回哈尔滨的通知，于是我们一道乘上火车。东北解放区是唯一有自己铁路交通的解放区。但你可不能用现在的火车标准来想当时的火车。关于坐火车我简直能专门写上一章，可是这一次回哈尔滨我是第一次遇上这样奇特的火车。火车没有暖气，最难受的是车窗上没有窗玻璃，整个车厢里是比冰窖还冷的冰窖。我和汪琦对坐在窗口，我让她坐在背风的一边，我自己坐在迎风的一边，我们把所有的毛衣、棉衣、皮大衣都穿在身上，还把棉被、棉褥打开，把自己包裹起来。但是火车一开，那凛冽的寒风挟着雪花直扑在我们脸上，我们冻得像个冰人，特别是两只脚，开始冻得生疼，后来就麻木起来，我们唯恐把脚趾冻掉，怎么办呢？这时唯有怀中还有一丝温暖，于是把她的脚放在我的怀中，把我的脚放在她的怀中。现在的人是无法设想我们是如何度过那艰难的岁月的，而那正是我们人生中最庄严、最神圣的苦难的历程。就那样，在痛苦中熬煎，我们心上也没有一丝暗影，还是充满欢乐。那时的火车没有什么时间观念，没有到站、离站开车的一定钟点，它想走就一声不响地开走了，而后当你从蒙眬中冻醒过来，列车却停在荒郊野外，一动不动。风雪无情地鞭打着，那荒凉的雪野上传来一声声狼嚎——它们也许由于饥饿，嚎叫得那样凄凉，那样伤心……这时我们真害怕，狼会从没有玻璃的窗洞里猛蹿进来，吞食我们。谁知这时，整个车厢都骚动起来，原来火车到了这条路线上最大的县城绥化。关于绥化，我第一次到东北来，随同王鹤寿从哈尔滨到北安，曾在这个小城停留过，我知道这是一个殷实富饶的地方。于是我和汪琦决定要在这里吃一顿热乎饭。也不顾列车会不会悄然走去，我们就踏着黑漆漆的夜路，走上一条宽阔的长街，可是，走呀走呀！走了老远，才找到一家小饭馆，从那冰冻的窗口上露出昏黄的灯光，我们带了一身冷气走进那家温暖的小屋，虽然仅仅是一碗汤面，却成为一生中最美好的一餐。后来我尝过多少丰美的宴席，但似乎都没有冰天雪地里这一碗热腾腾的面汤这样难忘。我们吃了热食，全身冰冻溶解，我们唯恐火车开了，刚好遇到一辆马车，正在街上游荡，兜揽生意。我们一上车，就掏了一大把钞票塞给那车夫，于是他就把鞭子摇得悠悠呼啸，幸好这是一匹壮马，它撒开四蹄，一路向火车站狂奔。我们又挤进那冰冷的车厢，过了不久，火车就慢悠悠动了起来。我们乘着这奇妙的列车，一直奔到哈尔滨。

## 九九 哈尔滨之冬

《东北日报》社在霓虹桥畔一座高楼里。

由于我们来得突然，没有居室可住，当晚就在一间空旷的大办公室里，拼凑了几张桌子，权且住下。过了几天，我们搬入一间日本风味十足的华丽的房间。格子窗上糊着雪白的窗纸，屋内光线十分明亮。由于前线还没有行动，我就利用这段时间游览起哈尔滨来。

哈尔滨是美丽的，尤其是冬天。

从我们住处出来，走过霓虹桥。

所以有这座桥，实际是为了下面过火车而修筑的天桥。火车从下面穿过，喷吐着浓浓的白烟，把整个桥梁罩在烟雾之中。

严寒的哈尔滨有着冬天的魅力。街道是用石块铺成的，从落第一场雪就结了一层冰凌，一场雪接着一场雪，冰也就愈积愈厚，无论你到哪儿，都像在溜冰场上滑行，稍一不慎，就会跌上一跤。不过由于穿得厚厚实实，到也不至于碰伤，不过要十分费劲，才爬得起来，弄得满身满脸都是雪花。过了霓虹桥，走过一条长长的、笔直的大街，真是美得很。小巷里都是俄罗斯式的住房。一道漆成绿色的板墙，界出一个个小小的院落。几株树从墙上伸出，冻得坚如铁石的枝柯，发出萧萧声响。院里的积雪是白的，屋顶的积雪是白的，可是在这银白世界里，一幢幢房屋有蓝的、有红的、有紫的、有黄的，就像初春时节从雪里钻出来的野花，色彩鲜明，芬芳吐艳。沿着大街一直到南岗。哈尔滨分道里道外，道外是古旧的中国城，我们住的是道里，这儿清一色都是欧罗巴式的建筑，当然是俄罗斯人的地界，而南岗就是这里的中心。中心的中心就是给哈尔滨人称道的喇嘛台。在前面我已经描写过这一座小巧玲珑而又神采多姿的小教堂。不过那是夏天，现在给四周围的冰雪一衬映，特别显得绚烂多姿。从广场向另一条街走去，那里就是出名的秋林公司，这可以说是俄罗斯文化的展览馆。一进去就飘来一阵香喷喷的气味，各色各样的列巴（面包）发出麦面的甜味，有小螺丝转形的，有圆苹果形的，还有一种黑列巴仿佛有一种泥土香味。特别令人好奇的是锅盖那样大的大面包，面包有如山东的饸面馒头，结结实实，吃起来香甜可口。当时，商店的售货员都是穿着白大褂的俄罗斯妇女，你要买时，她就用刀给你削一块。玻璃柜橱里有红色的鱼子酱，红鱼子酱很好看，一粒一粒又大又圆，像一颗颗红玛瑙闪闪发亮，这是黑龙江里大马哈鱼的鱼子。真正名贵价昂的是黑鱼子酱，颗粒细小，颜色漆黑，是黑龙江里鲑鱼产的卵。我第一次把它抹在面包上吃，一股腥气简直使我呕吐起来，谁知吃惯了以后，却觉得好吃起来，我到现在还想吃它。1987年访问苏联，我在莫斯科、基辅、列宁格勒，每餐都饱吃一顿，至今那浓烈的香味还回味无穷。柜台上悬挂着品种繁多的肠子，有细手指粗的小泥肠，有紫色的腊肠，有绛色的红肠，后两种都像茶杯那样粗。人们买时，也由女售货员用刀切下，称了给你。我转到另外一个地方，那里摆着火红的狐皮，还有水獭、银狐，还有别具俄罗斯风味的长筒皮靴，这是过冬必备的用品，其中最考究的是黑色的、柔软的麂皮面的长靴，我买了一双穿上，很有点猎人风度，一直穿到北京，后来不知到哪里去了。在另一个地方，珠光宝气，琳琅满目，柜台玻璃里陈列着雪白的珠子，各色的宝石，这些都是俄罗斯的珍宝吗？不，是我们东北大地的灵魂。不过秋林公司的殷实、富裕，的确十分诱人。听说现在的秋林，已经变成每个城市必有的、千篇一律的百货公司了。回想当年，不无怅惘。不过列巴还是有的，可是有没有从前那么香甜可口，这就很难说了。

你要领略哈尔滨冬天之美，必须去乘一乘马车。这里的马车是黑铁制成的，有两只巨型车轮，拉车的是俄罗斯种的高头大马，它扬鬃甩尾，四只铁蹄敲在冻如坚石的地面上，那清脆而有节奏的铿锵之声，入耳动听。我颤巍巍地坐在座垫上，看着那光滑的地面，非常担心，这马会不会一下滑倒在冰雪之中？可是马腿抬得那样高，踏得那样稳。我好奇地问马车夫，这位翻穿皮袄的御手告诉我，原来哈尔滨的马蹄铁，朝下有几根铁钉，于是每只马蹄像一个利爪，紧紧钳入冰冻的地面，因此踏得牢牢的。

由于风狂雪暴、地冻天寒，住房的墙壁特别厚。每扇窗户，都有里外两层玻璃。为了防止冰冻溶水，两层玻璃中间的窗槽底上铺着厚厚的、软喧喧的锯末，于是带来了大森林里的芳香。哈尔滨的房屋坚厚结实，再加上两层玻璃窗，因此严丝密缝，特别宁静，住在里面有一种特有的踏实安稳之感。屋中暖气烧得火热火热的。你从冰天雪地一走进来，暖烘烘的温度，使你如同徜徉于热水浴池里面，一会儿工夫，你的脸上就淌下水珠，胸口上就汪出热汗。一进屋你就得赶紧脱下大衣，甩掉棉袄，最热的时候，只穿一件衬衫就行了。你不要看哈尔滨像个冰窖，可是这里的人们不怕冰，不怕雪，在苍白的雪花、铁青坚冰的下面，到处是活跃的生活。我们大楼前小广场上，有一处小小商亭，那儿有大桶的鲜牛奶。每天天一亮就由马车从养牛场送了来。那雪白的奶浆有如洁白的丝绒，那样稠、那样密，取回来在电炉上一热，满室溢满了牛奶的香甜气味，倒在杯子里，一眨眼工夫，牛奶面上就凝了一层嫩黄嫩黄的薄薄的奶皮，这种牛奶喝下肚里特别甘美芬芳。也许因为战争环境特别艰苦，所以当时给我的印象极深。不知怎的，从那以后，哪怕是到欧、美各国，我觉得再也没有喝过那么香甜可口的牛奶。

从我们住的大楼，向与霁虹桥相反的方向走去，沿着冰冻的咔咔作声的人行道走上一阵，就到了哈尔滨最豪华的大街，中央大街。不要说旁的，只说说街口上那个像玻璃杯罩一样的卖鲜花的花房吧。在冰天雪地之中，看看里面那些绿莹莹的嫩叶，各色的鲜花，仿佛回到了江南春日，一片生意盎然。我爱花，对于这冰雪中的鲜花，特别感到大自然的美妙，生命力的神奇。我忘记了风，忘记了雪，伫立在玻璃房外久久不肯离去。人是多么爱美呀，不正是这种鲜花点缀着哈尔滨的冬天吗？也许由于整天看着一片雪白，特别嗜爱一点色彩，这里的人家不论是高楼还是平房，窗里都摆满了鲜花，隔了玻璃就看得见一片鲜艳色彩。人们从冰雪中寻几分春色，造成了冬天里的春天。

我沿着大街走下去，两旁都是高楼大厦。我上次来哈尔滨住过的像给鲜红的天鹅绒包裹起来的马迭尔饭店，就在这条大街上，我走过门前，看了看那镶嵌着黑铁装饰的大玻璃，那发亮的粗大沉重的黄铜门柄，处处给人既坚实又漂亮之感。沿着这条大街一直走，走到头，就横着那苍苍莽莽、浩浩荡荡的松花江。我说哈尔滨的冬天是美丽的，而美丽之中最美丽的就是这条大江，现在冻得像一片坚实的白色大理石、一块透明的水晶。我来到江边站下来，北风从辽阔的江面上一下扑了过来，那样强劲，那样猛烈，把我身上厚厚的皮大衣吹得像薄纸片一样抖擞，我给风吹得几乎歪歪倒倒了，但我还是挣扎着极目瞭望。因为这样严寒、这样无垠的江，好像把宇宙间的浩气、大自然的魂魄一下都凝聚在一起了。江边的堤岸形成一个美丽的花园长廊，夏天这里人群如织，冬天却格外萧条。但是，透过迷蒙的雪雾，我忽然觉得江面上有什么在动，这使我十分惊奇，难道从冰面上涌出波澜，在浩荡奔流？我站在高高的堤岸上，面前不是大江，而是苍空，而是无极，极目之处，江天合一，变成为一片灰暗、一片苍凉。我俯首脚下，从江面上传来喧笑的声音，原来有一群人，像我一样冒着大雪寒风来欣赏这条冰冻的江流。他们在冰上跑着、滑着，我第一次看到了橇犁。这是只有在东北才有的一种奇特的运载工具，它可以在冰上滑也可以在雪里滑，不过，现在在江面上却成为游乐的道具。我一看，高兴得要命，激动万分，于是我从笔陡的江堤石头台阶上奔跑下去。一来到江面上，虎虎风声，震耳欲聋，我一下变成了一个小孩子，像儿时在院落中张开通红的小手，接着飘落的雪花。这种时候忘记了冻、忘记了冷，我召唤一辆雪橇过来。雪橇像一辆马车的车厢，不过没有马拉，而是在厢边底下安置了两条钢条，有如两根铁轨。我上了雪橇，橇上陈设得也十分考究，座位上铺了厚厚的一块狼皮，你一坐下，车夫又在你腿上盖了一块羊皮。他挓挲着火红狐皮帽的两扇护耳，满脸通红，也许是长年冰雪生活，在这并不年老的壮汉脸上，如同冰雕一样刻下一条条深深的褶皱。他的两眼火亮，看我坐定，他两条腿像柱子一样，站得笔挺，然后把握在手上的长矛钢尖向冰上一点，橇犁就在光滑的冰面上飞快地滑行起来。大团大团的雪花，迎着风扑在我的脸上，迷了我的眼睛，可是那个撑橇犁的壮汉却展开皮袄的双襟。他是人吗？他简直是迎风展翅的一只雄鹰，要不是这严寒、这冰雪，我怎么能看到关东大汉，像黑土地一样深、一样厚、一样饱满、一样充实的瑰丽的灵魂。他呼啸一声，简直像是要让撬犁像飞箭一样飞上天空。凛冽的风，冻硬的雪，正是这大自然的魅力，在这儿创造了砸不碎、打不烂的可贵的人生。

从江边回来，在大街一个路角，我看到大玻璃橱窗里摆着一册黄色硬壳的小书。这是一家俄文书店，这本书是由苏联国际出版社翻译中文出版的西蒙诺夫的《日日夜夜》。

我久已离开文学，很远，很远。

谁知这一刻，文学又温暖了心胸。

我走进去买了这本书。

这本描写斯大林格勒之战的英雄的文学，

从此揣在我的身上，一直伴同我度过战争。

我十分喜爱这部书，但，我绝没想到，后来，我同西蒙诺夫竟然结成朋友。而现在西蒙诺夫的骨灰已经撒落在俄罗斯大地之上，我历经十年浩劫，存书荡然，唯独这一本却保留了下来，至今插在我的书架之上。每当静静的深夜，我好像还从书页上听到伏尔加河的浪语，听到松花江的涛声，我一次、再一次看到小胡子里面闪着微笑的、转动着两只蓝眼珠的西蒙诺夫——那是难以忘怀的最壮丽的人生……

有一天黄昏，暮色凄苍。

不知为何，我从小就喜爱黄昏天气，也许是因为它是那样凄怆，那样朦胧。

我站在玻璃窗前，窗上开着小小的通气孔。

忽然我为一种诡秘而神奇的声音震动了。

我肃然不动。

我洗耳倾听。

……

当当——当当……

原来是从教堂钟楼上传来的晚祷的钟声。

这是多么美好的哈尔滨之冬呀！

我永远记着它，我不能够忘掉它。

四十多年之后，我到列宁格勒格拉宁家中做客，我饮着白俄罗斯来的烈性酒，看到他家窗框边那厚厚实实的墙壁，我一下记起这是俄罗斯最北方的冰雪之城。我便问格拉宁：你们这里是不是从第一次落雪一直到春天才解冻？是不是马蹄铁上也有抓地的尖钉？格拉宁说：列宁格勒就是这样。我告诉他哈尔滨也是这样。可不是，当我在哈尔滨时，我绝没想到我会在波罗的海那遥远遥远的地方，又一次从心里听到哈尔滨那苍茫暮色里的晚钟……

## 一〇〇　雪魂（一）

进入了气温降到零下四十度的严冬。

人民民主联军司令部通知我，前线将有作战行动。刚刚开完一次军事会议，作了作战的部署。中央军委电报指示："只要你们能利用一切方法，将杜聿明现有力量加以削弱，例如平均每月歼敌一个师……如能打两三年，就可以从根本上转变敌我形势，并建立巩固的根据地。"我们现在就将冒着严寒风雪，实现这一作战意图。作战处通知我有一列专车到前线去，要我立刻行动。我于是马上收拾行囊，与汪琦分手作别。她送我到霁虹桥头，目送我没入茫茫风雪之中。从那以后多少次，我每一回上前线，她都伫立在桥头。有时，桥下驶过一列火车，白茫茫的烟雾把她隐没其中。霁虹桥，我至今还纪念着霁虹桥，它留下我们多少难依难舍的深深的爱恋、深深的柔情，有多少难言的别绪离情，有多少生死莫卜忧心忡忡。

我急匆匆走上月台，作战处的同志把我引上一辆空荡荡的车厢，原来这是一个军用专列，坐在车上的只有一纵队的副司令兼参谋长李作鹏，带着几个参谋、几个警卫员。从此我和他结伴同行，经过阿城、五常、舒兰。舒兰是一个热闹的小城，是一纵队的后方，李作鹏在这儿与在后勤部工作的妻子会了面，我们在这儿逗留了一日，然后改乘一辆美制十轮卡车向松花江前行。

来到纵队指挥机关所在地，榆树的秀水甸子。当纵队首脑们坐在温暖的火炕上，用手指在十万分之一的作战图上寻找着出击的路程，进攻的据点，进行作战部署时，我一个人走出屯外，站在茫茫雪地之中，我突然感到孤寂，感到苍凉，我第一次感受到战前那一颗紧紧收拢的心——它在微微颤悸、微微跳动。回想在延安，我写下"我的宣言"，我一直沿着与革命、与人民相融合的道路前进，走向我人生的决定的一步，而现在我站在战争的闸门面前，只要闸门开启，我便将随着洪流一涌而去。但这战前的沉寂却令人难忍，此时此刻，回溯往昔，瞻彼前程，我的心境既是庄严、又是喜悦。我面前不是茫茫的白雪，而是滔滔的血海了。一个漆黑的夜晚，我随着络绎不绝的行列，向前行进。一投身在这个巨大的、刚强的集体，那孤寂、那苍凉立刻消失了。我在没腰深的大雪中跋涉，迎着冰冻的旋风，从这儿开始，我有了一颗战士的心，我有了一个战士的魂——如果说从前半生的软弱、忧伤变为后半生的刚强、果断，这巨大的心灵的奥变，决定了我自己人生的命运。而这一切正是从这一次雪夜行军开始的。不知走了多少时候，我们踏过钢铁般坚硬的松花江——空旷的原野、空旷的江面，急雪如箭，寒风如刀，漆漆的黑夜呀，你是那样茫茫，你是那样苍苍。正当我埋头深一脚浅一脚地走着，忽然从前面传来一阵骚动、一阵喧嚣。我扬头一看，前面，一片火光冲天而起……火光像一面红旗在猎猎寒风中飘摇动荡，我从旋转的冷风里听到稠密的枪炮声。

火光就是命令！

枪声就是命令！

我们冲进了松花江南沿的其塔木。

熊熊的烈火一下烤热了我的脸颊。

迎面传来一片嘶喊的杀声……

房屋在燃烧，屋顶一下倾然崩塌。我看见一根烧得像焦黑木炭的房梁上面，还在闪着忽悠忽悠的红火……

在火光照耀下，战士们刺刀上闪着血的红光，我看见他们的脸颊上、肩头上流下殷殷的血水。

但是我们胜利了，其塔木的敌人被我们歼击。

白天我们在一个村庄里休息。房东女主人约莫四十多岁，这是一个典型的东北女人，微黑的脸膛上有一双明亮的眼睛，眼睛那样大、那样圆，那是会说话的眼睛，里面贮满这辽阔原野才有的柔情。东北妇女的美丽与江南妇女的美丽形成鲜明的对照，后者自有其娇柔的美，但前者粗犷的美这时显得更美。她看着我们就着饭桌狼吞虎咽。的确，走了整整通宵，实在冻饿交加。她穿着一身黑布棉袄，坐在热炕头上，把两手插在棉袄襟下，望着望着，忽然流下两汪热泪。她没有一点羞涩，她那样坦然自若，但从泪水里面透露出女性的温柔，女性的深情。这时从北面那激烈的枪声里传来胜利的消息，国民党新一军从九台急援其塔木，一下投入我们在张麻子沟预设的伏击圈，经过激烈战斗，全歼团长王东篱以下官兵二百四十名，俘营长孙尉民以下官兵八百六十八名。于是我跃马扬鞭从雪野里直驱张麻子沟，凭吊了血战的沙场。

当我驰近战场，听到枪声渐渐稀疏，树木还在燃烧。忽然，一大队人迎面迤逦而来，我勒住缰绳仔细观望，原来是战俘。我第一次看到大批国民党战俘如此络绎不绝，号称"天下第一军"的全部美械装备的"天之骄子"新一军的士兵，一蹶不振，束手就擒——他们的骄横、他们的狂妄一扫而尽。这些人被我们的战士挺着刺刀押解下来，从我身旁经过，我看到他们一个个垂头丧气、狼狈不堪。我记起在北平、在沈阳曾看到许多蒋家军穿起黄呢的美军制服，做着美国的奴子奴孙，却还睥睨一切，趾高气扬。曾几何时，在松花江畔，有的尸寒骨冷，飞去一缕冤魂；有的侥幸活了下来，也只在这雪地上蹒跚着，成为丧家之犬。有一个满脸胡楂上沾着冰雪的人，行过马前，抬头向我望着，两眼黯然失色，一条美国黄围巾紧紧包了头，给严寒冷得全身哆嗦。在这一刻，我第一回领略到胜利的快感……在这之后，我们部队又转移行动。我在这里得描述一下东北的暴风雪，我一生一世再也没有经受过那样的暴雪狂风。太冷了，冷得空气就像冰凌，你吞上一口就如同吞下一口火，烧得你整个腹腔疼痛。这种暴风雪只有严寒的国度——俄罗斯才有，普希金在《上尉的女儿》里对此有过惊心动魄的描写，其实岂止俄罗斯才有这种暴风狂雪，与西伯利亚接壤的中国大地上何尝不是雪地冰天。幼年读到"……纷纷暮雪下辕门，风掣红旗冻不翻，轮台东门送君去，去时雪满天山路。山回路转不见君，雪上空留马行处……"不但没有感到坠指裂肤之痛，反而向往于那军旅生涯之壮美。我这个性格豁达、酷爱冲风破浪的人，当年从书本上就受了很深的影响。而现在，我亲身经历了，我才体会到风雪是这样狂暴。雪给风吹得在天空旋转，雪片稠密得像一层厚绒绒的帷幕遮没一切，一脚插下去，一脚拔上来，没过膝头的深雪，跋涉得如此艰难。特别是经过一夜行军，当黎明的晨曦在雪野上漂出水汪汪一层青色时，严寒达到了咄咄逼人、极端残酷的地步。衣服外面冻出一层坚硬的冰壳，一动就唰唰响，可是衣服里面热得像个火炉，淋漓的汗水顺着胸口凹处向下流淌。这时人已经筋疲力竭，气喘吁吁，热气呼呼，热气从厚厚的大口罩边冲到眼际，给热气一熏，上下眼睫毛就一下冻结一起，怎样也张不开来。这时，只有把手从大手套里抽出来，用滚烫的手心捂住眼睛，才能把冰雪融化，霍地睁开眼帘，忽然看见天已放明。雪像龙卷风似的打着旋涡，一直冲上高高的天空。整个原野像沸腾的大海，随着风势，雪的旋涡一下吹向这边一下吹向那边，在奔腾、在呼啸。我实在走不动了，脚陷进雪窠再也无力向上拔，只好勒住缰绳，骑上马。哪里晓得，这清晨的冷冻实在太可怕了。你在马身上坐不过五分钟，整个身子、手、脚都僵硬得像个冰人。我心里一闪，觉得只要再过一分钟，我就要冻死过去了，我的灵魂就会随同那飞腾的大雪奔上天堂，再也不会回来了。于是我连忙又从马上溜了下来，两腿已经麻木，我急中生智，看见我那匹老马在雪里挣扎，连忙伸出手来抓住马尾巴，一任马拉着，跌跌撞撞、踉踉跄跄。可是在雪中行走更是困难重重，踏着踏着，黏腻的雪在鞋跟上结成厚厚的冰锥，战士们管这叫"钉子"，凌立的冰锥，尖立脚跟底下，简直无法站稳，一走一歪，以至寸步难行，可是你又无法敲打掉它，没有法子，只好停下来用刺刀一点点凿掉，不过，走不上多远，又结起新的"钉子"。有一回一阵狂风忽然像一垛冰山从侧面向我身上崩倒下来，一下子就把我推进深深的雪坑，四周围都是松软的雪，两手没个抓挠的地方，经我一阵呼喊，人们才七手八脚把我扒了出来，这时我鼻孔里、眼睛里都塞满了雪，雪不是柔软的，而是像坚硬的石砾。

现在回想起来，在那一段战争生活中，最可怕的还不是狂风暴雪、酷冷严寒，而是黎明行将来临之前的困倦。读者们！你们不会相信人能站着睡觉的，当然更不会相信人能走着睡觉，但我自己却亲身经历了这种神话般的奇迹。行军整整一夜，到了这个时辰，困得两只眼怎样也睁不开了，我拼命挣扎，支撑着眼皮，脑子已经没了感觉，两腿却还在走着，等到同前面的人猛撞在一起，一下惊醒起来，才知道在那一刹那间——也就是一秒钟吧！……我睡过去了，那是多么甜美的、舒适的一刹那呀！还有一次是行军途中休息下来，天刚蒙蒙亮，我一停住脚步，就在地面上倒了下来，一直到再次行动我才猛醒过来，一看，我睡在铁青的冰冻之上，而我枕着的原来就是一堆冻硬了的牛粪。大家看看我，看看牛粪堆，有人说："这牛粪堆要是热乎的，你该睡得更美吧！"于是周围的人都哈哈大笑起来。

天光渐渐明亮，我们彼此一看，都惊奇不止，整个身子冻出一个冰雪轮廓，眉毛是白的，眼皮是白的，鼻翼是白的，一个个都像古代原始人。幸好在这时传来休息的号令。我们敲门走进一户农家。我看见灶火眼上亮着鲜红鲜红在燃烧、在跳跃的旺火，我冷透骨髓，急奔过去。这家主人从旁一把抓住我，连声说：

"去不得！去不得！"

经过说明才晓得在冰冻之后，决不能烤火，一烤手指头就要破裂、溃烂以至断落。

"老兄！你没听说吗？这里撒尿，一尿出就结了冰，都得拿根棍子敲呢！"

这一说，大伙哄堂大笑起来。

这家农民显然是个猎户，墙壁上挂了十几张黄皮子（黄鼠狼皮），他不让我烤火，却引我到热炕沿上坐了下来。这时皮帽和皮大衣的领子都冻在一块，只有经过室内高温一阵烘暖，全身上下冰雪慢慢融化成为水流，衣帽、手套才融解开，铁甲一般的衣面渐渐变得柔和起来。很想饮口水，一摇水壶已经冻成一块坚冰。有经验的人，水壶里不装水而装酒。他们把酒壶递了过来，我一仰脖子，就着壶口一连喝了两三口烈性的老白干，酒火辣辣、热酥酥地流入腹内，全身肌肉、血管立刻像火一样燃烧起来，这时我感受到难以形容的快感。

再出发时，天晴了，风停了，雪停了。但是漾漾雪雾笼罩长天，太阳像日蚀一般露出一个苍白的圆圈。可是雪面上结了一层冰，闪闪发光，刺得人眼睛都睁不开。就在这时，暴虐的雪野变成妩媚的雪野，在远方一种淡红色背景上，那一株株树成了银色的树，真是美极了！从树身到每一根细细的枝条、枝杈，都沾满了白茸茸的雪，于是这整个树就像精工细雕、冰雪镂出来的一样。东北人也很喜爱这种雪景，管它叫作"树挂"。是的，树把雪挂住了，雪把树染白了，树后那淡红色的背景，愈亮愈红，原来，太阳光穿透雪雾投射在冰冻的雪野之上，水汪汪漂着一层红色亮光。红白相映，红格外显得红，白格外显得白。这时一株一株树就像雪白的珊瑚，那样玲珑剔透，那样婀娜多姿。大自然的景象真是奇妙、奇绝。正因为这个缘故，战争生活中不但只有血污与死亡；也有你意想不到的美丽、芬芳与诗意。

在一纵队歼灭其塔木、城子街敌人的同时，六纵队在焦家岭也一举歼灭了大批敌军。

有一天黎明之前，我们找到一处很好的宿营地，我和一纵队政治部主任王正乾等人，挤得满满地睡在一铺热炕上。按照东北老乡的习惯，头朝炕沿，足向窗棂。一夜风雪透骨，坚冰在须，一下躺在热乎乎的屋子里，骨头缝里的冷气都渗透出来，立刻就酣然沉入梦乡。刚刚从火线上缴获了美国的北极袋，纵队领导分给我一件。这是一种絮了厚厚鸭绒的睡袋，折叠起来很小，放开来很大，一个人躺在里面可以把拉链拉到颈部，就连一丝冷气也透不进来了。这原来是美国大兵在第二次世界大战中必备之物，它的妙处是可在露天宿营。只有战争中才有这样的长途跋涉，只有战争中才有这样香甜的睡眠。我们连天明了也不知道还在呼呼大睡。突然，一梭子弹破窗而入，枪声近在咫尺。我第一次领会到枪声在冷冻的空气里特别响亮，特别爆脆。一时之间空气骤然紧张，我连忙拉开拉链，从北极袋中坐了起来。我发现，我并没有惊慌骇怕。的确，事实证明，后来我无论在解放战争还是抗美援朝中，几次几乎丧命的情况下，我也从未惊慌失措过——我想这不是由于我的勇敢，也许是由于我的迟钝。不过子弹火光在屋里灼灼直闪，确实很危险。我们连忙穿好衣服撤到野外。按一般人之常情，人之所以巢穴住屋，都为预防风霜、保护生命，而在荒郊野外，一望无边，毫无凭借，难免发怵心慌。其实在战争里刚好来了个颠倒，在野外一目了然，心里反倒踏实。这一天我们在啾啾飞鸣的弹火之下，冲向屯子围墙边沿，一看，黑压压一大片敌人正向这儿涌来。刚才打枪的是他们的前哨部队，我们部队来不及修工事，就各自利用有利地形，进行猛烈射击。连我这不拿枪的，也伏在前沿隐蔽处，举起望远镜观察。这真是奇险的遭遇，原来这里已经扫荡干净，是个安全地带，从哪里冒出这样多兵丁？战争决定胜败，只在一瞬之间。政治部的人们抵挡了一阵，敌人还是号叫着往上涌，恰好这时我们的警卫部队带着一挺轻机枪来到了。这种轻机枪的鸣声非常震人、非常动听，嗒嗒、嗒嗒，一连串射击出去，红红的弹光在雪地上添了一层色彩，激昂的颤音，在雪地上多了一种乐声。这一来，敌人狼狈溃逃，我们追了上去，不一会儿就把这一股敌人歼灭在深山积雪的洼地之中。一审问才知道，六纵队在进攻焦家岭时，敌人经不住一阵猛打猛冲，大部束手就歼，小部连忙落荒而逃，袭击我们营地的就是其中溃散下来的一股。这一回我们处境万分危险。打完仗，我从额头上撸了一把冷汗。

国民党军队为了解除松花江边燃眉之急，连忙调遣大军向北扑来，我军却抽身从冰冻的松花江转回江北去了。

隆冬降临，大地结成钢铁般冰块，连地心之火几乎都熄灭。凄凉的灰色的天空如同垂着泪水，白茫茫的雪野上怒卷着白毛旋风。就在这个时节，我又一次跟随部队横过松花江，冲过暴风雪，捕捉敌人。一纵队经过几个小时急行军，猛追意欲逃出我军手掌的新一军。新一军见逃不得，就回守城子街，于是我们向城子街发动猛攻。如果说第一次过松花江，在其塔木、张麻子沟，每战只歼敌数百，这回在城子街，经过一天激烈搏战，敌我之间可来了个大输大赢，除了五百余名敌人葬身战场之外，光俘敌团长王生善以下就是 2000 多人。从长春派出来声援城子街的气势汹汹的另一部分新一军，闻风丧胆，逃回长春。于是各路大军向中长路的战略要地德惠前进。我们又行起军来。

一个夜晚，我们正走着，看见黑蒙蒙的远处，一明一灭，亮着几星灯火。夜行人对这一点点火光也会感到很大喜悦。一到跟前，果然是一群老大爷、老大娘、大嫂子、小姊妹手上举着火把、灯笼，在迎接我们。在松花江边躺在担架上听风听雪的那个黎明前看到的一粒火星，现在已经成为大地上的燎原之火，人心所向，何去何从，东北人民已经在最危难、最艰险、最严寒、最黑暗的时刻，决定了自己的命运，选择了自己的途径——这是伟大的决定。人民的支持是我们最强大的精神力量，谁获得这种力量谁就生机旺盛。我被一个满脸皱纹、白发苍苍的老大娘迎进门，她不懂得怎样握手，伸出一只左手紧紧拉住我，颤巍巍地说：

"孩儿！你们受苦了，孩儿！"

"老大娘！你们的苦比我们深呀！"

她有点耳聋，我就提高了嗓音：

"我们得感谢您老，没有你们里八路，我们外八路就站不住脚呀！"

她喜笑颜开，一张脸笑得像一朵盛开的鲜花；

"咳！孩儿，你怎么说外话呢！你们爬山渡海地来到关外又为了谁？！"

这一家人把屋子收拾得一尘不染、干干净净，连菜缸里发出的酸菜的气息也那样温暖，那样温柔。老人家拿起一把扫炕的一笤帚扫着我们肩头的积雪、身上的残冰。开饭的时候，我们盘腿坐在热炕头上，就着饭桌吃饭。

老大娘慈祥和善。她怎样也舍不得离开我们，她像望着巴望已久的远方归来的儿子，一手扶着门框，看着我们。

她走出去了，不大一会儿又回来了，颤巍巍的两手端着一个粗瓷大菜盘，里面盛满腌雪里蕻，我们连忙推让，她却有点愠怒，她说：

"孩儿，你们东奔西走，南征北战，就吃这么半瓢冻山药蛋，我看着心酸……孩儿！为了大娘过得去，你们赶紧吃一口吧！……"

这就是家呀！家也没有这么暖和呀！我把我鲜活的生命在这儿留下一分。留给这关东黑土地的灵魂，这位亲爱的老母亲。

我多希望在这里留宿上一夜啊！

谁知天蒙蒙亮，就突然传来紧急行动的命令，我们要走了，老大娘泪眼婆娑送我们走出门口，我走了一段路回过头来，望见老人家还站在那里向我们摇手。

蓦然间，我回想到芦沟桥战争爆发，我弃家出走的那个夜晚。我走到那像鬼火一样的灯光忽悠悠晃着照得那样凄凉、那样哀瑟的小胡同口，回过头来，看到母亲还站在大门口，依依不舍地举着盏明灯……从那以后，我离开了一个旧的家，我得到了一个新的家，我有了多少多少母亲，高山的母亲，大地的母亲，总而言之，就是中华民族的母亲。我得到过她们乳汁的哺育，我成长了，我壮大了，我衰老了。但，在我记忆中的母亲，却永远青春常在，笑意盈盈，那样美，那样美……

## 一〇一　雪魂（二）

开始，我们只是在夜的脚下急步行进。

我完全没有想到会骤然加紧行动，只夹在队伍中间迈着脚步冲风而行。说实在的，在这样的风寒之夜，活动着身子还会暖和一些。额头上、鼻翼上沁出一些细碎的小汗珠，面孔却火一般烫热。我的脚步合在那冻土之上擦擦擦擦的脚步声中，我不但不觉得丝毫劳累，反而为我的脚步能在这支乐曲中增添一个小小的音符，而感到兴奋，我尝到了一种勇往直前的乐趣。现在，到了老年，回想当年风华正茂，真是意气昂然。我跟着队伍转来转去，不知怎的就跟我那个牵马的小通信员分开了。谁知就在这时，从前边一迭连声，一个一个向后传。"跑步前进！……跑步前进！……"原来六纵队在九台、农安之敌纷纷逃窜的情况下，一下包围德惠，抓住了敌人。总部一个接一个发来十万火急的电报，督促一纵队火速向德惠以南前进，迎击长春来援之敌。于是部队展开了猛烈的奔袭。一时之间发出巨大而强烈的轰鸣，仿佛天上地下都在翕动、在颤悸，这时我才懂得什么叫铁流，这就叫铁流。一个人处在这激烈的洪流之中，完全失去了自制的可能，从前面、从后面、从左面、从右面，都压来了各种力量，在撕扯着你，牵引着你，推动着你，我只有撒开两腿跟着猛跑。没一个钟头，我已经浑身爆热，大汗淋漓，敞开皮大衣，我才发现那样厚的棉军衣从里到外湿得精透，被寒风冻雪一吹，立刻结成冰凌。在匆匆奔跑时，两条棉裤腿擦得唰唰——唰唰直响。雪粉在飞扬，尘土在飞扬，突然之间，如同瀑布倒流，一股热火从心里向上翻，一直壅塞到喉咙口上，火炭一般发烫，我心里蓦地一亮：血！我会吐血！……这一想，我立刻觉得心脏生疼，全身瘫软。我用尽仅有的一点余力，从人群中强挤出来，从心口到头顶所有的血管都像要撑断一样，在蹦蹦猛跳。人群从我身旁旋流而过，我只听到一片气喘吁吁，仿佛大地在发出呼啸。人，有多么强大的威力，战争有多么强大的威力。这时，我那个忠实的通信员朱路牵着马从后边奔了上来。他在东张西望地寻觅着我，我也在东张西望地寻觅着他。我们彼此都发现了对方，可是他怎样也控制不住那匹随了人群而狂奔的马。马和人已经浑然一体，简直无法分离出来。通信员强拽着缰绳，马于是蹦跳着、嘶吼着，强扭着脖颈，纷披着鬃毛，像是唯恐给人群所遗弃，那将是莫大的耻辱。这时我已经稍稍定下神来，连忙上去一起牵扯，才把马引了出来。可是我两条腿已经僵硬无力，左手抓着马的鬃毛，左脚踏上铁镫，右手抓住马鞍，但这马却乱踏着四蹄，兜着圆圈打旋。经过多次行军，我已有了御马能力，我顺着马旋转的方向，用了个巧劲，一跃跳上马背，马立刻疾步向前跑，我一任大衣衣摆甩在马身两旁，让风雪尽情撞击着我的胸膛。血管里急流的血缓缓降了下来，过了一阵，我觉得胸凹里有点冰凉，这一丝寒意却使我感受到意外的舒适。

经过一夜奔袭，到达了预定的地点。

由于六纵队担当了主攻任务，特别是听说炮兵纵队已经开了上来，我很想去看看人民的炮兵。讲起炮兵，我与他们还有一段渊源。那是 1939 年在太行山，有一天杨尚昆约了我们几个人到八路军炮兵团去。这个炮兵团是由红军时代的炮兵组装起来的唯一一支炮兵部队。我还记得炮兵团长吴挺是朝鲜人，是一个铁硬的汉子。他指挥炮兵作了一番操练，那都是陈旧而古老的黑色野战炮，每门炮由几匹马牵拽着，排成队列，荡起一团团滚滚烟尘。那是多么寒碜的炮兵呀！但，却是我们强大"战神"的种子呀！于是，我怀着这种企冀，到炮兵纵队去了。我在这里认识了炮兵纵队的司令员朱瑞。朱瑞气质文雅、热情好客，他在山东做过党的领导工作，他的妻子和女儿就牺牲在那里。他在冰天雪地里创造这一新型兵种。后来，我在朝鲜战场上，领略过炮火的威力，在炮击金门时，我看见了炮兵的神威，但，在这个冬季里，我们的炮兵部队还说不上强大。我和朱瑞虽然只在这隆冬时节、在松花江畔德惠外围见了一面，相处数日，但他那白净的面孔，聪慧的眼光，对于建设炮兵闪烁着无限希望、无限信心的形象至今还浮现在我的面前。我这次看到的炮兵，大部分还是关东军逃窜时遗弃在战场上，或是存留在仓库之中的日式大炮。有的甚至还是从深山密林、断崖深谷中寻找出的东一个炮身、西一个零件拼凑起来的，不过我们有了自己的炮兵，这已足够令人振奋的了。东北战争初期，由于美械装备精良，我们吃尽了敌人炮火的苦头。现在当我们的部队看到一列列火车上装载着大炮，战士们无不喜形于色，雀跃欢呼。"我们的大家伙头来了！我们的大家伙头来了！"难怪在欧洲反法西斯战场上，对炮兵流传下来一个尊贵的称号"战争之神"。从炮兵纵队转移到六纵队，我决定参加德惠攻坚之战。可是战争形势诡谲多变、神奇莫测，我在六纵队等待的日子里，却没听到嘹亮的炮声。由于敌人从长春分兵三路，倾巢北上，力解德惠之围，我们以虚对实，制造假象，分敌兵力，一个大踏步后撤，踏破松江千里雪，迅速转移过江北去了。

我是跟六纵队政治部主任徐斌洲一道转移的。

大概为了保证我的安全，这个看起来像个文弱书生的人，一直把我带在身边。他骑一匹马，我骑一匹马，只带了几个警卫战士，大白天从德惠前线上下来。敌人来势很猛，派出飞机四处追踪。中午经过一个小镇，由于大战来临，街头巷尾家家户户关门闭户。我们在一家人家刚刚吃了一餐热饭，飞机就隆隆飞来。于是我们一前一后，顺着大街隐蔽在一溜屋檐下，一路小跑，走出镇外。

夜晚来到松花江。江面辽阔有如旷野，陡然间风势暴猛，寒气逼人。开始在江岸上还看见有干枯的芒草从雪中伸出头来，狂烈摇拽，一下扑倒，一下仰起。走过那坎坎坷坷的土丘，就分不清江与地了。来到冷如铁镜寒光的江面，马蹄踏在坚冰上敲出铿锵的声音。这个松花江之夜，几匹战马，一身风雪，远远近近寂静得没有一点声音。但隐约间，我又像是听到了一缕凄怆的音乐。我从马背上向前看，黑茫茫一望无际，向后看，却看到一片片黑压压的丛林上刚好升起一丸黯淡无光的冷月，更远更远处，弥漫着一片红鲜鲜的火光。我知道大踏步后退是为了大踏步前进，但，人在撤退时，心境总不如向前进那般豪迈，反而有几分萧瑟。我随着马背的颠簸，活动着两腿，可是冷风朝背上吹来，好像一下从后背穿透前胸，我冷得心都颤悸起来。

我们骑马行走了大约一个小时，过了松花江，进入宿营地，我在六纵队住了几天。

这中间战场形势正在神秘莫测的奥变之中。

两种心情、两种决心在凝重的气氛中进行着搏斗。

我军两次过江，大量歼灭了敌人。的确，他们骄横、藐视一切，以为依靠美械装备可以横行天下、为所欲为。如今，敌人的气焰受到挫折，他们完全没料到在短短一个多月时间内在其塔木、张麻子沟、城子街连连败北。这令人恼怒的消息雪片般飞来，长春指挥官杜聿明失却了从容镇定，他调动强大军力，孤注一掷，迫近松花江边追寻使他痛苦不堪的我军主力进行决战。他以这种雄心，这种壮志，想完成一个英雄的伟业。战争最微妙的命运，往往决定于一瞬之间。对于长春指挥官来说，他在努力控制这一瞬间，可是这一瞬间倏然消失。一夜之间，他想捕捉的敌军却神秘地失踪不见了。于是，一腔怨火爆发为勃然大怒，一个电报跟着一个电报，一个信使接着一个信使，前头部队便像一头失去猎物的狮子一样，莽撞地闯到松花江以北。

就在这时，我得到消息，一纵队趁敌兵力分散之际，为了避开敌人突击部队，迂回敌人后方，又从江北大踏步向江南打出去了。

我脑间一闪：有大仗打！我决定，必须立刻赶回一纵队去。

我之所以回一纵队当然是为了参加这一决战，不过，还有一个原因，就是我同一纵队已经是生命相连，生死与共。我不能在抓到战机时，不和他们在一起。

提起一纵队，一个个人影闪现在我的眼前，这里有被人称为"毛猴子"的纵队副司令兼一师师长梁兴初，他的外貌颇有"火眼金睛"的神气。他是一员猛将，浑身上下九处负伤，到现在伤口还常常出血，可是他还是一往直前，锐不可当。我觉得他这人像一把烈火。每当发生争论时，他总是转动着亮闪闪的大眼，于是他那瘦长的身材就像一颗出膛的子弹，随时都会突然爆炸。这是一个很难控制的司令员，但，人们告诉我，只有一师政委梁必业能降得住他。梁必业个子矮矮的，他文雅、精干、镇定、果断，也许正是这强烈的反差，使他能成为一个堪与梁兴初合作的政治委员。在梁兴初写的一篇有关张麻子沟作战文章里，有一个细节写出他们的亲密无间："……我把手中的电话耳机还给侦察员，看了看梁必业同志，两个人的视线相遇，然而谁也没有说话，内心的激动是不言而喻的……"心心相印，何等默契。而我在写到这一段回忆时，我要说，我最亲密，最亲密的战友是李欣。他是一纵队政治部宣传部长，从前是一个大学生，在抗日烽火中从戎，他对我的恩惠，使我永远感激。我们行军走在一起，宿营睡在一处，特别是在迷离扑朔、行踪不定的战争之中，汪琦给我捎来的信件，也多是由他亲手交给我的。是他在冰雪严寒中，给我传来一丝一丝温暖。那时，他总是微微一笑，笑得那样甜蜜、那样亲切。他也常常收到他爱人的信，他在黯淡的油灯下，两指夹着一根青烟袅袅的纸烟，潜心澄意，仔细阅读，那神态是十分动人的。在频繁的战事中，我们都常常吸烟，吸烟不但是为了消除寂寞，而且，在极度的冰冻严寒之中，将这一星星烟火捧在手掌里，也会感到一点点暖意。当时，在国民党占领区内，美国香烟到处充斥，每打下一个据点，我们就驱马直奔而去，从小店铺里抢购上几条"骆驼牌"香烟。美国香烟的浓郁与英国香烟的清淡，形成两个国家、两种性格的对照。在那种冰天雪地之中，我倒毋宁喜欢美国香烟的芳香辛辣。李欣是很辛苦的，经过长途行军到了宿营地，他总是坐在炕桌上起草文件进行工作，我也总是在这种时候写起通讯报道，于是我们两人共在一张小炕桌上，埋头灯下，默默无言。但由于两个人不断地吸烟，不久烟雾就弥漫了整个房屋。战争有几许欢乐，战争有几许烦忧，最怕的是熬了一夜，刚刚睡下，还没等你合上眼睛，忽然来了紧急行动的命令。我们便连忙起身，匆匆投入行军，有时连饭也顾不上吃。通信员看着心疼，总给我们在一个日本式的铝制饭盒里装满饭菜，等到行军休息时，放在老乡灶火眼里烫热，我们便一起狼吞虎咽，而后又连忙踏上征途。在我决心赶回一纵队那一刹那，使我想念着的还有"我的那个连队"——一师一团一营八连。八连副指导员芦锡勤，我至今还想念他，但不知他在哪里？由于我每次战斗结束都要到这个连里去，这个连成为我测量战争温度的测量计，他们是主力部队，因此他们往往战绩辉煌。久而久之，我与这个连队建立了十分亲密的关系。每当连队改善伙食，纯朴可爱的战士们不会忘记我，总要打电话从师部里把我找来，因此师的领导跟我开玩笑说："那是你的连队"。当时，我是常常跟着一团行动的，一团团长蒋拥辉是一个十分英俊的青年，他全身绷得紧紧的，总散发着那么旺盛的精力。他是我心目中一个典型的革命军人，我一直赞美他，在我写的中篇小说《火光在前》、长篇小说《第二个太阳》里，都可以寻到他的影子，看到他的形象。他是从工农红军里成长起来的，他参与了创造这个新中国及保卫这个新中国的每一场战争。正是与这些人在火线上建立的情谊，召唤着我立刻奔向他们，要和他们共同经历这一血战。

六纵队司令部设在一个地主大院的上房里。我走了进去。六纵队司令员洪学智、政委刘其人都在这里。明堂瓦舍，十分亮堂，油漆箱柜，彩色缤纷，这显然是个阔绰的人家。洪学智身材魁梧，他一脸麻子，在抗美援朝战场上，彭德怀就管他叫"洪麻子"。他总喜欢张开嘴，露出雪白的牙齿，笑得那样憨厚，说话乡音很浓，又爽朗、又干脆。他一见我进来，就笑嘻嘻地让我坐，我却立刻说明来意：

"听说一纵队有行动，我想到一纵队去！"

洪司令立刻说："好啊！"

刘政委却迟疑地说："他们正在急速行动，怕不甚好赶！"

洪学智朝墙上的军用地图一挥手："不要紧，明天一清早我们派一个骑兵班送你去，反正就是一江之隔，他们正在江对面这一带活动，总可以找得到他们，找不到你再回来！"我那向往决战的心愿得到满足，我随即答道："好，就这样办！"其实我是无论如何不会再回来的，我决不能在战友们在松花江南决战的时刻，自己留在松花江北袖手旁观。

谁知半夜醒来，冻雪敲窗，天气发生了巨变，不知能否成行？我忧虑重重，不能成眠，便恨起漫漫冬夜如此长久。好不容易熬到黎明，我听听身旁，一片鼾声，好梦正酣，我不愿惊醒他们，就轻手轻脚爬起来，从皮挂包里抽出半截蜡烛、一盒火柴，点燃起来。我好不容易推醒我的通信员，他蒙里蒙怔地揉着两只眼，打着呵欠问怎么回事？我就悄悄凑到他耳边说："赶紧起来……今天咱们有行动！"他一听刺溜一声爬了起来，我们两人连忙动手整束起行装来。说起行装，也是战争生活的一大特点，我有一只白帆布大马褡子，里面装着一只美国鸭绒睡袋，一条美国军用毛毯，一只包袱皮包着随身换洗的内衣，特别重要的是几双厚毛袜，夜晚睡觉时这只包袱就是枕头。此外我还有一只小马褡子，里面装了几本书籍，几条纸烟。行动时，大马褡子搭在马鞍上，小马褡子就束在马鞍后边。当然，我身上还背着一只皮图囊，里面装了随手要用的笔、墨水、记录本和稿纸。我这只图囊很小巧，牛皮上面不知为什么还打印出一个五角星。图囊之所以叫图囊，是参谋装地图用的，这一只显然是关东军遗物。这种图囊对我却别有用场，无论在行军途中或者火线上面，就地坐下，把它放在膝头，我便可以在上面奋笔直书。一般把图囊挂在肩头，为了不让它颠簸，我总是用皮带把它紧束腰间。皮带上还总悬挂着一支左轮手枪。收拾了一阵，看看还有什么？一条灰布干粮袋里面扎扎实实装满了炒米。我是一个急性子的人，在军事生涯中养成了严格遵守时间的习惯。一直到现在，凡是约定的时间，我从不姗姗来迟——军人性格中的确有十分值得珍贵的东西，它是毅力，它是决心，它是时间，它是速度。我一切准备停当，只有皮帽子和皮手套还放在身旁，我就坐在炕沿上吸起烟来。这时我发现狂风猛扑着窗纸发出呼呼的啸声，不免引起我深沉的思索，我想到了深雪中跋涉的艰难。我吃了一顿热乎乎的高粱米饭和酸菜炖粉条。粗犷的东北人狼吞虎咽、风卷残云，他们耐不住那细细的粉丝，他们的粉条是又扁又长，足有半寸宽，但炖得烂烂的，挺有嚼头，格外香甜。小通信员连忙从他的灰布挂包里掏出铝制饭盒，把高粱米饭和菜搅拌起来，装了满满一盒。他怕我责备，羞涩地笑了一下，我坦然回笑了一下，表示我的谢意。我知道，他这是留给我在荒郊野外饥饿难当时享用的，哪怕饭菜冻成一块冰坨，也还能啃出一点菜香，比硬塞干炒米，哽噎喉咙要强得多。他早已跑到伙房去灌满两水壶水，背在他的肩头——这个通信员是我跌伤腰、行动困难时，在齐齐哈尔跟上我的。他年纪虽小，身体坚实，从那以后，他随同我一起顶风冒雪，出生入死，度过了东北战场最难熬的这个残酷的冬天。他是从西满农村来的，勤奋勇敢、吃苦耐劳，不过，他那颗农民的心，总眷恋着家乡的土地。后来，他终于回到西满他的故乡去了。分别那么多年了，但我一直记着他的形影，在迷蒙雪雾之中，他那摇摆着的短短的身躯……

吃过饭，我就跑到六纵队司令部大院。

洪司令、刘政委细心关怀，特地派了一个有战斗经验的连长送我。一群骑兵班的战马已经立在风雪之中，有的顿着蹄子，有的甩着尾巴，有的仰首微嘶，似乎已在临阵兴奋之中。洪司令跟我说已同一纵队电报联系上了，一纵队告诉了行进的方向。我跟洪司令、刘政委握手告别，他们站在门口，摇着手为我送行。

我们一一翻身上马，从屯子里出来，到了旷野之上。狂风呼啸、大雪纷飞，那个连长扬鞭催马飞行在最前面，我就放弛缰绳紧紧跟他后边。他带了一张军用地图，还带了一个指北针，这浑然一片的苍白雪野，跟无涯无际的黑夜一样，你简直无法分清天地，辨别方向，只有靠指北针指明前进去处。这天的雪可真猛、真大、真狂，它把一切都笼罩在茫茫渺渺之中，看不见一棵树，看不见一间屋。天是白的，地是白的，白得宇宙万物一派混沌、苍茫，只有旋卷的风吹着旋转的雪，把我们这一支小小骑兵队遮盖得朦朦胧胧。骑兵的马矫捷如龙，它们把冰雪踏得四散分飞，溅得我满脸是水。我急迫的心跃动着，我已经忘了马上严寒，虽然两只脚尖冻得像火烫一样疼痛，但是我周身的血脉却在急速循环。这样在风雪中跑了一阵，马也热了，人也热了，马身上像冒烟一样汗雾升腾，人身上像淋了雨一样热汗淋漓，雪打着脸，脸颊生疼，雪迷着眼，眼泪结冰。前些天从江南转向江北，一丸冷月，一片坚冰，而今从江北奔向江南，江上堆满了厚厚的积雪，何处是江面何处是地面更是一漫不清。我们马不停蹄，疾如旋风，跑了几个小时，影影绰绰从大雪中发现前面是一座不小的屯庄。风停了，雪小了，可是一个危险的信号忽然升上我的心中。

天这样静。

地这样静。

屯子这样静。

怎么路边上没有一个放哨的战士？

一阵警觉像一股冷气倏然透遍全身。

连长回过头来望望我，我发现他的眼光有些迟疑不决。

难道一纵队已经转移前进远走高飞了吗？

难道这里面等候着我们的是预伏的敌军？

······

咔、咔、咔······

一个个骑兵拉动枪栓装上顶门子弹。

是的，只要一阵爆裂的枪响，就是一片血肉横飞。

我们放缓了马的脚步，悄没声地向前行进。

我一下把心一横，对连长吐出一个字。

"进！······"

心如烈火。

身似坚冰。

但，这不是由于我有什么天生的勇敢，而支配我的只是孩子般一片痴情。

我多么希望寻到一纵队呀！

我那些亲密的战友，亲爱的士兵······

迎接我们的并没有突发的枪声。

我们进了屯子，突然传来猛烈的喊叫。

啊！······我找到了。在街中心，一个我熟悉的副营长，正在指挥着最后撤离的行动。由于狂风暴雪阻碍了我们的行程，他们不能再等待，于是连哨兵也撤下来了。但，就在这时，我旋风一般从马身上一跃而下，向那个副营长扑了过去，雪花夹杂着泪水，从我的脸上滚滚而下。

是，这是一次冒险，不，这是一次幸福。

没有经受过痛苦的人，怎么能懂得什么是无穷欢乐？没有经历过风险的人，怎么能懂得什么是绝处逢生？

我千恩万谢地告别了六纵队送我的连长。

我感谢在那一瞬间他听从了我的呼声。

副营长给我留下一只雪橇，我坐了上去，马就拉动起来。这可是我行军中最大一种乐趣。雪橇在深雪中飞快地滑行，大约一个时辰就追上了正在攒路急行的大部队。我又跟一纵队行进了，心中漾出无限欢乐。雪橇紧擦战士身边而过，在那样深那样厚的大雪里面，雪橇像在海上航行的快艇，冲风破浪，激起波涛。由于雪橇紧擦着地面，飞扬起来的雪花便大雨一样淋得我满身满脸，顷刻之间变成一个雪人。无论多么艰苦，战士总是热情洋溢，他们一个个向我们转过冻得鲜红的面孔，张着雪亮的大眼，向我们一面招手，一面跺脚，哈哈笑出声来。正好风从地面把雪卷起来，赶着橇犁的农民也一时兴高采烈起来，在茫茫雪雾之中得意洋洋地一手抖着缰绳，一手扬将起来。一边是叫啸，一边是欢呼，跟战士们此呼彼应，好一阵热闹。雪橇给马拉着在冰雪中碾出清脆动听的声音，奏出一支战场上的乐曲。雪橇随着马蹄的奔踏。不住地摇摇晃晃。就这样，我们这个小雪橇像飞鸟在冰冻的天穹中滑翔，超过一批部队，又超过一批部队。我从雪橇上巡视了这活跃在大雪原上的苍莽的洪流。这时这道洪流正向西火速前进。部队终于像苍鹰从高空如箭如电直掠而下，一下抓住了从德惠，农安出来企图解靠山屯之围的一股敌军。由于行动迅速，我们在郭家屯一带切断了退路，堵截了敌人。随即在这儿展开了三下江南最后、也是最激烈的一场决战。

我赶到一道岗岭下面。前面突然传来一阵爆竹一样激烈的枪声，空气一下骤然紧张起来。这时暮色把苍白的雪野变得灰暗起来，随后夜幕就垂垂而下了。一入夜，寒风瑟瑟，冷气飕飕，我坐在雪橇上，裹紧皮大衣，心里冷得还在发颤，由于不活动，两只脚、两条腿疼得麻木起来了，我这时急于想脱离雪橇，雪橇却还在飞奔。我的眼睛十分锐利，我从苍白的雪地上发现几股黑色电话线弯弯曲曲向岭上牵去。确定无疑，这是指挥部所在地了。于是我从雪橇上一跃而下，急急踏着没膝的积雪跑上岭头。那儿有一片给雪覆盖了的小树林，就在这儿，我看到纵队司令部和一师师部聚在一起。梁兴初一把把皮大衣甩掉，一只腿跪在雪地里，抓起刚刚架通的电话耳机，急火火地闪着两只眼睛，向前沿部队大喊大叫。纵队的首长们都立在雪地里，举着望远镜瞭望整个战场。只有李作鹏坐在树下，俯身子铺展在雪地上的军用地图，用他剩下来的一只独眼随着移动的手电筒的光圈慢慢移动，进行仔细的观察。我气喘吁吁地赶到，一下惊动了作战科长，他把手上的望远镜递给我。通过望远镜，我在黑茫茫的夜幕中只能看见几处小火光在闪亮，但随即又黯然熄灭了。我同时发现我们的部队正像一条汹涌而下的急流，在急剧地、火速地前进。就在这时，我觉得脚下地面重重地抖动了一下，炮声如同霹雳一样在整个天空中很久很久地盘旋回荡。我们周围的气氛一下紧张起来，好几道手电筒灯光倏倏地晃来晃去。纵队司令，政委肩并肩地举着望远镜仔细观察，偶然转过头来下着命令，随侍身后的作战参谋把纸垫在皮图囊上做着记录。前面的枪炮声愈来愈激烈，就像那战场上空旋滚着浓浓的炸药，只要点燃一根导火索，随着刺刺闪烁着的小火花烧开去，立刻就会轰然崩决，猛烈爆炸。这时我发现梁兴初像个火人一样一跃而起，我没听清他说了句什么，只见纵队司令点了点头，梁兴初随即一招手喊了声："火速猛进，抓住敌人！"而后带了师部一群人，向树林后大踏步走去。这时，我借着灯光才发现那儿原来站着一群马队。我看见梁兴初翻身跳上一匹马。正在这时，战场上蓦然平静了下来。这种寂静把天空都紧紧凝缩，它迅速传来一种不祥之感。难道敌人逃脱我手了吗？一转眼间，我看见梁兴初骑着马在前头飞奔，他那种英雄气概实在动人。从这时开始，郭家屯这一场激战进行了一日一夜，我们狠狠扭住了敌人，咬住了敌人，死打硬拼。这一日一夜我一直在阵地上。后来我才知道，在这迷离扑朔的战场上，曾经出现过一个可贵的瞬间，但随即又失去了——当长春最高指挥官杜聿明从德惠连夜赶回长春时，在路上与从东向西急进的人民解放军突然遭遇，我军截断了他们的退路，随即展开包围攻击。杜聿明乘小汽车冒险冲出，随行他的大卡车连同上面的士兵全部都给歼灭了，就在这一个茫茫黑夜里的一瞬间，杜聿明孤身一人狼狈逃窜了……我们一点也没发觉那是杜聿明，当然，我们并不知道那一瞬间，也就失去了那一瞬间。但是人们都记下了，1947年隆冬那个严寒的夜晚，郭家屯外公路上，国民党88师汽车队的灯光照亮了他们步兵的幢幢人影。突然，机枪一下炸破了夜空，解放军像箭头一样插到了这与公路平行的地方，猝然的遭遇，揭开了战争的帷幕。国民党部队一发现情况，连忙占领有利阵地，展开火力。但是，枪声猛然响到他们面前，我们的机枪连已经占领路旁一处高地，堵塞了对方前进的道路。一个步兵连队正在公路南侧急进。尽管与团部失去联络，在没有接到冲锋命令的时候，就抓紧战机向公路上猛冲。顷刻之间，白的、红的，敌我双方的子弹飞速地曳着光亮交织成一片火网。对于二排副排长薛延聪来说，枪声就是命令，他立刻率领战士从后面跑了上来，一鼓作气占领了一个小屯子，可是无奈公路高地已被敌人控制，他们居高临下，十分钟里连续向南发起三次冲锋，我们的一个排迎着战火的旋风发起反冲锋，但是在高地之下受到挫折。一时之间，情况紧急，危险万分。在这紧急关头，薛延聪往西看了一眼。从公路高地上。发出机枪倏倏的火光，他判断那里是敌人的制高点。他临时召集了身旁的九个战士。漆黑之夜，彼此不辨，但人们一听这是二排副排长的声音，一个个勇气蓦然上升。薛延聪身上背着两袋手榴弹，一袋是他自己的，一袋是向西急急行进中，为了减轻气喘吁吁的小战士的负担从他身上抢过来的。正在这时，那个讲话口急的矮子副连长，又向他手上递过一件什么，他一摸又是一袋手榴弹，他知道副连长没有忘记他战前的誓言。他向敌人制高点那边望了一眼，心中暗自冷冷笑了一下。他背着三袋手榴弹，带领着一小群战士发起冲锋。那是八十米远近的一条斜坡，薛延聪从下面向上迎着蝗虫一般密集飞来的弹火，只用了五分钟时间，一阵风一样冲向公路。他越过一条山沟，一辆马车翻在那里，那匹马正作着死亡前的挣扎。薛延聪像烧过一千度高温的熔铁，从内向外发出猛烈的火焰，率领突击组，像一把锐利的尖刀，踏着尸体、踏着血水，一下突入公路高头敌人阵地。他知道决定的时刻到来了，他不再隐蔽身体，决然挺起胸膛，他一甩手抛出一颗手榴弹，一甩手抛出又一颗手榴弹。一刹那间，电闪雷鸣、火光烛天。薛延聪意识到停止就是死亡，他决然地冲锋陷阵。临战前的誓言又在他心灵中响起。

"我们连有任务，我一定带领突击组，我不要枪，我只要三袋手榴弹！"

这不是，副连长满足了他的心愿，黑地里递给他第三袋手榴弹。

天蒙蒙亮了，敌人心窝里的爆炸，决定了战斗的胜负，敌人乱哄哄逃下高地。

就在这透明的青钢似的黎明之光中，薛延聪给一排弹火射中，突然倒了下来，顺着薛延聪炸开来的这条道路，我们的攻击部队冲了上去。

我记下，因为他是我在战争中记下的第一个逝者。

那个严寒的冬夜，我看见火光冲天而起。

像一根颤抖的赤红色的火柱。

像一股赤红色的旋风。

我仰起头，一粒一粒冰凉的小雪花飘落在我的脸上。

我仰头向上望，苍天浩浩、风雪森森。

我忽然看见渺渺茫茫之中一个人影在那旋转着风雪的夜空里冉冉向上飞腾。

我的心猛然震动了一下，是的，那是第一个逝者的身影，这是大地的精灵？不，这是山河的精灵？不，这是森林的精灵？不，不，这是大雪的精灵，因为只有大雪才能这样纯净，这样圣洁。

正是在这火光的照耀下，在狂风呼啸、大雪纷飞的时候，我在茫茫战火中迎接了解放战争中第一个黎明。

## 一○二　哈尔滨之春

冰冻的松花江溶解了。

一夜之间，春风吹暖了黑土地。鲜红的阳光、清新的空气，从遥远遥远的地方传来布谷鸟的鸣声，天空那样静，大地那样静，白桦林子像给清水洗过一样，每棵树都潮乎乎、湿淋淋的，桦树皮白里泛青，青里泛白，它预示着阳春已届、万物萌生。我随同一纵队赶在大江解冻之前，转到江北的扶余。现在我离开扶余到哈尔滨去。冰冻很深的大地，到处都反了浆，黑乎乎的一眼望不到边。我们坐在一辆胶皮轮大板车上，由几匹健马拉着在泥泞之上跋涉、挣扎。我们不像在车上倒像在船上，这船就在这黑色的大海洋上迎着风、迎着浪，荡漾不前。两匹马是红色的，两匹马是雷青色的，它们昂首奋蹄，车轮却深深陷在乌黑乌黑的泥里，那不是泥浆，那是粘胶，它们把车轮紧紧胶住。车轮每前进一寸，车夫都得狠狠甩上几鞭。但，随着太阳的上升，汗湿的马身闪闪发光，一股热浪从原野上传来，远远的村庄遮在蒙蒙湿雾之中。人懒洋洋的了，马懒洋洋的了，我们这个诺亚方舟，在原始混沌之中，也懒洋洋的了。这大地上已经没有道路，道路变成污浊的泥流。车夫叹了口气，不再挥舞长鞭，拉起衣襟擦着额头上热气腾腾的汗水。我从马车上一跃而下，在路边刚刚冒出青草的田埂上走着，这样，反而觉得轻快、从容。我忽然看见一片赤裸的地面上，开满了浅蓝色的野菊花，就像从空中落下一片蓝色的彩霞，我两眼一下明亮如火，不顾两脚陷入泥泞，我采了一束野菊捧在手上。野菊吐出淡淡的、淡淡的芳香，纤细的花瓣、鲜艳的颜色、娇嫩的生命，带来了多么多么美好的春天呀！我偶然间把一根花梗含到嘴里，先只感到一股泥土味，嚼了几口才品出微微苦涩、微微香甜的药味。大自然是多么坦荡无私而又多么神奇奥妙呀！它生长了万物，万物又点缀了自然，使它那样鲜活、那样美丽。这像浓茶一样的空气，令人心旷神怡；这烈酒一样的空气，令人醉意陶然。中午的太阳像把泥泞蒸透了、煮熟了，马蹄溅踏起泥浆，泥浆发出酵母一般的气息。布谷鸟的声音不知何时消失了。这午昼变得如此之寂静，寂静得一点声音都没有。我坐在车上睡意蒙眬，偶尔飞过一只金龟子，搧动翅膀发出一种轻微的、美妙的、动听的嗡嗡声，像一阵小风在飘摇荡漾，更是催人入眠。于是我靠在草料袋上，随着车身摇晃。我全身暖烘烘的，棉衣衣襟敞开，春风吹上胸膛，渐渐地、渐渐地，我在泥泞的大海上睡熟了。我做了一个梦——我口中还残留着花梗的苦涩、花朵的芳香……潜意识还在梦中活动着，幻影还在漂流荡漾……我忽然梦见许多许多波斯菊，我整个人都落在这绯色的灵魂之中了——波斯菊也有泥土的气息，波斯菊也有迷人的酒意……忽然这一切都被清冷的月光照亮了，那滴着露珠的纤细的花瓣……要不是蓦然间给马的嘶鸣惊醒，那绯色的梦还要悱恻缠绵。等我醒来时，揉着惺忪的睡眼，我痴痴望着绿的原野、黑的原野，回味着我的梦境，我知道我正在向我眷恋的那个人走近……只要一回到哈尔滨，我就会看到她那明亮的眼睛。

在这反浆的道路上我们走了整整一天，等到落日的霞光把整个原野笼罩在红包之中，我们到达了双城。住在一个很阔绰的烧锅大院里，吃了一顿丰盛的晚餐，美美地睡了一夜，恢复了头一日的疲劳困顿。第二天从双城坐上火车回到哈尔滨。多么熟谙而又亲密的哈尔滨呀！这是我在征尘战火中无时无刻不在思念的地方。夕阳漫染，晚风料峭，我又走过霁虹桥，看到绿色的教堂的圆顶，听到传来的钟声。我盼望的那一个时刻到来了，只有军人才能懂得这种冒着生命艰危而垂垂悬念的爱恋多么深切；只有军人才能懂得从漫长的日夜里盼望着的会晤多么喜人。可是，当我走进《东北日报》社的宿舍大楼，在楼道走廊里来到我的住室门口，我们的小小的甜蜜的家，我敲门，里面却没有应声——也许她外出了？也许还在办公室？……这时对门的同志为笃笃的敲门声所惊扰，探出头来，一见是我，就把一只沉甸甸的信封交给我，打开来，里面装着开门的钥匙。我开开门走进去，白天，特别是中午，在原野上晒着大太阳，暖洋洋、热烘烘，一进入这个城市，进入这间房屋，我才感到这儿充溢的还是清冷的春寒。我的通信员卸下背上的行囊，我就打发他赶紧到食堂里去吃饭。这清冷而又清冷的房间里只剩下我一个人，一种深深的惆怅侵袭了我——没有我期待的热烈团聚，多么寂寞！多么孤单！……我猛然间发现床上有一封信，我忽然抓到了一线希望，连忙取起，读了信，我默默坐在木椅上，神情荡漾，又喜又忧——原来她到鸡西煤矿去进行采访去了……那是离哈尔滨十分遥远的地方，还在牡丹江以东，完达山深处，接近兴凯湖的地方。真是难以排遣的苦恼呀！我不知道她什么时候回来，也许战争又将我召向前方，难道久久渴望的亲密的团聚就这样难以捉住吗？

冬天悄悄从哈尔滨逝去。

马路上结了一冬的厚厚的冰层不见了，铺路的石块黑铁一样黑，到处湿漉漉的，散发着泥土的芳香，这是多么沁人心脾的气息呀！大街上亮堂堂的令人爽眼，糊窗缝的绵纸条都给人撕去了，原来被冰雪封冻了那么久的窗玻璃都给人们擦得锃明透亮。

当我穿过一条曲曲小巷，看见从人家的绿色木板障里面伸出来的树上吐出了一点一点绿色的嫩芽，绿得那样新鲜、那样明亮。

小鸟吱吱喳喳，从这个枝头跳到那个枝头，从那个枝头跳到这个枝头，噪成一团。

多么明媚的阳光呀！透过厚厚的棉衣我感到懒洋洋的温暖。

当我沿着中央大街走到松花江边时，突然一种沉闷的轰隆声传来。我惊奇地向四下眺望，寻不到声音从何而来。是天上？是地下？声音十分威严，十分冷峻，地老天荒、沧桑奥变，令人赫赫然有一种恐骇之感。我立在江边堤岸上，一下子我发现这声音来自江上，就在这偶然一念之间，我目睹了松花江开江的惊人的场景。随同这隆隆声由远而近，由小而大，——刹那间仿佛天昏地暗、日月无光，只见那整条青钢色的冰冻的大江，在颤动、在战悸，我一下子听到我所立的岸脚下，就像踩玻璃碴似的，冰冻发出一连串细碎断裂的声音。这是多么严酷、多么狂暴的震动呀！突然间，江心的冰面崩决开了，看起来，似乎在同一瞬间，这条江从遥远的上游一直到我的面前都在动荡，在动荡，而后在沉闷的隆隆声之上发出惊雷般的爆炸。一种欢跃之感从我心底油然而生。啊！春天！你这温暖而柔和的春天，经过母亲生产婴儿般的那一刹那苦难，发出惊人心魄的婴儿的啼声……是的，一个春天就这样诞生了！开始，我看到江中心青色的大冰块在递裂，无数冰块森然矗立，而后从那断裂之处涌出黑色的巨流，像黑压压倒塌的城墙一样，汹涌而来，澎湃而至，整个江面裂成无数冰块。那白森森的冰块，在急流旋涡中冲击而下。浩浩荡荡的大江在放声高唱，冰凌你撞我我撞你，你推我我推你，旋动着清脆而嘹亮的咔咔——咔咔声。我把帽子攥在手上，一任江上吹来的寒风把头发吹得嗖嗖飘动，我敞开衣襟，让我的胸膛承受着猛烈而又温柔的春天——我的心神庄严极了、肃穆极了，我的两眼发出雪亮雪亮的闪光，我的心胸一下扩张开来，我伸长两臂紧紧和大自然之魂拥抱。透过这第一次动荡的江流，我仿佛看到长白山的冰峰雪岭，我仿佛闻到山上那莽莽原始森林的气息。松花江像一阵天风从长白山上飘然拂下，经过桦树林子，汇成松花潮，而后一直北流，到陶赖沼折而向西，而后经过扶余在三肇（肇源、肇州、肇东）一带同西面由大兴安岭冲折而下奔腾怒吼的嫩江汇合，两条大江汇合成一条浩浩荡荡、莽莽苍苍的松花江，猛然转过身向东急驶，冲过哈尔滨。就在这儿，在这开江的日子，显示了宇宙的无穷的暴力，大自然的无穷的暴力。水卷着冰、冰冲着水，这是苍天的血，大地的血，这是苍天的呼啸，这是大地的呼啸，我从中领略着大自然的神奇、雄伟的美感。当大江漂流而下，我忽然觉得天也明了、日也亮了，黑色的激流冲出蓝色的巨浪、蓝色的巨浪冲出白色的冰凌。就在这时，我的温暖的面颊上忽然感到一阵凉沁沁的湿度，我一下惊住了，这是什么？但马上又一下猛然醒悟过来，这是春天，从江面上旋来的春天，它不是清风只是气浪，多么美好的春天，在哈尔滨降临了。

　　我不知道会不会突然来个战争的信息，我便不得不整束行装。

　　但是我在暗暗蒙混我自己，我只说日子并未像水般流逝，

　　我期待着、盼望着，

　　有什么比期待与盼望中的热恋更热恋的吗？

　　的确，战争使我们经常处于生死两茫茫之中。

　　因而，我们的爱变得更深、恋得更切了。

　　这是只有军人才懂得的……

　　这是只有军人的亲人才懂得的……

　　在人世间，只有这种"懂得"，只有这种体验，才是最美好，最幸福的。

　　可是我无法欺骗自己，春天的脚步决不由我心灵决定，我每天出去，都经过小巷那绿色的板障，我的眼睛都无法抑制地凝视着枝头。

　　春天不但从江上来了，

春天也从枝头上来了。

哈尔滨整个儿荡漾在绿色的春天之中。从地心里来的生命之液，在粗的树身、细的树梢里暗暗流动，于是树叶由小而大，变得像绿色的镜片了，树梢上结出了一簇簇小米粒那么大的紫色的菁荚。

我每晚都推开一扇玻璃窗，夜莺的婉转的歌声便从那儿飘荡进来，沁入我的梦中，沁入我的心灵。

这是多么深、多么深的春天。而这几许春之中夹着多少愁呀！一种沉重的失落感总在压着我。

有一天，明丽的天空中日光强烈照射着，丁香花突然在不知不觉间怒放开来，那艳紫的，雪白的花像晨曦，像晚霞，一下子漫染了整个春城。只有当爱神在冥冥中主宰我们的时候才能有那么凑巧的事，如同我回到哈尔滨那个黄昏一样，也是一个薄暮时分，紫红色的夕照在半开的窗玻璃上燃着一把鲜艳的大火。门猛然推开来。我刚刚从书本上挪开眼睛，转过身来，她已经从门口踊身而入了。

她一把将大衣甩在床上，便迈着急速而细碎的脚步向我走来，

——这是多么亲密的一刹那呀！

我的心在簌簌跳动，我一阵风般迎了上去。我看到她的眼睛是多么明亮呀！像两点鲜活而闪烁的火星。

我拉着她的手，我觉得她的柔软的手那样冰凉，在这种时候只能发出短促的语言：

"你没走？！"

"在等你！"

那手上的凉意，也许是从那深深、深深的地心之下的煤矿矿井里带来的吧？的确，林口、鸡西、完达山深处那里雪比哈尔滨积得多，冰比哈尔滨溶得晚。她是从冰雪中来，从寒冷中来，她还穿着那身黑色的棉衣，脚上蹬着细长的马靴，她的长长的头发像清风、像流水一样一直披散到肩上，我仔细端详，她黑了一些、瘦了一些，正因为这样，她的两颗眼睛显得更大、更明亮了。我们手握住手，我们欣喜若狂，却又一时默默无言，一直到她的手温暖起来，我才撒开她的手。她告诉我她的确深入矿井，看到煤矿工人挖掘出亮闪闪黑水晶一样的煤炭，工人粗犷的大手是那样孔武有力，把铁锹挥得虎虎生风。他们说，

为了支援前线，我们多出些煤，多发些电，多铸成一些手榴弹。正好在我们这个房间里，我带回战争者的烽火，她带回建设者的豪情——我们是从两个不同的前线来，正是这种崇高的使命，熔铸出我们炽烈的深情。

温暖的春夜微微扇着翅膀飞来，我们并肩站在窗前。突然，我们听到了一种神秘的声音，那样细碎、那样温柔——沙沙、沙沙、沙沙、沙沙，像天在窃窃私语，像地在悄悄微吟，响个不停。我心里蓦然一惊，这是这个春天的第一场春雨呀！我于是把两扇玻璃窗都打开来，让这甜蜜的春雨淋在我们心上吧！当那细细的，轻轻的小雨星落在我灼热的脸颊上，我感到那样惬意、那样爽心。就在这同时，风把丁香花香一下吹了进来，随着风声雨势，飘浮旋转，那醉人的幽香呀！一下疏淡，一下浓烈，一下飘逝，一下袭来。春夜，春雨，春天的花香织成一片轻轻的薄雾，在迷离，在荡漾。

经过一夜雨淋，哈尔滨像一个美人一样变得浓妆艳抹，娇媚动人。

俄罗斯式的五颜六色的屋顶都像鲜花竞放、万卉争芳。从绿色木板障后伸出的丁香花，一个小花朵上挂着一滴晶莹的水珠，一股生命的芬芳带着潮湿的泥土气息，渗入鼻孔，如此爽人，哈尔滨的春意浓了。

松花江岸的水上俱乐部里坐满了喝咖啡的人群。我再看松花江，松花江水绿得像碧绿的酽茶，江流柔静无声，悠然向东流去，江永呀！这美好的春天，爱得真令人发愁呀！

## 一〇三　决胜于千里之外

我觉得："运筹于帷幄之中，决胜于千里之外"是形容统帅部最恰如其分的词句。

但为了领略这一个军事哲学的含义，我曾经付出心灵上的凄楚。那是1947年3月，当我们与狂风暴雪搏击转战时，一个消息突然落在我的头上。人们悄悄告诉我："我们撤出了延安！"啊！延安！多么温柔的梦境，多么圣洁的土地，怎么可能落入敌人之手，任由噬人恶魔在那儿无情地践踏？我简直无法忍耐，我觉得我的心在向下沉落、沉落。我从温暖的宿营地走出，站在冰冷的夜空之下，遥望着西方。"毛主席在哪里？……"在风里在雨里？在战火硝烟之中？在大雾弥天之际？也是这样寒风呼啸，也是这样冰雪茫茫吗？他在哪里？他在哪里？我孤苦伶仃，不知站了多久，严寒灼烧着我，我仿佛听到无声的电波正从那儿迅速飞来。不知过了多少时候，我一点也没发现，我身边站着一个人，他轻轻地说："他们还在陕北，在那儿指挥着整个战局。"于是，我心中又燃起天边那一簇圣火。最高统帅部、毛主席、党中央指挥着我们的行动，从绝境里唤起希望，从危急中获得生机。中央关于《建立巩固的根据地》的指示，决定着我们在东北前线一次又一次突击，在后方放手发动群众，正是从那漫漫的黑夜里，黎明的春光冉冉上升。可是，在这苦战时刻，延安，我亲爱的延安陷落了。我蓦地一惊，连忙转过头，身边却并无一人。那是怎样一段难挨难熬的时间呀！

那几天，在行军中，在宿营时，人们变得沉默了，都装着一腔心事，都为毛主席担心。李欣是纵队宣传部长，他可以看到绝密的电报，有一天他悄悄告诉我，"毛主席决定留在陕北指挥作战。"我心里一阵发热，我恍然看到一个伟人的性格，一个巨大的决心。这消息很快传遍全军，它成为一股无形的力量，我们要快快地走，狠狠地打，支援陕北战争。后来我听到毛主席怎样盘山越岭，在咫尺之间与敌人周旋，我听到毛主席怎样被逼到黄河岸边一座山上，但他就是不过黄河，却又绝处逢生，这不是"置之死地而后生"吗？想一想，一点麻籽油灯照着膝上的地图——那是他和他的亲密战友周恩来，紧紧掌握着战局，扭转着战局。我恍然大悟，这不就是运筹帷幄之中，决胜千里之外？东北黑土地上的每一个战士的每一步行动，都在和着指挥部的节拍，发出响亮的回声。

决定整个解放战争命运的最高统帅部在陕北，决定东北解放战争命运的统帅部在哈尔滨。在离南岗喇嘛台不太远的地方，有一座灰色的大楼，那就是东北战争的神经中枢。每当军事行动之前，这里向我发出信号，我便到这儿来了解战争部署，决定我出发的行程。因此我同司令部作战处的人很熟，特别是作战处处长苏静，这个一生一世都不像军人、而一生一世都是军人的人，没有叱咤风云的气势，却有精心细密的风格。这个瘦瘦的人，平时总是笑吟吟的，一旦考虑问题，就夹着一根香烟，陷入深深的沉思。正是从他那里，我懂得了军事是一门科学，他不正是凭着清晰的科学的头脑，分析着敌人的态势，掌握着战争的进程吗？是的，战争在熔铸人，人的性格、人的习性、人的品德、人的风度。的确，在我接触当中，最优秀的指挥员，不论他是豪情似火，还是冷峻如霜，他们都是最沉着的、最冷静的。朱总司令在太行山上跟我说过："战争是来不得半分虚假的。"的确，一个指挥员是一个伟大的艺术创造者，只有通过他的深谋远虑，精心构思，才能爆发出灵性的火花，作出决定性的一击。因此，司令部是严肃的地方，秩序井然，鸦雀无声。苏静在长期的参谋工作中形成了他的为人和风格，说他洗尽烦躁、炉火纯青也不过分。与我共同经历过东北战争的人。唯一到老，还同我交往的，只有他一个，在我的书房里，他还像过去那样，一面一支接一支地吸着香烟，一面轻声细语跟我交谈。

前一年春天，在保卫四平的前线上，我已见过林彪。当时林彪是一个称职的统帅，威望很高，大家都管他叫"林总"。他这人表面上温和得有点严肃，但对人常常露出笑容。实际上，在战前他总是斟酌再三，反复考虑，十分严谨，一丝不苟，但决心下定之后，他就咬定牙关，刚决果断、叱咤风云。他的心总是悬挂着火线上的每一个动向，每一个变化。他常常夜不能寐，只要一听到参谋轻轻的脚步声，他就问："有电报吗？"战争千变万化、奥妙无穷，一个高明的统帅不但要指挥自己，更重要的是能指挥敌人。他仔细听了读报之后，如果战争正按着他的驾驭如期行进，他便放心；如果战争不尽如人意，他就无法安心，甚至披衣起床，重新细细审视作战图苦苦思考。我在哈尔滨司令部参加军事会议时，才看到东北战争中另一个统帅，那就是罗荣桓。罗荣桓神魄巍巍，是个千万斤重担也抓得起放得下的人。他有海一样广的胸怀，海一样深的气度，因此他高瞻远瞩、虚怀若谷。有一次为了一篇报道的事情，我去请示他，他竟带上我到谭政家里去。他和谭政坐在两只沙发上，肩膀挨着肩膀，拿着我的稿子，字斟句酌，仔细推敲，情景十分动人。在司令部首脑中，与我过从最亲密的，要算参谋长刘亚楼。他虎头虎脑的，圆团团脸上有一双火灼灼的大眼睛。他的眼光神奇诡秘、变化无穷，一会儿显示出炽烈的情怀，一会儿透露出智慧的光彩，他火一样坦荡、火一样明亮。他是一个干才，精明、强干，是个一丝不苟、十分严格的人。正因为这样，他成为一个最出色的参谋长。在军事会议上，他举着指示杆，朝墙上的军用地图指指画画，把敌人态势与我方部署讲得既严密又精确，头头是道、绊缕分明。这时，他庄重、严肃。但在另外的场合，他却显露出才情洋溢、坦率豁达的一面。有一次，我正在他那儿，一个参谋喊声报告，进来把一份电报送到他面前，他眼光急速地流转着，一下把桌子一拍，朝我说："全部就歼！"然后两眼一闪，哈哈大笑起来。在性格上，他和他的主要助手苏静形成鲜明的对照，他在精心密意之上时显露出如火如荼的豪情壮志。他是一个十分神秘的人物，这个中央苏区的红色指挥员，曾被派到苏联去，在伏龙芝军事学院学习。他和一个苏联姑娘结了婚，他说得一口非常漂亮的俄语。当马林诺夫斯基元帅在"喀秋莎"的火光照耀之下，一举突破了兴安岭的日本关东军防线，率领数百万苏联红军分头冲进东北黑土地带，他的手下有一个苏联名字、中国面孔的红军军官，这就是刘亚楼。当苏联红军撤退回国的时候，刘亚楼才不无留恋地脱掉了苏联红军的正规服装，到东北民主联军当了参谋长。他像又回到中央苏区老家，穿起既无帽徽又无肩章的棉布军装。不过，他是一个十分讲究军人仪态的人，同样的军衣穿在他身上，就显得特别整洁，很有风度。也许因为他在苏联学习过，有高度的文化素养。他和我之间的情谊出于他对文学的爱好。我们谈起爱伦堡，谈起西蒙诺夫，他说："他们在苏德战争中不都是记者吗？你一定要把东北战争好好写一下。"这对我显然是十分亲昵的鼓励。写到这里，我心中升起一种深深的内疚。刘亚楼早已离开人间，但我明白他对我一直存有一种深切的期望，希望我写出一部反映东北解放战争的文学作品。有一次，我随同林彪、罗荣桓、刘亚楼搭乘一列专列火车从哈尔滨到双城前线司令部去。也许是出于习性，林彪每次战役行动之前，先召集各纵队的领导人到哈尔滨来开军事会议，会议一结束，各个纵队领导人纷纷返回前方。林、罗、刘、谭就也离开哈尔滨，到松花江以北的双城去指挥战事，是因为双城僻静，没有干扰？还是为了使总指挥部靠近前方？我无法揣度林彪的心境、意图。那时的专列，名义上是专列，却并没有解放后的专列那种富丽堂皇，只不过挂了一节三等车厢，大家都坐在木板座椅上。林彪一个人孤孤单单坐在一处，这是他的指挥习惯，他在战争部署实现之前，以及实现之中，总是在焦思苦虑、沉思默想。这次也一样，在火车上，他一言不发，就像作家在构思一部神奇瑰丽的作品一样，沉思，沉思。罗荣桓和谭政有意不去影响林彪，两人坐在车窗边的两个座椅上，轻轻地谈话。我刚想到林彪那里去，刘亚楼就一把抓住我的胳膊，说："让他一个人去想他的吧！"就势把我拉去和他坐在一起，跟我谈起我的小说《无敌三勇士》《政治委员》，他讲得滔滔不绝、热情洋溢。在解放后，他听到我的全部战地日记被烧毁时，跌着脚说："这损失太大了！整个东北战争，只有刘白羽有这样一部上到总部下至连队的日记呀！"为了弥补我的无妄之灾，他邀我到他家去。那是东单附近一座小小洋房。他的夫人给我们做了俄国菜，而且喝了红葡萄酒。临行，他给了我一大包材料，那里面包括东北各个战役的作战报告，还有标有红蓝两色箭头的作战地图。谁知在日记遭焚之后，又一次灾劫在等待着我。"文革"抄家，这批材料又给不知哪个红卫兵当作珍宝而抢劫走了。他也许想借这些材料写点作品，成名成家，但没有参加那火热的战争，就算据有这些材料也是枉然。这对我来说是天大的损失。刘亚楼去世了，我欠他的这笔债终于没有还。两次灾劫使我心灰意懒，再加以行政工作占去了全部时间，我终于没能写出反映东北战争的长篇小说，只能在这部《心灵的历程》中做些衷心的回忆。想起当年征尘仆仆，笑语纵横，现在我心里是既夹杂着欢乐也夹杂着哀愁！

刘亚楼这条线扯得太远了，现在再回到双城。谁知在那儿住了两天，林彪最后下决心那一战役不打了，这也说明他在把握战机上是谨慎而又谨慎的。

就在这时，迎来了 1947 年哈尔滨的那个春天，我在东北战争中度过的第一个春天。

战争一结束，我就参加了一次政治工作会议。周赤萍也从前线赶到哈尔滨参加会议。他在会议间隙之中，邀请了几个纵队的司令们、政委们一大伙人，在马迭尔饭店吃俄罗斯大菜，我也是被邀的一个。军人的宴会，豪情洋溢。那是一顿极其丰富的俄罗斯大菜，大家围坐在一条长长的餐桌上，铺着雪白的桌布，雪白的餐巾，桌上那些水晶盘盏、银制餐具闪闪发光，有红鱼子酱、黑鱼子酱、又酸又脆的小酸黄瓜。战争中人们难得这样欢聚，军人们又都很有酒量。伏特加酒火辣辣地吞下去，大家立刻豪情迸发，笑语连天。穿着和这座大红天鹅绒装饰的饭店相称的天鹅绒长褂、腰间扎着黄丝带的侍者，轮番端着盘子上菜。有鲜嫩的炸牛排，有松花江刚开冻打捞上来的特别新鲜的白鱼，高潮是火鸡。烤得焦黄的火鸡从高脚盘里发出郁郁浓香，诱得人们风卷残云般一扫而光。总之，战争间隙这一丰盛的宴会实在令人难忘。我觉得我后来几次访问苏联，从来也没有吃到像在哈尔滨吃过的那样美味的罗宋菜。我想这大概是中国厨师在俄罗斯的饮食文化中注入了中国文化的精华的缘故吧！这不也说明不能照搬西方文化，而必须要在中华民族文化的基础上吸取、消融，没有真正的创造，就没有真正的艺术这一个颠扑不破的真理吗？

这一次，我在哈尔滨留的时间较长，在发动 1947 年夏季攻势之前，我又到司令部参加了部署作战的军事会议。这一会议以及其后的攻势，使我更加理解、赞赏"运筹帷幄之中，决胜千里之外"的深刻含义了。从 1946 年严冬进入 1947 年的春天，东北战局发生了根本性变化。在毛主席亲自部署之下，东北人民解放军完成了保卫四平的任务之后，从长春一带撤退下来，蒋介石大喜若狂，挥师北向，自以为美械装备的精兵强将，不费吹灰之力便可饮马松花江，直下哈尔滨，完成其独霸东北的野心。谁知人民解放军分为南满、北满两线，展开阵势，从两个方面牵制敌人，为了形成这一南北夹击的形势，陈云偕同萧劲光鼎足南满，新一军刚刚渡过松花江，南满一战大捷，杜聿明就不得不停在陶赖沼，转而调兵遣将直赴南方，就在这时北满三下江南。这样南面一拉、北面一扯，国民党军就首尾不能相顾，拮据难于应付。于是，人民解放军从危如累卵的险境中解除出去，扭转到使国民党军穷于应付，造成东北战场由倾斜而趋向平衡的新形势、新局面。不能说只有军事哲学而没有战争艺术，要说艺术，这不是最高的艺术吗？

## 一○四　一场风波

人在黑暗中往往看不见光明，但人必须从黑暗中预感到光明，否则人只能成为一只迷途的羔羊。但人呀！恰好在无数次决定人类命运的关头，有的人伸手不见五指，失去自知之明。当然，要探索人类的命运，的确十分艰巨。不过有一点应该明白：困难是需要人去战胜的，正是在战胜困难的过程中，人遭受着严酷的考验。1946 年严寒阴暗的冬天，是东北战场上最困难的时期，国民党部队越过松花江，在陶赖沼建立了桥头堡，他们进攻的矛头直指哈尔滨。如果设身处地地从当时当地出发，不但那时，就是以后的 1947 年，也未必就能斩钉截铁地断定历史已经进入了伟大的转折。也就是在这种情况之下，从知识分子群中涌出一股思潮，掀起一场风波。我当然不可能超脱这一风波之外。我的心灵注定不只在前线，还必须在后方经受一次痛苦的熬煎，一次严峻的考验。人啊！一生要跨越几千万步，而每一步都得付出巨大的毅力，唤起灵魂的震颤。

不知从什么时候开始，文艺界里涌起两股对峙的浪头。

很多不满、很多纠纷，已经濒于爆发的边沿。

这样，为了稳定整个局势，党不得不召开会议，解决这些问题。恰好我这时在哈尔滨，就吸收我也参加这个会议。由于东北局重视意识形态领域的斗争，这次会议由宣传部部长凯丰亲自领导，副部长郭述申直接参加。首先由凯丰在会上作了一个开场白，而后就展开了热烈的讨论，尖锐的交锋。那是精神阵地上一场惊涛骇浪的斗争。我始料不及，一下愕然惊呆了。

当我们亲爱的部队在爬冰卧雪英勇搏击时，当我们亲爱的人民蜂拥而起奋不顾身支援战争的时候，也就是说人们以血与生命，打开从黑暗到光明这一巨大转折的沉重闸门的时候，在这里，在这支文艺劲旅中，却积了这么多冤仇，这么多宿怨。

当然，对峙的双方都认为他们掌握了真理与正义。当我在会场上看到一个发言人声泪俱下、号啕大哭时，我是如此想象与判断的。应该承认，我为这种真诚的痛苦而感到痛苦了。

我决不怀疑他的申诉是发自肺腑的由衷之言。

但，这是为什么？

为什么在天空上还浓云密布的时刻，在冷森森的刀斧还悬在我们颈项之上的时刻，我们内部却发生了这么巨大的分歧？

参加会议回来的夜晚，我独坐灯下，陷入了痛苦的沉思。就如同原已愈合的创口，一下又发生了绽裂。正是这已经旋卷而起的火焰，使我重新检验自己的心灵。我知道文艺界这场风波，正在引起我心灵中的一场风波。因为自己就是一个知识分子，我当然理解知识分子。但是从我步入革命的神圣之门，我就不断地考察自己，认识自己：在风陵渡口，望着浩浩荡荡的黄河激流，我觉得我已毅然与过去告别，在龙王㟍渡口战战兢兢跋涉冻裂的冰河，我觉得我已经受了严峻的考验，但是，其实我没有，也不可能成为一个真正的革命家。在全人类处于岌岌可危的困境时，德国法西斯的大军直逼斯大林格勒，日本法西斯向敌后解放区发动疯狂大扫荡，中国法西斯对人民的神圣之土进行严密封锁，发动武装进攻，人类的命运、人类的前途，危在旦夕，就在那阴风惨淡、霉雨凄迷的困境之中，我站在精神战斗前线，却犯了无可饶恕的罪过。我卷入了那邪恶的逆流，我从个人主义的自我扩张、自我膨胀的心理出发，损伤了革命、损伤了人民。直到延安整风，经过炼狱一样自我解剖，我才逐渐从黑暗中看到一线光明，于是我听到了共产主义洪亮的钟声，钟声引导我奔向无产阶级革命的前程。从那以后我义无反顾，决然前行，一直走到风狂雪暴的战争之中，走向人民温暖怀抱之中。

我的心灵猛然剧烈抖动了一下，我走到窗前，一轮皓月把人间照得如此洁净，如此光明。

人们！为什么只把眼光停留在阴霾沉雾之中。

人们！为什么只把自我陷在知识分子的埋怨与牢骚的泥坑之中。

一位哲人说，历史往往是重复的。眼下，在全国人民身在水火时，难道又要掀起像在延安发生的那么一场风波吗？我下定决心决不允许自己再来一次历史的重复。

这样想着，我的心飞向前线亲人那里。

我觉得他们的眼睛在注视着我，看我在精神战场上迈出什么样的步伐，发出什么样的声音。

我突然把头从迷雾中伸出，我意识到命运在对我作又一次检验。

东北局十分重视这一场风波，特别召集会议的领导组进行汇报。在东北局大楼上一个华丽的俄罗斯式的房间里，东北局在哈尔滨的全体委员都到齐了；罗荣桓、高岗、李富春、林枫、蔡畅、凯丰……他们围坐在屋中间那张铺了绿色台呢的长桌周围，我坐在靠墙边一只高背皮面雕花木椅上，墙壁贴了浅蓝花纹的好看的糊墙纸，地上铺了鲜艳的红色俄罗斯地毯，窗上垂着猩红的帷幔，屋顶下枝形吊灯发出幽静的亮光。

我的思考，

我的决心，

促使我在这次汇报中作了一个发言。

我引了毛主席《在延安文艺座谈会上的讲话》里的一段话："……鲁迅曾说：'联合战线是以有共同目的为必要条件的。……我们战线不能统一，就证明我们的目的不能一致，或者只是为了小团体，或者还其实只为了个人。如果目的都在工农大众，那当然战线也就统一了。'这个问题那时上海有，现在重庆也有。在那些地方，这个问题很难彻底解决，因为那些地方的统治者压迫革命文艺家，不让他们有到工农兵群众中去的自由。在我们这里，情形就完全两样。我们鼓励革命文艺家积极地亲近工农兵，给他们以到群众中去的完全自由，给他们以创作真正革命文艺的完全自由。所以这个问题在我们这里是接近于解决了。接近于解决不等于完全地彻底地解决；我们说要学习马克思主义和学习社会，就是为着完全地彻底地解决这个问题。"

我的发言决不想抨击这一面或者抨击那一面，我只能发出我作为一个无产阶级战士应该发出的心声。

我发言的要旨，是大家都到解放战争前线去，都到土地改革前线去，我们的目的统一了，我们的队伍也就团结了。当时在后方，土地革命之火燎原而起，人民站起来了，声威雄壮，如火如荼；在前线，人们一次次迎风冒雪，反复厮杀，战争的优劣之势正在变化，从茫茫黑夜中已经看到光明。这是多么雄伟的壮举呀！人民用鲜血与生命在创造，在前进，如果我们都到他们那里去，与他们同仇敌忾、同甘共苦，我们的目的不就统一了吗？我们的队伍不就团结了吗？

　　林彪，作为东北局总书记在这次大会上作了一个总结性发言。我记得他讲了一句精辟的话："作家艺术家的地位，是由人民决定的，而不是党给予的。"所以说这话，显而易见是因为当时有位置、安排等等方面的牢骚与纠纷。林彪做了总结，一场风波就这样结束了。

　　会议结束之后几天，凯丰打电话通知我到他那里去。

　　我不知道发生了什么事情，连忙到他那里，面对面坐下。出乎意料之外，他却提出要我不到前线去，他想留下我主持文艺界的工作。

　　他的话立刻引起我胸中轩然大波。

　　像闪电一般，一个思想突然涌入脑际：

　　——我觉得文艺界那一场风波并没有了结。

　　——我心灵中那一场风波也并没有了结。

　　这一刹那间，前线向我招手，战友的真挚热情、群众的无边温暖，都吸引我到他们那里去。尽管那里会有流血，会有死亡，但我的心中的天秤、心中的指针都一起倾向到那一边去了。而且我不能忘记我在雨花台前对牺牲者的默默誓言，我不能忘记我要战，战出一个明天、一个未来的决心与信仰。这一切，一刹那间，都凝聚成一股力量，一种勇气，使我在悬而未决的问题面前当机立断、拨正指针。

　　我沉默了不到一分钟，

　　我立刻对凯丰急速地说出我的决断：

　　"凯丰同志！我在会议上提出要大家到解放战争前线、土地改革前线去，我自己怎么能反而留在后方呢！我自己说了的话我自己就该兑现。凯丰同志！我明天立刻就动身到前方去。"

　　凯丰见我说得诚挚、有理，

　　他，这个沉默的、有时让人觉得冷冰冰的人，他望着我——他没有再坚持他的意见，只是默默望着我，点了点头。

　　我多么感谢这个长期多病、体力单薄、语声低哑、行动乏力的人，在这重要关头支持了我。现在回想起来,那是汹涌的浪头,那是险峻的峰巅。凯丰和我的这一场对白,结束了我心灵上的风浪。现在回想几十年前那短短的谈话,也不过花费了十几分钟,我做了我应有的选择,我找到了前进的航向。如果那时我缺乏足够的明智与果断,我就不会是现在的我,我写的也只能是另一种人生了。

我从凯丰那里出来,一路上像唱着歌,我心中说不出的高兴与欢乐。因为在那决定性的一刻,我作出了正确的抉择。我现在想来,正是那一刹那,承前启后,继往开来,我坚守了我的宣言,我开辟了战斗的一生。

正因为我把哈尔滨的安宁与舒适抛给了别人,赴汤蹈火、奋勇直前,我得到一生一世回想起来毫无愧色的幸福。

我实践了我的诺言,这一次没有等到军事行动的召唤,就提前整束行装,火速登程。汪琦从来没有阻止过我,她从来都支持我,但离情重重,别绪依依,像每次送我出征一样,站在霁虹桥头默默地望着我走去,走远,渐渐消失在人海之中……

将近半个世纪之后,满头白发婆娑。1991年夏天,我们两人作为寻梦者,又来到霁虹桥上。还是那座桥,桥下还是冒着白烟驶动的火车。我深深感谢她,在我一生中,不只是在战争年代,在以后无数次身处逆境、心上绽出血来的时候,都是她默默地支持着我,才使我渡过重重难关。1991年,我们又高兴地站在霁虹桥上,但这一次不是分手告别,而是相依为命,也许还不到我可以为人生作总结的时刻,但是对于霁虹桥,恐怕这是最后诀别了。我作了一首诗:

冰雪烽烟往日情,霁虹桥上费叮咛。

魂系萦梦魂难断,泪渍难温泪更倾。

不舍死生离索苦,焉能重见笑轻盈。

堪怜白发寻踪迹,万里红霞放早晴。

## 一〇五　血海

沿着回哈尔滨的来路,回到扶余。道路早给太阳晒干,不过坚硬的泥浆之上还留有胶皮轮轧出的痕迹。松花江初夏美丽得很,特别是当我们走过一道慢坡，我蓦然间给一片景色迷住了。前面空中像是有一片雪白的东西在飞旋，在急转，一时之间我蒙怔住了，不知道这是什么？待定睛看时，才辨别出那是一大群白色的海鸥，成群结队，密集如云，一边飞翔一边叫出吱吱喳喳一片噪声。原来下面是一个湖，湖面翡翠般碧绿，十分浓，十分艳，初夏的阳光把这绿色和白色都照耀得闪闪发亮，海鸥掀动着翅膀在湖面上飞掠，飞得那样欢腾，叫得那样热烈，溅起的水花有如珠飞玉碎，熠熠灼灼在迸裂、在跳动，使人眼花缭乱。啊！多么醉人的天气呀！一切都在繁荣，一切都在生长，海鸥欣喜若狂，小湖凝眸微笑。我静静站立下来，心上缓缓流过一道暖流，多么浓郁的诗意呀！多么浓郁的诗意呀！画中有诗，诗中有画，这明媚的阳光，微熏的凉风，吹皱的碧波，悠扬的鸟鸣，织出了和谐而又流动的大自然之美。人们都向屯子里走了，我还兀自在那儿站着，我觉得我整个心都在溶解、都在消失，而与这大自然之美融为一体，在悠扬，在飞荡。

我回到一纵队了。

这时，经过严冬作战的部队正在休整。

但休整中进行着另外一种战斗，精神上的战斗。

许多连队驻地入夜还亮着灯光，战士们普遍开展着诉苦运动。

我还是跟李欣住在一铺炕上，我们对坐在小炕桌两边，吸着烟尽兴倾谈。我跟他谈哈尔滨那一场风波险些把我拘留下来，而我挣脱开终于来到这里。他红红的面颊上凝了一双明亮的眼睛，一面听着一面微笑。他同我谈部队的诉苦运动，已经如火如荼展开来。这是人民翻身的大时代，翻身的波澜怎能不涌进部队之中。人民在决定自己命运的同时，也在决定着国家的命运。我听了十分振奋，我暗暗惊喜，这次提前到来是多么应该，多么正确。

扶余紧靠着松花江。早晚还是春寒料峭，但是初夏毕竟来临，到了换季的季节了，后勤部门运来夏天的服装，纵队的领导都穿上夹衣，看上去一身轻松舒爽。万毅见我还披着经过一个冬天已经磨损破旧的棉衣，他打开包袱取出一块深绿色毛呢料子送给我。我找扶余的成衣铺做了，虽然做工简陋，不甚合身，但总算有了一件新装了。战争中相处的同志，那种深情厚谊，至今想起仍觉温暖动人，可惜现在万毅虽然一身爽朗，却已双目失明，我到他面前，他会由于听见我的声音而微笑，但却已无法看到我也已经白发萧然了。但，我们曾经经历了多么雄伟的战争，我相信那征尘是难以从我和他的心中拂去的。从哈尔滨那一场乏味的风波中挣出来，我立刻投身于另外一场壮烈的风波。我原也没有预料到，我竟是从爱的河流投身于血的大海。

我骑马到一个团里去。

一路上，我看到广大而肥沃的田野上已经一片麦色青青。

我急于到连队去，想把行囊留在营部里就走。谁知一进营部就为一股热烈的气氛包围了起来，旋卷了进去。一个身材魁梧、闪着一双火亮亮大眼睛的人，一下从炕头上跳起，猛然一把将我抱在怀里，我一看，是曹纬。他原来是团政治处的组织干事，现在是这个营的教导员。他笑着说："我们可把你盼回来了！""怎么？哪个连队找我去会餐吗？""会餐？会苦。"说这话时我看他脸色有点异常，有些辛酸，有些凄楚，但云遮月影一下也就过去了。原来营部正在开会汇报各连队诉苦运动的情况。我说我要到八连去，曹纬说："回头咱们一道去，我正在那个连里蹲点。"就这样，我就上了炕，大家都不大习惯盘腿坐在炕上，特别是我，一坐久了两腿就麻得动弹不得。曹纬知道我这毛病，就把绑扎得紧紧的一只背包扔给我，让我当凳子坐在上面。大家于是又接着汇报起来。我望着曹纬，他听着诉苦，一次一次拧紧眉头。他坚实、质朴，是火辣辣的一块纯钢。我望着他，感到亲切、高兴。谁知这汇报竟一直进行到了下半晌。忽然，电话铃"丁零零……"地猛响起来，营长坐在电话机旁边，顺手接了电话，随即交给曹纬。曹纬接完电话转过头对我说："我不能陪你去了。团首长叫我去一趟，说不定有什么任务？"说完他就紧了紧束在腰间的皮带，背起他那只爱得比命还重的蓝幽幽发着亮光的驳壳枪。他的动作矫健、敏捷，像一阵风一样从门口旋转而去。

江边的气候变幻无常，当营副教导员偕同我到连队去的路上，一阵漫漫黑云倏然带来阵雨，青草与麦苗在雨点的打击下，一伏一起地倏倏颤动，一股甜蜜而又苦涩的泥土气味，随了雨势，漫染空中。我们赶到连队已是点灯时分。这屯子就在松花江边上，坐在炕头上就可以看见绿油油的一片江流。连队就在两间屋打通的一间大房子里开会。这是我经常来的那个连队。可是，读者！你知道什么叫连队吗？不错，它是一个军队的建制，但其实它却像流动的活水，一个仗打下来，一批熟悉的面孔从人间消失了，一批不熟悉的面孔又添补进来，他们从四面八方集拢起来，形成一个和谐的"家"——不过，这家不是固定在一个房内，而是支撑在人们的两只脚上，走到哪里，搬到哪里，这家有家的和谐，也有家的纠葛，这家有家的欢乐，也有家的悲苦。但是，在党的领导下，人们的智慧，人们的勇气，凝成一种高度的政治觉悟——这种觉悟，就是强韧不可战胜的力量。我在炕上找了个墙角坐下，我听着一个个战士在申诉，当一盏悬在房梁上的小马灯放出光亮的时候，一个老战士刚刚讲完，一个身材短小，还是孩子一样的年轻人喊了声。"我说。"他站起来，谁知却半天没有言语，只见他胸脯一涌一涌的，满脸涨得通红，额角流下汗水。这时，屋里的空气一下凝固住了。指导员悄悄跟我说："他叫张春生，这是个从来不吭声的人，大家都当他是哑巴！"我不由得惊奇地注视着他，我发现他的全身都在颤抖。当他听着一个接一个的战士诉苦时，他就一直这样颤抖，好半天，他突然两手抱着头部，挣出一句话："我这条命不如破砖烂瓦，我苦……苦呀！……"从此他开始了一声声血泪的控诉："大家伙都说我是个孤儿，可是今儿个我跟同志们说实话，我也有爹有娘呀！……可是老天爷造罪，他们死得惨呀！……"说到这里他已泣不成声，说不下去。一个老战士倒了一缸子热水递给他，却给他伸手挡住了，他说："如今头上的碾盘搬掉了，我要说！我要说！"在满洲国时代，一方土上有一个恶霸，这恶霸就成了个土皇上。张春生的爸爸是个猎户，到大森林里去打黄皮子（黄鼠狼）。日本人规定一个猎户要交一百张黄皮子，交不上就上大镣、下大狱。爹没日没夜踏着摇头甸子，红眼哈塘，在大林子里转悠。渴了喝口河水，饿了吃把橡子面。橡子面喂猪，猪都不拱嘴，人吃了腿肿得像柳罐。冬天的大林子，又是风又是雪，爹实在忍不住了，就回到家里来想暖和暖和……谁知道一进门，就猛丁吃了一惊，门大敞开着，雪呼呼地往里扑，爹心里咔地一响："出事了！"——进去一看，娘悬梁自尽了。他把娘捧下来一看，衣衫撕破了，裤子撕裂了……爹一见这模样，心里就明镜一样！"这是吴家大院那个大小子造的孽呀！"他调戏过娘，娘扇了他一个耳光，这个黑了心的贼小子趁爹不在，下了毒手，娘是个烈性人，受了这种遭害还有什么脸见人？！……她就一个人走上了黄泉道路。三岁的孩子倒在茅草堆里，已经不省人事，爹摸一摸，儿子心头还有一丝热气，就一把把他抱在怀里。他那脏得像染了漆的老羊皮袄，总算把儿子暖和过来，儿子哇的一声哭出声，爹心头像剜了一块肉。他心疼呀！爹是个硬汉子，他常说："再穷穷得像个人样子，总要站得直立得正。"一见这光景，他就横下了心。天寒一分地冻一尺，他在岗子顶上挖了一天一夜才挖出一个浅洼洼，就这样把娘埋葬了。爹从来没有掉过一滴眼泪，这回抱住小坟头放声大哭，颠来倒去只说一句话：我一定给你报仇！我一定给你报仇！他盘算桦木条子沟这屯里再没他立足之地了，他从灶土眼里寻得一粒火种扔在茅草堆里，然后一手抱了小儿子，一手拎了猎枪就冒着狂风大雪，走出屯子，爬上岗岭，来到白森森的老林子边上。爹回过身来，只见屯子里一股火光冲天而起，他家那个小马架子已经烈火腾腾燃烧起来。爹没死心，爹要报仇雪恨——他远走高飞是为了有朝一日回来……可是，这白茫茫一片大地，连橡子面也没个寻处，儿子饿得哭不出声，他心如刀绞，不能眼瞧着爷儿俩一道死呀！爹趁黑夜里进入一个屯子，找到一处猪圈，从猪食槽里掏出一点冻得铁硬的猪食，放在自己口中暖化，喂给小儿子吃了。他抬头看看那大雪像冰溜子一样往下落，爷俩哪里有存身之处。他一狠心一跺脚，把小儿子放在还能顶住一点风、遮住一点雪的猪圈里，说道："睡吧！好孩子！有一天我会到这儿来找你的！……"第二天，那户人家在猪圈里发现这个孩子，孩子已经冻得说不出话。从此，这个自己只知道姓张却没有个名称的孩子，就在郭树屯里生成长大。

天下穷人是一家，只有穷人怜穷人。可是小孩儿家嘴里就没遮拦，游要时取笑他是属孙猴子的，是从石头缝里蹦出来的。小小的猪倌，受不过这委屈，就赶了猪到大草甸子里哀哀落泪，哭着哭着睡了过去，猪也散了群。一只热乎乎的大手按在他额头上，他睁眼一看，是住在屯子最靠边那间小草窝棚里的老李头："老李大爷！"孩子呼的一声扑到老李头怀里。有一年腊月三十，穷伙计们大家合计："这个小猪倌长大了，总该有个名姓，给他起个大名吧！"老李头好像心中早就琢磨着这件事，就在鞋底上磕掉一锅子烟灰，又捻了一锅子点上，慢悠悠地说："……大伙取个吉利，我看冬天过去总来个春天，就叫他张春生，请大家谋断这样叫合适不合适？"大伙一连声："这名字起得好，就这么定了吧！"老李头说："名字大伙定的，从今往后，大爷、大妈、叔叔、婶子就要照顾他，往后，他爹他娘来寻上他，咱们好交代，也是咱们郭树屯穷棒子们的脸面呀！"

那年头，大家都苦哇，东家一口汤，西家一口饭，张春生这个小猪倌总算长成半大小伙子，一面牧猪，一面耪青。就这样，有一天来了工作组，从此点燃一把燎原大火，斗恶霸、分土地、分财富，闹得热火朝天，老李头在斗争中当选农会主任，他引导着大家讨论。他说："说苦咱郭树屯谁也没春生苦，这会还是无父无母的孤儿，咱们委屈谁可也不能委屈他。"张春生分到了一垧半土地、一匹耕马。分地那天，老李头在前，张春生在后，走到春生分到手的地界上，老李头插上一块写了张春生姓名的木头橛子。那是踩一脚都会冒油的黑土地呀！庄稼长得齐扎扎没膝深，这土地、这庄稼都给太阳照得亮亮堂堂的。庄户人家，看什么有比看庄稼还亲的呢？可是老李头布满皱纹的老脸上忽然一闪亮，顺着垄沟一样的皱纹流下一汪泪水。一下子吓得春生说不出话，只怔怔地拉着老人家两只手，那两只像树枝一样又干又皱的手在颤抖呢！老人转过身问：

"春生，你多大了？"

"我十八岁了。"

"十八是好岁数，你跟我来一趟！"

老李头给大家分了房、分了地，自个儿还孤单单一个人住莅那间草窝铺里面。外面光亮亮，里面黑漆漆。爷儿俩坐在半截横梁木上，老人家说：

"春生！你长大了，你翻身了，我在心里积压了十五年的苦话也该倒给你听听了！"

"老李大爷，有话你请说吧！有血海冤仇，我给你报！"

"不是我，是你！那年成，我见你孤苦伶仃怪可怜，就私下里到处打听，终归寻到了一点信儿。唉！好孩子！你爹是个有心胸、有志气的人，他把你扔给郭树屯的穷朋友，他只身一人又走回桦树条子沟，他在那老山林子里转悠了几天几夜，他终归看到了老吴家那个大小子——仇人一见，分外眼红，你爹掂起猎枪就是一枪……"

张春生说到这里再也说不下去了。

那屋里装得满满腾腾，一连人听不到一点声音。

只听见，如解的春雨在窗户纸上不紧不慢地唰啦唰啦一个劲儿响。

听到此处，大家仰起头来，直愣愣望着张春生。

张春生说："我爹那一枪打空了。"

大家的心都跟着他这句话一下子提吊了起来。

"恶霸狠毒呀，我爹命苦呀！他给吴家大院关在地窖里，专门养活到夏天。夏天！同志们，你们知道怎样死才最苦吗？我爹给扒光了膀子绑在老林子里一棵大树上，树林子里蚊子、小咬，一群一群的，一下叮满我爹一身，黑乎乎都看不见人肉了，一群饱了飞走，又来一群，就这样千根针、万根针，吸我爹的血。三天三夜，血吸干了……人就没命了……老李大爷说边哭，我边听边哭，末了我们爷儿俩抱头大哭……我腾地一下跳起来，'老李大爷！我到桦树条子沟去算这笔账！'老李大爷拉着我的两只手说：'甭去了，那大小子见咱解放军一来，就上了大山，跟上胡子，投奔国民党去了……"满屋子一阵怒火腾腾升起，几个人纷纷站起来要讲话，却给指导员拦住了。指导员说："张春生的苦就是大家的苦，让他把话说完吧！"张春生站在当屋地下像个火人，他说："第二天，我牵了那一匹马到了农会大院，我当众说明：'乡亲老爷们！要是大伙不收留，就算我把这地、这马寄托给大伙照管了……"你上哪儿去？''我上前线，我要报仇雪恨，吴家那大小子就是国民党！'"

一阵愤怒的口号声像海水一样在屋里沸腾起来……这个夜晚，有多少家屋顶下响着同样的血泪控诉，多少血泪仇，多少血泪恨，人们心里海一样不平静呀！我拉住张春生的手，说了几句话安慰他，话没说完，我已忍不住热泪直流。

我转身走出连队。那无边无际的春雨，不停地潇潇响着，人呀！人，你的心没个拳头大，但你却装得下普天之下那么多的愁苦，那么多的怨恨呀！张春生的控诉，在我的心里变成了一支血的河流，它从历史深处，带着多少凄怆，带着多少痛苦，流到了今天，汇合进大海。

这一夜在营部火炕上，怎样也睡不着。听着那沙沙的小雨，刚一蒙眬入睡，我就觉得大地上到处都是没膝盖深的血，我就在血水里跋涉！一下惊醒过来，在那春雨声中，下半夜就没再合眼。

我在营里住了一宿，回到团部。这中间我都没有看到曹纬，我问团政治处主任，他告诉我曹纬被派到一个连队里去调查一个案子。

松花江水绿幽幽地涨漫开来。雨后禾苗鲜灵灵地随风荡漾。

团政委李际太向政治处给我打电话说，哈尔滨来了一个剧团，邀我晚上一道去看演出。我们来到扶余县城一个老式的剧院里，一看，楼上楼下已经满满腾腾坐满了人。剧团演出的节目是《白毛女》。剧团不是第一流水平的剧团，又是在技术条件十分落后的剧院演出。台口上悬着两盏雪亮的瓦斯灯，光线还算充足。但是我没想到，延安文艺座谈会后诞生的第一个婴儿，竟然具有那么强大的艺术魅力。我只听说过《白毛女》，但我没看过，因为延安上演这个歌剧时，我已经到重庆去了。剧一开始，喜儿的命运一下就抓住了我，我的心底波澜随着她的一喜一忧、一仇一恨而起伏荡漾。当喜儿被黄世仁奸污之后，又要遭到谋杀时，她走投无路，一边哭一边唱，这时，我已经泪流满面、悲痛欲绝。台下一片凄楚、寂静、鸦雀无声，这时，不知怎么，从一个角落里突然有人嘀咕笑了一声。骤然间从楼上传下一声霹雳，破口斥骂：

"你笑！亏你笑得出！"

我抬头一看，那大声怒吼着的不就是曹纬吗？曹纬两手抓住楼栏，上半身向前倾斜，俯视楼下，那样严峻、那样凌厉。

曹纬这一刹那间给我留下的印象太深刻了。

喜儿哀哀的哭诉已经变为愤怒的控诉。

歌声委曲婉转，如行云，如流水，弥漫整个剧场。

多么震人耳目！

多么扣人心弦！

我听到周围传来一片低低的哭声，整个剧场里的人都燃烧起来。

戏剧演到最后一场，喜儿终于翻了身，看到青天，看到晴日，黄世仁这个土豪恶霸终于给群众押了上来。这时，我又看到曹纬，他怒火冲天、浑身颤抖，他自己已经变成亲身参加斗争的一个人。他站起来，指着台上连声喊叫："枪毙黄世仁！枪毙黄世仁！"他那斜歪的身子，圆睁的大眼，张开的大口，比刚才那一次给我留下的印象更加深刻。我感到这一身正气、满腔热血的人，这一刻从肉体到精神已经给阶级仇、阶级恨占据了。剧幕在这时垂垂而下，曹纬一转身朝向整个剧院，扬起手臂、握紧拳头，他高呼：

"全世界的穷人团结起来，打倒一切喝人血的野兽！……"

立刻像一场暴风雨骤然而至，会场上的人都跟随他的喊声而呼叫起来。政委拉着我，挤过人群，走出剧院。后面那热烈的呼啸还像怒涛一样旋转飞腾。清凉的夜气一下拂上额头，我才觉得自己已经热汗淋漓。我默默无言，走回住处，心里却一直在想着曹纬。

从此我就下心思了解曹纬，下面是我采访中的记载："一个英雄在战斗火焰中成长。一九四六年全师的群英会上，他获得了一级战斗英雄的称号。当时师领导这样讲到他：'他表现出对党的无限的忠诚，他参加战斗之多，不计其数。'"

当然，衡量一个真正的人、一个优秀的共产党员，不在于统计数字，而在于他有怎样一颗心，而我想了解的正是这颗心。在我研究他的一份自传时，我才豁然开朗。我发现，这个小知识分子，正是在不断地与自己的个人意识展开严格而激烈的斗争之后，成为一个有血有肉、有真情实感的扎扎实实的劳动人民。在思想自传里，他写到一九三九年刚刚入伍时的情况，"……梁同志给我看《解放》，张同志借了《怎样做一个 CP 成员》的书秘密给我看……我有了一点革命认识，乃参加了八路军……参加后就当了宣传员，又被选为分队长，我很乐观，很积极……一九四〇年四月队伍向鲁西挺进，一天急行军八十里，我掉队了，别人说我，我又受不了，因此影响心情，犯冷热病，工作情绪时高时低……刚入伍，热情、虚荣，故情绪高，埋头苦干，增加了一些知识，不断受到表扬，出风头，很重视提高个人威信，骄傲自大，轻视别人，管理军阀（指军阀主义作风），受到批评不服气，外表老实，实际想爆发，等到虚荣心一受挫折，就怀疑组织，情绪低落，这就是我犯冷热病的原因。"他是拿着多么冷峻的解剖刀，一下、一下，哪怕鲜血淋漓，剖析着自己的灵魂。是的，一个敢于面对自己的人，才是一个敢于面对人生的人，才是大勇者。到了山东敌后，他调作连队副指导员，他写道："乃是盼望很久的，可以直接带兵上阵，于是热情积极起来；工作有了新的发挥。……一九四三年十月，赣榆作战下来，在大树又遭到袭击，指导员负伤下去了，就剩下我跟连长何万祥，我工作就更负责、更积极了……"从那以后到现在，他三次负伤，不下火线。我是一到东北，西线之行中就认识了曹纬，但只有深入了解之后，我才认识了这一个具体的人，曹纬触动了我，我不断向自己发出问号。

什么叫阶级？

什么叫革命？

什么叫英雄？

在严酷的战斗烈火里，同时又在尖锐的思想烈火里，经过严格深刻的自我解剖，坚定地树立起新的自我，有了高度的政治觉悟，才能成为一个真正忘我的战士。

我跟团政委李际太讲到曹纬，他跟我说：

"他在团里当组织干事的时候，下去了解工作，由于他熟悉战士的心情，一去就和战士打成一片，所以别人两三天也了解不到，他一天就带回十分丰富的材料，回来汇报、条理分明，这一点连当时当股长的都很受刺激。"我去访问曹纬亲密的战友陈先觉，他把曹纬的特点归纳成几句："雷厉风行，大胆泼辣，战斗上身先士卒，顽强勇猛，善于鼓动，生活作风紧张、愉快、艰苦、朴素。"

我又反过来，从这个具体的部队了解到这个具体的人。

二十余年间，由于红军传统的影响，部队形成了在关键时刻能做出关键决定的作风。的确，我们的部队是一个流动的社会，这个社会把山南海北、四面八方汇集来的人聚在一起，性情各异的人，在物质的战斗和精神的战斗中焠炼成同一的风格。有人说：我们的部队是一个大染缸，是一个大熔炉，染缸染成红色，熔炉炼出纯钢。我来到东北战场，经历了严冬酷冷，战火冲天，直到现在，我才从曹纬、从部队的英雄风格认识到英雄的实质。巴比塞写过一部书，名曰：《从一个人看一个新世界》，那是写领袖的，但由于这不只是一句诗，还是一个真理，因此用在一个英雄战士身上也是切合的。我通过表面的地层，看到了地心之火。从而更加喜爱起曹纬来。真的，他是我在东北战场上，遇到的既是倾慕的对象，又是知心朋友的唯一的一个人。

在看《白毛女》之后好多天，我从连队回到营部，才和曹纬又一次亲热相聚。我记得是在农家小屋后檐墙下的一铺热炕上。没在东北战场上经历过战争生活的人不会相信，东北农家的炕是一年四季都烧热的，因为灶头与土炕相连，只要烧柴做饭，炕就跟着发热起来，因此我们夏天每来一处宿营地，通信员第一件要紧的事，就是赶紧抢门板，为了好在热炕上支起来当床板，否则烤得你没法睡。那一天，到曹纬他们营部，我们几个人都围着小炕桌坐着，我怕热，就坐在绑扎得紧紧的背包上。这一回相聚，除了曹纬外，还有后来写出《林海雪原》的曲波，因此，我们这一席谈话说的不是战争，而是文学。正是这次谈话，使我了解了曹纬心灵更深的一面。曹纬读过不少小说，我发现他最喜爱的书是奥斯特洛夫斯基的《钢铁是怎样炼成的》，因为他在谈话中反复地说到保尔·柯察金。我觉得曹纬是把他当作一把尺子，从精神上衡量着自己，是把他当作一支火炬，从精神上燃烧着自己。他背诵保尔·柯察金那一段话时，眉毛微微耸动，两眼深沉思索，是的，这是保尔的独白，也是曹纬的独白："人最宝贵的东西是生命。这生命，人只能得到一次。人的一生应当这样度过：当回忆往事的时候，他不至于为虚度年华而痛悔，也不至于因为过去的碌碌无为而羞愧；在临死的时候，他能够说：'我的整个生命和全部精力，都已经献给了世界上最壮丽的事业——为人类的解放而斗争'。"我们三人深言密语，一直谈到夜晚。透过我们几个人喷吐出来的蓝色烟雾，我望着他，欣赏他，心里想："……一个多么明亮的人呀！……"我发现他的聪明，他的智慧，他的理想，他的行动，不正是这一切，使他的战斗力比别人更旺盛、更炽烈吗？我很喜爱曹纬，我的确从这一个人身上看到了一个新世界。

# 第十二章

———

## 电闪雷鸣

### 一〇六 晨渡

五月的阳光把滔滔西去的松花江照得碧绿透明。我站在江边凝望，仿佛看到满山遍野的松林倒映水中，水波在轻轻荡漾，树影在微微摇晃，大自然的美感充溢在我的心头。我一下想到松花江这个名字，起得实在太恰当、太有诗意了。但就在这时，我预感到雷电会在我们头上突然爆炸开，因为一场新的战争就要开始了。战士有战士的喜悦，他们渴望着出击，由我们在关键时刻用行动做出关键的决定。这时在人们中间悄悄传说着、议论着。大家都为即将来临的大的行动而高兴、振奋，因为大家心里有一个同一的估计：我军将由内线作战转为外线作战，这回打出去，不会再回来了。

这一天，我得到了第二天清早过松花江的通知。

于是，我就着手整顿我的行装，原想夏季作战，可以轻装，谁知当我将所有的东西摊在炕上，我一下愣住了，随即哑然而笑！毛主席说蒋介石是运输大队长，正是这个大队长把美军装备源源不断送到我的身上。经过连续作战，纵队或师、团、营，连，总忘不了把战场上缴获来的胜利品分赠一些给我。至此，我就已经全部"美国化"了。东北战场上存留下来的唯一一张照片可以作证，照片上的我，穿的就是一件橄榄色美军夹克，由于年陈月久，这件夹克早已不知去向，但这张照片却留下了一个胜利者的形象。我把在零下四十度时帮我取暖御寒的北极袋抖落出来，我想可以不带，我的通信员却不同意，他说这东西又松又软，不占地方，在战壕里还可以隔潮；一件美国黄毛呢衬衫，这本来是美军夏季的正式制服，凡是看过《巴顿将军》那个电影的，该还记得，巴顿就穿着这种束在裤腰里的简简便便的上衣，在战地上亲自指挥军车。但到我手上，只能当衬衣用。不过我们对此绝非"全盘西化"，而是有所扬弃。战士在战场上取得战利品时，早已凭其好恶，有所选择，比如那大檐军帽，便立即一脚踩碎，还有那又笨又重的长筒皮靴，就算捡了来，也就顺手扔掉了。我展开一件绿色橡胶雨衣，这到确是夏季作战必备之品，我便折叠起来，塞到马褡子里。另外，有一件东西却使我为难，那就是美军冬大衣，橄榄色布面，长毛绒里子，设计出色、实用，穿时把连在背后的皮帽兜上戴起，除了露出一副面孔外，从头到脚捂得严严实实，由于穿上它像个猴子，大家都管它叫"皮猴"。不带，我舍不得，带上又嫌沉重。这时我的小通信员又来"参谋"了，按他主张还是带上。那理由跟北极袋一样，现在想来还是我不忍心割爱。"那就带上吧！"另外一件是蚊帐，自然非带不可，结果只清理出一双又大又厚的手套，是由一根绳子拴了挂在脖颈上的。还有就是几双粗线毛袜……这些当然也是美军的，不过我说："不带了——无论如何不带了！……"我那小通信员见我坚定不移，他就悄悄卷起走了，其实后来我发现他还是藏在他的背包里了，我就装作不知，也未说破。现在想来，其实倒是这个孩子很有远见，那大衣、那北极袋后来在战争中都派上了用场。通信员的挎包里总有四根铁钉，四股细绳，那是到了宿营地要用的。第一件事是找门板搭铺，这在前面已经说过，第二件事就是选定方位，钉上四根钢钉，拉起四角的绳子，把帐子悬挂起来，这样一个"宿营之家"就算形成了。东北农村里蚊虫多得厉害，还有一种叫"小咬"的，肉眼看不见的小蠓虫，不见影、不闻声，一旦咬上一口却疼得你钻心。为了保障安眠，蚊帐确实是个妙物。但我万万没有想到，就在这次夏季攻势中，这蚊帐却起了另外一种作用。天气炎热，农民的屋子里苍蝇像一片黑云，飞来飞去向你侵袭，我埋头写稿子，苍蝇像雨点似的冰凉地落个满脸，搅扰得我心神不宁。我急中生智，就将一张炕桌搬上床铺，而后放下帐子，这一下，尽管苍蝇在外面嘤嘤飞鸣，我却有了个清静世界。当然这是后话，不过轻装的结果是并没怎样轻。经同志们劝告，东北夏天野外作战，特别是夜晚也还是寒意很浓，没有件挡寒的衣服是不行的，于是在往马背上扎行李时，就把大衣展开来盖在马褥子上面，用绳索捆绑起来。从此以后，这橄榄色的大衣一直跟随着我，直到解放以后，还是喜欢穿它过冬，并且带它到了朝鲜战场。在朝鲜的冰天雪地里，见我的秘书穿着不足，就送给他。我想他大概也不会保存，早已清理掉了。对我来说，这大衣之所以宝贵，一方面固然由于它轻暖适度、十分方便，但更多的是由于那是战争中的一点纪念吧！这些战利品，现在唯一剩下来的只有那一个蚊帐，不过除了在朝鲜战场上又使用过，那以后多年也没有用场，至今就埋藏在箱子底里，连翻也没有翻过了。不过，在我却成了一种安慰，我总算不是战争过去之后，就把战尘一扫而光，从此把过去忘得一干二净的那种人。因为那上面凝结着一点战争风云，那上面还有我自己人生长河中一段最辉煌的记忆。

现在写这些时，我已年近八旬了。

想一想离开那战尘、那烽火，已经将近半个世纪了。

但，在我的血管里，还潜潜流着战士的鲜血。

我觉得在那一刹那，他们的血没有沉默地流入土地，而是活鲜鲜地流到我的心上。

战争给予我的太多了，最重要的是，它使我的灵魂得到重新塑造。

的确，我自到东北之后，日子都是在各种各样匆促的生活中度过的，无暇想到自己。

战争生活是急剧流动、繁忙的，但，有时也有"难得半日闲"，比如像现在这样整装待发的时刻。那天下午，我整理了行囊，然后就点燃了一支香烟，慢慢抽着……我忽然想起，在去年，一下从东北到延安，一下从延安到上海，然后在梅园新村里决定了出征，雨花台下留下誓言；而后来到东北，伴随我的就是暴风雪中急剧的战争、战争。这时，我忽然想起，去年我正好三十岁，而我全然没有理会，三十岁正是壮年。"三十功名尘与土，八千里路云和月"，此时此际想来，倒也和自己贴切；回想在延安整风之后，我在《解放日报》上发表了我的宣言，从那以后，忽东忽西，忽南忽北，像一条长河在群山峻谷中激流、莽荡，人生是莫测的，但理想总在召唤。在重庆，漫漫的长夜何时旦呀？毒雾低垂，鸡鸣如晦，我心底里常常响起一阵凄厉的枪声，我深深体会到"忍看朋辈成新鬼，怒向刀丛觅小诗"的严峻的心境。1990年4月底，我写过一篇短小的文字,《关于〈巍然于天地之间〉的答问》记述了当年的情景:"……问我为什么写《巍然于天地之间》(记雕塑家江碧波的歌乐山烈士群雕),我的回答是因为我是一个共产党人。抗日战争时期,我从延安调到重庆,我亲眼目睹国民党反动派的黑暗统治,残酷压迫,当时我就知道有一个中美合作所特务机关,但谁也不知它隐秘在什么处所。有多少我认识的和我不认识的人,就在刽子手们的刀斧之下,饮恨牺牲了。漫漫长夜,漫漫长夜,我痛苦、我悲哀、我愤怒,我虽然不能捣碎那个恶魔世界,但我下定了革命战斗到底的决心。"可是,人生的道路是崎岖、隐蔽的,并不是一切都那么明彻清净,一目了然;在梅园新村,周副主席就工作去向征询我的意见那一刻,我既没有想起在重庆的决心,也没有想起在军事调处执行部所见所闻的真相,但,正因为往日经历已流在我的血水之中,含在我的心灵之内,那一瞬间,它们决定了我的人生的抉择,我经过一个冬天勇猛奋战之后,即将进行新的出击之时,我的心灵突然感到如此清明,又如此沉重……

我不知不觉中竟是这样迈过了三十岁的门槛。我走过庄严而神圣的穹门(一个人一生要通过多少次这样的穹门呀)!

在重庆我踏着烈士的鲜血跋涉过。

现在又在东北踏着烈士的鲜血跋涉。

这时一阵洪亮的钟声,由隐而显、由远而近。

在重庆暗牢中牺牲者的血和在东北火线上牺牲者的血流到一起了。

是的,两股殷红的、鲜活的、发烫的血汇合在我的心灵之河。

血河在钟声中汩汩而前。

我的心回到延安那永远不能忘怀的岁月,从那时起,共产主义的钟声成为我心灵中常鸣的钟声。

在崎岖之径,荆棘之途,在迂回而又动荡的人生中,我总听到那洪亮的钟声,我理清了一条光明的道路。

我今天投身于险象未除,胜负难分的战争,不正是对我在延安发出的宣言的实践吗?!我一根接一根抽了三根香烟,十分兴奋,我发现我这个人和战争融为一体了,因为我和战士一样,我的心灵早已飞向战场。那天夜晚,我没有再打开刚刚整理好的马褡子,只把马褡子铺在炕上,又厚实又软和,躺在上面就盖着那一件美国军大衣睡了。

5月11日拂晓，我踏着浮桥过了松花江。浮桥是一只一只木船横排着，由无数条铁索联结起来，上面搭了木板，踏上去有些动荡。夜气未尽，青霜未除，走到江心，从水面袭来那样清冷清冷的寒气，逼得我打了一个冷战。我回过头来看了看，江北大地黑色沉沉，此时此刻，我好像一眼可以看到哈尔滨，我觉得这黎明前一刻，该是睡梦正酣之时，不知为什么，一种惜别之情油然而生。但人声马嘶，催促前行，我随即调过头来，随着大部队向江南涌进了。这既不是在追击下从冰冻的松花江上撤退，也不是在雪夜掩蔽下从冰冻的松花江上奔袭，而是浩浩荡荡、大摇大摆地过江。为了迎战袭扰的敌机，两岸构筑了高炮阵地。可是灰蒙蒙的高空上亮着一颗晨星，一切是那样平静，那样平静。

## 一○七 万马奔腾

夏季攻势的战幕拉开了。大军渡过松花江后，在辽阔无边的原野上，神情矫健、纵马驰骋——今日向何方？直指长春城下。

过江之后，行军数日，四处传来火炮声。特别是夜晚，站在高高岗岭上，放眼一望，这里那里就像响着雷电，闪烁的火光，照亮天空，我知道一场大战、一场恶战正在进行。

有一天，前面一打响，部队便潮水一般飞快地往前涌去。

战神像一阵旋风刚刚旋卷过去，我随同部队进到大黑树林子。这时在空中还弥漫着硝烟气息，枪炮辎重，狼藉遍地，堆积如山。我正夹杂在队伍行列中缓缓向前移动。忽然听到身旁"呼"地响起枪声，我吃了一惊。连忙回头看时，原来是一个战士从地上捡起一只奇形怪状的像是手枪的东西，他便朝空中发射，不料放上去之后，在漆黑如墨的高空出现了一个光团，随即像莲花一样慢慢展开，放出白花花的闪光……人们欢腾了，振奋了，大家都仰起头来，闪光把人们的脸、鼻子、眼睛照得通明。随之，这里呼的响一声，那里砰地响一声，一颗一颗信号弹升空而起，有的发出红色的光芒，有的发出绿色的光芒——闪闪烁烁，十分好看……你问什么是战士的胜利吗？这就是战士的胜利；你问什么是战士的自豪吗？这就是战士的自豪。从前边跑过来一个人，一面跑一面喊："歼灭了两个师！歼灭了两个师！"他那颤抖的声音，说明心中的激动，这个消息如同一个石子，激起水中浪花，随即引起部队中一阵欢呼，声音波浪一般此起彼伏，向后传去。正在这时，一群骑马的人从后面冲上来，马蹄响作一片，就像有一只舰队从海上乘风破浪而来，人群纷纷向两旁躲闪，马身上人影幢幢，倏忽而过。我猛然一下醒悟过来，这是纵队的首长们，于是所有的人都跟着这群马队猛跑起来，成千上万的脚步声，把大地擂得鼓一样响。我跑得气喘吁吁，见路旁有一间房屋，门口闪着亮光，我就走了进去，灶眼里跳荡出来的火光，把一位老妈妈的脸照得鲜红鲜红的。她烧了一锅开水倒在桶里，又烧另外一锅。一个小姑娘很可能是她的孙女，站在门口捧着水碗，用娇嫩的声音连声喊着："同志们！喝一口吧！""同志们！喝一口吧！"……小姑娘神情焦灼，十分认真，她唯恐人家不喝一口，急得要流眼泪了。一个战士看这情景，止住脚步，就着小姑娘的手，在碗边饮了一口水，然后舒畅地"哈！"了一声，用袖子擦一下嘴巴，就又往前奔跑。从这以后，每一个战士跑到这里，都停下来喝一口……这简直是一幅彩色浓郁的油画，周围都是漆黑的夜，只那一束火光，把老妈妈苍老的脸，小姑娘娇嫩的脸，每一个疾跑而过的战士的油光光的脸，照得一晃一晃地发亮，如果有伟大的艺术家，你的画笔，不应该摄住这发亮的心灵吗？那小姑娘发现了我，转身走向我，我也就低下身，在这个矮小的小人儿手上，喝了一口，水是那样甜，像是蜜一下沁透心房。只在一天以前，不，只在几小时以前，这里还是蒋家王朝蹂躏的地狱，而此刻，这灶火眼里却升起天堂之火——我从战争中捕获过多少形象，而这一刹那的形象，却使我至今不能忘记……除了那个小姑娘稚弱而颤抖的声音之外，谁也没说话，老妈妈只顾俯着身子向灶眼里塞着柴火，战士谁也没谢一声，我周围只是嚓嚓——嚓嚓不停地奔跑的脚步声——我也向前跑去，跑了老长一段路，心里还响着那小姑娘焦急而稚弱的声音……

敌人在大黑林子遭到惨痛歼灭，号称"天下第一军"的新一军，从火线里挣扎出来，向公主岭方向拼命逃奔，我们追击部队像海潮一样从后面急急漫过来，带着浪花、带着呼啸。

我实在记不得追了多少时间。

天明以后，在乱军中遇到了纵队政治部郭主任，我们两人骑着马向公主岭走去。

当我们沿着铁路线走进公主岭入口处，我突然听到一阵震天响的万马奔腾的声音，我仰头看时，只见一团团长蒋拥辉伏在马身上，一马当先冲在最前面，后面是一大队骑兵正从铁路桥上飞驰而过，在那一瞬间，我看到蒋拥辉英俊的面孔上闪烁着一种无往不胜的神情,那样威武、那样雄壮。这像是举行入城凯旋式的骑兵队伍,一转眼间,已经越过桥梁,朝着对准大桥的笔直的大街跑了下去。

是的。

他们是作着一个历史的行进。

是历史的偶然?

是历史的必然?

就在 5 月 19 日收复公主岭这一天,林彪对新华社记者发表谈话,指出:这一天恰恰是人民解放军撤出公主岭一周年的日子。

这一事实以无比雄辩的铁的法则说明,在这一年中,东北形势发生了多么巨大的变化。

读者该还记得,正是去年,我为了到保卫四平的前线,曾经乘一节铁皮车厢从长春到公主岭,那时这里是铁路最前沿的一站。黎明时分在灯光明亮的火车站里遇到那位攻打长春时的坦克手蒋泽民。后来人民解放军完成了一个多月保卫四平的任务,主动转移撤出公主岭、撤出长春。当时,蒋介石胜利冲昏头脑,以为东北人民力量已经"崩溃",亲自飞到长春指挥,向松花江以北进攻,发出疯狂的叫嚣,说哈尔滨指日可下。谁知经过短短一年时间,东北大局全然改观。今天我们的反攻势如破竹,一往无前,这真是令人惊叹的奇迹。我和郭主任进了公主岭,在一团团部和纵队司令万毅、政委周赤萍会合,一团的团长就是蒋拥辉。那是一户殷实人家,颇为考究的一间平房里,我记得炕上有彩绘油漆的墙围子,就在那墙上张挂起整个东北的军用地图。在这儿饱饱吃了一顿晚饭,夜色随即降临。这时电台早已开始工作,参谋不断送来电报。参谋长李作鹏站在炕上,用手在地图上面测量着距离,大家的眼光都随着他的手势凝注在地图上面。原来,与我们在大黑林子作战的同时,我军从东满、南满、西满各方面都展开了猛烈的攻势,攻势正在进行之中,一支支箭头,直逼长春。这是如何舒心、如何快意的时刻呀!谁知当我正沉醉于胜利的喜悦之中,忽然听到轰隆一声巨响。我们脚底下一阵颤抖,满屋的碗盏都震得彼此磕碰,发出叮叮当当一阵乱响。这是怎么回事?是天崩地裂吗?大家连忙从屋里跑出来,一看,整个夜空一片红彤彤的,而且这红的火光簌簌颤抖。我站在院中心看到一处天空上一柱火光冲天而起。那是一根旋卷的巨大的火柱,照耀着整个公主岭上空。大家正在观察，一个作战参谋已经走进院门。他报告，是敌人一处巨大弹药仓库突然爆炸起火。是敌人安放下的定时炸弹？还是潜伏下来的特务纵火？一时无从判断。熊熊烈火烧了一天一夜。

我在一条胡同的一家大院里面，找了一间房宿营。

第二天，我骑了马顺着铁路线朝长春那个方向走去。为了防止长春敌军突然袭击，我们炸断了悬崖绝谷上的一处铁路桥梁。我走上那个钢梁的残部，从望远镜里已经可以遥遥望到长春。这时从那儿传来阵阵枪声，原来这一天清早一纵队前头部队已经开进到长春郊外，与新一军激战一日，然后占领了长春机场。新一军这个常胜军只有遁入长春，独守孤城，闭门不出。

在公主岭一带稍事休憩整顿，部队立刻开始行动，南向四平。

这里有一个镜头必须记下。事情发生在清晨部队开始行动时。我从我的住处出来，发现周赤萍站在那条胡同口的一个高高的石墩上，他皱着眉，用火辣辣的眼光扫着从他跟前经过的部队。突然，他一跃而下，向一个战士扑去，把他从行列中拉出来。他满面通红，怒不可遏，暴跳如雷，他挥起手掌向战士脸上、头上打去。这情景一下惊得我发呆。这是怎么回事？我走过去，我听到周赤萍一面打一面喝叫："我让你偷！我让你偷！"他的确愤怒到无可忍耐的地步了。原来，是这个战士拿了群众的东西，给群众告到部队上来。人民解放军是一支纪律严明，爱群众如父母，不动群众一草一木、一针一线的队伍，特别是在刚刚解放的地区，犯了这种严重的罪过，是绝对不能允许的，绝对不能原谅的。本来在人民军队里，是不准打骂战士的，可是我明白，周赤萍作为一个政治委员，见到自己部下的战士这种有损于民的行为，他是到了非爆发不可的地步了。我理解有一股强烈的耻辱感燃烧着他，而这种耻辱感当中含着对人民的深深的爱。那个被惩罚的战士低着头站在那里，面色如土，而行进的战士一个个从他身旁走过，谁也没有看他一眼，但是都变得更加严肃起来。那天晚上到了宿营地，周赤萍很难为情地朝我羞涩地笑了一下说："我犯了军阀主义！"可是随即又皱着眉头连声说："不过，那是不能原谅的！那是不能原谅的！"当然，以后我没再见过那个犯过失的人，也许在难熬的悔恨中，他在火线上会成为一个合格的战士吧！在四平鏖战的时候，我望着火线上那熊熊烈火，有一刹那我曾经想到他——他也许带着一种耻辱心在拼命厮杀；也许，他怀着赎罪之心而悄然逝去。我深深感到，人是复杂的，不过在革命洪流中，一个指挥员，一个战斗员，都是有血有肉的人，他们都会犯这样或那样的错误，但他们还是汇合在那洪流中冲激而前。在打四平时，周赤萍和梁兴初调去担任新组成的十纵队领导。一纵队由李天佑任司令员，万毅任政治委员。

## 一〇八 大战迫在眉睫

如同暴风雨横掠长空，直捣大地。在急剧敲响的反攻的钟声中，部队一撒出去，势如奔马，宛若游龙，矫健纵横，任意驰骋。原来估计两三年，实际一个冬天，我东北军已经由内线作战转为外线作战，把战争引向国民党地区。东满、南满、西满各线大军同时出击，不到半个月就消灭了国民党三个师，由西北和东南切断了沈阳通长春、沈阳通吉林的铁路线，夺取了大批中小城市，包围了长春、吉林。过去是敌人将我们分离切割，现在反过来是北满、南满、东满、西满完全连成一片，将敌人分割在几个大城市里。这时我军连战皆捷，所向披靡，士气极盛。我们各个纵队，争先恐后，抢夺战机。一纵、二纵，远远伸向南方，攻昌图、打开原，切断沈阳的交通线，将四平陷于孤立，急如星火，日夜奔驰。这时在一纵队里从指挥员到战斗员求战心切，急不可待。谁知昌图、开原都被二纵攻下，一纵眼看着兄弟部队歼灭敌人，屡建战功，自己却一再扑空。一个英雄的部队如同一个英雄的人一样，在这种时候求战心变成耻辱感。记不得在昌图还是在开原，我随着大军向前挺进，忽然，大雨倾盆而落。就在这时，部队停止前进了。我想这下抓住敌人了。我们骑在马上，雨水沿着绿色的雨衣淋漓而下，这是多么可怕的凝寂呀！我急不可耐地仰头前望，只见前面上空黑沉沉一片雨雾。"等什么呀！还不赶紧扑上去，抓住狠狠地打。"但大军云集，凝然不动，天空中大雨哗哗地响成一片，我前后左右都是骑马的人，都在大雨中披着雨衣、戴着雨帽，在朦胧的、阴暗的、潮湿的雨地中，人和马都像影子一样一动不动。总之没有声音，没有动作。在我们前面挤满了部队，也同样没有声音，没有动作。大概是一个参谋，骑着马向前跑去。经过我身边时，把大片的泥浆都泼洒在我身上，但是他给我带来几分快感，因为我希望他带回一个前进的口令……可是，过了半晌，却未见他回来，我只听到我旁边的人雨衣上莲蓬作响的雨声。马摇着头，却一声也没有嘶叫。天空和大地都那样静。这临战的静，有如一种巨大压力压在心上，听着大雨点在雨帽上打得嘭嘭响的同时，我也听到自己的心房怦怦跳动的声音。前面乌黑乌黑的空中，有几颗红色信号弹，划着红色的线升上天空，可是倏然一亮，随即又无声无息地消失了。我们还站立在雨中，马已经变得焦躁不安起来，它顿足踏蹄，把地上的泥浆泼溅起来，我伸出手摸抚着马的颈项，我想抚慰它，让它忍耐，但是我的手却已经先颤悸起来——这是多么难耐的期待，这是多么难耐的磨难……这时，云集的大军突然缓慢地蠕动起来，原来那个骑马的参谋从前面飞快地奔跑回来，在雨水中他的面色是那样可怕，他皱着眉头，两眼冒火，一个令人失望的消息传来，敌人已经逃跑，没有抓到。于是，我周围的骑马的人一队一队分散开来，我缓缓骑着马向一个屯子里走去，我进入农家房舍，愤怒地把雨衣脱下来甩在地上，整个心向一个深渊缓缓沉落———种失望的情绪苦苦啮痛着我……

在我们拂晓渡江转战期间，春天已去，夏日来临。雨后，绿油油的田野一望无际，你站在地头上静静地听一下，可以听到庄稼在拔节的轻微、细密、亲切的音响。

啊，生命！生命！……

黑色的泥土的生命。

红色阳光的生命。

绿色微风的生命。

但，这诱人的夏季的气息与声响，却无法抚平我的创痛的心呀！

一时之间部队变得十分沉闷，师部、团部、营部、到连部，到处都是沉闷、沉闷。

我觉得在沉闷中正酝酿着、凝聚着、发酵着什么。但，我不是一个心理学家，我预感到这种神秘莫测的奥变，但我无法形容这一神秘莫测的奥变。

有一天，我到纵队司令部，看到李天佑站在布满军用地图的墙壁面前，背朝着门口，一动不动。司令部里从来都是肃静无声的。我觉得他正在思考什么，便在门前停下，趁这时间，我正好品评一下这位司令员——首先我得说：有人这样描写他："黑、瘦、精干利落、文质彬彬、稳稳当当。"这里边有说得对的，也有说得不对的。比如首先他不但不是黑、瘦，而是白净、丰腴，他有智慧的眼光，他有沉默的微笑。至于说他"不像个将军"……这就提出了更加令人深思的问题，究竟怎样就像将军？怎样就不像将军呢？这就很难一概而论了。你以为怒发冲冠、拍案而起的才像将军吗？你以为一声怒吼、桥断水倒流的才像将军吗？不一定，尽管同样的经历，同样的锻炼，同样在中央苏区参加过五次反围剿的血战，同样渡湘江、涉乌江、走雪山、过草地，毛主席的军事思想与指挥艺术，不但创造了人民军队的作风，也塑造了一代人民军事家的风度。但每个人还是有每个人不同的个性、风格。在我所接触的指挥员里，从我考察所得大致分为两种类型：一种是火辣辣的，一看就是一员猛将；一种是温文尔雅，可一旦抓住战机，就死也不放，奋战到底。就拿一纵队的领导来说，梁兴初就属于前者，李天佑就属于后者。像李天佑可以说是"儒将"，他文静、沉稳，与其说他"文质彬彬"不如说他深谋远虑，但他实际打起仗来很有锋芒，很有魄力。作为平型关之战的主攻团团长，那一场血战惊天地、泣鬼神，打得何等果断、何等顽强！中国革命战争造就了一代特殊的人，因为军事是生死决战，必然临难不苟、临危不惧，养成一种泰山崩于前而不变色的气概；因为军事是科学，因此不但需要勇敢，更多的需要的是智慧，是机智，是聪敏。他们身上凝聚着革命的理想、智慧、勇气与才华，因此他们在刚强中包含着智慧，在智慧中包含着刚强。他们属于在中国土地上生长的新型的人，一种特殊的人。李天佑给我留下深刻的印象，就是在决定成千上万人生命的时候，也从来没有听到他大声呼喝过，除了无意中发现他微微蹙皱一下眉头，又随即展开。他冷静、镇定，像一座冷峻壁立的冰峰。当我站在门前思索的时候，李天佑面向地图的背影一动未动，一直到作战处长急匆匆走来，脚步声响到他跟前，他才缓缓转过身来，凝然不动地望着来人，他接过电报看了两遍，政委走过去，肩并肩站在一起读电报。李天佑用不大的声音说了一句什么话，那处长就风风火火跑了出去。这时李天佑发现我站在院内，眼睛一亮，粲然一笑，请我进去。司令部的气氛骤然之间紧张起来。一阵阵唰啦啦的纸声，炕上展开一张地图，所有司令部的首脑人物都俯身在地图上面。我一看是一张四平平面图。我的脑际立刻跃然一亮——我知道我所盼望的进攻的这一个时刻到来了！

这几天人们都议论着攻四平，因为广大地区已获得解放，身旁只搁置着一个孤立的四平。何况正是一纵队在保卫四平时，在这儿留下鲜血、留下生命，而后带着悲痛之心悄然远撤而去了；现在又来到这里，一种报仇雪耻的心理像火焰一样猛烈燃烧。于是一封封求战四平的信，雪片般送了上来。纵队首长读着这些情思恳切的语言，也不能不为这种英雄的豪气所感动、所推动，如同已经走上角斗场的勇士，在众目睽睽之下，多想发出决定的一击。李天佑向东总发出了请战四平的电报，电报发出之后便是难熬的等待……林、罗首长会做出什么决定？也许来一个否定，一个批评："你们过分轻敌了。"难道我们是轻敌吗？陈明仁的七十一军在大黑林子，伤其一臂、歼灭一师，便已望风而逃，何况现在切断沈阳来源之路，败军之将独守孤城。我方大军士气高昂，何不趁此扬鞭策马直捣四平？李天佑和七纵队的邓华联系过，邓华也力主攻打四平。李天佑同炮兵的朱瑞通过电报，炮兵正跃跃欲试，想在攻坚战中一显身手。但是李天佑究竟是一个谨慎从事、冷静思考的人，这就是为什么在待命期间，他总是站在墙壁面前再三揣摸，反复推敲的缘故，他想从地图上，寻思出一个中肯的答案。就在这个时候，东总发来电报，下达了攻占四平、孤立长春的命令。于是，整个司令部里，就像阴沉的天空中霍然阳光四射。人们常常这样形容："铁已经烧到火候，就等砸下铁锤"，而现在铁锤已经举了起来，随即将溅出刺眼的火花。

大战前夜，情景动人。政治部的电话几乎没有停止过。我为这种气氛所感染，昂扬兴奋，不能自已，一直守在电话机旁。我从电话听筒里听到各种各样不同的声音，但都倾诉着同一个心愿：

"首长！请把主攻的任务交给我们！"

郭主任趁此机会做起战前动员的工作。

"仗是有的打的，你们当前主要是抓好战前动员，保证以饱满士气投入战斗。"

我听到对方苦苦恳求的口气：

"请首长相信我们，我们一定对得起我们英雄的锦旗……请首长千万千万将主攻的任务给我们。要不我怎么向我的战士交代呀！……"

有一个电话特别打动人心：

"首长！你给我解围吧！战士们就拥在我的身边，首长！你跟他们讲一句吧！"

战士的语言简单明了，一锤定音：

"首长！……我李春华，死也要死在四平城里，决不死在四平城外。"

听筒刚放下，电话铃又丁零零地响了起来。

……

我走出屋外。夜气如此清凉，身旁瓜藤的叶子被露水浸湿，发出香灰一样的味道。一望无际的夜空，无数星辰，好像也给露水洗得那样晶莹，一个比一个争着发光闪亮。一阵小风微微一荡，高粱、玉米的芳香，像幽灵一样，一下倏然吹来，一下又倏然吹去。窗纸上灯火通明，电话声不断作响，这时我仿佛摸到每一个战士的心——那是发烫的心，那是颤抖的心，那是一颗颗赤诚之心……战争是充满恐怖与死亡的，但是这些赤诚的心凝聚起一场燃旺的大火，火，明亮的火，通红的火，照着那些恐怖与死亡的阴影，一个个战士以必胜的信念，向着理想之路前进。这一刹那间，我的心灵和所有战士的心灵融合在一起了。从他们那儿，有一股热血在潜潜然、潺潺然注入我的心房，而后涨满血管，在周身循环。我有点惊奇，我有点茫然，我细细问自己：这是什么？这是什么？忽然间，有一滴露水落在我的脸上，它使我清醒地意识到：这是幸福，但不是一般的幸福，而是只有经历过战争才能获得、才能理解的幸福。

一场大战的帷幕拉开了。

一个黄昏，我随同部队出发，向四平前进。战士们一个个走起路来特别轻快敏捷。在这种时候，我们一般都跟着大家步行，马只牵在马夫手上。出了屯庄不久，就走进树林，白天的余热没有散尽，树林里像蒸笼一般闷热。一抹残阳在树枝上明明灭灭，不久，就黯然消失了。闷热燃烧出一种浓烈的芳香，草很深，很深，一脚踩下去，绵软、轻松，我仔细闻，分辨出这是艾草的香气。这就是童年过端午节时悬挂在门窗上的艾草，农民夏夜熏蚊虫的艾草，在这树林里它们那样茂盛，长得几乎没腰深。于是战士中引起一阵骚动与喧哗，我看见有人撸下嫩嫩的艾叶，团成小团往鼻孔里塞，我也照样做了，立刻，一股苦涩的清凉沁入肺腑，使人顿然舒畅起来。走出树林，进入一条深深的峡谷，灼热的灰沙被大队人马荡得飞扬起来，眯着眼睛，遮着面孔。没有一点风影儿，像地心里喷射出的岩浆，把脚板烘烤得发热，我扯开衣领、敞开衣襟、撩起背心，赤裸裸露出整个胸膛，想得到一丝清凉，没有，一点也没有。空气好像充满火药气味，这时我才发现这是极不寻常的燠闷，热得简直令人喘不出气。好不容易从漫长、崎岖的峡谷里走出来，踏上了平展展的原野，这时天已黑下来。眼前的景色使我心情顿然开朗，不知怎的，我忽然想到遥远遥远的西方——麦加，这个穆斯林朝拜的圣土。因为高高的天穹之上，有一只弯弯细细的月牙，和月牙相对，是一颗又大又亮的星星。我记得我看到过一面阿拉伯国家的国旗就是这样，它给人一种庄严神圣之感。广大无垠的黑土地发出母乳一样的甘美气息、高粱、玉米的叶子给热浪打得发蔫，蒸发出一股浓浓甜味。我刚要迈开大步行走，谁知天气突然陡变，先是看见远远的东北天空上倏忽倏忽有小火花在闪烁，我仔细看时，原来是红色的电闪——像是许多条小火蛇在急剧地翻飞、跳荡……大自然的变幻如此神奇迅速。我再仰头找时。那月牙、那星辰都不见了。宁静的深蓝色天空变成了波浪滔天的黑色大海。我刚刚觉得除颊上有一点凉意，大雨就倾盆而下了。雨来得那样暴烈、那样疯狂，雨脚下卷过来一阵嗖嗖的凉风，一刹那间将炎热之气一扫而光。这时我才恍然大悟，刚才那阵燠闷，正是这场暴风雨的前兆。东北的山河大地呀！你是多么神奇而又多么豪放呀！只听得整个地面都萧萧萧萧地响起来，原来是风和雨把庄稼叶子吹得呼啸而起。火辣辣的闪电一亮，我脚下的土地猛然颤抖起来，跟着像有千万吨钢铁骤然崩裂，响起一声爆雷。辽阔的天、辽阔的地，既无阻拦也无障碍，雷声像一个硕大无比的火球向远方滚滚而去，愈滚愈远，一直到无声消逝，但紧接着，又是骇电、又是惊雷……就像有千军万马正在空中无止无休，鏖战方酣。雨水顺着领口流下，一下湿了脊背、湿了胸口，我觉得欣然，觉得爽然，但一想六十里地征程，必须一夜赶到，心中又不免焦急起来。这内心的焦灼可是一股比暴风雨还强大的暴风雨。部队寸步不停地一个劲向前涌去，原来踏在干地面上嚓嚓嚓嚓的脚步声，变成泥泞中吱咕吱咕的声响。天昏地暗，风雨无边。不知什么时候，我们已经在公路上火速行进了。在我们扫荡四平外围时，敌人炸断了公路桥梁，一到河谷沟前，并排向前赶的步兵和大车队就像一堆乱麻绳一样扭在一道，挤得水泄不通，部队也就停止不动了。我离开部队走向桥头。漆黑漆黑的天空上，倾泻着大雨，一条条雨溜子像是冰凌。一片鞭声、人吼、马叫响成一团。人们都要在泥泞中跋涉而前。可是桥断了，你能悬空而过吗？忽然从后面传来一阵"呼哧——呼哧"喘气的声音，我扭头一看，啊！工兵上来了，他们一个个扛着门板、木材从我身边急急抄过，跑到前面架桥去了。我走到河谷坡岸上，只有滑下这个泥泞溜滑的陡坡，才能说得上过桥。于是这里人马淤集得更紧，声音也更加嘈杂。我看见一个壮汉紧紧挽住缰绳，扼住马身，一大群人为了不让大车滑下，由后面向后拽着大车。马鬃毛竖立，四蹄挣扎，撑住大车千斤之重，一点一点从陡峭的岸壁上向下滑，我整个心一下提到喉咙口上。再一看，前面已经有一辆大车翻倒在坡下，拉着弹药辎重那千钧之重的大车，把马压在下面，战士围了一群，有人用脊梁顶住车辕，有人一边大声吆喝，一边用皮鞭猛抽，那可怜的马，它想挣扎起来，但一下又颓然卧倒，然后，又是鞭声，又是喝叫。不是这黑夜，不是这暴雨，我怎么能看到这情景？这时我才发现，有一阵阵红光照着这一切，也照亮了瓢泼大雨，狂暴的激流，红光也在河谷底上一闪一闪地发亮。这红光从何而来？我扬起头来一看，蓦然间，一个景象那样惊人，那样动人地闯入我的眼睛——河谷那面高高的岸头上，燃起一堆篝火，在漫无边际的黑夜里，这火光显得特别鲜红，长长的火焰在飞腾在闪耀。火光中站立着一个小战士，显然淋得精湿，脱掉衣服，披着一条大红的棉被在烤火，他凝眸注视着火焰，火影在他脸上摇动……这简直是古代神话中一幅圣像。这一团红色是如此明亮，我发现人们从黑夜中看到这火光，都雀跃欢呼起来。待我回环四顾时，我才发现原来河谷两岸都烧起了熊熊大火，大概是为了给架桥的工兵照明吧？忽然间一阵欢呼腾空而起，压倒雨声，震醒黑夜。桥架好了。我随即看见弯着腰急速跑过桥梁的一闪一闪的幢幢人影。不久我也夹在队列中，走过河谷。当我从那堆篝火旁经过时，我禁不住又看了那小战士一眼，在鲜红鲜红的火光中，他的面孔是那样娇嫩、那样温柔——啊，人是多么美呀！当我在暮年回忆往昔时，火光中这孩子的鲜明形象还非常生动、非常感人。在那一场恶战中，我从万马军中，总想寻找到他，但我再也没有见到这个少年。难道这青春的花朵就枯死在那血的狂流之中了吗？

我的长筒雨靴上沾满了泥，愈来愈沉重。

我拖着两脚在又滑又黏的泥地里跋涉。

一下一滑，摔倒下去。

我满身、满头、满脸，都是泥、都是水，当黎明晨光降临时，我冷得浑身颤抖。

当我爬上一个岗岭，一阵狂喜一下洋溢在我的胸中。

雨不知在什么时候停了，灰蓝色的晨光铺盖着原野，拖向天边，这时无数行列像一条条长蛇一样在弯弯曲曲、忽忽闪闪游动，都朝着一个方向。大军压境，迫在眉睫，一种临战的快感一下升上心头。我忘记了一切，我站在山岗上，一阵阵晨风吹来庄稼的芳香，泥土的芳香，我贪婪地大口呼吸，恨不得将所有清新之气尽收心底。从蓝色的晨曦里，缓缓闪出鲜红的曙光，给大雨浇透淋湿的满山遍野的大豆高粱，一下都浸在红影里，真是大地的海呀！风一吹，庄稼一起一伏漾出缓缓波涛。黎明给人们带来欢乐、陶醉。从远远的行进部队那里传来一阵阵欢呼，一阵阵笑语，就像大地之海的滚滚浪涛，喧哗骚动，无止无休。

## 一〇九　前桫椤林子

在这一场暴风雨之后，夏天真的降临人间了。茫茫的大地如同海洋一望无际，紫罗兰色的天空上飘浮着一片片雪白的云朵，一切都那么清洁、温柔、明亮。我张大口吸着气，这自然之母的乳汁，甜甜的、凉凉的，使我感到无比的舒畅，无比的快意。为了防止空袭，我们骑马的人，一个跟一个保持着长远的距离，沿了树林边缓缓走。空中有两架银灰色的美国飞机，缓缓地向北面飞行，一会儿有两架飞回去了，一会儿又有两架飞回来了，看来是从沈阳向四平抢运备战物资。我们渐渐走进一条深深的峡谷。峡谷里全是茂密的树林，一翻过山梁，就在草莽中行走了。在红色的土地上流着浅蓝色的小河，草地上开满了像夏夜繁星一般密扎扎的金黄色的小花，从花丛中挺立出被叫作"姑娘"的圆圆的浆果，一颗一颗像樱桃小口一样又红又艳。我们的马蹄一荡，草地里就响出蝈蝈的叫声，清脆、聒噪，如同一阵急雨。蜿蜒曲折的峡谷里，有高大的槐树，有矮小的桫椤棵子，我在东北战争期间，到处都看到这种生命力十分顽强的野生灌木，满山遍野遮出一片绿色。树木繁茂季节刚刚来临，树梢头上这里那里还残留着白色的花朵，飘散着一股幽香，树枝摇拽着细碎的日影，绿愔愔地凉爽宜人。杜鹃悠然呼唤。野鸽擦着肩头飞去。渐渐看到林中有步哨，树下有战马，我才发现在峡谷树林中隐蔽着村庄，果然，这里一小群战士正在拖着大抱的干黄的谷草在搭露营的棚舍。那里一小群战士挥着铁锹挖掘防空掩体。我久已熟谙了战地生活，不论是在荒山野谷，还是在旷野平原，我都能十分容易地寻到我要寻找的去处，那就是发现电话线，黑色的电话线，有的悬在树枝上，有的拖在草地上，在人行路上就埋在浮土下面，只要这一股一股电线通向一个地方——那里就一定是隐蔽的司令部、指挥所……一种紧张的战争气氛蓦地出现，骑马的人在路上来往奔跑。就这样，我在一处密密的树林边上，跳下马来，踏进一家农舍，果然正是纵队司令部。在贴满美人图像的墙壁上，用图钉钉着一张十分详细、十分精密的四平地图，几个师的师长都在这里。李天佑站在地图前面，微微皱着眉峰，用平静的语调说着话。师长们都在凝神注目、倾耳聆听，显然是纵队首长在作战前部署。多么幽静啊！除了从敞开的窗口上送进小鸟啾啾，此外连一点声音都没有，谁能想到，此时此刻，就在这小小一间农舍里，决定着一场血染玄黄的大战。这是战争中最神圣的时刻，因此也是最动人的时刻。此时此地，作为一个指挥员，李天佑全神贯注，头脑敏捷，他在运用着全部智慧与经验，在不断地捕捉信息，判断敌情。不断有参谋走进走出，参谋处侦察科那里不断送来最新的情报……有的来源于空中对敌人密电的侦破，有的来源于地面捕捉俘虏的口供，这后一种在反法西斯战争中被苏联称作"舌头"的俘虏，常常提供重要的情况。李欣悄悄拉了拉我的袖口，我跟着走出去。一到外面，立刻听到峡谷外头，山梁那边传来的枪声，还有偶尔爆炸的炮响。枪声是四平郊外前哨战小小的接触，炮声却是敌人为壮胆而盲目地发射。一切主动权操在我手，我方非常寂静，正是这种大战前可怕的寂静，对敌人形成强大压力，使他们随时随刻都在惶恐之中。李欣带我到树林里去，在这儿我看到一个身穿美国浅黄色咔叽夹克军衣的国民党军的上士，他一看我们是两个军官，有点局促不安，垂手立起，我们却随意点头示意他坐下。我们三个都坐在树荫凉草地上，我为了缓和他的紧张情绪，递了一根骆驼牌香烟给他，他看了看这根美国香烟有点惊讶，我说："这不是你们送来的吗？"他皮笑肉不笑、无可奈何地望着我，一时不知所措。我随即按着了打火机（这种长方形的打火机也是美国军用品，很坚固耐用，可惜后来不知什么时候把它丢掉了），我们一道吸起烟来。这时，上士显得轻松多了。他告诉我们："从城里的报纸上看到，蒋主席，不，蒋介石六月三日飞到沈阳，只接见了熊式辉，据说杜聿明因病未见，蒋介石留下一封手函，从空中投给孤守四平的陈明仁，信上说：'四平乃东北要地，如失守则东北难以保矣！斯时为吾弟成功成仁之际，望砥砺三军，严行防御。'可是从大黑林子一仗之后，陈明仁早已惊魂破胆，为了虚张声势，现在每到傍晚就把士兵集合起来，高呼：'蒋主席万岁！''誓死保卫四平！'可是一到夜里，那些喊口号的人就成批成批逃跑出来。"我笑了笑说："那就不能成功成仁了呀？"这上士也笑了笑说："谁愿意成仁呢！……"

我和郭主任、李欣选择了树下一片干燥的地面，准备露营。我和我的通信员掘了一个避弹室，在上面搭起树枝，铺上泥土。电话兵很快安装了电话。郭主任、李欣他们就忙着通过电话向各个师、团、营、连了解情况，进行政治动员工作了。

夕阳把我们露营的树林照得一片红彤彤。

这种闪烁的亮光好像一下把隐蔽的峡谷暴露出来。

我靠在树身上，从图囊里取出屠格涅夫的《猎人日记》来读。读者早已知道，我从青年时代起，无论到哪儿去都带着这本书，说实在话，后来我描写大自然的散文也从此中极受教益。不过，读者，也许觉得在这种时候读这本书和战争十分不谐调吧！其实也不，不是因为战争，也许我不会这样露宿林中，感受大自然的灵性吧。于是读起来，你看书中写着："……但是现在黄昏来临了，晚霞像火焰一样燃烧，遮掩了半个天空。太阳就要落山了。附近的空气似乎特别清澈，像玻璃一样，远处笼罩着一片柔和的雾气，样子很温暖；鲜红的光辉随着露水落在不久以前充满淡金色光线的林中旷地上，树木、丛林和高高的干草堆上都投射出长长的影子来。……"这和我此时此刻所处的情景多么相似啊！书本上的芳香和我周围的芳香交织在一起了。我听到叮叮——叮叮的声响，抬头一看，原来就在我头顶上，一只啄木鸟在勤奋地啄着树木，阳光透过树林把啄木鸟鲜艳的花冠照得耀眼。正在这时，林外传来警报的号声。一个正在挖战壕的战士从半人深的土坑里仰起头，手搭凉棚，朝天瞭望，他突然喊叫"小飞机来了！小飞机来了！……"战士是真正揣摸战争诡秘的人，他们一点不怕那种大飞机，可非常讨厌这种小飞机。被战士叫"老母鸡"的运输机没有作战任务，因此哪怕它在头顶上飞，战士也全不理睬；这种小飞机是战斗机，一发现地面上有活动，就钻下来一阵乱扫，果然挖战壕的战士话音未落，一只战斗机就斜着翅膀直掠而下，把机枪子弹打进峡谷，弄得一阵碎叶纷飞，空中弥漫起一股浓重的硝烟气味。太阳就在这时落山了，飞机也就向东南飞去了。林中光线黯淡，夜幕随即下垂。由于连日行军疲乏，我在掩蔽部里闻着那清凉的泥土气息，酣然睡着了。

两天后，我们到达逼近四平的名叫前杪椤林子的地方。

那个夜晚，突然电闪雷鸣，骤起暴雨。战争似乎总是意味着灾难。正赶上我强大炮兵部队进入阵地之时，这上千斤的重武器由好多匹马牵拽着在豪雨之下、泥泞之中行进，当然非常困难。四平四周有河谷，有平川，有岗岭，有洼地，几百门大炮从各个方向进入阵地，这是多么伟大而又艰难的壮举呀！我住在前杪椤林子路边的房屋内。夜间，一阵巨大嘈杂的声音把我从梦中惊醒，我从窗棂上听到风声、雨声，我披衣走出户外，看到大队炮兵正在我们门前艰难跋涉。黑漆漆的夜脚下，哗啦啦雨声中，人大声地吆喝着，皮鞭猛烈抽打……

一道闪电闪着红光劈下来，把御手淋湿的面孔照红，他在厮搏，浓眉怒目那样粗暴；一道闪电闪着蓝光下来，那挣扎的马，那在泥泞凸凹中颤抖的长长的炮身，都发出蓝光。那个高高坐着的御手，还有在疯狂的雨水中在前头用手牢牢牵着、拉着，帮助马匹一道挣扎的人，还有从后面用手紧紧推着巨大车轮的炮手，这一切，凝成一幕动人的英雄景象。电闪倏忽倏忽闪过去，一下眼前又是一片漆黑，只听得马在突噜噜地嘶叫，泥浆在泼喇喇地溅响，一个骑着马的指挥官跑前跑后，用铁一般的声音下着这样那样的命令，声音急促、坚定，给你一种一往无前、战胜一切的信心。这夜的天空和夜的大地，都在神魄巍然地和人们一道奋斗。的确，要没有大雨，炮队行进会轻松容易得多，可是这大雨正好给拥进的大军撒下帷幕，使敌人几乎没有发觉，也不能相信，一阵暴风雨里，所有炮口已经一一升起，对准了他们的胸膛。一辆炮车陷在深深的泥坑中，怎样也出不来，泥溜滑，水溜滑，橡皮轮子一个劲旋转，却怎样也动弹不得，忽然一个炮手长高高举起一只马灯，黄黄的灯光照见炮兵们从农家院里抱来大抱大抱的谷草垫在轮子下面，这是唯一的一线希望。我已经不能袖手旁观，我甩了披在身上的衣衫，从屋檐下奔出来，跟那些炮手一道推炮，那炮手长吆喝着"一、二、三，"大家一道动手，炮车猛一颤动，车上挂的铅铁桶撞得一阵叮当乱响，旋转的车轮将大把泥浆溅得我满身满脸——我身上感到一阵寒意，心里却热气腾腾……车轮刚从淤泥里拔出，当御手扬鞭叱咤，呼唤而前时，几匹马却一道跌倒在漆黑的泥潭之中，无论鞭子怎样呼啸，人声怎样吆喝，马匹哀鸣着，将要挣扎奋起，随即又猝然卧下，几千斤重的分量压将下来。情况十分危急，借着昏黄的灯影，我看见一个粗壮的汉子蹚着泥浆，急奔而至，敞开衣襟，露出胸膛，一猫腰钻到车辕下，他用整个脊梁顶着车辕，满脸通红，咬紧牙关，这时我似乎听到他的骨头缝都在压得咯吱——咯吱响，在这一刹那间，我真说不出心里是怎样的滋味，又是钦佩，又是惊慌。但是车辕一点一点在升高，一匹马一跃而起，另一匹跟着也站起来，车轮转动，将炮车拽出泥塘。再寻那壮汉却已不见踪影了，听到不远处有洪亮的喊声，我揣度那是他的声音。东北夏日黎明前的寒冷，使我从心里头发抖发颤。我满头雨水，浑身污泥，回到屋内，脱掉衣服，钻进毛毯下面。由于疲乏劳累，随即睡着。开始在蒙眬中还听见车辚辚、马萧萧的不停轰响，后来我就酣然入梦，无知无觉了。睡了不知多少时间，飞机扫射声把我猛然惊醒，我张眼一望，太阳已经升得一丈多高，暴风雨不知何时已经悄然逝去。飞机正沿着前梭椤林子临街房屋扫射，弹火纷飞，硝烟四起，一转眼闪了过去。我起身走到井跟前，打了一桶冷水淋了头、洗了脸。我发现原野之上，毫无影踪，炮兵早已隐入阵地，只有几辆弹药车静静地停在稀疏的小树林下，也许就是它们暴露了目标，惹来飞机扫射。我往村庄后面的马厩那儿走去，看见我那匹老白马平安无事地立在槽边。从那儿又转到村前，大路已成为泥塘，洼地变为水池，我穿过大片湿淋淋的草地，走到树林里来。这里十分幽静，阳光照亮的树枝上跳跃着鸟雀，发出啾啾噪声。由于熬夜，由于劳累，我十分困乏。蓝天如此静谧，白云如此温柔，这美妙的大自然与残酷的战争简直无法联系。我打着呵欠把雨衣铺展在茂草丛中，呼吸着飘浮在大草甸子上的青青的气息，又睡了过去。不知睡了多少时间，有一种恬静而又骚扰的声音，模糊地、蒙眬地把我从梦中唤醒。我转过脸，从树根与树根之间望出去，在林子外边，一堆露营烧水用的干树枝上坐着几个人，正在谈话，我听见一个人兴奋地说道："……前天晌午，我跟一个组长在战壕边放哨，我见四下无人就劝说他：'咱们跑过去吧！'他不干，还要大声嚷喊，我一枪把他打死，就拼命往这边跑。一听到枪响，从地堡里钻出两个班的人，拼命追，追了二里地，最后我把那只美国步枪在石头上砸断，我猫着腰钻进大林子，从那儿曲曲折折地跑到咱们火线这边来了……"我一听立刻清醒过来，朝那儿走去，原来是郭主任、李欣在和两个穿国民党军装的人谈话。这个清瘦的士兵话声刚落，另外一个粗壮士兵又说起来："我头一回准备逃跑被他们发现，一个军官差点把我枪毙。这一回轮到我放哨，我就下定决心非逃不可了。谁知我没跑多远，正穿过一大块菜园子，一下从篱障后跳出一个人来，一伸手用手枪顶住我的胸口，我想这一回算是命归西天了。谁知待我走了一段路，他打起打火机，吸起烟来，他喷了一口烟，说：'好兄弟，欢迎你过来！我是人民解放军的侦察员，看你一个人放哨，就想下手把你抓过来，谁知你自己倒'解放'过来了……'他把火线上这惊险的一幕描述得十分幽默。我走过去也坐在干树枝上，才知道前一个人叫华中武，从上海用美国军舰送到东北来的，后一个人叫赵鸿生。华中武说："我们解放过来了……一个同志指着我头上那个船形帽说：'看你这牛屄帽有多难看！'我说。'我们也管它叫亡国帽，'我一把摘下来就摔在地上，那同志说：'我有两顶军帽，给你一顶吧！'他十分得意地指指头上的我军的军帽：'从此我再不做亡国奴了！'……"赵鸿生却别有一番经历，他是东北的榜青户，共产党来了分得七亩地。国民党来了，他被土豪恶霸指控为穷党，吊在房梁上毒打，关押了两个月，给抓了国兵。他抬起头，眨着肿得像桃子一样的眼睛说："我们这些解放过的人，常常聚在一道哭，眼睛都哭肿了，盼望着解放军早点来，我们好回解放区……"华中武和赵鸿生成为我们火线部队上受欢迎的人物，他们到每一个连队里去诉苦，都受到热烈的鼓掌欢迎，他们用生动的事实现身说法，作了战前一番生动的动员。

下午，飞机在我们露营的树林上来回来去地扫射。无数细碎的弹片纷纷落在我的身旁。

我在掩蔽部里，躺在一块黄色美国军毯上，一只接一只吸着纸烟。

飞机扫射过去，我走出战壕，望着雾霭笼罩的朦朦胧胧的四平，突然发现我身旁刚刚被子弹削断的残枝上，淌着半透明的汁液，真像人身上流出的血浆啊！这个受残者没有痛苦，没有悲伤吗？我的心却感到一阵揪疼。

## 一一〇　后桫椤林子

就像一个猛士，把千斤之重的弓弦慢慢张开，等候着把箭飞射出去——这是一种强劲的力的角斗——我无法描述大战一触即发时的心境。但，突然间，一个欢乐的消息，像霓虹照亮一切："我军收复安东……"安东，一年前的春天，我从镇江山卧榻上透过大玻璃窗看到的碧绿碧绿的鸭绿江一下又回到我的心头，在这万般宁静之中，像一支温柔的小夜曲在回环荡漾。但，狂流猛泄的江流一下也变成一种力量合在这强劲的力的角斗之中，安东的胜利鼓舞着攻打四平的决心。我看看手表——啊，离决战的时刻只有二点零三分了。我想得到，随着决战时间的迫近，战士的血液在沸腾，但他们冷峻、严肃，他们的眼睛准确地凝视着，他们的手准确地操作着，一门一门大炮的炮筒缓缓升起，对准射击目标，这是多么神圣的一秒钟、一秒钟呀！这时一种强烈的心愿蓦然升起，我希望敌人的飞机集中到我这儿来，"到我这儿来吧！你可千万不要碰撞我们的炮兵阵地。"没有经历过大战的人无法理解这种心境，它简直像是一种祈祷，多么虔诚、多么郑重，希望上帝有灵，上帝果然有灵。六点三十分，当我坐在树枝搭的棚架下用晚餐时，一面向口中拨拉米饭，一面凝眸望着长空——一、二、三……十二架飞机突然出现。其中六架带着奇怪的啸声向我们俯冲而下，只见一阵火花闪射，我们四周立刻响起弹药爆炸的轰响……我们连忙退入掩体。

我从树根与树根的空隙间望出去，飞机像水中游鱼，空中飞鸟，在我们所在的树林上面反复飞掠——散布灾难、散布死亡。其实只不过暴露出敌人大难临头的不祥的预感。就像一只野兽觉察到巨大的猎人即将向他们扑去，他们于是呼喊起来，祛除恐惧，用以壮胆。我们——这个猛士，挽住弓弦的手，拉向尽头，格外冷静，格外冷峻，一任这种无谓的骚扰，兀自凝然不动。空中到处弥漫着黑烟，炸弹喷出红红的火焰，这一场轰炸、扫射，从六点半一直继续到七点半。

西天上还燃烧着一片红霞。

空袭刚刚过去，我们就沿着田野和林间的小路向更迫近四平的后枞椤林子走去。

我们从一处战壕前经过，一个哨兵炸死在地上，鲜红的血还在流。

在半路上——总攻的时间到来了。

这是 1947 年 6 月 14 日。那挽弓的强手猛然把箭射出。

突然间，天上地下一起颤抖起来，像大自然的暴力骤然爆发，长天和大地互相撞击，如同宇宙汹涌地呼啸、奔腾。万炮齐发，势如狂飙，根本分不清一声一声的炮响，只觉得头顶上炮弹飞过的一片飒飒声。夜晚在此时降临了。当我们走过一片树林，发现炮兵阵地就安置在这林中。我听到在猛烈的炮声之下，显得那样微弱、那样遥远的喊叫发射口令的声音。我还看到树林深处紫罗兰色闪亮的火花。越过炮阵地继续前行，我们到了后枞椤林子前线总指挥所所在地。

一到这里，便感到一片浓郁的战争气氛：林边到处挖掘了战壕，一辆辆弹药车，一群群通讯部队的马匹，堆积如山的木头弹药箱，散乱的粗粗的绳子，向四处延伸的电话线，我知道我已经到了前沿阵地。朝四平望去，那儿天空上弥漫着敌人妄图遮掩目标而施放的白色的烟幕，但是落下去的一排排炮弹爆出红的火光，火光燃起黑色浓雾。在这各种混杂的颜色之中，一颗、一颗、无数颗红色曳光弹没有声音，只有光亮，像火红的小鸟从高高的天空缓缓飞掠而过，急急灼灼互相交织。我想，那是攻坚战的突破口，步兵正在展开剧烈的攻击。我走进黑漆漆的后枞椤林子，在一个农家的屋顶上找到作为四平作战总司令部标志的一面小小的红旗。一个通讯兵正拉着电话线从我身旁急匆匆向村外跑去。我随了这个线索，沿着泥泞的小路，走到村庄外一片高地，穿过一片矮矮的柳树茅子，听到铁锹挖土的沙沙声，很多战士正在弓身修筑战壕，一小堆战士十分安宁、十分平静地坐在夜地里围着一只木桶在吃饭，他们不时抬起头来向空中寻找排空而去的炮弹。我从他们中间穿插而过，找到一个战壕的入口，走下几阶土台阶，借着一片黄蒙蒙的灯影，看出是掩蔽部下一间地下室，一根点燃的蜡烛插在土墙壁上一个小洞穴里。在那一团黄的光照里，我看见李天佑和万毅。电话铃不断地响，一会是李天佑在电话上听话、讲话，一会是万毅在电话上听话、讲话。这里还有我第一次相识的炮兵纵队副司令匡裕民。这人瘦小精干，不知何时负伤，走路时一只脚一整一整的，好像总在用脚尖踢着地上的土块似的。他是炮兵纵队派到总指挥所的联络员。他们都披了绿呢子军大衣，以御夏夜野营的清冷，坐在铺在地面上的高粱秸上。几部电话机都有参谋专门守着，这个刚停歇，那个又响起来。炮火袭击的情况，步兵前进的情况一一从电话里传来，这是战神的神经中枢，灵敏、坚决、准确、果断。有一刹那间，我看见李天佑仰起苍白的脸孔，他微皱双眉，闪着锐利的眼光厉声喝道："查线！"——我知道这条电话线一定是给炮火炸断了……我知道在通红的火光下，一个通讯兵将冒死忘生地拼命跑去接上线头。

地下室隔壁是一个小小的掩蔽部，那是炮兵专用的指挥所。我看见几个指挥员在作战地图上指指点点，商议什么，然后匡裕民虽然一整一整却十分迅速麻利地走到炮兵指挥所那儿去，向炮兵纵队打电话。电话的那一头就是炮兵司令朱瑞等人所在地炮兵总指挥部。匡裕民有时要求炮火延伸射击，有时要求炮火集中轰击某一指定目标。一会儿就听见排山倒海似的炮火轰鸣；那声音十分可怕。昨天，是炮兵预定进入阵地的时间，谁知遇上滂沱大雨，御手牵着马通过无数高山低谷，泥坑水洼，在艰巨关头体现出不向困难低头的顽强精神。巨大的榴弹炮通过了，山炮、野炮通过了，弹药车通过了，只有一门炮压断桥梁整个翻落到深深的水沟里去。其余所有炮兵准时准点进入作战的炮位。天亮了，那门从河沟里捞起的大炮也飞马扬鞭驰入阵地，然后，把牵引车、马匹拉到隐蔽部，只用了十分钟时间。四平守敌拼命从四平城里向我军炮兵阵地猛轰。战士们一个个给炮弹碎片炸伤，缚着的绷带上渗透出殷红的血渍，但他们却在笑着、叫着，用铁锹加固工事。下午八点一到，所有大炮从四面八方一起发射，偌大的四平立刻火光烟影苍茫一片，变成火海。碉堡群，工事、铁丝网，顷刻之间化为齑粉。

在炮兵指挥所同我们所在的另一掩蔽部之间，有一个小豁口，像个平台，我站在这里把两臂放在土坎上，举着望远镜向四平瞭望。我看见一颗绿色信号弹升空而起，又一颗，又一颗，绿得那样美，像一星雨珠在熠熠闪光。从我背后传来一阵阵抑制不住喜悦、兴奋的声音："撕开了突破口！""步兵发起冲锋了！"而后我听到匡裕民在电话里大声疾呼："炮火延伸射击！向纵深发射，给步兵兄弟扫清路障！……"不久，一阵阵电话铃急剧叫响。我看看夜光表绿荧荧的指针指在十点三十分上。李天佑愉快地笑着，从地下室走了出来。炮兵只花十分钟就摧毁了四平前沿工事，我们的步兵已像一把把尖刀插入四平。李天佑完成了一项巨大任务，带着轻松之感走出战壕，站在一块可以将四平尽收眼底的高地上。我也跟着走出来，向他走去。这时在我强大炮一火压制下，敌人炮火已经哑然无声。夜气氤氲，清凉如水，李天佑跨开两腿站着，向那大火场瞭望，四平攻坚这一场大血战就这样拉开了帷幕。从此这大火日日夜夜不停息地在大地上烧了多少天，在我心灵上烧了多少天。读者们！不要觉得战争只是残酷，死亡，不，战争中的生活之美显得特别抒情，惬意。比如这一刻，在我们四周的草丛里传来一阵幽幽的蟋蟀的鸣声，像沙沙春雨，夜间的树林也吐出一种凉渗渗的清气，我顺手抓了一根青草放在嘴里嚼着，那一股泥土的气息，十分醉人。这时火线上枪声稠密得如同到了沸点的一炉铁水。从那儿不断传来十分钟突破敌人狂妄吹嘘的"永久工事体系"的美谈：在敌人猛烈炮火封锁下，与全营失掉联系的排长史得红，刚决果断、毫不迟疑地率领自己的一排人斩断铁丝网，踏平鹿砦，通过地雷封锁区，跃过陷阱、壕沟，轰然一声炸毁了一个地堡。就是他头一个箭步跳上围墙，第一个突入四平。

一纵队一年前在四平进行过保卫战，我也是在那时候从长春赶到四平的，因此很理解今昔之间形成多么鲜明的对比。去年号称"天下第一军"的新一军，也在同一方向上选择了进攻点，但四十日之久，毫无进展，而今年，也是这一方向上，我们仅用十分钟时间，就粉碎了他们凭坚据守的神话。夜深十二时，一师来了电话：

"入城部队进展神速，通讯兵拉着电话线紧紧跑也跟不上！"

不久，一阵排炮向我们所在的高地倾泻而来。我数着，有二十几发炮弹在我们四周纷纷爆炸，一时之间弹片飞鸣，硝烟弥漫。天上的星辰不见了，我以为是给烟雾遮掩，谁知变了天，一阵又一阵落起萧萧小雨。我坐在一株大树底下，雨水很快淋湿了大衣的领口，我的整个脸淋得湿漉漉的。可是我们的掩蔽部还没修成，我就抓起一把铁锹和工兵们一起挖掘我们的掩蔽部。等到修好这汽车厢一样可以平排坐四个人的工事，已经夜深三点。青灰色的晨曦从堑壕上面漏下，榴弹炮弹正带着嗡嗡巨响排空而过。我又累又困，幸亏在扶余轻装时，我的通信员坚持要把这件美国军大衣带上，现在果然有了用场，我把雨衣铺在潮湿的泥土墩上，紧紧裹了大衣往泥墙上一靠，就睡着了。

由于敌人炮火不停点地倾泻封锁，早晨设在前桫椤林子的炊事班，无法送饭到前线上来，我只有从干粮袋里掏了一把炒黄豆吞下果腹。我从堑壕里瞭望。经过一夜激战之后的四平完全变了模样，除了火车站那里一只水塔孤零零地立在弥天漫地的浓烟之中，其他高层建筑，连同那绿色穹顶的天主教堂都看不见了，整个城市都陷于熊熊烈火之中。四十几年之后我重来四平，寻觅战痕，人们就把我领到那水塔旁，那上面斑斑驳驳，还露着牙啃过似的一块块雪白的弹火的斑痕，可见当年炮火的密集。

我军从几个不同方向打开突破口，几支部队像几把犀利的刀锋向纵深发展。战士们在火焰里面，逐屋争夺、步步前进，用炸药包摧毁钢筋水泥的地堡，为今天晚上，所有箭头一起向敌人指挥部所在地——核心工事发起攻击扫清道路、我听到西北方向枪声非常激烈，估计是七纵队正在迂回敌后向市区突进。这一天，我都在等待决定性攻击的急切心情中度过。傍晚，炊事员们冒着炮火和敌机的狂轰滥炸，终于挑了担子把饭和水送了上来。到司令部地下室去，几个纵队首长正在进餐。万毅政委几天几夜没睡觉了，一双眼睛熬得通红，他一看见我，就十分气愤地对我说：

"敌人简直发疯了，他们把所有法西斯的手段都用上了，督战队朝退下来的士兵疯狂扫射！"

从火线上传来各种消息：

——打开突破口，看见一个士兵给督战队枪决，全身捆绑，卧倒在地，

——继续前进，又看见一个下级军官绑在电线杆上死去的尸体，

——在刚刚夺下还在燃烧的房间里，一个士兵悬梁自缢而亡，

这些消息刺痛着人心，点燃起怒火，

这是正义与邪恶的搏斗，这是人性与兽性的搏斗。

这一天，战士都陷在泥泞之中，谁料想，一入夜，天上又落下星星细雨。

我坐在地下室里，突然听到李天佑高兴地喊叫的声音，一看，他朝我们隔

壁的炮兵指挥所走来，大声地对匡裕民喊道：

"七纵队已从西北方向突进四平了！"

这样一来，一个钳形攻势就在战场上形成了。

战争中每一胜利消息都会引起人的心波荡漾，这些司令员都是"老兵"了，但"老兵"也在每一新的格斗中，重新领略着新的喜悦。李天佑从掩体口上走出地面，我跟着也跳出堑壕，在我后面，匡裕民也一蹩一蹩地走了出来。不知怎么回事，他突然递了一支香烟给我。的确，在这时刻，吸一口烟该也是安慰吧？但我一时之间却不知所措，有点怀疑——在敌人炮兵剪形望远镜的观测下，这一星火光岂不会暴露了目标吗？匡裕民十分幽默有趣，这位从中央苏区时代就是炮兵部队的老炮手，大概发现了我的迟疑，便笑吟吟地说："老兵了，总是有法子的！"说着，他就把披在肩头的大衣取下展开，我们三个人都把头伸到这个掩蔽部下——打开打火机，蓦然燃起一个黄黄的光团，我们的脸凑得那样近，微微的小火影在我们脸上慢悠悠摇晃……这是艰苦中多么甜蜜的一刹那呀！我深深地吸了一口，不知怎么回事，同样的骆驼牌香烟却比平时香甜百倍、芬芳百倍。没有经历过战争的读者，你能领略这大战中的欢乐吗？我们并排站在大地上，一道向前看。忽然一架夜航机在天空上投下一颗照明弹，白花花地闪着光，像是亮起一盏灯，闪呀闪的闪了很久才熄灭，跟着另一颗照明弹又亮起来。这时，我的面前展开了雄伟壮观的大战的奇景：冲天的烈火，旋卷的白烟，在照明弹苍白的闪光下笼罩全城，机枪声如水鼎沸，红色曳光弹像无数彗星拖着一道道虚线在空中交织、穿梭。突然，一阵烛天的大火带来一声霹雳巨响。我想到，这是一个挟着黄色炸药包的爆破手冒着弹火在飞奔——他在和时间竞争，和死神搏斗，也许，连他的生命也一同熔化在那一阵大火里，向天空冉冉升起了吧？我看得非常清楚，一阵火光一声巨响，一阵火光一声巨响，火光衔接着排开一条路，就像一条蜿蜒飞舞的火龙一样在伸展、在前进。我看看李天佑，看看匡裕民，这两位久战沙场的老兵。照明弹在他们的脸上熠熠照着，一明一暗，一晃一晃，他们的面孔，他们的身躯都像雕塑一样，肃然、穆然，纹丝不动，只那晃动的光亮使我感到他们心灵的颤动。我站在这里，眼望着激战的场景，领略着伟大历史的前进，是的，这是历史前进轨迹上闪亮的火焰，我将投入，我将熔化在这火里面，一起昂扬、一起飞舞。

激烈的攻坚战进行了几日几夜。

经过侦破：

敌人一座重要电台连同全部报务人员，给他们自己飞机误投的炸弹全部炸掉了。敌人向沈阳的最高司令长官杜聿明发出火急电讯，质问为什么苦战数日连一个援兵的影子也看不见？来配合作战的飞机这样少？于是坐在沈阳焦头烂额的司令长官发出一声长长哀叹："不是不派飞机，没有汽油呀！不是不派援军，大雨泥泞，两天才前进了二十里呀！……"

的确，杜聿明也的确焦思苦虑，用尽心机，却无计可施。

我站在我们地下室旁边堑壕的豁口那儿。刚好有一片阳光投射下来，沟口上横着一条枕木，正好把它当作桌子写下战壕日记。仰起头，四平前线一目了然。我看见深灰色的美国运输机一批又一批飞来，向四平城内空投，降落伞像一朵朵水莲花飘飘摇摇十分好看。这种运输机是我在军事调处执行部时经常搭乘的，而现在，它们有如掠过空中的一条输送管道，向火上浇油。当我想到在火线上，每一颗标记着"USA"的子弹，在杀伤我们的同志、我们的战友时，一腔怒火从我胸中腾起——空中日光微敛，风萧萧然有如初秋……从炮兵指挥所里传来匡裕民在电话上下达命令的声音，声音是那样嘹亮、那样果断："两点五十分，一个连准备三百发炮弹，加紧炮战！他打我也打，他不打我也打，你们一个劲往铁路东撂呀！他炮兵阵地往东移我们就往东打，往西移我们就往西打……不怕他发现，不怕他空袭，就是要揍他——揍得他满天飞。告诉我们的战士，隐蔽时像个老鼠，打起来像个老虎——完成任务不怕牺牲，伙计！告诉你一个机密，今天晚上五个团发动总攻呀！……伙计！你明白了吗！"我们战壕里发出笑吟吟的声音，和四平上空敌机的哀鸣，形成了多么鲜明的对照呀！

### ——— 火光一闪，灵魂一闪

下午，我从后桫椤林子高地下来，向火线上走去。

如同经过一场大地震，坡坎、小路、树茅都搅得一团稀乱，战争彻底改变了大地的面貌。到处都是炮弹炸出来的大弹坑，人只能在坑穴之间曲里拐弯地绕着路走。天空上一有飞机俯冲而下还得赶紧趴在树下隐蔽。这样停停走走，走走停停，到四平前沿竟走了一个多小时。愈往前走，战火气氛愈浓，机枪声就在附近爆响，那清脆的声音就像猛然撕裂一块一块的布匹。一副一副担架迎面下来，看到一滴滴血水像鲜红的火花一样从担架上流到地下。担架兵在嘤嘤飞鸣的子弹下面猫着腰，急速地跑着，却听不见担架上一声呻吟。当一颗炮弹在不远处炸出一大团飞烟，腾空而起，我一个箭步穿过烟雾，跳进一个半埋在地下的圆形水泥地堡。一刹那间，眼前一阵昏暗，然后首先看到的是地堡枪眼，那儿有一片暗光，正好作为观察哨，有一个人伏在那长方形的洞口上瞭望，外面一闪一闪的火影，照明他的面孔。我的眼睛渐渐适应过来，我看见团长和团政治委员，他们的脸上长满黑乎乎一片胡须。圆形地堡很小很矮，中间竖立着一根木柱，地下横七竖八到处都是弹药箱。在当作桌子用的一摞弹药箱上，点着一根红色的蜡烛，照出一团团蒙蒙的黄影。皮包式的电话机有的平放在桌上，有的挂在木柱上。团长见我进来，朝我点点头，继续在讲他的电话；我在他对面一只竖立的弹药箱上坐下来，大汗淋漓，口渴如焚。一个通讯员递过来一茶缸开水。我忽然想起李天佑跟我说过的一句话："战士对我们是很亲的，你到他们那儿去，他递上一杯开水，那可是一份十分亲切的心意呀！"我向那白白胖胖的团部通讯员望了一眼，对他笑了一下，他对我笑了一下，我随即一仰脖把一缸子冷开水一饮而尽，十分快意地"啊"了一声，用手背揩了一下嘴巴。我知道今天夜里达一场决定性的攻击，将是一场多么凶恶的血战。团指挥所里紧张炽烈万分，担任打突破口的三营被阻在红炮楼下面一条灌满深水的壕沟那儿，前进不得。正在这时，我从电话筒里听到师长严厉的声音：

"无论如何一点钟要打开突破口！"

我看看表，已经是午夜十二时。

秒针在不停地跳动，时间十分急促了。

在这决定关头，团指挥改变了部署，团长咬住牙齿发出斩钉截铁的声音：

"一营！三营受阻，你们上去一定得打开突破口！"

我走到地堡外，站在壕沟里，只见前面一片红彤彤的火光，造成一道切不断的火网。火在我脸上晃动，我感到一阵阵发烫。从地堡洞口传来团长紧接着又一次下达任务的声音：

"二营吗？一营突破，你们跟着向纵深发展，一营突不破，你们顺着一营道路打开突破口！"

二营原来是准备纵深作战的预备队，九点钟才运动到后桫椤林子。这时，正从地堡跟前经过。我看见在火影一闪一闪中急急前行的部队的黑影。我刚回到地堡里面，突然间从地堡门口火速地闪进一个人影。我定睛一看，是曹纬。

他是二营的教导员。曹纬火辣辣地歪戴着军帽，提着匣枪，他那半截黑塔的个头，在这个地堡里伸不直身子。团政委平静而坚决地说："曹纬！叫你来，给你一个任务，你们营无论如何得突开，突不开，你亲自带着突！师首长叫我们考虑，要是突不开，天一亮，二团、三团都挤在这口子上，全师遭受飞机大炮杀伤，你看怎么办吧！突到最后一个人也要突！战士突不开组织干部突！"这声音如此严峻、震人，令人简直透不过气。我多想拉一下曹纬的手，可是曹纬根本没看到我。只见他的脸色一下变了，一股英雄劲头冲天而起，他吭的一声站起来，他的嗓子发沙发哑："首长，等好吧！我是一个共产党员，我坚决完成任务，我带六连冲，冲不进去，不回来见首长，首长！握握手吧！"他和团长、政委握了手，这才扭转身，跟我也紧紧地、紧紧地握了一下手。至今我还记得他那只手掌又硬又烫，像一股火一下捅到我的心上。我很想说一句话："曹纬你要小心！"但我从他的眼色看出他制止我说出任何话语。他一拧身子，刺地一下从地堡洞口冲了出去。团指挥所准备在打开突破口后向纵深前进，通讯兵在忙着收电话线。团长、团政委送我走到地堡外站在交通壕里，仰天看看火光照亮的夜空，飞走着大团乌云，可能又要下雨了。我同团长、团政委握手，走回后桫椤林子，我走下我们的地下室。但，我怎样也睡不着。敌人炮火正向这个高地上猛轰，弹片唰唰地紧响。我从堑壕豁口上望着四平，在那一派腾腾烟火之中，我不知道曹纬在哪里？我为他担心，是的，我记起我读过的他那朴实而又恳切的"自传"，我记起我们这次夏季攻势之前，在松花江以北那间农舍里的一席亲切的交谈，说什么？谈文学。他凝注着目光，朗读他背得烂熟的保尔·柯察金的动人肺腑的语言。而他，就是他，正在战火中奔走，在弹雨中拼杀。但我泰然，我不相信这样一个人会死，不，任何死神在他面前也将望而却步。在黎明曙光降临时，我裹着美国军大衣坐在地下室里睡去，我的鼻孔里还吸着潮湿的、清凉的泥土的甜味，我在梦中还感到曹纬手上的火热在灼烧着我。不知什么时候，有人把我推醒，我睁眼一看，阳光如此明亮刺目，推我的人说：

"一团要你接电话！"

"要我？"我有点愕然。

我随即向指挥所地下室走去，很静，纵队的司令员、政委都伏身在军用地图上在测量、在察看。我从一个参谋手里接过电话，我听到团政委李际太那已经十分疲乏，十分低哑的声音："曹纬牺牲了！他牺牲得十分英勇……"电话里的声音就这样戛然而止。纵队的首长们似乎根本没注意到我，我也不想打搅他们，我退出地下室，站在我常站立的那个豁口上，我默默地从口袋里取出笔记本，搁在那根枕木上，我想写，但怎样也写不出，只写了几个字："我现在还觉得他的手是火热的，但他已葬身冰冷的土壤。"泪水一下模糊了我的眼睛，我再也写不下去。曹纬！你怎么就这样离开了我们……

后来，我从哈尔滨又来到前方部队，在一个秋雨连绵的夜晚，我和一团的一个参谋坐在炕桌边，他说：

"那天，曹纬从团指挥所出去，他发现六连已经走过，便立刻从人群中挤了上去，他找到这个连队，大声宣布：'我带你们冲！打开突破口，争取当四平模范连！……'六连是一个骁勇善战的部队，经过他这一鼓动，士气特别高昂，一个战士传一个战士：'教导员亲自带我们冲，没有打不开的铜关铁锁！'他们发起攻击，炮火正急，刚刚打破突破口，敌人立刻来个反冲锋，曹纬站在突破口残破的工事上，奋臂高呼：'三连不要慌，我带六连来支援你们了！'他们把反冲锋的敌军打得人仰马翻，落花流水。曹纬率领部队直逼四平心脏。这时天已黎明，全营部队都上来了。他马上组织分兵两路，又打下第二个地堡，缴了一挺机枪，两支冲锋式，捉了十一个俘虏，占领一排楼房。这时，我们团部已移到刚刚打下的突破口的一个地堡里。突然，战场上出现了一个紧急情况，敌人在一座高楼上凭高据险，炮火凶猛，危及全师。只见曹纬呼呼地跑进地堡来，他一身火辣辣、气昂昂。一进来就喊：'我们一定拿下大楼，为全师扫除路障；我来没别的要求，给四平模范连！'团长即应声：'好，你们立刻发起攻击，打得下模范连这光荣称号给你们！'曹纬一听，转身就走。站在交通壕里的通讯兵都说："看教导员这英雄劲！'一个个赞不绝口，看他飞速地向烟雾里奔去。二十分钟不到，只听到前面两声隆隆巨响，不久，曹纬派通讯员来报告：'大楼已经拿了下来！'天一大明，飞机猛扫、炮火猛轰，一颗炮弹洞穿地堡，把我们团指挥所打乱，一个统计干事当场牺牲，但是全师已经顺着曹纬他们打开的道路前进了。

"曹纬带着一个连向纵深猛冲。团首长发现他们受到侧翼火力袭击，情况十分危险。立刻通过报话机，命令他们先隐蔽在大楼里。太阳透过浓浓的烟雾，像一个白惨惨的光圈，好像为这地面上的鏖战默然失神。这时营长、副营长都给炮火炸昏倒在指挥所地下，整个营部就剩下曹纬一人。又一次反冲锋像海潮一般袭来，先是一阵排炮，紧跟着六架飞机俯冲下来，立即轰炸，三辆装甲车带着一群黑压压的队伍冲了过来。大楼烟火腾腾不见人影，只听见曹纬呼喊的声音：

"'沉着！冷静！坚决把敌人打下去！'

"'只准前进一尺，不准后退一寸！'

"'守住大楼，保障全师安全！'

"三辆装甲车给爆破筒炸毁，变成一堆破铜烂铁，打冲锋的敌人纷纷溃退下去。

"曹纬在一个窗口上，举着步枪瞄准敌人一枪一枪射击。

"就在这时，一颗子弹突然打进他的心脏，只见他头一歪就再也没有动弹了。"

团参谋从自己的图囊里取出一个本子放在炕桌上，他说：

"曹纬来不及留下一句话，这是唯一的遗物，就算他告别的语言吧！"

我用颤抖的双手捧着这本红色封面的战斗英雄纪念册，我像摸到他活的肌体，我感到心灵的颤悸，我看见曹纬在纪念册的头一页上写着：

"打破个人利益，服从党的利益高于一切，以愉快的心理为党积极埋头苦干，随时准备牺牲自己性命，为贡献于伟大的革命事业而奋斗。"

在四平火线上，我听到我怕听而终于听到的可怕的消息之后，万分痛心，万分悲哀，我久久站在堑壕那个豁口上，凝注着烟火腾腾的四平，一刹那间，我又听到曹纬的声音，我又看到曹纬的眼光，那是在扶余那座古老的旧戏园子里，曹纬那凝满仇恨的目光，那充满仇恨的声音……

曹纬！就这样，你走尽你短促而又光辉的一生。

你的道路是用血开拓的，你的一生是用血谱写的。

这是一个中国贫苦儿子的血，一个中国共产党人的血。

读者！我们的新中国如此鲜红，就是用他们的血染出来的。

我痴痴地望着滚滚浓烟中一闪一闪的火光，我觉得那正是曹纬的灵魂在飞腾，在闪耀……

## 一一二 和死神拥抱

从火线上传来电话：

"四平核心工事已全部攻下，铁路西正在肃清残敌。"

这是我一生中最大的一次欢乐，我已经经历过一些阵战，但只有攻四平这一次，这样非凡的恶战，才能领略非凡的欢乐。我听见堑壕外面传来战士欢呼雀跃的声音，我从出出进进的参谋脸上看到了轻盈的笑容如同朝阳下绽开的花朵。

从发起攻击那一天起，我在战壕里已经过了六个日夜，一直裹着美国军大衣坐在土墩上，靠在霉湿的泥墙上，从没倒下睡过一觉。疲劳说不上，只是全身长满虱子，而且已经爬到头发里面，满身瘙痒，难以忍耐。现在攻占了核心工事，要向铁路以东敌人发动新的攻势，需要调整部署，有个空隙时间，我决定趁此机会回到前杪椤林子去搞一下清洁卫生。这天，天黑下来，我走出堑壕，看看东方天空上有险恶的乌云和闪电，我和我的通信员翻过高地岗岭，走进一片密林，沿着漆黑的夜色中显出的一片苍白的河塘行走，蛙鼓声阵阵传来。过了几天地下生活，忽然来到地面，立刻感到盛夏之夜的淤闷、炎热。我解开皮带挂在肩头，敞开衬衫露出胸脯，想让风吹来一丝凉爽，谁知密林里却没有一丝风。在黑漆漆的河塘那面，一辆辎重大车翻在地下，随着压在下面的人的喊叫声，从堑壕里奔出一群战士前去抢救。我为了抢在落雨前赶到前杪椤林子，便离开那河塘又走进一座密林。这时一架夜航机飞临上空，可是蛙声大作，有如急雨，连飞机马达声也听不见，要不是飞机投下一颗照明弹，我们简直就不知飞机到来。照明弹撒下一片苍白苍白的亮光，可是路上赶向前线的辎重车络绎不绝，人的吆喝、鞭的挥舞、马的嘶鸣响成一片。我看看他们，一个驭手朝天上看看，若无其事地趁着亮光驱车急进。就在这照明弹的光照下，我看见一个骨瘦如柴的老人，肩上扛着一面红色小旗正在大踏步向后方走。在这危机四伏的前线上怎么会有这样一个老农民？我十分惊奇，再仔细看时，才发现原来这是一支支援四平火线作战的民工担架队。他们显然是从战场上抬了伤兵下来，正向后方抢救站运送。于是在这里，我看到了东北战争中最动人的一幕：担架兵累得大汗淋漓，便借这密林的掩蔽歇息下来。那个精瘦而又强悍的老人，扛着红旗跑前跑后，唯恐震疼伤员，照顾担架轻放；又仰头向天窥伺着飞机的动向。他长长的胡须飘飘洒洒，声音却亮如洪钟。我暗暗笑了，他就像老鹰飞来时展开自己翅膀护着小鸡的老母鸡。这时我听到有人从担架上叫我，我停下来，伏下身子向地面上的担架寻去。我听见一个人在暗地里说："你大概认不出我来了，我是张春生。"啊，我想起松花江北那一个春雨潇潇的夜晚，我在连队里怎样听张春生诉苦——一个在黑暗世界里无依无靠的孤儿，我想起他死得非常悲惨的娘，我想起他死得非常悲壮的爹……我连忙蹲下身子，握着他一只发烫的手，不知怎的，我一下想起曹纬在火线上跟我紧紧握在一起的手，我禁不住有点激动，但我随即镇定了自己，问道："春生！你伤在哪里？"他突然两手紧紧握住我的手，把头扑在我的手上，痛哭失声，我以为他伤势严重过分伤心，就连忙安慰他："忍住点！到了急救站就会得到治疗。""不，不，不是这……我们教导员，他，他……老天爷这样没有眼睛，为什么不让我死呢！为什么不让我死呢！……"我没有预料到，在这茫茫原野上，他的话叩响了我的心扉，我一时只觉得自己嘴唇在发抖，却怎样也说不出一句话来。我怎样安慰这个年轻的战士？难道我能说曹纬他没有死？这个普通战士在这时几乎忘记了自己的伤痛，他要跟我说的是曹纬。我等张春生稍为平静了些，用一只手轻轻抚摸着他的头："小张！我都知道了！你要坚强地挺着……"这时我听见头上有人轻轻叹了口气，抬头一看，是扛着红旗的老农民。张春生突然对我说："这就是我们屯子上的老李大爷！是老李大爷把忍在心头的血海深仇告诉我。现在，他人老心不老，带了支前队上了火线，又是他把我救了下来……"这一刹那间，我心中一阵揪疼，立刻站起身，拉住老李大爷的手表示感谢。老李大爷却十分平静地说："同志！说这话就见外了，春生是我亲眼看着长大的苦苗啊！难道他有雄心，我就没有壮志？"忽然，轰隆轰隆两声爆炸，是飞机把炸弹扔到不远的田野上。老人家把红旗一晃，像一片火光在暗地里一闪，他嘹亮地喊着："继续前进！步子要放踏实，轻一些，稳一些，不要碰疼同志们！"我站在那里，目送这个行列没入黑夜之中。忽然，我想到我怎么没有问一句张春生伤在哪里？伤得重不重？可是，他们走远了，透过黑夜，还能听到老李大爷吆喝的声音，不知怎的使我感到有点凄凉。

我回到前桫椤林子，已是午夜。

我把身上所有的衣服都脱个精光，扔在地上，打了一桶凉水，从头顶上倒下来，痛痛快快地作了一场淋浴。通信员已经在炕上搭了一块门板，垫上软绵绵的马褥子。这些夜晚都是坐在战壕里度过的，一旦躺下来才觉得人生难道还有比这更舒坦的事吗？我这一觉睡得真踏实，一直到无数冰冷的小雨点把我惊醒。原来天一明苍蝇就活跃起来，一只一只落在我的脸上。揉揉眼睛一看，果然早已天光大亮。我听到外屋地下有"咔嚓——咔嚓"撅断干柴的声音，还飘进一股水蒸气的潮湿气味。一看原来是我的通信员正在灶台上大铁锅里煮我换下来的脏衣服。因为虱子的卵密密粘在衣缝里，一下很难弄得干净，只有在沸水里狠煮，才能把它们杀死。我还是困乏得很，通信员帮助我挂起蚊帐，我钻进去又睡，在烟灰色遮光蚊帐中，我沉沉地睡了整整一天，下午起来换了一套干净的衣衫，吃了一顿香喷喷晚饭。看看已是红霞满天，我和通信员两人就又踏上返回后杪椤林子的途径。听听四平方向一片平静，看来经过几日几夜苦战，双方都在进行休整。我由于得到了休憩，精神十分饱满，走路十分轻快，不由得唱起歌来，又由于没有误失战机，心情十分闲逸。我穿过一片密林，走上向前线必须经过的一片平坦坦露的岗岭。谁知就在这时，像迎面突然杀出个强盗，没有一点声音，没有一点预感，一架飞机像从地底下钻出来一样直直朝我猛扑。这个突如其来的袭击使我一时措手不及，但我并没有惊慌，我看到附近有一棵独立的树，便跑过去抱住树身，想借此隐蔽起来。谁知我后颈上忽然感到一阵热气，我回头一看，原来是一个过路的战士，慌了手脚，就从后面抱住我。我心里有点好笑，但也不好意思叱去他。哪里晓得敌人眼光已经发现目标，只觉得一阵狂风猛扑下来，一阵机枪扫射，打得断枝碎叶，四散纷飞。我心里一怔，我原已知道敌机封锁四平周围，哪怕发现一个人影也不放过，何况这个岗岭正是沟通前后方的关隘路口，看来凶多吉少，有得纠缠。我立即挣脱慌乱中抱住我的那个人，而且猛喝一声："分散！——隐蔽！我就朝小路另外一边草丛中跑去。只见一片黑影如同一座大山向我压下来。飞机折了个个儿，转回头对准我狠狠俯冲下来。飞机飞得那样低，好像擦着我的脊背，如同一只猎犬对准捕获物。我猛然扑倒地面，一串子弹紧紧擦着我身旁扫了过去，一股焦辣辣的热气扑在脸上，噗、噗、噗，打得冒出一串白烟。我下意识地觉得死亡在呼唤我了，我回过头来朝上一望。一刹那间，我不但看见斜歪着抖动的飞机翅膀，连翅膀上每一颗闪光的钉子都看得清清楚楚，就在这时，我看到敌机上投下一双凶狠的眼光。形势险峻，我从敌人的眼光感到一种冷森森的仇恨，像在说："我一定要杀死你！我一定要杀死你！"我知道他是不会放过我的，这是怎样一种力量的较量，一种精神的较量呀！于是趁它一掠而过，还没来得及掉转头来，我立刻急向相反的方向跑去。这时我才发现那个抱着我的战士不见了，我的通信员也不见了。一片红艳艳的夕阳正好落在岗岭之上，好像给敌人放射了照明灯，它便紧紧钉住我这个目标。这一刹那间一种可怕的孤独感笼罩了我，但是突然一股锐气升上心头，我变得那样敏捷，那样迅速，我和死神在这一片土地上展开了决斗。飞机紧紧纠缠住我，我转移了几个方向，子弹都落在身旁。飞机往返穿梭在空中爆出一片刺眼的火花，它疯狂、得意，看来它是下定决心决不放过我。夕阳的红色忽然黯淡下来，蓦然间给我带来一线希望。这时我全身精神振奋，每一变化都在心里做出迅速的反应。我觉得时间对我有利，飞机上的敌人也在争分夺秒，唯恐黄昏阴影到来，于是它愈飞愈快愈低，简直想跳下来抓我。这是一种什么心理，我现在回味不出来，我好像跟飞机捉迷藏，而且对飞机发出冷笑。果然，黄昏的阴影漫漫掩盖了大地。最后一次扫射的时候，已经看得见火花在闪闪发光了。飞机发出惆怅、失望的嗡嗡声，它舍不得就此丢脱，但又无计可施，慢慢在空中游荡了儿圈，随即向远方消失而去。是的，我胜利了，我心中暗暗发笑。忽然我觉得全身无力，瘫痪在地，腰间冰冷，我心中一惊！难道我挂彩了吗？我连忙伸手摸摸，啊！一点也不疼。我解下皮带用手一撸，皮带湿漉漉的，像刚刚从水中捞出来的，从上面往下滴滴落水，这时我才发觉我满身汗淋淋的，从头到脚所有衣衫都湿得精透。是的，我体会了一次死亡，现在想来那一次我要不冷静，我要慌张，子弹是会洞穿全身，我就在那一片美好的夕阳返照中死去。忽然我心头一惊，忙站起来，我必须找我的通信员，他会不会出事？这时，我才觉得我全身都散了架，每个骨头节都在疼痛。黄昏，灰暗的黄昏之中，我看到一个人跌跌撞撞迎面而来，一下抱住我痛哭失声："首长！首长！你为了我，你吸引了目标……"是吗？我记不得在那一刹那间曾经做过什么，其实整个这一段搏斗中我都没有想什么，只是为一种本能驱使着，我在做我认为应该做的事。通信员说："你一把把我推到一段避弹壕里，你自己却向光秃秃的地面上跑去。我抚着这个孩子毛茸茸的头，他那纯真的声音使我十分感动，我理解他为什么哭了——他觉得在那危险万分的时刻，他没有用身子挡着子弹……他没有尽到保护首长的责任，他惭愧、他痛苦。在这一刻，我忽然从刚才的亲身经历中体会到一个士兵在危难关头的心理。是的，哪怕在猝然丧命之前，他也不会想到死，他想的是活，如此而已。我望着通信员诚挚的两眼，我说："我没想到你，我只是想到必须分散，不能让他一颗炸弹要咱们两个人的命。"我笑了起来，这是逃出死亡阴影的欢乐的笑。我的通信员还在思索刚才这可怕的经历，他说："这个航空员一定很后悔，他执行任务时太积极，翅膀底下已经没有炸弹了……"我说："也许是这样吧，不过咱们只是跟死神拥抱了一下。"于是我们两个不约而同笑了。

我们一前一后从岗岭上走过，太阳下山后的微风吹到脸上，那样清凉，那样爽利。

## 一一三　我凝望夜空

我军向铁路东发动攻势之后战火又冲天而起。

这中间，一纵队撤出战场，由六纵队上来担任了最后攻坚的任务。我没有随同一纵队转移，我决心等候攻下四平最后的佳音。于是我就从后秒椤林子那片高地的战壕出来，转移到另外一处长年累月给雨水冲击出的一条峡谷里。这儿地形无疑比较隐蔽，六纵队在此设置了指挥部。就着崖壁挖了几个洞窟，有点像延安的窑洞，不过小得可怜，只是一个洞穴，好处是在铺开的高粱秸上，可以展开身子睡觉。二下江南返过松花江北，我随同六纵队行动过，因此六纵队司令员洪学智、政委刘其人都是已经熟悉的人了。我和纵队政治部徐主任就住在他们俩旁边的一个洞窟里面。一天三次总是在我们这个窑洞里开饭。炎热的夏天在这时候降临了，尸体的臭味时时从四平方向弥漫过来。那些吮吸了死人秽水污汁的绿头苍蝇，每当摆上饭菜就横冲猛撞地向碗里扑，稍一疏忽，就下了一些蛆卵。于是我们两只手一边忙着吃饭，一边忙着赶苍蝇。洪学智永远笑吟吟的，用他那浓重的乡音说着幽默的言语，十分乐观。有一天下午，他从他的掩蔽部里走出来："老刘！咱们去看看四平的核心工事好不好？"我不明白，作为一个四平前线最高司令员，为什么在这紧要时分，要离开指挥首脑部到四平城里去冒险？当时我没仔细想，也没有真正理解，不过我自己确实想看看那个号称"牢不可破"的"核心工事"。于是洪学智和我，还有几个警卫战士，就向城里走去。

洪学智是个典型的军人，在高级司令员身上还看得见战士的气质，他身材又高又大，走起路来大大地撒开两腿、甩开两手，十分潇洒。我跟在他身后，暗暗品味着他。他指挥作战时十分沉着、十分果断；但一转眼，他又那样轻松爽朗，他真是一个亮亮堂堂的人。一路上，担架队络绎不绝，还有些跟着担架队、自己拄了木棍一瘸一拐走着的伤员，头上、身上缠了绷带，绷带上渗出殷红的鲜血。每次遇到伤员，洪学智都停下来，问问伤势，说句安慰话。这种时候他脸上闪现出老慈母一般的关怀，十分动人。火线上机枪声响成一片，至于炮弹我们是不怕的，因为敌人炮兵大半是为了压制我们的火力，朝着离我们身后很远很远的炮兵阵地射击。不过炮弹不时从我们头上飞过，这个"老兵"十分聪颖地仰头倾听，他能从炮弹的呼啸声中辨别出是飞过去还是落下来，碰上前一种情况，他只瞅瞅天空，骂上一句，就照常挺起直直的腰板走自己的路。愈往前走，战争的痕迹愈重，抛掷在路边的美国橄榄绿铁皮子弹箱，这里一垛，那里一垛，堆积如山，中间还有很多打死的马匹，给太阳一晒，整个身子都膨肿胀大，那形象十分狰狞、十分恐怖。的确，任何东西一旦失去生命，那形象是十分吓人的。我们来到突破口，进入一个水泥地堡，战士管这叫"乌龟壳"，的确十分像，扁扁的、圆圆的，离地面不过几尺高，要向深处下几层台阶才能进入地堡门口。我们在直立起来的木头弹药箱上坐下来，歇了一阵，各自饮了一茶缸白开水就走出来。这是打开四平的一处突破口，从这儿进入市内，只见房屋坍塌，弹穴累累，瓦砾狼藉，街道堵塞，就像大地刚刚给洪水冲过，就像大地刚刚给台风蹂躏过，就像刚刚遭到剧烈的地震，到处天崩地裂、累累伤痕。人们常常说战争毁灭了一个城市，其实不是，战争改造了一个城市。你看这里，房屋变了样子，红的、绿的碎瓦片从我们头上纷纷坠落下来，没有一堵墙、一块砖不是布满蜂巢一样密密的白色弹痕。平常人们走的路不能再走了，因为那通常是给炮火封锁住的，于是人们在地底下挖出交通壕，它把墙壁呀，房屋呀这类城市的概念改变过来，比如它把房子切成两段，有时就从墙壁底下横穿过去。就这样人们在战争中创造了新的通路，我们也就顺着这通道前进。从这里我们真正走上了火线，团里派出来的几个警卫战士引导着我们前行。他们熟练地从没有路的地方找出一条路来，一下爬过闪着火苗的土堆，一下又落进浸满泥水的沟壑，最讨厌的是天上时有飞机巡梭，虎彪彪的警卫战士常常一下子扑上来，把我们按倒。洪学智向天上看看，开玩笑地说："同志哥！这是不会下蛋的小飞机，你差点把我脊梁压断！"说完就想站起来昂首前进，战士却执拗着不放，显现出火线上执法如山的威严。他说："不会下蛋，就不会甩一梭子子弹下来吗？！"又严肃地说，"司令员再大，在火线上也得听我的！"面对神气俨然的战士，洪学智向我笑了笑，俯下身来。这时我听到嗒嗒的机枪声、火炮声，就在我们附近像浪涛一样冲来冲去。最危险的还在后面。我们来到一条开阔的大街前，我们必须从这条街上横穿而过。由于这是进入阵地纵深必经之道，敌人从空荡荡大街的另一头不断用机枪封锁。一时之间，硝烟弥漫、弹火纷飞，制造了一种极其紧张的气氛。这时，警卫连长就像听到号角声的战马，变得紧张、冷静、机智、灵活，他看准火候大喝一声："跑步！……"洪学智跟上那个连长，猫着腰从弹火下迅速冲了过去。我不无艳羡地看着这位司令员的身影，他显露出一个普通战士的敏捷与勇猛，他一冲过去，就站在那里回过头来寻我，他当然为我担心。这时我心里倒一下轻松镇定下来了。人在火线上最危险的一刹那，心情是十分复杂的，危险关头并不觉得可怕，甚至漾出了一丝微笑。指挥我的那个战士早已嘱咐过我："拉开一点当子（距离）！"然后他猛喝了一声，我便猛然跳跃着向前冲去。谁知跑到大街中心，那战士突然回头喊道："卧倒！"……我刚刚扑倒在地下，一阵冷森森的风就从头上突然擦过，风过去，才听到子弹爆炸的声音。我发觉我的心在怦怦跳动，但我有意识地镇定了一下自己，只觉得头顶上暴跳着无数红色的火花。正在这时，我发现前面那个战士回首向我示意，而后他就匍匐前进，我意识到死神随时可能降临，此处绝非久留之地，于是我也急急扭动着两臂、两腿，向前爬行。这时间其实也不过一分钟，但我觉得那样漫长。等到我们又跳起来到达大街那一边，我已经全身汗雨淋淋、湿透衣衫了。

从这儿进入核心工事周围的碉堡群，前面一片残破空洞的楼房，就是敌人原来的指挥部。围着它，碉堡像树木一样森然林立，一个高高的水泥碉堡，周围是一群乌龟壳般的地堡，无数黑漆漆的枪眼，像无数阴森森的眼睛在望着我们，我们轻捷而迅速地穿过碉堡群。忽然眼睛一亮，我们进入一个公园。这就是战争！这就是战争！那一片碧绿的浓荫，鲜红的花朵，多么美妙啊！突然，几架飞机相继向我们俯冲而下，一阵机枪子弹像暴雨一样洒了下来，洪学智拉了我一把，我们一道躲进一个地堡。刚坐下，就觉得下面软囊囊的，一看，原来里面堆满了死尸，随即闻到一种腐臭气味，但我们只好躲在这儿，一直等到这一飞机编组打完子弹，悄然消失，我们才出来。洪学智现在集中精力，仔仔细细地观察了这号称钢雕铁铸的核心工事。多年以后我才懂得，洪学智勇探核心工事是想亲自审度一下敌人的坚防设施，为后来攻坚战摸索经验。的确，战争就需要这样实事求是的科学，指挥员就是实事求是的科学家。团里派来引路的战士一路上一直沉默不语，到这里却滔滔不绝。特别是那个粗粗矮矮、虎虎实实、闪着两颗圆彪彪大眼睛的战士，他说："来吧！看看我们就是从这儿攻进陈明仁司令部的！"我记起攻击核心工事那个激战之夜，我站在桫椤林子前面高地上，两眼盯着火线上倏忽倏忽一闪一闪的火光，每一阵火光就是一个爆炸的炸药包，爆炸声分不清点儿，像煮熟的一锅粥，咕嘟咕嘟不停地冒泡儿。原来那时，这个钢梁铁柱一样的战士就在这儿奋战。我真是惊奇，怎么那呼啸纷飞的炸弹碎片没有碰着他一点，那熊熊燃烧的烈火也没有灼伤他一点，我不禁肃然起敬。他就是一切死者与生者的象征，他以血肉之躯砸碎了钢筋水泥。他带我们一走下地下甬道，外面明亮的光线顿然消失，一刹那间我什么也看不见，眼前只是一片混沌的昏暗，走了一阵，眼睛才适应过来，我看到墙壁上一片片爆炸的斑痕，像枯骨一般白惨惨的。还有给炸药熏出的乌黑乌黑的火印子，夹杂着暗红色的血迹。我们在尸体与石砾中迈进，最后沿甬道走上地面，来到一座屋顶下。炮弹打穿的洞口洒下雪亮的光线，遍地狼藉，空无一人。原来这就是陈明仁那红色楼房的指挥部。不过，他不在地面上，而在地下暗室里。在暗室入口处，这个生性活泼的战士一指："你们看！这就是法西斯督战队的机枪！"果然，像砸断脊梁的毒蛇，一支破烂的机枪歪在枪眼上面。"这些法西斯刽子手可残忍呢！在我们火炮攻击下，他们的士兵像潮水一样溃退下来往后涌，他们可不客气，'嘟嘟嘟'一阵机枪就把他们扫倒在地。"我们走进暗室，那坍塌的桌子、粉碎的地图、砸扁了的弹药箱，这一切在倏忽之间使我想到从电影上看到过的希特勒被攻击得破烂不堪的地下室。希特勒和能说善道的戈培尔就在一个阴暗的角落里自杀了。当然，在这儿，陈明仁没有戈培尔，他却也长着戈培尔的舌头，就在这红楼底下，他发出豪言壮语：

"我死也不离开这个指挥部！"

不过，整个黑土地都会失笑呀！前面我不是描写过大黑林子的夜晚吗？就在那一次，陈明仁在增援公主岭——怀德公路时，他也曾经发誓赌咒，但是那一场猛烈的战争一打响，他就抛开部队落荒而逃了。那么，在四平核心工事这里，再把戏重演也就一点儿不奇怪了。当这"固若金汤"的核心工事开始崩裂时，他的神经经受不住一声接一声的爆炸声响，当声响向他接近而来时，他就脚底板抹油，溜之乎也了。在这儿留下他的弟弟，特务团长陈明信给他做了替身——这地下室就是阴森恐怖的坟墓呀！……为了表示必死的决心，他们讲："进去吧！这里就是你们的坟。"可是无辜的人们谁又愿在这儿殉葬？真正成为坟墓的那个最后的夜晚到来了，我们突击部队的铁钳紧紧夹住这一块烧红的热铁，眼看一锤砰然而下，火星就会四下纷飞。这时，地下室里混乱成一团，外面，我们突击部队的冲锋枪在哗哗猛扫，里面法西斯督战队的机枪在嗒嗒哀鸣，陈明信还在声嘶力竭地狂喊：

"要死都死在这里，一个也不准出去！"

可是，禁止不住一大群人冲了出来。

陈明仁知道如果核心工事不吸引住攻击者，那么灾祸就会转而向他头上降临，于是他扯着嘶哑的嗓子喊叫：

"在地下室里面还安全，一出到地面上就会死亡。"

可是，火已经在墓门上燃烧起来。

怎么办？

陈明仁又打电话，谁知那边一片死寂，毫无回音……过了半天，接电话的是参谋长，他的话更令人丧气：

"你们难道比装甲车还坚固吗？我派六辆装甲车去接应你们，半路上都给炸光了！……"

漆黑的夜空，火光通明。

一片人声鼎沸，人民解放军战士如神兵从天而降，一脚踏进地下室来。立刻乱糟糟一片哀鸣：

"我们缴枪！"

"我们缴枪！"

钢铁武器在地下碰得乱响，黑压压一片都举起手来。

漆黑的夜空火光通明。

堡垒、堡垒，蒋介石寄多大希望于堡垒呀！在中央苏区五次围剿，他依靠的就是堡垒，从而得意于一时。

从那时的土堡垒变成现在钢筋水泥的堡垒。

但是，天地回旋，再厚的水泥板、再结实的堡垒也不能把蒋介石的希望与死亡隔开了。

那个攻下核心工事的战士，一路走一路说，眉飞色舞、其乐陶陶。

当我从阴暗潮湿、有着腐烂、血腥气味的地下室走到地面上来，只觉得双目豁然明亮，阳光多么可爱。我沿着公园边一排白杨树走过，我看见树身伤痕累累，树叶满地飘零，就在这时，我的心咯噔一下，停住了脚步。我的眼睛凝注在一个小生物上——这是一只雏雀，那样小，那样小，血渍斑斑、一息奄奄，还在泥水里挣扎。我俯身伸出双手把它捧起，那软软的茸毛，像个小小的棉团，我揩干它身上的泥水，它竟然鼓起两翼在我掌心内撑起纤纤两脚。生命，多么细小的生命，又是多么强韧的生命啊！我把它放在一棵白杨树树枝上，我走了两步回过头来，它用圆圆的小眼睛看着我，忽然啾啾叫了两声，似乎恋恋不舍——不知怎的，我的心灵微微一颤，眼睛一下湿润了。

就在这时，一派红色夕照漫染长空。双方阵地上都停止了枪击，四周静得一点声音都没有。日与夜换班那一段时间，战场上总是一片宁静，后来我在抗美援朝战场上也发现了这同一的规律。

我们走下战场。我有一种非常奇特的感觉，连日来，我已经习惯了整日不停的炮火，一下突然宁静下来，反而觉得十分异常。当我们走到城边突破口时，看见战士从战壕里出来，悠然自得地闲逛着。他们好像忘记当黑夜降临时，他们又将面对死亡，而现在却在尽情地享受着这种安宁。令我又惊又喜的是，我听到空中缓缓传来一种悦耳动听的声音——多么熟悉呀！梅兰芳的甜蜜的唱腔。这是从哪儿来的？我们循声来到一处战壕里，看到一群战士围着一只留声机，黑色的唱片在缓缓旋转。这是一幅多么动人的战地景象啊！一个个年轻而又纯朴的面孔，目不旁瞬，凝神静听，只有眉毛偶尔轻轻耸动一下。他们的整个神态，浸沉在深沉陶醉之中。这就是战士，这就是战士对死神的嘲笑、示威。他们衣衫给弹皮撕破了，脸上、手上血渍斑斑——可是现在，他们这样忘我，这样欢乐。他们根本没有发现我们的到来，我掠了一眼，发现洪学智脸上漾出微微的涟漪一样的笑容。一个军官走过来，发现司令员站在这儿，立刻喊了一声"起立"！战士们骤然一惊，连忙站起。梅兰芳宛转美妙的声音还在不停地响着。这是多么美的战地黄昏呀！洪学智伸手摸着一个青年战士毛茸茸的脑袋，问：

"小同志，好听吗？"

小战士一只手卷弄着衣襟，忸怩地笑了一下，回答：

"很好听。"

"那就好，战地生活也要有点生动活泼啊，可是，这宝贝你们是从哪儿发现的？"

小战士翕动了两下嘴唇，只用眼睛向周围人看去，不知怎样回答。这时，看模样是个班长的战士向前迈了一步，他的衣襟敞开着露出肌肉坚实的鼓鼓的胸膛，胸前横挂着一支冲锋枪，他答道："报告首长！是我从一家人家地板底下找出来的……"

"将来，人家回来一找，不见了，怎么交代呀？这可是咱们人民军队占领的地界呀！"

这个战士发出乞求的声音：

"首长，让我们听几天吧！……一旦转移，保证送还。"

"一言既出，驷马难追，咱们就这样说定了。"

那战士为了证明自己的决心，伸出手来跟司令员的手握在一起：

"请司令员记着——我叫杨怀仁……"

"好，杨怀仁，我们这个君子协定可不能不算数啊！"

那战士果断地立正、点头，用洪亮的声音回答："说到做到，首长放心。"

黄昏残照已经慢慢消失，这安宁平静的时间眼看就将过去了，夜战转瞬之间就要开始。我们回到司令部，掩蔽部里已经亮起雪亮的小马灯了。吃罢晚饭往地铺上一躺，又乏又累，心里说不清想什么，只觉得那雏鸟的两点漆黑的小眼睛总在我眼前发亮，我蒙蒙眬眬地睡了过去。

从这一天起，我每天黑夜都站在旷野上，望着四平城里的火光。望了两天，第三天忽然发生了紧急情况：

"杜聿明为解四平之危，调动了全部机动兵力九个主力师由沈阳分三路昼夜兼程北进，先头部队已进到四平以南十公里的蟒牛哨。"

经过十几个日夜的血战，眼看即将全歼四平守敌。

这时，为了避免南北夹击，腹背受敌的处境，东总发下命令，全部撤出战斗。

多么不甘心呀！

多么不甘心呀！

我怅惘、我愤懑。但战争就是战争，我得离开这里。拂晓前我就要离开这儿了，这个夜晚我站在高地上，淋漓大雨之中。

我望着冲天而起把整个天空照得血红血红的火光。

我受火光的启示，进行着战争的思考。

火光一闪一闪的，那升腾的不是火光，而是无数无数英灵。

我们即将飘然远行，他们却将永留此土。

　　战争不残酷吗？鲜血的流淌、生命的流失，战争能说不残酷吗？但是，傲然耸立于残酷之上的，有正义与非正义的分界线，只有不惜用自己宝贵的生命来消灭暴虐的人，才是世界上最人道的人、最纯粹的人、最高尚的人。这时一个景象蓦然升上脑际，使我心灵为之一颤，那是从核心工事回来的那个黄昏，当我们跟从城市炮火下逃出来的人群走到一起时，忽然从后面奔出一个战士，他气喘吁吁、汗流满面，他急火火地瞪着两眼在人群中寻找。一面走一面喊："这是你们谁家丢的孩子？这是你们谁家丢的孩子？"我看见一个中年妇女披头散发，满面泪痕，她一下愣住了，扭转过身来，那个战士把怀里抱着的一个小小婴儿送到她面前，她一下扑过来紧紧抱着婴儿失声痛哭。母亲！多么可怜的母亲，多么伟大的母亲！她扑通一声跪倒在地上，这是撕肝裂肺的时刻啊！所有往前走的人都转了回来，都哭了。母亲把脸紧紧贴在婴儿红扑扑的小面孔上，泪如雨下、泣不成声，喃喃说着："我还是什么人？我还是什么妈妈？……"原来炸弹炸坍他们的房子，她再也顾不上寻找这个小生命。"我，我……同志！你……"面对这个妇女，那个战士却一下呆住了，然后猛然扭转身撒腿就跑——他向哪里跑？向火场里跑，向死亡里跑……但他救活了一个鲜活鲜活的小生命。母亲抱了孩子追那个战士，可是那个战士已经跑远了，无影无踪了。

　　滂沱的大雨淋不熄、浇不灭的大火透过夜空在我脸上一晃一晃地摇荡着，火光照进我的心底，于是我的灵魂便跟着颤动的火光一起颤动起来。是雨水？是泪水？我的两眼蒙眬了，模糊了。当我走回隐蔽部，我看到刘政委正坐在地面的一堆秫秸上接电话。他的脸色倏然阴沉下来，他那样哀戚，那样悲伤，一个久经战场、经历过多少次浩劫、看到过多少次死亡的人，一刹那间似乎承受不住这样剧烈的震动。他默默地放下耳机，站了起来，这时候他已经用强大的毅力克制住了自己，他又恢复了平时的冷静，他只跟我讲了一句："一个战士为了送还一个留声机，在回来的路上遭到炮火杀伤，牺牲了。"我急急问他："他叫什么？""杨怀仁。"轰的一声，像一个雷落在我的头上："啊，是他……是他……"刘其人背着灯影，站在那里声调缓慢地说："是呀！这就是我们的战士，多么好的战士呀！"正在这时，又是一阵电话铃响，一个戏剧性场面出现了，刘其人突然满面笑容："你让他接电话……你就是杨怀仁，你活着……什么？你到地狱门口绕了一个圈，人家不要，你就回来了？……"

　　生灵、生灵，难道我们来就是为了毁灭生灵的吗？不，我们毁灭邪恶的生灵，正是为了拯救善良的生灵。恶人活着只懂得贪婪、残暴，这样的生灵要它有什么意义呢？！我从战争中懂得了阶级斗争的本质，从而懂得了正义战争与非正义战争本质上多么泾渭分明，这是我从血与生命中得到的认识。可是现在，当我们为正义而战斗过的人还没死完的时候，那些在进行战争时还没有诞生的人，却在大肆诽谤战争了，他们认为一切战争，无论正义与非正义的都是残酷的，没有人性的。但是一位哲人说得多好啊！在人类发展史上战争往往起着催生婆的作用。谁只看到战争残酷的一面，而看不到它光辉的一面，他就根本没有资格谈论战争。你讲人性吗？只有用正义的暴力消灭邪恶的暴力的人才是最有人性的人，否则人类永远停滞在黑暗的奴隶社会的阶段。当我这样想着的时候，大火又在我面前燃烧起来，那烈烈的火焰、熊熊的火光把天地照得通明，把人心照得通明。我的心里忽地一亮，我从火光中看到无数牺牲者的灵魂，他们是正义的使者。这时我仿佛听到《国际歌》的歌声，使我进入一个非凡的境界。他们，正是他们为了解放全人类贡献出自己的生命，这生命变成火，不是灾难的火，是神圣的火，它将永远燃烧下去。我现在向你们告别，但我将永远在火光中前进。

　　拂晓前，乌云拂地，大雨倾盆，部队集合在一片低洼地里，我穿着雨衣，骑在马背上，马站在深深的泥水之中，静静地等候着出发。雨水从雨帽上流泻而下，雨从马的颈项流泻而下，天空一片漆黑，伸手不见五指，我透过雨帘隐隐看到前面那匹白马的臀部，忽然之间那块模模糊糊的白色动起来了，我的马也就跟着迈起了步子。我的心境非常复杂，是不甘心撤退？是对死者无限的依恋？我一时也想不清，只听到马蹄践踏泥水的声音，不停敲击我的心灵。走了一阵之后，我们爬上一座岭岗，我从岭上转头向四平瞭望，大火像一片红艳艳的霞光在雨下摇晃。这时依恋的心灵一下子清醒过来，从心里渗透出一丝丝悲痛，一丝丝依恋，在这儿，我留下了永远带不走的一切，我相信有一天我会回来，回到这儿稽首苍天、俯拜大地，那时我将和生者与死者紧紧拥抱。可是人的内心是十分复杂的，后来四平解放了，很多人去看那成为我们进攻时最大的火力狙击点的天桥，我却根本没有去。只是在郊区一户人家那阳光明亮的屋中坐了一会儿，喝了一杯开水，连城里也没去，就默默地走了。因为那明亮的火光总在我心里闪亮，我走到一处稠密而清香的白桦林里，痛痛快快地哭了一场。

　　四十四年后，我已白发苍苍、步履蹒跚，我终于又来到了四平，我又到了桫椤林子，我从那高地上，瞭望四平这一片繁华的城市——我又看到了曹纬……他的生命就熔化在那大火之中，使火变得明亮、圣洁，他的生命深深扎入黑土地。黑土地，我亲爱的黑土地，我把生命给予你的黑土地，你把生命给予我的黑土地，在你饱经沧桑之后，我绝不允许有人对你任意践踏，随意诬陷，你们知道什么是黑土地吗？黑土地，黑土地，从前，奴隶的血渗透你，使你黯然。那时它能生长什么？只能生长死亡与枯骨；现在，是英雄们的血在温暖着你。黑土地，这大自然的恩赐呀，才真正燃起地心之火，开放自由之花。这就是历史的辩证法，正义与非正义泾渭分明、水火不能相容的辩证法。

## 一一四　幽谷百合

……雨中行军一夜，我们已离开铁路线而飘然远行了。我们把乌云暴雨丢给那些寻求决战却终于扑空了的增援敌军。当翠绿色的晨曦像绿色透明的江水漫漫侵袭着我的时候，我们已经进入群山之中。这时人们困乏已极，于是部队休息下来。为了避免敌人空中侦察，发现踪迹，进行袭击，我跟纵队几位领导人走了一段迂回曲折的山径，来到一个深深的山谷。我睡意蒙眬，无心仔细观察，只觉得周围一片浓绿。我们拉开距离，洪学智找了一个地方，刘其人找了一个地方，我也找了一个地方，我们就在这儿露营了。我找的是傍着悬崖的一片草地，草地湿漉漉的，我和我的通信员从马背上取下那件绿色的美国雨衣铺开，再把马褥子摊在上面。我一倒下，只觉得身子底下的草地软绵绵的，空气里荡漾着一股幽幽的清香。我想寻找一下清香从何而来，不行，因为两只眼上下眼皮已经粘在一道，随即酣然入睡了。只有经历过二十多个日日夜夜血战的人，才懂得这种睡眠是多么舒适，这是连梦也没有的深沉的睡眠，像死过去一样甜蜜的睡眠。我醒来，已是中午，升上天心的太阳通过两面悬崖峻谷，把暖烘烘的光线射在我脸上，大概就是这种明亮的光把我唤醒过来的。我十分惊奇，怎么没有炮声？怎么没有枪响？想了想，才恍然大悟，我已离开战场。然后，我完全清醒过来，睁开眼睛。我向四处看了看，啊！这是多么美的幽谷啊！空中传来一阵阵小鸟的鸣声，一切如此悄静，一切如此温柔。一股淡淡的清香又飘了过来，原来就在我身边，从碧绿的草丛中挺立着一株雪白的百合花，我惊喜已极，定睛看那花瓣，像雪一样洁白，上面还挂有几点雨珠，雨珠在微风中轻轻摇动，就像透明的细碎的钻石一样光洁、明亮。我放眼向更远的地方看，我发现山谷里无数无数的白百合花，就像在碧森森的谷底洒满一层白雪。

我没有起来，躺着尽情地享受，我不愿由于我的动作而扰乱这一潭静水。

一阵微微的熏风顺着峡谷吹来，深深的草丛漾出柔软的波纹，白百合花像仙子一样娉婷袅娜，我不知怎么想起那一句宋词：

"风乍起，吹皱一池春水。"

我笑了。

人们来喊我："开午饭了！"我这才起身，这是一生一世绝无仅有的一次野餐啊！我们围坐在草地上，炊事班做了几个好菜，司务长还弄来一点白酒，大家心境都很轻松，好像不是刚刚从血与火中出来，而是在进行一番野游。吹着凉风，晒着太阳，这一顿饭吃得真香、真美。我们的马都放在大山的阴影里，它们也在嚼着肥嫩的青草，偶尔舒适地甩动一下尾巴，我一瞬不瞬地注视着它们，我唯恐它们毁掉白百合花，它们却一点也不触动那花，嘴伸到那儿，也立刻躲开，去寻旁边的青草。我想起在延安，也是在深山幽谷里发现了百合花，不过那是红的，说也巧，在我写这段回忆录时，我桌上那一只豆青色细长的日本瓷花瓶里，也正盛开着几朵红百合花。这是前几天一位广西青年女作家送给我的，她很有歉意地说：今天没买着好花，可是她怎么知道这一束红百合花给我带来怎样神奇的灵感呀！原来只开放三朵，另外两个花苞，我以为是不会开的，谁知却次第怒放，红得那样浓，因为是朱红，特别显得庄重，它的生命力是多么强呀。配搭的那几朵玫瑰已经残了，而百合花还是那样鲜活、浓艳，从花心里挺出几根细茎，细茎尖端上像小火花一样，点着几滴最红最红的花蕊。延安的、北京的红百合花，使我一下联想起在东北那幽谷里的雪白的、美丽的百合花。如若说红百合是鲜血，那么白百合就是灵魂。

中国广大的国土上，有很多名胜之地，使人仰慕、向往，可是每到一处，我都若有所失，因为都远不如我在战争中所到过的地方那样美。这个滞留了一日的荒山野谷，就实在是美极了，可是现在，我实在找不到那样好的所在了。

在四平鏖战的那些日夜，人们眼睛熬红了，脸颊凹陷了，中间轮换了两个纵队作战，我却从头坚持到底，这种疲惫不是睡几个钟点就能得以补偿的，因此饱餐之后还是困得要死。谁知我那纯朴老实的小通信员却是如此乖巧聪颖，他在深山谷里发现一处泉水，他坚持让我去洗洗澡、换换衣服，我不肯去，他却固执地说："要讲清洁卫生嘛！你的衣裳都成了虱子窠子。"大家一听说有泉水，都纷纷往那儿跑去，我也就跟着走去。

曲曲峡谷愈行愈窄，在壁障这面，忽然听到流水的响声，我刚刚转过壁障，就感到一阵清凉，抬头望时，一道小小细流从黑森森的悬崖上曲折而下，水急剧奔流，在日光照耀下有如无数细碎的冰块，雪白、发亮，争先恐后，冲击而下，飞溅的水珠，落在脸颊上，小雨点似的给人以快意。我连忙脱下肮脏的、发出汗酸味的衣服，奔进那泉水之中一阵嬉笑，一阵叫喊，啊！多么痛快呀！多么舒畅的淋浴呀！我们一个个都成了赤裸裸的大地之子，一任清清的水流从头顶上淋下。微风、阳光、山影都融在琴弦一样清幽的水声之中。《庄子·齐物论》中说："汝闻地籁而未闻天籁夫！"这一刹那间，我听到的不是天籁也不是地籁，而是我的心籁呀！我想我这心籁，也就包括了天籁地籁吧！战地生活是时时刻刻都与大自然相亲相近的，但大自然给我如此美好的恩赐，这却是仅有的一次。等我洗得清清爽爽、干干净净，从泉水下走出，我只穿了一条短裤，让暖和的阳光晒着我的身子，走回岩石旁那个露营地，太阳已晒到那儿。我又听到啾啾鸟鸣，又闻到百合的芳香，我很快沉入梦乡，又饱睡了整整一个下午。

我被人声惊醒，一看，山顶上一抹红色夕阳，暮霭已经悄悄降临峡谷，纵队首长们坐在草地上打电话。我们又吃了一顿香喷喷的晚饭，然后就向幽谷告别，继续行军。我骑着马缓缓走出幽谷，心中怀着怎样一种不同寻常的留恋呀！

昨天夜晚，从雨中望着冲天火光，从四平前线撤出，那是何等苦涩的留恋呀！

而现在，我最后看着那一朵朵雪白晶莹的百合花时，这是何等甜蜜的留恋呀！

战争！战争！……的确，火热的弹片四散纷飞，呛人的硝烟到处弥漫，一摊摊血水、一根根枯骨，战争传布着死亡，但是你要以为战争只使人受苦受难，那就大谬不然了，在战争中也有平时享受不到的欢乐，但是，只有在战火中历尽艰辛，冲过死亡闸门的人，才懂得也才有资格、有权利享受这种快乐。我一生一世难以忘怀的幽谷百合，百合幽谷呀！在后来，我遍游国内外，多少次为美妙的景色而惊叹叫绝，但它们却无法代替我心灵中的幽谷百合，百合幽谷。

人也欢畅，马也欢畅。

当我们骑在马背上，马迎着晚风，仰首嘶鸣。

我又闻到征程途上像烟灰一样的尘土气息。

一种胜利的快感沁透我的肺腑，我长长吸了一口气。

是的，

血没有白流，

血不会白流，

血会燃烧大地，血会照耀苍穹。

这个夏季攻势，在东北战场打出了一个伟大的转折。人民解放军从被动转为主动，如同山崩、雪崩，展开反攻，把整个白山黑水连成一片，使得蒋家部队困守着落日孤城。如果谁说四平攻坚战白打了，那可不然，的确，功亏一篑，没有攻下，但部队正是在这次残酷的战争里，打出了攻坚战的本领，取得了攻坚战的经验与锻炼。当时也许看不清楚，但今天回顾历史，我看到历史的辩证法——在敌我双方转化时——四平之战事实上给这种转化以决然的推动、催化，虽然我们付出了代价，但却扭转矛盾向有利方向转化，为辽沈战役创造了条件，历史就是这样默默地转化的。当我们从四平西行，一纵队已到西丰、东丰一带，我便辞别六纵队转回一纵队。这时李欣已由纵队政治部调任三师政治部主任，我想看看他，可是在天光微明时，我骑马走到他宿营的农家窗下，他还在酣睡未起，经过四平鏖战的部队正在休息，让疲劳的人们好好恢复一下精神吧！我没唤醒他，只在门外站了一会儿，就继续前进了。

夏季攻势结束了，我搭乘后勤部一辆卡车，沿松花江越威虎山北行回哈尔滨。尽管风尘仆仆、颠颠簸簸，却是一次十分令人快意的旅行。山中人家家户户行猎，因此每个场院里都圈出一角围墙，里面豢养着刚刚捕获来的野兽。我瞧见一匹个头高大的淡黄色的犴和几只鹿、黄羊圈在一处。我第一次见到犴，不知道是什么动物。一个老猎户告诉我："人家叫它'四不像'——大名叫驼鹿。"

有一天吃过午饭，到屋后小溪去洗手，忽然看见水里面有一个棕黑色小动物，游得那样灵活、乖巧，简直像是小火花一晃一晃。人们说这就是水獭。幼年在《礼记》上读过"獭祭鱼"，觉得十分有趣，长大成人才知道这是珍贵的物品，后来我也戴过獭皮帽子。可是看到水獭在湍急的流水中游泳自如，这可谓难得一见，待我定睛看时，它已顺着流水滑翔得无影无踪了。

有一天投宿一处兵站，门里面用铁索拴着一只熊，它不停地在那儿转来转去，惹得人们看了发笑。谁知这站长见我喜爱熊，次日天明动身，我已登上卡车，他竟捧了一只小小的小熊送给我。这黑茸茸的小家伙闪动着两颗眼珠，憨态可掬，可爱极了。我便接抱过来，我的通信员从干粮袋里掏几把炒米喂它，它依偎在我怀中大嚼，引得全车人哈哈大笑。抱累了，我就把它塞到我的腿下，你别看它小，力气却很大，它似乎不满意这个待遇，一挣就伸出头来，把两只又软又厚的前掌抚在我的膝头上。小熊似通人意，跟我十分友好，我就带它一程又一程前进。可是一个令人懊丧的事情发生了，卡车执行任务至此为止，前面铁路已经修通。但在刚刚解放的地区还没有安排好有秩序地通车，当然更不会有搭人的客车。不过在战争年月里可没有现在乘车这样方便，而且到站常常不停，人只有像《铁道游击队》里写的那样，在火车滑动之中紧紧抓住，攀缘而上，这样又怎能带这只小熊呢？我原来是想把它带回哈尔滨，给报社里的人们带去意外的惊喜、欢笑，可是，我跟通信员商量了一阵，只好把它交给这里的兵站。它两眼溜溜地望着我，好像要流泪，我舍不得也只好舍了，我再三嘱咐兵站上的人："一定把它养大，放回山林。"

事情果然不出所料，我们在一个小车站上等了半夜，雨连绵不绝，愈下愈大。半夜时分，听到一阵隆隆的火车声擦着地面传来。由于天是黑的，火车也是黑的，什么也看不见，只听见一阵噗噗的喷气声，一股潮湿的水蒸气扑上脸颊，火车停了下来。我们急忙走过去，上前一看，原来是一列运煤车。载货车厢上，煤堆得像一座高高的山。我们缘着车板壁爬上去，裹紧雨衣，躺在煤屑之中。火车很快就在茫茫大雨中开动了。

现在回想起来，那不但是一次艰苦的旅行，而且是一次危险的旅行。在煤山上，手里抓不到什么东西，整个身子就像风中的树叶，随同火车剧烈的震动摇来晃去，稍一不慎，就会从车顶上飞滚出去，跌死在荒凉山谷之中。特别是火车穿过山洞时，由于我们在高高的煤山之上，我的脸几乎接触到阴森、冰冷的石头洞顶，一阵阴寒刺骨的风，铁片一样顺着岩洞猛扫，把洞顶的积水吹进衣领，沿着脊梁背流了下去。那可真是险象环生，万一碰在岩顶上，就会碰得头破血流、粉身碎骨。我们只有把身子放平，紧紧贴在湿漉漉的煤炭堆中。由于神经紧张，原来在寂寞的小火车站上蒙眬的睡意，已经消失得无影无踪。好不容易出了山区，列车在平坦的原野上行驶得平静稳定了，原来压在我身上、粘在我脸上的乌云不见了，雨稀稀拉拉、零零落落地又下了一阵，也停止了。

大概是由于从危难中挣扎了出来，心情感到格外明朗、格外快意。不知怎么，我又想到那个幽谷，那些百合……仿佛眼下不是睡在泥污的煤炭上，而是又躺在绵软的碧草中。于是，一股回忆的细流从我心头上潺潺而过：那是在延安大砭沟的深处，从荒石野草中发现了亭亭玉立的百合花，不过，那不是晶莹的白百合，而是火热的红百合。似乎是法朗士，我一下记不清了，写过一本书，就叫《红百合》，这是多么美的名字呀！大草原上吹来凉爽的清风，豆绿的晨曦漫然洒开，在令人最难熬的时刻，我的上眼皮和下眼皮又粘在一起了，车轮的絮语悠悠荡荡，睡意又暗暗袭来，全身感到软酥酥的。不过，在我眼前还闪烁着一朵白百合，一朵红百合，我的思维缓缓地、缓缓地停止了活动，在黎明到来时，我睡着了。

# 第十三章

---

## 黑土地的转折

### 一一五　蔚蓝的王国

我带着战火中颤悸的心灵回到哈尔滨。

在回来的旅途上，还发生了一件有趣的事，值得一提。从牡丹江，我们换乘了客车，这就舒服多了。但那时节，客车还没有几时停、几时开的固定钟点，只是停停走走、走走停停。我记得车行到亚布力，仅仅是这个俄罗斯的名字已经吸引了我。我是很喜爱建筑艺术的，车停下来，透过一排排的白杨树，我一眼看到车站外全是欧罗巴式的洋房，满山坡郁郁葱葱的树林，绿莹莹的，把那些房子掩映其间。红色的、黄色的屋顶散发着一种吸引人的魅力。于是我蹿出站外，一幢一幢欣赏着，沿那山坡上一条弯曲的小路走去。这倒是西方文明的优点，他们的房子各有各的样式、各有各的色彩，屋墙上有着优美的浮雕装饰，屋前有小小的花园或菜圃，因此一个小镇构成一幅美丽的图画，我越看越爱看，不知不觉离车站远了。就在这时，我忽然想起车可能要开了，于是转身疾步向车站走去，谁料我刚刚走到站台门口，差十几步就到了车前，火车连汽笛也没长鸣一下，就匆匆开走了。那真是紧急的一刹那，我看见我那个忠诚的通信员从车窗口上急得伸出半个上身，向我招手，但列车就这样像一阵风一样从我身边疾驶而去，完了！没办法了。我怅然若失，颓丧地站在那里，眼看着火车在远处变成一个小黑点，然后消逝得无影无踪了。我想了想，就到车站站房里去，那里有一个长着蓬松大胡子的人，是这个小站的站长。一时间我有点惊奇，这个中国人怎么像俄国农民一样，留着托尔斯泰式的大胡子呢？我连忙跟他说："我误了车。"他见我急得红头涨脸，便笑笑安慰我："不要紧，回头有火车来就把你捎去。"是啊！事已至此，急有何用。我就在站房一个长木椅上坐下来。我手上不但没有一本书，连一包香烟也没有，最糟的是身无一文，这些被火车旋卷而去了。这日子怎么打发呢？车站上有些扎着彩色头巾的白俄女人，在叫卖牛奶、黑列巴。那位老站长显然已经发现了我的窘态，就从口袋里取出一包哈尔滨老巴托香烟，抽了几根给我。他走到我跟前，我才发现从他大胡子上、身上、手上，甚至他拿给我看的一张当日的车次表上，都散发着辛辣的、浓重的老巴托香烟气味，于是我们两人并肩坐在长木椅上，吸起烟来，烟雾马上弥漫了小屋。那年月，人与人之间的关系真是真诚。中午，从门口忽然传来一个声音："老头子，我来了！"老站长两手一拍，两眼笑眯眯对我丢了个眼色，那意思是：你瞅瞅吧！我一回头，一个穿花布衫红裙子的俄国老太婆走进来。这站长就径直说："这是我的老婆子。我说，我亲爱的索妮娅，分给这同志一半，他可是刚刚从战场上下来的，熬那日子不易呀！"这老太婆长着一副慈祥的面孔，蓝眼珠闪出慈母的温暖。这时，我才明白站长那大胡子的来源，这个跟俄国老婆一道生活的人，当然就沾染了俄国人的习惯。于是，索妮娅笑吟吟地打开手里提的口袋，啊！黑列巴、红肠、蜂蜜，啊！还有红苏菠菜汤……一种甜甜的奶油气味袭来，我才发现我真的饥肠辘辘了。已经过了中午，太阳有点发烫，杨树叶的萧萧声没了，原来树木也晒得困倦了。这些饭食摆在站长那只有三条腿、剩下的一脚用木头箱子支着的办公桌上，索妮娅爱怜地一会儿瞧着她的老头子，一会儿瞅着我，就那样站在门口，把两手搭在围裙上，见我们狼吞虎咽，她笑得眯起两眼，慢悠悠地说："还差点什么吧？"那老人一时有点不好意思，随即把那带着浓重的香烟味的大胡子凑近我，一时呛得我喘不过气，他说："你同志不会计较吧！"于是索妮娅从怀里掏出一个很小很小的玻璃酒瓶。那老站长笑眯眯地接过来，仰头说："我亲爱的索妮娅，你真是好人呀！同志，你说是不是？"这时年老的索妮娅忽然羞涩起来，像个年轻的姑娘。老站长先让我喝了一口，而后他也喝了一口，"啊"地叹了口气，我想，这时他全身都酥软了。

他忽然对我说："你同志，可瞒着一点，按火车上的规定，我们值班人是不能喝酒的，可是，老索妮娅，不，小索妮娅可怜我，总给我一点……这么一点点，老了，提提神，干活会麻利一些……"一阵夏日的熏风从窗口吹入，又带来杨树叶的萧萧声。啊！这是多么美的黑龙江的夏昼啊！我误了车，却领略了这小站风光。不知怎么，我一下想起高尔基描写的草原小火车站的短篇小说《因为烦闷无聊》，这的确是一个孤立的小站房，不过这里既没有烦恼，也没有无聊。这一俄一中两个老夫妇勾画出一幅多么甜蜜的生活景象啊！

风卷残云，吃尽喝完，索妮娅把那小酒瓶秘密地揣到怀里，收拾一下餐具，向我深深地鞠了一躬，喃喃说："上帝会保佑好人的……"于是她走了。老站长望着她的背影微微摇着头说："索妮娅！是个真正的好人呀！"

尽管我为这一北国夏日所陶醉，其实心里焦急如焚，不断向窗外望着，至此，老站长才猛然想起我是在等车这件事，他摇摇电话，向前面一站问讯，他搁下耳机，拿起一卷红旗一卷绿旗："来了！走！"于是我离开了浓重的老巴托烟味，走到站台上来。果然，从铁轨上就传来远处的隆隆声，不久，一辆火车头驶进车站，我又着急了——没有一节车厢，就是一辆车头？！……老站长一眼看透，随即说："你就坐这车头走，天黑前能赶到哈尔滨！"他随即跟火车司机说清缘故，那司机从高高的车身上向下弯着腰，一只大手拉着我的手，一把一拉，我就登上了火车头。老站长摆一摆绿旗，火车头开动了。我回身看那老站长，老站长还站在那儿向我招手呢！读者！我相信你坐过火车，可没坐过火车头。战争年代，什么事都得经历呀！就这火车头，一直把我带到哈尔滨。

我向火车司机致谢告别，一跳下火车，就一眼看见我的通信员，急得满脸赤红，匆匆向我跑来，气喘吁吁又哭又笑地说：

"可把你等到了，汪同志急死了，我忘了把钱包扔给你，你饿了吧？"

这是多么忠诚的好孩子，好像我这误车之苦都是他的过错。人呀！

我们两人回到家，不久汪琦就急火火地推门进来：

"真是急死人了……你今天回不来，不是要露天过夜了嘛……"

我把我在小火车站那美好的经历告诉他们，这屋里才充满了欢腾与爱意。

夏天的哈尔滨像一朵盛开的红玫瑰花等待我。

中午，阳光有些灼人。每家每户都大开着窗户，窗台上各种各色的鲜花和红彤彤的阳光争奇斗艳。从血与火的厮搏中回来的人，深为这一片宁静所陶醉。

哈尔滨美，哈尔滨人也爱美，除了那些鲜花之外，还可以看到屋里都像水磨石一样清洁，偶然掠过一个妇女的身影，裸着白嫩嫩的臂膀，抱着一个两颊红扑扑的婴儿，比窗台上那些鲜艳的花还鲜艳，这都是夏日中午才看得到的景象。其实哈尔滨夏天并不太炎热，我一面走一面仔细观察，树叶既不是春天的翠绿，也不是秋日的金黄，而是绿得发黑，因此远远望去，树林是一片深蓝色，就像大海的那种蓝色，蓝得浓郁、蓝得动人。彩色的俄罗斯屋顶，红的更红，黄的更黄，像涂了一层油，闪闪发亮。作为哈尔滨夏日标志的是路旁小摊贩卖的"喀瓦斯"。前面说过，我在海伦喝过一回，现在在炎炎赤日之下走得十分干渴，就去买了一瓶来喝，仰起脖颈，让那清凉的汁液顺着喉咙津津而下，一下润透全身。我想，也许是回忆中的总是比现实中的更美的缘故吧！回忆是美妙的，夏天，那个拉小提琴的俄罗斯盲人，几乎每天都出现在秋林公司前面的街头，他衣衫褴褛、老态龙钟，但他手下悠扬委婉的琴音却那样年轻、那样美妙，我想他在沙皇时也许是宫廷的奏乐人，现在他贫老异国，但他听到自己琴弦上的颤音，他那往昔的繁华梦境就又催响他明亮的心声。的确，回忆是美妙的！我一次又一次地顺了笔直的中央大街，踏着铺地的石块走到松花江边，我看着那江水，江水也跟树叶一样绿得发蓝。至此我猛然意识到，哈尔滨的夏天是凝然不动的蔚蓝色，它使我一下想起施特劳斯的《蓝色的多瑙河》。但是，当我望着松花江时，我怔住了，在这儿，我听不到那悠扬委婉的波涛声。因为当我凝目松花江时，觉得那江水好像是翠绿的孔雀石，它不是流动的，而是凝固的。太阳慢慢西斜，西天上烧出红色，突然，松花江水面出现了微微的涟漪，从江上吹来清凉的小风，中午那一阵火热过去之后，一早一晚还是凉爽得像清水一样。有一天傍晚，我在敞开的窗口前静静地站着，我听到从教堂传来晚祷的钟声，我仔细分辨，这钟声不像春天那样飘浮，也不像冬天那么沉重，但，它更具有铜质的洪亮，当——当……一声一声敲在我的心上，使我的心潮为之震荡……后来，一九八七年夏天，我住在苏维埃饭店，窗口传入克里姆林宫的钟声，和哈尔滨晚祷的钟声十分相像。是啊！这才是夏天的钟声。其实，哈尔滨古老的俄罗斯房屋，墙壁非常之厚，就是中午时分，屋内也还十分清凉，晚上睡觉，得关上窗扉，盖上棉被，根本没有蚊虫的搅扰，使人睡得非常香甜。

有一天，我和汪琦乘了小舟，横过松花江到太阳岛去看周立波、林兰。一叶轻舟，随了松花江的波浪浮游漂荡，一阵阵风从水面上送来清凉的水汽，令人十分舒畅。太阳岛是松花江江心一片辽阔平坦的沙滩，是当年富豪的俄罗斯人的避暑圣地。岛上树木绿茵茵的，我们穿过树林，在一座银灰色的俄罗斯木屋里找到他们两人。这种木屋的墙是用一棵一棵原木垒出来的，尖尖的屋顶上立着一只风信鸡，屋正面是一段宽敞的廊子。他们取出几把藤椅，大家坐在廊上闲谈。汪琦和林兰在延安时就是好朋友，我和周立波在延安就认识，但还算不上熟识，但是一个机缘使我们成为终生好友。事情是这样，在延安，周立波随王震南下之前，他们生活中曾经发生过波折。在《东方的巴黎》那一节里，我描述过我住在那红天鹅绒装饰的红彤彤的马迭尔饭店里。林兰来了，我们谈了很久很久。我听人说在从延安到东北的长途跋涉之中，林兰一直是孤身一人。我从东北到张家口，途经赤峰，立波正在段苏权领导的执行小组里担任翻译，我和他秉烛夜谈，我几乎狠狠地批评了他一顿，我说："林兰在等待你，你应该到那儿去。"后来我和汪琦飞到东北，知道立波与林兰又走到了一起，他们正在哈尔滨，他们还到《东北日报》社看过我们，那次我们谈得十分欢畅。一九四六年冬天，在严寒酷冷的大礼堂里，听高岗动员干部下乡参加土改，就在报告结束后，我们两人分手作别，他和林兰去参加了土地改革的火热斗争。

这次我从前线回来，听说立波就住在太阳岛写《暴风骤雨》，我们就过江来看他。周立波身材魁梧，是一个典型的湖南人，毛主席、张天翼、蒋牧良都长得十分伟岸。听人说周立波十分热情，但容易激动。在一次欢迎会上，他曾经怒斥一位唱《跳蚤之歌》的音乐家，他之所以这样做，是出于对党的热爱，他认为那是对党的嘲弄，其实《跳蚤之歌》是夏列亚平唱的一首名曲。周立波那圆圆的红润的脸上，有孩子一样天真的眼光，有孩子一样天真的微笑。我知道他的名字来自他翻译的肖洛霍夫的《被开垦的处女地》。他是鲁迅艺术学院文学系的教员，他在讲坛上讲《安娜·卡列尼娜》，讲得精细入微，甚至仔细地分析了她那动人的眼色，在延安风传一时。有些青年人不惜跑十几里地到桥儿沟去听他讲课。

的确，周立波有他特有的聪明、智慧与迷人的魅力。林兰是一个十分文静的人，她很有文学修养，很有创作天才，她写过不少出色的短篇小说，到哈尔滨，她的《红棉袄》引起了很大的轰动。在太阳岛那银灰色木头建筑的廊上，立波脸上时时闪出他特有的微笑，他谈土改，我谈战争，我们都是参加延安文艺座谈会的人，我们都坚定地执行了毛泽东的文艺路线，深入了火热的斗争。

后来我读到《暴风骤雨》，我为这位湖南人竟这样熟练地运用了东北人民的语言感到惊喜。从这一点上，也可看出他和东北农民的亲密的关系。有一次立波跟我谈，林兰给了他很大的帮助，这是林兰对立波真挚的爱。

太阳岛上十分静寂。周围遮满绿茵茵的树影，从树叶深处传来轻轻的蝉鸣。我们告辞了，他们两人一直送我们到江边，我们雇了一只小船，荡漾而去。很远很远了，回过头来，看见立波、林兰还站在那红色夕照中向我们挥手，那印象十分深刻、十分动人。我和立波是在共同信仰、共同斗争中结下友谊的，这种友谊可以称为战斗的友谊，是弥足珍惜的友谊。立波和林兰生活中屡遭不幸，在延安死了一个孩子，在哈尔滨死了一个孩子，在北京又死了一个孩子。尽管命运给他们带来多少辛酸，多少悲恸，但他们是坚强的，立波总是追踪着火热的斗争生活，解放后回到湖南家乡，在那儿又推出了《山乡巨变》，无论北方还是南方，他对农民都表现出至深至厚的爱。他有一次跟我说："我离不开农民，我一到他们那里去，创作灵感就源源而来。"谁知这样一个强悍的人，竟受到残酷的磨难。那一年，我在"三〇一"住院，他也在"三〇一"住院。医生告诉我他得的是肝癌，已到晚期，怕难治愈。我当时正患冠心病，也病得很严重。一天夜里，我被一种痛苦的绞痛惊醒，这疼痛像火的辐射线一样，从心脏一直疼到整个后背，我急忙按亮红灯，医生整整抢救了一个通宵，我几次从蒙眬睡意中睁开眼，都看到那位穿白衣的主治大夫站在我的床边。出院时，他们才告诉我：那晚上如果你在家里就是心肌梗死。我体会到一次从地狱门口回来的胜利。

我住的楼与立波住的楼中间有一条走廊相通，我去看望他，我觉得他瘦了，脸上灰黯了，晚期肝癌的症状十分明显，我觉得他也已经知道自己的病情，我理解病人是很敏感的，他从频繁的检查中和病房的气氛明白了自己病情的严重，知道了自己患的是什么病。我们都知道，但我们都回避着这一秘密，我还说他气色好多了，他微微一笑，笑得还是那样天真，不过天真中含有一丝苦涩，像飞鸟的影子一掠而过。最使我感动的是，有一天，立波不顾病重到我病房来看望我，也许他从医生那里知道我曾经病危，但，我们彼此也都没有接触这个问题。后来，我带着心绞痛出院了，谁知立波却没有能从地狱的门口抢救回来，他逝世了。当我听到这个消息，我一个人默默地走向楼下的花园，默默地在树木扶疏的小径上走着，这时，心绞痛发作了，我吞下带在身边的速效硝酸甘油，我悲痛地流下眼泪。不知为什么，在眼泪模糊之中，我总看到太阳岛上，立波和林兰站在红色的夕照中向我们招手的身影——而现在，他去了，他再也不能招手了……

当我们在船上荡漾时，我凭着敏锐的感觉，忽然从空中感到一丝秋意。其实这时还是夏天，离秋天还远，但是从那蔚蓝色天空中，落下一丝爽利的微风，这微风像微微一笑就轻轻而过，谁也没有注意，谁也没有发现，因为整个哈尔滨还是一团浓浓的蓝色。

当我回忆起这个哈尔滨的夏天，不知怎么，我忽然想到屠格涅夫一首散文诗的题目《蔚蓝的王国》。的确，夏天的哈尔滨就是蔚蓝的王国。屠格涅夫那篇散文诗是这样开头的："啊，蔚蓝的王国！蓝色，光明，青春和幸福的王国啊！我在梦中看见了你……"

## 一一六 透明的秋色

一九四七年秋季攻势之前，我得到通知，立刻动身到前线去。

我们从哈尔滨乘火车直达蛟河。原来总部安排我们从蛟河搭船到前方。到了蛟河，我到兵站去联系，见到兵站负责人，一年前，保卫四平时，我为了赶往前线，在公主岭得到过他的帮助，估计这次我们的行动计划也是可以顺利实现的。谁知我竟看到一副冷峻的面孔，我连忙把总部的信拿给他看，也被他搁置一边，他说："不行，没办法，前线打得很紧张，水路上急需抢运辎重、冬衣。"我心里想那么多船难道就站不下我们几个人吗？于是为挽回这一局面，我再一次提出要求，他咬得很紧："不行啊！给你们派二辆大车，你们绕山路走吧！"我焦急地说："那样我们也许赶不上作战了。"他还是摇了摇头："没办法——你们就从旱路走吧！"他命令一个通信员带我去领大车，于是我愤愤然走出兵站的门口，但后来我想，兵站里挤满那么多人，都是急着抢上前方的。但是支援前线，十万火急。他如果答应了第一个，就没法回绝第二个，我心中也就释然了。不过那种僵冷的气氛，使我有点难过。当时我万万没有想到正是由于他的安排，我经历了我在东北战争中最美的一次旅行，那简直是像诗一样美、像画一样美的旅行。

我们沿着威虎岭山脉与松花江间走去。开始，就像亮光一闪一闪的，在高山密林的浓绿之中，一下又看到明亮的松花江。我们大半都是步行，一入这优美境地，我们已经忘记了战争。大自然之美占据了我全部心灵，谁知诗中有诗、画中有画，最美的是我们从高山峻岭上下到一片平地，忽然，一片浓艳艳的红色一下照亮了我的眼睛。我的大车，不是几架马拉的大板车，而是一般的大轱辘车，上面装满我们这一小群人的行李，那匹拉车的红马很瘦，赶车的老御手也很瘦，我仿佛进入"古道、西风、瘦马"的意境。他很爱惜他那匹马，上山他是不肯让我们坐在上面的，遇上陡坡我们还得从后面推车。老车夫一路上寡言少语，他那一副愁苦的瘦脸，使我感到他可能有一腔哀怨。我们给他香烟抽，他不屑一顾地摇头谢绝，却侧身车辕之上，一袋一袋吸着他的烟袋杆，那金黄的关东烟味偶然飘入我的鼻孔，那种浓郁的香味确是醉人。下山进入一片平坦的草原，我们上了车，歇歇腿，他倒没有干预。就在这一刹那，那片浓艳艳的红色映进我的眼帘，如云似霞，展现在远远的山麓。仔细看才知道，是无边无际的枫林，染出大片红色。当我们走近时，那一株株树木像红珊瑚雕刻出来的一样可爱，一簇簇叶片纤巧玲珑，挂在细细的叶柄上，没有风吹来，也在轻微摇摆，这时，我恍然听到了从天心送来的神奇微妙的秋声。这枫林走近看迷人，远处看更可爱，远远近近，满坑满谷，简直像燃烧着明亮的、耀眼的熊熊大火。但是不，火是动态的，而这红是静态的，只有画家在画布上才能涂出这鲜艳的红色。我领略到，这山、水、林木到了画家的笔下之所以栩栩如生，是因为贯注了画家心灵中的至爱，它们才显得既有生命又十分宁静。

　　随了马车的移动，我悠荡着两腿，品味着这山中的秋色，这是我离开哈尔滨以来，第一次感到秋的降临，是深山老岳中霜落得早吗？不过，那老御手听到我啧啧赞叹，他说："山里秋天来得早，用不到落霜，只要一股清风，这树就发红了。"忽然间，我想到一九三九年我到太行山北村，那一路上染红了天和地的桃花，霍然间，我觉得这些枫树也把这里的天和地，包括我自己，我的思想、我的感情、我的灵魂都染红了。这红红得沉重庄严。写到此处，我觉得仿佛看到炼钢炉前透出的一点金黄色通红的凝然不动的火。

　　我正醉心于大自然美之中，车夫却叫我们下车，我说："到了洼塘了，这里到处都是积水烂泥、摇头甸子、红眼蛤塘，可怜可怜我这匹老马，不要葬送在这里。"他的声音含着几分恐惧、几分哀楚。我们下来走路，却没有了路，只见大片大片的草丛，草丛下有腐草一样的褐黄色浅水，于是我们踏上了摇头甸子。这时赶着车在草地里缓缓行走的老车夫却大声提醒我们："脚要踏实摇头甸子，身子可不要摇晃，万一踏空了脚落在烂泥塘里……可就没命了……"

一阵恐怖感袭击着我们。所谓摇头甸子，就是在烂泥塘中一墩一墩的草墩子，脚踏上去软软的，有点摇晃，于是我们只好蹑手蹑脚，踩稳一步，再迈一步，一墩一墩战战兢兢地前进。映入眼中的只是一片绿，草丛绿、水也绿、摇头甸子也绿，于是我们从漫山遍野的鲜艳红色中又进入绿色里。我们走了很久很久，因为这里没有休息的地方，只能走、走。在这种带弹簧似的摇头甸子上，人的身子像在悠荡的秋千上一样，我累得满身满脸大汗淋漓，这时已经忘记欣赏大自然了。

过了这一险关，车又在平坦的道路上行走了，我们一个个跃上大车，大口大口地喘气。老车夫这时慢悠悠跟我们讲起一段伤心的往事："这种地方是鬼门关、是阎王殿，我原来那匹壮马就在这泥塘里陷死了。""不能拉上来吗？""拉……你拉得动，那马挣一阵，在那胶泥里陷深一步，直到看着它淹没了头颈……"老车夫回过头来："那可是一匹好马啊！我心疼，我跺脚——可是这草地、这高山连个回音也没有啊！……"这时我发现他那两只小小的眼睛里涨满泪水。

空气好像凝滞了，我们沉默了很久。

只听到那瘦马踢踏踢踏的蹄声。

不知是谁，打破了这沉闷的空气，他拿了一支骆驼牌香烟递了过去："老大爷！你尝尝美国的。"

这一回老车夫倒没有回绝，接过去，打亮火镰，点燃香烟。谁知抽了两口，他就从嘴上拔下来：

"什么美国的，日本的！都没味。"

他啪的一声把那根香烟一下扔到车轮下，又抽起他的关东叶子烟，还举起那绣了花的黑布烟袋对我们摇晃着："我一出门，我那老婆子就把烟叶子烤干、揉碎，装得满满的，你们抽呀，抽呀！"于是我们大家都从忧伤中脱身出来，我吸着关东烟，的确美味芬芳。这时太阳已经西下，再放眼望去，觅那红色，大片红色像蒙在一层朦胧薄雾之中，像汪着洗过胭脂的红水，一阵清凉的小风飕飕地吹到我们身上。不知是谁开的头，我们放开喉咙大声唱起歌来，唱了一曲，又唱一曲——这歌声像串着我们的命运，我们的历史……一首歌有它那一个时代的铿锵……夕照一晃把红叶照得通明透亮，像无数碎了的红玻璃，远近错杂、色彩斑斓。老车夫看着这景色也啧啧称赞起来，他摇着鞭子慢悠悠地说："你们可不要嫌这穷山恶水，这里有水獭、鹿茸、黄皮子、哈什蚂，有虎、有熊，只要等草一封塘，就该出猎了！"

第二天，我们翻过摩天岭，从森林中降到一条深沟大壑之中。天擦黑时，我们到了头道沟。夜晚，我们在这荒凉的山谷中看到一轮圆圆的明月从山头上出现，开始有点淡淡的红色，等升到天心就像翡翠一样晶莹雪亮了。我坐在农家卸了窗棂的窗台上，听着小雨一样唰唰响的秋虫的鸣声，闻着浓浓的熏蚊子的艾蒿的香味。人家告诉我们："你们到恒道河子，翻这山要近些，可是这山太陡，一上一下几十里，顺着山沟走绕得远一些，明儿中午也到得了恒道河子。"凭了月光，看屋对面那一座黑魆魆大山，的确森然、凛然，十分险峻，我们带着一辆大车，也只能在山谷里走。我们到达横道河子，昨晚月明如昼，这儿却是烟雨蒙蒙。从深山僻壤里出来，看着恒道河子，眼睛不觉一亮，这是个大镇子，街上有卖酒、卖饭、卖江鱼的，我们本想打个尖就走，谁知雨却下大了，我们就找了一户人家住下，这是一家朝鲜人。朝鲜人勤劳，屋里屋外到处整整齐齐、干干净净。院里种了向日葵、白菜，院前就横着碧玉般清澈的漂河，河那面是一望无际的绿色的大山、森林。这河是松花江一道支流，这时笼罩在蒙蒙烟雾之中，河面船上，打鱼人影影绰绰，山、林、河、岸绿得融成一片。

房主人是一个白衣白裙的老阿妈妮，她清瘦而坚忍，正在舂米，为中秋节做打糕。门口挂着一串串鲜红的干辣椒。老阿妈妮只会说朝鲜话，所以只能用微笑、手势招待我们。我们住进这清洁而又暖和的朝鲜人家，浸在骨头缝里的寒气慢慢地散发出来。这时一个小姑娘像个小精灵突然出现了，她能说汉语，她告诉我们她叫芭乌，她带了好几个女孩儿，在炕上一边舞蹈，一边唱歌。芭乌黄衫白裙，袅袅娜娜，十分可爱。谁知这美丽的序曲之后，却引来一幕渗透人心的悲剧。

这是由一位叫许希晋的老人引起的。他慢慢走进门来，十分清瘦的面孔上留着一绺白胡须，他对我们特别亲热。反正外面落着大雨，我们哪里也去不成，就和这老人缓缓攀谈起来。他有六个孩子，两个大的都参军了，他总是跟我讲他的二儿子云起，看得出他是多么爱云起，他说云起刚满二十岁，长得又高大又结实，他反反复复告诉我："这孩子人好，哪里都说他好。他跟着区委的王政委当通信员，回家来，身上背着一支大枪，还挂一把盒子枪，真有个军人的威势。"可是，老人突然停住了，原来笑眯眯的眼一下变得愁云惨淡，原来许云起在松花江西岸二十家子那场残酷的战斗中献身了。蓦然一片阴云落在我们中间，大家都沉默下来，不知说什么是好，只听得窗外大雨唰唰、唰唰地响。许希晋老人一下变得衰老起来。隔了很久，他颤巍巍地说："他，他牺牲得很英勇，他给国民党的别动队绑在树上，用刺刀一刀一刀活活戳死，他一直破口大骂……可怜王政委，一面抵抗一面退到草塘里，死了还坐在雪地上，瞪着两眼，一手端着盒子枪……"

血，血……我的心猛然震动了一下。

没料到在几天秋色中的欢欣的行军之后，在这儿，在这美丽的河边，在这温暖的小屋里，竟拉开了这血的帷幕。老人仔细道出前因后果，我想起我们在深山里头道沟听到的王木匠的事。那是个月明之夜，一个一只眼睛玻璃花的青年走进我们住的屋子，他跟我们说，夏天江水涨满，隔开了松花江东面的解放区和松花江西面的国统区，到冬天一封江，两边就连成一片，区上趁这时间就组织人到江西面去开展群众工作。王木匠是头道沟小学校长，他带领孩子们跟上队伍在二十家子演剧，谁知四处突然枪声大作，武装土匪发动袭击，他们把王木匠掳去了，惨无人道的敌人用钢丝穿透木匠的手心，就这样他鲜血淋漓，光着的两脚冻得乌黑，一步一个血脚印留在冰雪之上，王木匠不知给带到哪儿去了。

雨声中，许希晋咽着声音说："云起的尸体给搬回来了，就放在院里，浑身上下被戳了十七刀，他冻得铁棒子一样直挺挺的，放不进棺材……"

老人实在说不下去了。

如果劝慰能解除痛苦，我们就劝慰几句。

可是我们的劝慰是那样苍白，无法抵偿那血的仇恨。

还是老人嚅动了一阵双唇，诉出他的沉痛，他说："可是做妈妈的，天天夜夜想念着儿子，常常半夜醒来，摇着一头白发说：'我梦见云起，云起说他是冻死的……'"

人，和善的人民，心像深潭一样深啊！

我实在听不下去了，我的心冷得紧成一团，两眼望着白茫茫的漂河急流而下。

因雨在恒道河子停滞了两天。又趱行数日，到了桦树林子，乘船渡过松花江，到了桦甸。在这儿遇到谭政带领一班人回哈尔滨。由于步行延误，秋季战役已经结束。这时，我心中突然产生了强烈的创作冲动，于是我决计转回哈尔滨。我到兵站进行交涉，突然看见了在延安"文抗"的管理员，这个身材瘦条条的人十分敏捷地走上来握住我的手。在延安见面时他是一个二十岁上下的红军战士，他从江西参军经过长征来到延安，当年，他举着镢头刨地种土豆时，也常常唱起江西的民歌。他在"文抗"工作得十分出色。现在，他蓦然出现在我的眼前，我真是又惊又喜，他告诉我他一直在后勤部门工作。他留我住下，谈了一宿。他知道我苦于没有交通工具，便说："不要紧，正好我要到蛟河去，弄个小船，游过这段航程，岂不自由自在。"于是，我又经历了一次美妙的旅行。

如果说来时看遍秋山，这次却览尽秋水。像这样在松花江上长途缓缓荡舟，我一生中也只这一次。我们沿着江边划，小船常常从崖岸上垂下的丛林底下穿过，一时枝叶遮住日光，但觉得树、水、人全在一团浓碧之中，等到从树影里出来，江天一色，一碧万顷。是从江上偶然飘来的徐徐清风？还是江面波动的微微涟漪？我心中忽然浮起一种清凉舒爽之感，这是什么？我仰起头来寻觅，我忽然从寥廓的天穹中发现了一种神妙的颤动，而这不是云，不是雾，不是风，不是雨，只是一片透明，透明得纯净，透明得圣洁。这时水与天仿佛都从我眼前蓦然消失，遥远了，遥远了，我周围空间里既没有春天恼人的浓绿，也没有夏天苦人的炎赤，只剩下一种晶体般的透明，这时我才恍然大悟——这是透明的秋色！这是透明的秋色！……我觉得大自然最美的，就是无色之美。而一个人并不是在任何时间、任何地点都能得到这欣慰的领会。只有在这静静的江上，只有在这静静的天上，不，就在这天与水一下洗净我心灵的时候，人天合一，我才感到一种透明的秋色之美。

到蛟河要在江上浮舟两日。

晚霞把江面染得红彤彤的。

就在这浓艳的红色中也有着那种透明。

黄昏到来之时，我们投宿在江边一个渔村，江边的村庄总是很清洁的，我十分喜爱这种清洁。夜晚吃饭时，老大娘端上一碗像藕粉一样的吃食，我不知道这是什么，老人家只用两只慈祥的笑眼望着我，好像看我能不能猜中。还是我那个老管理员一脚踹进来，闻到一种香味，他蓦地叫了一声："啊！蛤什蟆。"老人家才得意地扑哧笑了出来。我细细地一勺一勺吃着这乳汁般甘美的羹汤。

第二天，在晃荡的小船上，我的老管理员才告诉我，这种蛤什蚂是很难得的，它是一种长在深山老岳中像田蛙一样的东西，吃的就是它的油脂，那是很滋补人的。老人家也只剩下一包，挂在房梁上，这僻远的江上的村庄，很难得来人，见我们是从前线回来的外地人，就把这稀罕物儿给我炖熟吃了。可是，我到了也没有亲眼瞧见过蛤什蚂，我只记得松花江那一夜的温暖。

我回到哈尔滨，秋意甚浓，树还是绿的，不过一阵风吹过，已有落叶飘零了。特别使我感到意外的是教堂的钟声，显得特别响、特别亮，于是我又一次感受到透明的秋色了。

不过，透过窗玻璃上胭脂般的霞光，

一个个逝者又一一浮现：

冻得铁棒子一样直挺挺的，

坐在草塘里死去还睁着眼、端着枪的，

在雪地上留下一个一个血脚印的……

死去的人像悬着一根线索，拴着我的心。活着的我，总希望他活着回来……

这一切一一都在我的心灵中引起一种深深的痛苦，这痛苦逼得我要嘶鸣、要呐喊……

是的，他们的灵魂是透明的，因此，秋色也才那样透明……

## 一一七　灵感像火一样迸发

我从前线带回什么？

这一次回哈尔滨跟每一次回来的确很不一样。

因为，这一次不只是衣上征尘杂泪痕，而是带回一种心灵的骚动。

一开始我没有感觉到，只是有一种朦胧的、隐约的触动，像是一只柔软的触角偶尔在我心里颤动了一下。但当我回到哈尔滨一安定下来，这种隐约的影子愈来愈明显，愈来愈强烈。我静坐在窗下，凝望着天空，我才意识到这是灵感，一种巨大的心灵的骚动，难道这是真的吗？我在一刹那间，不但觉得有点生疏，甚至有一点怀疑，一点恐惧。可是骚动如此频繁，醒时如此，梦中如此。一个早晨，起床之后，我仔细思索，我在延安写了《陆康的歌声》《胡铃》，那向旧我告别的挽歌，自那以后五年，我再没有进行过文学创作。自从到了东北，日日夜夜在火线上奔走，我一心一意做的是记者的工作，不过，正因为如此，我的整个灵魂全浸于战火之中。生活的沉积、心湖的荡漾，在我根本不想文学的时候，灵感却破土而出了，何况这是深厚肥沃的土壤，血火燃烧的土壤。为了证实这是幻想还是现实，我怀着胆怯的心情去找宋之的。宋之的是我在重庆时就相识的朋友。当时他创作的戏剧《雾重庆》轰动一时，他是一个典型的北方人，胖胖的椭圆形的脸上闪着一双充满聪明与智慧的眼睛，八字黑胡须里露出温暖人心的笑容，他为人朴质、豪放、热情，他当时住在东北文联楼下一间只容得下一张床、一张桌和两把椅子的小屋，他正在主编《生活报》，进行着正义的公开的论战。我去了，我们两个人便促膝而谈，我跟他谈起火线上战士们团结战斗的故事。那些动人的故事从我口中流出，我并没觉察到我已经开始为创作构思了。他一直静静地听着，然后把手在大腿上猛地一拍：

"白羽，快写出来，写成一个短篇小说！"

从他的话里我得到很大鼓舞，于是产生了创作的热情。我永远不能忘记宋之的，是他催促我走上重返文学的道路。

我辞别出来，他送我到门外，还连声说：

"一定写出来！"

"一定写出来！"

我往回走，走在哈尔滨秋末冬初的街道上。我觉得阳光特别暖和，空气特别清新，秋日最后的辉煌抹在一座座古老的俄罗斯建筑上，屋子前面、门窗旁那精细的雕塑装饰，熠熠闪光。透过栅栏可以看到人家庭院里草黄了，一团团红色或黄色的树影，不时在地面上，窗玻璃、回廊上摇晃着，一阵爽利的秋风吹来，我觉得天地如此飒爽。不知道风在哪一个墙洞或窗眼里吹过，发出一种吹口哨的声音，这声音委婉动听，十分幽美，我停住脚步，想到小提琴一根抖动的琴弦，我觉得这是哈尔滨的秋天向我告别。我从宋之的那里出来，心情特别敞亮，于是放弃了立刻回家的念头，我也要巡回一下哈尔滨，我也要对秋天做最后的一瞥。我信步闲行，一直走到南岗喇嘛台这座圣尼古拉教堂，这是一八九八年，由最早来到中国修建中东铁路的员工和护路军兴筑的。幽暗的教堂深处，几支圣烛的火光在微微摇曳，我喜爱那绿色、红色斑斓点缀而成的整个教堂本身，在秋阳闪烁中，它是那样璀璨，那样瑰丽。我喜爱它，当然不是由于它传来俄罗斯的宗教，而是由于它传来俄罗斯的艺术。我对于建筑艺术的酷爱，已是我爱美的天性的一个重要组成部分，若干年后我在国外旅游，我深知翡冷翠教堂的穹顶绝非纽约的摩天大厦所能比拟，因为前者显示的是艺术，后者显示的是豪富，典雅与庸俗的对比是十分明显的。我在南岗走来走去，最后还是走到松花江来。江流浩荡而又寂静无声，大江呀！你在迎接隆冬的到来，就是在严冬时节，你在冰层下也还是波涛汹涌的，因为你不是水，而是火。人们也许以为这是奇怪的遐想，其实不然，在我一路行走，一路沉思中，我思潮起伏，浮想联翩，最后当我站在江边，已有冬寒之感的猎猎江风扑面而来时，通红的战火和茫茫风雪联结在一起。

这是什么？我问自己。

在火影与血影中，一个个为正义而牺牲的人像敦煌窟壁上的飞天一样在空中翱翔……

这里有鲜血，这里有死亡，但更重要的是这里有爱：

——爱自己的人民，

——爱自己的土地，

——爱自己的信仰。

有一个叫安娜·弗兰克的少女，在第二次世界大战中，在纳粹残酷的铁蹄下，她说过一句话：

"我要活下去，就是死了也要活下去。"

安娜——这仅仅十六岁的含苞欲放的少女，在贝尔根-贝尔森集中营里静静地死去了。人间有多少血泪怕也流得不够。后来，她的朋友黎丝有一段回忆："天黑了，我等得浑身发抖。过了好久，我忽然听到一个声音：'黎丝，黎丝，你在哪儿？'是安娜在喊我，我顺着声音找去，看见她在铁丝网那边，衣衫破烂。夜里很黑，我勉强能看见她那瘦瘦的、晒黑了的面孔，一双眼睛显得很大，我们哭了又哭，因为这时候我们当中除了隔着一层铁丝网以外，再没有别的。我们的命运没有什么两样了。"

这是多么撕裂人心的悲痛呀！像安娜这样的少女，难道在我们这片热土上还少吗？为了不再做奴隶，我们必须搏斗，哪怕残风恶雪，哪怕流血牺牲，为正义而搏斗是世界上最崇高的事。

当我站在江边时——我猛然一抖，我看见曹纬，

我看见飞腾着曹纬灵魂的那烛天灼地的大火。

于是，我熟悉的战士，连同他们的心灵、命运都一一涌上我的心头。

只在这一刹那间，我一面走一面酝酿着的构思已经完成。

只在这一刹那间，我理解到：

我的生命如果不同死者的鲜血结合，我的灵感能够一跃而起吗？

我的生命如果不同这片热土结合，我的灵感能够一触而发吗？

不只是人在战斗，

大自然也在战斗；

不只是人哺育我，

大自然也在哺育我；

那些逝者与生者在我心灵里呼唤，

那些狂风暴雪也在我心灵里呼唤。

整个大宇宙这时都像在燃烧，这就是我觉得冰层下流的不是水，而是火的缘故。

这是一个十分清寂的夜晚。汪琦睡了，我和她隔着一扇木屏风，伏在台灯之下，我在写、在写——除了偶然的沉思与推敲外，我一直在秉笔直书。战争的火影在闪动，战士的血泪在闪动，我的整个灵魂在闪动。一如江河之倾泻，我把血管里的鲜血流在纸上。一直写到窗玻璃上露出青色的晨曦，我的《无敌三勇士》就这样诞生了，这是我一生中值得珍惜的一夜。的确，我久久远离了文学，但我现在写的是标志我创作生涯一大转折的文学。几天以后，《东北日报》以整版篇幅发表了这篇小说。我没想到这篇小说影响会这样大，当我回到前线部队时，人们都在谈论着《无敌三勇士》。战士是单纯的，但单纯的心灵里含着巨大的真理，我觉得我的作品得到劳动人民的肯定，对我来说是比高山还重的赠予。

正如一旦堤坝决口，水便要狂泻奔流。

我一回到文学，便一发而不可遏止。

在又一个战役回来之后，我写了《政治委员》,《政治委员》也以一版篇幅在《东北日报》上发表。

这篇小说是在从前线回来的漫漫长途上酝酿构思好了的。我塑造了一个断臂的政治委员，这个形象是从我十分熟悉的各级指挥员中脱颖而出的。这里我要说一下我这新的文学阶段中的辩证法的核心，无论是《无敌三勇士》还是《政治委员》，我没有回避生活中的矛盾，我都写了生活中的矛盾。我常常听到有人抱怨，军事文学不好写，说不好触动部队中的矛盾，这其实是怯懦者的呻吟，无能儿的借口。毛主席的《矛盾论》是真理，他这样说："恩格斯说：'运动本身就是矛盾。'列宁对于对立统一法则所下的定义，说它就是'承认（发现）自然界（精神和社会两者也在内）的一切现象和过程都含有互相矛盾、互相排斥、互相对立的趋向'。这些意见是对的吗？是对的。一切事物中包含的矛盾方面的相互依赖和相互斗争，决定一切事物的生命，推动一切事物的发展。没有什么事物是不包含矛盾的，没有矛盾就没有世界。"那么部队这个世界难道没有矛盾吗？没有矛盾能有部队的生命吗？问题是你深入部队生活的时候，有没有深入到它的本质。在东北战场上拼命厮搏时，我写了部队内部的矛盾，在《无敌三勇士》中写了战士之间的矛盾，在《政治委员》中我写了指挥员之间的矛盾。问题是你有没有站在矛盾的主导方面，如果是这样，深刻的矛盾剖析就会变成一种在实际生活中解决矛盾、引人向上的精神力量。请读者再翻阅一下本书第六章第八节《我的宣言》，就可明了我过去的创作存在的问题。回顾起来，一种是根本没有揭示矛盾，尽管那些也是在抗日战争时期敌我矛盾那个大框架之下写的，我歌颂了正义战争，但我没有写出事物的具体的矛盾，也就缺乏一种感人的力量，如《五台山下》那一组小说就是这样；还有一种是写了事物的矛盾，如《陆康的歌声》《胡铃》，由于缺乏正确的立场，我站在矛盾的消极面，鼓吹这种灰暗的矛盾，鼓吹小资产阶级"自我的膨胀"，其结果只能是对处于困境的革命斗争起了精神上瓦解的作用，那是我一生中最痛苦的教训，使我对党永感内疚。在发表《我的宣言》之后，我投身于现实的革命斗争，无论在《新华日报》做党的工作的时候，还是在军事调处执行部做记者的时候，在文学方面我一直沉默，整整六年。但当我投身于火热的战争，不是作为一个作家，而是作为一个战斗者去参加，我熟悉了部队，我熟悉了人——指挥员与战斗员。我真正鲜明地写了矛盾——《无敌三勇士》中发展到仇恨程度不可解的战士之间的矛盾，《政治委员》中发展到上下级之间水火不能相容的矛盾，而且我竟然把这矛盾的纠葛写在一个教导员（党组织的化身）身上，但是这时，我（作为作家的我）是站在矛盾主导方面，引导矛盾的转化——向着有利于革命的方面转化。这就是沉默了六年之后重新走上文学战线，我的文学跟我过去的文学截然不同之处。如果说多了一点什么，我可以含笑回答："我多了一点辩证法。"但我决没有根据哲学概念设置一个文学概念，不，绝不是这样。艺术是有生命的，没有艺术的文学不是文学，没有生命的艺术也不是艺术。从熟悉的生活土壤上自然结出生命的花朵，因为我的认识是从烽烟战火、雨雪风霜，是从生死决斗，从鲜血、生命、如霜的白骨、沉重的灵魂中得来的，这里面含着我多少激情，含着我多少血泪，没有生活中感情的凝练写不出作品中感情的生动，没有感情的文学是不能深入人心的文学。

我一生中最难忘、最光辉的生活，就是这一段解放战争的生活，和后来的抗美援朝的生活。怯懦者惧怕战争，勇敢者奔向英雄的生活。不艰苦吗？不，是艰苦的；不危险吗？不，是危险的。但在这之上高悬着一颗正义之星，你会从死亡中看到新生，你会从战争中看到新生。

如果再挖掘一下，在我塑造我的新的文学世界时，是什么使我如此幸福？那就是我亲眼看到我的文学直接参与了战争。我认为这样的文学，绝不是搔首弄姿、无病呻吟的，而真正是革命的文学，因为它是汲收了革命者的血（客观的），又用革命者的血（主观的）写出的文学。鲁迅说："水管里出来的是水，血管里出来的是血。"这是文学的真理。

《无敌三勇士》、《政治委员》很快出了单行本。我没想到《无敌三勇士》的影响会那样遥远，后来南下华东作战时，我在山东的书店里买到一册华东出版的《无敌三勇士》，不只如此，华东战场上还把它编成戏上演。

关于《政治委员》，我只想讲我的一次有趣的奇遇。那是我从佳木斯回哈尔滨的路上，由于前方战事的频繁、激烈，后方的列车上坐满了伤员。当我坐在那里不知想什么的时候，忽然发现有一个人走过来坐在我身旁，我一看是个干部模样的人，面孔清秀、庄重，他敞开上衣露出缚着绷带的左臂，手上拿着一张《东北日报》，我一看上面就印着我的《政治委员》，我心里不知为什么一抖，难道他知道我就是这篇小说的作者吗？如果是这样，我该怎样答对。但当我们谈起来时，我才发觉他一点也不知道我的身份。他思索了一阵感慨地说："看看，这崔毅（政治委员），他只有一只胳膊还要到火线上去作战，上级照顾他让他留在后方，他就愤愤地说'我落后了'……现在，一点伤病就要蹲后方泡病号，前方正在流血牺牲，我是坐不下去了，我要马上回前线。"到站时，我看见他昂着头，夹在人群中走去，我想他也许就是一个团的政治委员。阳光透过车窗照着我，我觉得我的心里是那样明亮。

如果一种理论一旦为人们所掌握，就会变成力量。

那么如果文学一旦深入到人们心里，同样会变成力量。

现在，我回述这些并无意炫耀自己的文学有什么魔法，不过是说明，我作为一个革命者尽了我应尽的义务而已，这些作品也许像鼓舞士气的宣传品，过去也就过去了。但是，只要有那么一刻，能够从精神上鼓舞士气，我也就心满意足了。因为那时除去为了战斗，为了胜利之外，我别无所求，既无名也无利，我更没有想写什么不朽之作。不过衣衫上征尘可以轻易拂去，但心灵上的战尘却是永远永远也拂不掉的。

让我还是回到灵感上来吧！

我始终认为有灵感，而灵感是从熟透的生活中自然涌现出来的。

就拿《政治委员》中主角这个形象来说，我在构思中，火花一闪，我想起我在延安时常常看到一个青年军人骑着一匹马疾奔，我很为他那英武潇洒的风采而动心。谁知这样一个人却只有一只胳膊，另外一面肩膀下空悬着一只空袖子，在疾驰当中，袖子给风吹得向后波波的飘荡。是的，这个不完整的人其实是个最完整的人。这个形象偶然一现，使我获得了在东北战场上一个政治委员的形象。而且这形象一直跟了我一生，一直到晚年，我在《第二个太阳》这部长篇小说里，还塑造了一个断臂的兵团政委和一个断臂老红军的颤动人心的拥抱。

黑格尔在《美学》中谈到灵感，有一句话是很有光彩的，他说："艺术家应该从外来材料中抓到真正有艺术意义的东西，并且使对象在他心里变成有生命的东西。在这种情形之下，天才的灵感就会不招自来了。一个真正有生命的艺术家就会从这种生命里找到无数的激发活动和灵感的机缘，这些机缘临到了旁人就不会发生影响，就轻易放过了。"

是的，我没有轻易放过灵感，我抓到了灵感。

不过我的灵感是从血与火的沉思中升起的。

正是这种灵感驱使我后来写出：

《日出》，

《长江三日》，

……

## 一一八 爱的诞生

我在前线经常收到汪琦的来信，当然这些信是托人辗转捎带，往往迟迟到来。在征战中的人有什么比这更高兴的事吗？每一封信都带来温存与体贴，尽管有时只是一张纸，几百个字，但我还是读了一遍又读一遍，"心有灵犀一点通"，好像有一种电波，飞过太空向我传来。可是这一次这封信却给我带来焦虑，她告诉我预产期即将到来，她将提前住进医院。

啊！……

从焦灼中迸射出一丝甜蜜。

我们将有一个孩子。的确，我们结婚八年没生孩子。上次回哈尔滨才知道她到一家俄罗斯医院去检查过，谁知以后不久就怀孕了，我将要做父亲了。

尽管有一丝甜蜜，但焦灼还是无法排除。

我听人说生产第一胎孩子是困难的，危险的。

……也许她是十分困苦的……

想到这里我怎样也安不下心来，因为从来信的日期看，这信从北满带到南满已经将近一个月了，也许她已经生了，也许出了危险，我再也不敢往下想了。这时涌上心头第一个念头，就是我必须立刻到她身边去，用我的爱抚减轻她阵痛的痛苦，好像只要我在她旁边，一切就会平安无事。

还好，这时战事已经结束，部队正在四平以南休息、整训。我决计立刻动身北行。东北战场整个形势发生了决定性的变化，白山黑水之间的广大土地都被解放，就像汪洋大海中几个孤零零的岛屿，敌人只剩下沈阳、长春、锦州几个危城。由于战争转向南满，供应线也必然跟着伸展，于是西线铁路已经从黑龙江通到南满。不过，从四平出发，还需坐大车走上整整一天，才能到铁路线上。这一天真使我心急如焚，我觉得马蹄踏得特别慢，车轮转得特别慢，我禁不住催促赶车的老汉，这老汉耳朵有点聋，等到他明白了我的意思，他就呼哨一声，让鞭梢在马头上转了一下，一看就明白他疼爱他的马，那马好像也尽量借助他的宠爱，跑了一阵就又停下来慢慢走了。这一天真是难挨的一日。路上要打尖、要饮水。可是我眼前总浮现出汪琦那苍白的、皱眉的脸；我相信她从苦难的煎熬中在等待着我；我觉得她也许为了我赶上那个时刻，能听到婴儿第一声哭声，宁可忍着疼痛，延长着时间。赶车的老汉也许发现了我心神不宁、焦灼难当的神情，下半天，鞭得马策策急行。后来我才明白，其实他怕晚了投宿麻烦。但，正是在这急慌慌的时刻里，我已经开始享受到做父亲的幸福。当我赶到铁路线上，看见一列火车正好生火待发，我和我的通信员，我背着小马裙子，他背着大马褡子，奋步疾奔，跑上火车。那时火车是没有固定的开车停车的钟点的，更不用等什么乘车的客人，火车主要是运输军需，挂了两节客车，人并不多。当我气喘吁吁地坐定之后，我忽然发现车上有一家人，有白发苍苍的老祖母，有粗壮的男人和娇美的妻子，那男人背着一个大大的包袱，女人怀里抱着一个婴儿，婴儿小小的赤红的脸蛋上闪着天真的眼珠……这婴儿一下使我又浮升起遐想——我也将有这样一个孩子，于是一股甜甜的蜜水又泛上我的心头。火车不知什么时候开了起来。初春的寒风从窗口吹到我的脸上，我不但不觉得寒冷，还觉得十分舒畅。我的通信员想拉上窗玻璃，我却伸手制止了他，就让这凉飕飕的小风吹着我吧！我已深深侵入了爱河，我想起延安那绯红的波斯菊，我想起那清水一样的月光，我们每天晚上总喜欢熄了灯盏，在朦胧的炭火的红光里流着流不断的甜言蜜语……是的，那夜、那天、那一切的一切都浸在我们的甜蜜的世界里。正在这时，我忽然听到女人的甜脆的声音，原来是那个抱着婴儿的妇女和她的丈夫，还有那个老祖母都趴在窗上望着，只听那女人又惊又喜地呼叫着："啊！我们总算回到家了，你们快瞅瞅，你们快瞅瞅，这儿都多么好啊！"我猜想这大概是战乱中一个很有意义的小插曲：原来他们听信了国民党的谣言蛊惑，离乡背井逃往南方，但现在一看解放区是这样天下太平，他们才恋恋地赶了回来。我的判断是不错的，那女人喜悦的目光、脸色都证明了这一点。果然，火车停下来时，他们一家人就拉拉扯扯地下了车。真是天意如此，成全了这一家人，火车再开时，我却受到了一场灾劫。

火车正急速行驶着，一架国民党飞机忽然发出怪啸，俯冲而下，扫了一梭子机枪，飞机又冲天而上。

这时火车停下来，车上的人纷纷跳下去，向远处跑。

我没有动，我不想走。我不相信这飞机还会来第二次袭击，可是我的通信员却发火了，他发出要哭的声音：

"你不走……我要负责的！……"

这孩子倒一下把我吓住了，我只好跟上他从悬崖一样高的火车上跳下来，向荒野上走去。

谁知飞机果然从天上稍一盘旋，又一次猛冲而下，我们走得不远，只觉得头颈上落下一阵飚风，突突突一阵火光急慌慌闪烁，一阵子弹爆炸声，随即旋起一股焦煳气息的硝烟，原来这回飞机稳定了方向，从车头到车尾一条直线扫射下来。然后它飞上天空，好像心满意足，还摇了摇翅膀，向远处飞去，音波也就淡淡地消失了。车身很高，我先踩着通信员的肩膀上去，然后又伸手把他拉拽上来。小通信员用手一指："你看！你看！"果然，我原来坐的木椅给子弹打了几个洞眼。好险！我也吃了一惊，只好向通信员赧然笑了一下，他却咕哝着："冒险主义害死人。"他那大模大样的样儿实在逗人，但我一任他去讲，可是，小同志！你知道我是多么希望火车快一点奔驰，快一点奔驰，像电一样奔驰。

没料想一个关卡又落在我的头上。我到了齐齐哈尔，一跳下火车就急急向车站冲去，一问，齐齐哈尔开往哈尔滨的火车在半小时前已经开出了，要等得等到明天。这怎么行？车站上的人看我急得那样子，就出主意要我到昂昂溪等从海拉尔开来的那列火车，当天还可到达哈尔滨。于是我又乘一列货车赶到昂昂溪。尽管四月底、五月初，黑龙江还是冬天，我在昂昂溪车站那几个小时，猛烈的寒风吹着，我不顾透骨的寒冷，只一刻不停地在站台上急匆匆地走过来走过去，又走过来走过去……我的心情十分灰暗，此刻我根本没有将要做父亲的喜悦，我想的总是她在苦痛中挣扎，她在等待着我，我飞也要飞到她身边去。我不断向西方遥望，可是那儿连火车的影子也没有，只是一片荒凉的漠野。有一阵我在急风中竟然急得额头满是汗，我猛然想到，她会不会难产？！我在飕飕寒风中似乎听到她的呻吟，我的听觉那样灵敏，我好像听到火车撞击钢轨的声音。不过，待我翘首遥望，却没有踪影，我继续走过来走过去。天变了，落雪了，狂风夹着雪花凉凉地洒在我炽热的面孔上，就如同流眼泪一样，雪水一行行流下面颊。就在这时，我的通信员惊呼起来："来了！来了！……"果然，远远的地平线上出现一朵小小的黑云团，这云团越涨越大，显然是随着火车的速度在向我奔来。这时我像个溺水的人一下得救了，我的灰暗的心情霍然明朗起来，我不再走来走去，只伫立在风雪中等候。火车停了下来，从车厢下的管道上扑哧扑哧地冒着雪白的蒸气，一下弥漫空间。我们两人急匆匆冲上了列车。这是一趟国际列车，车厢里有暖气。我找了个地方坐下来，这时暖烘烘的热气一下使我冻僵了的心灵苏醒过来——一刹那间，我看见她的眼睛，那眼光里有焦灼的等待。那年月，从昂昂溪到哈尔滨的路上，还没有绿色，还没有牛羊，只是一片荒凉而又荒凉的大草原，草原是淡黄色的，一直拖向天边，只见满眼的芒草给风吹得伏倒地下，我似乎听到寒冷的风呼哨呼哨掠过。不过，我冻得像一颗冰疙瘩的心溶化了。这时我才发觉在我的心灵里那一切担心，那一切忧虑，都融在爱的潜流之中，我体会到我们之间的爱有多么深，像清澈的小湖，像碧绿的深潭……那里面总闪耀着她那明亮的眼光……

火车终于驶到了哈尔滨。我不知她住在哪个医院里，只有先回《东北日报》社住处打听。一位同志马上领我到医院去，踏过霓虹桥，在火车站附近，有一所俄罗斯人开办的铁路医院。我走进产房，立刻放轻脚步。这里这样温暖，这样安静，这样神圣。我一眼看到她静静地躺在病床上，在一堆雪白的床单与被子中，我看到她红红的脸庞，我第一次发现这眼光是母爱的眼光，我还是来迟了一步，婴儿已经诞生下来。我们亲密的朋友周砚在这里照顾着汪琦。后来，我才知道在生产之后，汪琦曾有一阵浑身发冷，医生要她喝一点葡萄酒。周砚跑到秋林公司买了一瓶红葡萄酒，给她喝了，她才渐渐暖和过来。她在阵痛与临盆中，痛苦、挣扎，的确疲乏得无力了，于是她安安静静地睡了一觉。现在，她见我来了，十分高兴，她对我微微一笑——好像在说：你是一个父亲了！她是那样满足，那样幸福。我弯下身来看她，她跟我说："生得很顺利，接生的医生要我用力，我就用力，医生说我配合得好……可是生下来半天，没有声音，我怕极了……后来医生不知在身上什么地方拍了一下，他就发出了到这人世来的第一声啼哭……啼哭那样洪亮。"这时，一个俄罗斯老护士像捧着珍宝一样，把滨滨抱了来。这个小小的婴儿，赤红赤红的小脸，睁着一双小眼睛，好像觉得这世界真稀奇呀！俄罗斯老护士满面笑容，她把孩子交给我抱，她连声对我说："十磅重……长大了像你一样……"

可是一刹那间，我一下子有点儿不敢接过来，我这个从火线上回来的人，在这病房里竟笨得像一只熊，我觉得那柔软娇嫩的孩子像什么脆弱的东西，我的两只大手会把他碰坏。我回过头，看到汪琦那欢乐的、甜蜜的眼光，这是只有第一次做母亲的人才会有的眼光，只有点燃着至深至深的爱才会有的眼光，我受到这眼光的鼓励，接过我的孩子。这个小小的生命，在襁褓之中，蠕动了一下，在我的怀里蠕动了一下，但他并没有啼哭，于是我在他的发皱的小脸上轻轻地吻了一下，我的亲爱的小宝贝呀！像举行了一个隆重的礼仪，引得全病房的人都向我们祝贺，为了我们生下这个十磅重的婴儿祝贺……

这天入夜，我怎样也睡不着，我觉得屋里太热了，我穿了一身单褂子还直出汗。索性从床上起来，走到窗前站了下来。

五月初的夜是如此寂静，这时我的心好像才安宁下来，一路上急急趱行，那担心、那焦虑，现在都像烟云一样消逝了，我记起在延安的月明之夜，我们两人看着窗上摇动的波斯菊花影，我们猜测我们生下的第一个孩子将是个男孩还是女孩？但那时与其说是想有个孩子，不如说只是爱的涟漪的波动。但那以后我们卷入了急剧的革命浪潮，在延安、在重庆、在上海，没日没夜为了工作、工作，奔波劳碌，幸亏那时我们没有生育，那时要是有孩子该多么难办呀！现在虽是战火连天的时代，但终究有了一个安静的后方，从我们身上落下一块肉，真是适时适运。这时我突然觉得我身上还留有那个婴儿的奶味。这是多么陌生又是多么新颖的奶味呀！真凑巧，五月、五月，是我人生中多么值得纪念的季节呀！我们是五月七日结的婚，孩子又是五月三日诞生，结婚时她在枕头上绣了"五月的花"几个字，现在鲜花蓦地开放了，这真是我们的五月，这真是鲜花的五月啊！我站着，静静地站着。隔着两层玻璃窗，突然传入晚祷的钟声，不过这与其说是神的钟声，不如说是人的钟声。隔着两层窗子，它不太响亮，但在我听来，它却像是欢唱。汪琦一定酣眠了，孩子一定睡熟了，但我不要睡，我不能睡，我要尽情地享受，为这爱的诞生而喜悦……人在最幸福的时候是难以控制自己感情的，不知不觉中，我流下了眼泪。

## 一一九 夜涉辽河

你见到过洪流吗？我见过，不过我见到的不是海的洪流，而是人的洪流。

一九四八年秋天，东北战场最后决战的日子到来了。

从我个人来说，自从滨儿诞生，我的心境更加明朗，当我上前线时，我觉得天是那样亮，太阳是那样亮，连扬起的薄薄的灰尘也是那样亮。不过，使我产生这奇异而美妙的感受的还有另外一个诱因。出发之前，我去看了刘亚楼。这个精力永远充沛的人，站在那间悬有军用地图的办公室里，面对墙壁，十分机密地伸手指了一下锦州……我立刻兴奋得"啊"了一声，他却没有笑，他使我感到临阵的严肃。的确出乎我意料之外，不是长春，不是沈阳而是锦州。占了整个一面墙壁的军用地图，这时变成了一个巨大的围棋棋盘，而我们将投下那惊人的一着棋子。刘亚楼跟我并肩坐在一只长沙发上时，他的俄罗斯妻子给我们送来两杯咖啡，我们各自啜了两口。刘亚楼一离开军用地图，立即又变得谈笑风生。谈着谈着，他敛住笑容把脸凑过来，压低声音说："这是毛主席的伟大决策……"他那虎彪彪的两颗圆眼一闪，突然把手掌在大腿上一拍，说了一句话："我看这叫关门打狗！"就像云彩一下遮住太阳，太阳一下突破云彩，他那表情丰富、不断变幻的脸庞对我整个的形成了一股精神力量。于是他又洪亮地大笑起来，这时他简直变成了普通一兵，说出普通一兵的语言，他为这一幽默之举感到自我欣赏。他陪我穿过布满树木和鲜花的小径，在我肩膀上拍了一下"咱们日也盼夜也盼的日子终于到来了，要轰轰烈烈干上一仗，把东北蒋军砸个稀巴烂！"他送我出了门。回忆到这里，当年的情景浮上我的心头，我才领会到什么是一个军人的感情的泛滥，一个军人感情的深沉。我为什么觉得天和地，人和物，一切一切都显得特别亮，是因为在我心灵中有两股暖流汇成一条江河。一股暖流来自我个人，一股暖流来自大局。是的，经过三年苦战，黑土地变了，黑土地上的人变了，我也变了。小我与大我融结成一个信念，从我心灵深处升起一种像山岚一样迷蒙，又像山岚一样青翠的爽人的心境。这心境只能意会不能言传。

不久以后，我再一次领会到、再一次明证了这种心境。那是当我站在路边上看着部队从我面前行进时。当时一纵队驻防长春外围，从这里开始了长途跋涉的南下。部队经过一段政治整训，这是一九四七年那场诉苦运动的继续，牢记血泪仇，牢记血泪恨，阶级觉悟得到普遍提高，士气特别昂扬旺盛。我从行军战士的面孔上、动作上感觉到一种特别的精神状态，这是言语很难形容的。啊，我只有一个感觉，啊，我立刻明了，这是胜利之师，我们一定要打大胜仗。

关于南下作战，林彪有过反复、犹豫，但经过毛主席的教导与批评，林彪才下定决心。九月七日，毛主席发来致林彪、罗荣桓、刘亚楼的电报："你们现在就应该使用主力于北宁线，而置长春、沈阳两敌于不顾，并准备在打锦州时，歼灭可能由长、沈援锦之敌。""如果你们进行锦榆唐战役（第一大战役）期间，长、沈之敌倾巢援锦（因为你们主力不是位于新民而是位于锦州，卫立煌才敢于来援），你们便可以不离开锦榆唐线，连续大举歼灭援敌，争取将卫立煌全军就地歼灭。"

林彪同毛泽东之间的争执，正是一个帅才与一个伟大的天才、伟大的巨人、伟大的统帅之间的差距，不只是战略上的差距，也是气度上的差距。

正是毛主席亲手揭开了决定东北人民命运的辽沈大决战，正是毛主席胸怀全局、神机妙算，在整个中国这个大围棋盘上投下决定的一着棋子。几十年过去了，再来回顾整个解放新中国的大决战，历史愈来愈清楚地证明，毛主席天才的部署指挥，真是如龙在云、纵横自如，写出人类军事史上最光辉灿烂的一页。托尔斯泰写过天才的库图佐夫，写过天才的拿破仑，但几千年来最伟大的军事天才我认为是毛泽东。特别是内战爆发后——中国两种命运最后决战之初，他以惊人的毅力留在陕北。这一决定使全世界热爱中国的人倒吸了一口气，觉得这是太大的冒险了。但正是陕北的苦战成为开辟后来三大战役的序幕。是统帅，也是战士，就像一个战士舍生忘死、只身对敌，他，毛泽东以卵击石而石碎。你也许说这是哀兵必胜，其实透过军事辩证法，毛泽东已经在长期对敌周旋中，洞悉了蒋介石残阳余晖的本质，毛泽东不是卵，蒋介石也不是石。毛泽东深入虎穴，重庆谈判，在那从容谈笑之时，那一举世震惊之举在气势上已经压倒了蒋介石。历史是严厉的裁决者，不论怎样装腔作势，渺小的终究渺小；不需锋芒毕露，伟大的终究是伟大的。东北之胜是有决定意义的，就如同推动第一块多米诺骨牌，而后骨牌像一道线一样一一倒了下来。我作为这一场大战决的参与者，当时一点也没有意识到这些。不过我像海边的人感到大潮之将至，我看到了东北这块热土即将熊熊燃烧。因此，当我行走在南下的途程中，我的脚步和千千万万人的脚步那样和谐而亲切地和在一起的时候，我感到愉快，我感到振奋。

　　路真是遥远，从北满到南满，广大土地上像海的大潮一样倾泻着人的大潮。一眼望去，像无数条游龙络绎不绝，一行行部队委曲宛转。在行进队列中，十轮牵引车拖拽的美国重炮，到处受到阵阵喝彩与欢呼，在欧战中被称为"战争之神"的大炮也为即将一显神威似乎振奋不已。还是那样的橄榄绿色，这在美国制造又经太平洋远道运来的武器，一旦掌握在人民手中，恶魔变成了神明。马在爽利的秋风中嘶叫，人在飞扬的尘土中欢唱，当黑龙江农民的担架队走来时，人群中爆发了又一次欢呼。这些黑土地之子呀！他们从分到手的田地上产生了觉醒，关东人的豪情火一样燃烧，他们离别家乡告别父老时发出铿锵的誓言："部队走到哪儿我们走到哪儿！不砸烂蒋介石那个丑八怪决不回朝。"华君武这位漫画家在东北战争时期，用他的漫画参加了战斗。他画的蒋介石，光头上戴美国船形帽，额边贴着一方黑膏药，翘着小黑胡，瞪着小眼睛，那丑态实在令人忍俊不禁，许多农民从报纸上把漫画剪下来贴在墙上，一面看着一面谋算着怎样整治这个元凶，于是丑八怪之名不胫而走，艺术点燃的精神力量变成了实际行动的物质力量。火线上抢救伤员，不惜牺牲自己，有的儿子扛炮上前线，父亲打着红旗奔前方。读者该不会忘记我在《死神的拥抱》那一节里描写的那个老人。他的慈心包含在雄心之中，这大地之父呀！是多么豪放、多么刚强。我觉得应该有人写一部《支前战史》，那将是可歌可泣、惊天动地的一部书，它会向全世界宣告什么叫人民战争，为什么说人民是历史的创造者这一真理。难忘的一九四八年金秋，我一面走着，一面看着，一面听着，我的血液在沸腾，我预感到一个大的震动即将来临，出发时众口一声："这回打出去就不回来了！"气宇非凡，大有易水萧萧之概，这就是决心，这就是力量。

从北向南走，大自然发生着变化。如果说北面是一片大荒原，耸立着白皑皑的白桦树林，那么愈往南走愈觉得暖风拂面、山明水秀。一片片梨园绿油油散发着甜蜜汁液的气息，苹果园在绿叶丛中露出鲜艳的红果，像红脸蛋的小儿闪着微笑，土地有些滋润，尘埃很少飞扬。

有一天夜晚行军，纵队政委梁必业邀我坐在他的小吉普上。夜气凉爽，十分宜人。两旁土坡上，乱木丛生，把枝叶垂到路面上空。飞速的吉普像利箭飞行，冲击得树叶唰唰直响。吉普车的两道灯光把前面大道照得雪亮，于是战争中的一种乐趣就突然出现了，原来有两只野兔突然落入灯光银网之中，一个警卫员眼尖，不由得喊了起来：

"一只白的，一只黑的。"

非常有意思的是两只兔子不懂得向路旁暗处躲闪。

它们只耸起全身，一蹦一蹦顺着雪亮的灯光一个劲儿向前猛跑。

驾驶员一按喇叭，它们吓得更加厉害，它们在灯光之中更加拼命蹦跳。

这个乐子逗得车上的人哈哈大笑。

大家看得发笑，说："可别把它们轧死，放它们逃跑吧！"我仔细注目，那白兔子像一团白雪球，两耳给灯光照得通红，就像要流血似的。

这两个捣乱的小家伙使得吉普不能飞行。

我不是动物学家，不懂得这是什么惯性，其实只要向路边草棵子里一闪，就可以逃开这致命的追击；它们却不，只一个劲儿地在灯光里奔跑，好像那雪亮的灯光把它们吸引住了。我忽然想到，它们也许就要这样跑死——跑得口吐鲜血而亡……

可是，忽然之间那只黑兔子不见了，

而那只白的雪球还在那儿飞呀、飞呀，向前飞，

吉普车紧紧逼近了它，又是闪灯、又是鸣笛。

一刹那间，绝不是灵性的醒悟，而是出于偶然，这只白兔一下向左面路边蹦去，也消失得无影无踪了。

吉普车又风驰电掣般奔驰起来。人真是奇怪，不知为什么，我心中却升起一阵失落感——觉得有那两只小生物，这行军会更有意思……

我和纵队首脑们住在一起。

李天佑是一个文静的人，墙上一钉起军用地图，他就微微皱着眉毛，在那儿一站很久，沉思默想。梁必业个头矮矮的，但性格很活跃，声音很响亮，我听他站在方队面前讲话，一句一句像钉子一样钉到人耳朵里。他有着政治委员特有的风度，沉着而又敏捷，我们两人盘膝坐在炕上谈天。参谋长曹里怀样子像个老农民，但他一到宿营地就取出一本精装本的苏联长篇小说《旅顺口人》，靠在马褡子上津津有味地读了起来。在炕桌上吃饭时，我才知道李天佑是在琢磨明天怎样渡过辽河。正在说着，参谋处的侦察科长走了进来报告：

"辽河上游有涨水趋势！"

李天佑那白净的面孔上没有什么特别反应，只是习惯地皱了一下眉头：

"注意观察，随时报告。"

由于政治部住在较远的一处村庄里，他们就留我一道过宿，明天同过辽河。

这时我才知道一个司令员是多么精心、细密，大自然意外的变化，也会给千军万马造成难题。这一点别人可以不管，做司令员的却不能疏忽大意。总之，一个大兵团行动，一举一动都蕴藏在司令员心中。夜间，我蒙蒙眬眬似乎听到几次有人进来报告，又听到李天佑轻声地嘱咐……有一次我却给雪亮的灯光照醒，一看，李天佑、梁必业、曹里怀都披衣坐起，就着来人手上的手电筒看一份电报，三人商议了几句，李天佑说道："坚决按东总指示办，全纵队火速抢渡辽河！"于是曹里怀就走出去部署了。警卫员点亮了一盏小马灯，我们都起来。水火不留情，我们必须抢时间、抢速度。我走出屋外，夜寒如水，仰头看看，漆黑的夜空上亮着无数细碎的亮点，细小的星星看不见闪光。我在夹克上又加了一件美国大衣，跨上吉普。这次分乘两辆吉普，前面一辆小吉普，后面一辆中吉普。为了随时同全纵队联系，带了电台。一位带路的侦察科长和三位纵队首长坐在前面车上，我就坐到后面装电台的中型吉普上。我们行驶了一阵，两

辆吉普的灯光像长剑一样随着路面的高低，一下插向天空，一下投向地面。我看不见土坡，树木，原来我们已经进入平坦的河套。不久，灯光照出了白花花的水面，我们到达侦察科选择的最易通行的水路，于是我们的吉普变成了船。旋转的车轮溅起小小的浪花，水涛在哗哗作响，寒气更加袭人。不过潮湿的水汽如此清凉，就像闻到薄荷油那样舒服。突然，前面车停住了，水已上涨，发动机灭火。于是我们这辆中吉普也停下来。我们的灯光照亮了灭了火的小吉普，小吉普像一个小孤岛立在汪汪洋洋的河水之中。这时我忽然发现西面天上有一个细细的月牙，像弯弯的细细的女人的眉毛，十分苗条、纤巧。我看到侦察科长已经跳到河里，我们都涉水退回岸上。茫茫黑夜，上不着村下不着店，好不容易找到一户人家。大河边上人们都选择高地筑屋，我们爬上一处陡坡，那一家人都酣睡在临窗一铺大炕上，只一个精瘦而又很有活力的老人起来，举着一盏煤油灯给我们照亮。究竟是秋天了，进得屋去，我觉得身上仿佛盖了一层青霜，给屋里暖气一烘就感到两个肩头潮乎乎的。老人不好意思地想唤起家人，但我们马上制止了他："老大爷！把你从梦中吵醒已经过意不去，千万不要再惊动大家了！"可是老人执意要烧一锅开水给我们润润喉咙，情不可却，正好我们趁着灶火里笼起的一把柴火，烤干了我们在河中打湿了的鞋头裤角。老人家飘洒着一把胡须，笑吟吟望着我们："北面来的大军够辛苦的了，几天几夜我只听见一片嚓嚓的脚步声，大军压境我看有大戏可看！可今晚有水情，你们……"这时侦察科长满身湿淋淋地走了进来，连声说："中吉普用钢缆把小吉普拉上来了，水已经涨到小吉普车座上了……"这时我又看见李天佑眉头微微皱起，三个人在膝头上摊开地图，就着一道蓝幽幽的手电筒灯光，手指不断地在辽河上面移动。遇事要同群众商量，何况住在河边上的人，对辽河的脾性是十拿九稳的。一问这老人，老人就来了兴头，说道：这片河汉平时挽挽裤腿就过去了，可是有一宗，是泥沙底，一陷就愈陷愈深，他认为可从上游横渡辽河。那里是石头底，误不了车轮子，陷不了马蹄子。老人家提供的这一情况十分重要，侦察科长霍然站起跑了出去。李天佑对一个参谋说："发报全纵队，立即组织涉渡，要选择石头底的涉渡点。"说完，他的脸立刻变得风光月雾，把膝上的地图一推，由一个参谋收起，他站起身来。于是我们向那老人道谢告别，走下陡坡，见那老人家还举着盏煤油灯，兀自站在那儿，好像他这个灯光可以给我们照亮河面，送我们涉渡过河。

这夜真黑，漆黑漆黑的伸手不见五指。

黑地里，有一个战士牵了一匹马过来，把缰绳递在我手上。

我在朦胧中感觉到这是一匹白马。

我有点庆幸，幸亏不是黑马，那就天也黑，水也黑，马也黑，黑成一片了。

那骑兵轻声说了一句："你跟着我走！"我一看他骑的也是匹白马，我更高兴了，否则，看也看不见，又怎么跟呢？

我翻身上了马，就跟上前面那骑兵向辽河走去。走了大约半小时，就听到马蹄子哗啦哗啦蹚水声，我知道我们已经进入了辽河。马好像有一种临阵之感。仰头微啸了一声。东北早寒，青霜瑟瑟，马的啸声好像传染了我，我也觉得浑身发热。渐渐地我感到水浪转急，打着马腿，马好像有一点摇晃，我握住缰绳，两腿夹紧马肚。猛然间我听到滔滔急流声和大群马队蹚水声，茫茫混成一片。我举头四顾，一无所见，保护我的那个骑兵回身对我喊了一声，我没有听见他喊什么，但我意会到我们到了涉渡决定关口。一时之间滚滚狂涛旋转而下，水打着旋涡，浪花从马身上飞溅到我的身上。在我还来不及思考的时候，已骤然被卷入大宇宙的狂暴，我忽然觉得马的前腿弯了下来，莫非马失前蹄，我不觉头上冒出一头冷汗，连忙把缰绳用力一提，原来不是马失前蹄，而是走下河底下一道深坎。从此我就进入了辽河疯狂肆虐的河心莽荡之中，好像千万神兵在呐喊，好像十二级台风在叫嚣。就在这时，原来给我引路的白马的影子也消失得无影无踪，只剩下狂荡的激流，有如森然耸立的群山旋卷。我知道在这孤身一人的时候，最需要的是镇定，我只紧紧握住缰绳，伸手拍了一下马颈，我不知这个动作的意义，也许是为了将我的镇定传给它？谁知马的脖颈濡湿了我的手，我不知道那是汗还是水。这的确是一匹久经沙场的好战马，它奋尽全身之力在同狂流搏斗，它的头尾身子全在扭动、摇摆，我也跟着它扭动、摇摆。一下我的两条腿都浸入水中，我感到那激流的力量很猛，那简直不是柔和的水，而是揉烂砸碎的钢铁，重重向我砸了下来。正在这时，我忽然看见前面有一点红色的亮光，渺茫闪烁，一下隐没，一下显露……就像猎人回到小木屋的火池旁，我从一切山摇地动的震撼中寻找到了一个支撑点，我看见光明，我得到希望。正在这时，那个骑兵出现了，原来他落在了我后头，也许他感到他失误了，于是策马急行，可是狂暴的激流把我们都漂浮起来。我觉得马奋力跳跃起来，咴的一声嘶吼，马尾重重打在我的腰上，它已一跃渡过激流，如同游泳的人刚从大海里出来，我不觉长长舒了一口气，这时我才发现那红色的亮光不只一点，而是几点，那是用长长竹竿插在水里，指引方向的标灯。

水渐由深而浅，我们过了辽河。

这时青色的晨曦刚刚照明天地，我看看地面上，一片雪白，原来是洒了一地盐霜。

## 一二〇 秋风扫落叶（一）

辽沈大决战开始了，谁知这震天动地的雄伟的壮举，竟以一个悲剧做了序曲。

我们渡过辽河向大凌河前进时，我突然得知了一个噩耗：

——朱瑞牺牲了！

这实在太意外了。我回想到一九四六年冬天大雪茫茫之中和朱瑞相识在德惠外围，相处虽只短短数日，却是难得的亲近，他气宇轩昂，谈吐不凡，魁梧的身躯和智慧的微笑在我心中留下活鲜鲜深刻印象。在东北战争中，他最大的功劳是一门一门地从荒山野岭中寻找日本关东军遗弃的大炮，经过拼凑终于建成了一个炮兵纵队。他十分乐观，在那次包围德惠时，炮兵就跃跃欲试，一显身手，可惜，敌人新一军从长春倾巢出动，我们为了迷惑、调动敌人，风驰电掣一个大踏步撤退到松花江北，德惠没有打成，我也没有听到炮响。但他跟我谈到要建设强大的炮兵的设想时，在隆冬严寒中使我感到温暖。从那以后我再没有见到他，可是在攻四平时，炮火那样猛烈、持久，当派到前线总指挥部来的炮纵副司令匡裕民跟他通电话时，我从旁听到朱瑞那坚定而果断的声音。这一次南下作战途中，看到炮兵队列已经全部换了美国大炮，这是一次又一次作战中从敌人手中缴获来的，我想到朱瑞的理想终于实现了，我不免为他高兴。这"战争之神"将在这一次决战中起到攻坚的决定作用时，他却突然逝去了。

决战在即，先折大将，这是多么令人痛心的事啊！

仰望天空，我似乎看见一颗巨星冉冉陨落。

后来，我知道，是在打下易县后，朱瑞和纵队几个领导人一道去看看敌人的工事，这是指挥员在每一次作战后都要做的，看看敌人的设防，我们的战果，好总结经验。他们几个人沿着铁路线缓缓步行，突然一声剧烈爆炸，浓云滚滚，烈火冲天，朱瑞踏上了地雷。

说也巧合，正是十月一日，朱瑞牺牲这一天，全军都传达了东总夺取锦州，全歼东北敌人的战斗动员令。

我仿佛听到从天穹深处落下一阵钟声。

钟声如此隆重。

钟声如此庄严。

征尘旋卷而起，脚步更加急骤。

人同此心，心同此理，百万大军如同一个天神向着一个决定性的亮点挺进。

骑在马身上悠悠晃动，我的心情十分复杂，苦战三年，这一刹那间欢乐里糅合着悲恸，眼泪中渗透着鲜血。我们从濒临危机的底层，一下翻到胜利的山顶，可是不易呀！一次又一次，一回又一回，我们经历了多少苦战啊！在这一刹那间都涌上我的心头，我怎能忘记那零下四十摄氏度的严寒，真是"积雪没胫，坚冰在须，挚鸟修巢，征马踟蹰，缯纩无温，坠指裂肤"。我怎能忘记松花江边的夜宿，在那乌云压顶、胜负难分的时刻，我眼前闪射出一线微光，我的心灵是何等的震颤；我怎能忘记在那酷寒之下，战士们还穿着单衣，那时我们贫穷，我们困难呀！但他们趴在冰雪之中激战。一场战斗下来，冻伤冻死多少？冻伤的造成终生的残疾，冻死的灵魂随着白蒙蒙雪雾飘然而去；我怎能忘记赤日铄金，炎天流火，腐尸气味，蒸熏漠野；我怎能忘记我的挚友，刚刚在火线上跟我握手告别，不久之后，一个电话打来，他已经以身殉国。那时我椎心顿足，涕泪纵横，我只有一个想法，为什么不让我死去，而让他死去?! 这是何等英烈的往日，掀开的每一页都凝着血，可是我的心灵是坚强的，它像一只鹰从绝境中、从困境中随着整个战局在飞翔。是的，欢乐里糅合着悲痛，眼泪中渗透着鲜血呀！我的心碎过，我的心碎过，但我没有屈辱，没有摧折，我的心灵在烈火中旋卷、上升、飞腾。而我们爬冰卧雪，冲过风暴，我们所盼望的这一天终于来到了。我的身子随着马身晃动，我的灵魂随着马身晃动。我当然也没有忘记，追奔逐北、歼敌雪野的狂欢；当然不会忘记老大娘慈爱的眼光，伤员忍痛的壮烈誓语；我甚至也没有忘记那冰雕雪镂的树挂，袅袅娜娜，在酷寒中给人以一种美的憧憬；我甚至也没忘记那玉洁冰清的百合花，在血战之后给人一种美的慰藉……可是，每当想到那些悲惨的事，我还能咬紧牙关，一想到这些美好的事，我的热泪就难以抑制地涌上眼圈。这是为什么? 这是为什么? 因为我们能看见的，他们却看不见了！今天我的马匹卷在滚滚烟尘之中，卷在铿锵步伐之中，我仿佛已经听到庆贺胜利的钟声；可是这仗打得艰苦、打得壮烈，战争以神圣的烈焰锻冶了我的心灵。我年轻时写过一篇小说，题名《冻不硬的灵魂》，但我现在已经没有在延安获得信念、发出誓言之前那种小资产阶级知识分子的忧郁感伤，不，我流泪是为了更好地欢笑，这不只是为了我自己，同时是为了那千千万万死者，这些在九泉之下的圣者，他们有资格在这时欢笑。

我随一纵队从锦州西侧绕到锦州与塔山之间。

我渴望决战，但我周围却一片寂静。

谁知就在这决胜时刻，在首脑部里又发生了一个不算小的曲折。

十一月一日，东总刚刚发出夺取锦州、全歼东北敌人的动员令，可以说针锋相对，十一月二日，蒋介石立即做出反应，从锦西集中十一个师的强大兵力组成东进兵团，从沈阳集中十二个师的精锐部队组成西进兵团，东西对进，妄图一解锦州之危。

在这时，林彪与罗荣桓进行了政委与司令员之间的尖锐斗争。林彪在敌兵势态下，立刻动摇了打锦州的决心，就在十一月二日这一天，发电中央军委，提议放弃北宁路作战，仍回师攻打长春。决战迫在眉睫，指挥信念动摇。这是十分可怕的一幕，但历史竟然演出了这样一幕。罗荣桓坚决不同意林彪弃锦州不打、回师长春的意见，主张按原定部署攻打锦州。我不是军事家，也不是心理学家，我很难测度林彪这样思考是为了什么？是他吓坏了吗？是他觉得像他那样做才合算？我不理解这个整日绞尽脑汁的人，为什么做出异乎寻常的判断。我只能从我所接触的林彪、罗荣桓来议论。作为一个研究人的文学家，我感到林彪缺乏罗荣桓那雄伟的气度。十一月三日毛主席一个十万火急的电报来到了："我们坚决认为你们完全不应该动摇既定方针，丢了锦州去打长春。"这是严厉的批评，钢铁的决定。在中央的坚持下，在政委的劝说下，林彪最后下定了攻锦决心，并报中央。十一月四日，毛主席回电："你们决心攻锦州，甚好，甚慰。"在这两天两夜之内，远隔千里电波频传，但这可不是普通的电波。电闪交加、雷火轰鸣，这是震天撼地的智慧与愚蠢、果断与犹豫的决斗。这就是后来毛主席在吊罗荣桓的一诗中说的：

"长征不是难堪日，战锦方为大问题。"

我当时虽然不在总部，却也听到一点传闻。

我的心灵也在随着那历史的曲折而颤抖。

最后，罗荣桓那泰山崩于前而不变色的刚正果决的伟大形象，在我的灵魂中巍然而起。

苏静突然出现在一纵队，这文静的不断吸着纸烟、眯着笑眼的人的出现，无疑带来一种果断的精神力量。他在一纵队停了一下，就急急转赴守塔山的四纵队去了。

这时，我才知道一纵队位于四纵队之后，是作为总预备队，也是留下来准备在万一紧急情况下南可支援塔山，北可支援锦州对付敌人的一只铁拳头。蒋介石从天津乘"重庆号"巡洋舰到葫芦岛亲自督战，海、陆、空三路发动，向塔山猛攻。守塔山的吴克华部队进行了十分激烈又十分壮烈的坚守阵地的阻击战。塔山方向，日夜炮声如雷震耳，每到夜晚，我向那个方向遥望，但见红色的信号弹像飞迸的鲜血闪闪发亮，这时我那一颗求战之心感到万分焦灼，可是我身处这个总预备队之中，一时还无仗可打。谁知正在此刻，东总政治部给我发来一个电报，要我立即转到七纵队，参加攻锦之战。这对我真是从天而降的好消息，可是，一种又是依恋又是振奋的思虑随即产生出来，我依恋的是，一纵队也许要到塔山进行一场恶战，而我和我所最爱的这支部队却不得不立刻分离；我振奋的是我终于达到了参加攻锦作战的目的。一纵队派了两名骑兵护送我到七纵队，这时我跃马扬鞭、疾驶而前，心境跟刚才完全不同了。好像应该想的我都想过了，这时只一心一意想急急投入战斗。下午时分，我到达了七纵队首脑部所在的村庄。在政治部等候了一会儿，就有人领我到了司令部，两处相距只有几十步之遥。就在一个普通农民家里，我第一次看见七纵队司令员邓华。邓华中等身材，有一张发黑的瘦瘦的脸膛。司令部里充满了浓郁的战前的气氛，参谋人员不断出出进进。邓华把一只皮图囊垫在大腿上当桌子，参谋送来电报，他头也不抬，只凝目沉思地注视着铺在皮包上的电报，他有时只签个字，有时写上批语、下达命令。屋内十分沉静，我坐在旁边等待。我从邓华的一举一动中，感受到一个高级司令员临战的沉着与敏捷。后来我多次见到邓华，邓华确实是一个沉默寡言的人，你听不见他的豪言壮语，看不到他叱咤风云，但却能从他的沉默中感到他在运筹帷幄之中、决胜千里之外的深思苦虑。日影已经西斜，他看了看手表，站起身来，对身边参谋轻轻说了一句："收摊子。"他显然知道我早已到来，而且是他要我到他这里来的，也只跟我握一握手说："我们走吧！"只这默默一声。但这一声却说明攻打锦州的导火索已经点燃，大战随即爆发。只听到一片窸窸窣窣声响，参谋们从墙壁上取下军用地图，纷纷装入图囊。邓华四处望了望，好像怕忘掉什么似的，而后转身朝门外走去。我们都骑上马，向锦州方向前进。

天黑下来，我们好像从一条漫漫峡谷中走到沟口。那天夜晚天色漆黑，我见邓华翻身下马，我也翻身下马，转入旁边隐蔽在山岩后面的一处独立人家。一走进门，只见屋里挤满了人，把灯光都遮住了，就在这朦胧暗淡的光线里，我立刻敏感到我已置身前线。如果说在纵队司令部里我感到的气氛是紧张，这里简直是沸腾，是燃烧。喊喊喳喳，很多人在说话。这时我已知道这是攻打锦州的突击师的临时司令部，他们现在正在进行临战的部署。我听见窗外不断传来马的嘶鸣，我想起刚才在朦胧的暗地里看到有一大队马群在一片松林之内。邓华向师长和政委那儿走去，大家见司令员到来，立刻沉静下来。邓华随即投身火热的炽情之中。在我眼中，这时的邓华完全变成另外一个人，他对领受任务的人不时说出短促的语言，既刚果决断又清醒冷峻，他像从乱丝中一下理出头绪，向乱麻中一下砍下快刀，这时我才进一步理解了邓华，他不只是紧紧掌握全局，从容部署，而且亲临前线，直接指挥，他的到来无疑带来一种催撼人心的强大威力。每一个领受任务的人都庄重而严肃，立刻举手敬礼转身而去，随即听到窗外传来令人牵马的喝声，而后，一阵蹄声急雨般驶去。他们带走的是钢铁的信念、火红的信心。这时我明白从我到邓华、到每一个人都在为挥手之间即将开始的锦州攻坚战这一决定时刻的到来而欣喜，但是谁也不把它露在脸上，而是埋藏在心里。

从师指挥部出来，邓华没有上马，步行向峡谷另一面山上走去。夜这样黑，我不知到哪里去，只有紧紧跟上。就在我们走过的地方，我忽然发现地面上横倒竖卧着一具又一具尸体，有敌人的，也有我们的，说明不久以前就在这里进行过一场激战，还没来得及打扫战场，却已经夺下了罕王殿山这个锦州南面最高的制高点。山坡愈来愈陡，我才明白我们在登一座高山，到达山顶时我已经气喘吁吁。山顶上早已安排了指挥部。纵队司令、政委和我的马褡子都已背上山来，搁在铺了谷草的石岩下。但我只在那上面坐了一会儿，我忽然觉得我的心不太平静，我连一点睡意也没有。我看了一下手表上绿莹莹的指针，蓦地觉得时间在一分一分地向着一个预定的时间前进——而那一刻渴望了多么久多么久呀！……我无法分析我此时此刻的心情，站起来从山岩中走出。我先仰头望望天，再俯首望望地，不知为什么这一刹那我觉得宇宙凝然不动，在等候着人间的巨变。从高山之巅向南看去，塔山方向照明弹不停地熠熠闪光，向北看看，锦州前沿红色信号弹不断升起，而我却觉得那样静、那样静。一阵凉风偶尔拂过，我从风中好像听到感到无数无数的人都没睡着，心都在簌簌跳动，等待着那一时刻的到来，那将是东北这块黑土地上天翻地覆的时刻，那将是光明与黑暗最后决战的时刻，那将是决定东北人民命运的时刻，那就是从渐变到突变而决然爆发的时刻。夜寒袭人，青霜微微，这时间我怎能按捺我期望着、期望着的心呀！

## 一二一　秋风扫落叶（二）

一九四八年十一月十四日，早起一看，海上漫过来的大雾高天滚滚，一望皆白。雾遮没了眼前的一切，好像我们立在大海崖头，眼前就是茫茫大海。太阳刚一吐红，敌人的飞机就成群结队飞来，发出奇怪的啸声，向下俯冲，而后又是轰炸又是扫射。从我们所在的罕王殿山顶上看，那机群就好像河水里一群群滑翔的鱼群，十分轻巧，十分灵活。邓华推开身上的美国军大衣，走出石岩，仰头看看天空，淡淡地笑了一下。对于敌人空军这种夜入森林吹口哨壮胆的动作，我们只能嗤之以鼻，不加理睬。的确，我们的阵地上一点动静也没有，一切一切隐蔽得很好，这茫茫大地之上，就像没有一个生物，没有一丝活气。可是我知道，道路平展展铺开在眼前，这流着女儿河和小凌河的十里平滩，正是我们从南面进攻锦州的必经的险地。经过两天两夜，我们已经在这一带挖出了密如蛛网的地道，不知道这是不是从土拨鼠那儿学来的本领，一条条蜿蜒的地下通路直达扫城而过的那条激流滚滚的小凌河边。当敌机的扫射发出清脆的爆响，发出倏倏的白光，我知道我们的人马枪炮都隐蔽在坑道之内，实际战神已经逼近锦州。据当地人说，这个季节每天都有海雾吹上陆地，这雾可真浓密，我看看头上，从石岩上垂下来的荆条上凝结着一串串小小的水珠，再看看我脚下，给霜打得通红的小草一株株都顶着一颗水珠，我才发觉我脸上像挂了蜘蛛网一样潮乎乎、湿漉漉的。由于厚厚的雾给这十里平滩做了屏障，从锦州城里发出来的炮火，也是盲目地胡乱纷飞。

我们在石岩下吃了一顿饱饭，有美国牛肉罐头、花生米罐头，还有筒装的白兰地酒。

邓华问送饭来的总务科长："你们从哪里弄来这些宝贝？"

那人笑了笑向山下一指说："这是师里扫荡罕王殿高地时缴获的胜利品。"

我呷了一口白兰地，觉得一股火辣辣的热气沿食道而下胃中，立刻感到一股醇香。

邓华却放下饭碗，就着放在身边的皮包式的电话机摇了一阵机柄，直接向师里问：

"你们还有白兰地吗？"

"……"

"你们送些给突击部队，每人喝两口暖暖身子，回头他们要从冰凉透骨的小凌河涉渡呀！"

然后他就着搪瓷茶缸喝了几口白兰地。

雾还在游动，虽然依然看不清一切，可是不像刚才那样浓重了。

我要跟前头部队攻城，就告别了司令员和政委，向山下走去。

狼藉的山坡上尸体已经不见，想是支前队伍把他们掩埋了，我在这峡谷口上，就是昨夜到过的那个独立房屋那儿，和师部会合。雾渐渐淡化、渐渐稀薄，变得像半透明的发亮的毛玻璃一样。上午十时，雾开始消散，十一时，发起了总攻。像昆仑在崩决，像黄河在咆哮，所有的大炮早已瞄准了目标，这时万炮齐发，只听到炮弹弹道千条万条掠过头顶排空而过的声音。这时我忽然觉得在高高云端上站立着一个人——是朱瑞，他呕心沥血、惨淡经营，组成强大炮群，准备在最后决战时一显神威，可是他没有看到。不，他的灵魂凝聚在这像瀑布狂流直泻的炮火之中，他正从高空俯视大地，露出微笑。东北"剿总"副总司令范汉杰后来说："炮战之猛烈为过去所未有。后来我军炮弹接济不上，炮兵阵地已被解放军的炮火所控制，我军发了几颗炮弹后，解放军即集中火力向我炮阵地及步阵地猛烈射击，士兵在壕沟里动也不敢动。"这来自对方的自白，可以说明我军炮火强大的威力。我想，今天，可以告慰朱瑞在天之灵了。

锦州城整个笼罩在一片浓烟烈火之中，报话机传来消息，突击连已经渡过小凌河。这时我和师长、政委、政治部主任几个人便抖动缰绳放马疾驰，紧追先头部队。我的战马在小凌河里荡起高高浪花，嘶鸣、跳跃、狂奔，我仰头向前一看，忽然眼睛霍地一亮，突破口的残垣断壁上像一点火光一闪，原来是一面红旗在滚滚硝烟之中飘动、飘动。那一刹那，一种壮美之感直入心迹——那是一朵比鲜艳的玫瑰花还鲜艳的花朵……一个参谋雄赳赳地从前面跃马而来，马蹄把水浪头飞溅得老高，他大声报告："五分钟打开了突破口。"他气喘吁吁、两颊鲜红、两眼雪亮。师长命令："撕开突破口，让后续部队火速前进，向纵深发展，遇到铜墙铁壁也要砸个稀巴烂！"那参谋的马打了一个旋转就风一样又向前奔去。

当我们一逼近锦州城下，就立刻被笼罩在黑色的战火之中。敌人发现了我们，立刻向我们猛烈扫射。我听到子弹头像蝗虫一样在我头上身边乱撞乱击的声音。

火光闪烁、浓烟滚滚。我猛然看见师长跳下马，我自己也跳下了马。

我们迎着枪林弹雨向突破口跑去，密密麻麻的炮弹坑像蜂窝一样，炸弹坑烧得炭一样黑，树枝喷着火焰，遍地是尸体。仍然控制侧翼城垣的敌军把子弹像水一样向我们猛地泼来。这时师长李化民见我还紧紧牵着马，他突然怒喝了一声："放开！把马放开！……"是的，我暴露了目标。这时我才懂得，战争一打响，一切一切都是为了前进，还顾得上什么一匹马的得失，我撒开手，马立刻扬长而去，忽然一颗炮弹爆炸，把马炸得向上高高抛起，而后又跌落了下来。这时，我的鼻子突然一阵发酸，我咬咬牙，跳过弹坑，弹坑还是火热火热的。我们冲进突破口这死亡的关卡。谁知城里形势更加严峻，每一街、每一巷、每一寸土地上都在进行血战，滚滚浓烟黑沉沉的。以致几十年间，我每一回想到攻锦之战，总觉得是在夜间进行的。就是现在，我还记得清清楚楚：嗖嗖飞舞的子弹闪光的火花，残垣断壁上熊熊的火焰，都像在黑夜帷幕上那样清晰，那样发亮。敌人飞机异常疯狂，正顺着一条大街泼火般扫射。我们躬身曲背，沿着街边墙壁急速跃进。还是那个雄赳赳的年轻的参谋，突然从浓烟烈火中一闪而出，他两眼圆瞪、满面硝烟，喊了一声："跟我来！"跑了一段路，把我们引下一人多高的圆桶形水泥下水道里，我们一到地底下，蓦然安静下来，只觉得整个水泥的穹洞都在颤抖。我们就在这里设置了指挥所，点燃了几支蜡烛，发出颤巍巍的黄光。电话线牵来了，电话铃响了，师部的几位首脑就蹲在地上进行指挥。正在这时，电话里传来了好消息，我们一下子大声喝彩起来。原来塔山之战胜利了。塔山到锦州只有半日路程，如让蒋介石在塔山得手，我军就会腹背受敌，攻锦只有告吹。这是一步险棋，正是这个原因，鼓起了每一个战士的锐气，当我们粉碎了钢铁防线，攻进锦州这一刹那，在塔山的战友们已经苦战六日六夜、血肉横飞，反复厮杀，正像一个战士的誓言一样："用牙咬也要咬着塔山。"锦州、塔山近在咫尺，两方升上天空的红色信号弹都可遥遥相见，但，四纵队在那儿设了一座火的闸门，使双方敌人可望而不可即，无法相援，最后只好望洋兴叹。师指挥部立刻把纵队传来的塔山胜利消息通报全师，立刻，从纵横巷战的战士中喊出一句响亮的口号："我们要对得起守塔山的英雄。"

一静下来，我就听到整个大地都像爆炸一样轰响，这时我的心灵上耀着一闪一闪的光亮，这是锦州的闪光，也是塔山的闪光。英雄的苦苦斯搏吸引我，我想到地面上去看一看。不知谁拉了我一把，急促地说了一句："有情况！"

话音刚落，地下水道里响起了枪声，由于水泥洞的局限无法扩散，枪声响得特别脆，特别爆，这真是一场可怕的惊慌。

原来，我们的警卫部队沿着下水道搜索，在下水道另外一截拥来了范汉杰的警卫部队。双方立刻开火进行交战。

我军一举打开突破口，攻入锦州城，这时我们的部队从上到下一个个心气很高，就像一只只老虎一样扑向敌人，没用多长时间就把不知是躲避还是预伏的范汉杰这一部分警卫部队歼灭得干干净净。在这整个过程中，我看到师长拿着电话耳机连动也没动，紧紧跟火线上的突击部队通话，就像根本不知道身边在开火。政委站起来指挥地下道里的战斗，他像是对于这种意外的干扰感到恼怒，轻蔑地骂了一句，但当他凑到师长跟前，却郑重其事地说："看来敌人指挥部已经乱了手脚！"师长两眼火红，不假思索地说："把这情况报告纵队首长！"于是我又听到他撕裂着嗓音在电话上大吼："炮火干扰，听不见……我说你们大声喊吧！现在没有什么密可保了，同志们！……"我从中听到一种笑吟吟的胜利的快感。

后来范汉杰说："……解放军这时的炮火集中火力射击师、军、兵团及我的指挥所，各部队已进入手榴弹和拼刺刀的近战中，全城都被枪炮声所震动。市区内南面碉堡线多被突破，并由南向北扩展；电话全部中断，无法通讯，仅有的几辆轻型战车亦参加战斗，市区进入混战状态。"这里所说从南面攻击的就是我所在的七纵队。

可是一个不祥的噩兆突然出现，攻坚战在老城城墙下受阻，师长通过电话向老城火线上喊叫：

"副师长！怎么回事呀！兄弟部队拿下火车站，抢占中央银行了，我们这个老城就那么难攻？调炮兵轰它几个洞洞出来，钻也钻进去！"

指挥员在这种关头总是咬紧牙关，坚硬如铁。

我决计上去看一看，转身时听到：

"纵队首长！纵队首长！请炮兵部队集中猛轰老城。"

我一出地面就感到一股焦辣辣的硝烟气味扑面而来，不知不觉已经是夜晚，只是爆炸声隆隆不绝，整个城市火光冲天。

两天两夜没合眼，待到全城解放，师部立刻进入旧城一处大院人家里，我们几个人头枕炕沿倒头便睡，刚好睡满一铺炕，第二天天亮了还在睡。我忽然给发自身旁的一声猛烈爆炸惊醒，睁眼一看，只觉得一阵狂风猛扑而下，整个窗框都掀下来，摞倒在我们身上，敌机轰鸣着、旋转着，这一颗炸弹就落在我们跟前，我寻思也许需要隐蔽一下，可是我朝两旁看看，谁也没动一下，都在呼呼大睡，我也就倒下头来睡去。读者！你们不要以为只有拼刺刀才是战争，这种在轰炸之下坦然酣睡也是战争，两天两夜每一分钟、每一秒钟都在极度紧张之内，人们的眼睛熬得通红，舌敝唇焦，嗓子哑得发不出声音。但是，坚持着，坚持着。一旦松弛下来，哪还顾得上什么炸弹，正像火线上的指挥员常说的："我就不相信炸弹单单掉在我的头上。"

大家睡至近午，起来饱餐一顿，师的司令部搬走了，我和政治部主任留在这里。对我来说那是十分繁忙的几天，尽管整天都有飞机轰炸扫射，但我还是到各个连队进行采访。锦州一战，英雄辈出，这些我后来都写在小说《红旗》中了。倒是这中间我遇到了险情，几乎送了命，也可算做战争花絮。原来我们的住处是一个十分富裕的家庭，在一个大院里面，有一个砖墙围绕的小独院，上房五间，陈设华丽，从粗犷的弥天战火之中到这温柔之乡，当然觉得十分舒适。政治部主任在东头上那一间办公，外间屋刚好有张长抽屉桌，我就在这儿展开我的纸笔急草锦州之战的新闻报道。不知道哪一个团的团长送了我一支刚刚缴获的美国手枪，我把它挂在腰间皮带上带了回来。我写了一阵，休息下来，取出手枪细看，这是一支好像还没有用过的美国军官用的勃朗宁手枪，设计得十分精巧，钢身闪着蓝幽幽的光泽，十分可爱。我没有使过这种枪，不知怎么装卸，也不知里面装有子弹，不慎之下一下扳了枪机，爆裂的一声响——响得那样急速、清脆，简直是迅雷不及掩耳，我还没醒悟过来，政治部主任已经疾步跑出……真险呀！如果枪口朝内就正好打中我的头颅，幸好枪口朝外，子弹在木墙槅上打出一个洞，直射堂屋，又幸好堂屋没人——醒悟过来，我发现我的额头布满一层冷汗。

不久，东总政治部进驻锦州，来抓战后政治工作，我便搬到那儿去住。第二天总部来电话要我立刻赶到总部，于是我乘一辆小吉普离开了锦州。我是那样依依不舍，只好把一分神魄留给锦州。

四十年之后，我已七十有五，重来锦州，这英雄城已变成一座繁华城市，旧迹渺然，何处寻踪？谁知就在那车如流水马如龙的一个街口上，我看到了一座灰黄色的蒋军碉堡，上面弹痕累累，锦州人把它保留下来，作个纪念。不过碉堡下面已经开了一家店铺，人出人进，意趣盎然。但它却使我心神为之一颤，当年鏖战中多少鲜血、多少生命，好像都依存在碉堡之上，发出霍霍战争之声。

经历这一场激战，季令已由秋天进入冬天，南满虽然比北满冷得迟，但收获后的田野已呈现一片枯黄，山上树叶虽未落尽，但已红绿斑斓、杂然相处。我们攀上一座高山，两崖壁立如剑，便闻鸟声啾啾，十分幽静。从战火硝烟中突然来到这里，才觉得大自然如此优美。就在这优美的丛山之中隐蔽着一处村庄，正是总部驻地。我看到林彪、罗荣桓、刘亚楼，我才了解了整个战局。原来正当大军蜂拥南下北宁线时，林彪忽又迟疑不决，与西北坡之间电报往返奔驰之时，蒋介石已飞抵沈阳，他在一次高级军官会议上布置东援西进，力保锦州的决战，他气急败坏地说道："形势的发展，实在出乎吾人所料。锦州是东北我军的咽喉，势在必保。我此次来沈，是救你们出去的。过去你们要找共匪主力找不到，现在已集中在辽西走廊，正是你们为党国立功的好机会，只要大家以革命精神，下定决心，坚决服从命令，我想一定可以成功。今天唯有死中求生，如此战失败，则与各位再无相见之期矣！以往的失败就在于不听我的话哟！……我已经六十多岁了，死了没什么，可你们还年轻，再不听我的话，一个个都让共产党把你们抓了去！"谁料我军红旗举处，锦州已经烟消火灭。林、罗、刘聚首凝目集中注意力转向辽西，廖耀湘兵团正在倾巢而来。刘亚楼跟我说道：

"要你回来，有一场好戏看！"

我愕然相向，不知所云。

正在这时，林彪在唤："亚楼！来一下！……"

刘亚楼一走开，一个参谋才轻声告诉我：

"回头一〇一（林彪代号）要见范汉杰。"

我一听不觉扑哧一声笑了出来。在锦州已经听到关于活捉范汉杰的故事。原来十月十六日有四人出现在锦州东南二十来里的谷家窝棚东南方小道上，其中一个大高个儿，头戴一顶烂毡帽，身穿露棉花的破棉袄，肩上披一条破麻袋，手里拿着一个萝卜边啃边走。这几个形迹可疑的人立刻被我们的战士识破，盘问起来。那个大个儿说话声音很低，自称是沈阳一家钟表店记账的，逃难至此，他一边说一边不住地把破毡帽往下拉，遮住半个脸，显然是想避开对方的注视。可是他那白白的两手和牙齿却已露出了破绽，于是这四个人被看押起来；再次审问时，那三个人说得驴唇不对马嘴，这个大高个儿却什么也不说了。可是当卫生员给他擦伤了的手指上药时，他却很认真地说：

"擦点酒精吧！不要得破伤风。"

第二天清早，范汉杰的侍从副官就揭发了他：

"那个大个儿就是范汉杰。"

一查对我们发出的通缉令："范汉杰，广东人，四十二岁，大高个子，脸黑，头秃。"一模一样。

你想，这个啃萝卜的大个子就要出现在这里，这不是一场绝妙的戏剧吗？

不久，范汉杰给带来了，林彪当然没跟他握手，但也还是客气地伸手让座。我一看，这个高大的人穿的不是烂棉袄、破毡帽，为了顾全他的面子，给他弄了一身黑布衣服，他尽管矜持地想保持一点大将风度，可是仍无法掩饰败军之将的拘谨，一时之间好像不知手脚怎样放才好。林彪并没有露出胜利者的骄傲，他还是像往常一般轻声轻语，缓慢地说着。好像满天霹雳过去，露出一线暖晴。他们说得不多，林彪只是从军事角度问讯了锦州设防情况，似乎无意逼他供出什么秘密，只是核查、总结这一次攻坚的经验。范汉杰红了脸，连连躬身自称："败军之将，无颜相见。"林彪淡淡说了一句："胜败乃兵家之常事嘛！"于是这场既冷峻又温和的会面就结束了。

## 一二二　秋风扫落叶（三）

锦州失守后，蒋介石第三次飞到沈阳。

他声嘶力竭垂死挣扎，严令廖耀湘兵团从西线猛攻，妄图收复锦州。在这之前，廖兵团猛攻黑山，可是他们遭到了妄图攻克塔山的敌人的同样命运，猛攻五天五夜，寸步不能前进。梁兴初率领十纵队防守黑山，这个火人——全身有九处伤疤，至今还需治疗的梁兴初，在最危急时，把电话机一撂，冲出纵队指挥所飞奔火线，直接指挥战斗。敌人十多万发炮弹，如狂风骤雨，时刻不停，倾泻而下，把黑山燃烧成一片火海。可是黑山像一块写着"石敢当"的石碣，岿然不动。黑山一〇一高地反复争夺二十多次，炮火硬是把山头削去两米。完全出乎蒋介石意料之外，攻锦部队没有休整，没有喘息，所有纵队急急掉头，一路路从东向西跑步急进。读者！你如果能展开一幅辽西会战的军用地图，你难免咋舌吃惊。那一条条红箭头和蓝箭头交盘错综，有时混绞一起，有时分头并进，真是龙蛇飞舞、气势凛然。廖耀湘见黑山攻不下，就掉转头想向营口逃生，谁知给我们刚刚赶到的部队来了一场猛烈痛击，他于是又急急北窜沈阳，这条路又给我们的部队一下切断了。两个庞大的兵团就在辽西展开最后歼灭性决战。

茨威格在《滑铁卢的一分钟》中说过："命运总是迎着强有力的人物和不可一世者走去。多少年来，命运总是使自己屈从于这样的个人：恺撒、亚历山大、拿破仑。因为命运喜欢这些像自己那样不可捉摸的强权人物。但是有时候，当然，远在任何时代都是极为罕见的，命运也会出于一种奇怪的心情，把自己抛到一个平庸之辈的手中。有时候——这是世界历史上最令人惊奇的时刻——命运之线在瞬息时间内是掌握在一个窝囊废手中。英雄的世界游戏像一阵风暴似的也把那些平庸之辈卷了进来。但是当重任突然降临到他们身上时，与其说他们感到庆幸，毋宁说他们更感到害怕。他们几乎都是把抛过来的命运又哆哆嗦嗦地从自己手里失落。一个平庸之辈能抓住机缘使自己平步青云，这是很难得的。因为伟大的事业降临到渺小人物的身上，仅仅是短暂的瞬间。谁错过了这一瞬间，它绝不会再恩赐第二遍。"

蒋介石没抓住这一瞬间。

毛泽东抓住了这一瞬间。

廖耀湘没抓住这一瞬间。

林彪抓住了这一瞬间。

天连烽火。血战玄黄，这一场猛战，这一场恶战，只杀得天昏地暗、日月无光。

我们乘一辆美国十轮卡车飞奔。

时间在争分夺秒地前进。

一切向着辽西!

一切向着沈阳!

就像古希腊罗马神话中的天神紧紧扼住了妖魔的咽喉,在厮打、在搏斗。

这时,河流已冻了冰,但是人的热气腾腾,炮火的热气腾腾,队形没了,组织乱了,战士只有一个信念:"哪里有枪声就往哪里打!"上百万大军纠缠在一起,一到夜晚,军情火急,一颗一颗照明弹急霍霍地悬在空中。信号弹、炮弹、子弹的弹道,像千万条火龙在倏倏地狂舞。炸弹的火光,燃烧的房屋,衬着空中惨白惨白的照明弹,照耀得如同白昼。

廖耀湘完全陷在混乱之中。

廖耀湘已经掌握不住部队,部队被解放军一把把尖刀利刃一一分割,一一歼灭。

这个拥有几支全部美械装备,曾经耀武扬威、叱咤风云、号称"王牌军"之长的廖耀湘最后也像范汉杰一样,落荒而逃。廖耀湘后来说过他在辽西的末日:"天大亮后,我与周璞钻进田野中的高粱秆堆里,隐匿了一天。夜晚再向南走了一段,白天仍在原野里隐蔽地点休息。我们看到解放军仍纷纷向各方行动,待解放军大队过尽了,我与周璞即向沈阳前进。在途中遇到一个单独行动的老百姓,给予重金,买了一些便衣与食物,化了装继续向沈阳前进,行抵辽河边,旁边路人谈话,知沈阳已解放。我考虑再三,决心回头走,拟到葫芦岛国民党仍暂时控制的地区去。行至黑山以西,便被解放军查获。"

廖耀湘走了范汉杰同样的道路,身穿破衣,肩披麻袋,不过他没有像范汉杰那样口啃萝卜,看来在表演能力上廖比范还略输一筹,不过他们都不由自主地实现了蒋介石那个不祥的预言:

"一个个都让共产党把你们抓了去!"

我们驶过黑山,一路上哪里还看得见整齐的地面,只是一片黑色冒烟的焦土。经过辽西,满眼到处都是弹坑,战场沉寂无声,到处飘散着硝烟和血腥气。树木像通红的火把在熊熊燃烧。到处狼藉着被丢弃的枪炮,炮车有的停在路上,有的倾倒在沟里、河里,有的还挂着牵引车,有的只剩下烧得焦黑焦黑的炮身。遍地是残缺不全、血肉模糊的尸体。一匹死马已经残肢断腿,还在挣扎、还在哀鸣。

我军作战之勇猛,如同天兵神将,连纵队司令、政委都变成普通一兵,都参加拼搏，敌我犬牙交错，手脚扭在一起。战后不久，在沈阳城市内大和旅馆，陈云听说三纵队政委罗舜初给炸弹震伤，特地请他来见面进行安慰。罗舜初面如土色，完全变成一个痴呆人，谁跟他说话他也听不见，只是瞪着眼睛看你。他说，在厉家窝棚打得最惨烈。他从一条堑壕里出来向另一条堑壕跳跃前进时，忽然一群炸弹咝咝响着落了下来，他刚把身边的一个警卫员推下堑壕，炸弹就轰然爆裂，一时之间天昏地暗，他便失去知觉。后来人们从厚厚的土堆里把他挖了出来，谁知身上连一点弹伤也没有，但是两只耳朵完全聋了。

我们的卡车沿着大路向沈阳方向疾驶。

这时，大路上出现了罕见的兵败如山倒的景象。

这真是十分鲜明的对照。我们的部队在大道中间向着沈阳方向奋步疾奔，而一缕缕、一行行国民党士兵，顺着路两侧迎面而来，他们见着解放军，立刻就把枪交出来，有的就索性扔在地下，他们两目茫然、全无生气，也不知走向何方？走到哪里？只是向着相反的方向走着、走着。这时，我军急如星火直逼沈阳，也没人顾得上收容他们。有一回，我们渴了，我们饿了，便停住卡车，向路边一个农户走去，想在那儿烧锅开水，吃点干粮，谁知我们一进去，竟发现满屋挤满了国民党士兵，我们烧水，他们也烧水，我们喝水，他们也喝水，看见我们从干粮袋里倒出干粮，他们那急火火的眼睛里露出饥肠辘辘的神色。反正我们就要进沈阳了，就把身上的干粮袋都甩给了他们，他们也不说，也不谢，只是抢着抓了拼命往嘴里塞。当我们登上卡车后，我转过身来看，那群人也从屋里走出来，而且有三五个人向我们招手，那就是他们的谢意吧！于是他们又裹在石灰色的人流中向相反的方向走去，走去。

我这时心如火燎，只希望卡车一股风一样驶进沈阳，谁知没走多远就一下给堵塞在大路上，前面拥挤着无数无数的大卡车。下车走到前面一看，辽河水滔滔急流，可是辽河上的桥梁被破坏了，只剩下一个钢铁的架子。这是夕阳将下的时分，河水上漂浮着一层淡淡的红色，路边村舍里飘来晚炊的炊烟。这时，尽管飞机仍在天上飞，但对于这样密集的目标也不闻不问了。我们原来坐的是东总政治部组织部长刘贤权的车，不久又出现了宣传部肖向荣的车，他们合计了一下，决定就在这里宿营过夜。可是我不能耽搁这一夜，我怎能错过破城的时机，我必须连夜赶进沈阳。这时苏静却在万马丛中突然出现了，他沉静但果断，他说他要过河，我就把我的马褡子移到他的车上。这时，许多工兵络绎不绝地扛着门板、木料向前跑去。我站在河堤上面望着他们在钢架上铺桥，这一场铺桥的决战一直进行到夜间。黑黢黢的夜幕之下，两岸笼起两堆熊熊大火，照红了夜空，照红了流水，照红了每一个紧张劳作的人影。当工兵把桥铺设到可以过人时，我和我的通信员，他背着大马褡子，我背着小马褡子，在浓浓的黑夜里，踩着咯吱咯吱作响的木板过了桥。可是要过汽车，桥还得加固，我们就在桥北面小山崖口上等车。这是多么难忘的夜啊！我站在寒冷的夜空之下，很想从呼啸的北风里听听沈阳方向有没有枪声，我心急如焚，唯恐误了战机。可是夜像把一切都包围、都堵塞了，我希望听到枪声，却没有枪声，难道战事已经结束，我来迟了？我转过脸，看那熊熊跳荡的火焰，看那憧憧晃动人影，我又觉得这一切都过分迟慢了。好不容易，卡车射出雪亮的灯光，从坎坷不平的桥上摇晃着、迟疑着、缓缓开动了，这时我又担心起来，唯恐桥上木板断裂，卡车翻下河去，于是两眼紧紧盯着、盯着，等那灯光一下射到面前，把我照得雪亮，桥上桥下一片欢腾，我高兴极了。苏静却一直默不作声，只是一支接一支地吸着烟。我蹬着橡胶车轮，扳着卡车厢板，爬到了卡车上面。

十一月初的下半夜，空气已经冷得像冰凌一样，车迅速奔驰起来，北风有如铁片般劲削着一切。锦州战后，我已穿上了美国长毛绒的冬大衣，把帽兜兜在头上，系紧带子，将整个脸遮得严严实实，背转脸坐，总算躲过了狂风的袭击，可是冷飕飕的寒气却冻着手、冻着脚，很快就把脚冻得麻木了，我只好在钢铁车底板上跺脚，让血脉流通，取一丝温暖。夜幕之下的大地那样苍苍茫茫，只有我们这一辆卡车在公路上疾奔。

我在沉思，我在默想。

是的，辽沈决战之幕已经垂垂而下，历时五十多天的血战，多少艰辛、多少悲苦，但它将以无比的雄伟和壮丽载入史册。

我随着车子摇摇晃晃、颠颠簸簸，这时我的心灵一片肃然穆然。一股灵泉涌上心头，我情不自禁地吟出一首诗来：

> 辽河雁过暮天迟，多少征尘惹梦思。
> 夜涉流急频跃马，晨行霜冷苦吟诗。
> 山连烽火回天日，地走龙蛇荡寇时。
> 正道秋风扫落叶，白山黑水唱雄师。

一阵急风冷飕飕地吹来，从沈阳方向传来稠密的枪声，我像听到号角的战马，一下扯下帽兜，侧耳细听，再看沈阳方向，黑沉沉的没有一点火光。十一月二日的晨曦就在这时来到人间，由朦朦胧胧的黑色一下变成朦朦胧胧的青色。天公似乎为了给这令人珍贵的日子增加一点光彩，东方很快漫染出鲜艳的早霞，就在这红色霞光里，我们的卡车开进沉寂的沈阳。战争刚刚结束，街上没有行人。我们驱车直奔国民党东北"剿总"大楼，我上了楼，这里的一切都没有动，但一切都露出匆忙逃走的痕迹，比如，一张办公桌上有一个白磁的记事板上写着："头可断，血可流……"我忍不住笑了，我想这个人头既不会断，血也不会流，因为他脚底板上抹油，早已逃之夭夭，不过在临行之前，留下他的临终的哀叹，在这儿我才懂得什么叫作惨败，什么叫作灭亡。看着眼前的一切，我的心一下跌落，一下升起，我想起我第一次到沈阳，冰雪严寒、暗无天日，从我在执行小组住处的楼上听到夜空下爆炸的枪声；而现在我回来了！又是一个冬天，不过这里已经一片光明，是的，我知道我终究是要回来的，但我没有想到这样快就回来了。就在"剿总"大楼里，蒋介石像热锅上的蚂蚁，没了头的苍蝇，三次召开军事会议，就是在这里他发出"再不听我的话，一个个都让共产党把你们抓了去"这一威胁，其实事实往往是颠倒的，不是可以说：正是因为听了他的话，一个个才让共产党抓去了吗？就在他发出豪言、发出哀鸣的地方，历史已经像日历一样掀了过去，东北人民从黑土地上站立起来，拍天挞地，用他们那粗壮的大手在这里画了句号。战争过去，和平降临。

这是喜剧的人生，喜剧的结局。

## 一二三 复活

日本人占领东北时，在每一个城市都建筑了一个宾馆，这些宾馆都统一叫一个名字："大和旅馆"，以此来标志日本大和民族的优越感。沈阳市中心广场边也有一座叫"大和旅馆"的灰白色的楼房，不过这里没有铺体现大和民族特有风格的榻榻米，倒是清一色的西式陈设。盘旋的楼梯，静静的走廊，从高高穹顶上垂下璎珞缤纷的华灯，黄铜的饰物发出闪闪金光，一派豪华气派。沈阳刚刚解放，陈云率领着大队接收人员到了。陈云就住在这楼房里面，这里成为军管会的中心。战争结束了，我们这一群战地记者，那支写战争的笔就得来写和平了。我从一九四二年延安文艺座谈会之后，已经六年没见到陈云，我便到大和旅馆去看他，他还是那样温文尔雅，从容不迫、满面笑容。他一听说我们在沈阳，立刻就叫我们搬进大和旅馆。陈云住在楼上正面一个大套间，每天夜晚，他那外间厅房里就聚满了人，像一个热闹的市场，派到各个方面去接收的人来这里汇报。开始，沈阳气氛还是十分紧张，毫无疑问这种气氛也带到了这里，比如火车站吧，恢复运营谈何容易，敌人在那里埋下了无数地雷和炸弹。可是，铁路员工与工厂工人澎湃的热情融为一体，一夜之间，就扫清了障碍，恢复了通车。被敌人破坏了的电力工厂，经过火急抢修，第二天，千家万户、万户千家的电灯就霍然明亮起来。第四天电话通了，第五天邮电局已同全东北联系起来，第六天雾雪初晴，街道上响起了电车的铃声，自来水管流出清水，而这一切的总动力都来自大和旅馆那个套间客房。我参加每晚的汇报会，陈云总是坐在一只小沙发上，不论别人怎样吵嚷、笑闹，他总是那样笑吟吟地听着。他不喜欢做长篇大论的总结指令，只是随时插问，得到答复后，就轻轻放过。但一遇到重大关节，他就抓住不放，仔细追问到底。沈阳是我们在全国接收的第一个大工业城市，千头万绪、万绪千头，陈云习惯地扳着指头仔仔细细地计算着，从庞杂的纷乱中，一下理清了头绪，抓住要害。那些汇报会总是开得很晚很晚，我从旁听着，暗暗敬佩陈云的头脑是那样从容不迫、脉络清晰、条理分明。

从战火与烟尘中一下住进舒适华贵的住房，我还有点不习惯。我寻找着日本人留下的遗迹，那就是桌上的煤精雕塑出来的黑熊，还有悬在墙壁上日本人画的浮世绘，还有油画。我想起第一次来沈阳时，在一个宽广的市场上，看到满地都是日本人摆的地摊，那里真是五彩缤纷、琳琅满目。说老实话，到今天我还是一点也不喜欢日本人的浮世绘和穿了华丽和服的人形。我只是想寻找音乐唱片。果然，我在市场上发现了音乐的海洋，这里有亨德尔、巴赫、海顿、莫扎特，一直到肖邦、李斯特……我真为艺术的美陶醉了，我收集了一大批唱片，我现在怎样也想不起那一大堆很沉很沉的东西在我东奔西走当中，是怎样保存下来，直到新中国成立。我拥有的这一笔宝贵的音乐财富，就是以沈阳的收获为基础积攒起来的。可是，"文化大革命"中，几百张唱片竟荡然无存。那时我还禁锢牢中，我的家人知道这是我最心爱的东西，于是到派出所去报案，谁知派出所里正在放留声机唱片，说不定那就是我们家的唱片。从此我再没有了收集唱片的兴趣，因为我再也买不到喀麦隆作家马蒂普送给我的那张黑非洲音乐唱片那样美的唱片了。这一次，我回到了沈阳，却没有找到什么值得纪念的东西，那种煤精刻的熊呀，烟盘呀，我是不屑一顾的，我甚至从上面感到日本侵略者的血掌的印痕。

陈云并不单单听接收人员的汇报，他所以把我们调到他这里来，是为了让我们每天外出观察动静，使他能直接了解社会动向。

沈阳市那样大，为了每日跑遍全城，我们需要代步的工具，陈云写了一个条子，要我们到部队上去要车。

当时一纵队的一师驻扎市区。我和师长蒋拥辉是好朋友，我想我找他一定能够得到帮助。我去了，说明来意，他就笑嘻嘻地亲自带我走进他们驻地后的大院，哎呀！这真是洋洋大观，无数辆小吉普整整齐齐排列得黑压压一片。而且每辆车上坐着一个司机，他们还穿着全部美式服装，不过一切已为人民所有了。他们都很守纪律地坐在那里，好像随时准备接受命令。没想到在经历锦州、辽西大战之后，在这儿又显出另一番天翻地覆、换了人间的景象。

蒋拥辉一挥手说：

"你挑吧！"

都是同样橄榄色的吉普，我挑什么呢？

我挑人，他们虽说都是普通士兵，但毕竟受过国民党长期影响，谁知他心里怀的是善意还是敌意呢？

我必须谨慎。

因为我们一旦坐到车上，我们的生命就掌握在把着舵轮的人的手里了。

我发现一个看上去很质朴的青年人，我问他："你愿意跟我工作吗？"这个青年人说："只要有饭吃我就去！"于是我对蒋拥辉说：

"我要这一辆。"

从此以后，我不但全身美式装备，而且有了一辆崭新的吉普。过了几天，我走到大和旅馆门口，忽然看见一辆小轿车开过来停下了，下来一个司机，跟我说："我这辆车没人要，我到哪儿吃饭？你收留了我吧！"我一看是一部崭新的紫红色的，美国福特轿车，于是我就把它接收了下来，可是我没有那么大勇气坐这豪华的汽车，于是我就让他把车开到大和旅馆后院。《东北日报》社搬来，我交上了这辆车。但报社也没用多久，后来就给东北局调去，不知哪位领导人使用了。

我们每天到街上仔细观察，这是多么空旷的大城市呀！就像寂静得没有声音一样。开头两天，街头没有一个人影。市民们的意识大概还没从战乱中解脱出来。不错，那是多么可怕的混乱呀！就在解放军强渡辽河的时候，东北"剿总"总司令卫立煌坐上飞机逃跑，这个时候，飞机场上孤零零只剩下这最后一架飞机了，它起飞之后又降落下来，也许这位司令长官发出恻隐之心，还想救出几个亲信。谁料到所有将军、大员都潮水般向这儿拥来，一架飞机怎容纳得下？飞机只好收起舷梯。于是，一场比果戈理的《钦差大臣》还更有讽刺意味的闹剧在这一刹那演出了。人们的头脑已经发昏，一个省主席颤抖着肥胖的身躯，好容易从吉普车后座攀住舱门底部，就像槐树叶上垂下的吊在一根丝上的绿色小虫，我们小时管它叫"吊死鬼儿"，它总是上不着天，下不着地地蠕动着，就在这人命关天的时刻，从舱门里伸出一只脚，一下把那个省主席踢将下来。舱门关上了，飞机起飞了，机翼上、机尾上爬满了人，此时，一群群像风中落叶一样纷纷跌将下来。随着飞机的呼啸，机场上响起一片哭声。随后，炮响了，枪响了，火光在燃烧。这么大的灾祸当然使人们困惑了，市民们也摸不清解放军是怎样的人，大都关在家中不敢出来。可是，他们不知道，一个不是上帝创造的，而是人创造的复活节正在悄悄降临。沈阳——从死亡到复活，经历了多么漫长而痛苦的岁月……它是"九一八事变"中最早流血的地方。从那时算起，在黑夜漫漫之中，这个城市死亡了整整十八个年头，而现在，一道晨光照射下来，它在苏醒，它在复活，人们思考着、观察着，战争已经完完全全消逝了，恐怖、战悸，随着复活的苏醒也在静静地消逝……没有一个士兵来砸门，没有一个士兵在叫骂，啊！他们看见了自己的亲人，于是，街上露面的人一天比一天多起来，不过，店铺的大门还是关得死死的。

我记得那几天，我们回到陈云身边。

他就问我们：

"店铺有开门的吗？"

于是我们沿了街道巡视着：

"今天有一家店铺开了门。"

陈云很高兴地听着，这对他似乎是最重要的信息。我们天天报告：

"今天……"

"几家？"

"五家。"

"六家。"

"十家。"

有一天，我气喘吁吁，十分兴奋，噔噔噔跑上大和旅馆那大理石的楼梯，径直跑进陈云房间，他正倒剪着手站在窗前望着外面沉思。是的，几十年时间，我们日日夜夜都在厮杀，而现在面前摆着的既是一座盛满珍宝的聚宝盆，又是一片乱摊子，头绪纷繁，百废待兴，正如不久之后毛主席所说的："我们熟悉的东西有些快要闲起来了，我们不熟悉的东西正在强迫我们去做。"面对这个巨大工业城市中心，站在这宁静的窗前——白色的织花窗帷静静地垂着——陈云是最早接触不熟悉的东西，而又必须强迫自己尽快熟悉起来的第一个人。怎样使这里的社会生活从敌人严重破坏中恢复过来？怎样使烟囱冒烟，让机轮转动，叫生产恢复？还有一大堆一大堆庞大而复杂问题，都需要这个当家人绞尽脑汁、百计千方，去安置、去安排。这一刻，看着他那瘦瘦的背影，使我感到他肩上的负担有多么沉重，他像把着病人脉搏的医生一样，医治这百孔千疮的大城市，积累了最早的经验。沈阳军管的经验，是中国共产党创建的第一个城市领导乡村的范例，这种经验后来在全国各大城市普遍施行，创造了更多更丰富的经验。我要说，这就是建立新中国的雏形。陈云看起来瘦弱，但他的胆识、智慧与毅力挑得起这个重担，并且，他还具有辩证唯物主义的思想与方法。后来，我才明白，在大和旅馆那一段亲切相处的日子里，他使用我们调查研究的结果，配合接收人员的汇报，从不同的侧面了解情况，掌握全局，纵览全局，使历史从死亡中复活，使大地从死亡中复活，使人民从死亡中复活。

东北——既是地狱也是天堂，只有曾经沦为地狱的，才有可能真正成为天堂。问题是怎样推动这循环的轮子，怎样把地狱变为天堂……这广袤而又粗犷的黑土地呀！滂沱恣肆的江流，满山遍野的森林，请想一想：它那样美是为什么？因为它们毁灭过，死亡过，但它们终于从血泊里站起来，从虐待、从蹂躏中站起来，它像洁白而美丽的女神，它身上还沾着血渍，还布满伤痕，现在却露出嫣然一笑，云开雾散，丽日晴空。这是为什么？我沉思着。是的，她从死亡的黑夜中苏醒过来，唤起黎明，因此这黎明更加鲜艳，更加动人。黑夜愈黑暗，映衬黎明愈明亮，十三年人间地狱，傀儡王国，日本军国主义导演了一幕又一幕穷凶极恶的悲剧，但这一切都不能掩盖大地的生命。生命，是的，从灾难里生长出来的生命，是最纯洁最神圣的生命，我亲眼目睹了这伟大的复活。也许正是从那时起，我的心中就升起一种灵感——那就是我看到了人创造的太阳。四十九年漫长岁月之后，我终于把我的一部长篇小说题名为《第二个太阳》——因为我经历了人创造太阳的历程，我感到了人创造太阳的艰辛与伟大。

那天，我站了一阵，陈云转过身子，一望见我就咧嘴笑了："有好消息吧？""有……"他见我兴奋得喘不过气来，连忙走近我，低声问："什么好事？""二十六家，二十六家……""你说二十六家开门了？""对。"陈云把手一拍说："沈阳大局定下来了。"

陈云从来是谦虚与朴素的。当他得知东总要把辽沈决战各纵队领导召集到沈阳来开会，就主动提出大和旅馆设备好，应当给他们住。

他把军管会搬到一个普通的楼房，我记得他的住房朝里面墙壁上半截装着玻璃，也没有窗帘遮挡，但他安然地住在里面。

我和华山两人住在一间窄小的房屋内。我睡在一个奇特的高床上，是用桌子搭起来的。就在这间房子里，我写了《光明照耀着沈阳》，华山写了《英雄的十月》。华山和我都是新华社总社特派记者，一般作战时候，我在一纵队，他在六纵队，不过这一次攻锦州，我在七纵队，他在三纵队。他写东西是精雕细琢、煞费苦心的。有一夜，我几次醒转，都看到他坐在台灯光中，一面吸烟，一面沉思，一面写东西，就是这一夜，他写出了《英雄的十月》，生动而细致地描写了整个辽沈战役；我跟他不同，我积累、酝酿、思考时间比较长，一旦成熟，灵感激荡，往往一气呵成。特别是这一次，由于亲身参加了大决战，又直接参加了接收工作，更主要的是直接受到陈云的启发与感召，我在这间狭窄的小屋里，很快地写出了《光明照耀着沈阳》。

## 一二四　收获

我这个人一生有过多次冒险，几乎把生命悬垂在死亡边沿。

当沈阳太原街一带恢复了繁华，我决心回哈尔滨去一趟，向上级报告给《东北日报》社安排办公地点的情况，在这一方面我除了接收国民党报馆那一座大楼和一座印刷厂之外，我还在附近给《东北日报》找到一处非常理想的宿舍，这是一片日本人留下的建筑，很大的院落里有一幢一幢两层花园洋房，我敢说这是一家报社最美好的住宅。可是这片房子原来属于国民党经济部门的，因此我们经济部门的人就认为应当由他们接收去。我认为报馆是要上夜班的，离远了无法回宿舍，我为此找了陈云，陈云把它批给报社了。

火车是通了，但还没有向乘客正常卖票运行。我打听到有一列火车开往哈尔滨，把要办的事办完，已经半夜。我赶到车站，一看，那里果然停着一列火车，我心中好不高兴。可是一辆客车没有一丝灯影，门紧紧关闭，不管我怎样用力敲打，没有任何应声。这时，火车鸣了一声汽笛，立刻动了起来。我发现在客车后面有一辆平板车，于是我跟通信员就跳上去。可是，那上面又平又滑，连一点遮拦的东西也没有，想抓到一点什么撑住身子，却什么也没处抓。没办法，只好把马褥子摊在平板车中央，我们两人背靠背坐在上面。火车就在这时越驶越快。在漆黑无边的旷野上，由于火车冲进，两耳只听到呼呼风声，风势越来越狂暴、凶猛，天空大地都像在崩决，千万高山倾倒而下，千万江流直泻而来。我在黑夜里行过军、作过战，但没想到在整个东北大地解放之后，我竟有这样一个奇特的遭遇。的确，我的个性常常灼热得像火一般，我要走一定就走，脑子里根本没想过生命的危险。从前行军、作战是众多人在一起；而现在就我们两个人在苍茫大野之中、沉沉黑夜之下，显得那样孤独——可怕的孤独，除了车轮的霍霍声之外就是这撒野的暴风……仰头看看，我看不见天，但我意识到整个大宇宙都在寂静中沉睡了。其实，宇宙并没睡着，它在施着神魔的妖法，像要把这平板车撕烂砸碎，平板车就像大海狂涛上的一叶孤舟，摇晃、震荡着。不过，如若是在惊骇疾奔的马上，我手上还有一根缰绳，如若是孤舟，我还可以双手抓住船板，可这儿什么也没有——有点像在冰面上进行速滑……一切一切都系在脚底那薄薄的锋刃之上——在这险象环生的时刻，让我窥视一下我的心灵吧！我没有惧怕，只是像一只猛斗的雄狮，全身肌肉、骨骼、血管、神经都在进行着一场厮拼搏斗。读者！你要不了解我这一特点，你就无法理解我在维护真理与信念而斗争中，无论遭到多少凌辱与诬陷，从来没有为自己做过打算，只知道义无反顾冲锋陷阵，坚持到底，斗争到底——而这就是我的为人，这就是我的性格，这就是我的灵魂。其实，当时我什么也没有想，在漆黑与严寒中，心灵上只亮着一点火星，它就是生存，我必须生存。最危险的现象蓦然出现了，我觉得平板车突然由倾斜而倒立起来，就像掀起的案板，那上面有两个豆粒，眼看即将滚下去，一旦滑下去，我们就将给火车轧得粉身碎骨，这时，像是有人发出了报警的信号，我们唯一依靠的坐在上面的马褥子也向前滑去。我很快发现火车轮子只在倏倏地滑动，却失去了哐当哐当的声音，风力也减下来，我们好像落入一片低谷。是的，我清醒地意识到了，火车是在一个下降陡坡上急速放行。马褥子成了我们的护身符，我们两个人全身平趴在板车上，死死抓住马褥子，减少一点滑速——我的每一根头发都竖起来，我没有畏惧，但我的心在怦怦跳跃……这大概就是弗洛伊德所谓的潜意识的作用吧！……谁料下滑的火车就在这千钧一发之际转为平稳——火车好像也长长喘了一口气。我忽然感到我们并不孤独，我看见天空上像冻得细碎的冰凌似的寒星。火车在平地上稳稳当当行进着，我们又一个朝前一个朝后，背靠着坐下来。我忽然发现我的胸口沾满了热汗，全身的血流都在急速奔流，突然一下给火灼烧一样的寒冷冻醒，我才知道我刚才在平板车上睡了一觉，我想睁眼，眼睫毛却冻结在一道，睁不开。我脱去了手套，凭手心上一点温暖融化了冰冻。我一看，淡青色的黎明已经水汪汪地降临了。火车在一个车站停下来，前面那节客车车厢的门打开了，有人下来面向大野行个方便。这时我一下蹿上车厢，一看，上面有很多熟人，而且听到我愤怨的叫骂，从睡着的上面一层软席卧铺上探下头来看我，我真是怒不可遏：

"火车还没开你们就把门关得牢牢的，任凭我怎样敲呀打呀，就是不应，你们都死了！……你们这些自私自利的家伙，你们知道这一夜我在平板车上怎么过的？！"我这像爆竹一样的一阵怒吼吓住了他们。他们连忙腾出卧铺位子把我安顿下来，劝我："你好好睡一觉吧！"

有人还从暖水壶里倒了一茶缸热水递给我。

我接过来，两手捧着，一股热气通遍我的全身，我感到亲切、暖和，但我觉得全身的骨头像散了架一样，我连一点力气也没有了。我没有展开马褥子，没有取出被褥，和衣倒下，盖着那一件橄榄色的美国军大衣，倒头睡去。除了被唤醒吃饭，我整整睡了一天。火车停停走走，走走停停，终于到达了哈尔滨，我告别了最后的一次露营之夜，结束了东北战场最后一场战争。

当我走上霁虹桥时，桥下正驶过一列火车，火车头喷出的白色水蒸气，像大雾一样笼罩了大桥，把我遮没其中，我脸上感到一种温暖的潮湿，随后变成薄薄的青霜。这一刹那间，我静静地站在烟雾之中，一下揭开了我心灵的秘密：我所以在平板车上那样舍生忘死，历尽艰险，我是为了——爱。

对孩子的爱，对妻子的爱，还有对哈尔滨的爱。

我唯恐就那样遽然离开了哈尔滨，因为哈尔滨留下了我的深情，留下了我的生命。

哈尔滨是我一生中生活得最充实、最有意义的地方，我从这儿一次又一次投向战争，我不再是创造新世界的旁观者，已成为创造新世界的主人。我在延安公布了我的宣言，我终于没有违背我的宣言，无愧于自己，击浪革命中流，我可以这样说：我成为一个共产主义战士了——在延安整风中决定理想，在东北战争中付诸实践，我虽然没有经受监狱的考验，但经受了战火的考验，在这一场血与火的冶炼中，形成了我这个人的性格与风度，我还是我，但已不是过去的旧我，而是现在的新我了。但共产主义者绝不是苦行僧，相反正是在为革命而献身时，爱的抒情就更加甜蜜。因为每一次分别，都是生死的悬念，在这苦苦的悬念里面糅合着、增加着更深沉的爱。正如燕妮给马克思信中所说："你现在对于我是比以往任何时候都更为亲切和珍贵，可是每当你和我告别时，我总是万分激动，我多么想把你叫回来，以便再次告诉你，我多么爱你，我如何全副身心地爱着你。可是，最后这一次你是以胜利者的姿态走的。我已看不见你的身影，只有你的形象出现在我的心上，它栩栩如生，这样地忠诚，天使般温柔和美，沐浴在爱的伟大与智慧的光芒之中，这时，我真不知道，在我心灵的深处你是多么珍贵。"在哈尔滨，我们有过多少次这样珍贵的分别，而现在到了我们并肩而立，深深鞠躬，向哈尔滨告别的时候了，天长地久，旧梦难寻，这时这种爱更是弥足珍贵的了。何况，正是在哈尔滨这一种深沉更深沉的爱诞生了我们爱的结晶，我们有了那样甜蜜可爱的小儿子。母亲终究是伟大的，在生了滨滨之后，汪琦除了具有做妻子的美，又增加了做母亲的美。我不能忘记她怀里抱着小儿子时，那凝视、那微笑是多么亲切，多么甜蜜。滨滨这个小生命给我们生活中增加了一种骚动，当然这是幸福的骚动。他常常哭泣，怎样逗他，怎样哄他，妈妈抱着他摇，爸爸抱着他摇，可他还是哭。以十磅体重来到人间，他的哭声也特别洪亮。我们为了不让他哭，常常把他放在床上，两手把弹簧床按得微微摇晃，给他以摇篮的舒适，有时摇着摇着他就睡着了。汪琦要上班，便请了一位将近中年的妇女来带滨滨，她有带孩子的经验，她把滨滨带得很好。我每一次从前回来，不但发现孩子长大了一些，而且更乖了一些，又白又红的小胖脸上经常带着甜蜜的笑容，我在他的脸上轻轻地吻着，婴儿的皮肤细嫩得像柔软的丝绸，我唯恐我在战火中弄得粗糙的两手会刺痛他，谁知当我把他举起来时，他不但不哭，而且咿咿呀呀发出笑声，两只小手还在空中不断抓弄。看着我们父子二人，做母亲的感到多么大的幸福与安慰呀！就是保姆也为婴儿的结实、活泼而感到自豪。汪琦非常喜欢这个保姆，她又清洁、又勤快，特别是她爱我们的孩子，像爱她自己的孩子一样。谁知这样一个还年轻的妇女，却有一番十分悲惨的命运，当她知道我回来是接他们母子去沈阳时，她暗暗啜泣，哭得两只眼睛都红肿了。汪琦也舍不得离开她，就苦苦劝她跟我们一起到沈阳去。可是她却怎样也不肯，她说她也舍不得离开我们这一家，可是，她悲恸地说："……他回来找不到我怎么办？我得等他，我不能走……"说着就哽咽着一扭身跑出去了。原来她的丈夫多年以前就失踪了，十年之久没有一点信息，没有一点踪迹。她总觉得他还活着，这个忠贞、贤惠的女性呀！她的整个生命就寄托在永无止境的盼望上，她总觉得有一天他会回来，似乎根本没有想过这是一个灾难的年代——有多少人一去不复返了……在抚顺的万人坑里有多少白骨？在哈尔滨的细菌站里有多少给毒菌吞噬了的尸体？不，她不能这样想，她觉得自己的悬念会保佑他平安，是的，这个痴情的女子所以能够活下来，不就靠这一信念吗？她终于没有离开家，她活在无期的期待之中。在我们要动身的时候，那真是一场悲苦的离别，她又抱了抱滨滨，她又亲了亲滨滨，滨滨睁着眼睛在看她，望着她笑——她实在忍不住了，提着一个包袱，哭泣着转身走去。

一切收拾停当，整装待发，我忽然觉得还有一件重大的事情没有做，那就是我必须再看一眼松花江。

那是一个清晨，我冒着凛冽的寒风，透骨的严寒，只有三个钟头时间，我半走半跑急急向松花江奔去。当我走出中央大街街口，掠过宽阔无垠的江面的大风一下把我堵塞在那里，我简直无法向前行走。但是我能够不看一眼大江就这么离开吗？不，不能，我侧过身子，用肩膀头顶着那狂放而暴烈的北风，歪歪斜斜，一点一点挪动脚步，只有百步之遥，却消耗极大体力。当我到达江堤边上，站稳下来，我觉得周身的血液都在激荡，一注注热汗流下胸脯，但我喜极若狂，真想仰天长啸，可是不要说张嘴，连鼻孔也像滑进冰溜一样，一直冷透心脏。就在这时，太阳升起来了，红色的光线从空中射下，在玻璃般冰冻的江面上染出一派紫红的烟雾。这像胭脂一样红的早晨啊！在冷风冻雪的季节是难得一见的，但，现在它却明晃晃出现在我的面前，这瞬息之间，我无法转念，无法思索，千头万绪融成一股爱的激流涌上心头，我下意识地想道：我是多么爱你，多么爱你呀！

我们有孩子的都集中在一节车厢里。

我们的车长是华君武。华君武现在是中国第一漫画大家了，前面我曾经描述过他在东北战争中那幅蒋介石的漫画，不但家喻户晓、妇孺皆知，连前线的战士也把画剪下来藏在口袋里。行军作战的间隙，掏出来传看，引起一阵哄笑。华君武以他的幽默给战斗者提高了士气。他的智慧与天才都是十分出色的。延安人都记得在演京剧的舞台上，他跷着一条腿拉胡琴潇洒的神态。关于华君武传说最广的是他打扑克的故事。那时在延安，空闲的时候是很多的，大家聚在点着一盏羊脂油灯的窑洞里，凑成一场牌局。当然买不到现在那么漂亮的扑克牌，于是大家自己动手做土扑克。我就亲手把一层一层油光纸粘在一起，除了细心绘画红桃、老 K 等等之外，我还特别精心地用墨把纸牌背面涂成黑色。华君武是鲁艺美术系的，我相信他们做的一定十分精彩。一打起来，不是沉思默想就是热火朝天，常常为了一张牌争得面红耳赤、义愤填膺，华君武有时气急了，声言再也不打扑克，而且真的把扑克扔到山谷下面去，可见他决心之大。可是第二天，人们从高山上看到有一个人影在那儿猫着腰，一点一点地寻，原来是华君武，把自己扔掉的扑克又找了回来，于是吵得不可开交的人，又喜笑颜开地在一起玩了起来。在东北，他又一次显示出天才，他是我们小灶食堂的伙食委员，把饭食办得十分精美。在这婴儿列车上，他自然成为出色的车长，为大家做了体贴周到的安排。我们坐的是三等客车，没有床铺，于是把行李箱子堆在两面座椅之间，搭成一个温暖的卧铺。我被安排在离车门很近的地方，这里的确十分方便。我和汪琦各睡一边，把滨滨安顿在中间。那是一列快乐的列车，夜间不断听到婴儿的哭声，白天你逗着我的孩子，我逗着你的孩子，又说又笑，乐成一团。回想我从沈阳来时，在平板车上那段历险记，现在看来那代价是值得的。

回到沈阳，沈阳发生了极大的变化，满街的人笑逐颜开，熙熙攘攘。这时，整个广大无垠的黑土地上，人民都在为东北的解放而额手相庆。

在《东北日报》社，我们被分配在楼上一个单元里。这里的楼都是上下两层，外面看是西式的洋房，里面却离不开大和民族的特色，我们那间外屋有个壁橱式的书架和书桌，想必是日本人的客厅，卧室墙壁上有日本人装棉被的橱柜，日本人的榻榻米大概给国民党的人员拆除了，现在摆了一张钢丝床，后面有一间住房，在沈阳，找到一个我们全家一直管她叫老妈妈的老人带了滨滨住在那间房里。我到现在还很欣赏日本人的建筑设计，面积不大，但样样俱全。厨房、洗澡间都小得两人无法转身，特别是那方形木制的浴池，一个人刚刚能够蹲在水中。家一安顿下来，我立刻动手写作，写出描写锦州攻坚战的短篇小说，题目叫《红旗》——这个小说前面有段小小的导言：

> 在火线上，发动总攻那天崩地裂的一刹那，我看见一个战士高举着红旗向前奔跑。红旗迎风飘展，鲜明耀目。红旗是我们无数英雄的鲜血所创造出来的，它象征着奔腾的热血，无上的荣誉，以及新中国的光明，红旗到哪里，胜利就到哪里。

读者不难发现，这是攻开锦州突破口那一刹那间的红旗。

也是我在三年苦战中，在火线上看到的无数无数的红旗。

这篇小说在《东北日报》上以一版篇幅发表了，毫无疑问，这鲜艳而又英雄的红旗给沈阳投下一股新鲜的气息。

这时，大批民主人士、文化界人士已陆续从香港乘船航海，在大连登陆，而后来到沈阳，都住在当时沈阳最豪华的大和旅馆里。这中间就有郭沫若。我们从重庆起就称他为郭老。战乱到来时，我们三年前在上海分手，天各一方。听说他来了，我去看他，我看着他那慈眉善目，听着他爽朗的哈哈大笑，这是何等欢乐的重逢啊！郭老见我穿着一身戎装，由于长期在野外，风吹日晒，面孔黑里透红，郭老高兴地说："你完全变了一个人，在上海分手时你还是一个白面书生，现在你已经是一个真正的战士了。"后来他又谈到在香港时天天关注着内地的战局，他说："你给我送来一些消息，一些希望！"我把印有《无敌三勇士》《政治委员》的小册子送给他，他读后曾给我写了一封长信，我一直珍藏着，谁知在十年浩劫中，我却失掉了它。

不料四十几年之后，草明把一份复印件拿给我，一看原来是郭沫若给她的一封信，我很惊讶，为什么给我？仔细看时，原来里面有一小段话讲到我："前几天在报上读了刘白羽的《红旗》，那实在太好了。我很愉快，得以看到真正的中国人民文学的诞生。今后必然是更有多量的磅礴雄伟的大作出现的。"我认为这不是《红旗》写得有什么好，而是由于它灼出一线新世界人民的闪光，对于从香港刚到解放区来的郭老，触动了他的浪漫主义的遐想。所以郭沫若这段讲话精辟之处，在于"今后必然是更有多量的磅礴雄伟的大作出现的"。这是伟大的人的伟大的预见。

个人的小收获仍从于革命的大收获。在东北苦战三年，如果说收获，我最大的收获是这片热气腾腾的黑土地加强了我的灵魂的光泽，在东北人民的哺养下成了不同于前的新我。

正是因为这个大变化的缘故，使我个人也得到了小收获。上面说到的《红旗》只是小小一例，另外我还要说一下《光明照耀着沈阳》。我写好后，经过电台发到了新华社总社。后来，有人告诉我说是中央领导同志从新华社稿件中发现了这一篇，从而得以发遍全国，以至海外。由于没有得到证明，我只有姑妄听之了。谁知四十多年后，有一位正在编写新华社历史的老新华社人到我家来，我问他当时处理这篇稿子的情况，他却送给我一份新华社总社发给平津前线新华社一份电报的复印件，上面明确地记下了中央对于这篇长篇通讯的评价，我不妨先写在这里：

"报道应分两类，一类力求其快，如战报及其他重要消息；一类力求其精，应指定专人，指定题目去写。希望你们除及时供给新闻外，还能写出令人传诵一时的佳作，例如刘白羽所写的《光明照耀着沈阳》那样的通讯来，足以记录这一段不朽的历史。"

我想这篇稿子之所以得到重视，并不是由于它写得怎样好，而是它宣告了一个新鲜事物在中国大地上诞生，而且从沈阳这里铺展开来，写出以后一系列接收军管全国大城市的那一篇大文章，那是要很多人来做的。从我个人来说，这是我从不会做记者到会做记者而做出的一个可打六十分的考卷，当然这也的确是在东北三年披硝烟、冲战火、战风雪、斗严寒、出生入死而得到的一点小小的收获。

我所以记叙上面两件事，不是为了炫耀自己，因为我没有什么值得炫耀的。我只想以我亲身的经验证明延安文艺座谈会是一条多么深刻的界限。既然在前面批判了在它之前我犯的错误，我就不能不在它之后肯定我应肯定的成就，不论它是多么渺小，否则我就否定了那个界限的神圣的意义，否定了深入人民群众火热斗争生活这一作家艺术家必须承受的真理。事实就是事实。这是今天的我对于过去的我的纠正。这是今天的我的文学对于过去的我的文学的纠正。上述两则，只能是我通过海关的证件，事情不过如此而已。因为这根本不是我个人的收获，而是《在延安文艺座谈会上的讲话》的真理的收获。对我个人来说，这只不过是人生段落的一个微不足道的小结。

的确，我既然爱上热土，就把心灵投在这片热土上。战争的犁头曾经犁遍热土，现在我认为到了这片热土收获的时候了，我想证明我们不但能够破坏一个旧世界，还能够建设一个新世界。我要求到鞍山去，那是我们解放区刚刚拥有的全国最巨大的炼钢厂。染过血光的地方，有权利最早燃出生产的火花。我的要求立刻得到东北局的同意。一个夜晚，在廖井丹那豪华的客厅里，我们聚在一起，谈着明天动身到鞍山去的事。忽然有人给《东北日报》社社长送来一封信件，廖井丹拆开来读了一遍，从他那被电灯光照亮的眼镜片上闪出幽默的一笑，随即把电报纸递给我，大家都围拢来看，原来是中央宣传部的电报，要我和华山立即到平津前线指挥部报到。去鞍钢的事当然立刻成为泡影了。现在想来如果我真的到鞍山，我会走一条不同的道路。当时尽管东北河山百废待兴，但通过这份电报，提醒我，战斗尚无穷期，战火还在前面。于是大家都站起来，纷纷散去。

我从暖烘烘的房子走了出来，仰望天空，群星闪烁。东北这种令人清醒的冰冷的夜空，我向你告别了。

但我永远也不能忘记，从黑暗的底层博取到光明的这东北黑土地上的伟大的转折。

# 第十四章

---

## 我们的脚步声震响世界

### 一二五　围城内外

人们在历史中行进，但当时往往并不理解这历史有什么深刻的含义。要经过一段时间，也许愈远愈好，像我现在在垂暮之年，想那历史的一页，我才发现它是多么巨大，多么辉煌，而当时我们急于奔赴前线，就那样匆匆忙忙过来了。

我们乘坐一辆卡车，从沈阳到山海关，到得很晚，走得很早，连山海关城楼也没上去，更不要说去曹操登临观海的碣石山了。谁知一进山海关，不知出于心理的缘故还是自然的变迁，耳目所及都有一种焕然一新之感。宽阔的公路都铺了崭新的黄土，淋过水，那样平坦，那样清洁。据我所知，从前只有皇上出来才是如此的，而冀东人民就用这种方式表达了对入关大军的至诚的欢迎。特别精心设计的是距离一段路，就修一个可以装得下一辆卡车的地下防空洞。其实万里长空之上连个飞机的影子也没有。这时一种新的气息、一种新的气氛，像是看不见、听不到的早潮，向我心灵上缓缓地、漫漫地涌来。这是什么？我寻思不出来。一刹那间，一九四六年那严寒阴暗的冬天从我心头一掠而过，今昔对比，现在一切都变了，金色的阳光，赤红的笑脸，人和大自然亲密地溶成那早潮，在我心灵中缓缓地、漫漫地摇荡。

是的，从一九三七年，我含着泪、含着恨，从日本强盗的屠刀下离开我的故土。

后来回来过，但，那不过是一次不是凯旋的凯旋。

而现在，生我养我的故乡啊！我真的回来了，你尽情地拥抱住你的儿子亲亲地吻一下吧！

我们到了通县宋庄，这里就是北平前线指挥部所在地，政治部一个同志一见我们就说，正等着你们到来呢！于是领我们来到一家农户门口，还没迈过门坎，却听到里面响起一个非常谙熟的声音，一眨眼工夫，随着轻快脚步声，急匆匆走出一个人。"啊！陶铸同志！""你们来得正好，咱们一道去司令部。"我在前面已经记述过陶铸，不过计算起来从白城子一见到现在，我们有三年没见了，现在他是平津前线的政治部副主任，主任是谭政。他还是那样敏捷，那样轻快，他握着我的手时，那粲然一笑一掠而过，我从他身上感到目前正在发生一件什么重大的事件。

他带领我们走进一座青砖青瓦的亮亮堂堂的大院子上房。林彪、罗荣桓、刘亚楼、谭政都在这里，我们一一握手之后就在进门处炕沿上坐下来，从旁听着他们的议论。开始我有点摸不清头脑，林彪站在炕上，在贴满整个墙壁的那幅军事地图前，随了他轻缓从容移动的手势，我发现无数条红色的箭头已经紧紧包拢了北平。直到进入北平后，我在九王府听林彪传达二中全会精神时，才理解了这就是毛主席讲的"北平方式"。当时向地图上看去，我明白在西面已经拿下了张家口，切断向绥远去的退路之后，再从东边拿下天津，切断海上逃路，北平才成为一座倒悬的孤城。最后，决定我和华山跟陶铸进北平。一种庄严、隆重之感升上我的心头，我知道我将如同在东北，投身于那火热的大决战一样，现在我又将投身于另一个决定历史命运的伟大进程。

就这样，从沈阳急急忙忙赶到通县这个小小村庄，现在，我又立刻匆匆离开它，乘吉普赶向一个两军使者相会的地点。

那是离宋庄不远的五里桥，村外有一处收拾得很干净的宽阔的宅院。

我们到达之后不久，一队吉普车从北平方向疾驶而来，走下来的第一个人是傅作义的代表邓宝珊，陶铸热情地接待了邓宝珊。我早在一九三八年陪同卡尔逊到榆林时，就认识了邓宝珊。他个头不高，有一副红扑扑脸膛，没有国民党高级将领的傲气，却有一股忠厚纯朴之风。在榆林他请我们吃饭时给我留下这一印象。这次北平和谈中，他不显露什么锋芒，却扮着举足轻重的角色，更证明了这一点。这是一次秘密活动，因为北平城里还有蒋介石的嫡系李文、石觉两部，还有特务的天罗地网，也许还有傅作义的犹豫不决，因此傅作义做出和谈部署是瞒住了外面的眼界的。我想这就是为什么选择在远离乡村的这个独立的宅院里见面的缘故吧！不过，尽管两军严峙，战火匆匆，我们对邓宝珊这一位名声显赫的老西北军高级将领，现任华北剿总的副司令，还是尽可能地进行了款待。我们团团围坐一桌吃了一餐午饭。冬日天短，经过一阵寒暄，一顿盛宴，太阳已经偏西，于是计划得十分周到的秘密行动开始了。通县至北平四十里，从地理上来说是很近的，但在我心灵上却很远，因为我熟悉这条道路，幼小时，我母亲带上我多次去通县看娘家，所以，透过吉普车关闭的门窗，我看到了记忆中一处土崖上的那株很高大的槐树，由于它古老，黑铁一样的枝杈龙飞凤舞，摇曳空中，很有气势。还有一座桥，那是在北平通县之间一半里程的地方，母亲乘的骡车总要在这儿饮水、打尖，这些都一一唤起我对童年的回忆。北方冬天的原野显得十分荒凉，像一条黄布长长地拉向天边。这时天上也已残阳将熄，只有一片返青的麦地，涂了几笔蓝色，令人目光一亮。当我看见东岳庙时，我的童心又跳跃起来，因为这是我儿时常来游逛的地方，不过对这古老而又阴森的寺院，我一进去就有一种恐怖之感。关于它有各种传说，说鼓楼的楼顶谁也不敢上去，那上面住有一个来无影去无踪的侠盗，说一个大胆的人上去了，还来不及看什么就给掼死在楼下；还有一个人上去过，只看到地上摊铺着干黄的麦秸，像是有人住过，他也只瞥了一眼，便战战兢兢下来了，因此这个神秘的传说愈传愈远。其实，那时令我感到有趣的是东岳庙对面那个热闹的集市，吃的、玩的，琳琅满目，那年间，做买卖的都是要大声吆喝喊叫的，倒也是一种民间艺术，像唱歌一样悠扬顿挫，委婉动听。我常常在这儿买一根糖葫芦，也就满足了小小的欲望。这些思念一一涌上脑际，又一闪而过。

转眼之间已到达朝阳门。那时北平城高壕深，十分威严，在苍茫暮色之中，城下正在关闭城门，城上哨兵林立，好像严阵以待，正在对付我们。一时间，气氛一派紧张。邓宝珊的副官喊叫了一阵，那边竟没有动静。这时前面吉普车车门打开，邓宝珊跨下车来，站在地上，这时我才发现这位将军是那样威严，令人肃然起敬。一见是剿总副司令长官，城上有人连忙喊叫："开门！开门！……"这才化险为夷，吉普车一辆跟着一辆，打开头灯照得雪亮，两旁侍立的兵士都举起手来敬礼，放我们这一车队平平安安驶进北平。

其实在通县会合时，邓宝珊早已面带为难之色，说明了这点：

"为了不使事态激化，委屈各位不要出头露面。"

因此，一路之上车门关得严严的，我们都穿了橄榄色美国军大衣，把帽兜拢在头上，就是检查也不会发现有什么可疑之处。

大街上行人如织，并无慌乱痕迹，因为就在这一天，在《平明日报》上已经发表了和平解决北平问题的协议，北京人当然松了一口气。不过也有不少人驻足而观这急行而过的车队，不知出了什么事情。

现在回想那些年间，我有两次返回北平。第一次是从重庆飞来，堂而皇之走下飞机，住进北京饭店，但那却是一次不是凯旋的凯旋；而这一回，真的凯旋了，却身藏身隐形不能露面，这两次相比，不能说不是历史的调侃。吉普在街上绕来绕去，我想不出这是到哪里去，最后，却驶到东交民巷，即现在的正义路。如果从朝阳门到东交民巷，最顺便的路应该是经过东单牌楼，可是我们却绕到府右街又从西折东。后来才知道原来李文、石觉部队就在东单牌楼一带以外国兵营为中心占领着东城一片地区。我们驶进东交民巷御河桥路东一座大院，通过一个很大的花园，来到最里层一座大洋房前停下。进去一看，灯光明亮、富丽堂皇。一打听，这原来是日本大使馆，日本人投降逃跑了，现在是傅作义总部的联谊处。我们先到一间大客厅里，坐在沙发上休息。我偶然仰头一望，没想到在嗜血成性的日本帝国主义的厅堂屋顶上却涂着一层浅浅的绿色，在这绿色天空上浮雕着一群雪白的飞鸽。我又听说，原来这里就是袁世凯当皇帝时，派外交部次长与日本公使签订丧权辱国的二十一条的地方，我的心灵不禁为之一动：艺术呀！你是美的，但就在你的美的掩盖下，有多少血泪与枯骨呀！但，我又进一步寻思，还有一种艺术，那才是真正的艺术，同样是鸽子，从反法西斯战争中飞出，一直在要求和平的世界上空到处翱翔，那是毕加索画的衔着橄榄枝的鸽子，它到处呼唤和平，传播和平……我的思路在空中转了一圈，又回到这座客厅里来。你能够想到，就在这签订二十一条的地方，却签订了和平解决北平问题的协议，这是历史对人间多么大的嘲弄，多么大的抚慰，但不论怎样，这不是历史的偶然，而正是历史的必然。在这里，我们和先进城的苏静会合了。不久，戎子和、徐冰也从西郊聂荣臻前线指挥部来了，作和平解决北平问题的最后谈判。后来，我从苏静那里了解了有关和谈的一些细节，比如傅作义亲自主持军以上高级将领会议，在会上宣读和平协议的全文，得到到会将领绝大多数的拥护。但是蒋介石嫡系的两个兵团司令李文、石觉当场抱头嚎叫：

"对不起领袖呀！对不起领袖呀！"

我才知道这一和谈十分艰巨，来之不易。因为北平城内不但李文、石觉的兵力超过傅作义的兵力，还有"军统"、"中统"的特务密如蛛网，到处活动。就拿傅作义本人来说，也不能不经过长期矛盾而又复杂的心理斗争。他究竟是有一代英名的守涿州的名将，是一个真正的、有血气的军人，在失去张家口又丢掉天津的严重打击下，党中央权威人士发布了一批战犯名单，傅作义就是其中之一。在军事、政治双重打击之下，傅作义几天不出门，不见人，精神恍惚，唉声叹气，饭不吃，水不喝，独坐发呆。他周围的人见这情况，很怕发生意外。宣布战犯名单之后，党中央又派地下党员向傅作义传递了信息，告诉他六条意见，其中包括：

"傅一直追随蒋介石反共。我们不能不将他和阎锡山、白崇禧、胡宗南等一同列为战犯。我们这样一宣布，他在蒋系军队的地位立即加强了。他可以借此机会大做文章，表示除了坚决与我们打下去再无别的出路。而实际上，则和我们和谈，里应外合，和平解放北平，或经过不很激烈的战斗解放北平，使我们有理由赦免他。"

傅作义听了这六条，心情为之一震，下了和平解决的决心。

戎子和和我是第一次见面，徐冰是老熟人，三年阔别，在此种情景下相逢，心里别有一番滋味。他是个世家子弟，在北平上流社会很有身份，他虽然是个老共产党员，但是还有北京人说的"少爷脾气"，好开玩笑，见他那种"玩世不恭"的派头，你简直无法想象他在谈判桌上怎样纵横捭阖、运用自如。我在重庆那一段时间和他来往十分密切，几乎每次到五十号都要聚谈，因为他是文组书记，谈起工作，其实他是很认真、很严肃、很周密的，像他这样的人，在我们党内有两个，一个是徐冰，一个是陈赓。现在党中央派徐冰来，是十分合适的人选，凭他在北平的故旧，颇能打开局面。陶铸要我们跟他住在楼上正面东头的一个单元套间里，我们怕打搅他的工作和休息，想另外找个小房间住，陶铸却执意不肯，我们也只好听从。陶铸是一个很有个性、很有风格的人，对人却十分温和友爱，他住在里面一间，我们住在外面一间，从此便同陶铸亲密无间地相处起来。

当天夜晚，傅作义在中南海居仁堂设宴欢迎我方正式代表的到来。这是我头一次见到傅作义。他十分朴素、从容，但从言谈举止中显露出一位元戎的风度。他的面孔红扑扑的，显露出一种已经完成一项重大事件之后的轻松的快感。

就在宴会之后，商定了成立过渡时期联合办事机构的事宜，办事处成员，我方为叶剑英、陶铸、戎子和、徐冰；傅方为郭宗汾、周北峰、焦实斋。从此由办事处处理改编、移交各种问题。

后来傅作义每次跟我见面，都十分亲切。总之，他对于参加过和谈，也许是他的第一批共产党朋友是怀有眷念之情的。他由中南海搬到了钓鱼台，这时，和平解放北平这一千钧之重的大事已经平静、稳定地落实了。他在钓鱼台请我们吃鹿肉，我这时开始忙于采访工作，没有能去参加，现在回想起来，感到对于这位具有宁折不屈的个性、能够识大局、顾大体而忍受心灵上创痛的人不能不说留下了一点歉疚——对于从高高台座上下来的人，应该给予一丝安慰……在这里我还要探索一下傅作义的心灵，傅作义对于蒋介石嫡系李文、石觉的处理也是很讲道义、很有气度的。他们在高级将领会议上虽同意协议条文，但又提出要求让他们回南京去，傅作义慨然允诺，并不勉强，于是他们二人留下全部部队，孤零零地从东单那片广场上乘机飞走了。李文、石觉二人离去是无所谓的事，但由于利用东单广场修筑临时机场，而将东单那片大树林砍伐干净，我确实感到心痛。读者读到前面我年轻时的记述，大概还记得我对于这片树林的描写，如果现在在北京饭店东面，还留有这一带树林，会给北京市中心增加多少青春的色彩，实在太可惜、太可惜了。石觉、李文飞走前夕，可能由于他部下的意见不一，发生摩擦，有一夜就在我们所住的日本大使馆东面，突然响起爆烈的枪声，持续很久，造成十分紧张的气氛。

有一件事，特别能看出傅作义的性格，那是由一封信而引起的。

这是以林彪、罗荣桓致傅作义的公开信形式发表的，这是一份历数傅作义罪状、措辞十分严峻的最后通牒。

本来让邓宝珊带给傅作义，但邓深知傅作为军人的庄严自尊，是难以承受这样打击的。但由于我方坚持，邓宝珊把这信交给傅的女儿、我地下党员傅冬菊转给傅作义。一九四九年二月一日，《人民日报》将这封信公开发表了。

傅作义见了十分激动，立即写了一封致林彪、罗荣桓、聂荣臻的信，声言自己在解放战争中，追随蒋介石，负有罪责，应受人民的惩处，要求按战犯惩处，并请求指定看守所，要主动去报到。

这是傅为人刚强的一个方面，大有宁死不辱之概。

后来，毛主席在河北平山西柏坡接见了傅作义、邓宝珊，对他们在和平解决北平问题上有功绩这一点给予了肯定的评价。在我认识的人中，傅作义是一个具有特殊性格、具有特殊经历的人。人海横流、沧桑变幻，一个人与历史的关系之微妙往往出人意料。最难得的是傅作义在新中国成立后，担任水利部长，他为了赎回过去的疚仄，勤劳、朴素、认真办事，为了水利事业跑遍大半个国家，他的确做到了如毛主席在西柏坡会见他时说的，要他为人民再立新功，周总理在一次谈话中，对傅也给予了称赞和嘉许。一个人的一生在大宇宙运转中，常常如彗星一闪而过，但傅作义从一个旧时代的元戎成为一个新世界的公仆，我现在想起来，对他还是很敬重的。

## 一二六 古都新生（一）

如果读者还没忘记，我在前面曾写过"囚城落日"两则，现在我写"古都新生"两则，可以说是时代的回音，历史的答案。在这古老而又新生的长河中，我的心灵不能不为之激荡。

我和华山都穿着橄榄色美军大衣，用不着化装，便可以在街上到处走走。我们就像内科医生一样，想用听诊器听一听人民的心声。这是黎明已到、朝日未升的时刻，我们走到沙滩，进了北京大学。我们所以到这儿来，还是因为往日魂丝萦绕，想看看那座红楼——就是从这儿，发出德先生、赛先生的呼声……但，从那时算起，我们经过多么漫长的黑暗年代，民不聊生，生灵涂炭。我还清清楚楚记得我青年时走过东交民巷看到日本人那凶残的嘴脸，那时天地之间笼满黑云毒雾，只有从井冈山上闪出一点星火，给人们带来希望。可是，全世界哪一个国家有过这样漫长的战争，十月革命苏联内战才打了几年？震撼世界的第二次大战才打了几年？而我们苦战廿余载，高尔基主编过一部苏联内战史，我觉得我们应当很自豪地写一部中国内战史——它记载下我们民族的韧力、我们人民的毅力、我们革命的信仰、我们革命的实践，是充满血与生命的伟大诗篇。现在，这个饱受忧患、历经沧桑的北平，像一个巨大的历史鉴定人，从百年沉睡中睁开了眼睛。

听——这是什么?

一阵轻快的鼓点好像从天上传来。

我们循声走上北大一座灰色楼房的屋顶。

一个多么令人惊喜的场面，像太阳一跃而起，亮得人眼睛发花。

一大群青年人——在敲着腰鼓、扭着秧歌……

青春是美丽的，我一生目睹到多少次青春景象，但再没有比这一次楼顶上的所见所闻更加激动人心的了。

他们和她们看到我们出现，犹豫了一下，停顿了一下，一起把眼光转向我们。

我们为这美丽的向往而心血沸腾，我们一下把美国军大衣甩在地上，露出我们朴素而又神圣的军装。

啊!

解放军!

就像多年以后我在威尼斯圣彼得广场上受到鸽群的袭击，这一刹那，他们就像一群鸽子，呼啦啦扑向我们，一下把我们包围在热烈气氛之中。

"我们盼死了，你们可来了!"

华山乐得合不拢嘴，他有点口吃地说:

"我们是……先遣队，就我们两个人。"

多么可爱的青年啊!他们用充满柔情的手，抚摸着我们的帽子、衣服，一个女青年那样大胆地拥抱着我们，紧紧地、紧紧地，并且用玫瑰花一般鲜红的嘴唇在我们的面颊上吻了又吻，她欢乐到极点，哭了起来，好多个少男少女都哭了起来，哭中漾出的笑脸是多么美啊!

不知谁从人群中喊道:"解放军同志——跳吧!"于是鼓点响了起来。我这个人最不擅长表演，因此在延安也没学会扭秧歌，可是，这时鲜红的朝晨的阳光一下洒上楼顶，我投进这欢乐的人群，舒展开两臂跳了起来。就在这美妙动听的舞步声中，我听到了古都人民的脉搏。漫漫长夜的期待，经过一代一代人死，一代一代人生，逝去的已经逝去了，照亮今天的，是明亮的阳光，响彻在今天的，是明亮的歌喉。我们这一群人一边扭着，一边唱起:"解放区的天是明朗的天，解放区的人民好喜欢……"

这欢乐的一天却是用无限惆怅来结束的。我要求华山陪同我上景山，我又来到我在"囚城落日"里站立过的地方，那棵半枯的歪脖树还在。我在寒风萧瑟之中，望着古木寒鸦、衰草夕阳，此时此际，我的心境十分复杂，又是兴奋又是惆怅。这是我的土地啊！我在这儿诞生，在这儿成长。她，大地的母亲，一滴一滴把乳汁灌进我的肌体，培育了我的灵魂。我穿过我熟悉的一条又一条胡同，崎岖委婉、辗转曲折，我的心在沉落，沉落。那故宫的红墙、黄瓦也失去了豪华气派。她，大地的母亲，是多么坚实，多么顽强，她经受着百年苦难，万种摧残，但她的生命还是那样活脱迸跳，胡同里走来走去的老年人还是那样谦和礼让，温言细语，他们从一场可怕的噩梦中醒来，露出一种特有的祥和安泰，他们脸上的皱纹里漾出柔和的微笑。当然，他们不同于北大楼顶的鼓点、歌声，但是那些扭秧歌的青年正是他们的儿女子孙。大势所趋、人心所向，一股暖气从冰冻的大地上微微吹起。我特意走进东安市场，跟我在前面篇章描写过的一模一样，冬天没有冰激凌、酸梅汤，但是糖葫芦、豌豆黄还显示着北京古老文化的精华。我怀着一种优越感，一一介绍，说得华山入了迷。当我转进书市，一下看到曾经偷偷从柜台下取出一册鲁迅翻译的《毁灭》的那个书摊，不禁疾步走了过去，谁知迎接我的是一个青年的面孔，我提起往事，他说他的父亲早在日本占领时因为偷偷出售斯诺的《西行漫记》，给特务发现，抓进大牢。等小日本投降后，这个年轻人跑向牢门迎接爸爸，破衣烂衫的囚犯，缕缕行行走尽了，也没看到爸爸，一打听，日本人想从他口中掏出共产党的线索，他只有瞪目以对，终于受不住酷刑折磨，早已暗暗死去。这个青年说得很平淡，我却受到了剧烈的震动——那个中等身材、貌不惊人、穿一件旧毛蓝布长衫的书摊商人仿佛又站在我的面前……

华山是个爱吃也会吃的人，他吃起好吃的东西总是笑逐颜开，细嚼慢咽，津津有味。他强胁着我带他去东来顺吃涮羊肉，这正是围着火锅大嚼羊肉片的季节，我们到了东来顺楼上，一阵热乎乎的蒸气迎面扑来，从中闻到糖蒜、韭菜花的香味。不料有几个伙计竟认出我来，他们冒出半句："刘少爷……"一看我的眼神、笑容，就咽住了声音，连忙低声说："……你……同志？……"

这一餐尽管美味可口，狼吞虎咽，可是我总忘不了那个穿毛蓝布长衫的人，他是伟大的普罗米修斯啊！……他暗暗在暗夜中输送着火星——我，也是经由他手中传递的火星，终于成为一个共产党人，而他，一个普普通通的人，在黑牢中就那样黯然无息地死去了……是悲剧吗？当然，不过这是悲壮的悲剧，比莎士比亚的悲剧还颤动人心的悲剧——没有这些悲哀怎能凝聚成今日的欢乐。为了纪念他，我从那青年摊主人手上买了鲁迅主持下出版的一整套《译文》……他，这个小小的灵魂，又是大大的灵魂是值得纪念的。要是鲁迅知道，会写出《一件小事》那样优秀、深邃、精美的短篇小说。后来，我专门为这套书装制了红布精装，现在还陈列在我的书架上——我一看到它们，就想起那个暗暗死去的灵魂……

一月二十六日—三十一日，傅作义指挥下的部队，陆续开出北平城。——

在这中间，有一天苏静和我坐了一辆小吉普到京西青龙桥去，我是为了与新华总社的范长江取得联系，研究新闻报道工作。我们出了西直门，行驶不久，正赶上大批撤出城外的傅部军队，他们像潮水般涌满街道，我们的司机想从他们中间通过，谁知按了几次喇叭，根本无人理睬。士兵究竟是士兵。尽管这是和平的撤退，但撤退总不是前进，因此心中总有愤懑之情。这时你要去触动一下，说不定就会爆发一场事故。为了和平顺利交接防务，苏静让司机避开部队，找一条横胡同开了进去。这胡同里很清静。我们下了车进入一家中药铺，跟店家说明我们想歇息一会儿，掌柜的很客气，让我们进入客室，我们道谢说，我们坐坐就走，便在柜台前红黑色油漆板凳上坐下来。这店铺朝东，温暖的阳光照满全屋，我们一面吸烟一面跟他们谈天，大约有一个钟点，等到在街头上瞭望的警卫员来报告，前面的部队走远了，后面部队还没上来，我们便告别店家，跳上吉普，风驰电掣般来到青龙桥。

三年之久转战东北，在那贫困的土地上，我们住的房屋大半是茅屋草舍，现在到了古都近郊，气势到底不同。青龙桥是一个很像样子的大村镇，房屋院落都同城内一个格式。我在一个青砖磨缝的大院里，一座堂明瓦亮的屋子里，看到聂荣臻，他的确不像军人，倒更像学者，后来中央分工由他来领导国防科委，终于研制出第一颗原子弹，这说明他的确是一个最适当的人选。他是很善于使用发挥专家们的智慧与才能的中国科学之父。使我震惊的是叶剑英一步跨进来，就如同旋进一股热风，他从短短的胡子里露出温暖的笑容，说：“白羽，还记得上西山看红叶的事吧！——那是我安排给你们上前线的人送行的呀！……”

苏静大概要向他们汇报、商谈什么，我便抽身出来去找范长江，他是新华社派到北平前线的总领导。我对于这位写过红军长征而名扬四海的名记者久已仰慕，却是第一次见面。他粗粗壮壮的，指颐之间，谈笑风生，但，他没有给我什么指导，也没有做出什么安排，我想也许当时对于入城之后的情况还一切茫然，所以也没有分派什么具体任务给我。我和华山还是第四野战军的随军记者，并未纳入平津前线新华社序列。在我们回归的路上，到了四纵队司令部，他们的司令部就驻在颐和园北围墙对面一个村庄里，我看到吴克华、莫文骅、欧阳文，同他们见面，我非常高兴、非常振奋，我们谈起险阻塔山，惨壮激烈、威武不屈的战事。我很想从他们身上看出那英雄的气势。可是吴克华是个沉默寡言的人，但他就是以沉默的毅力，在没有屏障的一片海滩上，顶住了国民党海陆空的爆炸性的进攻。莫文骅则娓娓而谈。辽沈战役要讲第一功应该归四纵队，要不是他们铁钉一样钉住塔山，距离咫尺之遥的锦州，一旦突破，全盘皆输。我这时跟这几位纵队领导见面，从他们身上还能感到打出的精神，打出的志气。我们跟他们依依不舍地告别之后，在傍晚回到城内。城门口，已经由我们的解放军战士站岗了。

## 一二七　古都新生（二）

电火在我们头上闪亮了一阵，怒潮从大海远处汹涌而来，带着赫赫的涛风、凛凛的声势。

一个令人欢乐的日子来到了人间。

中国人民解放军开进了北平。上午我乘吉普车赶到西直门，正赶上先头部队雄赳赳气昂昂迈着整齐的步伐进入城门。我一眼看到吴克华、莫文骅坐在小吉普上前导，我真是又惊又喜，惊的是我完全没有预料到，喜的是这一进城的光荣给予苦战塔山的英雄部队，这是最大的感谢，最大的酬劳，他们每一个战士都是当之无愧的。从整个部队庄严威武的神态上，我感到他们每一个人都意识到了这一点，可是这种严肃的气氛一下被另一种气氛代替了。

"解放军进城了！"

"解放军进城了！"

这消息一经传开，立刻万人空巷，倾城出动，街道两旁挤满了人群——欢乐呀！何等的欢乐……人们向部队招手、欢呼，一个老太太突然从人群中挣扎出来，踮着脚、张着手向部队跑去。她是那样衰老了，她的头发雪白，但这一刹那间她脸上每一道皱纹都变成了笑纹，她笑得那样年轻，笑得像一朵花一样，她把一个年轻的小战士拥抱在怀里，她把头枕在战士肩头，她哭了，她喃喃地叫着："孩子！我没白活，我总算把你们盼到了。"那战士也哭了，纯朴的劳动人民之子啊，急得满脸通红，挣不出一句话来，半晌才叫了声："妈妈！我们来得太迟了，让您老受罪了。"这时群情一下沸腾起来，很多战士高呼："人民万岁！""人民万岁！"人群就像海洋发出呼啸，很多人情不自禁地喊起："毛主席万岁！毛主席万岁！"接着唱起："解放区的天是晴朗的天，解放区的人民好喜欢，人民政府爱人民呀！共产党的恩情说不完……"

在这情景下，突然出现了一个袅娜舞蹈的身影。

啊！……戴爱莲！……

自上海见面之后，已经隔了几年，她现在突然在这儿出现了。戴爱莲，倾注全部热情欢迎这明朗的一天，在路边她一会儿轻缓舒展，一会儿急速旋转——她在舞，尽情地舞……

她太快乐了，我觉得她完全陶醉在这艺术的贡献之中。

在那莽莽大军的急流之中，涌现出这样一个女神，她的手势、舞步，传达着她的爱的炽烈、爱的柔情。

她的自我已经消失了，她完全融化在整个欢乐的海洋之中。

什么是美？这才是美。

什么是艺术？这才是艺术。

蓦然间我体会到——最崇高的艺术是严肃的艺术。

正是这种艺术唤起千万人的共鸣。部队行列从她身旁走过，都热烈地向她鼓掌，欢乐的笑意中含着对艺术的尊敬。

我在这一刻不但认识了艺术的伟大，也认识了艺术家的伟大，戴爱莲就是这样一个伟大的艺术家。

我同她相识多年，却没有交往，但每一次见面都十分亲热，她总谈起我们在炮击金门前线的那一次会见，那确是一次难得的机会，展现了她难得的艺术，炮火震天的轰鸣，弹片在四散纷飞，她像一只洁白的鸽子，在烈火之中自由地翱翔，这两次印象都深深铸刻在我的心灵之中，北平街头的舞蹈衔接着金门前线的舞蹈，我觉得她是真正善良而正直的艺术家。她把整个生命都溶解在她的艺术之中，她的艺术体现出中华民族的灵魂的飞扬，中国人民的灵魂的飞扬。

我深深尊敬她，因为她是一个值得人尊敬的人。

我把话扯得太远了，还是让我们回到那整个古都都在欢腾、跳跃的一天吧！那一天，我驰骋着吉普，跑遍了全城，看到各路大军走在街道上，看到欢乐的人民的大潮。将近黄昏时刻，漫漫的夕阳染红了整个北平上空，我来到铁狮子胡同。这是一个驻军的营地，战士们刚从整齐排列的队列中解脱出来，现在密密麻麻围了一大群，一会儿寂静无声，一会儿热烈鼓掌。这是怎么回事？我跳下车，挤进去一看，还是戴爱莲，她还是那样欢乐、那样热情，在旋转、在舞蹈，整整一天呀！我心灵发出一阵震动——戴爱莲！你把你的生命、你的衷情都献给了这人类史上最值得、最需要艺术的一天，这也正说明你为人民的艺术美丽而光辉之处，说明你的灵魂的光辉之处。现在我们都是七十以上的人了，戴爱莲同志，你如果看到我如此拙劣的速描，你会发笑吧！那就请你原谅吧！那终究是我们的生命升华的一天啊！

当然，不会是过去任何一天，

但是，也不是后来任何一天，

而就是在这一天，古老的北平变成了青春的北平了。

以叶剑英为市长的北京市政府已经成立，"过渡时期联合办事处"已经完成了使命，我们必须从那座原日本大使馆撤出了。这时第四野战军司令部、政治部以奕王府为中心，安置了据点。我和华山想到宣传部去住，陶铸却执意不肯，正如我在前面已经介绍过，陶铸总不愿单家独居，而希望与文人相处。他要我们跟他一起搬到新的住处去，这是东四一条胡同东头路北一处阔绰的四合院。院分三进，陶铸一家住中间院内，我住在前面三间厅房里，华山住在最后一个小院内。看来这是国民党大员的住宅，解放北平之前匆匆逃走，不但所有乌木家具原封未动，连女眷的白缎绣花鞋也没来得及带走。我的住处很舒适，外面两间打通，地上铺满花色瓷砖，中间围了一套黑皮沙发，临窗是一台黑白大理石铺面的大办公桌。不过，我倒更喜欢里间那个单间卧房，这里有一个小书桌，我宁愿在这儿做事。我的司机和公务员就住在我屋前西侧一间小屋内。陶铸很忙，每次从外面回来都在我门前看看，一旦闲下来就围坐在我屋里的沙发上谈天。陶铸是我党高级领导人中文化素养很高的一位，他又热衷于文化工作，特别重视知识分子。在一次闲谈中，我们无意中生发了一个念头，可以说这是一个创举。这在农村环境里办不到，就是在城市解放后也没这样做过，而陶铸十分敏锐地看到这一点，抓住了这一点。这就是从北京的大学校里招收一批大学生，组成一个南下工作团，当时在座的还有宋之的。陶铸十分热衷于吸收年轻而有文化的新鲜血液输送到我们部队中来。

陶铸说："最好动员几位大学教授。"

我说："要大学教授去打仗，这事怕不容易……"

陶铸粲然一笑，指着我说："你说不容易，就由你办，你是作家，有共同语言。"

我笑了笑说："老朋友是有，不一定肯帮忙。"

"要三顾茅庐嘛！精诚所至，金石为开嘛！"

我们接着议论，需要找一个地方和由谁来办。

宋之的十分慷慨地把手掌在腿上一拍说：

"我来办。"

"好，就由老宋负责，至于地方由我来解决。"

陶铸说完，夹着皮包迈着轻快的脚步走了。

我和宋之的两人跑了几趟北京大学、清华大学，拜访了十几位教授，用第四野战军政治部的名义请他们到奕王府一个大厅里开了一次座谈会，会议由陶铸主持，他笑容满面，非常热情地和大家亲切地握手，然后讲了一番话。在我的记忆中，他讲得很自如，很有文采，而且他深刻地阐述了一些人对中国人民解放军的误解，他说："不要以为解放军都是些泥腿子、乡巴佬儿，不要以为解放军都是目不识丁的文盲，当然由于中国革命的特点是农村包围城市，来自农村的战士有很多是文盲……却绝不要以为穿军衣的都是大老粗——毛泽东、周恩来不是大知识分子吗？就拿我们的将军来说，陈毅是个诗人，聂荣臻留过洋……你们不要以为他们天生都是杀手！不，是中国革命形势造成的，不进行艰苦的、长期的武装斗争，我们今天能安安静静坐在这里开会吗？……但是，我们必须造就我们的军队，成为既能打仗又有文化的军队，毛主席说过：没有文化的军队是愚蠢的军队，而愚蠢的军队是不能战胜敌人的。……今天请各位教授来开会就是为了帮助我们提高文化。在旧中国是遭害知识分子的——闻一多倒在血泊中，朱自清贫寒而死，他们有什么错？他们犯了什么罪？（讲到这里，陶铸拍案而起，他浓眉倒竖，满面怒容）如果说有，只有一个，就是不要那置人民于水火的蒋家王朝，而要建立一个崭新的中国——他们有骨气、有志气，是我们中华民族之魂……"这是一个既没有掌声也没有喧嚣的集会，陶铸的感情像洋溢的河流，他说："我听说我们最先到清华园的部队受到先生们、学生们热烈的欢迎，这就表现了中国知识分子对新生活的热爱（这时陶铸又一变为满面春风，笑意盈盈）。"我不知道有没有保存这一篇讲话的记录，这是我第一次听到的对高级知识分子说出我们党爱护知识分子的言论。他最后结束时说："我们请各位先生帮我们动员一批大学生，到我们这里来，如果先生们当中有哪一位愿意随同我们解放南中国，我们竭诚欢迎！"

我这里要特别谈到一位尊敬的朋友，那就是北大教授、法国文学专家、翻译过法国文学作品的盛澄华。他是一个文弱书生，但他有铮铮铁骨，他不但动员了学生，而且自己也跟同学们一起穿起了解放军军装。

南下工作团成立起来了，地址是美国学校。里面一切都是高级的西方设备，教堂、宿舍，有三座三层小楼。后来，工作团南下之后，这里便成了国务院文化部，靠西头第一栋小楼就长期由茅盾住，后面两幢我记得周扬住过，阳翰笙住过。办南下工作团的时候，这小楼由宋之的、盛澄华住过。盛澄华留给我最深的印象是到武汉以后。有一天我想去看看那些年轻人，到了一座楼房，一看，他们真的过起军旅生活来了，那里没有床，也没有桌椅，都在地板上席地而卧，清癯瘦削的盛澄华也坐在地铺上。后来我才听说他得过肺结核，我真痛心当时为什么请他南行，但他像老母鸡带着一大群小鸡，他跟学生们一道生活，不享受一点特殊，一样睡在地板上，吃大灶饭，我现在想起来十分内疚，那时我没有照顾他，按道理我是能够帮助他的。那时对新生活的爱像磁力一样吸引着他，如果我请他和我一道同住，他是不肯离开他的青年伙伴的。盛澄华在武汉呆了多久，我记不清楚了，总是在他的学生一个一个分配到各个方面去之后，他把这一批青春的血液注入这支部队的肌体，实践了他在奕王府那次聚会上的诺言，完成了提高部队文化的使命，他才又回到北京大学继续执教。现在想起，我对他欠下的债，永远也无法偿还了。我们都在北京城内，可是我竟没有再去看他一面，总觉得时间还多，事情以后再做。前些年我得到他病逝的消息，内心十分痛苦，没有任何理由可以解释——他坐在地板上吃饭的情景使我久久为之戚然。

解放北平，一个最高的高潮来到了。

在北平解放之后，党中央没有立即进入，而是在西柏坡召开了七届二中全会。我不应该妄测伟人们的心理。是对久久熟悉的农村热土最后的留恋？为了在那安静的地方筹划好从农村包围城市，改为从城市领导农村这一伟大的转折？是对往昔的惜别？是对新生的疑虑？的确，就在西柏坡，毛泽东在伟大的报告里为建设新中国画下了蓝图，而且做出了哲学的判断：

"可能有这样一些共产党人，他们是不曾被拿枪的敌人征服过的，他们在这些敌人面前不愧英雄的称号，但是经不起人们用糖衣裹着的炮弹的攻击，他们在糖弹面前要打败仗。我们必须预防这种情况。夺取全国胜利，这只是万里长征走完了第一步。"

毛泽东作了那样诗的预言：

"我们能够学会原来不懂的东西。我们不但善于破坏一个旧世界，我们还将善于建设一个新世界。"

我是在奕王府大殿里听到传达，我记不清楚了，好像是林彪、罗荣桓、薄一波都在会议上讲了话。那时各个纵队师以上的干部都来了，在北京饭店吃午饭，那长长的像长龙一样的吉普行列十分壮观，前头已到了北京饭店，后尾还在奕王府，而这些吉普都是从太平洋彼岸运来的，但那崭新的橄榄的绿色标志着美帝国主义在一场大决战中的失败、毁灭。

二月三日，举行入城式，真是人声鼎沸，万众欢腾，解放军经过前门大街，首先向东拐，进入东交民巷，进入这帝国主义侵略的禁区，这无疑是对百年来帝国主义侵略的历史的回答。美国大使馆就在东交民巷口上路南，一个还没有离开美国大使馆的美国人（当然，他已经失去了外交官的身份）痴痴地站在大使馆门口，看着吉普、卡宾枪，还有伸着长长炮筒的巨型榴弹炮发呆，这些都是美国制造的，上面都有 USA 字迹。一群群小孩子则爬上炮车，骑在炮筒之上，他们乐呀，笑呀，喊呀，唱呀！这情景对那美国人又是多么无情的打击。前好些年，我还记得这个美国人的名字，现在年老了，记忆衰退，已经想不清楚，大概总是什么鲍瑞德、史密斯这一类名字吧。我无法猜测他的心里是什么滋味，但有一点我相信，他：恐惧——不论是日本帝国主义的侵略，还是美帝国主义的侵略，想用钢铁的牙齿要咬断我们民族的咽喉。但历史的结论总是一样，侵略者的下场只能得到人类文明的嘲笑。这个庞大的新中国在世界上耸身而起，我现在也敢断定，不论是里根还是布什，当他们的眼睛不得不落在亚洲这一块国土时，我敢肯定他们的心是颤抖的，因为他们恐惧。

当然，这一是序幕。继一月三十日解放北平，五十五天之后，真正欢乐的一天于三月二十五日到来了。

我驱车到达西苑机场，一看，绕着辽阔的机场，圆形的队列已经严肃无声地站得整整齐齐。坦克排成一线，高射炮细长的炮筒像手指一样直指天空，坦克、大炮上都有一面红旗，猎猎飞舞。历史在这儿等候着一个决定性时间。

三月的北平从微寒中已透出春意，一辆辆大卡车飘扬着红旗，一下把这儿变成红色的海洋，上面站满工人、农民、妇女、青年、知识分子，这些卡车也整齐地排列着。无数只眼睛盯着一个方向。下午五点，这个决定性的时刻终于到来了。西苑机场入口处的军乐队，铿然一声发出了从贝多芬到施特劳斯都没有能发出的乐声，这是从人类心灵中发出的历史的闪光，一刹那间，偌大个飞机场像大雨倾盆、山呼海啸，爆发出震天撼地的欢呼。是的，人类发展史上每一个大时代都是由欢呼声开始的，不过这里既不是文艺复兴启蒙时期的欢呼，也不是法国大革命的欢呼；既不是巴黎公社的欢呼，也不是十月革命的欢呼，这是一种独特的呼声——是黄河与长江，珠穆朗玛峰与昆仑山的欢呼，是在黑暗沉沉的东方打开了突破口，预示着亚洲不再被西方资产阶级压榨、人民从奴隶变成英雄的呼声。这欢呼里凝聚着泪珠、鲜血与生命；正因为如此，它特别激动人心。我的心有如春天的雨点在进跳，啊！毛主席、周副主席、朱总司令，多么熟悉、多么亲切的形象出现了……突然，一切声音戛然静止，全场鸦雀无声。一列吉普车前后排列着停了下来，毛主席穿着黑布棉大衣、戴着黑布棉帽，站在第一辆车上，周副主席和朱总司令站在第二辆车上。我一看到周副主席，就情不自禁打破了庄严的场面，一下从我的小吉普车上跳下来，径直向第二辆车跑去。周副主席满面春风，笑着迎接我，他弯下身，从吉普车上伸手跟我紧紧地握手。不知为什么，当时我只说了一句话："我还在当记者！我还在当记者！"

后来想来，这是我对周副主席的汇报。在黑云低垂的时刻，我从梅园新村领受了任务。是的，我苦战了三年，我还要苦战下去，一直到解放全中国。在这肃静的一瞬间，一辆吉普车向这检阅的行列驶来，离毛主席的车约五十米处停了下来。刘亚楼以苏联伏龙芝军事学院严格训练出来的准确姿势，下车，跑步，到毛主席跟前。他显得格外精壮，两眼虎虎闪光，敬礼，报告，请求检阅。毛主席平静地摆了一下手。准确极了，连一秒钟都不差，一个指挥员举起手中的红旗，霍然挥动了一下，一颗照明弹灿然亮起，闪着银白色的亮光，笔直飞升上天，久久闪闪不熄。紧跟着西山那面黄昏初度的高空，千千万万颗照明弹有如发光的璎珞，有如灿烂的银河一齐闪亮起来，那真是美极了，是人间能够创造出来的最美好的艺术。

就在这时，刘亚楼跨上了吉普车，立在毛主席身旁。于是第一辆吉普车的车轮缓缓动了起来。这时，袁牧之坐在一辆吉普车上紧紧跟在毛主席车旁，摄影师的开麦拉把场景、细节丝毫不放地拍进镜头。我的吉普车就与袁牧之的吉普车并行，我听到摄影机的轧轧声，不知为什么，我一下想到在锦州之战中，一个摄影师为了拍下战争全貌，登上一座鼓楼，谁知竟给暗藏在那儿的敌军活活杀死了……这一刹那我看到他那白白净净的年轻面孔上的微笑……历史是千秋功过的评判者，他的灵魂会为西苑这一拍摄场景而微笑……

检阅车辆所到之处，战士一个个威武雄壮，敬礼、高呼……刘亚楼向毛主席一一介绍着部队的番号，毛主席不断向战士挥手致意。当看到绣有"塔山守备英雄"的大红旗迎风一展时，毛主席伸手指着战士们说："他们是在攻锦州作战中立了第一大功的呀！"他的湖南腔调饱含温暖，充满敬意。那些在敌人海陆空猛烈攻击下用牙齿咬住塔山的人们，热泪顿时夺眶而出，这眼泪里洋溢着人间最高的真情。从刘亚楼作为值星官向毛主席作报告，我已判断出这严格周密而又神魄夺人的场面，是由刘亚楼参与精心设计，而后报告周副主席确定下来的。在这整个检阅过程中，军乐队一直奏着："你是灯塔，照耀着黎明前的海洋……"的乐曲，这乐曲奏出了此时此地千万人的心声。

检阅结束，毛主席好像感到轻松了，他摇摆着两臂，迈开大步向人群走去。就在这一瞬间，我恰好站在毛主席不远的地方，他看见了我，他举起手向我招呼，我紧走几步，正要抢上去跟毛主席握手，这时，沈钧儒、黄炎培、郭沫若等一批人已经拥到毛主席跟前，我只好连忙退让开来。在这群情炽烈的场合，却发生了一件震颤人心的事情，从妇女群中颤巍巍走出一个农村妇女打扮的老人家，这是一个伟大的母亲，她坚持了十几年苦难的斗争，她把自己亲生的儿子奉献给解放战争。周副主席从来都是熟悉每一个人、了解每一个人的，这老人家紧紧抓住毛主席的两只手，紧跟在毛主席身边的周副主席告诉毛主席："儿子牺牲的时候，孙女问：'我的爸爸怎么没有了？'老人家说：'好孩子，我教你唱个歌——吃饱饭、穿暖衣，翻身不忘毛主席！……'"我从毛主席脸上看见一阵凄然，一阵敬慕，他一下抱住了老人家，老人家哭了，毛主席只反复地说着一句话："谢谢你，老妈妈！谢谢你……"

胡乔木叫我和杨刚跟他去，他们一直奔到西山，走进新华社总社的办公室。

他指定桌子、座位，让杨刚写一篇新闻，让我写一篇通讯。偌大的办公室里坐了不少人。我在马鞍上写过，在膝头上写过，可是我在这么多人众目睽睽之下，怎么也整理不出一个思路，刚才西苑的景象好像都紧紧塞满我的脑海，从中找不出一条缝隙。杨刚很快交了卷，我面前还是一堆空白的稿纸。胡乔木笑了笑说："到底是老记者！"这当然是对杨刚的嘉许，我说："我写《光明照耀着沈阳》，是因为我一直在陈云同志身边很多日夜，否则我也写不出。"胡乔木说："有几个能像陈云同志那样善于使用记者的呢！……"

我回到住处，在台灯下，我也只能勉强写出一篇速写《北京的春天》，派人送给总社，但迟了一天才见报。为此，我感到失职而惭愧。现在想来，我如果把进城谈判时的所见所闻综合起来，还是能写出像《光明照耀着沈阳》那样一篇通讯的；不过究其根底，如果我不曾在东北苦战三年，从黑暗里打出光明，没有那种深厚的感情，我也还是写不出《光明照耀着沈阳》的。

春心如海复如潮。

春阳融化了太液池的冰凌。

春风吹绿了御河边的柳梢。

中国妇女——大地的母亲，人间的女神，在北京聚会，召开了第一次全国妇女代表大会。汪琦抱了滨滨，跟随蔡畅蔡大姐从东北来到北京。汪琦处在亢奋的喜悦之中，因为我们亲爱的小儿子成为参加会议的人们的宠儿，蔡大姐常常抱抱他、亲亲他，一岁多的白白胖胖的脸上，总是漾着天真的笑容。

像巡礼一样，我们抱着他走回家去，我的母亲喜欢得脸上笑开了花，滨滨张着两只小手，呀呀叫着，投到祖母的怀里，母亲高兴得不得了，如同献宝一样执意要抱给我的外祖母去看，于是，母亲跟我们一道坐上吉普车，到了我外祖母那里。外祖母是个个性坚强的女性，她带着一家人熬过苦日子，成为富有之家，她是唯一的长辈，具有一家之主的威严，现在已经九十多岁了，耳聋眼花，只能坐在炕上。也许是返老还童吧，她的脸上完全是慈爱的笑容，她俯着面孔，仔细看着婴儿，然后她指着我说："跟你小时一模一样。"这一老一小的笑容，使我陶醉在天伦之乐中。

汪琦带了滨滨住在招待所里参加大会的工作，我也对大会进行了采访。我写了两篇人物速写，一位是钱正英，一位是李兰丁，她们那时大约都是二十岁出头的青年，却是与会者中杰出的英才。大会结束之后，汪琦搬到我的住处住了几日，我们的小儿子也引起陶铸一家人的喜爱，抱他到哪里，哪里就引起一阵笑声。曾志特别找出一个婴儿的摇篮送来。夜晚，汪琦把孩子放在摇篮里，将摇篮紧紧放在我们床边。

这是北平的春天，也是我们的春天。

当柳絮飘飘扬扬的时候，我到车站送汪琦回沈阳。

是的，北平欢腾的几个月闪过去了，战争并未结束，还在大地上进行，火炮已经推到南方，因而我不久就要到那边去了。还是战争，还是离别，不同的是汪琦已不是孤单一人，而有小儿子做伴了。可是不知为什么，当我看到我溺爱的小儿子在车窗里面抓挠着两只小手向我哈哈嬉笑时，他认识爸爸，他喜爱爸爸，这时我的两眼突然涌满了泪水。

## 一二八 再上征程

第三野战军在淮海决战后，迫临长江，直指南京。第四野战军的作战任务是攻下长江中游的武汉。陶铸决定由我从南下工作团里挑选一二十人，组成一个先遣队，先行。

谁知，就在我要动身那天，发生了一件不平凡的事。

电话铃响了……

那是中午，再上征途的一切准备都已停当，我正埋身在黑皮沙发里想睡个甜蜜的午觉，但在入睡之前，我忽然想再静下来想一想还有什么应该做而漏掉的事情没有。就在这时，急促的电话铃声把我从沉思中惊醒，我连忙接电话，电话那边只传来一句话："中央通知你下午七点到北京饭店东大厅开会。"没等我问一下开什么会，电话就断了。我十分纳闷，为什么恰恰在我出发之前，让我去开一个会？而且是在北京饭店。但从通知语气的坚决、肯定，我想一定是一个重要的会议，什么会呢？我想着想着，还是酣然沉入了梦乡。待我一觉醒来，时间已很急迫，我匆匆吃了几口饭，就坐上吉普车到北京饭店去了。

穿过那精雕细琢、彩色缤纷、但显得那样衰败的东单牌楼向西拐，我忽然看到那儿大片树林已经光秃秃的什么都没有了，地下还露出一些砍得遍体鳞伤的树根，雪白的，像白色枯骨一样，显得十分可怜。可是，生命是顽强的，就在这断树根上又长出了一簇簇绿芽。来不及做什么思考，吉普车一掠而过，已经停在北京饭店门前。

　　读者大概还记得我在前面描写过我们几个孩子偷偷尾随着到北京饭店卖画的杜老头，见到他对待北京饭店那可望而不可即的畏怯的神情吧？后来到了北平军事调处执行部那一段时间，我却堂而皇之住进了北京饭店。从那时起，我才熟悉北京饭店的角角落落。我跳下吉普车进了大门，就顺着一段长长的走廊向东走去。这也可能是战争生活养成的准确的习惯，或是由于我性子急，我参加任何会议向来都是早到，而从不迟到。这一回我以为还是如此，谁知却使我吃了一惊。当我走进长廊来到东大厅门口，我一下愣住了，怎么我迟到了？！大厅里已经黑压压坐满了人，而且许多长者已先我而来。但大厅里那样沉静，充满肃穆的等待的气氛，我预感到在这里要发生一个重大的事件。会场中心的长桌旁，沈钧儒、黄炎培、郭沫若、许广平、章伯钧、罗隆基……都静静地坐在那里。这时我为我的迟到感到羞惭，于是我蹑手蹑脚，放轻脚步，在靠墙的角落里，找了一个座位坐下。一个疑团立刻又从我心上升起，就我一个穿军衣的，为什么在我重上征途之前找我来参加这个会？正在我思虑重重之时，忽然发现大厅里一阵轻微的骚动，那些民主人士有的正要站起，有的已经站起，我抬头一看，喝！……周副主席！……他脚步十分稳健轻快地从门口走了进来，在东大厅那辉煌闪烁的灯光照耀之下——我十分敏感地觉得他消瘦得些，甚至有一丝倦意。我想进入北平之后，千头万绪，百废待兴，周副主席是过分地劳累了。但他随即精神焕发，浓眉下两眼灿然一亮，口角边上漾出一丝微笑，他那只在延安骑马跌断的右臂总是习惯地弯曲着贴在身子右侧。这时，他看见大家站起来，就十分谦恭地举起两只手来向下招了招，请大家坐下。东大厅正中屋顶垂下一盏璎珞万千的吊灯，像阳光一般闪闪发亮。周副主席走到中间桌后，他没有坐下，站在那儿。我在我的长篇小说《第二个太阳》里曾经描述了这次聚会的场景，小说当然是虚构的，但这次会议却是真实的："……他那浓黑的长眉下，一双炯炯发亮的眼光，敏捷地扫视了一下会场。会场每一个人都会觉得他的眼光曾经在自己脸上停留过片刻。他的整个身姿、容貌，是那样英俊而又明朗。如果你感到他的眼光的肃穆、庄严，你也会发现他那几乎不能令人察觉的微笑是那样和蔼、可亲。他走到厅堂中间的长桌跟前，站在那里，略停片刻，整个会场立刻变得鸦雀无声。他的口音永远那样清晰，咬字永远那样准确，现在他用充满炽热之情的语调说：

"同志们！朋友们！我报告你们一个好消息！"

周恩来把沉稳、清晰、响亮的声音提得更高了一些，他庄严宣告：

"既然南京国民党政府已经拒绝在和平协议上签字，我们也就没有必要再作任何等待。毛泽东主席、朱德总司令已经命令我百万大军立即突破天险长江，中国人民结束蒋家王朝统治的时日马上就要到来了！……"

大厅里热烈的掌声顿时像大海波涛一样奔腾回旋。

……

我又激动，我又冷峻。

——我知道，当我们在会场上热烈鼓掌时，长江上正炮火轰鸣，火光冲天，连云樯橹，横江飞渡，我的心在跳跃，我实在忍耐不住，我理解了，我到这儿来是领受战斗任务，我恨不得立即拔地而起，腾空而去。

我的眼睛注视着周副主席，我想起，这是他第三次送我出征了。第一次是《新华日报》社派我到北平担任军事调处执行部记者，临别前的深夜，是周副主席把我叫到他那儿去，亲自作了叮嘱；第二次是内战战火迫在眉睫，在南京梅园新村，我向周副主席请战，周副主席派我到东北战场，这次是第三次了。想到这里，我想，也许是周副主席要人通知我来开会的，也许就以这样一种方式再度送我南下？如果把这三次连接起来深思一下，周副主席总是在历史的决定时刻决定了我个人的命运。我当时并不清楚，在七十几岁的今天，再来回顾一下，使我从思想上、理论上接受了毛泽东思想的正是周副主席，他一次、二次、三次，送我到人民火热的斗争中去，深入生活，进行实践，写出文学作品倒在其次，更深刻的是锻冶了我这个人，改造了我这个人。从那以后，我成为了现在这样一个人。

由于出发的时间已到，我悄悄退出会场，我深以未能与周副主席握一下手为憾。当我走出北京饭店，受到北平四月清冷夜气的侵袭时，我的头脑一下清醒过来，一切一切在这时凝成一个思念：就是我必须亲身参加这一最后的决战。我早已下定的决心更加坚决了，这个决心就是横贯整个中国，从松花江打到海南岛。是的，到海南岛，我一定可以达到这一目的，我一定能够达到这一目的。

我来到西火车站门口，忽然听到一股震撼人心的声音在天空和大地上回响，这意外的声音开始使我一惊，这是警报声。我望望天空，漆黑的夜幕十分平静，根本没有飞机的鸣声，也没有进行灯火管制，这是什么？我笑了，这是蒋家王朝覆灭最后时刻，对全国人民发出的进军的号令。于是我快步走入火车站。

当时北京车站分东西两站，东站是客运站，因此灯光耀如白昼，人群熙熙攘攘；而西站是货运站，灯光黯淡，寂静无声。在一辆平板车上，用铁链紧紧绑结着我的小吉普车，后面另一辆平板车上是陈亚丁的中型吉普车（他当时是四野政治部宣传部副部长），我带了一个新闻工作队，给他们一个三等车厢，陈亚丁带了一个宣传队，占了另外一个三等车厢，我们就以吉普车为家，在大野之间露营，我坐在我的座位上，望着北京的万家灯火，渐渐退去，远去……心中感到一种说不出的温暖……

旷野上北风极冷，极猛，竟然把吉普车篷都吹掀开来。

我们忙碌了一阵，用绳索把布篷缚紧。

而后，我就安然蒙了美国军大衣，蜷卧在车厢后座里，随着火车轮的铿锵与车身的摇晃，睡了过去。

醒来时，天刚放明，还有点冷瑟之感。我睁眼一看，河北大平原一片麦色青青，真是好看。沿了铁路有一条宽阔的河流，上面已舒展开无数面风帆。再一转眼，啊！那红旗、那人流，是大部队正在河那面的大道上昂然前进。我想，他们昨天听到了毛主席、朱总司令的进军命令，也许一夜夜行军，也许是清晨开拔的。我一看他们的穿着，就知道是四野的部队。作为战士，不仅在战火中显示雄才，还能用脚步衡量大地，胜利就是从战士的脚下一步一步走出来的。你想一想吧！从松花江走到这里要多少步？从这里走向江南又要多少步？从江南走到海南岛又要多少步？但他们从来没有考虑过，只是精神抖擞，高举红旗，使这青苍的原野上开绽一朵红花。我忖度，此时此刻，他们跟我一样，一定要赶向前去，参加最后的决战。

望着望着，我们的火车把一支部队甩在后面，又赶上前面一支部队。

正在此时，一轮红日从地平线上突然涌现，把天空和大地照得一片红，红得像胭脂，每个人的脸，包括我自己的脸都亮着闪闪的红光。

从大道上，我看见一大队支前的民工队，多么朴实的农民，他们似乎连衣服也来不及换，坐在大车上摇晃着的两脚还穿着皮靰鞡，头上还颤动着挓挲的貉皮帽耳。

我的心灵猛然震了一下。

——我记起一九四六年那艰难的冬季……

双城县一个农民战勤队长，由于在火线上冲锋陷阵抢救伤员而得到一面红色的锦旗，可是他那在部队上的一个亲兄弟却在一阵炮火爆炸中牺牲了。那是多么苍茫而寒冷的大地呀！我向前方，他向后方，迎面碰上，这个农民，一面举着红色的锦旗，一面抬着兄弟的尸体，在深深积雪中深一脚浅一脚地艰苦跋涉。雪花给风刮得在空中旋转。就是他们，现在，又从关外到了关内，还在向南行进，迎着鲜红的太阳，浩浩荡荡，万马奔腾。

读者！什么是人民？这就是人民，人民，亲爱的人民。

一刹那间，我觉得他们每一个人都是顶天立地的巨人。

是他们用血肉、生命、灵魂塑铸出今天这个社会主义的新中国，如果我们忘记了他们，我们能够无愧于心吗？！

中午的太阳晒得大地炎热、干燥，黄风沙十分猛烈，我们到达沧州，刚好停在两列火车之间，就特别觉得闷气。左面一列平板车上，一辆一辆全是崭新的辎重军车，很有威势。我们车上的一位摄影记者不肯放过时机，连忙对准镜头，于是出现了一个欢乐的场面。辎重部队的战士一看有人为他们拍照，把一面一面奖旗都展开来，他们逗着、乐着，一个战士说："笑着点，像吃饺子那模样。"另一个已经笑得合不拢嘴说："吃馒头还不一样！"……不久他们的列车开动了——有一个战士在平板车角上弓着身子在洗脸，就像在河边上洗脸一样，火车愈跑愈快，我真担心一不小心他会摔下来。可是火车走远了，这一个小小人影也就消失了。

夜间，暴风雨横扫华北平原。

我们移到陈亚丁那个中型吉普车上去，风一吹，雨一淋，把白天的热气涤荡净尽，觉得十分凉爽。这辆车上装有一颗手电筒用的那么大小的小电灯泡，发着朦朦胧胧的光亮。我们在车上打开几只美国牛肉罐头饱餐了一顿，由于汽车蓄电量小，小电灯只能亮四十分钟，于是餐罢就睡了。中型吉普车到底舒服，两侧各有一条长椅，便由我和陈亚丁占用，其他的人则睡在中间车板上，我在淅淅沥沥的雨声中睡得特别甜适，一直睡到太阳上升。起来一问，火车已入山东境内。

雨后的原野格外清新滋润，可是战神驾着战车从这大地上碾过，处处露出了残破的痕迹。我们的列车在一个小站停下，一个衣衫破旧的铁路工人，要求搭一节车到德州去。我们请他上了车，坐在吉普车里，听他说："这里四年没有通车了，先是我们亲手破坏了铁路。让我们铁路工人毁掉自己的铁路，能不心疼吗？！我们咬一咬牙，拆毁了，为了不让敌人前进呀！现在我们又亲手来修，是为了我们自己人前进了，你们看看这场面吧！"经他一指，我发现每一根枕木都是黄鲜鲜的，突然之间，我仿佛闻到兴安岭树林的郁郁芬芳，我记得我最后一次到伊春林区，在那暖烘烘热炕上，一个赤了臂膀的伐木工人发出豪言壮语："我们多多砍树，让枕木一直铺到南京去！"说这话时，还是困难年代，谁知今天真的铺向南京去了……

我们继续跟铁路工人谈天，我问：

"你们生活怎样？"

"我的工资每天是五斤小米，生活比从前好多了，我们工作很紧张，工作二十四小时，休息二十四小时，这不，我回到德州家里，一倒头就能睡着。"

车到德州，握手告别，他指了指路边上横七竖八的机车残骸，说："这十八辆机车都是我们亲手炸毁的。"就像给犁过一样，车站变成一片废墟，在废墟上搭起一间小黄土窝棚，从这简陋的设施中，铁路员工摇着红旗，摇着绿旗，秩序井然地放一列列火车向南开去，其中有满载新鲜枕木的列车向前驰行。

我们和那个铁路工人握手作别，他没等火车停稳，就一下跳了下去。

"你们炸这些机车不心疼吗？"

"怎不心疼，心疼也得炸，为了战争大局，要炸我这个人也得炸嘛！"

他一路小跑，从瓦砾狼藉的地面上穿过。

我忽然想到这个铁路工人的心声，不正是对冰天雪地中那个伐木工人的回答吗？

我再抬眼寻找时，他已经不见踪影了。

我们走进德州，德州以产扒鸡驰名全国，现在还是一大片摊贩，抢着叫卖扒鸡。我们买了几只，然后向街里走去。一下看见新华书店，便走了进去，谁知书柜上赫然摆着一册华东解放区印的《无敌三勇士》，装帧比东北印的还好，在意外的喜悦之下，我连忙买了一本留作纪念。这本书到现在还插在我的书架上。

列车继续向黄河前进。

电台收到新闻：百万大军分路横渡长江。合众社记者报道：

"国民党统治已成为历史事件了。"

是的，蒋家王朝的黑色帷幕垂垂而落了……

既没有丧钟，也没有悼语，历史就这样合情合理地迈过了一个门槛。

我振奋，我昂扬，不知什么心理，我们都非常渴望望一眼黄河。我们披了衣服站在汽车外的平板车上，天在这时候却渐渐黑下来，这时我的灵魂忽然奔向黄河的上游——我想起我在《心望》那一节中，我在风陵渡口望着茫茫大河，向旧世界告别，向新世界行进。黄河，你历史的证人，你曲折宛转，浩荡奔流，今天，你冲激出一个新的时代。我遥遥望见黄河彼岸济南上空灯火的红光，但是漆黑夜色里却没看到黄河的波澜，不过听到车轮在黄河铁桥上发出空洞的隆响，狂风猛烈，扑面而来，我知道，这时我已经在黄河上空了。灯光霍然明亮，我们驰入济南车站，我多想看一眼济南车站，这载负过我多少悲戚，多少梦幻的地方呀！我跳下车来，车站还是我在流亡岁月中所看到的那样，只是水泥柱上布满斑斑弹痕，说明这儿曾经发生过多么激烈的战斗。广播喇叭里突然传出中国人民解放军由挹江门进入南京的消息……是的，英国"紫石英号"战舰怎能阻止我们万帆争渡，它的炮声只能向全世界敲出丧钟，宣告殖民主义的锁链已经给中国巨人最后挣断砸碎。我从垂垂黑夜之幕上看到微明的曙光——我默默地、默默地在月台上走着——我意识到我的心灵正经历着人类文明史上一个惊人的时日，它来临了！它来临了！……我默默地、默默地在月台上走着……

## 一二九 心向长江

南方，南方，我们终于从遥远的北方到了遥远的南方。

南方有南方之美，但迎接我们的却是一阵春雨，先是小雨霏霏，后来大雨淋漓，吉普车篷上开始漏水，大家都担心我们这个中型吉普车里会洪水泛滥，可是偶然向窗外望一眼，南方的天地有如一幅迷迷蒙蒙的水墨画，那样滋润，那样潮湿。布篷上承受了很多雨水，雨水便流注而下，后来我们想出一个办法，就是把一只装罐头用的箱子支在布篷中心，这样平坦的布篷变成一座小山，水便沿着斜坡向车外流去，我们躲过一场水灾，心中为之大喜。谁知雨越下越大，吉普车玻璃上密密麻麻的雨珠，像无数小蜜蜂在微微地颤悸，这就是我所盼望的南方……

火车刚通到漯河。我为了赶上进攻武汉之战，便从火车上卸下我的小吉普车，乘着它直达信阳。一座高高的鸡公山，长满密丛丛的森林，全山绿油油、黑森森的，但我始终不了解为什么叫鸡公山。几十年后，搭火车南行路过此地，回头望时才看到最高一峰确实像一只公鸡的鸡头，昂首翘望长空，好像正要发出震动寰宇的鸣声。这一带完全是南方景色，到处是茂密的竹林，远远望去就像初春的柳树，游荡着一派淡黄嫩绿的轻烟。一片水田像一面明亮的镜面，有许多小池塘，池中长满蒲草，野花飘浮着极浓烈的芳香。就在这山下一所大院子里，我看到萧劲光。他正坐在院落里一只帆布躺椅上晒太阳。萧劲光是我在延安时就很熟悉的，当时他是八路军后方留守处司令员，他身材魁梧，脸型十分奇特，与众不同，那是一张四方形的脸，下颌骨方得有棱有角。但他一点也不威武，总是憨厚善良地眯着两只小眼睛，时时微笑着。他之所以给我留下深刻印象，倒不是由于我组织抗日文艺工作团不断派遣作家到敌后去，与他常有接触；更重要的是毛主席那次跟我谈话中讲道：在党内受了委屈又怎样呢？还是要革命，像萧劲光、陆定一，受了那样严重的打击，还在连队里作为一个普通战士，艰难跋涉，走过二万五千里长征。后来由于写《朱总司令传》，我借阅中央苏区的报纸《红色中华》。偶然翻阅中看到一幅漫画，上面画着萧劲光的头，却长着狗的身子。王明"左"倾路线不但撤了毛主席中央军委主席的职务，而且不择手段污辱人格，这样恶毒地把人置于死地。我望着这幅漫画沉思良久，我想到的却是另一幅画面——萧劲光怀着一颗苦涩的心，在草地的泥泞中一步步迈着沉重的脚步，这是多么庄严、神圣的画面呀！后来，党中央纠正了"左"倾错误路线，但他从来没有讲过一句自己所受的冤屈，因此，我一直暗暗敬重着他。这次在鸡公山下见了面，他这位兵团司令员正是进攻武汉的主将，不料却如此清闲。跟着出现的是陈伯钧，从在承德执行小组相识，我们就一见如故地熟悉起来。在所有这些将军里，他是我最好的朋友，他敏捷、机智、幽默，说起话来滔滔不绝，这时他是十五兵团副司令。

萧劲光幽默地说："人家说刘白羽到哪里，哪里一定有大仗，有这样的话吗？"

我笑着没有回答，因为如果说我到哪里哪里就有大仗不符合事实，我一个人怎么能参加所有大仗呢？但是，我从三下江南、夏季攻势到辽沈战役，的确参加了不少苦战、恶战，这也是实际情况。

我探问是不是马上有行动。

陈伯钧鲜红的两颊上，一双眼睛闪着机敏的光，一笑说：

“雷马克的——西线无战事！”

萧劲光说：“仗是有得打的。前哨部队已直拊武汉之背，准备切断黄冈、鄂城，你倒不如趁这闲空上一次鸡公山，很值得一游呀！”

第二天，我早起动身上鸡公山，弯弯曲曲的山路折转在苍翠浓碧之中，草地上、树荫下五颜六色的娇嫩的鲜花争奇斗艳，春意是多么浓呀！我远望千山万壑，似乎一片平坦，谁知到了山腰，那路竟是那样陡峭，那样险峻，我气喘吁吁停下来。

这儿两山壁立成峡，森森的树木染出浓浓的绿色。一个老人在那儿卖水，我连喝了几碗，才喘息过来。我问那老者：“这山这样陡谁来呀？”“你家上山一看便知，这是武汉洋人避暑的地方。”

“这样陡的路，洋人爬得上来吗？”“洋人坐在竹椅上，给中国劳力抬着，哪里好用得上腿脚。”我歇了一阵脚，又继续往山上爬，到了山峦之巅，忽然发现一条白石铺砌的小街，现在还不是避暑季节，家家户户商店都关了门，但还是那么整洁可爱。路边林中出现一幢幢别墅洋房，大半是白石砌成的。十五兵团的文工团正住在这幽静所在。据他们说：“武汉是长江三大火炉之一，洋人受不了那种酷暑，夏天就都躲到鸡公山来避暑，一到那时季，这条小街上家家商店十分热闹。洋人在这儿享清福，他们压榨的苦力却在火一样燃烧的火炉里，给他们卖命。”我想到抗战之初在汉口码头上，看到搬运夫在陡颤的跳板上，驮着小山一样高一样重的货物一寸一寸挪动着脚步，我听到他们呻吟，我听到他们哀叹，忽听得周围人群一声惊呼，一个夫子支撑不住跌了下来。我挤过去看，竟是那样衰弱、那样瘦削的一个老人，他口里吐出一摊鲜血，已闭了两眼死去……

生灵涂炭的中国啊！

颓弱衰败的中国啊！

我怎能忘记，我怎能忘记。

……

这一天上山下山非常疲劳，晚饭后到司令部，听萧劲光、陈伯钧坐在树下闲谈，度过黄昏。萧劲光兴趣很高，特地邀我们到屋内，叫人取来一瓶白兰地，我们每人喝了满满一杯。第二天中午，陈伯钧、解方、潘朔端派警卫员邀我们到他们那儿去。他们住的几座白色洋房笼罩在一片树影花丛之中，房中还摆了几盆鲜花，他们邀我来是一道吃午餐，中间，陈伯钧的一段话使我心灵怦然而动："我们是从这儿打出去的，现在又转回打到这儿来了。"

我从他的话音中，听出他胸中有万分说不出的意绪，我就问他：

"有什么想法吗？"

他停顿了一会儿，好像在思索什么，我看看他，面颊还是那样红润，眼光还是那样机敏，不过他却吐出一句令我心灵为之一震的话来：

"大革命失败，有多少好同志血洗街头……"

我觉得他心里十分苦痛。

"每往南走一步，心里就忍不住发颤呀！"

……

天不知何时已经阴了下来，我出来一看漫天的黑云从北向南疾飞，我没走几步，雨点便啪啪落了下来。我回到住处，窗外已经大雨倾盆。我很想午睡一下，但想到陈伯钧那富有深情的话，久久不能平静，久久不能入睡。我知道陈伯钧是上过黄埔军校的人，他经历了气壮山河的北伐，受过大屠杀的残酷磨难，我想也许就是在那时，他从这儿逃生出去。的确，我接触了许多高级指挥员，不论他是沉默寡言，还是娓娓清谈，他们的灵魂就是一部战争史。陈伯钧在他们之中是一个文化素质较高的人，我常常觉得他既有刚决果断的一面，又有多情善感的一面，就是说，有欢乐也有悲哀，有豪情也有痛苦。正是他那一席话在我面前展开了一部从水深火热中熬煎出来的历史，我从中理解着我们进攻武汉深刻的含义。于是我更加急迫地盼望着奔往长江。在我，这不过是一个从黑龙江到海南岛的壮举，在他们则是从历史的层岩里发掘过去的血泪，这些血泪似乎应该早已为时日磨干、磨灭，但是事实上没有，他们每向历史悲剧演出之处走近一步，就越觉得旧日的伤口依旧鲜血淋漓。为了探索这个奥秘，我苦苦思索了几十年，在我七十岁时写出了《第二个太阳》，写出我的理解，历史的灾难。

有一天，我们去看给白崇禧炸毁的武胜关隧洞。这是平汉路上第二大工程，是去武汉必经的通道。洞长三百米，弯在山脊弓背之中，极其险峻，是光绪二十四年由法国人修成的。当我军还在漯河以北时，白崇禧就恶毒地炸掉隧洞，阻我逼近武汉。先装好四车皮石头，由信阳调一辆机车，牵入隧洞。就在此际，我大军已席卷而来，截断了北边铁路。白崇禧只好从南面广水调来一一〇六车头，拉来一个工兵连，于四月一日早晨炸断了长台关大桥，接着就拉了炸药来到武胜关，命令铁路员工一律撤退。可是许多老工人聚在一起商议："咱们不走了，解放军来了不更好吗？那是咱们工人的队伍呀！"只有站长和几个从粤汉路调来的人，把家搬上火车走了。二日上午十时，工兵连连长逼着一一〇六号的司机郭传华、烧火工傅安恒，进洞子施行爆破，郭传华说："我开一一〇六号这么多年，我不能眼看它炸个粉碎。"他开上车穿过隧洞想往南冲出去，谁知没到洞口，就给国民党士兵鸣枪制止。"进进不得，退退不得，可是我想，怎么样也不能由我亲手炸呀！"他一甩手跳下机车，就流着泪走了。工兵连就强迫别人开动机车把炸药拉进洞里。这是令人心碎的时刻呀！时间一分一分地前进，留下来的老工人都静静地站在站台上，两眼紧紧盯着武胜关隧洞。国民党指挥官觉得五吨炸药还不够，急着从江岸调了二十吨炸药，一下子把武胜关整个山都炸塌了。不知怎么回事，一部分保公所的人在西面山上打了几枪，守在隧洞南口外的工兵连长急急摇电话到隧洞北口的武胜关车站。电话铃声丁零丁零紧响，与平汉路相依为命几十年的老工人一听到对方那颤颤抖抖的声音，他就坚决地回答："是解放军打的枪，他们到了武胜关，正在进街……"那工兵连长吓得要死，江岸运的二十吨炸药车正疾驶而来，但他们已经等不得了，就点燃了那五吨炸药。只见在火光急霍霍地一闪，刺人心疼，喘不过气，轰隆一声，整个山、地、车站都在震动、跳荡，站房上的碎玻璃叮叮当当纷纷落地。老工人们呜的一声都哭了起来。敌人逃跑了，这群老工人向隧道走去，一看，洞口完全崩塌了，要抢修，只有从炸崩的乱石上爬进去。可是人们说里面埋了地雷，你一踏上就粉身碎骨。炽情与勇气燃烧着，工务处一个老工人管忠发挺身而出了。这是多么巨大的无产阶级的形象呀！他第一个带头爬进去，于是老工友们有的举着油灯，有的亮着电筒。管忠发大吼一声："不要等解放军，我们先动手吧！"那时，经过爆炸，山水倾泻，隧洞里水深到大腿根，巨石崩塌，火车碎裂，把个武胜关隧道完全堵塞了，要修通它，就像开天辟地。可是工人们纷纷议论："农民有田地，我们有什么？我们把铁路修好了，就是我们的田地。"在黑暗森森、硝烟漫漫之中，人们听到管忠发喊道："为二七惨案牺牲的人报仇！在武汉这地方他们杀死了多少工人啊！现在我们拼上命也要干！"他们把巨大的三合土石岩用绞车拉下来，敲破打碎，然后用平车一车一车推出去。管头的喉咙哑了，张头吐了血，谁料这时电汽灯一下灭了，他们都围拢过去修灯。就在这时，一块巨岩从上坠落，轰隆一声，震得人耳朵都聋了。再一看，好险呀！正落在他们刚刚奋战的地方，要不是电汽灯熄灭，四十多人一下都砸成烂泥了。就是这些真正的人、巨大的人在这儿从事着一件伟业。就在这里，我听到《共产党宣言》那响铮铮的言语："让统治阶级在共产主义革命面前发抖吧。无产者在这个革命中失去的只是锁链，他们获得的将是整个世界。"四天四夜，他们修通了隧洞，当我紧紧握住管忠发这个老工人枯瘦而有劲的手时，我们都在倏倏颤抖，我们同时流下了热泪。

战神的翅膀在空中扇动。

原来沉寂的大地上发动了大潮汹涌的冲击。

一种不祥的预感压在我的心头。

我们不能让白崇禧把武汉这个大城市，连同它的繁华，连同它的悲壮一道付之一炬，烟消火灭。我乘着吉普车夹在跑步向前的大部队中间，忽然，从长江方向传来隆隆轰炸声，每一声爆炸都震撼着我的灵魂。吉普车颠簸着、旋转着疾奔。我看到一个个战士的面孔都那样严肃，是的，我们就是要从扼杀中拯救死亡。最前头的部队刚刚席卷而过，在一条弯弯曲曲的河流上，我看见一座木桥正在熊熊燃烧，黑烟绞裹着火光向天上冲去。怎么办？！这是千钧一发的紧急时刻，我心急如焚，怎能忍耐，难道我能在这儿停滞下来眼看着这座大城市死亡？！我把手掌在大腿上一拍，向司机怒喝："冲过去！"我这司机立刻不顾一切——一旦汽油被火燃烧，我们就将炸成一团烈火……吉普车像箭一样直朝烟火中冲去，何等惊人的速度，我一下感到整个脸给火烤得炙热，只感觉到周围一片抖擞的红色，但是，我们冲过去了。忽然轰隆一声震响，我回头一看，木桥整个崩裂坍塌，一下埋没在火焰之中。战争千筹万划、周密安排，可是战争中有偶然、有冒险，而且那往往是决定的时刻。我的军帽不知什么时候飞掉了，我伸手理了理烧出一股焦煳味的头发，心中油然升起一种舒泰的感受，我胜利了，我胜利了。

当我们迫近长江，从空中已经感到江水潮湿的气息，而那有时沉闷、有时响亮的爆炸声，更痛苦地震动着我。难道白崇禧真的要施行他那炸毁整个大武汉的恶毒的计划吗？难道当我疾驶到这个城市跟前时，只能看到一片汪洋火海?! 谁知我闯过木桥，已经影影绰绰能看到那个大城市时，我的吉普车在一片高地上给卡住了，它一动不动停了下来，不管司机怎么摆弄，它就是纹丝不动。红日当空，清风徐徐，这从江上吹来的风，是向我报告吉祥还是向我报告噩耗？冲过火桥时，我下了果断的决心，而现在，我知道，只有冷却处理。因为你愈催促，司机愈慌乱，车修不好，就把一切都耽搁了。我静静地跨下车来，朝武汉方向望去。除了一声接一声爆炸声外，还能从遥远的空中看见一缕一缕黑烟。我勉强压抑住自己，但又实在急不可耐。我回转头，看见司机从吉普车下爬了出来，他十分丧气地说："有一个螺丝掉了，这荒郊野外上哪儿去装配一个螺丝?!……"司机满面愁容。我知道这时只有宽慰他。忽然，我灵机一动，说："找，把这个螺丝找回来！"于是，我们分头在地面上寻找，后来，还是司机惊喜地叫喊起来："找到了。你跑，跑不掉，凭你上天入地我也把你找回来……"他那流满热汗的脸孔上一下变得喜气洋洋。于是我们的吉普车又飞驰起来，进入市区，顺着大道直奔而下，然后拐入一条街，一直开到江汉关下，我飞快地跳下车来，往江边跑去。大江，多么汹涌澎湃、浩浩荡荡的大江呀！一涌一涌的浪涛上闪着一亮一亮的阳光，一望无际。江面上被炸毁的船有的在喷火，有的在冒烟。但，就在这一刻，整个长江已经紧紧地拥抱在我的怀中了。忽然，一阵嘹亮的声音饱含喜悦地在我头上响起，这是什么？我抬头寻望，慨然而笑，正是江汉关的钟声敲响起来……它响了多少年呀！送走多少灾难，送走多少死亡，而现在，它第一次迎来喜悦，迎来新生。

当天傍晚，我同邓岳、李伯秋在江汉关附近一座楼顶上吹风纳凉。

我站在楼顶上，凝眸注视着长江，长江从三峡而下，在这儿变得广阔无垠，云蒸霞蔚、气象森严。我在重庆看到过长江，那长江似乎没有不平凡的气度；抗战爆发后，我到过长江，但在阴霾低垂、战机危急下，我似乎没有闲情看一眼长江。只有这一次，我第一次真正看到了长江。长江，我们亲爱的母亲江流啊！她的波涛中冲染过鲜血，凝聚过死亡，而今天，她，我们中华民族的万古精灵，长风一拂，两岸猿声，千帆竞渡，浩浩荡荡，莽无涯际，她像一股旋转的灵魂从高峡中奔腾而下，带来了清新，带来了袅娜，你有多么深沉的母爱，你有多么温柔的慈心，这一刻，在黄昏的朦胧中，狂涛默默，大浪平平，你把你的乳汁甜甜地沁入人的生命之中，沁入大地，沁入长空。这时，我的心灵，又是苦涩，又是甜蜜，我觉得我的心灵和大江的心灵融二为一了，什么忧愁、什么悲恸、什么流血、什么死亡一切一切变为无比的洁净与神圣。突然，我的心灵受到巨大的震撼与袭击，这是什么缘故？我吃惊地向四外寻找，一时茫然。像一下从魂梦中回转，我看到江汉关上一面飘扬的红旗，这红旗如此招展，飘逸自如，但正是它，对一九二七年的血洗做出了最鲜明、最果断的回答。

几星灯影出现在江上，说明长江从战火中苏醒过来。

这个夜晚，我们找了一家银行，银行里的人当然都跑光了，我们就在空空洞洞的柜台里面，搭起钢丝行军床睡去。在沉甸甸的睡梦中，长江还在旋流激荡，钟声还在缭绕萦回。

## 一三〇　第一艘航船

一个消息吸引了我，陶铸要派我到上海去。

武汉军管会成立了，主任是谭政，副主任是陶铸，实际谭政很少过问，具体工作都是陶铸来抓。原来把我安排在潘梓年主持之下的文化组，住在璇宫饭店。但我除了为报社接收了一家银行候用之外，我觉得文化方面的接收与我做记者的工作很不协调，于是我便搬到军管会所在地的德明公寓。这是武汉最高级的一家饭店，过去是洋人聚会场所。陶铸住在这里，我搬来就经常和他见面了。有一天他兴冲冲地走进我的房间，告诉我：“武汉经济命脉要活起来，首先就是和上海通航，可是江上的航标都给国民党破坏了，不过我们还是想派上艘客轮去闯一下，白天走，晚上停，武汉经济界、金融界领袖人物都准备随船去上海取得联系，你有没有兴趣去一趟？你那边熟人多，可了解一下那边的情况，提供给我们接收参考。”这消息使我十分兴奋，立刻答应：“这是一条好新闻呀！我去！我去！”

武汉这个繁华世界已经苏醒过来，长江上各种船只，穿梭往来。码头上聚集了黑压压一大片轮船，有浅灰色的远航货轮，有深蓝色的货轮，有黑色的轮渡，还有一种红甲虫似的海关缉私轮，忙忙碌碌在各种大船之间驶来驶去。每一只船就像每一个人一样，有它的性格，有它的风度，有它的声音。汽笛有的像男低音，粗重低沉，有的像女高音，清脆嘹亮，十分动听地组成了天空与大地之间一场交响乐。那是一个晴空丽日，我沿着扶梯走上一只高大的客轮，这只客轮是号称“江中之王”的“江安号”。这轮船装饰得十分漂亮，最高桅杆顶上飘扬着一面大大的红旗，而全船斜斜的每一根缆索上都飘动着一串一串小红旗，船头上悬挂着毛主席、朱总司令的巨幅画像，船身上横着一条上面写着"在毛泽东旗帜下胜利前进"的红幅，这是一个隆重的庆典。上午十时，江汉关响起嘹亮的钟声，长江上复航的盛举开始了，军乐队奏出嘹亮的"穿过海洋、穿过波浪"的乐声，吴德峰市长剪了彩，噼噼啪啪的爆竹声立刻响起。这时，"江安号"汽笛引吭高鸣，船就缓缓地、缓缓地离开码头，船上船下的人还在摇着红旗，摇着红旗，从船上牵下去的几千条红绿纸条断了，纷纷飘舞，十分好看。

我和陈瑞光住在特等舱一号房间，前面是一间大餐厅。我进去一看，武汉工商业人士已经坐满了大餐厅。我现在还记得有两个人，其中一个是陈经畬，他是武汉经济界巨擘，年近花甲，身材高大挺健，褐红色的面孔上有一双锐利的眼睛。我对于他的了解是从武汉地下党负责人曾惇那儿知道的。我们进城之后急需同地下党取得联系，陶铸就派我去找曾惇。不料他就住在德明公寓后面不远的一条街上，我们在一座小楼上见了面。曾惇跟我说，白崇禧原来预备炸张公堤、武泰闸、水厂、电厂，这样就等于整个儿毁灭了大武汉。当这可怕的消息传布开来，武汉各方面广大人士纷纷起来进行反破坏斗争。上层领袖人物挺身而出，仗义执言，其中就有陈经畬，他们直接找到白崇禧。张难先老先生是武汉领袖群伦的人物，留着一大把灰白的长胡须，他怒不可遏地将手杖敲得地板嗵嗵响，声言："你要炸掉武汉，你就把我绑在炸药包上，一起爆炸吧！"我随同陶铸召开武汉上层人士的会议，也多次看见过陈经畬。这次在轮船上，将一同做一次非常的江上航行，自是欢喜。

江风从舷窗徐徐吹入，大家心情非常舒畅。人群中有一位穿一身西装、文静而又潇洒的人，十分和蔼善谈，此人是杨显东。他是一位出名的研究棉花的专家，从美国留学回来，一直关注着湖北这一片丰饶的产棉区，研究改善良种。我们一道站在甲板上，凭栏瞭望，一曲曲河流，一片片田野从眼前逝过，他微笑着谈起他的抱负。他说在公安、松滋那一片土地上，棉花长势特别喜人，他正在那里研究棉花长绒这一课题。他说他的科学试验如能成功，棉产量可增加十数倍。他没有大科学家派头，是一个很随和的人。但他的一席娓娓清谈使我想到中国这灾难的大地，今后将实现多少美好的幻想。解放后，他到了北京，一直在农业部门做他的科学研究，也参加过领导工作。他和他的夫人还到我家里来做过客。前几年在一次集会上见到，面对面我一时之间却认不出他来了，他当年的英俊已存留无几，怕已是八十余岁的衰翁了。

长江上的航标都被破坏了，好像刮过一阵十二级台风，航标被折断、摧残，给长江留下了可怕的累累伤痕。

船到九江，遥望庐山裹有一片烟雾蒙蒙之中。船再前行，经过小孤山，山很小很小，实是突出在江心的一个小岛。船从岛与岸之间穿过，小孤山上碧绿丛丛。我正在流连观赏风景，同行的一位民营航业公司的经理却跟我讲：

"这小孤山上还有一段故事呢！"

"什么故事？"

"这小孤山顶上有一个尼姑庵。"

"这倒是个清净所在。"

"清净也不清净。很久很久以前，九江一个商人破产了，就躲到这小孤山上来，终日长吁短叹，痛不欲生。有一个小尼姑看他这样，便产生了恻隐之心，常常劝说他，这商人在危难之际，得到妙龄女尼的同情，十分感激。小尼姑把自己积存的钱全部拿出来，让他作为资金，重整旗鼓。于是这个商人依依告别，约好来信，便乘一尾小船飘然而去。谁知这人不久就飞黄腾达，当了九江招商局的督办，成为富贵场中风云人物。小尼姑等了又等，终无音信，也不知是死是活，她总是放心不下，就请庵中老尼上岸去打听。老尼想方设法找到踪迹，可是那人闭门不见，她也只好讪讪而回。这小尼姑痴情难断，便自己动身去找，仍不得其门而入。再去，一位富家太太出来说，'你们不应当再见面了！'在这沉重的打击之下，小尼姑回到小孤山，就投江自尽了。这个消息辗转传到那富商耳中，如雷轰电击，他幡然悔悟，悲痛难忍，一天夜里，弃家出走，乘一条小船又来到小孤山，也投进了长江。"

听完这个故事，我痴痴望着大江波涛，一缕悲怆情愫，渗入我的心灵。

在我们的明山丽水之间，常常有着令人悲痛的传说。是的，亿万斯年，长江浩浩，我仔细看每一朵浪花，那浪花似乎都在诉说着往日的哀伤。

我扶栏而立，久久不能自已，这个小小的传说，似乎在诉说着长江的命运。

有一天我们这艘客轮在安徽境内停泊，我从甲板上看见有两三只小渔船正在江上忙着捕鱼。

阳春时节，水涨鱼肥。

我看着那一尾尾鲜活鲜活的鱼被捞起来，还在摇头摆尾地蹦跳，便问：

"这是什么鱼？"

一个渔翁捉起一尾鱼说：

"鲥鱼。"

鲥鱼是长江上最名贵鲜美的鱼，但只在这个季节才有，而我们恰恰逢上这个季节。

我虽然算不上美食家，但也算得上品尝家。何况从这绿油油一江春水中刚刚提起来的活蹦乱跳的鲥鱼，是那么诱人。于是，我立刻买了两尾，送给船上厨师，厨师也喜得合不拢嘴，说该当你们有口福，活鲥鱼不是经常能遇得上的。于是由我请客，那天两张饭桌上，春风得意，喜气洋洋。这是我一生第一次吃到这样鲜美的鲥鱼，也是我一生中最后一次吃到这样鲜美的鲥鱼。我问这是什么地方，他们告诉我："荻港。"啊！这是汪琦跟我讲过的故乡，她是铜陵人，到安庆去上学，每次都要经过荻港，最后弃家出走奔往延安也是经过荻港。这时，一种爱的情愫荡漾而来，我品尝的不只是鲥鱼，还有这一江春水，还有一腔爱恋。说也巧，十一年后，又是这个季节，我欲上黄山，先游皖南，又到了荻港。在长江江滩上，我看到雪白的芦笋刚刚露出地面，这正是鲥鱼上市的季节，用这鲜嫩的芦笋烹上鲥鱼，那对我来说可就胜过当年在客轮上的喜悦了。于是我在荻港住了两天，我舍不得走，又留了一天，还跟上渔人到江上去捕鱼。可是等了又等，却没捕到一尾鲥鱼。真是怅然！真是惘然！每顿饭都在江边一家木板酒楼上吃着活鱼，也鲜，也美，但我终于没有得到鲥鱼，怅怅地离别了荻港。临别之前，我登上小小山头，见到几树杏花，如雪如海，多么美丽的春天啊！从山上下来，沿了石板铺的荻港街走过，我仿佛看见一个婀娜的姑娘的身影。几十年前，她就在这里走过，一刹那间，我好像听到她的脚步声在响。我像一个寻梦者，想在这儿寻得她的脚印……

……下雨，船长室舷窗玻璃上布满一颗颗颤动的雨珠。

我跟一群水手聚在一起，听他们谈航海家的故事。一个年轻的水手跟我谈起他父亲马人骏航海的故事，听来十分动人。

那是马人骏在"新民号"上当船长时发生的事情。从天津出发荡过渤海，气象台上送来将有大风浪的预报，可是马人骏凭着他丰富的航海经验，老水手无畏的勇气，冷静而沉着地计划，跟在风浪后尾，避开狂风巨浪。谁知这一关没闯过去，船虽然不在中心却也卷入风浪。海浪像冰山一样峻峭陡立，船一下旋入高空，一下跌入低谷，激烈地震荡着，就像要劈个粉碎。马人骏命令水手把一根锚缆放下去，但是刚投入大海就给斩断了，接着投第二根，又断了。他用船上的铁链缚紧一根，刚一扔下，又炸得粉碎。船在巨浪中颠来簸去，更凶险的现象跟踪而来，舵轮坏了，推进器断了——船像木片在海浪尖上旋转、震荡……他只好呼救了。谁知电台上的电线也给飓风扫断，船断绝了一切呼号的可能。马人骏是一个沉默寡言、性情刚毅的人，他见了酒不喝干决不放下瓶子。他一步蹿进驾驶台，火气就腾地升了上来，他亲自掌舵，紧紧不放。这时全船的乘客都在哭泣、哀号……没有淡水喝，没有饭食吃……船就一直卷在这一股飓风中，霹雳暴雨、惊涛骇浪，船眼看就要沉没。在这生死存亡的时刻，船上的人一群一群跑来找船长，扑通一声跪在他的面前，马人骏一把抱住打头的一个老人，他说：

"谁都知道爱自己的命，难道我不爱我的命吗？这一刻，我的命比你们的命都重要，因为全船几千人的命都包在我一个人身上，毁不了我的命也就毁不了你们的命！"

说着，这硬汉子眼泪哗地流了下来。

濒临死亡的时刻已经到来了。

浪，像一大群海狼向船上猛扑，仿佛要把船撕个粉碎。人啊！你可知道你平时饮水时，水是多么柔和，可是水在大海狂涛中，比刀刃还锋利，暴风挟着暴雨形成一种大自然狂野的暴力，一下把驾驶室的铁门冲开，水跟着向里面涌，要是驾驶室一淹没，还有什么船长？还有什么舵盘？两个水手勇敢地冲上去，死命地把铁门顶上，可是，他们给那水的利刃砍伤，一下都倒在地上，起不来了。

马人骏在忘我地搏斗着。

可是，酒瓶干了，哪里还有一滴火种能燃烧起他的火力？

他绝望了，突然一下跪倒在地，他大声喊着他的祖母在天之灵：

"你不应该让我受这样的惩罚呀！"

他一下掏出手枪，对准自己的太阳穴。

大副猛扑上去，一把夺下手枪。

"我救不了这一船人，活着又有什么用处！"

"你是一船之主，你没有权力这样干！"

马人骏血红的两眼盯住大副，他给大副的怒喝震醒过来。

他们两人一道把身子、把生命、把灵魂紧紧拴在舵盘上，与天斗，与海斗。

突然，一下剧烈的震响，船冲在一处石礁上。

事后才知道，他们已经漂流了七天七夜，从天津一直漂到基隆。基隆的石礁救了他们，这时，风势缓和下来。

几千人从地狱里逃了出来，可是马人骏一下倒在沙发上，全身瘫痪，失去了知觉。

但这还不是马人骏令我潸然泪下之处。

使我肃然起敬的，倒是另外一次精神上的残酷的搏斗。

那是"一·二八"之战的时候，他奉命到日本去接华侨。

骄横狂妄的日本人为了凌辱中国，他们叫这算不上巨轮的船只泊在一处最大的军用码头上，这是极大的侮辱！这样一只船在巨大码头上显得如此渺小，如此孤独，日本那些高大的军舰，要降下扶梯直落码头，人从上往下走。而这艘中国普通轮船，却得反过来将扶梯向上搭，人才能爬上码头。这耻辱像火一样灼疼了马人骏的心，他难得低下头来，望着自己这像小火柴盒一样的船，耻辱之感唤起他那强烈的爱国之心。从此，他再也不想到外国去了。可是这怎么可能？这个刚毅的人性格变得狂暴了，这是大自然与耻辱燃烧起的烈火，他打电话听不清就把电话摔坏，招商局的电话不知给他砸坏了多少。渐渐地，一种觉悟使他两眼发亮。他费尽周折，好不容易到英国把买来的元、亨、利、贞四艘船接回来；可是后来国民党借口为了修昆明的铁路，竟把他历尽千辛万苦接回来的四艘船又卖给了英国，其实那铁路也并未修。他愤怒了：我们在大海上，时时刻刻冒着生命的危险，却给贪污腐败的官僚们发了横财。他到英国那次，连衣箱也没打开，他把自己关锁在船舱里。因为船上是中国，上陆就是外国，外国佬眼中的中国人就是猪仔，就是蝼蚁。可是一个重担又落在他的头上，就是第一次直航太平洋，开辟美国航线。船从厦门港出发，三个月试航中间，他又多少次流下热泪。不过这次不是由于耻辱，而是由于同情，他所到之处，都受到华侨的热烈欢迎，华侨们说：

"太古公司一张票十元钱，你们二十元，我们也坐你们的。"

一次次不平常的经历，使他渐渐地变成一个爱国者。

有一次，厦门船员要求提高待遇，没有达到目的，船行到马尼拉，全体船员就要罢工。

马人骏出现在驾驶室门口的平台上。

那真是非常复杂的脸色呀！他颤动的眼光显示出他对同仁的同情，可是他那钢铁的下腭却表示出相反的意志，他斩钉截铁，严厉喝道：

"要罢工到中国海去罢，不能在外国海上丢人，你们要罢，我马上搭飞机回国。"

结果，船员听了他的话，一到厦门，罢工的风潮就席卷而起了。

由于他说了那句话，国民党就说他是煽动罢工的共产党分子，要抓他。

马人骏的儿子跟我诉说：

"我母亲派我坐飞机到厦门去接父亲，母亲让我跟他说：'国家不要你，你就回来吧！……'可是父亲这个钢铁汉子望了我一会，说：'我不能走，我是爱国，我不是共产党，这个时候，我要跟那些与我在大海上相依为命、受苦受难的人们在一起，我不能走。'……这就是我的父亲……"

马人骏的事迹非常感动我，我问：

"他现在还在船上吗？"

"……不，不，他已到了退休年龄，不能再在船上搏斗了，可是他舍不得他的船呀！这不是让我来接他的班了嘛。嗳！谁知我被分配在江轮上，有一天我要到大海上去就好了……"

我们远航的目的达到了，我们到了上海。

我想起南市楼梯下那间小房，像火炉一样炎热的夏天。武汉各界人士由上海各界人士接待，我们到哪儿去呢？再住一次南市的板房？

我和陈瑞光在街上闲走，忽然看见一家门口挂着交际处的牌子，我一打听，周而复是交际处长，便报名而入。周而复操着一口上海话，正在人群中周旋，忙得不可开交。他开了一个条子给我，要我到百老汇大厦去住。我们的房间是十四楼一四〇七号，这真是天外来音，我没想到我竟然住进一九四六年在上海时可望而不可即的属于美国人占有的、矗立在黄浦江边的白色的高层楼房。我去了，住进一个有两只铺位的单间，我连忙向窗前走去。这一刹那，我猛然记起我们航行到镇江一带，我正在大餐间里埋头写日记，船长突然来叫，我连忙跑上去，人们指给我看，右侧江中有一只灰色军舰停在那里，船上写着"AMETHYST"。有人惊呼起来："啊，'紫石英号'，这就是英国军舰'紫石英号'！"船尾上写着"F116"，百年来在长江里逞凶逞霸、无恶不作的英国殖民主义终于留下了这历史的罪证。长江的每一浪好像都旋卷着悲哀又旋转着欢乐……我急于想看一看今天的上海港。我想起我们"江安号"到达上海的那个下午，一位上海口音的领航员不断惊喜交加地呼喊："多少年了呀！这里再没有外国船了，你看，那密密麻麻的都是挂着小红旗的渔船。"这可是历史的嘲笑了！原来黄浦江上挤满外国轮船，飘扬着日本的、美国的、英国的各种颜色的旗帜，那是殖民主义的吸血管，它们像一大堆一大堆蚂蟥紧紧趴在我们的肌体之上，把从中国奴隶身上榨出的血汗与生命都从这儿吸去。西方"文明"的豪华殿堂、纸醉金迷，就是建筑在我们有色人种的枯骨之上的。而现在，这一切肮脏与耻辱已经一扫而光。你呜咽哭泣的黄浦江呀！今天可以纵情高唱了。我为此而高兴。

有一天，当我沿着苏州河回百老汇大厦，忽然我停住了脚步。我记起十一年前，我向战火中的大上海告别的情景，那是秋风萧瑟、细雨蒙蒙的夜晚，我望着闸北方向冲天大火，我的心在撕裂、在流血呀！我记得就在那时，我听到教堂传来的晚祷的钟声，我说过："这不是祈祷的圣钟，而是哀悼的丧钟啊！"回想一下这些年，我经历了多么深沉的血的旋涡呀！而现在我回来了，正是那血水将我的心灵洗得如此洁净。

我们乘一辆小汽车驶到建设公司。刚到一分钟，有人推门而入，我一看，是饶漱石。我和他在沈阳军事调处执行小组分手以后，这还是第一次见面。他还是那么神采奕奕，手上提了一只皮包，八字黑胡下闪出一丝微笑。我随即跟他上了八楼一间办公室。不久，许涤新、刘少文进来了。我们在重庆经常见面，这一场战争却使我们一别数年，于是一阵热烈的握手、交谈，我们向他们转达了谭政、陶铸派我们来沟通上海、武汉之间的联系的目的，同时想知道上海接管的经验。我发现他们每个人身上都涌动着一种异常的兴奋与喜悦，仔细一听，原来他们在稳定上海经济方面，刚刚打了场对付白元的大胜仗。谈来谈去，时间已到初夜，饶漱石从阳台上向我们招呼：

"你们来看看夜上海吧！"

我们都走过去，啊！在我们眼前展现出灿若银河的夜上海，这时我感到一种特别的温暖。

　　从建设银公司出来，坐许涤新的车到解放日报社。现在回想，在解放之初，有过多少次动人心弦的老友重逢的欢乐，这里原是《申报》的社址，我一进去，就看到范长江。范长江是很有口才的人，他当然口若悬河、滔滔不绝，跟我谈上海接收中的经济方面的斗争，一直谈到十时余，恽逸群来了，说外面已经下雨，他们派了一辆小吉普车，送我回到住处。隔一天我到清华同学会参加一次文艺界的约会，就像有一股热风旋卷而来，哎呀！巴金透过眼镜片闪出和蔼但比较沉静的笑容，靳以则十分热情、十分激动，他一下扑到我身边拉着手不放，胖胖的脸孔又白又红，几乎激动得把我抱起来，还有芦焚，我们谈呀！谈呀！我们是在整个国家又一次陷于血战阴影之下，在上海分手的；转瞬几年，现在我们又在洋溢着胜利欢乐的上海相聚了。西方那些倒霉的反动预言家说共产党管理不了上海，可是现在上海带着朝晨灿烂的阳光在微笑。又是战争，又是胜利；又是分手，又是相聚，这种老友的情谊用言语是永远也说不完的，它需要的是心灵的呼应。巴金这几年惨淡经营，支撑着文化生活出版社，很不容易。在我的老朋友中，巴金是最勤奋不过的人了。他从来都是把一点一滴全部时间、全部生命贯注在文学事业中。他写作、他翻译、他出版，你很难设想一个人怎么能做那么多事情。但他还是笑得那样轻松、那样舒坦。他和靳以这两位莫逆之交，都是用热情燃烧自己，同时用热情燃烧别人的人，不过，不同的性格决定不同的风格。巴金的热情收敛在心灵里，而后将这种热情倾泻在稿纸上；靳以的热情随时流露，好像和他的生命一起都在随时随地涌出。

　　几天以后一个夜晚，我到巴金家里去，见到肖珊。靳以还在复旦教书，我望着他那像是充血了的红红面孔，忆起一九四六年那艰难困苦时期中的一件往事。当时和平调处将近破产，自从闻一多、李公朴的激动人心的呐喊被窒息之后，国民党残酷的、恐怖的高压笼罩着各地，特别在上海，像我这样公开的共产党人是随时受着特务监视的。但靳以对我的友情使他忘掉一切，他公然邀请我到复旦大学他家里去做客。我说："这样不大好吧！众目睽睽，不要牵累了你。"他急急忙忙地说："你应该来，没什么可怕的，你还没跟陶素琼见过面呢！"我坐了很久的公共汽车，来到复旦大学门前。一大群的人熙熙攘攘，我忽然听到靳以高声喊我，随后我看到靳以在人丛中挤过来，他一把拉着我，就那样堂而皇之地走到他家。那是上下两层的小楼，在这里我第一次和他的夫人陶素琼见面。靳以拉了我来到楼下一间房内，这间房很怪，不是日本人建筑，就是按日本规格改造过的，进去以后像有一面大炕一样，我想可能是铺榻榻米的地方，下面低处大概是用来脱鞋换鞋。我们就盘腿坐在高处谈了起来。那时我刚从东北采访回来，出版了《环行东北》一书，我带给他一册。我记不清了，靳以好像跟哈尔滨有什么关系，好像他在那儿生活过，也许他只是到那儿去了一趟。不过他十分热心地要我跟他谈谈东北。他邀请我来，不但没有回避，而且告诉了他的邻居萧乾。萧乾参加过诺曼底登陆，那几年在《大公报》上不断发表西欧反法西斯战争的战地通讯，别开生面，引人入胜。萧乾知道我来，他和他的英国夫人还到靳以家来看了我一下。我跟靳以谈了很久，告辞出来，靳以又一直送我到大门口，看着我登上公共汽车，还在济济人群中向我频频招手。他的这种为了友谊而不顾一切危难的精神，一下子使我眼睛湿润了。

在我众多友好之中，靳以是和我感情最深的一个，我有什么事都跟他商量，他总给我很大帮助。可是多么大的遗憾呀！他还在壮年时就离开了人间。但他留给我深刻的印象，我至今无法忘记，他承办《收获》，为此仆仆风尘，奔走京沪。他多次跟我谈到入党的问题，他那颗追求革命的心是那样执着，入党之后，第一次见面，他紧紧握住我的手，万分激动，我觉得他全身都在焕发着新生的光彩。这些年我常常想如果靳以在该多好，在我遇到困难，遇到挫折时，他会同情我，教诲我——但我终究失去了我这位知己的朋友，人生有多少无法弥补的遗憾呀！这次由于我留沪时间有限，我们俩只在清华同学会见了一面，但，国家解放了，人民解放了，我们都解放了，靳以的热情至今还在温暖着我……

一个落雨的夜间，我坐在车上，看着雨珠在车窗玻璃上颤抖。

不知怎么，我的心也颤抖起来。我突然想起鲁迅在《写于深夜里》中谈道："这几天才悟到，暗暗的死，在一个人是极其惨苦的事。"——我们今天的欢乐不是这许许多多"暗暗的死"换来的吗？

上海，黑暗的上海，在这里泯灭过多少生灵？！你的地面上冲流过多少鲜血？！

于是，第二天我驰车到龙华去了。

我望着那耸立在空中的古塔，默默地献上我心灵的敬意！

这一刻，我所经历的悲壮一幕一幕涌上心头。我看到松花江冲流着血泪发出呜咽。我们在那黑土地上苦战过，经受了冰封雪冻，弹雨冲激，但比起柔石、胡也频、殷夫、冯铿、李伟森那暗暗的死，我们受的苦难就显得轻松多了。是他们在黑暗沉重的年代里，用血燃起人间的烈火。于是，我萌生了一个念头，立刻离开上海，投身即将开始的华中前线的残酷之战。

血，太多的血凝得我心如磐石，正是它，决定了我的信念与我的性格。

我在龙华那一刻，又一次默默地宣誓。

从那以后，不论遇到多么残暴的打击，冷酷的凌辱，现在，一九九一年掀过，一九九二年来临，我检点平生，我没有背叛这一誓言。我在文学战线上苦苦搏斗了一生，今天，我深夜苦思，扪心自问，我没有辜负。中国的无产阶级革命文学，是用我们的同志的鲜血写下的第一章，这鲜血永远是活的。人们啊！你如果背叛它，只能说明你是无耻的叛徒，因为，我们今天的社会主义文学正是从无产阶级革命文学发展而来的，它的光辉里闪着那先驱者血的印记。


现在我该介绍一下我的同伴了。

陈瑞光是第四野战军政治部的群工部长，他接收了武汉的轮船公司，和我结伴陪同武汉各界人士来到上海。因为武汉统战部的赵忍安来了，我们也就无意于参加沪、汉之间恢复经济贸易的交谈，于是我们便清闲下来，无事可做。陈瑞光忽然向我提出：

"咱们到苏州去看看好不好？"

我还没到过苏州，但从小朗朗而读："姑苏城外寒山寺，夜半钟声到客船。"这两句诗对我有多么大的吸引力呀！何止我，就是现在，由于这首诗的吸引，还有大批日本旅游者，常常成群结队特地到寒山寺，等候半夜，为了听一声寒山寺的钟声。

我听了陈瑞光的话，不禁一喜，但是我思索了一下说：

"我们到那里，怎么乘船回去呢？"

"咱们在苏州耽搁一天，就搭火车到南京，咱们的客轮反正要在南京停泊，咱们就在那儿上船，你看如何？"

"好是好，可是苏州没人接待咱们，怎么办？"

"我年轻时在那儿待过，我一定领你玩个痛快。"

本来在上海也没事，于是我们就坐火车到了苏州。

苏州人称东方威尼斯。一条一条水巷，一道一道小桥，水巷两边都是整洁的白墙青瓦的人家。最使我感兴趣的是每一家后门都朝着水巷，后门下总有一个石砌的小码头，一只只小木船就悠然浮荡其间，极尽天然野趣。几十年后，我到了威尼斯，那窄窄的水巷里漂浮着小小的"贡都拉"，的确，苏州—威尼斯确有共同情趣。陈瑞光领我游了几个名胜之地，如狮子林、虎丘山，而后到了拙政园，我发现他像在寻觅什么。后来在湖边上找到一块大岩石，他便邀我在上面坐了下来。我对他并未察言观色，因此也没发现他情绪的变化。这时，他痴痴地望着不远处的一座斋堂，忽然对我说：

"当年，我就坐在这儿……听到从那斋堂里传出钢琴的声音，那声音是那样柔和，那样委婉……"

我觉得他的声音有点惆怅，这时我才看到他脸上流露出一派柔情。我便问他：

"只有女人才能弹出那样幽美的琴声吧？"

"是的，当时这里是一个学校，有一个穿着朴素的姑娘，每天一定的时刻一定走到这里来弹琴……"

我想他那时每天就坐在这块石头上，看那姑娘姗姗而来，然后他就听着，听着。

人啊！有多少美好的依恋，又有多少无情的怅惘。

他默默无言，我也就不便打乱他那"剪不断，理还乱"的情思，只望着那碧绿绿的一湖春水，领略着"杏花、春雨、江南"的诗意。后来我又来过几次苏州。一个冬天，为了一赏"香雪海"，我特别来过一次。我走上山岭，看见下面一望无际的梅林，可惜我们来迟了，梅花已在飘然落下。到了林中，却发现枝头还有些残花，但如潮如海的时节已经过去，我怅然若失，低头不语。谁知回到寓处，突然间眼睛一亮，我心醉了，清冷的南方冬日里，院中正开放着一株绿梅。那水灵灵的绿色花瓣，发出一股幽幽的清香，绿得娇嫩，绿得凄凉。

我们搭火车到了南京。当时石西民正担任市委宣传部长，同时主编《新华日报》。我打听到他家住处，便找上门去，跟他说明想在南京小留数日，等候上海来船回武汉去。他把我们送到一处很漂亮的招待所住下，西民还特别约请我们两人在夫子庙一家大馆子里美美地吃了一顿，从而使我又领略了一回"蒋山青，秦淮碧"。没想到第二天下午两点半，我们突然得到消息，我们回武汉所乘的"民权号"轮船，下午三点四十分入港，于是便急急忙忙向下关码头赶去。上到船上，和大家厮见，只见他们喜笑颜开，连声说："不辱使命，我们回去向陶铸主任可以有个交代了。"原来，武汉为长江中游最大的码头，湘鄂各地丰富的物产都集聚于此，然后顺流而下，直达上海。因此，疏通了上海航道，也就打开了通往全国的门户，搞活了武汉的经济。

### 一三一 临战前的沉思

我回到武汉，立即得到消息，华中渡江之战迫在眉睫。

我被安置在一处法国人的高级公寓里。里面是一个一个单元，我住的单元正好面对长江。几间屋子雪白雪白的，我到阳台上看着长江一浪一浪闪着灼人的亮光。我去上海转了一圈回来，武汉天气已开始炎热，在这个大火炉里，一切似乎都为了达到凉爽的目的，不但屋子是白的，会客室的藤沙发、圆桌、圆桌上的灯罩也都是白的。是的，白色可以给人增加一点清凉之感，要是深颜色的就会热上加热。我的通信员告诉我："陶主任搬出德明公寓，就指定了这房子给你住。""那么陶主任呢？""也在这条洞庭街上，十几分钟就可以走到了。"又是请缨杀敌的时刻到了。我洗了个冷水浴，换了一套新军衣，就按着电话里约定的时间到陶铸那里去。

那是有两扇大铁门的很大的宅院，一进去，人就被一大片树木遮下的绿荫笼罩住了。院里寂静得一点声音都没有，正面是一座两层楼的大楼房。我走上台阶，没人出来招呼。进了宽敞的大厅，还是一片静寂。我回环四顾，全无人影。我心想：这是怎么回事？难道陶铸还没回来吗？我在沙发上坐了一会儿，听到楼上有点轻微的响动，于是我便踏了楼梯，放轻脚步，上了二楼。二楼偌大的厅房里，也无声无息。从什么地方传来一阵轻微的咳嗽声，原来在大厅房边上有一个小门，声音是从那里出来的。我走过去，看到陶铸就在这个小房间里，躺在靠门的大床上，把头搁在垫得高高的枕头上，正在埋头看书。我悄悄进去，他才抬起头来，朝我粲然一笑，但他满脸胡子浓密，形容十分憔悴。我连忙问："陶铸同志！你病了？"

"没什么，有点发烧，医生都是些喜欢小题大做的人，命令我一定卧床，这不是，我只好服从了嘛！"

后来我才知道，由于太累，他前几天连续咯了几口血，怕是坐牢得的那个肺结核毛病又犯了。

我看着他那由于发烧而有点潮红的脸，心里有点凄然。

我一看，他手里把着的是一本精装的《鲁迅全集》，就十分不以为然地责备他：

"卧床，就是让你休息，你这算什么休息？！"

他像小孩子一样有点难为情地望望我，随即用手指敲了敲书说：

"这就是治病的最好的良药呀！你看这里……'不是年轻的为年老的写纪念，而在这三十年中，却使我目睹许多青年的血，层层积游起来，将我埋得不能呼吸……'"我见他两眼霍地一亮，我仿佛看到他心灵的颤悸；他的话一下使我想到陈伯钧在鸡公山下跟我谈的那些话。武汉，武汉，你唤起多么深切的回忆，引起多少深沉的情怀。今天，我们使这染红过的大地光洁起来，但是，想起那些先行者，我们能够无动于衷吗？这一刹那间，我忽然发现陶铸的外形很像鲁迅，浓浓的眉毛下有一双深邃的眼睛，嘴巴上有一撮黑胡子，我和陶铸相处久了，我了解了他的性格也像鲁迅。他刚直不阿，宁折不屈，我见过他为了正义之争发过怒，但他对人又是那样宽恕，心中洁净得像个明镜。陶铸后来写的《松树的风格》，也可以看做是他的自白。他这时在咯血、在发烧，我责备的意思也就缓和下来，只安慰他说：

"少看几页也就算了。"

于是他把书放下，问我上海之行的情况，我跟他略略谈了一阵。

他忽然冷静地沉思了一会儿，跟我说：

"现在我们就要进军湖南，两个钳形攻势对准长沙，东面已经过江，但西面如果不封锁住，他们还是有路可退，我看你立即出发赶到西线，现在程子华他们的十三兵团司令部在襄阳、樊城一带，这一路比较艰苦，你有没有精神准备？"

"我南下就是为了打仗的，我不把这中国大地的污垢除掉是决不收兵的。"

"好吧！你明天，最迟后天就走，迟了怕他们已经行动了。"

我伸手跟他握别，我觉得他的手心是炽热炽热的。

我走出门外，回头看时，他已经又全神贯注地埋头在《鲁迅全集》之中了。

我悄悄站了一下，一阵心疼，然后默默沿着楼梯走了下去。

我将又一次奔往血与火交织的战争，不过这一次是在当年苏维埃时代红军血战过的地方进行的。

我从陶铸那儿回来，心潮澎湃不能自已。我觉得我有一件事情要做，可是是什么事情呢？回到寓处，那个想法渐渐明朗了。我打电话要我那辆吉普车开来，一直奔向轮渡码头，连人带车都渡过长江到达武昌。我费了九牛二虎之力终于找到了——路边一片野草里有一个小小的荒冢，我弯下腰还是看不清，就跪下来用袖子揩去一方短碑上积累的尘土，看到"林祥谦"三个字。我站起来，心簌簌发抖，我久久默立着，一种浓重的悲哀压在我的心头。武汉这一段长江啊！你冲流走多少岁月，你冲流走多少鲜血与生命啊！

一点清凉的水滴落在我的脸上，我一下猛然惊醒过来。战前的祭奠，正是战前的誓语。回来的路上，我突然听到巨大而猛烈的脚步声震响着天穹和大地，是的，这是决定命运的年代，不只是中国的命运，而且是东方的命运。这历史性的脚步声使得整个地球隆隆震响，全世界反动阶级惧怕它，全世界劳苦大众为之称快。从松花江走到长江的脚步踏出一个新的乐章，掀开一页新的历史。我就要前去了，我将要把我的脚步合在他们的脚步声中，我感到骄傲，我感到自豪。

这是一种奇特的心理反差，像每一次上前线一样，在庄严肃穆之后，我的心潮便漫漫溢出柔曼的深情。

这天夜晚，我久久坐在藤椅上不想入睡。后来太热了，我在澡盆中冲了个冷水澡才感到一点清凉。当我走到阳台上，看着大江上游移的轮船的灯影，我才突然想到东北战争中每次奔赴前线时殷殷告别的霓虹桥。

可是现在，她和我亲爱的小儿子远在遥远的北方，像每次战前一样，我怎能耐住我最温柔的情怀。但我想这也许是最后一次告别了。

从林祥谦墓回来，我的心一直无法平静，从那个遥远的年代到今天，为了新的黎明，新的中国，我们付出了多少可敬可爱的生命？我对着那个荒冢宣誓，我要把这最后一战打到底——从最北端的黑龙江打到最南端的海南岛，为了我没亲眼见到和我亲眼见到的死者，不从大地上完全彻底扫净蒋介石的残余势力，我决不中途而回。

这样想时，从沉思中又浮升起马克思、恩格斯对黑暗东方所寄托的热望……我的胸襟开朗，仿佛看到、听到在多雾的伦敦，马克思、恩格斯对坐在壁炉前，热烈地交谈的声音——这是梦幻吗？不，这是现实，现在，到了一个中国共产党人用行动来实现他们理想的时候了。

我很激动又很冷静地推开门走到阳台上去，茫茫黑夜里刚刚露出一派清冷而又清新的晨曦。我望着：难道这就是我们神圣的回答吗？不，进沈阳，进北平，我们为中国革命的晨光而微笑，现在，打过长江，我们要的是火热的光明，这强烈的光线将从贫困、落后的中国闪射到伦敦、到巴黎、到莫斯科，让那创造伟大共产主义学说的人，为实践这学说而在战火下献出活生生生命的人，得到安慰；这强烈的光线也照到华盛顿、到柏林、到东京，让那些妄想霸占全球、用劳苦大众的血浆做他们豪饮狂吞的夜宴的罪人，感到恐惧，感到可怕。我不禁颤抖着手推开座椅，望着从窗上透进的黎明，我要实现我的誓言：

不打到天涯海角，决不回到亲人面前。

当我极目注视着长江闪亮的波澜，我的门被人推开，送我远行的人一拥而入，挤满客厅，大家吃冰激凌、喝汽水，热烘烘地谈笑着。

我们大家乘坐一辆卡车出发了。

我们先沿着入汉口的那条路走，被火烧毁的桥梁给工兵修好了，可是夏天涨水，水与桥平，水浪缓缓激荡着河岸，河岸上的土块不断落入水中，来时是火，走时是水，生活中就有那么多巧事，但我们还是冒险过了桥。

我经黄陂，转孝感，夜宿云梦，此地令人颇起古思。云梦，古称云梦泽，长江从三峡而出，在湖北、湖南这一片平坦的地方，淤出千千万万的湖泊，形成一片大的沼泽地，屈原行吟泽畔，据说就是云梦泽之畔，不过，我想那应该是在湖南地界了。

## 一三二　汉江潮

不久前我刚从严寒冰雪之战中走出。

现在我又将向酷热泥泞之战中走去。

这是多么荒凉的一望无际的沼泽地带呀！到处密布着湖泊、河湾、港汊，到处是长着茂草的青青野地，这是空气稀薄的西藏高原吗？不，这是大雪封山的喀喇昆仑关隘吗？不，但，这儿的生命是那样稀薄，人们无回天之力把沼泽变为耕田。这儿没有盈盈的稻田，因此一眼看去也望不到一处村庄。天上偶然闯来一只飞鸟，好像给火炙伤了一样，只一鸣啭，便从混浊的远天消逝了。留在这儿的，只是寂寞，无穷的寂寞……

　　我开始进入这里，这里似乎给我一点善意。

　　天落雨了……

　　我们在随县栗山镇上一个小学校宿营。幸亏汪琦做了周到的考虑、细密的安排，在出发之前我收到她托人从遥远的北国带来的一个美国军用蚊帐，在这空旷的课堂之中，我拼凑了几只课桌，拉上四根绳子，悬起帐子。后来，在整个南方作战中，就靠这帐子使我得到安眠。我头一落枕，侧眼望去，看见河水、雨水，白茫茫的雨雾笼罩之下，水上小船似乎都静止不动了。雨给了我清凉，但也给了我灾难。那是第二天，我们在雨中赶了几十里路，就给一个汽车连死死堵住了。都是一色崭新的绿色苏联喀斯牌卡车，但是车轮上却没有防滑的铁链。而我们面前没有公路，有的只是泥泞之途。这个车队行动极其迟缓，三天三夜才走了一百多里，跟我谈话的是一个小个子的连长，操着东北口音："在东北结了冰的路面光滑得像玻璃板一样，这儿妈那个巴子！全是臭鸡屎一样的烂泥塘……你瞧瞧我这个鬼模样！"的确，他满身满脸都是泥，都是水。"可是军令如山倒，我们就是扛也要把它们扛过去，小喀斯一个个像大美人一样……"他一面啧啧称道，一面摇着肩膀又去排除故障了。有什么法子！我们只有跟随在队尾慢慢移动，实际上我们整整等了一天。有什么法子！这就是战争！这就是生活！开始，我们在淋湿的草地上铺了雨衣，坐在上面休息。可是，太阳一下从阴云里钻出来，阳光又毒又狠，简直是在喷火，没有一个钟头，就把我的皮肤晒红、晒肿，像千万根针刺着一样灸疼。我们想找个凉快地方躲一躲，就顺着路边往前走，可是路上挤满了汽车。我们来到一条小河边，绿茵茵的树木遮在河面上，汽车连不少战士扑通扑通跳进水里洗澡。我要不要也下到河里去？不，也许一下就会行车。于是为了避免践踏泥泞，我从田埂上走回，回到我们卡车身边，在车影里等待。

　　可是过了很久很久，那个小个子连长又跑来告诉我们："我们决定不走了！"我们怎么办？我急于赶到十三兵团，说不定宜沙（宜昌、沙市）之战已经开始。我们那个长着满脸络腮胡须的老司机一步跳下来，怒声喝道："这公路又不是你们买下来的！你们不走，让我们走！"那个连长没给这股凶劲惹恼，反而嘻嘻笑将起来，连声说："我们给你们让路！"说着他就往前跑去调车去了，望着他那一晃一晃的短粗的背影，我也笑了。是呀！这就是生活，这就是战争呀！

　　过了不久，前面响起隆隆马达声，一定是那个小个子指挥汽车都靠到路一边。我看看表，已经是傍晚七点，天空上云霞灿烂，发红透明，卷卷曲曲，有如一卷美女的金发。我们的卡车擦着汽车队身旁过去，不久，天上那可爱的晚景沉入一片深灰。

我们在旷野的泥泞中挣扎着。两次陷在泥沟里，大家都跳下来，一声呐喊又把车推了过去。后来我们脱离了泥沼，爬上了山岭，这里土地干硬，正好行车。可是夜色已经悄然降临，怕前面又是泥泞，半夜单车，寸步难行。于是，我们就坐在草坪上等候管理员去号房子。可是左等右等也不回来。大约一个多小时以后，他派了一个小战士背着卡宾枪喘吁吁跑来，说得到五里以外才能找到房子。我们不想再走了，想在这跟前再找一找，有没有个可以落宿的地方。浅黄色的月光洒遍人间，静静的草坡上只听到一阵蟋蟀的鸣声。就在路的左侧有一大片黑魆魆的树林。我们几个人穿过稠密的树林，跑下半边山坡，草丛已经把我们两脚淋得精湿，我们突然看见一个小池塘，月光透过树叶照亮几盏荷花。又一转眼，发现了打稻场，大草堆。几只狗一起汪汪地吠叫起来，啊！有希望。谁知走过去一看，只有一间茅舍，有一个汉子在屋下打鼾，我们只好叫醒了他，他支支吾吾指了指："西边有村子！"我们请他带路，他却唔唔两声说："我们乡下人，你老知道……"是的，我们应该知道，就在这条道路上，前些日子，白崇禧从武汉撤下来的队伍也从这里潮涌般向西逃，一路上，闹得鸡飞狗跳，人心惶惶；现在这个农民要把我们引向西村，就会引起人家埋怨。这农民叹了一口气："这是个乱世道呀！你们行路也是难呀！"我说："有什么法子呢？我们行路也是为了和平。""是呀，行路和平好！"他客气地把我们送过那片大林子，就叹了一口气，又回去了。可是我们到了西边一看，那里不但没有村庄，连狗叫声都没有，只立着一间空房子。是那个农民骗了我们，他是怕我们挤进他的小屋，人家如此用意，我们也不便再去惊动。这样折腾来折腾去，已经夜露沉沉，怕到了下半夜了。有什么法子？我们决定就在卡车上露营。于是，我们一个挨一个躺在卡车顶上。我觉得很快意，蒙蒙眬眬将要入睡时，我还在吸着新鲜而又清凉的夜气——这是多么美的草地呀！……

一觉醒来，天气大变，浓浓的湿雾遮天匝地。

路更滑了，只好等到下午再动身。

我们把雨衣展开在湿淋淋的草地上，坐在上面，饱吃了一顿饭，忽然听到鸡鸣声就在我们身旁响起。于是我们又穿过那个大树林子。一看，就是昨天夜晚来过的地方，原来这里就是一个不小的村庄，那个农民不好意思见我们，已经悄悄躲避开了，只见他那门上挂了一把黑铁锁。一转过那小屋，就是一片稀疏的枣树林，村里静静地坐落着一户一户人家，一群鸡正低头觅食，还有一只羊咩咩叫了两声，一头牛却闷不作声，只顾低头吃草，静悄悄地没有人出来。我们也知趣地没有去惊动人家，可是太阳晒得真热呀！……池塘里的鱼都热得直往外面跳……我拉了一捆稻草，搁在枣树林下，在上面睡了一觉，醒来一看，白云明亮，小溪欢唱，我的鼻孔里还充满了艾蒿的清香，荷花的清香。

大队汽车队又从路上拥过来，一辆跟一辆，一面打滑一面前行，我们一直等到吃过晚饭才走。大队汽车已经把道路碾得溜平，谁知一到午夜，又出了故障。我们到了一条大河边，河水猛涨，月光静静地照着，摆渡船停在河中心一动不动，码头上一片泥泞，跳板一半浸在水里，水撞击着跳板发出咕嘟咕嘟的声响。我们喊渡船，渡船无人应，显然他们都已入了梦乡。后来，我们大伙一起喊，船上一个妇人伸出头来说："过不得呀！……过不得呀！……"我们坚持要过，于是渡船慢慢泊了过来。果然水涨船高，船身翘了起来，勉强搭上跳板，又陡又摇，眼看卡车无法上去。这怎么办？已经深夜二时，我们只好央求人家把我们一车人先摆渡过去找个地方宿营，卡车只好等明天天亮再说。我们过了河，正好是一条石板铺的街，我们敲开一家饭铺的门，就把饭桌拼作床铺，我躺下时已经听到黎明前的鸡鸣声。

第二天，我们飞快地开到了樊城。

这一带湖荡沼泽，我们总算过来了。后来，我每次听《洪湖赤卫队》里唱："洪湖水浪打浪……"就想起我在泥泞、烈日中的跋涉。

到了樊城，将近夜晚。由于大军压境，江上摆渡日夜不停。我们只有在这里停滞一夜，才能渡过汉江。

夜间，一轮圆月像金盘一样辉煌。我和荒煤在屋里热得睡不着，索性起来，只穿了背心短裤向汉江边上走去。

果然，从江面上吹过来一阵阵风，那样凉爽宜人，波光万顷，拍岸作声。我们不禁舒展两臂，临风高歌。我们走下堤坝，在江水里洗了个澡，然后坐在石坝上，伸了两只脚在江水里泡着。这时望着月光，听着江涛，如同两腋生风，凌空而起。几天来，在云梦泽上的疲劳、郁闷、汗水、污泥，一下子全洗得干干净净……我坐在那里，可是我的心向着前方——我仿佛隐隐听到炮声，唉！

我们终于来迟了！我们终于来迟了。我望着波面上金蛇狂舞似的闪烁的月光，这汉江潮呀！引起我多少遐想。就是今天，当我已经年老的时候，那颤抖的波光还在我心灵中荡漾，因为现在汉江两岸襄樊一带，已经是工厂林立，城乡繁荣了。而在那时，汉江两岸是多么贫瘠、多么荒凉呀！但是这汉江潮呀！你浩浩荡荡、莽无涯际，你从历史深处一直流到今天，你的涛声中含着眼泪，发出呜咽。

当时对我来说，汉江只是一个走向战争的分界线，我并没有想过若干年后，这个只有坚硬的石头和贫瘠土壤的地方会成为富有之乡，而如果没有那时的那一场酷烈之战，汉江又怎能显现今日的风采呢？的确，当我在清凉的江水中泡着两脚时，我的心已经飞向前方。

过江后，我们日夜兼程赶到荆州，到达了西线十三兵团。

荆州城内一片荒芜，石板路旁处处荒烟野草，一片茫然。春秋离乱，两汉风流，似乎都已消失不见了。就在这个荒城之外，还残存着古代留下来的龙田书院旧址，现在看来还是一处学校。十三兵团指挥部就在这里驻扎。我看到一个胖胖的椭圆形面孔、十分文雅的人，这就是十三兵团政治部主任刘道生，他正坐在廊庑下面静静地读书。他的形象跟我这个数日来在沼泽、泥泞中跋涉过来的人一比，我是满身污垢，他却一尘不染。后来，在从鄂西进入湘西之战中，我们一直在一道，我发现他从来都是这样整洁的。

吃过晚饭，我走到院墙外面，那儿有一个由古老的石头砌的大水池，泉水从山上流了下来，池水那样清澈，树林浓荫下，满池浮萍上开着一朵朵娇嫩的睡莲花。你，这睡美人的象征啊！使我一下仿佛到了神仙世界，我脱得赤条条的，跳入水池，跟大家一道击水嬉笑。

午间，我到十三兵团司令员程子华那里去。我第一次见到他是一九三八年在晋察冀根据地，这个瘦瘦的、高高的山西人，实在是一个很温和的人，他脸上经常浮漾着微笑，一只手由于作战负伤而造成残废，但我看见他用那几个残缺的、扭曲的手指握笔写字却是那样灵活自如。他站在长江一带敌我态势图面前，跟我谈了整个作战计划，并决定我们明天就奔赴长江前线。我在地板上睡了一天一夜，全身焕然一新。

## 一三三　长湖悲曲

我们乘一辆中型吉普车出发。

鄂西真是荒凉，光秃秃的山上连一点绿色都没有，就是地面上也到处都是累累的大石头。天空是那样蓝，白云给阳光照得发亮，在灼热的阳光里，连风也像火一般烫人。

由于沙市是个工业城市，程子华派遣一部分人火速奔到那里，去控制局面，以免遭受破坏。与我同行的几位政治部的部长连我在内，大家都心急如焚。可是这时传来一个十分不利的消息，就是江陵还在敌人固守之中，而我们欲奔沙市，必须经过江陵这个咽喉要地，经过商议、请示，兵团命令我们急转十回桥，乘船穿过长湖，直奔沙市。

从那全是山石的荒地朝湖边走，大自然的景色就完全变了，遍地都是竹林，路面也不像原来那样干燥，变得有些湿润了。谁知黄昏时赶到一条河边，由于下雨涨水，把桥冲得无影无踪，临时搭了一个简易的浮桥，可是能过人，无法过车。我站在河边放眼一望，我们已经投身于焦灼的战争气氛之中；路上无数的八匹马拉着的巨大的榴弹炮向河边拥来，御手叉开两腿站在车辕上，高声吆喝着。河里面有两只小船在摆渡汽车，许多战士泅着水，推着船，一个个赤条条的，胸脯露出红铜一般的光泽，他们激得浪花哗哗直响。河的彼岸一望无尽，全是汽车，摆满十五里地，汽车上全都插满青翠的竹枝伪装。到处是行军床、帐子、油布棚。一个小战士坐在地上，从一个洋铁筒里津津有味地吃着面条。看情况，这渡口堵塞已非一日。我们由于任务紧急，来不及等候摆渡汽车，人先过了河。然后要求部队派车送我们前进。部队派了一辆指挥车给我们。这时，早已入夜，我们的汽车灯一打亮，亮光猛然打了马的眼睛，马便吃惊地跳了起来。到处一片烟雾腾腾，人嘶马叫，闷热流汗。车在堆积如山的汽油桶前停了一阵，等候让路。一个司机被命令到沙田去，他不情愿地咒骂着："沙田！沙田！这个鬼摸黑的夜晚，让我到哪儿去找……"骂尽管骂，可是命令还得执行，他呼的一声把车开走了。

我们又继续前进，黑沉沉的夜脚下，路边无穷无尽的大车都在露营，看来是后勤部队，在露天堆积的白面粉袋上睡了些人，但更多的人睡在竹林边草地上。无数无数绿莹莹的萤火虫成群地飞着，像一阵碧绿的小雨点。我坐在车上，只穿了一件背心，吹着风凉些。

车驶到十回桥。在这里恰好找到我熟识的三十九军一个师部，我们说明来意，他们决定派一支小部队、几只木船送我们进入湖荡。

在这儿得到消息，长湖里有湖匪，匪首张子华手下掌握着一千多人，由于他们的盘踞，这条水路已经堵塞半年以上了。但不管怎样我们还是得闯过湖去，直奔沙市。于是在一家中药房里草草吃了一碗茶泡饭，我就在木柜台上睡着了。

黎明，我们上船出发。

……东方地平线上绽出一片早霞，霞光红得像是极红极红的透明的红玻璃，河边深深的草丛上布满露珠，也给那霞光照成点点红色。

战士们已经先上船了，我们一上去，就由船夫子摇着桨，进了湖。

只有南方才有这样的湖——碧绿、迷人。船篷里热得闷死人。船行至夜晚，到了一个叫蒋家滩的湖上村庄。农民们有的坐在台阶上，有的坐在竹椅上，他们把又细又软的黄烟丝塞在竹竿烟袋锅里，一面吸烟一面纳凉。我们也找了一片台阶，展开地图，这里已经进入湖匪窝，但在湖港对面有高地、有村庄，万一发现情况，可抢占高地，进行战斗，于是我们决定在这儿宿营。跟我们来的一个连长指挥部队，派了好些战士在周围放哨站岗。有些农民围拢来看，说："今天是头一遭看到解放军。"可是谁保证这其中没有湖匪的探子呢？战争有时是要虚张声势的，我们几个干部住在正中间的大草房里，烛光明亮，人进人出显出一派声势，实际上卧在竹榻上面却令人不能安眠，这是一个随时准备战斗的惊险之夜。由于情况紧急，也不可能悬挂蚊帐了。在那像温泉里的淤泥一样既混浊又燠闷的夜空中，飞来一批又一批蚊虫。我第一次发现这南方湖沼之地的蚊子的厉害，一只只长喙尖而亮，刺痛得难耐，"啪"一声就是一手掌血。

湖上的早晨特别清凉，船在波浪上微微摇晃，我靠在船舱里不知不觉睡了过去。

……

我好像做了一个梦，梦到在雪地里，我坐在雪橇犁上，激起的雪花一下溅入我的领口，我那温暖的胸脯上感到一丝凉意，我醒过来痴痴想着，经过零下四十摄氏度严寒的考验，又来经受零上四十摄氏度的冶炼，我的身体、我的灵魂一下变成极冷的冰凌，一下变成极热的铁水，可是再冷也不怕，因为可以加衣服，可是这热，你有什么办法，难道你能扒下一层皮来？一下子，我又想起苏联卫国战争中流传的那两句歌词："在火里不怕燃烧，在水里不会下沉。"我们就是这样的部队，我们就是这样的人群。东北黑土地的汉子，连进关都畏难，现在却一下在七月最炎热的季节来到火热的南方。整天整夜都同火热、同雨水、同泥泞、同蚊虫打交道。可是，就像昨夜晚看见的那个司机一样，他尽管咒骂，还是坚决执行命令。这是什么样的人呀？这就是共产主义真理铸造出来的人，特殊的人，真正的人。

我们静悄悄地在湖港中航行了十五里。

八点多钟，前面突然像撕裂布帛一样响了一响枪声。

原来的平静一下打破，各个船上顿时紧张起来。

船老板那个梳一条长辫子的十四岁小女儿掌住舵，没有惊慌，她那满面皱纹的老祖母却吓得浑身发抖。

可是碧绿的湖面并不见一个人影。

我们正在张望，骤然之间，一切变了，十几个小划子飞一样向我们驶来。

岸上有一间白色的房子，在强烈阳光照射中白得发亮。

一群穿白布褂子的湖匪从那房屋背后拥出，一直向岸边奔来。看来，他们是要从陆地、水上两面发起袭击。

我们的战士从船上扑通扑通跳了下去，荡着水抢上岸。

机枪咔咔——咔咔响，六〇炮弹发出了强烈的爆炸声，这些声音擦着水面颤悸。我从船上看出去，右面岛山一片绿色，不太远的地方有一座小山，山上有一座寺庙，这山是扼制湖口的制高点，我想湖匪的头子就从那儿指挥。长湖上的一场水战打响了。一团一团硝烟在空中像黑色棉团一样冉冉微动，子弹发出雪亮的火光，像无数带翅膀的飞虫倏倏、倏倏地飞去。一发炮弹稳、准、狠地落在稠密的人群中，爆出一片火红的烈焰，湖匪一下哗然退去。连长站在第一只船的船头，命令战士上船，又回身向所有船只呼喊：

"快些！"

"拢来！"

就在这时，我们出了港口，进入大湖。湖水极其清碧，旁边苇丛像春天刚出土的芦笋一样嫩绿，荷花红艳艳的，水中漂浮着菱角、水藻。

战士们换过船夫子，猛力划桨，急速飞行。左前方又有小划子出现，两边各打了几枪，它们就急速地消失在芦荡之中了。

极其紧张的两小时，我们终于渡过长湖湖面。我们在湖口一个庄子里打尖休息，大家都十分高兴，笑得欢天喜地。战士们买得几尾还活蹦乱跳的鲜鱼，剖开来煎煮。我们先在农民家里喝了几碗凉茶，然后就到柳荫下席地而坐，鱼又嫩又鲜，香气扑鼻，风卷残云，一顿饱餐。

我们的船队在湖港里晃荡起来。

那个梳辫子的小姑娘笑奶奶，老奶奶用衣襟擦着额头上的汗水，似乎余悸未消，摇着颤巍巍的白发说："那些湖匪，一个个又刁又狠，他们的子弹、尖刀可不长眼。"船老板上半身依在舵把上，慢悠悠地说出一个十分悲惨的故事。在我们住过的蒋家滩，有个妇女长得俊美。一双贫穷的夫妻守着一个孩儿度日。一个白天，四处响起枪声，湖匪翻江倒海闯进了村子，他们也不抢、也不杀，单单拽了蒋二嫂就走。蒋二嫂哭着嚷着拼命挣扎，一个湖匪尖笑着说："你这娘儿们，这样凶狠，给你脸，你还不兜住，叫你做压寨夫人，怕你没福享！"蒋二嫂狠狠咬了那湖匪一口，鲜血直流，痛得吱喳乱叫，这时，蒋二摸出一把杀猪刀，猛扑上来，由于用力过猛，一刀没有刺中，只听一声枪响，蒋二登时倒在地上，就没气了，蒋二嫂披散着头发，硬是挣脱出来，一把抱住丈夫的死尸哀哀痛哭，哭得一旁的人没一个不纷纷落泪。就在这时，她的小儿子张着两手喊叫着："妈呀——妈呀！……"又朝她跑来。她听到有个土匪叫喊"把这小崽处置了！"说着就要开枪，蒋二嫂一听猛然立起。

一个小战士急切地问："他们把那个孩子打死了？"

"蒋二嫂昂起胸脯圆睁两眼，说：'你们不就是要我这个活人吗？我跟你们去，你们谁动这孩子，我就死在这里……'这一下把湖匪都镇住了，他们没想到这个女人这样烈性。孩子跑过来，她紧紧把他搂在怀里，那一刹间，人们都看见她全身簌簌颤动，然后她一把把孩子推向人群，扑通一声跪在地上，哭喊着：

"'父老乡亲们，蒋二这条根就交给你们了……'

"大家听了哗哗流下眼泪。她猛然一扭身站起来，怒叱一声：

"'走！'

"她不准湖匪沾她的身子，她昂着头，大踏步走去。"

"……"

我听得出神，忍不住问："就这样走了？"

"莫忙，你家同志……莫忙……"

船老板一时咽着喉咙喘不过气，满脸皱纹的老祖母和小孙女呜的一声抱在一道哭将起来。

半晌之后，船老板深深叹了口气，说道：

"就在刚才开火的那间白房子边上……有一天我跟打鱼的人从那儿过，看见一个人倒在那里，我们以为是有人发痧，连忙上去打救。一看，一下愣住了，这不是蒋二嫂吗？她已经没有人形，真是可怜呀！披头散发，满脸煞白，浑身上下打得没有一块完整的地方……摸摸她胸脯，还有一丝温热，她半睁开两眼，微微喘着口气：'我对得起蒋二，我跟他一道去了……'然后两眼一合，头一歪，两腿一抖，就死了……"

……

半天，半天，船上没有一个人出声，都悲恸地垂下了头。

天这样热，我却觉得我的心很凉、很凉，我悄悄起来走出舱外，回头向那汪汪洋洋的长湖望去，我仿佛看见一缕洁白洁白的灵魂在飘飘荡荡。

忽然，有人指给我看，在蒸腾炎热的阳光下，烟笼雾罩朦胧之处，已经看见沙市打包厂高耸空中的厂房，像在闪光发亮。

我的心情十分沉重，我坐在船头上，伸手撩着湖水，我的心情十分沉重。

下午四时，我们到了沙市。我们的船队划了半个市区，然后穿过一座大石桥，停泊在码头上。我一跳上岸，便看见政治部有人等候，一问，才知道已经攻下江陵，兵团指挥部已于昨天上午进入沙市了。我们穿过这有"小汉口"之称的沙市热闹的街道，在一处有花园的洋房里看到了程子华，他一见我就连忙握住我的手，忙不迭地说：

"我们以为你们失踪了，打了几个电报到各军里查问。"就这样，我经历了这一次冒险的旅行，而同时我的心灵也经历了一次凄楚的旅行。

## 一三四　在炎热与泥泞中搏战

一个傍晚，我站在江堤上望着长江，我发现了那样的一种奇观，我望着水平线，也就是整个大江中轴线，不像液体倒更像固体，简直像一座大山突出江面，比我所在的陆地还要高。长江刚刚从三峡中奔出，加以水势暴涨，波涛汹涌，奔无涯际，我听不见一点江流的声音，却觉得我，连同我所站的堤坝都在倏倏地移动。我低头看一眼，水已与堤坝相平，浪头拍着石头发出轻轻的汩汩声。

大军正在渡江。江上无数帆樯掣动。

江边上一片泥泞，拥挤着大群大群马匹。还堆着大批木料，待渡的战士们睡在上面。有一个战士牵一匹马上趸船，由于跳板又陡又滑，马一个闪失落到水里，可是马扑通扑通激起浪花，又泅泳上来，那原来吓得面如土色的战士一下喜笑颜开，一步跳上去抱着马的湿淋淋的脖颈，把脸贴在马的脸上，流下了眼泪。多么单纯而明净的心呀！回想起来，从东北的冰天雪地到湖北这炎热泥泞，我多少次为这种美好心灵而感到激动。你看看现在，每一个战士都是满身泥水，疲惫不堪，可是他们寸步不退，踏上征程。我记起上午钟伟军长跟我说的话："这次在烈日下进军，不知晕倒了多少人，有一个战士跌倒地下哀求着连长：'连长！你打死我吧，我再也走不动了。'但是连长要搀他，他却摆手拒绝了，他颤巍巍站起，又迈开脚步。我们的大军受着南方大自然严峻的考验。特别是十二、十三两个日夜的暴风雨，打得人仰不起头，马睁不开眼，田埂踩塌了，就牵着手从泥巴里跋涉，露营，蚊子咬，几天吃不饱饭，可是一听到前面有枪声，跑不动路的人，也都挣扎着一起向前奔去……"

这暴涨的大江有多么大的力度？一只小木船从我面前一闪而过，像箭头一样驶去。再看那些渡船上，站满了马和人，一只黑色的轮船牵拽几只渡船，推波逐浪、昂然奋进。夕阳把大江的中心，那座像大山一样的浪峰照成一种昏暗的红色，因而更显出长江的庄严，可是，就在这时，一股凉风飕飕吹来，我感到快活，我感到凉爽。

战争就是战争，但人们也并不是没有一点闲逸。就在这个晚间，沙市军管会，主要是地下党同志做东，在一家古老得整个都给烟火熏黑了的潇湘酒家请部队上的领导吃饭。程子华、彭明治、刘道生都吃得津津有味，我吃到了比汉口大酒楼里更加醇美的湖北菜肴。

真是热啊，特别是夜晚，热得手烫眼焦、无法入睡。迷迷糊糊刚睡了一阵，忽然传来出发的命令。实际上，到达江面码头，天早已大亮，东方像从空中伸下一朵红艳艳的玫瑰花，早霞那样醉人，但也预示着暴热。我到江堤上看了看，露出一点石坝，水似乎稍微减退了一点。江面上笼罩着浓浓的大雾，一只轮渡拖着一只大木船，上面装满六辆小吉普车，这就是整个兵团的首脑部，我坐在渡轮船舷上，船开始逆水上行，驶速缓慢，到了一定地点，船顺着急流，冲起浪花，像一支利箭一样，一转眼间，已经渡过天险长江。

渡过江，我们在堤坝工程处一间小房里休息、喝水，等待后续部队。就在这时，一个瘦窄窄的老工程人员缓缓说道："大军来了好呀！……一九二七年至一九二八年大革命失败了，国民党血洗了武汉，多少人给屠杀了，我们公安这一带刮起暴风雨，那时我是乡农会的指导员……"

"好呀！你们这反戈一击打出人民的气节。"程子华忍不住地夸赞。

这老人两眼炯然一闪：

"是呀！我们都是有血气的青年呀！"

可是他的眼神随即黯然了：

"敌人的铁扫帚伸到了公安，我不能背叛革命，也不甘心给敌人杀死，就来到这江堤上做护险工程。这两天江水涨得厉害，这段工程可险，昨天夜里我们抢险抢了一夜。"

刘道生是一个活泼有趣的人，有一天我突然听到"啪啪"两声枪响，我侧耳一听，是卡宾枪的声音，我就知道是怎么回事了，连忙跑去一看，他在打水鸭子。他是一个头脑灵活、喜欢新事物的人，什么都喜欢摆弄，他自己会开吉普车。他本来就胖墩墩、白净净的，因此他最恐慌的一件事就是发胖。如果隔几天不见，谁要是说："你又胖了。"他就叹口气说："真糟糕！真糟糕！"他因为怕胖，不叫炊事员多放肉，多放油，甚至只吃青菜，可是他还是在发胖，这事使他愁得不得了，他就天天到篮球场上打球，传球上筐，大汗淋漓。他待人谦恭和蔼，见到人总是弯腰、握手，露出满面笑容。他特别欢喜打枪，为此，他积攒了几箱卡宾枪子弹。过江之后，我跟总部行动，他把我让到他的吉普车上，他开车，我坐车。

从江北到江南，就像从暗地一下到明处一样，山清水秀，特别爽眼，可是由于虎渡河渡口堵塞，我们被阻于黑狗荡。藕池边的小坪上有一户农家，黑色的厚厚的草屋顶，廊下堆着稻草，坪侧有几株桃树，红红的枝干上，热得流出琥珀一样的树脂。这户农家收拾得干干净净，在此宿营令人欢喜。可家里只有一个户主，不言而喻，怕是大军压境，家里的女人孩子都躲避开了。我怕热，就在坪上放了一只竹床，悬起蚊帐，黄昏时我到河塘里洗个澡，不想睡，就跟这个户主谈了起来。他说他这一户人是从松滋迁来的，二十多年前见到过贺龙红军，他问：

"贺龙还是那么胖胖的，留着两撇八字胡子吗？"

"贺龙可好呢，他还在前线指挥部队呢！我还没问你家尊姓大名呢？"

"好问！我叫汪承森——我是一个孤老……"

"我还当是妇道人家害怕躲闪了呢！"

"我只有一个儿子，因为穷就招赘给人家了。"

他说他原来住在虎渡河彼岸，六年前日本鬼子来了，杀人无数，还烧了二百多户人家，把他的家室烧得一干二净，松滋不平静，他就下到于今这个住处。他说这几十年我们这一带给折腾得好苦呀！大革命流的血还没有干，抗战时"老东"（他管日本人叫老东——大概是东洋人的意思）又来涂炭，他们管人和牲口都一律叫"苦力"，中国人哪里还是人？这几年蒋介石闹得更凶狠，你刚才看见那个孩子，连他也给拉去，又逃回来。有个老罗给拉去当夫子，一直到河南，他爬又爬不动，总算逃回来了。唉！一路上到处是累死的人，到处鲜血淋漓，谈到伤心处，他流下了眼泪。

这里的蚊子真凶，隔着衬衣军裤、袜子，它们一群一群袭来，像一根一根针一样叮得你全身上下一片红肿，痒得钻心。汪承森点燃了艾蒿编织的火绳来熏，艾蒿发出香气，喷起浓烟，可是蚊虫还是紧紧叮住不放，我进到帐子里，一种河北叫"白蛉子"、东北叫"小咬"的，像针尖那么大的小东西，会钻进蚊帐乱叮乱咬。我简直像做一场噩梦一般，一夜之间厮打不停。第二天清早起来一看，蚊帐外面一层黑斑点，仔细一看，是一只只肚子膨胀充满血的蚊子，已经飞不走、动不得，就像许多黑芝麻悬挂在那里不动，我又气又恨，一阵拍打，打得两手心里都是鲜红的血，而那都是我自己的血呀！

虎渡河还是过不去，刘道生要到前面去看看。

他坐在司机座位上，我坐在他的旁边。

这时直属队政治部主任大汗淋漓地跑来，站在车旁报告，渡口上由于部队违反纪律，造成一片混乱。刘道生很气愤地叹了口气，脸上露出很痛苦的神情，这是我们军队高级领导人已经形成的习惯，他们最听不得骚扰群众，这是铁一般绝对不能允许的。刘道生一踩油门，就像一阵风一样疾驶而去，好像从这速度中发泄着他的愤怒与焦虑。我们很快到了虎渡河口。这里拥挤着无数辆装运弹药的大车，有些索性把弹药卸下来堆积成小山，而牲口塞满路途，堵得水泄不通。船夫子艰难地在水里拉着一个大帮子（两只木船合并），由于河水降落，怎样也靠拢不了码头，一群战士打着赤膊往码头上推大车，也推不上去，人喊马嘶，乱作一团。刘道生一看这情景就皱紧了眉头，有人报告，五天前，在前面公安河上，一个战士开枪打死一个船夫，虎渡河这里又有一个夫子挨了打，一个老太婆还挨了辱骂，还沉了一只船，船上的人逃跑了！船夫子感到不平就闹了起来，这里一个什么排长就开枪镇压，这样一来渡口大乱，已经九天九夜淤积不动。我们来到这里，还听到河边上有人打乱枪。刘道生气得满脸煞白，他带头，我们从人群中挤到渡口，一眼看见兵团副司令，那个由于多次负伤而清瘦软弱的彭明治，站在高高的堤坝上，两手叉在腰上，他十分严厉地把两道眼光箭一样逼在一个人身上。这个人是工兵连连长，穿一件白衬衣，背着盒子枪，胸口小口袋里还露出一包香烟，这时他吓得面如银纸，口口声声说：这场混乱完全是四十九军造成的。彭明治怒喝一声："为什么开枪打人？""那是四十九军的张科长……首长，不行啊，船都跑了羊哪，我怎么办？……"彭明治这个瘦弱的人一下变得十分威严："什么张科长，张科长，他叫你跳水你也跳吗？你去给我把四十九军的人找来！"

不久，四十九军一个运输队副队长给带来了，这家伙原来躲在大车阴影里睡大觉。彭明治劈头盖脸一阵怒骂："渡口乱得一团糟，亏你睡得着觉！"那人样子很粗野，还想纠缠驳辩……在这种情况下最需要的是领导的权威，彭明治岿然不动："我毙了你！一看你就是个搞强迫命令的家伙！"这个副队长就跟尿泡放了气一样垂头丧气，一声不语，浑身簌簌发抖。彭明治的火气渐渐消退了一点，他说："这乱子是你闯下来的，你去给我收拾，限你一个小时把渡口整理得井然有序，我们是解放军还是土匪？这一点你知道不知道？"

刘道生带了我们到一只大船上来，他派人把各个船的船老板都请来。刘道生满面笑容地对他们讲清我们部队的不是，向群众赔礼道歉。他那在群众面前甘当小学生的态度一下感动了所有的人。一个白发苍苍、满面皱纹的七十多岁的老太婆，用颤抖的双手捧着刘道生的手说："孩子！可别那么说，谁正谁邪，我们眼睛是雪亮的，我的儿子叫王化亭，前一阵乱火火的，我们的船强迫在这河上支官差，整整两个月没拿到一粒米，只靠着乞讨过日子……我儿子跟我合计：娘呀！这罪咱受得了，这气咱忍不了，咱们沉了船逃跑吧！……我们还没来得及跑，轮到那帮死土匪逃跑了……船泊在那边岸上，鬼强盗端着枪逼我们把桨、把橹都沉到江里……这是我的命呀！我从小就在这船上，我就抱住那些物件苦苦哀求，正好这时你们从北面打来一阵排炮……国民党鬼强盗夺路逃跑，还硬拉上我那十五岁小孙孙给他们当挑夫——我儿子怕他走失，遭死，就跟上去了……"她说到伤心处，几次拉衣襟抹眼泪，她那个头上扎着块毛蓝布的儿媳妇眉眼下也闪动着泪花，她拉了拉婆婆的衣襟："说点吉祥的事吧！""这不，第二天你们大军就来到了，我们老百姓明白事理，该给谁干不该给谁干，我清楚，我们婆媳二人已经给你们摆渡了九天九夜……"

这比烈火还鲜红的心，这比白云还纯洁的心。

是的，人民，只有人民是我们的上帝。老人家纯朴的语言就是创造新世纪的声音，你听了怎能不肃然起敬！

会议就在这老人家的船上开起来了，大家一合计，这河上有四十多只船，有八只从岳阳运柴来的船，给白鬼子烧了六只，有一只船夫眼看大火要烧着，就自己凿洞沉了船，现在又捞起来补上，赶来参加运输。

"我们欢迎你们，我们都是没衣穿没饭吃的人。"

"我们懂得，你们好了，我们也就好了。"

刘道生显然受了很大感动，听了这些话，他又一次请求大家原谅。

"你家不要说外话，我们懂，那是少数，性情没改造过来的。"

听了群众这样谅解的话，我深深感到人民多么宽容呀！

经过彭明治的铁腕整顿，

经过刘道生谦恭的疏理，

虎渡河渡口一个渡河指挥部成立起来。

码头上面车马弹药整顿得秩序井然。

所有渡船都在统一指挥下摆渡，原来每个船夫子一天发二斤大米，现在改为每天发五斤大米。

于是部队、船工，河上河下，一片意气昂扬。

中午过后，我们准备从虎渡河口渡河。可是几十辆运送弹药、粮秣的大卡车还在忙着抢运，占了渡船。兵团指挥部的车队起码要等到下午六点才轮到摆渡。我们只好等，到了时间，程子华、彭明治、刘道生我们一伙人上了一只乌黑的小火轮。小火轮用缆绳拖住几只装载了吉普车的大木船。这时，河面上蒸发出一股火一般的热气，我仰头一看，乌云滚滚，雨意甚浓。果然船一开动，雨就瓢泼般下了起来。南方骤然而来的暴雨，雨点像枪弹一样猛烈，一刹那间我们的衣服都给打了个精湿。躲到下面船舱里，那里热得像个火塘，我头昏眼花，只觉得全身上下都在膨胀、撕裂。紧跟着雨水又从棚顶上漏下来，我实在忍耐不住，又登上船顶，一任风雨敲打，却自有清凉之感。河两岸都是密密匝匝的芦苇，小火轮荡来荡去总算到了公安。

天色已经漆黑，跳板陡直，加上水湿泥滑，我紧紧背着我爱之如命的卡宾枪，本来全身湿透，一下又热汗淋漓，好不容易上了岸。我在一个人家的屋檐下宿营。雨后的风把帐子吹得像满风的船帆，我疲乏已极，柱子上拴着几匹马，马伸着头在纸箱里吃草料，我蒙眬中还听见马的咀嚼声，但一下就沉入梦乡了。

南方河流甚密，刚过了虎渡河又来到公安河。

一大批沉重的十轮卡陷在泥沼之中，一群赤身裸臂的人嚷着喊着推，那尊"神"却稳如泰山纹丝不动，大家又气又恼，无可奈何，看着直摇头。

这泥泞之战比炎热之战还要苦。

何况这泥泞又和炎热交织在一起。

正在这时，忽然传来一个令人振奋的消息，参谋送来一份电报：

常德解放了。

这就敲开了湘西的门户！

我在欢喜中夹杂着一种烦躁，我本想参加这一场决战，谁知现在还在泥水中裹足不前。这南方！南方！真是恼人，在东北，冷是真冷，可是大地冻得像镜面一样光滑。这里，就如同猪在泥泞中打滚，我们一个个弄得满身既是污泥又是汗水。暴风雨之后的太阳就是在下火，衣服哪里来得及洗，就在身上晒干。可也不会全干，因为身子上又流出汗水。可是我想到下面的战士，不但在水里跋涉，还要在火里奔跑，他们的心境又该如何呢？这一想我的心里有了一点暗光，我一下猛然惊醒：难道我熬得过零下四十摄氏度，就熬不过这零上四十摄氏度吗？唉！公安，公安……难道这就是我谙熟的喜爱的公安吗？——我年轻时很喜欢读一本书，叫《袁小修日记》，晚明文人袁中郎、袁小修兄弟就是公安这一带人，袁小修那本书把公安这一带描写得风景如画，美妙绝伦。谁知我来到了这一地带，却受到如此泥泞之苦。

程子华、彭明治决定过河去住宿，好把司令部的摊子摆开，指挥前线部队行动。

这时已到黄昏，天空上黑色的雨云给落照镶了一道金边，显出一种庄严之美。于是在虎渡河之战后又展开了公安河之战。我们登上了一只木船，谁料还未到河心，风停了，帆落下来，一动不动，我们只好又找来一只小汽轮拉。一条又一条黑红色的棕缆绳，拖上六只木船，一时之间河面上呼喝成一片。汽船上向我们抛来缆绳，我们的船夫子没接着。这也难怪，那给水浸得精湿的缆绳又滑又沉，像一只大蟒蛇一样曲曲连连，一下也难以捉住，"扑通"一声掉进水里溅起一阵浪花，立刻惹来汽轮上的人一声粗鲁的斥骂，这边夫子也跟着吵嚷起来，这种时候，哪一个不是大汗淋漓，窝着一团心火。骂尽管骂，那边的人还是费力地从河里拽起缆绳，又一次掷将过来，这时我们大家一齐动手，总算把缆绳紧紧系住木船。汽船鼓足了劲拽着众多木船前进……从木船上看汽船那根高高的桅杆，好像插入云端。我再看那汽船，倒也奇怪，一个身材苗条的妇人家掌舵，与站在船头上准备抵岸撑篙的男人互相对骂着，我忍不住扑哧笑了起来，他们那一阵热骂，就像战士互相喊口号鼓劲一样，船飞快地渡过了公安河。

公安整条街上一片坍塌，瓦砾焦黑，宋希濂的军队败走时放了一把大火。现在废墟上停着大批卡车，由于日晒雨淋，他们作为伪装的竹枝早已一片枯黄。程子华宿营处亮着灯，电台马达发出轻巧微妙的声音，电波在天空中像穿梭一样飞驰，传来报告，传去命令。我不便去打搅他们，转过身，却看到刘道生坐在屋檐下门槛上，好像在生气。他见是我，就跟我说："常德是湘西主要城市，我恨不得飞去抓住军管，可是这鬼地方！……"我也无法安慰他。我在附近发现一座木板搭的棚子，一侧喂马。跟昨天一样，我是闻着马粪和草料的潮湿气味睡着的。

第二天早晨登程，在一阵清凉的晨风中，我们进入了湖南地界。

这是一个可纪念的历史性日子，从湖南打出去的红军现在又回来了。这是多么亲爱的土地呀！我像闻到母亲乳汁的小伢子。你看，绿莹莹的稻田，红艳艳的荷花，一望无际的桐子树、橘子树，母亲大地呀！我的心灵向你亲吻，我感觉到母亲和儿子的眼泪都在涟涟而下。程子华、彭明治、刘道生都是从这儿打出去的，我看看他们，程子华的脸上漾着微笑，彭明治却十分庄严郑重，刘道生眼里闪着温柔的亮光。多少人的鲜血凝成的地火还在燃烧，多少人的生命照耀得长空还在发亮。在那灾难的年月，我们的人怀着多么巨大的悲哀，依依不舍离开这红色的根据地，从那以后，长夜漫漫。乡亲们，你们受了多少罪，遭了多少苦，今天，我们回来了。母亲！我们怎么那么狠心离开了你，你现在就重重地责骂我们吧！可是母亲如此宽厚，山水草木都熠熠闪光，深情意长……

我的心正在驰骋，车子突然停下，我们又到了一条河边。我跟上彭明治去察看渡口。一瞧，浮桥的木板很薄，只能过人不能过车。

彭明治十分恼火地问：

"从兴安岭运来的木头都到哪儿去了？辎重车不能过，人过去有什么用？！"

天在降火呀！阳光又毒又狠，照得河面上像浮起一层蒙蒙白雾，那是热的雾，火的雾。这河边只有一两棵树，连一点阴凉也没有，人和马都懒得动弹了，一匹牲口身上给马虻咬得鲜血直流，疼得那马扭来扭去，往身上扫打着尾巴。

彭明治十分严厉地命令：

"传后面的工兵给我上来！"

一直到下午五点多钟，我都坐在草地上跟程子华谈天。将近黄昏，那唯一一只破木船用棉花木屑桐油补好了，我们就乘这只船过了河。在夕阳红色光照中，河两岸，到处都是人、马、大车、汽车，简直把整个儿大地都覆盖满了。我们决定就在这儿露营。程子华带头，下到河里去洗澡，程子华洗完澡，光着身子站在堤坝之上。我从水里望着他那赤条条瘦伶伶的身经百战的身子，我从来没有问过他那只手是怎样打成残废的，但他却毫不掩饰，就用那已经僵死了几个手指的手跟人握手，而现在就是这样一只手，掌握住挺进湘西的大军——在开辟一个新的世纪。我们就那样打着赤膊，坐在大堤上，美美地吃了一顿夜餐——有各种各样的美国罐头，还有番茄汁饮料，还有白兰地。程子华饶有风趣地说："来吧！美国佬请客，谁来先打冲锋？"酒倒在白搪瓷茶缸里，我说："为了我们这可纪念的露营！"于是我一饮而尽，大家都哈哈笑了起来。

在这河边堤上，太阳一下山，火的世界就变成水的世界，一阵一阵凉风沿着宽阔的河面凉飕飕吹来，不但爽人，而且连蚊子也吹得无影无踪。政治部一辆汽车大亮着灯呼的一声开走了，刚才派船把我们的行李都运过来了。可是在这堤坝之上，无法挂蚊帐，其实也无需挂蚊帐。我的通信员心细，把一件橄榄色美国雨衣放在身旁，我就躺在马褥子上睡下了。想必彭明治的命令发生了效力，工兵抢修好了载重的浮桥，一辆跟一辆大车，闪着明亮的大灯从我身旁的大路上驶过……

由于整天整夜在炎热、雨水、泥泞、蚊虫中厮打，发疟疾的人愈来愈多。通信员也传染上疟疾，脸像涂了一层蜡一样发黄，全身无力，走路也是一步挨一步地蹭。可是这个可爱的孩子，他以一个战士标准严格要求自己。的确，路上络绎不绝的部队里面，不少人染上了疟疾，有人要去搀扶，他们绝对不肯，只折了一根树枝拄着，一瘸一瘸挪着脚步依旧向前行进。这个黑土地的儿子，有生以来头一遭遭上这种罪，但他一声不吭。他恨自己的病，他蜷卧在地上一堆稻草里瑟瑟发抖，可是还是挣扎着要给我收拾行李，我劝他休息，他也不肯。

我起来，看见程子华、彭明治满面笑容地走来。

程子华说："过了好凉快的一个夜晚呀！"

我一问，原来昨夜他们也是在堤坝上露的营。

我坐在刘道生的吉普车上，由他亲自开车，沿着铺了细沙碎石的道路，风驰电掣地进入了湖南的第一个县城——澧县。我一下记起这就是丁玲的家乡。她在延安时，跟我谈她的母亲，也就谈到她的故乡——她用柔软的湖南话，脉脉含情地描述着这个地方。正是这块土地，生长出这样杰出的作家。可是现在这石板铺就的城市却以巨大的沉默迎接了我们，所有店铺都紧闭门扉，我们敲开一家门讨碗水喝，听那两手颤抖的老人家说："那家利特尔书店住着一个当地的大干部。"这书店的名字很特别，我也不懂利特尔是什么意思，我寻去，在那里楼上，找到常德地委的一位秘书长。他跟我说："你要了解澧县得到津市去，游击队在那儿，澧县就是他们解放的。"

我们得到这个好消息，刘道生就开上吉普车直奔津市。一看这地方虽比沙市小，其繁华热闹却胜过沙市，因为它是下湘西的一个商业集散地，一切物资都从这儿运进湘西、运出湘西。现在这里一片热气腾腾，家家商店开门营业，街上行人络绎不绝。之所以如此，这和游击队有关。游击队没等大军到来，就先解放了津市，然后解放了澧县。我在一家院落里找到传奇式的英雄人物——游击队队长左承统，这个瘦瘦的青年人，穿一件白净的衬衣，腰间别着一支小手枪，短裤、靸鞋。他沉默寡言，十分文静：一问，他原来是一个大学生，在女子职业学校当教员，经过三个月苦战，成为群众领袖。出出进进的游击队员都是便衣，不少人戴着湖南特有的竹编油漆的古铜色斗笠，既可遮阳又能避雨，全都打着赤脚，一副农民装扮。左承统把游击队集合起来，请刘道生讲话。刘道生代表兵团向他们慰问、鼓励。我从旁看着一张张纯朴而又赤诚的脸，这不正是苏维埃时期留下的火种吗？

左承统随我们乘吉普车回到澧县，找到地下党的同志，我们在天主教堂一间房里谈话。那教堂的牧师是一个西班牙人，穿着长长的黑袍，胸前挂着一个十字架，可能是为了传教方便，讲得一口湘西土话。他很客气地招待我们饮咖啡，但除了我和刘道生饮了一杯，当地人一沾嘴唇，就皱了眉头。谈起来才知道，这支湘西游击队于六月二十七日首先在澧县起义，一下子解决了宋希濂部队一个连，缴获了三百多支枪。这行动像一声嘹亮的号角，于是各乡各镇都动了起来，每乡都从地底下起出红军走后埋下的老枪，摩拳擦掌、蜂拥而出，一下子发展到两千多人。国民党报纸上说"有万人呼啸而起"，因此宋希濂吓得发抖，忧其背后袭击，便派出部队清剿。游击队进入毛里湖，到达红梦乡，不断从湖上进行袭击，以配合大军作战。可是遥望北方，杳无音信，清剿部队一下包围了他们，他们大部分把枪沉入湖底，化整为零，突围而出。这时地下党传来秘密指示，说华南局批评了他们：不经过武装斗争，怎能配合部队过江？……于是左承统振臂一呼："我们起义了！我们起义了！"各乡纷纷群起，发动袭击。谁知游击队又受到重大挫折，一退到毛里湖，敌人用十二挺机枪架在山头上泼火般猛扫。

红白斗争，十分悲壮。

官垸乡一个甲长给抓起，敌人逼问：你们的枪埋在哪里？六个人在他身上压杠子，他咬紧牙关，只字不吐，终于口吐鲜血，死在地上。

——多么英雄的时代！

——多么悲苦的时代！

我们一直谈到夜晚，我望着这个瘦伶伶的青年人，他是那样坚定，那样刚强，最困难时，游击队员无吃无穿，一个个脸瘦得黑黑的，整日整夜在湖沼里栖息，在小路上奔袭。他们一心一意朝着北方聆听，他们渴望听到炮声。有一天终于听到了。他们一个个高兴得雀跃欢呼，流下热泪，他们来不及考虑什么，立刻配合大军行动，向澧县、津市发起进攻。

我悄悄问他："解放了，你打算怎么办？"

他笑了笑说："把游击队交给大部队，我还是回女子职业学校当我的教员。"

吃了那么多苦。

受了那么多罪。

但他像月亮一样洁白、纯朴，他只有贡献，没有索取。

我们谈到夜深，他要回游击队去，我们从楼上下来，到了街上，一看，月亮十分明亮。我们就紧紧握手告别了。

不知怎么，我的手有点簌簌发抖，从此天涯海角，我们也许无由相见了。

他转过身，向茫茫月光中走去，我望着他，一直到他背影消失了，不见了。

　　月光照在红色的高耸的教堂墙壁上，照出浓浓沉沉的树影。一时间我心潮荡漾，我从这个青年身上感到未来，感到希望。如果人能永远这样年轻该多好呀！现在计算一下，他该也是六十以上的人了。有一次我望着一棵巨大无比的数百岁的老银杏树想，它经历过多少朝代，它目睹了多少沧桑，它的生命还是那样强壮，碧绿丛丛散发着青春的芬芳，人不要说与高山大河相比，面对这棵银杏树，也觉得我们的生命实在太短暂了。但在这短暂的生命之中，只要有一次——像一颗星一样升起，烨然照亮人间，它就在人类文明史的石碑上镌刻下一个印记，这个印记也许比银杏树还要绵长，还要辉煌。但是有的人一生一世，用尽心机，蝇营狗苟，只有污浊，而没有闪光，如果让这种人淤塞了世界，地球也会变得沉沦、晦暗。而那升起的星，哪怕它只有一闪，也是何等可贵呀！的确，我的人生路途上，遇到过多少可爱的人，但常常是擦肩而过。左承统这颗星也许一直闪亮着，如果他能看到我的记述，能给我写一封信，这也是人世间的幸遇。那天夜间，在静静的林荫道上，照着幽幽的月光，我久久地想着，走着。我想到还没解放的地区，仿佛看到多少人还在苦难中挣扎，仿佛听到他们的呼唤，我真想飞着扑到他们那里去拯救他们，否则我们就太迟了！太迟了……那将是多么大的罪过呀！

　　多么清新而美好的黎明呀！我们这支由一辆小型吉普车、两辆中型吉普车组成的车队又出发了。路上风景极美，转入山路，两面山坡上都是密密的橘林，给明丽的朝阳一照，像孔雀毛一样碧绿闪光。我们奔驰十几里，到了澧水，这儿的渡口井然有序，我们一到立刻就摆渡过了河，两岸都是树林，河水一片清碧。再前进，道路修得好极了，平平坦坦，完全是红色细沙，车过之处压得路面像落了一阵急雨，沙沙鸣响。到临澧，我在一家空荡无人的店铺里架了床，从上午十点到下午两点，足足睡了四个小时。饭后，到河里去洗澡。水流清澈，一眼到底，河底卵石闪着微颤的昙影，坐在急流中，冲洗了一小时，只有在战争中才会感到这种大自然赤子之心的无穷的快乐。

　　黄昏再出发，程子华邀我跟他一道坐他那辆苏联吉普车，这种吉普车座盘比美国吉普车略宽，开起来快。自从进入湖南，处处显示出大自然丰腴之美。夜气清馨，凉风送爽，路边黑漆漆的树林下，露营的战士燃起一堆堆艾蒿，驱除蚊虫，红火苗一卷一卷的，照出一股股浓烟。我的心这时已飞向常德。我们车队正向常德急进，谁知到了一个桥头，又发生了故障。我们的吉普车戛然而止，一个参谋走过来向司令员敬礼、报告：

"前面涨水路断。"

原来我们已驶近洞庭湖边，前些天大雨，湘、资、沅、澧一起涨水，洞庭湖跟着也就暴涨起来。何况常德正是由湘西高山奔流而下的沅江流入大湖的入口处。

彭明治打前站，程子华就问那个参谋：

"彭副司令怎么安排的？"

"下水乘船。"

程子华跨腿下车，笑吟吟地对我说：

"你要记下一九四九年某月某日，在这里成立了第一支中国海军。"

一下逗得大家都笑了起来。

月光中，只见前面一片茫茫水色，芦苇青春的香味和潮湿的水汽融合在一起，扑鼻而来。我跟程子华、刘道生乘一只小划子，一脚踏上船，那船就浮浮悠悠漂荡起来。湖上之夜好静啊，湖面上，水光、月光微微荡漾。我们的划子好像飞鸟冲入天空，一片白云飘来，把月光、水光的银雾冲破，这不是"云破月来花弄影"，而是云破月来船弄影呀！等我们一划过去，回头看时，那月光、水光又合拢成为一片潋滟的岚光水汽。这幽静的湖上之夜可谓极尽其美，我平生从来没有享受过这种美。要没有战争气氛，这美也就没有轻盈生气。水愈来愈深，这时，我们面前出现了非常奇特的水乡夜景：水面上露出一簇簇黑森森的树顶，在一望无际的空中，萤火虫像无数无数小小的电火花，闪闪烁烁、忽忽悠悠，组成一块奇妙的天幕。忽然，我们听到犬吠声，这是怎么回事？经船夫子讲解，我们才知道船正从一处给大水淹没的村庄上空经过，果然不久，看见了露出水面的屋顶，上面站着人，还点了竹火把。于是水面上拖拽着、摇晃着似金蛇狂舞般的红彤彤的火光。我们的划子又冲破水面的火影，搅得一波破碎金光。船悠悠晃晃划了不知多少时间，忽然听到有婴儿啼哭声，又听见有妇道人家一面哭诉一面说着什么。前面引路船上传来话，我们已经到了常德小西门。我们谢过船夫子，跳上码头，转进大街，没想到这样的深夜还有两三处货食担子亮着猩红的火光，这深夜火光向我们传达了常德已经平静如常的好消息。

到司令部跟彭明治会合。彭明治这个平时少露笑容的人，这时脸上挂着满意的微笑，这当然不是因为他已经为我们准备了一顿馄饨夜宵，而是常德秩序特别良好。当我跟上刘道生在微微曙光中到了政治部宿营地大懋银行，路上已经看到不少早起的人在行走，他们看了看我们的车辆，丝毫没有惊异恐骇之色，自自然然地走去。

我们占领了湘西门户常德，就从西面断绝了敌军逃回桂林的退路；与此同时，十二兵团已从东面攻入湖南，这就从东西两面对长沙形成钳形攻势。

我们终于从火热与泥泞中跋涉过来了。

我们将要在常德这一带有一段安定的休整。

多么遥远而又遥远的路程呀！多么短暂而又短暂的时间呀！可是我们的经历简直是传奇性的。解放沈阳，我是最早进入沈阳的；解放北平，我是先期进入北平的；解放武汉，我冲到江汉关前，长江上敌人炸毁的轮船还在喷火；而现在我已进入湘西的常德。古人在军事上有一句惯语，那就是：势如破竹。现在当我站在浩浩荡荡的沅江边上，心潮澎湃，难以自制。我们经受了零下四十摄氏度的考验，我们又经受了零上四十摄氏度的考验。

而我们终于在历史上写下这样一页：

这是比上帝创造人间还要美丽的神话，

人们凭着共产主义的理想，在冰雪泥泞中创造了新的世纪。

是的，

这创造体现在不久以后北京的神圣殿堂里，但首先是在这跋涉的脚步中。

这是现实，这是真理。

# 第十五章

## 创世纪

### 一三五  早晨的跋涉

南方盛夏多雨酷热，疟疾在部队中流传开来。这种病使人一阵发冷一阵发热，冷起来冷得浑身簌簌发抖，热起来像火炭一般发烧，这样折腾不上一两天，人就变得面黄肌瘦，如同抽筋断骨，四肢无力，衰颓下来。到常德第二天，在兵团司令部开了一天会，见到三十八军几位同志，却唯独没有军长和政委。会罢之后，我到军部去一看，原来梁兴初、梁必业都躺在床上打摆子。对我来说真是万幸，我的通信员在行军途中已经生了疟疾，这孩子面孔蜡黄、食欲不振，一到宿营地就睡在地上，到常德经过服用奎宁，渐渐好转，不过身子骨看上去还十分疲软。尽管如此，他还是强要我换下一路上又霉又潮、汗酸发臭的衣服，由他洗干净了，晾在绳上。他的挎包里总备有几根长绳，时则用来牵系蚊帐，时则晾晒衣服，时则绑扎东西。我望着这孩子，一个生长在黑土地上的孩子，为什么远到这里来遭受苦难？人们心眼里都是一个想法，就是解放全中国。

想到这里心中一热，有点凄然。不过，见到他能够大碗吃饭了，我也得到一点快慰。

我们人人都冲洗干净，换上新衣。常德一条街沿着沅江，傍晚时在江边走走，非常舒爽，古人诗文中多称道"江上清风，山间明月"，这时，这一阵阵拂面而来的清风，的确令人沉醉。

也许是这清风滤尽了炎热与泥泞。

一安定下来，我从苦难而又壮烈的现实中便萌生出一丝模模糊糊的创作的欲望，但一时之间我还捕捉不到这一灵感——它时浮时沉，时隐时现……我很想抖擞掉它，因为我想参加即将展开的长沙、解放湖南的决战。但创作的冲动是难以遏止的，我不是在堑壕边、膝头上也写过吗？

就在这时，我突然收到新华社总分社由汉口发来的电报，要我于廿五日赶回武汉。

——这是为什么？！

我无法想透，把电报纸撂在一边。

我不回去，我干什么要回去？！我不想理睬。

谁知第二天，从刘道生那里又送来一份电报。我一看是四野政治部的急电，令我立即回转武汉，不是廿五日，而是十五日，这就给人一种急迫感，似乎不能再置之不理。我想了一阵，把这份电报装在口袋里，就到司令部去找程子华。

院落里静幽幽的，只程子华一人面壁而立，看着军用地图，我不便打搅他，就坐在屋檐下石台阶上等着，不过，我屡屡回顾，十分焦急，他一转过身，终于发现了我，我就走进去，开门见山地跟他说：

"程司令！我走到这儿了，怎么野政又让我回去？"

我拿出电报给他看，他看了看，笑吟吟地跟我说：

"你只好服从。"

"你能不能发个报再给我说一说？"

他沉吟了一阵说："这个报怕不好发，你看限期报到，这可是死命令。"

"我是想打到海南岛的……上一次要组织个代表团去北平参加全国文艺界代表大会，让我带队，我还不是推辞掉，由宋之的去了。"

程子华又沉思了一阵说：

"我看你这回还得回去，不过，你到那儿要是说好了，可以再回来，我们欢迎你。"

看来没什么希望，我也只有沉默。

"我派两个警卫战士送你到长江边，我给三十九军发个报，他们军部就在沙

753

市，就这样办吧。我留你吃晚饭，也算给你饯行。"

"司令员你饶了我吧，我心乱如麻，还吃得下饭。"

我告辞出去，我心明如镜，明知程子华不好发这个报，改变野政的命令，可是我总寄托一线希望，现在这一线希望也断了。我心中闷闷不乐，走回住处。一路之上，我想这一次在骄阳烈日下、大雨泥泞中，由襄、樊、荆、沙，眼看已到长沙跟前，恰恰在这时让我回去，我怎能甘心？我热恋着前线，感到十分怅惘。不料，下午突然传来程潜、陈明仁起义的消息，啊！用不到攻打长沙了，这个消息似乎解救了我的苦恼，我一下从阴沉转为快乐。这时，屋瓦上有淅沥之声，骤然大雨倾盆而下，我从泥泞中来，再向泥泞中去吧！我披上雨衣，到刘道生那里商量我的出发事宜，决定隔一天就动身。

不知怎么回事，也许是一种神奇的预感，我忽然产生一种恋恋之情，我想我也许是最后一次同前线告别了。

我就带着这近似感伤的惆怅踏上了归程。

当天夜宿澧县，次日渡河四次，终于上了轮船，横渡长江，顺利地到达了沙市，住进三十九军军部，一处两层小楼上面的一间房屋。这屋子很干净，很明亮，但只有一床、一桌、一椅，十分空旷。通信员只好在我们前走廊上铺块毯子，打了地铺。不料，就在我从常德到沙市的途中，前些天捕捉不到的灵感一下捕捉到了——从泥泞而炎热的苦难生活里，突然冒出一茎水灵灵的玫瑰，花瓣上还沾着水珠和泥星，但，这是艺术——从现实生活中涌现出来的虚构，我真没想到会这样迅速、这样倏然，以至使我感到十分惊奇……我面前活动着有血有肉的人，他们在嘶喊、在拼搏，当时日记上写了这样一段话："我决心以荆、沙、湘西之战为背景，写暴风雨下艰苦的南方战争——山地战！湖沼战！北方战士与南方战士因不同的思想而发生的矛盾，一个个战士瘦了，黄了，眼睛大了。写老干部回到故乡——看到白发萧萧的母亲那种柔情，一个人民使者渡江报信，渡江船上一个女船夫，一路上人们欢呼着：'贺龙的部队回来了！'写敌人的疯狂肆虐、土匪的暗杀，在中央苏区哭声充满夜空、鲜血流遍大地，写一个明亮的日子终于到来了，苦苦熬煎的游击队同北上抗日的红军大部队的会合，拥抱起来的人们满面又是泪又是笑……题目一下想不出来，我只想一心一意把这鲜明的现实凸现出来……"而这正是《火光在前》最初的胚胎——在想象与构思过程中，既有喜悦也有悲苦……谁要不了解创作的艰辛，谁就不懂得什么叫艺术。

没想到，到了三十九军却遇到了极大的困难，他们也许由于休整的缘故，不能抽一辆吉普车出来专程送我——是的，刚从泥沼中过来，谁肯再回泥沼中去？当然人们心里也许会嘀咕，大家都在蜂拥向前时，你一个人为什么往后走了？我只好去后勤兵站部，等候往后去的卡车。我赶路心急，谁知就在这时偏偏下了一场暴雨，道路上变得泥泞不堪，一塌糊涂，我上了卡车，坐在司机身旁，一看司机愁眉苦脸，一点信心也没有。这也不怪司机，任何一个老练的司机也怕行单车，万一陷在烂泥塘中，呼天天不应，唤地地不灵，谁能向你伸出一只援助之手？我不应强迫这个受过许多苦难的人，于是我就下了车，又回到住处。

就这样，我在沙市停滞下来。从创作角度讲，这是难得的空闲。雨后江风潇洒，天气凉爽，有这样一只书桌，对我就是莫大的愉快，于是我就埋头把想写的小说提纲写出来。最高兴的是灵感触动，我突然想起：

"火光在前。"

这题目像一句诗，从我心灵中迸跳而出。

这是我几年战争生活意念的凝聚、概括。从千里冰封、万里雪飘的松花江转战万里，来到火热的南国，我总是望着前面一团战火而跋涉急行。在三下江南大踏步前进、大踏步后退时，我骑着一匹瘦马，踏着江上的坚冰，曾吟过一首诗：

长空一月压林低，千里冰封走战骑，

遥望烟光弥漫处，三军刚道正合围。

现在，这"火光在前"四字不正道出我在战火中的追求，人生中的探索吗？

这样一来，沙市的停滞倒变成好事，我不禁沾沾自喜。

我又到兵部三分部，交涉乘船顺流而下，结果又大失所望，但也总算找到一点眉目，就是明早可乘车从襄樊旧道经云梦泽而回。谁知上路以后，一片大军压境景象，令人望而生畏。路边，左面一辆车陷入泥潭里出不来，右面长长一大排卡车停在那儿等着让路。大军未动、粮草先行，这些野战卡车上满载着粮食、弹药，这一切显然都是为了下一次大战而做准备的。雨过天晴，骄阳再现，不少司机躺在车底下阴凉中睡觉。我们费了九牛二虎之力，才巧渡难关。南方天气真是变幻无常，当我为了能以顺利前进而高兴时，忽然一片黑云飘至，带来一场暴雨，于是我们只好又在泥泞中挣扎，黄昏时到了荆门，我想总可以在这里安顿一夜了，谁知还没进城，便已挤满军车。一落雨河就涨水，桥已经冲得无影无踪，无数人马蹚着水在涉渡。为了找个宿营地，我浑身淋得精湿，还是全无着落。我一问，原来有一个师从这里经过，这一带茅屋瓦舍都已经住得满满腾腾。没法子，我们只好在雨中趱行，翻过一段湿漉漉的山路，天色黑下来，我们在一个小村庄里找到一个草棚，就此露营。第二天一睁眼，天却晴，大家劲头又上来了。从此一路风驰电掣，在尘土飞扬中到了襄阳。可是一条襄河却横在眼前，河面雪亮，河水晒得发烫，河上既无船也无人，我看到这般情景，只好望洋兴叹了。战争，战争，我的火暴脾气已经给磨得迟钝了。我突然发现渡口边上有一个摆摊卖梨的。我买上几斤绿皮的梨，一咬，又甜又脆，也许这是因为渡江作战中第一次吃到水果，觉得特别甜美。我就找个墙阴凉，坐在地上，一面吃梨一面看修船人向船上刷桐油。

傍晚渡河，气氛紧张。一个船老大站在船头上，穿一件黑布上衣，他做着手势，船夫子们桨篙齐动，紧紧吆喝。这是怎样充满搏击的生命活力呀！河水像黄泥一样又稠又黄，浮面上激荡着一圈一圈黑色的旋涡，水涨流急，一转眼间船已冲抵对岸。我们卸下车，经过襄阳，又跑了一段路，到了汉江边上。江的气度到底与河不同，尽管这几天连降暴雨，我趁着月光一看，江水还是那样清澈，于是我跳入江内洗掉满身黏腻的泥污。

跟我上次来到汉江边看到的一样，月光还是那么明亮。在大自然中，我最喜爱月光，她有一种说不出的幽美与柔情，让你凝望着，不肯去睡。这时，在我耳边，贝多芬的《月光奏鸣曲》悠悠响起。贝多芬在致友人信中说过一句耐人寻味的话："最美的事，莫过于接近神明而把它的光芒撒播于人间。"这神明也许就是天穹心灵的独白吧？我在江堤上一直坐到夜深。那奏鸣曲开头凄凉幽怨，就像水仙花一样玉洁冰清，总在我周围微微地飘飘浮荡……月光，你多情的月光，把我的心一下带到遥远遥远的亲人那边，我想到我的妻子与我的小儿子，他们一定酣然入梦了吧，可是"天涯共此时"——这月啊！同样照着两地离人。

过了汉水，又进入茫茫无际的云梦泽。

这一天，我必须渡过三条河。运粮的军车和运棉的商车搅混在一起（装棉的车非常有趣，雪白的棉包高高垛在汽车上，像一幢白色的楼房），堵塞着道路，互相争吵。我下得车来，到码头上一看，事情不妙，河上只有一只摆渡船，要等，今天怕只能渡这一条河了，那么必然迟误了报到的期限。而那些装棉花的大车横在大路中间，怎样也不肯让路，军车上的人怒冲冲地冲上去，彼此斥责、咒骂，乱成一团。我知道，此时此际，只有我挺身而出了。我的军装整洁，腰带上配着一支左轮手枪，一看就是个军官。于是我一下站到一处高岗上大声吼道：

"我是这里的指挥官，一切听候我的命令！"

排危解难需要权威，我洪亮的喝声显示了我的权威。

……

我不知道从哪儿来了这么一种指挥的本事。

我挤到车中间去说服、调动，制止这个，推动那个，我的最高宗旨就是"一切服从前线需要！"从这乱糟糟中理出一个头绪真不容易，我的嗓子都喊得嘶哑了，才组织起过渡的秩序。前面三船分头渡过了一部分军车、一部分商车，第四、第五两次渡过了我们的两辆卡车，一渡过河，坐上车，我已汗流如注、全身瘫软。

第二条河是小河，不过，涨水冲垮了码头，只能从滩头搭跳板上船，也耽误了一个小时。

第三条河十分宽阔，阳光在河面上蒸腾起白茫茫的雾气，白帆在闪着白光。但是这次渡河却非常顺利，只是一种难熬的闷热像火一样扑来，我向空中望了一眼，我为那一片乌云担忧。果不其然，当我们驶到一条红泥土山岗上，暴雨突然袭来，其势甚猛，大雨点从车厢外打进来，刺得我满脸疼痛，真像战士说的："这哪里是雨点，这是子弹头子！"天空上布满墨一样的浓云，我从云的微妙变幻与微明中祈求着晴明，可是像有百万甲兵从天而降，空中充满大雨的狂暴的呼啸与轰响。我们好容易找到一个小庄子停下来，太阳倏然亮闪闪露出来，我们继续在泥泞中跋涉。黄昏时分，到了寸步难行的地步，车轮子嘶嘶地在泥水中打滑，车子却动弹不得。眼看天黑了，怎么办？难道我们就在泥水中过夜？我望一望我们那个老司机，他丧气地咒骂着，已经失去前进的信心。我只好推开车门跳下车，走到前面，亲自进行考察。原来几米以外就是一片干爽的沙地。我想如果我们就停在这烂泥中，明天一看这几十米以外的景象，那将是多么严酷的惩罚。于是我坐到司机身边，先递了一根香烟给他吸，让他镇定，然后鼓励他向前冲。我们车上的人都下来，一推、一拥，车就从泥沼中拔了出来，当然，每人都弄得泥污满面、大汗淋漓，但我们总算逃过夜宿泥沼的灾难，终于把车开到一个小小的村落。路边有一个茶馆，我们就在草棚下宿营。

但是乌云险恶地遮住月亮，眼看暴雨又将落下。这时，狂风以极高的速度横扫而来，把我的蚊帐吹得鼓鼓地膨胀起来，我企望这风会把雨云从我们上空吹过，但是，雨还是来了，不过只落了几点就过去了。我却获得了一个风凉的夜晚，酣眠到黎明。

就在这时，却得了令人非常懊丧的消息：前面，原说孝感的路冲坏了，现在才知道随县的路也断了，怎么办？回去吗？不能，我的报到期限只剩下最后一天了。我们决心向前去，走通哪条就是哪条吧！这一天，实在也是艰险难熬的一天，到了一条河边，桥梁在昨天那场暴雨里冲跑了，现在，正在架设新桥，但只有一个老木匠戴着柳条编的安全帽，在忙着铺横木，炎炎烈日之下，这个老人的形象太感动人了。我向我们的人招手呼喝了一下，两卡车的人都纷纷跳下，大家一齐动手，把一根根木头扛来，将一颗颗铁钉敲死，很快修好了渡桥，真是"碰山开路，遇水搭桥"。我们只能这样争分夺秒向时间要速度。

哪里知道真正的险情还在前面。我们正攀登一座黑色岩石的山路，暴风雨又骤然袭来。南方，你多情而又无情的南方啊！你给人制造了多少道危隘险关。我们冒雨降人一处山谷，找到一个村庄避雨。一打听，前面二里多地一座桥梁也冲毁了，河水还在汹涌猛涨，我们只好折转头又向南走。走到一个叫长林岗的地方，我们一下傻了眼，河上的木桥在刚才那阵暴雨里，又给洪水冲激而去。我找了一个小划子游过河，找乡长，乡长摊开两手，无可奈何地说：

"老哥！船都给运粮队管了，我可帮不了你什么忙！"我于是又赶到堤坝上找到运粮队的负责人，只弄得舌敝唇焦、喉咙嘶哑，我的虔诚总算打动了"上帝"——河水猛涨，浮力太大，经过好一阵研究，决定动员木头、绳索，把两只船扎成一只大木筏。可是天已一片漆黑，怕弄不好，连人带车都翻在河里，只好等天亮，于是我又乘小划子回到彼岸。打了这样几年仗，这一回我可自己当上管理员了。我终于找到一个小饭馆，在屋檐下拼了两张竹桌，我实在疲惫不堪，一头倒下，就睡着了。

睡到天蒙蒙亮，又乏又困，真想再睡一会儿。

可是，我意识到，我不起谁也不会起。这时我懂得一个带头人的责任，于是只好揉了揉两眼，跳下桌子，走到河边，把车上的战士一一唤醒，又是修路，又是铺滩。我坐着划子在河上往返四次，八点多才把车摆渡过了河。太阳出来了，没有风，但也没有雨。我们飞快地奔驰，中午，在一条小河边又停顿了一阵，因为木工正在修桥，我和大家一道都跳到清凉的小河里去，痛痛快快地把浑身上下的油垢污泥洗涤得干干净净。

茫茫的云梦泽，像摆了八卦阵，这几天又是风又是雨，不知涨了多少次水，断了多少道桥，但我终于从中冲了出来，过了小河，一路是沙砾铺的道路，乘着凉风飞快地直到长江埠。我心里想，我们一上船，雨就不下了，事情果然如此，真令人又恼、又笑。第二天在汉江上坐了一天轮船，比政治部限期迟了一日，黄昏时到达汉口。我为什么详细地记述这段跋涉的路程？

是为了让读者知道：

我在解放战争中最后向前线告别是多么苦涩。

而走向真理与光明的道路又是多么艰难！

我在洞庭街陶铸住处客厅里，一直等到夜间十一点，陶铸才回来。看来他早已从发烧、吐血的病痛中好转了。他的脚步依然那么灵巧，神情十分潇洒，他见我来了，粲然一笑，紧紧握手，而后指点着我说：

"你迟到了一天！"

我一时之间有口难言，无法分辩。

还是他替我解了围：

"路上怕很难走吧？"

"到处洪水泛滥，今天，坐了一天船才赶到。"

他亲昵地和我并肩坐在藤沙发上，他告诉我：

"让你到北京去开会。"

我把我久已埋在心底的话吐露出来：

"陶铸同志！还是让我留在前方参加作战吧！"

他不但没有责难而且嘉许，这立刻给我带来一线希望，谁知他沉吟了一下：

"你的心情我是理解的，可是……"

"陶铸同志！你讲一句话就定了！"

他笑得爽朗、明快，说：

"怕不那么容易，上次开文代会，要你带队你推了，后来派老宋去了，那是我们可以决定的，这次是中央点的名，我们说了不作数。"

"什么事这么重要？"

"开政治协商会议，建立新中国……"

他忽然站起来，在地板上缓缓踱了几步，一下转过身，两道锐利的眼光射到我的脸上：

"我们打了这么多年为什么？多少人牺牲在战场上，多少人牺牲在囚牢里，不就是要建立一个新中国吗？这是人类历史上一个最庄严、最光辉的时刻，你要打仗、打仗，难道比这还重要吗？你不是你一个人，你是代表无数生者和死者去的。去投那神圣的一票。"我感到一个光荣而又沉重的担子落在我的肩上。

我望着他，他的眉宇之间凝聚着一种愀然的神色。他坐过牢，他打过仗，现在他好像对我做出庄严的委托。

我又来到我居住过的那个法国公寓，那个白色的单元。我的通信员跑到新华社总分社，非常高兴地走了回来，递过几封信，我一看，是汪琦寄来的三封信，我连忙拆开来看。我没想到在一项重大决定刚刚做出之后，我立刻获得了我个人的深情。最使我高兴的是寄来两张照片，一张是小滨滨的，笑容可掬，向前伸开一只右手，张着五指，像一个讲演家一样，多么可爱呀，我的小儿子！另一张是母亲抱着儿子的照片，她的确是胖了，小滨滨皱着小眉头，很神气，逗得我笑了起来，我的快意传给通信员，通信员也笑了起来……

## 一三六 太阳从中国大地上升起（一）

坐了几天几夜火车，到了人民的首都北京。

我们这列专车，满载着喜悦和深情的在华中解放区、华南解放区和第四野战军的代表。当我们驶近北京时，千般滋味、万种柔情，一齐涌上心头。在车上，我碰见了谭余保，他干瘦精练，两眼雪亮，他跟我慢悠悠地谈起来：

"这一天终于盼到了，不知怎么，我心里老想到在中央苏区一九三一年参加第一次苏维埃代表大会，一九三三年参加第二次苏维埃代表大会的事。我是湘赣边区的代表，那是在白军严密封锁情况下召开的。我们都是一路打仗，冲过封锁线才到达瑞金的。那时，我们成立了一个红色的苏维埃中国——国中之国呀！我还被选为苏维埃的委员。第一次大会开会时，中央苏区形势很好，会议开得庄严、隆重，还举行了大规模的阅兵式；第二次大会是在粉碎四次围剿之后举行的，在第五次反围剿紧急形势下就匆匆结束了。从那以后，这个新生的红色中国不得不离开中央苏区，走上了二万五千里长征。"

他的思绪沉淀在无边往事、无限伤情之中，本来闪烁发亮的两只眼睛，有时突然黯淡下来，有时又霍然亮起。我见此情景禁不住问他；"那时你怎么样？""我给留下来坚持井冈山斗争……那是十分残酷的斗争呀！一支几百人的小游击队在白军残酷烧杀抢掠之下，三年，整整三年多，从没住过房屋，天天都在森林中露营，可是，长着白胡子的老人家，带上一家老小，冒着生命危险给我们送水、送粮，那种感情是十分深厚的，老人家总问我们毛主席在哪儿呀？朱总司令在哪儿呀？……用鲜血染红的心是不会变的！想想过去，想想现在，那时的青年人现在也老了，这一次让我到北京城参加政治协商会议，商议创建新中国，我的心情就像一锅开水一样翻腾。这一回可跟瑞金那两次不同了，我们已经统一了全中国。"

火车这时好像也受了车上人的感染，向着目的地飞奔，在辚辚的车轮声中，我望着谭余保，他那久经风霜的脸布满深深的皱纹，我忽然觉得这皱纹不就是巨树的年轮嘛——每一条曲线都凝聚着血与泪，这是多么深刻的历史的年轮呀！他的回忆给我很大冲击。北京——这是生我养我的地方，我多少次去，多少次来，可是这一次来，却别有一种深沉的心情。就在这时，汽笛长鸣，到了前门东侧的古老的北京火车站。

车一停下，一阵欢声笑语迎面扑来，我们走下车后，好一阵热闹的握手、交谈，处处洋溢着节日的气氛。走到车站前广场上，已经有汽车迎接，我和苏静、潘梓年、欧阳山同车，不久，驶入覆盖着碧绿浓荫的东交民巷，来到我们的住地——六国饭店。

北京的九月正是金秋时节。正像我在前面已经说过的一样，我最喜爱秋天，秋天是我创作力最旺盛的时候，在六国饭店一住下来，我的创作冲动就不可遏止地升腾起来。我这里需要补充说明一下，我从湘西前线回来的路上已经形成《火光在前》的构思，就像孕妇临产一样，当我在武汉住在法国公寓那白色的单元里时，我要写却怎样也写不出，我就想，到北京再写吧。在等待出发的时间里，那种酷热真是怕人，就是一股火那么烧，既没有一丝风，也没有一滴雨，整个空气凝固得随时都要爆炸似的。我无法忍受，就想在澡盆里泡一泡，谁知水龙头里放出来的水竟也是热的。可是写作真是一件奇妙的事，灵感、幻想、想象交织起来，时隐时现——啊！是多么愉快的日子啊！一天早晨，我在厅房的书桌上，写出了《火光在前》的开端，我整个心灵里充满了安详而又热烈的写作欲望，我几乎忘掉了炎热，下午，在洗澡间旁边那个小房间里，就着一张褐黄色槲木小桌，又写了一千字。第二天整天，从早晨到夜晚都沉浸在写作中。中间骤然从江上吹来狂风暴雨，雨暴烈地拍打着窗子，窗玻璃上雨水如注，人就如同在水晶宫中一样－也许是由于我的性格，我不喜欢缠绵的细雨，喜欢猛烈的暴雨……我秉笔直书，写到梁宾回家探母，不由自主伏在手背上哭了。夜间，在台灯下写完了第二章，我缓缓放下笔——我不但不愉快而且感到苦恼……我站在阳台上，望着滔滔长江，吹着雨后的清风，可是，我苦恼，苦恼，我深感自己艺术表现能力不足，不能达到我预期的目的，写作起来，一个人完全受着创作的支配，有欣喜，但更多的是痛苦……哪里晓得睡了一夜，次日从平静中来了一个突破，突破难过的一关，真是意外的收获。我一下子从烦乱如麻的矛盾、冲突中抓到了一个线索，把作品的思想意义明确地突出出来。这一夜，我一直写到十二点钟以后还不忍搁笔，多么难得的愉悦，多么难得的创作情绪呀！就这样，我带着未完成的手稿来到北京，一静下来，我又按捺不住创作冲动了。

正因为如此，发生了一点小问题。

我整日不言不语，埋头写作，使得同屋人感到拘束。

这消息传到苏静那里，他就十分慷慨地要我搬到他的房间里住。那是一个有两张床的大房间，墙壁下有一张很好的书桌，为了不耽搁白日的活动，我下半夜起来写。为了不妨碍苏静的睡眠，我光着脚，蹑手蹑脚地起床，用一张报纸遮住台灯，我就埋头在那一块小小的光圈里……我屏住呼吸，不出一点声响，但我心里热血沸腾，脑子敏捷，火花频频闪现，我把我的全部感情和那在骄阳、暴雨、泥泞中挣扎的人融在一道，一齐宣泄出来。就这样，我终于把草稿写完了。

苏静出去了，我一个人望着台灯，心像黑夜中莹莹的火光一样，兴奋、愉快、幸福——但又有一点淡淡的失落感……我走到窗前站下来，正在这时，我忽然听到从楼下传来一阵低缓的女声歌唱，开始我有点吃惊，待仔细听时，我听到：

我的家在东北松花江上，

那里有森林煤矿，

还有那满山遍野的大豆高粱。

这时，我猛然醒悟，原来这一天是九月十八日。

正好，在这一个值得纪念的悲惨的一天，我写完了我的草稿。等到唱到：

……

爹娘啊！爹娘啊！

什么时候才能欢聚在一堂。

……

我无法抑制，眼泪沿着面颊流了下来。

九月二十一日，这人类历史上伟大而光辉的日子来临了。

这是全世界劳动人民心愿所寄托的一天呀！

近一个世纪之前，马克思说："在中国爆发了愤怒的烈火，一切关于和平友好的声明都未必能扑灭这股烈火。"

在这之后，时隔不到两个月，恩格斯说："过不了多少年，我们就会看到世界上最古老的帝国做垂死的挣扎，同时我们也会看到整个亚洲新纪元的曙光。"

进入二十世纪十三个年头，列宁又以极其敏锐的眼光做出预见，对东方寄托了殷切的期望，他说："亚洲的觉醒和欧洲先进无产阶级夺取政权的斗争的展开，标志着二十世纪初所揭开的全世界历史的一个新的阶段。"

如果说这些预言还只是黎明前的宣告，而现在，经过几十年搏斗，预言变为现实的时刻到来了。

下午七点开会。六时，我和苏静、韩先楚坐一辆车，迎着西下的明亮的阳光，向政治协商会议会场出发。中南海西门上面飘着红旗，悬着红灯，进门北面就是怀仁堂，这时乐队不停地奏出嘹亮的乐章，一群一群代表正在拥入会场。我们是双号，从东侧入场。在门口检验证件、签名报到后，就有一个服务员领着我们一直走到各自座位上。军队代表在东面，我的座位是第七排一一〇号。这是我第一次踏进这一神圣的殿堂，我坐下来，环顾了一下会场，雕梁画栋、彩绘斑斓，既华丽又庄严。主席台正面悬着政协的会徽，这会徽设计得庄重典雅，外圈下面是金黄色的麦穗，顶上是蓝色的齿轮，中间下部是半个白色的地球，十分鲜艳地突出红色的中国地图，地球上面展开四面红旗，豆青色的底上有金色细线辐射开去，光芒四射，上有"一九四九"四个字，顶部有一颗红星，会徽两旁，一面是孙中山像，一面是毛泽东像，台上摆满了盛开的姹紫嫣红的鲜花。我正在端详，会场上突然爆发出极其热烈的掌声，我一看，原来毛主席走来了，他穿着一身深黑色的制服，戴一顶深黑色的帽子，大方、朴素，显示出他作为一个普通劳动者的魅力和风度，他跨着大步，缓缓走进会场。我看看手表，六点五十分，真准。刹那间水银灯霍然闪亮，像无数道阳光都集中在毛主席身上。毛主席以其特有的从容，两眼注视着前方，见很多人一面鼓掌，一面起立，他脸上漾出温暖的微笑，手举到帽檐上向大家敬礼，然后，他缓缓走到第一排一号座位上坐下，掌声还在继续，继续延长……它反映出人心的欢乐，民心的欢乐，整个中国的天空和大地的欢乐……

毛主席又站起来，转过身面向会场，向大家招手致意。掌声才渐渐稀落、停止。

乐声停止，

鸦雀无声。

整七点，中国人民政治协商会议第一届全体会议开幕了。开幕前，周恩来先走上主席台，代表筹备会作报告。

就在他的报告当中有一件悲恸人心的事发生了。

当他报告了各方面代表人数之后，我觉得他稍稍沉默了一下，他那素来清晰的声音有一点喑哑，他说：

"不能出席的，杨杰代表在途经香港时被暗杀了……"

这一天会议上，中国共产党代表团提出临时动议，发出唁电。

中国国民党革命委员会公鉴：

惊闻杨杰将军在由滇经港来平出席中国人民政治协商会议的途中，惨遭国民党匪帮用最卑劣的手段加以暗杀。本会议全体同人，无不痛悼！杨

杰将军多年来为民主事业奋斗，久为反动派所深忌，于今惊遭惨祸；本会
议全体同人，除一致决议向贵会表示哀悼外，深信杨将军的死，将会更加
激励全国人民，一致努力，把革命进行到底，彻底消灭国民党反动派及其
主子美帝国主义在中国的最后残余统治，建设崭新的中国，以慰先烈，而
安生者。谨电致唁。

中国人民政治协商会议第一届全体会议

所有的人含着悲愤、含着眼泪举手通过这一唁电，谁又能说我们欢乐中没
有悲哀？谁又能说悲哀不使得我们的欢乐更加深沉？谁又能想得到这一欢乐的
庆典，却以一个悲剧作为开端？

周恩来随即提议的主席团名单获得通过。会议在军乐声中隆重地开始了。
主席团陆续走上主席台就座。第一天会议执行主席为毛泽东、朱德、李济深、
沈钧儒、郭沫若。由朱德主持大会进程。

全体起立默哀，会场一点声音都没有，但我听到一个声音，那就是我的心
灵的声音。

它是在欢笑？

它是在哭泣？

不，它在沉思。

在这以前，我在这部《心灵的历程》中写的一切苦难、辛酸不是在消失，
而是在凝聚，作为奴隶的那一页，受着"中国人与狗不得人"的耻辱，坐穿牢
底，战死沙场，这一切并不会因为这一刻的欢乐而黯然失色，而是更加鲜明发
亮，像一团火，像一团血。这就是中国人的心。

当朱德宣布：中国人民政协筹备会主席、中国共产党中央委员会主席致开
幕词时，毛主席缓缓向麦克风走去。

刚才我讲了我的心灵，可是我无法知道这个巨人的心灵。

在那默哀的三分钟里，他想到什么呢？也许什么都没想？

我注意到，他走向麦克风时神情凝重。

我觉得他走向麦克风的几十步，这么短的距离，就像走过二万五千里长征，
可是他何止走过二万五千里？为了中国人民有今天，他历经风霜、战火，他走
过何止几十个二万五千里、几百个二万五千里？正是从那一步一步脚步中，他

打开黑暗中国的闸门。有一点我是明白的，从他致开幕词时，那十分激越的声音中，我感受到他感情的波澜是多么壮阔，如同他的诗词，他的讲话具有一种文学的魅力，燃烧着大家的灵魂。整个会场静得很，只有一个声音，一个带有湖南乡音的声音，那样洪亮，那样坚定。使我最激动的，是他讲道："诸位代表先生们：我们有一个共同的感觉，这就是我们的工作将写在人类历史上，它将表明：占人类总数四分之一的中国人从此站立起来了。……让那些内外反动派在我们面前发抖吧，让他们去说我们这也不行那也不行吧，中国人民的不屈不挠的努力必将稳步地达到自己的目的。……"他的讲话不断地被热烈的掌声所打断，当他一只手拿着讲演稿，另一只手臂高高扬起，高呼："在人民解放战争和人民革命中牺牲的人民英雄们永垂不朽！……"时，我的眼睛一下充满泪水，这不就是他默哀三分钟时心灵的宣泄吗？！这不是场上每一个人的心灵的宣泄吗？！……我看到一个农民老母亲，泪流满面，泣不成声。正是这燃起中国革命火种的人，在会议一开始，就掀起一个热潮，一个高峰。

第一天会议上讲话的有刘少奇、宋庆龄、何香凝、张澜、高岗、陈毅、黄炎培、李立三、赛福鼎、张治中、程潜、司徒美堂。

陈毅的讲话最短，只有三百三十九个字，但得到的掌声最多，难道需要更多的语言吗？正是这个解放军，他仪表堂堂、志气昂扬地往那里一站，传来正在前线泥水中进军鏖战的每个战士的心声，而掌声也立刻从会场上飞出，向每一个战士的心上飞去。

当端庄、娴雅、文静的宋庆龄走向麦克风，会场上立刻响起旋风一样的掌声，她十分从容地轻轻戴上眼镜，从她那温柔而轻细的语言中，一下闪耀出极刚强、坚定的信念，她说："那么，在国际战线上，这人民胜利的进军又是什么意义呢？中国人民的成就，已经把整个世界的形势改变了。反动势力如果挑起第三次世界大战，唯一结果，就是他们本身的灭亡。这种力量是不能毁灭的，它比之帝国主义的庞大军事力量要大过无数倍。这种力量是未来世界安全的核心，它是从世界和平力量的团结所产生的。

"中国人民大众在革命斗争中已经和世界各人民政府，及人民力量完全结合在一起了。这种力量的结合，已经改变了历史的均衡。

"这是以工人、农民和知识分子为主体的世界亿万人民的伟大力量。让我们献身于阻止文明毁灭的斗争，用每一分力量，保证全世界每一个人都能得到生活上应有的享受。这是说，直到每一间茅舍重建成适当的住屋，大地上的产品能自由流通，工厂的利润获得合理的分配，家庭中的医药保育都由社会供给，我们的工作决不停止。当每个人不分种族、肤色、信仰与居住区域，都能同样获得这些必需品，我们才算达到了目的，这是新中国与新世界的一个号召……"

这是多么巨大而温暖的爱人之心呀！

您，孙中山亲密的战友。

在恶风浊浪中您坚贞不屈，亭亭玉立。

在几十年沧桑变幻中，您一直勇往直前。

您像水晶一样透明、坚贞。

您是德拉克罗瓦那幅油画里举着旗帜为了自由引导人民前进的圣女。

您比雪洁白。

您比火圣洁。

您的话柔言细语，却锋利如剑，响彻寰宇，把我们这个会场和全世界各个地方、各个角落的人民联系起来。我相信，这一刻人们从欧洲、从美洲、从亚洲、从非洲，都在聚神凝目仔细谛听着您的语言——发自中国的语言，母亲会忍着没有乳汁而流下的泪水，婴儿忍着饥馑睁大眼睛。您的心胸如此博大，您的神魄如此动人，正是您从这里向他们投去了一线光明。会场上多少人沉醉在您给予的温暖之中。中国人民怎能不为了您，您在这神圣讲坛上发出神圣的语言而感到无比的自豪。正如后来丁玲所说："有人说上帝造人，但上帝能造出您这样美丽的灵魂吗？"

毛主席坐在他的座位上，他非常虔诚、认真地听着每一个人的每一句话，他不断地带头鼓掌。

我忽然听到穹顶上有噼里啪啦的雨点声，而后，惊雷、暴雨隆隆而过，好像天神也在这决定人类历史的伟大转折时刻，对我们的掌声做出热烈的合奏共鸣。

第一天会议进行到夜间十一时。

锵然一声，乐队奏出《团结就是力量》的乐曲，我们络绎不绝地步出怀仁堂的大门，我们的汽车就停在右侧那个青铜狮附近，很快开出中南海大门。当我们在长安大街行驶时，雨后长街，静无一人，一辆汽车接着一辆汽车，向前望去，红色的尾灯在湿润的地面上拉成一条长长的红线，它曲折、扭动，像从天上落下来的无数道彩虹。

## 一三七　太阳从中国大地上升起（二）

如果说创世纪，应该说这一工程从井冈山就开始了，在那以后的年代里处处都留下了创世者的脚印。但，最后完成这一个创世的工程应该说是从政协开幕这一天开始的。

从第二天起，毛主席坐回到第一排一号位置上，他的面前有一个大的白色搪瓷缸，一个每位代表都有的文件袋，一包香烟，在一沓文件上放着一只火柴盒。第三天会议上，下午三点二十五分，刘伯承上台发言，由于他所指挥的大军这时正在大西南奋勇作战，歼灭国民党匪帮最后顽敌，当主持会议的刘少奇宣布他的名字，当他从他的座位上一立起来，就爆发了热烈的掌声，这掌声伴随他一步一步走上讲台，站在麦克风前，他向全体代表致以来自辽阔无边的战线上来的敬礼。他一下把我从会场引到遥远的远方，又一下从遥远的远方回到这里。我想到那炎日、暴雨、泥泞，我两眼注视着这位元戎，他从辛亥革命起就为了创建新中国而转战，置身水火，饱经沧桑，在火线上他失去一只眼睛，但是他剩下的一只眼睛更加观微测隐，洞察秋毫。早在国民党统治时代，他就被公认为全国几大军事家之一。他的敬礼，引起更剧烈的掌声。但他站在那里，那样纯朴、自然、镇定，像一个普通的农民，他的讲话也只有几百个字，但不断为掌声打断。最后，他微微鞠了一躬。当他讲话时，毛主席上身向后微仰，凝眉注目，以欣赏、称赞的心情，连连鼓掌，当刘伯承走下台来，从毛主席跟前经过时，毛主席对他点头致谢，他微微一笑，回到自己的座位上。

第三天，会议休息时，毛主席走到怀仁堂后院，那是一个葱茏浓碧的花园。他一个人在阳光下悠闲而自在地缓缓散步，他的脸色有如清明霁月，看来他是满意、愉悦的。一个声音打断了他的思路，周恩来迈着轻快的脚步向他走来：

"主席！跟战斗英雄们合个影吧？"

毛主席一招手说："好好，请他们来。"

几位战斗英雄便一道向毛主席走过去。

嚓嚓，嚓嚓，一阵照相机按快门的声音。

开会的铃声也就在这时响起来了。

有一次休息时，毛主席还微微摇着两臂，走到张治中席位上去，坐下来，跟张治中头挨着头款款交谈。在工人献旗献花时，这个工人阶级的儿子、工人阶级的领袖，昂然站立起来，浓黑的长发向后披着，慈眉善目、满面笑容，他高高举起两手向台上鼓掌。特别感人的是，大会的第四天，梅兰芳发言后，执行主席宣布新疆代表献旗。那是一面红底上绣着金色汉文和维文的锦旗，赛福鼎对着麦克风讲话，忽然讲道："毛主席为我们新疆人民开辟了光明大道，按照我们的民族习惯，要向毛主席献上我们民族的帽子和衣服。"这一句话掀起了波澜壮阔的欢腾的浪潮。毛主席站起来，缓步向台上走去，他站在讲坛的中央，从赛福鼎手上接过黑色绣花的帽子戴在头上，这一动作引起台上台下欢腾的笑声，而后赛福鼎把一件彩色斑斓、闪闪耀目的维吾尔族的长袍披在毛主席身上，毛主席伸手跟新疆代表一一握手，随即转过身来向台下露出笑脸，毛主席这种像一个天真孩子似的、又端庄又和蔼的微笑是很有魅力的，显出他心如明镜，光可鉴人，这笑容立刻把愉快送到每个人心上，引起如雷的掌声，夹杂着欢呼笑语，这是多么感人的一刻呀，会场上形成一个小高潮。坐在后排的为了观看这一场面，很多人呼啦一声跳起来，有的跷足伸首观看，有的干脆离开坐席拥到前面，毛主席这一举动十分合乎人意，顺乎民心，整个会场上每一张脸都变成了一朵盛开的鲜花。有一个人的神情特别引起我的注视，他面孔鲜红，两眼放出奇异的光彩。

这几天都是天气晴和、阳光灿烂。当阳光从会场高头天窗上像探照灯一样照人会场，人们格外高兴。

黄金的收获的季节呀！

这不只是农民刈割庄稼的季节，而且是民族命运升华的收获季节。

我在这里想记录下两个具有特殊意义的讲话：

一个是程潜：

"……本人参加革命四十五年，追随中山先生把满清推翻，不幸随即出现了北洋军阀，造成十余年连续不断的军阀混战与镇压中国人民的局势。最后中山先生目击苏联革命伟大的胜利，深知中国革命必须效法苏联，于民国十三年坚决改组国民党，确立革命的三大政策——'联苏'、'联共'、'扶助农工'——因此，国民党内与中国人民、外与反侵略的苏联相结合，得到广大人民的拥护及国际同情，始能进行北伐，打倒北洋军阀。哪知当时政权竟又落入蒋介石及其反动集团的手里，仍蹈袭北洋军阀故伎，压迫人民，自私自利，这是国民党最可痛心的一桩事。厥后为了全国人民团结抗日，我们忍气吞声不惜和蒋介石合作，幸赖全国人民的伟大力量，把日本帝国主义打倒，蒋介石却贪人民之功以为己有，更趾高气扬，穷凶极恶，撕毁政协决议，发动内战，直到今日，还在负隅顽抗。我们革命的目的，本来不在转换朝代，而是要求社会变质；是要把数千年来的封建专制彻底推翻，把近百年来的帝国主义的压迫根本扫除；但是数十年来努力革命，仍旧免不了仅仅变换形式，尤其是革到最后，居然革出一个独裁的法西斯的蒋介石及其四大家族来。蒋介石的专制横暴，比之满清，比之北洋军阀，甚过万倍，皆有事实证明：蒋介石丢开了日本帝国主义者，又勾结了美帝国主义者；除此而外，蒋介石更增添了培育了一个庞大无比的官僚资本集团，更造成法西斯的特务恐怖统治，真是兆人所指，道路侧目。我们参加了这种所谓'革命'的人，感到非常惭愧，也非常愤慨。……"

一个是傅作义：

"……我今天出席大会，感觉很惭愧，因为在北平和平解放之前，我还是一个反动派的重要负责人。那时候，我还看不清人民意志的方向，还继续和解放军为敌。到东北战事结束时，我才发现戡乱政策的错误，才认识到中共领导的正确。中国共产党和人民解放军，由小而大，如此迅速地发展，就是人民意志表现的标志。我既然发现了自己行为的错误，我就有过必改，敢于大胆地承认错误，立刻猛回头遵从人民的意志，实现北平和平，脱离反动派，走到人民方面来。虽然北平和平有助于革命的进展，虽然我尽一切努力，保全了有几千年文化积累的古城，几百万劳动人民的生命财产，和可能成为人民首都的一切建筑，但我觉得我还是应该对过去反动的内战负责，我并且向解放军请求以战犯罪来惩处我。人民今天宽恕了我，毛主席的宽大政策，不惟不咎既往，而且还让我追随毛主席之后，追随中国共产党各位代表之后，追随人民解放军各位代表之后，追随各民主党派各民主人士代表之后，参加中国人民政治协商会议，我真是既惭愧，又荣幸，更是无限兴奋。……作义这次到绥远时，蒋介石给了我一个'亲切的'电报，说我这次从北平到绥远，正像他当年'西安事变'以后从西安回到南京一样。他说：他当时回到南京以后，由于一念之差，竟铸成今日危亡之大错，所以要我接受他的'教训'，不要自误、误国、误部下。但是我坚决拒绝了他，回到北平来出席政协会议。……"

一个是国民党的元老，

一个是国民党的元戎，

他们的讲话所以博得掌声，我想绝不是由于他们做了历史的见证，更重要的是如百川之趋大海，人心所向，民心所向，在这儿汇合成为广阔而和谐的海洋。

会议继续进行。下午五时，执行主席李德全以十分激动的声音宣布：

"让我报告一个好消息，人民飞机已经凌空而起，即将飞过我们上空，保卫我们的大会！"

她的话音刚落，机群已经隆隆掠空而来，翱翔而去，会场上热烈的掌声与飞机的轰鸣声交织起来响成一片。

正如这霹雳的声音一样，会场上，黄钟大吕，金石铿锵之声，拂天拔地而起，这是中国底层的声音，这是广大人民的声音。一个农村老母亲走上台来，她微微憔悴的面孔上还看得出当年的俊秀，但披向脑后的短发已经苍白了，她穿着一件对襟的黑布上衣，左胸上排列着三枚奖章，黑裤、白鞋，她慢慢走上讲坛。在黑暗中国度过了一生的母亲啊！你以甜蜜的乳汁哺育了大地，你手上没有讲话稿，你只能把你坦白的真心披露给这一个隆重的节日。当她站在麦克风前，是何等朴素。她说：

"我是平原省一个普普通通的农村妇女，今天我很高兴，全国的人民都很高兴……"

这句平平常常的话饱含着农民的心意。

全场向这位中国的母亲鼓掌。

这一刹那，久经风霜的老人眼里闪着一点亮晶晶的泪花。

她说："从前我们农村妇女一辈子压在磨盘下，哪里有我们的站处？哪里有我们的地位？今天，都有了……我站在这里，都有了，这幸福是谁给的，都是毛主席的好领导……"

从地狱、从火坑里跳出来的母亲的心声是颤人的，我看见有的人用手擦眼，我看见有的人热泪盈眶，李秀贞接着说下去：

"饮水不忘掘井人，我们分了田，分了地，我寻思拿什么报答共产党？一九四二年，我送我的儿子参了军，就在头两年，乡政府给我报信……他……他牺牲了。妈妈失去儿子能不伤心吗？可是我一滴眼泪也没掉，我想，我儿子为人民牺牲了，我就更下劲，更积极地工作，做军鞋、碾军米，支援前线……今天我能够对同志们说什么呢？我说全国人民跟着毛主席走，没有一点差错！"

难道有什么能比母亲更忠贞的吗？她那柔软而颤抖的声音传遍会场，使人为之心灵颤动。她停了一下，又说："这几天我吃不下饭，我寻思前线上的孩子能吃得上一口热乎饭吗？……我回到我们村里，要更好地动员老少姊妹们好好生产，支援前线……我们开这个大会不容易啊！这是千千万万人的血汗换来的，我的儿子没有亲眼看见新中国，我做娘的替他看到新中国……"

真诚，真诚，有什么比发自内心的真诚更能撼人肺腑？

李秀贞每一句话都是发自内心的真诚，伤心是真诚的，幸福也是真诚的，她的泪水，她的真诚至深至深地感动了每一个人。

九月二十七日那一天太激动人心了。

正在诞生的新中国，从汹涌的波涛中把大海照得红彤彤的。

一队小天使，穿得那样鲜艳，笑得那样美丽，拥入会场。

一下子，像太阳光芒四射，照亮了每个人的眼睛。

孩子的小手是柔软的，她们有的摇着鲜花，有的敲着腰鼓，她们舞得那样柔曼又那样矫健，她们小小的脚步却引起大地的轰鸣。

鼓声铿铿、咚咚地震响了整个怀仁堂。

孩子们陶醉了。

大人们陶醉了。

这样的苗苗正是我们新世界的未来。

全体都站起来，和着鼓点与步伐鼓掌，掌声骤然一下像火一般炽热起来，毛主席的心灵似乎受到一种极强烈的感染，他站起来向台上走去。啊！多么好的一幅画呀，毛主席一下被孩子们围起，欢呼、呐喊、笑语、喧哗，毛主席在孩子群中其乐陶陶。都是笑脸，只有大孩子和无数小孩子笑脸的区分，我望着，我忽然想起凡·高画的金黄的向日葵，这些孩子的每一张小脸，是一朵向日葵，而毛主席是照亮所有向日葵的红太阳，我感谢我对凡·高的记忆，这记忆使我感到一阵郁郁的芬芳。

接下来，忽然一颗硕大火亮的星腾空而起。

一个披着漆黑短发的女青年，似乎用跳跃的步子走上讲台，我看到她圆圆的面孔上，两道浓眉下，两颗黑眼睛好像两点火星，她的嘴巴半张着，她在笑，她浑身洋溢着一股蓬勃的朝气，她往麦克风前一站，说：

"我是一个青年女工，生在贫苦农民家庭，由于中国广大农村在帝国主义、封建主义、官僚资本主义的压榨下破产了，我没有办法在乡下生活，被迫到上海去，才十二岁，就不得不到工厂去做养成工。十七年来，我先后在英国怡和纱厂、日本内外棉纱厂、国民党官僚资本的中纺一厂做工，像牛马一样过着挨饿受冻的生活，在那整整十七年的漫长岁月里，受尽了各种各样的奴役压迫；苦难是说不完的……"

她一下把工人阶级地狱大门打开了。这里面有多少血泪？多少凄怆？可是她，这个有骨气、有勇气的人，她甩了一下头上的短发说："可是我并没有屈服，尤其是我得到中国共产党的领导之后，我认清了前途，参加了抗日救亡运动，以及工厂内外的各种斗争，反对帝国主义、官僚资本主义对中国工人阶级的压榨与进攻。虽然我们遭受着各种残暴的镇压，被捕坐牢，这并没有把我们吓倒，当时我们坚信，反动派总有一天要完蛋，光明一定要到来……"

范小凤是一个真真正正的新女性，她从血污中过来，但她练就一身正气，这就是我们工人阶级的本色。他们和她们最懂得什么是恨，什么是爱，正是这恨与爱燃烧着她，她睁着水灵灵的发光的眼睛，给会议带来热情、带来希望，她的清脆而响亮的声音提高了、震动了整个神圣的殿堂："现在中国人民政治协商会议宣告旧中国的死亡，新中国诞生了，再也没有对工人的奴役，对青年的迫害，对妇女的侮辱与束缚了。今天我——一个年轻的女工，能够站在中国人民政治协商会议的讲台上来说话，这是五千年来中国历史上没有的事，我感到无上的光荣！这是中国工人的光荣！中国妇女的光荣！中国青年的光荣！中国人民的光荣！……"范小凤这个中国无产阶级的先进的代表人物，她果断、刚强，声声震撼，字字铿锵，她又把会议引向一个新的高潮。

读者们！写到这里我必须说几句话，上面我引了几位代表的发言，经过漫长的数十年之后，多少人已不在人间，就是当年像一棵亭亭玉立的玉兰花的范小凤，我想今天也已是一个老人了。可是，我必须把她的言语记在我的书页之上，我不能挽留岁月，但我要留下这年轻的声音，让她永远年轻，永远响亮。

一个上午，我被通知到勤政殿参加讨论选定国旗。大会分组委员会将我分在宣言起草委员会。关于国旗的讨论，我想我是被特邀参加的。在我年迈的今天，当我每天每天从窗口看见天安门广场上那一面五星红旗迎风招展时，我常常想起勤政殿的那个上午。会场桌上、墙壁上，摆满、挂满了各色国旗设计图案，真是五颜六色、琳琅满目。制定国旗是一个非常隆重的事件，因为一旦决定之后，它就是我们国家的灵魂和象征，悠扬飘荡，万古千秋。它不但在国内，而且在世界上都将引起千人注目，万人欢呼。国旗是公开登报征求的，收到应征稿件一千九百二十件，现在展现在大家面前的，是经过评选委员会初步筛选出来的，也有百幅之多。经过讨论、选择，大家都瞩目于一幅在红色旗面的三分之一处横贯一黄色长条，一颗五角星位于左上角。红色象征革命，五角星象征共产党领导的联合政权，黄色长条代表中华民族发祥地黄河。后来送到会议主席团常务委员会，毛主席选中了的却不是我们所推崇的那一面，而是这庄严、美丽的五星红旗。

九月下旬，北京的秋天渐渐有些凉意了，毛主席有时穿了藏青的夹大衣。

有一天，在休息室里，我和丁玲坐在一道，她告诉我：以法捷耶夫为首的一个苏联代表团两三天内就要来到北京。我们都为这个消息而高兴。她还告诉我，十月二日将举行世界和平斗争日，苏联还派来一个红军歌舞团。真是令人振奋。中国、苏联，世界上两个红色的巨人握起手来了。美国作家约翰·里德曾为十月革命写了一部《震撼世界的十日》，我想，我们在北京创造新中国的这些日子，不是也应该写一部新的《震撼世界的十日》吗？我一点灵感的触动，竟在我心灵中萦回了几十年，在我晚年的时候，才写出长篇小说《第二个太阳》。其实，这个长篇小说的雏形在那次会议上已经形成了，那就是《火光在前》。当时决定出版我们新中国的第一个文学刊物《人民文学》，由茅盾主编，茅盾请何其芳来约我一定给创刊号写一篇小说，我告诉他我写了一个中篇小说的初稿，我没把握，不知能否适用？这倒不是我有意谦虚，的确，那时我还没有决心将这部稿子仓促送出。其芳是一个很认真的人，接连几次催稿，于是我每天下半夜起床，在静悄悄的台灯下进行整理、修改、抄稿的工作。大会中间，有一个休息日，我记得那是十分晴朗的一天，大家都利用这个空闲纷纷出去活动，苏静不知道到哪里去了，我便一个人关在屋里，抄写《火光在前》。这在南方泥泞中诞生、在火热的武汉开笔的小说，毫无疑问地带有浓郁的南下作战的苦难与豪情，在整理当中还不断激动着我，有时我噙着眼泪几乎不能动笔。但是休息这天，我还是不得安宁，一会儿是张轸跑来要我帮他推敲发言稿，一会儿又来电话通知下午罗荣桓请吃饭。我看看手表，也很想轻松一下，便锁上门，一口气跑到东总布胡同二十二号找丁玲。我跟她说我是来吃午饭的，她有点惊奇地说你们六国饭店饭还不好吃？我说我还想吃你的湖南菜。丁玲不但做得一手非常好的湖南菜，而且她做菜就像制作艺术品一样，津津有味，兴趣甚浓。她那里经常有些湖南小菜，我在饭店吃饭吃腻了，很想到她那里开开胃口。果然，在她这儿吃了一餐又简单又可口的饭。我告诉丁玲，我正赶着写东西，总有人来打断，我是到这里来避难的，想轻松一下。的确，整个会议过程中，我从未到别人那里去过，总是去找丁玲，我们之间有很深的友谊，丁玲也是个十分热情的人。这些日子，在会场、在饭店总是在紧张中度过，只有到了丁玲那家庭气氛很浓的屋子里，我才感到舒畅。跑回六国饭店，我又动手写作。晚间的宴会不能不去，很有意思的是，在席间结识了陈明仁。我们谈到东北战争中的事。他在长沙的起义，已经表明了他鲜明的立场，过去的敌人，现在的朋友，他也没有什么顾忌，津津有味地谈起那些往事，我们都还有历历在目之感。我跟他说，在四平夏季攻势中，我从头到尾都在前线，他说："让你们受苦了！"我说："你也很苦呀！"

晚餐后，他们都一窝蜂跑去看晚会了，这对我当然是大好时机，我一个人回到六国饭店，埋头灯下，从夜间八点到十二点，这一天我把《火光在前》的前三章整理出来，每当这时，我便觉得充实、愉快。九月二十八日，大会又有一天休息，各个代表团酝酿选举名单，会开了一会儿就结束了。我便连忙跑回屋里，埋头写作。这一天，我几乎把全部生命都扑在上面。我的奋斗终于取得了有效的成果，夜深十二时，我把《火光在前》全部整理出来了。

会议上，华侨代表献旗献花，又引起一阵浪潮。

他们从日本、从朝鲜、从缅甸、从美国跋涉而来，他们带来海外一片赤子之心。他们的到来使毛主席很受感动——从他的神态上看得出，他微敛双眉，凝眸注视，仔细谛听着他们的讲话。一个远从旧金山来的华侨说："……我们身在异邦，心怀祖国，时时刻刻希望着祖国早一天独立、统一、富强，我们在外国也好不再受人蔑视，挺起胸膛，现在，我们的愿望终于实现了，新中国终于诞生了。我们带来遥远的祝贺，今后，我们要为了打倒帝国主义，为了建设新中国贡献我们的力量……"我感觉到毛主席的心在发热，他眼中露出一种有点凄然的神色，这凄然中又夹带着关怀。他深知他们的苦难，他仿佛在这一时刻看到每一个远方游子泪眼婆娑。是的，他在接受着从全世界各个角度送来的温暖和希望，他好像在说：请你们回去告诉大家吧，我们不会辜负你们的……

这时从我心灵深处，不期而然浮现出古人两句诗：

洛阳亲友如相问，一片冰心在玉壶。

是的，比一切欢乐更纯真、更宁静、更温馨的，不就是我们的一片冰心吗？这样想时，我甚至觉得这就是毛主席心灵的憧憬。

## 一三八　太阳从中国大地上升起（三）

中国这个巨人的脊梁上背着整个地球。

他冒着狂风暴雪，在险峻陡峭的道路上攀登全世界最高的珠穆朗玛峰巅。

它，是整个世界的制高点，从那儿可以说：人间天上，一览无余。

只有中国人拥有这个神奇而奥妙的制高点，这是我们中国人的骄傲。

可是向那儿攀登，虽然是壮丽的，但同时也是艰难的。

不论是中国的女娲补天，

还是《圣经》里的创世纪，

从我们现在正进行的庄严的工作来说，那些不过都是虚无缥缈的妄说与幻想而已。

但现在，我们跨上了攀登珠穆朗玛峰的最后一步。

会议的日程进行到最后一天。

我们要通过选举中国人民政治协商会议全国委员会、选举中央人民政府主席、副主席及全体委员，最后铸成红玛瑙一样鲜红、透明的新中国，它将向全世界发出永远不熄的熠熠闪光。这是多么隆重的一天，人心都热得发烫了。当候选人名单发到每人手上时，我拿着这一张票，觉得心神有点战悚，我想起陶铸那句话："你不是你一个人，你是代表无数生者和死者去投那神圣的票的。"是的，这就是这神圣的一票。我的座位离毛主席很近，我看到毛主席在他的一号座位上，他推开大搪瓷茶缸、香烟包、火柴盒，铺开粉红色的名单，聚神凝目，一丝不苟地一笔一画地在每一个人的名字上做出记号。全场气氛十分严肃，整个怀仁堂里非常肃静，只听到钢笔在纸上发出嘶嘶的声音，那样轻细，那样柔和。我忽然停住了拿着钢笔的手。一股热浪推上我的心头，难道这只是凭着我个人的意志，写下这一张选票吗？不，此时此刻，大江南北，黄河上下，所有的人都屏息静气，把眼光凝注在我的脸上。刹那间，我觉得我的笔有千斤之重，在我没有觉得的时候，一滴泪水落在选举票上，使我大吃一惊，心慌得怦怦跳起来，还好，泪水落在选票下端，没有濡湿我的笔迹，否则这将是一张废票，我会成为千古罪人。我连忙把心收拢回来，写完我的选票。

四点十分，大会副秘书长余心清在台上宣布开始投票。

所有聚光灯霍然之间从四面八方向各个投票箱所在处投射过来，照得银晃晃一片雪亮。毛主席头一个站起他那伟岸的身躯，他一手拿着选票，缓慢、庄重地向设在台前的第一号红色票箱走去，他走到票箱前，用两只手捏着选票，恭恭敬敬地将它投入票箱，又是一阵掌声像雷一般震响起来。随后一排排一行行，人们络绎不绝地向前走去。

我们所在的会场，东半边，第一个投票的是朱德，他头戴军帽，佩着中国人民解放军的胸章，他小心谨慎，戴了一副老花眼镜，向票箱弯下身去。我在四点十五分走向设在讲台前东侧、也就是解放军代表坐席前面的第十号票箱。将票投入票箱箱口那一刹那，我觉得整个心忽然发亮起来，我将票稳妥地送入箱内，感到完成庄严任务的轻松。全场都在蠕蠕而动，顺序渐进，像转一个圆圈一样。等到旋转完毕，全场安静下来，周恩来走到麦克风前，代表主席团提出在天安门正阳门之间，建立纪念碑的建议。

这就是现在我们日日夜夜守着的矗立在天安门广场的洁白的、神圣的人民英雄纪念碑。然后周恩来宣读了碑文，立刻得到全体通过，接着又提议在举行奠基典礼时，由毛泽东代表全体宣读碑文，也由会议决议通过。

由于聚光灯强烈的照射，由于这是最关键的一天，担任大会司仪的余心清，一次一次走上台、走下台，不断通过麦克风调度会场一切活动，他严谨、认真、聚精会神，保证了会场上纹丝不乱，秩序井然，可是他太累了，最后他宣布：

"请各位代表即刻出发去参加纪念碑典礼！"等他转身向台下走时，我看到他后背衣服已经给汗水湿得黑成一片。

会场上一阵骚动，纷纷起来向外走。可是，我不能去，因为我是监票人，得监视计算选票。如果我不能去，这将是多么大的遗憾，终生无以补救。眼看会场已经空了，怎么办？刚好，我同洪深分在一个组，他也非常想去，于是我们急中生智，商议了一下说："我们催咱们组的计票人快一点，也许还赶得上。"在我们的鼓动之下，我们那一组的年轻人，一面急急查票，一面用笔计算，很快就计算出了结果。我们感谢她们，她们报我们以微笑。于是，我的心里落下了一块石头，我和洪深签了字后，马上车转身向外走，幸好门前广场上还停有几辆公用汽车。我们立刻跳上一辆，不容分说，就让司机往天安门疾奔。我看看手表已经六点，真是心急如焚，就在这时，我看到一种景象，听到一种声音，原来代表们乘的车队排得很长、很长，落在后尾的汽车还在大街上拥挤不动。大街两旁站满人群，他们纷纷向我们招手欢呼。人同此心，心同此理，这是多么兴奋的、愉快的时刻呀！我摇下车窗，伸出手去不停地向人群招手，我们那司机显然也在十分昂奋之中，这个年轻人眼看着车队都向天安门出发，而他却停在怀仁堂门前着急，看来，他也不愿失去那庄严隆重的机会。广场的红墙下，几百辆汽车停在那里。车没停稳，我和洪深已从两边门上一跃而下。这时已是黄昏，暮霭像烟雾一般笼罩在空中，天安门上灯光明亮，灯光照耀下的红旗格外美丽。我从小就熟悉的这荒凉而又伟大的广场呀，你第一次承受了崭新的历史的足迹。这时广场上黑压压一片人群，我和洪深都算是彪形大汉，挤到举行奠基典礼的中心。刚刚站定，就听到空中响起神圣而又哀婉的乐声，摄影机镁光灯像露水一样倏忽倏忽地急急闪动，在十分严肃的气氛中，我听到周恩来口音清晰、吐字准确的声音，他说：

"我们中国人民政治协商会议第一届全体会议为号召人民纪念死者，鼓舞生者，特决定在中华人民共和国首都北京建立一个为国牺牲的人民英雄纪念碑。现在，一九四九年九月三十日，我们全体代表在天安门外举行这个纪念碑的奠基典礼。"

他的话音一落，人们都静默志哀。我在那一刹那向天空瞥了一眼，我看见天上最后一团红云凝聚在那里，像天神用充满血泪的眼睛凝注着人间，凝注着我们这个地方。我脱帽低头，一片浓浓的鲜红的血从我心灵深处慢慢流过，天上的红云与心头的红血凝为一体。这时我看到毛主席向麦克风前走去，他穿着一身普通的布制服，戴着一顶普通的布制帽，他两手执着写有碑文的一张纸，声音低沉，有一点微微的颤抖：

三年以来，在人民解放战争和人民革命中牺牲的人民英雄们永垂不朽！

三十年以来，在人民解放战争和人民革命中牺牲的人民英雄们永垂不朽！

由此上溯到一千八百四十年，从那时起，为了反对内外敌人，争取民族独立和人民自由幸福，在历次斗争中牺牲的人民英雄们永垂不朽！

在他诵读过程中，我听到我周围一片低低的唏嘘声。天安门！你给日本坦克碾出像蛇一样扭曲的血的印痕还啮疼着我的心灵，而今天，就在这同一地方我们做着皇天后土为之动情、子孙后代不能忘记的业绩。这时我想到北国的冰雪酷寒，南天的骄阳烈日，我亲眼看到多少战友默默倒在我的身边……一刹那间，曹纬那英勇的面容，急匆匆闪动的两只圆眼出现在我的眼前，我再也忍不住，眼泪终于夺眶而出。让我的心灵里淤积的悲哀与痛苦全部宣泄而出吧！一阵声音痛楚地刺伤了我的心，这是什么？恍然之间，我听出这是铁锹铲土奠基的声音——这不是我曾经听到过的在战场上掩埋遗尸的那种声音吗？我想到历史，我想到祖先，那一切一切，在亡国灭种的灾难中死去的人们呀！你们闭上死去时睁着的双眼吧！今天，你们早已冻得僵硬的灵魂可以感到最后的一丝温暖了。当我坐在车上转回中南海的路上，我的两颊上一直濡湿的，我无法抑止，我也无权抑止。我深沉地思索着：难道这一刻，我们只是掩埋过去吗？不，更有决定意义的是我们在开掘未来……

一个人世间最珍贵的时刻，人类发展史中只有这么唯一一次的珍贵的时刻，在前面等待着我们。

我像受了一次沉哀的洗礼，一回到怀仁堂会场，我的灵魂得到了升华。灯光如此辉煌、美丽，好像一下把宇宙间的一切光亮都凝聚到这儿来了。我亲身参与创造的新世纪就将诞生了。马克思、恩格斯、列宁的黎明的预言，就要变为现实。

七点三十分，执行主席刘少奇按铃、开会，随即宣布了选举结果，当宣布到："毛泽东以五百五十七票当选中华人民共和国中央人民政府主席。"

779

轰天震地的雷声爆炸了，全体代表都站了起来，一面鼓掌，一面欢呼："毛主席万岁！""毛主席万岁！"大海巨涛，旋卷沸腾，乐队立刻奏起："东方红，太阳升，中国出了个毛泽东……"是的，素来黑暗沉沉的东方，终于闪出耀眼的红光，太阳随之冉冉升起，不过，这红光、这太阳不是从茫茫宇宙中，而是从中国大地上升腾而起，历史在这里翻开了一个新的篇章，世界格局在这儿形成了一个伟大的转折。在欢腾无比的热烈气氛中，毛主席巍然站在人海之中，他垂手正立，脸上露出非常严肃的神情，他的紧闭的嘴巴，凝然向前注视的目光，体现出坚强、毅力、果决。是的，他接受的不只是会场上的掌声与欢呼，正是这一刻，他的双肩承担起中国人民、全世界劳动人民，以及所有爱好和平的人民的命运，这一个沉重而巨大的重担。

接着宣布：

朱德、刘少奇、宋庆龄、李济深、张澜、高岗六位副主席。

至此，大会执行主席宣布主席团的工作结束，下面请新选出的中央人民政府主席、副主席主持大会的闭幕式。毛主席首先走上主席台，全体起立，热烈鼓掌，而后主席、副主席一起站在主席台上。宋庆龄在毛主席的左面，朱德在毛主席的右面。

毛主席站了好一阵，等候热浪平息，但热浪奔腾不止，他终于提高声音宣布："中国人民政治协商会议第一届大会已经圆满成功，现在请朱德副主席致闭幕词。"

当朱德走向台口上的麦克风前，戴起老花眼镜，宣读闭幕词，会场才暂时宁静下来。当他宣读完毕，毛主席站起来正要宣布散会时，一个梦幻般的奇迹出现了：

庄严的讲台上发生了一个巨大的变化，就在他身后的帷幕上，呼啦啦展开一面巨大的五星红旗。这是经过全体代表决议通过、从而在中国大地上展开的第一面五星红旗。它那样庄严、美丽，从这一刻起，它便是我们伟大国家神圣灵魂的象征了。从那以后，它在蓝天下、红日中飘扬在天安门广场上空，同时也飘扬在每一个人的心里。毛主席他们就座之后，毛主席刚要开口，暴风雨般的欢呼、鼓掌又升腾而起，达到整个会议过程中最热烈的高峰。让我们的声音震响全中国，震响全世界吧！让那些看到我们站立起来而喜悦的人欢腾吧！让那些看到我们站立起来而恐惧的人发抖吧！不管人们怎样对待，这一巨大事实是无法回避的——华盛顿的白宫，伦敦的唐宁街，哪怕闭起两眼，捂起双耳，你也无法看不见我们这一刻的阳光，听不见我们这一刻的雷鸣，我们挥动双臂，奋力欢呼。

这一切一切，说明殖民主义的锁链决然地、永远地断裂了。这一片光明而神圣的土地上，人不再是奴隶，人终于成了人，人终于成了主人，而且把他们的精力凝聚成为一种强大的力量。在这以后多少年内，西方反动势力，一次又一次，不论是武装的侵略还是和平演变，都没有能够逆转这一伟大的潮流，长江与黄河，不但在我们大地上，而且在我们灵魂中滔滔不息，亘古向前。

毛主席等待着，他一任人们把饱满的感情宣泄出来。伟大的领袖在于深知人们的心灵，他知道他需要做的事就是一任这种感情的迸发震天动地。但时间终于到来了。他毅然决然说出"散会"两个字，于是，最高最高的一次沸腾腾空而起，呼啸而起。

就在这欢腾之夜，在怀仁堂里举行了盛大的庆祝宴会，庆祝新中国的诞生。毛主席高高举起一只手臂，擎着一只酒杯。在整个创造新世纪的过程中，他的风度，他的气魄，是具有无穷魅力的。现在，他要为今夜画一个句点，为明天画一个冒号。他那发自内心深处的洪亮的声音震响了整个大厅，他向全体代表敬酒，自己一饮而尽。狂欢的时刻开始了，整个大厅一片沸腾。人们谈笑风生，相互敬酒。我和三位将军坐在一席，在我们相互干杯之后，罗瑞卿用他那永远像咬住钢铁一样的声音跟我说：

"你还记得吧，军事调处执行部时期，咱们在北京饭店开会，还要把水龙头打开呢！……"

人海沧桑，变幻无穷，他这话是很有深意的。

我在延安时期就认识了罗瑞卿，他当时是抗大的副校长。从红军时起，人们都管他叫"罗长子"，因为他身材高大，由于颊部负过伤，他讲话吐字十分艰涩，但正是如此，增加了他作为军人的刚断的特色。他的确是一个典型的军人，他有一个神情永远留在我的脑际，就是微微皱起眉峰，发出咬断钢铁的刚毅果断的声音。在军调处执行部时期，他穿着黄呢子军装，扎着武装带，十分威武。往事的回忆更增加了今日的热情，在那一场宴会之中，我们那一桌喝干了四瓶白酒。我年轻时酒量很大，但也觉得有点醺醺然了。散会后，我向门口走去，在一张桌旁，碰到丁玲，又喝了一杯。但是今夕何夕，兴岂能尽，于是我们又拥到丁玲家，又喝了几杯白酒，这时我们每个人的面孔都泛起红晕，我觉得头晕，但是我们心中都有说不完的话，那是一场情深而意长的谈话。现在我虽然想不起我们都说了什么，但两眼都是向着前方。那时在我们各自面前展开了多么遥远、多么光明的前程。我说我准备立刻回到战争中去。我跟丁玲谈到进军澧县、常德的情景，她对故乡显然怀着无限深情，她有一阵默然不语，然后说："母亲老了，她一生坎坷，为我更是操碎了心，我想接她一道住，让她过一段安静的晚年，你回前线，能帮我找一找母亲，去看看她。"是的，在这可以告慰生者与死者的时刻，谁能不想起亲人，遗憾的是我接受了丁玲的委托，后来由于工作的变动未能兑现。说呀，说呀，我们谈到午夜时分。

亲爱的读者！当我老年回忆到那值得喜庆的日子，闪着欢笑，流着眼泪的那个深夜，一种深沉的罪责感却不能不升上我的心头——那就是几年以后，在一次暴风骤雨的运动中，我辜负了我与丁玲一道共过患难而又一道承受喜悦而建立的友谊，在那闪着欢笑，流着眼泪的可爱的深夜，我们何曾想到后来命运会做出那样无情的安排。丁玲呀，你在国民党魑魅魍魉世界中受过磨难，难知你竟在自己创造的世界里又受到如此深沉的灾劫。对于这一切，我作为作家协会党组负责人之一，应当承担我的历史的责任。尽管在她被迫离党后，我们还相对而坐流下眼泪，但茫茫二十余年，她受尽折磨，历尽灾难，一个人一生能有几个二十年呀？！可是由于我们的失误葬送了她多少时光，增加了多少切肤之疼呀！粉碎"四人帮"后，她回来了。我读了她的《远方来信》，不禁失声痛哭。丁玲！那时在感情上你贫穷得一无所有，可是你流着热泪保持了做人的信念。现在，她回到我们中间来了，她已白发苍苍。但，丁玲终究是丁玲，在雨雪风霜欺凌中，她没有枝叶凋零，相反，她成熟了，高大了，拔天立地，郁郁蓊蓊。她那泰然自若的神态，却像锐利的解剖刀在解剖着我的心灵——我的心灵绽流出一道血流……欠了债，只有自己偿还，我到丁玲那里去了，我说："丁玲！我向你请罪来了！"但是丁玲对我十分谅解，十分宽容，从此又恢复了我们之间的友谊，是延河水般清澈的友谊，是第一个十月一日欢乐泪花冲激的友谊。

二十年坎坷及解冻后的言行，证明丁玲不是动摇的，而是坚贞的。她至死，高举着毛泽东文艺思想大旗。在协和医院病房里她最后的一次谈话，至今仍是我心灵中的天籁之音。亲爱的读者！当我老年重写第一个十月一日狂欢之夜时，请允许我再一次剖示我鲜血淋漓的心灵吧！在心灵的历程中，对丁玲所犯的错误，是我最苦涩、最悲痛的历程。我一生中犯过许多错误，可是最使我痛苦的莫过于我给丁玲造成的苦难。丁玲！你先我而去了。但我对于自己犯过的错误是绝对不会忘记的，一直到我怀着内疚默默死去……

第一个十月一日前夕，从丁玲那儿出来已是下半夜，那是多么温馨而爽人的清秋之夜啊！我心里萦回着一种未尽的余韵。回到六国饭店，我一路上想念着的亲人，没想到我一进屋，就看到桌上有汪琦给我的一封信，我急急忙忙拆开信，一阵芬芳而宁馨的情意缓缓地、缓缓地渗入我的心扉，就让它作为这狂欢之夜的最后的一个尾声吧，余音袅袅，不绝如缕……

## 一三九　太阳从中国大地上升起（四）

多少年来，我们纪念着、享受着十月一日这个美好欢乐的节日。

但，第一个十月一日不是节日，而是新世纪开辟的一天。正是这一天，使得整个宇宙都发生了奥变。

日光更加明亮。

蓝天更加浩渺。

三山五岳发出强烈的欢呼。

长江大河为之奔腾咆哮。

正是这一天，不容置疑地改变了世界局势。

不管你是爱还是恨，都不能不承认这一个历史的分界线。虽然在那一天以后，从内部、从外部曾经有多少狂风暴雨。惊雷骇电，想摧毁它、断送它，但它冲风破浪，排挞而前，中流砥柱，巍然峙立。

经过昨天的狂欢，我的心灵更加纯洁、更加博大了。

下午，我跟钟赤兵乘一辆汽车，按照指定路线，从东华门来到天安门里面，经过检验代表证后，我们走上东面的坡道。长长坡道上砖缝里长着一丛丛小草，倾斜而没有台阶。所以没有台阶，据说是因为在皇朝年代，骑兵可以从下面直接走上城头。几十年后，我到了嘉峪关，那个威震西疆、防御强胡的战城，看到所有登城的道路都是马道，我想那样有便于推上火炮、弹石，凭高设险，以利作战。至于上天安门的路为何如此，我没研究过，反正皇帝老儿有人抬着御辇，没有台阶也许免得颠簸吧？道路一曲一折，就到了天安门城头，只见上面一片红旗招展，喜气洋洋。我走到城楼最前面，扶着雕塑的石栏向下一看：这是怎样一个令人神魂迷醉的伟大的世界啊！正面广场上人山人海，红旗飘荡，像一片被灿烂朝霞照得通红的海洋。玉带河前，东西长安街上都站满整整齐齐的人群，凝然不动，肃穆庄严，大家都在平心静气地等候着一个时刻的来临。准确得很，两点四十分，排列在天安门下面的乐队铿然一响，奏起《团结就是力量》的乐曲。毛主席偕同全部政府委员从西面走上了城楼，人群很自然地让出一条路，我恰恰站在路旁第一排，毛主席一面走一面跟大家一一握手，他走到我跟前来了，他紧紧握了一下我的手，微微向前倾着伟岸的身躯，两眼望着我，点头微笑，这时我的心情十分激动，从延安起，我不知道和毛主席握过多少次手，但这一次，在这庄严而隆重的时刻，却是一次不平凡的握手，永远值得纪念的握手。当毛主席出现在天安门城头玉石栏杆前面，天安门广场全场那么多人都看到了他，都跳起脚来不停地欢呼，人海激荡了，人海沸腾了。人们手上举着红的旗帜、红的横幅、红的五角星、红的灯笼，都像一簇簇火花在跳跃，在飞舞。人民心里有多少热，多少爱，多少悲哀，多少痛苦，一下都向着所爱慕、敬仰的这个人倾吐出来。后来一个电影摄影师告诉我，很多人泪流满面，非常感人，连他端着摄影机的手也颤抖起来了。《团结就是力量》的乐声连续不断地重复奏响，通过高悬在天安门广场各处的扩音器，金石铿锵，有如大海在人群中翻流回旋。当宣布开会时，所有的声音戛然而止，那么多人静得连一点声音都没有，十分肃穆、十分庄严。这时由毛主席亲自按动电钮，一面五星红旗顺着立在天安门广场上的旗杆缓缓地、缓缓地升了起来，晴空万里、天空蔚蓝，所有人的眼睛都凝注着它，最后升到顶端，像一片鲜红的云霞随风冉冉飘动。到了鸣礼炮时，我听见东面，那座黄瓦红墙、凯旋门式的三座门外面隐隐传来喊口令声，紧跟着腾起一股硝烟，突然一声霹雳，五十四门礼炮一道发出嘹亮威严的啸声，一阵接着一阵，响了二十八次，时间延长二十分钟之久。这时，脚下的地面微微颤抖，我的心也在不停地震动。在战场上我多少次听到过炮火隆隆的怒吼，只有这时它成为欢乐的歌唱。

三点整，毛主席离开他的位置向麦克风走去，在那儿，他庄严地宣读了中华人民共和国中央人民政府公告。他的声音清澈洪亮，充满了全国人民的豪情壮志，凝聚着几千年中华民族的神魄："……中华人民共和国中央人民政府委员会，于本日在首都就职，一致决议：宣告中华人民共和国中央人民政府的成立，接受中国人民政治协商会议共同纲领为本政府的施政方针……"他的声音从四面城墙上发出嗡嗡的、清晰的而又先后次序不同的回音。是的，从这一刻，古老的城墙复活了，古老的北京复活了，古老的民族复活了。历史打开了一扇巨门，阳光霍霍闪人，有如火山之爆发，红日之东升。毛主席宣读完公告，又走回玉石栏杆前，出现在广大人群面前。一个火热的浪潮拔天匝地而起，欢呼、欢呼，尽情地欢呼，歌唱、歌唱，尽情地歌唱，"东方红，太阳升，中国出了个毛泽东……"这是创世史诗中最美的一首序曲，这是创世史诗中最高的高潮。每一个人都觉得从灵魂深处甩掉了污泥浊水，变得玉洁冰清，一个旧的人变成一个活脱脱新的人。

……就在这时，一个伟大而又渺小的人——拿破仑的话，忽然升上我的心头，他说过这样一句名言：

"中国是什么？是一头躺着昏睡的雄狮。让它醒来吧！一旦醒来，它将震撼世界。"

是的，现在代表着几亿人民意志、从天安门广场上发出的声音，不就是在宣告，使全世界为之震撼的东方睡狮醒来了吗？

我从城楼上俯视，看见朱总司令全副戎装，军帽上一颗红五星像一朵小火花一样发亮，立在一辆敞篷的汽车上，从天安门里开出来，轻轻驰过玉石桥。我仿佛听到了崭新的车轮碾过地面的咝咝声。

从东面远处传来嘹亮的军号声，检阅开始了，全场掠过一阵惊雷，掌声响成一片。当朱总司令的车开到长安街上，从东面有一辆吉普车疾驶而来，蓦然停在朱总司令车前，车里是检阅总指挥聂荣臻。他笔直地立正、敬礼、报告，然后他的吉普车尾随在朱总司令车后，穿过那凯旋门式的三座门中间的一座，向东单牌楼方向驶去，从列队于长安街两侧的部队面前缓缓走过，走到哪里，哪里就喊起口号，那声音如滔滔巨浪一直震撼着我的耳鼓。

过了一阵，朱总司令从东面转回天安门广场，又向西驶去，检阅肃立在西长安街头的队伍。就在这时，天空上突然爆裂出一朵礼花，紧跟着，无数照明弹、红色曳光弹万花筒般在高空中像电光烁然一闪，然后一条条黑烟蜿蜒而下，有如万千璎珞，微微飘荡。紧接着又一簇升腾而起，闪闪发光……一个奇幻的景象吸引全场的人仰头观看，好像整个大宇宙一下凝聚到这里来，下降，下降，抚摸着每个人的心灵。突然，又响起欢呼声，原来朱总司令的汽车由西面回来，向东横掠全场，再折回头在群众队伍面前缓缓行过，进行最后、最隆重的检阅。群众继续不断地欢呼，朱总司令一直把手掌举在帽檐上向大家敬礼，然后汽车由广场中心驶入天安门。

朱总司令上城楼后，走到麦克风前，罗荣桓、陈毅、刘伯承、贺龙肃立在他的身旁，朱总司令宣读了中国人民解放军总部的命令："……我命令中国人民解放军全体指战员、工作员，坚决执行中央人民政府和伟大的人民领袖毛主席的一切命令，迅速肃清国民党反动军队的残余，解放一切尚未解放的国土……"我作为一个军人，不是在火线上，而是在天安门上肃立接受命令——这时我想到在南方泥泞中跋涉前进的战士们，我如果能够同他们在一道接受这一庄严的使命不是更好吗？这时我下定决心回到前线去，我恨不得立刻飞到那里去，你们在暴风雨里？你们在荆棘丛中？你们在险峻的高山上？你们在激荡的河流间？……这一刻，听到这震天撼地的命令声，人们会怎样地奋起步伐，勇往直前。你，中国大地的儿子呀！有什么比你们的事业更壮丽？有什么比你们的灵魂更崇高？我一生中最大的荣誉就是我曾经是你们当中的一员。

当宣布阅兵式开始时，东面不停地响起嘹亮的军号声，广场上倒鸦雀无声，原来站在天安门下列成方阵的乐队，忽然移动，向东面走去……聂荣臻乘吉普车驶至天安门前，仰头敬礼，报告请求检阅。乐队从东面开始参加了检阅行列，变成大军的前导，铜鼓铜号都在阳光下闪闪发亮，奏出威武雄壮的乐曲。跟在后面的是海军，举着红色军旗的排头兵带领他们步入广场，这时你才意识到，人们的智慧多么灵巧，海军军装的白色、蓝色组成了一幅画面，像蓝色海洋推着雪白的浪花在荡漾，在推进。从天安门上的广播器里传出《解放军进行曲》震天撼地的声音，有如一阵飓风，在很长时间军队检阅的过程中，它一直一遍又一遍不停地奏响。多少年来，我们唱着它战斗，而今又唱着它检阅，这意味多么深长呀！海军后面是头戴钢盔的陆军，所有受检阅的人们走到天安门前，一律改为正步，两手持枪向前，每一刺刀尖上闪亮一点银花，唰的一声，所有战士都把头转向右面，向天安门上行注目礼，一起一落的脚步形成活跃、整齐的线条，皮鞋在古老的石板地上敲出了咔咔的声音……

什么是美？这才是人间的至美。

忽然，天上传来隐隐雷声，广场上所有的人都循声翘首东望。

那里有什么？灿烂的阳光，宁静的白云，

四点十五分，当步兵炮队正在行进，一阵巨大的隆隆声从天而降，所有人都蹦跳起来欢呼，向天空招手，招手。

我们的机群飞临上空，一组一组编队飞达天安门时，微微摇动两翼致敬，呼啸着向西飞去，而后分散开来，在四面八方分散缓缓飞行，保卫着祖国的领空。

卡车牵引的野炮、榴弹炮、重型榴弹炮、高射炮缓缓驰过，而后，摩托化部队闪了过去。五点，以坦克为前导的装甲部队一出现，从人海中掀起欢腾的呼声。最后，一阵狂风暴雨的沙沙声响起来，我循声看时，不禁心中为之一震，骑着一色蒙古马的骑兵以极其精壮、极其飒爽的神姿跃然而至。马，亲爱的马呀！在东北战争那一部分里，我写过我对于马、马对于我的挚爱深情，因此当红的马群奔驰而过时，我想起古人横戈跃马、衔枚疾走的情景，我想到"落日照大旗，马鸣风萧萧"的诗句，我觉得这红色的马群像是从历史深处驶至雪亮的今天，它们淘尽风霜、洗尽征尘，翻起银色的马蹄。不知不觉间，我忽然发现脸颊上沾湿了泪水，是因为这红色的马群吗？不。

我为了我们在战火中悲壮的奔驰。

我为了我们在和平中欢腾的奔驰。

而那些奔驰的驭手呀，有多少血染黄沙，变成白骨。

这马蹄声，使我觉得他们从死亡中惊醒过来了，他们和我们一道在哭在笑，他们在哪里？在晴亮的宇宙中俯视？在我心灵中吟唱？——我的心灵呀！你能承受这伟大的嘱托吗？我的心灵呀！

一时之间，我的心灵在发热、在震颤。

毛主席在这一天里从头到尾一直屹立城头，他的面容变幻复杂——他有时严肃，有时微笑，我无法知道毛主席想了什么，但从他眉头的一颦一展中看得出他内心的激荡。有时他两手扶着玉石栏杆，在部队每一次向天安门城楼上敬礼时，他都摇着手频频致敬。我无法知道他的思绪，不过几十年之后，在《蝶恋花》那首词中，"忽报人间曾伏虎，泪飞顿作倾盆雨"的句子，不正透露出一线那一伟大时刻的信息吗？

天近黄昏，一片骚动，旋起热闹而又嘈杂的响声。继军队检阅之后，群众游行开始了。这时人群中一片红灯亮了起来，远远看上去像红色的海洋，细细看又像晶亮的血珠，随着游行人群，无数红灯、无数火炬在摇曳，不过可不像军队那样整齐严肃，人们自由、奔放、欢乐，使得满场腾舞着一条一条火龙。广场四面八方的探照灯一下一齐打开来，把偌大的广场照得通明如昼，游行的人们欢唱，广场上的人们欢唱，当走过天安门前时，千万只手向着城楼上招晃，高喊：

"毛主席万岁！""毛主席万岁！"……

看起来毛主席十分感动。

他的手一直不停地向大家挥动，高呼：

"人民万岁！""人民万岁！"……

"毛主席万岁！"……

"人民万岁！"……

下面不停地喊着，上面不停地喊着，山鸣谷应，上下交融，这情景实在动人极了。

人群像火山爆发后流溢的熔岩，不停地、不停地移动着、移动着。

游行行列过了很久，在接近尾声时，我和艾思奇、何其芳到大殿休息室里去饮了一点茶，实在说，我们的嗓子也有些沙哑了。但是，毛主席的声音一直那样洪亮，这一天他这种非凡的、伟大的神魄是十分激动人心的。正在这时，忽然从外面传进来一种奇特而又格外嘹亮、格外清晰的声音，使我感到惊奇，难道人群拥上了天安门吗？于是我们放下茶杯，连忙跑了出来。一看，啊，一个场面使我目瞪口呆——由于时间过久，城楼上有些老人已经在工作人员劝说下退席了。但是，周恩来、刘少奇、朱德紧紧跟毛主席站在一起。我走到玉石栏杆前一看，原来游行队伍走完了，一直站立在从天安门到前门之间这片广场上的人，忽然自发地向天安门奔跑过来，这简直是不可阻挡的洪流，他们那一片杂乱的脚步声，像海上的狂涛轰隆、轰隆地席卷而来。他们跑过了广场，还在跑，跑过了金水河上的玉石桥，还在跑，一直到天安门城墙下面，他们翘首仰望，摇着手臂，跳着两脚，热烈鼓掌，嘶声欢呼……探照灯照明了城上的毛主席，也照明了城下的人群——这是严密而周到的计划中没有的安排，但是，在这千金一刻的时间，群众自发地进行了伟大的创举。我先是看见杨刚，她一个人孤零零地站在那里，她涕泪滂沱，哭得那样坦然，那样热诚。我再看毛主席，他的神态十分异常，他显然激动了，似乎强忍着心中的激情，不让它倾泻而出，但他的眉宇、他的眼神说明他已经难以自持。下面喊一声："毛主席万岁！"他就喊一声："人民万岁！"……人民对毛泽东的热爱至此达到了这一日的顶峰，我的心灵像铜钟一样敲出洪亮的巨响。这热潮无法抑制，一直延长到九点半钟。忽然，向西面散去的人群，从扩音器里听到这里这种无法形容的沸腾，呼啦一下又折转身来，席卷大地，奔涌而回。简直像战场上决战的那一刻，人们呼喊着、狂奔着。他们手上高举的火把、灯笼熊熊燃出一片动人的红色。这时，由毛主席带头，后面是周恩来、刘少奇、朱德，先向东走到天安门城楼的东角，向人群欢呼、致敬；而后，又折身向西，走到天安门城楼的西角，向人群欢呼、致敬。此时此刻，昆仑山、珠穆朗玛峰发出震天动地的呐喊，长江、黄河发出震天动地的咆哮。看来，这奔放的、爆发的热情是中国大地地心之火猛烈的爆炸，人们含辛茹苦几十年、几百年，争得这一刻，取得这一刻，难道不能让他们乐个淋漓尽致吗?！如果真的那样就要跳跃通宵、呼喊通宵。当西面回转来的人群铺天盖地而来时，毛主席用他那发自肺腑的热情而嘹亮的声音宣布：

"你们太辛苦了……今天散会了……"

沸腾的人海还在回旋激荡，一时静止不下来。

毛主席只好决然转过身，向天安门下走去，我们跟在后面，当我蓦地回头，我又一次看见杨刚，在苍茫夜色中，还是孤零零一个人站在那里，默默地流着热泪……

## 一四〇　世界的欢呼

爽利的秋风把十月一日吹过去，又吹来十月二日。

十月二日又是一个节日——世界和平斗争日。我上午又走进怀仁堂，它以另一副新的姿态迎接人们。我一进去，就发现主席台正中的帷幕上，悬挂着毕加索那幅和平鸽，绿色画面上有一只衔着橄榄枝的鸽子，碧绿与雪白相衬，色调十分柔和，但那飞着的鸽子绝不只是人们在诗歌里惯说的"亲爱的小鸽子"，毕加索这只鸽子有另外神圣的含义，可以说，它是从反法西斯战火中，从纳粹集中营的枯骨上，从失去儿子的母亲的悲哀的心坎上飞翔起来的。读者！时过境迁，但不能忘却，让我们再宣读一下毕加索的《我为什么加入共产党》：

"我的加入共产党，是我的生活和工作的逻辑发展，入党使我的生活和工作有了意义。经过构图和颜色，我曾企图使人更深地认识世界和人类，使这种认识有助于人类的解放。由我看起来，我常说，我认为最真实的、最公正的、最好的，就是最美的。

"可是，在敌人压迫和人民起义的时候，我觉得这是不够的，我觉得必须不仅用图画来作战，而且要用整个生命来作战。这以前，由于某种'无知'，我没有明白这一点。

"我成为共产党员，因为我们对比起其他任何政党来，要努力于了解和建造世界，更努力于使人类成为更明达的思想者，使人类更自由、更快乐。我成为共产党员，因为在法国、在苏联，以及在我自己的祖国西班牙，共产党员是最勇敢的。我入党后，感到比以前任何时候更自由、更完整。

"当我等候着西班牙重又向我召唤的时候，在法国共产党内，我又找到了我的一切的朋友——伟大的科学家朗之万和居里、伟大的作家阿拉贡和爱侣雅，以及许许多多巴黎起义的人们的脸孔。

"我又和我的兄弟们在一起了。"

……自从巴黎沦陷后，直到一九四五年，人们才得到关于毕加索的消息。美国杂志《新群众》上发表了他的画和消息，画面上表现的是法西斯匪徒掠夺、奸淫、杀人、放火的景象，形式还是立体主义的。那张画在巴黎一家艺术陈列馆陈列，被德国特务发现，立刻把毕加索逮捕了。一个德国特务头子很凶狠地审问毕加索："这是你作的吗？"毕加索很文雅地答复："这是你们作的。"这个反驳真是词严义正、代表真理。

懂得恨的人才最懂得爱。

当全世界保卫和平大会成立时，毕加索这幅飞翔的鸽子，就成为爱好和平的人们心灵的标志，它是一只可爱的鸽子，但首先是一只勇敢的鸽子。它飞呀飞呀，当和平终于降临中国大地时，它飞到我们的天空上来了，飞到我们的心灵里来了。我所以在这里录下他的自由，是为了说明，不是这样的一个毕加索，不是这样一颗毕加索的心灵，就不可能寥寥几笔画出一只飞遍整个地球、牵动亿万人心的衔着橄榄枝的白鸽。

我坐了不久，忽然全体起立热烈鼓掌，啊，以法捷耶夫为首的苏联代表团步入会场，他们对大家鼓掌，然后向西面走廊的休息室去了。昨天，我和丁玲站在天安门上面，看见一辆汽车缓缓驰来，停在下面看台的外宾席后面。丁玲指着头一个下车的，有一头银白色头发的人告诉我："那就是法捷耶夫！"现在，他就从我面前走过，他那张淡红色的很像亚洲人的脸，一双眼睛碧蓝得像清澈的小湖，头发像燃烧的雪花，他神采奕奕，很有风度。闪着智慧而宁静的眼神、走在第四个的人，我一看就知道，他是西蒙诺夫。我早已从画报上熟悉了他，他给我的印象像一头勇敢的狮子，他高大，他魁梧，长着一头浓浓黑发，蓄着一抹黑色的胡须。为了报答全场的掌声，他们走到西廊下又转回身来向着大家鼓掌答谢，而后进入休息室里去了。

　　这时我头脑中一段一段回忆映现出来。我从东安市场秘密地买得一册鲁迅译的《毁灭》回到家中，我急急打开包纸，浅灰色的封面上有着法捷耶夫的头像，不过，那是木刻的年轻时的法捷耶夫，跟现在看到的真人有点不同。我如饥似渴地读了起来。多么大的贪求，多么大的欲望，不过贪求与欲望都是对着真理执着的追求。正是法捷耶夫在我心中埋下一粒火种。是西蒙诺夫那杏黄色的封面的《日日夜夜》，把战火映红的伏尔加河、把沙布洛夫与安娘的爱情注入我的心窝。在整个解放战争时期，我都把这部书带在我身边，一直到现在，四十五年过去了，这本既有苏联战场上的烟尘、又有中国战场烟尘的书还在我的书架之上。从《毁灭》到《日日夜夜》，好像接力棒一样，一支火炬接着一支火炬，把前后两个辉煌的大时代导入我的心中。读者们该还记得，这两本书我在前面都写过，不过，现在法捷耶夫、西蒙诺夫出现在我的面前了。这说明列宁、斯大林的苏维埃社会主义共和国是何等壮丽，何等辉煌，对被压迫的人们何等友好。现在，在我们国家刚刚诞生的时刻，他们就来和我们紧密地拥抱了。

　　今天的会议可以说是昨天的会议的继续，怀仁堂里欢庆的余热未消，又点燃了和平的火光。苏联的法捷耶夫、西蒙诺夫、格拉西莫夫、杜伯络维娜，意大利的司巴诺——走上主席台，主持会议的人宣布：以杨哥鲁大为首的捷克代表团正在途中，朝鲜代表团已到北京车站。

　　会议在国歌声中开幕了。在林伯渠发表讲话之后，一群孩子像一个个小太阳一样辉煌地拥上主席台，这是新中国的象征，他们高声宣告："我们首都青年决心献出所有的力量，与全世界人民一道为保卫世界和平而奋斗！"然后，女孩子、男孩子，纷纷向外国来宾跑去，把一束束鲜花送到他们手上。现在，我们的外交日益频繁，有多少外国贵客接受我们的鲜花，但一九四九年十月二日的鲜花可是不同凡响，这是中国的孩子们第一次用自己娇嫩的双手与诚挚的真心，向外国朋友和同志献出在中国泥土里生长、有着中国芬芳、中国艳丽的鲜花。从这个意义上说，这美丽的鲜花是足以与毕加索的和平鸽相互辉映的。

接着宣读了居里夫人的贺电，宣读了吉洪诺夫的贺电。

西蒙诺夫走到麦克风前讲话：

"亲爱的朋友们！——我代表苏联代表团和苏联保卫和平大会，向你们致兄弟的敬礼！"

他的热情而奔放的声音引发了响亮的掌声。

"……争取和平不是一件容易的事情；因此需要坚忍、勇敢、毅力……难道我们这两个、伟大的苏联和中国的人民，在斗争中还不够坚忍吗？难道我们两国人民还没有表现出全世界上最高的英雄的范例吗？……"

保卫和平是反法西斯斗争的继续与延长。

从欧洲到亚洲，从太平洋到大西洋，许多国家的土地上还沾满血污与死亡，瓦砾还没有清除干净，当生者与死者还做着有声或无声的呐喊，当失去儿女的母亲还在流着眼泪，当失去父母的孤儿还在啼哭……充满爱心的人们怎能再让战争重演？于是清醒而明智的人们，在全世界组成了这一个强大的反对战争保卫和平的运动。我们中国上百年来遭受着蹂躏屠杀，奉献出上亿的亲生骨肉，血流大地，哀声遍野，难道不就是为了争取到和平吗？现在这和平到来了，我们理所当然地站在这一以毕加索的和平鸽为旗帜的斗争的行列。当范小凤这个新中国的新青年、新女性，有力地挥着手，发出铿锵的声音时，她就发出了我们为和平而斗争的宣言。国际友谊如大海洋溢，无数次奏乐，无数次起立，无数次鼓掌，无数次欢呼，宣布了中国保卫和平大会的诞生、成立。由于苏联代表团要赶到天津去参加天津人民的群众大会，二日的大会只开到午间。

三日，大会继续进行，意大利的司巴诺带来了西欧的情谊，他说："感谢你们为了自己，也为了我们，为了全世界人民所做的工作，所进行的战斗！……"

我从小就爱唱一支歌，现在它又在我心中震响：

"瞧吧！黑暗快要收了，光明已经照到古罗马的城头……"

罗马，英雄的罗马，是你，从角斗场的废墟上推出了文艺复兴的黎明，你诞生过斯巴达克的民族呀！在这样一个黎明中，但丁站起来了，米开朗琪罗站起来了，达·芬奇站起来了，薄伽丘站起来了，值得骄傲的意大利呀！是从你的土地上展开了人与神的搏斗，是你把全人类推入了一个人战胜神、人成为人的历史新时代。今天，我们中国的神圣讲台上第一次响起西西里火山喷射的声音，阿尔卑斯山风呼啸的声音，亚平宁原野和威尼斯海湾歌唱的声音——这里有浓郁的芳香，但更多的是火热的激情，你，亲自处决了你的败类墨索里尼的意大利，你最懂得战争的灾害，你最懂得和平的芬芳。司巴诺，你用意大利人的天赋歌喉，为我们带来和平的颂歌。他有力地举起右臂高呼：

"万岁！万岁！"

司巴诺走下台来。苏联塔斯社的胖子罗果夫迎上前去跟司巴诺紧紧地、紧紧地握手。

这时，一个最精彩、最热烈的高潮蓦然到来。人们看见朱总司令一步一步走上台去。他庄严、沉稳，他宣布苏联已经发来正式承认中华人民共和国的电报，这是全世界发来的第一个承认新中国的红色的电报。他的话音还未落，会场上立刻像火山爆发了，这一刹那，再没有拘束，再没有秩序，人群不约而同一起向苏联代表团坐席那儿拥去，人们握手、拥抱、亲吻。法捷耶夫、西蒙诺夫都为这热情之火紧紧包围起来了。几个女同志和杜柏洛维娜紧密地抱成一团，又哭又笑，涕泪滂沱。会场上一阵紧似一阵地喊着："斯大林！斯大林！斯大林！""毛泽东！毛泽东！毛泽东！"……这是按照《共产党宣言》这一辉煌的真理，而创造出来的两个社会主义国家的拥抱，这是苏联的十月革命和中国的十月一日的拥抱，这是普罗米修斯与安泰的拥抱，伏尔加河与长江的拥抱，德涅伯河与黄河的拥抱。全场照明灯不断移动，不断闪烁，光亮所到之处，我看见所有站立的人都激动得满面通红、泪眼婆娑。这时，朱总司令、宋庆龄向苏联代表团走去，跟代表们一一握手，人们为这一庄严而亲切的举动所感动，又爆发出雷霆赫赫的轰鸣。

中国工人代表团走上主席台献礼。

中国的无产阶级呀！你从哪儿来？从煤矿井底，从炼钢炉边，从纺织机旁。但不论是从哪儿来，你们有一身在革命风暴中练就的筋骨，有一颗在革命斗争中练就的火热的红心，是你们站在斗争最前列，用你们的巨手砍断锁链，劈裂枷锁，今天你们以豪情、以壮志完成了中国无产阶级与苏联无产阶级的握手。这时，会场上响起《国际歌》声，列宁曾经说过："……一个有觉悟的工人，不管他来到哪个国家，不管命运把他抛到哪里，不管他怎样感到自己是异邦人，言语不通，举目无亲，远离祖国——都可以凭《国际歌》的熟悉的曲调，给自己找到同志和朋友……"列宁说得真好，不过不同的是现在两个无产阶级成为主人的国家相聚，一种深厚的无产阶级感情，把我们融合在一起了。如果说过去社会主义只在欧洲存在，而现在社会主义已从亚洲兴起。从这个意义上来说，这也是亚洲和欧洲，东方和西方的握手。正是这一亲密结合的握手，说明资本主义世界的进一步崩溃。倒是列宁另外几句话更切合今天的实际："……当他创作他的第一首歌的时候，工人中社会主义者的人数最多不过以十来计算的。而现在知道欧仁·鲍狄埃这首具有历史意义的歌的，却是千百万无产者……"何止千百万无产者，而且在全世界已经形成了一个强大的社会主义阵营。

正是由于阶级感情的驱使，当中国工人阶级的一员在台上以洪亮的声音喊出：

"中苏两国工人阶级联合起来万岁！"

法捷耶夫、格拉西莫夫、西蒙诺夫等人都站起来，高高伸起两手，举过头顶，拼命地鼓掌……无产阶级的情感啊！你把我们的心灵沟通了。那一刻，他们的眼睛湿了，我们的眼睛湿了……我作为共产党人，从我确定这神圣的信仰的时候，心就向着克里姆林宫。列宁、斯大林在那里，他们的心里装着全世界受苦受难的劳动者，他们要把共产主义的阳光洒遍人间，正因为这个缘故，他们的生命是永恒的、闪光的。

几十年后，一九八七年我第五次访问苏联，不知为什么，这个夏天像深秋一样萧瑟，我没有想到这竟是我最后一次访问苏联了，因为现在世界上已经没有苏联了。以列宁命名的十月革命摇篮，现在改回到沙皇时代的圣彼得堡了。一九四九年十月三日，在中国怀仁堂，我向法捷耶夫为首的苏联代表团热烈鼓掌时，我绝对没有想过会有这样凄怆的一天，而我一九八七年的苏联之行，竟是向苏联的最后的告别。

请允许我驰思一下吧！

我要用我的语言把神圣的列宁的形象永远雕塑在读者心中：

爱因斯坦说：死是永恒的自由。去年的一天，我领会到了这句话的深刻含义。

……我放轻脚步走下红玫瑰色大理石的列宁墓的台阶，墓穿里没有雪亮的电灯，那朦胧昏暗的光线，令人心情特别庄严、肃穆。我来到列宁的棺椁之前。列宁——这个无限大的宇宙，他静静地仰卧在那里，几炷深红的聚光灯照亮了他。我觉得这个宇宙还在运动，那隆起的额头里好像正在深深思索，他好像随时可以一跃而起，他在衡量着从旁边走过的每个人的心，而把一股灵泉注入值得注入的生命之中。

从列宁墓出来，我们走进克里姆林宫，进入一座古老朴素的楼房，来到列宁的办公室。

……一个严寒的冬日，有一天，德国女革命家蔡特金来拜访列宁，列宁很有礼貌地走到门口来迎接她，请她对坐在桌前。蔡特金突然发现列宁面色苍白、神情凄楚。他十分惊讶地小声询问："你有什么不好吗？"列宁说："你看见那些人吗？"是的，刚才在甬道里她从一群人身边经过，但并未加以注意。列宁告诉她：他们是从遥远的几百里外来的俄罗斯农民。"你看，他们赤着两脚，脚冻得都发青发黑了，你知道，他们长途跋涉来找列宁，因为他们相信列宁能够解决他们的困难，他们需要靴子穿。"

列宁巨大的额头下，双眉皱紧，露出无限深情的眼光，他继续说下去："是呀，我要能开办一个大的造靴厂，给苏联每个人造一双靴子，该有多好啊！……"这件事发生在一九二〇年，多么沉重而痛苦的年代呀！历史刚在创造，硝烟还未消尽。和蔡特金这一次会面中，列宁再没说旁的，一直讲着人民生活的问题。现在我站在这间并不宽敞的办公室里，但我感到这里有一颗心在轻微地跳动，它充满深厚的仁慈。是的，列宁当时说过：将来我们的人不能忘记这个年月。

我们到了列宁的住所，走进克鲁普斯卡娅的工作间。我们知道列宁的个人生活是十分美满幸福的，夫妻之间相爱很深。克鲁普斯卡娅不但智慧、勇敢，而且美丽。当列宁离开人间的时候，她握住列宁的手，可是渐渐地、渐渐地她觉得这手凉了，僵硬了……伟大的生命终于这样消失了，是的，列宁的生命结束了，克鲁普斯卡娅的生命也结束了。她痴痴地在列宁身旁坐了五天五夜，陷入无穷的悲哀与绝望，最后她决然从悲痛的深渊中挺拔而起，她想：我要继续列宁的事业。

向我们解说的俄罗斯妇女、一位风度娴雅的研究家告诉我们：人们都以为列宁的死，是由于来自阶级敌人的那一颗子弹，不是的，是他需要更多的休息，但他日夜劳碌不息；是他需要更多的营养，但他吃着跟所有公民一样的一小份黑面包。由于长期劳损过度，以致半身瘫痪，而后患脑溢血死去。这位同志领我们穿行于列宁住所之间，一下把我们引入列宁的灵魂深处。她说：一个伟大的人坚强、勇敢，但是也有悲哀甚至绝望。列宁不止一次地经受过朋友的背弃、诽谤。可是，列宁说：就是在那样的困难挫折中，我也没怀疑过我走过的道路，如果把我的生命换为一个庸人的生命，我是决不会同意的。

就是在列宁的生活中也有悲剧。克鲁普斯卡娅在给一位女友的一封信里写道："听说你生了孩子，你的孩子就是我的孩子，我遗憾你不在我身边，但我觉得孩子伸着两只小手向我跑来，我一下就要拥抱着他了。我一生最爱孩子，孩子也最爱我，可是我们最大的不幸就是没有生一个孩子，如果我们有什么悲剧，这就是我们的悲剧。"

我们缓缓走到明亮、宽敞的客厅。列宁工作之暇很喜欢坐在这儿，聆听音乐家吉利耶夫弹奏钢琴。使列宁最陶醉的是贝多芬的《热情奏鸣曲》，那明亮的乐声常常使列宁热泪盈眶。而今，我站在为阳光照得如此明亮的房间里，明亮的光线里似乎响着明亮的声音。就在这一瞬间，我像一个航天员飞过浩渺的太空，突然获得一个最大的感召，这就是一个人生命的永恒的自由。克鲁普斯卡娅从沉痛中崛起，不就是列宁的生命的再生吗？在这位俄罗斯妇女向我们讲叙的过程中，我们流出眼泪，获得崇高，不是列宁的生命在我们心中的再生吗？爱因斯坦从物理学、科学哲学的角度认为：死是永恒的自由；这也许指的是，个体生命的结束，保证物种生命的延续，如若从精神角度来说，永恒的自由，就是把物质中所蕴藏的全部能量都释放出来，肉体的生命结束了，精神的生命还在燃烧；而且这个精神的生命，在后来以至无穷地给予影响、作用于庄严、壮丽的事业，我想这就是真正永恒的自由。

今天，这个清秋的夜晚，关了灯，我一个人静静地坐在朦胧夜色中，我又一次听着贝多芬的《热情奏鸣曲》，我的思路一下又回到爱因斯坦的那句话上，我恍然理解到一个人生命的真正的永恒自由，就在于使千千万万人的心中亮起光芒，如群星璀璨。这时，我觉得从贝多芬的动人的旋律中又亮起列宁的生命的熠熠闪光。

读者们！请想一想吧！

不知道你们怎样，我就不相信暂时的挫折会毁掉社会主义的理想，不论这挫折多么残酷，使全世界有良知的人怎样伤透心。我在这儿想引用邓小平的一段话：

"我坚信，世界上赞成马克思主义的人会更多起来的，因为马克思主义是科学。它运用历史唯物主义揭示了人类社会发展的规律。封建社会代替奴隶社会，资本主义代替封建主义，社会主义经历一个长过程发展后必然代替资本主义。这是历史发展的不可逆转的总趋势，但道路是曲折的。资本主义代替封建主义的几百年间，发生过多少次王朝复辟？所以，从一定意义上说，某种暂时复辟也是难以完全避免的规律性现象。一些国家出现严重曲折，社会主义好像被削弱了，但人民经受锻炼，从中吸取教训，将促使社会主义向着更加健康的方向发展。因此，不要惊慌失措，不要认为马克思主义就消失了，没用了，失败了。哪有这回事！"

多么开阔的眼界，多么非凡的气魄。

难道多瑙河的水不再滔滔流淌了吗？

难道阿尔卑斯山的冰雪不再皑皑洁白了吗？

难道日内瓦湖那湛蓝湛蓝的眼睛能够闭上吗？

难道乌克兰沃土上的黑麦不再在微风中摇动吗？

难道列宁故乡、十月革命故乡的人们能停止呼吸吗？

难道托尔斯泰、柴可夫斯基、列宾一切美好的凝聚能够消失吗？

从苏联解体那一天，我就从我的保险柜中将我获得斯大林奖金的证件取出来，摆在我会客室最显眼的地方，因为那金黄色封面上有列宁、斯大林的浮雕。

我相信马克思的生命的闪光。

我相信列宁的生命的闪光。

我相信共产主义真理的永恒的闪光。

现在让我们再回到十月三日的怀仁堂会场上来吧！闪耀的灯光、洋溢的热情，当法捷耶夫从中国工人手里接过献礼，而后跟中国工人紧紧拥抱时，全场整个地沸腾起来了。这种沸腾像高山的风，不是一下就会停息，像大海的浪，不是一下就会静止，人们只有怀着热情等待……一个身穿黑色衣服、留着平顶头、红红的面孔、坚强结实的苏联人走向麦克风致谢辞，他是契姆里也列夫农业科学院院长斯妥列托夫。他两眼闪着火星一样发亮的光，但他的语言带来苏联田野上朴实的清风。西蒙诺夫抱着满怀的鲜花，他在深沉地思索着，轻轻拍着手掌，法捷耶夫走下台来，把他那一束鲜花递给没有上台的格拉西莫夫，格拉西莫夫是《乡村女教师》《青年近卫军》电影的导演，他有着列宁式的光头顶，两眼闪着机敏而睿智的光，他举起鲜花，对全场微笑。

最后一个高潮到来了。我们的会议到了胜利结束的时刻了。

　　所有外宾都来到主席台上，一群儿童欢欢喜喜、蹦蹦跳跳跑上台，把每一束装饰起来的白色和平鸽献给客人，和平鸽在我的心灵上飞翔，鲜花在我的心灵上开放。

　　今天，在我已经年老的时候，请原谅我的写字的手颤抖吧！

　　……我的沉思给一个场景打破，

　　法捷耶夫欢乐地把一个孩子抱住，高高地举了起来。法捷耶夫，你想到了吗？你举起是年轻的中国呀！

　　就是法捷耶夫，他说："我认识了人民，从他们中间我接触了最高贵的形象。整整三年，我和他们一起踏遍千万里道路，和他们一起睡在一件大衣底下，和他们一起用士兵的餐具吃饭。"法捷耶夫经历了十月革命，又参加了反法西斯战争。是的，为了反法西斯战争，中国和苏联人民一道流了鲜血，献出生命。一九八七年在基辅一次作家的聚会上，我对乌克兰作家说：我们是在从中国的黄河延伸到苏联德涅伯河一条战壕里作战的。我可以这样说，为了反对希特勒，世界许多国家献出了自己的儿女，但是战死最多的是中国和苏联，我们有权利享受从我们的黑土中长出的鲜花，我们有资格享受我们心坎里升起的朝霞。

　　今天，在我年老的时候，请原谅我写字的手的颤抖吧！

　　当时的孩子，现在早已长大成人。你，给法捷耶夫抱起的孩子，你现在在哪里？我们从那时起，都久经风雨，历尽沧桑，但是现在你如果读到这一页，我想你还会跟我一样的激动吧！我们向天空和大地宣誓，我们走入保卫世界和平的行列。现在我们正在忠心耿耿、一心不二地以经济建设为中心，坚持四项基本原则，坚持改革开放，建设有中国特色的社会主义，为和平而奋斗。现在在全世界，我们是最高最高举着和平的旗帜、举着社会主义的旗帜、也就是举着全人类希望的旗帜的人——全世界爱好和平的人都睁大欣喜的眼睛望着我们。是的，只要中国的旗帜不倒，世界上就有五分之一的人口在坚持社会主义，我们对社会主义的前途充满信心。

## 一四一　静静的溪流

　　让我喘息一下吧！

　　让我安宁一下吧！

　　从喧哗的大海回来，你也许会觉得静静的小溪的可爱。的确，我就是带着这样心情回到我在沈阳的家里来的。由于中央决定我担任一项新的工作，这样我返回前线的愿望就落空了。但正由于如此，我得到一段时间能够享受一下家庭的温馨与宁静。行前我到丁玲那儿去吃晚饭，我告诉她我要回前线去，因此这个聚会是我向她告别，也是她给我送行。但正在这时，袁牧之来了一个电话，他告诉我陆定一不让我走，明天陆定一会找我面谈。这是怎么回事？当我的心已经像一匹烈马驶向前方时，忽然给人紧紧勒住了，不让我上前线去，这是我绝对不能考虑的。因此，整个下午我陷于烦闷苦恼之中。晚间黄克诚来看我，他邀我跟他一同南行，他坚决不赞成我去做旁的工作。黄克诚从外形看是一个朴素的农民，实际上是一个善战的猛将，自从一九四六年春天在齐齐哈尔认识之后，他对我非常友爱。这一夜我失眠了。我辗转反侧，忧心忡忡。第二天，按照袁牧之所约，上午十点钟到了翠明庄。陆定一已经等在那里，他跟我说：

"中国革命取得了胜利，斯大林同志非常高兴，他提议中苏合作拍两部纪录片，向全世界传播，一部是反映中国新貌的，一部是反映解放战争的，这事已报告毛主席，决定你参加后一部电影的工作……"

我坐在那儿平心静气地听着，又是斯大林，又是毛主席，又是向全世界传播，这压力是够大的，可是，我一下子转不过弯来，我还是提出：

"还是让我打到海南岛吧！这事别人可以做。"

陆定一跟我很熟，他讲话很有风趣，天大的事也一笑置之，他说：

"这没有什么价钱好讲，这可是中央决定的……"

他这坚决的语气，使我无话可说了，稍事沉默，我即毅然决然说：

"作为一个共产党员，我从来没讲过价钱，是我觉得我应该作战到底，如果中央决定了，我服从。"

陆定一喜欢得笑起来，不过他从来不是哈哈地笑，而是嘻嘻地笑，笑得那样天真。

苏联人要过一段时间才来，我正好趁这时间回家一行。

下了不小的一场雨，夜晚，我乘吉普车赶到火车站，火车站里灯光如昼，秩序井然。这是送政协会议东北代表团的专列，车皮十分漂亮，很像旧中国的"蓝钢皮"，床位十分舒适，不但有床头灯，还有绿色天鹅绒的帐幔。睡觉时拉上，就成为自己的一个单独小天地了。周桓、于毅夫来谈天，谈至夜间十一点才离去。是的，我发现从十月一日带来的余热，还在每个人心中沸腾；他们走后，我们次第入睡。只听见火车在黑夜暴风中疾驶猛进。次日早晨起来一看，左面是紫色的高山，那么右面应该是大海，可是给货车挡住看不见。当我们在餐车上进早餐时，车过了山海关。我望着窗外我所熟悉的东北原野、村庄、村庄边上高耸天空的白杨树，关内有尖屋顶的房屋变成了关外平顶的农舍。这时蓦然间一种恋情升上心坎，我没想到这样快我又回到我苦战三年的黑土地了。看见崎岖宛转的小路使我想到，我在那上面用两只脚丈量了黑水白山。那晶莹透彻的小河，一下隐藏到芦苇下，一下又亮出来。红高粱打成垛。光了脚的小孩儿踏着泥浆向我们招手。这对我都是多么亲切，多么亲切呀！我如同万里游人回到故乡，我闻到了黑土地浓郁的芳香，是的，我曾在这儿留下我的一份生命，我曾在这儿得到了万种柔情。

每过一站，我都想起当时的战争，特别是车停塔山，我跑到车门口一跃而下，急急向写着塔山二字的站台牌子奔去。我看到上面还有一颗一颗子弹打的洞眼，我抚摸着，我抚摸着，如同抚摸着壮烈牺牲者的灵魂。我转过身，看到右面那灰蒙蒙的大海，不知是海气还是雾气，一下使我眼泪模糊。到底是到了关外了，上午还是暴烈的阳光，下午却是冷风冷雨。

我心情不知怎的不能平静……

夜晚来临，火车向沈阳驶近，我躺在床铺上，计算着时间，再过几小时，我就和我的亲人会面了。

时间，多么宝贵的时间啊！你在我心上一分一秒地消逝。

可是，事情并不顺利，车在巨流河边停了下来，据说前面腾不出道线。

风在旷野上疯狂地呼啸，车窗玻璃上挂满银色颗粒一般的雨珠。

这样的雨夜，汪琦下夜班回归的路上会冻得两颊冰冷吧？现在，你在面对着温暖的灯光，在急切地等待着我吗？

等候三列火车迎面开过，我们的列车又继续前行了。我不能合眼，不能入睡，我一直坐在窗前吸着纸烟，一任思想奔驰，随着时间飞逝。渐渐看到了城市的灯火。夜间十一时，我们从黑漆漆夜幕下一下闯入灯光明亮的站台。车一停，月台上一大群人便上来迎接，我还没走下车梯，就听到一声浓重的湖南口音在叫我，我一看，是李富春，他告诉我汪琦在后面等我。我是最后一个走下车厢的，我和我的亲人见面了，我发现她的眼睛闪着喜悦的亮光，她的嘴边凝着甜蜜的微笑。多么寂静的夜，多么温暖的夜啊！

一到家，汪琦就领我去看我们的小儿子。他像一只小猫一样已经趴在床上甜蜜地睡熟了。

第二天，一整天我都跟我的小儿子一道玩。

多么可爱的孩子呀！他的小脸那样白净，那样细嫩，他不闹、不哭，总是眯眯地笑着。他已经可以蹒跚迈步了，他一只手里抱着我从北京给他买来的红绿两色的皮球，一面走，一面跟我说："球。""球。"……我问他这球好不好？他拉长了奶声奶气的声音说："好。""好。"这一天，我多少次紧紧抱住他，把他放在我的膝上，我吻了又吻，亲了又亲，他也把小嘴凑到我的脸上吻了又吻，亲了又亲。

我们有一间相当大的客房，正面一色大玻璃窗，后墙有一个嵌在墙壁里的棕色书架，我把我带来的一堆书陈列其上，窗下一张大写字台上有一盏台灯。几十年后，我访问日本，曾为木下顺二题七绝一首，最后一句是："净几明窗一战场"，其实这正是我许多年的心境写照。只要有了一张桌，一盏灯，我就可以摆开我的战场了。特别是夜晚，我一面写作，一面等候着汪琦下夜班回来，我用我写得发热的手熨暖她那冰凉的手，每当我意识到我在她身边时，我的心里就非常安宁。在家里我有蜜一样甜的十五天时间，我一定要把写了初稿的《火光在前》整理出来。一个夜晚，我好几次蹑手蹑脚去看母与子……她抱着小儿子睡着，那样美，像安格尔的画那样美，母亲和儿子的脸上都漾着安宁而亲切的微笑……

凋零得只剩下疏疏枯叶的树影在窗玻璃上摇晃着。我还听到落叶诡秘而清脆的声音。

但是，南方的骄阳在炙烤着，南方的暴雨在鞭挞着，南方的泥泞在淤积着……

我在战斗，我在写那苦难中战斗的人。

我记起在北京，十月五日上午，地方文艺工作者与部队文艺工作者联欢，在这个会上，陈毅有一个讲话，他说：

"过去，军队只看到工农分子，未看到知识分子的作用。事实上，我们部队从历史以来各个时期，其组成部分都是工人、农民与革命知识分子。这些知识分子从城市里来到农村，就和农民结合在一起了，但，他们是少数。我们指战员百分之八十出身于农民，所以本质上是农民的军队，所进行的战争本质上也是农民的战争。不过，是新式的，加有工人与知识分子的共同的战争。知识分子的作用在于提高部队的文化，提高政治上的敏锐性，提高社会知识，因此，我们的部队已不完全是农民的形式，而是提高了的一种新的形式，否则我们的部队就是愚蠢的军队，革命就不会成功。部队不仅枪炮是战斗力，粮秣辎重是战斗力，实际上文化也是战斗力。文化普及，知识丰富，政治觉悟提高，战斗的威力就强大了。因此经过改造的知识分子，就成为精神力量主要的倡导者，组织者。凡是处理好工农与知识分子的关系的时候，部队就能很好地团结，就会蒸蒸日上，凡是处理不好工农与知识分子的关系的时候，部队就会软弱，毁灭。你们要知道革命并不都是那样顺利发展的，个别支队就有过给敌人全部消灭的悲剧。只有这样认识，才弄清关门主义的危害，那种以为身上虱子愈多就愈革命，不识字就是无产阶级，不洗澡不卫生就是革命派，这种保守派，显见是错误的。但是另外一种偏向也是错误的，以为自己多认识几个字，认为工农兵没有知识，天下以我为大，就骄傲、狂妄，这两种倾向，都是不利于团结，都是削弱战斗力的。现在，战争快要结束了，只有高度提高文化才能建设一支现代化部队，才能有一种超过帝国主义的武装力量。我们所以胜利，一是战略战术上高人一筹，二是政治工作保持了旺盛士气，还有就是有文化，三十年，如果没有文化，我们不可能在天安门举行阅兵式，只能在天安门挨人毒打。现在，我们需要表现更深、更高的反映革命斗争生活的好作品。当然，中国有中国的实际情况，也不能要求过急，因为我们党是在'七大'才树立起完整的思想体系——毛泽东思想。现在还只能是一些初级的文艺作品。但，今后十年肯定会有大批较高级的文艺作品出现。主要要靠作家艰苦奋斗，不怕牺牲自己的精力，消耗自己的健康，要肯用功，用苦功，要深入地观察，反复地观察，否则，你的作品分量就轻，一个作家写上一万部书，也许最后一部才是真正成功的作品。"

夜深了，轻悄悄的落叶声簌簌响着。

——我一面写着，一面在否定自己所写的。

这事在这一节的后面我再来谈它。但不论怎样，要把《火光在前》拿出，也是对新中国的献礼。因为它究竟是从火河里、从血河里诞生出来的。我知道如果没有在东北的三年苦战，也不会在遥远南方的泥泞中，灵感一触而发，进行这部中篇小说的创作。而且由于我亲身参与了战争，我在写作时，充满激情，充满勇气。没有激情与勇气是怎样也创造不出文学来的，可是，我还需要艺术的魅力，没有艺术魅力，文学也不能成为文学。

《人民文学》的催稿信来了。

我终于在一个深夜里最后结束了《火光在前》的创作，但在结尾时，我却不知怎样写才好。

这时，我想起法捷耶夫在北京一次座谈会上讲话的一个片段——这时像莹莹发亮的水晶在闪光，他说："……有一次，我在走廊上接电话，忽然听到一种委婉的声音——原来是他家的女用人，一面熨着衣服，一面轻轻地唱歌……我站在那里听着，这是多么美妙多么动听的歌呀！我一定要把这一个细节写到我的作品里去，后来，在《最后一个乌兑格人》里就出现了一个给游击队员熨衣服的女人，就唱歌……生活与思想往往在那么一刹那间就一道涌现出来了……"

我走下楼，夜深人静，阒无声息。

我缓缓地踏着落叶走着，走着，枯叶发出细脆的声音。

我仰望天空，远处有一片炼钢的红光。

……我忽然想起四平夏季攻坚战那漫天的大火，我想起了曹纬……

一下，一个灵感触动了我，我连忙回到桌旁。

在《火光在前》结尾处我增加了一个细节，当新中国诞生的消息传到前线以后，指导员李春合给炮弹炸得受了重伤……

作家的职业是一项永远遗憾的职业。

我送出《火光在前》，它在《人民文学》创刊号上发表了。

但是从写完这个中篇，以及后来看到它被印成铅字时，一种沉重的遗憾就压在我的心上，我觉得我没有把第一个十月一日的深刻含义发掘出来——我只停留在骄阳烈火、暴雨泥泞中的苦苦的厮搏。当然，作为一部书，《火光在前》有《火光在前》存在的价值，后来，它被译成英文、俄文、德文，我特别珍惜的是一本缅甸文……因为当时那里正在进行苦斗，由他们给这部书设计了封面，那是一面在深烟烈火中飘扬的、有"八一"二字的鲜艳红旗。这红旗渡过江流，冲上彼岸，在异国飘扬。我想，这小书也许在缅甸战斗者心中激起一点战斗豪情，对我来说，这不能不是一点小小的安慰。

从那以后，四十年，我的心灵一直探索着第一个十月一日，我总想弥补我的遗憾。

但是，灵魂上高峰的攀登是多么艰难呀！原来，我想在保留《火光在前》的同时，再写两个中篇，合成一个长篇，这种构思在我心中酝酿了那么久，在十年浩劫、一人独处的孤寂的牢房里，我通过装有黑铁栏杆的窗户——看见树影，听见鸟声。粉碎"四人帮"后，重印《红玛瑙集》时，我写了一篇序，题目是《形象之花是不会枯萎的》……因为不论怎样禁锢，却无法遏止我的心灵的活动——而这一切出于我对生活的爱。读者们！在这里我给你们讲一个小小的"放风"的故事。在牢中，每天上午给犯人一点时间，到阳光下呼吸一点清新的空气。为了让我们活下去，为了让我们活下去受着折磨。可是，既是监牢就有监牢的法纪，那就是关在里面的人，谁也不能跟谁见面，于是经过一番精心设计，在一大片空地上筑了一排小院，其实不应该叫"院"，应该叫"圈"，因为它小得横竖只能允许你走上十步。一个春天刚刚来临的日子，我又下楼"放风"，恰好我那小院里有一棵白杨树，我仰头一看，一阵惊喜掠过心头，枝头上长出嫩绿嫩绿的小叶子，无论是大自然还是人的生活，如果没有生命也就没有美，没有爱，没有艺术……我多么想得到一片小树叶，得到一点鲜活的生命呀！我一伸手就能采得一片，可是我刚一举手就遭到监管人的一声斥骂："老实点！"……我几乎流出眼泪，当然不是由于斥骂，而是因我太爱那一点绿了……但一件意外的事发生了，我一面散步一面低头看，有一片给春风吹落的小嫩叶就在我的脚下，我喜得心怦怦跳动起来。我趁无人注意，装作提鞋，捡起那个像翡翠一样绿莹莹的嫩叶，偷偷藏在我的口袋里……当我写到这里，我取出《毛泽东选集》合订本，从中找出这片小叶——当然，经过岁月磨蚀，它已经变得枯黄，但那细细的叶柄还有一点红色，叶面上细细的叶筋还栩栩如生。那天回到牢房里，我喜悦极了，我看看门窗上窥察动静的窗洞上遮着的纸片没有打开，就连忙把我获得的这一点生命夹在《毛泽东选集》合订本里。

从此我获得一种理解：形象之花所以不会枯萎，是由于心灵中爱之水的滋养。

于是，我的神思沸荡，意气风发，我悟到要补救反映十月一日之不足，只有让《火光在前》单独存在，由它去承担它的历史使命吧。而我必须另外写一部新的书，于是在铁窗里我苦苦思索，心情激动，浮想联翩，我在结构，我在创造，几乎推敲到每一个句子，酝酿积蓄太深了，这就是二十几年之后，为什么我一发而不可遏止，八十几天写出长篇小说《第二个太阳》的原因。读者们！你们不难发现，那夜静更深，踏着枯叶，油然而生的《火光在前》最后那个细节，生发开来，才构成了白洁，这个年轻的中国女儿，她没有死在黎明之前，而死在黎明门槛到来之后。正是她的死，没有让十月一日只停留在狂欢之中，而是在十月一日狂欢中刻画出一道永恒的悲哀的血痕。这不是出于我个人的幻想，而是出于历史的必然，这样，这段历史才有令人清醒沉思的意义。我认为在这里我才接触到十月一日的灵魂……

## 一四二　巨人（一）

每一个十月一日都展开新的一页历史，

但每一个十月一日都凝聚着第一个十月一日的幽灵。

是的，幽灵，在一个半世纪之前，马克思和恩格斯写下：

"一个幽灵，共产主义的幽灵，在欧洲徘徊。"

但人类智慧的发展证明，这幽灵早已不只在欧洲，而且在全世界，特别是处在东方黑暗底层的中国，幽灵决然变为现实。

但是，当我向八十岁迈进时，我再回首那又辉煌又悲壮的往昔，我明白一切创建远非易举。

历史的道路永远不会是平坦的，因而命运的驱使也便不可能平凡。多少年来，我总思考着一个问题，正如前面所说：仅仅用欢乐来记述第一个十月一日那个日子远是不够的，在欢乐的更深更深的内核里还含着沉痛与悲哀。亲爱的读者！你想一想，在第一个十月一日之前，有几千万灵魂为这一新的凝聚、熔铸而奉献自己；在第一个十月一日之后，几亿之众更需要为社会主义现代化披荆斩棘，呕心沥血以至付出生命。为人类这个伟大的日子，我写了《火光在前》，写了《第二个太阳》。在《第二个太阳》扉页上我引用了但丁在《神曲》中描述他从地狱经过净界到达天堂后所看到的壮丽景象时的那一段诗："突然间，我似乎看见白昼上又加上了白昼，仿佛万能的神用第二个太阳把天空装点起来。"但是尽管如此，我的心灵之门还总响着叩击的声音。我总感到惭愧、内疚，我把那神圣的日子写充分了吗？不，如果说他是一座雕塑，还需要进行最后一雕，这雕塑才能完美。为此我夜不能酣眠，日不能安宁。从天宇上总有一种声音在呼唤着我。在我的这部著作即将结束时，我沉思很久，沉思很久，终于清醒地意识到，我必须写一个人——他就是亲爱的周总理。他既是这个新中国的伟大创造者，又是新中国的伟大建设者。如果不写他，就像只写下马克思的名字而忽略了恩格斯的英名。当然这不是历史的论断而是文学的幻想。我以为周恩来跟毛主席很有恩格斯之于马克思相似之处。尽管恩格斯说：马克思永远是第一小提琴手，但没有恩格斯就没有完整的《资本论》；同样如果没有周总理，我以为毛主席许多好的构想就不能那样完美地实现。今天我凝视着黎明的晨光，我想到虽然周总理的骨灰撒在了山川大地，但他的双眼总在冉冉升起的五星红旗上炯炯闪光。

是的，不写他，我就无法结束我这部书。

是的，不写他，我就无法结束我的生命。

是的，不写他，我就无法对得起为了今天和未来而艰苦备尝、拼命厮搏的那悲壮的历史。

……我是在延安认识周总理的。魂系青山，心萦延水，在那神圣的地方发生过多少神圣的事情。那一段生活的亲切与和谐，好像补偿了我苦涩的童年、苦涩的青年，补偿了我整个人生。周总理（当时叫他周副主席——中共中央军委副主席），每次从重庆回延安，都要约文艺界人士见面。他那浓眉之下的一双眼睛炯炯有神，闪烁着机智、聪敏、坚定与毅力。那样卓然不凡、神采奕奕。一头浓浓的黑发，宽阔的嘴边总漾着和蔼的微笑，他的常常变幻的神情，总给人一种强大的魅力，让你亲他、让你爱他。他每次一回到延安，就穿起土布衣服，这样，他像得到一种解脱，免去了在国统区那种礼仪的约束，他感到舒适、自如。他向我们介绍国统区文艺界情况，他说：他们在那里斗争十分困难，解放区的作家有责任支持他们。你们应该给那里的刊物写稿子，这样做既充实了他们的版面，又达到宣传解放区的目的。并且决定我们把稿子送到南门外的兵站部，以后每当有车去重庆时，就把稿子带去。后来我到重庆时才知道，红岩办事处很认真地处理了这些稿件。只有周总理这样重视文艺的领导，才会做出这样周到的安排。我就送过不少稿子，而且在重庆出版了小说集《太阳》、《幸福》、《五台山下》。

有一次，我听说由于马受惊，他被摔伤了，而且折断了一只手臂，这消息使我们十分吃惊，十分忧虑。可是我们没法去看他，因为很快他就乘飞机到苏联去治疗了。过了很长一段时间，听说他已经回来，却一直没有见到他。有一天傍晚，通知我们去看电影。我们来到了大砭沟口内的广场。在蒙蒙夜幕下，借着银幕的光，我突然发现站在一个木箱上面放电影的正是周总理。那时放映机是要用手摇的，他就用一只手摇着。这一发现，使我既是惊奇又是喜悦，我目不旁瞬地看着他，根本没心思再看电影了。

电影一完，我们就向他围拢去。他一一和我们握手，他的握手很有特色，像用刀切入一样，把手插到你的手里跟你握住，总是握得那样紧，同时两只大眼睛里亲切的目光都凝聚到你的脸上。大家纷纷问他："周副主席，你完全好了吗？"他举起断过手腕的那只胳膊高声说："你们看，这不好了吗？不好，我能给你们放电影吗？""那你为什么要自己放呢？""好是好了，苏联医生劝我还要常常活动这只手腕，我摇动放映机，既给你们看电影，我又得到了锻炼，这不是一举两得吗？"他话一说完，大家都哈哈大笑起来，他也跟大家一道哈哈笑起来。

一九三九年在太行山上，朱德以十分敬慕的心情跟我谈起周恩来。

朱德为了追求共产主义，抛弃了高官厚禄，富贵荣华，奔到上海，他找到陈独秀，提出他那十分急迫的要求。他对陈独秀说："我要加入中国共产党！"

陈独秀冷淡地看了一下，这个被人称为"军阀"的但是有着一张纯朴、憨厚的农民脸型的人，陈独秀使朱德的渴望与追求一下落入冰冷的渊薮，他对朱德说：像你这样身份的人，得经过长期的锻炼，长期的考察，现在是谈不到入党问题的。其实你何必入党，你还是回到旧军队里去做革命工作，不更好吗？朱德怀着一颗失望的心，离开了他仰慕已久的陈独秀。但是朱德是一个坚定不移的人，他决心到马克思的故乡去找共产党。他先到了巴黎，打听到在一批中国留学生中已经建立起中国共产党支部——这个支部里的负责人是周恩来。

在欧洲的这个中国共产党组织是周恩来亲手建立的。

这时，周恩来虽然年轻，却已经成为一个热情而老练的无产阶级革命战士。

他不只是一个头脑冷静的人，更是一个感情炽烈的人。

是的，炽烈的感情和冷静的头脑，从始至终，构成了他的品格和为人处世的风格。当他听到黄爱遭到反动派屠杀时，怀着无比仇恨与挚爱写下了可以称之为周恩来宣言的诗寄回国内：

> 壮烈的死，苟且的生。
> 贪生怕死，何如重死轻生。
> ……

> 没有耕耘，哪来收获？
>
> 没播革命的种子，却盼共产花开？
>
> 梦想赤色的旗儿飞扬，却不用血来染它，天下哪有这类便宜事？

朱德打探周恩来，谁知周恩来已去了柏林。这时，周恩来这个名字像一颗启明星，在朱德面前闪闪发亮。他的一切希望、一切期待都寄托在这颗发亮的星辰上。于是朱德便赶到柏林。他早已打听到周恩来的住址，下了火车便径直向那个地方奔去。

朱德敲响门，门打开了，站在他面前的就是年轻英俊的周恩来。周恩来请朱德走进那间简朴的房间，拉了两把椅子，对坐桌边。在周恩来文静的眼光与温暖的微笑的鼓励下，朱德倾筐倒箧，满腹的话滔滔不绝，宣泄而出，最后他说：我远道来到欧洲就是找党的，我要求加入党。

周恩来静静地聆听到这里，站起来向朱德伸出手。

——这是两个巨人的握手。

周恩来的热情与陈独秀的冷淡形成鲜明的对比，正是周恩来一双慧眼，识出朱德这个英雄，无产阶级的英雄。

正是这两个中国巨人，在马克思诞生的土地上的这一握手，影响了中国的命运。

在南昌暴动中，他们打响了第一响起义的枪声。

在遵义会议上，他们为了党的前途、党的命运，拍案而起，力挽狂澜。

在茫茫雪山草地上，他们茹苦含辛，露宿风餐，从死亡迈向新生。

也可以毫不夸张地说，正是这两个巨人在柏林的那一握手，准备了新中国的诞生。

我曾和周总理有过长时期的接触，经我亲身观察、感受、思考，我首先想要说的是：他有一颗非常温暖、深厚的爱人之心，这是共产党人好的品德之一，温暖着朱德的，不正是周恩来的爱人之心吗？陈独秀缺少的不也正是这爱人之心吗？

往往在他蓦然一瞥间，微微一笑里，或是在严肃注视中，我忽然感到我的心灵与他的心灵接近了。我意识到他有那样一颗心，用什么话能形容呢？我想起鲁迅的一句诗："我以我血荐轩辕"，我觉得周总理一生就是以自己的血灌溉着别人，灌溉着革命，灌溉着国家。他对他周围人的关怀，正是他对人民热爱的体现。他身经百战，备尝磨难，但从他身上，你却能感受到我上面说过的那深厚而温暖的爱。

从马克思主义诞生时起，一切反动势力都向共产党人泼污水，说他们是残酷无情的。我生在旧中国，我身上就有着剥削阶级的意识和偏见，不过，由于备受封建势力的摧残，我总想冲出黑暗的牢笼，盼望新生、盼望明天。因此从一知道有朱毛红军起，我对那新生力量就寄予向往。但是向往是一回事，理解又是一回事，直到延安整风，我才认识了这个真理，资产阶级靠剥削人致富，自私自利，他能爱人吗？只有以解放全人类为己任、大公无私的无产阶级，才能真正地爱人。我从周总理身上感受到这种真正的爱。是的，只有巨大的心才有巨大的爱。今天，不论国际风云怎样变幻，无论西方反动资产阶级以及他们的谋士们怎样挥舞着"人权制裁"的大棒，但，我要十分骄傲地说：只有在我们这个社会主义国家里才有这种对人民、对人的真正的爱，这一事实最典型地反映在周总理身上。

一九四四年，周总理回到延安参加整风。当时每个人都在纠正错误，总结经验。严于律己的周副主席自觉地投入这一思想斗争运动，回首往事，议论是非。他承受着很大压力，但就在这样情况下，他实事求是，秉公执正，为一批在审干中有各种疑难问题的人摘了帽子，我就是其中之一。我在党校三部中，是第一批做了历史结论的。

周总理亲自找我谈话，安排我去重庆之后，三部组教科的孟昭亮悄悄告诉我：

"是副主席亲自给你写了证明材料，才弄清你的问题。"我十分惊讶，问道："是吗？"

"他写了两条：一、张天翼是共产党员，二、陈纪滢是《大公报》文艺版编辑，和他通信是正常投稿关系。"

我十分感激。因为在康生发动的"抢救运动"之中，揭发我的就是这两个问题，经周副主席明确无误地证明，都不攻自破了。我写这些，主要是说明周副主席那种严肃认真、勇于负责的实事求是的精神。

写到这里，我还要讲一件与我的爱人汪琦有关的事。

当时，她是中央党校三部三支支部书记。在我去重庆之后，有一回，三部派她到周总理那里去了解一个有名的文化人士的情况。这时，组织上已经通知她要调到重庆《新华日报》当记者。邓大姐对于我调重庆之后，还留在延安两地分居的汪琦十分关怀。汪琦去了，他们立刻十分热情地接待她，并且交谈了整风的收获。周副主席正在那儿洗脸，看起来又熬了个通宵。那天太阳很好，把窑洞照得亮亮堂堂，汪琦一坐到周副主席身边，就说：

"副主席！我不能做记者。"

周总理笑了，就问："你找我什么事？"

汪琦说明来找他的目的，随后，周副主席用非常明确、肯定的语言解答了汪琦的问题，然后说：

"你把我刚才说的情况写了给我看。"

汪琦照办了，周副主席看了她写的材料笑着说：

"你看，我说你记，这不就是记者吗？"

周副主席有时到党校三部参加舞会，总要把我在重庆的情况告诉汪琦，遇到有人去重庆，他总是专门派人去找汪琦，要汪琦给我写信。

……

如今，我们都已白发苍苍，回忆往事，对于周总理对人的体贴、关怀，还感到无限温暖。

在我去重庆几个月之后，汪琦也到了重庆。

后来总理到了重庆，见到我跟我开玩笑地说：

"我可把汪琦送来交给你了！"

有一件事，使我看到了这个巨人崇高而伟大的灵魂。就在他开完党的第七次代表大会回到重庆之后，在红岩食堂旁边一块空地上，周总理向我们做了传达"七大"的报告，他清晰而明确在阐述了党的路线、方针、政策……在报告中，他谈到总结党的历史经验，令我没有想到的是，他两手扶着桌子的两角，用非常庄重、严肃的精神剖析了自己所犯的错误。当时的原话我记不得了，大致就是中央文献出版社的《周恩来传》里所记载的几段："……在检查这一时期（指抗战时期长江局工作）的工作缺点时，周恩来认为对游击战争的战略地位认不足，没有充分坚持统一战线中的独立自主的原则"，"缺乏政权的观念"，有"一种由下而上、由地方向中央、由敌后到全国的政治改革观念"，对王明在抗日战争中的机会主义和统一战线中的投降主义有容忍退让的地方。……他说："做了二十年以上的工作，就根本没有这样反省过……"我听了真有一种惊心动魄的感觉。所以震动，是由于我从来还没听到过一个中央领导同志这样严格而又严厉地用解剖刀一刀一刀解剖自己的心灵，给大家看，给大家听，这是多么光明而磊落的坦荡胸怀呀！

当时，每隔一段时间在红岩有一次聚会，会议就在图书室书库外面那条长桌边召开，董老、若飞、周副主席都主持过，主要是听取汇报、布置工作。

周副主席开完会每一次进城，从不一人坐专车，总问：

"有人进城吗？"

而后，我们就跟他挤满一车厢，他侧着身子挤在一个角落里，一路上有时谈谈工作，有时也轻松地谈笑风生。

周副主席非常敬重宋庆龄，有一次从延安运来一大卡车西红柿。一想起延安的西红柿，我至今还馋涎欲滴，从颜色上讲，有大红的，有粉红的，有金黄的；从个头上讲，有的有两三个拳头那么大，有的像胡桃那么小，皮很薄，肉很嫩，汁也很甜。周副主席特别嘱咐给宋庆龄送去，宋庆龄看着这丰衣足食的劳动成果，简直舍不得吃，说这是珍贵的观赏宝物，简直像宝石的雕塑。周副主席跟郭沫若的友谊也极深，两位思想家、政治家除了常常严肃亲密地交谈国内、国际大事之外，也有浪漫的抒情。两人酒量很大，有一次在天官府两人喝得酩酊大醉。现在，我墙壁上挂着郭沫若写的一首诗："顿觉蜗庐海样宽，松苍柏翠傲冬寒。诗盟南社珠盘在，澜挽横流砥柱看。秉烛人归从北地，投簪我欲溺儒冠。光明今夕天官府，扭罢秧歌醉拍栏。"如果我的判断不错，这就是"七大"之后，周副主席从延安回到重庆，在郭沫若住处天官府亲切把酒，纵论高谈的情深如海的纪实。

在重庆，发生过一件令人心碎、悲痛的事，事情发生在毛主席来重庆谈判的时候。

毛主席深入虎穴，来到重庆，这是一场现代的"鸿门宴"，度艰入险，如履薄冰。在延安，周副主席同意毛主席来重庆。因此在这一段时间内，周副主席对全党、全国、全世界都负担着保证毛主席安全的沉重的担子。万一出了差错，我怎样交代？因此，他倾注全力，保护毛主席。有一回，在为毛主席到来特地在红岩盖起来的礼堂里举行跳舞会，人群拥挤，十分热闹，一对一对，翩翩起舞，毛主席像迈四方步一样同一位女伴跳舞。我是从来不会跳舞的，只能在旁边作壁上观。周副主席是一个十分潇洒倜傥的人，他跳起舞来舞姿之优美、神态之动人是人所共知的。可是那一晚上，他从未走下舞池，将两臂交叉胸前，一直站在旁边。我忽然想起一件事来，就过去跟他谈，他却说："你下去跳舞吧！"一把把我推进回荡的人群中去。我莫明其妙，回头一看，只见周副主席目不转睛，眼光凝注在毛主席身上，这时我不免心中一阵赧然，我才发觉刚才打搅他是何等鲁莽。

我一生听到周总理两次痛哭。第一次是在毛主席回延安前三天，李少石突然遭枪击身亡。

我看到周副主席匆匆赶来医院，只见少石冰冷的一具尸体，躺在床上。周副主席肝胆俱裂，抚着李少石，万分悲痛地说："二十年前，在同样情况下，我看到你的岳父（廖仲恺）……如今我又看见你这样……"他那悲痛欲绝的声音，至今还在我耳边鸣响。第二次哭声是前些天我看《周恩来》这部电影的录像带，我又一次听到周总理撕裂人心的悲痛的哭声，那就是贺龙死时，总理赶来，他紧紧握着贺龙夫人的手说："薛明！我来迟了！我来迟了！……"这是电影，但是实有其事，我听着那悲怆的声音，无法克制自己。这两次撕肝裂胆的哭声，我理解，只有有真血性，真性情，有所恨，有所怒，有所爱的人才能从自己内心发出这样震天撼地的声音。周总理！周总理！你一生一世都是这样，从里到外，一片赤诚，忠心耿耿，光可鉴人。

## 一四三 巨人（二）

新中国建立后，我第一次跟总理相对而谈，那可以说是一次机密的接触。

我因受命参加摄制电影工作，在莫斯科住了几个月，天天和瓦尔拉莫夫、西蒙诺夫在一道，进行《中国人民的胜利》这部电影的后期制作工作。工作结束，我即回国。当时我国驻苏大使是王稼祥，他把我一个人找到大使馆，取出一封信来交给我，说："这封信，你回到北京，一定要亲手交给总理。"我理解这是一份机密文件，因此一回到北京的六国饭店住处，就跟总理那里联系，总理那里来电话要我在当夜二时到西花厅去，并说到时有车来接。我披衣躺在床上，不知过了多少时候，听到有人敲门，便一跃而起，果然是总理那里派来的人。夜静更深，长安街上只有一片寂静的灯光，没有一个人影。车进入中南海西门向北拐，走过一条深巷，向北到了西花厅。这是我第一次来西花厅。院里丛丛树影遮住朦胧的灯光。我走上一个平台，而后进入门内。这时一个我在重庆就熟悉的工作人员迎接了我，他小声对我说："今天，总理劳累了一天，你说话时间不要太长。"然后他引导我穿过一间前厅，走进总理办公室。办公室不很大，也没任何装饰，总理坐在办公桌后面，正埋头处理文件，见我进来，做了一个手势，要我坐在办公桌旁边一把椅子上。台灯的光照着他的面孔，他炯炯的目光默默凝聚，他这沉思的神态，十分动人。过了一阵，他把手头文件处理完毕，把脸转向我：

"在莫斯科工作顺利吗？"

"很顺利，稼祥同志要我带一封信亲自送给你。"

我把信送过去。他拆开信封，十分专注地读起信来。

有关工作上的事办完了，他好像放下一个沉重的担子，非常轻松地看着我。我向他报告："总理，稼祥同志让我把与拍摄电影有关的事向中央口头汇报一下。"他朝我微微一笑，鼓励我讲下去，我把斯大林很重视这件事，已决定给两部电影以斯大林奖金的情况讲了。他说："斯大林同志为中国革命成功高兴，可是，他们给奖金，我们怎么办呢？"他略一思索说："你亲自去向毛主席、向少奇同志都汇报请示一下。"至此，公事已经说完了，本来我可以走了，可是我心里有件事必须向他交代，我说：

"总理，我可能犯了一个错误。"

总理浓眉一挑，向我深深地投来审视的目光，说："什么事这样严重？"

"是这么回事，苏联演出了一个芭蕾舞剧，是反映中国革命的，剧名叫《红罂粟花》……"

我多次发现，一谈到文艺问题，总理就很感兴趣，看来他很想让我说下去。在总理面前任何一个人都不会感到拘束，我见他兴致很浓，便滔滔不绝地说了下去："……因为是反映中国的，这戏现在轰动一时，而且得到斯大林奖金。苏联同志邀请我们去看，不知怎么，愈看愈不对劲，剧中演到一只苏联船只经过上海，一个船员到舞厅里去跟一个舞女跳舞，他送了一朵红罂粟花给这个舞女，从此苏联的革命影响就传入了中国。首先这个剧名就难以接受，罂粟，在他们那里也许只是鲜花，在我们心目中是鸦片烟，他们不会不知道，西方向中国大量倾销鸦片，毒死了多少人。到谢幕的时候，我站起来了，可是我没鼓掌，鼓不起来呀'！"

　　现在想来，也许是我这个长期处于侵略压迫之下的人，民族情绪过于褊狭了。但是，总理没有责备我。他随即谈起来，他说他看了《旅顺口》那部长篇小说，心里也不大舒服，怎么把中国人写得那么麻木不仁？当然也不奇怪，这是外国人多少年对中国人形成的成见嘛！我们要多做工作，改变这种印象。

　　我说这是一次机密的接触，不是指我带了一封机密的信，而是由于我们谈了对《红罂粟花》《旅顺口》的印象，像这样一件事多少年以来是不好讲的。不过，往日如烟，时代更迭，现在可以说了。当我老年时写到这个地方，我觉得斯大林以及苏联人民对中国革命的胜利是欣欣鼓舞、充满热情的，到今天，我还记得我多次访苏，他们曾给予我多么大的温暖。但《红罂粟花》这件事确实也说明国与国之间的理解是多么不容易，友谊必须建立在理解之上，反过来友谊又能促进理解。

　　中国和印度建交之后，中国派出了访印的第一个文化代表团，我是这个庞大代表团的秘书长。那时我们哪里有现在这样四通八达的航运条件，要出国都得经过香港这道险途。那里虽然设了一个新华社，但是国民党反动势力十分猖獗。我们住进山腰的招待所就不能外出，还有人向里面扔石块。我们按照原来计划，等候飞机起航。这天睡到半夜，突然为敲门声惊醒，我起来一看，是一个新华社的负责人，交给我一份周总理亲自署名的急电，我匆忙看了一下：要我们放弃乘飞机的设想，以免在新加坡换机出事，一定改乘英国轮船。我立刻感到，总理在西花厅经过了多么细心的分析，做出这一果断的决断，他那炯炯的目光从遥远的远方注视着我们。我立刻邀了新华社这位同志一道叫醒了团长丁西林、副团长李一氓，进行讨论，当即决定回总理一电，坚决按照总理的指示办，这样改乘了英国九千吨的"胜高剌号"轮船。

　　船到达新加坡，要碇泊数日，卸货、上货，果然有不少国民党的暗探拥上船来，对我们进行严密的监视，虎视眈眈、形势严峻。我们当中一个团员走到一个青年人身边，直截了当地问："你是国民党的特务？"那人面红耳赤，点头承认。

　　我们闷热难熬地过了五天，未能登陆一步，五天后，船才沿着马六甲海峡前行。右望马来西亚半岛，左眺苏门答腊岛，清风徐徐，景色迷人，这时大家都为周总理细密的分析、精确的判断、果断的决策所感动、所折服。当我们在甲板上散步时，丁西林说："不是周总理的英明远见，我们这些人也许都困在新加坡了。"

周总理从来自律甚严，三年困难时，我们一家人都浮肿了，当有人告诉我毛主席、周总理都在进素食甚至吃野菜，当有人告诉我毛主席、周总理也已浮肿，我听了难过了很久，很久。

后来，我认识一位原雷蒙服装公司的经理，当年他是雷蒙服装店手艺最好的工人，他有一次到我这儿来偶然谈道：

"你别看周总理出国穿着西装，很有风度，可是周总理有几套西装我清楚，就是那么两套……"

这位朴实的老人的话使我不禁想到，我现在比周总理还多两套呢！

我还要讲一件我亲身经历的事，那是一九六五年，以肖望东为首的国务院文化部的新班子组成了，我是其中之一。周总理约了我们这一班人到人民大会堂见面。那次的确只是见见面，总理并没做什么指示，只是随意自如地讲了社会主义国家文化工作的必要性与重要性，讲了发现人才、使用人才、保护人才的必要性与重要性，我记得他还讲到列宁跟蔡特金谈文艺的事，说毛主席经常亲自过问意识形态问题……谈了一阵之后，总理说："今天我请你们吃炸酱面！"于是他带我们走到长廊上一只方桌旁，的确什么菜都没有，就是炸酱面。一面吃一面谈，他十分关心地问每一个人的身体情况，当问到我时，我说我是神经官能症……每夜要吃速可眠……"他望着我问："是红胶囊的那一种吗？"我说："是的。"他说："那不要紧，我每天晚上也吃一颗，只要控制不增加量就不要紧。"吃罢饭，走出会见厅，我发现总理十分认真地问身边工作人员："饭钱付了吗？"……就这样一顿炸酱面，还要总理自己付钱，我心里一时感动得说不出话来。

总理是那样关心人、体贴人。一九六一年，组成了以巴金为团长、我为副团长的中国第一个访日作家代表团。不久，由龟井胜一郎、井上靖、有吉佐和子等人组成的日本作家代表团回访。总理在西花厅会见，我们早早到了，在会见厅等候。没多久，总理迈着轻快敏捷的步伐从后面走了进来，一见面就说："白羽来就行了，杨朔、北屏都来了，不要为了我一个人，耽误你们那么多时间嘛！"

总理经常关心文艺工作，很长一段时间，我既在中国作家协会又在国务院文化部工作，所以与周总理有不少直接接触。

有一晚我睡在书房沙发上，睡得糊里糊涂，突然给急促的电话铃声惊醒，一拿起耳机子我就惊住了——是总理的声音，总理！你通宵达旦，日理万机，有什么事让秘书通知一下就行了，怎么自己打电话呢！总理问："白羽吗？我把你吵醒了吧？……"他总是那样细心体贴。我不知怎样回答好，只能说："没有，没有。""我在批一个文件，想起一件事，想急于告诉你。""总理有什么指示？""你们总说指示，指示，我只是跟你商量嘛！我想作家一定要到火热的斗争中去，这一点毛主席讲得非常深刻，你们不都是到了火热斗争中才写出了新的作品吗？现在国内没有战争，外国有战争，比如抗美援越，为什么不能组织作家去呢？这事，你跟总政商量一下……请巴金带个头，他抗美援朝，深入生活很好嘛！写出《英雄儿女》（这是根据巴金小说《团圆》拍摄的电影）那样好的作品，当然，不可勉强，要征求他同意，还要保护他的安全。"我说："总理，我明天就办。"我第二天就与总政的同志一道开了会，后来，组成了以巴金、魏巍为第一批，徐怀中、丛深为第二批的作家队伍，冒着炮火，远赴越南。

总理一贯非常坚定地执行毛泽东的文艺路线。今天我翻读一九六五年日记本上记录的一段总理有关拍摄艺术性纪录片的讲话，这次谈话参加的人不多，是在西花厅里召开的。

"毛主席的《在延安文艺座谈会上的讲话》二十多年了，为什么不能贯彻？全国刚刚解放，跟文艺队伍第一次见面，我讲了话，我把毛主席的文艺方针讲了一次，昨天晚上我又读了一遍主席的《讲话》，还是那样新鲜……昨天晚上读完《讲话》，我觉得毛主席思想是一直贯串下来的，但我们有些人却忘了两条道路的斗争……中国文艺革命化的问题，就是改造问题。现在革命化成为口号了。到底做得怎么样？就是要把资产阶级的立场、观点、方法改造为无产阶级的立场、观点、方法。这是长期的，在我看来做到老，学到老，改到老。文艺工作者容易受感动，但没有实践。所以主席的《讲话》到三十年五十年还要讲。……"

就在西花厅夜晚总理谈拍摄艺术性纪录片的讲话中，他提出："我希望把大庆、大寨拍好。"

"拍的片子要把伟大时代迅速反映出来，要及时、真实、系统、生动，有对照、有比较、有发展，要吸引人、感动人，才有教育意义。"

在这里，我还要讲一件令人非常感动的事情。总理决定把大型音乐舞蹈史诗《东方红》拍成电影，他十分重视此事，为此要举行一次会议商讨。会议召开的前两天，我午睡刚醒，一阵电话铃声响起，我拿起电话听筒，一听是总理的声音。他问我北影哪几个人参加座谈会好？我理解，当时正在进行文艺批判，电影界压力很大，很多人都处于岌岌可危的状况，让哪一个人参加，搞不好都会酿成风波，总理这时也为难。但是，就在这次电话中，总理谈道："一些电影不修改就拿出来批判（这时江青已从《烈火中的永生》入手，进行挑剔，坚持要这样做），可以嘛！但是要有区别，主要倾向好、但有缺点的和错误的影片还是要有个区分嘛！对于前一种还要保护嘛！"

接电话后我马上到北影商议参加座谈会人选问题。晚间我又宴请泰国作家古腊。一回家，家里就告诉我："周总理那里来过电话。"我赶紧往西花厅打电话，听到总理的声音，我知道总理在等着我的回话，我就告诉他："我们的意见，水华、崔嵬、凌子风、成荫还是参加的好。"总理沉吟了很久——我理解，当时江青事事刁难，因此让谁出面，都有一定的风险，总理对此不能不慎重考虑，最后，他决然说道："那就决定请他们参加吧！"总理事事直接过问，亲自安排的精神十分感人，我一听到他在电话里的声音，就感到温暖。

几天以后的一个夜晚，总理叫我到西花厅去。

总理跟我说：

"大庆大会战当时没拍下纪录片，我有责任。"

……我从他那惆怅的神色中感到他有一种深沉的内疚。

只有与人民心连着心的人，才能有这样真诚而坦率的自白。

"总理！那是三年困难时期，你为了人民能活下来，耗尽了心血，哪里还顾得上……"

他不以为然地说："正因为困难，大庆人不怕千难万苦，硬是从专家做了死刑判决的地方，打出了一口油井，这种精神我总不能忘记，我找你来商议一下，能不能补拍一部片子？"

谈起大庆精神，我心情十分激动。那一年我神经瘫痪，躺在北京医院病床上，忽然有人悄悄推开门，放轻脚步向我走来，我翻身一看，是李季。李季是我一生一世中在文艺界里结识到的最好的一个朋友，他一直深入石油前线，在北京也还总穿着油田上发的蓝布工作服。他热爱生活，是一个真正的社会主义的新诗人，是一个无产阶级新诗人。我敬他，我爱他，他敬我，他爱我。因此，后来听到他猝死的消息，我急忙奔到医院，我抱着他冰凉的尸体号啕大哭，别人拉我起来，我望着他那蜡黄的面孔，久久不能离去，李季！你为什么这样早早就死去了！当我卧病北京医院时，正是他，在我心上燃起一颗希望的火种，助我战胜病魔。他怕我激动，坐在病床边，轻言轻语地告诉我："在彭真同志主持的一个大会上，康世恩同志做了一个关于大庆大会战的报告，大庆人的豪迈的精神使很多人感动得都哭了……"我一听就无法遏止我的激情，我说："李季，你把那个报告记录给我弄一份来！"李季说："你这种病怕不宜于看！"我非常固执地说："我一定要看！我慢慢看，看一会儿歇一会儿……"我向他露出希冀、乞求的眼光。李季可怜我，被我软化了，他从口袋里窸窸窣窣掏出一本文件，递给我："你可一定不要激动，慢慢看。"我点点头，李季！我亲爱的同志，我亲爱的战友，我望着你在门口消失了，立即打开那份打字稿看起来。那不是字，那是火、是血、是生命，大庆人一下就吸引了我。我看得全身神经发麻、发木，头脑发涨，全身簌簌发抖，可是我还是无法停止地看、看……护士一进来我就塞在枕头下，她们一走我又看。

我读的是天书，

我读的是圣书，

正是他们，是我们民族的脊梁，可爱的中华民族呀！每当危难到极点时，你就爆发出强大威力，顶着狂风暴雪，强梁横暴，使历来用洋油的国家有了自己的石油。

我读着读着，泪水蒙住了我的眼睛。

但我来不及伸手去擦，一任泪流满面，又看了下去。

大庆石油工人一个个都是铁人，是你们把我从病痛的消沉中挽救过来。

我又有了生命。

我又有了希望。

因此，当周总理以那样的深情谈到大庆时，我忍不住心灵的激动。

后来就谈到落实的问题，由谁来担当这艰巨的导演任务？

总理问我，我一时答不出来，就问总理：

"总理，你看谁合适？"

总理沉思了一阵说："请骏祥吧！不过，这事你得跟上海市委商量一下，如果他们同意就要骏祥去！"

——总理的心愿，总理的自责，要交付一个最理想的人，在这时选定了张骏祥。

就在这一次夜谈中，我们还谈到拍电影《李善子》的问题。这是总理非常苦涩的一段经历，现在一提起这事，我还忍不住心中的凄楚。

我告别总理，走出西花厅，仰望天空，银汉微斜，静星灿烂。我忍不住又回过头来看看西花厅，这一次谈话，使我理解到总理那海一样宽阔的胸怀。

大庆会战那一个冬天，是一个严寒而困苦的冬天！当时，赫鲁晓夫撕毁合同，撤走专家，妄想使我们没一滴石油，在能源问题上一手把我们卡死，让我们机器停转，运输冻结。看着一辆辆汽车驮着大煤气袋，我们的心痛得在流血呀！怎么办？乞求吗？不，中国人民是有骨气的人民，天塌下来也挺得住。正是在这关键时刻，在周总理亲自部署之下，在零下四十摄氏度的黑龙江荒原上，展开了一场惊天动地的石油大会战。风似硝烟，雪如弹火，大庆人一个个挺身而起。在这时节总理彻夜不眠，守着电话，等候大庆的消息。总理身在北京，心在大庆，他是和大庆人一道鏖战啊！大庆人用自己热血沸腾的胸膛融化了冻得铁硬的地壳，寻觅着深藏的地火，终于凭着这一股干劲，喷出了中国自己的石油，欢呼之声骤然响彻云霄，我们从危难之中冲破难关前进了。在那冰雪茫茫的日夜，总理的心是跟大庆工人的心一道跳动的。我仔细想着刚才总理跟我的谈话，那样循循善诱地让我们理解，大庆精神就是从马克思、恩格斯起所赞颂的劳动人民创造世界的精神。中国石油工人就是以这样一种创世精神，变精神为物质，从那个严冬在大庆钻出中国的第一口油井，开始迈步渡过三年困难的难关。

西方多少专家断定：

"中国是贫油国。"

"中国是无油国。"

而现在石油的芬芳已经飘在中国辽阔的国土之上了。

有一次，我又到总理那里去汇报石油部徐文野写的大庆纪录片提纲，总理听完之后，再一次叮嘱我：电影里不要多搞现在已经现代化的东西，大家要学的是大庆那种艰苦创业的精神呀！总理多么想把这种创业精神传遍全国，留给子孙后代呀！

前面提到《李善子》，我至今还觉得对不起总理，也许正是我给他带来了那么大的麻烦！我一九六二年访问朝鲜，在平壤的一个夜晚，看了朝鲜话剧《红色宣传员》，主角是农村的宣传员李信子，她为了把农村建设得富裕起来，无微不至地做群众的工作，为了振兴农业，兴修水利，她遇到很大阻力，特别是有一个落后顽固的老阿妈妮，她没有责备她，而是亲切地关心她，像对待自己母亲一样对待她，甚至搬到老人家里来住，照料她，侍候她。精诚所至，金石为开。李信子终于感动了老妈妈，解化了老妈妈心中的冰块，决心把地方让出兴修水利。这个农村宣传员的行动终于影响了整个村子，人们的积极性像火一样燃烧起来。看剧时，我和黄钢都感动得流下眼泪，认为这是个很好的戏。回到北京不久，我见到周总理，就把这件事报告给他，他仔细地倾听了剧的内容，也觉得十分动人，认为基层干部这种为人民服务的精神是可贵的，总理说：

"朝鲜有这样好的戏，我们应该上演。"

不久，北京人艺上演了这个戏，改名为《李善子》。

……我得神经瘫痪症住在医院里，没能去看，可是我问看过的人，都说很受感动。后来，病情有所好转，我转到上海去继续治疗。上海也正演出《李善子》，我扶病看了，觉得张瑞芳把李善子演得深刻入微，活灵活现，使我深受感动。那天日记上记着，"与郭小川一道去看《红色宣传员》，虽然在平壤看过，这次还是十分感动，几个地方我难以抑制地落下泪来。"总理既看了北京的演出，也看了上海的演出，决定拍成一部电影。

在西花厅夜谈后，不久，张骏祥、张瑞芳、郑君里从上海来了。郑君里准备担任《李善子》这部电影的导演。留给我印象特别深的是，一个夜晚，在西花厅屏风后面，总理和我们几个人围坐在沙发上，总理说：大庆会战应该拍一部故事片，可是要熟悉石油工人生活也不容易，他转向骏祥："你先到大庆石油工人中间深入生活，先拍一部艺术性纪录片，熟悉了生活，就可为日后拍故事片做准备，你看这样好不好？"接着总理又一次谈反映大庆反映什么这个核心问题。他说："大庆好就好在它体现了自力更生、艰苦奋斗的精神。"他谈到这里双目炯然一亮，说："我出国回来到新疆去看了石河子，他们生产搞得很不错，可是他们大搞亭台楼阁，这一点我就不赞成，大庆就不，你们去看看，现在还在干打垒的土房子里办公，还在干打垒的土房子里住宿，工人从地底下取石油，家属在地面上种粮食，他们给国家提供了那么多石油，可不伸手向国家要一粒粮吃……"

总理一往情深地说：

"你们反映大庆，就要反映那场大会战，不容易呀！头顶青天，脚踏荒原，在一片冰天雪地里，大庆工人有条件上，没条件创造条件也要上，向地球要石油的那股顽强战斗精神是很了不起的。"

我一面聆听，一面深思，总理理解大庆精神是如此之深，大庆精神不就是总理的精神吗？！他一生一世不都是在艰苦创业中奋斗过来，而且现在还在奋斗的吗？

拍摄大庆会战的问题，就这样定下来了，张骏祥回上海交代一下工作就动身到大庆去了。

谁知留下一个大难题，就是《李善子》。开始进行得还顺利，总理兴致勃勃，为了拍好这部故事片，总理调了张瑞芳演过的几部电影组织我们看，每次都是夜晚在紫光阁小礼堂放映。有一次看《聂耳》，看到聂耳和女友在龙华塔上缠绵告别时，邓大姐说："这一点就不真实……当年总理每一次出发，他一出门我就赶紧关上门……在白区，怕暴露呀！哪里能够那样自由自在，在龙华塔上缠缠绵绵呀！……"总理有一种机智的本能，遇到非议，往往一笑而过。因此，大家还是一面看电影一面谈笑风生，议论纷纭。

那是一个严寒的冬夜，我们看完电影，从有着暖气的温热的室内走到外面，北风凛冽，我感到一阵酷寒。可是，我偶然低头一看，看见总理只穿一件单裤，冷风把单裤吹得拂拂飘动，我不禁大吃一惊，问："总理！你不冷？"他哈哈大笑，用手拉起裤脚，露出赤裸的苍劲有力的腿给我们看，他告诉我："在中南海，毛主席和我冬天都不穿毛裤……"好像是瑞芳惊讶地问："你是怎样锻炼出这一身体魄的呀？"总理说："我没什么锻炼，工作就是锻炼，我只爱在夜晚沿着中南海湖边上走走。"我心下暗想：这不正是长期在革命洪流中锻炼的结果吗？长征转战，雪山草地，在为新中国诞生而进行的最后的决战中，他甩掉梅园新村的整洁服装，换上土布军装，跋山涉水，转战陕北——他的性格，他的党性决定他永远站在第一线上，无论在军用地图前，还是外交谈判桌边，他运筹帷幄，决胜千里，纵横捭阖，折冲樽俎。"工作就是锻炼"，这淡淡的一句，正说出是什么练就了他的体魄，是什么熔铸了他的神魄。跟他接触过的人都感到他有一种惊雷骇电般的威力，又有火般炽烈的感情。他的脑子像闪电一样敏捷，他的两只大眼睛，有时发出暴怒的火花，有时闪出温柔的暖意，他扶尸号啕大哭的声音，是那样撕裂人心，他面对攻击时，又有那样别人所承受不住的坚忍和毅力，在他明亮的一生中，你找不到一丝污尘，他就是这样一个有真血性真性情的人。

在那个寒冷夜晚，我们想陪陪他，他却说："今晚很冷。"执意要我们上车走了。我回过头，望着他在朦胧的灯光下向西花厅走去的背影，深深觉得他一生一世双肩上总是承受着、承受着太沉重、太沉重的负荷。

总理在研究《李善子》演出时，本来是兴致勃勃的，他精心细密，不但从政治思想上，而且在艺术上帮助我们。有一次我正在国务院文化部礼堂参加一个大会，忽然有人走到我跟前告诉我："总理让你约上张瑞芳几个人到人民大会堂去看毛主席写的那幅字。"我不明白总理为什么要我们到那儿去，我找到瑞芳、君里、骏祥，立刻赶到人民大会堂，一看，是毛主席写的"战地黄花分外香"那首词，我们认真观赏，仔细揣摩，这幅字写得很有章法、很有气势，特别最后一句"寥廓江天万里霜"末了那一个霜字，写得很大，粗犷有力而又潇洒自如，正是这最后一笔，体现了艺术美的完整。我想总理一定不知道端详过多少次，所以才特地让我们来领受艺术的气势与完美。

但这时，阴风已经暗暗袭来。

当时，我一点也没感觉到。

但从总理偶然凝目沉思中，感到他好像有点儿为难之处。

我们在总理那里的讨论还在进行，有一次，谈到在电影里表现宣传员与群众关系上要进一步深化，我说了一句：

"瑞芳，你自己做做支部工作，你就理解怎样做人的工作了。"

总理点点头说：

"这话讲得是对的。"

后来张瑞芳回到上海，果然做了他们演出集体的支部书记。但是，我渐渐听到从上海吹来风声，说：《李善子》是以情感人的人性论，是违背阶级斗争原则的。

我心情很沉重，我怕总理为难。

拍电影的事已经跟朝鲜方面说了，如果是这样，可怎么交代呢？

我仔细回想，觉得这部戏完全符合毛主席提倡的深入群众、团结群众、教育群众的思想，怎么一下就有这么大帽子压了下来？事情还照安排妥了的进行。

总理看了上海的演出，又看了北京的演出，他觉得各有长处，因此组织人艺再专门演一场给大家看。总理来了,君里、瑞芳都来了。我原来坐在前面,总理的秘书招呼我坐到总理身边,好听总理的意见。可是,在整个演出过程中,总理一声未响,我头一次看到他这样满面阴沉,显得心情十分沉重,我在旁边也感到坐立不安起来,演完,总理一句话也没有说,就走了。

我心急如焚,但总理不露声色。

只有一次,我和总理两人在一起时,他突然愤慨地说了一句:

"……她那里一个电话就是一两个钟头!……"

我明白,从中作梗、进行破坏的是江青。总理就这么简单的一句话,戛然而止,但我立刻感受到总理在承受着多么痛苦的磨难,已经到了难以忍耐的程度了,否则在我面前连那一句话也不会露的。

其实,江青早在北京就插手破坏了,她曾经找郑君里去谈过一次话,再聚到总理那儿,总理问:"江青同志有什么意见?"郑君里全身紧张,满面颤悚,他闷了半天,才冒了一句话:"江青同志说我这样下去就完了!"……总理见此情景没有再问。后来江青到了上海,于是从上海就吹来那股冷风。现在想来,江青造反的第一箭就是对周总理的。周总理当然心如明镜,但又不便流露。于是拍《李善子》的事就搁浅下来,总理为难呀!对朝鲜怎么交代?对我们怎么交代?他精心考虑,周到安排,要我和君里、瑞芳到北戴河去向当时在那里度假的周扬汇报,周扬可能已知道内幕,只说了两句模棱两可的话。《李善子》像白天鹅被黑天鹅紧紧扼杀一样,就这样被腰斩了。

拍摄《李善子》的事从此罢息了,但总理丝毫没有放弃拍摄大庆的事。临去北戴河之前,总理把我们几个人召到西花厅,他说:"你们去听听周扬同志的意见嘛!"然后转过身来对我说:"我总有点不放心,白羽!你还要亲自到大庆去一趟,看看骏祥那里有没有困难,大庆人不是说没有条件创造条件也要上嘛,我们就要给他们创造条件!"然后总理把拍摄这部纪录片,从指导思想到突出表现什么精神,一直到具体设想,又细心地讲了一遍。我从北戴河乘火车经辽西到大庆。大庆的同志把我接到干打垒的会议室,康世恩正在那里主持一个会议,见我到来,立刻终止会议,让我传达了总理的嘱托。

在计划拍摄《李善子》、补拍大庆会战电影的同时,发生过这样一件事。那是一九六四年冬天,一种紧张的政治气氛已经暗暗袭来。这时,开了一个亚非文学交流座谈会,为明年举行的亚非作家北京紧急会议做准备工作。参加者有柬埔寨的马来琴、孙苏伦、翁萨伦，喀麦隆的恩朗德、让·让·查理，斯里兰卡的普瑞玛瑞特纳·康德萨密，印尼的班格里·西里格尔、班达哈罗、梭勃伦·艾地、艾尔曼、努尔苏曼托、玛尔查曼，日本的霜多正次，苏丹的凯尔，泰国的古腊，津巴布韦的马雷陶。聚会结束后，一天下午，从外办得到毛主席接见的消息。五点半，我赶到湖南厅，不久，毛泽东、刘少奇、周恩来三个人一道出现，我意识到这是一次极其隆重的会见。哪里知道，一坐下，毛主席就指了指中国代表团，向外国朋友说：

"你们知道他们是什么人？是修正主义分子。"

这一来整个会场一下僵住了。毛主席的话音一落地，周总理就大笑起来，他没有说一句话，但这笑声却像是在解释毛主席刚才说了一句幽默的言语，这幽默的言语使他忍不住大笑起来，于是整个会场上的人，连外国人带中国人都笑起来，毛主席也跟着幽默地笑了起来。剑拔弩张的气氛一下冰消雪化。

"文化大革命"爆发之后，我有一次想到这件事，觉察到毛主席当时不是偶然失言，而是有所针对的。但，只有周总理才能那样机智而又那样圆满地在一瞬间处理了这一难以处理的场面，一下化险为夷。我不禁更加佩服起周总理来。

"文化大革命"的灾难铺天盖地而来。

当时我在京西宾馆主持亚非作家会议北京紧急会议。红卫兵要揪我们，陈毅、廖承志坐镇在那里，抵挡了干扰与破坏。有一天，廖承志要我到总理那里，研究总理在大会上发言的起草问题，我稍迟一步，看到乔冠华已经坐在那里，谈了一阵。见我进来，他把我叫到一张小桌边。看样子他好像想起了一件很为难的事。因为当天夜晚，总理要主持在人民大会堂宴会厅举行的宴请亚非各国代表的宴会。这会儿，他面色很沉重，对我说："你亲自去宴会厅检查一下，看看关锋、王力的位子排得合适不合适？"我说："总理，我就去。"总理站在那儿，用肃穆的眼光一直送我走去。没想到，这就是我一生一世同周总理的最后一面了。

现在写到这里，我无法抑制自己。当时我不太理解总理的用意，后来在七年禁锢中，我才懂得当时总理是多么深情地在维护我，因为万一出了娄子，这压力肯定会压到我这个主持会议具体工作的人头上。总理！总理！从这时开始，你在十年浩劫中，为了保护许多同志，你用你的胸膛挡住多少残酷斗争、无情打击。凭你的斗争经验，你对林彪、"四人帮"一切险恶的用心了如指掌，可是，"文化大革命"是毛主席亲手发动的，你不想执行也得执行。你是多么为难呀！如果没有你身经百难、孤身折冲，整个国家就会给造反派冲得土崩瓦解。

可是就在这万分为难之中，你还在维护着你能维护的，体贴着你能体贴的。

总理！我不能再见到你了，如果能够，我会抱住你倾诉。你给我的恩惠，我们一家人永远不能忘记。我被关在囚牢里。窗上黑铁的栏杆，每天每夜在敲击着我的灵魂，在那苦海一样的日子里，我坚定地没有失去信念。但是我想念我的亲人呀！还是在机关里隔离时，我最后一次看见我十三岁的女儿，她在下乡插队之前想见爸爸一面，她还是孩子呀！她是何等天真，认为她下乡插队这个理由，可能敲开仁慈的大门。可是几个监视我的人死死地把我堵在屋里。我站在窗边，等了好一阵，果然看见女儿气得昂着头、流着泪走去的背影，我肝肠俱断、痛不欲生。从此以后我被关进牢房，天涯海角，生死茫茫，家里人不知我在哪儿？还在不在人世？我也不知我的家人在哪儿？还在不在人世？悲哀与痛苦死死地纠缠着我、折磨着我。有一天，他们忽然把我用吉普车送到一座大院，走进楼上一间房屋，有两位专案组的人和颜悦色地坐在一旁。我等了不久，门忽然开了，只见我女儿像箭头一样一头冲到我跟前，用两手紧紧抱住我，用头在我胸膛上撞着，号啕大哭！……孩子！你还是一个孩子，这几年你都怎样生活？你在天涯海角怎么一下来到我的眼前？我也紧紧抱着她，泪流满面……总理！后来我才知道，是汪琦连同两个孩子联合给总理写信，是总理批准我们见了面。这时我已经折磨得骨瘦如柴，两腿瘫痪。有一天我听到外面走廊上在开饭，铁勺碰撞铅桶的声音一路响着，可是，到我门前却过去了。这是怎么回事？难道又出了什么事，我连饭也吃不上了？！但不久，我的门开了，一看，送来的不是一筒饭一筒菜，而是几个筒，送饭的是个纯朴、憨厚的青年战士，一看就是农民的儿子，他给我打的是白米饭，不再是窝窝头，而且还有两样荤菜，一盆肉汤……我正在惊讶，见旁边没人，打饭的那个战士悄悄告诉我："这是周总理批的，给你们八十几个病号改善伙食……"我端着香喷喷的菜饭，转过身来，忍不住痛哭。总理！你现在承受着多么沉重的、关系着国家生死存亡的重担呀！你还想到我们——只有你，才会这样细致地关心人，爱护人呀！那样好的饭，可是我没有吃下去，想想总理那颗慈爱之心，我全身颤抖、悲恸欲绝！那个农民的儿子来收餐具，见我原封未动，说："你多少吃一点！"

我忍不住失声痛哭，这个孩子低声叹了一口气，提起几个铅笔，慢慢走了。

……一九七五年我终于被释放回家，我已成为一个神经痴呆的人。

可是我心灵上仍然跳着一束小小的火苗，那就是我想什么时候能再看到周总理。

有一晚，等孩子们都去睡了，汪琦悄悄告诉我：

"总理病了！住院了……"

我默默望着她，问：

"病重吗？"

"听说是不治之症。"

汪琦再也忍不住了，我们两个苦命的人手拉着手哀哀痛哭起来。

从那以后，我天天注视着电视荧屏，看到总理还在接见外宾，我又看到了他的面容，听到了他的声音，不过他是那样瘦削，那样憔悴，他脸上刻着的皱纹很深很深。眼看他病容一次比一次严重，我心里像刀剜着一样疼痛。可是，我还暗暗存在着一线希望，我希望在国庆节招待会上能看到他。当时，有那么一种惯例，凡是释放出狱、做了结论的人，在参加国庆招待会新闻报道的名单最后，有一小段：还有某某人、某某人……这样就恢复了公开身份。我痴痴幻想，在这段时间内，总理也许会好起来，那么他一定还会出席招待会。我相信，但凡能去，他一定会去。他理解人们的期望，他不忍辜负大家的痴情。不论多么病弱，他的声音还是会响亮的。在电视荧屏上看见他那带了病容的微笑，我觉得他是一支红烛，用他最后的生命发着红色微光。我心疼呀！

国庆节前，我果然收到了一份请柬，我急急拆开一看，上面果然写着周恩来的名字……我连忙告诉汪琦，她眼中闪出惊喜的光，我说："我一定能见到总理……"我幻想着能不能冲到主位上去看总理？可是一想到我这划在"还有"这一另册上的身份，我又有点胆怯了，不过，哪怕远远地、远远地看上他一眼，也将是莫大的幸福。请柬里有一张字条，上写："您的座位在第四区第二九二桌，请于下午六时四十分前入席"。为了可以看到周总理，我早早就到了我的席位——我记得和我在一起的有齐燕铭……大家都在低声询问："总理能来吗？"向往变成信心，回答是："一定来。"

——那宝贵的一瞬间到来了，铿然一声，金铁齐鸣，迎宾乐曲响亮动听，我们都站起来鼓掌，但是我失望了，我没有看到周总理……啊！他没能来，他不能来了！……我太失望了，这对我的打击太大了，整个招待会期间，我泪眼模糊，什么也没有看见，我想着汪琦在家里等待着我的热情期待的眼光，我将怎样回答呢？不过，一开门，她一见我的面容就明白了一切，没有再问我什么。这真是痛苦难熬的日子呀！

在那疯狂而灾难的日子里，周总理的日子难熬呀！

经历过那个时代的读者，请回想一下，在那样复杂的斗争中，周总理是多么难处呀！他忍耐了人所不能忍耐的磨难，但在暴力面前，他又无法抑制不能不爆发出电闪雷鸣……他的血性，他的真性情，这时就发出维护真理与正义的闪光。大家都知道，当红卫兵向陈毅冲来时，总理跳起来，疾步而前，挡在前面，他向逼过来的黑压压人群发出吼声：

"你们要打陈老总，你们就从我身上踩过去吧！"

只有总理能够做到这一点。他的威严一下震慑住了混乱的人群，不是他们恢复了理性，而是这声音那样坚强。

……总理，在乱箭纷飞之中，你真是左推右闪，东挡西杀。

亚非作家北京紧急会议之后，在北京成立了常设局。在江青策划之下，要召开纪念《在延安文艺座谈会上的讲话》发表二十五周年大会，邀请亚非作家来京参加。这时发生了一场混战。由中国代表团起草的邀请信里，写了：毛泽东天才地创造性地发展了马克思主义第三个里程，写了"四个伟大"——"伟大的领袖，伟大的导师，伟大的舵手，伟大的统帅"这些词句，拿到常设局书记处会议上一讨论，立刻哗然，遭到了森纳那雅克（斯里兰卡）、凯尔（苏丹）、西园寺公一（日本）的强烈反对——这道理很明显，什么"四个伟大"、"三个里程"，是你们中国国内的事，怎么能把这强加在亚非作家头上？写到这里，读者们，请允许我作一个重要的插曲。那是北京紧急会议开始之时"文化大革命"已经到来之际。奉总书记邓小平之召，陈毅、廖承志和我到钓鱼台议事。我们从京西宾馆赶到那里，邓小平已经先到了，康生也在。那是一个大厅，中间有一张铺了绿呢桌布的长桌，陈毅、廖承志在前面绕到长桌那面坐下，我在后面，由于邓小平已经站在长桌旁边要说话，我来不及走到廖承志身旁，就坐在长桌这一面。我环顾了一下，大厅里到处挂着古字画，特别是正面墙上有一幅从墙头到墙脚的大画，纸色灰暗，说明它年代古老……我心里想：这一定是从故宫里调到康生这儿来由他独自欣赏的。我很惊奇，邓小平是总书记，他召集会议，应该坐在主席位置上，怎么会站在侧面？邓小平不无愤慨地指了一下头上主座，说："我们钓鱼台有个规矩，那儿是康老（康生）的宝座！"这时康生却坐在另外一圈沙发上不理不睬。我立刻感到这厅堂里剑拔弩张，气氛紧张。邓小平心里显然十分不平静，但为了照顾大局，又不得不耐心迁就到这里来开会。

邓小平在危难之时，敢于坚持真理和正义，承担责任的勇气真是震动人心。

他说："这个亚非作家会议北京紧急会议，在北京开，调子定到什么程度？这一点得好好考虑，你们不能把我们的口号、我们的语言强加在外国朋友头上，你们要设身处地了解人家的处境。人家回去，还要活动，还要工作，在我们这儿搞得太红了，对亚非事业不利，人家回去也无法交代……"

康生完全显出一副无赖的神态，竟然走到他那"宝座"上大模大样坐下来。但别人的讲话他似乎没有听见，就像旁边既没有邓小平也没有陈毅。坐了一阵，他不点头，也不表态，又站起来跟一个中联部的人到厅堂另一角落谈话去了。

在这次不平凡的会议上，邓小平给我留下了非常深刻的印象。

在"文化大革命"的狂涛恶浪蜂拥而来之时，敢于伸张正义、坚持真理、敢于实事求是地制定会议方针，这是需要多么惊人的魄力呀！……

现在转回头来再谈召开纪念《在延安文艺座谈会上的讲话》发表二十五周年的国际会议。当可爱的中国代表们把一张鲜红的邀请信草稿掷在书记处书记们面前，引起了一场非常激烈的争论，唇枪舌剑，不可开交。

这事反映到周总理那里，总理深夜三点找亚非作家会议常设局书记处的中国书记去汇报。第二天上午十一点，总理把所有中国工作人员都叫了去。总理十分愤慨、十分严厉地进行了批评，他说：你们懂不懂那句话：人在屋檐下，不得不低头，你们这样强加于人，能够团结广大亚非作家朋友嘛！……他瞋目凝视着一个外事负责人，激愤地说：他就会玩古董，小将不行，难道你们中将也不行嘛！……周总理为了正义与真理，痛心疾首、怒不可遏，谈到后来，他的声音嘶哑了，颤动了，他沉痛万分地说：

"主席还在，你们就这样干，我寒心呀！"

周总理，你的心是海，但是海也装不下那么多苦水，现在一下像狂涛一样爆发而起！

在场的人，鸦雀无声，满头是汗，散会后有人悄悄说：

"……这一阵批，批得头破血流呀！……"

周总理，只有你能够顶着风暴，力挽狂澜。

但，正因为如此，你惹得江青、张春桥之流对你咬牙切齿，刻骨仇视，但你获得了真理，你觉得怡然泰然。只有真正的共产党人才具有这样的耿耿忠心、铮铮铁骨呀！

我释放出来以后，身体十分虚弱。我的哥哥刘肖无从乌鲁木齐来看我。为了锻炼身体，我们天天早晨黎明之前就出去，从东华门经筒子河，走过午门到天安门，然后顺着长安街回来。那是多么严酷而寒冷的冬季啊，冬天的早晨，天还是漆黑漆黑的，北风怒吼，天翻地覆，滴水成冰，冷气逼人。我和肖无、汪琦三个人照样在狂暴的风中跌跌撞撞，坚持锻炼。我怀里揣着一个小收音机，以便听新闻。有一天，我们三人走过午门前那一段长长的道路，北风从背后吹来，吹得我们踉踉跄跄，快到天安门时，我忽然从收音机里听到一阵极其悲凉的哀乐声，就像从峰顶落入万丈深渊，我站不住了，一种巨大的不祥的预感，像磐石一般砸在心头，我听到播音员用万分悲凄的声音宣布：

"中共中央、人大常委会、国务院讣告：

"周恩来同志逝世……"

真是悲天怆地、肠断肝裂，我们三个人在呼啸的狂风里一下抱在一道失声痛哭……我们的热血凝固了，我们的力量消失了，天啊！我们怎么能够失去总理！我们怎么能够失去总理？！这时暴风已经变成了宇宙的哀鸣，我不能再听下去，可我不能不听下去……我觉得在那一刹那间，我已经死亡了。

我们穿过天安门，北风有如从天空一下都涌进这城门洞中，我们侧着身子，顶着风，两手冰凉，全身颤悸，在我整个心灵历程中，这是心灵最悲痛的时刻。狂风在城门洞里形成狂暴的旋涡，我挣扎着，我蹒跚着，可是我不能动，我感觉到心里深深的刺疼。我的心绽裂了，血从那儿缓缓地、缓缓地流了出来。我这没有恢复健康的身子，已经无法支持，只凭肖无、汪琦从两边拥着、支撑着，我们就这样顺着长安街向东走。黎明时分，夜幕渐退，偶然有几个人经过，他们也没注意有这么三个老人，泣不成声，逶迤而行。

回到家，我一坐到会客室的椅子上，就忍不住号啕大哭起来。汪琦悄悄回到卧室去哭了，肖无回到他那房间里去哭了……周总理！你怎么能死？你怎么会死？天还是黑沉沉的呀！危难的岁月正在磨碎多少人的心，在这危难时刻，没有你，我们该怎么生活下去？我们的路该怎么走呀？！……不，你还活着！多少活生生的思念闪过我的心头。你第一次在重庆送我出征，夜静更深，全城寂然，你让我寻找机会进入东北，当你谈到黑土地上那三千万人民的命运时，你那凄然的目光使我感到你内心的沉痛；你第二次在南京送我出征，你问我是去香港还是回解放区，当我选择了战争时，你的目光炯然一亮，使我感到你内心的欢乐；现在，我从灾难浩劫的泥潭中跋涉出来，多么盼望看到你。周总理！我等着你第三次送我出征呀！……虽然我骨瘦如柴，面无血色，年逾古稀，但只要有你——你说一句话，握一下手，我还能迈开步履走上征程，哪怕是最后一段征程。可是，周总理，在这时候，你走了。这种悲恸，是无涯无际之恸，是孤苦无依之恸……我们三人再见面时，眼睛都哭得红肿起来。他们扶我去吃饭，可是一到桌边，心神俱碎，难以下咽，我"呜"的一声哭着，歪歪倒倒地奔向孤寂的东屋。初升的阳光蒙在一层烟雾之中，我看见窗外的树木在风中疯狂地摇曳，我听见鞭打着窗玻璃的风声，苍天泣血！大地沉哀呀！……

我得到向周总理遗体告别的通知。两天以后，我一个人走进北京医院西门。

……一切都那样肃静。在凄凉的寒风里，我排在行列中缓缓行进，走进了停放着周总理遗体的那个不大的厅堂。我看见了总理，但是是已经失去了生命的总理——我望着他的枯瘦、憔悴的面容……但，他还是周总理，他脸上像木刻刀刻下的深深的皱纹，记录着他这些年里的苦难经历……总理！你应该承受的承受了，不应该承受的也承受了，多么难呀！你为了这个国家，你为了这个国家里的每一个人民，你为了保持国家的完整，不至于崩裂，操碎了心。现在，事情过去十几年了，我们冷静地回顾一下，"文革"中，中央一批领导同志是被反动的邪恶势力折磨而死的；事实上，周总理也同样是被反动的邪恶势力折磨而死的。如果谁不理解这一点，那就太不明智了。当时我望着他那枯瘦、憔悴的脸……已不是我最后一次见面时的周总理了，可是你才七十八岁，只比我现在的年龄大两岁，但你把你的心操碎了，你把你的鲜血耗尽了，你把你的生命熬干了，你知道你不应该死，可是你不得不死了，想到这里，我泪如泉涌。周总理！谁知一别十年，再见到你，你却永远地闭上了眼睛——我能再抚摸一下我握过的手吗？哀乐声的沉哀中笼罩着一种庄严，因为这里躺着的是前无古人、后无来者的巨人。大家悲恸万分，可在总理面前还是恭恭敬敬，满屋一片压抑的低低的饮泣声……我缓缓绕过总理身旁，一步一回头，走到了门口，我最后转过身来，默默站了一会儿，又向总理深深鞠了一躬，我再也忍不住了，连忙捂住嘴，疾奔而出……

周总理，生得光明，死得磊落，在你最后的时刻，你做出了英明的决定，将你的骨灰撒在祖国的山川大地之上——那时，你想的是什么？你想的是人民——你把生命交给亿万人民，你的生命活在人民心里……

正是如此，人民决定历史的时刻终于到来了。

肖无与我们共同度过了一段很不平常的日子，他回乌鲁木齐去了。每天还是黎明即起，汪琦和我还是沿着东华门、筒子河、午门、天安门散步。四月初的黎明，灰暗蒙蒙。有一天，我们两人走出天安门，忽然发现人民英雄纪念碑正面高处，有一个什么东西，这时街上还没有行人，我跟汪琦越过玉河桥，一步一步走到人民英雄纪念碑前。我看到在这座维系着我们生者和死者的灵魂的巍峨悬崖之上，有一个花圈，花圈的中心，周总理的遗像在朦朦胧胧的暗蓝色黎明微光中，闪着炯炯的目光，强烈的风将白绸挽带吹得飒飒作响……一种肃穆之情立刻升上我的心间，他们在黑夜里怎么爬上高高的石碑，将自己的爱与恨、痛苦与复仇的心灵悬挂在这上面的？这时，我心灵里听到一阵钟声，这是巴黎公社那些危难的日子里，劳动人民敲响过的号召决战的声音……历史往往会重复出现，不过现在在我们这里，它以新的面貌发出了新的声音。站在纪念碑前那一阵，是我人生经历中难忘的十几分钟，我们站在那里，狂风把大衣衣襟拂拂掀动，我向前走了几步，把手放在冰凉的、但是神圣的花岗石纪念碑底座上，我觉得这花岗石里激涌着无数烈士的热血！我的身子冻僵了，我的热血却在燃烧，这一刹那间激起我雪耻复仇的志气，我明白，如果谁忘记这几分钟谁就是犯罪。像当年在延安尘土飞扬的道路上昂首前进，我们这一整天都无法安定，异常兴奋。时间前进得那么快，事实合乎由渐变到突变这一规律，压力愈大反抗力愈大。一个夜晚，我们又到那里去了，天安门广场已经成为愤怒的海洋，到处陈设着花圈，到处张贴着血写的誓言、血写的诗篇。在漆黑夜幕下，我们转到纪念碑后面，看到一个女青年，站在高高的碑座上，有人打开手电筒，把一束黄灿灿的光投射在石碑之上，我周围黑压压站满了人，光影绰绰中看见那个女孩子短发飘洒的面影——大家屏住气息，只听见她一个人在读贴在石碑上的那篇檄文……我的心灵跟着那既悲伤又刚强的声音颤悸。不过这绝不是泪的声音，而是火的声音，何惧严寒，何怕冰雪，谁也不认识谁，但彼此之间，只要目光偶然一瞥，便已灵犀相通。从那以后，天安门广场成为战场。一个年迈苍苍的妇女，虔敬地走向前去，伸出颤抖的手，轻轻地，轻轻地，像惟恐惊动周总理的亡灵，把小白花放在青松之上……千千万万、万万千千，小白花像一层从天心深处旋落下来的雪花，我只觉得这是周总理灵魂的再现。人如潮、泪如雨，泪变成呐喊，潮汇成大海。四月五日这一天，地火突破地壳，熔岩崩发而出，正义与邪恶必然决裂，血与火的战斗崛然升起，我们伟大的中华民族啊！你身上有多么强大的一种力量，每当危难临头之时，便爆发出剧烈的火光，扭转局势。亲爱的周总理！你的声音没有消失，你的生命没有泯灭。我们高呼着你，我们高呼着你，在二十七年前，奠定这块神圣墓碑的地方，又一次接受了庄严的洗礼。

　　周总理！我永远记得，在迎接第一个十月一日、创造第一个十月一日的怀仁堂会场里，你站在讲坛上，作关于共同纲领草案的报告时的神采，你对着安在桌上的麦克风，发出清晰而又洪亮的声音。桌的右角上有一个小花瓶，里面插着一束鲜花。你一般是展开两臂，用手按着两只桌角，但当你讲到最兴奋的时候，你张开手臂，而后又合拢起来，像是要把拥抱在怀里的一个新世界捧献给全中国，你笑得那样酣适、爽朗。是你奠定了新中国的第一部法典，使今天的中国走上了一条建设有中国特色的社会主义的广阔道路。周总理！今天，每一次胜利，每一次挫折，每一次欢庆，每一次沉痛，我们都会想到你。你这个不落的太阳，永远散发着生命之火，生命之光。

　　亲爱的周总理，我没想到，1966年初，接待亚非作家会议上，在西花厅你叮嘱我稳妥安排座次那一回，竟是我跟你最后一别。当时如果我有那么一点点预感，我会回过头多看总理一眼，可是我怎么能有这一点点预感？我只抱着承受你的委托、执行你交给的任务的念头，急匆匆往人民大会堂宴会厅赶去。在那一刻，我曾经感觉到总理的心情是何等烦难，何等沉重，至今我还记得他站在那里，凝目注视着我走去的眼光……

第十六章

——

永恒的大海

### 一四四 我的心在浪头

这是我的性格所决定的吧?

这是我的心灵所决定的吧?

这是我的信仰所决定的吧?

我总是、总是那样渴望着大海……

有一次我走向海边,还在绿森森的崎岖的峡谷中,当我一闻到那清新而微带咸味的海气时,一种喜悦就使我的心扉为之开放。这是海的召唤,海的吸引,海的诱惑,海的魅力。终于走到了峡谷口,我看到面前悬着一片银灰色的雾气,在阳光下一动不动,一种庄严肃穆之感立刻升上心头,啊,这就是我所期待的海吗?它没有喧嚣、没有动荡,只像一个大宇宙凝然陈列在我的目前,却在撞击着我的心灵。我一步步走到跟前,站在礁石上,看到我脚下一卷卷白色的浪花,那样轻柔,那样慵懒地发出天地间唯一的轻悄絮语,慢慢地、慢慢地舔着金黄色的沙滩。这夏日午昼的海啊!你不是我所渴望的奔腾的大海,但你还是真正伟大的大海。你是这个地球的流通的血脉,是你把许许多多由鸿蒙时代、造地运动而形成的大陆板块,联结成为一个整体。在你的航道上,无论是帆船还是机轮，那船帆上浸着红色的夕晖，那舰旗上染着青色的黎明，你承载着它们，推动着它们，沟通了人类文明的智慧，也传播着人类残暴的罪恶。就在这洁净的大海上，载运黑奴的船，把一具一具死在闷热船舱里的尸体，抛下海洋，以致嗜血成性的鲨鱼成群结队，追逐着、吞噬着，在大西洋上留下了一条长长的血迹……但，海是没有罪过的，海只用永不枯竭的生命之水冲刷着这地球上的污迹。夕阳像一颗巨大的火球渐渐在水平线上沉没，而后星星闪亮了，闪着惬意的、轻快的、清凉的微笑。勤劳的大海却没有睡眠，波涛总是不停地汹涌，你永生的海洋啊，日复一日，夜复一夜，你像母亲一样永远怀抱着大陆，让大陆沉沉入睡，鼾声如雷。但是有一点，海和陆是相同的。如果说在大地路途上布满荆棘，那么海的旋流中也同样布满了暗礁……

也许正是这一点，海给予人以很大的启迪。

我坐在大海悬崖上默默沉思。

我忽然觉得这大自然的海不也是人生的海吗？人，万物之灵的人，你带着血泪生长，带着血泪前进，你踏碎青山，冲破大海，你无所不在，无所不能，你不是在大陆上、海洋上激荡着、旋卷着更大的人潮、人海吗？！人啊！你以你的聪明与智慧，冒险精神与勇敢气魄驯服了海洋、大地、天空，但在你人生的旋流中却充满那么多苦难与辛酸。水可载舟也可覆舟，人生何尝不是如此，大海吞没多少覆舟，人生就吞没多少覆舟！但，人是伟大的，他永远推着历史的车轮前进，按照人类文明发展的规律，每一次前进，都如同钻木取火、凿石补天，人在突破，历史才在跃进……

前面，我已经讲过，我青年时代对海的向往，是从高尔基《海燕之歌》那里开始的，那是充满浪漫主义精神和英雄气概的。怒海之上乌云和大海之声，海燕向着暴风雨冲击，像黑色的闪电在高傲地飞翔。雷声隆隆，波浪在愤怒的飞沫中呼叫，跟狂风争吼，看吧，狂风紧紧抱起一层层巨浪，恶狠狠地将它们甩在悬崖上，把这些大块的翡翠摔成尘雾和飞沫。看吧，它飞舞着，像个精灵——高傲地，黑色暴风雨的精灵——它在大笑，它又在呼叫……它笑那些乌云，它因为欢乐而大叫……这是勇敢的海燕，在怒吼的大海上，在闪电中间，高傲地飞翔，这是胜利的预言家在叫喊："让暴风雨来得更猛烈些吧！……"高尔基用他的血液燃烧我的生命，培育了我的性格，教导着我。在每一次坎坷与摧残时，我都问自己：

——你是一个什么样的人？

——你是一个什么样的人？

几十年后，当我历尽风霜雨雪、人世沧桑，我用我自己的经历体会了大海。

有一回，我在大海崖头看到一个动人的场景。那是在一场狂风暴雨之后，大海还在愤怒地吼哮，天空上绽出一片红霞，把大海照得像胭脂一般浓艳。正在这时，从崖边上突然出现一个人影。我定睛一看，是一个身材高高的姑娘，她不像是从一百七十八磴石阶攀登上来的，倒像是从红色大海里涌现出来的。她的整个体态在霞光衬托下显得十分俊美，白布衫的袖口挽到胳膊肘上，足蹬黑胶长筒水靴，肩头扛了两只船篙，她像只矫捷的海燕，一纵身跳了上来。然后扭转身子，向落在后面的人们笑声呼唤。她那嘹亮的、爽朗的声音，在悬崖上空震荡、震荡，而后像一阵春风顺着海面飞去……

我体验的是大海，同时我体验的是人生。

……那从大海悬崖攀登而上的身材高高的姑娘，

她正是海燕的化身，她显示了人生的勇气。

我意识到，在人生之海中，如果没有一往直前的勇气，你的心灵只能是空泛的、飘浮的，也可以说是低级的，卑贱的。不论怎样巧言令色、用尽心机，拉帮结派，争名夺利，你只不过是行尸走肉，绝不是智者，而只是愚人。

我在一本书里写过这样一句话：

"……一个人的心，从体积上来说并不大，但它比宇宙还辽阔，比地球还深邃，它能容纳下那么多无法容纳的痛苦，而又焕发出那么强大的耐力……"

心灵，心灵啊！

在我晚年的时候，该怎样解释多年前写下的这段话呢？

我认为做一个完美的人，无论在工作中、思考中，在为人处世中，如果能够给社会创造财富，给人民创造幸福，都需要自身有一种精神力量，而这种精神力量发自人的内心，它就像地心的火给予万物以生命，这种心灵的火给人生以光辉。我认为一个人是否品格崇高，道德高尚，情操圣洁，能不能临危不惧，临难不苟，为人民、为革命、为党，甘心牺牲自己，关键就看这人是不是有一颗美的心灵，出淤泥而不染，这是需要多么大的勇气呀！正由于如此，我觉得心灵是智慧的海洋，是生命的海洋，也是勇敢的海洋。一个人的价值，就在于以自己心灵的火种点燃别人心灵的火种，用这种热、这种光、这种力量，开荒辟莽，造福人类。

我到绍兴瞻拜鲁迅故居，写过一段话：

"杏花春雨，岂况江南，剑气箫心，方称浙水。高尔基在《伊则尔老婆子》中曾塑造一个掏出心来，高举头上，引导人群穿过漆黑的森林的丹柯。在中国大地上，鲁迅就是丹柯，他用自己的血、自己的心、自己的生命，发出热、发出火、发出光，鼓舞民族精神，使人民走出苦海。"

今天，我们还需要鲁迅这样的人。

"横眉冷对千夫指，俯首甘为孺子牛。"

——这就是美丽的心灵，鲁迅有，高尔基有，难道我们不应该有吗？

从文学青年到白发婆娑的老人，在我人生之海中，有两盏明亮的标灯，那就是鲁迅和高尔基。的确，他们就是我的人生的丹柯啊！

我曾到莫斯科卡恰洛夫街参观过高尔基故居，我，一个中国的年轻读者已经变成一个老人，在这里应该详细记述一下。因为现在在俄罗斯国土上有人在否定过去的一切，如果说列宁可以否定，那么，高尔基不是也会被忘却吗？但世界是不会忘记你的，我是不会忘记你的。高尔基老年时和他的儿子、儿媳住在这里。这个文学巨人用他最后的一滴血在进行工作，写《克里姆·萨姆金的一生》，他紧紧抓住时间，一天工作十至十六小时，为了节省清早的时间，他总是头天夜晚刮胡子，不占用清早最佳的写作的时间。他笑着说："我已不是一个活人，而是一架机器了。"他们一家人和睦相处，他很爱他的儿子马克西·埃克谢维支，儿子也很爱他，给他起了个绰号叫"伯爵"，高尔基像喜爱亲生女儿一样喜爱他的儿媳杰米沙，他管她叫"淘气的孩子"。他有一间巨大的藏书室，高尔基说："我身上所有好的东西都是书给我的，书是世界上最大的奇迹。"罗曼·罗兰曾在这儿和高尔基见面，高尔基很欣赏罗曼·罗兰，罗曼·罗兰走时，他还亲自到火车站送他。但是，一个可怕的悲剧发生了，他的三十六岁的儿子死掉了，这给老年的高尔基以毁灭性的打击。年轻的茨威格先成为罗曼·罗兰的朋友，后来又成为高尔基的朋友。当茨威格来到苏联这片新大陆时，他这样谈到高尔基：尽管医生劝高尔基不要离开气候温和、利于他的病体的意大利小岛卡普里，可是，高尔基还是回到俄罗斯，因为他认为祖国正在经历具有世界历史意义的发展之际，他认为他有责任留在国内，而不能长期远离祖国，于是他回到了气候严峻的北方，结果高尔基果然病倒了。高尔基欣喜地感觉到在过去四五年里，国内最大的变化乃是举国上下都狂热地追求知识，渴望得到教育，这一点也给茨威格留下了深刻印象。茨威格热情洋溢地盛赞：现在整个民族，或者可以说所有参加苏维埃的各共和国都干劲十足地抓住这个机会，迅速地扫除文盲，这种精神那样值得人赞赏：几乎一夜之间，在高加索、格鲁吉亚、土库曼斯坦、西伯利亚，都建起大学，办起杂志，新办的农民报一直深入到偏僻的小小的村庄，这些报纸都是老百姓自己编写的。高尔基跟茨威格说：您简直难以相信，在这些普通人自己编写的通俗杂志上，登载了多么杰出的信札和速写啊！高尔基为人民所吸引，他与这些无名的作者保持着经常的通信联系，他认为他自己从这些人那里汲取了许多滋养和启发。茨威格说：高尔基和陀思妥耶夫斯基、托尔斯泰一样，他从年轻时起就深信蕴藏在俄罗斯人身上的天才。尽管如此，十月革命之后短短几年内教育事业突飞猛进的发展速度，仍使他深感惊讶，高尔基为过去处于愚昧状态的俄罗斯底层的人现在都要求良好的教育而高兴。茨威格认为高尔基的眼光、高尔基的判断是十分公正的。茨威格说：如果连高尔基都基本上肯定苏联这几年取得的成就，那么，有些人站在遥远的地方，只是读到几则模棱两可、态度暧昧的消息，因而就认为近几十年来俄国发生的一切事情都是无希望的一团混乱，和乱七八糟的骗人的假象，那就未免过于轻率了，这样的人还是要小心一些为好。

……茨威格很重视那些从生活土壤中涌现出来的诗人，他发出伟大的预言：

"欧洲文坛从这个正在崛起的俄国，将看到很多令人瞠目结舌、惊叹不已的事情。"

他的预言实现了，新兴的伟大的苏联文学果然横扫一世，风靡一时，而这一切都与老高尔基的倾注生命惨淡经营是分不开的。这些，都是高尔基人生之海上的洁白的浪花。

从遥远的西伯利亚，一批儿童把写自己生活的文章寄给高尔基爷爷。

高尔基非常珍视工人亲自动手写作，他收到乌拉尔工厂工人写的一本书，他亲自和这些工人见面交谈。

鞑靼集体农庄的庄员也到他这儿来做客。

……

有人问："你这样大年纪，又有病，你为这些文学的孩子干这些做什么？"

高尔基坦然一笑："我不会忘记普希金、托尔斯泰都曾经是文学的儿童。"

他用他的热血灌溉着沃土里生出的萌芽。

他的亲爱的儿子的死给高尔基以极沉重的打击，他终于病倒了，他给罗曼·罗兰写信说：

"……我的工作很多，什么也来不及做，却累得受不了，今天我又吐血了，其实并不危险，但令人讨厌，更讨厌的是周围那样恐怖，人们劝说我不要怕，其实对于病我并不怕，我怕的是写不完我的长篇（指《克里姆·萨姆金的一生》），这是我一生总结性的作品——主人公的死亡也就是作者的死亡……"

当他病危时，无法看书，无法睡觉，但他还在床头上写着一张又一张小字条，在那上面写着他给青年人的话。在一张小字条上，一个句子还没写完，他握住笔的手不动了，他的心脏停止了跳动……

我爱自然之海，

我爱人生之海，

但我更爱的是人的心灵之海。

有一个夜晚，我站立在大海岩头，忽然眼睛一亮，我看见一点灯光在大海波涛上一闪一闪地发亮，这是大海的航标。鲁迅、高尔基不就是大海的航标吗？他们在人民之海中泅泳，他们冲风破浪百折不回，把自己的生命奉献给人民，人民像望着海洋上的红霞一样，怀念着他们不朽的灵魂。

如果你是一个没有纯洁心灵的人，不能通过心灵之海的大浪搏击，净化灵魂、熔铸品德，那么，人们会为你陷入人世间那肮脏的泥潭而可耻，而悲哀。但，你如果是一个为神圣的心灵而生、而死的人，你的心灵会像海一样辽阔、雄伟，在那里不论有多少为世俗的攻击、辱骂所造成的血痕，但你的心灵的海毕竟是圣火熊熊燃烧的海。

我前面说过：一个人要常常问一问自己是什么人？

但，你必须面对着圣洁的大海，无私地自问，无私地回答。

### 一四五　心灵的悲怆（一）

世界上任何一个人也无法记述他心灵运动的最后的终结。当我注视我的心灵之渠时，我感到这部袒露我灵魂的书，不得不从个人的命运开始，而以个人的命运告终。

女儿从渥太华来信说：

"……渥太华已是深秋了。……现在我在离我住的地方很近的一个公园里，坐在长椅上给你们写信。我面前就是这个首都主要的河流 Riclcau，公园里不少人在打网球、在游戏、在交谈，而我在这里想念着你们。近来不知怎么回事，我想起了很多过去的事情，有幼年时代的，少年时代的，'文化大革命'中的许多许多事情，尤其儿时的回忆，有些事好久没有出现在我记忆中，但它们现在一一浮现在我眼前。我想起我度过幼年和少年时光的第一个家，那院子里全是丁香树，我还记得上幼儿园时，每到春天丁香花开的时候，奶奶都让我带几枝给幼儿园的老师。那时你们总是很忙，没有太多的时间和我们在一起，可妈妈每个星期天仍要带我和京京去王府井，去吃冰激凌，去买东西；我还记得星期六放学后到妈妈的办公室去，还记得和京京一起在《人民日报》楼顶上跑，我还记得爸爸带我们到工人体育场去游泳，还记得有一次爸爸出差，回来后我交给爸爸一封信，那是我有生以来的第一封信，那时我多么幸福啊！我有一个多么幸福的家。后来，'文化大革命'打破了这一切，留给我另一些回忆，后来又是这十几年。我的记忆就像我面前的这条河，它缓缓地流淌。带给我往事回忆中的甜、酸、苦、辣，人的一生就是这样的吧！很多事当你正在其中时，你并不知道它的真正价值，但当它过去了，当你回头再看它一眼时，忽然那么想留住它！抓住它！我多么希望回到过去，回到那无忧无虑的童年，回到你们的身边。我曾从书中看到过，当一个人沉湎在回忆中时，就是衰老的开始，我不知我是不是衰老了？但我有时确实想，快四十的人了，一个人跑到这儿来做学生，其他学生都比我年轻，我不知命运怎么会这样安排，可能在有些人眼里我还是幸福的，可我现在确实不知自己是不是幸福！……好了，不再伤感了，总之，我非常想念你们。……"

是的，诚如我的女儿所说：

我们有一个多么幸福的家。

可是，在我们还来不及防备时，一只灾祸的黑手伸进了家中。

我有什么权利责备大自然，我只能深深责备我自己。

……滨滨长大了，已经到了上小学的年纪。父亲和母亲对小儿子如同倾注鲜血与生命一样倾注了无穷无尽的爱，他在这爱的河流中泅过童年，人人见了都喜爱他。他的胖胖的小脸上总带着甜蜜的笑，我们的家像沐浴在春日的阳光中，到处闪耀着他的笑声，他的歌声，我现在还记得他总爱唱："一头黄牛两呀两头马……"我始终也没弄清楚这是一支什么歌子，但一记起他那稚嫩的童音，我永远也无法抑制我的悲痛，如歌的童年就那样被打断了。

有一天，我突然接到有人从他寄宿的小学里打来的电话，说滨滨发烧生病了，让我们赶紧去接他……我坐上一辆车急急赶到远在郊外的小学，我十分着急，慌忙走进他的寝室。滨滨，我亲爱的小儿子，他听见我来了，还是很勇敢地站在床沿上，用甜蜜的小脸对着我。我一摸，头上、身上都烧得火炭一样，我马上给他穿好外衣，抱他驰往北京医院。一检查是猩红热，得住传染病医院。我心情紧张，把他搂在怀中向地坛驶去，把他安置在病房里，我才松了口气。如果说这对我是沉重的打击，那么，真正的打击还在后面。其实这只是灾难的序曲。

病治好了，他又蹦蹦跳跳回到我们中间，我们觉得他已复原，也就理所当然地把他送回学校去了。

那一年我从夏天到秋天都是在苏联度过的，回来时，滨滨还是那么活泼可爱，但，在我仔细观察时，发现他有些异样——他脸色有些苍白、有些憔悴。我们谈起来，都觉得这孩子体力不够强壮，怕是缺乏锻炼，天真的孩子是多么相信爸爸和妈妈的话呀！我们叫他跳绳，他就在院里跳。夏天放暑假，我住在八大处写东西，为了让他得到锻炼，也带了他去，让他天天走下山去，再爬上山来——滨滨从小就爱爸爸，爱妈妈，我们要他做什么，他总是顺从地去做……可是，我发现他不愿意爬山，常常蜷卧在我住房旁边的一个小屋的床上，翻着他最爱看的童话……他没有向我诉什么苦，但是我觉察到他爬山似乎很吃力，总是喘气、出汗，苍白的脸上浮起一层红晕，我也就不强迫他去爬山了，但是对他还是没有仔细观察，缜密注意，只是一味觉得他身子骨弱，锻炼锻炼会好的。

过了一段时间，我们才注意到，原来一个胖乎乎的孩子渐渐消瘦下来。每个星期六回来，在家里过上一天，他还是觉得像浸在蜜罐子里一样幸福、愉快，不过，歌声少了，笑声也少了。但是，这个可爱的孩子，就是在这种情况之下，他对父母、对弟妹还是那样温柔，那样友爱。是的，他有什么过错？他还幼小，他需要父母，特别是父亲的保护，他没有防御灾害的能力，甚至也不懂得那灾害的恐惧。他生活在爱的气氛中，一直到他的病容已经露骨，他还爱昵地伸出小拳头显示自己的臂力。他的单纯、天真、亲切、温存，解除了我应有的警惕，我只觉得我的爱，就是燃烧他生命的灵火……我的不可原谅的愚昧与无知啊！

一直到朋友警告我，这孩子是不是心脏有问题，我还反问："小孩子也会出心脏的毛病？"读者们，从这里，你们就知道，正如我女儿在我晚年时在信中责备的：你们总是很忙，没有多少时间和我们在一起。这说明我不只对别人有时不够温存，就是对我的家庭，我也缺乏足够的体贴。直到我从炮击金门的前线回来，汪琦考察教育工作从南方归来，有一天，我们突然发现滨滨在发烧。

愚蠢的爸爸和妈妈呀！当时我们一点也不知道这是一个死亡的信号。妈妈带他到北京医院去检查，医生说是风湿性心脏病。可是什么是风湿性心脏病？风湿性心脏病又有多么严重？我们一点常识也没有。

但是我们觉得事情有些可虑了。

经过朋友的介绍，我跟黄宛大夫约了时间，便带了滨滨到阜外医院去。

……当时阜外医院是治疗心脏病的权威医院，黄宛是一位心脏学专家。他像每一个医生一样，沉默寡言，十分专注，他给滨滨做了很仔细的、很认真的检查，滨滨躺在高脚床上，他先拿起滨滨的手，一个一个手指甲观看、检查，然后让滨滨脱了外衣，先用手指在孩子胸部抚摸、敲击，然后用听诊器按在滨滨前胸及后背上，一点一点移动着细心地倾听……他像在寻思着什么，在探索着什么，大约花了一个小时，他又仔细地问我滨滨得过什么病，我告诉他得过猩红热，他点了点头。检查完毕，他抚摸一下孩子，说了一句安慰的话，而后对我说：

"你明天到我这里来！"

第二天，我按照他指定的时间到达他那里。

房间里没有病人，我去时，他在桌上翻阅书籍，他要我坐在他桌头的一把木椅上。

他告诉我：

"你的孩子是风湿性心脏病，已经到了晚期……"

我突然紧张了，我问：

"黄宛大夫，能治好吗？"

他摇了摇头："这种病现在还无法治疗，特别是小孩子，得了这种病发展很快，要是发现得早还可控制，不过现在已经太迟了，不过这种病早期的确是不容易发现的。"

我的额头忽地冒出一层冷汗。

我望着他——这个瘦弱、年轻而文雅的人。

我像对圣灵一样望着他，我的心在跳，好像祈求从他脸上发现一线生命的希望。

他却埋下头在开处方了。

他举起头时也没看我，只说：

"要绝对卧床！"

"不能活动吗？……"

我不甘心于我这活泼可爱的小儿子从此就失去了欢乐的童年。

"不能，绝对不能，他的心脏已经肥大二指，愈活动肥大愈快，应该卧床！"

我又问："怎么会得这种病呢？"

"是猩红热的后遗症，造成心膜二尖瓣闭锁不全。"

我的脸唰地一下白了，我沉默着，黄宛也沉默着。

这是十分苦难的时间呀！

我总想从黄宛那儿再得到一点点解脱。

我慢吞吞地问：

"他还能上学吗？……"

科学是严酷的，但科学是实事求是的，如果这悲哀的命运降临到你的头上，它就毫不容情地要求你承担这悲哀的命运。

黄宛说："他能活到二十岁就不错了。"

我已经无法自持，只好站起来向黄宛道谢告别。

我到药房里取了药，一坐上汽车——我的眼泪就唰地落了下来……

从这一刹那起，我就开始了已经得到了判决书而等待执行的死囚的生活了。赫尔岑那段话十分准确地表达了我此时的心情，他说："我有点像一个判了罪的死囚，在等候执行死刑的期间，一面还抱着希望，一面又确切地知道自己逃不掉刀斧。"就是这样，是的，就是这样。

……我恨我自己，

……我后悔，后悔，无穷地后悔。

我为什么不懂，如果他猩红热治好之后不那样早就送到学校去住寄宿舍，而是留在家里让他彻底恢复健康？

如果不是住在那个"贵族的寄宿学校"，一个星期只见一次面，也许我们可以早些发现……

滨滨！你恨你的爸爸吧！一个没有一点医学科学知识的爸爸，是没有真正爱护你的爸爸！

我痛苦地一点一点回忆着。

他爬山气喘吁吁，我为什么还迫使他爬山？

为什么他瘦弱无力，我们还让他做剧烈的跳绳运动？

……能说一点没有发现吗？但我们多么无情地对待我们的发现呢？

我太愚昧、太无知了。

他爬山时的每一步，都使他的心脏在痛苦地涨大，而这不都是我造成的吗？

那个有着碧绿树荫、蝉声寂静的夏天，我把滨滨带在身边，正是在那时，我在残酷地杀害他呀！

……车猛地颠了一下，把我从回忆和自责中震醒，我想起面临的一个现实问题，我怎么跟汪琦说？做母亲的心能承受这致命的打击吗？……怎么办？我想还是让我一个人承受这一切吧？就算是上断头台，也让我一个人接受那锋利的刀斧吧！我下定决心，除了病症之外，什么也不告诉她，让她知道儿子会活，会永远活下去，只让我一个人知道，我亲爱的儿子必死无疑。

与此同时，我又做了另一个决定，我让司机把车开到王府井大街，我走进新华书店。我没有像往常那样，向放文学书籍的柜台走去，我寻找到另外一个我完全陌生的科学书籍专柜，我在这儿买到一本内科医学的书，跟着又发现一本绿色封面、部头很大的《心脏病学》……我带了这两本书回到家，我不愿意见任何一个人，我不想跟任何人讲话。经过母亲窗外，这个老人一生勤劳惯了，到了这般年纪每天还坐在床上，戴着老花眼镜，牵针引线，给孙子、孙女，给儿子给媳妇做衣服、补衣服。妈妈死后，汪琦非常沉痛地跟我说："妈妈一天也没有白吃饭……她给全家人做了无数无数的事……"那一天，我从她窗前过，她正埋头缝纫，没有发现我……我走过前屋，进入后面一排房子。这是三间房，东头是卧室，西头是书房，中间屋里摆着一架古老的、黑漆的德国大钢琴。那时女儿白天上幼儿园，晚上去学钢琴，夜间就坐在一盏我从印度带回来的黄铜壁灯下弹琴……我这时什么也没看见，一走进我的书房，回手便把门关上，身子靠在门上，紧紧闭上两眼。

这样过了一刻钟，我像从刑场上走回来一样，喘息一阵，平静下来。我走到书桌前面坐下，打亮了那带有绿色灯罩的台灯，我立刻展开《心脏病学》——翻到了"风湿性心脏病"那一部分，急急地读起来，我多么希望从这字里行间发现一线希望！但等着我的只是失落、失落，绝望、绝望……

这是多么巨大的灾祸呀！

我埋怨谁？我谴责谁？是我酿成这灾祸，我是罪人。

在我们全家包括滨滨自己，都还沉醉在幸福家庭的温暖之中，没有一丝预感，没有一点准备时，我们已经走到可怕的灾难深渊的边缘了。

……我忽然听到咳嗽的声音。

这是滨滨。

我连忙站起来，透过玻璃窗，我发现他正一个人坐在前面那间光线非常明亮的会客室的沙发上，津津有味地在读书。

……这时我已明白，这种空洞的咳嗽声，是一种多么可怕的不祥的预兆呀！

我仔细看，在明亮的光线笼罩之中，他的脸红彤彤的，聪明而温柔的脸，不时闪过一阵微笑……

我实在忍不住了，默默地转过身来。

我知道面对这不治之症，不论多么深沉的爱也挽救不了孩子的生命，他只能按照科学的轨迹走向死亡，走向死亡。

这时我听到我的心撕裂的声音，一道殷殷血迹流了出来。

这太痛苦了！

我的小儿子那样活泼泼的，活得很好，但是，我，我却确凿地知道他即将死去。

对我这样一个慈爱的父亲来说，实在太残忍了。

可是，我怎样说服一个正处在好动年龄的十岁的孩子卧床呢？这的确是一件难事……

滨滨爱这个家，但他依恋着学校，有一天他默默地走到我书房里来，见我正在书桌上工作，又怯怯地止了步。我笑着招呼他，他走近我跟前，十分腼腆地说："爸爸！能不能跟学校说说，我不上体操课……"我望着他那娇嫩的皮肤、明亮的眼睛，不禁一阵心酸，但我抑制了自己。我很理解，他希望过正常人的生活，他要努力，要上进，那里有他要好的同学，有他优秀考试成绩的记录……我怎忍心扼杀一个孩子的盼望，我便跟他说："我跟学校商量商量。"他笑了，这个孩子对我们总是绝对地相信、绝对地顺从，看见他欢乐地走出去，我的心头也闪现了一朵希望的火花。也许出于对孩子的许诺，也许出于我想跟命运搏斗一次的念头，我和汪琦还是怀了父母的痴心，到郊外那个学校里去了。

我找到学校的女校长。把滨滨的要求跟她说了。这时我才明白，自己实际上不是跟命运搏斗，而是在命运面前屈服。她问我孩子得了什么病？我嗫嚅着嘴唇跟她说了，她坚决地说："这是不可能的，也是很危险的……"在阜外医院已经得到死刑的裁决，我太任性、太感情化了，怎么又到学校来寻找第二次死刑的裁决？我绝望地走出校长室，我有点怪这个校长怎么这样无情，但我又知道她是正确的。当我来到洒满阳光的院中，听到从教室里传出童音的歌唱，恰好这时，一群孩子像小麻雀一样从我身旁跑过，活泼、热烈、欢乐——我的心立刻像落入冰窖，我知道我的小儿子再也不能享受这一切了，而他失掉这一切会感受到多么大的痛苦。我在归途上寻思着怎样跟滨滨说——我忽然意识到，我在编制谎言。

事实上，那灾难已经无可挽回地像乌云一样降落下来。

……从黄宛说出那句话的一刹那，我们的家庭变了，一切一切笼罩在病态的幸福之中，再没有过去那种完整、完美的日子了。我知道我在欺骗，但我明白必须欺骗，我欺骗了儿子，欺骗了妻子，也欺骗自己。我把"能活到二十岁就不错了"这句话严密地埋藏在我一个人、一个人的心底。母亲总是觉得自己的爱就能治疗好儿子的病，我又怎能忍心粉碎她的心愿呢？

我从学校回到家里，拉着滨滨的手，跟他说：

"同学们都很关心你"，我看见孩子的眼睛里闪出一点亮光，"都盼你早点养好病好回学校"，他点着头，我明白他为自己的人生寻找着下一个落脚的码头，也就是他赖以生存的希望与盼头。是的，一个人没有这一点是不能生活下去的。我就鼓励他："你现在应该好好地养好病，我为你找一个最好的医院给你治病。"

在这部书开头部分，我说过一句话："人在幼年时可以这样说，母亲的命运就是孩子的命运。"现在，对于未成年的滨滨来说，他只有信赖父亲和母亲——他那样温驯地信赖着我们，我们也必须安排他的命运。我和汪琦商量、计算，当时北京还没有一座专门的儿童医院，只有中苏友谊医院有一个小儿科。于是，我下决心去找我从延安时代就熟悉的朱仲丽，她当时是中苏友谊医院的院长。这座医院是苏联援助建设的，设备条件是最先进的。我一大早就去了，在会客室里等着她，不久她从门外走了进来，我把黄宛的检查结果告诉了她。我的心在颤悸，我等候着第三次死刑的裁决，谁知她听了，微笑地看着我说："不要紧，我们这里的小儿科能够治疗。"她的明朗，她的乐观立刻给予我很大的安慰，这是我这些天在愁苦、悲痛之中，唯一看到的一线阳光。她说，"我们小儿科主任张炜逊是在美国专门研究小儿疾病的专家，我跟他联系一下，你明天上午再到我这儿来，好不好？"……我告辞出来，满身觉得温暖、舒适。

第二天，我到的稍微迟了一步，我还没走到院长办公室，迎面看到一小群人走来，第一个就是朱仲丽，不过她穿了下病房必须穿的雪白的长罩衫，头上戴着一顶雪白的帽子，脚上穿着一双雪白的皮鞋。见我走来，握手之后，她告诉我："今天该我查房。"然后就跟后面的总护士长说："那我们先到小儿科去吧！"小儿科在隔着一条街的东面的楼上在这儿，我看到我一生一世也不能忘记的第一个恩人——张炜逊：张炜逊穿着白大褂，体格很结实，中等身材，瓦形的面孔十分红润。朱仲丽把我介绍给张炜逊，她就带上那一小群人查病房去了，张炜逊引我到他的办公室，我把黄宛检查的结论告诉他，他问了一下病状，特别细心地提出：他的指甲是不是圆形突起的？……我很惭愧，我只记得黄宛检查孩子时，第一步就是看了滨滨的每一个手指甲，我回到家里却没注意，其实就算注意观察，也看不懂。在长长的谈话过程中，张炜逊的坚忍、细心，他对于这种病症的精通，立刻唤起我对于他的信赖，我的信赖没有错，正是他陪伴我、引导我数年之久，同命运做了艰苦的斗争。那天谈话结束，他约了一个时间要我带上滨滨来进行检查。我们俩都站起来，面对面站着，他对我说：

"这种病最怕感染发烧，他的心脏已经肥大了，发一次烧心脏就要涨大一分——严格注意不要感染！……"

的确，在我心灵的途程中，我得到了一个稳定而坚实的扶持。

其实，这时我已经开始向疾病屈服，向命运屈服。

万万没有料到，就在检查那一天发生了一次危险。

张炜逊仔仔细细地边检查，边向滨滨问讯。滨滨总是笑容满面地回答。我从旁观察，我发现了张炜逊对孩子、对病人的溺爱，同时，我也发现了滨滨对医生的亲切的信任。后来多次住院，我发现一个好的小儿科的医生首要的素质是洞悉儿童的心理，是对这种病弱儿童的仁慈与宽厚的爱。

不祥的事情发生在做透视的时候，我，滨滨，还有热心的汽车司机老张，在X光室外长椅上等了一阵。轮到滨滨时，我陪他进去，X光室内光线黑暗，只亮着一盏小红灯，照出朦胧的光，滨滨脱去外衣，只穿了一件睡衣，走上一个高台，由于照心脏，必须把前胸紧紧贴在冰凉的透视机上，只需要几分钟时间，谁知就在最后一刹那间，滨滨倒了下来，我赶紧跑上去抱住他——我觉得他身子是凉的，我的全身猛然像烧着了一把火，乱箭穿心，浑身发抖，他还能走几步路，我扶着他出来，坐在长椅上，他一躺在我的怀里，就两眼紧闭，面如土色，失去知觉。这怎么办？我拉着一位匆匆走过的医生问，他要我们到楼下抢救室去。幸亏老张在身旁，他是一个身材宽大结实的老人，他把滨儿横抱住，走下楼梯。失去知觉的身子是沉重的，何况还要一磴一磴地下楼梯，楼梯是两层转折。突然间老张一下失了脚，猛然跌下两磴。可是这个老人在这万般危急的情况下，还是紧紧抱住滨滨，如果让他跌滚下来，那就十分危险了。我赶紧从旁扶住老张，老张喘了口气，稳稳地一步一步走下楼去。

我们进入一间急救病房。不久，张炜逊匆匆赶来，他俯身下去，用耳朵贴在滨滨胸前——立刻命令护士："输氧！"……

这是一次休克，吸了氧气，滨滨慢慢苏醒过来，睁开两眼望着张炜逊，他不知道自己怎么在这里，他不好意思地笑了一下——张炜逊果断地做出了住院的决定。

我一个人回家，我十分感动地捧着老张那宽厚而坚强的大手，向他连声道谢——我明白在楼梯上那危险的一刻，要不是老张保护了滨滨，会造成多么危难的后果，真是无法设想。老张憨厚、纯朴，反而说："都怪我那一步没有迈稳！"他这句责怪自己的话，使我心里十分难受。

我对他一直很尊敬。谁知几年以后，老张在行车中，忽然将车猛然刹住，而他一头栽在方向盘上就死了。我非常难过——原来他自己就有很严重的心脏病！不过，他也许一点也不知道呢！……

人间怎么总有那么多悲剧呀！

## 一四六　心灵的悲怆（二）

为了避免感染，我们必须在家里安排一个隔离的病室。

趁滨滨住院期间，我们把我家前排房子当作会客室的房间腾出来给他住。

这是两间房打通的一个大房间，朝南几扇大玻璃窗，上面虽然遮了窗帘，光线还是十分充足的。这房间原来在西南角上有一个门通前院，在西北角上有一个门通我的书房和卧室所在的后一排房间。为了避免造成意外感染，我把前门锁上，免得闲杂人进入，这样就成为一个与全家隔离开的单独的一个房间了。滨滨第一次住院时间不算很久，他回到给他安排的这个舒适的房间里，是很高兴的。谁知这儿竟成了他与病魔苦苦搏斗的战场，也是他永别人间的殡葬之地。

生命，你微妙而奇特的生命啊！

你把漫长的人生在短暂的人生中凝聚、升华。

病中的滨滨，变得特别的聪明、善良、温顺，这一切超过了他的年龄。

第二年，我外出归来，一踏进家门，满院丁香盛开，北方热闹的春天扑面而来。谁知等待着我的是可怕的噩运，我一进门就看到汪琦憔悴的面容，我的心便一下坠落下去。果然，滨滨这几天不停地呕吐，连药物都无法入口，妈妈已经守了他三天三夜了。他躺在床上，看见我进来，焦黄的小脸上露出一丝苦涩的微笑，他说："爸爸！今天我没有呕吐……"我知道要强的孩子总在安慰我，可是我明白，这是病情第一次恶性发作的症状，我默默无言，不知前途何卜……

过了几天，他的病情并无好转，当时我正参加人民代表大会，汪琦与张炜逊联系，决定送进医院。中午，我在家等候汪琦，将近一点，她踉踉跄跄走回来，抱着滨滨换下来的衣服，立即失声痛哭。

最担心出现的出现了，最骇怕到来的到来了。

汪琦忍着呜咽告诉我：

"……有初期心力衰竭……"

我木然立在那里，我的心如劈裂，我知道心力衰竭是会导致死亡的。

——我原来期望春天天暖以后他会好起来，谁知就在这春暖时节，他的病却向坏的方向发展了。

如果医生的判断准确，我不知道我将何以生存？！

我愿用我全部血液与生命换取他从前的样子，像以前那样笑、那样爱、那样愉快。难道这一切就从我们的心灵上永远消逝了吗？难道在我们生活中不可能再有那样的光彩了吗？

下午，我和汪琦到医院去看滨滨。蜷卧在病床上的可怜的孩子，他的精神已经被折磨得萎靡了……他望了望我，又闭上眼……

风，你能把这一盏灯就这样吹灭吗？如果你是真正的春风，你给人间的应该是生长而不是死亡呀！

——面前这病痛的小儿子，在深深谴责着我呀！

在这一年中，我没有精心地体贴他，有一次在餐桌上吃饭，我看他精神不振，吃不下饭，我不但没有耐心地照顾他，反而责备了他，讲了一句过重的话，孩子的脸一下变得煞白。这天，我站在病房中，我明白，如果不是病痛，他会笑，他本来是一个很勇敢、很要强的孩子，但是他的体质在慢慢地崩裂、衰弱，而我还责备他，我是一个多么愚蠢的、不称职的父亲呀！如果有上帝，我不要你饶恕，我恳求你狠狠地惩罚我。

像一个狂浪重重地砸在我的头上，我感到寒冷，而且是从心底里一下冷透全身。

这个夜晚，我独立书房窗前，想到滨滨在家时，每天晚上我都给他，给京京、丹丹读安徒生童话，滨滨听得十分入神。他总是主动找我说："爸爸！讲安徒生童话吧！"……有一次，我读到《卖火柴的小女孩》时，滨滨听完说："真可怜！"——可是现在，在另一个世界、另一种情况下，滨滨自己不也是像卖火柴的小女孩一样很可怜吗？

我濡湿的泪眼仰望天空，我看见一颗小小的但闪烁发亮的星。滨儿！如果你像天上这颗星，风可以狂吹，云可以乱飞，但星是永远永远明亮的！……滨儿！你知道吗？对我来说，这是一个多么无主而又可怕的夜晚呀！

五月三日是滨滨十一周岁生日，爸爸和妈妈下午到医院里，给他带了一只黑漆的小匣，里面有一把珐琅的精巧小腰刀，还有一群小马。因为他从小就羡慕军人，总说长大要当个军人，所以，当他看到这份礼物，十分高兴。但是后来谈到吃饭时，他哭了，他告诉我们，他的脉搏增加到一百下以上，立刻，一片不安的阴影又掠过我的心头。第二天，我又去看他，他十分仔细地玩着小腰刀，他用绸手帕包好，把刀好好地安放在小漆匣里我看着他的动作，理解孩子这种珍惜的心情，包含着多少对生活的热爱和幻想呀！而且我认为他情绪的好转也许意味着病情的好转吧！……谁知三天以后的夜晚，我给医院里的护士打电话，电话里却传来一个可怕的消息："他在发烧……"又过了一些天，他终于出院了。我从外面回来，看见他已卧在他的床上，他很喜欢家庭生活，笑嘻嘻地看着我。

生命，你微妙而奇特的生命啊！

我再说一遍，你把漫长的人生凝聚于短暂人生之中。

病中的滨滨的确变得特别聪明。有一次我跟张炜逊谈到这一点，他说："得这种病的孩子特别聪明。"

我听了心中猛撞了一下，其实这是一种病态。

从此以后，父亲和母亲都把全部热爱倾注在他的身上，而孩子也确实更加可爱了。

为了充实他的生活，我天天给他上语文课，还给他找书看，他看了《钢铁是怎样炼成的》《青年近卫军》，而他最喜爱的是两本《盖达尔小说选》，这里面写的是孩子又是战争，他反反复复不知读了多少遍，这书现在还在我手边，我真不敢凝望它——我觉得那上面留有滨滨的手印，留有滨滨的眼光。这好像是他留给我的唯一的遗物了。另外，他很喜爱唐诗，慢慢地，那只黑漆书柜里面插满了他的书。我们还请了画家费声福来教他画画。费老师给他带来一个西方古代人头雕塑的石膏模型，放在桌上，滨滨天天坐在椅子上描画着这个有着卷曲的头发和两颗大眼睛及缤纷零乱的长髯的头像。我把我从国外买回来的画册都搬到他的屋里，给他欣赏。他画画进步很快，有一回费老师表扬了他的一幅素描，老师走后，他轻轻地走到我的书房里来，高兴而又羞涩地告诉了我——父子之间就这样共享着一种微妙的幸福。正是这书、这画，坚强着这个孩子与疾病作斗争的意志，燃烧着他的生命的火焰。他全心全意钻到绘画中，我给他找到一本罗工柳的《朝鲜战场速写》，他高兴极了。

他是多么热爱生活呀！

有一天，我给他改画、上课，他跟我说到前途问题，他问我："爸爸，我将来上什么学校？"他沉思了一会儿又说，"也许我将来画动画片……"

一个大雪天，他跟我谈天，他说："今年天暖后，我会好起来，爸爸，你带我到海边去，我真想看看大海。"

……有一次我从外面回来，不想惊动他，悄悄走进后屋。但从他门前经过，我站住听听，怎么一点声音都没有？我又有点放心不下，就去看他。在他的玻璃门上，挂了一条从印度带回来的手织的中间有黄色花纹的绿布，为了便于观察他，在玻璃上端留下一段空白。我看见他静悄悄趴在窗下的一只沙发上，掀开一点窗帘，在倾听着老丁香树上摇曳的蝉鸣……多么顽强的生之欲望呀！他喜爱大自然，在欣赏大自然……我静静地站在那里，忽然想起，有一个春天，爸爸、妈妈带了他和弟弟、妹妹到颐和园去郊游，在后山苏州街湖边岩石上野餐，他们玩得那么高兴……而今后，这完全是不可能的了，我们能够丢下他一个人卧病在床而去游玩吗？……的确，从他病后，我们家就失去了笑声……

　　他没有发觉我，我便轻轻转过身，回到书房。我坐在桌前沉思，暂时唤起一丝安慰。我想，一个人活一百年是一生，活十年也是一生，我要滨滨这十年，也是美丽的一生。滨滨很爱弟弟，很爱妹妹，但是病魔沉重地主宰了我们家中的一切，为了不让他感染，尽量少接触人，我们不让弟弟、妹妹到他那屋里去。晚上看电视，京京、丹丹都搬了小椅子坐在门口看。可是滨滨很喜欢弟弟、妹妹，妹妹有时悄悄地走到他的门口，偷偷张望他，若是被他发现了，他就向妹妹招手，让妹妹进去，妹妹说："爸爸妈妈不让我进去！"但是她还是进去了，我看见兄妹依依的情景，也没有干预他……我怎么能不让他寂寞的童心得到一丝慰藉呢？他那么热爱生活，我怎能忍心禁止呢？我前面说过家中充满了病态的幸福，的确是这样，滨滨午睡时间，我的小女儿从她的住房去找老祖母，要经过哥哥的窗前。老祖母后来宠爱地搂着小孙女对我们说："我们孩子懂得疼哥哥——她轻轻地、轻轻地迈着小脚巴丫，怕惊动了哥哥。"……什么是病态的幸福？这就是病态的幸福。

　　不论我在哪里，总是有一根线牵住我，那就是他的病。一九六一年，我和杨朔、韩北屏在斯里兰卡。有一天到大使馆去，文化参赞向我出示国内来的电报，我一看，是嘱咐我在科伦坡尽量多买些英国造的毛地黄，毛地黄是治疗风湿性心脏病的特效药。怎么这样一份电报可以经过外交部打来，而大使馆又把一笔款子交到我手上，人间有多少多少的同情呀！于是我在杨朔、韩北屏陪同下，来到一家最大的商店楼上，先买了一个透明的塑料匣子，当时我不懂得这是做什么用的，现在我才知道，这是放在冰箱里的小型集装箱，装食品用的。我买了几十盒毛地黄，装满这一匣子。也是在一九六一年，我从日本回来，住在香港山上的新华社招待所里，当新华社里的一个阿姨听到滨滨染了不治之症，整天消磨在绘画之中，她买了一大捆图画纸交给我。人间有多少多少的同情呀！我记得回到家里，把图画纸送给滨滨，他笑得多么开心啊！可是没用多少张，病毒就进一步侵蚀了他，渐渐地他失去了画画的力气。这一捆纸，到现在还卷成一卷，放在我工作室门外的衣橱里……

　　病在折磨着他，也在折磨着我，我本来就有严重的神经衰弱，经过长期超负荷的负担，我吃安眠药也常常彻夜不能安眠。汪琦上夜班，常常要到深夜一点才能回来，我就一个人搬到书房里去，在一张长沙发上过夜。我很喜欢这张沙发，这是一张有着红色栽绒面子嵌花的软沙发，拉开下面一层，是双人床，但我不需要，只在沙发上面睡也很舒适了。有时我发现窗帘上有灯光，就起来看看，出现在眼前的也是病态幸福的情景——汪琦不论多么晚回来，总是一点声音也没有地推开滨滨住房的门看一看，滨滨要是睡熟了，她就悄悄关上门回到卧室里去，但有时，我听见滨滨叫妈妈的声音……滨滨虽然病情沉重，但还是一个勇敢的孩子，他不愿让人照料他，宁愿自己起来到后面卧室旁的洗澡间里去小便，遇到妈妈回来，他就叫妈妈陪他到厕所去。而后妈妈送他回去。我不打算惊动他们，悄悄地跟了去，从门上那段空白的玻璃上望着——他们怕惊醒我，全部行动都是蹑手蹑脚的，在那雪亮的一炷灯光下，儿子在床上卧下，妈妈坐在床头沙发上，儿子苍白的面孔上露出甜蜜的笑容，妈妈一手拉着他的手，一手在他手背上轻轻地、轻轻地抚摸着，跟他小谈一会儿，给他掩好被子，让他睡下。

　　可是，我的心灵仍在暗暗地崩碎。

　　我非常怕听夜半时分他那无力的咳嗽声。

　　对于他的病来说，秋天、冬天是最可怕的季节，因为容易感冒。

　　因此，我的爱美的心变了。本来我最喜欢秋天，每当从高高天心偶然洒落下一阵清清的凉风，我便敏感到秋天的到来。秋天的到来，意味着黏腻的暑夏消失，一切一切都变得清快爽利，这是我创作的收获季节。

　　可是现在，这秋风使我发愁起来。发愁又有什么用？每年每年，可怕的事情总要来临。每到这个季节，为了使他不感冒全家采取了各种措施，老祖母像我第一次离家出远门那回一样，一针一线给他缝了一件薄薄的、软软的丝绵背心，让他夜里睡觉也穿着。

　　初冬的一个夜晚，滨滨敲响了我们卧室的窗玻璃，妈妈一下爬起身就赶过去。

　　滨滨回到床边坐下，皱着眉头说：

　　"我很渴……我想喝一点水……"

　　我也惊慌地跑过来。

妈妈摸摸他的额角，额角有点发热，于是一个可怕的信号又出现了。

我记着张炜逊说的话："感冒一次，他的心脏就要肥大一分。"

但，现在他终于感冒了——上帝！这是多么大的罪孽呀！一个活蹦乱跳的孩子，为什么落到如此地步，我不甘心，多么不甘心呀！

第二天，和张炜逊通过电话，就送滨儿去住院了。小儿科给他一间小小的单人住的病房。他的床头旁是一扇玻璃窗。这里一切都是雪白的，白的墙、白的椅子、白的床头几、白的台灯。一次又一次频繁地犯病、住院，医院成了他的家了。有一次几乎住了整整一个冬天，因为每一次刚要出院，又发现有轻度发烧，这样一次一次说出院，一次一次又不能出院。我始终认为最高尚的医德，是对病人的爱——医学并不是冰冷的科学，而是温暖的科学。只有我这样多病的病人，才能够理解这一点，医生一副冷酷的脸，对于病痛中的人是多么大的刺激；可惜，并不是每一个医生都能做到这一点，不少人只把病人看做一个无血无肉的实体，对他只是机械地检查、开处方，他不知道，出自医生口中一句有感情的话，对病人精神上是多么大的治疗。渐渐地，我发现张炜逊不是出于对儿童心理学的精通，而是出于真正的感情，他十分爱滨滨，滨滨也很爱他。他告诉我："张主任每天都来看我，他见我总埋头在书里，就劝我要听听音乐……"他指了指床头几上的那只小收音机，"我很喜欢听肖邦的钢琴，在家里，丹丹每天回来练钢琴，我总是躺在床上听，我觉得钢琴的声音十分好听。"有一天我去了，他十分忸怩地笑着，像是有什么话要说又不肯说，我问他，他最后拿出他记日记的小本，告诉我："爸爸！我写了一首诗……""一首诗？""真的，一首诗，昨天夜里醒来，我掀开窗帘，趴在窗玻璃上看，屋顶上都是雪，我就写了一首诗。"我看了，那是一首七绝，大意是描写静夜落雪的情景。我夸奖了他，他眯着两眼，笑得十分得意，问我："我能写诗吗？"我说："熟读唐诗三百首，不会作诗也会吟。"他从枕头下取出《唐诗三百首》给我看。这时，我已熟练地学会在他面前遮掩我的内心——实际上我有点怆然，因为我记起袁枚的《随园诗话》里有一则，讲到一个儿童久病不起，有一天他问他的父亲："'举头望明月'下一句是什么？"他父亲告诉他："低头思故乡。"孩子点了点头就溘然而逝。

在医院里，更令我揪心的是，我看到门悄悄推开一点缝，有一个又矮又小又干瘪已经失去人形、像个猴子的小怪物，伸进半个头来——我一看，心里一惊，我不知道这是什么？……滨滨却向他招手，走进来的原来是一个得了可怕的病症的孩子，可是滨滨拉住他的手很喜爱地跟他玩。大概见我在这里，他借了一本小人书就走了。滨滨跟我解释说："这孩子聪明极了，你不嫌他丑吧？""不。""这是一种病……其实他比我大，可是人愈抽愈小，他很轻……他爸爸在那边病房里住院，每天来把他驮在背上去治疗……"那天回家路上，我心中非常痛苦，难道这就是我的孩子的命运吗？而使我难过的是，他已经甘心于这种命运了。其实，自从退学以后，他已经一步一步地向病魔屈服了，对于一个孩子来说，除了这一条路，他又有什么能力选择自己的道路？！——其实我不也是在一天一天地欺骗着自己吗？这两个孩子不是同样的处境？我之所以这样难过，还是不甘心呀！——不甘心我可爱的滨滨落得这一地步，只能与那畸形儿为伍，要不是病，他会有多少活泼可爱的小朋友呀！后来我去探视，又看到那个孩子和滨滨玩得很好，有说有笑。我也爱起那个孩子来——但从内心里来分析，这不是爱，这是可怜……每一触及这一点，我痛感自己为人的渺小，但有什么办法呢？！隔了一段时间，我再没有看到那孩子，滨滨也再没提起他。我问一个护士，护士说："他，他已经死了……你别告诉滨滨，他们好像很要好的……"可是这种温暖的关切简直像一声惊雷，震撼着我，他的死，不是意味着滨滨的生命也在渐渐消失吗？我流着眼泪回到自己书房里，我感觉到在命运之神的面前，我无力可用，无计可施！

……我慢慢走到他那空落落的房间。

房子里充满阳光，十分幽静，十分温暖。

但这美好的阳光像一把尖刀刺在我的心上。

我感觉到这是我的变态心理，一切美好的与不起的沉疴对比，都使我分外伤心。

这几年，我意识到我跟滨滨在一起生病，可我又无以自拔。

他每次出院回家，我当然都有点高兴。

但是，他脸上那白菜叶的颜色越来越重，显得憔悴，白里泛青。可是这孩子，自己受尽病痛折磨，却总是安慰父母：

"爸爸！我好多了……我想春天来了，我会好起来的。"

希望，希望，希望在这病弱的机体内还在黯淡地燃烧。

一种可怕的病状愈来愈明显，就是他的左胸愈鼓愈高。他怕我着急不愿让我看到，其实隔着他那件红条睡衣，我早已发现了，我既担心又伤心。当然，我在他面前装作不知。我跑去请教张炜逊，张炜逊告诉我："由于心脏瓣膜不能闭枕，血就不能像正常人那样排出，心脏越胀越大，如果是成年人得了这种病，由于骨骼坚实，可以控制心脏；可是儿童骨骼尚未成熟，十分脆弱，就经受不住心脏的压力，跟着变了形。"我知道病已经达到了不可医治的地步，但作为一个父亲，无论怎样总抱着一线希望——你管它叫幻想也好，可是，在那时，没有这种幻想我就无法活下去呀！……张炜逊的确是一个富有感情的人，在他那小而整洁的办公室里，他跟我度过了一刻难忘的时间，他用他健壮的手臂扶持着我的病弱心灵。沉默一阵之后，他告诉我："如果二尖瓣狭窄，动个手术把它扩大就行了，至于二尖瓣闭锁不全，只能换瓣膜，可是现在世界上还没有这样科学的突破……"绝望，绝望，一次又一次打下来，就像落在水里的人，想挣扎一下又给浪打下去一样。我冷静下来，我知道他不是让我向死神跪倒，而是让我懂得这个科学的道理，我很感谢他，跟他握手告别出来。

从那以后，我总是想：

人啊！为什么你有那样的魔法，放射卫星，去窥伺宇宙，考察天体，可是至今连人的生命的秘密还没有完全弄清楚，每年每年，成百万、成千万的人在不可知的、不可挽救的状况下悲苦地死去，多少父母的眼泪，儿女的眼泪流成了汪洋大海。人啊！你们救救自己吧！我情愿把我的小儿子献在你神圣的科学祭坛之上，我乞求你从我的小儿子身上得到灵感，创造科学。

的确，医学家从无数死亡中寻觅着生之途径，给人带来福音，可是一切一切都来得太晚了！现在，在滨滨死后二十七年，我发如飞雪，含着泪写这一篇文章时，在我们国家已经可以制造瓣膜，可以移植瓣膜了。我的亲爱的儿子！你如果晚生一些年，你能赶上这种巧妙的心脏外科手术突破的年代，现在，你应该还可以活着，哪怕你带病活着，也还会轻轻走到我的书房里来，向我露出甜蜜的笑容……

可在当时，病魔像一股汹涌的浊流冲击着我们，像一座大山岩跌下，压在这个脆弱的孩子身上，我想顶住，无法顶住。

我可以欺骗别人，但我无法欺骗自己。

滨滨的确是一个很善良的孩子，有一天我正在书房里工作，听到前面屋里有争吵声，连忙走到滨滨屋里。原来他和弟弟用铅制的小兵人在桌上对垒作战，为了谁胜谁负，两人动手推搡起来；我吓了一跳……弟弟小，哥哥应该让着他，可是哥哥是一个生了不治之症的哥哥，难道我能忍心责备他吗？于是我斥责了京京，京京哭着走了出去——我以为我平静了一场风波，谁知我却无法平静滨滨的心。

他在当天日记上写道：今天是我不对，爸爸责罚了弟弟，弟弟是受了委屈的。

后来他亲自向弟弟道歉，言归于好。

又是一个可怕的冬天。一个清晨，天还漆黑，我给滨滨的咳嗽声惊醒，连忙披上衣服去看他，他见我来，声音低哑地告诉我，一个通宵都没有睡好。我见他面色苍白，精神疲惫，很是可怜：为什么不让我们，而让一个小小年纪的孩子受着这样痛苦的折磨，这是我每一次见到他犯病，就不能不痛心地想到的。我向窗外看看，一片雪白，雪花像棉桃那么大，扑簌扑簌地落着。我给张炜逊打电话，张炜逊决定让滨滨住院：我们跟滨滨谈，可是他不想住院，我知道他恋着这个家。但是，经过说服，他还是十分柔顺地依从了，这正是我深爱滨儿之处。在他的性格中，我看到宽厚的一面。

我去看滨滨，在医院走廊上突然看见立波、林兰。

原来他们的女儿百穗也在住院。

——我一问，立波的眼圈就红了，他说：

"可能是白血症。"

又是一个人间悲剧！

回来的路上，林兰哭了起来，哭得那样伤心。

而这时，滨滨也在病床上发着高烧。

后来我知道，百穗就住在滨滨对面的一间病房里，她那样玲珑娇小，面庞白嫩，连一点生病的影子都没有，像个小精灵一样悄悄地从门里走出走进。滨滨从早晨起，又腹痛、呕吐，早饭吃下去，都吐出来了。他上身靠在床背上，昏迷地闭着两眼，脸苍白得像一张白纸。张炜逊来进行检查，他判断是由于感染而引起风湿发作。这一年多以来，由于滨滨病情平稳，就引起我更强烈的幻想，我总存在着希望，希望……想一想，从黄宛确诊以来，我一次又一次希望着，而后又破灭了——今天，这是多么可怕的一天呀！——不久以前，当滨滨沉醉于绘画时，我没有惊动他，稍稍从各个侧面观察，在明亮的光线里，他凝注着双眼，偶然扑簌簌颤动一下黑黑的眼睫毛，由于暖暖的室温，脸上还泛出红色……我希望今年冬季病情能够得到稳定，明年春天就会好转，是啊！……滨滨多么渴望夏天到青岛去看看海呀！可是他终于没有熬过这可怕的冬天，流行感冒的细菌专门欺凌弱者，使得这个弱小的生命落在危险的旋涡之中。小小的生命多么顽强呀！有一天，我去看他，他告诉我这几天停止了咳嗽，睡得很好很多。他沉思了一下说：

"爸爸！……我想通了……"

我心里一惊，我不知道他从磨难中想通了什么？

"所有的英雄都遭遇到困难，他们在困难面前都很耐心，爸爸！我也要这样……为了未来……"

未来，这是一个多么美好的名词呀！它鼓舞着人类从原始的愚昧，慢慢地、慢慢地走到今天——这个文明而又不文明的今天。可是滨滨有什么未来？滨滨的未来在哪里？但他还希望着未来，我把滨滨的话跟汪琦讲了，我们两人都伤心地哭了。

又一天，我轻轻推开病房的门，看到他弓着身子朝墙壁睡着，我轻轻走进去，他却回过头来，向我露出一副可爱的笑脸，其实，这时他正头昏、胸闷，只淡淡说："不如上午。"我跟他谈着话，他又高兴起来——这时一道阳光从窗外射入，他还是那样天真，那样愉快……简直像一朵给阳光照亮的花朵……每当这时，我又坚信他的生命会战胜一切，会出现一种奇迹，我又相信人也许能够克服一般认为不可能克服的障碍。人，不是已经创造了很多不可思议的奇迹吗？

我给他打开收音机，刚好播放的是《敬德装疯》这一京剧，他听得笑了起来。然后他吃了一个苹果，斜倚在床上，对我说：

"爸爸！你应该去休息。我这病一下也好不了，一下也坏不了，你应该像我一样躺在床上。"儿子的疼爱，使我心酸。那时我几乎天天到北京医院去治疗，大夫已经告诉我，我的神经衰弱正慢慢向神经官能症发展。我克制了自己，振作精神，对他说："过些天，等你好些，我也去休息一下，你不要着急，天很快就要暖起来了，我们都会好起来的。"安慰有时是欺骗、是麻醉，在我讲这些话时，其实我心里是凉的。与夏天相比，他的体重已由三十七公斤降到三十四公斤了。他拖着病弱的身体，却从来没有叫苦。这一天他偶尔露出一句："我老躺在床上，屁股疼得很……"我明白这不只是由于躺久了，同时也由于他太瘦了。

护士送来晚饭，我劝他吃点菜，他却一口也不想吃，只吃了一碗拌了白糖的白米粥。

谁知，一个可怕的悲剧就在这时降临了。

当滨滨从危机中逐渐平稳下来时，百穗却死了。

——我和汪琦去看立波和林兰，由于我们有着共同的命运，一见面，林兰就失声痛哭起来。立波、林兰的确不幸，病魔从他们身边夺走了三个孩子。沉默一阵之后，她说："如果有一个孩子病在医院，去看看，那也是幸福的呀！"她的话使我心碎，从我们当时境遇来说，林兰所说的那种"幸福"顶多是经受更多、更痛苦的折磨而已。林兰、汪琦都哭了，可怜天下父母心，她们各自想着各自的"幸福"，各自的悲哀。百穗之死只是一个不祥的前奏。

## 一四七　心灵的悲怆（三）

我所预感的得到一次又一次证实，

我所幻想的得到一次又一次幻灭。

在滨滨病重的同时，病魔的暗影也渐渐向我袭来，我似乎在渐渐地沉落……

我请求读者和我一道重温一下我当时的日记，我的心声：

"我们在这一段路程上受着严峻的考验。

"当一个人猛然听到一声爆雷时，他会一下惊得发呆。而我，当一种黑色的命运落在我头上时，我却震惊得这样长久，这样长久。这是我的经历，我的性格所导致的必然之路。我从破落的旧世界里爬出来，得到了共产主义阳光的沐浴，我由一个沉默、忧郁的人变为一个敏锐、明朗的人，从那以后一切都是那样顺利、理想、幸福。而就在这时，一个生活中的爆雷响起来——当乌云暗暗接近我时，我简直一点没有觉察——我受到了打击，我还不知它从何处而来，当我发觉这雷声时，已经一切都晚了。为此我苦苦地、苦苦地思索，我想怎样能使这一切归于无有，当然这只是一种梦幻，梦幻一点也不能救我，我只能在严酷的科学法则面前低头。在这中间，我忍耐，我挣扎……但我不能不面对赫然摆在我面前的事实；一个希望的浪头刚刚浮起来，一个失望的浪头又砸下来。但在我欺骗这个孩子和他的妈妈的时候，我知道我也在欺骗自己，在心灵上这是怎样一场可怕的搏斗呀！

　　"我知道，因为这是我——如果我对情感不那样忠贞，如果我爱得不那样真挚，也许，对我自己还是能挽救的，也许我的痛苦会变得浅些，但对于我来说，这是可能的吗？！

　　"是的，一个革命者，可以把别人主观上认为不可能的事变为可能的现实。当然，我决不是一个宿命论者，当我知道这不可能就是不可能时，我除了沉落在苦痛的海洋之中，还能做什么呢？也许我经受了大痛苦，也能得到大解脱。天啊！这中间如果我犯了罪，请饶恕我吧！我知道——我在一时之间，很难那样理智，像有的人，为了一己之私，对待亲人也可无动于衷，甚至抛弃他们。我明白，那样也许容易些，但却是更大的犯罪。我不相信一个革命者失去自己的亲人能够那样冷漠无情。不，只有用金钱可以买卖灵魂的人，才能那样残酷无情。真正的革命者才能有真性情，但，现在对于我来说：什么是真性情呢？只有忍受创痛，战胜自我。一次又一次打击，像一次又一次宰割，在这之后……我渐渐冷静下来，尽管我不能舍弃感情，但我知道我应该走一条理智的路……这样想着的时候，也许我已经清醒了——战斗方无穷期，我必须用自己的生命之火燃烧自己的生命之火……当我现在一人独处时，我知道我还是火。火没有被乌云湮没，被大雨浇熄，我必须使火更壮丽地升起。

　　"是的！

　　"我只能如此。

　　"这样，从大痛苦中站立起来，我才能用双肩肩起那一个灾难的闸门，尽管我知道这闸门有一天会垂落而下，但，在那一刻之前我必须肩住，在那之后，我也必须肩着。

　　"我不仅要跟冷漠的命运搏斗，我更不能向冷漠的命运屈服，也许正是这样，我的生命之火，才能点燃那辗转床笫、无以为生的孩子……可怜的孩子！……

　　"如果要了解我，这就是我。

　　"我相信当我完全清醒时，我是可以以最大的理智、最大的坚定来对待一切的。

　　"我抬起头，从风暴里穿过，我宁可这样，也只能这样，我既不能无视风暴，我更不能躲避风暴，事情只能如此！……"

　　也许正是由于生命之火在燃烧吧，我在这艰难的岁月里，用我的全部生命写出了《长江三日》。可是今天，想到这一点，我还是十分难过的，我用生命之火燃烧了长江，我却终于没有用我的生命之火燃烧起滨儿的生命。这是我的长江，它，一直到现在，还在熊熊燃烧。燃烧着一代一代人的灵魂。正当我在烟台修改这一部分原稿时，一个三十八岁的人来看我，他说他是学外语的，他从中央电台对外广播中学过这篇散文。可是他能理解，在长江火焰里面，不只有我的生命，也有滨儿的生命吗？！在这悲哀的年月里，我还有多少壮志豪情。写到这里，我取出中央广播电台的配乐散文朗诵的《长江三日》的录音磁带——我按下按键，收录机里发出了长江浪涛的亘久不息的声音……是的，我从这里面听到我和我小儿子的生命的悲苦的声音，因为这是我们共同在苦难挣扎中写下的语言——也许细心的听众会从激昂中听到悲楚，又从悲楚中听到激昂，我并没有被困难压倒，我还有壮志豪情……

一天夜间，我从书房悄悄走到滨滨门口，我听到他在床上辗转不寐，我进去问他，他说头发烧，想呕吐。我伸手一摸，他头上出汗，四肢发凉，我明白他的病情突然恶化了。那是盛夏季节，连夜间也非常热，我再摸摸他的身上，完全是黏腻腻的汗水。我坐在床边，隔了蚊帐给他扇着扇子，这样一直扇到十二点，但他终于呕吐起来，跟着就是一阵剧烈的咳嗽，他用喑哑的声音告诉我："爸爸！我很痛苦。"接着又是呕吐，肚子也疼了起来。我手足失措，不知怎样办好，我唯一能做的就是扇着扇子，给他一点清凉，可是，他一连催我几次："爸爸！你去睡吧！……"最痛苦时，他又忍不住乞求我："疼得很，给我治一治吧！……"我把手抚在他的心脏上测着他的心跳是一百三十四下，我再摸一摸脉搏，却只有七十几次，这是一个非常危险的信号，我一下全身湿透，我怕他在心脏剧烈跳动之下突然昏厥过去。我走到院外，银汉横空，残星明灭，整个宇宙都已沉沉入睡了。在这个时候，真是喊天天不语，喊地地无音，我怎么给你治呀！滨滨，我决定再给他加一粒安眠药，但他还是叫着疼，冒着冷汗，呻吟辗转，无法安静。汪琦如果在家还可分担，可是她给报社派到外地出差去了。这样只剩下我一个人来熬度这可怕之夜了。他的每一声呻吟，都使我的心拧得紧紧的，两点多钟，他终于睡着了，我稍微松弛了一下。可是，当我在他床头沙发上蒙眬欲睡时，又给他的咳嗽声惊醒了，不过，安眠药总算起了镇定作用，他虽然疼痛，还可忍耐，就这样，我扇着扇子，一直到窗上露出微明的晨光。

我给张炜逊打电话，他很快就来了。

他来了，我和滨滨都有了依靠，也就镇定下来。

张炜逊诊断后说：

"心力急剧衰竭，肝也膨胀起来，泻肚、呕吐可能是感染了细菌！"

……如同一把铁锤猛击在我的头上。

糟糕！就是那杯冰激凌，由于天太热，我下午给他吃了一杯冰激凌。

无知的爸爸！多么无知的爸爸！我望着那衰颓苍白的脸孔，心如刀扎。

我跟张炜逊到医院去取药，他叮嘱首先得让他睡觉，使他安定下来。我给他服了安眠药，由于后屋凉爽、宁静，我扶他到我睡的大床上睡下，不久他睡着了，睡了两小时，又给腹痛惊醒，然后，又睡着，这一次睡得比较踏实。我回到书房大沙发上，一下就昏昏沉沉睡着了。不知何时，有一种什么东西把我弄醒，清醒过来才知道，是从敞开的窗口上吹入的微微凉风，我看看，太阳很好，却吹来这爽利的凉风，爽利得只有初秋才会有的那第一阵秋风，令人精神立刻为之一振。我觉得头脑清爽宁静，我想这对于滨儿也会好些，我悄悄走去看他，他也刚睁开两眼，我们两个都一下睡到下午三点钟。他脸上的气色好转了。

这可怕的一夜呀！在我的心灵上，在他的肌体上，经历了一次多么严峻的战役呀！

阿姨给滨滨饮了一杯西瓜汁，他喝下那鲜红的、甜蜜的汁液，舒适地笑了起来。

我一点也不能责怪命运对我过分为难。在那可怕的一夜之后，却迎来了一个稳定的夏日，而且一直延长到深冬。

有一天，我从外面回来，看见滨滨偷偷藏在毛巾被下面画画，他见我发现了，羞涩地笑了一下。这时，他已经不能坐在椅上，举着画板做素描学习了。我就给他买了几个画本。这一段时间里，他上下午可以下床各坐一小时了，当然，无论对他、还是对我、对全家，这都是可喜的事情。那时我每天下班回来都陪他一阵，共同享受着苍白的病态的幸福。一个晚上，他睡在床上，我坐在紧挨床头的沙发上，他跟我说："……过去想画画，是想赚钱能养活一家人，现在我觉得不对，我觉得最重要的不是画画，是科学，我们国家最需要的是科学，科学是工业和农业的领导，我们也应该像苏联那样，把人放到天空上去……"他说得很认真，笑眯眯的两眼，扑簌簌地扇动着眼睫毛，他十分热情，十分亢奋。多么好的思想呀！他在病中长大了。

当妈妈从报社回来，京京、丹丹也回来了，我们就聚在滨滨床头，一道玩扑克、下跳棋，笑语盈盈，那简直是一派节日般欢乐的气氛。特别是星期六，滨滨等待着妈妈、弟弟、妹妹回来，心情十分殷切。他很喜欢听妹妹弹钢琴，这架古老的黑漆的德国钢琴，声音十分清脆、柔和、动听。滨滨本来倚在床头休息，听到钢琴声，有时也挪着脚步走到钢琴边上，看着妹妹在琴键上跳跃的纤细的小手指，感到格外高兴。有一次白天下了一点小雪，就像当年延安之夜一样，我们围着火炉煮红枣吃，吃着鲜红的、暖暖的大红枣，我望着孩子们，我的心驰向了西北高原……滨滨吃着枣，为那一种甜蜜，为这欢乐的气氛而高兴，小脸显得红扑扑的，十分可爱。

当然，给予滨滨最大的一次喜悦是夏天，一个天气很好、晴而无风的日子，我在他的一再要求下，带他到院子里，搬了一个小椅子让他坐下，他长期生活在屋子里面，这一回能直接接触到大自然，听着丁香花树上小鸟不停地婉转啼鸣，格外感到高兴。

……真是意外的美满，滨滨病情稳定，从炎热的夏天一直到冬天落雪。这中间虽然有几次犯病，张炜逊在百忙之中，几次来给滨滨做检查，调整了药物，保持了平衡。

那是三年困难时最困难的一年。由于苏联撤走专家，又由于歉收减产，饥饿遍布全国，全家人都浮肿了。为了保障滨滨的身体，弟弟、妹妹的小腿上、额头上一按就是一个坑，看着心里真是发酸。可是，两个孩子为了维护哥哥，时常还蹒跚着小腿，跟上妈妈排队去给滨滨买面包，可是后来面包也没有得买了：我们想出一个主意，就是由我带上京京、丹丹到报馆等候汪琦下班，然后到和平餐厅或者吉士林去吃西餐，这样我们吃汤吃菜，把面包黄油省下来带给滨滨。和平餐厅在东安市场南门里，是新修的，很多外国人到那儿吃饭，饭菜质量很好，特别是当一盆香喷喷的红菜汤摆在面前，引起你很好的胃口；吉士林是个老西餐馆，在东安市场楼上，我特别喜欢这里，它面积不大，因此座位陈设得曲折有致，有时占据一个角落，坐在像火车车位那样的座位上，板壁把人与人隔开，灯光朦胧，特别给人一种舒适之感：我年轻时手上没钱，只到这里吃杯冰激凌。这时才知道这里的西餐特别浓郁香醇，比如那个"铁扒鸡"——当那烧得滚烫的铁器端上来，上面的油汁还在发出嗞嗞的声响，令人食欲大振。

我所以记下这些，其实是一种怀旧的乡思，自从东安市场修成现在这样平板光亮的街道式之后，吉士林也就从老北京人的爱好中消失了。其实那时我们去吃饭，主要还是为了给滨滨带回几份面包，有时还带回两份他爱吃的炸肉饼，但这样也无法维持滨滨的足够的营养、足够的热量。无可奈何之下，我有时也厚着面皮到政协小卖部给他买点巧克力和水果。就这样辛苦跋涉，我们度过了贫困的一年。

突然，一个可怕的消息震撼了我们的家庭。

那就是赫鲁晓夫做出了对斯大林焚尸的灭绝人性的决定。

滨滨跟爸爸妈妈一样，对此感到莫大的恼怒与气愤。

……我在台灯下读着《参考资料》——突然眼睛一亮，这是《青年非洲》周刊十一月二十九日发表的一篇署名 L.B 题名《斯大林万岁》的来信：

"在苏联以及全世界的赫鲁晓夫拥护者应该警惕，人们不可能轻易地搬倒这样一个人的塑像。他对千百万人来说，意味着更好的生活和有效的解放的希望。在中国像在整个亚洲一样，在非洲像在整个南美一样，尽管斯大林有他的罪行，但人们敬佩斯大林，是佩服粉碎纳粹主义的人，是佩服向全世界提出摆脱贫困的可能的人。即使对他进行诽谤，但人们阻止不了各国人民继续尊敬这个依旧会是斯大林格勒胜利者的人。"

同时，印共拉吉利特县委三个领导人，十一月五日发表了一封《给赫鲁晓夫的公开信》：

"……斯大林的不朽的名字，是无法用把他遗体移出陵墓的办法来埋没的。今天，我们想打开过去人类历史的一页。英国历史上最光辉的英雄克伦威尔，曾经在逝世多年以后被处以绞刑。为什么？因为克伦威尔通过他反对封建主义的革命而在人类历史上第一次发出民主的呼声。这位克伦威尔当时在死后遭到了反动派的报复。迄今历史上只有过这么一件这样的事件，可是，今天却采取了几乎与此相似的一种行动……"

当我到滨滨前屋，把这两个文件读给他听，他拍着膝头说：

"爸爸！真棒！"

他是多么高兴呀！

我说："你是一个小斯大林主义者！"

他说："我就是一个小斯大林主义者！"

他央求我给他买一个镜框，我问他做什么？

他说："在斯大林诞辰那一天，我把斯大林的像挂在我的屋里……"

我特地到人民市场买了一个红木雕花的镜框，在滨滨住屋的墙壁上悬起了斯大林的像，滨滨要求挂在黑漆书柜上边的墙头，他说："这样，我躺在床头就可以看到他。"

我记起滨滨那天谈科学的话及今天谈政治的情景，我想不论科学本身如何，不论斯大林本身如何，滨滨在病中的岁月里成长了，渐渐有了一种信仰，我想信仰对于他是非常有力的支持。

……谁知我们终于没有平安地度过这个冬天。

刚刚过了新年，一个夜晚，我又听到滨滨的咳嗽声。

——声声咳嗽如同利斧砍在我的心上……

为了看护他，妈妈支了行军床睡在他的屋里。第二天夜间，剧烈的咳嗽把我惊醒，我起来，走到门前去看望。我自己也感冒了，不能进去，可是，哪怕能安慰他一句也好呀！但这次感冒是我去北京医院就诊时，从那儿传染上的。细菌专门寻找最脆弱的人；滨滨自然首当其冲——我只能久久伫立在他的门前。

如果说病魔在杀他，而这次滨滨生病，却是我造成的。

……我心里难受已极……

张炜逊来检查，决定住院。滨滨这一回怎样也不肯，他说："我很软弱，站也站不起来！"的确，他已经两天两夜没睡，我知道他的确十分衰弱。张炜逊被他说服了，张炜逊说："现在第一件要紧的事是让他睡一下。"他随即开了一种安眠药的药方，他说中苏友谊医院没这种药，你能不能到北京医院想想办法——我看着躺在床上奄奄一息的孩子，便跑到北京医院。可是，我有什么办法，有什么理由说服医生为我的孩子取得这种药品呢？突然，有一个女同志在唤我，我想大概她发现我六神无主，一定出了什么祸事？……我一看是倪斐君，她当时是中国红十字协会的秘书长。她是一个既热心又能干的人，她说刚刚看到黄院长从这儿过去，她就带上我到处寻找，终于找到了黄院长，在他的帮助之下，我得到了十粒药——这是救急救命的圣水呀！——我回到家，给滨滨吃了半粒，他渐渐地、渐渐地睡着了。汪琦熬了一个通宵，也回到卧室里去睡下了，我披了皮大衣，坐在帆布躺椅上，将两脚伸到火炉边也睡着了。醒来一看表，已经十二时，可是全屋一片寂静，我从窗帘缝上看了看，滨滨还在非常平稳地睡着。我们悄手悄脚地吃了午饭，我又回到炉边睡了一阵。滨滨这一觉一直睡到下午两点。

但，他还是不肯进医院。

我了解他是依恋着这个家呀！

……下午，汪琦很平静地告诉我，体温从三十九摄氏度以上降到三十七摄氏度多，脉搏趋于平稳，咳嗽减少。

整个黄昏、夜晚，家里都笼罩在一种沉闷而苦涩的气氛之中。

……结果全家都陷落在我从医院带回来的流行感冒中，我、汪琦、滨滨，连看护滨滨的阿姨都给这种可怕的细菌感染上了。

夜夜听着滨滨空洞无力而又剧烈的咳嗽声，这日子实在令人难忍了。

……一个夜晚，滨滨突然决定住院，我含着眼泪出来告诉妈妈，她也哭了。

眼看着这个孩子病得愈来愈厉害，因而我们对他也就愈来愈加疼爱——前几天他病得那样重，却坚决拒绝入院，而昨晚吃得比较好，十点多钟就睡着了，他却断然做出住院的决定：他想通了，是的，他不忍心看着爸爸和妈妈急坏，他断然做出了决定，这样好的一个孩子怎能不使我们心里难受呢？！妈妈送他进医院，一直到黄昏时才回来：跟上回一样，跟跟跄跄抱着滨滨全部衣服，一回来就倒在滨滨床上，掩面而泣，我劝她，她只说了一句："把脸盆送给他！"我赶到医院，滨滨却坐在床上读书呢！见我走进去，他笑了起来，他说："我对这儿很满意，特别是这儿比家里暖和……爸爸！晚饭我吃得很舒服……"但是我仔细察看，他的脸上浮着一种病态的红色——这是不是肺上有问题的症候呢？我跟他谈着话，心弦却总是颤悸。张炜逊进来给他检查，而后，在走廊里跟我说：

"病有发展……左心房开始衰竭，引起肺水肿……"

从夏天到冬天浮升起来的一切希望，又给命运之神粉碎了。我不知道向谁祈求，求谁有用。一时之间一身一身冷汗湿透我的衣衫。

第二天，滨滨跟我说："能到一个不用升火炉就暖和的地方就好了。"他还问我："我以后就不能坐飞机了吗？"

——一个小孩子生之愿望是多么顽强呀！

愿望，愿望，你能鼓舞人的意志，但你能够挽救人的生命吗？我随张炜逊走出病房，他告诉我："经Ｘ光透视证明，左心房更加扩大了，压迫到肺、气管，主要原因是心脏瓣膜越来越狭窄……"

我想问："那么就没有指望了吗？"但我忍耐住了。张炜逊沉思良久，他说："我在考虑动手术的可能……"

我想到，滨滨脸上除了两眼还是亮闪闪的，其他一切都在消瘦、憔悴，而且咳嗽得很厉害，只能靠在枕头上，不能平躺着。从夏天到冬天这样漫长，我们以为他病情平稳，为此感到幸福，哪里知道，他的心脏越来越扩大了……

## 一四八 心灵的悲怆（四）

在悲剧之中，又一个意外的打击降临在我的头上。我头疼连续四天四夜，一量体温，急剧上升：

四点十分——三十八度四，

四点五十分——三十八度八，

我赶到北京医院，已经是——三十九度二，

高烧顽固地持续上升，住进病房以后，已经达到——三十九度四。

连续一周，日夜高烧如焚，头疼欲裂，不能入睡，不能进食——我简直经历了一次死亡——整日整夜完全处在昏迷状况，来看我的人，只能在床头上站一站，医生护士已经禁止跟我讲话，实际上我也不能讲话了。

这样一直延续烧了十天，我才清醒过来。这是一个十分炎热的夏天，我转动头颈，发现我住在一间朝南的宽大的病房里，一扇通廊道的门是医生、护士出入的地方，与它相对还有一扇门，现在开着，通过一层铁纱门看出去，是一道宽阔的走廊，石廊前沿上垂下一条条藤萝的长蔓，串着紫艳艳的花朵，在微风中轻轻摇摆，使我感觉到一阵清凉。

我想到滨滨辗转在医院病床上，我也卧床不起，汪琦要两头奔走，我感到一阵心酸。

……

我在高烧退下、期待着恢复的时候，发现四肢软弱，肌肉疼痛，几天之后，愈来愈重，上床下床都不行了，只靠一只手臂支撑……那是一个非常炎热的夜晚，为了透入一点清凉，朝前面走廊的门开着，黎明之前，我忽然觉得有点冷意，便挣扎起来去关门，谁料到当我转身回来时，我的膝头一弯，一下跌倒在地上——我想站起来，却怎么也起不来了……由于失眠，我关了通廊道的门，不让护士进来……可是，我现在怎么办呢？我能拼命地大声嘶喊吗？不，那样，我将惊醒整个病房的病人，是不道德的。我镇定了一下自己，用手在大腿上掐了掐，还是有感觉的，但是，就像把骨头全部抽掉了，整个人变成瘫在地上的肉泥。那一瞬间，我想到在火线上负重伤的战士，他们断了腿还能爬着作战，难道我就不行吗？透过黎明的暗影，我测量了一下距离，我与床之间咫尺之隔，却像遥遥万里，在这关键时刻，战争淬炼的意志拯救了我，我决定自己战胜一切，我发现右臂手腕还能动一点，我就靠这一点点动力，牵着我的身子一点一点向前挪移。是的，这是一场没有硝烟的战斗，我必须胜利。我终于用那微微能动的右腕把整个沉重的身躯拖到床下。我停下来，喘息了一下，可是我从地下仰起头，那床竟像一座山那么高，我必须渡过这一最后难关，我用右手抓住床脚，慢慢把身子往上拖，等拖上床，我已浑身热汗淋漓。不行，我不能停留在这儿，我又从床尾挪到床头，多么高兴呀！我的手抓住叫唤护士的电铃，我按了一下——红灯亮了——我的右臂像折断一样，颓然跌在床上，从此我就一丝一毫也不能动弹了。

……我知道，这是由于我的神经长期以来绷得太紧，现在，决然崩裂了……

我极度虚弱，只能靠人把我抱起，才能下床。

天气非常燠热，十分苦人，我想起前些天冒出的想法，惨然苦笑了一下，是的，我经历了一次死亡，不过是清醒的死亡！

当我正陷于苦恼时，门慢慢推开，露出京京的小脸，他说："我们来晚了……妈妈、丹丹也来了……"不久，汪琦走进来，给我带来一束十分美丽的鲜花，我们谈了很久，我说我需要精神上的治疗，得看点书，可是洋装书我是拿不动了，我想了一阵，鲁迅！是的，我多么需要鲁迅那种韧性战斗的精神呀！我要汪琦把我那一函线装的《鲁迅日记》送给我。我问滨滨怎样，她说夏天总是好过些。我说你要上班，还要抽空去照顾滨滨，我这里你就不要来了……书让京京和丹丹送来就行了。从第二天起，我就用能活动的右手腕卷起影印的《鲁迅日记》——看着鲁迅的亲笔字，我感到先生还在，好像凝眸注视着我，鼓舞着我战斗……

经过注射、服药、按摩……我自己能下床了，虽然两腿绵软无力，但已可以挪动着脚步慢慢行走了，有时走到前廊上，那儿有一个藤桌，一把藤椅，我就在那儿坐一阵，吹着凉风。

这时我想，我需要圣火，它将是对我最好的治疗。

从我的神经承受力来讲，这时我不能读深奥难懂的书，但又需要充满革命信仰的书，我想到家里有一部《回忆马克思恩格斯》，我又要了来。这果然成为我的一部圣经。马克思与恩格斯伟大与崇高的道德、精神、人格、理想滋润着我，我像树木从深深的地下吸着生命之源，像有一股血流潜潜输入我的血管、我的心脏，我得到了生活的力量。这部精装的书里面有苏联画家茹可夫绘制的插图——其中一幅是马克思和恩格斯并肩且谈且行……我觉得他们是在向我走来，看我这个中国共产党人是怎样在困境中进行斗争的，我时时觉得马克思那雪亮的两眼审视着我，看我配不配共产党员这个光荣称号。于是，我的心灵之火燃烧起来，我在十四平方米的病房里摆开了惊心动魄的战场，我的脑子时时刻刻有闪电划过，思如泉涌、意绪万千。

……于是，我开始了秘密的搏斗。

我趁着从黎明到起床那段时间，悄悄走到前面石廊上，在日记里写下所思所感。

……这十几则日记，就是我后来发表的《平明小札》。后来，在上海，我从广播中听到这一组散文的配乐朗诵，我为其中没有发出哀婉的呻吟而感到放心。德国"红色的罗莎"——卢森堡，在监牢里看到窗玻璃上闪烁的一片玫瑰色的霞光，她说："不论我到哪儿，只要我活着，天空、云彩和生命的美会跟我同在。"——当然，我不能与伟大的罗莎相比，何况处境全然不同，但，作为她的一个后继者，正是那共产主义理想之光，抹去我生命中的灰暗凄怆。由于严重的神经疾病，我写字时，手总是颤抖着，紧张时以致心脏和全身肌肉、神经都簌簌颤抖起来。

今天，写到这里，我翻看当时的日记，发现还有未发表的一则：

"今早，我想到金黛莱。

"那在灰黄色细枝头上，像淡紫色的蝴蝶在迎风飘动的金黛莱。我一直把金黛莱和杜鹃花混为一谈，我以为从朝鲜雪地上绽出的金黛莱，就是我国江南四月满山遍野的杜鹃花。有一年融雪季节，我在哈尔滨中央大街街口一个玻璃花房里，看到一盆粉红色的杜鹃花，我特地买了回来摆在窗台上，以寄托对在朝鲜战场牺牲者的哀思。

"谁知今年再到朝鲜去，在东海岸，仰望上去，摩天入云突然拔起一千几百米的高峰——这真是老鹰盘旋的地方呀！——这就是出名的黄草岭，我们的汽车一下盘旋深邃峡谷之中，一下攀缘峻险高巅之上，由于山高，上下三层，气候各异，山脚下已是盛夏，山腰刚是春天，而山顶则是冬末春初。下面满坑满谷开放着雪白的萨莉花。山腰则是大片杜鹃，这情景只能用'红杏枝头春意闹'这'红'与'闹'二字来形容，嫩绿的叶子上托着一簇一簇粉红色的花，花瓣上洒着深红的细斑，这很有点像姑娘粉红脸蛋上的雀斑，又像肺痨病人喷在上面的斑斑血渍，也许正由于杜鹃泣血的传说，人家才管这种花叫杜鹃花的吧！由此有了这一个又好听又忧郁的名字。

"当我们往上攀登，将到山顶，感到气温降低了，悬崖陡壁看上去荒寒萧瑟，顿然消逝了那种脂粉一般的涂抹与点缀，甚至在山山相连的凹谷中，还有残雪。突然，眼睛一亮，从一处向下舒展伸平的山脉上，有紫薇薇的暗色，遥望去就像古老的苍苔，贴在山峦之上；从近处看，这是与杜鹃完全不同的另一种花，一束一束枯枝都向上长着，没有叶子，而一枝枝、一串串上都开着小米粒那般紫红色的小花，啊！——这才是金黛莱。与杜鹃相比，它没有杜鹃的那种柔和，但却更朴质更坚韧，更像火一样燎原的花，它在高山上凛冽的寒风中燃烧，它从冰雪中萌生，它在低温中顽强地绽开，你黄草岭呀！……其实并不是荒山野谷，姿色萧条，而是被金黛莱整个覆盖着，蘸染得紫红、紫红的。

"陪同的朝鲜朋友说：'你看，春天刚到长津江。'

"原来山壁上悬着潺潺的流水，上到山顶却是一望无际的平原，两边有些小山坡，上面飘浮着烟一样的丛林，我们已经到了朝鲜最高的高地。树枝上还没有长出嫩芽，一条蜿蜒曲折的长津江缓缓地流着，原来这就是出名的盖马高原——在旧社会里，无数无数在海边上熬不过去的穷人，就携家带口到这高原上来做火民——因此从前在这高原上，充满了斗争的风暴，与大自然斗争、与压迫者斗争的风暴。有一部出名的小说《盖马高原》，描写的就是这里的斗争生活……盖马高原很辽阔，一直伸展到鸭绿江边，高原上还叠架着更高的山岭，迤逦延绵，不知所终……至于为何叫盖马高原，据说是因为这里古为'盖马国'。

"我们到了长津郡，欢迎的人们把一束束鲜花献在我们手上，我把脸亲亲地贴在这荒寒之地的鲜花上，而这花束中就有刚刚开放的金黛莱，如果说杜鹃是有脂粉气的妇女，金黛莱是带有野性的姑娘，这紫红色的血珠呀！一下把我带回那残酷搏战的严寒冬季，就在这里，流传着一个朝鲜兄弟和一个中国志愿军战士在烈火中互相拯救，鲜血流在一起的故事。这是亲人会见的一天，一个朝鲜老阿妈妮站起来，她显然是这里最年高德劭的人，她颤巍巍站起来，只叫了一声:'孩儿们!'下面的话没出口，泪已经落了下来，我们的眼眶里跟着也充满泪花。这时，一阵漫漫的风雪，一阵漫漫的硝烟从我面前飞过，从这风雪与硝烟中吹来第一阵春风。当我们的战士衣服褴褛了，脸上满是血水和泥水，头上缠着绷带，向着战火奔跑，突然之间，在还有残冰败雪的地方，看到这最早的花朵——紫红色的小小的金黛莱时，他们的眼睛一下亮了，他们跪下一条腿，用粗糙的大手轻轻抚摸着那细嫩的花瓣，他们的心像一个小湖，清澈透明……是的，这花告诉他们:一个最艰难、最危急、最壮烈的冬天终于过去了，我们胜利前进了。是我们的生命、我们的鲜血，染红了冰，渗透了土，才开放出这样鲜艳的花。现在，站在我们面前流着泪的老阿妈妮说不出话，我的眼泪终于落在手中的金黛莱上，你，带有浓郁土地气息的金黛莱，不就是我的闪亮的泪珠吗?

"当我们结束了会见，郡里面的领导人送我们到黄草岭下，盖马高原的边际，停下车，他们指着路边的一块木牌说:'到了边界线了'，我们紧紧拥抱，而后下了盖马高原。再看来时所见的石崖峭壁，这时阳光正把碧绿的山峰照得红彤彤的。由于分离的悲伤，我们都沉默不语，我回想到我第一次入朝参战的那个残酷的冬天，我们那时是用血肉之躯与钢铁炸药搏战。那时，夜间还不能打亮车灯，一路上，借着美国人交织整个朝鲜上空的探照灯光亮，这里那里，有无数坦克的残骸，它们有的像山丘一样高高翘起，我们穿过炮弹如雨的炮火封锁线前行，那时，我就想，和平后再来看看三千里美丽江山。

"下了黄草岭，汽车速度加快，我们在里面颠颠簸簸，还是朝鲜朋友打破沉默朝山上一指:

"'你们说金黛莱为什么这样红? 那是中朝人民鲜血凝成的呀!'

"我凝目看去，跟我们上山时显然不同，在灿烂的阳光下，一大片金黛莱无边无际，真像火焰一样燃烧起来了，'野火烧不尽，春风吹又生'——不过这不是野草而是鲜花，愈烧愈红的鲜花啊!

"一位出名的朝鲜诗人，在那还是黑暗的年代里，就通过金黛莱发出战斗的召唤:

"'金黛莱是春天的先驱者，

她第一个预言春天的来临。'"

黎明中，我在北京医院石头走廊那只小藤桌上，手颤抖，心颤悸，我是在用神圣的信仰治疗残破的神经。在护士第一次查房时间到来之前，我又悄悄回到床上，躺在被子里，瞒过了我的紧张的战斗。

这一回滨滨长期住院达九个月之久。有一天，汪琦来看我，她说在家里的时候，有一个晚上，这孩子简直对爸爸妈妈发出了控诉："都是你们从小不锻炼我的身体，让我落得现在这个样子。"——我明白，他曾唤起过多少次希望，又沉入过多少次懊恼。听了这话，我的心疼极了，是的，我应该承受这一谴责，当他一个人寂寞地辗转床笫之间，夜不能眠，痛苦已极时，他一定想了很多、很多，这个腼腆的孩子终于爆发，讲出这一句话……我情愿有千万种惩罚落在我的头上，哪怕你能够好过一点儿，滨儿！……我不能再思索下去了，我不知道他现在心跳到什么程度。这明亮的月光呀！你在这种时候是多么叫人颤悸呀！

我在医院里跟病魔拼搏的时刻，

也是滨滨在医院里跟病魔拼搏的时刻，

我在医院里燃烧着希望的时刻，

也是滨滨在医院里燃烧着希望的时刻。

就这样我的命运和滨滨的命运汇合成为同一个命运。

在这样长的时间里，汪琦凭着母亲的慈爱与女性的坚韧，要工作，有时上夜班要深夜才回来，又要奔赴友谊医院照顾滨滨，还要赶到北京医院来看望我，我知道，为了我的脆弱的神经与滨滨脆弱的心脏，她不得不隐瞒着——怕伤痛这个，又怕伤痛那个，她承担着比我更多更多的痛苦和压力。

多么想活呀，滨滨的生之愿望有时对我简直是难忍的刺痛。

还是我病倒在医院之前，有一天，他跟我说：

"爸爸！昨天晚上我从广播里听到阜外医院外科主任讲心脏病外科手术……"他沉默了一会说，"也许在发现这个病后，还没发烧的时候，动手术就好了！……"我痴痴地听着，我一直对他和他的妈妈隐瞒了黄宛早已下了的判决……我的悔恨是应该在那以前，而不是那以后，是我耽误了他——这是我一生都无可挽回的最大的过失，从而也造成了我家庭的悲剧……我痴痴地听着，隐瞒了我的心情，巧妙地用语言把他的思路转移到旁的方面。果然，他晚饭吃得很香甜，这又使我有点释然，他吃过饭就叫我回家，他说："我一个人在医院里，非常好！"我知道他对我隐瞒着什么，他是在安慰我。过了几天，他的情况好转些，床放平也可以安眠了，一看到我，他就把好消息告诉我："昨天一夜我都是这样平躺着睡的，而且朝左面侧着身子也可以睡了，我一口气睡了八个小时，中午又睡了一会。"我仔细观察，他果然气色很好，他为此而异常兴奋，几乎滔滔不绝地跟我谈着科学的幻想故事，甚至还谈起中国旧小说，我十分惊喜，在病中他学到了这么多的知识，懂得了这么多的事情，他说得眉飞色舞、津津有味。他好像有多少话要向我倾倒出来，到我走时，兴犹未尽，隔着窗玻璃还向我招手。

他好一点，我的心灵的天空就晴明起来，

他坏一点，我的心灵的天空就蒙上阴云。

妈妈去看他，凭着女性的敏感，她发现他脸上明显地浮肿，令人忧虑。

他在安心地等待着手术，他又一次跟妈妈讲到外科手术的重要性，他想用这来解除母亲的忧虑，他说："我想治好自己的病……我不愿这样反反复复再拖下去！"孩子的心地非常单纯，也说明他求生的欲望是多么强烈。妈妈没有跟他说，其实那天上午，在张炜逊的办公室里，他们谈了一个小时。不论是从理性出发，还是从感性出发，张炜逊都主张动手术，因为滨滨原来心力还强，现在明显地弱了下来。张炜逊也是出于不得已而决定采取这最后的措施。汪琦来医院把经过告诉了我，我强力控制住自己，对汪琦说："我们要用科学的态度对待科学，我相信科学是能挽救他的生命的！"我知道做母亲的心是充满恐惧之感的，其实，我何尝不恐惧，手术的刀剪加在如此脆弱的身体上，滨滨能度过那可怕的一关吗？

汪琦走后，我惆怅地坐在石廊藤椅上——我清楚我面对的是严酷的命运，可是，与其坐以待毙不如进而搏斗，我应该用我刚健的性格去支持这场搏斗。

……可是做导管试验一次又一次推迟。

张炜逊变得铁一般沉默。在这几年当中，这个惹人喜爱的孩子和张炜逊之间建立了亲密的关系，我知道，他像对待自己孩子一样对待着滨滨，滨滨也苦苦煎熬，百依百顺地依赖着、信任着张炜逊。

推迟，推迟——张炜逊不再说动手术的事了。

滨滨情绪变得很坏，他是十分敏感的，他从周围人的脸色、言谈，感到刚刚燃起的火苗在冷却，动手术的希望从他身边渐渐溜走，人们不再说他所盼望的那一出路，他又一次受到挫折。

张炜逊最后对我们说：

"现在的重点是争取三五年的巩固，为动手术创造条件。"

我理解，他期待、他盼望在这中间心脏外科有一个突破性的发展——那就是瓣膜的移植。

三五年？滨滨等得到三五年吗？

我计算着，想着黄宛所作的活到二十岁的预言。

但愿能够等得到……

北京医院院长、主任、主治大夫、护士长查房时，向我提出一个建议："你的神经瘫痪基本控制了，可是你的神经官能症是很严重的。在北京，你的机关里总有事来找，对你的治疗很不利，我们想你还是异地治疗。""到哪儿？""上海——华东医院，如果你同意，我们报告卫生部，给你办那边治疗的手续。""让我考虑一下。""也好。"一群穿白大褂的人离开了我的病房。下午汪琦来，我们两人商量了一下，使我犹豫不决的就是担心滨滨——我不愿在这时离开他。她说："还是治好你的病要紧。"于是我向主治大夫说，我决定到华东医院去继续治疗。在这关键时刻，卫生部副部长张凯也住进医院，他来看我，我把我的困难告诉他，他十分热情地说："我给你办去华东医院的手续。"

要出院了，要进行一系列检查，我正在做心电图，护士告诉我说："有人来看你。"我急忙回到病房一看，是曹靖华，他总是那样朴实，一身清洁的浅灰色布制服，手扶黑漆手杖，穿着一双厚底布鞋。我说："曹老，你来看我，我可不敢当！"他笑殷殷地送给我一本书，我一看是他的散文集《花》。过了不久，萧三也来看我了。我惊动了这两位老人，深感不安，只怪自己体质太差，非常惭愧。汪琦来接我，杨克冰大姐也来了，她和我同住一所医院。我一九三九年在太行山认识的她，那时她是陈锡联那个旅的政治部主任，腰带上挂着一支手枪，神情十分飒爽，汪琦跟她也熟，她跟我们一道乘上电梯，一直送到门口，才作别，这种深挚的友情使我十分感动。我就这样告别了医院回到家里。

就在我们渐渐向大海浪谷沉落时，远处的航笛又带来新的希望。

那正是开人代会期间，以群约我到民族饭店拜访了上海心脏外科专家蓝希纯。蓝希纯是一个典型的外科手术专家，他有一副强健的体魄，果断的性格和精细严谨的科学态度，他不是安慰我，而是严肃地告诉我，他在上海做了很多风湿性心脏病手术，手术的结果是成功的，他答应到友谊医院去做一次检查，我陪他去了。滨滨病得那样厉害，这个柔顺的孩子依然微笑着，他的笑容对医生总是一个鼓励。蓝希纯检查之后，跟张炜逊交换了意见，他们一致认为唯一出路是动手术，蓝希纯说："最好早一点到上海，还需要做一系列检查。"

两个月没见到滨滨，我感到他病容甚重，殊堪忧虑。

他听说要去上海，眼睛亮了一下，跟我提出一个要求：

"爸爸！在去上海之前，我很想回家住一下，我想离开病房，看一看日常的生活。"

——他是多么热恋着他的家呀，他是多么想念他的家呀！

在做出去上海这关系到一生的重大决定时，他对爸爸妈妈是那样依恋。我们本来要去看电影《塔曼戈》，可是，滨滨不愿意我们离开他，他说："再呆一会儿吧！"——我想他也许有话想跟我们说，但又有些羞涩，说不出口。可是，京京、丹丹已在电影院门口等候，我们商量了一下，妈妈留下来陪伴他，我到电影院去。

一个星期以后，滨滨如愿以偿，妈妈去医院接他回来。当他走进家门时，我觉得他长高了些，理过头发，也许是从阳光下走过的关系，显得精神焕然，他在医院就说他想看看明亮的阳光。刚好有客来访，送走客人，我听到从滨滨屋里传出谈笑的声音。我走去看时，妈妈、弟弟、妹妹都在那间充满阳光的屋里，围在他床头，说着、笑着，老祖母也拄着手杖来看滨滨，扶着门框站了一会儿，就抹了一掌喜悦的眼泪走了。这是多么美好的家庭团聚，滨滨高兴，大家都高兴，因为我们全家对于上海一行都充满希望，充满信心。那几天我天天陪着滨滨，汪琦忙着上街买东西，要买带走的东西，要买家用的东西，回来又忙着收拾箱子。我照料滨滨睡下，收拾我的东西。从书架上取下要带走的书籍，出了一身大汗，京京、丹丹恋恋的，总在爸爸妈妈身边转来转去，不肯去睡。看看已经十点多，明天他们还要上学，我把两个孩子领到书房里，一左一右，一道坐在沙发上。

我说："明天我们就要走了，这一去一时不会回来，你们不要想我们，京京，你是哥哥，你要好好照顾妹妹，我们就放心了，我们会给你们写信……到春节，我们把你们也接到上海……"

我每说一句话，两个孩子就点点头，我抚摸着他们，我想说一声："我们告别了。"但我忍耐住了，哥哥牵着妹妹的手走出去，到门口还回身跟我招手，我转过身忍不住流下热泪。

使我非常感动的是张炜逊也赶到车站来送行了。他又殷切地叮嘱了几件路上该注意的事，这种深挚的友情，实在太感人了，我不知道说什么才好。我深深觉得他是爱滨滨的，而且他尽的责任已经超过了一个医生的天职。到上海过新年时，滨滨还收到张炜逊的贺年卡，他欢喜得把它揣在怀里。可是，这是他有生以来第一次得到的贺年卡，也是最后一张贺年卡。

我们同张炜逊最后一面是十分凄凉的！那是十年浩劫中，我从七年监禁中放出不久，丹丹还在乡下插队，我跟汪琦两人到王府井邮局去给丹丹寄东西，包裹交了，手续办完了，我一转身，忽然看见张炜逊满面愁容，两眼直直地坐在一只高脚木凳上，好像在思索什么——怎么办？我赶上去握手吗？我踌躇了，他显然发现了我们，但眼睛并没有看我。那是"四人帮"控制的恐怖时代呀！我没做结论，还是一个脸上刺了金印的人，我跟任何人接触，都会给人带去不幸。放出来不久，有一次在长安街上碰到一个老朋友，我刚想招呼，他在众目睽睽之下回避而去了。从那以后，我才知道我属于印度的那种不可接触的贱民，就是在楼梯上和熟人相遇，我也只好把脸转向墙壁……那次相见，就那么错过了。现在，我不知道张炜逊在哪里？我打听过，听说他在海外，当我已经鬓发如霜，我想到当年在火车站，车开了，那一刻你招着手，滨滨也从车上向你招着手。现在，不知你在何处？是天之涯？是海之角？"海上生明月，天涯共此时"——是你用温暖之手搀扶着我度过那苦难的时光，我到死也不会忘记你给我的比黄金还贵重的恩惠。

这是多么难得的一段幸福的旅程呀，在我整个艰难的心灵历程中，这是多么奇异而又幸福的历程呀！

滨滨第一次乘火车，从火车上望见美丽的大自然，他虽然体力不济，但还是十分兴奋。滨滨！谁知这竟是你第一次也是最后一次为大自然而陶醉呀！列车快到济南时，滨滨执意要看一眼黄河，我牵着他的手走到车门，他看见那浊黄的饱涨而又平稳的滚滚浪涛，喜得只顾说："黄河！……黄河！……"过了济南之后，就快到泰安了。他念过"岱宗夫如何，齐鲁青未了"的诗，他就渴望看看泰山。至于我，不知道从这里过了多少遍，但这一次，也许由于我身边有一个小小心灵的启迪，我觉得眼前的泰山这一次展示出特别的奇异之美，满天如同泼了墨，一叠叠、一脉脉，铺展着雄山峻岭，山岭悬在云雾之中，更加显得浓郁苍苍——我跟滨滨平心静气地从窗玻璃上观察着，滨滨童稚的眼光，透露出喜爱大自然的心灵，一群一群的山峦像奔驰的茫茫云海，像无涯的漠漠苍天，我也从这儿探索到泰山的奥秘。但真正到了泰山主峰，云雾已散，荒山耸立，就像一个结束的句点一样平淡无奇。第二天清晨五点钟我们就醒了，因为滨滨要看长江，火车过轮渡时，我扶滨滨立在走廊之上，透过迷蒙的晨光，一睹长江风采，滨滨喜不自胜，连连说：

"爸爸，我看见了长江，我还看见了船帆。"

这时我们心中充满希望、充满信心，到了上海，以群、罗荪已在月台上向我们招手。

### 一四九　心灵的悲怆（五）

我们从车站把滨滨直接送到仁济医院。医院在繁杂的闹市区。到了病房一看，完全像个住满旅客的旅馆，而且有些重病号的呻吟和惨状，令人看了十分难受。我一下想起托尔斯泰在《塞瓦斯托波尔》中所描写的战地病房情况。对此，滨滨十分不愉快，他头上全是汗，眼光一下黯淡下来，他说："不是因为生病，我到这样的地方来干什么？"……我理解他虽然重病在身，但和垂危之人相处，对他的神经无疑是一种刺激。何况他的严重衰弱的病体失去了自理能力，已经难以承担这种"军营"式的生活。但这些也不是我们预料所及，为了一线生存的希望，只好忍心让他受这样的苦难。我感觉到他小小心灵的痛苦，从医院回到东湖招待所的路上，我的心像是被一块沉重的铅块坠着。我勉强吃了点饭，就靠在枕上暗暗饮泣。下午去看他时，他默默不语、迟迟无言，他非常坚决地说："妈妈可以来，爸爸绝对不能到这里来，看着这些半死不活的人有什么意思……"他只是和一个叫陈南平的小朋友在饭桌上玩牌，不大愿意和我们讲话，只是告诉我们："蓝教授来看过我了！"到开饭时，送来的竟是一木桶饭，一木桶菜，由病人迈着蹒跚的步伐自己去打饭，妈妈给他打好，他不快活地吃着。我知道他在责怪我们简直是把他丢弃在这里了，他似乎不愿意让我们看他吃饭，很快吃完就催我走。我的眼前涨满愁苦的乌云，可是我多么想用我鲜血淋淋的心拨开乌云，从中找到一线阳光。滨滨！我希望你活下去，活下去，几年的挣扎就是为你活下去。

哪怕他的生命像风中的一支蜡烛，

我也不能眼睁睁看着他给风吹灭。

第二天，按照滨滨的意愿，妈妈去看他，我留在住处。但我的心无处放啊！我来到下面的花园，尽管阳光明媚，可一切好像都失去了色彩。中午，汪琦回来，带回滨滨写给妈妈的一封没有写完的信，说他一夜没有睡，他诉说着那病房的杂乱，他说他想离开那里⋯⋯滨滨病了几年，哪怕是在极端危难的时候，也从来不示弱，不畏难，不埋怨，而现在对这个陌生的环境，他露出了悲观的情绪。我这个好强、好胜的儿子，落到了这一地步，我看了十分伤心。就在这时候，巴金来了，肖珊来了，罗荪来了——是的，我的心有了安置的地方，那就是友谊的圣坛。以后在上海这一段很长的时间里，他们常常来看我，他们没说一句安慰的话，只是自由畅谈，正是在这之间，他们的情谊的春泉注入我的灵魂之中，使我已经习惯于苦涩的灵魂得到了复苏。

朋友使我从轰然一击中清醒过来。

是他们用手扶着我走过这一段险路。

是的，火还是要燃烧，当晚我给滨滨写了一封长信，坚定他的信心。我一直写到深夜一时，然后才睡下，这是我到上海以来第一回酣然大睡。

九月二十八日，我由罗荪陪同，来到华东医院，刚好陈同生住院，就先去看了他，然后由陈同生领了我们下楼到院长办公室，介绍给三位院长，决定十月一日后给我检查，接受治疗。陈同生是上海老地下党员，后来在新四军作战，现在是上海市委统战部长，他文雅健谈。后来，他又帮忙找了仁济医院院长王森，根据滨滨的病情，给他调整了病房，这样我和滨滨就都安顿下来了。

菡子已从北京转回上海，那正是江南秋日，阳澄湖螃蟹上市之时，她打电话说买了螃蟹邀我们去吃，刚好罗荪在我这儿，我们谈兴正浓，我们合计，何不请菡子到这里来吃螃蟹呢？汪琦要了车，去接菡子和肖珊来，一道吃午饭。汪琦以深沉的母爱剥了一小碟蟹肉给滨滨带去，我相信这颗母爱的慈心会给愁苦中的滨滨带去一点快乐。也许正是这母爱之心的感染，使我在客居中感受到了家庭的温馨，当晚和北京家中通了电话，电话中听到两个孩子的声音从数千里外传来，这个东湖客居的房间里第一次绽出喜悦的浪花。

汪琦隔一天又带回来一个消息："国庆节到了，滨滨要求回东湖住几天，他跟医院说，医院也同意了。"九月三十日下午，汪琦接滨滨回来，当时我们住在东湖一楼一个小单元里，屋外是个很大的客厅。我推门出去看时，他已经走进门来了，他失神的眼睛变得精神焕发，含着笑意，他这里看看，那里看看，十分欢喜。他还想打开窗子看看花园，我们劝阻了他，让他上床休息。他说很想看看上海、看看灯火，我们答应夜间带他出去看看国庆前夕的夜景，他才躺下来。晚饭后，我们乘车上街，夜色乍浓，华灯初放。我们顺淮海路，经大世界到外滩，一路之上光彩艳丽，灿烂夺目，一座座高楼大厦，串着珍珠般闪闪发亮的灯光高耸空中，灯光勾画出美丽的轮廓，滨滨一路上只是说："爸爸！看这里！""妈妈！看这里！""啊……美极了。"等我们到了外滩，已经人山人海，停泊在江上的轮船也是彩灯齐放，把一个黄浦江弄得闪闪耀眼。拐进南京路，不得了了，人如潮涌，车像船，人像海，海浪推着车，车在缓缓摇摆。上海的夜空，已经被灯光映得一片红火。

十月一日，由于滨滨的归来，过得十分安静，十分温暖。我们陪他到院中草地上走了走，看着南方的郁郁葱葱的树木和竹林，他十分喜悦，我给他剪短了头发，妈妈给他洗了头，又洗了一个温水澡，他快活极了。夜饭后，又带他到锦江饭店去看焰火。我们乘电梯到十八层楼顶平台，滨滨看了一眼上海夜景，忽然转回身，说："这里人多，咱们回去吧！"我知道是他虚弱的体质经受不起，当第一簇焰火腾空而起时，我们就带他回东湖了。

第二天阳光晴朗温和，我搬了两把藤椅跟他在院里坐下，享受着大自然之美。一竿竿竹枝像碧玉那样玲珑剔透，特别喜人。晚间，他整理好要带回医院的东西，跟我们玩扑克，他对妈妈说："现在，有一点像小时候星期天要回学校那种心情……"是的，我知道他是多么依恋着父母，想留在我们身边，可是这个通情达理的孩子，从来没有说过一句："不去。"下午我们送他回医院，到了门口，他还是坚决不让我进去，我只好停在门口，目送他跟妈妈沿着长廊走去，我望着他那瘦削细长的背影，在我心中久久漾着一种酸楚。那天我和汪琦到锦江饭店赴一宴会，夜间回来，从汪琦由医院带回的一堆废纸中发现了一封滨滨给我的未写完的信：

"爸爸！你不要以为我真的灰心了，最近我的心脏实在不太好，做手术大概是没有希望了，因为大多数病人身体比我……"

我看了，心中一阵酸疼，我知道在那很多人居住的大病房里，他观察周围，和别人做了比较，深深感觉到自己身体衰弱，病情严重。国庆节那天下午，我叮嘱他在医院里要注意的事项，我说："我希望你注意营养，吃得胖些，为动手术创造条件。"他顽皮地用舌头鼓起两面腮帮说："我也希望胖得圆圆的……"

现在，我怔怔地看着他那未写完的信。

他那越来越多的症候使我黯然。

这时，我多么愿意用我生命的火去点燃他心灵中的火啊！

这几年，我们挣扎、挣扎，一次比一次严重的打击落在头上，这一回会怎么样呢？如果动了手术，渡过难关，他几年之后趋于平稳，那将是一种奇迹。

哪怕这奇迹能够给我带来极其微薄的幸福，那也将是太深太厚的恩泽呀！

已经夜深，我的脑神经紧张得像肿胀起来，汪琦从后屋过来，发现我的异态，她陪我到院中去散步。星河在天，一派清秋爽朗之气，但是谁知道这里面会不会蕴藏着一股狂暴的台风呢？

果然，国庆刚过不久，一天落起了阴雨，宣布了冷空气南下。

江南的雨，冷瑟瑟地浸入筋骨，我每天去华东医院就医，只是想念着滨滨，不知能否经受住这种天气？

我真为汪琦那种中国女性特有的韧性所感动。有一天，她一进门就满面笑容，她说：

"滨滨已经适应了环境，心情好转，他说告诉爸爸，我熟悉了，我不想家了。"但他还坚决不让我到他那里去。

我不知道在这期间，妈妈用怎样的爱抚和引导使那一颗小小的心灵安定下来的，我听了她的话，不禁心中为之一快。

我早已暗暗发觉，滨滨的性格像我，他的心是透明的，但他好胜、好强。

我记得大概是一九六一年从友谊医院出院，我去接他，医院的护士决定用轮椅推他，他一下发怒起来，不肯坐，要自己走，可是他们还是勉强他坐了——到了汽车上，他气愤地哭了……现在，在仁济医院他会怎样呢？

由于我住房外面那个大厅常常放电影到半夜，我无法睡眠，实在受不了，我们不久就搬到三楼很大的一个单元房子里住了。这里十分幽静，我从下面那种嘈杂声逃出，感到格外舒适。

……汪琦从仁济医院回来告诉我说，今天滨滨送妈妈出来，告诉妈妈：

"明天就要轮到讨论我了！"

明天，是的，明天，专家、教授、大夫就要进行会诊了，这一会诊将决定滨滨的命运，也将决定我的命运。几天内，我们的心总是悬着……谁知，一个悬念未解，又留下一个悬念。隔了一天我到医院去，我和滨滨的主治大夫走出病房，到阳台上坐下，他告诉我，会诊时没做出最后决定，还需要收集更多资料，仔细研究。我知道滨滨的心情，他最怕的是不能动手术，他慢慢走出来和我们一道坐到阳光下，默默地问了一句："我的血沉怎样？"他敏锐地测度着每一波动，我和大夫都劝他安心治疗，加强体力，我送他回到床上，他若有所失，皱着眉头。

我带了托尔斯泰的《哥萨克》、《幼年·少年·青年》去看滨滨，他坐在床上，看到这些书很高兴，但，他忽然跟我说："我隔床那个小孩动手术死了……"这样的悲惨，他竟说得十分平淡。我知道，他还是坚定地希望动手术，治好自己的病，就是那小孩子的死，也没动摇他的决心，他把全部希望寄托在蓝大夫的高超的心脏外科手术的水平上。说了好一阵，我嘱咐他无论怎样要有信心治好病。我知道我是在祈求于信念，而我也只能祈求于信念……滨滨点着头，快到开饭时，他催我走，还依依不舍地送我到门口。

但是，要来的终于来到了。

我和汪琦得到通知，要我们到仁济医院去，我预感到可怕的事情将要降临。我们到得太早了，只好在一间宽大、空旷的大厅里一只长木椅上坐着等候。十月底，阴沉的天气，窗上都像遮着灰布一样，我们就这样坐着，谁也没有看谁，谁也没有跟谁说话，我的脑子变得肿胀迟钝，似乎思维已经冻结，我什么也不能想了。这段时间是一秒钟、一秒钟过的。终于，一扇门打开了，一个穿白大褂的人要我们进去，在一张桌前，我看到心脏内科专家黄铭新大夫，科学是不允许掩饰和虚构的，他面对我们直截了当地说：

"根本不能考虑动手术，那危险性太大了。"

……像可怖的判决。

我们两人很久没有作声，半晌以后，我挣出一句：

"能不能再见一下蓝教授？"

海船是离不开缆绳的，据说马尼拉麻的缆绳最柔软而又最坚韧，凶恶的风暴也不能把它们撕断斩绝，我还在栈恋着我的希望之索啊！

黄铭新大夫说："我可以转告。"

在充满希望地过了一段时间之后，绝望的时刻到来了，谈话结束了，我们麻木地走了出来。

我走出门来，不知为什么，眼前总朦胧地看到一个模模糊糊像是坟墓的东西，我觉得不能这样，我应当挺起身来。长期的斗争生活，锤炼了我的意志，我稳住自己，说："我们去听听王森院长的意见。"于是我们敲响院长办公室的门，门开了，我们看到了王森，王森却给了一个"缓期执行"的答复，他决定住院继续治疗……由蓝大夫做最后决定。

我们回到东湖，那顿午饭沉默得像冰冻的午餐。吃完饭，谁也没看谁一眼，就各自走回各自的卧室。一切都是茫茫然，我吃了，睡了，但是滨滨那病得奄奄一息的可怕的影子总悬在我的面前晃动。汪琦又一次显示了她的韧性，我听到一声门响，我知道她怕和我照面，一个人到滨滨那里去了。只有母亲才能做到这样果决，果决中饱含着对儿子的爱……我不能做什么，一个人到华东医院去看病，从医院回来，房子里静悄悄的，没有人声。一直等到晚间七点，她回来了，眼睛明亮，两颊泛红，她说："刚好有人出院，腾出病床，滨滨搬上六楼，两人一个病房，滨滨很高兴。"我们这时能做的，就是给孩子以更多的抚爱，更多的安慰，草草吃过饭，我们就到巴金、肖珊那里去了。肖珊说："小棠有很多很多连环画。"她见我们来借连环画，便十分热情地打开一间小房间，引我们进去。这是连环画书库，里面堆得满满的。小棠十分热心地向我们推荐、挑选——他把他心爱的书都捧了出来，结果我们带了一大包回到住处。第二天，我们提了一包书到医院去，到了滨滨住的病房，这是一个小小的朝阳的病房，滨滨的床在进门旁边一个角落里，却不见他人影。我跟另一病床上的人打了招呼，谁料这位病人竟是乌鲁木齐市委的，他告诉我他跟肖无在一个部队中工作过。妈妈去找，原来他又回到原来的病房去找小朋友玩去了。他又对象棋入了迷，要求我给他买一副象棋。

是的，只要活着，他便要消磨自己的时间呀！

大自然有时是妩媚多情的，而有时又是残暴无情的，尽管人能经受、能创造，可是天下有无数生命像浪花撞在礁石一样，砸得粉碎，大自然是不会为此落一滴眼泪的。

蓝希纯约我们谈了。

——一切都在预料之中，人真是奇怪，原本的结论听了一遍还要再听一遍，本来知道无望，但还要再寻找一次无望。

他说："滨滨现在不能动手术，一切希望在于经过治疗之后，心脏能够缩小。"

他又在狂风暴雨中向我抛出一根缆绳。

这是可能的吗？这是真的希望所在吗？

——我知道，悲剧已经到了高潮，剩下的只是尾声了！

汪琦到六楼又去照料滨滨，我一个人回东湖，倒在床上，失望、悲恸，不能自已。下午，急急忙忙赶到医院，一看滨滨面色苍白，嘴唇发黑，肝胀腹疼，卧在床上，等了很久，他慢慢缓了过来，伸出软弱无力的手握住我的手，他说："爸爸，你的手真热。"实际是他的手冷呀！……这一天他一反往常，我们坐到六点多，他还不让我们走……又坐到七点多，他还恋恋不舍，他说："妈妈明天早点来！"

就在我一生最困难的处境里，许多朋友向我伸出了友谊之手，以群一家人都在照料着我们，有好几次，他一个人慢慢走进来，手里提着一保温瓶芝麻糊，有时是花生糊，还送来三味鸡、甲鱼，这都是以群的爱人刘素明的老母亲亲手做的，老母亲是广东人，他们一家人向生病的我和滨滨倾注了全部的热爱。巴金、肖珊更是常来看我们，使我们得到了很深很深的温暖。我在这里特别要谈一下肖珊。我和肖珊是在重庆认识的，他们两人好像经过长途跋涉从桂林来到重庆，巴金恢复了文化生活出版社。我和巴金、靳以、马宗融常常到这小小的店堂里聚会。那时肖珊几乎没有参加过我们的漫谈。解放以后，我们才熟悉起来，但只有这一次在上海，我才知道肖珊是一个多么热情、多么明朗、多么纯洁的人。她像一个圣者，那样自然地来到我的苦难之中，她的言谈笑语一下使我从地狱回到人间，世间有什么比友谊更温暖更珍贵？而肖珊同巴金的到来给我们那寄居的厅堂，带来了家庭的温暖。在北京我听靳以说肖珊要出来工作，但决不收工资，我问："在哪里工作？"靳以说："到《收获》。"由巴金、靳以主编的《收获》，是在我的建议下出版的，我素来不赞成每个刊物都戴上地方头衔，千篇一律，我主张文学刊物应该各有风格、各有特色，从版式到内容都有自己的特点，就像花一样，这样才能由人们根据各自的爱好自由选择。我说：比如三十年代的《文学季刊》就卓然不群，受到欢迎。我们为什么不再恢复这样的刊物，由巴金、靳以来编。我说服了中宣部的领导，但是领导同志说不一定都在北京，上海从前就是文化中心，可以在那里出，更何况巴金、靳以都在上海。肖珊到《收获》当然方便，但我还是对靳以说："此事不要勉强，芾甘（那时我们一些老朋友都亲切地叫巴金的真名）的意思呢？"靳以胖胖的、红红的脸上露出微笑，他说："芾甘当然支持她，她走出家庭和大家一样做一个工作人员，过过集体生活，不过我们也不一定让她整天坐班，有时可以带上稿子回去看……"现在回想起来，当时肖珊之举正说明她对新社会、新生活的执着的追求，其情其意光可鉴人。谁知后来靳以突然逝世了——在华东医院里和陈同生住一个病房，陈同生和靳以都是很健谈的人，那天两人躺在各自的病床上聊天，忽然，陈同生发现靳以脸色有些不对，靳以伸手去拉红灯，没等到护士走来，他的头向一边一歪，就永别了人间。肖珊陪靳以夫人陶素琼来看我们，陶素琼是一个很坚强的女性，她是学理工的，一直独立工作，劳碌在科技战线上，我和汪琦也到陶素琼那里去看过她的孩子。罗荪夫妇也常来看望，但来得最多的还是巴金、肖珊，由于她的明朗的性格，她的到来总使我们一下忘记了忧愁。他们每次来总是一番亲热的家庭夜话一次谈到十点多，我们送他们到大门口，月光如水，一片秋色；另一次是冬天，又是一次热烈的家庭夜话，我们送他们到门口，那夜晚寒风凛冽，我望着他们在茫茫夜色中走去的背影，心中漾起一种感激之情。友谊甚至从外国传来，中岛健藏听说我和阳翰笙都病在上海，特地赶到上海。我还收到龟井胜一朗寄来的一封情深意切的信。我收到柳青从青岛寄来的信，他患有一种奇特的哮喘病，每当麦子开花时，他都要离开西安，躲避他乡——老朋友的来信使我意外地感动，他是一个纯朴的人，信中表达的都是真情实意，当我读到："你为了党的文艺事业做了很多的工作……为了我们这些人能写作，你牺牲了自己的写作……"这话引得我慢慢沉思起来——不，老朋友！我从来没有这样想过，我简直一点也没想过牺牲自己，只是党要我做什么我就做什么，像火线上战士说的："指到哪里就打到哪里……"与柳青的信同时收到的，还有一封湖南宁乡一个中学生的来信，他说他非常想要一本《红玛瑙集》，可是他们那里买不到，他希望我能寄一册给他。老朋友的一番语言，青年读者的一种愿望，使我得到很大的安慰和鼓励，我自言自语："够了，这就够了。"……不知不觉间，眼泪已顺着脸颊流下。我知道我是沉痛的，但我不能永远陷身其中，我决然地讲出一句话：

"我必须战斗！"

我曾经冲锋陷阵，历尽狂风暴雪、战火硝烟，

难道，现在我不能战斗了吗？不，

——不论我的神经多么痛苦，

——不论滨滨的病使我多么悲伤，

但，作为一个共产党人，我的职责是战斗。

虽然现在我在病痛之中，但我必须用我的热血治疗心灵的创伤，使我生命的火焰烧得更旺。就在这一天，我在日记上写下：

"你看到过鹰吗？

"在高高的天空上，它以一种非常壮美的神姿，稳健地展翅飞翔。它飞得太高了，使你感到它在飒飒天风中，有多么广阔的眼光，多么自由的胸襟，多么勇敢的心灵。它引起人一种凌苍穹、乘长风的热望。

"年幼时，特别是在清秋时节，北方的天空那样高渺，蓝幽幽的像是海水。这时，我常常一个人站在院里，翘首仰望，一下我从极高极高处发现一个小小的黑点——我目不转睛地盯住它，而后，那个小黑点渐渐扩大了，在盘旋，在盘旋……于是，我的小小的心灵忽然豁达起来，我的神思在跟着它一道心翔，我不知道你有没有过这样的感受？人是不会飞翔的，但人的心是会飞翔的，孩子的幻想是美丽的，好像只要我能登到像屋顶那样高，然后纵身向蓝天跃去，自己便能和那雄鹰一样搏击千里——这难道只是幼年的梦幻吗？可是，我为什么做这样的梦呢？我多么想从狭窄而又黑暗的囚笼中振翅飞翔，冲天而去。

"那时，我常常就那样站着、望着，久久地站着、望着，直到有人来将我的梦幻打断。

"很多年之后，有一回我从火线上下来，穿过一道深深的峡谷，峡谷迂回曲折，头上全是绿茵茵的树影，脚下微吟着一道溪流，而后就是乱石、荒草，走不远，前面和后面的人互相都看不到踪影了，只听到摇曳着的日影之中，一片你呼我喊的人声。不知拐了多少弯，突然在峭壁下、密林中出现了一片空场，一看到那吐着红火焰的铁匠炉，听到叮叮当当的钉铁蹄的声音，就知道这是后勤部门的驻地。我记得那是十分炎热的一天，我走进峡谷，就为习习凉风所浸

染，觉得十分舒爽宜人。我坐下来休息，忽然看见一棵树的横枝上，立着一只小鹰，我不觉喜出望外，因为我从来还没在这样近的距离之内，观赏这样漂亮的一只小鹰——它的淡褐色的羽毛是那样洁净，钩嘴和利足是蜡黄的，它那有着金黄色眼圈的大眼睛不停地眨动、环顾，真是英俊极了。可是它的脚不知给哪个顽皮的青年人用一根细铁链缚住了，当我默默望着它时，我发现了它的性格，它不像有些媚人的小鸟，在你面前斜歪着头颈，蒙眬着两眼，婉转地啼鸣两声，不，这小鹰从那圆圆的眼睛里闪射出那一种严峻的目光，我想它是多么想凌空飞去，傲然飞翔呀！

　　"又过了一些年，我乘一辆古老陈旧的双轮马车，跋涉过茫茫的蒙古草原，一连走了几日。那春天的草原之海啊，真是风姿美妙，神态万千，空气那样干燥，阳光那样明亮，空气里飘荡着浓烈的草的芳香。人家说大草原像小孩儿家的脸变化无穷。突然一团乌云带来一阵急雨，谁知雨还在下着，雨丝却又给阳光耀得像无数根细细的、细细的发光的银丝了。草给风吹得呼啸作响，而风就如同矫健的骏马一样在广阔无垠的草原上任意驰骋，这里那里旋转一下，又忽然无影无踪。此时平静已极，一点声音都没有了，连草叶也不颤动，只见一片片艳丽得不得了的、紫的、红的、黄的、白的各色鲜花，如同一片灿烂的彩霞落在我的面前。就在这时，我看见一只巨大的苍鹰，展开车轮般大的翅膀，像一道闪电一样，从高空中倏然而下，又翩然而上，这鹰击长空的神态，给我留下美丽、庄严、雄伟的印象——是的，像闪电一样啊！……车像一只船在草原之上航行。我忽然又回想起多少年前另外一幕，也是黄色的金秋，在太行极峰之上，我走到一处悬岩上坐下，这时夕阳把天空烧成一片绛紫色，我忽然发现我在绛紫色之中，我这人、我的脸、我的衣服，都染成绛紫色。我从悬岩上朝下看，从岩峻壑尽列胸前。就在这时，从天穹深处反射下一道阳光，带着一种发暗的玫瑰红的颜色，像探照灯一直冲进绛紫的云空中，于是在我面前展现了我一生只看到这么一次的奇景。就在这一瞬间，我忽然发现一只苍鹰不是在我头上，而是在我脚下、在那一脉玫瑰红与绛紫的夕阳残照中盘旋。是的，太行山太高了，其实鹰飞得已经很高很高，可是我站的地方比鹰飞的地方还要高得多，我仔细看，发现它在飒飒天风之中，还是飞得那样傲然，那样平稳，我觉得正是这种傲然的平稳，才显示出鹰的真正坚强、真正勇敢的本色。哪怕是万仞高空，哪怕是茫茫沧海，不论风如何强劲，气流多么险峻，而鹰总是那么傲然的、稳健地飞翔着、飞翔着。"

　　当时，我不知道为什么写下这么一则日记，今天我理解，那是出于我要挣脱苦难的心，驾驭人生的气质。用一句话来解释，就是我的信仰没有灰暗，而是更高更高地飞扬。当时有人在背地里吹冷风，说我完全被病困倒了、消沉了，可是你们读一读《长江三日》，读一读《平明小札》和我在上海写的这则日记吧！这些就是我的回击，我的自白，我可以不谦虚地说："就是在苦境中，我的信仰之光一点不比别人逊色，也许还要强些。"

　　我感谢江南的冬天，在北方，只要秋冬一来，就到了滨滨受难、我们一家受难的时候。可是在上海，这个季节中，滨滨的病情却渐渐稳定下来，医院认为他可以出院。可是我们住在三楼，要走很高很高的楼梯，他的虚弱的体质能承担得了吗？于是我在每一层楼梯拐角处都放了一把椅子，想扶他上一层，就坐一坐，然后再上。可是滨滨这个孩子不肯示弱，他不让我们扶他，他不肯在椅子上坐，一口气一直走上三楼，这一举动真把我吓坏了。可是他进了屋子，还是这里看看，那里看看，十分高兴。

　　我们过了一段最美好的团圆生活。我常常坐在床边给他读书，读过梅里美那传奇色彩混合着英雄气息的小说，还读过挪威作家亚格丽·恩特塞的《挪威的欢乐时光》，这是一篇非常优美的散文，读完之后，滨滨说："她把那融雪的春天写得多美啊！"

　　汪琦在上海还要为《人民日报》写稿，出去采访，我去华东医院治疗，滨滨就一个人在家里。有一天我回来，看见他坐在我书桌边，聚精会神地画画。不久，京京、丹丹放寒假也到上海来了。春节那几天很是热闹了一阵，他们走后，屋内又归于宁静。一天夜晚，滨滨卧在床上颇觉寂寞，我在床前陪他，他叹了一口气说："这样空悬在上海，这颗心有时也没处放。"他停了会又说，"我的病重你的病就重，我要是好了你就好了。"闻之心极酸楚，但我勉励他："今年冬天你比去年冬天平稳，能动手术动手术，不能动手术就争取治疗，创造条件动手术，总要把心放下来，要好好控制，节省体力。"他说："你还可以锻炼，我不行了……现在吃饭有时觉得很累，去年我每天还能写写毛笔字……"我感到他心中深深的隐忧，可是我除了安慰还能做什么呢？

　　南方春天来得早，午睡后到院里看看，从枯黄的草丛中已绽出最早的黄花，夜间又落了雨，黎明前为檐溜声惊醒，早起开窗，一阵潮湿的泥土的芳香送了进来。

但，就在这时，我突然又听到滨滨那空洞无力的咳嗽声、呕吐声。他轻轻地告诉我："我心跳得很乱。"

下午，滨滨睡着了，我悄悄坐在床边看着他，他的脸鼓鼓的、红红的，下嘴唇比上嘴唇突出一点，那样饱满，还是一副孩子的稚气，鼻头上有淡淡的几点几乎看不见的雀斑，闭着眼睛，长长的睫毛平静地贴在脸上，最挺拔的是两道眉毛，浓黑如墨，整齐有力，向上钩起，两个耳朵大而通红。他醒来，看着我，我紧紧凝视着他的瞳仁，像黑色的小小的深潭，这里面不还是充满生命之火吗？怎么却躺在床上不能动呢？其实我是想用我的生命召回他的生命，我是想从他的灵活的瞳仁里找到他的活力——他活着，永远活着。可是他望了我一会儿，说："以后这样就什么也不能干了！"的确，前一阵他还在画画，读小说，这一病倒，只能读唐诗。晚间，他用蓝色铅笔在唐诗上画记号，他忽然转为喜悦地告诉我："爸爸，今天我背诵下孟浩然的六首诗，真好！"我从《大众科学》上读了几条新闻给他听，他听得很出神，他说："这些书说不定将来对我很有用。"——是的，将来，这是一个多么顽强的字眼呀！……是的，生命在春天里延长……这是多么好的江南春日呀！我打开窗子，听见婉转如簧的鸟鸣声，那一天鸟儿啼叫了一个上午，一个中午，而后在我午睡梦中，那小鸟不知飞向何方去了。可是滨滨不得不住进医院去了。

他的病情突然恶化。

连续几天，只偶尔吃一块饼干，靠葡萄糖输液维持生命。

那真是阴沉沉可怕的日子呀！

……

汪琦冒着雨去医院。五月，草长莺飞，却又淫雨连绵，这是滨滨进行输液的第五天。我一想起他生命垂危，内心就十分悲恸，我相信他那小小的心灵一定是很忧郁的。当汪琦回来时，她说有一天夜晚，滨滨跟一个护士说："我生了这样的病……我看见别人上学，心里真是羡慕呀！……我这病把我爸爸妈妈苦坏了！"汪琦说那护士跟她说时，护士也流了眼泪。做母亲的转述这些话自然是悲痛万分——她为了怕我哀伤，急忙回到自己屋里倒在床上——我的心境从痛苦中一下变得异常平静……我默默对滨儿许下一个心愿，我要把他的生命再现在我的长篇小说里那个可爱的青年人身上，我要用对亲生小儿子的爱，塑造那个小战士的青春……

滨滨不愿我看见他输液的情景，我在他停止输液的一个下午去看他。他躺在床上似乎睡着了，可能是因为腹疼，敷了一个大热水袋，他瘦了，不过脸上还有红色，他皱着眉，那神情像有些思虑、有些恐惧。他睁开眼看见我，拉起袖筒，拿胳膊给我看，注射针头的臂弯上一片青紫，他受了多少折磨呀！他只跟我说了一句话："不知打了多少针。"是对刚刚经历过一场重病心有余悸吗？还是对难卜的未来充满忧虑？到了吃晚饭时，他心情愉快了一些，吃了两块三明治，又吃了几颗鲜红的草莓，护士给他擦了一下身子，换了一套衫裤，他觉得凉爽一些了。他休息下来对我说："爸爸！你看到我吃饭了，你回去吧。"……滨滨！你小小的温暖的心，你是吃给我看的吗？！

又过了几天，我们去了，他十分高兴，急忙告诉我们："大夫说我可以下床在屋里走走了。"生活，你活力的源泉之水啊！你给人间多么大的造福！

不久，黄教授来给他做了检查，然后对我们说"他从东湖到医院，换一次环境就十分敏感，这种敏感影响了他的心脏。"然后，我们跟他到护士值班室去，他又说："现在主要是巩固，这不是一个短期的事，得一两年，回北京是个好的选择，他的心脏功能的确很差，不要说动手术，一实行麻醉就不行了……""那么什么时候可以走呢？""我想这个星期可以出院。"当我回到病室把可以出院的消息告诉滨滨时，他显得格外的高兴。我回来把这消息告诉汪琦，她也很高兴。人啊，你是多么敏感又是多么迟钝啊！当我们束手无策毫无出路时，回到北京去好像就是从绝境中找到了一条生路。回去，又燃起新的希望。命运，命运——贝多芬为什么要写《命运交响曲》？是为了歌颂战胜命运的人。但命运也在愚弄着人生，而人在这时也就乐于依从了。

第一阵热浪袭击了上海，

这大概就是梅雨之季吧！

明天，汪琦就带滨滨回北京了，我等待华东医院的总结，将迟几天才能动身。

这个夜晚，以群、刘素明来了，又陪我和汪琦到巴金家辞行，恰好巴金外出了，肖珊热情地接待了我们。汪琦在这苦难时期，从肖珊身上得到亲姊妹一样的支持，最后握手告别时，汪琦有些凄然，肖珊还在安慰着她。

第二天上午我们到了仁济医院，谁知病房里一阵静悄悄，滨滨还在朝里睡觉呢！他听见我们的脚步声，翻过身来，埋怨我们来得太早了，是的，按往常探视时间的确太早了，可是当我们告诉他今天回北京去，他笑了。后来我们忙碌了一阵，汪琦去结账，还取了路上万一急需的药，我到院长办公室向王森院长道谢、告辞。然后，我们回到病房，三个人都吃了三明治。这时天气又渐渐热起来了，各个病房都关闭了房门，好让病人休息。十二点多，我们扶了滨滨下楼，几个大夫非常舍不得滨滨，一直送到医院门口。一上火车，滨滨支持不住，就在卧铺上躺下了。做过夏日旅行的人，都知道在火车开车之前，车厢里那种闷热是难以煎熬的。我上去看看，滨滨软弱无力，十分难受，我给他扇了一阵扇子……他那苍白的、蜡黄的脸上流淌着虚汗……

罗荪、肖珊来送行。

我不敢望他们一眼，这时谁要安慰我一句，我会号啕大哭起来。

我心里只响着一句话——这是送葬的列车吗？

火车终于缓缓开动了，滨滨第一次也是最后一次告别了上海。

我一个人回到东湖，打开门，走进屋。

我觉得屋里处处都留下汪琦的痕迹，我忍了忍，没让泪水流出。

现在，一切一切的希望都没有了，只剩下我孤身一人，这是多么难熬的时刻呀！

第二天下午，电话铃响起，一听是巴金。他说他要来看我。不一会儿，他就来了，他由去越南的事谈到很多很多国际问题，我明白他是有意来陪伴我的，但他只字没有提到这一点。傍晚肖珊来了。我们围坐在沙发上，谁也没提滨滨的事，谁也没露出一点担忧的神色，但是我知道他们也许比我还清楚滨滨生命的危险，但他们理解我此时正为滨滨担忧，是多么痛苦，他们是来和我共同承担这个可怕的时间的。我们都不知道滨滨能不能活着回到北京，我们都不知道会传来一个什么结果。慢慢地，慢慢地，谈话的调子慢了……好像都是无话找话说，而心里各自在想着什么。肖珊有时望一眼那电话，又急忙转过头来，气氛愈来愈加悲凄……是的，他们是来和我一道承担我可能受到的灾难的。七点半，电话铃突然响起来，我听到汪琦从遥远的北方传来的声音是清亮的、愉快的，我心上的一块石头落了地，我的神色立刻好转，她说滨滨很好，开车后有些闷热，过了长江就舒服了，一切准备在车上应急的药都没有用，夜里滨滨睡得很好，丹丹到车站迎接了妈妈和哥哥。到了家里，滨滨还穿上一件薄毛衣，他说："家里真舒服！"我转过身来，复述一遍，于是云开月霁，朋友们脸上立刻出现高兴的笑容，在我孤身一人处于绝境时，有什么比这种支持更重要、更珍贵的吗？有什么比这种情谊更深沉的吗？我的心灵啊！又过了一个苦难的关卡，我变得轻松了，我无论如何不能忘记这是朋友搀扶着我过来的，这一点永远不能忘记。巴金、肖珊坐到八点多走了，我紧紧握住他们的手说不出话，我说什么呢？！

说感谢吗？

他们对于我的友情已经超越"感谢"二字之上。

他们伸出手拯救了我，

他们用他们生命之火点燃了我的生命之火。

谁想得到，十几年后，肖珊这个明朗的、纯洁的、对朋友付出那么多热爱、对人生付出那么多热爱的人，却在一场失去理性的疯狂灾劫中默默地走尽了她的一生。那时我没有、也不可能到她跟前看她一眼，说一句话，这是多么悲惨的事啊！粉碎"四人帮"后，又见到巴金，共受灾劫之后，老朋友见面格外高兴，但是在这十几年里，我一直回避着谈到肖珊。前年到上海，我去看望巴金，汪琦经过考虑说："我不去了，免得他记起上海那段时光，想起肖珊。"我想应该如此，谁知使我为难的是我舌敝唇焦地说服非要陪我去的人，因为我只愿像五十多年前第一次见面时一样，只有我们两个人相对而坐，畅谈心曲，我不希望在我们之间坐着一个生疏的人，那样旧梦重温的心情必将彻底破坏。但在这之前，我早已读到巴金的《忆肖珊》，而且不止读了一遍，每一次都不忍掩卷，心里万分难过，我眼前又出现了肖珊大而明亮的眼睛。从劫后余灰中，我还珍藏着一封她给我的信，我觉得她还活着。

几天以后，我从华东医院得到结论和建议，我的神经官能症经过治疗，虽有缓解，但尚无根本好转，建议我易地治疗，注意不要再有发展。我也就带着无限惜别之情离开了上海。巴金、肖珊、以群、罗荪送我到火车站。火车开动了，送别的朋友的影子从眼帘中消失了，我带着茫然的心情，独自登程，傍晚渡过长江时，看到长江上一颗像红球一般鲜红的落日。

回到家里，我看到在滨滨床边上站着一个十分文静的人。他身材细长，面容清秀，柔和的眼神，纤细的手指，一看就知道他是一个与主宰人的生命的心脏部位打交道的人，这就是方圻。一年之前，他由一位朋友陪同，曾来给滨滨做过检查。现在，由于滨滨已经过了在小儿科就诊的年龄，张炜逊又主动地敦请方圻来承担这一艰难的治疗任务。方圻的医术造诣甚深，现在已是我国首屈一指的心脏病专家。那时他在协和医院。十分令人感动的是，从那以后很长的一段时间里，他常常步行到我家里来看滨滨，我要用车接送，他坚决不肯。这种高尚的品德使我对方圻永远敬佩，永远感激。他像张炜逊一样，是第二个给予我最大恩惠的人。

经过安排，我决定到大连去治疗了。

我在大连住了一年多，这段时间里，妈妈一个人承担着小儿子的灾难。一九六四年，我才被召回京。

这时滨滨已不能平卧，他的左胸鼓出一个高高的小丘，只能在背后垫两个大棉枕头，靠着睡眠冬天到来了，他那可怕的咳嗽声，听了使人心碎。

可是这时，我已无法离开工作。因此只能在晚饭后偶然陪他一阵。

有时由丹丹出面，拉我到大哥那里跟三个孩子玩牌，后来才知道，其实这是滨滨出的主意，他与弟弟妹妹合谋，见我工作太忙，怕我犯病，有意拉我休息休息。这个孩子是那样体贴爸爸和妈妈，老年时候，我们常常想，要是滨滨现在在我们身边多好呀！

冬天最冷的那些天，一个晚上，赵树理到我这里来了，我陪着客人走向后面书房，经过滨滨门前，门开着，我看见他在准备睡觉，那些可怕难熬的夜晚，他朝后面靠着睡也不行了，只能朝前弯着身子，把头搁在膝盖上睡觉。这一晚他忽然向我看了一眼。我走到门前，跟他讲了几句话，他一直默不作声。但他的神情是那样凄然——甚至有点悲哀。前一天，滨滨还跟妈妈说："妈妈，我的情况很好，你不要着急。"……第二天我上班，听听那屋里没有动静，可能还在睡觉。于是我放心地到机关里和赵树理几个同志谈话。当时赵树理写作上遇到困难，想不通，要求跟我谈谈，在这种时候，我不能弃之不顾，从道义上、从责任上都不能那样做，于是我陪了他两天，推心置腹，促膝交谈，甚为愉快。突然一个同志神色慌张地跑来跟我说："你家里出了事！"——我疾步走到办公室，镇定了一下自己，拿起听筒，里面传来哭声，我忽然变得非常冷静——我知道一个大不幸无可回避地落在我的头上了。我立刻赶回家，踉踉跄跄走进滨滨的居室，一看，他的脸上一片死灰色，他的生命已经黯然熄灭了……我推开了哀哀悲泣的家人，呆呆地站了一会儿，我不知道我应该做什么？我急忙跑到书屋里，给方圻打了电话，他从我的哽咽声中已明白出了什么事，说立刻就来。我放下电话耳机，问自己：我为什么找方圻？是要他来挽回一个已经死了的生命？还是请他为这死亡做一个证实，好让我相信？……我现在只想一个人和滨滨默默相处，我像往常一样，坐在他床头的沙发上，我摸摸他的手，手，失去生命的冰凉，是那样可怕……死神啊！你连我那难堪的一点病态的幸福也夺走了。家里人在给我打电话的同时，也给汪琦打了电话。她像疯了一样，一跑进屋内，抱住滨滨僵硬的尸体号啕大哭，那是令人揪肝断肠的声音呀！——母亲的一颗心粉碎了、破裂了，绽出了鲜血……怎么办？这时，我站在她身旁，用坚定的声音用力说了一句：

"汪琦！你是一个共产党员！"

她好像一下给震醒了，她挣扎着从滨滨的尸体上站起来，望着我。我们互相拉住剧烈颤抖的手，走到我们的卧室，关上门——这时全家沉落在死一般的沉寂之中——我们两人面面相对，我强制地忍住眼泪，谁也不敢看谁一眼。这时难道我还需要把隐秘藏在心中吗？要不要把黄宛的那个预言告诉她？不需要了，一切都明明白白地结束了。我只说："下午，我上班，你也照常上班。"汪琦依顺地点了点头。这时我知道，我们可以冷静地对待一切了。

但我心中只想着一句话："他死在这寒冷的冬天！他死在这寒冷的冬天！"

不久，有人来敲我们的门了，我们走到前屋，方圻肃穆地站在滨滨床的那一边，我和汪琦站在床的这一边，沉默了很久——这是对孩子最后的祈念……还是方圻打破沉默，他说："是心力衰竭。不过，家里对他的照顾是很好的了，他的一切条件是很好的了！"我知道后面这两句话是安慰我们的。我跟他紧紧地、紧紧地握手，送他走了。

我们两人都吃不下饭，如我们所约，中午过后，我们照常上班去了，将滨滨善后的事托给朋友料理。机关里正等着我的是一次下乡搞四清的动员会。我正常地按着原来已经打好的腹稿讲了话，这是一次严峻的考验，我的声音还响亮，我也没有讲错一句话。可是事隔多年，有人告诉我，几位同志看着我哭红的眼圈，都十分伤心。我讲完话，跟下乡去的每一个人握了手。

我回到家里，到前屋看看，床上已经空落落的了，滨滨！你会理解：爸爸没有送，妈妈没有送，只由弟弟、妹妹把你送走了，埋在八宝山下面东侧的一个公墓里。可是桌上的小收音机，小闹钟，还有画册、书籍还都留有滨滨生命的烙印。特别令人悲从中来的是，隔了一层黄茧绸的薄帘，冬日的阳光从窗外透了进来，似乎还想给他送来一点温暖……我不能再呆下去，我回到书房，锁上门，一下扑倒在长沙发上——想起昨夜他那目光，我就全身战栗，那是愁苦而又怨恨的眼光，在他非常痛苦的时候，他埋怨我没有去帮助他，也许他心里有话要跟我说，可是现在他再不需要跟我说什么了……我无法原谅我自己，我严厉地谴责我自己。我过去曾一宿一宿陪他，可是偏偏这最后一次，我为什么不能陪他坐一夜？那样，在他突然恶化时，还可以摸到一只亲人的手，可是我没有，我没有呀！我无法忍耐，放声痛哭……

滨滨生于狂风暴雨之中，死于酷冷严寒之季，你现在一个人在荒郊野外，我能不能用灵魂为你遮住一点寒冷？

在滨滨病逝之后，年近九旬的母亲也悄然病逝了。她一生受尽磨难，历尽沧桑，只有晚年和我们一道生活这十几年间，儿孙绕膝，感到温暖，见到光明。可是，孙儿的死终于给了她一个致命的打击，这谙熟人情世故的老人，唯恐引起我们哀伤，常常自己偷偷抹泪。那一天，她跟阿姨一道包饺子，她说："我去歇一会，等会儿你叫我。"谁知将近中午，阿姨去摇她，她像睡熟了一样，满面带着慈容，没有一丝痛苦，无疾而终，结束了充满苦难的一生。我的家庭的悲剧之幕就这样垂垂落下了。

## 一五〇　远方的风（一）

每当徐徐清风拂面而来时，我总想到这风是从遥远遥远的大海上吹来的。

我到过一些海洋。瀚海阑干的波罗的海，晴波一碧的印度洋，吹着热带熏风的安达曼海，黑色的波浪滔天的阿拉伯海，像湖泊一样平静温柔的亚德里亚海，在岛屿上绕着一匝雪白浪花的日本海，从阿尔卑斯山上看去像一面明镜，但其中埋葬着赫尔岑的深沉悲哀的地中海，荡着柔曼波浪的第勒尼安海，惊涛骇浪的太平洋，波涛汹涌的大西洋……我觉得这风是从我曾伫立遥望、心神迷醉、留下我的情谊、我的心灵那些地方吹来的。风从四面八方吹来，充满我开阔的胸怀，而从那儿吹来的风是温柔的风，是友谊的风啊！

在一切回忆中，我最热恋的是克里姆林宫的红星。

我第一次到莫斯科，在夜静更深，万籁俱寂的第一个夜晚，我一个人静静地、静静地站在窗前,凝望着那颗红星。我心潮起伏,难以平静。我是在这一颗红星照耀下生成、长大,迈上革命征程,无论在什么险境之下,在怎样绝望之时,心里这颗闪闪发亮的红星,总在轻轻地呼唤我,推进我,现在我亲眼看见了这颗红星。

克里姆林宫的红星属于全世界。它,曾经像航船上的桅灯,在人类海洋中,日日夜夜为在狂风暴雨中搏浪前进的人们指明航向——无论是在非洲的丛林里,还是在亚洲的河流上,无论是在拉丁美洲高山峻岭中,还是在大洋洲的热风热雨中,就是在欧洲,在号称"黄金帝国"的美国,那些为饥饿所困、为贫穷所扰的人们,那些苦苦探求真理的人们,都把人类的未来,人类的希望,人类的光明寄托在克里姆林宫的红星上。

当巧取豪夺的资本主义世界出现了崩裂,诞生了第一个社会主义国家,克里姆林宫的红星便成为革命者之间的纽带,正是这颗红星,使我和不少苏联作家结下了深情厚谊。在第一个十月一日,我和西蒙诺夫相识,那只是一个中国作家和一个苏联作家的第一次握手。我们真正亲密起来,是在《中华人民的胜利》这部纪录片进行后期制作的过程中。西蒙诺夫和我共同担任了写解说词的工作,因此在莫斯科那相当长的一段时间内,我深深体会到在反法西斯战争中写了那首为千万人传诵的诗《你等待着我吧!》的诗人是多么才华横溢、文采风流。他起草的初稿,把解说词写成一首音韵铿锵的长诗,我拿到大使馆请人翻译出来,而后,我又根据中国革命战争的实际,想到中国观众的接受习惯,做了一遍修改与润色。我们亲切地坐在一道,他听翻译解说我的词句时,总是叼着一支烟斗,微微歪着头,在他那短短的胡子里露出满意的微笑。

……从那以后,我们成了亲密的朋友,有人从莫斯科来,他常常问我要酱油干,他很喜欢吃这种中国的调料。他确实是一个战士,第一个十月一日过后,法捷耶夫率团回国,他却单独留下来要求参加中国的最后决战,他亲身经历了翻越十万大山,由湘西到桂西之战,因此他熟悉中国,热爱中国,这种酱油干正好满足了他的嗜好。

我与西蒙诺夫有一次历史意义的会见。

那是波、匈事件之后,我到了莫斯科。西蒙诺夫约我到他家去做客。莫斯科冬夜,潮湿、阴暗,纷纷扬扬落着雪花。夜间八点整,我的电话铃响了,他已在楼下等我。我同翻译屈洪连忙下楼,看到西蒙诺夫穿了一件短皮大衣,却没戴帽子，像狮子一样耸立着浓浓的黑发。不久又驰来一辆轿车，车里面坐的是阿扎耶夫、高涅楚克、华西列夫斯卡娅、艾德林。于是我们两辆汽车向郊外驰去。灯光渐渐稀少了，夜色变得十分浓重。我问他："你有那样多的工作，住得那样远怎么行呢？""是的，从红色巴哈拉到莫斯科中心，有三十公里，因此，我得把时间分配得很恰当。我在《新世界》两天，到作家协会两天，今天星期四我回去，一直到星期一，这就是我在家里写作的时间，那里没有电话干扰，没有客人造访，我睡得好写得也好，进城出城在车上有五十分钟时间，我就专心致志地读书。"

我们进入浓密的森林之中，树上全披上了冰雪，变成一个银白的世界。这在普希金、涅克拉索夫、托尔斯泰笔下描写过的俄罗斯的冰天雪地，过去曾使我无限向往，今晚我尽情地享受了。雪花不停地扑着车窗玻璃，偶然经过一株给大雪压弯的大树，树枝像冰雪的扫帚在我们车身上刷出金属的声音。

我们到达了红色巴哈拉。

西蒙诺夫引我们穿过密密的披雪的枞林，走进他那温暖的书房，书房像一只巨舰上的船长室，红色的砖砌出来的墙，既没有刷泥也没有贴纸，都是原色，是的，没有装饰的美是最美的。只有整个南墙上垂着花布窗帘，就像在原始森林的雪地上开放着一丛鲜艳的花。这里的一切，宽阔，朴素，自然，体现了主人的审美眼光和做人的风格。我们从严寒中走来，很自然地聚集在木柴噼啪作响、熊熊燃烧的大壁炉前那一圈沙发上。

高涅楚克和华西列夫斯卡娅与我都是第一次会面。但是高涅楚克的戏剧《前线》在延安上演，轰动一时。华西列夫斯卡娅这位波兰女作家的小说《虹》，在中国也广受读者欢迎，至于《远离莫斯科的地方》的作者阿扎耶夫，是我在莫斯科结识的最年轻的一代作家中的佼佼者，虽然初露锋芒，已经风靡一时。

西蒙诺夫告诉我：

"这个房子全是我自己设计的，才搬来两个月。"

几位苏联朋友也是头一次到这里来，因此这次聚会又添了几分喜迁新居的祝贺气氛。

我一拍手说：

"西蒙诺夫！你一丝不露，我怎么也应该带一捧红玫瑰来！"

我们无拘无束，谈笑风生。

当我们被引到餐桌面前，我们诗的激情沸腾了。没到过俄罗斯冰封雪冻的世界，不会懂得一杯伏特加是怎样像一道热流在胸腔里曲曲而下，会获得多么美的感受。西蒙诺夫举起酒杯，我举起酒杯，高涅楚克举起酒杯，一饮而尽。现在到了老年，为了应酬客人，我一般只饮上浅浅半杯酒，而当年我颇能豪饮。西蒙诺夫说："我们都是战士，就应该像战士一样一口喝下去！"

在场的一位酒量不大的人不禁为我们的豪饮咋舌。

这是一次时间漫长的晚餐。西蒙诺夫的新夫人是一位年轻的学者，在一个科学院工作，她是一位宽容而周到的女主人，她照顾我们坐下，就声言有一道课题必须做完，攀着楼梯到楼上去了。我想一个严谨的科学工作者，是无法参加列宾的《查波罗什人》那种狂放不羁的场面的。为了增加晚宴的气氛，西蒙诺夫把屋内所有电灯都关闭了，餐桌上摆了两台有四个分枝的银烛台，八支蜡烛发出黄灿灿的光，屋外是俄罗斯的风雪之夜。这情景，使人产生了多少美妙的联想啊！

……酒过半巡，高涅楚克，这个热诚的乌克兰人站起来，做了一个即席的、出色的演说：

他首先讲到他怎样见到毛泽东。

……但，刚一开头就给西蒙诺夫打断了，西蒙诺夫是最早到新中国来的使者，他亲眼看到了人类掀开新的一页的一九四九年十月一日。当然他有权利先谈谈毛泽东。可是等他讲完，高涅楚克又一往情深地说起来：

"毛泽东谈起战争时期的延安，小心地把一只火柴盒拿起来，放到墙角底下，他说：比如这个屋子是中国，当时我们充其量不过是小火柴盒这么大的一块地方。后来，毛泽东还跟我谈起在延安看《前线》的情景……"

在这一段抒情的独白之后，高涅楚克以沉重的心情说道：

"我们现在的处境十分困难，可以说是跟第二次世界大战爆发前一样，我们从来没有像现在这样受到猛烈的攻击。

"请看一看库滋涅佐夫在联合国的发言，就明白了，由于出兵波、匈，形势十分紧张。

"现在法国作家已经公开宣布与苏联作家断绝了关系。令人遗憾的是除了西方敌人，还有社会主义国家，甚至在我们苏维埃国土上也发出种种饶舌的言论。他们一致攻击苏联文学是粉饰生活的文学。可是，我、西蒙诺夫、阿扎耶夫、苏尔科夫，我们都参加了反法西斯的战争。亲爱的同志！当时我们知道我们是没有准备，仓促应战，不得不向后撤退，但是我们鼓舞我们的战士，说我们一定会胜利，难道这是粉饰生活吗？可惜，有些人在那危难关头并没同我们并肩作战，当人民受苦受难的时候，他们没有跟人民血肉相连，他们把自己看成文学里的金子，远远躲到乌拉尔大后方去了。可是到现在写出了什么来呢？什么也没有写出来。我们把自己看成是普通的青铜，在火线上就是给打烂了也没有关系，最珍贵的是我们和人民在一道，分担了人民的痛苦，事实证明我们是对的。

"当时我在乌克兰前线，前线最高领导人派我到哈尔科夫去动员搬厂，面对工人，我没有讲三天以后我们军队就要撤退，所以才不得不搬厂。我只说：'搬吧！不论怎样说，我们一定会胜利。'打败法西斯之后我又到那里去了，所有的工人都热烈地拥抱我、亲吻我，说你说对了。

"我还要说说知识分子问题，这是一个值得注意的问题，匈牙利、波兰的事变，都是由知识分子先搞起来的。这样的知识分子，我们这里也不乏其人。这些人一口咬定说写不出东西来，是由于个人崇拜的危害，把什么都推到个人崇拜上。现在个人崇拜受到批判，他们应该写出东西来了，当然他们还会找到新的借口。至于我们，我们犯过错误，可是我们和人民一道战斗，我们写出了东西。现在，国外有人说什么'斯大林主义者'，其实我们这里从来就没有斯大林主义，我们每个人都热爱斯大林，我们也知道他犯了重大的错误，可是我们不允许任何人把斯大林的名字从历史上抹掉。

"二月里我们作协要开理事会，就要号召团结。在国家处于困难之际，我们必须团结一致。我们知道什么时候应该放松，什么时候应该抓紧，在日内瓦会议后我们放松过，现在敌人向我们进攻，我们就要抓紧。如果有些作家走偏了怎么办呢？我们还要团结他们，以同志的方式进行团结。我去赫尔辛基开会前，去向中央请示，中央指出对法国作家不要批评，顶多可以讲他们对匈牙利事件的判断是缺乏事实根据的，他们都是些有天才的人，只要忠于自己的人民，他们是会回来的。

"喏，法国作家维尔高尔写信来了，他要来莫斯科访问，他承认他自己太性急了。

"在我们之间，我们赞成批评，但我们不赞成在紧急关头空谈妄论，而是团结一致，列宁是主张这一原则的。我相信苏联作家和党中央基本上是一致的。比如我和西蒙诺夫可以争论，但由于我们的战斗的友谊，我们是会取得一致的。"

他的谈话是平静的，但我感觉到他内心的激动。

这个乌克兰人，谈到中国共产党所给予的支持，他说："法国共产党、意大利共产党也不同程度地支持了我们，特别是在这样困难的时候，我们感激中国同志的支持。"

高涅楚克十分虔诚地举起酒杯，于是酒杯相碰，发出一阵动听的叮当声响。

……这的确是一次时间很长很长的晚餐。

后来我们又转而谈到中国的文学，当谈到"百花齐放、百家争鸣"时，高涅楚克说："中国这样做，我举双手欢迎。我有一次跟一位波兰同志谈到这个问题，我说中国在这样做之前，已经进行肃清反革命运动，把反革命分子送进了监狱，你们呢？一个也没有处理。"

他歉意地微笑着看了一下他的妻子，因为她就是波兰人。这时，华西列夫斯卡娅说了一句既幽默、又严肃的话：

"波兰人很善于为旁的民族争自由，却不会为自己民族争自由。"

吃了最后一张烤饼，阿扎耶夫这个纯朴的年轻人站起来。他不知道他的《远离莫斯科的地方》在中国产生了多么大的影响，它被中国广大工业部门的领导干部与工人热情地传阅着。因为刚刚起步的中国工业，十分需要在茫茫西伯利亚冰雪中铺设输油管道的那种精神。他用"加深苏联与中国作家之间的友谊"为祝酒词，为这次晚宴做了结束语。他选择了"友谊"这个词，为这个难忘的夜晚勾出了画龙点睛的一笔。

我们又回到书屋里来，壁炉里的木柴烧得正旺，火焰熊熊。

这时西蒙诺夫将戏剧推向高潮。

他按了一下电钮，花布窗帘缓缓展开，露出整个墙壁那样大的玻璃窗，一下子，我们仿佛来到了院中。我们既享受着屋内的温暖，又享受着俄罗斯严冬的美景。那密密的枞树林，整个笼罩在白雪之中，紧靠窗前有几株苗条的小枞树，在纷纷降落的雪花中摇摆着，不停地把雪花洒在窗玻璃上。西蒙诺夫的书桌就横置在玻璃窗边，我觉得他好像日日夜夜都在空旷的大自然中写作，那会有多少灵感油然而生呀！

我们围在一张桌旁，谈话滔滔不绝。

谈到《三国演义》、谈到郭沫若、谈到亚洲一些与中国边疆紧密相连的加盟共和国，谈到苏联有些地区自然条件与中国相近等等。这时，高涅楚克忽发奇想说：我回家乡后，一定建议乌克兰请中国南方农民来，教我们种稻子。这么一来，每人都谈起各自的童年。高涅楚克说："我童年记忆最深的是这么一件事：有一支从顿巴斯来的红军连队，所有战士和军官都是中国人——在攻击一个车站时，全连差不多都牺牲了……克里姆林宫的红星，那红色闪光中就有中国人的鲜血与生命啊！全连只剩下三个人，负了重伤，我母亲冒着危险，把他们一个一个背回家来，小小的高涅楚克跟上母亲去请医生……"

他沉思了一下，忽然眼光一闪：

"也许这个孩子后来成为一个工程师，去支援中国建设，在工地上和一个牺牲在乌克兰土地上的中国人的儿子相遇了……"

这就是生活、记忆、灵感、虚构，从生活美到艺术美的升华。

大家一听完，都为他的精妙绝伦的艺术设想喝彩。

西蒙诺夫沏了一壶中国茶斟给大家，我闻着那淳郁的香味，一下惹起一股乡思。

壁炉的火渐渐微弱了，已经深夜一时，我们到了告辞的时候了。

走到外面，青霜一样的冰冷的空气一下拂到脸颊上，感到特别惬意的清醒。雪，站立在雪中的小枞树，好像也在为我们送行。高涅楚克夫妇就留宿在这儿了，但他们还一一出来，在大雪纷飞中和我们拥抱告别。我们的汽车开动了，他们还在向我们招手。静静的、静静的，白雪掩盖着的红色巴哈拉，留下了多么难忘的一夜啊！我回到米托波尔饭店，已经拂晓三时。

我和波列沃依是一九五〇年我第一次到莫斯科时，由西蒙诺夫介绍而相识的。他和西蒙诺夫相比，各具特色，如果说西蒙诺夫潇洒自如，而波列沃依纯朴真挚。我们按照约定的时间来到高尔基大街与列宁格勒大街相衔接处的一座楼房里，我们乘电梯上楼，开电梯的老太太帮我们按了一家的电铃，门一打开，一个穿着乌克兰花边衬衫的身材高大的像个农民的人出现在我面前，他一下紧紧握住我的手，自我介绍："波列沃依。"刚进门，他的妻子，玲珑秀丽的尤丽，也紧跟着从甬道上出现了。波列沃依的开场白讲得非常漂亮：

"我欢迎你，不但因为你是一个作家，还因为你是军人。"

我说："我们中国叫战友，老战友见面是比亲人还要亲切的。"

于是我们又一次拥抱，显然这是战壕里的那种拥抱。

阳光静静地照在窗上。

我想起高尔基曾经给他写过一封信，这说明尽管他比我只大几岁，可是他的文学生涯开始得比我早些。他在基层里生活过多年，在纺织工厂当过技师，在地方报纸当过记者，我想他给高尔基寄作品，大概就是那个时候。当时，苏维埃从普通人中发现了一大批人才。不过，他的早期尝试是不成功的，直到反法西斯战争爆发，他作为《真理报》记者投身火热斗争，写出《真正的人》，才光芒四射，轰动一时。他两次获得斯大林奖金。波列沃依在文学上是主张写真人真事的，我不完全同意他的意见，于是向他发出诘难，我说："你不怕你写的人物将来做坏事影响你的书吗？"他说："不，如果你是一个作家，眼光深远些，你就会在现实中选择你应该写的英雄。我在《我们是苏维埃人》里写的卡布杜宁，当时是一个士兵，现在是最高苏维埃代表。《团旗》的女主人公别丽喀鲁特，她得到了列宁勋章。现在还是让我们来说说无脚飞将军密里席耶夫吧！他的确得到很多的荣誉，特别是在党校学习期间，取得了很好的成绩。"他忽然喊，"尤丽，你来证明一下吧！尤丽是个教师，密里席耶夫还常常来请她帮忙。"穿着色彩鲜艳的连衣裙的尤丽来了，她笑着告诉我们：

"密里席耶夫这学期考试得了优等。"

波列沃依笑起来，随后他说了分量很重的一句话：

"你看，事实证明，在战争中经受了考验的人，在战后会继续是出色的人物。"

谈了很长时间，我们站起来告辞。可是，波列沃依、尤丽坚持一定留我们吃晚饭，我们只好留了下来。一道吃饭的除尤丽外，还有波列沃依的侄女瓦列。因为我们都是军人，我们豪放地干了伏特加。当我的目光注视到餐桌上一盘生葱时，波列沃依立刻敏锐地觉察了我的惊异，他问：

"你爱吃吗？"

"这是我在莫斯科吃到的最好吃的东西。"

于是，波列沃依和年轻的瓦列都站起来跟我握手，因为这生葱是瓦列从故乡加里宁的乡下带来的。

波列沃依说：

"咱们都是蹲过战壕的，在战壕里的士兵没有一个不爱吃大葱的。"

莫斯科人的晚餐时间是很长的，我们吃罢饭已是深夜。他住的这个地方离红场很远，波列沃依执意要送我们，我跟他拥抱告别，他也不依，穿上一件浅黄色的风衣，准备送我。他跟尤丽真是亲密的一对，夜间出行，他们在廊道上还亲吻作别。

我们踏着幽暗的路灯灯光走了一段路，来到高尔基大街上。夜静更深，行人寥寥，波列沃依挥手叫着一辆出租汽车，掏了一把卢布给司机，还特别嘱咐：

"这是中国同志，你一定要把他们送到米托波尔。"汽车开了，我回过头来，波列沃依还在夜幕下站着挥手——这是多么令人留恋的身影呀！

历史，多么无情的历史呀！使我对波列沃依在道义上欠下一笔永远无法偿还的债。

那是"文化大革命"的浪潮已经席卷而来的时候，有一天，苏联大使馆给作家协会外委会打来一个电话，说波列沃依从越南回来，到了北京，不知道有没有中国朋友想跟他见见面。工作人员把这电话告诉我，我知道这指的是我。这时"修正主义"的帽手已经戴到我的头上，我还怎么能和"修正主义"的苏联人去见一面呢？因此，尽管我心中十分难过，但我终于没有去看一看他……

从年龄上论，我和西蒙诺夫、波列沃依不相上下，我相信我们是会活到能够亲切地见上一面的时候的。

那时，我会向波列沃依解释清楚，我相信他会理解当时我的处境，而再次热烈拥抱。

——可是等了漫长的二十年。

一九八七年我最后一次访问苏联，一到莫斯科，我就急急询问他们的消息。

谁知，西蒙诺夫、波列沃依都已故去了。

我坚持要到新圣母墓地去献上一束石竹花。

我在这灵魂的博物馆里，终于找到波列沃依的坟墓，我献了花，当我低头默哀时，我心中只响着一句话：

"原谅我吧！我来得太迟了！"……

西蒙诺夫呢？

人们告诉我，遵照他的遗嘱，他的骨灰撒在苏联大地上了，这是多么英明的远见啊！他经历过一次唾骂斯大林已经够了，难道还要再经历一次唾骂列宁吗？西蒙诺夫！你死得其时，死得其所，你的灵魂永远永远拥抱着俄罗斯亲爱的国土吧！你始终是一个战士，你做得英明，做得果断。

## 一五一　远方的风（二）

风从恒河上吹来。

带着落日的光辉，椰林絮语，人们走入河中用圣水沐浴，从那儿传来祈祷的喃喃声。

我认识几位印度朋友，前不久我还宴请了我的老朋友安纳德，我们情深意密、款款而谈。

我在印度见到过一位真正的作家，那就是尼赫鲁。他是总统，但更重要的是，他是印度的思想领袖。在他为争取印度独立而斗争中，他被捕关在西马那加堡垒监狱中，写了一本大书《印度的发明》。在中译本序中，他写了一段话："在历史的黎明期，古代文明在一些国家中成长起来。它们经历了多次的中断，虽然留下了若干使他们追怀往昔的丰碑，但差不多已经从地球上消失了。但是，在中国和印度这两个国家里，不仅在历史开始之际就有了这些早期文化，而且尽管有一切的盛衰轮替，变化更迭，它们连绵不绝，从未中断。因此，中国和印度具有这样长远的不中断的传统和文化遗产。在过去，它们曾经彼此相互影响。在将来，它们也会这样的。它们彼此的关系，不仅对这两个国家本身是极其重要的，而且对世界也是有重大意义的。"

作为中、印建交后派出的第一个中国文化代表团，我们受到了印度极其隆重的款待。尼赫鲁的女儿英迪拉·甘地代表父亲到机场迎接我们。尼赫鲁本人还在那被人称为"红堡"的总统府接见了我们。所以叫"红堡"，是因为整座气魄宏伟的建筑都是用玫瑰红色的大理石筑成的。英·甘地把我们领到楼上一间不太大、也没什么豪华装饰的厅堂。当时我想：这里最豪华的装饰就是尼赫鲁本人。在他女儿介绍下，他和我们一一握手。当我握住这伟人之手时，我内心有一种温存之感。他是个伟岸的男子汉，这不仅是由于他身材魁梧，更重要的是他的风度。他有一副英俊而和善的长圆形面孔，不过不轻易露出笑容，他好像永远在沉思默想。在这一点上，他和安纳德很像。我想是印度作家安纳德在模仿他，而绝不是他模仿安纳德。他俩的服装确实相同，只是尼赫鲁头上还戴了一顶白色的船形帽。我们大家坐在沙发上，围绕着他。我记得他坐的不是沙发，而是一把白色金边座椅，高高的椅背上饰着雕塑。英迪拉·甘地很年轻、很美丽，她端庄地坐在父亲身后一只小椅子上。陪同我们的奈杜小姐，大概是为了显示对于父辈的亲昵，却撒开黑色长裙坐在尼赫鲁椅旁的地毯上。我记不起我们都谈了什么，因为是礼节性的拜访，大家自然有些拘谨，不过整个气氛还是十分和睦、融洽的。

我说他是作家，是因为在他的《印度的发现》中给予我一种深远而古老的历史的启示，从而触发了我许多的灵感的。

书中一处写道："这是他（指释迦牟尼）坐在菩提树下成道的地方（比哈尔的耶那）。"在我们会面时，尼赫鲁特别说：你们应该到比哈尔的耶那和印巴特那去看一看。后来，我们来到邻近尼泊尔的荒寒之地。当我站在释迦牟尼圆寂的菩提树下时，禁不住发思古之幽情，我的心情肃然穆然，佛祖也有死的时候，但这株大菩提树那浓浓的绿荫，纤纤的嫩叶，依然给人间洒下一片清凉，就像释迦牟尼的灵魂还在依依飘荡。

书中一处写道："在波吒厘子（印巴特那）和伽耶中间，有那动人的那烂陀大学遗址，它在后来就有名了。"他的书中特别谈到玄奘，他说："他在距离波吒厘子城不远的伟大的那烂陀佛教寺院度过许多年。"

我们到了印巴特那，一看，真是古色苍然。那里还保留有已经残破衰败的寺院，整个寺院是由石头筑成的，房子很像陕北的窑洞，玄奘真是一个诚心诚意的朝圣者，在那样远古的时代，做如此长途跋涉，终于把佛教文化引入了中国，对中国文化产生了巨大影响。导游人指着左边第一个洞窟，说："这就是当年玄奘住的地方。"我肃然注视，在这个荒凉的所在，他竟一住多年，汲取了佛教的精髓。据说佛有一次抓了一把落叶在手，问他的得意弟子阿难，在他的手外还有无落叶。阿难回答道："秋天的树叶四面八方都在落，不可胜数。"于是佛说："和落叶一样，我教你们的真理也只有一把，除此以外，还有千万的其他真理也是数不尽的。"

高度的印度文化形成高度的印度艺术，其中最打动人的莫过于泰姬陵。

这一座洁白玉石的穹形建筑真是世界上一大艺术奇迹。整个墙壁都精雕细镂地刻出无数里外穿透的花纹，这就使得高大的建筑具有玲珑剔透之感。到了里面，又呈现出另一种奇光异彩，从墙壁到穹顶镶嵌满各种各样颜色的宝石。人有多么聪敏与智慧呀！印度许多建筑都装饰了宝石。有一次，我看到一个老人，坐在那里在雕刻宝石，他用的不是雕刀，而是一根像琴弦那么细的金属丝，一点一点地打磨着宝石，脚边撒了一些细粉，这是多么精巧的艺术大师啊！这就是东方与西方文化不同之处。在意大利，人们用雕刀雕出精美绝伦的雕像，而东方则用一种灵巧的技艺，创造出灿烂的世界。我们住在泰姬陵附近一处宾馆里。那天天清月满，我去看月光之下的泰姬陵——啊！这不是陵寝，而是神女，她穿了一身洁白纱丽，我不知是月光给她以美，还是她给月光以美？特别是陵前有一道小河渠，那洁白的影子倒映在微微颤动的水波之上，我真为这种美惊呆了，这是怎样一种神奇的美呀！好像那白衣神女在袅袅娜娜的飘荡，我觉得这就是印度之美，没有美的心能创造出美的物吗？这时，月、泰姬陵和我的心灵融合成为轻纱一样缥缥缈缈的影子，这实在是太美、太美了。

　　风从多瑙河上吹来。

　　你蓝色的多瑙河呀！通过施特劳斯美妙的乐声，你已经渗透全世界人的心灵。

　　我和南斯拉夫的作家伊沃·安德里奇相识在北京。我尊敬他，不是因为他是当代最杰出的作家，他因长篇小说《德里纳河之桥》而成为巴尔干唯一的诺贝尔文学奖获得者；而是由于他得到那样高的荣誉，还是那样朴素谦虚得像一个刚刚从农村来的农民。无论是在中国还是在南斯拉夫，在频繁的接触中，我从来没看过他穿华丽的服装，打鲜艳的领带。我想，这是因为那些东西与他的为人不相协调。安德里奇的风格就是南斯拉夫大地的风格。我到贝尔格莱德那天，安德里奇就露面了。当我们两人的手紧紧握在一起的时候，他的眼光亮了一下，那是友谊的火花，我们两人不约而同说出一句话："老朋友了！"

　　日程安排得满满的，几乎要走遍整个南斯拉夫——由贝尔格莱德到萨格勒布、卢布尔雅那，在亚德里亚海作一日航行，到达杜布尼克，然后到萨拉热窝。这是我第一次到东欧，南斯拉夫邻近希腊，自然受着希腊古文化的影响。我在萨拉热窝博物馆里看到那些精细入微的铜雕、石雕，我简直沉醉了。如果说希腊是一个古老的雕塑之国，那么南斯拉夫就是一个现代雕塑之国，到处都看到动人心魄的雕像，如同历史的巨人给予我们的一瞥目光。

　　安德里奇用尽心思招待我们，但他为我们保留了一个最精彩的节目，直到最后一刻才告诉我们，就是铁托的会见。铁托在我心目中是一个传奇式的英雄，在反法西斯战争中，他神出鬼没、历尽艰辛。安德里奇陪我们到总统办公的地方——白宫去。铁托蓦然一下出现在我们眼前，从他的言语举止看得出统帅的风度。他有一双锐利而发亮的眼睛，这是军人的眼睛，久经战火淬炼的眼睛。有人说眼睛是心灵的窗口，那么，铁托的心灵怎么样呢？我一面款款而谈，一面细细观察，他粲然一笑，露出雪白的牙齿，在那一刹那，我洞察了他的心灵。这里我不妨叙述一个插曲：在人民解放反法西斯会议召开前夕，最高司令部的伊万·洛拉·里巴尔在空袭中遇难身亡，而他的弟弟画家尤里察在那之前也在门的内哥罗火线上牺牲了，这两位殉道者的父亲老伊万·里巴尔博士从斯洛文尼亚前来出席会议。他一点也不知道两个儿子的噩耗，当他走到铁托跟前为胜利而相互祝贺时，铁托知道他不能欺骗长者，于是将洛拉牺牲的消息告诉给老人，可是残酷的战争已经升华了人的品德，坚强的老里巴尔连一滴眼泪也没有掉。他仅仅说："尤里察离这里很远吗？"显然，他不知道他的第二个儿子也没有了，铁托知道这对老人是多么沉重的打击。面对这一巨大的悲怆，铁托的确为难起来，他犹豫了一会儿，怎么办呢？然后，铁托向前跨上一步，抓住老人的胳膊，低声对他说："一个月以前，尤里察在门的内哥罗作战中被打死了！"老里巴尔久久默不作声，铁托伸开双手拥抱住他，老人只说了一句："我们的斗争是艰苦的。"铁托紧紧地、紧紧地抱住他，铁托失声痛哭了……

有人以为军人只是机械地杀人，不，他们被动而战，是为了更多更多人的生，他们随时付出自己的鲜血与生命。铁托不是冰冷的铁，他有一颗温暖的心。

在南斯拉夫，给我印象最深的是贝尔格莱德那座古罗马帝国时建筑的卡勒麦克丹堡。那是蒙蒙雨雾的一天，我立足最高的残堞之上，多瑙河与萨瓦河两条浩浩巨流在这儿汇合，其气势之壮，神情之勇，令人震撼。你，多么美的蓝色的河流呀！它的确像柔曼的乐曲在我心中回荡。不仅如此，这两条河还是英雄的河，陪同的人指着萨瓦河上那座大桥说："第一次世界大战，德国军队是从这座桥上逃跑的，第二次世界大战，德国法西斯也是从萨瓦河上这座桥溃退的。"历史有偶然性，也有必然性。这时，多瑙河、萨瓦河在我灵魂里沸腾，在这茫茫雨雾中，我的灵魂像但丁的《神曲》，一下由炼狱升入天堂，像贝多芬的《命运交响曲》，一下由痛苦转为昂扬。

风从马哈韦利河上吹来。

带着热带花雨的馨香，那花不是一朵一朵开的，不是一丛一丛开的，而是浓艳的花海，发出燃烧的芳香。

我们去拜访了班达拉奈克夫人。她的官邸是一座平房，十分朴素。接近赤道的地方，为了通风、散热，不但没有北方那样坚固的砖墙，而且许多墙壁都可以敞开来，到晚上一任海风习习。班夫人是一个坚强的女性，当她丈夫班达拉奈克被刺身亡后，她挺身而出，继承他的事业，被选为总统。她是一个很富态的人，浓浓的黑发向后梳着，挽了一个大大的发髻，她有两颗大而明亮的眼睛。当我们围她而坐，款款漫谈时，我从她柔和的神态中发现一种权力的威严，这是一种风格，一种风度，这不是谁模仿得了的，而是领导地位使她自然形成的。不过，苏联代表团团长是乌兹别克女诗人朱里娅，当两位妇女紧紧挨在一起时，就流露出女性王国的温柔与笑意。她送我们出来，指着满庭满院树上雪白的花朵，告诉我们，这是三种供神的鲜花中的第一类，因此叫庙花。

这一片雪白的花朵象征了主人的洁白。斯里兰卡山谷中、水溪边，到处都有这种庙花，它总是在晚间落个遍地，早晨，树上又开得雪白如银。落下来的花一点也不蔫，更不脱瓣，而且还发出香味，香得清、香得幽、香得纯。有一次停车休息，我从河边捧起花朵，装满两口袋，再上路时，我们车厢里一片芬芳。

我们一行人到了号称斯里兰卡明珠的康堤，那里有个绿得发黑的湖，湖四周群山上全是浓密的树木，从这儿我们上了皮杜鲁塔拉加拉山，这是斯里兰卡海拔最高的山峰。上山时我们穿过热带密林，看到巨大的可可树、椰子树、芒果树，嫩绿的颜色如同水泼出的水彩画。可是晚间到了山上，真是高处不胜寒，我在身上盖了两条鸭绒被才暖和过来。早起一看，窗玻璃外面结了一层冰霜。我要了一大杯热咖啡喝下，才起床。谁知在这高寒的山顶上竟有一个大公园，在这里我们发现了一种珍奇的花儿，万花丛中，有一朵茶绿色的月季花，据说这种花不但世界上罕见，在这花之岛上也只有这么一株。

风从塞纳河上吹来。

带来罗浮宫迷人的色彩，凯旋门的灯光，还有那巴黎圣母院嘹亮的钟声。

这条绿油油的河可真美。

我曾说：它是巴黎的灵魂，如果没有它，巴黎就失去一切妩媚。

我很喜爱巴黎那一条条小街,街角上有很多露天咖啡馆,店铺外面,人行路边,有一簇簇桌椅,人们坐在那里,一面啜饮、一面闲谈。过往行人擦肩而过,美女们姗姗而来,姗姗而去,给这街头风景点缀上一朵朵玫瑰。

沿着塞纳河两岸,市中心有很多路易十四朝代的房屋,这种房屋虽然已经衰老,但那古典的风格还是引人入胜。有一天,我去参加国际笔会法国笔会中心的酒会,先在国际笔会法国笔会中心的办公室里晤面会谈。这是一幢古老的房子,我踏着被脚磨出凹印的楼梯走上来,坐在窗下一只沙发上,我看到对面墙壁上有一幅很有意思的画,画面上面墨蓝,下面深紫,这色调之上是一个圆圆的地球,它滴着墨汁,一滴一滴流进一个墨水瓶,瓶里是半瓶鲜红的血浆。像整个地球母亲滴下的乳汁,像全世界作家流注的生命之源……

一个身材矮矮、穿着朴素的人向我走来,跟我握手,自我介绍:

"维尔高尔!"

啊!——维尔高尔。我读过他的《海的沉默》的中译本,是一个薄薄的绿封面的小册子。在十年浩劫中,我满屋藏书荡然无存,但从乱纸堆中我却发现了这本我十分喜爱的书。现在,这本书还插在我的书架上。真是意外,我没有去寻觅维尔高尔,维尔高尔却自然而然出现了。他约我到他家的小岛磨坊去做客,我当然十分想跟他谈谈,就约定了日期。

那是非常美丽的一天。巴黎真是天赋之地。我们驶到了原野上,由于大西洋海洋气候的恩赐,巴黎一天常常下几次小雨,很小,很小,下一阵就过去了,就像上帝在天穹之上提着一把喷水壶在洒水,因此这里永远绿草如茵,绿得那样鲜、那样嫩。当我们穿过一片密林后,我一眼看到一朵纤细的红罂粟花,在温柔得几乎使你感觉不到的风中微微簌动——有两个穿着白衣裙的年轻妇女弯身在草地上采花。天空上大团大团从大西洋上飞来的白云,有时遮住阳光,地下就绿得发暗;有时移离阳光,地上就绿得发亮。燕子在空中闪电般飞翔,一群花白的乳牛在缓缓移动,这西欧的风景画是多么美呀!

出了一道峡谷,转进一条小路,路边开放着怒火一样燃烧的红玫瑰。我看到维尔高尔和他的夫人在向我们招手。维尔高尔很高兴向我们展示他的奇迹,他说这磨房有几千年历史了,还是古罗马帝国时建筑的。四周都是密林,密林下面流着潺潺河水,几弯河流绕着他的住处,形成了一个小岛,他就住在小岛上一座古代磨房里。他引我们上楼,就从古老的黑铁水磨旁边上去。摆满无背沙发的客厅很静，很静，壁上挂着几幅油画，我跟他说：

"维尔高尔！我真后悔没把我珍藏的那本《海的沉默》带来请你签个字。"

"《海的沉默》是1941年德国法西斯占领了法国，法国展开地下抵抗运动时写的，你知道，这是我写的第一部小说，从那以后我写了三十部小说了。"

我们津津乐道地谈着创作问题，他说了一句很漂亮的话：

"波朗说过一句话：不要带着花到花园里去，要到花园里去采取新鲜的花！"

这对老夫妇对我们非常热情，不断给我们送咖啡、送茶食。

这个矮矮的老人，却有着坚实的体质，他用自己的肩膀扛着历史，从那黑暗的战争岁月走到和平的今天。

他说："在地下抵抗运动中，要出《海的沉默》这样一本书可真难，但是法国工人终究排印出这本书，这书就秘密流传开来，成为反法西斯的精神武器。"

我想起人们评价维尔高尔的话：

"他在法国文学界所以有很高威信，因为他是在生死存亡中写作的，而不是战后平平安安去描写的。"

当他知道我也是一个反法西斯战士时，他说：

"我们之间很容易理解，因为我们有共同的生活，我们的友谊是战斗的友谊。"

我问："写这部书时你多大年纪？"

"三十九岁。"

他兴奋起来，告诉我：

"与《海的沉默》有密切联系的，是我后来写了《狼的陷阱》———个姑娘的父亲在抵抗运动时做了叛徒，可是姑娘爱自己的父亲，一直不知道他是罪人。今天的青年人认为抵抗运动是很遥远的事了，其实哪里知道在他们心上并不遥远，在小说的结尾，姑娘知道了父亲那无耻的行为，她无法忍受，终于离家出走，去过独立的生活了。这可以说是没有结局的结局，但说明了希望属于未来。"

他告诉我他在写《白里安传》，已写了30多万字。

我奇怪地问他："为什么要写白里安？"

他说："人们都称白里安为和平的朝圣者。的确，他说过：'只要我活着，决不要有战争。'"

维尔高尔夫妇送我们上了汽车。

这时突然落起雨来，雨过去了，又出了太阳，阳光照亮雨后的田野，美极了。我至今还记得维尔高尔老夫妇向我们挥手的身影，透过一切斑驳离奇、五光十色的巴黎，我看到了一个纯真朴素的法兰西。

风从台伯河上吹来。

带着古老残堞上的夕照，斯巴达克的神魄，还有米开朗琪罗的灵魂。

在我所到的许多国家中，我最爱意大利。这绝不只是因为它有文艺复兴古色斑斓的陈迹，有令人沉醉的美丽的大自然，更因为意大利人是有纯朴美、热情美、神魄美的人。他们不是《欧也妮与葛朗台》中的人物，在意大利语中似乎没有"小气"、"吝啬"这样的词汇，正因为这个缘故，这个民族是产生巨人的民族。但丁写出有如宇宙一样辉煌的《神曲》，米开朗琪罗雕出来的艺术那样圣洁深沉，画出来的艺术火一样炽烈。意大利人待人，没有巧言令色，没有虚情假意，请你吃饭，就把大盘的炸红茄酱拌的面条全都捧给你，连同啤酒和热烈的语言，看你一口气吞下去，他才心满意足。全世界的作家都到意大利来，莎士比亚、歌德、拜伦、司汤达、梅里美、密茨凯维支、列宾……他们甚至创作了以意大利生活为题材的作品。不过，除了莎士比亚的《罗密欧与朱丽叶》、《威尼斯商人》接触了意大利的灵魂，像梅里美、司汤达的小说大半只是掠取了一些传奇传说，都缺乏意大利的精神的深度，没有火一样旺盛的情怀——就像朱丽叶那样爱到死也要爱，爱得忠贞，爱到至极。

我从翡冷翠乘车穿过亚平宁原野。

我看到开采大理石的露天石矿，据说米开朗琪罗就曾亲自到这里来选择雕刻的石料。

你，多么富饶而多彩的意大利呀！

我到了第勒尼安海边的维亚莱焦。

太阳那样明亮，大海碧波摇荡，在这儿，我们举行了中国与意大利友谊的聚会。我认识了意大利的老作家莱奥尼达·雷帕契。这个老人身材瘦小、气度不凡，他那像燃烧的火焰一样的银白头发耸立起来，两只眼炯炯闪光，一望就知，这是一个久经战火、久历风霜的人。如果谁想画一个老游击战士，那么你画一幅雷帕契的像就行了。这是一次反法西斯战友的会晤。雷帕契以十分响亮的声音，倾吐着全部热情，向我们致欢迎词。我也打消了做客的拘束，豪情满怀，当我谈到，我们作为访问意大利的第一个中国作家代表团，像第一只燕子，带来了中、意作家友谊的春天，我这句话引起了全场热烈的掌声。而后，我和雷帕契热烈地、紧紧地拥抱在一起。许多人向我拥来，不是因为我是中国的作家，而是因为，我是跟他们一样的中国的反法西斯游击战士，原来他们都是意大利游击队的成员，大家拥抱、接吻，只有意大利才有这样火热的炽情，而炽情也达到了沸腾的极点。一个意大利游击队老战士在名片上写了一句话："我们都打过游击战，我们应当紧密团结起来。"

反法西斯战士会晤的热浪，一直延伸到当晚维亚莱焦授奖会上。维亚莱焦是意大利三大奖之一。授奖会在一个大剧院里举行，剧院坐满了人，我们坐在最前面一排椅子上。在一阵乐声之后，雷帕契站在台上，他的银发在四面八方闪光灯照耀下，显得那样突出、那样耀眼。他用年轻而火热的声音作了一个诗一般悠扬顿挫的讲演。当他宣布，中国作家代表团今天也来参加大会，请大家表示致意时，全场的人都站立起来，我们也站了起来，扭转身子面对大家，相互鼓掌，这是暴风骤雨一样热烈的场面。维亚莱焦，维亚莱焦，我一生一世难忘的维亚莱焦之夜呀！

授奖仪式结束，狂欢之夜开始。我们从热浪中出来，沿着海岸走回旅馆。当我独立阳台之上，面对波涛轰鸣的大海，久久无法入睡，我在思考意大利。意大利人没有法国人那么多精巧、华丽的言辞，但意大利人就跟意大利灼热的太阳一样真挚、朴实、热烈，意大利呀！我从心里热爱你。

第二天回到翡冷翠，安娜兴高采烈地告诉我说："全意大利人都看见你们了！"我这才了解到，这是主人精心安排的一次中国作家与广大群众的会面。后来，我们到米兰、到威尼斯，一进饭店，服务员就说："你们来了！我们已经在电视上见到你们了！"

由于要去比萨，我们离开维亚莱焦那天，出发得很早，不便去惊动那位老人，便留下一点纪念品，托人转交给莱奥尼达·雷帕契。后来，我收到这位老作家、老游击战士的一封来信：

尊敬的刘白羽同志：

首先请原谅，我迟至今天才写这封早该动笔的信。夏天，我的身体长期欠安，现在才逐渐康复。后来为了得到北京的地址，又遇到了困难。全国作家工会托斯卡纳分会的吉诺·杰洛拉帮了我的忙，他还给我寄来了你们留下的精致礼品，作为莅临维亚莱焦文学奖颁奖式的纪念。我也去找过中国驻罗马大使馆。

刘白羽同志，这份礼物（一幅与其说是描绘了现实，不如说是再现了梦境的风景画）甚为珍贵；以你为首的作家代表团用这种方式表明，中国作家对我们的工作是赞赏的。我们和你们关系密切，唯一的目的是使我们两国的文化接近和深入发展，并通过文化致力于缓和及和平事业。

遗憾的是，维亚莱焦文学奖颁奖式的那天晚上，活动频繁，我们的会晤匆匆结束，没有来得及就彼此的文化情况和为了在世界范围内发展两国文化而急需解决的问题广泛交换意见。然而，我们相信，在将来，你们和我们之间的关系会在意大利和中华人民共和国之间的文化交流范围内日趋密切，这种关系因华国锋主席访意及我国总统佩尔蒂尼访华得到了巩固；你们和我们的作品也定将在我们这两个友好的国家里逐渐流传。

预祝你们作为作家和文人所做出的可贵努力会得到越来越广泛的承认；再次感谢你们光临在国际范围内声誉日盛的第五十届维亚莱焦文学奖颁奖式；再次为收到的珍贵礼物向你们致谢，它已在我的艺术收藏品中占据一个特别突出的位置。尊敬的刘白羽及莅临维亚莱焦的代表团的全体朋友们，请相信我是你们的同志。

维亚莱焦文学奖评奖委员会主席

莱奥尼达·雷帕契

罗马，一九八〇年九月二十五日

意大利我最爱哪里？罗马、翡冷翠、维亚莱焦、比萨、米兰、威尼斯，都像达·芬奇的画、米开朗琪罗的雕塑一样美。当我离开时，我心里只有一句话：我愿意把我的生命的一部分留在这国土上，我爱的是整个意大利。

风从密西西比河上吹来。

带着雪山银海，大瀑飞湍，繁华的百老汇的歌唱，黑孩子的啼哭，两大洋拍岸的涛声。

太平洋联结着中国与美国，我们应该说相距很近。

但是经过漫长的一夜飞航，我们又觉得相距甚远。

美国生长着红杉树，它是飘扬在这个大陆上的古老而又青春的旗帜。红杉树诞生于六千万年之前，我不知那时这里是荒原还是海底，而现在，它是美国最古老的生命，是活化石。它是宇宙的巨人，巨大无朋，粗壮无比，汽车可以从穿门一样的树根间隙中穿过，它顶天立地，蓊郁葱茏，树心是赤红的。我从一株脱落了皮层的树身上看到那赤红的心，像凝固在阳光下一团发亮的血浆，还在微微颤悸。树的每一道年轮都刻画出无边风雪，无限沧桑。我在这绿油油的森林中伫立着、仰望着，我觉得我通过红杉树看到了这个被称为新大陆的美国，你的血脉，你的青春，你的灵魂，你的闪光。

我认识《战争风云》的作者赫尔曼·沃克，是在中国。

那是他第一次远涉重洋，来访中国。我招待了他，我们花了半天时间谈论战争文学，说得那样投机，那样温暖。也许因为我们都是军人——在第二次世界大战中，我们都参加了战斗，不过他在海洋，我在陆地——军人与军人灵魂上自有相通之处。这里面不只有热得很的热情，也有冷得很的冷静。他是一个和蔼善良的美国人，在美国风行一世的那种浮华、时髦，跟他是一点边也不沾的。他坐在我的对面，就像马克·吐温坐在我的对面一样，我心里说："这是一个老式的美国人。"他回国时，我们又在欢送会上的致辞中互诉衷情，从那一刻起，我结交了一个美国朋友。他回去就写信给我，邀请我到美国时到他家做客。现在我到了美国，当然不能不跟他打个招呼，他立刻欢迎并邀请我到棕榈泉他的家里去。

棕榈泉是一片沙漠中的绿洲，美国南部已接近热带，但在这个地方不但有茂密的棕榈，而且山顶上还有长年不化的白雪，是一个风景极美的地方。我们的汽车开进他的院内，我刚下车，他已从台阶上疾步下来，他的长长的身躯，长长的手臂一下就把我拥抱起来，他称呼我：

"老朋友！"

从此我们书信往还都是以"亲爱的老朋友"开头。

洛杉矶炎热，棕榈泉清凉，沃克还穿着一件咖啡色的毛绒上衣，有着微白长发的头顶上戴着一个犹太人的小小的黑色圆帽。当他领我到他的书房里去时，我看到他书桌两旁有好几台电子打印机，可是在他的桌面上，却摆着一沓没有格子的白纸。我很惊奇地问他："你怎么不用打印机？""那些，只能打打信件，要是写小说嘛，还是得用笔写。"他拿起一根带钢笔头的蘸水笔给我看：

"我一面写一面思考，我的灵感好像就无拘无束，自自然然从笔尖上流了出来。"接着他走到书柜前，从里面取出日记给我看，也是由白纸写成而后装订成册的。

棕榈泉是富人的天堂，好几位退职的总统都到这儿来住。沃克拥有这样一个碧草如茵的大庄园，说明他属于美国富有社会，但他的穿着那样朴素，他的为人那样谦逊，而在他那长长的面颊上，嘴边常常浮现出十分甜蜜的微笑。他一点没有美国人常有的那种浮夸。当我们坐在木屋檐下，享受着丰富的下午茶点时，他从书房窗口下盛开的茶花上采了一朵最红最大的茶花，插在我的上衣襟上。他跟我讲到，今年在北京要上演他的《哗变》，他将到中国出席开幕式。他担心地说："我不知道中国观众能否接受我这戏剧的方式。"《哗变》是从他的一举成名之作《凯恩舰的哗变》改编而成的。当时我并没有太注意，谁知，这年初冬我就收到了沃克的一封来信：

"……我非常高兴地告诉你，我和夫人将于十月十八日到北京，参加《哗变》首场演出，我们当然希望你和夫人届时参加观看。请写信给美国驻华使馆文化参赞 Pat Corcoran 先生，告诉他你们将接受邀请，他会给你们安排票。

"你们来棕榈泉看望我是次愉快的会面，你可能发现我的生活是退休式的，平时见客很少，只是努力写作，但老朋友来访会温暖我的心，我希望，山茶花仍留在你的记忆中，花只能开放一时，友谊是长久的。

"我和夫人热烈期望你来看戏，并在我们北京之行中一起度过美好的时光。"

于是，我们又在北京会面了，真算得上是老朋友了。演出非常成功，闭幕时，全场掌声爆响久久不息，我想这一成功，使沃克放心了。他留下我们，参加剧团安排的酒会，那可真是一场热闹动人的聚会，一杯一杯酒，一饮而尽……一直到杯盘狼藉，酒气弥漫了整个厅堂。沃克干完了最后一杯，我觉得他像一位凯旋的将军那样痛快淋漓。我记得他第一次访问中国临走前跟我讲过，他在中国遇到了一件最愉快的事，在王府井大街一个贴报架前，他和一个会英文的人谈了起来，当那人问到他的姓名时，他刚说出"赫尔曼·沃克"，人群中立刻有一个穿军衣的青年人出来说："你就是写《战争风云》的沃克？"接着是一阵紧紧握手。是的，在他乡异土上偶然的际遇，对于一个作家来说，是永生难忘的。如果说荣誉，有什么比这更大的荣誉呢？

我并不嫌弃热闹，但我想，也许我们更需要没有干杯、没有祝贺的安静地坐一坐，谈一谈。我们果然如愿以偿了，在什刹海边上找到了一个幽静的所在，我们过了一个舒适的夜晚。这是一次家庭式的聚会，在座的人有我们夫妇、沃克夫妇、欧阳山尊夫妇，还有金坚范。就在这一次他谈了犹太人的问题，他讲到第二次世界大战中多少犹太人被屠杀，但犹太的文化并没有灭绝，他们需要有生存的权利，这一点应当得到朋友的理解。我知道这是他的心事，从我在棕榈泉看到那一顶作为犹太人标志的小帽，我就知道我们必须有一次倾心长谈。的确，我认为犹太人为人类文明做出了很多很多贡献，马克思、爱因斯坦这些伟大的名字就说明一切了。这是老朋友之间的一次精神境界的突破，沃克很重视这次畅所欲言的会谈，在他回国后给我的一封信上还写着："我想起我和沙拉访问北京时我们一起度过的愉快时光。……"

对于美国，我该描写什么呢？什么是我最喜爱的东西呢？

歌颂大西洋海湾中的那尊雪白的自由女神像吗？

但那是属于富兰克林、斯陀、马克·吐温、惠特曼、杰克·伦敦、马丁·路德·金、罗伯逊、海明威、福克纳、埃德加·斯诺，还有埃文斯·卡尔逊的；而现在的美国，似乎给这位女神笼罩上一层不是圣洁而是污浊的烟雾。我倒宁可等待着、盼望着有一天，能看看密执安湖的大瀑布，不久前密执安湖边上的一位教授董保中到我家来做客，他回去以后来了一封信说："请你到我们这儿来看看大瀑布……"如果他的这个计划能够实现，我也许可以在这里增添一个美丽的章节，但那当然有待于来日了。

## 一五二 远方的风（三）

对于富士山，在两个不同的时代，我有截然不同的两种反应。

当日本军国主义彻底失败以后，我到了东北，当时，日本人正在纷纷回国，我在一些官厅或株式会社的墙壁上看到富士山的画片，我厌恶、我愤恨，我把它们一下摔在地下撕得粉碎；说实在话，我觉得那山顶上的雪不是洁白的，而是血红的。解放后，日本朋友来了，带来深深的友谊，恢复了李白与仲麻间的情谊，我又亲自到了日本，透过飘飘樱花雨，看到那像倒挂的白色莲花的富士山，我才觉得这真是海上瀛洲，人间至美。

毛主席以博大胸怀、高瞻远瞩，宣布放弃了日本战争赔偿，为中日民间铺平了交流的道路。

在日本朋友中，与我接触最多的是西园寺公一，因为他是亚非团结会议常驻北京的代表，他是一个很有趣而又很有传奇性的人物，他是西园寺公望的后代，属于日本皇家贵族，但他走上了进步的道路，成为一个真正叛逆者。就以他的婚姻来说，皇室是不能跟一个平民妇女联姻的，但他做出了轰动一时的决定，他公开宣布放弃爵位，而投身于爱情之河。正因为他是一位进步人士，才被推驻北京。这位被称为"红色贵族"的人，又得到了"民间大使"的头衔。为了亚非作家会议的事，我多次到他家里与他磋商、研讨，而后，通过他与日本国内联系。在他的客室里，有一个玻璃橱，里面摆满了日本人偶，具有浓郁的日本风采，后来我到日本，也觉得这种木偶人非常可爱，大的一尺多高，像中国那种大头娃娃，小的不满一寸，更显得玲珑可爱。工艺品中，还有一种小狸，在日本民间传说中，狸聪明伶俐而又狡黠淘气，这可亲可爱的小生灵惹出许许多多令人听了捧腹的故事，因此，那形态各异、笑容可掬的木制小狸使我爱如珍宝，买了很多很多回来，摆在书柜里面，可惜十年浩劫中一扫而光，现在只剩下两个大人偶放在我的餐室里，因为其中之一是野间宏送的，也算我对老朋友的怀念吧！西园寺公一那个玻璃橱里的陈设，流露出浓郁的日本文化色彩，一看就知道这是日本人家。西园寺公一尽管放弃了公爵称号，但他还有一点贵族气派。在我们谈话间，悄悄走进来一只大狼犬，棕色的毛给沐浴梳理得光滑无比，狗讨主人的好，卧在沙发边，把头搁在他的膝上，他就像爱抚宠儿一样用手摸抚着它，露出一种昵爱的神情。当然，养一只狗不一定就是贵族，也许由于成见在心，我总感到他身上有一点贵族气派。

他是一个欢天喜地、笑逐颜开的人，有幽默感，时常说着说着就笑起来。为了召开亚非作家会议东京紧急会议，由他出面联系，从东京派来白石凡、白土吾夫来进行商谈联络。在一次宴会上，白土吾夫忽然心生奇智，举起一杯酒来说："为三白……"大家一下愕然，他解释说，在座的有白石凡、白土吾夫、刘白羽，这不是三白吗？一九六一年我们这个庞大的、第一个访日的中国作家代表团启程时，西园寺公一亲自送我们到舷梯旁。我跟他开玩笑："你是幕后主谋者！"他乐得笑不可抑。一九六五年在北京召开亚非作家会议北京紧急会议，当时"文化大革命"已经开始，为了请日本代表团来，我与西园寺公一几经商讨，多费周折，由于他的努力，以中岛健藏为团长的代表团参加了会议。

　　在十年浩劫中，既没有了亚非团结委员会，也没有了亚非作家会议常设局，到处乱哄哄一团糟，西园寺公一回国去了。他年老体衰，行动困难，我再也没有看见他。

　　如果说西园寺公一是牵针引线的使者，那么，在中日两国建交之前，白色恐怖充满东京的时候，毅然挺身而起，成为中日文化交流的日方主帅的是中岛健藏。中岛健藏是日本文学界一位权威的理论家，由于他的声望，他的号召力，日中文化交流协会历尽磨难，终于成立。他是一个很有学者风度的人，他讲起话来，理直气壮、口若悬河，在讲演会上，他那富有煽动性的语言，总是不断博得热烈的掌声。平时，他倒是一个既有魄力又很慎思的人，他有一个习惯的动作，比如在宴会上致辞时，他会忽然停顿下来，微微歪着头，好像在沉思，然后说出一句惊人的或者幽默的话，当大家被他引得大笑时，他忽然又变得严肃起来，说出讲话的主旨，令人心中为之豁然。开始，他几次来中国，总是低下头来向中国请罪。他是一位大智的人，为了日本军国主义在战争中残暴地屠杀中国人感到羞耻。他这样做，是诚心诚意的。也许正由于这个缘故，他后半生几乎以全部精力为中日友谊而奔走呼号。那时很难呀！我第一次到东京，看到电线杆上贴着很多招贴，白纸上面有一个血手印，人家告诉我，这是极右反动势力的威胁与恐吓。这里，我还要谈谈中岛京子夫人，我们在中岛家里做客，她不断为我们斟茶水、送茶食，习惯地弯腰鞠躬，的确是一个温柔的家庭主妇，但在白色恐怖的日子里，丈夫不能不出去参加活动。为了丈夫的安全，她便学会了开汽车，无论中岛到哪儿去，都由她亲自开车接送，因此她成为一个真理与正义的卫士。我觉得我从她身上看到日本妇女柔中有刚的不凡的气质。这使我想到燕妮，想到克鲁普斯卡娅，想到宋庆龄，想到杨开慧，她们都是与丈夫共同作战的战友。我常常想向全世界妇女鞠躬致敬，她们受的苦最深，因此练就一种特殊的韧性，她们不只是携着丈夫的手，而是扶着丈夫的臂向前行进的。

　　有一次在中岛健藏家里，他忽然兴趣大发，说：

　　"咱们到井之头去看看樱花吧！"

　　于是，由京子夫人开车，我们出发了。在车上，中岛幽默地跟我说：

　　"你坐她开的车就把命交给她吧！"

　　那时东京在市内还没建筑立交桥，汽车拥挤到可怕的程度。为了抢时间，车一开动就横冲直撞。中岛又幽默地说："东京没什么世界第一，就是车祸死人第一。"我称赞京子夫人那驾轻就熟的技术，京子夫人说："开始我也怕，可是，慢慢我也就习惯了。"中岛健藏这个斗士却有一颗最温柔的心。有段时间，我和阳翰笙都在上海养病，中岛到了北京，一听说，就决定一定要到上海来看望我们。我们到他住的饭店里见面，谈天、吃饭，他见我神情悒郁，面容憔悴，挂了手杖，行动不便，十分担心。吃饭中间他特别牵了孔罗荪衣袖一下，示意他出来，到卧室里低声问："怎么样，不要紧吧？……"罗荪跟他讲了我是神经系统的毛病，他才放下心来。后来，孔罗荪把这事告诉了我，我深受感动。分手时我说："你是我们的长兄！"

他笑着点点头。他确实有一种长兄的风范。

当时他担心我得的是癌症，谁知他自己却最终死于癌。后来京子夫人特地到中国来，为了中国朋友们在中岛逝世时的哀悼而致谢，她说着、说着，哭了起来……她怎能不哭呢？……当我有机会伫立在中岛健藏的墓前，不由悲从中来，失声痛哭。由于中岛我还结识了日本老一代作家，如写过《灰色的月亮》的志贺直哉，写过《春琴抄》的谷崎润一郎……当我面对他们时，感到多么幸运，我还能同在青年时就已熟稔的老一辈作家见面。日本老一辈作家和中国老一辈作家都有一种谦恭的风范，他们有才华而归真返璞，很渊博而又虚怀若谷。现在，不论在中国还是在日本，一代一代下来，这种风范似乎越来越少见了。一九八四年我来东京参加国际笔会大会时，站在中岛墓前，一想到风流云散，飘零凋谢，我怎能不哀痛呢！

与我友情很深的龟井胜一郎与中岛健藏都是秋田人，在东京上学时又是同学，他们不但是好友，而且是战友。我们第一次到日本，是龟井从东京到金泽、到仙台，在那遥远的路程上奔走着，一直陪伴着我们。他一举一动一丝不苟，把我们安排舒贴了，他就露出微笑。为了照顾我们，他总是亲自关汽车门。有一次不慎给车门砸得手上流出血来。他就是那样真诚，那样赤诚。我们回国不久。龟井胜一郎又带了一个日本作家代表团回访，那里面就有井上靖、有吉佐和子……可是龟井也得了癌症，是同中岛健藏一样的喉头癌，而且早在中岛之前就死了。

我和日本朋友之间深切的友情，经过中岛、龟井而传到井上靖。我一九六一年认识了井上靖，巴金和我到他的家里去拜望。他擅长柔道，身体结实得像钢铁浇铸的一样，他那长方形的面孔上也显出武士精神，面呈微褐色，整整齐齐向后梳着一头黑发，看上去是一个不苟言笑的人。他的眼睛不太大，谈起话来，每到动情处，他的脸上就漾出那么一种暖人的微笑。可是微笑像闪电一般，一下出来一下又收回去了。总之，他是那种性格内向、把灼人的热情藏在心里的那种人。我读过他的《敦煌》，但使我为之一震的是从松山飞东京的途中，我偶然读了他的一个短篇小说，我发现了他的诗的气质。是的，没有诗的文学是不能称其为文学的。

我们有一句诗："每于坎坷见英雄"，我以为也可改为："每于坎坷见真情"。我与井上靖之间的友情经过了漫长十年的考验。在那灾难的日子里，一切消息都中断了，人间生死两茫茫，他是多么为我们这些朋友担心忧虑啊，只要读一读他的《壶》，就可体会到他为他的中国朋友如何忧心忡忡了。雪霁风收，乌云飞散，粉碎"四人帮"不久，井上靖就急急忙忙赶到北京。我是"文革"后和他见面的第一个中国作家。我记得那是一个落雪的日子，在中外文化交流协会的一间会议室里，我们终于又拥抱在一起了。当时看到这一场面的人后来告诉我，所有的人都流下了眼泪。是的，那是经过了没有眼泪的时代之后，迎来的容易流泪的时代。在一条长桌旁对坐而谈时，井上靖还是那么端正、那么严肃，但他细心地问我：

"没遭什么大罪吧？"对一位远道而来的知心的朋友，我怎么说呢？！他也怕触动我身心的伤疤，将话转了开去。可是把心灵关锁的日子终究过去，我向他一一诉说了他所认识的朋友的悲剧——杨朔死了，韩北屏死了……他的中国之行的目的终于达到了，他亲自看到了朋友的容貌，听到了朋友的声音，但是有些人终究无法再见了。他回去之后就写了一篇题名《春风吹万里》的文章，把好消息传给还惴惴悬念的日本朋友：

　　被分配担任日本作家代表团团长的职务，从去年十一月末到十二月中旬之间访问了中国。对我说来，这是第六次访华。

　　到达北京的次日，中国对外友好协会举行欢迎宴会。席间见到了阔别十二年的刘白羽先生。由于先生高高的身材穿着军装，乍见时没有认出来，但当先生走近我，伸出手来，顿时使我感到这是刘白羽先生。白皙清俊的前额、沉静地浮泛着微笑的眼角，还有那英挺地伫立在我面前的身姿，都还留在我的记忆里。

"在东京访问贵府的时候，入夜还下了雪哪。"

这是先生开头的一句话。我记起，确实有过这种情景。

"从那以后过了多少年了？"

我这么一说，先生便笑着答道：

"那是一九六五年三月，该是十二年未见了。"

入席以后，我同先生没有说多少话。十二年岁月时时闪映在脑际里，就是不交谈，只隔桌望着先生温和的面孔，也感到愉快。

那天夜里，坐在宴席上，各种感慨涌现在胸膛。十二年岁月绝不算短。我的第一个孙女今年十二岁了。刘白羽先生光临我家时，这个孙女恐怕还都不会爬，被安排在卧室的席子上躺着呢。

这时我的眼睛里还浮现出几个人的面孔。那里是银座一个西餐馆二楼一间不太大的餐室。那里有刘白羽先生，也有张光年先生。同两位先生对面坐着的有广津和郎和龟井胜一郎两位先生。只觉得那是很久很久以前的事了。本来是很久很久的嘛。广津和郎先生已成故人，龟井胜一郎先生也已成了故人。十二年岁月，就是镌刻着这种种往事的岁月。

另一个情景跟着浮现在我的眼帘。这就是刘白羽先生在东京的一个宴会上握笔挥毫的姿态。"春风吹万里……"下面的五个字想不起来了。这是再等一两天就要迎接樱花四月的日本的一个春宵。

这样每当我回忆着十二年前刘白羽先生的几个面影，都使我想到这位刘白羽先生如今就坐在这里。刘白羽先生的确是隔着桌子坐在这里。这是一种无可名状的内心感到充实的恬静的思绪。十二年间，我未曾说过刘白羽先生的名字。先生到哪里去了呢？连问问他的去向都感到可怕。然而，先生原来却是哪里也没有去。而今，由于先生在十二年前在东京所写的那种"春风吹万里"的明朗的时代来到了中国，为了报告这个消息，先生才出现在我们面前的。

我同井上靖还有过一次共同战斗的经历，从而更加深了我们之间的友谊。那是一九八四年在东京参加国际笔会第四十七次代表大会。会上突然有人提出了一个"两个中国"的问题。在大厅里举行盛大招待会的晚上，我参加了一大半，由于人太多了，我的神经衰弱难以承受，并且，我的肠胃不能接受冷食，便退出来由金坚范陪同到中国餐厅去吃一点可口的热乎的东西。正在这中间，横川健匆匆忙忙赶来跟金坚范说：日本笔会有事要谈。金坚范便跟他走了——我并没有预感到要出什么大事，吃完了汤面，便在那里等着。不久，金坚范回来告诉我，瑞典笔会要提出一项决议草案；为了庆祝蒋经国第三次蝉联"总统"，要求释放台湾的在狱作家。由于第二天就可能要在政治会议上讨论这一提案，务必在今晚九时前将中国代表团的意见告诉日方。我一听就明白这是要在这次大会上搞"两个中国"的活动，而且时间非常急迫，便急忙起身，让金坚范找来朱子奇、杜宣、毕朔望到我房间里来商讨对策。我们决定不参加会议，以避免与台湾正面冲突，使东道主为难，而由主持会议的日方设法打消这一提案。因为到时将由井上靖主持会议，我们若采取退出会场的行动，是会给东京会议造成不良的影响的。在上海时，朱子奇曾对我说：请你去主要请你应付"两个中国"的问题，其他你可以不管。这时我只能义无反顾，挺身而出。时间迫近九时，不允许再做进一步思考，我立即偕同金坚范与日本朋友会谈。谈到一半，我请金坚范去告诉巴金，请他先不要睡，有事向他报告。十点多，井上靖亲自来参加了会谈，他听了报告，立刻感到这意味着东京大会可能被破坏，事态严重，他当机立断，主张建议国际笔会领导人改变议程，推迟讨论这一提案，以赢得时间去做瑞典方面的工作。我们当即同意他的意见。然后我同金坚范到巴金那里，他正在等待着我们，我说了这一情况之后，他完全同意我们的处理，认为蒋经国任"总统"这类字眼是不能接受的，还说"两个中国"问题拜托井上靖等日本朋友处理比较妥善。

经过这一场紧张讨论，我服了大量安眠药才睡着。谁知一阵电话铃声突然把我惊醒，一看表已经快一点了。电话机里传来金坚范的声音，他说，井上靖约见中国代表团，我感到事情有些麻烦了，大家都在梦中，便只请金坚范和与他同屋已被惊醒的毕朔望赶紧起床。

这时整个东京王子饭店已经沉沉入睡，没有人影，没有人声。我们来到一间大厅里，跟井上靖和日本朋友会谈。据他们通报，讨论瑞典提案时间推迟两天，但国际笔会主席布洛克建议将提案措辞改为：

"在目前台湾特殊情况下，要求释放台湾在狱作家。"

什么"目前"，"特殊情况"，明眼人一看便知还是指蒋经国三次蝉联"总统"。

我们认为这一花招不能接受。

井上靖听着我们的意见，微微点头，最后明确表态，同意我们的分析、看法。我特地转达了巴金对井上靖的拜托。

已经快要黎明了，井上靖讲，他一定尽力而为，他还说我们不会像哄骗小孩子似的用暗示性语言，问题可以解决，我们是东道主，就有可能解决。如果需要，我可以亲自出马，我已决定今晚住在旅馆不回家了，以便处理紧急情况。他那披肝沥胆、慷慨果断的精神使我非常感动。正是东京这棘手的一夜，使我更加理解了井上靖的为人。也许有人以为一个政治家、一个军事家才需要这种神魄。其实，如果没有这种神魄，是不能成为一个大思想家、大作家的。我服了那么多安眠药，其安眠作用已给紧急的议论打消，最后，井上靖的话，给我留下力可举鼎的大将军的印象，而这正是一个大作家可贵的品德。我一倒在床上就酣然入睡了。不久，我们请示国内的回电也来了，完全同意我们的决策。经过井上靖的努力，东京会议终于成为历届大会最圆满的一次大会，没有给人可乘之机，没有掀起风浪。这东京一夜，使我很钦佩井上靖。领略了他的心地、他的风度，由此，我们的情谊更加深了。

繁华的杜鹃花开得正盛，白土吾夫、佐藤纯子陪我在箱根过了非常醉人的一天。现在我想，那也许是我最后一次到箱根了。不知为什么，在井上死后，我有点怕再到日本去。故土犹存，故人无迹，我的年迈的心灵还能再一次承受在井上靖墓前放声痛哭吗？！不行了，不可能了……

井上靖不幸逝世的消息，给我的打击太大了。

这天有客人来探病。中间忽然响起电话铃声，我听到一个十分沉重的声音："井上靖逝世了！"我回到我的座位上，久久不能作声，无法抑制心中的悲痛。一九六一年我第一次去日本时结识的作家朋友，三十年间都一一谢世，井上靖是最后留下的一个，现在也一阵清风悄然而去了。

此时此刻，往事悠悠，历历在目，我怎能不伤心呢？

去年秋日，我从浙江回京途经上海，专程去看望巴金，我们如同五十三年前相识时一样，面对面促膝而坐，自由自在地交谈。友谊是没有国界的，友谊是最动人心的。巴金指着书架上几层书籍告诉我，都是日本朋友送的。巴金说他从杭州赶回上海是为了迎接井上靖。可惜，井上靖不能来了。他特别放低声音告诉我："井上这次来是为了向中国朋友告别的。""向中国朋友告别"这句话，使我揪然于心，良久不释。

回到北京，我的病情突然恶化，住进医院。在寂寞的病床上，我一直想着"向中国朋友告别"这句话，回味着这意味深长而又意志严峻的话。海枯石烂，天翻地覆，但这友情何以弥补？我于是萌生一个念头：巴金出国困难，井上也不能来，那就让我来填补这友谊的空缺吧！在不能看报、不能写字的情况下，我勉力给中国作家协会写了一封信，建议组成一个文学期刊代表团访日。这样，《收获》可由小林代表父亲和我一道去看井上靖，以了却我们老一代中日朋友之间的最后的情结。

在寂静的病房中，我想，樱花季节去看他最合适。

樱花牵系着我们之间多少柔情啊！正如同上面引的井上靖文章所述，那年，在繁华的银座一间幽雅的餐室里，井上靖要我为他题字，我写了两句五言诗：

"春风吹万里，含笑待樱花。"

井上靖的微笑是十分暖人的，通过它可以透视到他那海一般澄静的心灵。一九六一年他同龟井来访，我记得周总理在西花厅接见了他们。我陪他们在北京饭店吃晚饭，大家心情舒畅，十分高兴。饭后，龟井执意要我到他们的居室，取出两瓶白兰地，一边啜饮、一边闲谈，直到深宵。这就弥补了在东京由于匆忙而未深谈的遗憾。这的确是我与井上靖以心换心、情深意长、奠定友谊的难忘之夜。

由于年逾古稀，每次出国总多一丝伤感，我在东京豪德寺向中岛痛哭；后来，在莫斯科新圣母墓地，向波列沃依献上一束石竹花；在华盛顿阿灵顿公墓，向卡尔逊默哀。每一次，在感情上，我深深为这种生者对死者的告别而感痛苦。这一回，我必须抓住时间，跟井上靖做生前的告别。"他来是向中国朋友告别的"，这句话，一直像火一样在炙烧着我。我写了那封信之后，满怀热情，相信等到春暖花开时，我的病情有所好转，一定到井上靖面前，握住他的手，再看一次他的微笑。

可是，这个电话实在太无情了。我还未发出那封信，井上逝世的噩耗就来了，怎能不使人心碎？人生中有多少残酷无情的事呀！我只有默默地承受这未完成的告别了。人世就是有这么多无以补偿的遗憾！井上！你想向中国朋友告别的心愿没有实现，我想去东京向你告别也终成泡影。由于在病中，只能口拟唁电，但我的心是赤诚的，就让它飞过大海，飞向东瀛，送去这一份心灵的遥寄吧！

不论怎样——有的活，有的死，但远方的海总在沸腾，远方的风总在吹拂，人心与友谊是永生的。

### 一五三　红色的大海

一个人的一生是一条漫长的河流。

在年轻时轻波微语，涓涓细流。

在壮年时急流滚滚，波浪滔天。

到了老年，慢慢地、慢慢地流入大海。

但不论在任何时候，流水是不会平静安详的。

当晚年回首往昔时，你会仰天叹息、感慨万千。

人生，你多么神奇奥妙的人生呀！你比宇宙大，比天体深，是一千万、一万万部托尔斯泰、屠格涅夫、巴尔扎克、雨果永远写也写不完的大书。这里面蕴藏着欢乐与悲哀，前进与挫折，微笑与叹息，可以令人捧腹大笑、乐不可支，可以使人泪水涟涟、无法掩卷。但，我觉得这中间最深刻的是对欺凌的忍耐，对失误的内疚。

正如鲁迅所说：

"……我的灵魂上，是有这么多的人我所加的伤……"

别人所加的伤如果是来自自己阵营无知的骚扰，可以一笑置之；如果来自敌人，那就舐净血污，再行战斗。当我的心灵的历程慢慢趋于结束时，到七十岁以后，我才渐渐清醒过来。现在我亲自检点我这种复杂的心理，我为这种复杂的人生付出的代价实在太重了，流出我的鲜血，付出我的生命。但有什么办法呢？终其一生我始终直言不讳，不会妙用心机，我不会为出卖灵魂而计算得失，更不会锱铢必较，收取沾满血污的利息，为了保持自己的忠诚，却也伤害过别人。现在冷静下来才知道，伤了别人实际就是自己加给自己的伤，也许，我只能带着它死去，留下永恒的遗憾。至于对敌人的攻击，只有一个信条：被敌人说好话，那是耻辱；而被敌人咒骂，那才是光荣，对此我可以傲然视之、轻蔑一笑。

在我总结我的人生时，我想到那名叫索菲娅·罗兰的电影明星，她名闻天下，至今仍把童年的凄苦作为自己事业上不断进取的动力，艺术上永远汲取的源泉。她在几十年艺术生涯中，遇到许多挫折、失败和打击。然而这一切都未使她退缩，她认为要想在某种职业上取得成就，首先应当相信自己，要经受得住各种打击和不公平待遇。她说："即使在屡遭失败的情况下，我依然相信自己，决不气馁。我不是一个天才，但我是一个勤奋工作的人。"我不知道她有着什么样的经历，只知道她得过奥斯卡奖，但她的话使我感动，更何况我是一个共产党人。的确，我不是一个天才，我是一个勤奋的人。自从我有了共产主义信仰之后，我绝没有再背弃过它。直到老年，我与人无求，与世无争，我的书桌就是我的战场，我用信仰之火燃烧自己，燃烧别人，我将为我的信仰流尽最后一滴血液。

多么温柔而又平静的大海呀，她像母亲一样轻轻地摇、轻轻地唱。我沉醉于母亲乳汁的芳香之中，感到大自然是何等美妙。在一个海上之夜，我忽然看见前面遥远漆黑的混沌之中，突然出现了一点小小的亮光，就像是谁划着了一根火柴。这是什么？它吸引了我的注意。渐渐地，它变得更亮了。啊！是一个城市。只有经历过远航寂寞的人，才懂得发现一个海上城市该是何等欣然，何等高兴。

我望着那亮光，心想我们会停泊在一个热闹的港口。我渴望着，在安宁和沉静中期待着。可是，那"火城"竟然燃烧起来，那红彤彤的火、红彤彤的云在剧烈地跳动、闪烁、明亮发光。当我们的船急速行驶过去，那光，那云消失了。透过漆黑的暗夜，我看到无数破碎的船板、撕裂的船帆顺着海面飘荡而来。我才恍然大悟，当我沉浸于宁静中，沉浸于只有热带夜晚才有的徐徐清风里期待时，这里是暴怒的海，雷雨交加，那红的、亮的光是电火，是雷云，是大自然可怕的横暴，狂风呼啸，大海沸腾。在那死神的袭击中，多少人急呼哀号，多少人哭天喊地，但人与船都成为怒海的祭品。我看着这些漂浮的残骸，只能凄然地凭吊。而那火光，那"城市"，一切一切都幻影般消失了。大海还是那么平静，我心头却涌上一阵悲恸。

亚德里亚海本来就是一个文静的海，而威尼斯这个海湾自然就更平静了，事实的确如此，关于这海，乔治·桑讲过一句话："水平如镜，连星星的倒影也不会有丝毫颤动。"我到威尼斯那个夜晚，看着这里的桥、海港、小船、海天上的星辰、水上的灯光，感到幽美、宁静已极。第二天，当整个旅馆里的人还在酣眠时，我一个人悄悄起来，下楼走到平台上。只有我一个人，坐在一把藤椅上，看到晨曦在海波动荡的涟漪上闪着柔和的微光。海上飘来清新的空气，就像鲜花的气味一样，使你的鼻孔、喉咙都感到那样舒畅。那一天，当我们乘着一只船在海面上行驶，原来十分晴朗的天突然给一片乌云遮住了，大雨倾盆而下。对我来说，唯一遗憾的是不能在船头甲板那只椅子上，倾顾海湾两边美丽的建筑。不过，透过船舱的玻璃向外看，这哗哗的大雨倒是给景色增加了朦胧的美感。海水变成了铅灰色，沸沸扬扬，激流澎湃。原来在我们头上，亲昵地向我手上啄食的海鸥不见了。在一个露出海面的木桩上站着一只海鸥，它给雨淋得精湿，兀立不动，雪白的羽毛变成灰色，像一个披了蓑衣的渔翁。能看到雨中的威尼斯，当算一种奇遇。但是大海的善变也实在惊人。

我还有一次危险的遭遇，那是在大连的海上。我每天都乘一只木船到海上去钓鱼，先在浅水处钓几条黄鱼，用刀切成几条，做鱼饵用。然后，我们就向深海进发了。那系了鱼饵的百丈尼龙绳深深垂到海底。钓丝搭在右手食指上，我坐在船尾，一心一意把注意力集中在手指上。阳光下，海水湛蓝湛蓝的。这是一生最快意的时光。黑鱼咬钩狠猛，因此钓黑鱼最过瘾。为我驾船的是一个老渔民，有一双锐利而发亮的眼睛。他慢慢摇着橹，寻找着海底的礁头，因为黑鱼都藏在礁头的洞穴中，不轻易出来。我们钓钩上的小条黄鱼雪白雪白的，给水浪冲得像一条活泼的小鱼，在轻轻游荡。钓鱼人是不能着急的，必须有耐心。黑鱼窥伺了很久，见没有异常，于是猛地蹿出礁头，非常凶狠地咬这尾小鱼。这时我的食指感到一下震颤，"啊，鱼上钩了！"这是最欢乐的时刻了，那条给鱼钩钩紧的黑鱼借着水的浮力拼命挣扎，把尼龙钩索扭得扑棱扑棱地急转。这时，我站起身来，叉开两腿，不管船的动荡，紧紧地、紧紧地一把一把往上拉。这时，你如果缓一把手，黑鱼就会脱钩而去。这是人与大自然的搏斗。我终于将鱼拽上来，摺在舱里，它还在噼噼啪啪地乱蹦乱跳。老船夫那机警的两眼却一直察看着天空。他突然叫了一声："不好！"立刻掉转船头拼尽全力飞速地向岸上划。我四处望望，一切平静如常，他为何这样焦急惶恐？这个勇敢的老渔夫刚刚使船头冲上沙滩，一阵狂飙就突然猛扫而下，其力之大、之强，有如砸下千万吨钢板。这时，我再回头一看，好险呀！整个大海在咆哮，在沸腾，乌云忽然遮满天空，海一下变成深黑色。这时，我才懂得一个平静的大海也是一个发怒的大海这一辩证的真理。海是宁静的，也是暴怒的，自古如此。关键看你是迎着暴风雨翱翔的海燕，还是披着蓑衣的渔翁缩立木桩上的鸥鸟。

在动荡与骚动的海上，船不能没有决定航向的罗盘，人的罗盘就是信仰。

我觉察到我的人生的河流在慢慢地、慢慢地流入大海。

　　但我十分欣慰。

　　我流入的大海就是我信仰的大海。

　　我流入的大海就是共产主义的大海。

　　我流入的大海就是红色的大海。

　　作为一个共产党人，我们从来没有想过我们可以平平静静地进入共产主义理想的境界，因此我们的哲学是战斗的哲学。马克思、恩格斯极富远见地将共产主义分为初级阶段和高级阶段。你只要看看世界，资本主义经历了几百年，封建的势力还在作威作福，妄造事端。而中国历史上封建社会存在了两千年之久，半殖民地存在了一个多世纪，因此，社会主义这一阶段将是漫长的。在漫长的岁月中，它将要决然举手砸烂旧枷锁的阻拦，挣脱旧势力的束缚，这是一个伟大而壮丽的时代。它，也许需要许多年，但历史的辩证法是决不会被摧毁的。人类的聪敏与勇气使他总扬着帆直航而前。从奴隶社会进到封建社会，从封建社会进入社会主义社会，这一人类文明发展的规律是必然的必然，我坚信不移。比一比高唱《马赛曲》的壮丽的年月，看看现今衰败的经济、颓废的政治以及道德与人性的坠落，资产阶级是多么黯然失色呀。尽管国际风云发生各种骤变，有的社会主义国家会被颠覆，但我认为，《国际歌》声在整个地球上不但不会消失，还会更加豪壮。因为马克思主义是科学，谁想用幻想来代替科学，那无论如何是不可能的。

　　而决定人类命运的是人，首先是共产党人。

　　人，不会永生，但他流入大海的信仰是永恒的。

　　马克思说："我们的事业并不显赫一时，但将永远生存，面对我们的骨灰，高尚的人们将洒下热泪。"

　　一个自私自利的人是不会永生的，只有为全人类而贡献生命的人才能得到永生。

　　因为寄托他的生命、他的灵魂的红色的大海将永远永远汹涌澎湃、激流勇进。人类的理想终将战胜一切，我坚信，红色的大海必然地为全人类光明的未来而放声歌唱。

　　卢梭写完《忏悔录》之后说过："我写这部作品流过多少甘美的眼泪呀！唉！……"的确，我也洒下了不少眼泪，但在结束这一漫长的心灵历程时，我两目炯炯，面带笑容，因为我的心灵属于那红色的未来，红色的大海。

# 跋

—

## 阳光从苍穹而下

月有阴晴圆缺，人有悲欢离合。

我十分欣赏苏联作家阿·托尔斯泰在他的长篇小说《苦难的历程》写下的一个题词："在水里浸过三次，在血里洗过三次，在碱水里煮过三次，我们就彻底干净了。"

这说明什么？说明做一个纯洁的人，做一个真正的人是非常不容易的。一九八〇年，我到了罗马，当我走进圣彼得教堂最后一个殿堂，我看到从穹顶到地脚，整个一面巨大墙壁上，米开朗琪罗的那一幅画。中间云端里立着上帝，在上帝的旨意下无数个人有如袅娜的飞鸟，络绎不绝升入美丽的天堂。有无数个人有如危系的石卵坠入苦难的地狱。那色彩绚烂，雄伟动魄的画使我的心灵一下发生了猛烈的震撼，一个古代巨人的艺术构思不是至今还有着现实意义吗？不过，不是上帝而是历史的轮回，人生的自择；细细剖析人的灵魂，公正的人升入天堂，邪恶的人落入地狱，这不是深深的命运的必然的烙印吗？我生在黑暗旧世界，我厮杀，我搏斗，我是旧的黑暗势力的叛逆者，在走向新的光明的新世界才沐浴到光明。在我的长篇小说《第二个太阳》结尾处写道："如果说大自然创造的太阳光华、美丽，那么人创造的太阳就更加光华，更加美丽了。"

在国破家亡，苦难深重的年轻时代，我们这一代人是唱着这样一支歌迈上人生之旅的：

> 不要皱着眉头，
>
> 大众的歌手！
>
> 要知道路途是多荆棘的。
>
> 铲除它呀，只要我们还有双手。
>
> 提防着陷阱呢，
>
> 跌倒爬起来，
>
> 挺着胸膛走！
>
> 黑夜有尽头，
>
> 等待着我们的是光明的白昼，
>
> 大众的歌手，不要皱着眉头！

这说明我们中华民族的魂魄是多么坚强，我们中华民族的子孙是多么豪迈，就是在我们那灾难危亡之际，我们还是发出了吼声，憧憬着光明。

我在《心灵的历程》的结尾处写了一段话：

"卢梭写完《忏悔录》之后说过：我写这部作品流过多少甘美的眼泪呀！唉！——的确，我也洒下了不少眼泪，但在结束这一漫长的心灵历程时，我两目炯炯，面带笑容，因为我的心灵属于那红色的未来，红色的大海。"这是对于上面引的《第二个太阳》的结语的互相呼应，这是我在跋中必须交代的点题之话。

有一支歌是这样唱的："解放区的天是明朗的天。"

当阳光从苍穹而下，照明了我们亲爱的大地，同时也照亮我的人生。在《心灵的历程》中特别是最后一章我给人们的悲惨、黯淡太多了；在这里，我要说在我的灵魂里也有明朗的时光，特别在我从事文学创作六十周年之际，一九九五年十一月十日《文艺报》特别发表了一篇新闻特写，现抄录在这里：

## 文学界内外盛赞刘白羽六十年创作成就
## 十卷本《刘白羽文集》出版

本报讯："战士永不老,文坛扬雄风。"著名作家刘白羽走上文学道路,勤奋笔耕,至今已整整六十个春秋。十一月十二日,中国作家协会、中华文学基金会、华艺出版社在北京人民大会堂联合举办了"纪念刘白羽从事文学创作六十周年暨《刘白羽文集》首发式"活动。宋平同志和中央军委委员、总政治部主任于永波,中宣部副部长、中国作协党组书记翟泰丰,新闻出版署署长于友先出席并讲话。首都文学、出版和新闻界人士一百七十多人参加了活动。

刘白羽自一九三六年起开始发表文学作品。一九三八年,他作为一个追求进步、向往革命的青年作家奔赴革命圣地延安,从此矢志不渝地投身到改变民族和祖国命运的斗争中。半个多世纪以来,刘白羽参加了抗日战争、解放战争和抗美援朝战争以及新中国的建立。在长期的革命斗争实践中,他写出了大量具有鲜明时代色彩、深刻思想内涵和独特艺术风格的优秀作品,有力地鼓舞和教育了广大读者。华艺出版社出版的《刘白羽文集》,全面展示了刘白羽六十年的创作面貌。文集共十卷,收入了小说、散文、传记、诗歌、随笔、评论和报告文学等多种体裁,近五百万字的作品。其中有获得第三届茅盾文学奖的长篇小说《第二个太阳》,获得首届中国优秀传记文学作品奖的《心灵的历程》以及脍炙人口的散文名篇《长江三日》、《日出》等。

宋平在会上说,刘白羽真正实践了陈云同志说的"对于共产党作家来说,首先是共产党员,其次才是作家"那句至理名言。他赞扬刘白羽从延安文艺座谈会后,始终不渝地坚持文艺的工农兵方向,进而为社会主义、为人民写作。他说,刘白羽在火热的战斗中,以满腔热忱和生花妙笔,写人民的勤劳勇敢,写人民求解放的伟大斗争,写人民创造历史的力量。刘白羽的作品充满了对党的忠诚,对祖国、对人民的热爱,充满了革命乐观主义和革命英雄主义的气概,对年轻一代是爱国主义的好教材。

于永波说,刘白羽始终坚持着革命的理想与信仰,与祖国的命运休戚与共。长期的艰苦斗争实践,铸造了他共产主义的人生追求以及革命的人格和情怀,为他的文学创作奠定了重要基石。在和平建设时期,他以更加饱满的革命激情，为中国文学，尤其是军事文学的发展努力奉献。他对党的文艺事业的忠诚，对艺术执着追求的精神，很值得军队广大文学工作者学习。《刘白羽文集》的出版在中国当代文学史和军事文学史上都是一件有着重要意义的事情。

翟泰丰说，刘白羽是当代军事文学的杰出代表人物：卓越的散文家、报告文学家、小说家，是党和人民忠诚的文艺战士，人们从刘白羽的作品中，可以看到近六十年来中国革命的激流，火热建设的闪光以及一个老战士、老作家对历史、对生活的深沉思考。刘白羽的作品理所当然在我国当代文学史上占有重要的位置。

于友先说，《刘白羽文集》的出版，对于全国读者来说是一件值得庆贺的事情，对于繁荣文学创作和出版事业也有重要的意义。时代呼唤更多更好的作品去鼓舞人民、教育人民，振奋民族精神，开创民族的未来。我们希望有更多像《刘白羽文集》这样的精品图书，高扬时代的主旋律，为社会和人民提供高质量的精神食粮。

林默涵在会上深情回顾了他和刘白羽曾经三次共事的难忘经历。他说，纵观刘白羽六十年的创作生涯，他只能忙里挤时间，近似业余作家，可他竟然创作出洋洋数百万字的巨著《刘白羽文集》，这是一个辉煌的成就。老将军孙毅说，刘白羽写自己，同时也就写出了严酷的战争岁月，写出国家和民族的劫难和复生。刘白羽以自己的独特经历把它记述下来，让现在的年轻人了解过去，感受现实，开创未来，使它凝聚成报效祖国的强大力量，从这个意义上讲，刘白羽对国家、对人民做了功德无量的事情。老将军莫文骅说，刘白羽创作非常勤奋，在战争年代，生活艰苦，写作更是困难，但他从没停止过写作，战士们打到哪里，他就跟随到哪里，他是拿着笔与战士们一起战斗和生活的。叶君健、刘绍棠、苏静等也在会上发了言。

全国政协副主席，中国作协主席巴金给这次活动发来了贺电。

廖汉生在贺电中说，刘白羽"携笔从戎六十载，创作颇丰，成就辉煌，记述了我军血与火的战斗历程，鼓舞了几代新老战士"。

中国作协副主席马烽在贺信中写道："《刘白羽文集》的出版发行，不仅仅是白羽同志个人的事，而且是解放区文学创作的一个缩影，是军旅文学光辉一页的展示，也是当今中国文坛又一巨大成果的检阅。"老诗人臧克家在贺信中赞扬刘白羽六十年的创作"有光有彩，有声有色，发生了很大的影响，将写入文学史册"。臧克家还为这次活动挥毫题写了"战士永不老，文坛扬雄风"十个大字。老作家欧阳山在刘白羽的贺电中说："咱们文艺界的老兵，文艺界的战友，都因为有你这样一位同时代的作家感到自豪！"老作家雷加在贺信中赞扬刘白羽"应该被称为坚强的斗士，伟大的兵，一个战斗着的人"。老画家关山月、老诗人阮章竞、老作家管桦、中国社会主义文艺学会、《人民文学》杂志社、北京作协、上海宝山钢铁公司、《中流》杂志社和广东现代革命作家研究学会等也给这次活动寄来贺诗、贺信和书画作品。

八十岁高龄的刘白羽在会上说，我所有的一切，都是战争中的先驱者、死难者所给予的，我还握紧笔在写作。我希望不辜负同志们的鞭策与鼓励，生命不息，战斗不止，以实现我作为一个共产党人的理想与愿望。

文化部副部长、中国作协党组副书记陈昌本主持了这次活动。

记下我这明朗的一天，我不想在我写的书里，只给读者流下眼泪，也给读者留下微笑。这明朗的一天是我沐浴在社会主义新中国的阳光之下，对于我那战尘的苦难的回答。因此，也是对我巨大的鞭策，使我战斗到今天，生命不息，战斗不止，这不只是我的誓言，也是我的生活实践。这就是汪琦逝世后我又写出我自己认为在思想性、艺术性上都达到我自己高峰的长篇小说《风风雨雨太平洋》的动力。

当我用脚步丈量着祖国大地，从松花江战斗到湘江，沅江时，我何曾想到自己进入二十一世纪，那对我们来说是遥远而又遥远的事了；谁知当我虽然年老，却还能动笔，红霞满天，夕阳垂照时，我竟进入了二十一世纪，这是我生命史上突然而出的闪光。从跨过两个世纪那边界线那一刻，我日日夜夜都听到二十一世纪的钟声。在我重阅《心灵的历程》时，我掩卷沉思，我的心转向未来的二十一世纪中叶，我想现在的年轻人，正是二十一世纪中叶的领导者，我是不能活到那个辉煌的时代了，但我希望那时的领导人不要忘却过去，要记着先哲的名言：忘记过去，就意味着背叛！我希望现在的年轻人就准备将来一显身手。国际风云谲变，二十一世纪不一定会平静。亲爱的人们要警惕呀！无论如何要相信马克思主义的真理一定会实现的，红旗会更高更高地飘扬，未来的地球是鲜红灼亮的，能不能如此这责任就在现在年轻人的肩头。我虔诚地把新版《心灵的历程》献给现在的年轻人。我相信圣火会在现在青年心中永远永远的燃烧，永远地旺盛、永远地发光。因为我太爱你们了，我把我的心献给现在的青年人们，就是献给美好的未来。

二〇〇二年九月十二日